红楼璧合

荣府大观园图说

第一部

王继宗 著

中国书籍出版社
China Book Press

图书在版编目（CIP）数据

宁荣府大观园图考 / 王继宗著. –– 北京：中国书籍出版社，2020.7
（红楼璧合）

ISBN 978-7-5068-7872-2

Ⅰ.①宁… Ⅱ.①王… Ⅲ.①《红楼梦》研究 Ⅳ.①I207.411

中国版本图书馆CIP数据核字（2020）第097044号

宁荣府大观园图考

王继宗　著

责任编辑　李国永
责任印制　孙马飞　马　芝
封面设计　常州市秋和文化发展有限公司
出版发行　中国书籍出版社
地　　址　北京市丰台区三路居路 97 号（邮编：100073）
电　　话　（010）52257143（总编室）　　（010）52257140（发行部）
电子邮箱　eo@chinabp.com.cn
经　　销　全国新华书店
印　　厂　常州报业传媒印务有限公司
开　　本　787毫米×1092毫米　　1/16
字　　数　2050千字
印　　张　118
版　　次　2020 年 7 月第 1 版　　2020 年 7 月第 1 次印刷
书　　号　ISBN 978-7-5068-7872-2
定　　价　600.00元（全三册）

中国书籍出版社

胡适开题已百年

纷纷聚讼大观园

小心求证谜终破

万径归宗或有缘

为继宗先生红楼璧合书成题句

庚子夏 师之于北京

衷心感谢中国书籍出版社副总编辑赵安民（师之）先生为本书挥毫题诗！

诗曰：　　　　　　胡适开题已百年，纷纷聚讼大观园；

　　　　　　　　　小心求证谜终破，万径归宗或有缘。

款题：为继宗先生《红楼璧合》书成题句，庚子夏，师之于北京。

三读《红楼璧合》感悟

常州市民俗学会

"《红楼梦》与常州"课题组

红学研究后来人，

艰苦考据新论证。

原著本是曹雪芹，

笔下常州留踪痕。

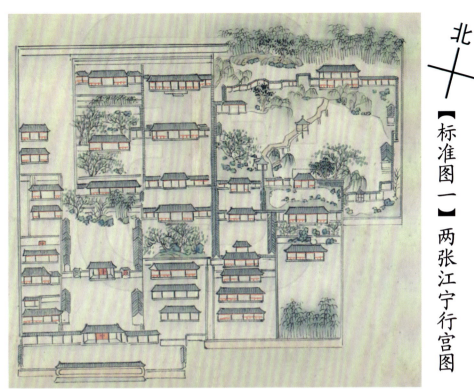

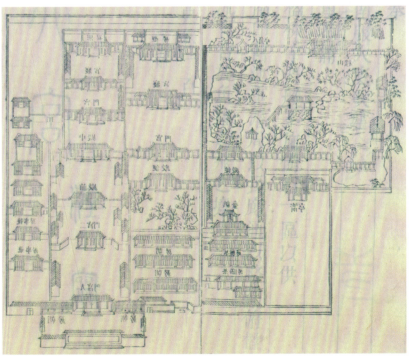

图中横向一厘米代表实际距离约 41.5 米，纵向一厘米代表实际距离约 44.8 米。

北

【标准图二】江宁行宫彩图

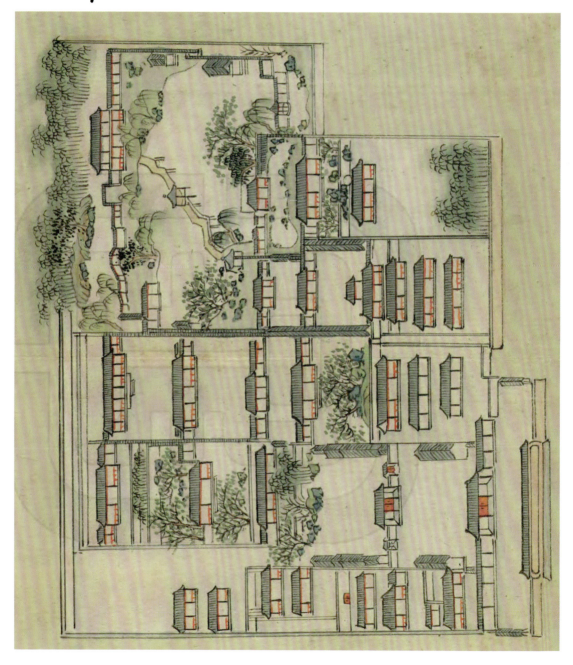

北 ✕ 【标准图三】江宁行宫典图

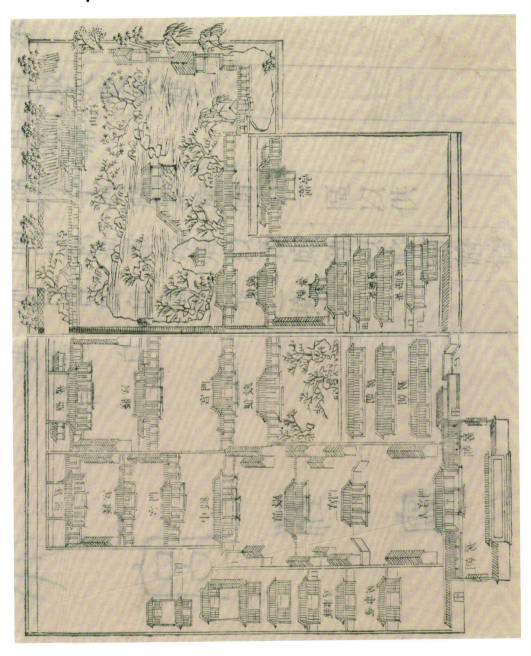

附B：彩图汉府行宫的正图（见第83页）

附C：《南巡临幸胜迹图》中汉府行宫的正图（见第83页）

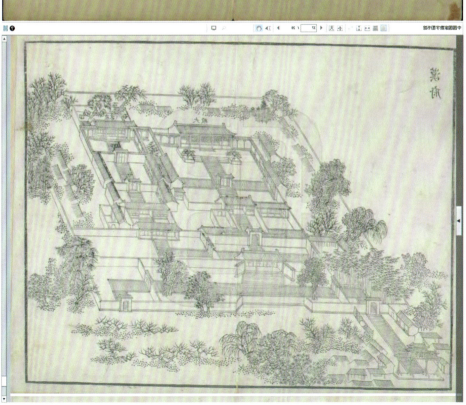

【标准图四】汉府行宫图彩图 （见第 86 页）

附A：《南巡临幸胜迹图》中汉府行宫的镜像图 （见第 87 页）

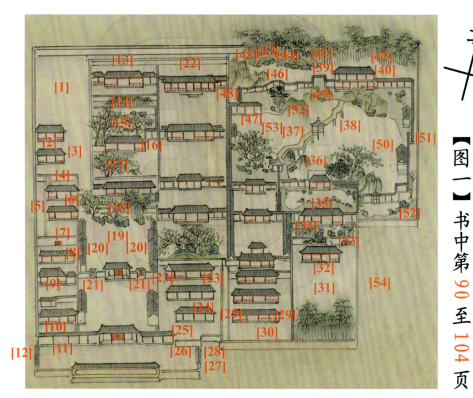

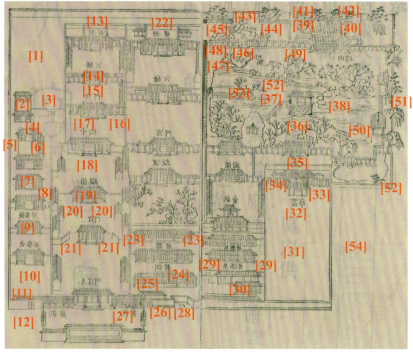

图中横向一厘米代表实际距离约41.5米，纵向一厘米代表实际距离约44.8米。

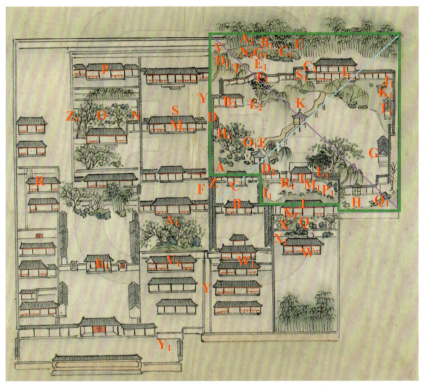

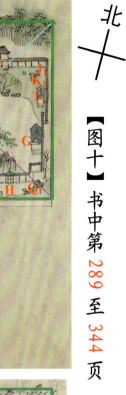

【图十】书中第 289 至 344 页

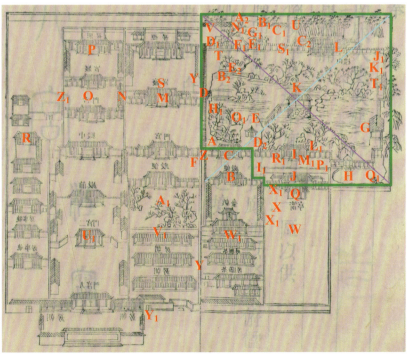

图中横向一厘米代表实际距离约 41.5 米，纵向一厘米代表实际距离约 44.8 米。

—7—

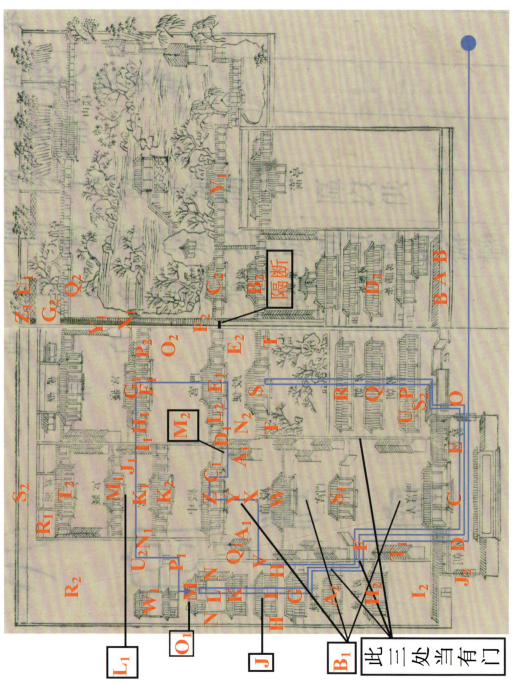

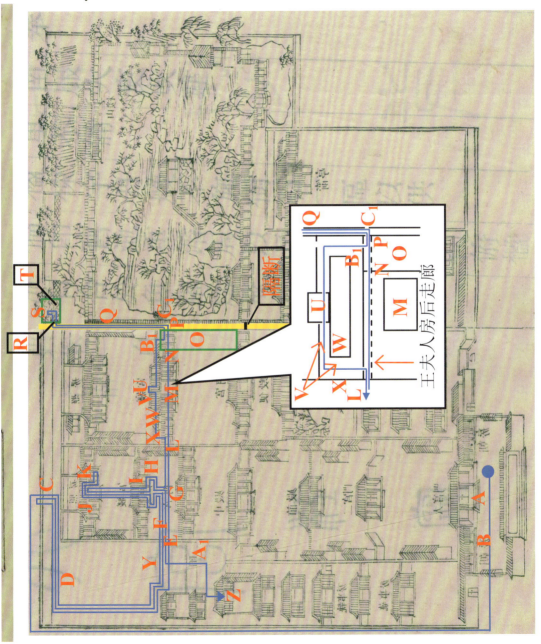

【图三】书中第 159 至 165 页

【图四】书中第 167 至 171 页

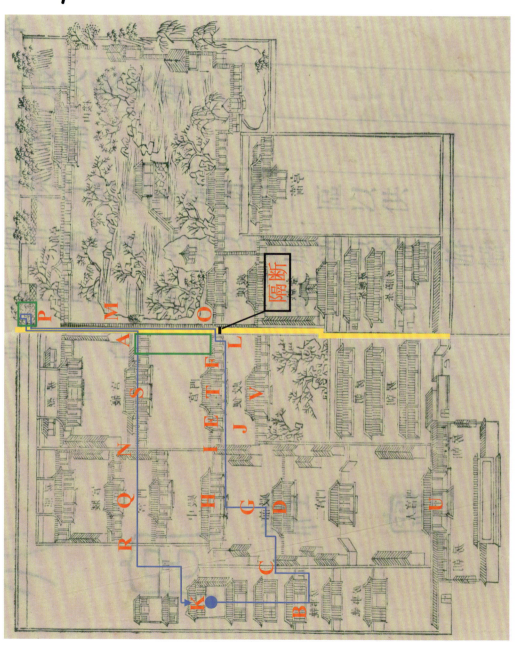

隔断

【图五】书中第 173 至 188 页

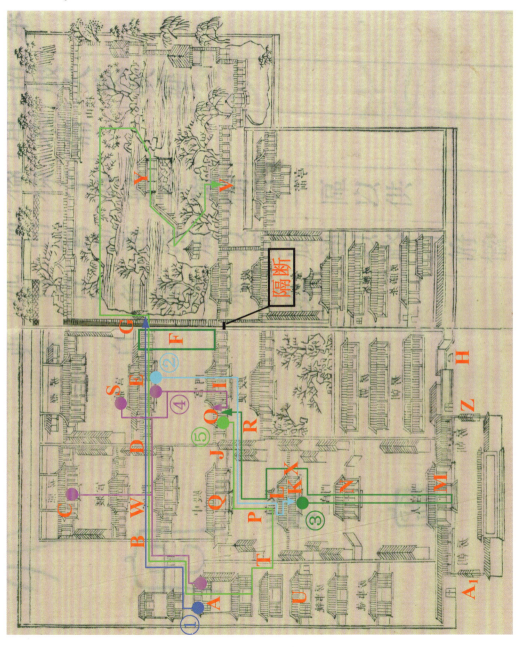

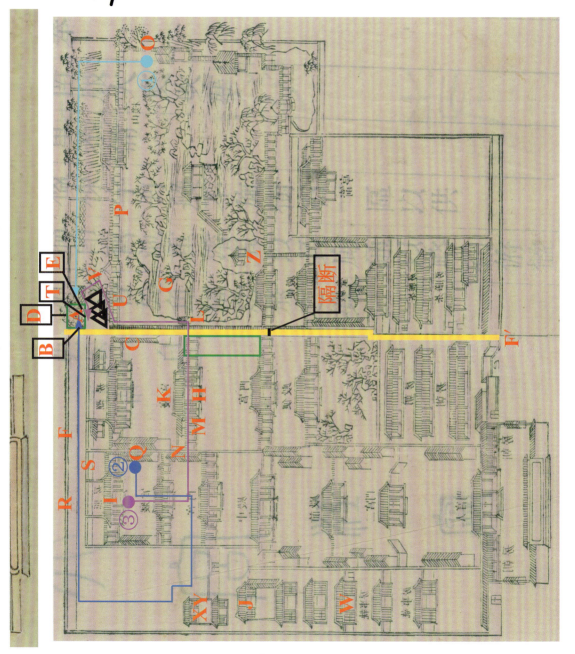

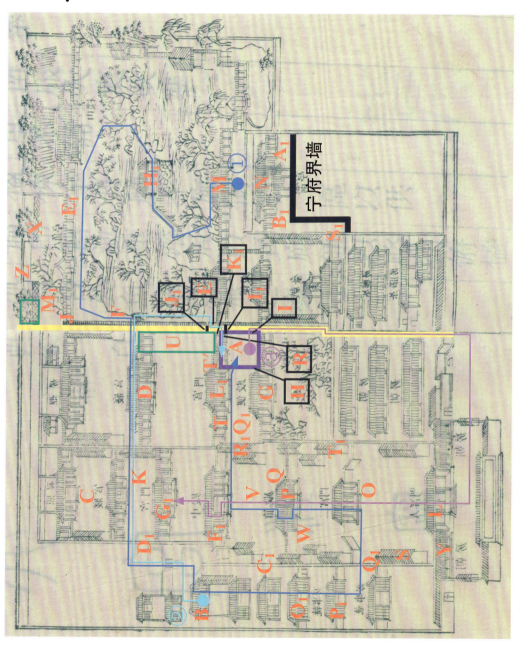

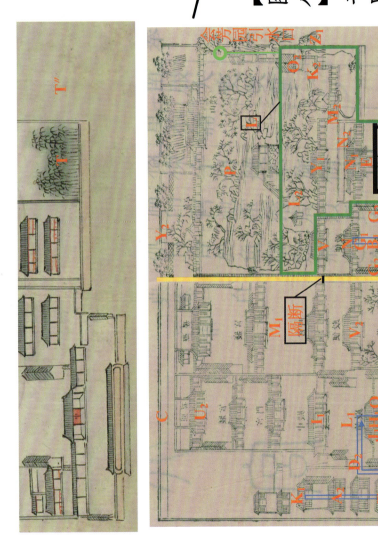

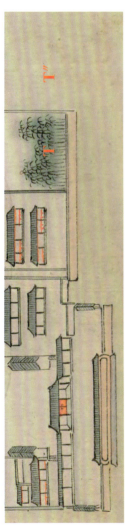

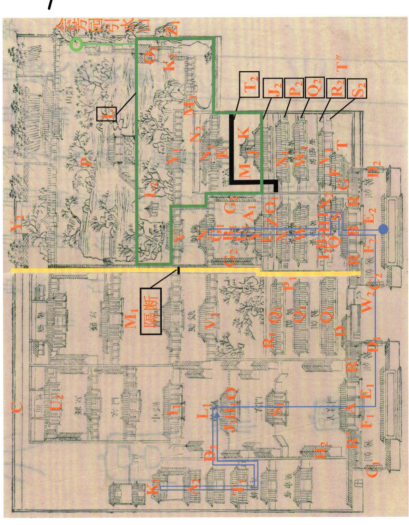

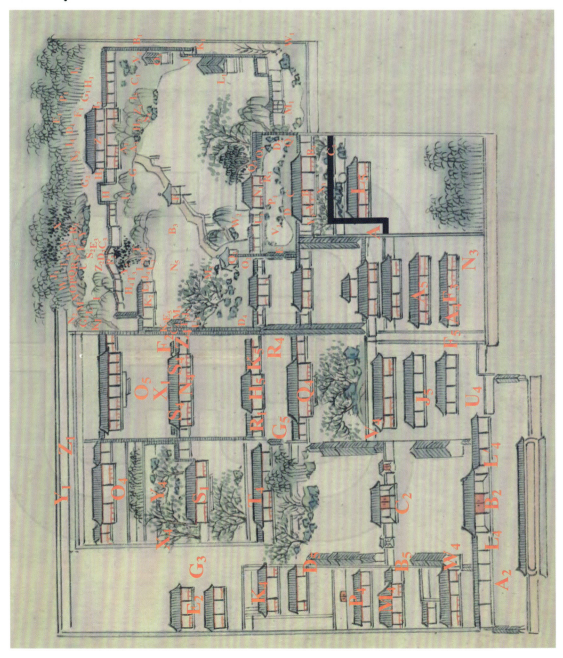

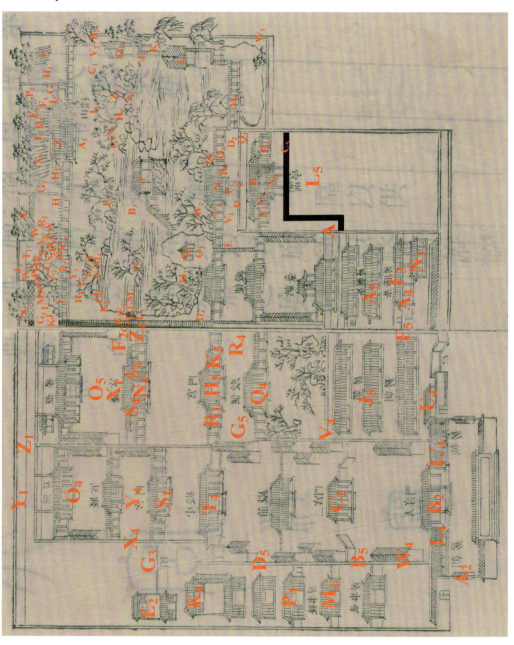

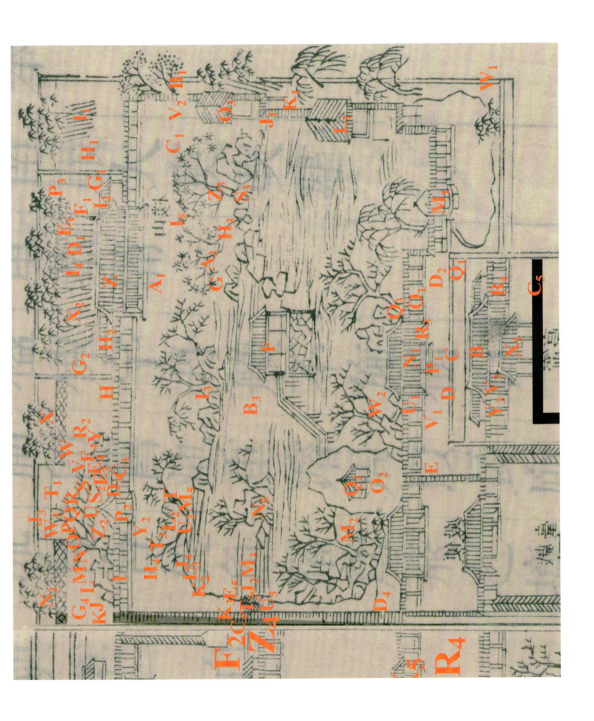

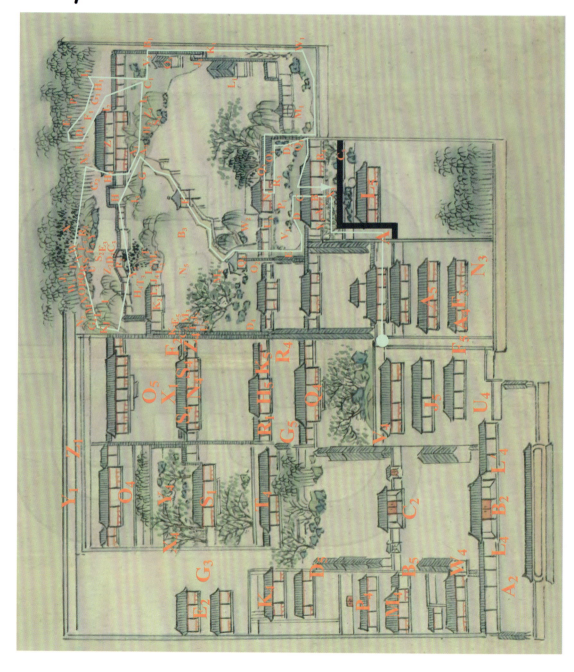

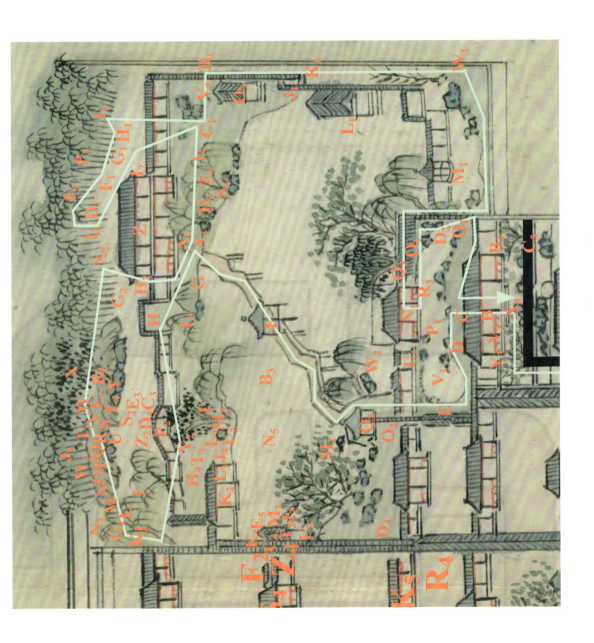

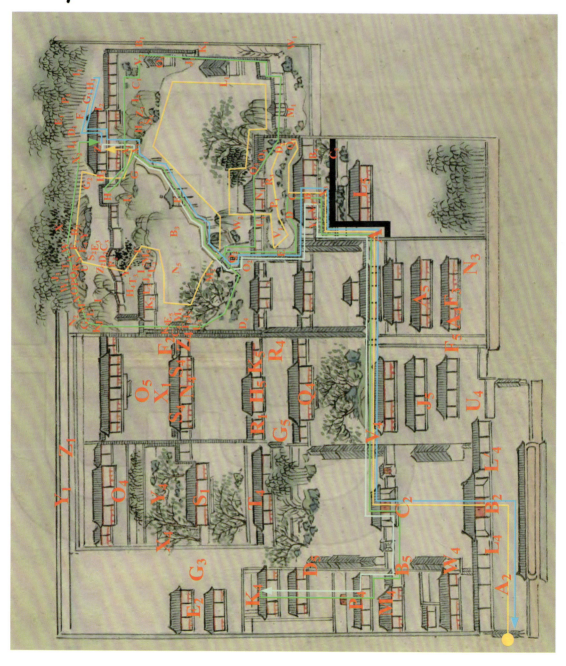

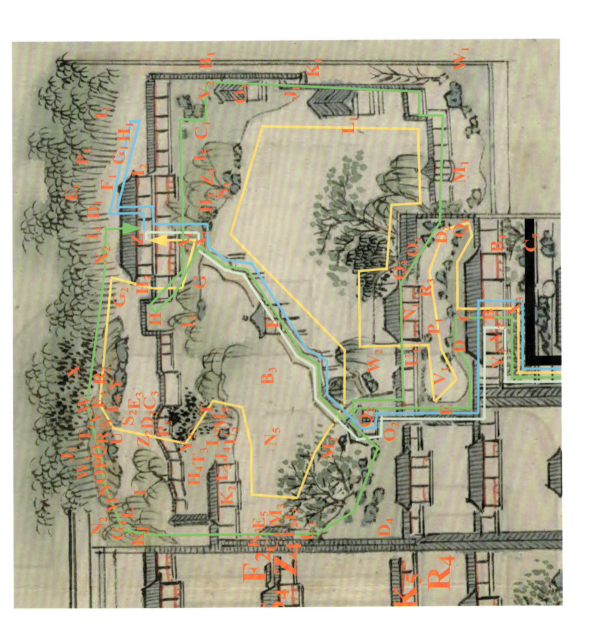

北

【图十一C】书中第 557 至 565 页

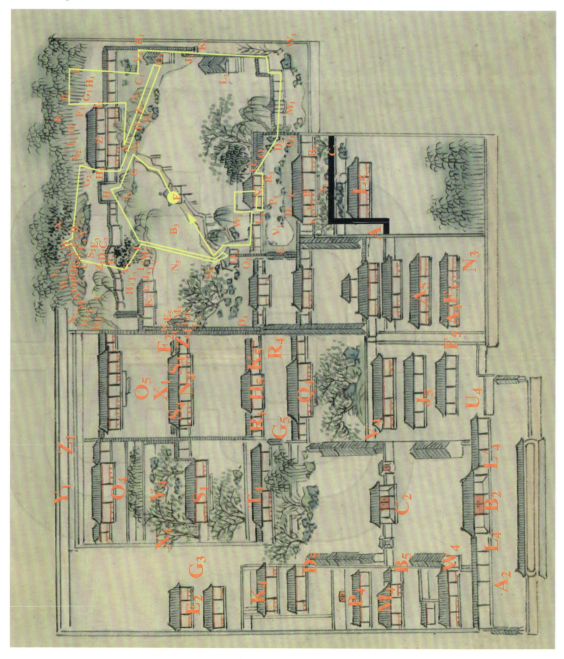

—24—

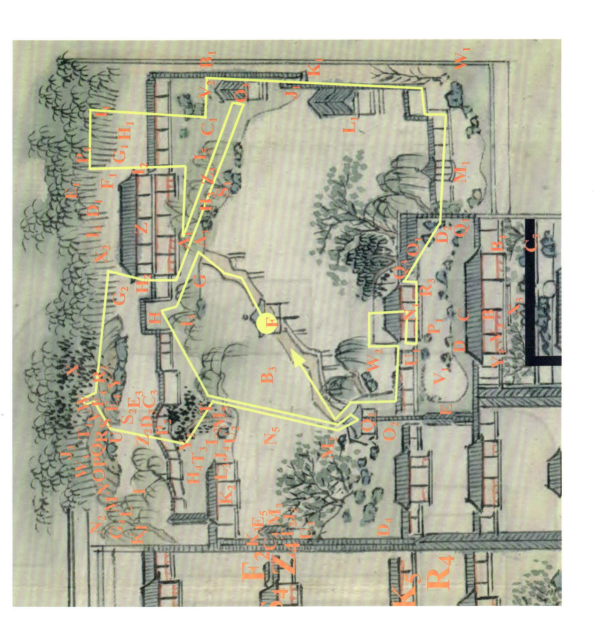

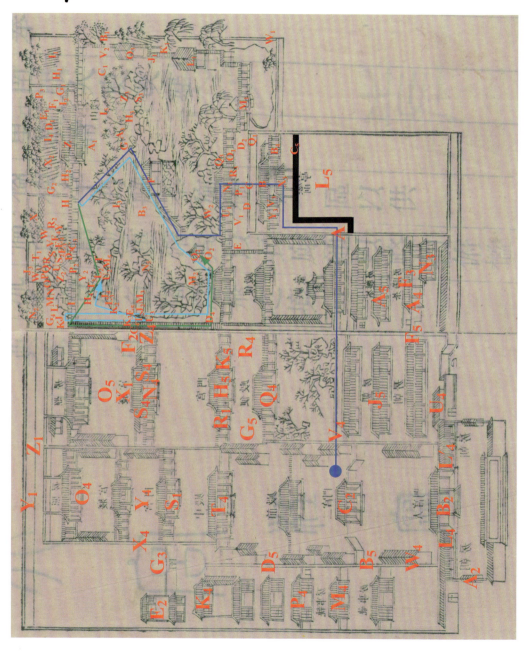

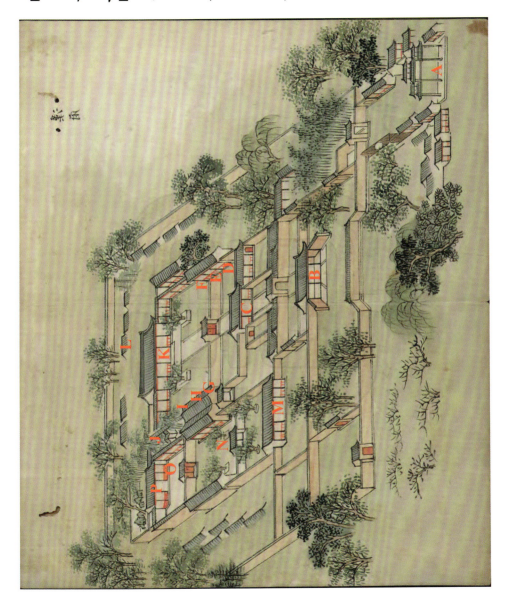

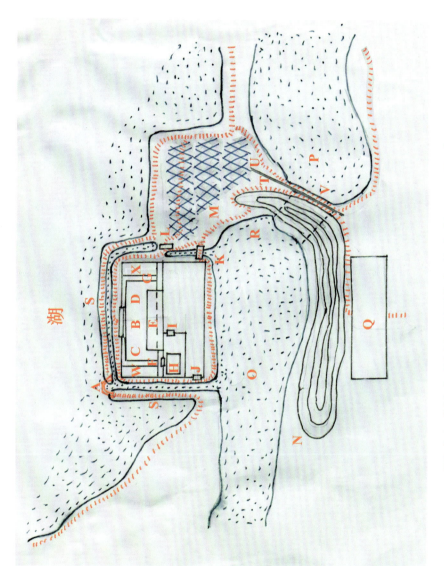

图 A1 《怡红院构想图》（书中第 362 页）

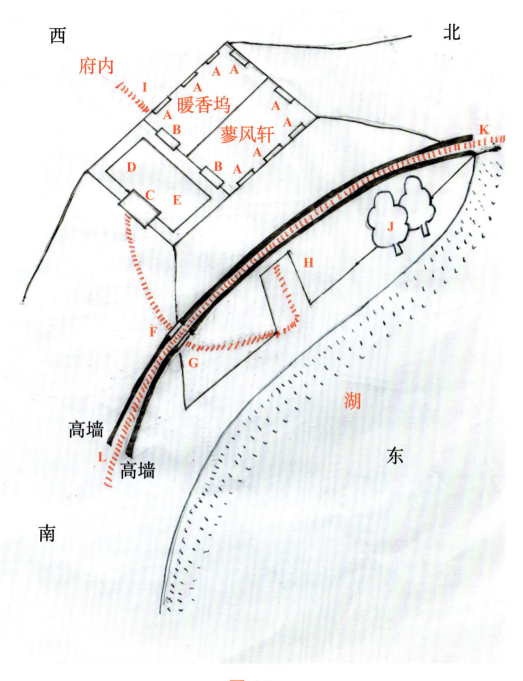

图 A2

《大观园通府内的"腰门"及其上"惜春院"形制构想图》

（书中第 417 页）

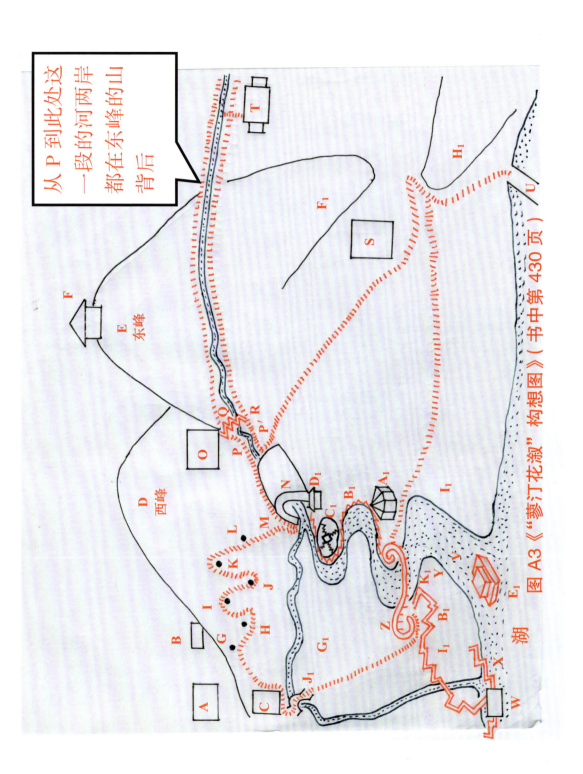

图 A3 《"蓼汀花溆"构想图》（书中第 430 页）

从 P 到此处这一段的河两岸都在东峰的山背后

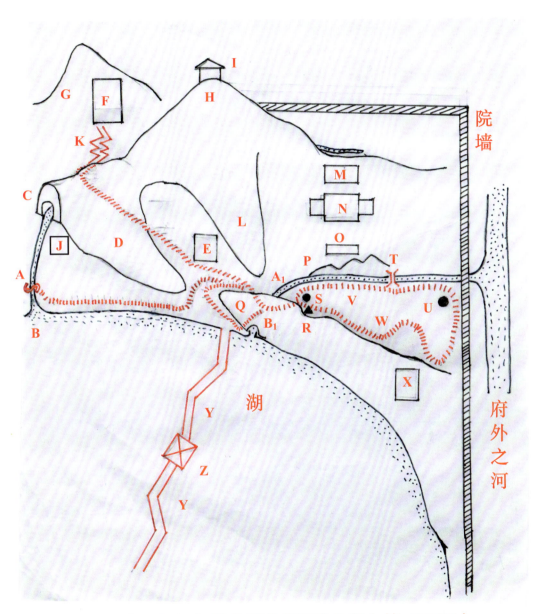

图 A4《沁芳闸与葬花冢构想图》（书中第 493 页）

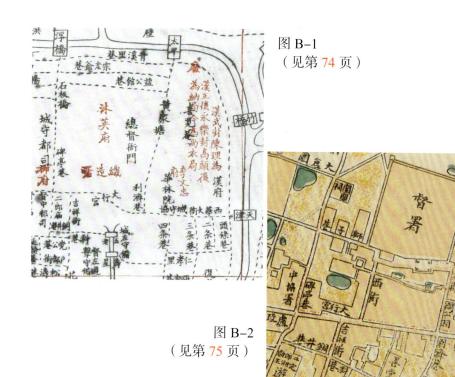

图 B-1
（见第 74 页）

图 B-2
（见第 75 页）

图 B-3（见第 75 页）

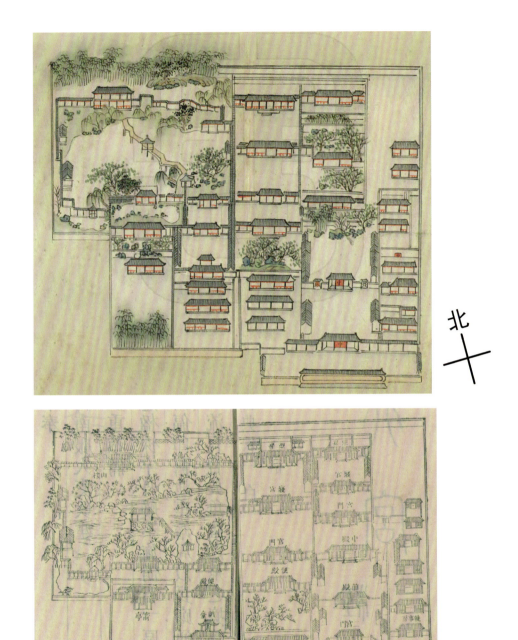

图 B-4 标有方向标的两幅乾隆朝"江宁行宫图"（见第 76 页）

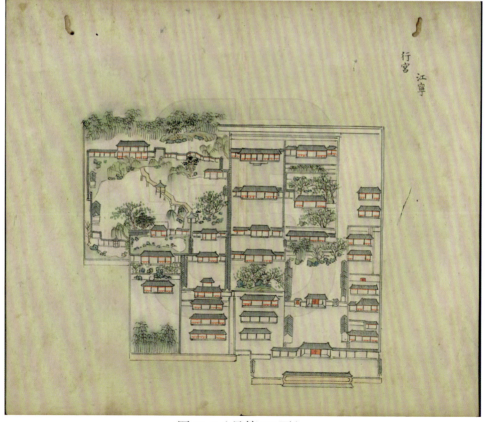

图 B-5（见第 79 页）

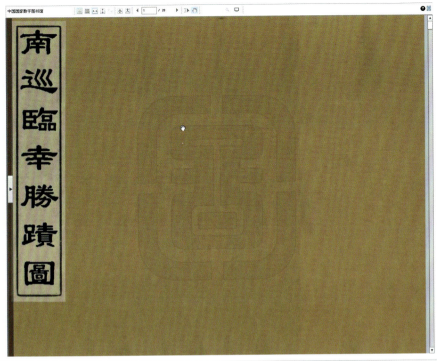

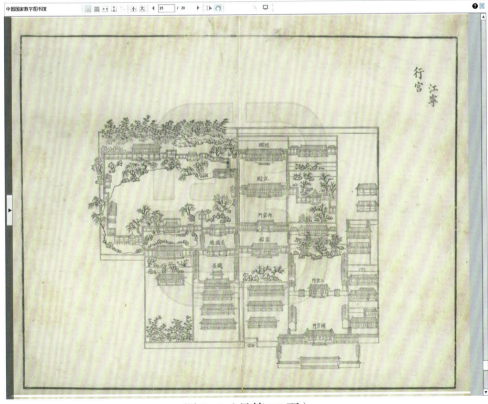

图 B-6（见第 80 页）

图 B-7（见第 80 页）

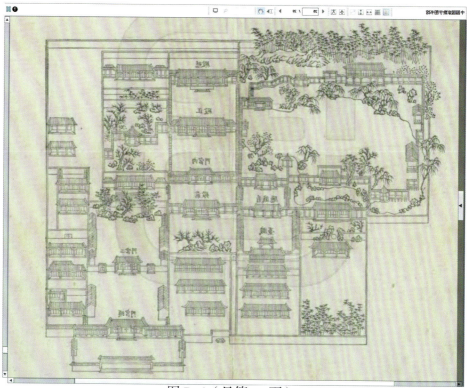

图 B-8（见第 82 页）

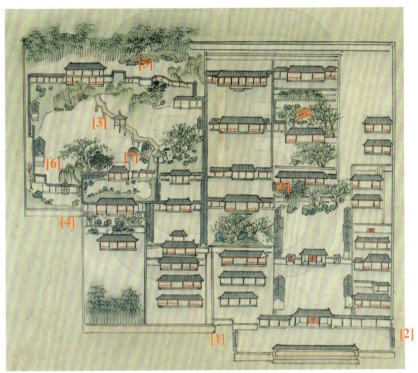

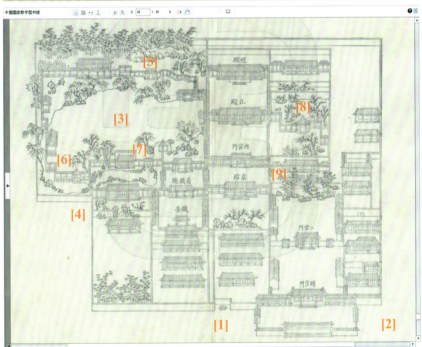

图 B-9（见第 80 页）

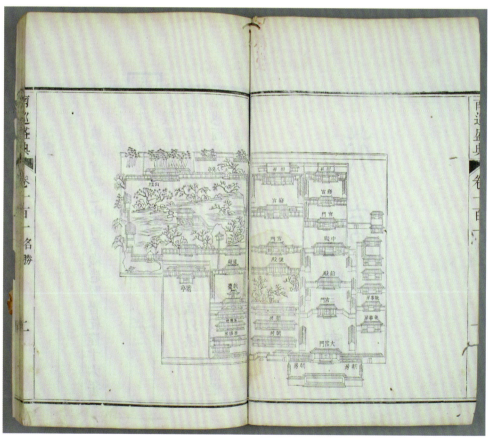

图 B–10（以上为早稻田大学藏本，
页顺是从左上角读到下图，再读右上角，见第89页）

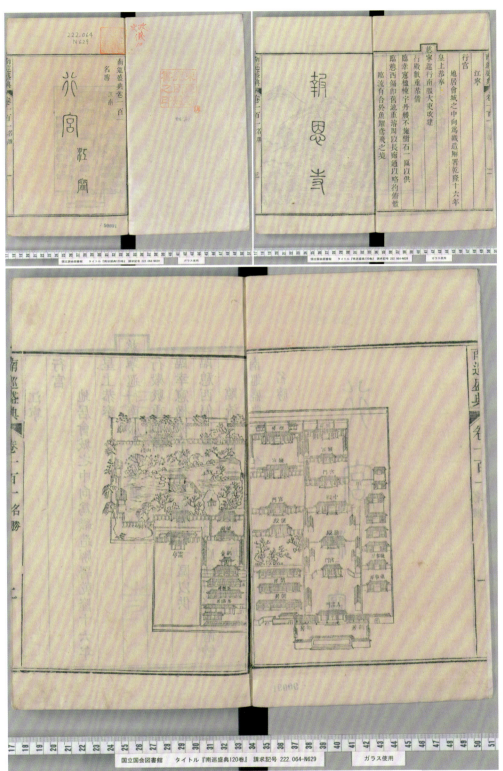

図 B-11（以上为日本国会图书馆藏本，
页顺是从左上角读到下图，再读右上角，见第 89 页）

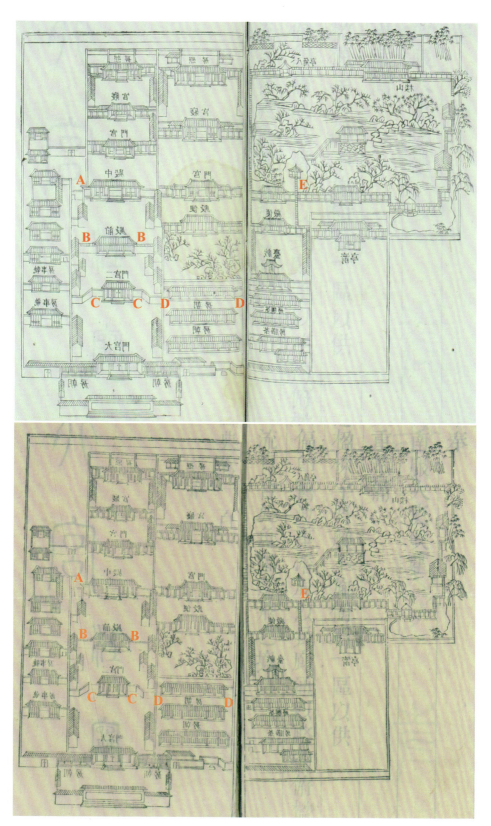

图 B-12（见第 89 页）

图 B-13
（见第 245 页）

聊城山陕会馆戏楼

图 B-14
（见第 343 页）

若桥

图 B-15
（见第 417 页）

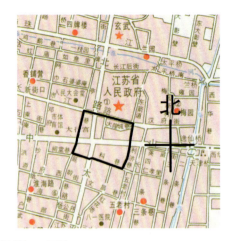

（图 B-16，见第 76 页）

（图 B-17，见第 77 页）

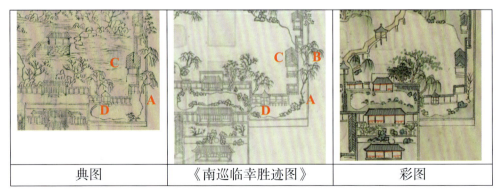

| 典图 | 《南巡临幸胜迹图》 | 彩图 |

（图 B-18，见第 102 页）

（图 B–19，见第 341 页）

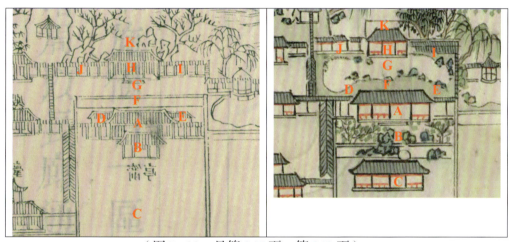

（图 B–20，见第 345 页、第 352 页）

（图 B–21，见第 379 页）

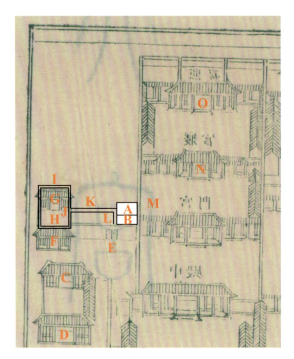

图 B-22

（见第 133 页）

书首彩图"图二至十二""图 A1 至 A4"中标记的地名一览

图 二

● "图二"中路线绘的是第 3 回"林黛玉进贾府"。

● "图二"中标记的地名：

【A】宁国府三间兽头大门

【B】宁国府东西两角门

【C】荣国府三间兽头大门

【D】荣国府西角门

【E】荣国府东角门

【F】荣国府西角门内往贾母院的转弯处

【G】贾母院的垂花门（即贾母院的二门、仪门）

【H】贾母院抄手游廊

【I】贾母院南北穿堂

【J】贾母院南北穿堂正中放着的大插屏（屏风）

【K】贾母院小小的三间厅

【L】贾母院正房大院

【M】贾母院五间上房（即正房）"荣庆堂"

【N】贾母院上房两边的穿山游廊、厢房

【O】贾赦院黑油大门

【P】贾赦院第一重仪门

【Q】贾赦院第二重仪门

【R】贾赦院第三重仪门

【S】贾赦院正房

【T】贾赦院正房旁的厢庑、游廊

【U】贾赦院外书房

【V】贾母院东南的"东西穿堂"

【W】荣国府中路的"向南大厅"，即"前厅"

【X】荣国府中路的"内仪门"

【Y】荣国府中路正房"荣禧堂"前的大院落

【Z】荣国府中路五间大正房"荣禧堂"

【A1】"荣禧堂"两边厢房、鹿顶耳房、钻山游廊

【B1】荣国府中路的"大甬路"

【C1】"荣禧堂"正室东边的三间耳房

【D1】荣禧堂通往"王夫人院"的、王夫人院西院墙上之门，第 84 回谓之"穿廊月洞门"

【E1】王夫人院门（仪门、二门）

【F1】王夫人院正房

【G1】王夫人院正房的后房门

【H1】王夫人院正房后的走廊的西半段

【I1】王夫人院正房后廊的西角门

【J1】凤姐院门口的南北宽夹道

【K1】凤姐院门口倒座的三间小小的抱厦厅

【L1】凤姐院门前的粉油大影壁

【M1】凤姐院院门"半大门"（意为只有荣国府大门一半大的院门）

【N1】贾母正房东北的东西穿堂

【O1】贾母院正房的后房门

【P1】贾母院的后院门

【Q1】贾母院的下人房

【R1】凤姐正房后小过道里的那间空屋（凤姐让贾瑞等候处）

【S1】荣国府中路二门、外"仪门"

【T1】外书房

【U1】大观园的后角门

【V1】怡红院

【W1】贾母院内新盖的大花厅

【X1】王夫人院东北角的东角门、入大观园的腰门，两者对开在"夹道"的西、东两侧

【Y1】夹道（梨香院通王夫人院的夹道，也即荣府与大观园之间的夹道，也即建大观园前"宁、荣二府"间的夹道与界巷，北半段夹道上建有屋顶）

【Z1】梨香院

【A2】宝玉外书房"绮霰斋"，在贾母院垂花门口

【B2】建在宁国府中的"贾氏宗祠"的正房（大殿）

【C2】祖先堂（在"贾氏宗祠"的最后一进）

【D2】宁国府中的尤氏上房（即宁国府大厅后的内厅）

【E2】薛姨妈家（即第18回建大观园时，梨香院改为小戏子所居，薛家迁至荣国府"东北上一所幽静房舍居住"处）

【F2】大观园"东南角门"（在王夫人院的东南方，在大观园的西南角）

【G2】稻香村

【H2】贾宝玉李、赵、张、王四个奶妈家

【I2】贾母院前的临街大门

【J2】荣国府门前的过街门、车门

【K2】荣禧堂背后、王夫人上房的"西跨院"，宝玉与宝钗成婚处

【L2】王夫人院门口的内书房（又名：里书房、小书房、"梦坡斋"）

【M2】王夫人院门口西侧通"荣禧堂"的"穿廊月洞门【D1】"的影屏

【N2】王夫人院门口的"南北宽夹道"

【O2】赵姨娘房（在王夫人院的东小院）

【P2】王夫人院正房后的走廊的东半段

【Q2】荣国府东的东大院（后圈入并建为大观园）

【R2】府内西北角的下人群房

【S2】荣国府后门

【T2】凤姐院正房

【U2】东西穿堂通贾母院的穿廊

图　三

● "图三"中绘制的路线是第 7 回"刘姥姥一进大观园"与"周瑞送宫花"。

● "图三"中标记的地名：

【A】荣国府大门

【B】荣国府大门旁的西角门

【C】荣国府后门

【D】周瑞家的院墙

【E】东西穿堂

【F】南北宽夹道

【G】凤姐院门口倒座的三间小小的抱厦厅

【H】凤姐院门前的粉油大影壁

【I】凤姐院门

【J】凤姐院正房

【K】凤姐院正房东边耳房（大姐儿的寝室）

【L】王夫人院西角门（在南北宽夹道东端）

【M】王夫人院正房

【N】王夫人院东角门（入东小院）

【O】东院（即赵姨娘房所在的东小院）

【P】王夫人东院穿东界墙的东角门（即王夫人院东北角的东角门，与入大观园的腰门【C1】对开在"夹道"【Q】的西、东两侧）

【Q】夹道（梨香院通王夫人院的夹道，也即荣府与大观园之间的夹道，也即建大观园前"宁、荣二府"间的夹道与界巷，北半段夹道上建有屋顶）

【R】梨香院位于西南角的院门

【S】梨香院

【T】梨香院中的梨花树

【U】王夫人上房后的三间小抱厦（迎、探、惜三春姐妹居所）

【V】王夫人上房后三间小抱厦处的夹道

【W】李纨房

【X】王夫人院的西花墙（西界墙）

【Y】贾母后院门口

【Z】贾母正房处的黛玉房

【A1】贾母院后门

【B1】入惜春院的小门

【C1】入大观园的腰门

图　四

● "图四"中绘制的路线是第 8 回贾宝玉到梨香院探望生了小病的薛宝钗。

● "图四"中标记的地名：

【A】王夫人院上房后的角门（即王夫人院东北角的东角门，与入大观园的腰门对开在"夹道"的西、东两侧）

【B】贾母院垂花门（即贾母院的"二门"）

【C】贾母上房东南的"东西穿堂"

【D】向南大厅

【E】王夫人院门口的内书房（又名：里书房、小书房、"梦坡斋"）

【F】王夫人院门口的荣国府账房

【G】荣禧堂前的"内仪门"

【H】荣禧堂

【I】荣禧堂通往"王夫人院"的、王夫人院西院墙上之门，第 84 回谓之"穿廊月洞门"

【J】王夫人院门口的"南北宽夹道"

【K】贾母院上房

【L】王夫人院门口的"南北宽夹道"东端通"夹道【M】"之角门

【M】夹道（梨香院通王夫人院的夹道，也即荣府与大观园之间的夹道，也即建大观园前"宁、荣二府"间的夹道与界巷，北半段夹道上建有屋顶）

【N】王夫人院西北角的西角门

【O】薛姨妈家入大观园的"东南角门"（在王夫人院的东南方，在大观园的西南角）

【P】梨香院

【Q】凤姐院门口的"南北宽夹道"

【R】贾母上房东北的"东西穿堂"

【S】王夫人院上房

【T】王夫人院院门

【U】荣国府大门

【V】贾赦院上房

图　五

● **"图五"详考宝玉挨打的有关场景，图中共绘有五条路线：**

①宝玉与金钏儿说笑后，入大观园。

②宝玉得知金钏儿死后，上"向南大厅"碰见父亲贾政。

③贾政送走忠顺王府长史后，怒回"里书房"。

④王夫人、李纨、王熙凤、贾母先后赶往"里书房"解救挨打的宝玉。

⑤宝玉挨打后，被抬往贾母房和怡红院。

● **"图五"中标记的地名：**

【A】贾母院上房

【B】贾母院上房东北的东西穿堂

【C】凤姐院

【D】王夫人院正房后廊的西角门

【E】王夫人院上房

【F】赵姨娘房所在的王夫人院的"东小院"

【G】王夫人院东北角的东角门、入大观园的腰门，两者对开在"夹道"西、东两侧

【H】荣国府东南角上的水井

【I】王夫人院门

【J】荣禧堂通往"王夫人院"的、王夫人院西院墙上之门，第84回谓之"穿廊月洞门"

【K】向南大厅

【L】向南大厅的"屏门"（向南大厅背面的格扇门）

【M】荣国府大门

【N】荣国府中路的二门"外仪门"

【O】王夫人院门口的内书房（又名：里书房、小书房、"梦坡斋"）

【P】"荣禧堂"的院门，即荣国府中路的三门"内仪门"

【Q】荣禧堂

【R】王夫人院门口的南北宽夹道

【S】王夫人上房后三间小抱厦（迎、探、惜三春姐妹居所），西侧有李纨居所

【T】贾母院上房东南的东西穿堂

【U】贾母院的二门"垂花门"

【V】怡红院

【W】凤姐院门口的南北宽夹道

【X】"向南大厅"东侧的墙门

【Y】沁芳亭桥

【Z】荣国府大门口东侧的过街门

【A1】荣国府大门口西侧的过街门

图 六

● **"图六"中共绘有三条路线：**
　①林黛玉至梨香院墙下听昆曲《牡丹亭》。（此路线乃作者虚构。）
　②贾琏扶尤二姐灵柩至梨香院停放。
　③王熙凤偷至梨香院墙下窃听。

● **"图六"中标记的地名：**

【A】梨香院

【B】梨香院位于西南角的院门

【C】夹道（梨香院通王夫人院的夹道，也即荣府与大观园之间的夹道，也即建大观园前"宁、荣二府"间的夹道与界巷，北半段夹道上建有屋顶）

【D】梨香院朝北往"后街"上开的大门。

【E】梨花树

【F】荣国府的北界墙

【F′】荣国府的南界墙

【G】荣国府东的东大院（后圈入并建为大观园）

【H】王夫人院上房

【I】凤姐院上房

【J】贾母院上房

【K】王夫人上房后的三间小抱厦（迎、探、惜三春姐妹居所）

【L】王夫人院东北角的东角门、入大观园的腰门，两者对开在"夹道"的西、东两侧

【M】王夫人上房后的走廊

【N】王夫人院正房后廊的西角门

【O】黛玉葬花冢

【P】潇湘馆

【Q】凤姐院东厢房（尤二姐吞金自尽处）

【R】荣国府后门

【S】内子墙（凤姐院的北院墙）

【T】大观园的界墙（梨香院的南院墙、东院墙）

【U】稻香村

【V】稻香村背后群山

【W】贾母院的二门"垂花门"

【X】贾母院后新盖的"大花厅"

【Y】游廊角门（穿廊穿贾母院大花厅院墙处）

【Z】秋爽斋

图 七

● **"图七"中共绘有三条路线：**

　①宝玉赴薛蟠家宴。

　②王熙凤命人入大观园走薛家后门行聘。

　③宝钗出嫁。

● **"图七"中标记的地名：**

【A】薛姨妈家（即第18回建大观园时，梨香院改为小戏子所居，薛家迁至荣国府"东北上一所幽静房舍居住"处）

【B】贾母院上房

【C】凤姐院

【D】王夫人院上房

【E】大观园"东南角门"（在王夫人院的东南方,在大观园的西南角）

【F】王夫人院东北角的东角门、入大观园的腰门，两者对开在"夹道"的西、东两侧

【G】贾赦院上房

【H】薛家通贾府的内门

【I】薛姨妈家大门（当开在东南角）

【J】夹道（梨香院通王夫人院的夹道，也即荣府与大观园之间的夹道，也即建大观园前"宁、荣二府"间的夹道与界巷，北半段夹道上建有屋顶）

【K】凤姐院门口的南北宽夹道

【L】荣国府大门

【M】怡红院

【N】大观园前门（即南大门）

【O】荣国府中路二门、外"仪门"

【P】向南大厅

【Q】向南大厅外侧的东北墙角

【R】薛姨妈家后门（当开在东北角）

【S】外书房

【T】王夫人院门口的内书房（又名：里书房、小书房、"梦坡斋"）

【T′】账房

【U】赵姨娘房所在的王夫人院的"东小院"

【V】荣禧堂前"内仪门"

【W】向南大厅外侧的西南墙角

【X】蘅芜苑

【Y】荣国府大门旁的西角门

【Z】大观园的后门（在大观园西北角）

【A1】大观园南大门东侧的"东角门"

【B1】大观园南大门西侧的西角门"聚锦门"

【C1】贾母上房东南的东西穿堂

【D1】贾母上房东北的东西穿堂

【E1】潇湘馆

【F1】荣禧堂

【G1】荣禧堂背后、王夫人上房的"西跨院"，宝玉与宝钗成婚处

【H1】沁芳亭桥

【I1】薛姨妈后门至东南角门处南侧隔断之墙

【J1】薛姨妈后门至东南角门处北侧隔断之墙

【K1】王夫人院门前走廊东尽之门，也即通向"东南角门"而可入大观园之门

【L1】王夫人院门

【M1】梨香院

图 八、图 九

● "图八"、"图九"中绘制的路线是第 53 回贾母至宁府祭祖后返回荣府。

● "图八"、"图九"中标记的地名：

【A】荣国府大门

【B】宁国府大门

【C】荣国府的后门

【D】荣国府马圈

【E】大观园南门【N1】对面供太监休息用的"辅仁谕德殿"（图中标作"箭亭"）（◆注意：大观园造之前，会芳园中没有此建筑）

【F】宁国府东路的外"仪门"

【G】宁国府马圈

【H】宁国府大厅（男主人接待男宾的外厅）

【I】宁国府大厅侧屋之东暖阁

【J】天香楼，即会芳园南大门的二楼

【K】天香楼下的箭道

【L】会芳园

【M】丛绿堂

【N】"贾氏宗祠"五间上房（又称作：正堂、正殿）

【O】"向南大厅"的东暖阁

【P】大观园

【Q】凤姐在宁国府发号施令的"三间一所抱厦"

【R】宁国府正门旁的东西两角门

【R′】荣国府正门旁的东角门

【R″】荣国府正门旁的西角门

【S】宁国府仪门

【T】宁国府东路

【T″】"宁、荣二府"东南角不属于"江宁织造府"的地块

【U】"贾氏宗祠"五间大门，即内仪门

【V】"贾氏宗祠"祖先堂（祖先寝宫）

【W】宁国府内厅（女主人接待女宾的内厅、"尤氏上房"）

【X】宁国府"内三门"

【Y】"贾氏宗祠"五间大门（内仪门）背后的"内塞门"（屏门）

【Z】"贾氏宗祠"门口的黑油栅栏

【A1】"贾氏宗祠"的庭院

【B1】"贾氏宗祠"庭院正中的白石甬路

【C1】荣国府大门前的西街门

【D1】荣国府大门前的东街门

【E1】荣国府大门前的东狮子

【F1】荣国府大门前的西狮子

【G1】"贾氏宗祠"五间上房（又称作：正堂、正殿）的三间抱厦

【H1】向南大厅

【I1】荣禧堂

【J1】"向南大厅"的西暖阁

【K1】贾母院上房（又名：正室）

【L1】荣禧堂前的"内仪门"

【M1】王夫人正房庭院

【N1】大观园正大门（即南大门）（◆注意：大观园造之前，会芳园中没有此建筑）

【O1】宁国府宗祠大门"内仪门【U】"与之前的宁国府"内三门【X】"之间形成的一条东西向的夹道

【P1】夹道（梨香院通王夫人院的夹道，也即荣府与大观园之间的夹道，也即建大观园前"宁、荣二府"间的夹道与界巷，北半段夹道上建有屋顶）

【Q1】贾赦院的三层仪门

【R1】贾赦院三层仪门后的夹道

【S1】荣国府外仪门

【T1】贾母院垂花门

【U1】宗祠大门二楼所建的"戏台"

【V1】贾珍院仪门，即东路的"内仪门"

【W1】贾珍与尤氏的内宅

【X1】贾蓉与秦可卿的内宅

【Y1】怡红院（◆注意：大观园造之前，会芳园中没有此建筑）

【Z1】会芳园的临街大门，即秦可卿出殡处

【A2】贾母处的正厅（当即第 3 回黛玉入贾府所说的贾母院"小小的三间厅"）

【B2】宁国府大厅侧屋之西暖阁

【C2】宁国府大门前的西街门

【D2】宁国府大门前的东街门

【E2】宁国府大门前的东狮子

【F2】宁国府大门前的西狮子

【G2】祠堂正堂旁的厢房

【H2】荣国府的外书房

【I2】宁国府的外书房

【J2】秦氏房东北角通"会芳园"的便门

【K2】会芳园中"遥望东南，建几处依山之榭"

【L2】会芳园中"纵观西北，结三间临水之轩"，疑即"凝曦轩"（又疑即大观园中"秋爽斋"的前身）

【M2】会芳园中假山石

【N2】会芳园中一座山坡（疑即第 17 回所言的大观园南大门内的"翠嶂"大山）

【O2】登仙阁（疑即第 17 回所言的大观园中的"方厦"）

【P2】贾蓉内宅东北角入会芳园的小门

【Q2】贾珍内宅东北角通贾蓉内宅的小门

【R2】贾珍内宅东南角的小门

【S2】贾珍内宅前"内仪门"东北角的小门

【T2】建造起大观园后，宁府后花园的西侧与北侧围墙（◆注意：未造大观园之前无此围墙，而"天香楼"【J】门前夹道与宗祠大门【U】黑油栅栏【Z】前的夹道相通；建造起大观园后，由于新造起这道园墙，两夹道被筑断不通）

【U2】凤姐院

【V2】贾赦院上房

【W2】荣国府东南角的井

【X2】逗蜂轩

【Y2】大观园的后门（西北角门）

图 十

● "图十"中标记的地名：

【A】大观园西南角，即通向薛姨妈家的大观园"东南角门"（其在王夫人院的东南方，在大观园的西南角）

【B】"贾氏宗祠"五间上房（又称作：正堂、正殿）

【C】"贾氏宗祠"祖先堂（祖先寝宫）

【D】王夫人院东北角的东角门、入大观园的腰门，两者对开在"夹道"的西、东两侧，腰门上有惜春的"蓼风轩"。

【E】秋爽斋（探春居所）

【F】薛姨妈家（即第18回建大观园时，梨香院改为小戏子所居，薛家迁至荣国府"东北上一所幽静房舍居住"处）

【G】方厦（疑即秦可卿停灵的"登仙阁"）

【H】圆亭

【I】怡红院

【J】大观园园门（南大门）

【K】沁芳亭

【L】大观楼（大观园的正殿）

【M】王夫人院的上房（即正房）

【N】王夫人院正房后廊的西角门

【O】南北宽夹道

【P】凤姐院上房

【Q】箭亭

【R】贾母院上房

【S】王夫人上房后的三间小抱厦（迎、探、惜三春姐妹居所）

【T】荣国府东的东大院（后圈入并建为大观园）

【U】荣国府东边所有下人一带群房

【V】梨香院

【W】天香楼，即会芳园南大门的二楼

【X】丛绿堂

【Y】夹道（梨香院通王夫人院的夹道，也即荣府与大观园之间的夹道，也即建大观园前"宁、荣二府"间的夹道与界巷，北半段夹道上建有屋顶）

【Z】夹道中段用墙隔断处

【A1】贾赦院

【B1】蘅芜苑

【C1】大主山

【D1】稻香村

【E1】凹晶溪馆

【F1】芦雪庵

【G1】萝港石洞，也即"蓼汀花溆"，南侧洞口处有"滴翠亭"

【H1】蓼风轩

【I1】大观园门口"翠嶂"假山中的羊肠小径的"曲径通幽处"

【J1】沁芳闸东侧"沁芳池"活水的引水源头

【K1】宝玉和黛玉葬花的"埋香冢"

【L1】怡红院门口的蔷薇花障

【M1】怡红院后院的"清溪前阻"

【N1】大观园"东北山坳"（即大主山东西两峰间的山坳）

【O1】荇叶渚

【P1】元妃在怡红院后院"清溪"中登舟处

【Q1】沁芳池水从大观园东南角流出
　　园去

【R1】怡红院西墙外"沁芳池"水流
　　到其后院"清溪"处

【S1】潇湘馆

【T1】栊翠庵

【U1】荣国府外仪门

【V1】贾赦院中的夹道

【W1】贾氏宗祠前的夹道

【X1】通往大观园园门的夹道（即
　　"⌐"状南北向拐往东西向的夹
　　道）

【Y1】贾赦院的黑油大门

【Z1】东西穿堂

【A2】大观园的后角门

【B2】藕香榭

【C2】缀锦阁

【D2】秋爽斋南侧的走廊

【E2】缀锦楼（迎春居所）

图 十 一

● **图十一中路线：**

◎ 图十一 A：第 17 回贾政与宝玉"大观园试才题对额"路线（图中茶色线）

◎ 图十一 B：第 18 回"庆元宵元妃省亲"路线（图中金色线舟游至大观楼，再接浅绿色线乘坐车驾至贾母上房，再接鲜绿色线步行至大观楼，再接天蓝色线车驾出府）

◎ 图十一 C：第 40、41 回"刘姥姥秋游大观园"路线（图中黄线）

◎ 图十一 D：第 74 回"惑奸谗抄检大观园"书中所描写的不合理路线（图中靛蓝色+天蓝色，其中天蓝色线为不合理），合理路线（图中靛蓝色+绿色）

● **"图十一"中标记的地名：**

【A】宝玉顶头碰见贾政处，及其处的夹道

【B】园门（大观园南大门）

【C】翠嶂

【D】羊肠小径

【E】曲径通幽处

【F】沁芳桥亭

【G】出沁芳亭、过沁芳池一路上的山石花木

【H】潇湘馆〖当即乾隆皇帝《江宁行宫八咏》中的"绿静榭"〗

【I】青山斜阻

【J】稻香村

【K】分畦列亩

【L】山坡（杏花村往蘅芜苑处的山坡）

【M】荼蘼架

【N】木香棚

【O】牡丹亭

【P】芍药圃、红香圃〖当即乾隆皇帝《江宁行宫八咏》中的"判春室"〗

【Q】蔷薇院

【R】芭蕉坞

【S】石洞，即书中所谓的"山子洞、山洞、港洞、萝港石洞"

【T】蓼汀花溆，也即"石港"

【U】山上盘道，也即所谓的"云步石梯"

【V】池边两行垂柳杂着桃杏，即所谓的"翠樾埭"，也即"柳堤【F4】、柳叶渚【E4】"

【W】折带朱栏板桥

【X】蘅芜苑

【Y】大主山，即主山、土山、大土山

【Z】正殿（大观楼）〖疑即《嘉庆新修江宁府志》卷 12"建置、江宁行宫"中提到的"内贮历年奉颁法物"处〗

【A1】玉石牌坊（省亲别墅坊）

【B1】沁芳闸引水口处

【C1】沁芳闸桥（闸桥合一）

【D1】清堂，当即"嘉荫堂"【I4】

【E1】茅舍

【F1】堆石为垣

【G1】编花为牖

【H1】幽尼佛寺（达摩庵）

【I1】女道丹房（玉皇观）

【J1】长廊

【K1】曲洞

【L1】方厦

【M1】圆亭

【N1】怡红院〖当即乾隆皇帝《江宁行宫八咏》中的"鉴古斋"〗

【O1】花障

【P1】清溪前阻,即怡红院身后的"清流一带"、"一带水池"

【Q1】怡红院身背后往园门走去的平坦宽阔的大道,也即正甬路

【R1】荣国府"内书房"(又称"里书房"、"小书房")

【S1】荣禧堂后院

【T1】东北山坳

【U1】怡红院西侧引水入后院的岔口

【V1】怡红院西南

【W1】园东南出水口处墙

【X1】惜春房

【Y1】府后门

【Z1】后门之夹道

【A2】西街门

【B2】荣府大门

【C2】仪门

【D2】元妃登舟处

【E2】贾母院新盖的花厅

【F2】府内茶房(在入大观园的腰门【C4】、王夫人院东角门【Z4】附近)

【G2】内岸(在大观楼背后)

【H2】缀锦阁

【I2】含芳阁

【J2】蓼风轩(即【T2】暖香坞。两者的区别是:暖香坞【T2】是西房,蓼风轩【J2】是东厅)

【K2】藕香榭

【L2】紫菱洲,即【U2】迎春住处缀锦楼

【M2】荇叶渚

【N2】梨花春雨(梨香院)

【O2】"秋爽斋"南侧的走廊

【P2】荻芦夜雪(芦雪广,即芦雪庵)

【Q2】秋爽斋(前堂为"晓翠堂",后房当称"秋爽斋")〖当即乾隆皇帝《江宁行宫八咏》中的"听瀑轩"〗

【R2】凸碧山庄〖当即乾隆皇帝《江宁行宫八咏》中的"塔影楼"〗

【S2】凹晶溪馆

【T2】暖香坞(即【J2】蓼风轩。两者的区别是:暖香坞【T2】是西房,蓼风轩【J2】是东厅)

【U2】缀锦楼(迎春住处),即【L2】紫菱洲

【V2】花冢(又作"葬花处"、"埋花冢"、"埋香冢")

【W2】翠烟桥

【X2】东北山坡(大观楼处山坡)

【Y2】蜂腰桥

【Z2】沁芳溪(又作"沁芳泉",有时也称作"沁芳池",取"池"为池塘、河塘之意,在石洞口处,其即"蓼汀花溆"【T】)

【A3】山坡(贾兰射鹿处)

【B3】沁芳池(取"池"为池塘、湖泊意,指全园的中心大湖)

【C3】滴翠亭处池

【D3】滴翠亭〖当即乾隆皇帝《江宁行宫八咏》中的"镜中亭"。其南北两侧各有一桥,当即乾隆皇帝《江宁行宫八咏》中的"彩虹桥"〗

【E3】滴翠亭处山坡

【F3】宁国府大厅

【G3】贾母后院门

【H3】花冢处山坡,实即沁芳亭桥北塊与桃花树【Z3】之间相隔的栊翠庵下的山坡【S3】

【I3】花阴(黛玉望宝玉处)

【J3】大观园后门（西北角门，门旁有茶房、内厨房【W3】）

【K3】藕香榭湖对面长有桂树的山坡下

【L3】曲折竹桥（当即【J4】竹栏之径的末端）

【M3】船坞（其名为"坞"，疑即在暖香坞【T2】下）

【N3】宁府仪门

【O3】栊翠庵

【P3】大观园东北方向上的厕所（书中称之为"东北上……茅厕"）

【Q3】月洞门（怡红院旁）

【R3】白石为梁（怡红院旁）

【S3】栊翠庵下有梅的山坡，正好在沁芳亭桥北块，其即【H3】花冢处山坡

【T3】芦苇滩

【U3】夹道及西过街门"穿云、度月"、东过街门

【V3】园门口班房

【W3】后园门内小厨房（又称"内厨房"）

【X3】园门南边小花厅"辅仁谕德"议事厅〖当即乾隆皇帝《江宁行宫八咏》中的"勤政堂"〗

【Y3】聚锦门（大观园西角门）

【Z3】沁芳亭桥后头桃花树（实为沁芳亭桥北块、山【S3】【H3】背后的桃花树）

【A4】宁国府外书房

【B4】大观园东角门（与西角门相对）

【C4】腰门（隔夹道【F5】的夹道西侧的对门，便是入府的王夫人院的东北角门【Z4】）

【D4】东南角门（相对于王夫人院而言是东南角，相对于大观园则是西南角）

【E4】柳叶渚

【F4】柳堤（疑即"翠樾埭"【V】）

【G4】榆荫堂（其处有秋千）

【H4】葡萄架

【I4】嘉荫堂，疑即"清堂"【D1】

【J4】竹栏（当即"曲折竹桥【L3】"的滩涂上的竹制栈道式的竹径来路）

【K4】贾母房、贾母正室、贾母上房大厅、荣庆堂

【L4】荣国府西角门

【L'4】荣国府东角门

【M4】绮霰斋（贾宝玉外书房）

【N4】王夫人上房

【O4】凤姐院上房

【P4】贾母院垂花门（贾母院二门）

【Q4】贾赦院的上房

【R4】薛姨妈院

【S4】王夫人上房之耳房

【T4】荣禧堂

【U4】马圈

【V4】隔断的墙

【W4】荣国府外书房

【X4】贾母上房东北的"东西穿堂"

【Y4】南北宽夹道

【Z4】王夫人院东角门（隔夹道【F5】的夹道东侧的对门，便是入大观园的腰门【C4】）

【A5】宁国府内厅

【B5】第3回黛玉下轿处

【C5】宁国府通大观园的便门

【D5】贾母上房东南的"东西穿堂"

【E5】大桂树

【F5】宁荣二府间界巷（其即梨香院通王夫人院的夹道，也即荣府与大观园之间的夹道，也即建大观园前"宁、荣二府"间的夹道兼界巷。其北半段夹道建有屋顶）

【G5】大厨房

【H5】王夫人院的院门

【I5】沁芳闸处的沁芳溪

【J5】贾赦院

【K5】荣国府账房、银库

【L5】天香楼

【M5】《嘉庆新修江宁府志》卷12"建置、江宁行宫"中提到的"钓鱼台"

【N5】湖心岛

【O5】王夫人院后的那进大院子，即王夫人上房后、惜春所住的抱厦北侧的庭院

图 十 二

● "图十二"中标记的地名：

	前八十回之"太虚幻境"	后四十回之"真如福地"
【A】	牌坊，正面书"太虚幻境"	牌坊，背面书"真如福地"
【B】	宫门，上书"孽海情天"	宫门，上书"福善祸淫"
【C】	二层仪门	二层仪门
【D】	痴情司	
【E】	结怨司	
【F】	朝啼司	
【G】	夜哭司	
【H】	春感司	
【I】	秋悲司	
【J】	薄命司	"引觉情痴"殿
【K】	后面花园中雕梁画栋的建筑	
【L】	后面花园中的某处香闺绣阁	
【M】		又一宫门
【N】		几层房舍
【O】		几层房舍
【P】		又一殿宇

图 A1　中标记的地名

【A】翠烟桥

【B】怡红院院门

【C】海棠花树

【D】芭蕉、松、鹤

【E】抱厦厅

【F】窗户

【G】环绕庭院的游廊

【H】宝玉所睡之床

【I】穿衣大镜所做之门，书中称之为"镜壁"，其是十锦槅子的样式，故又名"十锦槅子"

【J】后房门

【K】跨过河流的白石

【L】月洞门

【M】篱笆花障（蔷薇花障、宝相花障）

【N】翠嶂

【O】怡红院身后的清溪一带

【P】怡红院身后的清溪一带穿过"翠嶂"向东南流出大观园的溪流

【Q】大观园正园门

【R】元妃省亲时登舟的码头

【S】柳堤

【T】出园的辇道（通路大道）

【U】障景用的分隔，用于分隔开【T】这一出园之路和由溪流【P】南岸入怡红园之路

【V】怡红院身后的清溪一带【O】穿过"翠嶂"【N】处，图中用两道虚线表达此清溪一带从"翠嶂"【N】下流出。

【W】西厢房（袭人等丫环住）

【X】东厢房（袭人等丫环住）

图 A2　中标记的地名

【A】窗

【B】房门

【C】院门

【D】四周围以游廊

【E】庭院

【F】西过街门（西侧之门额题"度月"，东侧之门额题"穿云"）

【G】东过街门

【H】腰门的东侧

【I】腰门的西侧

【J】桂花树，与对岸的"藕香榭"隔湖相望

【K】夹道，往北通"藕香榭"

【L】夹道，往南通"沁芳池"湖南岸的"秋爽斋"等

绘图说明：夹道两侧有高墙障景，绘作粗黑线。

图中路线：从 K 至 F 至 C，为上"蓼风轩"之路。

从 K 至 G 至 H 至 I，为由大观园回府之路。

从 I 至 H 至 G 至 K，为由府入大观园北侧之路。

从 I 至 H 至 G 至 L，为由府入大观园南侧之路。

从 K 至 L，为由湖之北至湖之南之路。

图 A3　中标记的地名

【A】梨香院

【B】大观园后门（西北角门）

【C】稻香村

【D】大主山西峰

【E】大主山东峰

【F】凸碧山庄

【G】荼蘼架

【H】木香棚

【I】牡丹亭

【J】芍药圃

【K】蔷薇院

【L】芭蕉坞

【M】盘山石道

【N】萝港石洞

【O】蘅芜苑

【P】翠樾埭之西堤

【P′】翠樾埭之东堤，即【R】"柳堤、柳叶渚"

【Q】折带朱栏板桥

【R】柳堤、柳叶渚，即【P′】"翠樾埭之东堤"

【S】潇湘馆

【T】大观楼

【U】通往"沁芳亭桥"

【V】蓼汀花溆

【W】藕香榭

【X】曲折竹桥

【Y】紫菱洲、迎春住的"缀锦楼"

【Z】蜂腰桥（高架而可以通座船）

【A1】芦雪庵

【B1】竹栏（当是曲曲折折的竹栏之径）

【C1】滴翠亭及其所在池塘

【D1】凹晶溪馆

【E1】座船（疑即脂批所提到的"矮顿舫"）

【F1】潇湘馆与大观楼之间障景的山坡

【G1】潇湘馆与稻香村之间障景的山坡"青山斜阻"

【H1】上"栊翠庵"的山坡

【I1】芦苇滩

【J1】想象中的"稻香村"处河上的跨河土坡

【K1】《嘉庆新修江宁府志》卷12"建置、江宁行宫"中提到的"钓鱼台"

图 A4　中标记的地名

【A】蜂腰板桥

【B】蓼汀花溆

【C】萝港石洞

【D】障景之山

【E】潇湘馆

【F】蘅芜苑

【G】大主山西峰

【H】大主山东峰

【I】凸碧山庄

【J】凹晶溪馆

【K】折带朱栏板桥

【L】障景之山

【M】嘉荫堂

【N】大观楼

【O】玉石牌坊

【P】障景之山

【Q】上"栊翠庵"之山，有红梅花树

【R】桃花树下的山石（图中标黑三角者）

【S】桃花树（在沁芳亭桥北堍的山背后，图中标黑圆点者）

【T】沁芳闸、桥

【U】葬花冢、畸角（图中标黑圆点者）

【V】第 97 回黛玉前往"葬花冢"之路

【W】第 97 回黛玉从"葬花冢"回来时绕远之路

【X】栊翠庵

【Y】石桥三港（"沁芳亭【Z】"北、南各有三港）

【Z】沁芳亭

【A1】沁芳闸流入沁芳池的引水河"沁芳溪"

【B1】沁芳亭桥北堍东侧、也即沁芳亭桥北堍上栊翠庵之山【Q】西端、想象中应当具有的跨河土坡

序

  《红楼梦》是我晚年最想认真读一遍的书，主要是以前忙于古籍研究，无暇静心品味，所以想在晚年补上这一课。鲁迅先生说"朝花夕拾"，想必也会有不同于青年、中年时的阅读感受，更能体会曹雪芹对人生的感悟。

  《红楼梦》是曹雪芹记载家事之书，这与小说创作的惯常规律是相符的，人们总是从描写自己的生活经历开始，而后步入文学的创作。《红楼梦》中那么细致的生活场景的描绘，自然就是曹雪芹亲身的经历，书中的空间自然就是自家的府第和园林，不可能完全是艺术虚构或博采众长的艺术综合，在这一点上，继宗的研究倒是与我的观感相契合。

  古人年轻时志气轩昂、鹤鸣九霄、鸢飞戾天，一旦碰壁而无出路，十有八九会遁入空门，领受佛法的洗礼。曹雪芹作为古人，也不能逃脱这样的命运。所以后四十回拎出"真如福地"，让宝玉出家于毗陵常州，貌似狗尾续貂，其实正合书名《红楼梦》透出的"黄粱迷梦"之旨。古代再荣华显赫之人，也难免势败没落之时，其心境十有八九都会走上佛、道之途，古代不知有多少文学作品与小说故事，都是在描绘这样的结局收场。后四十回这么写，历来认为有违曹雪芹本意，而继宗拎出书首第一回"情僧"之名，以及第一回点明的"美中不足、好事多魔、乐极悲生、人非物换，到头一梦、万境归空"这24字全书总纲，打通了前八十回与后四十回的佛学之脉，力证以佛门作结的后四十回是曹雪芹手笔，这倒与我几十年古书读下来所体会到的古人的人生历程，观感相通。

  程甲本是我们国家图书馆珍藏的善本，我也认真阅读过书首程伟元、高鹗那两篇序文，看不出一丝一毫后四十回是他俩续作的意涵。胡适先生认定二位先贤在说谎，在没有确凿证据之前，便有厚诬古人之嫌了。胡适先生举出的证据虽然不少，但都是带有主观性的证据，其客观者只有张问陶《红楼梦》八十回以后，俱兰墅所补"这一句。但"补"字既可以理解为从无到有的续作，也可以理解为在残稿基础上的补缀，胡适先生认定是前者，但又无法排除后者，所以他认定程、高两位撒谎，终究还是缺乏确凿证据。后人承袭其说加之阐扬，其实也都是从自己的阅读感受出发，缺乏真凭实据。而维护后四十回是曹雪芹所著者，也举不出过硬的根据，遂使后四十回著作权之争无法厘清定案。

　　王继宗是我近年来收的一名学生,跟随我学过一些版本目录学方面的知识。他在常州市图书馆古籍部工作,因为常州市领导和文化局领导、侯涤馆长对人才培养非常重视,聘我给他做指导而两相结缘。继宗喜欢研究常州的地方志文献,一般很难有大的发现,好在常州当地的文献在全国堪称一流,继宗钻研下去,倒有一些收获。比如找到了原本认为毁于八国联军而失传的《永乐大典》中的"常州府"十九卷。当然,继宗找到的是清抄本,但在原本已经佚失的情况下,这一抄本也就拾补了举世瞩目的《永乐大典》十九卷。他的这一校注成果得到 2015 年国家古籍出版资助,由中华书局出版。继宗进而又从这一大典抄本中辑出宋《江阴志》前后续三编十三卷,他的细心之处,便在于根据一般人都不知运用的缺页与跳行情况,识破宋本行格,将此宋代方志从内容到面貌全都复原于世,在方志辑佚上有新的突破,可惜无力刊行于世。

　　继宗近年来整理民国《武进天宁寺志》,一般人也都认为发现不了什么惊世文献,其实又不然。继宗细心阅读书中乾隆朝常州天宁寺方丈"大晓实彻"的传记,发现大晓居然是曹雪芹家庙南京香林寺的方丈,这就顿启继宗茅塞,恍然悟到:后四十回最后一回,出家的宝玉在常州"毗陵驿"拜别父亲贾政,其根由岂非在此?大晓是曹家家庙的方丈,与高鹗没有关系,岂非后四十回确是曹雪芹所著?由此深研下去,果有收获,遂有此三本 190 万字的钜著行将问世。此事看似偶然,其实也是继宗工夫积累使然。继宗尝对我言:他从初中开始便阅读《红楼》,至今已积三十年之功。继宗又言:曹雪芹之书引发他对古籍的兴趣,对他走上古籍研究道路有引领之功,所以他要对曹氏有所报答。秉承此志,继宗便详细研析《红楼梦》的正文与脂批,悟到了脂批暗示《红楼》空间乃真家镜像之旨,于是取《南巡盛典》中的曹家"江宁织造府"图,作南北不动、东西相反的镜像处理,以之对照《红楼梦》前八十回的空间描写,居然全部吻合;再以后四十回的空间描写加以对照,居然又相吻合。至此无论贤愚,也都可以明白,全书 120 回在空间上是一个整体。大家都知道,小说创作时的空间图存于作者的脑海,或存于作者案头,是不可能像接力棒般留传给后人,这就意味着写后四十回的人如果不是曹雪芹,那也一定是曹家人。继宗又想,此书如果是一人所写,则不光其空间为一体,其时间也能理出头绪,于是详排全书120 回每一回的时间,理出全书的时间表,发现全书共写 19 年故事。继宗还发现前人未曾发现的奥妙,便在于书中年岁的更替有"虚、实"两种。凡是明确写到过年字样者便是实年;而字面没有提到过年,只是通过季节更替,暗示换了一年,这样的年岁便是虚年。如果把虚年归并入其上的实年,则全书其实是以"19 年虚实参半的故事"来隐写作者"14 岁实年的人生"。这两套时间体系从前八十回一直贯穿到后四十回,如果两者是两人写就,第一位作者是不可能把自己隐蔽这么深的时间构思交代给他所不知道的续书人。后四十回既然与前八十回在这种"双轨制"的时间体系上相合，也就证明两者只可能是同一人写就，而此人在最后一年抄家时为14岁，则此作书人的范围，便可由上文据空间推导出的曹家人，进一步锁定为雍正六年（1728）抄家时14岁的康熙五十四年（1715）出生的曹雪芹。

继宗于是绕开大家阅读时的主观感受，全从空间与时间这大家都可以查按的客观无伪之物，来论证前八十回与后四十回的相合，于是全书乃一人所写便有了客观的结论。这时再来读前八十回的脂批与后四十回的原文，便会发现，后人如果带了胡适那种前后两人所写的主观感觉来读的话，则处处看到其异；一旦据全书的客观时空定其为一人所写后，再来阅看前书与后书，便会觉得两者前后呼应，无处不同。正如苏轼所言："以其变者而观之，天地曾不能一瞬；以其不变而观之，物与我皆无尽。"

最让人意想不到的是，继宗首次详查曹家与常州的关系。先是挖出曹雪芹的佛学导师大晓实彻尝在常州天宁寺任方丈；二是敦诚称曹雪芹"无乃魏武之子孙"即曹操的后代，同为曹操后代的东晋右将军曹横的坟便在常州大林寺，其山因此得名横山；三是横山古名"青嶂"，后名"青明峰"，形如长埂，其山又为曹家先祖之坟，故宝玉归宿的"青埂峰"便是此山；四是全书首末两回、第五与倒数第五回，呈镜像对照的格局。全书第一回宝玉出处为大荒山青埂峰，最末一回写宝玉口唱自己"居青埂之峰，归彼大荒"山，两相结合，便可见全书宝玉的出处便是宝玉的归宿，这就是第27回脂批所言的全书"归源"之旨。而后四十回最后写宝玉消失在常州城外一个土坡后面。常州一马平川，城外只有一座山，即城东20多里处的横山，所以书中写明宝玉消失的土坡便是横山，而宝玉又唱其归居青埂峰，第一回写其出自青埂峰，这便可证明横山就是宝玉的出处也即归宿地"青埂峰"。

以上所有这些曹家与常州相交集的常州元素，就是后四十回乃曹雪芹所写的一重力证。对《红楼梦》结束于常州的文化因缘的挖掘，非常州人的外地人、且非深谙常州历史掌故的常州人，是难以做到的。这既是曹雪芹留给常州的荣光，同时也是留给常州人的艰巨使命，而常州人终于不负曹雪芹的厚望，将其缘由钩沉出来，为家乡常州摘得了"《红楼》圆结地"的桂冠。

胡适除了力证后四十回不是曹雪芹所著外，又主张程乙本优于程甲本。记得当年我主持"中华再造善本"工程时，力排胡适之见，定程甲本优于程乙本。今观继宗之书，凡引后四十回之文，皆以程甲本为底本，同时又与程乙本相对校，其校记全都排在脚注中，仅百分之一二是程乙本纠正程甲本形近或音近而误之字，其余都是程乙本的臆改，为我们定程甲本为优提供了判定依据。

继宗毕业于浙江大学古籍研究所"中国古典文献学专业"，做学问以校勘异文入手，注重字词句义的疏通，用的是最笨的办法来治学，看起来和《红楼梦》

这种文学的研究有格格不入之感，其实又不然。本书便是继宗以最传统的文献学的治学手段来治《红楼梦》，处处以《红楼梦》的原文与脂批为依据，未料居然也能别有洞天，发前人之未发。

我晚年想读《红楼》之际，也未曾料到能得继宗之书供案头参照。其《宁荣府大观园图考》一书，让我读《红楼》时眼到足到，府第、园林了然目前。其《红楼时间人物谜案》一书，让我读《红楼》时，日月时间如年历般清楚不乱。其《后四十回完璧归曹》一书，可以让我不带任何偏见欣赏后四十回的味道。这三本书都是此前阅读《红楼梦》者未能读到的必读之书，给人以此前读《红楼》时未曾有过的阅读体验。要解曹雪芹《红楼梦》所写空间、时间与后四十回之味，恐离不开继宗此书。

曹雪芹言其书"满纸荒唐言，一把辛酸泪！都云作者痴，谁解其中味？"今更有与曹雪芹一样痴心之人为其书作解，曹氏亦可含笑九泉了。

序者并非红学中人，聊置数言，全是一些肤浅之谈，且言必有失。因感继宗勤奋劬劳，笔耕不辍，成绩斐然，特以此序勉励之，恭贺之。

李致忠　二零一九年九月二十一日　于北京

《红楼璧合》导读
——代前言

  《红楼梦》是中国拥有读者最多的书籍之一，常州人对《红楼梦》应当怀有一种特殊的情感和责任，因为曹雪芹把整部书的大结局写在了常州。可是百年前胡适先生剥夺了常州这一名分，因为他认定后四十回是高鹗续写，这就意味着这一结局不能代表曹雪芹的本意。

  胡适先生的结论是否经得起历史的检验？我们常州人自然不能人云亦云，而当肩负起时代和曹子赋予常州的艰巨使命，对这一命题作审慎研究。常州市民俗学会为此专门成立"《红楼梦》与常州"课题组，由青年学者王继宗领衔负责其研究，历经多年勤勉耕耘，190余万字的研究成果终于完稿并出版问世。整个研究通过客观公允的考证，恢复了应有的历史真相，可谓是："红学研究后来人，艰苦考据新论证。原著本是曹雪芹，笔下常州留踪痕。"

  为了方便读者了解该研究成果的概貌，本课题组特在书首作一导读和总拎。

一、研究主旨

  后四十回是否曹雪芹所写？从胡适先生1921年著《红楼梦考证》算起，这一命题具讼已久，到明年便是整一个世纪。

  本研究便从"空间、时间、脂批、正文、常州"这五大角度来论证回答"后四十回就是曹雪芹所写"这一世纪命题。

  整个研究过程就相当于法官判案，研究者又是毗陵常州人，最后又以曹雪芹与毗陵常州的深切关系来定案，所以这项研究成果最初定名为"毗陵判红录"。后经反复思考，取此研究能让《红楼梦》前八十回与后四十回"珠联璧合"意，定名为"红楼璧合"。

  整个研究过程力求旁征博引，用大量信实的文献资料和《红楼梦》的原文与脂批，来论证《红楼梦》前八十回与后四十回的珠联璧合，为曹雪芹赢得全书120回完整的著作权，佐证曹雪芹家族与常州血肉情深的鱼水关系，为常州赢得"红学"领域与"红楼原创地"北京、"红楼原型地"南京鼎足而三的"红楼圆结地"的应有地位，为常州的文化旅游产业发展提供有价值的素材。

二、成果分部

（一）第一部《宁荣府大观园图考》

前人都据脂批和正文来论证后四十回是否为曹雪芹所著，可谓"婆说婆有理、公说公有理"，正反双方势均力敌、不分轩轾。本研究却能独辟蹊径，首先根据脂批称大观园原型在西而非东、庚辰本批语称宗祠对联宜掉转等多重线索，考证清楚《红楼梦》所描述的小说空间"宁荣二府大观园"就是现实世界中"江宁织造府行宫"左右相反的镜像，以"江宁织造府行宫"的镜像图来对照前八十回涉及空间的文字，便能发现文、图完全吻合，从而证明"江宁织造府行宫"镜像图的确就是《红楼梦》小说的空间原型，从而在《红楼梦》空间研究方面具有重大突破。然后以此镜像图对照后四十回，发现两者又完全吻合，至此便让所有人都能得出结论：后四十回与前八十回在空间上是同一人所作的统一完整的严密整体。于是形成第一部《宁荣府大观园图考》60 余万字，图三四十幅。

（二）第二部《红楼时间人物谜案》

孤证不立，时间与空间的研究不可偏废，如果后四十回确为曹雪芹所作，则不光在空间上、更当在时间上，也与前八十回是同一人所作的严密整体。于是研究者详考《红楼梦》每一回的时间，详排全书 120 回的时间序列，发现《红楼梦》结束于宝玉19岁那年，而后四十回最后一回正写明宝玉是十九岁出家。

须知：前八十回的时间序列蕴藏在全书故事中，一般人（包括高鹗在内）很难梳理清楚，只有原作者清楚。而后四十回在时间上又与之完全衔接、血脉贯通，并且第 103 回贾雨村与甄士隐重会时有"离别来十九载"之语，第 120 回贾政称宝玉"哄了老太太十九年"，后四十回这两处明文交代清楚全书不多不少恰好结束在宝玉十九岁那年，足证后四十回与前八十回不光在空间上、更在时间上也是一个完全衔接的统一完整的严密整体。

程高本前八十回因宝玉九岁初试云雨情明显有违生理常识而改成十二岁，又把脂本分作两年的第 70、71 回改并为发生在同一年，按此排列，高鹗本的后四十回便当结束在宝玉 21 岁；怪异的是，程高本居然无视自己篡改过的前八十回的时间序列，最后仍让全书第 120 回结束于红楼第十九年，这就证明：脂本前八十回反而与程高本后四十回相吻合而成为一个严密整体，而程高本自己的前八十回与后四十回反倒不相吻合起来。这便无可辩驳地证明：后四十回与脂本前八十回乃是同一人即曹雪芹写就，后四十回绝非高鹗所写。

在《红楼梦》时间详排中，我们又发现多达 40 余例的诸多细节，证明前八十回与后四十回在时间上相互照应。正是靠这一系列文本上的确凿证据，我们方才得出《红楼梦》前八十回与后四十回继空间之后，在时间上又是一个完整整体的可信结论。其中最大的力证便是：第 85 回贾政升官宴正逢黛玉"二月十二"生日，而才过十来天的第 87 回却已是"大九月里"；这与第 13 回冬天逝世而春天办丧的秦可卿丧事中，传来的却是"九月初三"林如海刚逝世的讣闻同样荒唐。这种荒诞笔法是任何人都不敢续出来的，后四十回中居然有这种荒诞笔法的存在，这便证明后四十回只可能是"不拘小节、大有深意"且第 13 回犯过此类荒诞前科的曹雪芹的大手笔；因为没人会在续书过程中特意去学曹雪芹的荒诞前科。

在《红楼梦》的时间详排中，我们又发现全书的年份有实年、虚年之分：明显提及过年者为"实年"；没有提到过年，通过季节更替来暗示换年者为"虚年"。把虚年合并后，我们便能清楚看到：作者所写的实年就是十四年。换句话说，作者为了"讳知者"，把自己抄家时的十四岁人生，故意拆成为小说中的十九年故事。这一结论是本研究首次揭示，等于用内证的形式来证明：《红楼梦》的作者曹雪芹在雍正六年（1728）抄家时正好十四岁，他应当就是《五庆堂重修曹氏宗谱》与曹頫《代母陈情摺》中记载的、康熙五十四年（1715）生的曹颙遗腹子曹天佑。此前的研究者全都从史料考证中得出这一结论而无法定论，本研究则通过详排时间序列的方式从书中找到内证，遂使曹雪芹的身份、生年得以最终确认。以上便形成第二部《红楼时间人物谜案》50 余万字。

（三）第三部《后四十回完璧归曹》

在时间、空间这两大考证的基础上，我们已能清楚看出《红楼梦》前八十回与后四十回只可能是同一人所作的完整而不可分割的艺术整体的真相。正因为有了上述这两重足以定性的证据的引领之功，本课题组才敢自信后四十回确为曹雪芹原稿。这时再来检阅前人所谓能够用来证明今本后四十回乃他人所续的诸条脂批与前八十回的正文，我们便会发现前人都存在"先入为主"式的严重误读。

研究者首先重点研读历来被用来证明《红楼梦》仅 110 回、进而否定今本后四十回乃曹雪芹所著的三条脂批——第 21、42 两回的回前批和第 3 回"后百十回黛玉之泪"批，结果发现这三条批语不但不能证明《红楼梦》全书是 110 回，反倒恰好可以用来证明《红楼梦》全书为 120 回，而且反倒更能用来证明脂砚斋这一批《红楼梦》的最初读者所读到的后四十回，居然与今本后四十回完全一致。

在这三条脂批的鼓舞下，研究者又重点研析"袭人出嫁后云好歹留着麝月"

批、蒋玉菡"与袭人供奉玉兄、宝卿得同终始"批、"他人得宝钗之妻、麝月之婢"批，发现据这三条脂批来认定"袭人出嫁于宝玉出家前"纯属误读，这三条脂批全都不是在说后四十回的情节而另有其意。

在获得这六条脂批正解的鼓舞下，研究者又对书中所有脂批，特别是俞平伯、周汝昌两位红学泰斗拈出的所谓与后四十回不合的脂批，做认真而详慎的分析与解读，发现它们与后四十回没有丝毫违背。

证明了"脂批无违"后，研究者才敢作前八十回与后四十回的"正文勘合"工作，即把前八十回与后四十回的正文拿过来认真分析、相互参看，找到前八十回正文与后四十回正文从主线主旨到表现手法，从细节接榫到匪夷所思的错误与描述等诸多方面相吻合的成系列的全新实证。研究者所举出的实例数量远超前人，而且有成系列的全新证据被挖掘出来，从而使得"后四十回与前八十回是同一人所创作的统一完整的艺术整体，后四十回就是曹雪芹所作"这一结论获得全面而系统的论证，令人更加感到确凿可信。

在本研究的最后，研究者还找到曹雪芹与常州的密切关系，即曹家家庙南京香林寺方丈"大晓实彻"禅师，在曹雪芹创作《红楼梦》的后五年（1750年至"甲戌本"定稿的甲戌年1754年），已经来到常州天宁寺任住持（见《武进天宁寺志》卷七《大晓彻禅师行略》）。曹家肯定有人在抄家后看破红尘，跟随大晓禅师出家修行，此时也当一同来到常州。作者曹雪芹在大晓禅师刚到常州天宁寺那年的冬天，陪同叔父脂砚斋曹頫，由京杭大运河坐船经过常州，在常州修行的这位曹姓出家人前来船头拜别，吟诵悟道偈，这便是全书最后那幕宝玉出家后在常州"毗陵驿"拜别贾政情节的原型由来。常州与曹雪芹有这层深厚的佛学关系，而高鹗人生中找不到这样的佛学关联，这也是证明后四十回乃曹雪芹所著的全新证据。以上便形成第三部《后四十回完璧归曹》70余万字。

三、创新发现

（一）第一部《宁荣府大观园图考》的创新点

①前人都据《红楼梦》的描述来重绘"大观园"图，而本研究则是证明"江宁织造府行宫"古图的镜像图就是《红楼梦》中"宁荣二府大观园"的空间原型。等于我们再现《红楼梦》的空间用不着前人那种"盲人摸象、人言人殊"的主观绘制，我们只需要在古图镜像图中"对号入座"，从而具有前人无法比拟的客观性。从此大众阅读《红楼梦》恐当人手此第一部书，在书中据"江宁行宫"镜像图标注绘制而来的诸图上按图索骥。其核心观点，研究者王继宗曾与其大学同学李冬航一同切磋商讨，撰成15000字长文《〈红楼梦〉宁荣二府大观园乃江宁织造府行宫镜相考》，发表在《数字通信世界》2019年12月刊。

②书中对"宁荣二府大观园"的每个空间，都能根据《红楼梦》原文并对照乾隆朝古图的镜像图，来分析其建筑格局与建筑形制。古建筑与古园林设计师拿到这第一部书，便能根据自己的专业知识来复原"宁荣二府大观园"，此第一部书便具有相当大的旅游开发与商业应用价值。

③用《红楼梦》书中的内证，考明脂砚斋就是曹頫，《红楼梦》开笔、开批于乾隆九年，从而在康乾盛世时间坐标体系中锚定《红楼梦》全书的时间。

（二）第二部《红楼时间人物谜案》的创新点

①指明作者为了"讳知者"，不光对空间做镜像处理，更对时间做拆分处理，即把自己人生的第九岁拆为四年，又把自己人生的第十二岁拆为三年，从而把自己抄家时的十四岁人生拆为十九年故事，形成《红楼梦》全书独有的"双轨制"时间体系，许多《红楼梦》的时间之谜得以迎刃而解。

②作者为了"讳知者"，在人物关系上有意制造与现实原型不同的谜局，其最突出的例子，便是把贾赦原型拆分为贾赦与贾敬两人，据此便可解开"珍大爷无弟、琏二爷无兄"之谜。

③戴不凡先生生前未完的秦可卿八月十六凌晨四更"淫丧天香楼"的考证，本书另辟蹊径，完全根据书中内证来详细考明。作者"不写之写"的高妙笔法，世界罕匹。

④用书中内证和书外史料两相结合，考明脂砚斋曹頫的生年、平郡王妃曹佳氏的生卒年、贾宝玉也即曹雪芹的生辰八字。

⑤全书以"三春"代表曹寅、頫、頫三代江宁织造，即："寅"为正月，正月初一生的元春为第一代江宁织造曹寅，其他二月初二、三月初三生的迎、探二春影射第二、三代江宁织造頫、頫便迎刃而解；而四月初四生的"惜春"在家修行，便是作者曹雪芹这位"情僧"的象征——曹家如果不抄家，曹雪芹便是第四代江宁织造，用"四姑娘"惜春来影射曹雪芹也非常贴切。

⑥作者以第 58 回老太妃之葬来影写雍正元年的康熙国葬。

⑦作者第 18 回元妃省亲影写的不是康熙南巡，而是作者七岁时姑姑平郡王妃省亲。第 13 回秦可卿丧事影写的是作者八岁时的、康熙六十一年年初姑姑平郡王妃的大丧。

（三）第三部《后四十回完璧归曹》的创新点

①历来认为在说全书只有 110 回的三条脂批——第 42、21、3 回脂批，恰可证明全书是 120 回，而且还可证明脂砚斋读到的后四十回与今天程高本的后四十回高度一致。这是颠覆红学界的大发现。因为"百年红学"研究下来，脂批与程高本日益对立，而本书的发现证明两者完全一致、无有矛盾，其矛盾皆是后人理解有误的"误会"所致。

②历来认为是在说袭人出嫁于"宝玉出家"前的三条脂批——第28、20、21回脂批，当理解为袭人出嫁于"宝玉出家"后，与今本后四十回完全吻合。

③对俞平伯、周汝昌两位红学泰斗指出的所谓与后四十回不合的脂批，逐条做驳正，证明两者无有违背。前人更多的是证明脂批与后四十回不合，而本研究的创新点，便在于重新认真审读前人认为与后四十回不合的脂批，证明它们与后四十回无有不合，从而也就能够证明：脂砚斋所读到的后四十回与今本后四十回没有丝毫大的不同。

④列举前八十回正文与后四十回正文"细节接榫、情节照应、预言应验、主线贯穿、主旨相通、手法相同"，并找到了一系列只有用"曹雪芹初稿"方才可以理解的低级错误、只有用"曹雪芹所写"才能解释得通的匪夷所思的文字，全面而系统地论证清楚"后四十回与前八十回是同一个人创作的、前后照应而不可分割的艺术整体"，使得"后四十回乃曹雪芹原稿"这一结论更加确凿可信。进而在此基础上，判定程、高二人在《红楼梦》序言中所说为可信，胡适先生、俞平伯先生等红学泰斗有关"后四十回非曹雪芹所著"的结论实为主观臆断。

⑤曹雪芹与常州在佛学和祖坟方面的关系，导致《红楼梦》全书以"宝玉出家"这幕情节圆结于常州，这两大史实也是本研究首次披露。

四、论证思路

本研究绕过了向来各执一词、难以论定的"脂批"与"正文"这两类证据，独辟"空间、时间、常州"这三条蹊径来论证"后四十回曹著"这一世纪命题，角度全新、证据确凿、堪可定论。特别是"时、空"这两重证据浅显易懂，妇孺皆可理解，可以免去烦琐的考证、枯燥的论说，具有出奇不意的制胜功效。

正因为有这两重前人所未能掌握到的"生力军"般力证的定性之功，以及其所得出的"后四十回与前八十回乃一整体"的方向感的指引，我们再来返观前人众说纷纭、莫衷一是的"脂批"和"正文"，便登时有了高屋建瓴般一泻千里之势，如快刀劈竹，数节之后节节迎刃而解、一劈到底，而且一路上前人未曾见过的新发现层出不穷、酣畅淋漓。

虽然本研究论证"脂批"时，仍有枯燥涩滞、烦琐费解之感，而且脂批提及的已佚情节还需要做一些主观蠡测，但由于有"时间、空间、正文（从细节到主旨）、常州"这四方面力证的扶植，最终仍能抽丝剥茧般得出正确的结论来。

五、本研究的重大意义

（一）脂批与后四十回相合无违

百年红学研究下来的最大弊端便是导致"脂批"与"程高本后四十回"的

日益对立：一小半人以"程高本"为真而"脂批"为假，另一大半人则以"脂批"为真而"程高本"为伪。唯有本研究在红学研究领域首次打通"脂、程"两家，证明两者合多、异少，而且其相异之处全都情有可原，断非作伪。

本研究根据脂批与后四十回的相合来证明脂砚斋所见到的八十回以后的文字与今本后四十回相同，堪称是颠覆百年红学研究的惊世发现。这一结论既证明了后四十回非伪，就是曹子原稿；又证明了脂批非伪，乃曹子原意——前者对于红学研究尤其具有全局性的深远影响。

（二）《红楼》梦圆，曹子含笑

民国以来，胡适先生让大家开始怀疑后四十回乃高鹗所作，今人又因高鹗无此才情而疑为另一无名氏所作，于是《红楼梦》便被后人割裂成前八十回与后四十回两大块。本研究从"时间、空间、脂批、正文、常州"这五大方面考证清楚"前八十回与后四十回乃同一人所作的不可分割的完整整体"的结论，遂使《红楼梦》得以"破镜重圆"、前后120回的著作权得以圆满归属曹雪芹，此项研究堪称是"《红楼》'梦'圆录"。

"后四十回的作者乃曹雪芹"堪称是跨越百年的世纪命题，百多年来一直论不清、证不明。而本研究在红学界首次通过时间与空间这两大全新角度，对这一跨世纪难题提供最通俗直观的论证思路，让所有人（包括妇孺在内）一听一看便都能明白而得出"后四十回作者就是曹雪芹"的结论。在此基础上，我们再从偏于思辨的"脂批、正文、常州"这三大方面，对这一命题作最全面而系统的论证。遂为解决这一红学难题，给出了既全新、又全面的令人信服的依据。

相信本研究成果的出版，一定会为中国文学史上的最大冤案平反，让前八十回与后四十回完美合璧，还曹雪芹应有的《红楼梦》全书120回的完整的著作权。在此号召大家以实际行动一同来作曹公的真知音、一同来圆《红楼梦》!

研究者为使曹子真意彰人间，一方面是在竭力捍卫胡适先生《红楼梦》前八十回乃曹雪芹所著的观点，另一方面又堪称是在"甘冒天下之大不韪"，像"蚍蜉撼大树、可笑不自量"般，力图纠正胡适先生倡导、无数学者历时百年锻炼而日益"积非成是"的《红楼梦》后四十回乃高鹗或其他无名氏"所著的观点，竭力证明并坐实后四十回也是曹雪芹所著。这为的就是要让胡适先生的偏见在流传快要一百周年之际终于得以纠正，为的就是要让《红楼梦》全书120回得以"破镜重圆"，让《红楼梦》全书120回的著作权全部断归曹雪芹，代表我们这个时代红学研究的应有认识，不至于让后人哂笑我们真伪不辨、弄真成假。

（三）空间得明，时间理清

本研究考明了前人魂牵梦绕、百思不得其解的《红楼梦》空间之谜，使"宁荣二府大观园"复生于人间、再现于读者面前成为一种可能。

作者为"讳知者"而以十九年故事隐写自己十四岁人生，本研究对《红楼梦》全书这"双轨制"的两大时间系统的理清，使得《红楼梦》中的故事情节得以落实到曹雪芹人生和康熙盛世的时间坐标体系中来。

在《红楼梦》的"空间"与"时间"这两大研究领域方面，本研究成果堪称具有里程碑式的意义。

六、产业借鉴

本研究成果对于促进常州文化旅游产业的发展具有重大意义，可谓在"红学"的天地里从此翻开了常州的崭新篇章。

（一）常州是曹雪芹亲定的《红楼梦》圆结地

《红楼梦》圆满结束在常州运河岸上的"毗陵驿"，因为《红楼梦》第120回贾宝玉在"毗陵驿"的运河船头拜别父亲贾政，消失在常州郊外白茫茫雪原的一座土坡后面，这一情节丝毫没有违背第5回《红楼梦·收尾》曲所唱的"落了片白茫茫大地真干净"，著名小说家白先勇便盛赞这一全书的大结局意境空灵，是全书写得最美的篇章。

可惜世人深受1921年胡适先生《红楼梦考证》一书结论的影响，认定后四十回是高鹗狗尾续貂、以假盖真，不能代表曹雪芹原意；这一结论对于常州、对于《红楼梦》全书的伤害可谓真的太深了！

其实，事实真相并非如胡适所说。因为民国濮一乘编纂的《武进天宁寺志》卷七，有乾隆朝常州天宁寺方丈"大晓实彻"的传记《大晓彻禅师行略》，称"织造部堂曹大护法"任命他为香林寺住持。吴新雷《曹雪芹江南家世考·〈香林寺庙产碑〉和曹寅的〈尊胜院碑记〉》，考明香林寺就是曹雪芹家在南京的家庙。《红楼梦》作者曹雪芹在第一回中声称自己"因色悟空"成了"情僧"，改书名《石头记》为《情僧录》，可见全书带有深厚的佛学底蕴，其家庙方丈大晓实彻，无疑就是曹雪芹幼年时的佛学导师。

《武进天宁寺志》卷七《天涛法师行略》又载："大晓师翁，……庚午（乾隆十五年，1750）夏，师翁以常州绅衿请，住'天宁'。"而《大晓彻禅师行略》写明大晓禅师乾隆二十二年（1757）"丁丑……偈毕以终"。《红楼梦》甲戌本开头称：曹雪芹"批阅十载、增删五次，……至脂砚斋甲戌抄阅再评，仍用《石头记》"，红学界基本认定这是乾隆十九年甲戌岁（1754）定本时写下的话语，则曹雪芹创作《红楼梦》的十载便是从乾隆九年（1744）到十九年（1754），大晓禅师到常州天宁寺任住持的年岁，正是曹雪芹创作《红楼梦》那十年中的后五年——1750 年至 1754 年。

《红楼梦》第 120 回写贾政到南京葬毕贾母，派贾蓉护送黛玉棺材到苏州下葬，自己则收到家信后匆忙赶回北京，途经常州毗陵驿。可是从南京回北京显然到不了常州，作者不顾常理，起特笔书写到常州，只能证明常州在其心目中实在是大为重要，只能证明常州与全书"宝玉出家"这一结局实在是密切相关。常州得以成为《红楼梦》这部书的圆满结束地，成为宝玉人生的功德圆满地，关键原因便在于作者曹雪芹的佛学导师"大晓实彻"此时就在常州天宁寺任方丈，而其又有某位曹姓至亲家人因抄家看破红尘，追随禅师出家修行于常州。曹雪芹与常州有如此深厚的佛学联系而高鹗没有，任何续书人都不敢续出从南京到北京要经过常州的荒诞情节，以上两点便是可以用来证明后四十回"宝玉在常州毗陵驿别父"这幕情节乃曹雪芹所写而非他人所续的铁证。

（二）后四十回是曹雪芹所著的最简证明

研究者历时数年，从"时间、空间、脂批、正文、常州元素"这五大方面，论证清楚后四十回就是曹雪芹所著的初稿（即第一稿），而非曹家之人或曹家以外的人（如高鹗）所续写。厚积必可薄发，此 190 余万字的研究成果，可以用最最简单且有说服力的一条证据来证明而定案：

前八十回的第 3 回写明："原来这袭人亦是贾母之婢，本名'珍珠'。贾母因溺爱宝玉，生恐宝玉之婢无竭力尽忠之人，素喜袭人心地纯良，克尽职任，遂与了宝玉。"可见珍珠给宝玉作贴身丫环后改名为"袭人"，两人是同一人。

而后四十回中袭人与珍珠同时出现的例子比比皆是，最明显的例子便是第 96 回傻大姐把"掉包计"泄露给黛玉时说："我白和宝二爷屋里的袭人姐姐说了一句：'咱们明儿更热闹了，又是宝姑娘，又是宝二奶奶，这可怎么叫呢？'林姑娘，你说我这话害着珍珠姐姐什么了吗？她走过来就打了我一个嘴巴，说我混说，不遵上头的话，要撵出我去。"

如果后四十回是续书，续书者续前八十回，绝不可能续出袭人与珍珠是两个人的话来。写袭人与珍珠是两个人的后四十回只可能是初稿：即在作者的最初稿中，珍珠和袭人是两个人，而我们今天读到的前八十回已是作者"增删五次"后的第五稿，珍珠与袭人早已由两个人合并为一个人。

此例便是能够用来证明后四十回是曹雪芹所写"原稿、初稿"，而非曹雪芹以外的曹家人、或曹家以外的人（如高鹗）所续"续书"的铁证。因为续书没有必要不续众人皆能读到的定稿，而去续只有原作者才可能看到的初稿。

至于有人硬据此认定今本后四十回是在续写曹雪芹的初稿而非第五稿，那就显得荒谬绝伦了。因为曹家以外的人读不到初稿，只可能看到第五稿，他们只可能根据今本前八十回的第五稿定稿来续，而不可能去续什么初稿；曹家之人的确有可能读得到前八十回的初稿，但他们肯定又能看到连外面人都能看到的前八十回的第五稿定稿，他们要是来续书的话，自然也会去续大家都能读到的今本前八十回，而不可能去续大家都不可能看到的作者曹雪芹此前某一稿的这一未定草稿。

（三）后四十回是曹雪芹所著的系统证明及又一至简证明

研究者这一 190 余万字的研究成果，证明了《红楼梦》从情节内容到空间格局全都具有鲜明的自传性。书中描写的空间就是镜像版的"江宁织造府行宫"。我们从古籍中一共找到了三幅"江宁织造府行宫"的乾隆朝古图，将其作东西相反的镜像处理后，对照《红楼梦》前八十回和后四十回的空间描写，均完全吻合：至此所有人，就连妇孺在内，也全都不用教、不用说，便可明白《红楼梦》全书 120 回均为曹雪芹一人所写，断非两人所作之文。

当然，《红楼梦》全书 120 回如果真是一人所写，则不光空间能够考明前后相合，其时间也当如此。研究者于是又细考《红楼梦》每一回的时间，发现前八十回与后四十回在时间上又相互贯通、丝毫不差。在排查全书时序的过程中，又有幸发现前八十回与后四十回"藕断丝连、血脉贯通"的细节实例多达 40 余处，这全都是作者曹雪芹慧心伏笔所埋下的、能够用来证明后四十回是他自己所著的内证（这就好像曹雪芹预料到百年后有人要夺他后四十回的著作权而作的有先见之明的伏笔），此处限于篇幅，仅举一例以概其余：

第 42 回王太医给贾母看病，贾母说：当日有个王君效，好脉息！王太医忙含笑称是自己的"家叔祖"。第 83 回贾琏带王太医给黛玉看病，想让紫鹃先说一下黛玉病情，王大夫阻止说："等我诊了脉，听我说了，有不对处再让姑娘们告诉我。"诊脉后，王大夫说了近百字黛玉的病因、病况，紫鹃点头称叹其"说的很是"。第 83 回的这段描写便是第 42 回"好脉息"三字的生动注脚。曹雪芹用"草蛇灰线"之法，在前八十回伏下"好脉息"三字，专程留待 41 回后的第 83 回来写，这种"伏脉千里"的细节照应远隔千山万水，断非曹雪芹以外的其他人所能看破、拎出而接续得上。

（四）运河岸边的常州横山是宝玉最终归宿地的证明

《红楼梦》第 120 回写贾政"行到毗陵驿地方，……泊在一个清静去处"，宝玉在一僧一道陪同下到船头拜别，"三个人飘然登岸而去。贾政不顾地滑，疾忙来赶，见那三人在前，哪里赶得上？……转过一小坡，倏然不见。……贾政还欲前走，只见白茫茫一片旷野，并无一人。"

常州城从"毗陵驿"开始一路繁华，唯有天宁寺旁的东城濠处开始进入东郊，方才有茫茫旷野可以看到，其处便是今天的红梅公园，《红楼梦》主线情节暨宝玉人生的最后落幕地便在这儿。由此处东望，便可遥望见常州城郊仅有的一座山"横山"。此山高仅百米，与常州城又相隔12公里，所以《红楼梦》书中便据此观感而把它写成为"一小坡"。此山西麓有大林寺，东麓有白龙观，正合宝玉追随一僧一道出家之旨。

横山原名"芳茂山"，因安葬东晋右将军曹横而得名"横山"。曹横是曹操子孙，西晋代替曹魏后，把曹操子孙分散到各地，曹横一支便来到常州城东的横山定居。曹雪芹好友敦诚有《寄怀曹雪芹（霑）》诗："少陵昔赠曹将军，曾曰魏武之子孙。君又无乃将军后"，点明曹雪芹一家很可能是魏武帝曹操的后人。则曹横即便不是其嫡亲祖先，也是其同宗祖先，曹横坟遂可视为曹家祖坟。

横山白龙观前又有"内、外"两个"龙潭"，相传是曹横斩蛇救母的圣迹。《红楼梦》第29回贾府在清虚观打醮演戏："头一本《白蛇记》，……是汉高祖斩蛇方起首的故事。第二本是《满床笏》。……第三本是《南柯梦》。"这便是作者用戏名来概括贾府也即曹家的发家史：由祖上创业（"斩蛇起首"），到后辈富贵（"满床笏"），最后抄家而"南柯一梦"。"斩蛇起首"固然说的是汉高祖起义建立汉家天下的故事，回到原型中来，曹家祖先曹横年轻时也斩过蛇，作者未尝不是借《白蛇记》来影写自家祖先的神奇由来。

《咸淳毗陵志》卷26载曹横将军的墓位于大林寺后，则大林寺便是守曹家祖坟的坟庵，难怪最后一回曹家那位出家人要消失在常州城东的小坡"横山"之后。《红楼梦》第5回判词"玉带林中挂"也一语双关，既关林黛玉之名（"玉带林"），又关宝玉结局，即：宝玉出家后，挂单于带"林"字的禅林中，也即挂单于常州城东郊的"东南第一丛林"天宁寺和城东24里处的横山"大林寺"。其所影写的原型，便是曹雪芹那位至亲族人出家于常州天宁寺大晓禅师法座之下，学成后又挂单修行于横山自家祖坟前的"大林庵"。

早在曹雪芹祖父曹寅时，曹家便与常州天宁寺、横山大林寺结下深厚交情。即《武进天宁寺志》卷一"建筑"载：湘雨纪荫禅师在康熙三十一年（1692）出任常州天宁寺住持。12年后，曹寅保举其担任扬州高旻寺住持，见《关于江宁织造曹家档案史料》第29页康熙四十三年（1704）十二月《江宁织造曹寅奏以僧纪荫住持高旻寺摺》。纪荫禅师有《宗统编年》一书，书首题名中有弟子秉岳之名，而秉岳便是大林寺方丈，见《道光武进阳湖县合志》卷14第46页"大林庵"："国朝康熙四十四年（1705），圣驾南巡，寺僧秉岳，于扬州高旻寺接驾，钦赐唐诗一首，挂对一联。"此时正是曹寅与纪荫在扬州接康熙皇帝第五次南巡的大驾，大林庵又是曹家祖坟所在，由此更可看出曹雪芹祖父曹寅与横山大林寺关系的密切，则曹雪芹的至亲族人在常州天宁寺出家后，挂单修行于曹家祖坟前的横山大林庵也就不足为怪了。

横山最出名的文人是明初的谢应芳，他有关横山、横山大林寺的诗文，也对曹雪芹创作《红楼梦》大有启发。如谢氏《龟巢稿》卷十《大林庵佛像装金法事疏》首句"补陀岩圆通法会，妆假成真"，"真、假"并举，佛理无限，直启《红楼梦》"假作真时真亦假"的佛门玄旨。卷17《和游大林庵韵》首句"石头数里横山路，丹井多年羽士家"，点明横山（青明山）多石头，又与《红楼梦》以青埂峰下的石头为主角堪称吻合。

（五）横山"青明峰"就是《红楼梦》的出处地与圆结地"青埂峰"

横山分西"青明峰"、东"芳茂山"两峰，青明峰应当就是青埂峰的原型。《武进县地名录》第461页载青明山"以青翠明亮之意得名"。其山往北延伸十数里到达舜过山，再往东延伸数十里到达江阴城。其山虽然高仅百米，不很壮观，但形似一道青色的土埂、绿色的长城，故可视为"青翠明目的如埂之峰"，正合"青埂峰"之意。而且《咸淳毗陵志》卷15"横山"条又载宋人胡宿用"此地横青嶂"的诗句来描绘此山，足见横山自古又名"青嶂"峰，与"青埂"之音更相接近。因此，"青明峰、青嶂峰"与"青埂峰"音义俱通，当是"青埂峰"的原型。

相比于青明峰，芳茂山更是名闻天下。因为明初有大文豪谢应芳在此授徒，乾隆朝有被袁枚誉为"天下奇才"的大名士孙星衍以此为号。其山顾名思义，便是满山芳草萋萋，一派荒莽景象，正与"大荒山"字面所体现出来的荒芜而杂草丛生的景象和意境相合。而且"芳茂"之音又与"荒莽"相接近。由此可知，"芳茂山"当即"荒莽山"，难怪会成为曹雪芹笔下"大荒山"的原型。

《红楼梦》又名"石头记"，是自小生长在江南的南京人曹雪芹，在北京所追忆的自己这位昔日"石头城"第一公子的繁华往事。作为江南人写江南事，其"大荒山、青埂峰"取材于"石头城"南京东南方向不远处的曹家祖坟所在地的常州横山"芳茂山、青明峰"，又何足为怪？

（六）常州横山就是宝玉出处与归宿地"青埂峰"的《红楼梦》内证

《红楼梦》第一回言明宝玉出处地是青埂峰："原来女娲氏炼石补天之时，于大荒山无稽崖炼成高经十二丈，方经二十四丈顽石三万六千五百零一块。娲皇氏只用了三万六千五百块，只单单剩了一块未用，便弃在此山青埂峰下。"

《红楼梦》最后一回言明宝玉的归宿地是在常州"毗陵驿"外的一个小坡："只听见他们三人口中不知是哪个作歌曰：'我所居兮青埂之峰，我所游兮鸿蒙太空。谁与我逝兮吾谁与从？渺渺、茫茫兮归彼大荒！'贾政一面听着，一面赶去，转过一小坡，倏然不见。"可见贾宝玉消失在常州城外一个小坡之后，归宿于青埂峰、大荒山。

要想证明宝玉出处地同时也是其最后归宿之地"大荒山、青埂峰"就是常州横山的关键，便是本研究所力图证明的后四十回乃曹雪芹所著。一旦这一点得以证明，便意味着全书 120 回的首末两回、第五与倒数第五回均呈镜像般前后照应的格局。全书如此前后严整统一的总体格局，本身也就能证明后四十回与前八十回是同一作者曹雪芹构思写就的统一完整的艺术整体。全书这一首一尾的镜像照应便是：

前八十回的第五回"贾宝玉神游太虚境、警幻仙曲演《红楼梦》"，让宝玉梦游太虚幻境，而后四十回的倒数第五回即第 116 回"得通灵幻境悟仙缘、送慈柩故乡全孝道"，让宝玉在晕厥中再度魂游警幻仙境，看到第 5 回牌坊上的"太虚幻境"四个字翻牌成了"真如福地"，看到第 5 回宫殿上的"孽海情天"四个字变成了"福善祸淫"，"薄命司"殿的殿名也化作了"引觉情痴"殿，第 116 回与第 5 回有关"太虚幻境"的描写完全呈镜像对照的格局。

全书第 1 回为"甄士隐梦幻识通灵、贾雨村风尘怀闺秀"，而第 120 回为"甄士隐详说太虚情、贾雨村归结《红楼梦》"，两者全都以甄士隐、贾雨村两人的一同出场来构思全书的起结，这也如同镜像般两相照应。而且第 1 回写甄士隐看到了一僧一道手中那块青埂峰下顽石幻化而成的通灵宝玉，然后一僧一道携此通灵之玉入了"太虚幻境"的牌坊；而第 120 回写甄士隐度化英莲后，从"太虚幻境"牌坊内走出，迎面碰上一僧一道携此通灵之玉前来销号，然后打算将其打回原形、送归原位（即第 120 回所谓的"返本还原"）；第 1 回最开头"空空道人"读到复归原形、复还原位的顽石身上的故事，而第 120 回又写空空道人再度读到这复归原形而回归原位的顽石身上故事。总之，第一回与最后一回也完全呈镜像对照的格局。

正因为《红楼梦》全书首末两回、开头第五回与倒数第五回均呈镜像般的前后照应，因此全书第一回与最后一回关于贾宝玉出处和归宿的文字，便可以"互文见意"。这就意味着：宝玉就出自末回所说的常州，末回所说的宝玉消失的常州那座小坡——横山"芳茂山、青明峰"，便是首回所言的宝玉出处"大荒山、青埂峰"。

人们或许会拘泥于常州横山这座土坡太小，而怀疑此山能否有资格作为《红楼梦》所提到的故事出处"女娲炼石补天"的所在？其实这座横山也不小，绵亘数十里至江阴城下，只不过第 120 回是从常州城东遥望这 12 公里外的百米高的横山，故而只能形成小土坡般的观感写入书中。而且"山不在高，有仙则名；水不在深，有龙则灵"：横山有登仙馆"大林寺"，有登仙台"白龙观"；前者有羽化升仙的道士王八百，后者有能降雨佑生的白龙神；前者先为道观而后为僧寺，后者则历来就是道观，两者叠加在一起，正合宝玉最后追随一僧一道消失于常州城东山坡后的描写。

（七）本研究树立起常州在"红学"中应有的自信

本研究所论证的"后四十回乃曹雪芹所著"的结论，从此"定海神针"般地树立起苏南名城常州在红学中的应有地位。

以上我们所作的"后四十回乃曹雪芹所著"研究的最终落脚点，便落在《红楼梦》"宝玉别贾政于常州毗陵驿"的结局并非高鹗续写而是曹雪芹原稿，从而有力地证明常州是曹雪芹"亲定"的《红楼梦》句号。

常州在红学界的地位真可称得上是"不研究不知道，一研究便发现真的很高"！可谓："北京是《红楼梦》的原创地"（即整部小说的创作地），"南京是《红楼梦》的原型地"（即主要故事的发生地），"常州是《红楼梦》的圆结地"（即贾宝玉人生功德圆满、《红楼梦》全书空灵结局之地）。在红学的天地里，常州应当和北京、南京具有"鼎足而三"的同等地位，这也是以"勇争一流、耻为第二"作为时代精神的"中国历史文化名城"常州，其历史文化自古一流的重要体现。

作者曹雪芹文笔高妙，书中丝毫看不出贾府究竟在南京还是北京，"原创地是北京，原型地是南京"这是红学研究出来的结论，并非作者直笔写明。作者在《红楼梦》第5回正式故事开场后唯一写明的、主人公贾宝玉亲自涉足的地点其实只有一个，那就是常州的"毗陵驿"①。这是《红楼梦》主角贾宝玉人生的圆满地，是《红楼梦》正文主线情节的故事圆结地。常州可谓雀屏中选，独占曹雪芹亲点之赐。

常州与《红楼梦》有着如此深厚密切的文化联系，自然应当肩负起纠正胡适先生偏见、恢复历史应有真相的时代使命，让《红楼梦》全书120回破镜重圆于常州，把后四十回著作权在常州断归曹雪芹，把《红楼梦》中的府第园林所承载的艺术人生、中华文化百科在常州复活展现给全世界。

常州作为曹雪芹亲定的《红楼梦》圆结地，常州完全有资格肩负起曹雪芹和时代一同赋予常州的全新文化使命，把曹雪芹亲赐给常州的《红楼梦》的圆满句点，转化成为弘扬"红楼文化"的崭新起点，以《红楼梦》为载体，弘扬中华民族优秀的物质文明和精神文明，为中华文化的伟大复兴贡献自己这座城市的才智和活力。

（八）《红楼梦》与新时代赋予常州的文化新使命

《红楼》遗梦在运河，江南大运河岸上的常州城区与横山镇区建设《红楼梦》文化之旅"意义非凡。

---

① 书中第一回写到苏州是与甄士隐有关，第二回写到扬州是与林黛玉有关，这两者都不是故事的主线情节。与故事主人公贾宝玉有关的故事主线情节所写明的地点，其实只有常州运河岸边的"毗陵驿"这一处。

我们只要能够证明后四十回是曹雪芹所写，根据上文所揭示的曹雪芹谋篇布局时擅长的首尾"镜像对照"的构思原则，便能把宝玉的出处地"大荒山、青埂峰"，与其归宿地——常州城外的小坡"横山"这一"芳茂山、青明峰"，合二为一；贾宝玉出处地"大荒山、青埂峰"的原型，便可以毫无疑义地锁定在常州近郊的唯一之山横山"芳茂山、青明峰"。

其论证的关键便是要能证明后四十回是曹雪芹所著，而研究者这190万余字的研究成果，便能牢不可破地支撑起这一结论。一旦证明了这一点，大家便能清楚地看出《红楼梦》全书120回呈现严整的镜像对照关系，第一回宝玉的出处，便可以和最末一回宝玉的归宿呈镜像对照而可以"互文见意"。这便意味着：宝玉消失在常州也就意味着宝玉出处在常州。这正是脂批两次所提到的作者创作时秉承的"归源"之旨。所谓"归源"，就是归结于源头，也即回到原点来结束全书而不忘初心。这两条脂批便是第27回甲戌本的回末总批："'埋香冢'葬花，乃诸艳归源"；庚辰本此回的回前总批："《葬花吟》是大观园诸艳之归源小引"。

既然贾宝玉源自常州横山，归于常州横山大林寺（前者指横山有其祖坟，大林寺是其坟庵，故贾宝玉的原型曹雪芹曹家的源头便在常州横山；后者指"玉带林中挂"暗示宝玉的出家原型这一曹雪芹至亲族人，因抄家看破红尘、出家修行于常州天宁寺后，又挂单定居在横山大林寺），则《红楼梦》的"宁荣二府大观园"或许可以建造在常州运河岸边的横山之麓，这是天下谁也抢不走的宝贵资源。我们的论证有根有据，以理服人，将会赢得大众的认可而盛名远扬。

因此，研究者大胆认为：《红楼梦》"大观园"复建于横山，将有可能为常州的文旅事业掀开全球瞩目的长青篇章，常州的"红楼文化之旅"或许会成为将来常州文旅版图中的核心之作。研究者在此尝试作一天马行空式的粗略构想：

首先，研究者为"常州横山"这一《红楼》圆结地同时也是宝玉出处地，找到了"宁荣二府大观园"的三幅乾隆朝古图，又找到了两幅"太虚幻境"的乾隆朝古图。按照这两类古图的镜像图复建，便能完全吻合《红楼梦》的空间描写，这或许将是常州"红楼之旅"最最核心的吸引力、竞争力所在。

其次，王立平先生创作的13支《红楼梦》曲搬上舞台，令人回味无穷。《红楼梦》中每个情节片段也都可以搬上舞台，用各种表演艺术加以展现，就像杭州宋城以"宋城千古情"这一演艺表演作为整个景区灵魂那样，动人无限。

而且，《红楼梦》是工艺美术取之不竭的艺术宝库，书中每个人物、每个场景、每个情节，乃至书中的每个元素，都可以用各种常州的"非遗"形式（如宫梳名篦、留青竹刻等）转化为工艺美术品，在人见人爱中实现其高附加值，让《红楼梦》成为常州能工巧匠们的"聚宝盆"。

最后，《红楼梦大辞典》词条近万：饮食、服饰，器用、医药，游艺、才情，琴棋书画、诗书礼乐，戏曲音乐、建筑园林，岁时节令、民风民俗，占卜星相、文史地理，典章制度、哲理宗教……应有而尽有，不愧是中华文化的百科全书，《红楼梦》书中有做不完的文章、取不竭的资源。

宝玉在运河岸边的"毗陵驿"告别贾政，古运河畔的"青果巷"内有红学先驱泰斗董康、陶湘、陶洙的故居，古运河边的"天宁寺"又是曹子心目中的佛学圣地，大运河边的横山又有其曹家的祖坟和坟庵——"红楼文化"的旅游开发又可以和大运河文化带风光带的建设联系起来，可以和常州"老城厢复兴"战略紧密结合起来，为这"一带一厢"赋予全盛的文化主题，化作景观、变成文创产品，焕发核心吸引力，正所谓"红楼+运河+常州"三得益彰、魅力倍增！

常州所要打造的运河岸边的"红楼大观园"，绝不只是美轮美奂的建筑园林，而是要为世人提供一个唯美的人文艺术空间，把《红楼梦》所浓缩的中华文化艺术的精华和生活情趣精美地释放出来，鲜活地呈现给全世界各国人民。常州运河岸边的"红楼之旅"必将在全新的时代背景中震耀天下、百年长青，积极而自信地肩负起复兴中华文明、振兴常州文化的重大使命。

正因为曹雪芹把全书的句号亲自定在了常州，所以我们常州才更加责无旁贷地要来为《红楼梦》的破镜重圆、为曹雪芹后四十回的著作权做论证。这是红学与我们这个时代共同赋予常州的光荣使命，常州人理应在完成这一光荣使命的过程中，以自己的新担当、新作为，奠定常州在红学中的应有地位，与南京、苏州、扬州一起巩固江苏在红学领域的强势格局。《红楼梦》作为中华文化的百科全书，本研究课题对于弘扬和复兴中华文化，实现伟大的中国梦，也有其重大的现实意义。

常州市民俗学会"《红楼梦》与常州"课题组

2020 年 7 月

课题研究组成员王继宗附识谢忱

笔者初一时首次接触《红楼梦》，至今正好三十年。回忆当初，恍然如梦，唯记得获此佳味，废寝忘食；行路乘车，眷眷不置；一目十行，先睹为快；数月之后，即订《红楼梦学刊》。此刊诸文，便是引领笔者走向学术道路的最初启蒙；而曹子之《红楼》，便是带我走上学术研究之路的莫大机缘。

二十年来，笔者力研此书，只恨自己文笔枯槁，无能光扬是书魅力之万一，只能就其书文，在脂批导引之下，细细体察寻求曹子心意，发现"玄机"，找到其空间原型"江宁行宫"古图，以之对照原书，发现真相。拜此所赐，一路顺风，由"空间"而"时间"，再由"脂批"到"正文"，势如破竹，大有斩获。发抒曹子创作主旨，揭示书中创作手法，证实毗陵与曹子佛学、家祖两大渊源，得分《红楼》之光，以增乡邦之彩。

惭愧自己不学无文，多言寡要；撰著此书，勉为其难；草创成稿，文笔枯涩；辞不达意，支离破碎；增读者之惑，启学人之疑。百万余字，爱亦难助；质讷芜杂，何可行世？

幸逢大德之士，力加提携，得付梨枣；生死、肉骨，恩同再造。若无仁人君子，本书便同朽壤；生无有望，化为腐草。笔者深感自己红学领域之学术生命，便是"中国书籍出版社"与"常州市民俗学会"所赐；再造之恩，昊天无极！从此以后，日当感戴，谨祝曹子《红楼》之书，随我华夏国运，文脉长盛，德风四海！毗陵末学王继宗公元二零二零年七月拜撰。

目录

书首彩图目录

书首彩图"图二至十二""图 A1 至 A4"
中标记的地名一览

●本书凡例：

①凡引脂批时，"侧"指侧批，"眉"指眉批，"夹"指夹批。

②《红楼梦》诸本简称：甲戌本简称"甲"，己卯本简称"己"，庚辰本简称"庚"，戚蓼生序本简称"戚"，蒙王府本简称"蒙"，列宁格勒藏本简称"列"，甲辰本仍称作"甲辰本"，舒元炜序本简称"舒"，杨继振藏红楼梦稿本简称"梦稿本"，郑振铎藏本简称"郑"。程伟元、高鹗之本简称"程本"或"程高本"，细分则为"程甲本"、"程乙本"。

③《红楼梦》前八十回正文基本上以"庚辰本"为主，其回目则有"甲戌本"者用"甲戌本"回目，无"甲戌本"则用"庚辰本"回目，第64、67回用"己卯本"抄配的回目。后四十回正文以程甲本为主，程乙本有重要异文则出校，其回目则据程甲本。

④笔者以文献学的方法来研究，凡一字一句皆求信而有征、有据可查，故会大量征引《红楼梦》及其它相关典籍的原文。凡引他书或他人文字者用楷体，凡引号中用宋体者乃笔者行文或用自己的话语来复述原书。

⑤本书讨论时，称《江南省行宫座落并各名胜图》的"江宁行宫图"为"彩图"，称《南巡盛典》一书中的"江宁行宫图"为"典图"。绘制年代介于两者之间的另一幅《南巡临幸胜迹图》中的"江宁行宫"图，与彩图大同小异，故以彩图作为其代表，讨论时不再将其单独列举。

正如书中讨论"典图"与"彩图"差异时指出：府第部分当以典图为准，而大观园部分当以彩图为准。故第二章"宁、荣二府考"只标记典图，而第三章讨论"大观园"时，则以标记彩图为主。

⑥书中讨论时，凡前八十回文图相合处标★，凡后四十回文图相合处标★★，凡前八十回与后四十回相合处标★★★。后两者便能证明后四十回为曹雪芹所著，故标以多颗★。

标★者页码汇列如下（括号内数字表示该页★的个数，括号内"注"字表示★出现在该页脚注中，下同）：113、114、118、133（2）、139、163、188、231（2）、233、241、243（3）、244（2）、252（3）、284【以上第二章"宁荣二府"部分】；293、304、311、330、336、339、340（2）、342、345、346、354、354（注）、356、357（2）、358、359（2）、372、376、380、387、405、406、412（2）、418、420、422、449、537、554、563【以上第三章"大观园"部分】。附大观园与江宁行宫十景相合者：584（3）、585（2）、586（4）、587、589（2）。

标★★者页码汇列如下：136、146（2）、149、164、219、220【以上第二章"宁荣二府"部分】；335、352、521【以上第三章"大观园"部分】。

标★★★者页码汇列如下：150、215、217、262、265（2）【以上第二章"宁荣二府"部分】；446、459、460（2）、571（注）【以上第三章"大观园"部分】。

⑦书中或曰"影射"，或曰"影写"，或曰"隐写"，其含义差不多。

⑧书中所言"抄家时十四岁人生"是指作者从出生到抄家这十四岁人生。其生于康熙五十四年，抄家于雍正六年，抄家时正好十四岁。

⑨书中所言的"圆结于常州"之"圆结"指圆满结束、圆满完结于常州之意。

⑩"芦雪广"即"芦雪庵"，两者皆可，本书讨论时常混写不分。

●书首彩图读法提示：

彩图置于书首，对于读内文者不很方便。但这个问题在如今这个时代可以圆满解决，即：读者只需把书首彩图拍入手机，读内文时参照手机所拍之图即可；或者把手机所拍之图用彩色打印机打印一份，便能更加有利于读书时参照。

第一章 《红楼梦》空间写实考

第一节 《红楼梦》写实考总论

《红楼梦》是作者曹雪芹家事的艺术再现，并不是其家事的历史实录。

一、创作主旨："真事隐、假语存"

作者曹雪芹开宗明义，在书首第一回便用回目"甄士隐梦幻识通灵、贾雨村风尘怀闺秀"点明全书的创作主旨，并在其后写下大段文字加以阐述。这段文字甲戌本作为书首"凡例"的最末一条也即第五条，而甲辰本则作为第一回的回首总批，其余诸本则全都抄成了第一回的正文开头。据笔者判断，这段文字当以甲戌本所作书首"凡例"为是，诸本误抄为第一回正文或回前批。

这一书首"凡例"显然是作者亲笔拟就，用来点明其创作主旨，今详引如下：

> 此书开卷第一回也，作者自云：因曾历过一番梦幻之后，<u>故将真事隐去</u>，而撰此《石头记》一书也。故曰"甄士隐梦幻识通灵"。但书中所记何事？又因何而撰是书哉？自云：今风尘碌碌，一事无成，忽念及当日所有之女子，一一细推了去，觉其行止见识皆出于我之上，何堂堂之须眉诚不若彼一干裙钗？实愧则有余、悔则无益之大无可奈何之日也。当此时，则自欲将已往所赖：上赖天恩，下承祖德，锦衣纨绔之时，饫甘餍美之日，背父母教育之恩，负师兄规训之德，以致今日一事无成、半生潦倒之罪编述一记，以告普天下人。虽我之罪固不能免，然闺阁中本自历历有人，万不可因我不肖，则一并使其泯灭也。虽今日之茅椽蓬牖、瓦灶绳床，其风晨月夕、阶柳庭花，亦未有伤于我之襟怀笔墨者，<u>何为不用假语村言敷演出一段故事来</u>，以悦人之耳目哉？故曰"风尘怀闺秀"，乃是第一回题纲正义也。开卷即云"风尘怀闺秀"，则知作者本意原为记述当日闺友闺情，并非怨世骂时之书矣。虽一时有涉于世态，然亦不得不叙者，但非其本旨耳。阅者切记之。

由这段作者亲笔拟就的"凡例"之文，便可知晓全书第一回回目"甄士隐梦幻识通灵、贾雨村风尘怀闺秀"早已开门见山地亮明全书具有两大创作本旨：

一是作者终于觉悟到自己活到现在的人生是场空梦，从而"由色见空"，明悟了世界的本相，进入佛家所谓的"明心见性"的境界，体认到自己本有的"通灵本性"，从而有了太多人生的感悟想和世人分享，于是写下这部小说，让自己一生的"不肖"往事和本家族的"繁华"盛事这两大类真情实事，用一种极为隐蔽的方式，改头换面地流传在人间。作者正是出于这一宗旨，把回目拟作"甄士隐梦幻识通灵"，"甄士隐"就是"真事隐去"之意。

二是此书作为小说，源于生活而又高于生活。一方面取材于真实的生活，而源于"真事"，有其原型；一方面又要对生活原型作艺术化的加工处理，而与"真事"实有不同。从"源于真事"的角度而言，便是"真事隐去"；从与真事其实有所不同的角度来说，便可称之为是一种"假话"虚构。如今作者"我"在沦落风尘的艰难岁月中，仍然无法忘怀自己一生碰到的诸位贤德美丽的女子，想让她们在文学的殿堂中得到永生，于是撰写此书，拟其回目为"贾雨村风尘怀闺秀"，"贾雨村"就是"假语存焉"之意。

全书第一回完全是为这两个创作主旨编就的假话故事。作者先定下本书的创作主旨——用"真事隐去、假语存焉"的创作手法，来写自己在"如梦人生"中体认到自己通灵本性后，对人生和世界的感悟；来写自己在"沦落风尘"的艰难岁月中，缅怀自己遇到的贤德的大家闺秀们①。然后作者便把这一创作主旨总结成十六个字："真事隐、假语存，梦幻识通灵、风尘怀闺秀"，再把这十六个字编织成一个有趣的故事，即：甄士隐在梦中碰到一僧一道，看到女娲补天剩下的那块顽石即将以"通灵宝玉"的身份下凡；贾雨村在沦落风尘的艰难岁月中，碰到赏识他的奇女子而铭记在心。我们不得不佩服作者的才气，能把如此抽象的主旨转化成如此奇幻动人的故事。

作者用开卷第一回的两大主人公的名字"甄士隐、贾雨村"，向世人宣告其全书的创作主旨：书中所写的一切都是"真事隐去、假语存焉"。

甄费字士隐，谐"真事废去而隐于书中"之意②，贾化字雨村谐"'假话'

---

① 袭人、晴雯等虽是丫头，但正如第55回凤姐评论庶出的探春时说："殊不知别说庶出，便是我们的丫头，比人家的小姐还强呢。"

② 按第一回交代甄士隐之名："姓甄，（甲眉：真。后之甄宝玉亦借此音，后不注。）名费，（甲侧：废。）字士隐。（甲侧：托言将真事隐去也。）"其名甄费，谐"真废"，前人误以为这是在讽刺此人乃一事无成的"真废物"。其实作者曹雪芹没有一丝一毫讽刺这位出家人的意思。其名甄费，当指废掉真的而只有假的存在，也即其字"士隐"所言的"事隐（真事隐去）"之旨。其名"真废"，字"事隐"，便是"真事废去而加以隐蔽掩盖"之意。而且"真废"对"事隐"，既然"废=隐"，则"真=事"，更加可以证明全书所写之事乃真事，只不过用了"贾化字雨村"这一"假话、假语存"的笔法来写罢了。由作者所立的甄士隐（真事隐）之名，便可想见《红楼梦》是部小说性很强的自传；由作者所立的假语存（贾雨村）之名，又可想见《红楼梦》是部自传性很强的小说：总之，"自传性"和"小说性"两者和谐并存。由于作者先提到甄士隐"真事隐"的出场，再提到贾雨村"假语存"的出场，可证真事在前，假语在后，相当于先有真事再有假话，先后次序如此；至于孰主孰次，笔者下一本书《红楼时间人物谜案》最后一节考明，全书奉行"梦幻写实主义"的创作手法，唯有从空间上看是"小说性很强的自传"，而从其他方面（比如时间、人物）来看，却以"自传性很强的小说"

也即'假语'存于书中"之意。请大家充分注意这儿的"真事"两字，作者说的是"真事隐"而不是"假事隐"，即作者说："书中隐的是'真事'"，这就说明书中写的不是"假事"。作者用字面上的"假语"来隐写这"真事"，大家千万不可以理解为他用假话写的真事就不再是真事而是假事。假话在一般情况下是假事，但在作者笔下，"假话、假语存"不等于是假事，而是真事的艺术表达、艺术虚构，其本质仍是真事，只不过经过了作者的艺术处理而似乎在现实中并未存在过；其实，书中的故事全用现实主义的笔法来创作而合情入理，故事的原型存在于作者真实的人生中，只不过我们读者因为背景信息的缺失，不能像脂砚斋那样理解和看破书中"假话"背后的真实原型罢了。总之，艺术的虚构不能抹杀其真实的原型，在全书的空间上尤为如此，这一点务请诸公切记切记。

所以我们应当根据作者亲笔所写的话，强立不返、坚定不移地尊重作者的原意，把书中写的事当成作者家的真事。之所以定其为作者家的真事而不定其为作者家外的真事，便是其"凡例"言明："此书只是着意于闺中，故叙闺中之事切，略涉于外事者则简，不得谓其不均也。""此书不敢干涉朝廷，凡有不得不用朝政者，只略用一笔带出。"又第一回空空道人审查全书时，也说此书"因毫不干涉时世"，所以我们定其写的是作者家的真事，作者几乎没写任何社会与朝廷上的真事，这一点又务请诸公切记、切记。

作者笔下的这一真事涵盖了作者家的一切：书中写的人是真人（名则是假名、假话），房子与家园是真房子、真园林（但作者做了镜像处理），房子内的一切家具、用物、饮食等全都据实而写，人物的情节故事、说过的话也都取材于真实发生过的事。总之，书中写的是作者家的真事而不是假事，这一点请诸公牢牢记住。只不过作者对这种真事做了艺术处理而貌似假话，但作者又处处暗示你：假话是幌子，假话下面全是真事。作者巧妙就巧妙在让假话与真相艺术地共存，貌似为假，其实真相俱在，只看读者是否有心，有心便能识破作者的狡狯文笔。作者可谓文心巧慧而用心良苦。

"隐"就是隐藏得很深、难以看出而可以视同没有。因此"真事隐"三字传递的便是此书并没有写什么真事。但一旦加上了"假语存"三字，便会传递出此书旨在保存真相而有"影射真事、发泄不满"之嫌的感觉来，在盛行"文字狱"的乾隆朝，这未免过于敏感。于是作者便聪明地把"假语存焉"这四个字，用他擅长的谐音手法，处理成"假语村言"[1]这四个字。即本书并没有用什么假话来保存真事（即并没有"假语存焉"），而是用假话和俚俗之言来创作并取悦读者（即上引"凡例"所言的："何为不用假语村言敷演出一段故事来，以悦人之耳目哉"），从而传达出此书看不出有什么真事的意味来，这样或许就能大大减低人们（特别是统治者）神经的敏感度。因为一旦用了那个"存"字，便会

为达诂。

[1] 作者为书中人物起名多用谐音之法，如第8回贾政的"门下清客相公詹光、单聘仁"，甲戌本在"詹光"名下有侧批："妙！盖'沾光'之意。"在"单聘仁"名下有侧批："更妙！盖善于骗人之意。"足见曹雪芹用谐音手法来掩盖主旨，早已到了"炉火纯青"的地步。

让人联想到此书是在用假语保存真事；现在把"存"字改成"村"字，便抹去了这一"存"字，只会让大家感到书中没写什么真事，有的只是村言和假话。

为了强化这一点，作者在第一回交代"贾雨村（假语存）"来历出处时，特地说他："姓贾名化，（甲侧：假话。妙！）表字时飞，（甲侧：实非。妙！）别号'雨村'者，（甲侧：雨村者，村言粗语也。言以村粗之言演出一段假话也。）走了出来。这贾雨村原系胡州（甲侧：胡诌也。）人氏。"一方面点明给他取名"贾雨村"是寓"假话、实非、胡诌"也即"假语存"之旨；但另一方面又故意用脂批"雨村者，村言粗语也"这句话往"村言粗语"上引，最后再用"言以村粗之言演出一段假话也"，又回到其真实含义"假语存"上来。总之"贾雨村"三字实为"假语存"意，但作者又故意用"假语村言"来扰乱之，但又念念不忘用"假话、实非、胡诌"一连三个词来点明自己想说但又不敢明说的"假语存"之旨。

"假语存"只是手段，"真事隐"才是目的。作者当然想让大家透过字面上的"正面"去看那字面下的"反面"，自然也就会在书中做一而再、再而三的暗示。

暗示一：作者先在开卷第一回交代此书又名"风月宝鉴"，然后在第12回贾瑞照"风月宝鉴"时，一再提醒大家去看这本名为"风月宝鉴"之书的反面。

暗示二：作者会在书中"正话反说"地点明此旨，即第一回："诗后便是此石堕落之乡，投胎之处，亲自经历的一段陈迹故事。其中家庭闺阁琐事，以及闲情诗词倒还全备，或可适趣解闷，然朝代年纪，地舆邦国，却反失落无考"，作者说"失落无考"，但甲戌本侧批则点明："据余说，却大有考证"，这便是作者在正文中说反话，而又借亲密搭档"脂砚斋"之手在批语中点醒世人：作者的正文乃是"正话反说"，其实书中大有真事可考。

暗示三：作者偶尔还会在行文中用一两句"点睛"之笔来点明此旨，即第二回："雨村看了，因想到：这两句话，<u>文虽浅近，其意则深</u>"，甲戌本特地用侧批点明画线的八个字乃"一部书之总批"！

总之，书中或正说，或反说，或借助脂砚斋批语，或作者亲自上阵来用"点睛妙笔"点明，从而"一而再、再而三"地点明：全书"假语村言"中其实隐含有真事。而第56回贾宝玉对甄宝玉说："这如何是梦？真且又真了！"更大透全书创作主旨——书名为"梦"，其实全书都是"真且又真"的真事！

上面这些点睛之笔，很容易使人认为其中隐有朝政大事，这显然会让读者"误入歧途"而与作者的本意南辕北辙，所以作者不得不一上来就声明自己隐写的只是"家事"而非"家外之事"，更非"朝廷政事"，这便是书首"凡例"中第三、第四条所言的："此书只是着意于闺中，故叙闺中之事切，略涉于外事者则简，不得谓其不均也。""此书不敢干涉朝廷，凡有不得不用朝政者，只略用一笔带出，盖实不敢以写儿女之笔墨唐突朝廷之上也，又不得谓其不备。"同时又在第一回加上一批颂圣语，引导大家千万不要往"影射时政、讽刺现实"

上想，进一步淡化"真事隐"带给人们（特别是统治者）的不安之感：

空空道人听如此说，思忖半晌，将《石头记》再检阅一遍，因见上面虽有些指奸责佞、贬恶诛邪之语，亦非伤时骂世之旨，及至君仁臣良、父慈子孝，凡伦常所关之处，皆是称功颂德，眷眷无穷①，实非别书之可比。虽其中大旨谈情，亦不过实录其事，又非假拟妄称，（甲侧：要紧句。）一味淫邀艳约、私订偷盟之可比。因毫不干涉时世，（甲侧：要紧句。）方从头至尾抄录回来，问世传奇，因空见色，由色生情，传情入色，自色悟空，遂易名为"情僧"，改《石头记》为《情僧录》。至吴玉峰题曰《红楼梦》。东鲁孔梅溪则题曰《风月宝鉴》。后因曹雪芹于"悼红轩"中披阅十载，增删五次，纂成目录，分出章回，则题曰《金陵十二钗》。并题一绝云：满纸荒唐言，一把辛酸泪！都云作者痴，谁解其中味？脂砚斋甲戌抄阅再评，仍用《石头记》。

画浪线部分便点明全书闺阁之事全都取材于真实。而画直线部分则点明此书即便隐有真事，也都是"大旨谈情"，而且情而不淫②（即第5回所谓的"好色而不淫"），毫不涉及时政，所以可以传世。作者在此只想充分表达这样的意思：作者"我"作书的目的只想流传我们家的家事和我个人之事，所隐之事仅此而已，其中没有任何"家国兴亡"的影射在内。这一点非常重要，笔者即基于这一认识来作研究，否定一切《红楼梦》家事以外的"索隐"。

可惜后人不信作者这番郑重告白，认定他在说谎，硬要从书中索解出（其实是"附会出"）全书影写有"反清复明"、"清世祖与董鄂妃"等微言大义。这纯粹是借他人的酒杯，浇自己胸中的块垒；借《红楼梦》之书，来展露自己胸中的才学：立足已误，全盘皆错，而且还"差之毫厘，失之千里"，越索而背离真相越远，正如古人所说，全都是"醉翁之意不在酒，在乎山水之间也"。

此等诸公皆是借《红楼梦》出脱自己胸中学识。而晚清、民国诸贤，更借此出脱胸中的兴亡之感，倾诉胸中不吐不快的块垒。鄙人对诸公德学才识深表钦佩。由于鄙人读书甚少，德浅识薄，只能就《红楼梦》本文来论曹雪芹笔底的《红楼》，看不出一丁点"索隐"的含义；唯有"学富五车、才高八斗"、举一能反三，联想甚丰富如诸贤达者，方能从事这一"索隐"大业，笔者自愧无此能力。

笔者且深有慨也，研究《红楼》者，有太多历史考据之人，不通文学创作，不谙艺术、博物之学，唯借《红楼》大过考据之瘾。于是把《红楼》和自己所精通的历史相比附，遂有各种"索隐"之说；或将《红楼》与自己所掌握的曹家与亲戚家的家世相比附，遂有各种"曹学"之说。要之，两家皆是历史学家来做《红楼》的学问，自以为博学，实则术业有专攻，忽视了《红楼》作为文学作品的特性而有违艺术创作的规律，忽视了《红楼》作为中华文化百科全书的广博性而显得孤陋寡闻，立足已误而越研究越离题万里。

---

① 见本书"第三章、第七节、二"引第18回画浪线的贾政对元妃所说的歌颂今上之语。
② 指言情但非淫书。

愚以为："索隐"之说大旨全非；"曹学"对于《红楼》有关者加以研究便可，不必数米而炊①。

实则，《红楼》研究要义有三，其学问远比"考据、索隐"来得广大无边（用《中庸》的话说，便是"致广大而尽精微，极高明而道中庸"），而且在当代还富有生龙活虎般的生机活力，需要调动全社会、各行业来参与，远非所谓的"红学家"们所能胜任，即便研究千秋万代都研究不尽，这便是曹雪芹留给中华儿女的一个文化富矿，价值无穷。其研究要义的三个方面有：

一是研究《红楼梦》的文本内容，借此体悟曹雪芹文学创作的艺术手法，做曹子的真知音。

二是研究《红楼梦》如同摄像机般摄录的、集我中华文化大成的"康乾盛世"的每个文化现象。比如第49回宝玉赏雪时"穿一件茄色哆罗呢狐皮袄子，罩一件海龙皮小小鹰膀褂，束了腰，披了玉针蓑，戴上金藤笠，登上沙棠屐"，其所提到的服饰皆为何种形制？这就要让中国"三百六十行"的状元们共同来把书中收摄的中华文明之光活化再现，做曹子的好学生。

三是将以上研究经济化、产业化，打造"大观园"品牌，成为盖过"迪斯尼"、感动全世界的旅游景观，弘扬我中华文明，让曹子心血之笔在新的时代焕发生命活力，做曹子的经纪人！

二、创作主旨："文章者，不朽之盛事"

曹雪芹创作《红楼梦》其实是在践行自己祖先魏文帝曹丕"盖文章，经国之大业，不朽之盛事"②的主张。

作者由于自己"不肖"，无才补天，不能熟读四书五经来中科、应举，无法用文章来经邦纬国、荣宗耀祖。但他出生在书香礼乐、钟鸣鼎食的衣冠世族，自幼也饱读诗书，本人又有"三曹"③的诗文基因，极富才情，能写出有情有义、脍炙人口的锦绣文章、才子之书④，让自己本家族的盛事，自己所遇诸女子的感人往事永生在人间，这两者便是曹雪芹一生最大的夙愿和快事。

于是作者便想到要用自己感人肺腑的文笔，让自己的家族、亲人、爱人，顺带连同自己，全都永生在文学的殿堂⑤。由于作者人微言轻、穷困潦倒，他如果写成回忆录式的史料篇章，根本不可能刊刻传世；一旦写成大众喜闻乐见的小说，便能四方传抄、不胫而走，而且代代相传、永不磨灭，收到流传范围最广、流传时间最长的传播效果。

---

① 数米而炊，语出《庄子·庚桑楚》，指数米粒做饭，比喻做用不着做的琐细小事。
② 语出《文选》卷52魏文帝曹丕《典论·论文》。
③ 曹操、曹丕、曹植。
④ 清人金圣叹以《庄子》、《离骚》、《史记》、杜甫律诗、《水浒传》、《西厢记》为"六才子书"，并加以评定。金圣叹未及见《红楼梦》，若见此书，必列之为第七部才子书。
⑤ 即书首凡例："我之罪固不免，然闺阁中本自历历有人，万不可因我之不肖，自护己短，一并使其泯灭也。"蒙王府本有侧批："因为传他，并可传我。"点明作者借为诸女子（"金陵十二钗"）作传，顺便也让自己这位"贾宝玉"传世而不朽。

可以想见，如果作者不写小说，把自己家族的往事写成回忆录式的史料篇章，比如他家居住的"江宁织造府"是何种建筑格局？他家接待康熙四次南巡圣驾的"大行宫"后花园如何布局、有何景致？作者即便把这些宝贵的历史素材写成《江宁织造府记》或《大观园记》，乃至呕心沥血地编纂成《江宁织造府志》，到头来也只会有极少数的历史学家有兴趣一阅，普通大众根本无人问津。而且作者人微言轻，穷困潦倒，无力刊刻，这些书能否传世尚且成为问题。

至于作者家族最大的两件盛事，一件是五次接待康熙南巡的圣驾，一件是姑姑平郡王妃的归宁省亲，这固然可以写成《南巡记》《省亲赋》[①]，但只文、篇赋，肯定会在大浪淘沙的历史洪流中淘汰得无影无踪。至于他们家族的各种轶闻趣事，如吃的"茄鲞"，用的"软烟罗"，中秋、元宵两大节令的家宴盛况，吃饭、穿衣有何礼数，穷亲戚刘姥姥进府游园时的大堆笑料等，固然可以写成笔记，但恐怕也只会有个别文人能够看到和关注，最终仍不免当成故纸送入"惜字会"焚毁的惨烈下场。

至于其家族的祠堂格局，祭祖时的场面礼数，姑姑平郡王妃出殡时的盛大场景，也都值得向世人夸耀一番。但这类文章恐怕只宜载入家谱，肯定无法流传。因为没有人愿意检阅别人家的祠堂、聆听别人家的丧事，因为那都是别人家的掌故，不是自己家族的往事，既然与己无关，自然也就高高挂起。

三、创作手法："梦幻写实主义"

一旦转变思路，把上面那一切素材写成一部小说，情况便完全不同了。

当然，作者如果还用原来的真名，不进行艺术的加工取舍，像"流水账"那般来纪实，恐怕仍然没人爱读。所以得用小说和戏曲的笔法[②]，对素材进行艺术的取舍和加工，突出戏剧冲突，加以适当的夸张和精工的修饰。为了躲避不必要的麻烦，肯定要用化名；为了避免引发"文字狱"，更要用"真事隐、假语存"的笔法；为了不被明眼人看破，又要对故事的空间、时间、人物、事件等小说要素作一系列的技术处理和艺术掩盖。我们不得不佩服作者在这一创作实践中的灵妙、高明，他创造性地借鉴我们每个人每天都在做的"梦"的思维机理，完成了这一创作使命。

我们都知道，梦中的一切全都取材于现实（即所谓的"日有所见、夜有所梦"），但梦中的情节又都是现实"碎片化、扭曲化"后杂乱无章的反映：在时间上可以颠倒错乱，在人物上可以张冠李戴。作者充分借鉴梦的这一思维机理，对现实素材进行了一系列的梦幻编织，以此来掩盖真相，避免"文字狱"的追

---

① 见第18回元妃省亲过程中，石头（其即作者曹雪芹的笔名）自思："本欲作一篇《灯月赋》、《省亲颂》，以志今日之事，但又恐入了别书的俗套。按此时之景，即作一赋一赞，也不能形容得尽其妙；即不作赋赞，其豪华富丽，观者诸公亦可想而知矣。所以倒是省了这工夫纸墨，且说正经的为是。"

② 明清盛行小说、戏曲，《红楼梦》中贾宝玉自小就沉迷其中，这影写的应当就是作者本人。作者曹雪芹长大后肯定会由阅读走向模仿和创作，所以曹雪芹对小说、戏曲的笔法早就能炉火纯青地驾驭。

究。具体而言：

在人物上，作者可以把一个人的事分写在几个人身上，也可以把不同人的事集中到某个人身上来写。比如书中借"秦可卿出殡"来写"平郡王妃之丧"，又借"元妃省亲"来写"平郡王妃省亲"，这便是平郡王妃一人之事分在小说中不同人物身上来写。书中既借"元妃省亲"来写"平郡王妃省亲"，又借元妃的寿终年龄来写曹寅到曹𬤊三代江宁织造的仕宦年数，这便是不同人的事写到小说中同一人元妃身上的显例。书中不仅一个人物可以影写不同的生活原型，同一个生活原型也可以分身为两个人物来写，像甄、贾两个宝玉便是孙悟空与"六耳猕猴"般的镜像关系，是作者的两个化身；又如贾赦的生活原型在小说中被分作贾赦、贾敬两人来写。

在时间上，正如不同地点的事情可以集中到某个地点来写，作者也可以把不同时间发生的事情集中到某个时间点来写。比如作者小时候挨过的无数次打，便集中到第33回"宝玉挨打"这一艺术典型中来塑造。作者时间上的梦幻笔法还突出表现在时序倒流上，下有详论。

经过这番艺术处理，作者笔底之书真如同梦境那般，情节皆为真实，而情节的时间要素、空间要素、人物要素皆可变异，正所谓"真材实料而幻笔无穷"。真实的生活情景，被作者奇妙的艺术构思剪辑拼合出"如梦如幻"的艺术效果，所以全书书名起作"梦"。这一"梦"字既点明全书的创作主旨是写作者对人生的"梦觉"（作者"梦觉"后的人生感悟偏向佛法居多）；同时更点明全书的创作手法就是充分借鉴"梦"的思维机理，发明一种全新的写实主义手法，笔者将其总结为"梦幻写实主义"。这一创作手法的运用，使全书既有实录，更有梦幻编织，"虚虚实实、真真假假"，扑朔迷离，令人眼花缭乱、难分真假。今试析如下：

1. 实录

第18回元妃省亲时贾政"含泪启道：'臣，草莽寒门，鸠群、鸦属之中，岂意得征凤鸾之瑞！'庚辰本侧批："此语犹在耳。"这条批语足以证明曹家真的出过王妃。这仍然响在批者耳边的话，应当就是平郡王妃曹佳氏父亲曹寅亲口所说的话，这便是实录[①]。

又如第17回写怡红院中陈设："且满墙满壁，皆系随依古董玩器之形抠成的槽子。诸如琴、剑、悬瓶、桌屏之类，虽悬于壁，却都是与壁相平的"，己卯本有夹批："皆系人意想不到、目所未见之文。若云拟编虚想出来，焉能如此？"画线部分便点明：大观园中的建筑都有其真实原型，不是"拟编虚想出来"的。（当然，作者对书中的空间作了某种技术处理，让人不能一下子看出书中描写的建筑空间就是作者居住过的"江宁织造府"大行宫，本章第三节将有详论。）

---

① 需要说明的是：这是作者把曹寅说的话，写到以"脂砚斋"曹𬤊为原型的贾政身上，这是小说塑造艺术典型时所用的"艺术综合"手法，并不意味着贾政的原型就是曹寅。"艺术综合"就是小说创作中重新组合各种材料，形成典型艺术形象的过程。正如鲁迅说他创作小说人物时，其原型往往"嘴在浙江，脸在北京，衣服在山西"，这就是所谓的"艺术综合"。

就连书中对康熙南巡的评价这一极其微小而又无关大局的细节，脂批也点明其出处是"文忠公"的嬷嬷亲口说的原话。即第16回赵嬷嬷论接驾的那段文字开头"赵嬷嬷道'阿弥陀佛！原来如此。这样说，咱们家也要预备接咱们大小姐了'"，庚辰本有旁批："文忠公之嬷。"其意指：作者把某位文忠公的嬷嬷（保姆）对曹家接驾的评价，写到了贾琏奶妈赵嬷嬷的口中。

清人金安清为林则徐所作的《林文忠公传》称：林则徐逝世后"特谥'文忠'。自乾隆初傅相国后，百年无此典矣。"①由此可见："文忠"这一谥号（谥典），在林则徐之前的乾隆朝只有一位获得，即傅"文忠"恒。事见《清实录》之"高宗纯皇帝实录"卷864"乾隆三十五年庚寅、秋七月、乙巳朔"之"丁巳"（十三日）："又谕曰：太保大学士一等忠勇公傅恒，……今闻溘逝，深为震悼。"②卷865该月"壬申"（二十日）："予故太保大学士公傅恒祭葬如例，谥'文忠'。"③又《清史稿》卷301《傅恒传》："卒时未五十，上尤惜之。"据此可知：傅文忠公逝世于乾隆三十五年（1770）七月，其年将近五十，则当生于康熙六十年（1721）稍后。其保姆在其出生时至少已有二三十岁，故能亲眼看到康熙三十八年（1699）以来曹家五次接驾④的全部盛况或后几次盛况而加以评论。

曹雪芹在乾隆九年（1744）⑤，把此傅恒家保姆所说的评论之语，写入《红楼梦》中的赵嬷嬷口中。乾隆三十五年七月傅恒得谥"文忠"后，又了解此语出处的批书人"脂砚斋"在批语中点明：赵嬷嬷所说的话其实出自傅恒保姆之口。《红楼梦》历来的研究者都误会这条脂批是在说赵嬷嬷的原型就是傅恒之嬷，其实两者并无映射关系，曹雪芹只是把傅恒保姆说的这句话写到赵嬷嬷口中而已，这是"艺术的综合"，并不意味着赵嬷嬷的原型就是傅恒之嬷，作者无意机械地用赵嬷嬷来影射傅恒之嬷。

我们由此一例便可看出两点：①书中连小人物所说的话这么微小的细节都有其来历出处，则其他比之来得大的情节，便可想而知都应当有其真实的原型和来历；②虽然此书全都取材于真实，但均已作了艺术处理，让人无法一下子看破其原型和出处，其真实原型的来历和出处，往往要靠脂批透露给读者。

2. 梦幻

全书梦幻主义笔法除了本小节开头所举之例外，还突出地表现在全书"时序倒流"的叙事风格上。

读者都想一睹宝玉出家后的情形，其实不用到全书的最后一回去找，早在全书最开头的第2回你便看到了：

> 雨村闲居无聊，每当风日晴和，饭后便出来闲步。这日，偶至郭外，

---

① 民国缪荃孙辑《续碑传集》卷24/10b。
② 见《清实录》第19册、《高宗实录》第11册，北京：中华书局1985年版，第601页。
③ 见《清实录》第19册、《高宗实录》第11册，北京：中华书局1985年版，第616页。
④ 曹家一共五次接驾：四次接驾于南京，一次接驾于扬州。
⑤ 《红楼梦》开笔于乾隆九年，本章"第二节、四"有论。此是第16回，在全书开头，当是开笔那年所写。

意欲赏鉴那村野风光。（甲眉：大都世人意料此，终不能此；不及彼者，而反及彼。故特书意在村野风光，却忽遇见子兴一篇荣国繁华气象。①）忽信步至一山环水旋、茂林深竹之处，隐隐的有座庙宇，门巷倾颓，墙垣朽败，门前有额，题着"智通寺"三字，（甲侧：谁为智者？又谁能通？一叹。）门旁又有一副旧破的对联，曰："身后有余忘缩手，眼前无路想回头。"（甲夹：先为宁、荣诸人当头一喝，却是为余一喝。②）

雨村看了，因想到：这两句话，文虽浅近，其意则深。（甲侧：一部书之总批。）我也曾游过些名山大刹，倒不曾见过这话头，其中想必有个翻过筋斗来的亦未可知，（甲侧：随笔带出禅机，又为后文多少语录不落空。）何不进去试试？想着走入，只有一个龙钟老僧在那里煮粥。（甲侧：是雨村火气。）雨村见了，便不在意。（甲侧：火气。）及至问他两句话，那老僧既聋且昏，（甲侧：是翻过来的。）（蒙侧：欲写冷子兴，偏闲闲有许多着力语。）齿落舌钝，（甲侧：是翻过来的。）所答非所问。③

雨村不耐烦，便仍出来，（甲眉：毕竟雨村还是俗眼，只能识得阿凤、宝玉、黛玉等未觉之先④，却不识得既证之后⑤。）（甲眉：未出宁、荣繁华盛处，却先写一荒凉小景；未写通部入世迷人，却先写一出世醒人。回风舞雪、倒峡逆波，别小说中所无之法。）意欲到那村肆中沽饮三杯，以助野趣，于是款步行来，将入肆门……

"是雨村火气"，指眼前情景令雨村发火。因为他原本想碰上一位有道高僧，结果却偏偏遇上一个昏聩老朽。而脂批点明："眼前这位便是翻过筋斗，从大富大贵跌落到穷困至极的大彻大悟之人。只可惜贾雨村一双势利俗眼，只认得凤姐、宝玉、黛玉等未悟之前的聪俊模样，无法识破这类聪俊人物觉悟后大痴大呆的形状。"由此脂批便可知晓：眼前这位既昏且聩的老僧，便是《红楼梦》最后一回"悬崖撒手"后修行多年的贾宝玉。脂批"未写通部入世迷人，却先写一出世醒人。回风舞雪、倒峡逆波，别小说中所无之法"，画线部分便点明：这是作者在用倒叙手法，把贾宝玉出家后的模样（"出世醒人"）提到全书最开头来写的大手笔。

《红楼梦》的作者惜墨如金，既然已经在开头第二回写过宝玉证悟后的模样，全书自然也就不会再重复写一遍，于是全书便终结在宝玉"撒手出家"那一幕即可。作者居然把故事的最终结局早在开头第二回便已写完，这正如我们下文"第三章、第一节、六、（三）"所要讨论的"大观园"一样，一进大观园

---

① 此批点明作者笔法狡狯，出人意料。
② 此批点明作批的脂砚斋就是"宁荣二府"中人，也即生活原型中的曹家之人，而且还是对家族负主要责任的家长。
③ 禅宗参话头，全都答非所问，其意便是要让听者在"不知所云"中明白下面一点：言语和思维是悟道的障碍，"明心见性"需要在超越言语和思维的"一心不动"时方能获得。
④ 这说的是：此第2回下文写冷子兴向贾雨村介绍贾府宝玉、凤姐两人如何奇异，引出贾雨村有关人才的一番高论，进而再据此高论认定此二人乃人中豪杰。
⑤ 这便点明眼前的这位老僧便是宝玉已证之后的形象。

的南门，走"曲径通幽"的羊肠小径所到的园内第一站，居然不是园门口的"怡红院"，而是位于园北的"潇湘馆"，而园南门处的"怡红院"反倒成为由园南门入园游园的最后一站，这便是曹雪芹所发明的匠心独运的"梦幻主义"创作手法。因为梦是没有时间顺序的，梦境可以颠倒离奇。后面的事情提到前面来发生，这正是"梦"的特质；把后面的事情提到前面来写，便是"梦"一般的小说创作手法。大观园这一独特的造园手法乃"山子野"①所发明，这种"梦幻主义"的造园手法，无疑给作者带来巨大的创作灵感。

同理，宝玉最后出家的情景早在全书第一回便已写到。第一回甄士隐遇到跛足道人而明悟"好便是了，了便是好；若不了，便不好，若要好，须是了（即：一了便好、一好便了）"，于是口占"证道歌"，最后笑着说声："走罢！"把道人肩上的褡裢抢过来背着，竟不回家，同疯道人飘然而去。甲戌本有侧批："如闻如见。"又有眉批："'走罢'二字真悬崖撒手，若个②能行？"蒙王府本侧批："一转念间登彼岸"，说的便是禅宗所谓的"顿悟"而非渐悟。

而上引甲戌本脂批画线部分的"真悬崖撒手"五个字，便点明：这幕甄士隐出家的情节便是《红楼梦》最后结局宝玉"悬崖撒手"的写照。宝玉最后出家的情景早在全书第一回便已写到，后面根本就用不着再来详写了。

而第 66 回末柳湘莲被跛足道人三言两语打破迷关，削断烦恼丝，飘然出家，这同样也是宝玉出家的写照。此回王希廉总批："甄士隐、柳湘莲出家，俱是宝玉出家引子。"作者笔不犯重，居然把宝玉出家这全书至为关键的最后一幕写成了"不写之写"，分别在第 1、第 2、第 66 回三处渲染，笔法高妙，出人意表，这就是第二回甲戌本回前批所说的"此即画家三染法也"。

后四十回一笔都没有写到脂批所谓的"悬崖撒手"这一宝玉出家情节③便让宝玉出了家，这正是曹雪芹的大手笔而绝非高鹗之流所能续出④。（关于后四十回是曹雪芹手笔，笔者将在《后四十回完璧归曹》一书中系统证明。）

这一"时序颠倒"的梦幻主义创作手法还体现在第 2 回贾雨村口述他所看到的、南京贾家⑤的府第园林，其实就是把贾府抄家后"大观园"的冷落光景提到全书最开头的第 2 回来写（详见本章"第三节、五"）。

---

① 山子野是小说中"大观园"的设计者。由于"大观园"的原型就是"江宁织造府"行宫的御花园，所以山子野的原型应当就是"江宁织造府"行宫御花园的总设计师。
② 若个，即"哪个"。
③ 宝玉出家书中称之为"悬崖撒手"，指第 21 回脂批："宝玉有此世人莫忍为之毒，故后文方有'悬崖撒手'一回。"
④ 后四十回如果让其他人来续写的话，必定会写宝玉如何出家的情节。因为"宝玉出家"是全书至为关键的情节，不容不写。今本后四十回却一反常人所想，居然不写，正合曹雪芹"时序倒流"的梦幻主义创作手法，所以应当就是曹雪芹所著，断非他人所续。今按：曹雪芹"时序倒流"的梦幻主义创作手法便是把结果放到开头去写，既然开头已经写过，后文自然也就不用再写了，所以后四十回不写宝玉出家而宝玉出了家，正是曹雪芹的笔法而不可能是他人所续。
⑤ 实为南京"真家"即曹雪芹家，因为作者以"贾"写真。

3、全书既有实录也有梦幻编织

书中如实记载本家族的祠堂和祭祖场面,如实记载元宵和中秋的家宴场景,又把本家族所有值得一提的轶闻趣事,比如吃的"茄鲞",用的"软烟罗",日常的礼数,穷亲戚刘姥姥游园时的一大堆笑料等,全都穿插书中。总之,书中取材皆为真实。

但小说是一种艺术的创作,而非记流水账式的"实录",其源于生活,更高于生活。为了使作品更加精彩,同时又可避免统治者"文字狱"的追索,作者巧妙地借鉴"梦"的思维机理,运用"梦幻主义"手法来写实,把家族最大的盛事"康熙南巡"时的五次接驾,借第16回赵嬷嬷口中说出;又把家族中另外两件宏大盛典:一是姑姑平郡王妃省亲,写成第18回的元妃省亲;一是姑姑平郡王妃出殡时的盛大场面,写成第14回的秦可卿出殡。总之,作者在"实录"的同时又作"梦幻"编织,前者即"真事隐",后者便是"假语存"。

书中所描述的空间,同样也以作者所居住的"江宁织造府"府邸"大行宫"①为原型,同时又作巧妙的技术处理,目的就是不让统治者识破原型,以躲避"文字狱"对该书的禁毁;这自然也就产生一大副作用,即后人解读《红楼梦》空间时无法一下子认出它的空间原型来。

即便如此,作者还是能通过脂批来点明书中隐含的"真事",让有心人在认真研读《红楼梦》文字的基础上,仍能识破并还原出书中所描述的空间原型,乃至时间、人物等的某些原型。

四、创作主旨:借喜闻乐见的小说形式让"我"家永生

作者运用上述"梦幻主义"手法,借"秦可卿的丧事"写姑姑平郡王妃出殡时的盛大场面,甚为精彩,人人爱读;但作者如果向读者挑明这写的是他姑姑的丧事,肯定也就没人愿意看了。这便是小说虚构远超实名历史的魅力所在。

作者借"宁荣二府大观园"写自己家"江宁织造府"大行宫,人人都争睹为快;但如果作者告诉你:那就是作者我现实世界中的家,人们的阅读兴趣也会随之锐减。这同样也是小说艺术远超历史实录的魅力所在。

作者借"元妃省亲"写自家平郡王妃省亲时的盛大场面,借"贾府宗祠祭祀"写本家族的祭祀场景……我们在作者"生花妙笔"的引领下,饱览完毕他们家族所有的衣食住行、趣闻轶事、盛大活动②,乐此而不疲,作者的目的便达到了,即"文章者,不朽之盛事":我们家族的一切从此在文学的殿堂中得到永生,我们家族的一切必将被"代代无穷已"的世人读见,这一切唯有小说能做到,而回忆录、志书、族谱等纪实性文学手段都无法做到,这就是小说魅力,这就是曹雪芹创作《红楼梦》的一大主旨和动机所在。

---

① 其地就是今天南京新街口处的"大行宫",建筑虽毁而地名永存。
② 如贾母八十大寿、中秋宴、元宵宴等。

五、创作主旨：为奇女子作传，大旨谈情，让父母和亲友永生

作者为什么会想到用小说来传世的手法呢？关键便在于他的初衷就是要为自己所遇见的奇女子们立传。

这类传记古人都爱写，在文人集子中有不少这样的人物传记，但能流传下来而知名于后世者可谓"大浪淘沙，寥寥无几"。曹雪芹自感自己的文稿一无名望传世，二无钱财刊刻，注定要失传，这些奇女子的事迹便会随之湮没无存。而明清两代，百姓最热衷于阅读小说、聆听戏曲。但戏文过于文雅，只有文化水平高的人才听得懂、读得懂，普通人只会看那浅显易懂的章回小说，于是优秀的白话小说便能通过平民读者们的"手抄"方式不胫而走，名扬四海。曹雪芹的目的就是要让自己心爱女子们的人格魅力和人生事迹获得最大范围、最长时间的流传，其最好的办法自然就是写成通俗易懂、脍炙人口的小说，让世人不断传抄，书商不断翻刻，从而使读者越来越多，而且代代相传、永无止境，作者笔下的这些奇女子们的事迹便能在文学的殿堂中永生。

而要创作这些女子的故事，自然就要写到她们的衣食住行，写到她们所处的空间舞台，这就自然而然要写到"我们"曹家这一家族。而且流传这些女子故事的同时，必然也会传播作者"我"这个男主人公。因为这些女子们的一切事迹，都由作者也即书中贾宝玉这个人物的眼睛和心灵写出，书中的一切都由"通灵宝玉"这块石头来为作者代言，借这块石头的视角写出。因此在描写这些奇女子的同时，等于也就把"我"这位作者也给写了进去，"我"这位作者的事迹也就能随之永远流传在后世。

人都是有感情的，除了男女之爱外，还有一种感情铭心刻骨、永世难忘，那便是对父母、祖父母的爱——"孝"。对父亲的爱带有深深的敬畏，对母亲的爱带有无比的依恋。如果作者"我"是功成名就之人，写对父母、祖父母的爱时，自然会充满欣慰；但如果我是一事无成之人，这种爱便会带有沉重的愧疚，作者笔下所写的便是这种、对父母"昊天罔极"之恩欲报无门的带有深切忏悔之意的爱。

由父母之爱扩大开来，便是各种亲情：有兄弟手足之情，有姑嫂之情，有主仆之情……《红楼梦》开篇即言全书"大旨谈情"。人间之情除了爱情便是亲情，"情"是《红楼梦》最大的主题所在。

于是，祖母、父母同爱人构成了《红楼梦》中最重要的人物，其他亲人则成为其次的人物，作者曹雪芹力图通过《红楼梦》的创作，让自己所爱的祖母、父母与恋人，与自己有亲情关系的亲人和朋友，永生在文学的殿堂。

虽然作者"我"曹雪芹不能功成名就，让所爱之人、爱己之人享受人间的荣华富贵，但我却让你们这些曾经生活在我人生中的大大小小、亲亲疏疏的人，全都得到文学意义上的永生，这是多么了不起的"超度"啊。所有被《红楼梦》写到的人，无论其地位多么高贵（如皇帝）、多么卑微（如刘姥姥），无论是善良（如尤二姐），还是卑劣（如马道婆），在天有灵都当含笑欣慰，这便是作者曹雪芹"不肖至极"后唯一能报答父母、情人、亲人，以及所有一切与己有缘

的芸芸众生的"至孝"手段。

因此，我们应当完全相信作者在全书最开头的凡例中所说的话，即：《红楼梦》"大旨谈情"、无关政治，其目的只有一个，即让我们曹氏家族，让我曹雪芹的父母、爱人、亲人，以及一切与他有缘的芸芸众生们，以文学的方式得到"超度"而永生在人间。

六、创作主旨：以顽石命名，深深的忏悔

艺术是生活的结晶，思维是存在的反映。《红楼梦》用"真事隐、假语存"的主旨来创作，作者因此让主人公宝玉姓"贾（假）"，又弄出一个与之一模一样的人来姓"甄（真）"。作者不光让宝玉所在之府姓"贾（假）"，还弄出一个从空间构造到人员构成、再到社会关系全都与之一模一样的府来姓"甄（真）"。这两个人、两个府分别以"贾、甄"为姓，所要传达的信息便是：名虽为"假"，其实却"真"，而都有其真的原型。作者还在第5回用对联"假作真时真亦假"来点明：用"贾、甄"这两个字所命名的这两个人、两座府，其实就是同一个人、同一座府。

主人公为何姓"贾"已解释如上，作者为何又让主人公名叫"宝玉"？那便是因为宝玉就是那块"无材补天、幻形入世"①的顽石。这是一块愚顽不化的石头，至坚至硬，第22回黛玉调侃宝玉："宝玉，我问你：至贵者是'宝'，至坚者是'玉'。尔有何贵？尔有何坚？"宝玉竟不能答。全书最后一回言明"宝玉这人就等于是块顽石"②，而作者又以"宝玉"这个人来影写自己，这就等于在说自己是块愚顽不化的石头。

为什么作者要声称自己是块石头呢？这不由让人想起"茅厕里的石头——又臭又硬"这句俗语来。书中的宝玉（实即作者）任凭父亲如何严厉地打骂，母亲如何慈祥地教诲，总不知道悔改，依旧耽恋男欢女爱，本性难移，最终一事无成，正因为此，作者要把以自己为原型的全书主人公命名为"石头"。

"宝玉"这玉不就是块石头吗？俗人视其为"宝"，有识之士则视其为"石"，作者把以自己为原型的小说主人公用"石头"来命名，其中包含着对人生、对父母的无尽忏悔。因此，书中称这块顽石为"通灵宝玉"只是表面上的溢美之词，其实它不过是块"无材补天"而父母又教育不好的愚顽不化的顽石罢了，"石头"的命名带有深深自贬、自悔的用意在内。

书中的贾宝玉应当就是作者的自况，这一点可以从全书开头作者自撰的"凡例"中看出："此书开卷第一回也，*作者自云：……当此时，则自欲将已往所赖*

---

① 见第一回："后来，又不知过了几世几劫，因有个空空道人访道求仙，忽从这大荒山、无稽崖、青埂峰下经过，忽见一大块石上字迹分明，编述历历。空空道人乃从头一看，原来就是无材补天，幻形入世，（甲侧：八字便是作者一生惭恨。）蒙茫茫大士、渺渺真人携入红尘，历尽离合悲欢炎凉世态的一段故事。"
② 即第120回甄士隐所说的："宝玉，即'宝玉'也。"第一个"宝玉"是指贾宝玉这个人，后一个"宝玉"是指顽石下凡后幻化形成的"通灵宝玉"这块玉石。

——上赖天恩，下承祖德，锦衣纨绔之时，饫甘餍美之日，背父母教育之恩，负师兄规训之德，以致今日一事无成、半生潦倒之罪，编述一记，以告普天下人。"画线部分便是"作者即书中宝玉"的不打自招，清人黄小田便在"则自欲将已往所赖……负师兄规训之德"后批："即作者自道，无疑。"又在上文"作者自云"处批："细读全书，宝玉亦作者也。"

书中第一回又写："后来，又不知过了几世几劫，因有个空空道人访道求仙，忽从这大荒山无稽崖青埂峰下经过，忽见一大块石上字迹分明，编述历历。……方从头至尾抄录回来，问世传奇，因空见色，由色生情，传情入色，自色悟空，遂易名为情僧，改《石头记》为《情僧录》。……后因曹雪芹于悼红轩中披阅十载，增删五次，纂成目录，分出章回，则题曰《金陵十二钗》。"画线部分可证"空空道人"就是"情僧"，两者其实都是曹雪芹的笔名。张新之便在"因有个空空道人"处夹批："空空道人，作者自谓也，故直曰《情僧录》。"

此书别名"石头记"，书中固然写成是：全书的故事刻在石头身上，所以名叫"石头记"。而"全书的故事刻在石头身上"的表述，其实也可以理解为"本书的故事就是石头这个人身上的故事"。而"本书的故事就是石头这个人身上的故事"，其实也可以理解为"本书就是发生在石头这个人身上的故事"。因此《石头记》的书名，作者表面是写故事刻在石头身上，其真实的用意便是告诉大家：此书是发生在"石头"这个人身上的故事。

而我们已经考明"石头"就是作者（见上一段所讨论的：作者以顽石命名包含着深深的悔意），而书中的贾宝玉正是石头[1]，故知书中的贾宝玉其实就是作者本人，书中的"石头"无非就是作者曹雪芹的又一笔名。此书是曹雪芹这块石头所记，所以名为"石头记"。因此"石头记"这一书名既指全书是发生在石头（也即作者）身上的故事，同时也指明全书的故事是石头（也即作者）所记，两相结合便表明：此书是作者所记的发生在自己身上的往事。

此书又别名"情僧录"，则表明此书是"由情而悟道"的"情僧"所记录。而此书是作者曹雪芹所创作，所以"情僧"也就是作者曹雪芹的又一笔名。而"情僧"是空空道人由空见色后、再由色悟空而来，两者本来就是同一个人，所以作者曹雪芹也就是"空空道人"，作者借"空空道人"及其"由情悟道"后的"情僧"这两个法号，来标明自己其实早就成了皈依佛门的悟道居士，其悟道的法门便是"由情悟空"，其悟道的结果便是明悟了自己本具的佛性，书中称之为"通灵本性"，物化为"通灵宝玉"。（按："通灵宝玉"便是"通灵本性"的实物象征。）

七、作者小名"宝玉"的证明，以及"宝玉"之名的由来与含义

"宝玉"是主人公小名而非大名，这在第52回有详细记载，即晴雯撵坠儿，坠儿母亲来来怡红院领人时，便挑晴雯等丫环在背地里直呼"宝玉"之名是大敬，

---

[1] 贾宝玉这人得名于"通灵宝玉"，而通灵宝玉就是块石头，这就象征宝玉这个人其实就是那块愚顽不化的石头。

其言:"比如方才说话,虽是背地里,姑娘就直叫他的名字。在姑娘们就使得,在我们就成了野人了。"指你们这些姑娘(大丫环)就可以在背地里直呼宝玉之名(这似乎意味着宝玉的大名就是"宝玉"),如果是我们这种下人在背地里直呼宝玉之名,便要被贬视为是粗野不懂礼貌、未开化、不文明之人了。书中写:"晴雯听说,一发急红了脸,说道:'我叫了他的名字了,你在老太太跟前告我去,说我撒野,也撵出我去!'"这时麝月忙上前解释说:"便是叫名字,从小儿直到如今,都是老太太吩咐过的,你们也知道:恐怕难养活,巴巴的写了他的小名儿,各处贴着叫万人叫去,为的是好养活;连挑水、挑粪、花子都叫得,何况我们?连昨儿林大娘叫了一声'爷',老太太还说她呢。"画线部分便否定了上文"宝玉"是贾宝玉这个人大名的说法,点明"宝玉"是小名。其大名当是其前身"神瑛侍者"的"瑛"字,即宝玉这个人大名"贾瑛",小名"宝玉"。

(一)作品中贾宝玉小名的神话由来

书中第2回"冷子兴演说荣国府"谈到宝玉出生时的异事:"不想后来又生一位公子,说来更奇:一落胎胞,嘴里便衔下一块五彩晶莹的玉来,上面还有许多字迹,(甲侧:青埂顽石已得下落。)就取名叫作'宝玉'。你道是新奇异事不是!"这一主人公得名"宝玉"的由来,显然是作者虚构的神话。那么,书中这位主人公的原型,在真实世界中得玉而获得"宝玉"小名的真实由来又是什么呢?

(二)作品中贾宝玉小名的真实由来

如果作者曹雪芹这一贾宝玉的生活原型真的有块宝玉,并因此而获得小名"宝玉"的话[①],则生活原型中曹雪芹有玉并得小名"宝玉"的合情入理的真实由来,便应当是后四十回中第109回所讲述的那个来历,即贾母临终时"叫鸳鸯开了箱子,取出祖上所遗的一个汉玉玦,虽不及宝玉他那块玉石,挂在身上却也希罕。……贾母道:'你哪里知道?这块玉还是祖爷爷给我们老太爷,老太爷疼我,临出嫁的时候叫了我去,亲手递给我的。还说:"这玉是汉时所佩的东西,很贵重,你拿着就像见了我的一样。"……今儿见宝玉这样孝顺,他又丢了一块玉,故此想着拿出来给他,也像是祖上给我的意思。'……贾母便把那块汉玉递给宝玉。宝玉接来一瞧,那玉有三寸方圆,形似甜瓜,色有红晕,甚是精致。宝玉口口称赞。贾母道:'你爱么?这是我祖爷爷给我的,我传了你罢。'"

"赐玦(诀)"在古代是诀别的意思。作者写"赐玦"这一无关大局的情节,似乎只是为了交代贾母将死的征兆(下一回第110回便写到贾母逝世),其实还旨在交代作者给主人公起名"宝玉"、也即作者自己小名"宝玉"的真实由来。

(三)作品以贾宝玉映射作者自己,故知作者当因得玉而获得小名"宝玉"

我们知道,作者秉承"真事隐、假语存"的创作主旨,书中情节都有其真

---

① 下文将论明作者的确有"宝玉"这一小名。

实原型。书中的贾宝玉就是现实世界中作者曹雪芹的化身，所以书中写贾宝玉从祖母手中得玉的情节，便是影写作者曹雪芹小时候真的有块玉，而且这块玉还是他祖母亲手赐给他的、祖母家的传家宝，因此曹雪芹的小名真的有可能就叫"宝玉"。作者在第109回有意写赐玉情节，便是要把自己小名"宝玉"的真实由来告诉大家，从而让自己小名的得名由来也能在文学的殿堂中永生。

（四）作者把人生最初"得玉"的情节放到书中最后来写，是其"时序颠倒"的梦幻笔法的又一实例

贾母所赐的这块汉玉很明显就是书中"通灵宝玉"的原型，因为书中第8回描写通灵宝玉的模样是："只见大如雀卵，（甲侧：体。）灿若明霞，（甲侧：色。）莹润如酥，（甲侧：质。）五色花纹缠护。（甲侧：文。）这就是大荒山中、青埂峰下的那块顽石的幻相。（甲侧：注明。）"

取这段文字与上文贾母所赐的汉玉相对照：上文言"三寸方圆"，当是直径一寸而周长三寸，正是此处所说的"大如雀卵"；上文所说的"形似甜瓜"，即椭圆形，也正是此处所说的"雀卵"之形；上文所说的"色有红晕"，也与此处所说的"灿若明霞"相一致：所以第109回所写的这块汉玉应当就是书中"通灵宝玉"的原型，这一点可以无庸置疑。

第56回贾宝玉（假宝玉）梦见自己的影子甄宝玉（真宝玉）时，听到甄家也即自己在江南南京的"真家"、老家[1]的丫鬟们说："'宝玉'二字，我们是奉老太太、太太之命，为保佑他延寿消灾的。"这一方面说明"宝玉"这一小名有"吉祥、佑生"的含义在内，另一方面也指明：小说中的"假宝玉"有此玉，乃是因为他的生活原型"江南真家"也即"江宁老家"的作者曹雪芹小时候有块保佑他"消灾延寿"的宝玉。这种富贵人家"消灾延寿"的玉肯定不可能是新玉，而应当是块祖传的宝玉[2]，这便与后四十回中第109回贾母赐予祖传汉玉的情节遥相呼应，从而证明作者曹雪芹的小名的确就是"宝玉"，而且这一小名就来自祖母所赐的一块可以"消灾延寿"的祖传汉玉。

正如前文指出，作者的梦幻笔法突出地表现在全书"时序颠倒"的叙事风格上，此处便是其又一实例。正如前文指出，作者把最末尾的"宝玉出家"放到全书最开头的"甄士隐出家"和"智通寺老僧"两处来写，结尾便不用再写"宝玉出家"了，从而收获"不著一字、尽得风流"的神奇效果。此处便是把原本应当写在全书最开头主人公刚诞生时祖母赐玉、为他起小名"宝玉"的情节，写成全书结尾时祖母临终"赐玦"的情节。作者文笔可谓狡狯善变。

---

① 按：书中的贾宝玉在镜中，故其家为"假家"；而甄宝玉所在的"甄家"就是镜子外的、真实世界中的家"真家、老家"。

② 大家都知道老玉比新玉好，玉戴的时间越老越好。真正好的老玉随着佩戴时间长了，颜色也都不一样。如果玉石出现血丝的话，更是无价，玉的主人再大的价钱也不舍得出售，因为这种玉据说能救主人的命。而第8回写明宝玉所佩之玉"灿若明霞"，即会发出红光，也即第109回所说的"色有红晕"，则宝玉所佩戴的显然是长出血丝的老玉，据此也可知贾宝玉佩戴的玉石只可能是块祖传老玉，而不可能是块新制的玉石。像贾府这种富贵人家的传家宝很多，传家的玉石必然也多，犯不着不戴传家的老玉而给小孩佩一块新玉。

我们都知道:"玦",缺也;"玉玦"是环形而有缺口的佩玉。而第109回描写的明明不是"玉环"形状,而是卵形玉。作者为何要罔顾事实地称卵形玉为"玦"呢?其目的无非有二:一是取"玦(诀)"的"诀别"意,硬把贾母所赐的卵形玉"名不符实"地说成是"玦"①;二是故意留此破绽,启人深思:为何作者要把卵形玉说成玉玦?从而联系到第8回对宝玉佩玉的描述,弄清楚两者其实是同一块玉,"通灵宝玉"就是贾母祖传的汉玉,进而再弄明白作者此处"有真有假":赐玉乃真,而赐玉的时间有假,祖母所赐之玉其实就是贾宝玉自小所佩之玉,从而彻底明白:作者此处又是遵循梦中情节可以时序颠倒的"首尾大腾挪"的梦幻笔法。

(五)作者为女主人公起名"林黛玉、薛宝钗",也证明"宝玉"应当是作者小名

作者在书中为女主人公起名"林黛玉、薛宝钗",两人的姓"林"和"薛"都由作者自己的大名"曹雪芹"化出;两人的名"玉、宝"乃从"宝玉"化出。由化出两人之姓的"曹雪芹"是作者的大名,便可猜知化出两人之名的"宝玉"两字便当是作者的小名。今详细分析作者取男主人公大名与小名化出两女主人公名字的手法:

(1)由大名"曹雪芹"、小名"曹宝玉"造出"林黛玉"之谜

"曹(曹)"字去"晶"为"林"字②,然后又取小名"宝玉"中的"玉"字,改掉一字,即改"宝"字为"黛"字,便把作者小名"曹宝玉"改造成了"林黛玉"。

宝玉为石,黛玉为仙草、为木,所以:①两人的前世因缘称为"木石前盟",②两人的定情信物便是一双木质的手帕③。诗帕事,见第34回戚序本回前批:"两条素帕,一片真心;三首新诗,万行珠泪。"

其名中的"黛"字当是联想而来。即此女主角前身是仙草,草有墨绿色者,故名为"黛"(按:"黛"意为青黑色)。

(2)由大名"曹雪芹"、小名"曹宝玉"造出"薛宝钗"之谜

作者先取其大名"曹雪芹"中的"雪"字谐音"薛",然后取其小名"宝玉"之"宝"字,改掉一字,即改"玉"字为"钗"字,从而改造出二号女主角的

---

① 作者在书中犯这种错误的前科也有先例,如笔者《后四十回完璧归曹》"第二章、第二节、一"的"(一)"与"(二)"指出:贾母把珍珠赐给宝玉而改名袭人,把鹦哥赐给黛玉而改名紫鹃,结果前八十回与后四十回仍到处让珍珠与袭人、鹦哥与紫鹃同时出现。这表明作者名义上写贾母给,其实并未给;换句话说:宝玉的袭人与黛玉的紫鹃其实并不是贾母给的,也并不是贾母身边人,而是宝玉与黛玉身边的旧有之人。
② "曹去晶"为"林",是指"曹"字去掉上面两个"日"和下面一个"日",也即去掉一个上下颠倒的"晶"字后,剩下的便是"林"字。
③ 按:丝线乃木。

名字"薛宝钗"。

宝玉为石，钗为金，所以：①两人今世的姻缘便称为"金玉良缘"，②两人的定情信物便是金锁和玉石。

其名中的"钗"字当是联想而来。即此二号女主角是以"金"的身份来与玉相配（"金玉良缘"），而人们常用"金钗"一词来借指妇女，所以名其为"钗"。①

又：宝玉与黛玉两人合称"二玉"，宝玉与宝钗两人合称"二宝"（均见第1回贾雨村"玉在匮中求善价、钗于奁内待时飞"联的甲戌本侧批："表过黛玉则紧接上宝钗。"这时甲戌本又有夹批："前用'二玉'合传，今用'二宝'合传，自是书中正眼"），这也可证明宝钗、黛玉二人之名其实是从"宝玉"之名化出。

（六）作者也即贾宝玉小名"宝玉"的含义

关于作者（也即书中男主人公贾宝玉）小名"宝玉"的具体含义，书中也有四处透露：

（1）第3回戚序本回前总批："宝玉衔来，是补天之余落地已久，得地气收藏，因人而现。其性质内阳外阴，其形体光白温润，天生有眼可穿，故名曰'宝玉'，将欲得者尽'宝爱此玉'之意也。"画线部分指明：长辈称其人为"宝玉"是动宾结构，取"珍视此玉、以之为宝"的意思。

（2）第22回黛玉笑问宝玉："至贵者是'宝'，至坚者是'玉'。尔有何贵？尔有何坚？"宝玉竟不能答。点明长辈命名其为"宝玉"，是希望宝玉这人能"比德于玉"，像玉石般"至贵、至坚"。

（3）第15回北静王水溶见到宝玉后，笑着说："名不虚传，果然如'宝'似'玉'。"因问："衔的那宝贝在哪里？"可见长辈称其名为"宝玉"又是并列结构，取此人"人如珍宝，温润如玉"的意思。

（4）便是上文说过的，第56回贾宝玉（假宝玉）梦到自己影子甄宝玉（真宝玉）时，听到江南甄家（实即江宁真家、南京老家）的丫鬟们说："'宝玉'二字，我们是奉老太太、太太之命，为保佑他延寿消灾的。"这便是取所佩玉石能避祟，希望"宝玉"之名能保佑被命名者消灾延寿。

然而作者又在开卷第1回点明此宝玉本就是"无材补天"、枉入红尘的顽石，顿时便将上述所有"宝爱"之意全都点化成前文所探讨的深深的悔意来。

---

① 这种联想式起名法，与作者"随事立名"法相并行。如第56回探春大观园改革时，全园的竹林交给老祝妈照管（祝，谐"竹"音）；稻香村的菜田、稻田交给老田妈经营；蘅芜苑的香草可制香料，怡红院的花卉可制草药，本来打算给莺儿妈打理，由于莺儿妈是宝钗家的人，为避嫌，宝钗便推荐与莺儿妈关系特别好的茗烟娘"老叶妈"来打理。由于处理的是花卉、香草，属于有叶的植物，所以命名其为"老叶妈"。同理，管竹林和菜田稻田的祝妈、田妈也都是因事立名。而老叶妈的儿子焙茗（又名"茗烟"）意为茶叶，则用的是联想起名法。

八、创作主旨：以假（小说中的家即贾家）写真（现实中的家即曹家）

书中主人公姓"贾"，乃谐"假"字之音而意为假；同理，作者又用"甄"字来谐"真"字之音而意为真。整部书中处处"真、假"并举，凡有"贾"（假）字处便有"甄"（真）字相对应。比如：有个"贾雨村"便有个"甄士隐"，前者谐"假语存"，后者谐"真事隐"；有个"贾宝玉"，便有个"甄宝玉"；有个"贾府"，便有个"甄府"；有个"贾政"，便有个"甄应嘉"。

在此有必要详细讨论一下"贾政"和"甄应嘉"这两个名字。"贾政"谐音"假真"，即"假就是真、假等于真"的意思。后四十回中第114回提到甄宝玉的父亲名为"甄应嘉"，即"真亦假"，与"贾政（假真）"的"以假为真"意也完全相同。第一回太虚幻境"假作真时真亦假"的对联便是两人名字的出典所在："假作真"即贾政（假真）；"真亦假"即甄应嘉（真应假）。而第二回"只金陵城内，钦差金陵省体仁院总裁甄家"，甲戌本眉批："又一真正之家，特与假家遥对，故写假则知真。"画线部分便点明作者"贾政、甄应嘉"这两个名字所要表达的"以假为真、真即是假"的旨趣。而第四回《护官符》首句："贾不假，白玉为堂金作马"中的"贾不假"三字也在告诉人们：书中贾府、贾宝玉皆"不假"而有其真的原型！

此前《红楼梦》的研究者都把"贾政"理解为假正经，其实作者没有丝毫讽刺小说主人公（也即作者自身）父亲的不孝之意在内，作者的意思是想借助这个名字，来把自己"假就是真"的创作主旨告诉给大家。后四十回本此意而命名贾政的影子为"甄应嘉"，取"真亦假"或"真应当就是假"之意，与前八十回命名贾政"假就是真"的用意完全密合，我们不得不相信后四十回"甄应嘉"这一命名应当就是曹雪芹的手笔。

书首第一回"太虚幻境"牌坊上的对联"假作真时真亦假，无为有处有还无"，其所表达的意思便是告诉大家"假就是真，真就是假"，即：

(1)作品中的"假（贾）宝玉"这一小说中的主人公，其实就是"真（甄）宝玉"这一真实世界中的、《红楼梦》这部自传体小说的作者曹雪芹自己。

(2)作品中的"假（贾）家"这一小说中的家，其实就是"江南①真（甄）家"这一真实世界中的、作者在江宁南京的真家——江宁织造府曹家。

总之，作品中的一切都有其真实原型。

而后四十回的第96回："从此，街上闹动了：'贾宝玉弄出'假宝玉'来。'"这是全书唯一一次点明"(1)"这一主旨，这肯定也是曹雪芹的手笔，断非他人所能续写得出。

---

① 江南，指清代"江南省"的省会江宁，也即南京。

九、贾府这一小说中的"假家"，就在"甄家（真家）"所在的江宁南京的证明

（一）书中的"假家（贾家）"就是真实世界中江宁南京的"甄家（真家）"

何以见得"假（贾）家"就是"真（甄）家"？《红楼梦》言：真家在江南[①]，即第二回："只金陵城内，钦差'金陵省'体仁院总裁甄家，你可知道？"其甲戌本眉批"又一个真正之家，特与假家遥对，故写假则知真"已经清楚点明：所谓的"甄家"就是贾家（假家）的"真家"。而"金陵省体仁院总裁甄家"画线部分又清楚点明：所谓的"甄家"（即贾家这一"假家"的"真家"）就在省会"金陵"南京。

（二）"老家在南京"，指的就是真家在南京

第33回宝玉挨打后，贾母训斥贾政说："我和你太太、宝玉立刻回南京去！"点明老家在南京。而"老家在南京"，其实也就意味着"真家在南京"。因为从字面上看，"老家"就是"原来的家"，未尝不可以理解为"原型的家"、进而理解为"家的原型"、从而可以理解为"真家"。

第5回宝玉梦游太虚幻境时，作者也点明宝玉的家乡（老家）在南京：宝玉"进入门来，只见有十数个大橱，皆用封条封着。看那封条上，皆是各省的地名。宝玉一心只拣自己的家乡封条看，遂无心看别省的了。只见那边橱上封条上大书七字云：'金陵十二钗正册'。（甲侧：正文题。）……宝玉道：'常听人说，金陵极大，怎么只十二个女子？如今单我们家里，上上下下，就有几百女孩子呢。'"画线的"金陵极大……单我们家里"便清楚地点明：作者现在的家就在金陵南京。

在没有看到这句话之前，大家都会相信作者在书中到处声称的鬼话："老家、故乡在南京，而现在的贾府不在老家、故乡的南京，而在天子脚下的北京。"而这"金陵极大……单我们家里"才算说了句真话，即宝玉现在的家就在南京！我们要牢牢记住曹雪芹的风格便是：书中虽有千万句谎言，但总归会有一两句真话以返真相。"金陵极大……单我们家里"这句话，便是曹雪芹为了让有心人推翻其千万句谎言、洞穿书中真相而写的暴露真旨的点睛之笔。

（三）书中的长安就是南京而非北京

那读者会问，贾府老家在南京，怎么能说贾府现在就在南京呢？[②]让我们来看一看书中的贾府现在究竟在何处？

第56回贾宝玉梦见甄宝玉："宝玉听说，心下也便吃惊。只见榻上少年说道：'我听见老太太说，长安都中也有个宝玉，和我一样的性情，我只不信。我

[①] 读者千万注意：此"江南"特指清朝"江南省"的省会江宁，也即今天的南京，古称"金陵"；此"江南"并不泛指今天意义上的江南——"长江三角洲"。

[②] 因为人们在异地时才会称"老家如何如何"，因此称"老家"时，便意味着现在不在老家。如果人们现在就在老家，一般不会把自己所在城市说成"老家"的。

才作了一个梦，竟梦中到了都中一个花园子里头，遇见几个姐姐，都叫我'臭小厮'，不理我。好容易找到他房里头，偏他睡觉，空有皮囊，真性不知哪去了！'"可见书中把贾府写在了"长安"。

"长安"在这儿并不指陕西西安，而是对首都的雅称。作者用"长安"两字不过是说贾府在京都罢了，至于是明清京都"南、北两京"中的哪个京则不明确。

明代有两京，南京是正式首都，北京反倒是"行在所"（即"行都"）。清灭明，名义上已经废除南京，将其降格为江宁府，成了"江南省"的省会，不再是"京都长安"，但老百姓仍然遵从前朝古制而称之为"南京"，直到今天仍旧没有改口。由于"长安"是一切京都的代称，因此书中所说的"贾府在长安"，并不意味着贾府就肯定不在南京而在北京[①]。书首的"凡例"特地向读者交代："书中凡写'长安'，在文人笔墨之间，则从古之称；凡愚夫妇、儿女子家常口角，则曰'中京'，是不欲著迹于方向也。盖天子之邦，亦当以中为尊，特避其'东南西北'四字样也。"即全书称京都为"长安"，在文人笔下固然是拟古和用典，而在老百姓口中便是不想涉及方位。

由于清代中国已无"东京、西京"之说，只有"南、北"两京，作者所说的"避其'东南西北'四字"，其实要避开的范围已由"东南西北"四字缩小到"南北"两字了。如果作者写的就是当朝天子所在的首都北京，又何必作此避讳？现在既然要避讳，可以想见，作者写的显然就不是当时的天子之都北京而应当是南京。

换句话说："长安"指当时的首都北京，那是尽人皆知的事情；如果作者笔下的"长安"就是北京的话，可以不加任何"凡例"之类的说明；现在特加"凡例"予以说明，只能证明他写的不是北京，而应当就是这条"凡例"所点明的必须避开的"南京"。

换句话说，作者用"长安"一词就旨在有意避免用"南京"两字，但另一方面又要避免让读者将其理解为"北京"，所以特地写下上面那条"凡例"来告诉大家：作者"我"其实避开的是"南"字，读者"您"理解时千万要避开那"北"字，因为作者"我"早已在书中处处点醒过你："甄家（真家）就在南京！"（即上引第2回："金陵省体仁院总裁甄家。"）

读者读到这儿都会很纳闷：贾家（假家）与甄家（真家）显然是两府，小说中又分居两地："贾家"在长安，甄家在"江宁"，两家"似乎"并不同城，怎么能说甄家（真家）在南京，而贾家（假家）也在南京，而且两家还是一家呢？

曹雪芹听到你为这种问题所困扰，肯定会嫌你做人太过于实在，识不破他

[①] "长安"是一切京都的古雅之称，而南京是明清时代两座京都之一。换句话说：清代的京都不光指北京，更有民间俗称的"南京"。

作为小说家的"狡狯"笔法①。甄家（真家）在的是真实世界中的南京，而贾家这个小说中的"假家"，在的自然就是小说世界中的南京。小说是现实生活的反映，就像镜子那样反映着生活："甄家（真家）"就好比在镜子外面的真实世界中的南京，而小说中的"贾家（假家）"就好比在镜子里的南京——小说中的"长安"其实就是南京的镜像，小说中的贾府（假府）同样也是真实世界中"真（甄）府"曹家的镜像。这便是上引脂批所说的："故写假则知真！"

（四）书中点明贾家在南京而非北京的实例

作者在书中处处写明"宁荣二府大观园"与皇帝同在一城，所有人都会认为作者写的肯定就是天子脚下的北京，绝对不可能写的是没有皇帝的南京。这其实就是作者表面写的"假话"，其内藏的"真事"恰是作者写的就是没有皇帝的南京。

作者通过"甄家（真家）在南京"这句话②来点明"贾府其实写的是南京"，这未免太令读者感到狐疑。幸亏作者在书中不起眼处，再度点明"贾府其实就在南京"的真相，从而使这个问题得以定案。

这个不起眼处便是第69回凤姐命令旺儿杀掉尤二姐的前夫张华。这时张华正和凤姐处在同一座城市。旺儿不肯犯下人命罪案，以免将来会受法律追究，于是向凤姐谎称张华已死，即书中写的：旺儿"只说张华是有了几两银子在身上，逃去第三日在京口地界五更天已被截路人打闷棍打死了。他老子唬死在店房，在那里验尸掩埋。凤姐听了不信，说：'你要扯谎，我再使人打听出来敲你的牙！'自此方丢过不究。"这便证明小说发生的地点绝对不可能是北京，而应当是南京。因为凤姐叫旺儿治死张华时，她与张华同在一城，旺儿谎称张华是"逃去第三日在京口地界五更天已被截路人打闷棍打死了"，从南京到京口（今镇江）70多公里，不急着赶路慢慢走的话，的确要走上三天。而从北京到京口甚远，两三天根本走不到，最快也得十天、半个月。作者通过这一情节，其实已向大家交代清楚："宁荣二府大观园"其实不在天子脚下的北京，而在"江宁织造府"所在的城市南京。这与作者一惯的文风相符：他总会在撒完无数句谎言后，说上一两句至为关键的真话来返回真相。作者虽然处处避讳"南京"两字而写成"长安"，却仍会在书中不经意处透露一下，让有心人全都明白他写的就是南京、而非北京。作者全书虽然从来都没有明说他写的就是南京，其实他早已在第69回这儿，借旺儿之口，把他写的就是南京的谜底，清楚地透露给读者。难怪其书名起作"石头记"，便旨在标榜书中写的全都是作者在"石头城"南京的年少往事。"书名《石头记》、张华京口被害"这两例，已足以证明小说发生的地点绝对不可能是北京，而应当是南京。

---

① 所谓"狡狯"之笔，其实就是小说所特有的虚构笔法。
② 指上引第2回："金陵省体仁院总裁甄家"，以及第16回"江南甄家还收着我们五万银子"、第64回"有江南甄家送来打祭银五百两"、第71回"内中只有江南甄家一架大屏十二扇"这一再三番出现的"江南甄家"字样，还有就是第33回贾母在宝玉挨打后决定离家出走时："说着便令人去看轿马：'我和你太太、宝玉立刻回南京去'"所点明的"老家在南京"。

除此明显之例外，作者在书中还有多处暗示，证明他写的贾府就在金陵南京：

①第 2 回"冷子兴演说荣国府"时，贾雨村谈起书中要写的"宁荣二府"时说："当日宁荣两宅的人口也极多，如何就萧疏了？"又说："去岁我到金陵地界，因欲游览六朝遗迹，<u>那日进了石头城，</u>（甲侧：<i>点睛神妙。</i>）从他老宅门前经过。街东是宁国府，街西是荣国府，二宅相连，竟将大半条街占了。大门前虽冷落无人，（甲侧：<i>好！写出空宅。</i>）隔着围墙一望，里面厅殿楼阁，也还都峥嵘轩峻，就是后一带花园子里面树木山石，也还都有蓊蔚洇润之气，哪里像个衰败之家？"

书中已写明天子脚下有"宁荣二府"，而此处又说那贾母提到过的"江宁老家"①也有个一模一样、并且还同名的"宁荣二府"；谁都知道这般巧合是不可能发生的。所以，狡猾的作者名义上是在说老家的"宁荣二府"，其实说的就是"长安"都中的"宁荣二府"，两者明显是镜像关系：老家的"宁荣二府"是镜子外的、也即小说外的真实原型的府第；而"长安"都中的"宁荣二府"便是镜子内的、也即小说内的府第。由于是镜像，所以两者一模一样；两者唯一的区别便在于：真实的南京没有皇帝，而小说可以虚构，所以小说中的南京城便虚构成了"天子脚下"。既然镜子外的老家是在"金陵地界"的"石头城"（见上引文字中的画线部分），作者便已"不打自招"地交代清楚：小说所写的"宁荣二府"其实是在南京，故脂砚斋特批"点睛神妙"四字，意即作者其他地方全都在说谎，唯独这儿说了句暴露真相、揭露主旨、让读者开眼得见"庐山真面目"的真话——"宁荣二府就在南京！"

②我们都知道第一回一僧一道带"通灵宝玉"下凡处肯定就在宝玉出生的"宁荣二府"所在地，而甄士隐能梦见这幕情景，则甄士隐肯定就生活在"宁荣二府"所在地（按：甄士隐是凡人，不可能魂游四方）。而第一回写甄士隐生活在姑苏："当日地陷东南，这东南一隅有处曰姑苏"，好在甲戌本有侧批："是金陵。"这便点明：作者把甄士隐梦见"通灵宝玉"下凡的地点明里写在姑苏那是骗人的假话，其实真相就在金陵南京。这也就能证明宝玉出生的"宁荣二府"就在南京！

③第二回贾雨村到苏州任知府时，没碰到甄士隐家隔壁"葫芦庙"的和尚，而第四回到南京应天府上任时，却碰到做了门子的"葫芦庙"的和尚。我们固然可以认作门子从苏州搬迁到南京来了。其实上文已经点明甄士隐老家、葫芦庙所在地，作者表面写的是"苏州"，其实影写的就是南京。因此，第一回说葫芦庙"在苏州"那反倒是句假话，现在让所谓的"苏州"门子出现在南京那反倒是句真话。同理，第一回说甄英莲出生在苏州那也是假话，她在南京被卖，说的不是拐子把她从苏州拐到南京来出卖，而是在说她原本就没离开过南京一步，因此"甄英莲在南京被卖"反倒是作者说的又一句大实话。

④笔者《红楼时间人物谜案》"第一章、第三节、第 107 回"，根据书中提

---

① 第 33 回贾母在宝玉挨打后决定离家出走时："说着便令人去看轿马：'我和你太太、宝玉立刻回南京去。'"这便点明的"老家在江宁南京"。

到"五台山"为坟场，也能证明作者笔下的贾府就在南京、而非北京。

⑤笔者《红楼时间人物谜案》"第三章、第二节、三、（3）、①"考明：第58回言贾母等家长为老太妃送葬守灵"得一月光景"，而书中第59回说清楚贾母这批贾府家长是在清明后几天的二月底出发，第64回又考明贾母等人是在贾敬"四七"几天前的五月廿一前后回来，则历时为三个月。其最合理的解释便是：贾府根本就不在天子脚下的北京，而在南京。从南京到北京正要奔波一个月的光景，一来一去，加上书中所说的到京后参加"送灵、守灵"的整个仪式"得一月光景"，所以整趟行程也就需要三个月的光景了。

（五）不要为书中写的"贾家在天子脚下的北京"这一假象所迷惑

书中到处写贾府就在天子脚下，那显然就是北京而不可能是南京①。而第4回声称宝钗是因为上京选秀女而来到贾府，第7回又让宝钗说她的冷香丸"如今从南带至北，现就埋在梨花树底下呢"，后四十回的第87回又让史湘云说："在南边正是晚桂开的时候了，你只没有见过罢了。等你明日到南边去的时候，你自然也就知道了。"又让林黛玉说："俗语说：'人是地行仙。'今日在这里，明日就不知在哪里。譬如我原是南边人，怎么到了这里呢？"又让史湘云拍着手笑道："不但林姐姐是南边人到这里，就是我们这几个人就不同：也有本来是北边的；也有根子是南边，生长在北边的；也有生长在南边，到这北边的。"总之，书中到处明言故事发生在当时天子坐镇的北京。看官当知，这一切其实都是作者蒙蔽读者的"障眼法"，都是作者不想让读者看破他写的就是南京而撒的谎。

作者总会在撒完千万句谎言后透露一两句真相，即上引第5回宝玉说我们家在金陵，第2回贾雨村说金陵地界的"石头城"南京有"宁荣二府"，第1回脂批点明宝玉降生的"太虚幻境"与"宁荣二府"不在姑苏而在金陵；如果说以上三点写得还有点虚悬而让人无法确定这一结论是否确凿无疑的话，则第69回来旺儿说张华离城三天后在京口被人打死，便明确讲明贾府就在南京而非北京。至于《石头记》的书名，其实也交代清楚：书中所写就是石头城（也即南京城）中曹雪芹本家的故事；书首"凡例"中"避其'东南西北'四字"的话其实也是在说：要避的仅一个"南"字而已！

十、"甄府"（真府）就是曹家的证明

上已言明"假（贾）家"就是"真（甄）家"，那又何以知道甄府（真府）就是曹家？

第16回："赵嬷嬷道：……还有如今现在江南的甄家，（甲侧：甄家正是大关键、大节目，勿作泛泛口头语看。）嗳哟哟，好势派！独他家接驾四次。（庚侧：点正题正文。）"此处的"江南"是指江南省省会江宁（今南京），"江南的甄家"说的就是"省会江宁的真家"。

---

① 因为永乐皇帝后的明清两朝，天子都在北京而不在南京。

中国历史上能在家中接驾四次的，恐怕唯有"江宁曹家"，也即南京的"江宁织造府"曹寅家。因此书中写到的接驾四次的"江宁甄家（真家）"，就是现实世界中的"江宁曹家"。以上便是"江宁真家就是江宁曹家"的最简证明！

脂砚斋的批语叫人"勿作泛泛口头语看"，便是要读者把"江南的甄家独他家接驾四次"这句话当成真话来理解，千万不要把这句话当成小说中的胡编乱造。"点正题正文"的批语又告诉大家："江南的甄家独他家接驾四次"这句话透露着作者全书的创作主旨——"江南甄家＝江宁真家＝江宁曹家"！

曹家何以能在家中接驾四次？即康熙皇帝来南京时，为何四次入住曹家？这便是因为曹寅的母亲是康熙保姆，见清人萧奭《永宪录·续编》雍正五年"冬十二月、壬午朔"、"乙酉"（初四日）："督理江宁、杭州织造曹頫、孙文成并罢。……曹頫之祖□□，与伯寅，相继为织造将四十年。寅，字子清，号荔轩，奉天旗人，有诗才，颇擅风雅。母为圣祖保姆。"（按：曹頫祖父为曹玺，曹頫是过继给伯父曹寅为子，曹玺与曹寅相继任江宁织造，故引文中所缺两字可补作"父玺"。）

《大清圣祖仁皇帝实录》卷290"康熙五十九年庚子、十二月癸巳朔"之"甲辰"（十二日）："钦惟世祖章皇帝，因朕幼年时未经出痘，令保姆护视于紫禁城外。父、母膝下，未得一日承欢。"[1]可见康熙皇帝由保姆养大，自然与保姆情同母子。正因为此，清人陈康祺《郎潜纪闻三笔》"圣祖赐曹寅母御书匾额"条载："康熙己卯夏四月，上南巡回驭，驻跸于江宁织造曹寅之署。曹，世受国恩，与[2]亲臣、世臣之列，爰奉母孙氏朝谒。上见之色喜，且劳之曰：'此吾家老人也。'赏赉甚渥。会庭中谖（萱）花盛开，遂御书'萱瑞堂'三字以赐。"

康熙己卯为康熙三十八年（1699），康熙皇帝在此年第三次南巡时，尊称把自己带大成人的诸保姆中的曹寅母亲孙氏为"吾家老人"，可见康熙皇帝早已把曹寅一家人视为自己的家人，故而对曹玺、曹寅父子倍加信任而委以重任、多方庇护。正因为有这层非常亲近的特殊关系，所以康熙皇帝才会命令曹寅父亲曹玺，把任职的"江宁织造府"改造成"江宁行宫"，供自己来南京时居住。康熙皇帝"六下江南"六次到达南京，五次都住在吉祥街的江宁织造府，见《同治上江两县[3]志》卷一"记、圣泽记"："二十三年十一月，南巡至于上元，以将军署为行宫。……二十八年二月，南巡至于上元，以吉祥街织造署为行宫。……三十八年南巡，驻跸吉祥街行宫。……四十二年二月南巡，驻跸吉祥街行宫。……四十四年三月南巡，驻跸吉祥街行宫。……四十六年三月南巡，驻跸吉祥街行宫。"

康熙二十三年（1684）十一月第一次南巡时，原本也要入住"江宁织造府"，由于曹玺六月刚过世，所以改住"将军署"，任命曹寅协理江宁织造府事，见清人于化龙康熙二十三年所编《康熙江宁府志》稿本卷17"宦迹"《曹玺传》："康

---

① 见《清实录》第6册、《圣祖实录》第3册，北京：中华书局1985年版，第822页。
② 与，读去声，通"预"字，意为参预。此处指被列入、被列为。
③ 南京地区分为上元、江宁两县。

熙二年，特简督理江宁织造。……<u>甲子</u>①<u>六月，又督运，濒行，以积劳感疾，卒于署寝。</u>遗诚惟训诸子图报国恩，毫不及私。江宁人士，思公不忘，公请各台崇祀'名宦'。是年冬。天子东巡，抵江宁，特遣致祭。又奉旨：以长子寅，仍协理江宁织造事务，以缵公②绪。"③

曹寅要到康熙三十一年（1692）才算真正"子承父业"而被正式任命为父亲曹玺担任过的"江宁织造"，一直要到康熙五十一年八月逝世为止，详见冯其庸先生《曹雪芹家世新考》第99页引《宗谱》（即《五庆堂重修曹氏宗谱》）："康熙三十一年督理江宁织造，四十三年巡视两淮盐政"，第101页引《苏州织造李煦奏颁赐药饵未到曹寅即已病故摺》（康熙五十一年八月二十一日）"。

曹寅在康熙三十一年前既然是"协理"，则康熙皇帝当另行指派他人担任正式的"江宁织造"，此人便是桑格④，曹寅必然要搬出江宁织造府而让桑格办公居住，所以康熙二十八年康熙皇帝第二次南巡入住"江宁行宫"，便是桑格接驾而非曹寅接驾。因为"江宁织造府"主人不是担任"协理"之职的曹寅，而是担任"织造"之职的桑格。而三十一年康熙皇帝任命曹寅正式担任"江宁织造"，其后的三十八年、四十一年、四十四年、四十六年四次南巡入住"江宁织造府"行宫，便都是曹寅接驾了。而且曹寅还在扬州接过一次驾，即康熙四十四年第五次南巡时，曹寅先在为康熙皇帝建造的扬州"三汊河⑤"宝塔湾行宫接驾，然后又到南京"江宁行宫"接驾，最后又到扬州的宝塔湾行宫恭送皇帝，详见《振绮堂丛书初集·圣祖五幸江南全录》所载的康熙四十四年第五次南巡盛况：

①三月康熙皇帝驻跸扬州"宝塔湾行宫"共二天："十二日，皇上起銮，乘舆进扬州城。……皇上过钞关门上船开行，抵'三涂河'宝塔湾泊船，众盐商预备御花园行宫，盐院曹奏请圣驾起銮，同皇太子、十三阿哥、宫眷驻跸，演戏、摆宴。……十四日，皇上龙舟开行，往镇江，过瓜洲四闸。"

②四月康熙皇帝驻跸南京"江宁行宫"共六天："二十二日……上未收⑥至午刻，由西华门进'织造府行宫'驻跸。……有各官晚朝，又织造进献樱桃、进宴、演戏。二十三日，……文武官员晚朝，织造进宴、演戏。……二十四日……又午刻，皇上同皇太子、宫眷，俱往'织造机房'内，看匠人织机毕，回行宫，传旨：'于二十六日回銮。'随有督、抚、将军、织造等位跪：'请留圣驾！'皇上甚悦，传旨：'再住一天。'织造进宴、演戏。文武各晚朝。……二十五日，……各官晚朝，织造府进宴、演戏。…二十八日，皇上即登陆路，乘轿，往镇江。"

---

① 指康熙二十三年甲子岁（1684）。
② 公，指曹玺。
③ 见《金陵全书》甲编、方志类、府志、第16册，南京：南京出版社2011年版，第463、464页。其书影印康熙朝精抄本。
④ 见《江南通志》卷105"江宁织造"题名："曹玺（满洲人。康熙二年任。）桑格（满洲人。康熙二十三年任。）曹寅（满洲人。康熙三十一年任。）曹颙（满洲人。康熙五十二年任。）曹頫（满洲人。康熙五十四年任。）隋赫德（满洲人。雍正六年任。）许梦闳（满洲人。内务府郎中，雍正九年任。）高斌（镶黄旗人。雍正十一年署任。）李英（镶白旗人。雍正十二年任。）"
⑤ 三汊河，又作"三涂河"、"三岔河"。
⑥ 收，收尾、结束。未收，即未时末尾。

③五月康熙皇帝回銮时驻跸扬州"宝塔湾行宫"共六天："初一日，……皇上起驾登舟，巳刻至二十里铺，有江宁织造兼管盐院曹，带领扬州盐商项景元等，叩请圣驾。午刻，御舟到'三岔河'上岸，进行宫游玩，驻跸御花园行宫，众商加倍修理，添设铺陈，古玩精巧，龙颜大悦。……进宴、演戏。……初二日，……两淮盐院曹，进宴、演戏。初三日，……皇上在行宫内土堆上观望四处景致，上大悦，随进宴、演戏。初四日，……上即在行宫内荷花池观看灯船，进宴、演戏。初五日，……文武官员晚朝，进宴、演戏。初六日，……晚朝，……进宴、演戏。……初七日，皇上自扬州行宫上船回銮，行至宝应五里庵驻跸。"

关于这次扬州接驾，《红楼梦》小说中也写到了，即第16回："赵嬷嬷道：……咱们贾府正在姑苏、扬州一带监造海舫，修理海塘，只预备接驾一次，（庚侧：又要瞒人。）把银子都花的淌海水似的！……还有如今现在江南的甄家，嗳哟哟，好势派！独他家接驾四次。"她把扬州的那次说成是贾府接驾，把江宁的四次说成是甄家接驾。我们早已知道"贾府"就是"甄府（真府）"也即曹家，——即书中所谓的"假（贾）作真（甄＝曹）时，真（甄＝曹）亦假（贾）"。所以作者借赵嬷嬷嘴说的便是"我们曹家一共接驾五次"！庚辰本在"只预备接驾一次"后加批语"又要瞒人"，便是在透露真相：作者把不止一次接驾硬说成"只"有一次接驾，那是骗人的谎言。

赵嬷嬷这段话与曹家在中华文明史中独一无二的家族盛事"扬州接驾一次、江宁接驾四次"完全吻合，不光接驾总次数"五次"相吻合，就连接驾地点"一次扬州、四次南京"也相吻合。中华文化史中再也找不到第二家在接驾总次数与接驾地点上如此吻合者，这也足以证明上文所拎出的作者全书的创作主旨"贾府＝甄家＝曹家"乃千真万确。

而后四十回中的第114回"甄应嘉蒙恩还玉阙"，便是影写雍正六年正月曹家抄家后不久，蒙"恩"返回祖籍北京居住。这与曹家家事也完全吻合[①]，从而也能证明"贾府＝甄家＝曹家"。而"甄应嘉"之名当同"贾政"一样，都是"真亦假"的意思[②]，也即"假府（小说中的贾府）就是真府（现实中的曹家）"之意。

书中还有一处透露"贾府（假府）"就是"江南甄家"——江宁真家"江宁织造府"，即第26回佳蕙对小红抱怨晴雯等大丫头压制自己这种小丫头，小红说："也不犯着气她们。俗语说的好，'千里搭长棚，没有个不散的筵席'，谁守谁一辈子呢？不过三年、五载，各人干各人的去了。那时谁还管谁呢？"

作者接着写佳蕙听后的反应："这两句话不觉感动了佳蕙的心肠，（庚侧：不但佳蕙，批书者亦泪下矣。）由不得眼睛红了。又不好意思好端端[③]的哭，只

---

① 见本章"第二节、七"开头"曹家当是雍正六年（1728）抄家后不久就迁回北京"的说法。

② 因为"甄应嘉"谐音"真应假"，也即"真亦假"，可证小说故事中所写的"蒙恩还玉阙"就是真实原型中的曹家"蒙恩还玉阙"。

③ 此字庚辰本涉重文号而误脱，据列藏本补。

得勉强笑道：'你这话说的却是。昨儿宝玉还说：明儿怎么样收拾房子，怎么样做衣裳，倒像有几百年的熬煎。'"而画线部分的"做衣裳"三个字，便透露出贾府的原型曹家就是为皇帝"做衣裳"的"江宁织造府"的天机来。再联系作者第一回甄士隐（真事隐）《好了歌解》末句唱的："到头来都是为他人作嫁衣裳！"便是书中又一次点明：贾府"真事隐"隐的便是为别人家（实即皇帝家）做衣裳的"江宁织造府"曹家！

由于上面的文字还都没点明究竟是为谁做衣裳，好在书中一再出现意为"御用"的"上用"一词，如第24回"果然凤姐儿送了两小瓶上用新茶来"给黛玉。第40回贾母评价稀世奇珍"软烟罗、霞影纱"时说："如今上用的府纱也没有这样软厚轻密的了。"又评价凤姐大红绵纱袄的材料时说："这也是上好的了，这是如今的上用内造的，竟比不上这个。"凤姐说："这个薄片子，还说是上用内造呢，竟连官用的也比不上了。"这就分清楚"上用内造"和"官用"的档次区别来。由贾府供自己吃穿用的全都是"上用"之物，可证其家便是为皇帝造衣裳的人"江宁织造"，否则他们使用"上用内造"之物便是僭越而要杀头。有人根据贾府用的是"上用内造"之物，便认定书中写的贾府就是皇宫，宝玉就是皇帝，这又未免显得走火入了魔。

十一、假府（小说中的贾府）与真府（现实中的曹家）一模一样的证明

贾府与甄府（现实中的真府曹家）完全一样，见第92回贾政言：

> 还有我们差不多的人家儿，就是甄家，从前一样功勋，一样世袭，一样起居，我们也是时常往来。不多几年他们进京来，差人到我这里请安，还很热闹。一回儿抄了原籍的家财，至今杳无音信。

贾府宝玉与甄府宝玉的亲属构成也一模一样，见第56回甄家女佣和贾母的对话：甄府也有一位王妃在宫（"今日进宫朝贺"），有老太太、太太、老爷、宝玉，除一位姐姐在宫为妃外，还有三位姊妹（"老太太和哥儿、两位小姐并别位太太都没来，就只太太带了三姑娘来了①"），而且还提到甄家宝玉和贾宝玉长得一模一样：

> 四人笑说："今年十三岁。因长得齐整，老太太很疼。自幼淘气异常，天天逃学，老爷太太也不便十分管教。"贾母笑道："也不成了我们家的了！你这哥儿叫什么名字？"四人道："因老太太当作宝贝一样，他又生的白，老太太便叫作'宝玉'。"贾母便向李纨等道："偏也叫作个'宝玉'。"李纨忙欠身笑道："从古至今，同时、隔代重名的很多。"……众媳妇听了，忙去了，半刻围了宝玉进来。四人一见，忙起身笑道："唬了我们一跳。若是

---

① 此当是影射现实世界中，曹佳氏为妃后，曹寅妻又带另一女上京嫁给王族，详见《红楼时间人物谜案》"第四章、三、（八）"之"书中用'我们家又出了个王妃'来称呼探春"的注释。而探春正是三姑娘，与此处所言的"三姑娘"相合，便是其证。

我们不进府来，倘若别处遇见，还只道我们的宝玉后赶着也进了京了呢。"一面说，一面都上来拉他的手，问长问短。

作者处处写明甄贾两宝玉、甄贾两府完全相同，"真府"就是"假府"，"真宝玉"就是"假宝玉"，即第56回所言："如今看来，模样是一样。据老太太说，淘气也一样。"这说的全都是真话，但作者又处处抹去这一真相，如第56回贾母笑道："哪有这样巧事？大家子孩子们再养的娇嫩，除了脸上有残疾十分黑丑的，大概看去都是一样的齐整。这也没有什么怪处。"

第115回也写到贾府的宝玉和甄府的宝玉一模一样：

> 众人一见两个宝玉在这里，都来瞧看，说道："真真奇事！名字同了也罢，怎么相貌身材都是一样的。亏得是我们宝玉穿孝，若是一样的衣服穿着，一时也认不出来。"

十二、贾宝玉和甄宝玉是一模一样的镜像关系的证明

关于"贾宝玉（小说中的假宝玉）就是甄宝玉（真实世界中的真宝玉、也即作者曹雪芹）"，可见第2、第3回脂砚斋的批语。

第2回：

> 雨村笑道："去岁我在金陵，也曾有人荐我到甄府处馆。我进去看其光景，谁知他家那等显贵，却是个富而好礼之家，倒是个难得之馆。但这一个学生，虽是启蒙，却比一个举业的还劳神。说起来更可笑，他说：'必得两个女儿伴着我读书，我方能认得字，心里也明白，不然我自己心里糊涂。'（甲侧：甄家之宝玉乃上半部不写者，故此处极力表明，以遥照贾家之宝玉，凡写贾家之宝玉，则正为真宝玉传影。）（蒙侧：灵玉却只一块，而宝玉有两个，情性如一，亦如六耳、悟空之意耶？）又常对跟他的小厮们说：'这"女儿"两个字，极尊贵，极清净的，比那阿弥陀佛，元始天尊的这两个宝号还更尊荣无对的呢！（甲眉：如何只以释、老二号为譬，略不敢及我先师儒圣等人？余则不敢以顽劣目之。）你们这浊口臭舌，万不可唐突了这两个字，要紧。但凡要说时，必须先用清水香茶漱了口才可，设若失错，便要凿牙穿腮等事。'其暴虐浮躁，顽劣憨痴，种种异常。只一放了学，进去见了那些女儿们，其温厚和平，聪敏文雅，（甲侧：与前八个字嫡对。）竟又变了一个。因此，他令尊也曾下死笞楚过几次，无奈竟不能改。每打的吃疼不过时，他便'姐姐''妹妹'乱叫起来。（甲眉：以自古未闻之奇语，故写成自古未有之奇文。此是一部书中大调侃寓意处。盖作者实因鹡鸰之悲、棠棣之威，故撰此闺阁庭帏之传。）后来听得里面女儿们拿他取笑：'因何打急了只管叫姐妹做甚？莫不是求姐妹去说情讨饶？你岂不愧些！'他回答的最妙，他说：'急疼之时，只叫"姐姐""妹妹"字样，或可解疼也未可知，因叫了一声，便果觉不疼了，遂得了秘法。每疼痛之极，便连叫姐妹起来了。'（蒙侧：闲闲逗出无穷奇语，都只为下文。）你说可笑不可笑？也因祖母溺爱不明，每因孙辱师责子，因此我就辞了馆出来。如今在这巡盐御史林家做馆。你看，这等子弟，必不能守祖父之根基，从师长

之规谏的。只可惜他家几个姊妹都是少有的。"（甲侧：实点一笔，余谓作者必有。）

第3回：

> 黛玉亦常听得母亲说过，二舅母生的有个表兄，乃衔玉而诞，顽劣异常，（甲侧：与甄家子恰对。）极恶读书，（甲侧：是极恶每日"诗云""子曰"的读书。）最喜在内帏厮混，外祖母又极溺爱，无人敢管。今见王夫人如此说，便知说的是这表兄了。

笔者之所以要在上文详引第2回甄宝玉的行径，为的就是证明他和贾宝玉的为人行事完全相同，而且两人也都挨过父亲的暴打而死不改悔。脂批言："凡写贾家之宝玉，则正为真宝玉传影"，即作品中的"假宝玉"就是其原型"真宝玉（实即作者）"的写照。上引第3回画线部分的批语也明言贾宝玉和甄宝玉恰好就是一对，从而透露出两人无有不同的旨趣来。

而上引画浪线的第2回蒙王府本批语，则给人以全新的视角。其言："甄家亦名宝玉，必定也是衔玉而生。世界上难道会有两块青埂峰下的顽石吗？既然青埂峰下的顽石只有一块，又怎么会有两块宝玉、两位宝玉出来呢？[1]而且这两个宝玉从情性到相貌等方方面面全都无有不同，显然就像'六耳猕猴实乃孙悟空心影'那般，名虽为二，实则为一。"此批用六耳猕猴与孙悟空的关系点明：①贾宝玉（小说世界中的假宝玉）与甄宝玉（真实世界中的真宝玉、也即作者曹雪芹本人）实乃镜像关系；②贾宝玉在小说中的南京（即镜像中的南京），而真宝玉便在真实世界中的南京（即镜像所映照的镜像外的现实世界中的南京）。

今再详考甄宝玉与贾宝玉实乃镜像关系，实乃同一人而两写之的"分身"，实乃同一原型"改好后"与"未改前"的两个化身。

第二回贾雨村说他在南京教过的金陵甄家的宝玉曾经说过这么两句话，一是："必得两个女儿伴着我读书，我方能认得字，心里也明白，不然我自己心里糊涂。"二是："这'女儿'两个字，极尊贵，极清净的，比那'阿弥陀佛'、'元始天尊'的这两个宝号还更尊荣无对的呢！"这与书中贾宝玉的论调完全相同。这固然可以认作两人见解相同，而未必就能得出两人实为同一人的结论。但第一句下甲戌本有侧批："甄家之宝玉乃上半部不写者，故此处极力表明，以遥照贾家之宝玉；凡写贾家之宝玉，则正为真宝玉传影。"蒙王府本侧批："灵玉却只一块，而宝玉有两个，情性如一，亦如六耳、悟空之意耶？"点明两者原本就不是两个人，而是作者把同一人写成了两个人，两者的关系与孙悟空和六耳猕猴一样，是真形与影子的关系（"贾家之宝玉则正为真宝玉传影"）。

六耳猕猴其实就是孙悟空的心影（即魂灵），两者一模一样、毫无差别，相当于是真形和镜像的关系，上引"亦如六耳、悟空之意耶"的批语，便也指明甄贾两宝玉是真形与镜像的关系。这在书中有更为艺术化的表达，即第56回小

---

[1] 这就是用世间只有一块青埂峰顽石而只会有一块青埂峰顽石所化现的"通灵宝玉"来证明：两个衔玉而生的宝玉其实就是同一个人的不同分身。这也就意味着：两府实为一府而两写之，两宝玉实为一人而两写之。

说中的贾宝玉梦到金陵老家的甄宝玉，最后因在梦中唤出"宝玉在哪里"的话来而被袭人推醒，书中写："袭人笑道：'那是你梦迷了。你揉眼细瞧，是镜子里照的你影儿。'宝玉向前瞧了一瞧，原是那嵌的大镜对面相照，自己也笑了。早有人捧过漱盂、茶卤①来，漱了口。麝月道：'怪道老太太常嘱咐说小人屋里不可多有镜子。小人魂不全，有镜子照多了，睡觉惊恐作胡梦。如今倒在大镜子那里安了一张床。有时放下镜套还好；往前去，天热困倦不定，哪里想的到放它，比如方才就忘了。自然是先躺下照着影儿顽的，一时合上眼，自然是胡梦颠倒；不然如何得看着自己、叫着自己的名字②？不如明儿挪进床来③是正经。'"点明宝玉之床面朝大镜，因镜中人而梦见甄宝玉，这便点明甄宝玉与贾宝玉是镜像关系。

此回回末陈其泰评："宝玉一梦，真玉、假玉是一、是二？迷离恍惚，令人寻味无穷。是作者对面着想、醒读者耳目处。书中全部线索，只在此数段也。有假必有真：假者只可向实处用笔，真者无穷，须于空中会意；恐以'贾'滋天下之疑，遂以'甄'坚天下之信。命意、措词俱极惨淡经营。醒后用镜中影子一点，可见只是一人也。"④点明书中的"假（贾）"皆是"真（甄）"的镜像，"贾宝玉（假宝玉）"便是"甄宝玉（真宝玉）"的镜像；同理，书中"贾（假）府"即小说中的"宁荣二府大观园"，便是"甄（真）府"也即现实世界中的曹家"江宁织造府大行宫"的镜像；同理，书中的长安便是南京的镜像。书中所描写的小说世界中的一切，便是现实世界中作者人生所经历的曹家的镜像。

此回王希廉批："甄夫人进京遣人问安，说起家中亦有宝玉，面貌、性情与宝玉无异，接写湘云戏言：'好逃往南京'，又接写宝玉一梦，与甄宝玉梦中彼此拉住。读者试想两个宝玉是一、是二？若仅作后文甄府被抄及甄宝玉入都看，未免为作者暗笑。"即点明：作者写两个宝玉梦中相会、彼此拉拉扯扯而性情相同，不光是在为后文第115回"证同类宝玉失相知"两宝玉相见时，贾宝玉为甄宝玉性情大变感到惊讶作铺垫，更是故意写这段两宝玉一模一样的情节，来透露作者全书的创作大旨——即：书中所写的"假"，就是生活原型"真"的镜像。当然这种镜像不一定是平面镜像，有可能是"哈哈镜"般扭曲过的镜像，经过我们的研究：书中的空间属于现实空间原型的"平面镜像"，而时间、人物、事件则有很多已属于现实原型"哈哈镜"般的扭曲镜像。《红楼梦》别名"风月宝鉴"之"鉴"字（意为镜子），也正透露出这一创作主旨。

后四十回之第103回贾雨村问甄士隐："君家莫非甄老先生么？"那道人微微笑道："什么'真'，什么'假'！要知道'真'即是'假'，'假'即是'真'。"雨村听他说出"贾（假）"字来，益发无疑，便重新施礼。画线部分便点明作者以"贾（假）"写"甄（真）"之旨，即：真就是假，假就是真，小说中的"贾

---

① 茶卤，茶的浓汁，是漱口用的茶水。
② 指在梦中梦到自己、并叫起了自己的名字。
③ 指把床往里挪一点而不正对那面大的穿衣镜。
④ 《桐花凤阁评〈红楼梦〉辑录》第175页。

（假）"与生活原型中的"甄（真）"乃"是一非二"的镜像关系①。故王希廉评此第103回："'真即是假，假即是真'，二语最有意味，慧心人当知两个宝玉是一、是二？"后四十回能写出此旨，完全符合曹雪芹的宗旨，的确就是曹雪芹的手笔，不可能是高鹗或其他无名氏所续。

又请参见笔者《后四十回完璧归曹》"第二章、第八节、六"末尾程甲本第22回宝玉"镜子"谜的讨论，指明作者通过宝玉所制谜语的谜底为"镜子"，点明贾宝玉这个人就是书中的"镜像"、也即作者曹雪芹在书中的化身；谜语中"南面而坐，北面而朝"句，则包含了贾府所在城市"南（京）、北（京）互换"之旨。

十三、贾府是真府曹家的镜像

小说中的"长安贾府"其实就是真实世界中的"江宁真家"，也即中华文明史中赫赫有名的接驾五次的"南京曹家"。

作者借助批者脂砚斋，处处传递这样的消息给读者：贾宝玉就是真宝玉的影子或镜像，两者就像孙悟空和六耳猕猴的关系那样一模一样、等无差别，其目的也就是要告诉大家：贾宝玉有真的原型，其原型就是作者曹雪芹自己。

同理，作者也借助批者脂砚斋，处处传递这样的消息给读者：贾府就是真府的影子或镜像，两者一模一样、等无差别，其目的也就是要告诉大家：贾府有其真的原型，其原型便是江宁曹府。

总之，无独有偶：不光甄、贾两宝玉是镜像关系，贾府也是真实世界中曹家所生活居住的"江宁织造府"的镜像。小说中的"宁荣二府大观园"就是现实世界中南京"江宁织造府大行宫"的镜像。

在此引作者亲笔所写之语，来证明全书写的就是他自己的老家、也即真家——南京"江宁织造府曹家"。其语便是第56回贾宝玉（假宝玉）梦到自己影子甄宝玉（真宝玉）时所说的："这如何是梦？真且又真了。"这句话大透全书的创作主旨，即：全书书名为"梦"，实则内容全都是"真且又真"的真家（老家）"江宁织造府"的真人、真府和真事！

或聪明或愚

---

① 这正是佛门"不二法门"之旨。即《心经》所谓："色（以物质为代表的世界各种现象，也即世间假象）不异空（以空性为代表的世界本质，也即佛法真相），空不异色；色即是空，空即是色。"异，即差别、不同，离开、离异，"不异"即相同、在一起之意。

第二节 脂批反映作者创作主旨考

脂砚斋是曹雪芹的至亲，参与了《红楼梦》创作，其批语值得重视。上章所言的——贾府"宁荣二府大观园"就是作者真家"江宁织造府大行宫"，而且两者还是一模一样的"镜像"关系——便需要通过脂砚斋的批语来证明。

一、脂批体现作者曹雪芹的创作旨意，是《红楼梦》引人入胜的一大源泉

脂砚斋首先是男性，而且比曹雪芹年长，是其长辈。他通晓曹雪芹家世的一切背景，而且还明白曹雪芹创作时"真事隐"所隐的一切真事，他的批语是揭开《红楼梦》谜底的钥匙。本书研究《红楼梦》时，把脂批视为和《红楼梦》原文同等重要，原因便在于脂批传递着作者曹雪芹的旨意。

《红楼梦》之所以如此迷人，靠的就是脂砚斋的批语给人以"欲吐还休"的神秘感[1]。如果没有脂砚斋的批语，光有正文，人们很可能意识不到全书背后隐藏有故事，而且也无从索解全书文字背后所隐藏的真相，也就没有动力对《红楼梦》做那么深入持久的研究，也就不可能让《红楼梦》拥有如此迷人的吸引力，引得无数学人"皓首穷经"般投入《红楼梦》的考证挖掘、探赜索隐中去。

可以说，如果没有脂砚斋，也就不会有今天这么兴盛的红学局面[2]，曹雪芹与脂砚斋这"一个写、一个批"的黄金组合，包含着"成功博得眼球"的重大商业营销谋略在内。

二、脂砚斋是男性

脂砚斋是何许人？我们首先可以断言他是男性而非女性[3]，又可判明其年长于作者曹雪芹，而且可以判明他和曹雪芹都是曹家之人，应当就是曹雪芹的叔父曹頫。裕瑞《枣窗闲笔》中"脂砚斋是作者曹雪芹叔父"的说法是可信的（下文有引）。

何以见得脂砚斋是男性？人的言语行动总会符合其性别身份。女孩子绝对做不出男孩子才有的行为，女性也说不出男性特有的话语，根据具有性别特征的行为模式和言语内容，我们便能判断出说话者的性别。

---

[1] 吐，吐露、言说。脂砚斋总是吐露一二，点到为止而不全说。
[2] 含"考证"（即曹学）、"索隐"、"探佚"三派在内。
[3] 周汝昌先生论其为史湘云的原型，当非。

第17回："可巧近日宝玉因思念秦钟，忧戚不尽，贾母常命人带他到园中来戏耍。此时亦才进去，忽见贾珍走来，向他笑道：'你还不出去，老爷就来了。'宝玉听了，带着奶娘小厮们，一溜烟就出园来。"庚辰本有侧批，当是脂砚斋所写："不肖子弟来看形容。余初看之，不觉怒焉，盖谓作者形容余幼年往事。因思：彼亦自写其照，何独余哉？信笔书之，供诸大众同一发笑。"艺术源于生活，作者写宝玉畏见严父，是综合此类不肖子弟塑造出的艺术典型，自然会概括到一切这样的"不肖"子弟，这其中就包括年幼时的脂砚斋。而见到父亲就跑只可能是男孩，因为古代对女子没有太多严厉的要求，女孩见到父亲绝对不会吓得逃跑；而且古代教育大家闺秀要贞静，给她十个胆子，也不敢在众人面前乱跑，由此可知脂砚斋必定是男性。

又第8回：

> 还有几个管事的头目，共有七个人，从账房里出来，一见了宝玉，赶来都一齐垂手站住。独有一个买办名唤钱华，（甲夹：亦钱开花之意。随事生情，因情得文。）因他多日未见宝玉，忙上来打千儿请安，宝玉忙含笑携他起来。众人都笑说："前儿在一处看见二爷写的斗方儿，字法越发好了，多早晚儿赏我们几张贴贴。"（甲眉：余亦受过此骗，今阅至此，赧然一笑。此时有三十年前向余作此语之人在侧，观其形已皓首驼腰矣，乃使彼亦细听此数语，彼则潸然泪下，余亦为之败兴。）宝玉笑道："在哪里看见了？"众人道："好几处都有，都称赞的了不得，还和我们寻呢。"（蒙侧：侍奉上人者，无此等见识、无此等迎奉者，难乎免于厌弃，呜呼哀哉！）宝玉笑道："不值什么，你们说与我的小幺儿们就是了。"一面说，一面前走，众人待他过去，方都各自散了。（甲夹：未入梨香院，先故作若许波澜曲折。瞧他无意中又写出宝玉写字来，固是愚弄公子闲文，然亦是暗逗宝玉历来文课事。不然，后文岂不太突？）

作者故意借下人奉承宝玉书法好的情节，来写宝玉的才学和文章。脂批指出："这固然是下人奉承和愚弄公子的闲文，但却透露出宝玉书房里的功课来。"脂砚斋更点明：自己"也曾经受过这种奉承，而且30年前向我说这种话的人，现在恰好就坐在我的身旁，早已白发、驼背。当我把这段话读给他听时，他早已辛酸得潸然泪下，我也为此感到扫兴"。这同样说明脂砚斋是男性而不可能是女子。因为没有人会称赞女子的书法何等了得，而且"男女授受不亲"，女子赠送书法给闺中密友有之，断然不会赠送给普通男子；而且赠送给闺中密友的书法，外人一般也无从得见。由此可知脂砚斋必定是男性。

我们还能读到脂砚斋欣赏过春宫画，这更能表明其男性身份而非女性。因为妇德戒淫，女性谁敢公开宣扬自己欣赏过春宫图？按第7回：

> 那周瑞家的……进入凤姐院中。走至堂屋，只见小丫头丰儿坐在凤姐房门槛上，见周瑞家的来了，连忙（甲侧：二字着紧。）摆手儿，叫她往东屋里去。周瑞家的会意，慌的蹑手蹑脚的往东边房里来，只见奶子正拍着

大姐儿睡觉呢。周瑞家的悄问奶子道:"奶奶睡中觉呢?也该请醒了。"奶子摇头儿。(甲侧:有神理。)正问着,只听那边一阵笑声,却有贾琏的声音。接着房门响处,平儿拿着大铜盆出来,叫丰儿舀水进去。(甲夹:妙文奇想!阿凤之为人,岂有不着意于"风月"二字之理哉?若直以明笔写之,不但唐突阿凤身价,亦且无妙文可赏。若不写之,又万万不可。故只用"柳藏鹦鹉语方知"之法略一皴染,不独文字有隐微,亦且不至污渎阿凤之英风俊骨。所谓此书无一不妙。)(甲眉:余素所藏仇十洲《幽窗听莺暗春图》,其心思笔墨,已是无双;今见此阿凤一传,则觉画工太板。)

明人的春宫图以仇十洲、唐伯虎最为有名。此回甲戌本题作"送宫花周瑞叹英莲",而己卯本、庚辰本、程甲本等题作"送宫花贾琏戏熙凤",便含蓄地点明贾琏与王熙凤午后行房事。脂砚斋称颂作者这一描写的笔法含蓄而高妙,连自己收藏的仇十洲画的春宫图《幽窗听莺暗春图》都要自愧不如("画工太板")。

三、脂砚斋是作者长辈

何以知道脂砚斋是曹雪芹的长辈?第26回贾芸见宝玉,宝玉故意装作在看书:"倚在床上拿着本书",脂砚斋作批:"这是等芸哥看,故作款式。若果真看书,在隔纱窗子说话时已经放下了。玉兄若见此批,必云:'老货他处处不放松我,可恨可恨!'"曹雪芹可以骂脂砚斋是"老货",可见作书时,曹雪芹不老而脂砚斋年长于他,可以"倚老卖老"。

脂砚斋是曹雪芹的长辈,还体现在他能命令曹雪芹删去"秦可卿淫丧天香楼"这一篇幅不短的情节,即第13回末甲戌本眉批:"此回只十页,因删去天香楼一节,少去四五页也。"其后的回末总批又言:"'秦可卿淫丧天香楼',作者用史笔也。老朽因有魂托凤姐贾家后事二件,的是安富尊荣坐享人不能想得到处。其事虽未行,其言其意则令人悲切感服,姑赦之,因命芹溪删去。"可卿所说的两件"后事"便是"置祭田"和"设义塾"。脂砚斋能"颐指气使"地用"命"字而非商量口吻,让曹雪芹删去多达四五页的稿子,足证他是曹雪芹长辈而不可能是平辈,更不可能是晚辈。若是平辈、晚辈,是不可能"命"平辈、长辈做事的。

清人裕瑞《枣窗闲笔》之《〈后红楼梦〉书后》言:《石头记》之书"曾见抄本,卷额本本有其叔脂研斋之批语",又言:"'雪芹'二字,想系其字与号耳,其名不得知;曹姓,汉军人,亦不知其隶何旗。闻前辈姻戚有与之交好者:'其人身胖、头广而色黑,善谈吐,风雅、游戏,触境生春。闻其奇谈,娓娓然令人终日不倦',是以其书绝妙、尽致。……其先人曾为江宁织造,颇裕,又与平郡王府姻戚往来。"裕瑞从与曹家有姻亲往来的前辈口中得知上述情况,所言曹雪芹"先人为江宁织造"、"与平郡王府为姻亲"这两件事都与曹家史实相合,所以他说"脂砚斋"为曹雪芹之叔当也得自前辈之口而为可信。

四、《红楼梦》开笔和开批都在乾隆九年国家与曹家的"百年祭"

第五回：

> 警幻忙携住宝玉的手，向众姊妹道：你等不知原委：今日原欲往荣府去接绛珠，适从宁府所过，偶遇宁、荣二公之灵，嘱吾云：'吾家自国朝定鼎以来，功名奕世，富贵传流，虽历百年，奈运终数尽，不可挽回者。故遗之子孙虽多，竟无可以继业。（甲侧：这是作者真正一把眼泪。）①其中惟嫡孙宝玉一人，禀性乖张，生性怪谲，虽聪明灵慧，略可望成，无奈吾家运数合终，恐无人规引入正。

贾氏宗祠建于宁国府（详本书"第二章、第三节、一"），故警幻仙子经过宁国府前往荣国府时，便遇到了宗祠中两位国公"宁国公、荣国公"的在天之灵，二公说他们家从国朝（即清朝）立国以来，至今已有一百年，家运理当终结（即俗所谓"富不过三代"）。今按：清朝定鼎于顺治元年（1644），百年后为乾隆九年（1744）。

第13回秦可卿梦中向王熙凤交代家族后事：

> 你如何连两句俗语也不晓得？常言"月满则亏，水满则溢"；又道是"登高必跌重"。如今我们家赫赫扬扬，已将百载②，一日倘或（甲侧："倘或"二字酷肖妇女口气。）乐极悲生，若应了那句"树倒猢狲散"的俗语，（甲眉：'树倒猢狲散'之语，今犹在耳，屈指三十五年矣。哀哉伤哉，宁不痛杀！）岂不虚称了一世诗书旧族了？"

今书中提到"树倒猢狲散"者共有三处，另两处为：

（1）第5回第十四支曲《收尾·飞鸟各投林》开头两句："为官的，家业凋零；富贵的，金银散尽。（甲侧：二句先总宁、荣。）（蒙夹：二句总宁、荣。与'树倒猢狲散'作反照。）"其末句："好一似食尽鸟投林，落了片白茫茫大地真干净！（甲夹：又照看'葫芦庙'。与'树倒猢狲散'反照。）"

（2）第22回贾政猜灯谜："猴子身轻站树梢。（庚夹：所谓'树倒猢狲散'

---

① 点明这是作者曹雪芹一生愧对祖先处，即无法继业。

② 上引第5回宁荣二府的祖宗言"虽历百年"即已达百年。此第13回言"已将百载"而未到百年。两者看似矛盾，其实不必深究，把两者视为同一年说的话便可。笔者《红楼时间人物谜案》一书详考作者"以十九年故事隐写自己十四岁人生"。从十九年故事来看，第5回是红楼九年，第13回是红楼十一年，相隔两年，则第5回已至百年，两年后的第13回早已过了百年，不当称作"已将百载"；但从隐写的作者十四岁人生来看，第5至17回都是作者人生的第九岁，也即雍正元年，宁、荣二祖与秦可卿所言都在同一年中，所说的"虽历百年"与"已将百载"来去不大（同一年中既可说成"历百年"，也可以说成"将百载"），这是证明作者以十九年故事隐写自己十四岁人生的一大显例。

至于第5～17回所在的雍正元年尚未到清朝立国的百年，而笔者《红楼时间人物谜案》又将考明：秦可卿其实死在作者十二岁的雍正四年（1726），作者将此事移至其人生的九岁来写，所以秦可卿其实是在雍正四年说这话，距离清朝立国的1644年为86年，故可称"将近百载"（"已将百载"）。第5回说成"已历百年"，是作者有意把自己开笔写《红楼梦》的乾隆九年作为时间烙印烙在书中，所以要写成"已历百年"（"虽历百年"）；第13回因与第5回在作者真实人生中是同一岁，所以也就随之写成"百载"，但作者为了突显此年在其真实人生中其实尚未到百年，所以又用一个"将"字写成"将百载"。

是也。）打一果名。"

　　"树倒猢狲散"这句典故出自宋朝庞元英《谈薮·曹咏妻》："宋曹咏依附秦桧，官至侍郎，显赫一时。……及秦桧死，德斯（厉德斯）遣人致书于曹咏，启封，乃《树倒猢狲散赋》一篇。"这篇《赋》把秦桧比作大桧树，把曹咏等人比作树上的猴子，讽刺曹咏依靠秦桧这棵大树作威作福，如今秦桧这棵大树一倒，曹咏等所有依附他的人便像"猢狲四散"般散伙逃亡。巧的是，典故中秦桧姓"秦"，而书中向凤姐交代贾家后事的秦可卿也姓"秦"。

　　这一典故与曹咏有关，所以成为同样姓曹的曹寅爱提到的口头禅。施闰章之孙施琔《随村先生遗集》卷六/17a《病中杂赋》之八："楝子花开满院香，幽魂夜夜楝亭旁。廿年树倒西堂闭，不待西川泪万行。"其注云："曹楝亭公，时拈佛语，对坐客云：'树倒猢狲散'，今忆斯言，车轮腹转，以琔受公知最深也！楝亭、西堂，皆署中斋名。"

　　曹寅号"楝亭"，施琔目睹自家楝树开花，而思及对自己有知遇之恩的"楝亭"曹寅。《随村先生遗集》是乾隆四年刻本[1]，书首有乾隆元年（1736）孟秋吴芮序，而曹家抄家于雍正六年（1728），则施琔所言的"廿年树倒"显非曹家抄家后的二十年乾隆十三年（1748），因为此书刻于乾隆元年至四年，此诗肯定作于乾隆十三年前，所以此诗说的绝对不是曹家抄家后二十年的事。

　　正因为此，此诗所咏之事应当是：曹寅说这句"树倒猢狲散"话后的二十年便不幸应验，曹家真的被抄而"树倒西堂闭"了。

　　桧为树，"树倒"可以指秦桧死，故此句似乎在影射曹寅逝世；其实"树倒"更可以指秦桧家族在秦桧死后败落被抄家、连根拔除，所以此处当用"树倒"来影射曹家被抄。而曹家被抄于雍正六年（1728），所以曹寅说"树倒猢狲散"之话时，当在二十年前的康熙四十八年（1709）。（注意：古人习惯虚算而不以实足年份来计算，故二十年前为1709而非1708年。）

　　则上引第13回脂砚斋"'树倒猢狲散'之语，今犹在耳，屈指三十五年矣"之批，当作于康熙四十八年（1709）曹寅说此话后的35年乾隆九年（1744），这便与第13回"已将百载"、第5回"虽历百年"语所推出的乾隆九年（1744）相吻合。由此可见第5回的正文、第13回的正文和脂批全都创作于乾隆九年（1744）。由曹寅"树倒猢狲散"语频繁出现在《红楼梦》正文与批语中，也可证明曹寅说过"树倒猢狲散"乃千真万确的真事。

　　第5与第13回在全书的开头，由此可知第1回也当写在此年，而脂砚斋又恰好在这一年批书，我们便可知道：作者应当是写完一部分书稿后（当是十回）[2]便交给脂砚斋批点，写书与批书这两者同步进行。由此便可证明：曹雪芹创作《红楼梦》、脂砚斋批点《红楼梦》都始于乾隆九年（1744）。

---

① 见《四库存目丛书》集部第272册影印的"天津图书馆"藏本。
② 根据"庚辰本"十回一编目来看，《红楼梦》原书当是十回一册。作者当是每写完十回便交给脂砚斋作批。

曹雪芹生于康熙五十四年（1715）①，此年乾隆九年（1744）三十岁。这一年不仅是国家立国、本家族发家的百周年大祭，更是作者的"三十而立"之年。所以《红楼梦》的创作既是为自己三十岁时未能"兴家立业"作忏悔，同时也是在为自己家族作"一百周年纪念"。

甲戌本言此书"后因曹雪芹于悼红轩中披阅十载，增删五次，纂成目录，分出章回，则题曰《金陵十二钗》。并题一绝云：'满纸荒唐言，一把辛酸泪！都云作者痴，谁解其中味？'至脂砚斋甲戌抄阅再评，仍用《石头记》。"即到乾隆十九年甲戌年（1754），作者已经披阅了十载、增删过五次，即整整创作了十年。这句话其实也表明作者的正式创作②始于乾隆九年（1744），与上面的考证也完全吻合。

但此甲戌年定稿时，只将前八十回誊清流传出来，即今人所谓的"甲戌本"。从甲戌年（1754）到作者乾隆二十七年壬午岁除夕（1763年2月12日）逝世③，又过了十年，后四十回早已可以定稿，所以程伟元、高鹗《红楼梦序》声称今本后四十回得自曹雪芹原稿，这是完全有可能的。

《红楼梦》正式创作于清朝定鼎一百年后的乾隆九年，其目的就是为已被抄家的整个家族唱一曲"百年祭"的挽歌，并通过作书（而且是创作小说）的方式，来让我们这个家族永生于文学的殿堂，进而永生于人间，这与司马迁编《史记》时，特地在书尾作一篇《太史公自序》，让自己和父亲，以及整个司马氏家族得以永生不朽的用意如出一辙。

作者之所以要把全书的主题定为"大旨谈情"（第一回空空道人语），那便是因为：唯有爱情与风月的故事才能感染更多的读者，获得最大范围、最长时间的流传。在谈情说爱中加入本家族的轶闻、盛事，加入个人的人生感悟、才学主张，便能让这些代表本家族曾经存在过的事物、这些代表自己个性的思想，更好地在人间流传并永生。

这就是《红楼梦》的创作主旨：为奇女子、奇男子④作传，为自己的家族和自己的满腹学识作传，从而达到"立言以不朽"的人生目的。作者在这一点上显然取得了空前绝后的成功。

---

① 笔者《红楼时间人物谜案》根据《红楼梦》书中内证证明：作者以十九年故事隐写自己十四岁人生，而书中抄家发生在最后一年；所以作者在雍正六年（1728）抄家时为十四岁，他应当就是十四年前的乾隆五十四年（1715）出生的曹颙遗腹子曹天佑。
② 作者在乾隆九年之前肯定会有更为草创的草稿和构思，此乾隆九年乃其正式创作的开始。
③ 见第一回"满纸荒唐言，一把辛酸泪"诗甲戌本眉批："壬午除夕，书未成，芹为泪尽而逝。"周汝昌先生说曹雪芹是乾隆二十八年癸未岁除夕（1764年2月1日）卒，本节"十"特辨其说为误。
④ 奇女子指"金陵十二钗"，而奇男子便是作者自己，当然也有蒋玉菡、柳湘莲等全书主角、主线情节以外作陪衬的男子。全书以奇女子为主，奇男子为配。

五、脂砚斋难以忘怀三十年前，证明他就是曹頫

脂砚斋批书时一再提及"三十年前"，见上引第 8 回甲戌本眉批："**此时有三十年前向余作此语之人在侧，观其形已皓首驼腰矣。**"

又见第 13 回：

> 这里凤姐儿来至三间一所抱厦内坐了，因想：头一件是人口混杂，遗失东西；第二件，事无专责，临期推委；第三件，需用过费，滥支冒领；第四件，任无大小，苦乐不均；第五件，家人豪纵，有脸者不服钤束，无脸者不能上进。（甲眉：旧族后辈受此五病者颇多①，余家更甚。**三十年前事见书于三十年后，令余悲痛血泪盈面**。）（庚眉：读五件事未完，余不禁失声大哭，**三十年前作书人在何处耶？**）此五件实是宁国府中风俗。不知凤姐如何处治，且听下回分解。

又见第 18 回：

> 龄官自为此二出原非本角之戏，执意不作，定要作《相约》《相骂》二出。（己夹：……**按近之俗语云**："宁养千军，不养一戏。"盖甚言优伶之不可养之意也。……今阅《石头记》至"原非本角之戏，执意不作"二语，便见其特能压众、乔酸娇妒淋漓满纸矣。复至"情悟梨香院"一回更将和盘托出，与余三十年前"目睹、身亲"之人现形于纸上。使言《石头记》之为书"情之至极、言之至恰"，然非领略过乃事、迷蹈过乃情，即观此，茫然嚼蜡，亦不知其神妙也。）

以上第 8、13、18 诸回相去不远，显然都是同一年即乾隆九年（1744）所写的批语。三十年前就是康熙五十四年（1715），当是曹家一个很重要的节点，而此年正是曹頫开始任"江宁织造"而当家之年。

康熙五十一年（1712）曹寅逝世，康熙命令曹颙继任"江宁织造"。康熙五十三年（1714）底，曹颙赴北京染病而死，康熙五十四年（1715）年正月，康熙命令曹寅养子曹頫过继给曹寅而继任"江宁织造"，即正月初九日下旨："著内务府总管去问李煦，务必在曹荃诸子中，找到能奉养曹颙之母如同生母之人才好。"李煦奏曰："曹荃第四子曹頫好。"十二日，内务府奏曰："遵奉仁旨，详细考查，曹荃诸子中，既皆曰曹頫可以承嗣，即请将曹頫给曹寅之妻为嗣，并补放曹颙江宁织造之缺，亦给主事职衔。"②雍正五年（1727）十二月，雍正下旨查抄曹家，六年（1728）正月，地方官收到命令并加以实施。

由此可知，一直难以忘怀乾隆九年前三十年的康熙五十四年之人"脂砚斋"，应当就是此年任"江宁织造"而成为曹家一家之主的曹頫（相当于作品中的"贾政"）。

曹雪芹并非曹頫嫡子，我们在脂砚斋的批语中也丝毫看不出他和曹雪芹存

---

① 指大家族经过几十年发展后便会进入"末世"时期，导致家族衰亡的这五种弊端便会越来越明显、越来越多地表现出来。
② 以上均见《关于江宁织造曹家档案史料》第 125 至 126 页《内务府奏请将曹頫给曹寅之妻为嗣并补江宁织造摺（康熙五十四年正月十二日）》。

在父子般的亲情关系。根据《五庆堂曹氏宗谱》记载，曹颙逝世时有遗腹子曹天佑，见冯其庸先生《曹雪芹家世新考》书首图版第36页言曹寅"生二子，长颙，次頫"，第37至39页："十三世：颙，寅长子，内务府郎中，督理江南织造，诰授中宪大夫，生子天佑；頫，寅次子，内务府员外郎，督理江南织造，诰授朝议大夫；顺，宜子，原任二等侍卫、兼佐领，诰授武义都尉。十四世：天佑，颙子，官州同。"而修于雍正十三年至乾隆九年的《钦定八旗满洲氏族通谱》卷74则将曹天佑写作"曹天祐"[①]，并将其排为曹颙、頫、顺之后而作为三人的同辈："曹氏：曹锡远，正白旗包衣人，世居沈阳地方，来归年分无考。其子：曹振彦，原任浙江盐法道。孙：曹玺，原任工部尚书；曹尔正，原任佐领。曾孙：曹寅，原任通政使司通政使；曹宜，原任护军参领，兼佐领；曹荃，原任司库。元孙：曹颙，原任郎中；曹頫，原任员外郎；曹顺，原任二等侍卫，兼佐领。曹天祐，现任州同。"

据其书体例，"元孙"下还会录有"四世孙"、"五世孙"、"六世孙"，如同卷"冯氏：冯士勇，……其元孙：冯尔鹏，原任护军校；冯尔瑞，原任笔帖式。四世孙：冯德新，原任知县；冯德兆，原任县丞。五世孙：常庚，现任知县；福延、冯章，俱现任笔帖式。六世孙：英连，现任同知。"

今按《钦定八旗满洲氏族通谱》这类大统谱的编纂，据惯例肯定是抄自各家族上缴的家谱。而《五庆堂曹氏宗谱》上载明"十三世：颙，……生子天佑；……十四世：天佑，颙子"，则《钦定八旗满洲氏族通谱》显然是在"曹天祐"上面脱了"四世孙"三字。

总之，曹天佑是曹颙之子，而非其同辈。《红楼梦》第16回"又有吴贵妃的父亲吴天佑家"，而"吴"字之音同"吾"，这便是曹雪芹把自己大名"天佑"嵌入书中，写清楚："吾（乃曹）天佑！"

《关于江宁织造曹家档案史料》第128至129页《江宁织造曹頫代母陈情摺（康熙五十四年三月初七日）》称："奴才之嫂马氏，因现怀妊孕，已及七月，恐长途劳顿，未得北上奔丧，将来倘幸而生男，则奴才之兄嗣有在矣。"可见曹颙死时尚无子，则《五庆堂曹氏宗谱》所载的曹天佑显然是曹颙的遗腹子。

作为遗腹子，曹天佑只可能出生在曹颙死后不久的康熙五十四年（1715），此人便是曹雪芹。到雍正六年（1728）抄家时，他在"宁荣二府大观园"的原型"江宁织造府"中生活了十四年。笔者《红楼时间人物谜案》一书完全依据《红楼梦》小说中的叙事时间，考明作者以十九年的小说故事来隐写自己十四岁的真实人生，这就等于找到了书中的内证来证明：《红楼梦》的作者就是抄家时十四岁的曹颙遗腹子曹天佑。"天佑（天祐）"是家谱上的谱名，其真实的名字便是人所共知的"曹霑、字雪芹"。至于曹雪芹若为曹天佑，则其乾隆九年时官至州同，何以穷困潦倒？这个州同当同《红楼梦》第2回言贾琏"这位琏爷身上现捐的是个同知"，是在雍正六年抄家前捐钱而得的虚衔，并不能上任，所以抄家后会穷困潦倒。

"贾宝玉"就是"甄宝玉（真宝玉）"，作者是以自己曹雪芹（曹天佑）为生

---

① "佑、祐"两字古同，故曹天佑与曹天祐肯定是同一人。

活原型，塑造了贾宝玉这一富家公子的艺术典型。"贾政"就是"甄应嘉"①，作者是以自己十四岁人生中的家长曹頫为原型，塑造了贾政（甄应嘉）这一封建家长的艺术典型。

在此当指出：贾宝玉作为富家公子的艺术典型，会从所有富家公子身上汲取素材，所以在他身上肯定也会写到曹頫这位富家公子的某些事迹。同理，贾政作为封建家长的艺术典型，肯定也会从曹家其他家长身上汲取素材，特别是曹寅。

我们此处证明了脂砚斋就是曹頫，而上面又证明了贾政就是作者十四岁人生中的家长曹頫，显然可以得出"脂砚斋=贾政=曹頫"的结论。难怪书中第3回借林黛玉进贾府，第一次描写到贾珍与王夫人正房的情景："正房炕上横设一张炕桌，桌上磊着书籍茶具"，这时甲戌本有脂砚斋所作的侧批："伤心笔，堕泪笔。"这是脂砚斋首次读到作者在书中描写到自己用过的器物，焉能不伤心堕泪呢？我们一旦联想到这肯定也是曹頫父亲曹寅用过的器物，所以脂砚斋的伤心肯定还有对严父的思念之情在内。（按，曹頫是曹寅养子，详下。）

六、脂砚斋是曹寅养子，由姐姐平郡王妃曹佳带大

第 24 回：

宝玉笑道："你倒比先越发出挑了，倒像我的儿子。"……原来这贾芸最伶俐乖觉，听宝玉这样说，便笑道："俗语说的，'摇车里的爷爷，拄拐的孙孙'。虽然岁数大，山高高不过太阳。只从我父亲没了，这几年也无人照管教导。（庚侧：虽是随机而应，伶俐人之语，余却伤心。）如若宝叔不嫌侄儿蠢笨，认作儿子，就是我的造化了。"

批语点明批者脂砚斋很早就丧父，是叔父或伯父的养子。而曹寅同母弟曹荃很早就病故了，曹頫是其第四个儿子，非常年幼②，由伯父曹寅收养长大，与此处"余却伤心"语正相吻合，这是证明脂砚斋就是曹頫的旁证。

第 25 回"至晚间他二人竟渐渐醒来，说腹中饥饿。贾母、王夫人如得了珍

① 贾政谐"假真"，即"假亦真"，而甄应嘉谐"真亦假"，可证贾政与甄应嘉也是一对镜像，是同一原型的两个分身。
② 见上引《内务府奏请将曹頫给曹寅之妻为嗣并补江宁织造摺（康熙五十四年正月十二日）》中："著内务府总管去问李煦，务必在曹荃之诸子中，找到能奉养曹颙之母如同生母之人才好。他们弟兄原也不和，倘若使不和者去做其子，反而不好。汝等对此，应详细考查选择。钦此。本日李煦来称：奉旨问我，曹荃之子谁好？我奏，曹荃第四子曹頫好。……当经询问曹頫之家人老汉，在曹荃的诸子中，哪一个应做你主人的子嗣？据票称：我主人所养曹荃的诸子都好，其中曹頫为人忠厚老实，孝顺我的女主人，我女主人也疼爱他等语。"由画线部分可知曹荃已逝世（因为曹荃若不逝世，主人曹颙与曹寅无由去收养曹荃诸子）。笔者《红楼时人物谜案》一书"第三章、第二节、二、（三）、（1）"将考明：脂砚斋曹頫生于康熙四十二年（1703），其康熙五十四年（1715）任江宁织造时年仅 13 岁，而在此之前他已被曹寅收养，可以想见其父亲曹荃应当在他年幼而未足十岁时便已逝世。下文引第 18 回元妃省亲时交代："那宝玉未入学堂之先，三四岁时，已得贾妃手引、口传"，影写的便是曹佳氏带大曹頫，则曹頫之父曹荃很可能就在他三岁时的康熙四十四年（1705）逝世。

宝一般"句,甲戌本有侧批:"'昊天罔极'之恩如何报得?<u>哭杀幼而丧亲者。</u>"画线部分又可看出脂砚斋很可能幼年时便已父母双亡。

　　第18回元妃省亲时又交代:"那宝玉未入学堂之先,三四岁时,已得贾妃手引、口传,教授了几本书、数千字在腹内了。"庚辰本有侧批:"批书人领过此教,故批至此竟放声大哭,俺先姊仙逝太早,不然余何得为废人耶?"元妃又命宝玉上前,"携手拦揽于怀内,又抚其头颈",庚辰本有侧批:"作书人将批书人哭坏了。"可见脂砚斋丧父后,由姐姐带大。这条批语表明脂砚斋应当是曹雪芹家里人,其姐姐是王妃。

　　上述这段情节应当是作者曹雪芹把脂砚斋幼年之事写到贾宝玉身上。因为曹家显赫于康熙朝,曹雪芹生于康熙末年(五十四年),其姐姐长大成人并出嫁至少也到雍正朝,而曹家在雍正朝早已"噤若寒蝉",不大可能再和皇室联姻,曹家只可能在康熙朝与皇室联姻。而康熙朝与皇室联姻的王妃肯定是曹雪芹的姑姑、脂砚斋的姐姐,由此可知脂砚斋当是曹雪芹的叔父(伯父的可能性不大)。

　　如果脂砚斋与曹雪芹平辈,而曹雪芹是嫡派子孙,则脂砚斋姐姐成为王妃后搂住脂砚斋,曹雪芹是其亲弟弟或族弟,当也有被搂之份,则这一情节不光批书人脂砚斋要哭,作书人曹雪芹也要哭。现在脂砚斋批出"作书人将批书人哭坏了"的话来,言明是作书人不哭而批书人当哭,由此可知:脂砚斋应当是曹雪芹的叔叔,而王妃应当是曹雪芹的姑姑;姑姑带大的是弟弟而非侄儿,所以作书人曹雪芹不会为此情节伤感。

　　笔者在《红楼时间人物谜案》一书"第三章、第二节、二、(一)"将考明脂砚斋的"先姊"应当就是曹寅长女、平郡王纳尔苏的王妃曹佳氏,其乃脂砚斋曹頫之姊。该书"第三章、第二节、二、(三)"还将通过《红楼梦》书中的内证,考明曹頫出生于康熙四十二年,曹佳氏出生于康熙三十一年,比之年长11岁,故有教书、授字之事。

　　曹頫由姐姐曹佳带大的内证,还可见第32回史湘云在袭人面前夸赞宝钗说:"这些姐姐们再没一个比宝姐姐好的。可惜我们不是一个娘养的。(蒙侧:感知己之一叹。)我但凡有这么个亲姐姐,就是没了父母,也是没妨碍的。"说着,眼睛圈儿就红了。(蒙侧:千古同慨。)"这应当是脂砚斋写的批语,批中视史湘云为自己处境相同的知己[①],而第5回史湘云《红楼梦曲》之"第六支《乐中悲》:襁褓中,父母叹双亡。(甲侧:意真辞切,过来人见之不免失声。)"可证史湘云父母双亡,而脂砚斋又说"过来人见之不免失声",则他本人也父母双亡。联系"我但凡有这么个亲姐姐,就是没了父母,也是没妨碍的"句脂砚斋又批"千古同慨",更可证明他的确在很年幼时便没了父母[②]、但有个好姐姐,

---

① 脂砚斋与史湘云都因幼年父母双亡而处境相同,所以会对史湘云的遭遇产生极大的共鸣。但我们不宜根据脂砚斋能对此共鸣,便来判定脂砚斋就是史湘云的原型。周汝昌先生言脂砚斋为史湘云原型,当非。
② 史湘云是"襁褓中,父母叹双亡",联系上文脂砚斋"三四岁时"便由姐姐带大并教导他

则其幼小时由曹佳氏教养带大便可知矣。

七、脂批其他纪年考

第24回倪二"一面说，一面趔趄着脚儿去了，不在话下"句后，庚辰本有眉批："余卅年来得遇金刚之样人不少，不及金刚者亦不少，惜书上不便历历注上芳讳，是余不足心事[①]也。壬午孟夏。"乾隆二十七年壬午年除夕（1763年2月12日）曹雪芹逝世，脂砚斋作此批时为"孟夏"，曹雪芹仍健在。三十年前是雍正十年（1732），已在曹家抄家迁居北京后，则他说的其实是抄家迁到北京后遇到的市井之人。曹家当是雍正六年（1728）抄家后不久就迁回北京[②]，故此处的"卅年"当是约数，实为35年。

第38回："宝玉忙道：有烧酒。便令将那合欢花浸的酒烫一壶来。"己卯本有夹批："伤哉！作者犹记矮𩏻舫前，以合欢花酿酒乎？屈指二十年矣。"此批未署年份，当非壬午年批，其与第8、13、18回相去不远，当是同一年或同两年内所作之批（一两年内批38回书很正常）。

笔者《后四十回完璧归曹》"第二章、第八节"考明：作者曹雪芹从乾隆九年至十五年（1744—1750）完成第一稿《石头记》120回的创作，平均每年写20回，每半年写完十回，每月写完两回左右；曹雪芹每写完十回，便面授机宜而给脂砚斋作第一次批阅，脂砚斋的批点当同步于作者的创作而比其晚半年。故此第38回之批当为乾隆九年开笔后的第二年乾隆十一年（1746）上半年所作之批[③]。二十年前即雍正四年（1726），在雍正六年抄家之前，其家尚在江宁织造府，则"矮𩏻舫"当即"江宁织造府"大行宫后花园中的景致。不出意外的话，应当就是第17回所提到的大观园中的那只"座船"（"采莲船共四只，座船一只"），也就是第18回元妃游大观园时所乘坐的"座船"。

识字读书来看，的确有可能真的就像史湘云那样"襁褓中，父母叹双亡"，即其父曹荃逝世于他出生时的康熙四十二三年。

① 指脂砚斋把未能做成这件事视为自己一生的亏欠，一直记挂在心上。

② 雍正五年（1727）十二月，曹𫖯因骚扰驿站被革职，雍正六年（1728）正月曹家被抄，据说此年三月份时，曹雪芹便随长辈回了京。张书才先生《曹雪芹蒜市口故居初探》（载《红楼梦学刊》1991年第2辑）一文引"中国第一历史档案馆"所藏清代内务府档案中的一件《刑部移会》，其实时间是雍正七年七月二十九日，其称："今于雍正七年五月初七日，准总管内务府咨称：原任江宁织造员外郎曹𫖯，系包衣佐领下人，准正白旗满洲都统咨查到府。查曹𫖯因骚扰驿站获罪，现今枷号。曹𫖯之京城家产人口及江省家产人口，俱奉旨赏给隋赫德。后因隋赫德见曹寅之妻孀妇无力，不能度日，将赏伊之家产人口内，于京城崇文门外蒜市口地方房十七间半，家仆三对，给与曹寅之妻孀妇度命。"可证最迟在雍正七年五月前，曹家便已迁回北京。（又见吴恩裕著《曹雪芹在北京的日子》载此文，西安：陕西人民出版社2008年版，第12页。）

③ 按：曹雪芹乾隆九年开笔，下半年把10回给脂砚斋作批，乾隆十年上半年把第11至20回、下半年把第21至30回给脂砚斋作批，乾隆十一年上半年把第31至40回给脂砚斋作批。曹雪芹在乾隆十五年底完成初稿《石头记》，脂砚斋作批比之要晚半年，故乾隆十六年上半年第一次作批（"初阅"）完成。

第 1 回："如今虽已有一半落尘，然犹未全集。"甲戌本侧批："若从头逐个写去，成何文字？《石头记》得力处在此。丁亥春。"脂砚斋生于康熙四十二年（1703），曹雪芹生于康熙五十四年（1715），卒于乾隆二十七年除夕（1763 年 2 月 12 日）。此乃乾隆三十二年丁亥年（1767）所作批语，其时脂砚斋 65 岁，曹雪芹已逝世五年。

又周汝昌先生《红楼梦新证》"第九章、脂砚斋批"第 680 至 681 页，统计署有日期或名字的脂批共计：己卯年 24 条（有一条署名为"脂砚"），壬午年 51 条（此后批语皆署名"畸笏"），乙酉年 1 条，丁亥年 29 条。第 683 至 684 页又列出一个总括性的脂批年表：

甲戌（乾隆十九年）"脂砚抄阅再评"。

丙子（乾隆二十一年）："乾隆二十一年五月初七日对清。缺中秋诗，俟雪芹。"此本年又校定之证。前后参看，此为三评无疑。

庚辰（乾隆二十五年）：脂砚四评秋月定本。

壬午（乾隆二十七年）：畸笏叟大量作批，此年除夕雪芹卒。

甲午（乾隆三十九年）：甲戌本一眉批末署"甲午八月（原钞作'日'）泪笔"。此为朱批可考之最晚年月。中有"一芹、一脂"之语。

今按：

①甲戌本题"脂砚斋重评石头记"，是据第一回正文中有"至脂砚斋甲戌抄阅再评，仍用石头记"十五字而定名，甲戌年是乾隆十九年（1754）。此为"二阅"，而"初阅"据上考当是乾隆九年下半年至十六年上半年进行。

②己卯本因有"己卯冬月定本"题字而定名，己卯是乾隆二十四年（1759）。此为"三阅"。

③庚辰本题"脂砚斋重评石头记"，各册卷首标明"脂砚斋凡四阅评过"，第五至第八册封面书名下注云"庚辰秋月定本"或"庚辰秋定本"，故名。庚辰为乾隆二十五年（1760）。此为"四阅"。

④作者曹雪芹卒于乾隆二十七年壬午除夕（1763 年 2 月 12 日），见第 1 回"满纸荒唐言"诗后甲戌本眉批："壬午除夕，书未成，芹为泪尽而逝。"据上引周汝昌先生统计，此年（1762）脂砚斋集团的畸笏叟大量作评，当是"五评"。而下来的乾隆三十二年丁亥岁（1767）脂砚斋集团又大量作批，当是"六评"。最晚之批是乾隆三十九年（1774）"甲午八日泪笔"，期间可能有过"七评"。

八、脂批与创作同步，未见全书即作批，故所言会有不确处

第 75 回庚辰本有两条回前批："乾隆二十一年（1756）五月初七日对清。""缺中秋诗，俟雪芹。"甲戌本定稿于乾隆十九年甲戌年（1754），在此批语前两年，可证甲戌本的抄录从甲戌年（1754）开始，抄到第三年（1756）五月份誊清，抄录历时两年左右。八年后曹雪芹逝世。

第二回"方才在咱门前过去，因看见娇杏"句，甲戌本侧批点明其谐音"侥幸也"后，又作眉批："余批重出。余阅此书，偶有所得，即笔录之。非从首至

尾阅过复从首加批者，故偶有复处。且诸公之批[①]，自是诸公眼界；脂斋之批，亦有脂斋取乐处。后每一阅，亦必有一语半言重加批评于侧，故又有于前后照应之说等批。[②]"此言明：脂砚斋批书时，并未从头到尾看完全书后再来作批。这与上文的考证正相吻合，即：作者开笔写此书与脂砚斋开笔批此书都在"曹家百年祭"的乾隆九年（1744），作者写完一部分（当是十回）后，便交给脂砚斋批点，创作与批点同步进行。

由于脂砚斋并未等作者写完全书后再来作批，所以他对后文的猜测有些是没有看到后文的悬断。正因为此，畸笏叟等人要对他的悬断之误加以补正，如：

第 18 回在妙玉"今年才十八岁，法名妙玉"后，己卯本、庚辰本有夹批细数"十二金钗"："妙卿出现。至此细数十二钗，以贾家四艳，再加薛、林二冠，有六；去[③]秦可卿有七，再[④]凤有八，李纨有九，今又加妙玉，仅得十人矣。后有史湘云与熙凤之女巧姐儿者，共十二人，雪芹题曰'金陵十二钗'，盖本宗《红楼梦》十二曲之意。后宝琴、岫烟、李纹、李绮皆陪客也，《红楼梦》中所谓'副十二钗'是也。又有'又副册'三断[⑤]词，乃晴雯、袭人、香菱三人而已，余未多及，想为金钏、玉钏、夗央[⑥]、苪雪、平儿等人无疑矣。观者不待言可知，故不必多费笔墨。"而庚辰本又有眉批："树[⑦]处引'十二钗'总未的确，皆系漫拟也。至末回'警幻情榜'，方知'正、副、再副'，及'三、四副'芳讳。壬午季春。畸笏。"

前一条夹批当是过录脂砚斋之批，其作批时，作者曹雪芹肯定只写到此回稍后的第 20 回，其时尚未写完全书，故脂砚斋所拟的"金陵十二钗"正钗是据第五回中的判词和十二支《红楼梦曲》而来，故为正确；而其所拟的副钗、又副钗，因第五回未有言及，是脂砚斋自己的主观揣测，所以乾隆二十七年壬午

---

① 此可证脂砚斋周围有一批人一同在脂砚斋所读到的《红楼梦》上作批，我们不妨称之为"脂砚斋集团"。
② 指脂批中凡是言及前后照应处，便是读完全书一两遍后作的批语，绝不可能是首次批书时作的批语。
③ 去，疑当作"添"。或指秦可卿早逝，"去"有死去的之意。
④ 再，疑当作"熙"。或不误，省称"熙凤"为"凤"。
⑤ 三断，即三段。
⑥ 此二字即"鸳鸯"之简写。
⑦ 树，当作"此"。按"叔"字草书似"此"，而"树、叔"两字草书又相似，所以这条批语中的"树"字可以断定是"此"字之误。

（"树"字草书）

（"叔"字草书）

（"此"字草书）

（1762）季春，畸笏叟特加眉批，言其所拟有误，并说：正式的名单要看到曹雪芹笔下的全书最后一回"警幻情榜"才知道，共有"正钗、副钗、再副钗、三副钗、四副钗"各 12 人，总计 60 人。遗憾的是，末回"警幻情榜"已失，所以畸笏叟也未能将其名单开列出来。

又第 46 回："鸳鸯红了脸，向平儿冷笑道：这是咱们好，比如袭人、琥珀、素云、紫鹃、彩霞、玉钏儿、麝月、翠墨，跟了史姑娘去的翠缕，死了的可人和金钏，去了的蒨雪"，庚辰本有夹批："余按此一算，亦是'十二钗'，真镜中花、水中月、云中豹、林中之鸟、穴中之鼠：无数可考，无人可指；有迹可追，有形可据；九曲、八折，远响、近影；迷离烟灼，纵横隐现；千奇百怪，眩目移神；现千手千眼大游戏法也。脂砚斋。"这是第 46 回，由于脂砚斋尚未读完全书，所以这儿他所认为的"十二钗"也不可当真。

第 27 回小红说愿意服侍王熙凤："大小的事也得见识见识。"甲戌本有侧批："且系本心本意，'狱神庙'回内方见。"言其真心实意地想跟随王熙凤。庚辰本对这段情节有眉批："奸邪婢岂是'怡红'应答者？故即逐之。前良儿、后篆儿，便是确证。作者又不得可也。己卯冬夜。"其后又紧跟一条眉批来加以驳正："此系未见'抄没'、'狱神庙'诸事，故有是批。丁亥夏。畸笏。"这是第 27 回，脂砚斋尚未读到全书。由于上一回第 26 回"蜂腰桥设言传蜜意"写小红和贾芸眉来眼去，所以脂砚斋批她是"奸邪婢"。而乾隆三十二年丁亥（1767）夏天，畸笏叟因读到八十回后"抄没"、"狱神庙"诸回回目[①]，推测小红乃忠心之婢，所以特加此批，点明脂砚斋由于未能理解到后四十回"狱神庙"回目所透露的旨趣，所作批语有误。

上引甲戌本侧批"且系本心本意，'狱神庙'回内方见"，指全书要到"狱神庙"那一回才把小红当作主角来写，其余诸回小红都是陪衬。这条侧批应当是畸笏叟所书，不是脂砚斋所书。

九、脂批点明红梦楼题旨是"红颜薄命"、"情欲可怖而当出离"

（一）一芹一脂完美配合

脂砚斋是曹雪芹至亲，直接参与《红楼梦》的创作过程，曹雪芹所写故事的背景信息他全都知晓，曹雪芹创作时的用意又会和他分享。由于小说力求精彩，语言表达不能死板和面面俱到，需要适当地含蓄、留白，所以作者主观上也就需要有人来把小说不宜直白表达的意思，也即书中字面下的"言下之意"、"家族背景信息"给点明、透露出来，这个人就是脂砚斋。

第一回的"满纸荒唐言，一把辛酸泪。都云作者痴，谁解其中味"诗，甲

---

① 请注意读到的是回目，畸笏叟其实也没有读到正文，笔者《后四十回完璧归曹》"第一章、第三节、五"有考。如果畸笏叟能读到正文，则脂砚斋也就能读到，则脂砚斋定然不会批出小红是奸邪婢的话来。正因为有目无文而回目并不显著，所以脂砚斋才会没有意识到通过回目就能看出小红其实不是奸邪婢。

戌本有眉批："能解者方有辛酸之泪，哭成此书。壬午除夕，书未成，芹为泪尽而逝。余尝哭芹，泪亦待尽。每意觅青埂峰再问石兄，奈不遇癞头和尚何！怅怅！今而后，惟愿造化主再出一芹、一脂，是书何幸，余二人亦大快遂心于九泉矣。甲午八日泪笔。"

这是乾隆三十九年甲午年（1774），脂砚斋72岁，而作者早已逝世12年。批中所说的"石兄"就是作者曹雪芹①，作者已逝，故当至天外的"青埂峰"询问"石兄"也即作者，只恨没有书中当年引"石兄（即宝玉、曹雪芹）"入仙境的一僧一道，来引我这个凡人入天外的仙界见"石兄（即宝玉、曹雪芹）"。

由此一句，便可想见脂砚斋在作者生前批书时，经常会向作者询问其创作意图，也会和作者做深入的探讨和沟通。现在曹雪芹已经逝世，自己批书时碰到不懂的地方再也无从问起了。

其言"一芹、一脂"，"芹"是创作者曹雪芹，而"脂"是揭谜者脂砚斋，两人便是《红楼梦》创作时的黄金搭档。要想理解《红楼梦》，绝对离不开脂砚斋的批语。因此，本书在研究《红楼梦》空间、时间和"后四十回曹著"等所有问题时，全都把脂批视为与《红楼梦》的原文同等重要，视其为作者旨意的体现。

（二）脂批揭明书名"红楼梦"的别样含义之一在于"红颜薄命"

书名"红楼梦"历来理解为繁华如梦，如《红楼梦大辞典（增订本）》第一页解释书名"红楼梦"时说："'红楼'当是富家闺阁之意，'梦'应包含着作者的人生感受"，可见"红楼梦"三字是"繁华如梦"的意思，"红楼梦"与"黄粱梦"、"南柯梦"旨义相通，都是"荣华富贵到头来全都是一场空梦"的意思。

好在脂砚斋在批语中揭示了他所问到的曹雪芹的真实用意，遗憾的是，以往《红楼梦》的研究者全都忽略了这条脂批所揭示的曹雪芹定下的这一全书题旨。第12回贾瑞"拿起'风月鉴'来，向反面一照，只见一个骷髅立在里面"，己卯本有夹批："所谓'好知青冢骷髅骨，就是红楼掩面人'是也。作者好苦心思！"全书第一回交代本书书名时，其中便有"风月宝鉴"之名。"拿起'风月鉴'"便是拿起本书之意，可见本书所写的便是"正面乃红颜、背面乃骷髅"之旨。

脂批所言之诗出自唐伯虎《和沈石田〈落花〉诗（三十首）》的第22首，原句是："好知青草骷髅冢，就是红楼掩面人。"②脂砚斋问曹雪芹"红楼梦"书名有何含意时，曹雪芹应当没有翻查原书，直接凭自己的记忆诵出此句，难免

---

① 上节"六"已论明：书名《石头记》既指全书中记录的是石头城南京所发生的作者的年少往事，更指出这本书是"石头"身上发生的故事、是石头所记录的故事。而全书的故事是作者曹雪芹身上发生过的故事，又是曹雪芹在记录，可知"石头"就是作者曹雪芹的一个笔名。

② 全诗是："花落花开总属春，开时休羡落休嗔。好知青草骷髅冢，就是红楼掩面人。山辰已教休泛蜡，柴车从此不须巾。仙尘、佛劫同归尽，坠处何须论厕、茵？"见《续修四库全书》第1334册《唐伯虎先生外编》卷一，第643页。

小有差误，但他命名此书为"红楼梦"其实就本唐伯虎此诗而来，当无可疑议。

"红楼"就是富家少女意。与之相对的"青楼"便指娼妓，故"红楼"是"良家妇女、大家闺秀"意。

古人含蓄，凡未出嫁的女子其楼涂成青色，等于向外界宣告可以上门来提亲（即南朝民歌《西洲曲》所唱的："忆郎郎不至，仰首望飞鸿。鸿飞满西洲，望郎上青楼。楼高望不见，尽日栏干头"①）；一旦出嫁，那楼便要漆成红色，等于向外界宣告已经成婚，不可以再上门提亲。所以想要男子上门光顾的娼妓，所居之楼便都刷成青色而称"青楼"；凡是有身份地位的女子则与之有别，故称"红楼"。由此可见"红楼"不只是单纯的"富贵"意，而是与女子、闺秀有关的富家闺阁之意；同时它又与"青楼"相对称而指良家女子。因此，"红楼梦"的书名其实可以意译为"梦幻中的红颜美人"。

"红楼梦"一词据脂批所揭示，乃本唐伯虎"好知青冢骷髅骨，就是红楼掩面人"之诗而来，说的是红楼里的美丽少女，将来会变成青冢里的骷髅；这便是"红颜薄命"的意思，与《红楼梦》第5回所说的"万艳同悲、千红一哭"的立意完全相同（按第5回贾宝玉梦游警幻仙境时所喝之茶名为"千红一窟"②，甲戌本侧批点明："隐'哭'字"；所饮之酒名"万艳同杯"，甲戌本侧批点明："隐'悲'字"③）。

所以，第一回提全书五大书名时，吴玉峰定的书名"红楼梦"，与孔梅溪定的书名"风月宝鉴"、曹雪芹定的书名"金陵十二钗"，这三者其实都是一回事，都旨在揭明全书的主旨便是在哀悼自己所怀念的闺中奇女子。④正因为此，第5回为《红楼梦》中所有女子唱的曲子总名为"红楼梦曲"，而这些女子在第5回中又都归属于"薄命司"，作者的用意已经非常明白："红楼梦曲"就等于是"薄命司中的红颜女子之曲"，也即"红颜薄命曲"，所以"红楼梦=红颜薄命"这一结论千真万确当是作者的本意！

"红楼梦"指红颜薄命，"万艳同杯、千红一窟"指"万艳同悲、千红一哭"，这都是字面上很难看破的，只有构思此名的作书者本人才能点明，现在脂砚斋全能揭示出来，显然只可能是他向作者曹雪芹讨教而来，绝对不可能是他自己

---

① 见宋·郭茂倩《乐府诗集》卷72"杂曲歌辞"之《西洲曲》古词。

② 第8回宝玉所喝的"枫露茶"甲戌本有侧批："与'千红一窟'遥映"，这条批语便点明所谓的"千红一窟"茶，其实就是红色的"枫露茶"。

③ 今人称"悲剧"为"杯具"，曹雪芹当是这一"谐音法"的始作俑者。又镇江有"百花酒"，用百花酿制，当是作者"万艳同杯"酒的取材原型。其酒是镇江的传统名酒，属于黄酒类，具有酸、甜、苦、辣之味。其原料用糯米、细麦曲和近百种野花酿制而成，营养健康。其色深黄，其气清香，其味芬芳，糖分较高，酒精度较低，能活血养气，暖胃辟寒，是老年人的滋补佳品。

④ 另外两个书名：一个是《情僧录》，"情僧"即作者觉悟佛法后的笔名，点明作者是本着佛家"色即是空"的主旨来创作此书。另一个书名是《石头记》，是作者自比愚顽不化的石头，带有深深的悔意，作者以此书名来告诉世人：全书讲的是石头也即作者自身的忏悔故事。或曰"石头"乃"石头城"南京，则此题又点明书中所写其实就是发生在南京"石头城"的作者自己的年少往事。

揣摩出来。由此一端便可想见：脂砚斋的批语基本上都可以视为曹雪芹的原意。换句话说，脂砚斋只是曹雪芹的一个写手，脂砚斋有关此书创作主旨方面的想法，应当几乎全都来自作者曹雪芹本人的面授机宜。

（三）脂批揭明书名"红楼梦"的别样含义之二在于"情欲可怖而当出离"

"红楼梦"一词源自本唐伯虎"好知青冢骷髅骨，就是红楼掩面人"，这句批语正好批在贾瑞照"风月宝鉴"正面是美人、反面是枯骷这段情节处，于是《红楼梦》书名的第二重象征含义便清楚地被点明出来，即"美人"与"魔鬼"是一非二，也即作者在书中一再提到的"好事多魔"、"梦幻情缘"，从而点醒世人情欲的可怖而当出离、解脱①。

关于"红楼梦"的书名是指"美人与枯骷是一非二"这一点，不光有脂批点明，曹雪芹本人也在书中直接点明，从而把自己这部书创作成为能够劝戒王孙公子切莫妄动风月之情的"风月宝鉴"。

其文见甲戌本书首作者亲笔拟就的《脂砚斋重评石头记凡例》："《红楼梦》旨义：是书题名极多，一曰《红楼②梦》，是总其全部之名也；又曰《风月宝鉴》，是戒妄动风月之情。"又见第12回跛足道人赠此"风月宝鉴"之镜给贾瑞时说："这物出自太虚幻境空灵殿上，<u>警幻仙子所制，</u>（己夹：言此书原系空虚幻设。）（庚眉：<u>与'红楼梦'呼应。</u>）专治邪思妄动之症，（己夹：毕真。）<u>有济世保生之功。</u>（己夹：毕真。）所以带它到世上，单与那些聪明俊杰、风雅王孙等看照。（己夹：所谓无能纨绔是也。）千万不可照正面，（庚侧：谁人识得此句！）（己夹：观者记之，不要看这书正面，方是会看。）只照它的背面，（己夹：记之。）要紧，要紧！"画双线的部分便证明"风月宝鉴"这面镜子就是"红楼梦"这部书。所以画直线的部分也就表明：制镜的警幻仙子就是作书的曹雪芹。换句话说，"警幻"不过是曹雪芹的又一个笔名。作者用此笔名，来表明自己作书的目的旨在为世人"指点迷津"，帮世人摆脱情欲的迷惑，而画浪线的部分便是这一主旨的大声宣告。

（四）脂批揭明的"情欲可怖而当出离"有曹雪芹的另一处原文为证

作者这一"视美人与枯骨是一非二"的"帮助世人指点迷津、摆脱情欲"的创作主旨，还充分体现在第8回宝钗看"通灵宝玉"时，后人（实即作者）所作的嘲讽诗上：

后人曾有诗嘲云：女娲炼石已荒唐，又向荒唐演大荒。失去幽灵真境

---

① 按第1回一僧一道劝顽石莫要入世时说：人间"'美中不足，好事多魔'八个字紧相连属"，甲戌本侧批点明：这句旨在揭明情色这种好事等于魔鬼的话"乃（是）一部之总纲"。第4回贾雨村判冯渊与甄英莲案时说："这正是梦幻情缘，恰遇一对薄命儿女。"蒙王府本在第一句处有侧批："点明白了，直入本题"，点明全书便是写"情欲如梦（梦幻情缘）、有情欲者皆薄命（薄命儿女）"之旨。第5回警幻对宝玉说："好色即淫，知情更淫"，更点明情与欲一样可怕，都当出离。

② 四字原书残破，据意补出。

界，幻来亲就臭皮囊。（甲侧：二语可入道，故前引庄叟秘诀。）好知运败金无彩，堪叹时乖玉不光。（甲侧：又夹入宝钗，不是虚图对得工。二语虽粗，本是真情，然此等诗只宜如此，为天下儿女一哭。）白骨如山忘姓氏，无非公子与红妆。（甲侧：批得好。末二句似与题不切，然正是极贴切语。）

这首诗作者名义上说成是后人所作之诗，其实就是作者本人写就，关于这一点大家想必都能看破而无庸赘言。

"好知运败金无彩，堪叹时乖玉不光"，脂批点明此句不光嘲了宝玉（"玉不光"），连宝钗也一并嘲讽在内（"金无彩"）。并说这两句诗虽然粗俗，但写的却是实情，而且读者们读此诗后，不光要哭宝钗、宝玉二人，更当为普天下所有"有命无运"的男男女女哭才对。同时又说：这样的诗离开本书来看，是极差的诗，但在本书中却是收摄全书之事的绝妙总结，而且总结得极为贴切。因此，这首诗便可视作曹雪芹为全书书题和主旨写的"题旨诗"。

其最后两句"白骨如山忘姓氏，无非公子与红妆"，好像与咏"通灵宝玉"无关而"离题万里"、毫不切题。其实诗中所咏的"公子"便是此"通灵宝玉"。因为顽石思凡，得了臭皮囊之身，幻化成王孙公子之形贾宝玉，此贾宝玉便是那"无材补天"的顽石思凡而来（其象征的便是每个人本有的"通灵之性"——也即诗中所谓的"幽灵真境界"——思凡而来。所谓"思凡"，就是诗中所谓的"幻来亲就臭皮囊"）。然后，下凡之人（如贾宝玉、也即作者曹雪芹）又因人世间"好事多魔、美中不足、命运多败"而重新体悟到自己本有的"通灵本性"，从而舍弃自己的臭皮囊出世，此臭皮囊便成了诗中所写的枯骨。宝玉[①]就是那枯骨，枯骨就是那宝玉，故所咏的"白骨、红妆"之诗，与其要咏的"通灵宝玉"之题正相切合。

甲戌本之批点明书题"红楼梦"是"好知青冢骷髅骨，就是红楼掩面人"之意。而此诗"白骨如山忘姓氏"也正是此意，即言死后不知姓名的骷髅，当年全是富贵的王孙公子和美艳动人的红粉佳人，这些男男女女的"如山白骨"往昔都曾拥有过自己的青春红颜（"无非公子与红妆"）。同理，第13回庚辰本回前批语"诗曰：一步行来错，回头已百年。古今风月鉴，多少泣黄泉！"也正是此意，即：此书所写的红粉佳人与白骨骷髅并无二致，故可以作为世人妄动风月而夭折"泣黄泉"[②]的警诫。警幻仙子在前八十回中的第12回和后四十回中的第93回正是用这"美人就是骷髅"的"白骨观"来教化贾瑞和甄宝玉两人戒淫。

因此，书名"红楼梦"就是"红楼美女乃青冢骷髅"之意，第8回"公子红妆即是白骨"的诗正是点明书题此旨。此诗放在它处算不上好诗，但放在书中这儿，恰是极好极妥贴的诗句。最后批语中的脂砚斋"批得好"三字，既是在称赞此诗批评、讽刺宝玉这块顽石与臭皮囊嘲讽得很到位，更是在称赞此诗批评揭明本书书题"红楼梦"的题旨也即命名由来非常好。

---

① 既指人，更指那石，因为人就是石思凡而来。
② 在黄泉哭泣，即夭折意。

（五）结论：曹雪芹借脂砚斋之手书写自己的思想

第 8 回曹雪芹这首亲笔之诗，批的正是《红楼梦》这一书名的题旨和由来，与第 12 回脂砚斋用"好知青冢骷髅骨，就是红楼掩面人"的批语所揭示出的《红楼梦》这一书名的题旨完全吻合，由此可证：在很多地方，脂批不过是作者曹雪芹借批者脂砚斋之手来书写自己的创作主旨罢了。

【在此补充一点：脂批并不全是脂砚斋的批语。脂批的作者不止脂砚斋一人。有署名的批者，或是在批语中被提到的批者，就有脂砚斋、畸笏叟、常村（又作"棠村"）、梅溪、松斋等人；我们也不能排除未署名的批语中，应当也会有作者亲自写就的批语。后人把脂砚斋作为这群批者的代表，并把《红楼梦》中这一最早的成系列的批语，全都用他来冠名而称之为"脂批"。脂批的作者，特别是脂砚斋和畸笏叟，往往在评语中透露自己和小说作者曹雪芹之间的特殊关系，大部分学者都认为他们是曹雪芹至为亲近的亲属乃至长辈；他们还在某种程度上参与了《红楼梦》的创作和修订，所以脂批透露着作者的本旨，揭露着作者家事的真相。凡是甲戌本、己卯本、庚辰本、蒙王府本、戚序本、列藏本、甲辰本、梦稿本、舒序本、郑藏本中的批语，除可以断定为后人批入者外，全都可以归属于"脂批"的范畴，这些本子因有脂批而被统称为"脂本"。】

十、作者曹雪芹生卒年考

（一）生年考

笔者《红楼时间人物谜案》一书完全依据《红楼梦》全书的叙事时间，详细考明作者曹雪芹是用书中抄家时为止的"十九年小说故事"，来隐写自己抄家时为止的"十四岁真实人生"。而曹家抄家于雍正六年（1728）正月，故知曹雪芹当出生于 14 年前的康熙五十四年（1715）[①]，从而证明他就是康熙五十四年出生的曹颙遗腹子曹天佑。

康熙五十四年正月，曹頫继承兄长曹颙之位出任江宁织造一职，于三月初七日上《代母陈情摺》，内称："奴才之嫂马氏，因现怀妊娠，已及七月，恐长途劳顿，未得北上奔丧，将来倘幸而生男，则奴才之兄嗣有在矣。"[②]曹雪芹当即曹颙妻马氏所生的遗腹子。孕期为 266 天，即 9 个月，马氏三月初七时已怀孕七月，分娩之日当在四月底或五月初，与笔者《红楼时间人物谜案》"第三章、第三节、一"根据《红楼梦》全书内证考得的宝玉出生日期"四月廿六"相合，则曹雪芹当出生于康熙五十四年四月廿六（阳历为公元 1715 年 5 月 28 日）。

又有人根据作者用"马"来作为第 25 回加害宝玉的马道婆的姓，断言作者之母肯定不姓"马"。我们认为：作者把加害自己[③]的道婆起为母家之姓，并不能证明作者之母不姓"马"，因为母家有亲人想加害作者也在情理之中。

[①] 古人年岁虚算。

[②] 《关于江宁织造曹家档案史料》第 129 页《江宁织造曹頫代母陈情摺（康熙五十四年三月初七日）》。

[③] 书中的宝玉即影写作者自己。

（二）卒年考①

曹雪芹的卒年见上文"九、（一）"引第一回脂批"壬午除夕，书未成芹为泪尽而逝"。即曹雪芹卒于乾隆二十七（1762）年"壬午除夕"（公元1763年2月12日）。

但1947年，周汝昌根据敦敏在乾隆二十八年癸未岁（1763）春天的"上巳前三日"邀请曹雪芹到他家饮酒赏花，怀疑曹雪芹没有在"壬午除夕"逝世，于是首倡曹雪芹逝世于乾隆二十八年（1763）"癸未除夕"（公元1764年2月1日）的"癸未说"。

他依据的是敦敏《懋斋诗钞》有《小诗代简②寄曹雪芹》诗："东风吹杏雨，又早落花辰。好枉故人驾，来看小院春。诗才忆曹植，酒盏愧陈遵。上巳前三日，相劳醉碧茵。"

此诗虽无纪年，但往前数三首的《古刹小憩》诗题下有"癸未"两字的纪年，周先生认为这本诗集是严格编年的，故《小诗代简》诗应当是癸未年所作的诗。而敦敏之弟敦诚《四松堂集》中有《挽曹雪芹》诗，题下注明"甲申"两字，可见是甲申年所作的第一首诗，两相结合便可证明：曹雪芹癸未年除夕逝世，次年甲申岁年初敦诚吊挽他。以上就是曹雪芹卒于乾隆二十八年"癸未除夕"的唯一根据。

今按，敦诚甲申年年初凭吊曹雪芹之诗共有两种版本，第一种见敦诚《四松堂集》付刻稿本：

> 《挽曹雪芹（甲申）》
> 四十年华付杳冥，哀旌一片阿谁铭？
> 孤儿渺漠魂应逐，（前数月，伊子殇，因感伤成疾。）新妇飘零目岂瞑？
> 牛鬼遗文悲李贺，鹿车荷锸葬刘伶。
> 故人惟有青衫泪，絮酒生刍上旧坰。"

第二种是敦诚《鹪鹩庵杂诗》中的《挽曹雪芹》诗两首③：

> 《挽曹雪芹》
> 一
> 四十萧然太瘦生，晓风昨日拂铭旌。
> 肠回故垅孤儿泣，（前数月，伊子殇，因感伤成疾。）泪迸荒天寡妇声。
> 牛鬼遗文悲李贺，鹿车荷锸葬刘伶。
> 故人欲有生刍吊，何处招魂赋楚蘅？
> 二
> 开箧犹存冰雪文，故交零落散如云。

---

① 本小节参考杨兴让《红楼梦研究》最后部分"附、曹雪芹的卒年"。
② 简，通"柬"，请柬。
③ 见吴恩裕著《有关曹雪芹八种》之"四松堂集外诗辑·鹪鹩庵杂诗"，上海：古典文学出版社1958年版，第17页。

三年下第曾怜我，一病无医竟负君。

邺下才人应有恨，山阳残笛不堪闻。

他时瘦马西州路，宿草寒烟对落曛。

两种版本的"四十年华（四十萧然）"诗大致相同而有所差异，显然是作者同时所作后各自修改定稿而来。既然前一种署"甲申"年，则后一种应当也是同一年所作，只不过略有修改而又添作了一首诗。

这两处诗中都用到"孤儿"一词，并且都在该句下加有自注："前数月，伊子殇，因感伤成疾。"

今将二诗对看，"故垅"与"旧垌"证明此坟乃旧年之坟。脂批说曹雪芹卒于除夕，此诗是甲申年所作，其若卒于癸未年的除夕，则下葬立坟必定是在甲申年，则甲申年祭吊时便不能称之为"故垅"或"旧垌"。但曹雪芹逝世于壬午年除夕的话，下葬立坟必定在癸未年初，故甲申年祭吊时便可称之为"故垅"或"旧垌"①。由诗中的"故垅"、"旧垌"语，便可知曹雪芹肯定卒于壬午除夕而与脂批相合，绝不可能卒于周汝昌先生所说的癸未除夕。

第二种诗首句称为"昨日"，乃泛指"此前"而非特指"昨天"，故此诗是追忆往日曹雪芹下葬时，雪芹妻儿一同哭坟的情景。诗人更感慨地对坟中的雪芹说：现在想不到您儿子也因感伤得病，追随您而去（"魂应逐"），您的妻子则因夫死子亡而飘零不知所终，雪芹您的命运真是太悽惨了！

"孤儿"是父死之儿，可证曹雪芹死后，他那成了孤儿的儿子因为父亲死亡而感伤得疾卒，不是曹雪芹因儿子殇逝而感伤得疾卒。换句话说，曹雪芹死在他儿子前，不是他儿子死在曹雪芹前。

曹雪芹生于康熙五十四年（1715），抄家于雍正六年（1728），虚岁十四岁，乾隆二十七年是壬午岁（1762），其年除夕十二月三十则在阳历1763年2月12日，已交立春节气，因尚未过除夕即未过年，所以曹雪芹壬午除夕逝世时仍是48岁而非49岁。故诗中"四十年华"是举成数而未到五十岁的意思。癸未年是乾隆二十八年（1763），其年除夕在1764年2月1日，尚未交立春节气，同时也因尚未过除夕即未过年，所以曹雪芹假使活到此时则为虚岁49（事实上他未活到一年后的此时）。

至于敦敏在"癸未"年春天的"上巳前三日"，仍然以《小诗代简》邀请曹雪芹到他家来饮酒赏花，当是曹雪芹死于"壬午除夕"后，直到癸未年的三月份，曹雪芹的妻儿仍未给敦敏报丧，所以敦敏以为曹雪芹还活着，于是写诗相邀。正因为这次派人上门邀请曹雪芹，方才得知曹雪芹已经亡故，所以敦诚便在甲申年初特地来雪芹坟前祭吊，同时得知雪芹之子也因父亲亡故伤心而死，其妻子也因夫亡子丧而投靠远亲、不知所终，故写此诗加以哀悼。诗中"三年

---

① 隔了一年方可称为"故"和"旧"，当年所立之坟只可称"新坟"，不可称"故坟、旧坟"。

下第曾怜我，一病无医竟负君"，言明曹雪芹曾在敦诚科举不中时帮助过他，由于音信不通，敦诚未能在曹雪芹壬午冬天生病时接济报答他，导致曹雪芹因贫困没钱请医生看病而亡故，敦诚对此深表愧疚。

结论：曹雪芹生于康熙五十四年四月廿六（阳历为公元 1715 年 5 月 28 日），卒于乾隆二十七年壬午岁除夕十二月三十日（阳历为公元 1763 年 2 月 12 日），享年实足 47 岁零八个月，虚岁是 48 岁。

第三节 《红楼梦》所写乃江宁行宫镜像考

一、脂批点明大观园的原型即"江宁织造府行宫①"

上节考明：脂批交代了《红楼梦》作者曹雪芹的创作意图，《红楼梦》的考证离不开脂批的暗示。《红楼梦》"宁荣二府大观园"的空间原型，同样也要靠作者曹雪芹借助脂批来交代给我们。

下面这条脂批便包含着破译《红楼梦》空间原型的密码，可惜历来都被人忽略。这条脂批便是第17回"大观园试才题对额"蒙王府本、戚蓼生序本的回末总评："好将富贵回头看，总有文章如意难。零落机缘君记去，黄金万斗大观摊。"

这首回末诗说的是：此第17回贾政带着贾宝玉验收大观园，详细描绘了大观园的风光景致，等于好好地回顾了一番我们曹家的荣华富贵，文笔写得非常令人满意。只可惜文笔再好也无法令我们家族如意，因为我们被抄了家，回忆往昔的繁华，越是漂亮的文笔越会增添我们家的哀伤。至于我们家如何败落的原因，请看官们牢牢记住，并从中好好地吸取教训：我们家把一万斗黄金投入到大观园的建设中来，导致了家族败亡。

了解曹家历史的人都知道，他们被雍正抄家的原因便是巨额亏空，而亏空的主要原因便是五次接驾花费了"江宁织造府"的巨额公款而无法弥补，用小说中的话来说，便是第16回：

> 赵嬷嬷道："……还有如今现在江南的甄家，嗳哟哟，好势派！独他家接驾四次。若不是我们亲眼看见，告诉谁谁也不信的。别讲银子成了土泥，凭是世上所有的，没有不是堆山塞海的，'罪过可惜'四个字，竟顾不得了。"凤姐道："我常听见我们太爷们也这样说，岂有不信的？只纳罕他家怎么就这么富贵呢？"赵嬷嬷道："告诉奶奶一句话，也不过是拿着皇帝家的银子往皇帝身上使罢了！"（甲侧：是不忘本之言。）谁家有那些钱买这个虚热闹去？"（甲侧：最要紧语。人苦不自知。能作是语者吾未尝见。）

皇帝的银子自然不能随便用，使用时要有个名目，得从"江宁织造府"账目上走，于是导致"江宁织造府"公款的巨额亏空。这笔天文数字般的接驾巨款中，相当大的一部分是用来建造维护、以及皇帝到来时运营"江宁行宫"之

---

① 书中第18回元妃省亲时称"省亲别墅"为"行宫"，也正透露出书中为省亲所造的别墅"大观园"，其实就是南京的"江宁行宫"——江宁织造府。其文曰："贾妃忙命换'省亲别墅'四字。于是进入行宫，但见庭燎烧空"云云。

用。而"江宁行宫"如果造在"江宁织造府"外，便是专款专用，可以向新皇帝雍正交割得一清二楚，丝毫不涉及私用；但问题是"江宁行宫"就造在"江宁织造府"内，曹家就住在"江宁织造府"内，这笔款子遂有"公款私用"之嫌，其亏空也就难以豁免而需要赔补。

在康熙朝，正如上节"十"所说，皇帝与曹寅情同一家，格外眷顾，曾把两淮盐税等巨额财源交给曹家来弥补此项亏空[①]。但由于历经五次接驾，前账未清而后账又起，亏空实在太大，即便有如此丰厚的财税收入，曹寅临终时仍无法补完亏欠，见冯其庸先生《曹雪芹家世新考》第 101 页所录《苏州织造李煦奏请代管盐差一年以盐余偿曹寅亏欠摺（康熙五十一年七月二十三日）》："江宁织造臣曹寅，与臣煦，俱蒙万岁特旨，十年轮视淮鹾。天恩高厚，亘古所无，臣等维肝脑涂地，不能报答分毫。乃天心之仁爱有加，而臣子之福分浅薄：曹寅七月初一日感受风寒，辗转成疟，竟成不起之症，於七月二十三日辰时身故。当其伏枕哀鸣，惟以'遽辞圣世，不克仰报天恩'为恨；又向臣言：'江宁织造衙门，历年亏欠钱粮九万余两，又两淮商欠钱粮，去年奉旨官商分认，曹寅亦应完二十三万两零，而无赀可赔，无产可变，身虽死而目未瞑。'此皆曹寅临终之言。"

对于南巡导致江南各地的亏空，康熙皇帝早已洞悉其中隐情，力主从宽处理，详《清实录》之《大清圣祖仁皇帝实录》卷 244 "康熙四十九年庚寅、冬十月、壬戌朔"[②]：

戊子，谕大学士、九卿等曰："前命张鹏翮察审江南亏空，曾谕尔等查议，已查明否？尔等主意若何？"……上曰："此项亏空，据称因公挪用，系何公事？未经明晰。"张鹏翮奏曰："大概如赈济、平粜，以及修塘等事。"上曰："朕总理几务垂五十年，事无大小，凡臣下情隐，无不灼知洞鉴。朕屡次南巡，地方官预备纤夫，修理桥梁，开浚河道，想皆借用帑银；原冀陆续补足。而三次南巡，为期相隔不远；且值蠲免灾荒所徵钱粮为数又少，填补不及，遂致亏空如此之多。尔等皆知之，而不敢言也。"……上曰："即如纤夫一项，需用既多，伺候日久，势必给与口粮、工价，安得无费？至于修造行宫，必然亦借用帑银。前者朕巡视溜淮套工程，至彼处，见有舍宇三间，此系取用何项？"张鹏翮奏曰："系俸工银两所造。[③]"上曰："虽云俸工银两所造，然必先借用库银后方抵补。尔等岂肯明言其故乎？今合计江南亏空，共有几何？"张鹏翮奏曰："约计共五十余万；于准、宜思恭应赔十六万；其余将俸工抵补，至康熙五十三年可补足矣。"上曰："三年之内，地方官员或升迁、或调用、或革退、或亡故。以前各官挪用亏空，

---

① 即本章"第一节、八"所引的：曹寅于康熙"四十三年巡视两淮盐政"（冯其庸先生《曹雪芹家世新考》第 99 页）。

② 引文时"那用"之"那"已全部径改为"挪"。下引文字见《清实录》第 6 册、《圣祖实录》第 3 册，北京：中华书局 1985 年版，第 421—422 页。

③ 指官员们捐献自己的俸禄、工匠们捐献自己的工钱来捐造。

而将后来者之俸扣补，于理不顺，朕心实为不忍。至于胥吏、贱役，若不给与工食，此辈何所资生？必致累民！"……上曰："朕非但为百姓，亦为大小诸臣保全身家性命也。朕南巡时，闻龙潭地方建造行宫，恐致累民，曾谕总督阿山，令其拆毁。至他处建造行宫，朕皆未之知也。总之，此不欲累民之念，可以自信，亦可见信于天下后世！朕历年蠲免天下钱粮，至数万万两有余。今此项亏空，若令补垫，亦不为多；然岂忍以此累地方乎？至于查明款项，亦非难事。钱粮册籍，皆有可考。地方官借'因公挪用'之名，盈千累百，馈送于人；若加严讯，隐情无不毕露也。朕意概从宽典，不便深求。今海宇升平，国用充足。朕躬行节俭，宫中用度甚为省约。计明朝一日之用，足供朕一月之需。今即因数次巡幸，用钱粮四、五十万，亦不为过。明、后年天下钱粮，以次尽行蠲免；若留此亏空之项以为官、民之累，甚非朕'宽仁爱养'、'嘉与维新'之至意。尔等可公同详议具奏。"

即便有康熙的一体豁免，以及对曹家的格外照顾，遗憾的是，曹家到雍正继位时仍未能弥补完历年的亏空。此时"一朝天子一朝臣"，曹家得不到新皇帝雍正的眷顾，而励精图治的雍正又必须整顿吏治，曹家便首当其冲地成为他肃清贪腐所树的惩处典型。于是新皇帝便以抄家的形式宣告曹家破产，借此来免除曹家拖欠的所有巨额亏空，这也未尝不是新皇帝对曹家的一种莫大宏恩。

抄家后的曹家痛定思痛，这才想起自家败落的直接原因便是"接驾"。接驾的开销太大了，正如上引洞悉"臣下情隐"的康熙所言："朕非但为百姓，亦为大小诸臣保全身家性命也。"即接驾导致的"江南亏空①"事关江南全省大小诸臣全家的性命。洞悉"臣下情隐"的康熙又特别提到行宫（参见上引文字中画直线的部分），可见接驾中开支极大、也即累民极重的部分，便是建造、维护及运营行宫的费用。于是，曹家便以开销最大的"行宫"来指代接驾的所有开支，这用的是以部分来指代全部的"借代"修辞手法。因此，"把万斗黄金投入到接驾中去，导致无法弥补的巨额亏空"这一事实，便可以用这种"借代"修辞手法说成是"数以万斗计的黄金摊到了江宁织造府行宫中去"。

《红楼梦》的创作手法是"真事隐、假语存"，书中用"宁荣二府大观园"来写江宁织造府行宫，所以在《红楼梦》的话语体系中，"黄金万斗摊到了江宁织造府行宫中去"（其以"行宫"代指接驾的所有开销），便说成了"黄金万斗摊到了大观园上"。因此，"零落机缘君记去，黄金万斗大观摊"这条脂批，其实已极为清楚地告诉我们两点：①"大观园"有原型，②其原型就是导致"江宁织造府"巨额亏空的"江宁织造府行宫"，这便是我们考证《红楼梦》"宁荣二府大观园"原型的立论根基所在。

由于此诗"一针见血"地点明曹家败落的直接原因，非常吻合曹家败落的历史，若说此诗非曹家人所批、非曹雪芹所言，简直不可想象。这就意味着，我们的立论根基完全符合曹雪芹的原意，我们所作的判断"大观园原型就是江宁织造府行宫"完全符合曹雪芹的本意。

---

① 即江南全省的亏空。

由于此诗非常符合曹家的家事，其作者显然只可能是与作者关系极密切的脂砚斋或作者本人。由于出自脂砚斋之手的甲戌本、己卯本、庚辰本都没有这条批语，所以这条批语应当不是脂砚斋所批，这便只剩下作者本人这一种可能。

因此这首诗应当就是作者在此回回末亲笔拟就的回末总评，脂砚斋誊录作者手稿时将其删落不存，而戚序本（或其祖本）当录自作者手稿而保留了大量作者亲笔拟就的回前总批、回末总批。

二、脂批更点明书中的大观园与真实原型东西相反

脂批不光点明《红楼梦》中的"大观园"就是"江宁织造府行宫"[①]，更揭明《红楼梦》所描写的空间"宁荣二府大观园"其实就是"江宁织造府行宫"东西相反的镜像。

第3回邢夫人带林黛玉入贾赦之院：

> 亦出了西角门，往东过荣府正门，便入一黑油大门中，至仪门前方下来。众小厮退出，方打起车帘，邢夫人搀着黛玉的手，进入院中。黛玉度其房屋院宇，必是荣府中花园隔断过来的。（甲侧：黛玉之心机眼力。）进入三层仪门，果见正房、厢庑、游廊，悉皆小巧别致，不似方才那边轩峻壮丽，且院中随处之树木山石皆在。（甲侧：为大观园伏脉。○试思荣府园今在西，后之大观园偏写在东，何不畏难之若此？）

脂批所言的"荣府园"就是书中第16回建大观园时提到的"荣府旧园"：

> 从东边一带，借着东府里的花园起，转至北边，一共丈量准了，三里半大，可以盖造省亲别院了。……其山石树木虽不敷用，贾赦住的乃是荣府旧园，其中竹树、山石，以及亭榭、栏杆等物，皆可挪就前来。

这段话便交代清楚：贾赦所住的院落是由旧日的"荣府花园"改造而来。即：贾赦所住院落原为荣国府的旧花园，后来由于在府西另行选址盖造后花园的原故（写入书中便是盖造府东[②]的"大观园"），便把这荣府旧花园的园林功用逐渐废弃，将其改建成为生活居所。于是在这旧花园中盖造房屋，增筑墙体来隔断成院落，同时又适当地保留花园中旧有的山石、花木、亭榭、游廊等。故其建筑不可能像花园外的府第建筑那般高大。（即引文中所说的"不似方才那边轩峻壮丽"，指的便是没有花园外的贾政王夫人院的建筑高大。因为这是在花园中建造而来，需要保留部分花园功能，自然不可能造得像花园外的建筑那般高大壮丽。）

由于此处不再作为花园，其中的山石亭榭移出去反倒可以挪出更多空间。于是兴建"大观园"时，便把其中不少山石亭榭转移到"大观园"中，从而大大降低"大观园"的建造成本，缩短工程进度，简便而省力。

---

① 虽然上文我们论明"黄金万斗大观摊"是作者亲笔拟就的回末批，但"脂批"原本就不限于脂砚斋所批。脂砚斋那群最早批阅《红楼梦》的人所批的批语全都叫作"脂批"，其中自然也就应当包括作者自己批的批语。所以"黄金万斗大观摊"这条批语虽然不是脂砚斋本人所批，是作者亲笔所批，我们仍可称之为"脂批"。

② 关于原型在西，写入书中时故意写成东，下有详论。

上引第 13 回脂批点明："荣府园今在西"，"今"指现今、目今，目前、眼前。"荣府园今在西"，便是说眼前真实世界中的"荣府旧花园"在荣府的西边。而上引第 3 回的文字写的是黛玉往东过了荣国府的正门才到此"贾赦院"，说明小说把"荣府旧花园（贾赦院）"写在了荣国府的东边。

小说第 16 回也写明大观园在荣府东（即上引第 16 回贾蓉向贾琏汇报大观园格局时说："从东边一带，借着东府里的花园起，转至北边，一共丈量准了，三里半大，可以盖造省亲别院了"），而这第 3 回脂批却又用"后之大观园偏写在东"中的"偏"字来点明："大观园"的原型应当和"荣府旧花园（贾赦院）"一样，原本在荣府之西，而作者后来写成小说时，故意（"偏"）写了东边。（所谓"后"，指作者后来创作小说时；所谓"今"，指所有人眼前所能看到的现今的世界、也即现实世界。）

现实在西而小说"偏"要写成东，意味着现实在东而小说很可能要写成西。如果在创作中遇到"东"字便改成"西"，遇到"西"字便改为"东"，必然会手忙脚乱，而且也肯定会因为某些忘改、漏改，使得全书的空间格局乱了套。所以批者脂砚斋便向作者曹雪芹表达自己的担心和疑虑："何不畏难之若此？"即您作这样的技术处理，难道不嫌麻烦吗？

的确，先实写，再改"东"为"西"、改"西"为"东"肯定会阵脚大乱。但睿智的曹雪芹早已想到一个"纹丝不乱"的巧办法，即用镜像来写。"南北不动、东西相反"，这不正是镜像吗？只要把真实的"宁荣二府大观园"图反过身来，透着亮光，在其背面描一张"镜像版"的"宁荣二府大观园"图，据之来写小说空间，便可以做到丝毫不会混乱，批者脂砚斋的担心也就成了多余。

那你何以知道《红楼梦》书中写的空间是真实世界的镜像？这同样要靠脂砚斋的批语来揭明。

三、宗祠对联宜调转之批，点明《红楼梦》的空间乃原型的镜像

第 53 回写"贾氏宗祠"：

上悬一块匾，写着是"贾氏宗祠"四个字，旁书"衍圣公孔继宗书"。两傍有一副长联，写道是："肝脑涂地，兆姓赖保育之恩；功名贯天，百代仰蒸尝之盛。"（庚眉：此联宜掉转。）①亦衍圣公所书。进入院中，……抱厦前上面悬一九龙金匾，写道是："星辉辅弼"，乃先皇御笔。两边一副对联，写道是："勋业有光昭日月，功名无间及儿孙。"亦是御笔。五间正殿前悬一闹龙填青匾，写道是："慎终追远"。傍边一副对联，写道是："已后儿孙承福德，至今黎庶念荣宁。"

画线的庚辰本眉批言明第一联当掉转，即上下联当对调，这便是镜像。

今按：上联言"地"（肝脑涂地），下联言"天"（功名贯天），人们只会说"天地"，不大可能说"地天"，故知实际的宗祠对联应当是上联言天、下联言

---

① 曹雪芹《脂砚斋重评石头记》（庚辰本），人民文学出版社 1975 年影印本，第 1239 页。

地，此处相反乃是镜像。脂砚斋是"贾（曹）"府中人，肯定见过宗祠，所以这条批语乃是不问作者曹雪芹便也能写出。即便这条批语并非脂砚斋所批，乃是后人所批，根据应当说"天地"的用词习惯来看，不管这条批语是谁人所批，其所指出的"上下联相反"总归是千真万确的事实。换句话说，脂砚斋以外的后人，也会有睿智者能看破作者上下联相反这一真相来。

同理，其下二联其实也当左右对调来读，即：抱厦联上联言"勋"（勋业），下联言"功"（功名），人们常说"功勋"，基本上不会说"勋功"，故知上下联宜作对调；今相反，乃镜像。又正殿联上联言"后"（已后），下联言"今"（至今），人们通常只会按照时间顺序先说"今"、再说"后"；今反之，也能证明其为左右相反的镜像，现实中的宗祠之联必当与小说中的描写左右相反。

正因为小说描写的是镜像，所以书中凡是有原型的对联皆当反着读，这样的例子全书还有一处，即第3回"荣禧堂"对联：

> 又有一副对联，乃乌木联牌，镶着錾银的字迹，道是："座上珠玑昭日月，堂前黼黻焕烟霞。"（甲夹：实贴①。）下面一行小字，道是："同乡世教弟勋袭东安郡王穆莳拜手书。"（甲侧：先虚陪一笔。）

中国人不似外国人说地点时由小到大地说，中国人说地点时全都由大到小，此处应当先说大的地点"堂前"，再说小的地点"座上"，"堂"大而"座"小，此"荣禧堂"对联亦当上下联对调而读，其语意方才更为顺畅。

而且无独有偶，《永宪录》卷四"户部尚书兼兵部尚书蒋廷锡生母曹氏卒"条记载：康熙"乙未，母年七十，圣祖赐'寿萱锡祉'额、'堂前寿恺宜霜柏、天上恩光映彩衣'联。"其联由实在的"堂前"说到虚指的"天上"，而且其联先言"前"（堂前）再言"上"（天上），益证本书之联也当先言"前"（堂前）再言"上"（座上）。

赵冈、陈钟毅《红楼梦新探》第153页言：荣禧堂"这副对联下面，甲戌本上有朱批'实贴'二字。周汝昌早已指出'荣禧堂'就是影射江宁织造署正堂的御笔亲书大匾'萱瑞堂'。此匾是康熙赐给曹寅之母孙氏者。周汝昌进一步指出，书中这副对联不但是用的原文，而且还是康熙第五次南巡时御笔亲书的那一批中的一件。在《永宪录》卷4，第330页，曾记载康熙乙未年，户部尚书兼兵部尚书蒋廷锡生母曹氏年70，圣祖赐'寿萱锡祉'匾额及一幅对联：'堂前寿恺宜霜柏，天上恩光映彩衣'。大家可以很容易看出，前后两套都是出于圣祖康熙皇帝之手，是其在这种场合下惯用的措辞用字与对偶。由此点可见雪芹确是将曹家当年的实情实景，着实利用一番，写在书中。大观园的真实性，也就不容怀疑了。"

周汝昌与赵冈两先生的论断可以信从，"荣禧堂"的对联应当就是"江宁织造府"大堂的真实对联。通过我们的论证，更可以把这一结论进一步修正为："荣禧堂"的对联是"江宁织造府"大堂真实对联的镜像，"江宁织造府"大堂的真实对联应当是："堂前黼黻焕烟霞，座上珠玑昭日月。"【同理，我们也可推

---

① 实贴，即切实、贴切。

出：书中"贾氏宗祠"之联其实就是江宁织造府内"曹氏宗祠"之联的镜像。此说若然，即宗祠真有"至今黎庶念荣宁、已后儿孙承福德"之联，故疑小说中"荣宁二府"之名当源出此联。】

至于书中第1回、第5回"太虚幻境"中的对联，如"假作真时真亦假，无为有处有还无"、"厚地高天，堪叹古今情不尽；痴男怨女，可怜风月债难偿"等，则不必对调，因为它们全都是作者虚构，没有真实原型。凡像"宗祠、荣禧堂"这类有真实原型的建筑才会有镜像，其对联才需要对调。

同理，书中第5回秦可卿房中对联"世事洞明皆学问，人情练达即文章"，显然也属于作者虚构而不必对调。第17回宝玉为"大观园"诸景所题对联，诸景虽有原型，但每一景点的名称都已新拟而不用原型之名，正如作品中的人物皆有原型，而其姓名皆为新拟已非真名，故"大观园"诸景的名称与对联也属于新拟，类同于作者所创作的诗文，全都是新创而非照搬旧有①，故上下联也不必对调。全书唯有"荣禧堂、宗祠"之联当是真实的大堂与祠堂之联而当对调。

"此联宜掉转"之批，不仅指明全书凡是"有原型"的对联都当上下联对调着读，更透露出作者在《红楼梦》中所描写的建筑空间，其实就是现实建筑空间的镜中之相。

四、《风月宝鉴》的书名也能证明《红楼梦》的空间乃原型的镜像

"此联宜掉转"的脂批透露出作者所写建筑空间乃现实建筑空间东西相反的镜像，这与作者命名此书为"风月宝鉴"的旨趣完全相通。

作者命名此书为"风月宝鉴"见第1回："东鲁孔梅溪则题曰《风月宝鉴》。"到第12回便真的出现这把錾着"风月宝鉴"四个字的镜子（按："鉴"即镜子的意思，"风月宝鉴"即风月宝镜）：

贾瑞一把拉住，连叫："菩萨救我！"那道士叹道：你你这病非药可医！我有个宝贝与你，你天天看时，此命可保矣。"说毕，从褡裢中取出一面镜子来（己夹：凡看书人从此细心体贴，方许你看，否则此书哭矣。）两面皆可照人，（己夹：此书表里皆有喻也。）镜把上面錾着"风月宝鉴"四字（己夹：明点。）递与贾瑞道："这物出自太虚幻境'空灵殿'上警幻仙子所制，专治邪思妄动之症，有济世保生之功。所以带它到世上，单与那些聪明俊杰、风雅王孙等看照。（己夹：所谓无能纨绔是也。）千万不可照正面，（庚侧：谁人识得此句？）（己夹：观者记之，不要看这书正面，方是会看。）只照它的背面，（己夹：记之。）要紧，要紧！三日后吾来收取，管叫你好了。"说毕，佯常而去，众人苦留不住。

《红楼梦》书首第1回称此书又名"风月宝鉴"（见上引"东鲁孔梅溪则题

---

① 即："大观园"中诸景点虽然是旧有，但景点的题名与对联却非旧有；即：景点虽有原型，其题额与对联却无原型。

曰《风月宝鉴》"），而第 12 回便真的出现这面刻有"风月宝鉴"四个字的镜子，作者所要表达的意思便是：此书是面镜子，书中所描述的一切都是真实世界的镜像。[①]制镜人是警幻仙子，而作书人是曹雪芹，既然"镜子即书、书即镜子"，可知警幻仙子不是别人，正是作书人曹雪芹自己在书中的化身，也即述说此故事的"石头（贾宝玉）"。【"风月宝鉴"名义上是一面神奇的镜子，其实就是《红楼梦》这部书，这还有一个很重要的证据，就是此回下文贾瑞死于此物[②]后：其父贾代儒"大骂道士，'是何妖镜！（己夹：此书不免腐儒一谤。）若不早毁此物，（己夹：凡野史俱可毁，独此书不可毁。）遗害于世不小。'（己夹：腐儒。）遂命架火来烧，只听镜内哭道：'谁叫你们瞧正面了！你们自己以假为真，何苦来烧我？'（己夹：观者记之。）正哭着，只见那跛足道人从外跑来，喊道：'谁毁"风月鉴"，吾来救也！'说着，直入中堂，抢入手内，飘然去了。"贾代儒明明是在骂镜、毁镜，而批者却全都说成是骂书、毁书（"此书不免腐儒一谤""凡野史俱可毁，独此书不可毁"）。镜子是铜制的，用锤子砸或用力摔在地上便可，烧是烧不坏的，贾代儒居然叫人来烧；只有书才要烧，所以贾代儒叫人架火烧镜这一反常情节，其实也能证明"风月宝鉴"名为镜子，其实就是《红楼梦》这部书。看来贾瑞照见镜中正面为美人，反面为枯骷，其实就是痴儿把《红楼梦》当情色读物来阅读的象征笔法。贾代儒架火烧镜，便是后世维系风化的封疆大吏们把《红楼梦》当成淫书来禁毁的象征笔法。作者曹雪芹何等富有远见，早在著书之时便已料到此书会因其情色情节而被禁毁，故让自己的代言人脂砚斋说出正告世人的话来："此书不免腐儒一谤""凡野史俱可毁，独此书不可毁"。】

己卯本来批又言："观者记之，不要看这书正面，方是会看"，固然是讲此书秉"真事隐、假语存"的隐晦笔法，要大家善于透过字面上的幻设之语来领悟作者想要表达的真旨，透过书中的情爱描写来领悟佛门的"空"旨；更是想让大家透过现象洞察本质，透过书中的"贾府"看到其所影写的现实世界中的"真府"曹家，唯有如此，方是作者的知音。

小说是反映社会生活的一种文学体裁，小说的本质就是生活的反映，小说就像镜子般反映着现实世界。作者曹雪芹"镜子即书，书即镜子"，把《红楼梦》视为一面镜子（"风月宝鉴"），毁镜、骂镜便是在毁书、骂书，书中所写的一切全都是现实世界的镜像，作者有关镜子和镜像的这些有趣描写在文学史上真的太重要了。作者曹雪芹对小说"如镜子般反映生活"的本质，达到了如此高的认识，并且还能自觉地运用这一认识来构思情节，堪称是中国乃至世界文学史上的第一家。

联系到此书既然是面镜子，则上引文字的脂批便是叫人把书中的一切描绘全都当成真实世界的镜像来看，即把整部小说当成真实世界的镜像[③]来读。

---

① 其实这也体现出"小说是生活的反映"这一小说的本质。
② 此物表面上是面镜子，其实就是《红楼梦》这本书。
③ 又请参见本章第一节的"九"至"十二"。

　　而镜像改变不了人物的容貌、品性、名字，改变不了故事的时间进程，也改变不了空间的模样，镜像唯一能改变的只有空间的方向。因此上述叫读者"莫看正面"的批语，其实就是作者曹雪芹借批者脂砚斋之手来告诉大家：

　　①书中的空间其实都是真实世界的镜像；

　　②书中的"宁荣二府大观园"其实就是真实世界中"江宁织造府行宫"的镜像；

　　③小说中的"长安"其实就是真实世界"南京"的镜像；

　　④书中的"贾府"其实就是真实世界中的"真（甄）府"曹家的镜像；

　　⑤所谓"镜像"就是"南北不动、东西相反"①。

　　牢记"书中的空间就是原型的镜像"这一点，《红楼梦》中的空间便能借助"江宁织造府行宫"的传世古图复原于世。

五、又有脂批点明贾雨村口中的"大观园"是其真实原型东西相反的镜像

　　第二回：

　　　　雨村道："去岁我到金陵地界，因欲游览六朝遗迹，那日进了石头城，（甲侧：点睛神妙。）从他老宅门前经过。街东是宁国府，街西是荣国府，二宅相连，竟将大半条街占了。大门前虽冷落无人，（甲侧：好！写出空宅。）隔着围墙一望，里面厅殿楼阁，也还都峥嵘轩峻，就是后（甲侧：'后'字何不直用'西'字？恐先生堕泪，故不敢用"西"字。）一带花园子里面树木山石，也还都有蓊蔚洇润之气，哪里像个衰败之家？"

　　画浪线的脂批指出书中所写的"石头城"三字便是作者"神妙"的"点睛"之笔。而上述引文便是作者用来点明书中"贾家宁荣二府"在"石头城金陵"南京城内的神妙的点睛之笔。

　　作者在这节文字中，巧妙地借助贾雨村之口，点明了如下事实："宁、荣二府（即贾府）"名义上写在"长安"，其实就在"金陵、石头城"南京，"长安"不过是南京的障眼法，可以视为南京的代称。这就有力地证明本章第一节"九"的两点结论所言不虚：①书中的"长安"就是南京，②书中的"甄（真）府"就好比是在镜子外的南京，而"贾（假）府"就好比是在镜子内的南京，两者都在南京。

　　上引文字中贾雨村言"宁荣二府大门前冷落无人"，脂批更点明其为"空宅"，则其所描写的应当就是贾府（也即曹家）抄家后的情景。作者在这儿用的是"梦幻主义"的创作手法，把最后面的情景提到全书最开头来写。此节文字应当是

---

① 又：本章第一节"九"详细论明：作者明里是写贾府在天子脚下的北京，实则是在没有天子的南京，这便是作者创作时的"南北互换"之旨。第116回字面上写贾政扶柩由天子脚下的北京回南方老家金陵安葬，实际真相当是曹家由南京扶柩回北京通县的曹家祖坟安葬。总之，作者在贾府所在城市上用的是"南北互换"之法，而在贾府内部空间"宁荣二府大观园"上用的是"南北不动、东西互换"之法。请参见笔者《后四十回完璧归曹》"第二章、第八节、六"末尾对程甲本宝玉所制"镜子"谜的讨论。

作者曹雪芹在抄家后的某年某日重游南京故居时，把所见到的情景，借助贾雨村的眼睛提到全书最开头来写①。

"宁荣二府大观园"的原型就是"江宁织造府行宫"西北角的花园（参见图一②），古人坐北朝南，以南为前，以北为后，故贾雨村称这西北角的花园为"后花园"；脂批"'后'字何不直用'西'字"，更点明其原型在"西"而小说中偏说在东（第3回脂批："后之大观园偏写在东"）。可见现实世界中的"大观园"原型在府西，小说中写成了府东③，这也是镜像左右相反的缘故。

因此这条脂批"'后'字何不直用'西'字"，同样也是能够用来证明《红楼梦》中的空间乃其现实原型左右相反的镜像"的铁证。

六、又有两条书中正文可以证明书中的"长安"是南京东西相反的镜像

作品中的"长安"实乃南京，本章第一节"九"已引第69回凤姐让来旺儿杀死张华等证据论证明白。今更进一步证明书中的"长安"实乃现实世界"南京"东西相反的镜像，即第3回林黛玉进贾府：

> 且说黛玉自那日弃舟登岸时，便有荣国府打发了轿子并拉行李的车辆久候了。……自上了轿，进入城中，从纱窗向外瞧了一瞧，其街市之繁华，人烟之阜盛，自与别处不同。（甲侧：先从街市写来。）又行了半日，忽见街北蹲着两个大石狮子，三间兽头大门，门前列坐着十来个华冠丽服之人。正门却不开，只有东西两角门有人出入。正门之上有一匾，匾上大书"敕造宁国府"五个大字。（甲侧：先写宁府，这是由东向西而来。）黛玉想道："这必是外祖之长房了。"想着，又往西行，不多远，照样也是三间大门，方是荣国府了。

上引贾雨村言："街东是宁国府，街西是荣国府"，此处言林黛玉先到宁国府，再到荣国府，故脂批言"这是由东向西而来"。林黛玉家在扬州，现实世界的原型当是她从扬州坐船前来南京。而坐船从扬州来南京，当在长江岸边的"下关码头"下船，其在"江宁织造府"的西北；也可以在南京的"水西门"码头下船，其在"江宁织造府"的西南：总之，林黛玉无论哪种情况都是自西而来贾府。今写成"自东而来"，证明小说中的"长安"就是现实世界南京东西相反的镜像。这也是证明"全书空间乃其现实原型之镜像"的一条重要证据。

又第18回元妃省亲时，薛宝钗咏大观园的《凝晖钟瑞》诗，首句称："芳园筑向帝城西，华日祥云笼罩奇。"而大观园的真实原型"江宁织造府"在南京

---

① 梦是无序的，梦中的时序常可颠倒，本例便是作者"梦幻写实主义"创作手法的一大体现。

② 今按：此图已作镜像处理，其花园在东北角，其未作镜像处理前的原图则"东西相反"而花园在其西北角。

③ 见第16回规划大观园园址之文："从东边一带，借着东府里的花园起"，可证大观园在书中写在了府东。

城中轴线——也就是今天南京的"中央路"——以东。此诗同样能证明书中描写的"长安"就是现实世界南京东西相反的镜像。

七、书中尊长皆居西，儿孙反居东，证明其空间为镜像

中国人的风俗历来以东为大、以西为小；父母长辈要住在东边，儿孙小辈要住在西边。这是因为中国人历来认为东方富有生气，而西方有肃杀之气，所以尊者、长者便要居住在旺相的生地，而小辈、仆从便要居住在肃杀的差地，以此来衷心祝愿尊长们身体健康、得福得寿、长命百岁。

而下文我们将考明，《红楼梦》书中"宁荣二府"自西往东的五路依次安排的是：第一路为贾母院，第二路是府衙的办公大堂，第三路是贾母儿子贾政、贾赦两人之院，第四路是宗祠及内宅大堂，第五路是贾母孙子贾珍和重孙贾蓉院，尊长居西、儿孙反而居东，这就与中国传统的居住民俗完全相反起来。

同理，下文"第二章、第一节、二"引第 7 回"刘姥姥一进大观园"之文，考明"凤姐院"中，凤姐与贾琏卧室居西，其女儿"大姐儿"反而居东，也与中国的传统民俗完全相反。

由于民俗必须遵守，这便可证明：《红楼梦》书中所写的小说空间"宁荣二府大观园"，其实就是生活原型空间——曹雪芹曹家"江宁织造府"——东西相反的镜像。

本书"第三章、第五节、七、（5）"引后四十回第 111 回之文作讨论时，其小注对此有过总结，可以参见。

事实上，古人规划建筑布局时，都会把尊长放在东边，把次要的人或次要的附属空间安排在西边。正如安排府县官学时，一般都会遵循"左庙右学"的传统，即坐北朝南，把尊贵的孔子庙（夫子庙）安排在左手边的东侧，把次要的学生学习用的讲堂安排在右手边的西侧；又如都城规划时，会遵循"左祖右社"的传统，即坐北朝南，其左手边的东侧安排尊贵的祖庙（太庙），右手边的西侧安排稍次一等的社稷坛。对于家庭来说，府第是主要的，园林是次要的，所以府第一般都会安排在东边，而次要的园林则会安排在西边；现在《红楼梦》书中的大观园反倒安排在府的东边，这显然也就是"镜像"的体现。

八、称南京为"长安"，同时又作镜像处理，正是作者的狡狯之笔

《红楼梦》一书写的是作者生活在老家南京时的年少往事，因此"贾府"肯定就是作者南京的老家"江宁织造府"。作者之所以要对"宁荣二府大观园"作东西对调的镜像处理，同时又把南京称作"长安"而避免称其为"南京"，这正是作者"狡狯"之笔的两大体现。其目的就是要"移西于东、移东于西"，不让同时代了解其家内情的明眼人，一眼看破他在书中写的就是南京的旧家"江宁织造府"。

作者如果照实写来，"东即是东、西即是西"，不用"长安"之名而直接写

成"南京"，必然会被人识破其作品的空间原型就是作者的旧家"南京江宁织造府"曹家，也就是康熙皇帝六次南巡到南京时，五次住过的"大行宫"，这肯定会招致不必要的麻烦，引起新皇上雍正与乾隆的猜忌，很可能会招致"文字狱"般书毁人亡的政治迫害。

书中开头第一回"满纸荒唐言"诗后，甲戌本有眉批："若云雪芹披阅增删，然则开卷至此这一篇楔子又系谁撰？足见作者之笔狡狯之甚。后文如此者不少。这正是作者用画家烟云模糊处，观者万不可被作者瞒蔽了去，方是巨眼。"而镜像处理与避用"南京"改称"长安"，便是作者涉及全书空间全局的两大"狡狯"之笔。

九、"镜像说"的重大意义

（一）对红学界的意义

"《红楼梦》空间原型就是江宁织造府"虽然早就有人提出[①]，但红学界一直未能予以证实，就是因为作者做了巧妙的镜像处理，欺瞒住乾隆皇帝至今的所有读者，只到 260 多年[②]后的本书才揭开其谜底。

在没有破译出"镜像"这一空间密匙之前，人们取"江宁织造府行宫"原图与《红楼梦》的空间描述相对照，便会发现两者毫不吻合。笔者数十年来苦研《红楼梦》，根据脂批的提示，首次提出《红楼梦》空间原型乃江宁织造府镜像"这一全新的发现。将传世的"江宁织造府行宫"的乾隆朝古图作"南北不动、东西相反"的镜像处理后，便能与《红楼梦》的空间描述完全吻合。本书第二、第三章，将对此作更为详细的论述和证明。

"镜像说"这一发现对于《红楼梦》的空间解读和空间复原意义重大。此前人们早已认识到《红楼梦》是一部带有很强自传色彩的小说，其中的空间应该描写的就是作者南京的旧家"江宁织造府"。但由于没有认识到作者在空间上所作的镜像处理，结果发现两者没有一丝一毫的吻合，学界被迫得出如下的结论——作者并没有把自己的家"江宁织造府"作为全书的空间原型。于是大批红学研究专家便投入到"江宁织造府"以外的清朝府第园林中去寻找《红楼梦》所描述的"宁荣二府大观园"的空间原型，结果无功而返。于是形成一个占据学界主流的错误观点，认为：《红楼梦》作为一部小说，其空间同样是博采众家府第与园林之长的小说虚构和艺术综合；学界并不承认其空间有唯一的原型。这就导致建筑、园林等各相关领域对《红楼梦》的空间解读和空间研究呈现出

---

① 顾平旦主编《大观园》一书（文化艺术出版社 1981 年版）收有宋淇《论大观园》，其"附录：诸家论大观园"的第 247 页列有"（八）赵冈——江宁织造署说"，可见七八十年代就有人提出这一观点了。到九十年代，《古建筑园林技术》1995 年第 2 期登载有王世仁、雷允陆的《曹园简说——江宁织造署为〈红楼梦〉荣国府原型推测》一文，但他们未能识破本书所发现的"镜像"这一奥秘，所主张的"宁荣二府就是江宁织造署"这一结论完全停留在假想阶段，未能举出一条实质性的证据，所以文章用"推测"来命名，连立论者本人都没有信心，学界更是不敢引以为据。

② 从《红楼梦》第五稿定稿的乾隆十九年甲戌岁（1754）算起，距今 2019 年为 265 年。

"盲人摸象、人言人殊"的局面，诸位研究者所绘制的"宁荣二府大观园"图全都是缺乏现实原型为依据的"主观创作"，并不具备任何客观性；所有关于"宁荣二府大观园"的建筑、园林研究，全都沦为没有实在根基的空中楼阁、海市蜃楼，整个《红楼梦》的建筑与园林研究笼罩在虚空不实的氛围之中玄妙而虚幻。

而本书的研究，考明了《红楼梦》的空间原型其实就是南京的"江宁织造府行宫"，也就是南京的"大行宫"。此行宫虽然毁于太平天国，却有三幅乾隆朝古图传世。借助其传世古图的镜像，便可以把《红楼梦》的空间真切实在地呈现在世人面前。

换句话说，前贤都是根据自己对《红楼梦》描述的理解，来重绘"宁荣二府大观园"，具有强烈的主观性。正如某人把自家房屋描述给别人作图，作图者再怎么精通建筑，也很难画得和现实分毫不差；更何况"宁荣二府大观园"这一远比一所房屋来得复杂的大型府第和江南皇家行宫园林，更加不可能光凭《红楼梦》的文字描述，便能通过重绘的形式，在图纸上复原再现出来。而本书则完全不用重绘，只需要把"江宁织造府"的乾隆朝存世古图作镜像处理后，把《红楼梦》书中描述的空间"对号入座"地标注在图上，便能完成《红楼梦》空间的复原重构使命，具有前人无法比拟和企及的"客观性"。这将使《红楼梦》的建筑与园林研究从此找到实在的根基，不再沦为空谈和虚悬[1]。

本书填补了《红楼梦》空间研究中的空白，有助于《红楼梦》文本的阅读理解和深入研究。可以想见，将来人们阅读研究《红楼梦》时，很可能会人手一份本书之图。

本书的研究对于《红楼梦》为主题的旅游开发、影视创作、动漫游戏制作等领域，无疑也会有相当大的应用价值。

（二）对南京的意义

本书的研究对于南京的意义也很重大。

此前人们很容易受作者字面的蒙蔽，认定书中的贾府在天子脚下的北京。而本书的研究，证明作者笔下所写的贾府就是南京"江宁织造府"的镜像。这一结论加上书中的其他一些内证（如第 69 回旺儿谎称张华离贾府三日后在京口被害），便能"牢不可破"地证明书中的贾府就在南京而非北京，从而证明《红楼梦》是南京人[2]在北京追忆其南京年少往事而写成的不朽的世界名著，北京是《红楼梦》的原创地和小部分原型地，而南京则是《红楼梦》的原型地。

本书的研究证明了贾府就是南京"江宁织造府"的镜像，全书除开头部分提到扬州、结尾部分提到常州而离开过贾府所在的城市外，其余全都发生在贾府所在的城市中，可以说《红楼梦》描写的几乎全部是南京之事。

我们都知道作者写书时已经生活在北京，但书中写的却是他的年少往事，

---

[1] 虚悬，即凭空设想和悬断。
[2] 曹雪芹年少时生长在南京，所以他是土生土长的南京人、江南人，北京是其祖籍和第二故乡。

而他年少时生活在南京，所以书中写的肯定就是他老家南京①所发生过的少年生活。书中"长安"城内的贾府，肯定就是作者少年时所居住过的老家南京"江宁织造府"的镜像。所谓的"贾府在长安（京城）"，其实就在同样以"京"命名的"南京"这座城市中；书中有关"天子"的描写给人以"贾府在天子脚下的首都"的感觉，其实这都是作者的"障眼法"。

正因为全书描写的是南京之事，所以《红楼梦》取名"石头记"，这表面是说这本书是"石头（即宝玉、也即作者曹雪芹）"所记的、发生在"石头"自己身上的故事，其实暗含的意思却是在说"书中记载的是石头城（也即金陵南京）的人生往事"。故第2回贾雨村所说的"去岁我到金陵地界，……那日进了石头城，从他老宅门前经过，街东是宁国府，街西是荣国府"，已大透作品中"宁荣二府"的老家（实即"原型"）就在现实世界"石头城、金陵"南京的这一真相。难怪脂砚斋要激动地在"石头城"三字后面批下"点睛神妙"四个字，点明作者笔下的这"石头城"三字，其实是在点题——即点全书的书名"石头记"。这就证明：《石头记》这一书名表面是说外号为"石头（即宝玉）"的作者所记的故事，其字面下表达的另一层意思却是"此书记载的是石头城南京发生的故事"。

（三）对复建大观园的意义

《大观园》一书的第91至92页有金启孮先生《大观园布局初探》一文，其开头即言：

> 我在最初读《红楼梦》的时候，有这样一种颇为强烈的要求：希望有人替我画一张大观园的导游图。我想若有一张图，不但会增加读《红楼梦》的兴趣，同时也对书中所叙述的事情更为了解得透彻。那时坊间带绣像的《红楼梦》（《石头记》或《金玉缘》）大都前面有一张大观园图。不过那张图令人越看越糊涂，和书中所叙完全对不上口径。请教人吧，也没有人真正对我说清过。说不清时，则总是结以一句话：这不过是用来消遣的小说，何必认真。没有办法只好自己研究，研究的结果仍然是得不着门径。又过了若干年之后，我明白了得不着门径的原因是我走错了路——把前八十回和后四十回一并对照，因而矛盾丛生。于是改正了办法，以前八十回为主，本子则以庚辰本为主，这样渐渐得到了门径，有了大观园堂、馆、亭、榭布局的初步印象。我想读《红楼梦》的同志，有我这种要求的恐怕不止一人。我自己既经过了一个曲折的道路，就想让其他同志在这方面得到满足。若要研究，至少从订正我现有的错误开始，可以节省许多时间、精力，比较容易地得到更为正确的结论。这就是我公布这篇看来仍是极不成熟的小文的动机。公布它就是为了得到这方面的专家和爱好者的批评、指正，最后能出现一幅正确的读《红楼梦》对照看的大观园图。这是我的希望。

---

① 因为曹雪芹作书时生活在北京，故称其少年时生活过的南京为"老家"。

我深信曹雪芹写《红楼梦》以前，也和安排"年表"一样，先是画了一张图的。只要经过我们大家共同努力，总能把这张图给以复原，不过本文距离复原应该说还是很有一段距离的。因为还有一些难点没解决。

此前研究者普遍认为《红楼梦》是小说，占据学界主流的观点都把《红楼梦》中的空间视为小说的虚构和艺术的综合，不敢承认《红楼梦》的府第园林空间存在唯一的原型。正因为书中的空间具有虚构性，所以对其空间不必当真，既没有必要、也不可能对其空间作穷其真相的研究，即便研究也研究不出什么结果。上引文字中画浪线的部分，便代表了这种观点。其实这一观点是荒谬且不符合小说创作规律的。

金先生指出：曹雪芹在创作《红楼梦》前，肯定会绘有一幅"宁荣二府大观园"的平面图，而且也肯定编排过一张全书情节的"时间年表"，曹雪芹凭此二者来指导自己的小说创作。金先生的这两个观点才是符合小说创作规律的正确认识。因为任何作家在创作小说前，都会构思好小说的空间布局和时间框架。

笔者此书《宁荣府大观园图考》便旨在完成金先生的心愿，找到曹雪芹书中所描写的那张空间图，而下一本书《红楼时间人物谜案》便旨在完成金先生的又一心愿，考证清楚全书那张时间年表。

金先生指出：考证绘制《红楼梦》的空间图可以增加读者的阅读兴趣，可以让阅读者对全书了解得更为透彻，这是毋庸置疑的。本书考证出的《红楼梦》空间图，对于《红楼梦》研究者和爱好者的最大贡献便在于此。

《红楼梦》虽然是部小说，但却是有其原型的小说；其空间图并非作者"向壁虚构"，而有其真实且唯一的原型。曹雪芹是以自己在南京的家"江宁织造府行宫"为原型，创作时根本就无须另绘新图，只要把现成的"江宁织造府行宫"图反过身来，按照其镜像来写小说便可。所以这张"宁荣二府大观园"图其实也不用我们来绘制，它原本就是现成的，找到即可。此图之所以能找到，恐怕曹雪芹本人也始料未及，即乾隆皇帝在曹雪芹死后九年的乾隆三十六年（1771）编的《南巡盛典》中，收录了乾隆皇帝在南京居住过的"江宁行宫"这一曹雪芹家的正像图。而乾隆皇帝也始料未及的是：他住在这座行宫内，还写了本书"第三章、第八节"征引的《江宁行宫八咏》诗，但他读和珅进呈的《红楼梦》这部书时，却未能读出书中的"宁荣二府大观园"就是他亲自住过的曹雪芹家的房子和园林，也就没能领悟出书中写的就是"江宁织造"曹家的事，反倒误判成宰相明珠家的事，这都堪称红学史上的两大佳话。

如果没有本书的考证，大家根据《红楼梦》的文字描述想要恢复《红楼梦》的空间是不可能的。这就像"盲人摸象"般，每个人研究所得的空间印象都支离破碎、杂乱无章，永远不可能组合出正确而完整有序的整体印象来。因为空间只宜用图纸来表达，文字很难表达清楚、表达完整。正因为此，《大观园》[①]这本书中诸位名贤所考证出来的"宁荣二府大观园"的格局，可谓"人言人殊"，而且还相互矛盾，令读者无所适从，在学术上也无从定论。

---

① 顾平旦编《大观园》，北京：文化艺术出版社 1981 年版。

至于周汝昌先生力主"大观园就在北京的恭王府"①，《大观园》书中收有顾平旦先生《从"大观"到"萃锦"——也谈北京恭王府花园》一文，其第351至352页指出，恭王府花园"萃锦园"晚于曹雪芹，是仿照《红楼梦》中大观园的描述而建造的园林：

> 这座府园有确切文献可考的，是清代乾隆四五十年间大学士和珅就某一废弃府园遗址兴建的，……前面说过，这里一直要到同治年间才最后建成现在这样的规模。因此，这座府园连同它的园景题名，都是较晚才有的，这就是为什么萃锦园酷似"大观园"的奥秘所在。大家知道，清代乾隆到同治的一百来年间，《红楼梦》这部小说已是"久为名公钜卿赏鉴……抄录传阅"（见程伟元、高鹗《红楼梦·序》），而且"士大夫几于家有《红楼梦》一书"（见吴云：《从心录》题词）。身为"名公钜卿"的恭亲王奕訢，也许就是个"红楼迷"。他把自己的府园依照"大观园"改建起来，又有什么不可以呢？看来，俗谚口碑所传，诗文笔记所载的恭王府花园乃是《红楼梦》中的"大观园"，则也并非毫无根据，不过它们的源和流被弄颠倒了。是洋洋乎"大观"之"虚"，成为蔚蔚然"萃锦"之"实"，<u>曹雪芹笔下虚构的"大观园"</u>（这样说，<u>当然丝毫也不否认他从南北方皇家、私人园苑中吸取的创作素材</u>），终于在现实的萃锦园中得到再现，这实在是一件令人高兴的事。恭王府不是"荣国府"，萃锦园也并非"大观园"，却是一座实实在在的王府，具体而微的"大观园"。

顾先生这篇文章雄辩地证明：恭王府及其花园不是"宁荣二府大观园"，恭王府花园晚于《红楼梦》，其中的景致是模仿《红楼梦》而造。

但顾先生认为曹雪芹笔下的大观园是他综合南方和北方诸多园林创作出来的一种艺术虚构（见上引画线部分），又认为恭王府花园"萃锦园"是曹雪芹笔下虚构的"大观园"在人间的落实。据本书的研究来看，这两者便都显得不再准确。

本书将充分证明"大观园"绝不是曹雪芹笔下的艺术虚构，而有其真实的原型，而且还有其唯一的原型，其原型就是"江宁织造府行宫"后花园的镜像。对照这一"江宁织造府行宫"图，我们便可看出：恭王府不管是府第部分还是花园部分，格局都与之大异。虽然恭王府的初衷是想根据《红楼梦》的文字描述，在现实世界中再现大观园，但正如上面所指出的那样，在没有找到"江宁织造府行宫"镜像图之前，所有根据自己理解来重绘、重建"大观园"的努力，都将是主观而徒劳的。因为根据自己的主观理解想要再现一座符合曹雪芹原意的"大观园"，那是一种"一厢情愿"式的难以实现的奢望。

我们唯有在考明"大观园"的真实原型后，依照"江宁织造府行宫"图的镜像，将其复建在人间，才能实现先贤们复原《红楼梦》空间"宁荣二府大观园"的这一美好夙愿。这也是我们打算在《红楼梦》画上圆满句号的常州之地复建"宁荣二府大观园"的美好初衷所在。

---

① 周汝昌著《红楼访真——大观园在恭王府》，北京：华艺出版社1998年版。

第四节　江宁织造府行宫考

我们已经通过脂批及《红楼梦》正文，判定《红楼梦》中的空间原型就是南京"江宁织造府行宫"的镜像，下面我们先对"江宁织造府行宫"及其存世古图作一考证。

一、江宁织造府基址考

康熙至乾隆朝的"江宁织造府"在两江总督府（今南京"总统府"）门前的正南方，见康熙、乾隆两朝《江南通志》书首的"江宁省城图"。图中"织造府"画在"总督部院"正西，其实应当画在其正南为是。（按："总督部院"与"织造府"在下图中缝正中稍偏上处的左右两侧。）

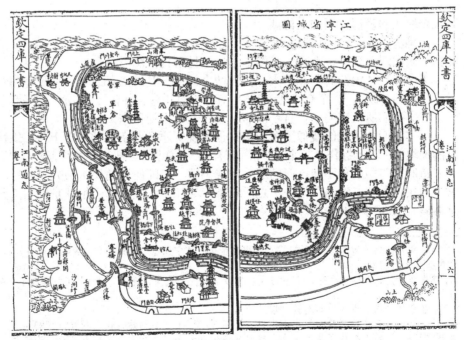

507-151

而淮清桥处后来也建有"织造府"，那是因为乾隆三十三年（1768），原有的"织造府"专门用作乾隆皇帝在南京的行宫，织造府官员及其家属不再入住，特意改建在淮清桥。

康熙六下江南，六次到南京，五次住在总督部院前的"织造府"内，四次由曹寅接驾[1]。曹寅之母是康熙保姆，故曹寅与康熙情同手足，关系极为亲密。

康熙入住此"江宁行宫"时，曹家眷属当住在行宫西南角，也即《红楼梦》所言的东府"宁国府"处[2]，其乃织造府的家宅部分，织造府的东边三路为官衙，供皇帝居住；西边两路为家宅部分。（按：上已言，中国居住风俗东为尊、西为次。）皇帝离开后，东边三路仍由"江宁织造"曹寅居住。

乾隆六下江南、六次到南京，都住在此"江宁行宫"。此处因多次接驾，又位居江南最高权力机构"两江总督府"面前[3]，地位极为尊崇，其建筑格局的规模档次也应当极高，故人称"大行宫"。

此"大行宫"毁于太平天国战乱，地名却一直保留至今。地方人知地方事，生活在南京的著名红学家吴新雷先生曾做过详细的调查考证，指出"大行宫"地名所在处的东西向马路"中山东路"和南北向马路"太平北路—太平南路"的交会处，便是"江宁织造府"所在。吴先生根据此处的"大行宫小学"内出土过太湖石、池塘岸等文物，走访当地居民，得出结论：长江路以南、碑亭巷以东、吉祥街（当修正为"铜井巷—科巷"）以北、利济巷以西所围合成的略近正方形的基址，便是江宁织造府[4]，也就是迎接康熙、乾隆圣驾所造的"江宁行宫"，民间称之为"大行宫"[5]。

今取三幅晚清古图加以佐证：

一是清咸丰三年（1853）之前，邓启贤编刻的"江宁省城"（即今南京）的地图，朱墨双色套印，今藏大英图书馆。图见书首"图B-1"。

图中标有"织造署"和"大行宫"两个地名。其四周：北有"总督衙门"（即民国的总统府），东有"利济巷"，南有"铜井巷、科巷"，西有"碑亭巷"。

下文我们所认定的小行宫"汉府"标在大行宫的正东。

下文我们所认定的镜像图东南角、也即现实原型西南角的不属于江宁织造府的地块，在图上标作"二郎庙"和"吉祥街"。说明"吉祥街"很可能就是"江宁织造府"与西南角不属该府的那一地块（即"二郎庙"地块）的分界之巷[6]。这一地块（即"二郎庙"地块）之所以不归属江宁织造府，恐怕就是因为这儿有古庙"二郎庙"的原故。

---

① 第一次入住时曹寅为"协理织造"，康熙皇帝由"江宁织造"桑格接驾，故不算曹寅接驾，曹寅接驾为后四次。

② 其在西南角，当称"西府"，但由于《红楼梦》写的是镜像，所以"西府"在书中成了"东府"。

③ 即在总督府南。古人以南为前，以北为后。

④ 见吴新雷、黄进德《曹雪芹江南家世考》第30至31页。福建人民出版社，1983年版。其原文写作："我据此作了实地考察，确定其遗址在今南京大行宫，东起利济巷，南临太平南路（原名吉祥街），西至碑亭巷，北对长江路两江总督署旧址。""吉祥街"即今天太平南路的一段，南北走向，故大行宫南临的街巷不应当写成"吉祥街"，当修正为东西走向的"铜井巷—科巷"。

⑤ "小行宫"详下文"五"。

⑥ 下文据第三幅图考明此说不确。

今按《同治上江两县志》卷十"祠祀考"："灌口二郎，祀于宋。（李冰父子。）"又《道光上元县志》卷十一"庙宇"："二郎庙，在西华门大街巷内，祈祷灵验。顺治己亥，马公鸣佩建痘神庙于旁。"可证此"二郎庙"是康熙朝之前的古有之庙，所以没有圈入"江宁织造府"建为"江宁行宫"。

曹寅《楝亭文钞》有《重修二郎神庙碑》："金陵织使署西南，有二郎庙。康熙四十九年，守祠道士林中蘂，募蘂成，以《记》请于余。阅其碑，则明正德间，礼部尚书江澜，为守备傅太监重修作也。……则此庙亦创于宋。……予自六龄侍先公宦游于此；迄今，齿五十有三岁。时，恒具香楮，拜谒于庙；而江宁之士民，趋走祭献者无虚日。洋洋乎，非神之德之盛，何以克歆而不替也哉？谨据书而为之记。"[①]蘂蘂，丛聚貌、簇聚貌。"募蘂"当指"募集"，即募集众人之力而成之。"神之德之盛"指此神明之德非常兴盛而感人。

二是清咸丰六年（1856）袁青绶绘制的《江宁省城图》墨刻本，藏于大英图书馆。图见书首"图 B-3"。

此图所绘与上图大致相同，图中亦标有"织造署"、"大行宫"地名。其四周：北有"总督辕门"（即民国的总统府），东有"太阳沟、利济巷"，南有"同（铜）井巷、科巷"，西有"碑亭巷"。

我们所认定的小行宫"汉府"标在大行宫的正东，"汉府"前树有"牌楼"，正对"二条巷"，此牌楼据本节"五"的考证，其即"太虚幻境"前牌坊的原型。

此图中还特别标出大行宫周围的三座庵堂，一是《红楼梦》中提到过的"水月庵"，在织造署与汉府之间略偏北处，此外还有"毗卢庵"（标在"织造署"三字的东侧，其实就在"江宁织造署"的范围内[②]）和"喜见庵"（在水月庵东）。

三是1903年《陆师学堂新测金陵省城图》，图底署："上海里虹桥东首宝仁里采章五彩石印局印"制。图见书首"图 B-2"。

图中标有"大行宫"三字。其四周：北有"狮子巷"和"督署"（即民国的总统府），东有"东街、利济巷"，南有"铜井巷、科巷"，西有"碑亭巷"。

请特别注意"大行宫"三字之北画有一绿色的池塘，其位置正在"江宁织造府"的西北角，做镜像处理后，此池塘在东北角。此池塘显然就是《红楼梦》中位居"宁荣二府"东北部的"大观园"的中心湖泊"沁芳池"萎缩后的孑余。

又"铜井巷"与"科巷"之间标作"吉祥街"，上文曾疑其为"江宁织造府"与西南角不属该府的"二郎庙"地块的分界之巷。据此图来看不是，"吉祥街"当在"江宁织造府"内，而非其府外的界巷。

从书首"图 B-2"、"图 B-4"的对照来看："图 B-2"所标的"吉祥街"，当在"图 B-4"下部"典图"所标"箭亭"建筑的东侧院墙处。相当于镜像图

---

① 见《清代诗文集汇编》第 201 册第 505 至 506 页。
② 今按："栊翠庵"本在贾府内，后因建造大观园而移至大观园的东部。大观园的原型在大行宫的西部，则"栊翠庵"当在大行宫的西部；今"毗卢庵"在东部，当是后建，非是"栊翠庵"的原型。

中"宁府东、西两路建筑"间的一条私巷,直通"箭亭"所在的"大观园"(也即"图B-2"所标的"大行宫")的正园门,供康熙与乾隆皇帝直接出入此"大行宫"(书中写作"大观园")之用,故上文"第一节、十"所引《同治上江两县志》称此"大行宫"为"吉祥街行宫"。《红楼梦》书中似未写到这条"宁府东、西两路建筑"间的小巷。而本节下文"七"之"●再往东一路,即《红楼梦》中所言的'贾氏宗祠',已在'宁国府'围墙内"所提到的"宁、荣二府"间的私巷,则在书首"图B-2"所标"西街"往南沿伸线再略往东偏移处,图上未画。

今再取南京市政府1984年9月颁布、"南京市地名委员会"编纂的《江苏省南京市地名录》书首的《南京市市区地名图》中的这一地块,并用粗黑线标出其四周的界巷,图见书首"图B-16"。

图中的"江苏省人民政府"就是民国时的"总统府",也即清朝的"两江总督府",清代简称"督院",故其门前的"长江路"古称"督院前街","江宁行宫"在清"两江总督府"(民国"总统府"、原"江苏省人民政府"①)的正南方。今天新建成的"南京图书馆"与"江宁织造博物馆",就建在"江宁行宫"的御花园也即下文所考的《红楼梦》书中的"大观园"部分。

今将其东南西北的"方向标"标上(见书首"图B-16"),则此地块实为"坐东北而朝西南"。也就是说,历来所绘的"江宁行宫(大行宫)"图(见书首"图B-4"),给人以"坐正北而朝正南"的感觉,当因此而修正为"面朝西南";今将其"方向标"标注在书首"图B-4"两幅"江宁行宫"古图上,这对于识读《红楼梦》中"东西南北"的方位非常重要。

当然,我们在讨论时,为了便于表述,仍按图中的纵横方向来言"南北、东西"。其实,图的纵向并非"正北—正南",图的横向亦非"正东—正西",因此据图来言"南北、东西"其实是不恰当的,所以要特地标上方向标。

书首"图B-16"《南京市市区地名图》中黑线标出的"江宁织造府(大行宫)"地块基址的四边,都是城市的公共街巷:

①行宫北侧为"督院前街"(即今"总统府"前的"长江路"),古称"大街",《红楼梦》中称之为"后街"(见第6回荣国府前门的看门人对刘姥姥说:"从这边绕到后街上后门上去问就是了")。

②行宫南侧为"铜井巷—科巷",这条街巷在《红楼梦》中称之为"宁荣街"。据书首"图B-4"这两幅"江宁行宫"古图来看,行宫大门两侧建有过街门屋,这过街门屋与照壁、大门一同围合成一个闭合的夹道式庭院广场(相当于《红楼梦》中所说的"南北宽夹道",即"南北方向上非常宽的一个门前广场"),其东西两侧的过街门屋可以通行车辆,即《红楼梦》中所称的"车门"(见第10回贾璜妻"到了宁府,进了车门,到了东边小角门前下了车,进去见了贾珍之妻尤氏")。

---

① "江苏省政府"八十年代搬出了作为文物的"总统府"。

③行宫西侧为碑亭巷，④行宫东侧为利济巷，这两条巷子当是静巷，故《红楼梦》中没有提及它们的名字。

二、江宁织造府基址符合《红楼梦》省亲别墅"三里半大"的描述

今利用百度地图中的"测距"工具测量这一基址四周的长度，见书首"图B-17"，测量时是沿四围街道的中心线，测得：北界为436米，西界为374米，南界为453米，东界为400米，周长为1663米。

从上面提到的书首"图B-4"两幅"江宁行宫"古图来看，这一基址东西方向上大致可以等分为6块，每一纵块平均宽70余米；南北方向上最多可以有九进院落（以东侧数过来第三路的头三进，加上第二路其后的六进，共计九进），每进院落平均进深40余米。

今将这一方形基址按"田"字格等分为四块，其西花园在西北格内。今据"图B-4"这两幅"江宁行宫"古图来测算，其花园宽约216米，进深约237米（其南界定在行宫"箭亭"后的花园正门处），周长为906米。其虽非矩形，即花园东南方的左下角凹进去一块（指"戏台"所在院落后的那进院落属于《红楼梦》中描写的"贾氏宗祠"而不归园区），但计算周长时，无论凹否，"戏台"所在院落的两边都当计入，故其周长仍与矩形相等。

清代官方定的营造尺是0.32米，一里是1800尺，即576米，比今天的一里500米要长。若然，则整个大行宫周长1663米为2.89里，整个西花园周长906米为1.57里，与《红楼梦》第16回所言的大观园周长3.5里毫不吻合。其文曰："老爷们已经议定了，从东边一带，借着东府里的花园起，转至北边，一共丈量准了，三里半大，可以盖造省亲别院了。（庚侧：园基乃一部之主，必当如此写清。）已经传人画图样去了，（庚侧：后一图伏线。大观园系玉兄与十二钗之太虚幻境，岂可草率？）明日就得。"所言的"省亲别院"就是大观园，可见大观园周长为3.5里。

今按《中国文物报》2006年6月14日第7版王木南先生《关于清工部营造尺》一文言："笔者家藏一只清工部营造尺，……在有刻度的一面，左侧为裁衣尺，共计7寸，余7分空格处，有'裁衣尺'三楷书字；右侧为工部营造尺，共计7寸，余11分空格处，有'工部营造尺'五楷书字。……此裁衣尺长度等同工部营造尺，计25.7厘米长，比罗福颐家藏清工部营造尺32厘米，短6.3厘米。……清工部营造尺是全国公共工程使用的标准尺，竟有两种不同规格，尚且相距甚远。"

可见清代各地使用的"工部营造尺"并不统一，只求本地相对统一即可，不必强求全国的统一。故《红楼梦》书中完全有可能用的是当时流行的某种"工部营造尺"。今暂以此裁衣尺计之①，一尺25.7厘米，一里1800尺即462.6米，

---

① 按：裁衣尺，又称"裁尺"，是旧时通常所用的尺，多用于裁衣，故称。清俞正燮《癸巳存稿》卷十"尺"："又案：今修《会典》：纵黍为营造尺，横黍为律尺。俗用裁尺一尺，营

小于今天的一里 500 米，整个大行宫周长 1663 米为 3.59 里，整个西花园周长906 米为 1.96 里。至此可见：《红楼梦》所议定的"省亲别院"三里半大，不是指花园有三里半大，而当是整个"省亲别院"也即"江宁行宫（大行宫）"周长为三里半。

因为上面提到的"图 B-4"这两幅乾隆朝古图均题为"江宁行宫"图，都把花园外的府第建筑绘入，证明"省亲别院"大行宫不光指花园，更当包括府第在内。曹雪芹所见到的"省亲别院"（大行宫）图必会标明其基址为三里半大。测绘此图纸者不可能专门为花园量一个周长而加以标注，他所标注的只可能是整个行宫的周长。

曹雪芹作为"江宁织造府"的后人，肯定收藏有此"江宁行宫（大行宫）"的样式图（见第 42 回薛宝钗教导受命绘制《大观园》图的惜春说："我教你一个法子。原先盖这园子，<u>就有一张细致图样，虽是匠人描的</u>，那地步方向是不错的。你和太太要了出来，也比着那纸大小，和凤丫头要一块重绢，叫相公矾了，叫他照着这图样删补着立了稿子，添了人物就是了"），所以曹雪芹据此行宫样式图（即建筑规划图，也即宝钗口中所谓的"匠人的细致图样"），见其标有全行宫的周长而未标注其花园周长，自己也无暇再加测量，于是也就"将错就错"地径直把全行宫的长度抄来作为后花园的周长，于是有了上述"花园……三里半大"的狡狯之笔。其实后花园只有其一半大，仅 1.8 至 1.9 里长。

如果行宫后花园真有"三里半"长，则上面所计算的数据都当加大一倍。换句话说，上面所提到的书首"图 B-4"古图中的每进庭院平均有 140 米宽、80 米深，未免过于惊人。在古代，臣子是不可能享有大到如此规模的府署建筑，因为这是僭越，是不允许存在的。因此，由臣子所住的"江宁织造府署"改造而成的皇帝的"大行宫"，也不可能有如此大体量的建筑庭院；据此一端便可想见：此处所谓的"三里半大"不是后花园的周长，而应当是整个"省亲别墅"的周长。

事实上"别院"和"别墅"是同义词，"省亲别院"就是"省亲别墅"。书中第 18 回即强烈暗示过"省亲别墅（即省亲别院）"就是"行宫（江宁行宫）"，即："贾妃忙命换'省亲别墅'四字。于是进入行宫。"这便强烈透露出书中供元妃省亲用的园林"大观园"这一"省亲别墅（省亲别院）"，其实就是南京的"江宁行宫"——江宁织造府。这便可证明第 16 回所言的"三里半大，可以盖造省亲别院了"说的应当就是整个江宁行宫周长 3.5 里，而不是说大观园周长为 3.5 里。

作者奉行"真事隐、假语存"的主旨来创作小说，"省亲别墅"是小说中的名词，其所对应的现实世界中的建筑便是"江宁行宫（大行宫）"。因此小说中所说的"三里半大，可以盖造'省亲别院'了"，翻译成"真事"便是："三里

造尺一尺一寸一分一厘一毫，律尺一尺三寸七分一厘七毫。营造一尺，裁尺九寸，律尺一尺二寸三分四厘六毫。律尺一尺，裁尺七寸二分九厘，营造尺八寸一分。"可见营造尺略小于裁衣尺，只有裁衣尺的九寸；而律尺更小于营造尺，只有营造尺的八寸一分、裁衣尺的七寸二分九厘。

半大，可以盖造'江宁行宫'了。"事实上"江宁行宫"不多不少正好三里半大，这也恰可证明《红楼梦》描绘的"宁荣二府大观园"，就是曹雪芹的江南"甄家（真家）"——江宁行宫（大行宫）。

此"江宁行宫"的地图，我们可以在三本书中找到，一是《江南省行宫座落并各名胜图》，二是《南巡临幸胜迹图》，三是《南巡盛典》，今分别介绍如下：

三、《江南省行宫座落并各名胜图》中的"江宁行宫"图

书首"图 B-5"这幅"江宁行宫图"取自"国家图书馆"所藏的《江南省行宫座落并各名胜图》，索书号为"地 754/809"，绘制年代不详，当是乾隆朝所绘。其书为彩绘本，共五册，我们所取的图为其第 110 幅图，右上角标有"江宁行宫"四字，"行宫"两字跳行另起、且上抬两格。

乾隆皇帝曾在乾隆十六年（1751）、二十二年（1757）、二十七年（1762）、三十年（1765）、四十五年（1780）、四十九年（1784）六次巡幸江南。下面我们便把这本书中凡是有乾隆朝纪年的文字全部罗列出来，发现仅到乾隆四十五年为止，没有记载到乾隆四十九年之事，可证此书诸图应当绘制于乾隆四十五年南巡后不久。

其为皇上行宫作图，肯定要"写真"，断然不可能照着陈年旧档来绘制，因为这么做会有"欺君罔上"、敷衍了事之嫌，所以此书诸图描绘的应当是乾隆四十五年时的行宫。下文"七、[18]"更能论证此图绘于乾隆三十三年后，而乾隆皇帝在乾隆三十三年后南巡的年份便是乾隆四十五年，从而也就能支持这一结论。

●附：此书有乾隆朝纪年的文字按时间顺序开列如下（引时为节省篇幅而有所节略）：

第 15 幅图："慧因寺，向为舍利禅院，乾隆十六年车驾临幸，赐今名。"

第 79 幅图："千尺雪，……旧有阁，未署名，乾隆十六年，皇上锡名曰'听雪'。……"

第 82 幅图："高义园，……旁即'范氏义庄'；后辟为园，乾隆十六年，赐名'高义'。……"

第 115 幅图："云龙山，在徐州府城南二里，旧《志》云：山有云气蜿蜒如龙，故名。乾隆二十二年，皇上亲履河壖，睿谟指授。二十七年，守土诸臣，于山麓恭构数楹，以奉清跸。"

第 67 幅图："焦山，……山麓有'瘗鹤铭'，以摹搨甚难，康熙年间异置山上。乾隆二十二年，恭逢皇上亲洒宸翰一道，摩勒上石。"

第 10 幅图："趣园，旧称'四桥烟雨'，乾隆二十七年皇上御题今额。"

第 26 幅图："彩虹明镜，在栖霞寺'三会殿'之西，向无所归，乾隆二十二年始凿为池，就水为亭，仿佛'明圣湖'边风景，二十七年，翠华临幸，赐今名。"

第 45 幅图："高咏楼，在'蜀冈'之麓，宋苏轼词有'三过平山堂下'句，

居人建楼，以志遗韵。<u>乾隆二十七年，赐今名</u>。"

第41幅图："朝天宫，地即'冶城'。晋建'冶城寺'，宋为'天庆观'；明洪武中重修，赐今名。栋宇崇深，规制巨丽。<u>乾隆二十九年，钦奉皇太后：发帑重新</u>。"

第49幅图："法净寺，古'栖灵寺'，又称'大明寺'。<u>乾隆三十年，车驾重幸，赐今名</u>。"

第57幅图："水竹居，<u>乾隆三十年，皇上临幸赐名也</u>。有玉兰数十本，环绕精舍，花时清辉照人，颜曰'静照'，亦御题额也。"

乾隆三十年南巡后编纂的《南巡盛典》一书同样录有上述诸名胜，并为其作"图说"。我们在其"图说"文字中，均能找到上述题词相对应的文字，可参见《南巡盛典名胜图录》一书的收采，此处为节省篇幅而不录其异文。

其第17幅图："倚虹园，元崔伯亨园址，为虹桥修禊之所。傍城西濠，三面临河，有领芳轩、饯春馆诸胜。<u>乾隆二十七年，皇上临幸，蒙赐今名</u>。堂后有楼，三十年，御书额曰'致佳'。""傍城西濠"以下文句，《南巡盛典》的名胜"图说"虽然未收，但卷84"倚虹园"条有其记载。

除此以外，唯有以下两图所述的事情发生在乾隆四十五年，所以乾隆三十年所编的《南巡盛典》未有收录，即第29幅图："白乳泉，……<u>乾隆四十五年，守臣于泉旁敬构数椽，恭请临幸</u>。"又第63幅图："康山，……<u>乾隆四十五年，御题'康山草堂'扁额</u>。"

此外又有第72幅图："惠山，……寺左为'听松庵'，旧藏王绂诸人画卷，屡逢临幸，题咏留贮山寺。后因收弃弗慎，致毁于火，<u>乾隆四十五年，皇上五巡江南，亲洒宸翰，补绘竹炉第一图，并命皇六子及诸臣工续成二、三、四图，各为一卷，赐付庵僧尊藏</u>。"其文前半部分见于《南巡盛典》的名胜"图说"，而"后因收弃弗慎"以下乃乾隆四十五年事，故《南巡盛典》未录。

四、《南巡临幸胜迹图》中的"江宁行宫"图

无独有偶，《南巡临幸胜迹图》卷一同样也收录此"江宁行宫"图，与上图大同小异，当出自同一蓝本。此书亦是"国家图书馆"所藏，索书号为："地750.22/084"，著录为："清乾隆嘉庆间、4册。"图见书首"图B-6"。

今将此图略微放大，见书首"图B-7"。

今将此略微放大之图，对照上文《江南省行宫座落并各名胜图》中的彩图[1]，发现两者几乎相同，今将其略微不同之处标记于书首"图B-9"的这两幅图中加以对照，并逐一开列解析如下：

一是[1]处南墙外的井彩图未画，而本图与《南巡盛典》皆有之，其即《红楼梦》书中金钏儿所跳的大井。彩图当是漏画其井。

二是彩图大门两侧的街门外扩至[1]处和[2]处，本图与《南巡盛典》一致，

---

[1] 按，本书称《江南省行宫座落并各名胜图》中的"江宁行宫图"为"彩图"，下同。

此可证明本图所绘的"江宁行宫"要早于彩图,其年代介于典图①和彩图之间,是两者之间的中间过程。

下文考明《南巡盛典》编于乾隆三十年左右,上文又考明彩图绘制于乾隆四十五年后,下文"七、[18]"又能论证彩图绘于乾隆三十三年后。而本图与彩图基本相同,故知本图也当绘于乾隆三十三年后。综上,本图当绘制于乾隆三十三年至乾隆四十五年之间。

三是[3]处彩图有沁芳亭、桥,与《红楼梦》合。本图无之,当是一度撤毁的缘故,彩图时又按原有档案恢复。

四是[4]处右侧彩图园门圆形门框东侧的假山在墙外,而圆形门框西侧的假山在墙内。本图园门东侧的假山与之同,西侧的假山则为墙所穿而既有在墙内部分,又有在墙外部分。彩图当是漏画园门西侧的墙外假山。

五是[5]处彩图大土山前无建筑,而本图有建筑,形似殿堂或茅庵。《南巡盛典》此处绘作长廊,其东侧绘作亭子,并有字标作"八角亭",其即《红楼梦》书中的"芦雪广"("广"即"庵"字)。当是原有此《南巡盛典》之茅亭,后来破败拆除,留其后背三四面墙造入长廊,然后在其西侧建造殿或庵,即本图所绘。比本图晚的彩图时,又据康熙朝原有档案,知原本没有这座建筑而拆毁,建成长廊,其东侧原有的"八角亭"却未能恢复。

六是[6]处方形建筑和长廊的底部,本图画作一排立柱而建于水面之上,表明这些建筑凌空架立在湖面上。又:方形建筑北部的走廊虽然看不出其是否凌空建在水面的立柱上,但其左侧清楚地绘有湖岸,则方形建筑北侧的走廊肯定也是通过水面上的立柱凌跨在湖面上;故建在湖心的方形建筑,通过南北两处跨湖凌波而建的走廊连通湖岸。

据下文"七"末尾的考论,彩图的方形建筑虽然建在湖水畔,但左侧紧贴湖岸。方形建筑的左侧没有湖面,当是湖岸之地。其南侧与圆亭相连的走廊,则当如本图所绘乃跨湖而建。彩图方形建筑的基底只画了一条线,当是省略细节,应当据本图修正为湖面上的立柱。即此方形建筑除左侧紧贴湖岸外,整体建筑乃是通过立柱凌架在湖面上。

七是[7]处下方彩图画出房屋的山墙,证明此屋与怡红院墙之间可能有条水路或陆路的通道。而本图则是与怡红院墙相连的走廊,与《南巡盛典》之图大致相同,当是沿用之前《南巡盛典》的格局。而彩图当是据原有档案恢复了旧貌,空出了此屋山墙与怡红院墙之间的通路。其通路,当即本书"第三章、第六节、六"之"●第25回红玉从怡红院往潇湘馆,证明'翠烟桥'当在怡红院门口"所提到的、园中心大湖"沁芳池"在"沁芳池"西南角分出一支到怡红院背后来的那条分岔水道所在。

八是[8]处下方彩图为屋,而本图为亭。《南巡盛典》与彩图和本图皆不同,《南巡盛典》符合《红楼梦》的描述,是原貌;而彩图和本图均已经过改造,失去了原貌,与《红楼梦》的描述不相吻合。

九是[9]处彩图无屋,而本图有屋。《南巡盛典》与彩图、本图皆不同,《南

---

① 本书称《南巡盛典》中的"江宁行宫图"为"典图",下同。

巡盛典》符合《红楼梦》的描述，是原貌；而彩图和本图均已经过改造，失去了原貌，与《红楼梦》的描述不相吻合。

十是本图的树木、山石、建筑绘制得更为仔细，在复原"宁荣二府大观园"时，可以用来作为补充完善彩图的重要参考。

今再附上本图的镜像图，见书首"图B-8"。

五、《江南省行宫座落并各名胜图》中的"汉府行宫"图疑即"太虚幻境"原型

（一）官衙"江宁织造府"及其工厂"江宁织造局"都是"行宫"

《江南省行宫座落并各名胜图》第111幅图为"汉府"，在第110幅"江宁行宫"图后，在第112幅南京"灵谷寺"图前，这便可证明此"汉府"行宫肯定位于南京。此"汉府"行宫图，乾隆三十年南巡后所编的《南巡盛典》未有收录，而且只字未有提及，说明此"汉府"行宫当是《南巡盛典》这部书的编定年份乾隆三十年以后所造。

巧的是，"江宁织造府"下设的"江宁织造局"就设在"汉府"，见《江南通志》卷105"职官志、文职七"："督理织造：江宁①始于前明，时用太监管理汉府事。（织染局，系明汉王高煦旧第，故相沿称为'汉府'。）国朝照旧。织造，顺治五年差户部员管理；十三年改差内十三衙门，每年一更代；十五年改为三年一易任；康熙二年遂定专差久任。"

这一记载讲清楚"江宁织造局"就设在"汉府"，而且明代的江宁"织造署"就设在这"汉府织造局"内，史称"汉府织造"，见明吕毖《明宫史》卷二"内府职掌、内承运库"："南京供应机房太监一员，则本库外差，有敕谕、关防，所谓'汉府织造'是也。其署，汉庶人高煦遗址。"清代才在今天的"大行宫"处建造起"江宁织造府署"，使衙署与工厂"织造局"分为两所。

由《江南省行宫座落并各名胜图》收录江宁织造府的"江宁行宫"图，又收录江宁织造局的"汉府"行宫图，证明：康熙、乾隆两朝不光把"江宁织造府"衙署作为皇帝在南京的行宫，而且还把织造府下辖的工厂"江宁织造局"，在乾隆四十五年南巡时，也改造成了行宫。

（二）衙署江宁织造府是"大行宫"，其工厂江宁织造局当是所谓的"小行宫"

本章"第一节、十"引《振绮堂丛书初集》之《圣祖五幸江南全录》，言康熙皇帝康熙四十四年四月"二十四日……又午刻……俱往'织造机房'内看匠人织机毕"，可见康熙皇帝第五次南巡入住"江宁行宫"（即江宁织造府）后，曾专程到织造厂观看织工织锦。

康熙皇帝的《圣祖仁皇帝御制文集》第三集卷49"古今体诗六十二首"第一首即《康熙四十四年元旦用唐太宗元日旧韵》，其后有《织造处阅机房》，当

---

① 指督理织造的"江宁织造"。

是同一年所作诗，写的就是上文所说的康熙四十四年四月廿四日观织事，其诗曰："终岁勤劳匹练成，千丝一剪截纵横。此观不为云章巧，欲俭骄奢赌未萌。"

不出意外的话，康熙皇帝所到的织造厂（织造处机房），应当就是设在汉府的"江宁织造局"。此织造局因皇帝驻跸而名"行宫"，又因比"江宁织造府行宫"小而名为"小行宫"；相应的，江宁织造府处的行宫便被称为"大行宫"，这也就是"大行宫"这一地名的由来。

乾隆皇帝处处模仿其祖父康熙的行事，故其入住"江宁织造府行宫"后，也会来此汉府的"江宁织造局"观看织工织造。故其行宫图《江南省行宫座落并各名胜图》一并收录"江宁织造府"处的"江宁行宫"、"江宁织造局"处的"汉府"行宫。

"汉府"在今天南京的"汉府街"，在长江路南侧的"江宁织造府行宫"东北不远处。两者既然都收在《江南省行宫座落并各名胜图》一书中，可见两者均为皇帝驻跸过的"行宫"。这两座行宫一在"江宁织造府"，一在"江宁织造局"，相去又不远，前者早而大，后者晚而小，或许正因为此，民间便把织造府处的"江宁行宫"称作"大行宫"，而把汉府（织造局）处的行宫称为"小行宫"。上面这番讨论，也就把连南京本地人都已不知晓的、失传已久的古地名"小行宫"的所在给找到了。

又此小行宫完全可以作为南巡"仪仗人员、随从人员"的居住之所，故其命名为"小行宫"也有这层含义在内。由于皇帝只是在此驻跸而不居住于此（皇帝居住在"织造府署"的大行宫，到此"织造府局"的小行宫只是驻跸观织而已），所以在乾隆四十五年以前，都把它视作"大行宫"的附庸，而不把它视为单独的行宫加以记载。

此汉府行宫虽然乾隆朝立为行宫，但这并不意味着康熙朝它不具备行宫功能。因为乾隆皇帝处处模仿其祖父康熙的仪注[①]，其在"汉府"的织造局设行宫，也就意味着其祖父亦然，故可以推知：康熙朝当在此"江宁织造局"设有供"仪仗和随从人员"居住用的行宫功能。由于它是"织造府"的下属机构，所以康熙朝虽然在此设有行宫功能，但仍视之为"江宁行宫"的配套部分，在记载时忽略不提，要到乾隆四十五年，才将其升格为单独的行宫而加以记载。

今将此"汉府"行宫图收录于书首【标准图四】左页上方的"附B：彩图汉府行宫的正图"。汉府即"汉王府"之意，明清两代的"江宁织造局"设在明代的汉王府内。所以由此图便可看出明清两代的"织造局"及其前身明代"汉王府"的格局来。

无独有偶，《南巡临幸胜迹图》也有此"汉府"行宫图，与之大同小异，图见【标准图四】左页下方的"附C：《南巡临幸胜迹图》中汉府行宫的正图"。

此《南巡临幸胜迹图》中的"汉府"图绘制要比上一幅彩图更为精细。凡是甬道全都画出，如：大门牌坊后的甬道便画了出来。

---

① 仪注，制度、仪节。

甬道东侧有篱笆架做的月洞门，正可为"怡红院"门口篱笆花障处的"月洞门"的复原提供原型。

其余则两图全同。本图与彩图不少地方只画屋顶，其实画的是屋顶高耸于树荫上的情形，这正表现出汉府行宫四周到处布满绿荫的景象。

（三）"汉府"行宫当是"太虚幻境"的原型

此汉府行宫最显著的标志便是其门前树有一座大型的石牌坊。其即上文袁青绶绘制的《江宁省城图》中，"汉府"门前正对"二条巷"所标的"牌楼"。这座牌坊很可能就是《红楼梦》中"太虚幻境"前所树牌坊的原型。

《红楼梦》第17回提到"省亲别墅"正殿"大观楼"前树有一座"玉石牌坊"，而存世的"江宁行宫"古图中并未画有这座牌坊。在园林主殿前树立牌坊是可以的（即"行宫图"只是没画，并不意味着没有）。但作者又处处暗示此牌坊与"太虚幻境"的牌坊相似（即第17回宝玉一看到这座牌坊，便联想到梦中所见到的"太虚幻境"的牌坊），似乎给人以"太虚幻境"就是"大观园"的感觉来。

由于"太虚幻境"是宫阙式建筑群，宫殿不止一座。而大观园周长仅906米，是个园林，只可能建有一两座宫殿式的建筑（即"大观楼"加上其两侧的东、西飞楼），显然容不下"太虚幻境"所描述的多座宫殿的建筑格局。所以说，宝玉只是觉得"省亲别墅"大观园的主殿"大观楼"前的玉石牌坊，和"太虚幻境"前的大牌坊相似而已，并不意味着"太虚幻境"就是"省亲别墅"大观园。

今由汉府行宫前树有大牌坊，而"太虚幻境"前也树有大牌坊，故笔者大胆猜想《红楼梦》中很可能写有此"汉府行宫"，此"汉府行宫"很可能就是书中"太虚幻境"的原型。

（四）"太虚幻境"诸司当源自"织造局、东岳庙"两者的梦幻嫁接

作为工厂，织造局下面肯定会设有诸司（相当于工厂内的车间），这与"太虚幻境"下面设有诸司的情况也相吻合。

第5回宝玉魂游"太虚幻境"时，提到"太虚幻境"所设诸司："惟见有几处写的是'痴情司'、'结怨司'、'朝啼司'、'夜哭司'、'春感司'、'秋悲司'。（甲侧：虚陪六个。）看了，因向仙姑道：'敢烦仙姑引我到那各司中游玩游玩，不知可使得？'……仙姑无奈，说：'也罢，就在此司内略随喜随喜罢了。'宝玉喜不自胜，抬头看这司的匾上，乃是'薄命'（甲侧：正文。）三字。"下来便写他在此"薄命司"读了"金陵十二钗"的命运判词。由此"薄命司"之名便可想见：书中所写的此司中的金陵诸十二钗全都归属于薄命之人。作者原本只想写"薄命司"（即脂批所批的"正文"两字），但这未免孤伶，所以又虚陪出六个司来（见上引画线部分的脂批）。

作者在第80回又提到"天齐庙"。东岳大帝古称"天齐仁圣帝"，故东岳庙

又称"天齐庙"。书中写："这天齐庙本系前朝所修，极其宏壮。如今年深岁久，又极其荒凉。里面泥胎塑像皆极其凶恶。"由于东岳大帝掌管地狱，故"东岳庙"中塑有地狱诸司，其塑像非常"狰狞"恐怖。人们若想知道地狱是什么模样，只要走一下当地的"东岳庙"便可分晓。像北京"朝阳门外大街"北侧的"东岳庙"，塑有东岳大帝统领下的"幽冥地府"七十六司，展现出地狱的万千景象。这 76 司都用三个字来命名，如"生死司、长寿司、官职司"等，各司神像都有真人高，多的有十二三尊，少的也有七八尊，共有 716 尊。所以"太虚幻境"以三个字来命名诸司，其原型很可能就源自南京地区某座"前朝（明朝）"所建、而一直保留到本朝（清朝）的"东岳庙"。①

　　第 5 回宝玉梦游警幻仙境，见到"太虚幻境"牌坊、"孽海情天"宫门，读到了其上的对联："厚地高天，堪叹古今情不尽；痴男怨女，可怜风月债难偿。"这时甲戌本有眉批："菩萨、天尊皆因僧道而有，以点俗人，独不许幻造'太虚幻境'以警情者乎？观者恶其荒唐，余则喜其新鲜。有修庙、造塔祈福者，<u>余今意欲起'太虚幻境'，以较修'七十二司'</u>②<u>更有功德</u>。"点明"太虚幻境"的创作灵感是从"东岳庙"中的地狱"七十二司"化来，是为多情多欲人设立的冥界（或神界）审判所。

（五）"大观楼"前玉石牌坊是人间"大观园"向神界"太虚幻境"切换的开关

　　大观园正殿"大观楼"前树有题有"省亲别墅"四个字的牌坊，令人感到比较突兀。因为牌坊一般都会建在园门口，现在建在园内的正殿前颇为反常。而且存世的古"江宁行宫"图中又未画此牌坊。所以，我们在此作一大胆猜测，即真实的"大观园"正殿"大观楼"前并无牌坊，作者写牌坊的目的，就是要在"大观园"中树一个能启发宝玉梦境的开关，为的就是让宝玉通过这一牌坊，把"大观园"和"太虚幻境"联系起来（这种关联并不意味着"大观园"就是"太虚幻境"）。

　　第 17 回贾政接近正殿时"只见正面（己夹：正面，细。）现出一座玉石牌坊来，上面龙蟠、螭护，玲珑凿就。……宝玉见了这个所在，心中忽有所动，寻思起来，倒像在哪里曾见过的一般，却一时想不起哪年哪月日的事了。（己夹：仍归于'葫芦'一梦之'太虚玄境'。）"脂批"'葫芦'一梦之'太虚玄境'"指的便是第 1 回"葫芦庙"旁的甄士隐梦到一僧一道携"通灵宝玉"下凡时，看到这一僧一道进入"一大石牌坊，上书四个大字，乃是'太虚幻境'"。

　　第 18 回元妃省亲时，元妃见此"石牌坊上明显'天仙宝境'四字，（己夹：

---

① 今按：南京地区的东岳庙，始建于明初，俗称"泰山庙"（因东岳即泰山，故东岳庙又名泰山庙）。此庙在长江北岸的浦口，当非此处所言的南京城内的东岳庙。

② 泰山被认为是人间最高而离天神最近的山，所以东岳泰山的山神"东岳大帝"便成了沟通天地的神灵，被奉为主宰人间生死祸福、掌管地府七十六司和十八层地狱的冥王。东岳大帝所掌管的专职衙门少则"七十二司"，多则"七十六司"，司名有"速报司、督察司、苦楚司、正直司、子孙司、还魂司"等，都是三个字。

不得不用俗。）贾妃忙命换'省亲别墅'四字。（己夹：妙！是特留此四字与彼自命。）于是进入行宫"。"太虚幻境"乃神仙居所，与"天仙宝境"旨趣相通，因此元妃改名其实是作者借此情节来指明：这座牌坊是人间的"大观园（省亲别墅）"向神界的"太虚幻境（天仙宝境）"相切换、相关联的开关。

又第41回刘姥姥游大观园时："一时来至'省亲别墅'的牌坊底下，刘姥姥道：'嗳呀！这里还有个大庙呢。'说着，便爬下磕头。众人笑弯了腰。刘姥姥道：'笑什么？这牌楼上字我都认得。我们那里这样的庙宇最多，都是这样的牌坊，那字就是庙的名字。'众人笑道：'你认得这是什么庙？'刘姥姥便抬头指那字道：'这不是"玉皇宝殿"四字？'众人笑的拍手打脚，还要拿她取笑。"更点明"天仙宝境"（即太虚幻境）源自"玉皇大帝庙"这类庙宇的形制（"我们那里这样的庙宇最多，都是这样的牌坊，那字就是庙的名字……这不是'玉皇宝殿'四字"），也即上文我们所揣测的"太虚幻境"诸司很可能源自"东岳大帝庙"中的地狱诸司，是为多情多欲人设立的神界审判所。而刘姥姥把这牌坊说成是"玉皇宝殿"，同样也就能证明这座牌坊是人间（大观园）向神界（太虚幻境）切换的开关。

"梦"者，作梦之人意识昏迷，常会把异时之事并于一时，异地之事并于一地，异人之事并于一人。故《红楼梦》把汉府"江宁织造局"门口的建筑"玉石牌坊"，梦境般地编织到江宁织造府处的"江宁行宫"中来，这是完全有可能的；《红楼梦》把南京的某座"东岳庙"中的地狱诸司，梦境般地编织到以"汉府"为建筑格局的"太虚幻境"中来，这也是完全有可能的。这种梦境般的异地嫁接，也是《红楼梦》空间上的梦幻笔法的一大实例。其另外两处例子，便是本书"第二章、第二节、一、（五）"所揭示的：黛玉回潇湘馆走不到"梨香院"，而作者故意让她走到"梨香院"听了《牡丹亭》曲；为了让王善保老婆自己掌嘴的高潮在最后出现，而把抄家时先到的迎春房与后到的探春房调了个位置。

（六）在"江宁行宫"的镜像旁，按照"汉府"行宫的镜像建立"太虚幻境"的想法

《江南省行宫座落并各名胜图》一书中绘制的南京所有行宫中，只有"汉府"这一处绘有牌坊，故知《红楼梦》"省亲别墅"中"玉石牌坊"的原型，应当就出自"汉府"。

乾隆皇帝肯定是沿用"汉府"旧有的建筑格局来建成"汉府"小行宫，因此图中所绘的"汉府"建筑格局和门前的大牌坊，应当就是康熙朝旧有，曹雪芹从小就能看到，并把它们写入书中，成为"太虚幻境"的空间原型。

据此我认为：可以把"小行宫"汉府的建筑格局复建在"大行宫"江宁行宫旁，作为书中所描绘的"太虚幻境"。

由于现实世界中的"汉府"在江宁行宫东北，而小说是"东西相反"的镜像，所以取材于汉府的"太虚幻境"应当建在"宁荣二府大观园"的西北。据汉府复建的"太虚幻境"也当建造成汉府"东西相反"的镜像，即书首【标准

图四】汉府行宫图彩图"及其下方"附A：《南巡临幸胜迹图》中汉府行宫的镜像图"这两幅图的格局。

由于南京的街道是平行的棋盘格，故"汉府行宫"的走向当与"江宁行宫"相平行，即此"汉府行宫"也是"坐东北、朝西南"走向。其镜像图则是"坐西北、朝东南"的走向。

此"汉府行宫"的建筑格局与"江宁行宫"应当相仿而可作一比较：其"玉石牌坊"处相当于"宁荣二府"的照壁，其进深为六进，加牌坊则为七进，其左右有四路。

"汉府行宫"东西向上为四路，"江宁行宫"东西向上有六路，故知此"汉府行宫"在东西向上为江宁行宫的2/3，约300米。

"汉府行宫"南北向上进深七进，"江宁行宫"南北向上进深为九进，故此"汉府行宫"进深当为江宁行宫的7/9，约311米。

故"汉府行宫"就相当于一个"300米见方"的正方形格局，唯有其前方右侧（镜像图则在左侧）缺了一大块。

其面积仅"江宁行宫"的2/3乘以7/9，即14/27，相当于是1/2，故其被称为"小行宫"，而"江宁行宫"则被称为"大行宫"。

六、《南巡盛典》中的"江宁行宫"图

第三幅"江宁行宫"图见于乾隆三十六年（1771），两江总督高晋编纂并刊刻进呈的《南巡盛典》一书中。其书共120卷，卷首有文字多篇：①红字印刷的乾隆三十六年（1768）《御制序》，②乾隆三十一年（1766）高晋请旨修书的奏文，和书成后上奏的表文，③乾隆十三年三月傅恒校阅的奏文，④同年六月浙江巡抚熊学鹏的奏文，⑤高晋书成后上奏的又一道表文，⑥凡例，⑦目录，⑧高晋等64位纂辑、校勘、誊录、监刻者的职名。

其书记载清乾隆十六年（1751）、二十二年（1757）、二十七年（1762）、三十年（1765）乾隆皇帝四次途经直隶、山东来两江、两浙南巡的情况。其书的资料应当大都在编书的乾隆三十一年前。所绘之图肯定也不会照录陈年旧档，而当据实新绘，故知书中所收的"江宁行宫图"应当是乾隆三十年南巡时的格局，比上述《江南省行宫座落并各名胜图》中的"江宁行宫图"要早十五年。

此"江宁行宫"图收在卷101"名胜"类，并有"图说"："江宁行宫，地居会城①之中，向为'织造廨署'。乾隆十六年，皇上恭奉慈宁，巡行南服，大吏改建行殿数重，恭备临幸。窗槛、栋宇，丹臒不施；树石一区，以供临憩。西偏，即②旧池重浚，周以长廊，通以略彴③，俯槛临流，有合于'鱼跃鸢飞'之境。"④

① 会城，即省城、省会城市，此处指"江南省"的省会"江宁府"，即今江苏南京。
② 即，意为"就"，乃"依托"之意。
③ 略彴，小木桥。
④ 图在《南巡盛典》卷101的1b至2a，题作"江宁行宫"，"江宁"两字小，"行宫"两

"树石一区"与"西偏即旧池重浚"对举，则"树石一区"当即"贾赦院"的原型，其乃"江宁织造府"原有的旧花园，其院多假山石和花草树木；而"西偏即旧池重浚"则当指中心有"沁芳池"的"大观园"的原型，也即"江宁织造府"中为接康熙南巡圣驾所新造的后花园①。

"丹雘不施"语绝对不可以理解成新造的行宫建筑未加油漆而保持原木的本色。作为皇帝行宫，哪个地方官敢简陋到不刷油漆的地步？所以这句话只能理解为：这座乾隆朝行宫沿用了康熙、雍正朝旧行宫中的建筑而未加油漆（其以"窗槛、栋宇"代指旧行宫中的所有建筑②，且其"旧池重浚"的"旧"字也点明其乃旧行宫中的旧园林），这已然证明康熙、雍正朝旧行宫在乾隆首次南巡的乾隆十六年时，维护保存得非常完好，连油漆都未脱落。

其西的后花园部分，则"即旧池重浚"（"即"乃依托之意），然后又"周以长廊，通以略约"，即一共只做了三件事：一是在"旧池"基础上重浚（相当于清淤）；二是重新开辟环绕全园的笔直大路，在其上加盖长廊，本次改造唯此一项算是破坏了全园格局（按："周以长廊"的长廊不是在原有大路上加盖，因为园内原来规划的大路全都曲折不直。当然，园内原来也会有少量长廊及廊下之路，即：乾隆朝"江宁行宫图"中的长廊及廊下之路，并非全都是乾隆朝加盖，有少量当是旧有）；三是重建年久不牢的小木桥（略约）。由此可见：乾隆朝的行宫后花园部分仍旧沿用康熙、雍正朝"大观园"的原有格局略为补缮而已。

因此，由"窗槛、栋宇丹雘不施"语、"即（依托）旧池重浚"语，便可知道乾隆朝"江宁行宫"无论是"府第部分"还是"后花园部分"，都一仍康熙、雍正朝行宫之旧。毕竟从康熙皇帝康熙四十六年（1707）最后一次南巡，到乾隆十六年（1751）首次南巡不过44年，作为皇帝行宫，外人莫入，必然会善加保管、时时维护③，不得擅加更改；故乾隆朝的行宫与曹雪芹书中所描写的康熙、雍正朝行宫相比，不光保存完好，而且也应当没有什么大的格局变动，其变动处应当屈指可数：一是上文所说的环绕全园开辟大路并加盖长廊；二是上引文字画线部分所说的行宫正中一路上的那两重行殿有所改建（即书首"图一"中【14】到【19】处④，下文有详论）；三是家宅大门（即书首"图八"中【B】处）被撤，原因本书"第二章、第三节、一、（二）、（5）"有详论。

正因为乾隆朝行宫图与《红楼梦》所描述的康熙、雍正朝行宫，无论是"府第部分"还是"后花园部分"，在格局上都没有大的变动；因此，《南巡盛典》中的这幅乾隆朝行宫图，应当和《红楼梦》所描述的康熙、雍正朝的行宫，在格局上几乎相同。所以我们也就把这幅图经过镜像处理后，作为本文的附图；以之来对照《红楼梦》的空间描述，便可发现两者完全吻合（详见本书下面诸

字大而顶格另起。"图说"文字在 2b。

① 而之前"贾赦院"处旧有的花园，因此"后花园"的建造而被称作"旧花园"。"后花园"与"旧花园"是两个园子。

② 这用的是"以部分指代全部"的"借代"修辞手法。

③ 康熙与雍正朝此"行宫"供曹家居住时，曹家也会像自己家一般善加保管。后来行宫一度无人居住（下详），地方官员必定也会严禁外人进入而善加维护、以备巡幸。

④ 按：本书中"【】"括起的字母或数字，即书首附图中所标的字母或数字的位置。

章的讨论），这便有力地证明本书的结论——《红楼梦》"宁荣二府大观园"乃曹雪芹南京的旧家"江宁织造府行宫"的镜像。

由上引文字"周以长廊"，可见图中的长廊当非旧有，故按照此图复建"大观园"时，当将其长廊移除。好在长廊建在园子四围，唯有北侧长廊破坏了北部"大主山"南麓的造景格局，其余三边都建在园墙边，估计对原有景观并无太大影响。凡是长廊曲折处，很可能就是原来有景观的地方。园子左上角①"彩图"长廊曲折向南后再向西抵达园墙，而"典图"画作直线往西抵达园墙。"典图"当是更改路径后加盖长廊，而"彩图"当是在"典图"改建后，又据原有档案恢复了此处旧有路径，然后再加盖长廊。（说明：本书讨论时，称《江南省行宫座落并各名胜图》中的"江宁行宫图"为"彩图"，因其彩色绘就；称《南巡盛典》一书中的"江宁行宫图"为"典图"，因其出自《南巡盛典》这本书。）

由上引文字"通以略彴，俯槛临流，有合于'鱼跃鸢飞'之境"，所言"略彴"即小木桥，可证园中除中心大池外，还向四周发散出很多汉港，汉港上建有很多亭台楼榭来"俯槛临流"（指俯临从中心大池分出来的溪流汉港）。这与《红楼梦》所描述的"大观园"园中有湖"沁芳池"、有河"沁芳溪"，以及有"沁芳闸桥、柳烟桥、翠樾埭、蜂腰桥、竹桥、藕香榭、紫菱洲、柳叶渚、荇叶渚"等一系列水边景致的描述均相吻合。

本书附上《南巡盛典》中的这幅"江宁行宫"图共两组，第一组是"早稻田大学"所藏之本，见书首"图 B-10"；因网上所得，其分辨率偏低，故又从"日本国会图书馆"下载其藏本作为第二组图，见书首"图 B-11"。

由于"日本国会图书馆"之图分辨率高，本书即以其作为讨论依据，而以"早稻田大学"之图作为参考。需要提醒的是，"早稻田大学"之图当刷印较早，其横向线条颇为清楚；而"日本国会图书馆"之图当刷印较晚，其横向线条印刷不清，如"外仪门"、"向南大厅"两侧均有宫墙（分别为书首"B-12"中的【B】、【C】两处），而"日本国会图书馆"之图便难以分辨。今将"日本国会图书馆"之图不清楚者，对照"早稻田大学"之图指明如下，以免讨论时被其不清所误导。由于下文所讨论之图皆是镜像，故今亦以镜像之图作标注。

图见书首"B-12"，图中【A】处左侧与下侧墙、左侧门，【B】处下侧墙，【C】处上侧墙，【D】处上侧墙——以上几处"日本国会图书馆"之图横线皆不清，而"早稻田大学"之图清晰。又【E】处左侧走廊日本国会图书馆本无，当据早稻田大学本有而与彩图相一致。

---

① 本书所言"左""右"皆以观者俯瞰此图时的眼光而言，"左"为西、"右"为东；与原图坐北朝南的"左"东、"右"西相反。又：从此处开始，所言的图全都是镜像图而非原图。

七、"图一"①中所见两张"江宁行宫"图的异同对比

虽然我们找到了三张"江宁行宫"的乾隆朝古图，但第一、第二幅图大同小异，我们便取第一幅图作为代表，所以本书只取第一幅图和第三幅图来做分析，第二幅图与第一幅图相同处一般不再言及，仅其与第一幅图有差异处才会提及，其差异处已全部开列于上文"四"中。

通过对比第一与第三两幅图，我们发现："江宁行宫"四字一般人都会写成"江宁"两字居上而"行宫"两字居下，而《南巡盛典》之图与"国家图书馆"所藏彩绘本之图，却都是"行宫"两字居上而"江宁"两字居下，匪夷所思②，图中所绘也大体相同，这充分证明两图具有同源性。即：两图所绘都有共同的底图作为基础，其底图当即康熙朝始建此行宫时绘制的图纸档案。

前已考明《南巡盛典》之图当作于乾隆三十年第四次南巡稍后，而"国家图书馆"彩图当作于乾隆四十五年第五次南巡稍后，两相对照后，又可发现两图的差异还真不小。综合来看：

（1）其府第部分，"典图"比"彩图"更贴合《红楼梦》的描述，可证乾隆第四次南巡时的"江宁行宫"的府第部分，与康熙、雍正两朝无有差异；而乾隆第四次南巡后当有大的改建。

（2）其花园部分，"彩图"比"典图"更贴合《红楼梦》的描述，当是乾隆朝对江宁行宫的后花园有较大更改；而乾隆第四次南巡后，又据康熙朝江宁行宫的始建档案图，恢复了康熙朝江宁行宫花园的始建形制。

无论是"典图"还是"彩图"，作为乾隆朝行宫，与康熙雍正朝行宫肯定会有所差异。从与《红楼梦》文本所记述的康熙雍正朝行宫对照来看，相同处甚多而不合处很少，这说明：乾隆朝行宫是在沿用康熙雍正朝行宫的基础上略加修整而来，并没有彻底重建过。其原因当是：

（1）古代统治者怕劳民伤财，在行宫可用的情况下不会彻底拆除重建。

（2）行宫在皇帝离开后当善加封闭，即便给"江宁织造"曹家使用，曹家也会尽看管之责，不允许随意更改，故行宫格局不会有大的变化，建筑也会得到妥善维护和修缮。

（3）作为皇家行宫，其建筑图纸档案必然善加保管③，后来整修时便会据此修缮，故格局不会有大的变化。

综上所述，典图、彩图所绘虽为乾隆朝的"大行宫"，其实与康熙雍正两朝的"大行宫"这一《红楼梦》所描述的"宁荣二府大观园"的原型——相去不会太远。用这两幅图来探讨《红楼梦》中的建筑空间是合乎事理的。

---

① 本书所称的"图一"、"图二"至"图十二"，均指书首附图，特此说明，下不再注。
② 这其实是"行宫"因是皇上所用而将此两字顶格另起，以示对皇帝御用之物的尊重。
③ 第42回宝钗教导惜春绘制《大观园图》时说："原先盖这园子，就有一张细致图样，虽是匠人描的，那地步方向是不错的"，所言即此。

但"典图"与"彩图"这两幅图本身又存在一定的差异，所以在对照《红楼梦》文本前，首先要对这两幅图的异同作一考证，指明其有哪些相异之处，并分析其相异的原因。由于小说所描述的空间是东西相反的镜像，为与下文讨论之图一致起来，我们此处也是根据这两幅图"东西相反"的镜像图，从西到东、从上到下加以详考。

●**最西一路**，即《红楼梦》中的"荣府西路"，也即"贾母院"那一路，墙外之街便是今天的"利济巷"。

[1]：两图皆未画建筑，当是"行宫图"不绘下人居所，并非没有建筑。

[2]：两图同。彩图无东西院墙，当是漏画。此建筑是"贾母院"后新增的看戏用的"大花厅"。即：贾府造大观园时引进了一批戏子，于是贾母新盖此"大花厅"供看戏之用。

[3]：彩图无院墙及院门，当是漏画。此院门就是贾母后院之门，非常重要，《红楼梦》从"南北宽夹道"过来，便由此门进入"贾母院"。

[4][5]：典图无院墙当是康熙朝旧貌。彩图新添院墙。

[6]：典图此院东侧有游廊，与《红楼梦》合，是康熙朝旧貌。彩图拆此游廊。典图中此院南、北两座主体建筑，彩图时当已拆除重建而扩大。

[7]：典图为《红楼梦》中所描述的"贾母院"的"穿堂"。彩图拆此穿堂，改为围墙，中间开门，其门只是普通的院墙之门，未在开门处建门屋。

[8]：典图为《红楼梦》中贾母院的"垂花门"。此建筑东肩旁的院墙上开有一侧门，供下人出入；《红楼梦》第3回林黛玉进贾府时，林黛玉是贵客，故从正中的"垂花门"出入，不走侧门。彩图拆掉了房屋两肩的围墙。

[9]：两图当同，其当为宝玉的外书房"绮霰斋"。彩图其东侧有一小屋，当是后来添造，旧时当无。

[10]：典图只画北侧一进建筑，其南侧未画，不是没有建筑，当是下人房而图中不画的缘故；北侧建筑加上未画的下人房，与《红楼梦》的描述相合，当是宝玉"李赵张王"四个奶妈家等下人居住的房舍，其前开小门[11]（当与[26]一样是黑油大门）供此等下人出入。而彩图把北侧的建筑与南侧未画的下人房舍全部拆除后，重建为行宫建筑而格局大异（其能在图上画出，可证是比较重要的行宫建筑，而不再是那种图上不可画出的下人房），其前之门[11]也堵塞为墙，同时又将典图中的过街门[12]移到最西处加以封闭。[11]门前之街为科巷和铜井巷，《红楼梦》中称之为"宁荣街"。【今按书首"图B-1至3"："科巷"与"铜井巷"以"吉祥街"为界，东为科巷，西为铜井巷。上文"一"讨论1903年《陆师学堂新测金陵省城图》时指出："吉祥街"其实就是宁府内东西两路建筑间的私巷，在《红楼梦》书中没有写到；而《红楼梦》书中提到的宁荣两府间的界巷，则在此吉祥街东侧的"图B-2"所标的"西街"一线上，其南半段"图B-2"中未画。总之，吉祥街不是宁荣二府间的界巷，而是宁府内东西两路建筑间的一条私巷。由于两者相去不远，不严密的话，可以把吉祥街和宁荣二府间的界巷"西街"混同，视吉祥街为《红楼梦》书中"宁荣二府"的界巷

（其实这是不对的）。作东西相反的镜像处理后，"东"铜井巷大致就相当于《红楼梦》书中的"宁府（东府）前街"，"西"科巷大致就相当于《红楼梦》书中的"荣府（西府）前街"，两者合起来就是《红楼梦》书中所说的"宁荣街"。当然，从严密的角度来说，"东"铜井巷再加上科巷东端，方是"宁府（东府）前街"；而"西"科巷除东端外，全都是"荣府（西府）前街"；"西"科巷、"东"铜井巷两者合称"宁荣街"则是没有错的。】

[12]：过街门典图在东，当是《红楼梦》原貌，其外有[11]之门供"贾母院"与"宝玉房"中下人出入府第之用；贾母与宝玉尊贵，必不走此下人之门出入。彩图将[11]之门取消，移"过街门"于其外加以彻底封闭。[11]、[12]的情形与下文[26]、[27]处的情形相同。（按：大门两侧的过街门[12][27]，第二幅《南巡临幸胜迹图》中的江宁行宫图与典图相同，与彩图不同，证明其图是年代介于典图与彩图之间的中间过程。）

●**至西数过来第二路**，即《红楼梦》中的"荣府中路"，其背后当有后门直通"督院前街"（即今"长江路"），两图皆未画，当是康熙、雍正朝有此门，而乾隆朝撤销封闭的原故。

[13]处的后院，典图分为东、中、西三个小院，而彩图当是漏画，或以之为下人房而未画，其情形当与[22]处相类。

又：典图标其前的建筑为"照房"，而[22]前的建筑同样也标作"照房"。第二幅《南巡临幸胜迹图》中的江宁行宫图将[22]前的建筑标为"照殿"，其[13]前的建筑虽未标，据[22]来看，亦当标作"照殿"为是。

[14]典图标为"寝宫"，因其在此院之南，故知实为寝宫门，其后方为寝宫，所标"寝宫"两字实指此为"寝宫"院落所在，此为《红楼梦》中"凤姐院"的院门，院内东西两侧有"东西两庑"；《红楼梦》中还提到院门前有"粉油影壁"，图中未画。彩图时已将两庑、宫门、影壁全部拆除，改造成一个两道围墙夹起来的过道，夹道中还种上竹林以取其荫。此夹道南围墙上未见开有门，当是旨在与前面的殿堂相隔断的原故；此夹道北围墙上应当开有门，以供北侧院落内的建筑出入之用，图中因被竹荫所挡，故看不见。

[15]典图是《红楼梦》中所谓的"南北宽夹道"，"南北宽"指南北方向上宽阔，其形制相当于是一个夹道式的庭院广场（类似于荣国府"大门、照壁、两座过街门"围合而成的门前广场），是为了突显"寝宫"威严，而依照皇家宫殿格局所建造的皇宫外大门或内大门前的庭院广场。此场地南北方向上宽阔，便于女主人在"寝宫"门前发号施令时，下人们列队听命。此"南北宽夹道"东北角有角门，直通"王夫人院"后，进而再往东通"大观园"。此"南北宽夹道"西南角当有"东西穿堂"，图中未画，此"东西穿堂"通往"贾母院"的后院。彩图将此"南北宽夹道"改造成一个"后花园"，是因为其前的"宫门"改为"寝殿"的缘故（按：典图将其前的建筑标作"宫门"，而据彩图所绘的格局来看，此典图之"宫门"已经被改造成了"寝殿"）。

[16]：典图不凹，当是原貌；彩图北凹，当是改造。

[17]：典图乃"中殿"与"宫门"间的广场；彩图因为"宫门"改成了寝殿（见[15]），所以其前的广场便改成为"中花园"，即把典图的"宫门"改造成为门前有花园的"花厅"来作为寝殿。

[18]：典图为"中殿"门前的庭院；其北侧的"中殿"两图相同，其即《红楼梦》书中所描写的"荣禧堂"。彩图将庭院中的房屋全部拆除，中间拦一道围墙，其上当不开门，其后由宫门新改的寝殿，当由殿前东院墙上所绘的那个院门出入（按：彩图新寝殿前的东院墙正中绘有一个屋顶，即院门所在）。彩图中间所拦起的那道围墙前面垒有假山，东侧种竹，西侧种树，改造成为一入"仪门"（即典图中的"二宫门"在彩图中所对应的那座建筑，也即两[21]之间的那个建筑）便可看到的"前花园"。

按《嘉庆江宁府志》卷12"建置"："江宁织造署，旧在府城东北督院署前。乾隆十六年，以改建行宫，时藩司兼管织造，故无署。乾隆三十三年，织造舒，买淮清桥东北民房，改建织造衙署。"即乾隆十六年，皇帝命令把康熙朝的"江宁行宫"改造成专供自己南巡用的行宫，当时是由藩司（即"江宁布政使司"）兼管江宁织造，不设"江宁织造府"的官员，故此行宫早已不作为"江宁织造府"使用。到乾隆三十三年，皇帝派姓舒的织造前来上任，但他不敢像曹寅那样住在行宫[①]，故将织造署搬到"淮清桥"，此中路诸建筑[14]至[19]是"织造府"的大堂所在，现在既然这儿不再作为江宁织造府，所以这"织造府"大堂便要加以拆除，改造成"前、中、后"三个花园（分别是[18]、[17]、[15]）。

"江宁行宫"西半图的府第部分（特别是西半图的中路部分），典图与《红楼梦》描述相合，而彩图与之大异，究其原因便是：乾隆三十三年织造府未迁之前，此处仍有可能作为"织造府"之用，故其作为"织造府"官衙的旧有格局不宜擅加改动，其最好的办法便是把这座康熙朝行宫视为圣地，以"祖制莫变"为由，遵从康熙朝行宫的原有形制而不变（按：其花园部分因不涉及官署，故可改动；而府第部分因要保留"江宁织造官署"的缘故，故不宜擅加改动）。乾隆三十三年后，"织造府"肯定不再设于此处，所以此处"织造府大堂"等官衙建筑便都应当拆毁，然后按照"行宫别墅"的旨趣，改造成花园，故"彩图"应当是乾隆三十三年以后绘制。第二幅《南巡临幸胜迹图》中的"江宁行宫"图与彩图几乎相同，故知其当是乾隆三十三年以后所绘制。

乾隆皇帝曾在1751年（乾隆十六年）、1757年（乾隆二十二年）、1762年（乾隆二十七年）、1765年（乾隆三十年）、1780年（乾隆四十五年）、1784年（乾隆四十九年）六次巡幸江南，而《南巡盛典》一书作于乾隆三十年，其书编成后"织造府"才迁到淮清桥，故其书所录的是乾隆三十年前的"康熙朝织造府"的旧格局。而上已考明：彩图是乾隆四十五年南巡后绘制，所绘乃乾隆三十三年迁走"织造府"后、经过改造了的"江宁行宫"的新格局。而第二幅《南巡临幸胜迹图》的绘制年代介于典图和彩图之间，当是乾隆三十三年至乾隆四十五年之间所绘。

[①] 行宫建于曹寅家，可以理解为康熙皇帝和曹寅是奶兄弟而情同手足、相当于一家人的原故。

又："大行宫"西半分东、中、西三路，为何此次改造只是中路要改，而东路不改，西路也基本未动？那便是因为东路是行宫的寝宫，西路是执事房，中路是"织造府大堂"。今皇帝命令织造府迁走，等于此宫旧有的两大主题①只剩一个，即东路的"行宫主题"依旧，而中路的"织造府主题"当抹除后改建成为东路"行宫主题"的附庸。

于是地方官肯定要对中路"织造府"的厅堂衙署大动干戈，几乎将其全部拆除，然后改造成花园，体现出"行宫别墅"的旨趣来；而且改建后的中路建筑，还特地全都要从东墙上开门，不让中路的园林建筑从南北方向上进出走通，让它们全都只能由东侧进入，成为东路"行宫"的跨院和花园，以此来充分体现出中路建筑乃"东路行宫附庸"的旨趣。

"织造府大堂"（即[19]）更是要拆除。如果此行宫的中路还保留原样、或"织造府大堂"不拆除，在皇帝眼中便成了"敷衍了事、无所作为"的表现，所以地方官为了保全自己乌纱帽起见，也要对中路大加拆除。

而东路是皇帝行宫，自然不宜有任何拆造；西路作为给皇帝行宫提供配套服务的执事区（其标有"执事房"的字样），自然也不需要大的改造。

[19]：当是织造府的大堂，也即《红楼梦》中所谓的"向南大厅"，彩图中已经拆除，原因见上。典图两侧厢房的中间部分[20]向庭内突出，当是办事员之房，彩图时已将其与两侧房屋拉平，原因亦同上，即：迁走织造府后，其办公用房或拆除、或改造成行宫建筑而当与两侧房屋拉平。

[20]：见上。

[21]：典图"二宫门"两侧原无角门，围墙如"八"字般向前张开，彩图将围墙拉平，且墙上各开一角门。此二宫门《红楼梦》中称之为"外仪门"，并未明文写到其两侧是否有角门，据理当有，详下文"车门"的讨论。其处当如典图所绘为"八"字般张开形制，但又要像彩图那样开有角门，其开角门的具体位置当在紧靠"二宫门"的二宫门两肩处为是，不在彩图"二宫门"两肩角门所开的二宫门两肩围墙的中点处。

今按第 14 回："凤姐出至厅前，上了车，前面打了一对明角灯，大书'荣国府'三个大字，款款来至宁府。"凤姐当是出至"向南大厅"[19]前，而非出至"荣禧堂"[18]前，亦非出至此"外仪门"前（因为文中写明是"厅"，而"外仪门"是门，"堂禧堂"是堂，故知凤姐肯定是出至"向南大厅"[19]前）。由此语便可知"向南大厅"[19]前的"外仪门"，当像大门两侧有角门那般，可以把门槛撤下后让车通行，则"外仪门"两侧必如彩图所绘有两个角门。只不过彩图时改在两肩中点处开门，而原来当开在典图紧靠二宫门两肩的平墙上，并不开在典图"二宫门"两肩"八"字型的斜墙上。

又大门两侧的角门能通车，除了上引王熙凤之例外，又见第 3 回邢夫人带

① 西路的执事房为东路的行宫提供服务，故算主题时，将其视为东路"行宫"主题的附庸而不单列。

黛玉回自己黑油大门内的院子："出了垂花门[8]，早有众小厮们拉过一辆翠幄青绸车。邢夫人携了黛玉，坐在上面，众婆子们放下车帘，方命小厮们抬起，拉至宽处，方驾上驯骡，亦出了西角门，往东过荣府正门，便入一黑油大门[26]中，"大门两侧的角门既然能通车，则必定要建造在平地上，方才可以把门槛移除后走车。如果其像大门那样建造在台阶上，即便把门槛移除也是不能走车的。由于图中"二宫门"和大门"大宫门"全建造在台阶上，这便意味着凤姐走车的门只能是"二宫门"和"大宫门"两肩平地上的角门。而图中邢夫人一路上坐车走过的垂花门[8]（注意其时[9]处所标的宝玉外书房"绮霰斋"尚未建而可走路）、下文所说的西边那个[21]处之门、西角门、黑油大门[26]全在平地上而不建在台阶上，正是可以通车的车门模样。而大门建造在台阶上，所以不能通车，导致邢夫人的车子不能走大门，而只能走西角门而"往东过"了大门即"荣府正门"。

又：此"二宫门"左右两侧"八"字型围墙与东西两侧的南北向院墙交会处略往南（即图中所标的东边那个[21]往东，西边那个[21]往西），当各自开有一南北向的门通向东路和西路。西路是"贾母院"，贾母不由临街大门[11]出入，故此西门当常开，即《红楼梦》第3回黛玉进贾府时："只进了西边角门。那轿夫抬进去，走了一射之地，将转弯时，便歇下退出去了"，其所言的"将转弯"处，便是此西门。而东路乃"贾赦院"，其由临街的黑油大门[26]出入，故东门当常关锁。

此"二宫门"门前的"大宫门"（即大门）内院落，典图与彩图相同。又：第二幅《南巡临幸胜迹图》中的江宁行宫图标"大宫门"为"头宫门"，"二宫门"则标注相同。

●**至西数过来第三路，**即《红楼梦》中的"荣府东路"，其南为"贾赦院"，其北为"贾政王夫人院"。

"贾政王夫人院"两图无有差异，当是因为这儿是皇帝行宫所在（典图标作"便殿"、"寝宫"），最为神圣，故一直不敢有丝毫改动，所以这一院落与《红楼梦》的描述也完全吻合。本节只讨论两图相异处，此院因没有相异之处，所以不加讨论。

其前的"贾赦邢夫人院"，据《红楼梦》交代，乃是原来的"西花园"而在其中建起厅堂房屋，并用墙隔断出院落来供居住，典图与彩图亦无有大异。

除以上二者外，此路唯有最后与最前部分有异，今述之如下：

[22]：典图分东、中、西三进院落而彩图空白，当是下人房不必画的原故。其情形当同[13]。又：典图标其前的建筑为"照房"，而第二幅《南巡临幸胜迹图》中的"江宁行宫"图标其为"照殿"。

[23]处典图有一段东西向的墙，（"日本国会图书馆"本不清，请参见书首"图 B-12"上部的"早稻田大学图书馆"本之图的"D"处），彩图未画。其东侧的"宗祠"院落对应这一位置处，无论是典图还是彩图，全都绘有东西向的墙；故彩图此处应当亦有为宜，今无，乃其漏画。此墙与其北之墙构成一夹

道；其东"宗祠"处亦然，此两夹道当东通"箭亭"处大观园的正门；元妃省亲时，当从"二宫门"处走上文[21]处提到的[21]东侧的"东门"，入此夹道而至大观园的正门。

[24]之房，典图与后面的房屋开间数相同；彩图略小，当是后来有所改建。

[25]下方典图有房，当是《红楼梦》中提到的"南院马棚"。彩图时当已拆除。典图此为马棚，其西侧必有与中路相通之门，因系马棚所在，不洁，故其院主人（贾赦、邢夫人）不走而走与[11]对等而开的原本就有的黑油大门[26]。则此马房的北侧、东侧必定要有围墙和"贾赦院"隔开，此马房仅西侧院墙上开门通中路。

[26]：典图其处开门通街，即《红楼梦》第3回所言贾赦院有"黑油大门"通街是也。绘彩图时已经封门，且将[27]处过街门东移，从而将门前广场一直往东封闭到水井[28]旁。[26]、[27]的情形与上文[11]、[12]处的情形相同。

[28]：典图有井；彩图当是失画，因为彩图其处围墙与典图一样内凹，而此围墙之所以内凹，便是此处有大井的原故。由彩图围墙内凹，故知其处必同典图一样有水井。又第二幅《南巡临幸胜迹图》中的"江宁行宫"图与彩图几乎相同，其绘有此井，故知彩图当是漏画此井。此井即第32回金钏儿所跳之井。

又由井处围墙内凹，表明此水井原本当在府内，为方便大众取水，特将围墙内凹，把这口大井公之于众。

又：此路贾赦邢夫人院的最后一进主建筑典图标作"便殿"，《南巡临幸胜迹图》标作"前殿"。贾政王夫人院的院门典图标作"宫门"，《南巡临幸胜迹图》标作"内宫门"；其后的正殿典图标作"寝殿"，《南巡临幸胜迹图》标作"正殿"；其后的后殿典图标作"照房"，《南巡临幸胜迹图》标作"照殿"。

●**再往东一路**，即《红楼梦》中所言的"贾氏宗祠"，已在"宁国府"围墙内。

宁、荣二府间旧有一条夹道，典图此夹道的北段与南段似乎在一直线上，其南段实当据彩图略偏西，而与北段不在一直线上[①]。南北两段的曲折处就在宗祠"戏台"的左肩处。第二幅《南巡临幸胜迹图》绘此夹道更为详细，"戏台"左肩的夹道口绘有一门（请参见书首"图B-8"）。彩图中，此门北侧的夹道偏东而有屋顶，门南侧的夹道偏西而无屋顶。

"彩图"中偏西的夹道南段只是露天通道，上面没有屋顶，偏东的北段则上有屋顶，这便是古代大户人家的宅院中可以风雨无阻、365天全天候通行的最标准的"夹道"。

而典图有屋顶的夹道只到"图四"中所标的"隔断"处为止（即只到典图所标"宫门"的右肩处为止，也即只到所标"戏台"与"便殿"后的那进建筑的左肩处为止）。此"隔断"处往南未画屋顶，等于宗祠西侧的夹道全部露天。而"彩图"则从此"隔断"处往南到"戏台"左肩处的夹道全部建有屋顶。

---

① 其实细分辨后，典图此夹道的南段与北段也不在一直线上，详见书首"图四"中黄色部分所标。

愚以为当从典图为是,因为第19回描写到贾府在这宗祠戏台上演戏时,"锣鼓、喊叫之声闻于巷外。满街之人个个都赞:'好热闹戏,别人家断不能有的!'"可证宗祠西侧的夹道,府外之人可以走到,而且还能让他们爬上墙头,站到戏台庭院两庑的屋脊上来观看戏台上表演的戏,则此夹道当无屋顶为是。

典图宗祠西侧的夹道上未建屋顶,而彩图建有屋顶。由于典图的府第沿用旧有格局,彩图的府第部分在乾隆三十三年后,因"江宁行宫"不再具有"江宁织造府"功能而大事改造,故外人所能走到的夹道南段只到"戏台"左肩为止,建门锁死,即第二幅《南巡临幸胜迹图》所绘之门是也。

据《南巡临幸胜迹图》所绘来看(见书首"图B-8"),乾隆三十三年后的改造,还把上文所言的"隔断"处以南的宗祠西侧那段夹道全都拆除,让"贾赦院"的内院和"王夫人院"院门前的广场一直连到宗祠的西院墙。彩图所绘有点不仔细,往西错位了,当据《南巡临幸胜迹图》加以修正。

此夹道因造"大观园"的原故,其北段的东西两侧开有供内眷"由府入园"的门——夹道东侧开的门便是"王夫人院"上房后走廊东尽头处开的"东角门",夹道西侧开的门便是"大观园"西园墙中部开的腰门——从而把"大观园"和"荣国府"联为一体。

此夹道北段因系内眷走动,故建有屋顶,成为走廊式的内部通道以避风霜雨雪,可以一年365天全天候行走,其南端必有隔断,不与夹道南段相通,从而使夹道北段封闭成为外人走不到的府内私巷。(其即书首"图B-2"所标的"西街"。)

其隔断处往南的南段私巷(其即书首"图B-2"所标的"吉祥街"再往东的、"西街"往南沿伸线的略偏东处,图中未绘),则仍可以让外人走到,故其上不用加盖屋顶。而这南段私巷其实又分为两段:其北一段,即宗祠西侧那段夹道,典图未建屋顶而通外人,而彩图与《南巡临幸胜迹图》在乾隆三十三年后的改造中,此宗祠西侧夹道已废除,归并入贾赦上房前的庭院和贾政王夫人院门前的广场庭院;其南一段,即彩图、典图标[29]的"宁府"西侧那段南北向的夹道,则依然保留而通外人,在其北端建门锁死以不通内院(即不通贾赦上房前的庭院和贾政王夫人院门前的广场庭院)。此私巷的北段实即书首"图B-2"所标的"西街";而其南段便是此"西街"往南沿伸线再略微东移六七米便是,图中未绘。("东移六七米"的数据是据书首第一幅"标准图一"的彩图,量得两府间界巷的南段与北段偏移1.5毫米,图底标明"图中横向一厘米代表实际距离约41.5米",据此算得1.5毫米为6.225米,故知偏移距离为六七米。)

此"宁府西路"典图与彩图也没有大的差异,当也是乾隆三十三年后未事改造的缘故。在[18]中提到的去除"织造府"功能的改造中,此"宁府西路"之所以没有涉及,便是因为此处也是给皇帝行宫提供配套服务的执事区(其南半,典图标有"茶膳房"字样,可证此处便是行宫所配套的厨房与用膳处所在[①];其北半,典图标有"戏台"和"便殿"字样,《南巡临幸胜迹图》标作"戏台"

----

① 在《红楼梦》书中,则是贾氏宗祠前的宁国府的厅堂所在。

和"看戏厅",可证此处便是行宫所配套的供皇帝入住时观戏娱乐的所在①),其为行宫的重要组成功能,不是"织造府"的核心功能,自然在[18]所提到的去"织造府"功能的改造中未有波及。此路典图与彩图略有差异者为:

[29]处典图有两道东西向的墙构成一夹道,彩图拆之。此夹道东端当开有门联通宁国府东路的家宅内院。

[30]之房典图有,彩图拆之。此当是宁国府的"仪门"之屋。[30]南侧围墙处典图有一排房屋,彩图未画,当是下人屋而不用画。此排房屋当是第3回黛玉入贾府时所看到的宁国府大门所在,乾隆三十三年后,因织造府搬离行宫而封门,其门的封法可以想见,当是把门屋的建筑全被废去拆除,砌成高的围墙,然后再在墙内建一排下人之屋,所以这排房屋肯定不是原来所有,而是后来封门时所建。关于封门的原因,详见本书"第二章、第三节、一、(二)、(5)"。

●再往东那一路南侧的"大观园园门"前的部分,两图相差颇大。

[31]:此为最南部分,典图空白。其处当是"江宁织造府"内供曹家次等主子居住的家宅区。接驾时,曹家把西侧四路的"江宁织造府"的衙署区全部让给皇帝作行宫之用,自己家人则全部蜗居在这家宅区。

其东没有画入宫墙内的[54],当是"江宁织造府"的府外之地,不属于"江宁织造府(江宁行宫)"的区域。根据本章"第四节、一"邓启贤编刻的"江宁省城"地图所标,其为"江宁织造府"旁的邻居"二郎庙"。

书中的"荣国府"相当于"江宁织造府"的衙署区,而书中的"宁国府"相当于"江宁织造府"的家宅部分。皇帝入住此"江宁织造府行宫"时,衙署区全部让给皇帝及其仪仗、随从人员居住,曹家全部住入此家宅区;皇帝离开后,曹家家长们再度返回衙署区居住并办公。

此[31]区南墙上当不开大门,此家宅区的兽头大门(即第3回黛玉所见到的宁国府大门)当开在"宗祠"那一路的[30]处。

此[31]区南侧当是与"贾氏宗祠"南侧一样的三进建筑(说详[32]),最后部分的"箭亭"当即《红楼梦》宁府后花园"会芳园"园门处的建筑,天香楼、丛绿堂在其附近。

此[31]区因是家宅区,所以在曹家抄家后便开始败落。隋赫德继曹家来任"江宁织造",于雍正六年正月抄了曹家,也当入住此家宅区。据《江南通志》卷105"江宁织造"的题名,隋赫德雍正九年离任而由许梦闳接任②,下来是雍正十一年高斌接任,雍正十二年李英接任③,应当也都会入住此家宅部分。

上引《嘉庆江宁府志》告诉我们:乾隆十六年时已不派江宁织造,由藩司

---

① 在《红楼梦》书中,则是贾氏宗祠内的戏台与大殿所在。
② 隋赫德雍正九年罢官返回北京后,雍正十一年便被人告发向曹寅外孙"平郡王"福彭家行贿钻营,于是隋赫德被抄家充军。
③ 见《江南通志》卷105"江宁织造"题名:"曹玺(满洲人。康熙二年任。)桑格(满洲人。康熙二十三年任。)曹寅(满洲人。康熙三十一年任。)曹颙(满洲人。康熙五十二年任。)曹頫(满洲人。康熙五十四年任。)隋赫德(满洲人。雍正六年任。)许梦闳(满洲人。内务府郎中。雍正九年任。)高斌(镶黄旗人。雍正十一年署任。)李英(镶白旗人。雍正十二年任。)"

（即"江宁承宣布政使司"）兼管"江宁织造"的职事，故此家宅部分最晚从乾隆十六年开始便无人居住。乾隆三十三年朝廷重新派舒姓织造来任江宁织造，但从这位舒姓织造开始，江宁织造府便已迁到"淮清桥"而不在此处办公。因此，这江宁织造府的家宅部分，最晚从乾隆十六年开始便无人居住。

雍正十二年后，有多少年不派"江宁织造"虽然不详，但至少从乾隆十六年开始，此[31]区的家宅部分便一直空关。到绘制典图时的乾隆三十年，至少已空关14年。家宅部分的建筑与行宫建筑要有人维护不同，肯定无人维护，所以也就毁坏拆除，改成"箭亭"前长达百余米的"箭道"靶场供皇帝南巡时射箭之用。到绘制彩图时的乾隆四十五年，又过去了15年，由于这儿是"箭道"所在，相当于古人所谓的"射圃"，等于是一个空旷的废园，所以种上了竹林，在绘制彩图的时候，其竹林已经非常茂盛，更显荒凉。又：《南巡临幸胜迹图》中的第二幅"江宁行宫"图中的竹林和彩图一样茂盛。此图的绘制年代前已考明当在典图与彩图两者之间，且在乾隆三十三年以后，今据其竹林和彩图一样茂盛来看，该图的绘制年代当只比彩图略早几年而已。

总之，此[31]区因曹家抄家而败落，后来又因不派"江宁织造"而至少空关了14年，接着又因再派"江宁织造"时，织造府迁至淮清桥而不在此办公，从此彻底空关。到典图绘制的乾隆三十年和彩图绘制的乾隆四十五年时，由于已有二三十年长期无人居住，行宫建筑有人维护，而此家宅部分无人维护，所以全部荒废。

[32]：箭亭，典图为一座三开间大小的"方亭"格局，而彩图时已建为四五开间大小的"大堂"格局，而且位置也往前移了很多，快与"宗祠"南墙（即典图中所标的"戏台"建筑的围墙）相并齐了。

箭亭所在区域临近"宗祠"，原本就是《红楼梦》中所写的贾珍"宁国府"的后园，同"贾赦院"一样原本是座花园，名为"会芳园"，内有"丛绿堂"（书中写明是在"祠堂"东墙之下）、天香楼（图中已毁坏消失，其当即典图"箭亭"前面，典图"戏台"这一宗祠大门东侧、与宗祠大门相并齐的"会芳园"南大门的第二层楼）。此"会芳园"的北部（也即"会芳园"的绝大部分）①后来纳入"大观园"而成为"大观园"的南半部分。

"箭亭"之前的[31]区的建筑，典图与彩图皆未画，乃是因为上文所说的家宅部分因空关二三十年而全部毁坏拆除的原故。由于"箭亭"处为花园，与之相并齐的"贾赦院"的内院原本也是荣府花园，故可揣知"箭亭"这一路（[31][32]）的形制，当同"贾赦院"的前院、内院一样。故"箭亭"前的[31]当与"贾赦院"的前院（[23][24][25]）一样。由于"贾赦院"的格局又与"贾氏宗祠"差不多，故今定"箭亭"之前的[31]区当同"贾氏宗祠"前的三进院落一样，也是三道厅堂供居住之用。总之，"箭亭"前的[31]区不可能像荣府中路那样成为空旷的庭院广场。

[33]：彩图此处有园林的围墙和园门，与《红楼梦》合。且其假山突出在围墙外，富有野趣，与《红楼梦》大观园一进园门就有的假山"翠嶂"相合。

---

① 从方位上说是在北，从面积上说，则占了会芳园的绝大部分。

但《红楼梦》的假山在园门（[35]南侧建筑）内，故知彩图所绘的其外的假山当是后来增建。

又典图"箭亭"位置在后，而彩图移前，即：[35]南侧的大观园"正门"前、"箭亭"后，彩图有一庭院，而典图无。典图当是《红楼梦》所述原貌，而彩图因在[35]南侧的园门前新建一假山庭院，于是把"箭亭"南移并扩建为厅堂式建筑，已非康熙朝行宫原貌。

[34]：园门庭院内有假山树木，彩图有绘。而典图此处为"箭亭"所在，彩图时已将典图之"箭亭"拆除并移前重建，重建时加大开间成为厅堂建筑，而在原来的"箭亭"处新建此园门前的假山庭院。

[35]：典图只画了园门后的院墙，而彩图未画墙，画的是山石池岸。据《红楼梦》的描述，入大观园园门有假山"翠嶂"，不当有围墙。彩图所绘无围墙，符合《红楼梦》的描述；其未画假山"翠嶂"，疑当有假山只是图上未绘出而已。典图所绘与《红楼梦》异，当是后来改造；不知改造时可将《红楼梦》所描述的康熙朝堆砌的"翠嶂"等假山拆除否？彩图所绘符合《红楼梦》描述，当是据旧有档案又恢复出康熙朝行宫御花园的原有格局。

●**东北角的花园即书中的"大观园"**。园东侧临街，即今"碑亭巷"。

[36]南侧的建筑当是"怡红院"，彩图绘其后有围墙、前有池沼，与《红楼梦》的描述相合；典图无，当皆是未画的缘故，并非没有。典图"怡红院"两侧画有山石与树，而彩图只画树、未画山石，当如典图所绘，既有树木、又有山石。

[37]：池中有六曲之桥，桥心有亭，即《红楼梦》中的"沁芳亭桥"，书中谓此桥有"三港"（即有三个桥洞），彩图所绘符合《红楼梦》描述。而典图所绘，其南边为三曲之桥，与书中桥有"三港"的描写相同，但桥心之亭变成了"水中起台、台上建榭"的台榭形制，与书中"湖心亭"的描述大异；其北边[38]处的三曲之桥又变成湖石之路，书中只言其桥为"三港"，未言此桥北侧不是桥板而是山石所垒之堤，据此可知：典图以上二者已非康熙朝原貌，乃后来改建，而彩图当是根据原有档案恢复出康熙朝原有形制。

又：典图绘制于乾隆三十年而形制与书中描绘有两大不合（湖心为台榭而非书中所说的亭子，桥北是湖石之路而非书中所说的板桥），彩图绘制于乾隆四十五年而形制与书中描写吻合，绘制年代介于两者之间的《南巡临幸胜迹图》中的"江宁行宫"图，未绘湖中长桥与桥心建筑。这就更加能够证明：典图湖心长桥乃雍正朝湖心长桥年久失修后，未按行宫旧档复建而任意改建；乾隆三十三年后改造江宁行宫，因其与康熙朝行宫旧档之图不合而将其拆除重建，以恢复康熙朝行宫的原有形制，《南巡临幸胜迹图》湖心无长桥，便是典图湖心长桥拆除后等待按照康熙朝旧档重建时的情形，而彩图所绘便是建成后的情形，完全恢复了康熙朝的形制。

[39][40]：典图绘出"大观楼"两侧的飞楼复阁，与《红楼梦》描述完全吻合，而彩图时当已拆除。其楼北靠大主山，故典图名之为"山楼"。

[41][42]：典图"山楼"后有围墙围起，则必有一进建筑，其当在楼后的大主山麓，[42]疑即《红楼梦》中所写的"嘉荫堂"所在。彩图当是失绘。典图[42]东侧围墙与大观园东园墙又围合成一大型院落，疑即《红楼梦》中所说的幽尼佛寺"达摩庵"、女道丹房"玉皇观"所在。彩图亦失绘[42]东侧围墙。

彩图"大观楼"后为一横亘全园北部的茂盛竹林，典图只绘几段竹林，且无其茂盛。此一大片竹林与"怡红院"正隔湖相对，与《红楼梦》描述吻合。

[43]：彩图绘有大土山，与《红楼梦》园北有"大主山"的说法相吻合，当是原来即有；典图无，当是未画的原故，而不是没有，即：典图为了画山后之物，故未画其前的"大主山"，以免此山将其遮挡。

彩图园中只画此一座山，实则全园皆是此山余脉，形同人伸出两手来环抱园中央的"沁芳池"，池北侧的大土山便相当于人的脑袋和两肩，而"沁芳池"东、西、南三侧皆是此山余脉，便相当于人的两臂在环拱，彩图、典图皆为求简洁而未画东西南三侧的余脉。

[44]：典图有篱笆围起的竹院一区，当即《红楼梦》所言的"蘅芜苑"，彩图因绘大主山及其密林修竹，故挡住而看不见，不是没有。

[45]：典图有篱笆围起的竹院一区，当即《红楼梦》所言的"梨香院"，彩图因绘大主山及其密林修竹，故挡住而看不见，不是没有。

[46]：典图有"八角亭"一座（其标明"八角亭"三字，故知是八角形制而非六角形制），疑即《红楼梦》中"芦雪庵"。其在"大主山"南麓的滩涂之地，下临汉港而可垂钓。彩图虽无亭，但长廊至此弯曲成八角形的后三面之状，似此处曾有过八角之亭而后来荒废，故取其后三面造入长廊。

今按：此亭本书"第三章、第五节、五"考其形制虽然是亭，但四壁有板而密不透风，其实不宜称"亭"，故称作同音之字"庭"，程高本所作的"芦雪庭"当是曹雪芹的最初稿。但建筑历来没有命名为"庭"者，而此建筑是芦苇所盖之亭，形似茅庵，故曹雪芹后来又改"庭"字为意为"庵"的"广"字，即脂本所作的"芦雪广"。（按："广"可音"庵"而意为圆顶草屋，与八角亭形制正相吻合。）

[47]：彩图绘有临水的轩榭，典图无。当是典图时拆除，而彩图时重造。则其所造必定有所根据，比如其地留有基址之形，证明此前当有轩榭。故疑其处当即《红楼梦》所言的"藕香榭"，彩图所造乃根据原有档案及实地基址复旧。

[48][49]：[48]处长廊彩图向南曲折后再向西，而典图一直向西，此当是典图时有所改造的原故。大观楼[49]处彩图长廊呈"冂"状向后弯曲，而典图却又是一直线而不内凹，故疑典图当是迎面而绘，虽曲折也绘作一直线（即从正面视角作画时画不出后凹），故典图此处亦当后曲为是。[49]处长廊后曲也可证明此处原来当有建筑。

"大观楼"西侧长廊典图皆直，而彩图则多处略有弯曲，说明大观楼西侧当有不少建筑。而"大观楼"东侧长廊典图与彩图皆笔直不曲，说明其东侧当没有什么建筑。大观楼西侧呈"冂"状向后弯曲处的[49]正在竹荫之下，其当为"潇湘馆"所在，其与大观楼相近而不相见，当是两者之间有山体屏障的原故。

[50]东侧的建筑屋顶，典图近于方形，下有高台基，与《红楼梦》"方厦"之语相合（"厦"即高耸的房子）。而彩图绘作长方形，其下仍绘有台基，但据上文"第一章、第四节、四、[6]"的考论，其下的台基当据《南巡临幸胜迹图》中的"江宁行宫"图作凌架于湖面上的多排立柱为宜。今又按：彩图与《南巡临幸胜迹图》中的"江宁行宫"图所绘的长方形疑是误绘，当据典图绘作正方形以符"方厦"之名为确。

[51]处长廊，彩图呈"互"字形，其当如典图和《南巡临幸胜迹图》所绘呈"⌐"状，彩图所绘当是笔误。

据上引江宁行宫"图说"中的"周以长廊"语，可知图中长廊原非大观园所有，乃乾隆朝改造行宫时增建。大观园以山水为主，并无长廊贯穿全园，全书仅一处提到长廊（即第17回贾政游大观园时提及："或长廊、曲洞，或方厦、圆亭"），书中也未见"园中贯穿长廊"这样的文字描述。而"图说"又表明"大行宫"御花园本无长廊，长廊乃后人增建（"周以长廊"），大观园中当仅个别地段会有一小段长廊存在（即第17回所言的"长廊、曲洞"）。江宁行宫"图说"言明周绕全园的长廊是原来所没有而后来增加，即全园基本无长廊，这也是大行宫御花园乾隆朝古图和《红楼梦》大观园描述相合的一个佐证。

[52]：池边山石，彩图与典图皆"此有而彼无"，正可相互补充。此可证：全园陆地上大多布满山石。当是开池时将土垒成全园之土山及其余脉，其上点缀假山，故全园为山水相依之园。

又：园东侧、园东南角的"长廊"与"宫墙"（园墙）之间的树，典图绘制详细，而彩图仅绘东南角一株树（在园东南角[52]处上方），余皆失绘。而绘制年代介于典图与彩图之间的《南巡临幸胜迹图》中的"江宁行宫"图，这些树皆有绘，与典图相同，而该图与彩图大同小异，绘制年代接近而只比其略早几年，故疑彩图当是漏绘，而非没有上述之树。

[53]：典图绘有湖心岛，彩图未绘。《红楼梦》亦未提及湖心有岛，但亦未提到没有，故难以遽定孰为原貌、孰非原貌，录之以存疑。（总的感觉应当以没有湖心岛为是。）

[54]：此为行宫东南角，但未绘入行宫内，两图皆然。此当是"江宁织造府"府外之地，不属于"江宁行宫（江宁织造府）"。其即本章"第四节、一"邓启贤编刻的"江宁省城"地图中所标的"二郎庙"。

●大观园东南角异同详辨

典图与《南巡临幸胜迹图》中的"江宁行宫"图，在大观园东南角上还有一处重大差异（下图之彩图见书首"B-18"）：

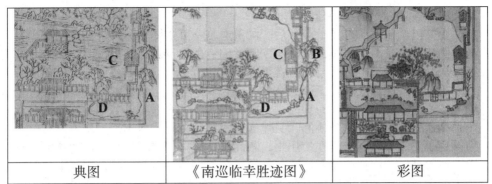

| 典图 | 《南巡临幸胜迹图》 | 彩图 |

由于我们基本判定《南巡临幸胜迹图》与"彩图"相一致，我们便只讨论《南巡临幸胜迹图》与"典图"的差异，唯"彩图"与《南巡临幸胜迹图》相异处，我们再单列"彩图"的情况。

从《南巡临幸胜迹图》与"彩图"两图来看，方形建筑 C，典图建造在很高的台基上，而《南巡临幸胜迹图》造在跨湖的立柱上，包括其南侧的走廊亦然。圆亭 D 则两图都造在湖岸的地基上。A 处的湖岸两图皆同，而《南巡临幸胜迹图》B 处画有湖岸，其湖岸从 B 处一直延伸到 A 处，这意味着方厦 C 东侧全是湖而非陆地。而彩图与典图相同，湖岸只从 A 处开始，方厦 C 东侧是陆地而非湖。

这便意味着《南巡临幸胜迹图》图中 C 的东侧全是湖，C 完全建造在湖中，故其下为立柱而凌架在湖面之上，其北侧的走廊当也是建造在凌架于湖面上的柱子上，即与图中所绘的 C 南侧的走廊下有立柱跨立在湖中的形制相同。

而在典图与彩图中，C 的东侧是岸而不是湖，C 的东侧完全建造在山地上，故其下为湖东岸畔的岸上台基，其北侧的走廊当建造在湖岸上，只不过由于 C 这一建筑位于湖东岸畔而紧贴湖，所以彩图 C 的基址仍可能同《南巡临幸胜迹图》所绘，是立柱而非高耸的台基，而典图绘明是台基而绝不可能是立柱；但 C 北侧走廊的基部，无论是典图还是彩图，都是台基而非立柱。而 C 南侧的走廊则造在湖面上，无论是典图还是彩图，其基部都当据《南巡临幸胜迹图》所绘，由台基修正为湖面上的立柱，这样便于走廊两侧湖面的流通；如果筑成台基，走廊南侧的小湖便成了死水一潭。

这两者究竟何者更为符合《红楼梦》的描述，已经很难判断，我个人的意见认为：典图是符合《红楼梦》描述的康熙朝行宫原貌。到了乾隆三十三年后的改造中，将方厦 C 东侧的山地全部挖废成湖面，将方厦 C 建造在湖面的立柱上而高度大为降低。这就意味着，从此以后，从北而来只能走方厦与圆亭才能到达怡红院。而《红楼梦》第 17 回写明贾政从园东北角到怡红院时，"或方厦、圆亭，贾政皆不及进去"，则方厦东侧的岸地必然存在。今《南巡临幸胜迹图》不存在这一方厦东侧的岸地，当是其所改造（即挖废），故知典图当是《红楼梦》原貌。而且 D 处圆亭及圆亭西侧走廊完全可以跨湖而建，今建在湖岸地基上而不凌湖建构，可以反证 C 处方形建筑原来也应当建造在湖岸上，只有 CD 两者之间的那段走廊是跨湖而建。

上文已经论明，彩图的年代后于《南巡临幸胜迹图》，其 C 东侧的格局又与典图相同，疑其时又据原有档案恢复了旧有的格局，此亦可证明：典图此处的格局当符合原有档案而与《红楼梦》描述相合。

关于彩图在这儿恢复了旧有格局，这绝非想当然。因为《南巡临幸胜迹图》中连"沁芳亭、桥"都没有；而大观园中心为湖，全靠"沁芳亭桥路"来沟通中部交通，如果没有这条桥路，只能证明大观园早已废弃不用，用不着考虑交通问题了。只要这园子尚在使用中，则此桥、此路便必不可少。由此桥路的拆毁，也可证明《南巡临幸胜迹图》与原有格局发生了大的差异，则其东南角典图中的湖岸变成了该图中的湖面，很可能也是其擅自妄改所致。由彩图恢复《南巡临幸胜迹图》所无的"沁芳亭桥路"而符合《红楼梦》的描述，可证彩图当是按照原有档案恢复了"江宁行宫"的旧有格局；则行宫东南角按照原有档案恢复典图所绘的旧有格局，便也是应有之意了。

只是彩图恢复典图形制时，C 仍沿用《南巡临幸胜迹图》中的形制，而未拆除后按照典图的样式重建。如果 C 按照典图的样式重建的话，则其基底便不是《南巡临幸胜迹图》中的立柱、而是高耸的台基，相应的，C 的建筑高度也将随台基的砌筑而大幅度升高。现在彩图中 C 的建筑高度与《南巡临幸胜迹图》相同，而比典图要矮很多，可证彩图恢复典图形制时，C 仍沿用《南巡临幸胜迹图》中的形制，而未拆除后按照典图的样式重建。

关于这个问题的讨论，又请参见本书"第三章、第二节、一、（二）"。

我是散相思的五瘟使

第二章 《红楼梦》府第空间全破译

本书讨论时，称《江南省行宫座落并各名胜图》中的"江宁行宫图"为"彩图"，称《南巡盛典》一书中的"江宁行宫图"为"典图"。绘制年代介于两者之间的第二幅《南巡临幸胜迹图》中的"江宁行宫"图，与彩图大同小异，故以彩图作为其代表，讨论时不再将其单独列举。

上文已详细论明"典图"、"彩图"二图的差异，下面我们便根据这两幅镜像图来"按图索骥"地对照《红楼梦》前八十回与后四十回的文字，探索"宁荣二府大观园"的建筑形制和建筑格局，从而证明此图与《红楼梦》之文的"图、文相合"，进而得出如下的结论：

（1）通过前八十回文字与此图的相合，便可证明《红楼梦》所描述的人文艺术空间"宁荣二府大观园"，就是以历史上真实存在过的、曹雪芹在南京的旧家"江宁织造府行宫"的镜像图作为原型；

（2）通过后四十回与此图相合，便可证明前八十回与后四十回是同一个人所写的完整的艺术整体。

通过以上两点结论，我们便能有力地证明"后四十回也是曹雪芹所著"的结论和事实。这是另辟蹊径，通过空间来让《红楼梦》前八十回与后四十回"破镜重圆"，此研究堪称是"空间《梦》圆录"。

本章共分三节，前两节分别讨论"荣国府"和寄居于荣国府中的"薛姨妈院"，第三节则讨论"宁国府"。

正如上文讨论"典图"与"彩图"差异时指出：府第部分当以典图为准，而大观园部分当以彩图为准。故本章"宁、荣二府考"只标记典图，而下章讨论"大观园"时，则以标记彩图为主。

又：本章及下一章讨论时，凡前八十回文图相合处标"★"，凡是后四十回文图相合处标"★★"，凡是前八十回与后四十回相合处标"★★★"。后两者便能证明后四十回为曹雪芹所著，故标以多颗"★"。

第一节 "荣国府"文图详考

"荣国府"是荣国公贾源的府第,简称"荣府"。因与"宁国府"毗邻,位居西侧,故又称"西府"。《红楼梦》对荣国府建筑的描写,集中在第 3、6、7 等回,从建筑规模上看,荣国府是座王公府第,其建筑分"左、中、右"三路:

① "中路"依次为:大门、外仪门、向南大厅、内仪门、荣禧堂、凤姐院。后四十回宝玉与宝钗成亲处,位于"荣禧堂"、"凤姐院"两者之间。

② "西路"依次为:绮霰斋、垂花门、穿堂、贾母上房、新盖的大花厅等。

③ "东路"又分南北两部分:南部临街的"黑油大门"内是"贾赦院",其正房位于"三层仪门"后,建筑小巧别致,有山石、花木,乃荣国府于东北建"后花园"(即"江宁行宫"的御花园)后,便把荣国府旧有的东花园①改造成贾赦居住的院落而称"荣府旧园"。北部在贾赦院上房院墙之北、荣禧堂东耳房之东,是"贾政王夫人院",其即典图所标的江宁行宫中最核心的"寝宫"所在。

本书讨论时,凡图与《红楼梦》文字完全密合者,特标"★"以醒目。引《红楼梦》原文时,特将图上地点用字母标记在引文中,读者可以"按图索骥"。

① 原型在西,此为镜像,故说成"东"。

李纹
李绮

一、"图二"中所考荣国府建筑

（一）第 3 回所交代的荣国府主要建筑

第 3 回借林黛玉进贾府后一路行来的视角，把荣国府主要建筑"贾母院、贾赦院、荣禧堂、王夫人院、南北宽夹道"全部交代给读者，使大众在阅读全书伊始，便对"荣国府"的空间有一个整体印象，笔法可谓高妙：

且说黛玉自那日弃舟登岸时，便有荣国府打发了轿子并拉行李的车辆久候了。……自上了轿，进入城中，从纱窗向外瞧了一瞧，其街市之繁华，人烟之阜盛，自与别处不同。（甲侧：先从街市写来。）

又行了半日，忽见街北蹲着两个大石狮子，三间兽头大门【A】，门前列坐着十来个华冠丽服之人。正门却不开，只有东西两角门【B】有人出入。正门之上有一匾，匾上大书"敕造宁国府"五个大字。（甲侧：先写宁府，这是由东向西而来。）黛玉想道："这必是外祖之长房了。"想着，又往西行，不多远，照样也是三间大门，方是荣国府了。却不进正门【C】，（蒙侧：以下写宁国府第，总借黛玉一双俊眼中传来。非黛玉之眼，也不得如此细密周详。）只进了西边角门【D】。那轿夫抬进去，走了一射之地，将转弯时【F】，便歇下退出去了。后面的婆子们已都下了轿，赶上前来。另换了三四个衣帽周全十七八岁的小厮上来①，复抬起轿子。众婆子步下围随至一垂花门【G】前落下。众小厮退出，众婆子上来打起轿帘，扶黛玉下轿。（蒙侧：以上写款项。）林黛玉扶着婆子的手，进了垂花门②，两边是抄手游廊③【H】，当中是穿堂【I】，当地放着一个紫檀架子大理石的大插屏【J】。转过插屏，小小的三间厅【K】，厅后就是后面的正房大院【L】。正面五间上房【M】，皆雕梁画栋，两边穿山游廊④、厢房【N】，挂着各色鹦鹉、画眉等鸟雀。台矶之上，坐着几个穿红着绿的丫头，一见她们来了，便忙都笑迎上来，说："刚才老太太还念呢，可巧就来了。"（甲侧：如见如

---

① 此便是本节下文"（二）、（5）"考得的、守在贾母院处仪门"垂花门"外的茗烟、锄药、引泉、扫花、挑云、伴鹤、双瑞、双寿这八个宝玉小厮中的三四位。

② 大门称"头门"，为第一道门；仪门是内院之门，为第二道门，故称"二门"。内院是女眷起居处，男仆不得入内，所以"二门"便是男女有别、内外有别的分界处。其门上的檐柱不落地，悬于中柱穿枋上，柱上雕有华丽的花瓣莲叶，以仰面莲花和花簇头为多，故称"垂花门"。其门位于整座宅院的中轴线上，界分内外，建筑华美，是全宅中最醒目的地方，用来提醒外客非请莫入。

二门（垂花门）是内宅（内院）与外宅（前院）的分界线和唯一通道：外人可以引到前院当中朝南而建的南房会客室中，而内院则是自家主人生活起居的地方，外人一般不能随便出入。这条规定就连自家男仆也要执行，即外院的男工杂役，非经允许也不得进入二门。内院的普通劳役由女性下人完成，这些女性下人在服役范围内可以随意出入二门。主人家的女子不出二门，这就是旧时人们常说的：妇道人家"大门不出、二门不迈"。

③ 抄手游廊，又作"超手游廊"，是中国传统建筑中，从"二门"开始，向两旁环抱的走廊。

④ 穿山游廊，就是在房子山墙上开门洞，通过游廊（即观赏游走用的走廊），把正房与厢房的檐廊全部连接起来。

闻，活现于纸上之笔。好看煞！）于是三四人争着打起帘笼，（甲侧：真有是事，真有是事！）一面听得人回话："林姑娘到了。"（甲眉：此书得力处，全是此等地方，所谓"颊上三毫"也。）……

当下茶果已撤，贾母命两个老嬷嬷带了黛玉去见两个母舅。时贾赦之妻邢氏忙亦起身笑回道："我带了外甥女过去，倒也便宜。"贾母笑道："正是呢，你也去罢，不必过来了。"邢夫人答应了一声"是"字，遂带了黛玉与王夫人作辞，大家送至穿堂【I】前。出了垂花门【G】，早有众小厮们拉过一辆翠幄青绸车。邢夫人携了黛玉，坐在上面，众婆子们放下车帘，方命小厮们抬起，拉至宽处，方驾上驯骡，亦出了西角门【D】，往东过荣府正门【C】，便入一黑油大门【O】中，至仪门【P】前方下来。众小厮退出，方打起车帘，邢夫人搀着黛玉的手，进入院中。黛玉度其房屋院宇，必是荣府中花园隔断过来的[①]。（甲侧：黛玉之心机眼力。）进入三层仪门【P】【Q】【R】，果见正房【S】厢庑、游廊【T】，悉皆小巧别致，（蒙侧：分别得沥沥，可想如见。）不似方才那边轩峻壮丽，且院中随处之树木、山石皆有。（甲侧：为大观园伏脉。试思荣府园今在西，后之大观园偏写在东，何不畏难之若此？）一时进入正室，早有许多盛妆丽服之姬妾丫鬟迎着，邢夫人让黛玉坐了，一面命人到外面书房【U】去请贾赦。……邢夫人苦留吃过晚饭去，[②]黛玉笑回道："舅母爱惜赐饭，原不应辞，只是还要过去拜见二舅舅，恐领了赐去不恭，异日再领，未为不可。望舅母容谅。"邢夫人听说，笑道："这倒是了。"遂令两三个嬷嬷用方才的车好生送了姑娘过去，于是黛玉告辞。邢夫人送至仪门【P】前，又嘱咐了众人几句，眼看着车去了方回来。

一时黛玉进了荣府【D】，下了车。众嬷嬷引着，便往东转弯，穿过一个东西的穿堂【V】，（甲侧：这一个穿堂【V】是贾母正房【M】之南者。凤姐处所通者【N1】，则是贾母正房【M】之北。）向南大厅【W】之后，仪门【X】内大院落【Y】，上面五间大正房【Z】，两边厢房、鹿顶耳房，钻山【A1】四通八达，轩昂壮丽，比贾母处不同。黛玉便知这方是正经正内室，一条大甬路【B1】，直接出大门【C】的[③]。进入堂屋中，抬头迎面先看见一个赤金九龙青地大匾，匾上写着斗大的三个大字，是"荣禧堂"，（蒙侧：真是荣国府）。后有一行小字"某年月日，书赐荣国公贾源"，又有"万几宸翰之宝"。大紫檀雕螭案上，设着三尺来高青绿古铜鼎，悬着待漏随朝墨龙大画，一边是金蜼彝，（甲侧：蜼，音"垒"，周器也。）一边是

---

① 足证荣府西路的南半部分原本是"旧花园"，后来隔断，里面建为"贾赦院"，其后建为府中旧有的"贾政院"，两者不通。

② 此可证黛玉是下午到达贾府。

③ "比贾母处不同"，"一条大甬路，直接出大门的"，程甲本皆同脂本，而程乙本妄改"贾母处"三字为"各处"，又将后一句移至"一时黛玉进入荣府下了车后"，且改作"只见一条大甬路【B1】直接出大门【C】来"，把林黛玉在"荣禧堂"庭院内看到的情景，改成了在"西角门"内下车处【F】所望见的"大门"内庭院的情景。由程甲与脂本相同，而程乙与之大异，可证此乃程乙本妄改程甲本的显例。

玻璃盎。(甲侧:盎,音"海",盛酒之大器也。)地下两溜十六张楠木交椅。又有一副对联,乃乌木联牌,镶着錾银的字迹,(甲侧:雅而丽,富而文。)道是:"座上珠玑昭日月,堂前黼黻焕烟霞。"(甲夹:实贴。)下面一行小字,道是:"同乡、世教弟、勋袭东安郡王穆莳拜手书。"(甲侧:先虚陪一笔。)

　　原来王夫人时常居坐宴息亦不在这正室,(甲侧:黛玉由正室一段而来,是为拜见政老耳,故进东房。)只在这正室东边的三间耳房【C1】内。(甲侧:若见王夫人,直写引至东廊小正室【F1】内矣。)①于是老嬷嬷引黛玉进东房门来【C1】。临窗大炕上铺着猩红洋罽,正面设着大红金钱蟒靠背,石青金钱蟒引枕,秋香色金钱蟒大条褥。两边设一对梅花式洋漆小几:左边几上文王鼎、匙箸、香盒。右边几上汝窑美人觚,觚内插着时鲜花卉;并茗碗、唾壶等物。地下面西一溜四张椅上,都搭着银红撒花椅搭,底下四副脚踏。椅之两边,也有一对高几,几上茗碗、瓶花俱备。其余陈设,自不必细说。(甲侧:此不过略叙荣府家常之礼数,特使黛玉一识阶级座次耳,余则繁。)老嬷嬷们让黛玉炕上坐,炕沿上却有两个锦褥对设,黛玉度其位次,便不上炕,只向东边椅子上坐了。(甲侧:写黛玉心意。)本房内的丫鬟忙捧上茶来。黛玉一面吃茶,一面打量这些丫鬟们,(蒙侧:借黛玉眼写三等使婢②)装饰、衣裙,举止行动,果亦与别家不同。

　　茶未吃了,只见一个穿红绫袄青缎掐牙背心的丫鬟(甲侧:金乎?玉乎?③)走来笑说道:"太太说,请林姑娘到那边坐罢。"(蒙侧:唤去见,方是舅母,方是大家风范。)老嬷嬷听了,于是又引黛玉出来到了东廊④三间小正房【F1】内。正房炕上横设一张炕桌,桌上磊着书籍茶具,(甲侧:伤心笔,堕泪笔。⑤)靠东壁面西设着半旧的青缎靠背、引枕。王夫人却坐在西边下首,亦是半旧的青缎靠背坐褥。见黛玉来了,便往东让⑥黛玉心中料定这是贾政之位。(甲侧:写黛玉心到、眼到,伧夫但云为贾府叙坐位,岂不可笑?)因见挨炕一溜三张椅子上,也搭着半旧的(甲侧:三字有神。此处则一色旧的,可知前正室中亦非家常之用度也。⑦……)弹墨椅袱,黛

---

① 指如果只要拜见王夫人的话,便只要引到"王夫人院"的上房即可;现在因要拜见贾政,所以要引到"荣禧堂"的东耳房。即:"荣禧堂"(其即"江宁织造府"的大堂)的正堂是办公用的,贾政一般都在其东侧的耳房内起居,唯有处理重要公务时才登正堂。

② 世人皆分事物为上、中、下三等,故"三等"就是下等的意思。

③ 指此人不是金钏儿、便是玉钏儿。

④ 廊,程甲本同,程乙本误作"南"。今按:"荣禧堂"东南为"贾赦邢夫人院",正东为"贾政王夫人院",作"东南"必非,当是高鹗妄改。由程甲本与脂本相同,而程乙本与之大异,可证此乃程乙本妄改程甲本的显例。

⑤ 按:贾政原型就是脂砚斋曹頫,故作者此处写的便是脂砚斋用过之物,所以脂砚斋要批"伤心、堕泪"语。

⑥ 王夫人坐在西首坐位上,而东首为尊,乃贾政所坐,王夫人让黛玉坐,黛玉不敢坐。此处曹雪芹未作镜像处理,即现实生活中贾政坐东、王夫人坐西,写入小说时,曹雪芹未作镜像处理而改写成贾政坐西、王夫人坐东。

⑦ 指"荣禧堂"中并非日常起居处,乃是迎接贵客时才用到,所以"荣禧堂"之物皆新,而此处是日常起居处,其物都已用旧。

玉便向椅上坐了。王夫人再四携她上炕，她方挨王夫人坐了。……

只见一个丫鬟来回："老太太那里传晚饭了。"王夫人忙携黛玉从后房门（甲侧：后房门【G1】。）由后廊（甲侧：是正房后廊【H1】也。）往西，出了角门，（甲侧：这是正房后"西界墙"角门【I1】。）是一条南北宽夹道【J1】。南边是倒座三间小小的抱厦厅【K1】，北边立着一个粉油大影壁【L1】，后有一半大门【M1】，小小一所房室。王夫人笑指向黛玉道："这是你凤姐姐的屋子，回来你好往这里找她来，（蒙侧：灵活，无一漏空。）少什么东西，你只管和她说就是了。"这院门上也有（甲侧：二字是它处不写之写也。①）四五个才总角的小厮，都垂手侍立。王夫人遂携黛玉穿过一个东西穿堂【N1】，（甲眉：这正是贾母正室后之穿堂也，与前穿堂【V】是一带之屋，中一带乃贾母之下室【Q1】也。记清。）便是贾母的后院【P1】了。（甲侧：写得清，一丝不错。②）于是，进入后房门【O1】，已有多人在此伺候，见王夫人来了，方安设桌椅。（甲侧：不是待王夫人用膳，是恐使王夫人有失侍膳之礼耳。）贾珠之妻李氏捧饭，熙凤安箸，王夫人进羹。（蒙侧：大人家规矩礼法。）贾母正面榻上独坐，两边四张空椅，……

当下，奶娘来请问黛玉之房舍。贾母说："今将宝玉挪出来，同我在套间暖阁儿里，把你林姑娘暂安置碧纱橱里。等过了残冬，春天再与他们收拾房屋，另作一番安置罢。"（蒙侧：女死、外孙女来，不得不令其近己，移疼女之心疼外孙女者当然。）宝玉道："好祖宗，（甲侧：跳出一小儿。）我就在碧纱橱外的床上很妥当，何必又出来闹的老祖宗不得安静？"贾母想了一想说："也罢了。"每人一个奶娘并一个丫头照管，（蒙侧：小儿不禁情事，无违，下笔运用有法。）余者在外间上夜听唤。……当下，王嬷嬷与鹦哥陪侍黛玉在碧纱橱内。宝玉之乳母李嬷嬷，并大丫鬟名唤袭人者，陪侍在外面大床上。

【解析】

【贾母院】：黛玉从东向西而来，先经过宁国府，见其三间兽头大门③【A】，正门不开，台基下东西两侧有角门【B】④供人出入（据下文，角门可通邢夫人的青紬车，可证其门槛可以移走而在台基之下）。

西行不多远（据下文"第三节、一、（一）、（2）"考，不足一箭之地，即百

---

① 此批便交代出贾府诸"二门"（仪门）处皆有年幼的小厮看门。而"三门"（即内仪门）处乃内眷行走处，不当让任何男仆看见，故当无小厮看门。

② 此是脂砚斋称赞作者笔下的"荣国府"符合实际原型。可证书中"宁府二府大观园"必有原型。

③ 兽头，即古建筑屋顶上安装的瓦质或琉璃质的"螭吻"等兽形雕饰。凡是大门屋顶上安装有兽头的，便称作"兽头大门"。清代府第建筑有严格的等级规定，官位二品以上者，其宅方可安置兽头。作者是用"三间兽头大门"来标榜贾府的贵族身份。

④ 大宅院正门两侧的边门称为"角门"。王公府第及达官显贵的住宅一般都设有角门，两角门与正门合称"三门"。平时都从两侧的角门出入，唯有婚丧喜庆及官场迎送时，方才出入正中的正门。

余步），便是荣国府的三间兽头大门【C】，形制与宁国府相同。

黛玉之轿抬进西边角门【D】（我们相应地把图中的东边角门标作【E】），走了一射之地（据图仅 70 米，约五六十步），将转弯时【F】，轿夫便停轿退下，由四个十七八岁的小厮上来抬轿，进入西侧院墙上开的门（在【F】的西侧），来到"贾母院"的垂花门【G】前停住，小厮退出，由女佣扶黛玉下轿。此垂花门实为入贾母院的二门。"二门"即大门内的第二道门，又称"仪门"，是男仆与内眷的分界处，男性仆人不得进入此二门。二门口虽然设有年幼的男性小厮守门，但他们也只能看守在门口，不能进入二门。（注意：图中【A2】处的宝玉外书房"绮霰斋"此时尚未建，故从【F】到【G】有路可通。"绮霰斋"【A2】建成后，其右肩的墙上当开门供人出入。）

黛玉入了垂花门，便进入贾母院的第一进庭院，两边是抄手游廊【H】。所谓"抄手游廊"就是四合院内左右环抱的游廊。此庭院正北是穿堂【I】，"穿堂"就是位于前后两进庭院之间，用来贯通前后而可穿行的厅堂。穿堂正中是一座大理石做的大型插屏【J】，供屏幛内外之用；由于其做在紫檀木架上，故知此插屏当在室内而非室外。

转过此插屏，便是贾母院的第二进庭院，正北是一间小小的三间厅【K】，此厅便是贾母的会客厅。厅后便是正房所在的大院【L】，此是"贾母院"中最大的第三进庭院。院北是五间上房【M】，全都雕梁画栋。上房两边是厢房，厢房前有穿"山墙"而过的游廊【N】与上房【M】相贯通。游廊上挂着鹦鹉、画眉等各色鸟雀。上房建在台基上。图中三间厅【K】与后面的五间上房【M】一样大，西侧【N】没有游廊、厢房，当是后来更改，已非康熙雍正朝行宫原貌。

【贾赦院】：吃完茶后，贾母命令女佣带黛玉去见两位舅舅贾赦和贾政。贾赦妻子邢夫人说："我正好要回去，顺路带黛玉过去看望贾赦吧。"于是告辞，贾母等送到穿堂【I】前。黛玉和邢夫人在垂花门【G】前坐了小厮们拉的翠幄青紬车，抬到宽处，驾上驯骡，出了西角门【D】，过荣府正门【C】，便来到两扇黑油大门【O】前。

今按：书中写"便入一黑油大门"，"一"不是一扇大门，而是一座大门，大门不是小门，一扇之门是小门，而大门都是两扇的。书中称其为"大门"，故知其为两扇门而非一扇门，今图中正画为两扇门，这也是图文相合的一个细节例证。★

青紬车进入此黑油大门后，在第一重仪门【P】前下车，众小厮退出，女佣打起车帘，让邢夫人、黛玉下车。"仪门"即二门，男仆不得进入。黛玉一看北侧的院墙内有花树，眼前的仪门建筑又不是很高大，猜想这儿原来应当是座花园，后来才用建筑和围墙分隔出几个庭院，供贾赦、邢夫人这一大家子人居住。

第 71 回：邢夫人院里的费婆子"如今听了周瑞家的捆了她亲家，越发火上浇油，仗着酒兴，指着隔断的墙（庚夹：细致之甚。）大骂了一阵，便走上来求邢夫人，说她亲家并没什么不是。"费婆子当是指着院子西北角的北墙，往西北方向上的周瑞家【R2】、"凤姐院"【T2】大骂。林黛玉看在眼中而猜在心头的"必是荣府中花园隔断过来",在这儿便有了照应,故庚辰本夹批称作者描写"细致之甚"。

由此可见:"贾赦院"原本就是荣府的花园,其西侧院墙上必定开门与荣府中路相通,北侧院墙上也必定开门与荣府后路的"贾政王夫人院"相通,这两处门现在应当全都封住,从而把这儿隔断成为贾母长子贾赦的居所。其院不走荣国府大门出入,而是在南墙上另开黑油大门【O】出入,其院西侧和北侧都不再和荣国府相通。然后又在这荣府旧花园中建造房子,用墙隔断成若干个小院落。

黛玉再往里走,一连过了三层仪门【P】【Q】【R】,换句话说:进入贾赦内院要先经过三道仪门,这一般很少见。而图上贾赦内院前不多不少正好画有三层房屋,其正中当是可供穿行的穿堂,有门可关,故可视作"仪门",图与文字完全密合。★

过了这三重仪门便来到贾赦内院的院门前,入了院门便是正房【S】,两侧有厢庑之房,有游廊【T】相贯通。其房屋全都小巧别致,不像荣府中路的建筑那般高大壮丽,而且院中随处可见树木、山石,后来建设大观园时又移走很多。

入了正室,邢夫人便命女佣到外面书房【U】去请贾赦来见。"外书房"相当于家主人接待下人与外来人员的办公室。外来人员不可以深入府第,故"外书房"一般都会设在大门口,故今暂定其在第一层仪门【P】旁。又按照古人的"五行"观念:文、武有别,文为木,武为金,木在东,金在西,故"书房"一般都应当设在东边为宜,此图乃镜像,故将"外书房"标在仪门西偏的【U】处;同理,贾政的"外书房"也当设在最靠近大门【C】处的西厢房【T1】内。

黛玉告辞,邢夫人送到仪门【P】前,目送黛玉坐上返回荣国府的车。

【荣禧堂】:黛玉当仍由西角门【D】进入荣府,在【F】处下车。女佣们引黛玉去见二舅贾政,这时书中写:"众嬷嬷引着,便往东转弯",此处乃省文,当即走来时所走的【F】处门,入贾母院垂花门【G】西侧的那扇小门(图中有绘),然后沿紧靠"贾母院"东院墙下专供女眷行走的夹道①往北走,然后往东转弯,穿过一座东西山墙被东西向走道贯通的穿堂②,此"穿堂"图中虽然没画,当是【V】处院墙上建堂屋供通行之用(示意图见本节下文"(二)、(3)")。甲戌本侧批特别交代:"此穿堂【V】在贾母正房【M】之南(实为东南、而非正南)。而连通凤姐院【M1】的东西穿堂【N1】则在贾母正房【M】之北(实为东北、而非正北)。"

出了穿堂,朝东,经过"向南大厅"【W】背后,进入一座"仪门"【X】。这座仪门图中未画,当是后来拆除(原因见下文【总结】之"三"),今当补绘,其形制当是院墙上开一门。由于"向南大厅"【W】前已有一"仪门"【S1】(即

---

① 夹道,大户人家宅院内,由两边房屋或墙垣夹成的狭长通道。

② 此堂坐北朝南,其山墙被东西走向的过道所洞穿。(按:此堂坐南朝北的可能性不大。)

典图中标作"二宫门"者），其在外而可称作"外仪门"，此仪门在内，故可称作"内仪门"。

进入此"仪门"【X】内的大型院落【Y】，北面是间大正房【Z】，两边有厢房、鹿顶耳房，都有钻山游廊【A1】四通八达。

"厢房"是四合院中坐落在正房左右两侧、面朝庭院的配房。

"鹿顶"，正字当写作"盝顶"，原指四角椎台①，清代指正房旁边内部建有套房的厢房，其顶建成"盝顶"的形式。震钧《天咫偶闻》卷十这么记载北京内城的住房："内城则院落宽阔，屋宇高宏。……上房之巨者，至于殿宇②，大房东西必有套房，名曰'耳房'；左、右有东西厢，必三间，亦有耳房，名曰'盝顶'。"

"钻山"之"山"指山墙。"钻山游廊"即"穿山游廊"，指在房屋山墙上开门洞而与毗邻的耳房或游廊相连接。

此进建筑轩昂壮丽，与"贾母院"处的房子绝然不同，这便是全府"中轴线"（即荣国府东、中、西三路建筑中的正中一路建筑）上最为高大壮丽的厅堂、正室，其正前方便是一条大甬路【B1】直通大门【C】。

进入堂屋，迎面是御笔所赐③的"荣禧堂"匾。本书"第一章、第一节、十"引陈康淇《郎潜纪闻三笔》，"第一章、第三节、三"引赵冈、陈钟毅《红楼梦新探》，皆言康熙皇帝为江宁织造署大堂题过"萱瑞堂"三字之匾，作者当然不敢据实而写，若据实而写，岂非向世人宣告自己写的就是家事而有影射现实之感，这难免会惹上"文字狱"的官司，所以也就把"萱瑞堂"改成"荣禧堂"来写。

荣禧堂正室是贾政正式办公的地方，女佣不知贾政在还是不在正室，所以先带黛玉入正室相见，一见贾政不在，便又带黛玉由正室内东墙上的侧门，进入东边的三间耳房即"东耳房"【C1】内，因为贾政和王夫人平常在此起居，所以先引黛玉在这儿吃茶，等候贾政或王夫人的到来。茶未吃完，就有一个穿红绫袄的丫鬟，不是金钏儿便是玉钏儿，来请黛玉到东边跨所（即东边院落）内的王夫人正房处相见。

【王夫人院】：前来请黛玉到东边跨所王夫人正房处去的丫鬟引黛玉出来，走荣禧堂前的东廊，穿过往王夫人院的院墙上的门【D1】，走入荣禧堂东边院落即王夫人院的仪门【E1】（此门当同"贾母院"一样是垂花门形制），来到东廊（实当指东走廊【L2】背后的荣禧堂【Z】东边的那个院落）内的三间小正房【F1】内。正房炕上横放着一张炕桌，桌上放着书籍、茶具，甲戌本批："伤心笔，堕泪笔。"据此便可知作者或批者当是贾政原型的亲人。（据上引原文时笔者所作的注，当即脂砚斋本人所用之物，故令脂砚斋触目伤心。）

---

① 即"四角椎"削去尖顶所形成的"平顶而四方有坡"的四角椎台。
② 指从一般的大型"上房"到特别巨大的"大殿"，其正房两旁都建有耳房。
③ 当是康熙皇帝御笔所赐。

炕上东边面西之位当是贾政之位，王夫人坐在西边的下首①。（今按：此乃贾政与王夫人的起居室，此处虽然放有书，但既然是起居室，便不是书房，故其"内书房"当在"王夫人院"院门口西侧的小书房"梦坡斋"【L2】。）

【南北宽夹道与凤姐院】：有丫鬟来请王夫人到"贾母房"内吃晚饭，王夫人连忙带着黛玉从后房门【G1】出来。其后房门口就是后走廊【H1】，沿此"穿山游廊"往西，出了正房后西界墙处的角门【I1】，是一条"南北宽夹道"【J1】。

所谓"南北宽夹道"，是指南北方向上颇为宽阔的一个广场式的夹道，其就像荣府正门前的门前大广场。荣府正门前的大广场南有照壁，北有正门，东西两侧有过街门。此是内院处的广场，南为"倒坐"②的一幢三间大小的小抱厦厅【K1】（其可以比附成荣府正门前广场上的照壁），北边立着一个粉油大影壁【L1】，影壁后面是"只有大门（荣府正门【C】）一半大小"的该院落的正门【M1】，有四五个男童在门口看门，门半掩着，能看到里面有一座小小的房室【T2】，这便是"凤姐院"。（按：那座小小的房室【T2】从图上来看并不小，之所以言其小，当是凤姐院比较深，门中看过去感觉上比较小的原故。）

此"南北宽夹道"东西两侧也有角门（其可以比附成荣府正门前东西两侧的过街门）。此"南北宽夹道"与荣府大门前的广场形制完全相仿。大门外的广场便是主人向家人乃至外人发号施令的地方，而此处的"南北宽夹道"便是内院处的门前广场，可供家人列队听候女主人发令训话之用，故作者特言"半大门"，其用意便在于此。（即此门与荣府大门功能相似而小，此门前广场【J1】与大门【C】前广场的功能亦相似，只是比其小而已。）

〖按：脂本"是一条南北宽夹道"句，程甲本作："是一条南北東③道"，"東"字与"夾④"字字形相近，当是"夾（夹）"字的形近而误，故知程甲本当作"是一条南北夹道"，而程乙本因"東"字有误而妄改作"是一条南北甬路"。无论是程甲本还是程乙本，都把"南北宽"理解为"南北向"，误矣！这应当是高鹗因为"南北宽"三字费解而作的妄改，即高鹗在程甲本中妄删"宽"字，在程乙本刊行时又把"夹道"妄改成"甬路"，皆非曹雪芹原文。〗

沿着这条"南北宽夹道"继续往西走，穿过一座"东西穿堂"【N1】，脂批说：这便是上文所提到的贾母正室后（其实是在贾母正室的东北而非正北）的穿堂。

脂批又说：此贾母房正室后的"东西穿堂"【N1】与前面所提到的贾母正室南（实为东南而非正南）的"东西穿堂"【V】一北一南，可以连通；两者之间的一系列房子，便是贾母下人居住的地方【Q1】。

今图上【N1】与【V】之间正有一院落，且有门通贾母院，今标作【Q1】，

---

① 古人以东为上手，以西为下手。
② 倒坐，即坐南朝北。
③ 其简体字为"东"。
④ 其简体字为"夹"。

当即贾母下人所居住的院落（"日本国会图书馆"的图略不清，请参见书首"图B-12"上部的"早稻田大学图书馆"之图的"A"处）。过了"东西穿堂"【N1】，便是贾母的后院门【P1】内的贾母上房的后房门【O1】

在贾母上房【M】吃完饭后，黛玉的奶娘请贾母安排黛玉住处，贾母让贾宝玉住到自己房门内的"套间暖阁儿"中，而把贾宝玉原先住的"碧纱橱里"的房间让给黛玉。这时贾宝玉哀求把自己移到"碧纱橱外"的床上即可，不愿住到贾母房里的套间内。贾母见他和黛玉都还只是六七岁的小孩子，不会发生什么见不得人的丑事，便答应了。于是王嬷嬷、鹦哥陪侍黛玉住在碧纱橱内。贾宝玉的乳母李嬷嬷和大丫环袭人陪侍宝玉在碧纱橱外面的大床上睡。

所谓"套间"，即房内之房。凡是本身无外门，通过内门与比邻房屋相通而往来出入的房间，便称为"套间"。一般五开间的正房仅当中的明间有外门，左右的次间和稍次间都做成套间。"套间暖阁儿"便是用某种装修形式隔断出来的小房间，其处设有地炕（暖炕），故名"暖阁儿"。

"碧纱橱"就是碧纱做成的隔扇门，此处所说的"碧纱橱里"，指的是用碧纱橱隔出来的里间。凡是用碧纱橱这种木隔扇分隔出来的室内空间，其上设有"帘架门"，格扇的图案大多做成灯笼框的样式，灯笼心上可以装裱宇画，心外则糊绫或糊纱，糊碧纱者便称为"碧纱橱"。

【总结】图与文完全吻合处有：

一、贾母院：从垂花门【G】到南北穿堂【I】，再到小小的三间厅【K】，再到正房的大院【L】，再到五间上房【M】，其后又有后院门【P1】，图与文完全吻合。而且【L】处的确为贾母院最大的院子，与书中"正房大院"语（有正房的最大庭院）完全吻合。所以说，《红楼梦》对"贾母院"的描写，与"江宁行宫"的镜像图完全吻合、无有出入。

二、贾赦院：黛玉是从荣府大门西侧的角门出了府，往东走过荣府大门，从大门东边的一个"黑油大门"进入贾赦院，可见贾赦院的"黑油大门"朝街而开（所朝之街即"宁荣街"）。而图中【O】处正有此朝街开的大门，图与文也完全吻合。黛玉入此大门后，要经过三层（即三重）仪门，方才来到贾赦的正房【S】大院，而图中正房【S】所在大院的院门前，正有三重仪门【P】【Q】【R】，堪称神奇般的吻合。然后黛玉亲眼看到贾赦的正房之院内有很多花树、山石，而图中正房【S】的大院内正绘有花木、山石。所以说，《红楼梦》对"贾赦院"的描述，与"江宁行宫"镜像图也完全吻合，没有丝毫出入。

三、中路"荣禧堂"：除"内仪门"【X】图中未画，当是乾隆朝拆除，即本书"第一章、第四节、六"引《南巡盛典》中的"江宁行宫图说"所言的："乾隆十六年……大吏改建行殿数重，恭备临幸"的改建结果；除此以外，其余像"向南大厅"【W】、荣禧堂"五间大正房"【Z】，都与图吻合。特别是荣禧堂这"五间大正房"，当即图中所标的"中殿"【Z】。因为此殿在图中所绘不多不少正好五间，而且的确又是图中所绘建筑中画得规模最大者，与《红楼梦》"五间大正房"所描述的间数和体量完全吻合。而王夫人所住的"三间小正房"，当即图中所标的"寝宫"【F1】，因为此宫在图中所绘不多不少正好是三间，比【Z】正小两间。图中【Z】【F1】这二者所绘间数和体量，居然与《红楼梦》的描述完全吻合，也堪称神奇。

四、王夫人院：王夫人所住的"三间小正房"【F1】为何其前要冠以"东廊"两字，也与图中吻合。即："王夫人院"因在荣禧堂【Z】东北的庭院内，要走"荣禧堂"东耳房【C1】前的走廊"东廊"，穿院墙入王夫人院的院门（此门相当于王夫人院的"二门"，其即图中所标的"宫门"【E1】)，然后入此院门来到院中的"三间正房"，即图中所标的"寝宫"【F1】。正如前面所说：此三间正房要比"荣禧堂"五间大正房【Z】要小两间，其又需要从"荣禧堂"东耳房前的"东廊"下走过，所以称为"东廊三间小正房"。

五、南北宽夹道：更令人激动的是，图中上述"三间小正房"【F1】背后正绘有一条走廊，与上引《红楼梦》所言的"后廊"【H1】（"王夫人忙携黛玉从后房门由后廊往西"）完全吻合。此廊穿"王夫人院"西院墙处称为"角门"【I1】，出角门后便是一条东西向的夹道。由于一般的东西走向的"夹道"在南北方向上不可能宽阔，而此东西走向的夹道在南北方向上居然异常宽阔，所以书中称其为"南北宽夹道"【J1】，其功能就相当于是"凤姐院"【M1】门口的一个小广场，与荣国府大门【C】前大广场的功能相类似①。

一般人都会把"南北宽夹道"理解为一条南北走向的夹道，由于这条夹道东西向上比较宽，所以名为"南北宽夹道"（即"南北"是走向，"宽"是指夹道东西方向上的宽度）。事实上，王夫人出西角门【I1】所走的这条连通贾母院的"夹道"，只可能是东西走向而不可能是南北走向。因为"贾母院"在贾府的西路，也就要在"荣禧堂"之西；王夫人院在"荣禧堂"的东廊外，也就要在"荣禧堂"之东，所以联系"王夫人院"与"贾母院"的这条夹道便只可能是东西走向，而不可能是南北走向。如果硬要把这条通道说成是"南北走向"，简直无从想象。东西走向的夹道，一般情况下，其南北方向上必然不会宽阔而当狭窄；而图中所绘的这条东西向的夹道【J1】却一反常态，南北向上居然异常宽阔，所以书中称之为"南北宽夹道"。《红楼梦》"南北宽夹道"的命名极为罕见，本图居然与之完全吻合，也堪称神奇。

此"南北宽夹道"小广场的西端当有一个"东西穿堂"【N1】，过此穿堂南拐便是贾母院的后门【P1】和正房大院【L】。古人绘图力求简明扼要，一般只绘主体建筑，省略附属建筑，而此"东西穿堂"显然是一种辅助性的过道式建筑，不属于主体建筑，所以图中省略不绘也在情理之中。总之，未绘不等于没有，其乃省略不绘而已，真实的江宁织造府在【N1】处必有一过道式的辅助建筑"东西穿堂"，其示意图见本节下文"（二）、（3）"。

综上所述，除了南北两个"东西穿堂"【N1】【V】省略未绘、"内仪门"【X】拆除未绘外，《红楼梦》有关"贾母院"、"贾赦院"、"荣禧堂"、"王夫人院"与"南北宽夹道"的描述，均与"江宁行宫"镜像图完全吻合。★

---

① 一个是外广场，一个是内广场。

（二）"贾母院"其他建筑详考

（1）"贾母院"贾母上房考

●**第 42 回借王太医入"贾母院"诊病，交代贾母上房的情形：**

一时只见贾珍、贾琏、贾蓉三个人将王太医领来。王太医不敢走甬路，只走旁阶，跟着贾珍到了阶矶上【M】。早有两个婆子在两边打起帘子，两个婆子在前导引进去，又见宝玉迎了出来。只见贾母穿着青皱绸一斗珠的羊皮褂子，端坐在榻上，两边四个未留头的小丫鬟都拿着蝇帚、漱盂等物；又有五六个老嬷嬷雁翅摆在两旁，<u>碧纱橱后隐隐约约有许多穿红着绿、戴宝簪珠的人</u>①。王太医便不敢抬头，忙上来请了安。

贾母见他穿着六品服色，便知御医了，也便含笑问："供奉好！"因问贾珍："这位供奉贵姓？"贾珍等忙回："姓王。"贾母道："当日太医院正堂王君效，好脉息。"王太医忙躬身低头，含笑回说："那是晚晚生家叔祖。"贾母听了，笑道："原来这样，也是世交了。"一面说，一面慢慢的伸手放在小枕头上。老嬷嬷端着一张小机，连忙放在小桌前，略偏些。王太医便屈一膝坐下，歪着头诊了半日，又诊了那只手，忙欠身低头退出。贾母笑说："劳动了。珍儿，让出去好生看茶。"贾珍、贾琏等忙答了几个"是"，复领王太医出到外书房【T1】中。……

刘姥姥又要到园中辞谢宝玉和众姊妹、王夫人等去。鸳鸯道："不用去了。他们这会子也不见人，回来我替你说罢。闲了再来。"又命了一个老婆子，吩咐她："二门上叫两个小厮来，帮着姥姥拿了东西送出去。"婆子答应了，又和刘姥姥到了凤姐儿那边一并拿了东西，在角门上命小厮们搬了出去，直送刘姥姥上车去了。不在话下。

【解析】

王太医不敢走贾母院正中的道路"甬路"②，只敢走两旁的石阶上了台基。贾母房【M】内用"碧纱橱"隔出套间。诊完病情后，医生被领到"外仪门"【S1】外、大门【C】内的"外书房"【T1】中开药方。（由于定贾赦"外书房"【U】在其外仪门【P】的西偏，又定贾政"里书房"【L2】在王夫人院门【E1】西偏，故今亦定"外书房"在大门【C】内的西厢房【T1】内，而不定其在对面的东厢房内。）

鸳鸯命女佣唤二门上的两个小厮前来帮姥姥拿东西，此"二门"当指"贾母院"处的二门"垂花门"【G】。小厮们把东西搬到府大门【C】西侧的西角门【D】外，送刘姥姥上车离府。

●**又贾母院上房疑名"荣庆堂"，见第 71 回贾母八旬大寿：**

至二十八日，两府中俱悬灯结彩，屏开鸾凤，褥设芙蓉，笙箫鼓乐之

---

① 当指王夫人、王熙凤、迎春等人。

② 甬路，即正房及厢房前，位于庭院纵横轴线上的道路。清钱大昕《恒言录》卷五："今人以庭中中道为甬道。"中道，即正中的道路。

音，通衢、越巷。宁府中本日只有北静王、南安郡王、永昌驸马、乐善郡王并几个世交公侯应袭，荣府中南安王太妃、北静王妃，并几位世交公侯诰命。贾母等皆是按品大妆迎接。大家厮见，先请入大观园内"嘉荫堂"，茶毕更衣，方出至"荣庆堂"【M】上拜寿入席。

【解析】

古代世家大族讲究男女有别，男宾（"公侯应袭"）在宁府，女宾（"公侯诰命"即诰命夫人）在荣府，荣府"荣禧堂"【Z】平常用于接待男性贵客，不用来接待女性贵客，而女性贵客是在贾母上房【M】内接待，故此"八旬大寿"亦当同平时一样，贾母在自己上房内接待女宾，故"荣庆堂"【M】当与"荣禧堂"【Z】不同，乃贾母上房。

（2）"贾母院"东北角的"东西穿堂"

●第12回"王熙凤毒设相思局"，严惩欲心蠢动的贾瑞，详细描写到了这一穿堂：

　　贾瑞听这话，越发撞在心坎儿上，由不得又往前凑了一凑，（蒙侧：写呆人痴性，活现。）觑着眼看凤姐带的荷包，然后又问戴着什么戒指。凤姐悄悄道："放尊重着，别叫丫头们看了笑话。"贾瑞如听纶音、佛语一般，忙往后退。凤姐笑道："你该去了。"（己夹：叫"去"，正是叫"来"也。）贾瑞道："我再坐一坐儿。好狠心的嫂子！"凤姐又悄悄的道："大天白日，人来人往，你就在这里也不方便。你且去，等着晚上起了更你来，悄悄的在西边穿堂儿【N1】等我。"（庚眉：先写穿堂，只知房舍之大，岂料有许多用处。）（蒙侧：凡人在平静时，物来、言至，无不照见。若迷于一事、一物，虽风雷交作，有所不闻。即"穿堂尔等之"一语，府第非比凡常，关门户必要查看，且更夫、仆妇势必往来，岂容人藏过于其间？只因色迷，闻声联诺，不能有回思之眼，信可悲夫！）贾瑞听了，如得珍宝，忙问道："你别哄我。但只那里人过的多，怎么好躲的？"凤姐道："你只放心。我把上夜的小厮们都放了假，两边门一关，再没别人了。"贾瑞听了，喜之不尽，忙忙的告辞而去，心内以为得手。（庚侧：未必。）

　　盼到晚上，果然黑地里摸入荣府，趁掩门时，钻入穿堂【N1】。果见漆黑无人，往贾母那边去的门户已锁，倒只有向东的门未关①。贾瑞侧耳听着，半日不见人来，忽听"咯登"一声，东边的门也倒关了。（庚侧：平平②略施小计。）贾瑞急的也不敢则声，只得悄悄的出来，将门撼了撼，关得铁桶一般。此时要求出去，亦不能够。（蒙侧：此大抵是凤姐调遣。不先为点明者，可以少许多事故，又可以藏拙③。）南北皆是大房墙，要跳亦无

---

① 凤姐院在东，贾瑞此时尚有希望和盼头，等到东边一关，便希望彻底破灭。贾瑞躲在穿堂时未见有人前来打扰，这其实是凤姐巧为安排、支走众人的缘故。

② 指平儿。

③ 指若要写比较困难，不如不写，这样可以藏拙而回避难点，此即作者曹雪芹擅用的"避难法"（即回避难点之法）。

攀援。这屋内又是过门风，空落落；现是腊月天气，夜又长，朔风凛凛，侵肌、裂骨，一夜几乎不曾冻死。（庚眉：可为偷情一戒。）（蒙侧：教导之法、慈悲之心尽矣，无奈迷径不悟何！①）好容易盼到早晨，只见一个老婆子先将东门开了，进去叫西门。贾瑞瞅她背着脸，一溜烟抱着肩跑了出来，幸而天气尚早，人都未起，从后门一径跑回家去。……

　　此时贾瑞前心犹是未改②，再想不到是凤姐捉弄他。过后两日，得了空，便仍来找凤姐。凤姐故意抱怨他失信，贾瑞急的赌身发誓。凤姐因见他自投罗网，少不得再寻别计令他知改，故又约他道："今日晚上，你别在那里了。你在我这房【T2】后小过道子里那间空屋【R1】里等我，可别冒撞了。"（己夹：伏的妙！）贾瑞道："果真？"凤姐道："谁可哄你，你不信就别来。"（庚侧：紧一句。）（蒙侧：大士心肠。）贾瑞道："来，来，来。死也要来！"（己夹：不差。③）凤姐道："这会子你先去罢。"贾瑞料定晚间必妥，（庚侧：未必。）此时先去了。凤姐在这里便点兵派将，（庚侧：四字用得新，必有新文字好看。）（蒙侧：新文。最妙！设下圈套。）

　　那贾瑞只盼不到夜上，偏生家里有亲戚又来了，（己夹：专能忙中写闲，狡猾之甚！）直等吃了晚饭才去，那天已有掌灯时候。又等他祖父安歇了，方溜进荣府，直往那夹道中屋子里来等着，热锅上的蚂蚁一般，（蒙侧：有心人记着，其实苦恼。）只是干转。左等不见人影，右听也没声音，心下自思："别是又不来了，又冻我一夜不成？"（蒙侧：似醒非醒语。）正自胡猜，只见黑魆魆的来了一个人，（庚侧：真到了。）……

　　贾蔷又道："如今要放你，我就担着不是。（己夹：又生波澜。）老太太那边的门【N1】早已关了，老爷正在厅【Z】上看南京的东西，那一条路定难过去，如今只好走后门【S2】。若这一走，倘或遇见了人，连我也完了。等我们先去哨探哨探，再来领你。这屋你还藏不得，少时就来堆东西。等我寻个地方。"说毕，拉着贾瑞，仍熄了灯，（己夹：细。）出至院外，摸着大台矶底下，说道："这窝儿里好，你只蹲着，别哼一声，等我们来再动。"（庚侧：未必如此收场。）说毕，二人去了。

　　贾瑞此时身不由己，只得蹲在那里。心下正盘算，只听头顶上一声响，"哗拉拉"一净桶尿粪从上面直泼下来，可巧浇了他一头一身，贾瑞撑不住"嗳哟"了一声，忙又掩住口，（己夹：更奇。）不敢声张，满头满脸浑身皆是尿屎，冰冷打战。（庚侧：余料必有新奇解恨文字收场，方是《石头记》笔力。）（庚眉：瑞奴实当如是报之。此一节可入《西厢记》批评内"十大快"中。畸笏。）（蒙侧：这也未必不是预为埋伏者。总是慈悲设教，遇难教者，不得不现三头六臂，并吃人心、喝人血之相，以警戒之耳。）

　　只见贾蔷跑来叫："快走，快走！"贾瑞如得了命，三步两步从后门跑到家里，天已三更，只得叫门。开门人见他这般光景，问是怎的。少不得

---

① 指已迷失道路之人，身处迷径而不悟自己正身处迷径。
② 指痴心不改，即心迷未悟，也即下文所言的"自投罗网"。
③ 指这句话说的不错，贾瑞的确是死也要来，即最终死在这上面，且至死不悔。

撒谎说："黑了，失脚掉在茅厕里了。"一面到自己房中更衣洗濯，心下方想到是凤姐顽①他，因此发一回恨；再想想凤姐的模样儿，（庚侧：欲根未断。）又恨不得一时搂在怀，一夜竟不曾合眼。

【解析】

上引第一段文字把贾母上房东北的那个"东西穿堂"【N1】详细描述了一番。

凤姐叫贾瑞在这个"西边"的"东西穿堂"【N1】等她，此穿堂正在凤姐院【M1】之西。于是贾瑞天黑后，摸入荣府。由其从后门跑出荣府，可知他应当也是从后门【S2】摸进荣府。

他赶在穿堂西侧通往贾母院【P1】的那扇门上锁之前（当是从贾母院那边上锁），钻入此穿堂【N1】躲了起来。不久，穿堂东边通往凤姐院【M1】的门也关上了（当是从凤姐院那边锁上），庚辰本侧批点明这是"平平"（即平儿）派人锁的。

贾瑞被关死在穿堂中，就像铁桶一般。此"穿堂"庭院的北墙和南墙都是深宅大院的院墙（北为"凤姐院"西侧的房子，南为"贾母院"），院墙很高而无法翻越。贾瑞吹了一夜的穿堂风，正值寒冬腊月，几乎要冻死。

一大早，东边"凤姐院"有老婆子来开了穿堂东侧的门进入穿堂来，叫西边贾母院处的人把西门也开了，然后回凤姐院那边去了。贾瑞趁她回头朝东走时，一溜烟从西门跑了出来，由后门【S2】跑回了家。关于此穿堂形制的示意图，详见下文"（3）"后的"解析"。

又上文："只见一个老婆子先将东门开了，进去叫西门。贾瑞瞅她背着脸，一溜烟抱着肩跑了出来，幸而天气尚早，人都未起，从后门【S2】一径跑回家去。"则似穿堂东门开了而西门未开。若然，则贾瑞当是趁老婆子向西边叫门时，在她背后偷偷溜出东门，走"南北宽夹道"【J1】，过王夫人上房【F1】后廊的西角门【I1】，沿此后廊一路跑到此后廊东端的东角门【X1】，走夹道【Y1】往北，沿着府的北墙根往西跑到后门【S2】，绕了好大一圈才出了府。

两天后贾瑞又来找凤姐，凤姐叫他晚上到自己房【T2】后小过道里的那间空屋子里【R1】等着。贾瑞于是又趁暗从后门【S2】溜进荣府，然后偷偷溜进"凤姐院"后院小夹道中的那间空屋里【R1】等着，结果被贾蔷逮住。

贾蔷说："凤姐已告到王夫人那儿，说你贾瑞调戏她，我是奉命前来捉拿你的。"贾瑞求他高抬贵手，就说没看到他。

于是贾蔷说："想从贾母院那边的门（当即穿堂【N1】的西门），往东走'南北宽夹道'【J1】东端之门【I1】入王夫人院，然后出院门【E1】，往西过【D1】的门来到'荣禧堂'【Z】前②，走大门【C】旁的西角门【D】出府，这条路肯定是走不通的，因为'贾母院'那扇门已经关上了。所以只好从'凤姐院'门【M1】走上面所说的【J1】【I1】【E1】【D1】的路线来到'荣禧堂'【Z】前，

---

① 顽，通"玩"，玩弄、欺骗。

② 凤姐院不可以直接穿"荣禧堂"，下"（三）"有详论。

然后正大光明地出大门【C】旁的西角门【D】。但这条路现在也走不通了，因为贾政正在'荣禧堂'上看东西。他是不允许男的从内眷宅院里出入的，因为非奸即盗，连带路的人也有'私通'之嫌。所以现在只好让你偷偷摸摸地从后门【S2】走吧。但又不能让人看到我和你在一起，因为我是奉命来捉你的，以免有人说我私自带你从后门鬼鬼祟祟地出去，被凤姐知道，我交不了差，而且府里一旦少了东西，连我都有串通之嫌了。所以我得先去后门口【S2】看看有没有人再让你走。"

　　说着，他拉贾瑞到凤姐房【T2】所在的凤姐院西北角的、院墙外的台基底下，让贾瑞坐在那儿等消息。这时凤姐又叫人从上面往贾瑞身上倒了一桶粪尿，这时贾蔷跑来叫他趁现在没人，赶快从后门【S2】出去。

（3）"贾母院"后边新盖的"大花厅"
●第43回贾母倡仪大家凑"份子钱"给王熙凤过生日，生日宴就摆在贾母新盖的大花厅上：

　　　　二人便上马仍回旧路。茗烟在后面只嘱咐："二爷好生骑着，这马总没大骑的，手里提紧着。"（庚夹：看他偏不写凤姐那样热闹，却写这般清冷，真世人意料不到这一篇文字也。①）一面说着，早已进了城，仍从后门【U1】进去，忙忙来至"怡红院"中【V1】。袭人等都不在房里，只有几个老婆子看屋子，见他来了，都喜的眉开眼笑，说："阿弥陀佛，可来了！把花姑娘急疯了！上头正坐席呢，二爷快去罢。"宝玉听说忙将素服脱了，自去寻了华服换上，问在什么地方坐席，老婆子回说在新盖的大花厅上【W1】。

　　　　宝玉听说，一径往花厅【W1】来，耳内早已隐隐闻得歌管之声。刚至穿堂【N1】那边，只见玉钏儿独坐在廊檐【U2】下垂泪，（庚夹：总是千奇百怪的文字。）一见他来，便收泪说道："凤凰来了，快进去罢。再一会子不来，都反了。"（庚夹：是平常言语，却是无限文章、无限情理。看至后文，再细思此言，则可知矣。）宝玉陪笑道："你猜我往哪里去了？②"玉钏儿不答，只管擦泪。（庚夹：无限情理。）宝玉忙进厅里【W1】，见了贾母王夫人等，众人真如得了凤凰一般。

●第44回：

　　　　凤姐儿自觉酒沉了，心里突突的似往上撞，要往家【T2】去歇歇，只见那耍百戏的上来，便和尤氏说："预备赏钱，我要洗洗脸去。"尤氏点头。凤姐儿瞅人不防，便出了席【W1】，往房③门后檐下走来。平儿留心，也忙

---

① 此写出曹雪芹最擅长出人意料地唱反调。故天下人皆言《红楼梦》最后要照第1回《好了歌解》、第5回《红楼梦曲》写贾府抄家后一穷二白"落了片白茫茫大地真干净"。不知作者用"时序倒流"之法，借唱《好了歌解》的甄士隐的名字"真事隐"，点明自己早已把真实的结局在全书最开头写过，后四十回便可以另起炉灶来写"兰桂齐芳、家道复初"的中兴局面这一虚构的小说故事。此文法出人意料，连胡适、鲁迅、俞平伯这绝顶聪明的人都不破，反而去说后四十回不是曹雪芹所作，真堪称被曹雪芹玩弄于股掌之间而不觉。
② 去祭玉钏儿姐姐金钏儿了，玉钏儿哪能猜到啊。
③ 由于是中途溜出，显然不可能从正门出入，肯定要从大花厅的后房门出来。

跟了来，凤姐儿便扶着她。才至穿廊【U2】下，只见她房里的一个小丫头正在那里站着，见她两个来了，回身就跑。凤姐儿便疑心、忙叫。那丫头先只装听不见，无奈后面连平儿也叫，只得回来。凤姐儿越发起了疑心，忙和平儿进了穿堂【N1】，叫那小丫头子也进来，把槅扇关了，<u>凤姐儿坐在小院子的台阶上</u>，命那丫头子跪了，喝命平儿："叫两个二门【G】上的小厮来，拿绳子、鞭子，把那眼睛里没主子的小蹄子打烂了！"……

凤姐听了，已气的浑身发软，忙立起来一径来家。刚至院门【M1】，只见又有一个小丫头在门前【M1】探头儿，一见了凤姐，也缩头就跑。（庚夹：如见其形。）凤姐儿提着名字喝住。那丫头本来伶俐，见躲不过了，越性跑了出来，笑道："我正要告诉奶奶去呢，可巧奶奶来了。"凤姐儿道："告诉我什么？"那小丫头便说二爷在家这般如此如此，将方才的话也说了一遍。凤姐啐道："你早作什么了？这会子我看见你了，你来推干净儿！"说着也扬手，一下打的那丫头一个趔趄，便摄手摄脚的走至窗前【T2】，往里听时，……

【解析】

此日是王熙凤的生日，贾母命大家凑份子给王熙凤办生日家宴，请了戏班子在新盖的大花厅【W1】上表演。

此日又是金钏儿的生日（即金钏儿与凤姐是同一天生日）。金钏儿为宝玉跳井而死，故宝玉这一天"睹日思人"而难过（即下回第44回言宝玉因"今日是金钏儿的生日，故一日不乐"），一定要穿上白衣服（即为金钏儿穿丧服），溜出府来，到"水仙庵"的井台上，祭拜跳自家水井而死、而很可能成了水仙的金钏儿，然后再回到府里来参加酒宴。宝玉当是走大观园西北角的后角门【U1】出府，然后再由此后角门入大观园，先回怡红院【V1】，袭人等都已到贾母处参加生日宴会去了，留守的女佣们赶紧服侍宝玉脱下素服，换上华服，到贾母院内新盖的大花厅【W1】入席。

由于第16回盖造大观园时，贾府养了班小戏子，惹得贾母起了在自己院内看戏的心，于是便新盖了这座供唱戏之用的"大花厅"【W1】。我们都知道：南方向阳，尊长的房屋都会尽量先往南边去造，并在其前空出向南的庭院；如果要再添造新房子的话，断然不可能往上房的南侧去造。（因为南侧可造的地方都已经造完，没有空间可以再造了；如果再往南方去造，岂非要造在庭院中而挡住正房的阳光？这是不允许的。）"贾母院"又在荣府的最西一路，其西侧便是府墙，而东侧又有正殿"荣禧堂"【Z】，所以贾母上房的东、西两侧有空地建造"大花厅"这类大型建筑的可能性不存在。因此，贾母院中新盖的"大花厅"只可能盖在贾母上房后面、"贾母院墙"北侧的下人居住区。

今图中贾母上房【M】后面正有这进院落【W1】，所以这个地方应当就是贾母院新盖的"大花厅"所在。而且这进庭院在"贾母院"的西北角落，不在中轴线上，偏居中轴线之西，更可证明其乃后建。若是旧有的建筑，必定会与贾母上房一同规划而建造在中轴线上，一般没有避开中轴线的道理，只有后造的房子才有可能偏离中轴线。由其偏离中轴线，也可以想见这进庭院应当就是后来"新盖的"那座大花厅。

此新造的"大花厅"庭院的南北两侧各有一座厅房，贾母当在北侧的上房（或可据下引后四十回中的第85回称之为"正厅"）内看戏，而戏班当在南侧的厅堂内表演。此进庭院名为"花厅"，则庭院中肯定会有花木和山石。①

宝玉于是出大观园的腰门，即王夫人院东北角的东角门【X1】，过王夫人院的西角门【I1】，走"南北宽夹道"【J1】，一路上早已听到唱戏声。刚到贾母院东北角的穿堂【N1】，便看到玉钏儿独自坐在"穿堂"那通往贾母院后院门【P1】的"走廊"廊檐下掉眼泪（此廊檐当即上引第44回所说的"穿廊②【U2】），原来她也在为今天是姐姐金钏儿生日而伤心。她一见宝玉来了，便说："凤凰来了，再不来，家里全都要造反了。"宝玉忙赔着笑说："你猜我到哪里去了？"玉钏儿哪能想道宝玉是祭她死后成了水仙的姐姐去了？宝玉忙到大花厅【W1】，给凤姐行拜寿之礼。

凤姐因酒喝多了，想回自己卧室睡一下，便借口回房洗脸而离了席，从"大花厅"的后房门出了贾母院的后院门【P1】回屋，平儿跟了出来，其具体走法详下引第54回的"解析"。

凤姐来到"穿廊"【U2】下，当即刚才玉钏儿坐着哭的通往"穿堂"【N1】的"走廊"廊檐下，看到她屋里的小丫头在那儿站岗放哨，一望见凤姐便扭头就跑，凤姐于是把她叫了回来。

她们三人入了穿堂，把通往东边和西边的槅扇门从里面用门闩给闩上，凤姐坐在"穿堂"堂前小庭院的台阶上，命那丫头跪下，喊平儿叫两个"二门"上的小厮前来拷问她③。此"二门"当指贾母院的"垂花门"【G】。于是丫头向她坦白："贾琏正和鲍二家的老婆偷情。"凤姐听了，气得浑身发软，忙往家里走。

刚到院门口【M1】，又见一个小丫头从门里伸出头来在探哨，一见凤姐缩头就跑。凤姐儿叫住她打了个耳光，轻轻来到上房【T2】西侧自己卧室的窗前（按：凤姐住在正房西侧的"西耳房"内，详本节下文"二、（1）"刘姥姥进贾府的考证），听见里头有说有笑。

此节文字详细交代了贾母院东北角那座"东西穿堂"【N1】的形制。

常见的"穿堂"又写作"川堂"。"川堂"连接前、后两座殿堂而形成"工"字殿般的格局，"工"字中间那条有屋顶的纵向大连廊便是"川堂"。

此处的"穿堂"与之有异，当是一进坐北朝南的庭院，"穿堂"在庭院之北，

① 花厅就是官宦家庭供饮宴、观剧、集会等用的内厅，通常建在住宅旁的花园内；也可以是住宅内的一进院落而院内栽培花木、点缀湖石，富有园林情趣，称作"花厅"。贾母院新盖的"大花厅"当属后者。
② 穿廊，将两座建筑物从中间联系起来的廊房，是供穿过用的有屋檐的走廊和过道。
③ 凤姐院门口【M1】虽也有小厮，但凤姐显然不会去打草惊蛇，所以肯定叫的是贾母院门口【G】的小厮。而且下文写凤姐往自家院门口来时并未看到小厮，更加证明此处要叫的是贾母院门口的小厮。

—125—

路从此堂东西山墙上自东而西穿过，整个穿堂就是一条建有屋顶的东西走向的大走廊。穿堂南侧还有一个属于此穿堂的小小庭院，即上引"凤姐儿坐在小院子的台阶上"中的小院子。这一"穿堂"的形制其实就是一座东西山墙被甬路贯穿的正房。其出入是在东、西山墙上开有格扇门，从外可以上锁，从内则用门闩闩住；而穿堂面前（即南面）的庭院反倒用高墙围死，无门南出，穿堂北墙也无后门出入，所以东西山墙上的格扇门从外锁闭后，贾瑞便插翅难飞，挨了一夜穿堂而过的冷风。

　　本处写的是贾母院东北角的"东西穿堂"【N1】，至于贾母院东南角的"东西穿堂"【V】当与之形制相同。而"贾母院"内的那间南北"穿堂"【I】，从图上来看，非此形制，亦非"工"字殿格局，当是另一种穿堂形制。

"工"字形南北"川堂"举例	《红楼梦》中两个"东西穿堂"的构想示意图之一:贾母上房东北的"东西穿堂"("图二"中【N1】处)	
（摘自《道光武进阳湖县合志》书首的"阳湖县治"图）	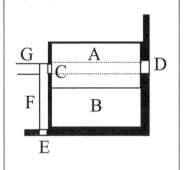	A：贾母上房东北的东西穿堂（中间所画虚线就是穿山墙而过的走廊。"穿堂"就相当于在此走廊上盖了个堂屋） B：东西穿堂前的庭院 C：东西穿堂通往贾母院的格扇门（西门） D：东西穿堂通往"凤姐院"院门前"南北宽夹道"的格扇门（东门） E：贾母院的后门 F：东西穿堂通往贾母后门的有屋顶的走廊（穿廊） G：贾母院后新盖的大花厅建成后，"东西穿堂"通往此大花厅的有屋顶的走廊（穿廊）。注意：大花厅未造之前无此穿廊
"贾母院"内另一种形式的南北"穿堂"	《红楼梦》中两个"东西穿堂"的构想示意图之二:贾母上房东南的"东西穿堂"("图二"中【V】处)	
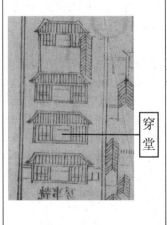	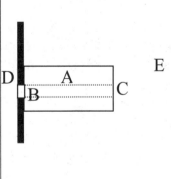	A：贾母上房东南的东西穿堂（中间所画虚线就是穿山墙而过的走廊。"穿堂"就相当于在此走廊上盖了个堂屋） B：东西穿堂通往贾母院之门（西门） C：东西穿堂通往荣禧堂前"内仪门"之门（东门） D：贾母院内下人走的夹道 E：荣禧堂前的"内仪门"

●第53回"宁国府除夕祭宗祠、荣国府元宵开夜宴"详述贾母院大花厅中的陈设：

至十五日之夕，贾母便在大花厅【W1】上命摆几席酒，定一班小戏，满挂各色佳灯，带领荣宁二府各子侄、孙男孙媳等家宴。贾敬素不茹酒，也不去请他，于后十七日祖祀已完，他便仍出城去修养。便这几日在家内，亦是静室默处，一概无听无闻，不在话下。贾赦略领了贾母之赐，也便告辞而去。贾母知他在此彼此不便，也就随他去了。贾赦自到家中与众门客赏灯、吃酒，自然是笙歌聒耳，锦绣盈眸，其取便、快乐，另与这边不同的。

这边贾母花厅之上共摆了十来席。每一席旁边设一几，几上设炉瓶三事①，焚着御赐"百合"宫香。又有八寸来长、四五寸宽、二三寸高的、点着山石、布满青苔的小盆景，俱是新鲜花卉。又有小洋漆茶盘，内放着旧窑茶杯、并十锦小茶吊，里面泡着上等名茶。一色皆是紫檀透雕，嵌着大红纱透绣花卉、并草字诗词的璎珞。

原来绣这璎珞的也是个姑苏女子，名唤慧娘。因她亦是书香宦门之家，她原精于书画，不过偶然绣一两件针线作耍，并非市卖之物。凡这屏上所绣之花卉，皆仿的是唐、宋、元、明各名家的折枝花卉，故其格式、配色皆从雅，本来非一味浓艳匠工可比。每一枝花侧，皆用古人题此花之旧句，或诗、词、歌、赋不一，皆用黑绒绣出草字来，且字迹勾踢、转折、轻重、连断，皆与笔草无异，亦不比市绣字迹板强可恨。她不仗此技获利，所以天下虽知，得者甚少，凡世宦富贵之家，无此物者甚多，当今便称为"慧绣"。竟有世俗射利者，近日仿其针迹，愚人②获利。

偏这慧娘命天，十八岁便死了，如今竟不能再得一件的了。凡所有之家，纵有一两件，皆珍藏不用。有那一干翰林文魔先生们，因深惜"慧绣"之佳，便说这"绣"字不能尽其妙，这样笔迹说一"绣"字反似乎唐突了，便大家商议了，将"绣"字便隐去，换了一个"纹"字，所以如今都称为"慧纹"。若有一件真"慧纹"之物，价则无限。贾府之荣③，也只有两三件，上年将那两件已进了上，目下只剩这一副璎珞，一共十六扇，贾母爱如珍宝，不入在请客各色陈设之内，只留在自己这边，高兴摆酒时赏玩。又有各色旧窑小瓶中都点缀着"岁寒三友"、"玉堂富贵"等鲜花草④。

上面两席是李婶、薛姨妈二位。贾母于东边设一透雕夔龙护屏矮足短榻，靠背、引枕、皮褥俱全。榻之上一头又设一个极轻巧洋漆描金小几，几上放着茶吊、茶碗、漱盂、洋巾之类，又有一个眼镜匣子。贾母歪在榻上，与众人说笑一回，又自取眼镜向戏台上照一回，又向薛姨妈、李婶笑

---

① 炉瓶三事，指三件焚香用具：香炉、香盒、小瓶（或称箸瓶、铲瓶）。
② 愚人，动宾结构，即骗人。
③ 指贾府中的荣国府。
④ 指鲜花与鲜草。鲜，新鲜。

说:"恕我老了,骨头疼,放肆容我①歪着相陪罢。"因又命琥珀坐在榻上,拿着美人拳捶腿。

榻下并不摆席面,只有一张高几,却设着璎珞、花瓶、香炉等物。外另设一精致小高桌,设着酒杯、匙箸,将自己这一席设于榻旁,命宝琴、湘云、黛玉、宝玉四人坐着。每一馔、一果来,先捧与贾母看了,喜则留在小桌上尝一尝,仍撤了放在她四人席上,只算她四人是跟着贾母坐。故下面方是邢夫人、王夫人之位,再下便是尤氏、李纨、凤姐、贾蓉之妻。西边一路便是宝钗、李纹、李绮、岫烟、迎春姊妹等。两边大梁上,挂着一对"联三聚五"玻璃芙蓉彩穗灯。每一席前,竖一柄漆干倒垂荷叶,叶上有烛信插着彩烛。这荷叶乃是錾珐琅的活信,可以扭转,如今皆将荷叶扭转向外,将灯影逼住全向外照,看戏分外真切。窗格、门户一齐摘下,全挂彩穗各种宫灯。廊檐内外及两边游廊、罩棚,将各色羊角、玻璃、戳纱、料丝,或绣、或画、或堆、或抠,或绢、或纸诸灯挂满。

廊上几席,便是贾珍、贾琏、贾环、贾琮、贾蓉、贾芹、贾芸、贾菱、贾菖等。……当下人虽不全,在家庭间小宴中,数来也算是热闹的了。

当下又有林之孝之妻带了六个媳妇,抬了三张炕桌,每一张上搭着一条红毡,毡上放着选净②一般大、新出局的铜钱,用大红彩绳串着,每二人搭一张,共三张。林之孝家的③指示将那两张摆至薛姨妈、李婶的席下,将一张送至贾母榻下来。贾母便命:"放在当地罢。"这媳妇们都素知规矩的,放下桌子,一并将钱都打开,将彩绳抽去,散堆在桌上。正唱《西楼·楼会》这出将终,……贾母笑说:"难为她说的巧。"便说了一个"赏"字。早有三个媳妇已经手下④预备下小簸箩,听见一个"赏"字,走上去向桌上的散钱堆内,每人便撮了一簸箩,走出来向戏台说:"老祖宗、姨太太、亲家太太赏文豹买果子吃的!"说着,向台上便一撒,只听"豁啷啷"满台的钱响。

【解析】

此是正月十五"元宵节"晚上,贾母在其大花厅【W1】大摆家宴,定了个小戏班子,挂满各色灯笼以采光。大花厅两边大梁上挂着一对"联三聚五"的玻璃芙蓉彩穗灯。每桌酒席前都竖一柄"漆干倒垂荷叶"的落地灯。

此落地灯的灯杆涂以漆("漆干"),杆顶向下弯曲而竖有一个直立的荷叶形挡灯板("倒垂荷叶"),用来聚光、挡风。从荷叶中横伸出一个短梁,上承烛盘("烛信"),用来插蜡烛。荷叶的曲柄头可以灵活转动("錾珐琅的活信"),用来调节灯光投射的方向。看戏时,便把所有荷叶灯一齐调成照向舞台的角度,即把荷叶全部朝外扭转,把灯光全都打向舞台,于是坐在灯边的人,看舞台上的表演就能达到"看戏分外真切"分明的地步。

---

① 容我放肆之意。
② 选净,当指"精选"之意。
③ 管家林之孝家的老婆,即女管家。
④ 手下,手里、手边。

为了看戏时视线通透，又将花厅朝戏台那面的窗格、门户全都卸下来，全部挂上彩穗宫灯。花厅前的廊檐内、廊檐外，以及花厅前方连接两侧厢房的游廊、罩棚上，也都挂满各式花灯，增加舞台的采光。

●第54回 "史太君破陈腐旧套、王熙凤效戏彩斑衣" 接着描述贾母大花厅处的元宵家宴：

那几个婆子虽吃酒斗牌，却不住出来打探，见宝玉来了，也都跟上了。来至花厅【W1】后廊上，只见那两个小丫头一个捧着小沐盆，一个搭着手巾，又拿着沤子壶在那里久等。……宝玉洗了手，那小丫头子拿小壶倒了些沤子①在他手内，宝玉沤了。秋纹、麝月也趁热水洗了一回，沤了，跟进宝玉来。宝玉便要了一壶暖酒，也从李婶、薛姨妈斟起，二人也让坐。……

女先儿回说："老祖宗不听这书，或者弹一套曲子听听罢。"贾母便说道："你们两个对一套《将军令》罢。"二人听说，忙和弦按调拨弄起来。贾母因问："天有几更了。"众婆子忙回："三更了。"贾母道："怪道寒浸浸的起来。"早有众丫鬟拿了添换的衣裳送来。王夫人起身笑说道："老太太不如挪进暖阁里地炕上倒也罢了。这二位亲戚②也不是外人，我们陪着就是了。"贾母听说，笑道："既这样说，不如大家都挪进去，岂不暖和？"王夫人道："恐里间坐不下。"贾母笑道："我有道理。如今也不用这些桌子，只用两三张并起来，大家坐在一处挤着，又亲香，又暖和。"众人都道："这才有趣。"说着，便起了席。

众媳妇忙撤去残席，里面直顺并了三张大桌，另又添换了果馔摆好。贾母便说："这都不要拘礼，只听我分派你们就坐才好。"说着便让薛、李正面上坐，自己西向坐了，叫宝琴、黛玉、湘云三人皆紧依左右坐下，向宝玉说："你挨着你太太。"于是邢夫人、王夫人之中夹着宝玉，宝钗等姊妹在西边，挨次下去便是娄氏带着贾菌，尤氏、李纨夹着贾兰，下面横头便是贾蓉之妻。贾母便说："珍哥儿带着你兄弟们去罢，我也就睡了。"……

因有媳妇回说开戏，贾母笑道："我们娘儿们正说的兴头，又要吵起来。况且那孩子们熬夜怪冷的，也罢，叫她们且歇歇，把咱们的女孩子们叫了来，就在这台上唱两出给她们瞧瞧。"媳妇听了，答应了出来，忙的一面着人往大观园去传人，一面二门口去传小厮们伺候。小厮们忙至戏房将班中所有的大人一概带出，只留下小孩子们。

一时，梨香院【Z1】的教习带了文官等十二个人，从游廊角门出来。婆子们抱着几个软包，因不及抬箱，估料着贾母爱听的三五出戏的彩衣包了来。婆子们带了文官等进去见过，只垂手站着。贾母笑道："大正月里，你师父也不放你们出来逛逛。你等唱什么？刚才八出《八义》闹得我头疼，

---

① 沤子，就是"膏"的意思，是过去上层妇女们使用的一种香蜜。其为半流质，主要由冰糖、蜂蜜、粉、油脂、香料合成，旨在使皮肤洁白、细腻、润泽。相当于今天的护手霜。
② 指李婶（李纨的姐妹）和薛姨妈。

咱们清淡些好。你瞧瞧，薛姨太太、这李亲家太太，都是有戏的人家①，不知听过多少好戏的。这些姑娘们都比咱们家姑娘见过好戏，听过好曲子。②如今这小戏子又是那有名玩戏家的班子，虽是小孩子们，却比大班还强。咱们好歹别落了褒贬，少不得弄个新样儿的。叫芳官唱一出《寻梦》，只提琴至③、管箫合，笙笛一概不用。"文官笑道："这也是的，我们的戏自然不能入姨太太和亲家太太、姑娘们的眼，不过听我们一个发脱口齿，再听一个喉咙罢了。"……

凤姐儿笑道："外头已经四更，依我说，老祖宗也乏了，咱们也该'聋子放炮仗——散了'罢。"尤氏等用手帕子握着嘴，笑的前仰后合，指她说道："这个东西真会数贫嘴。"贾母笑道："真真这凤丫头越发贫嘴了。"一面说，一面吩咐道："她提'炮仗'来④，咱们也把烟火放了解解酒。"贾蓉听了，忙出去带着小厮们就在院内安下屏架，将烟火设吊⑤齐备。这烟火皆系各处进贡之物，虽不甚大，却极精巧，各色故事俱全，夹着各色花炮。……

说话之间，外面一色一色的放了又放，又有许多的"满天星"、"九龙入云"、"一声雷"、"飞天十响"之类的零碎小爆竹。放罢，然后又命小戏子打了一回"莲花落"，撒了满台钱，命那孩子们满台抢钱取乐。

【解析】

女佣见宝玉从"怡红院"出来便都跟上，宝玉一行人当从"南北宽夹道"【J1】处的"穿堂"【N1】入此"大花厅"【W1】的后廊，然后再入"大花厅"【W1】给众人斟酒。

贾母因嫌冷，大家便移入花厅内的暖阁，继续坐着看对面厅上的戏。所谓"暖阁"，就是设有"地炕"来取暖的套间。

贾母叫把自家"梨香院"的戏班叫出来演出，于是派人到大观园东北角的"梨香院"去叫。此"梨香院"【Z1】不朝"大观园"内开门，而是在"大观园"外开门（详本章"第二节、一、（四）"有论），故此处虽写作"往大观园去传人"，实则并未进入大观园，而是出"王夫人院"东北角的东角门【X1】，走夹道【Y1】⑥去叫。贾母又命二门口（当指贾母院的"垂花门"【G】）的小厮进来，带外面请的戏班中的大人们到外面去休息。

不一会儿，梨香院的教习带着文官等十二个小戏子，从贾母院"大花厅"处的"游廊角门"进来。此游廊处的角门应当是贾母院"大花厅"通往"东西

---

① 足见李纨家之前也不穷，如今不富乃是败落了，这就写出此时已是"贾王史薛"等四大家族"一损俱损"的末世光景来。

② 这是贾母会说话，先高抬自己的亲戚家。

③ 至，前人皆言当改作"与"。笔者愚见："与"字草书与"至"字相去甚远，发音也相去甚远，不可能由"至"误为"与"。而"至"与"主"草书字形相近，故此字当是"主"字之误，即以提琴为主，以管箫相配合。无独有偶，第75回"至山之峰脊上"，程高本此句作："主山峰脊上"，当是原稿，意为"大主山峰脊上"，后人传抄时，抄者笔误或臆改"主"字为"至"，详本书"第三章、第五节、六、（2）"有论。

④ 指刚才王熙凤口中提到了"炮仗"两字。

⑤ 设吊，布置、吊挂。

⑥ 夹道上建有屋顶，夹道就在【Y1】处的那屋顶下。

穿堂"【N1】的角门。今图中贾母院大花厅【W1】正对穿堂【N1】，两者之间当有穿廊【U2】相连，"大花厅"东侧院墙上肯定开有角门供人出入，这便是所谓的"游廊角门"。（"游廊"就是有屋顶的可供游览走动的走廊【U2】。其穿墙处的"角门"称为"游廊角门"。）

戏看完后，大家又在花厅【W1】庭院内放烟火。

宝玉从大观园"来至花厅【W1】后廊上"，其路线当与戏子从大观园来大花厅相同。而下文言戏子"从游廊角门出来①"，则宝玉肯定也从"游廊角门"入"大花厅"所在的庭院。而上引文字又说宝玉"来至花厅【W1】后廊上"再入席，可证宝玉从"游廊角门"入大花厅所在庭院后，沿此游廊来到大花厅的"后廊"而进"大花厅"入席。由此可知两点：①"游廊"与"后廊"相通，由于两者都是走廊，"后廊"就是屋后的"游廊"，换句话说："大花厅"为游廊（走廊）所包围。②众人看戏时，出入"大花厅"都必须从房后的游廊（"后廊"）走，以免影响众人看戏。

上引第44回凤姐从大花厅上"瞅人不防，便出了席，往房门后檐下走来。平儿留心，也忙跟了来，凤姐儿便扶着她。才至穿廊【U2】下，只见她房里的一个小丫头正在那里站着，见她两个来了，回身就跑。凤姐儿便疑心忙叫。那丫头先只装听不见，无奈后面连平儿也叫，只得回来。凤姐儿越发起了疑心，忙和平儿进了穿堂【N1】，叫那小丫头子也进来，把槅扇关了，凤姐儿坐在小院子的台阶上。"

凤姐出大花厅，与宝玉、戏子走的路径肯定也相同。凤姐是偷偷溜走，走的肯定是后房门，即书中所写的"房门后檐"。大花厅正房当为"游廊"环绕，凤姐从后房门出来后，沿顺时针方向，从正房后的游廊绕到正房庭院东侧的角门（"游廊角门"）出大花厅之院，然后走上通往"东西穿堂"【N1】的穿廊【U2】，这时看到小丫头在放哨。小丫头一见她们扭头就跑，两者之间肯定有一段距离：凤姐当从穿廊【U2】西头处的角门处出来，而小丫头则当在穿廊【U2】东头通"东西穿堂"【N1】处放哨。

此"穿廊"当即第43回宝玉"刚至穿堂【N1】那边，只见玉钏儿独坐在廊檐下垂泪"的"廊檐"，"穿堂【N1】那边"当指穿堂的西边，即宝玉此时已走过"穿堂"【N1】，走上通往"大花厅"的穿廊【U2】。

由宝玉从大观园"来至花厅【W1】后廊上"而入大花厅，而凤姐走时又从后廊上走，可证入"游廊角门"后，一般都要绕到大花厅正房的后门入花厅；出大花厅时都要从后门入后廊，然后沿顺时针方向绕到庭院正东的"游廊角门"出去。换句话说，大花厅正房的西北东三侧肯定有"游廊"环绕。

---

① 出来，指进来。

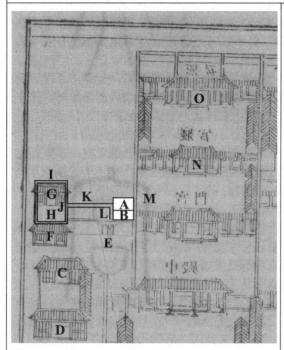

"大花厅"与"东西穿堂"交通图

A 贾母院上房东北的"东西穿堂"
B 贾母院上房东北的"东西穿堂"前的庭院
C 贾母院上房
D 贾母院上房前的正厅
E 贾母院后院的院门
F 贾母院后新盖的大花厅中的前厅（唱戏的戏台在其后部）
G 贾母院后新盖的大花厅中的后厅即正厅（即看戏用的厅）
H 贾母院后新盖的大花厅中的有花的庭院
I 贾母院后新盖的大花厅四周环绕的"游廊"。为了不阻隔看戏者的视线，从正厅 G 出来时都要走后廊，而不走厅前的前廊
J 游廊角门，即"东西穿堂"经"穿廊"K 入"大花厅"之门
K "东西穿堂"通大花厅的"穿廊"
L "东西穿堂"通贾母后院院门 E 的"穿廊"
M 凤姐院门口的"南北宽夹道"
N 凤姐院门
O 凤姐院上房

（注：彩图见书首"图 B-22"。）

【总结】贾母院中新盖的"大花厅"图与文完全吻合处有：

①图中所画的厅堂庭院【W1】不在贾母院中轴线上，明显是后来添盖，与小说中所说的贾母院处"新盖的大花厅"完全吻合。★

②而且此大花厅庭院【W1】直对"穿堂"【N1】，院墙上必定开门出入，直通花厅檐廊，与小说中所说的"从游廊角门出来"语亦相吻合★，花厅庭院【W1】东院墙上所开之门便是画线部分所谓的"游廊角门"。

●后四十回第 85 回贾政升官宴摆在贾母"正厅"处：

这日一早，王子腾①和亲戚家已送过一班戏来，就在贾母正厅前搭起行

---

① 腾，据程甲本，程乙本妄改"胜"。按：王子腾此时不在京，只有王子胜在京；但王子胜

台。外头爷们都穿着公服陪侍。亲戚来贺的，约有十余桌酒①。里面为着是新戏，又见贾母高兴，便将琉璃戏屏隔在后厦，里面也摆下酒席。上首薛姨妈一桌，是王夫人、宝琴陪着；对面老太太一桌，是邢夫人、岫烟陪着。下面尚空两桌，贾母叫她们快来，一回儿，只见凤姐领着众丫头，都簇拥着黛玉来了。黛玉略换了几件新鲜衣服，打扮的宛如嫦娥下界，含羞带笑的，出来见了众人。

回末陈其泰有评："贾宅宴会多矣，从无亲戚男客酒席、女眷亦在屏后看戏坐席者。（贾母生日，本家小辈设席在外，非客也。）亦从无男客之席设在贾母正厅上者。贾母之房有正厅，前文亦未叙及。皆败笔也。"②

【解析】

第85回升官宴的戏是在"贾母正厅"③前开演，来的全是亲戚，本家爷们相陪，共有十来桌酒，只可能摆在露天的庭院中，当然也会有几桌摆在正厅前部的厅上，然后用"琉璃戏屏"隔在此正厅的"前厅"与"后厦"之间，旨在隔开"后厦"内坐的女眷，以示男女有别。女眷仅此四桌，后厦内显然摆得下这四桌酒。

上引第53回元宵家宴便摆在贾母"大花厅"【W1】上举行，厅前廊上也摆了几席，是贾府小辈，即："廊上几席，便是贾珍、贾琏、贾环、贾琮、贾蓉、贾芹、贾芸、贾菱、贾菖等。"陈其泰认为后四十回中的第85回描写有误，原因是贾府从未有过在"贾母正厅"处让男客、女眷一同坐席观戏的事，而且全书也从未提到过贾母院有"正厅"。所以他便会认为：这些文字看上去不大像是曹雪芹的手笔。他的这个观点似乎可以用来证明"后四十回在空间上与前八十回不合，从而可以判定后四十回不是曹雪芹所作"。

其实第53回的元宵家宴便是男女一同在"大花厅"上坐席观戏：男性的本家小辈坐在外廊，女眷则坐在厅内，以此来做到男女有别。此次因为有亲戚来贺，自然男性的酒桌要比第53回多出好几桌来，除了摆在露天的厅院内，还有几桌要摆到厅上来，于是特地用"琉璃戏屏"隔开坐在厅内的男女，名义上是男女一同坐席观戏，其实仍旧能做到男女有别，仍属合理。

陈其泰认为本家小辈可以在贾母"大花厅"前廊坐席观戏，而此次来的是亲戚，算是外客，不宜在贾母这位女眷的内院中坐席。这个理由显然是不成立的。因为来的全是亲戚，与一般外客不同，既然是亲戚，自然也可以入贾母这个内院来观戏；至于男女有别，用"琉璃戏屏"隔开便已无妨。而且安排坐席时，肯定不会让外面亲戚之人坐在厅上，只会让他们坐在外廊或庭院中，其实也不存在外面男亲戚与本府女眷相混的问题。因此第85回的描写与前八十回不相矛盾。

送戏给贾府时，会把居长且位尊的哥哥王子腾的名字放在自己前面，所以书中称"王子腾送戏"完全合理，不必改。详见笔者《红楼时间人物谜案》"第一章、第三节、第85回"有论。
① 指前来庆贺的亲戚有十来桌人。
② 《桐花凤阁评〈红楼梦〉辑录》第252页。
③ 下文将详考，这个正厅只可能是贾母院的"大花厅"【W1】。

　　至于"贾母之房有正厅"，陈其泰认为前文没有写到。其实任何院落都会有"正厅"、"正房"。第3回黛玉入贾府时只提到贾母院有"小小的三间厅【K】……正面五间上房【M】"，可见贾母院处只有"小厅"和大的"上房"，其厅、其房显然不是为看戏设计的，自然不宜演戏，所以贾母后来才会在自己院子背后新盖一个专门为看戏而设计的"大花厅"。因此，这儿所说的看戏用的"贾母正厅"，肯定不会是那"小小的三间厅【K】"或"五间上房【M】"，而只可能是前八十回"贾母院"中一直用来看戏的"大花厅"【W1】。

　　花厅是有花木假山等点缀的庭院，其中肯定会有正厅及与正厅相对的辅房。因此，第85回厅前庭院中设戏台观戏用的"贾母正厅"，肯定就是"大花厅"庭院北侧用来看戏用的正厅[①]。作者前八十回称之为"大花厅"，后四十回称之为"正厅"，这是完全有可能的。同一事物给予不同的称呼，这没什么可奇怪的。

　　正如前八十回"王夫人院"东北进入大观园的"角门"，后四十回称之为"腰门"（其即图中所标的【X1】），两者的不统一是因为初稿和定稿的原故。即今本后四十回是初稿，而今本前八十回是定稿[②]。作者在初稿中称之为"腰门"，在定稿中改成了"角门"。

　　此处亦然，初稿即今本后四十回中称之为"正厅"，而前八十回定稿中改称为"大花厅"。而且后四十回之所以能称之为"正厅"，便是前八十回定稿中称之为"大花厅"的原故。因为书中称贾母上房前的厅为"小小的三间厅"，可见贾母上房前的厅可能要比这"大花厅"要小些。而一路府第建筑中肯定以大为正，以小为次，贾母院中的两个厅，上房前的厅要小，上房后的厅要大，自然可以称上房后的大花厅为"正厅"，更何况此厅还有花石点缀，比上房前的厅更显正式，所以后四十回初稿中称其为"正厅"是合乎情理的。

　　而前八十回定稿时为何又要将其改为"大花厅"？原因有二：一是此厅是后盖的（即前八十回说清楚此是"新盖的大花厅"），在未盖之前，贾母院肯定也有正厅，即那上房前的"小小的三间厅"，人不可忘本，"新亡人不可以欺老祖宗"，从这个意义上说，大花厅不宜称作"正厅"。二是此厅不在中轴线上，而正厅一般都要在中轴线上，正因为位置不正，所以前八十回定稿时也就不再称之为"正厅"，只敢以"大"字来称呼其为"大花厅"。

　　而且，从图上来看，此"大花厅"比"小小的三间厅"要小，其为一进院落，南侧有厅房，北侧也有厅房，人们习惯以北为主、为尊，以南为次、为卑（即所谓的"坐北朝南"），故称北厅为"正厅"，所谓的"正"不是与贾母上房前的"小小的三间厅"相区别（即其不比其大），而是与南侧演戏用的厅房相区别。显然，南厅是用来演戏的舞台，如果演戏的场面太大而南厅容不下，便会把舞台搭到庭院中来，无论哪种情况，北侧的正厅都是观戏之处。因此，后四十回中的第85回称"大花厅"庭院北侧的观戏厅为"正厅"，并说是在其前的

---

① 本书"第一章、第四节、四"所言的《南巡临幸胜迹图》中的"江宁行官"图，见书首"图B-7"，把贾氏宗祠处的"戏台"北侧的正厅标作"看戏厅"。此处贾母上房后的"大花厅"庭院【W1】北侧用来看戏的正厅也是"看戏厅"。

② 见笔者《后四十回完璧归曹》"第二章、第八节"有论。

庭院中搭建舞台（"就在贾母正厅前搭起行台"），这与图中所绘完全吻合，在事理上也完全吻合。★★

因此我们并不能根据陈其泰的批语得出"后四十回与前八十回空间上存在矛盾，是曹雪芹以外的人所写"的结论。

（4）"贾母院"后院处的下人房

●第46回 "尴尬人难免尴尬事、鸳鸯女誓绝鸳鸯偶"提到贾母院下人房在其后院：

> 凤姐儿暗想："鸳鸯素习是个可恶的[①]，虽如此说，保不严她就愿意。我先过去了，太太后过去，若她依了便没话说；倘或不依，太太是多疑的人，只怕就疑我走了风声，使她拿腔作势的。那时太太又见了应了我的话，羞恼变成怒，拿我出起气来，倒没意思。不如同着一齐过去了，她依也罢，不依也罢，就疑不到我身上了。"
>
> 想毕，因笑道："方才临来，舅母那边送了两笼子鹌鹑，我吩咐她们炸了，原要赶太太晚饭上送过来的。我才进大门【O】时，见小子们抬车，说太太的车拔了缝[②]，拿去收拾去了。不如这会子坐了我的车一齐过去倒好。"邢夫人听了，便命人来换衣服。凤姐忙着伏侍了一回，娘儿两个坐车过来【D】。凤姐儿又说道："太太过老太太那里去，我若跟了去，老太太若问起我过去作什么的，倒不好。不如太太先去，我脱了衣裳再来。"
>
> 邢夫人听了有理，便自往贾母处【M】，和贾母说了一回闲话，便出来假托往王夫人房【F1】里去，从后门【O1】出去，打鸳鸯的卧房前过。只见鸳鸯正然坐在那里做针线，见了邢夫人，忙站起来。邢夫人笑道："做什么呢？我瞧瞧，你扎的花儿越发好了。"

【解析】

这是邢夫了叫凤姐到自己院的上房内【S】商量贾赦想娶鸳鸯的事。凤姐知道这事不成，怕邢夫人怀疑自己事先通气，所以一定要和邢夫人一起去贾母那儿，于是说："刚才进入您这儿的黑油大门【O】时，听到您的车坏了，不如坐我的车一起过去吧。"邢夫人便坐她的车从西角门【D】入了荣国府。

这时凤姐又说："这事还是邢夫人您自个去说，我在场恐怕不好。您先去，我错开些时候再来。"邢夫人于是来到贾母上房【M】，和贾母说了一回闲话，便借口要到王夫人房【F1】里去，从贾母上房【M】的后门【O1】[③]出来，从鸳鸯的卧房门前经过。可见鸳鸯的卧房是在贾母上房的后门口【O1】。

又第3回黛玉进贾府时，脂批交代：贾母上房东北、东南两个穿堂【N1】【V】之间的那批房屋，是贾母下人所住之室（"乃贾母之下室【Q1】也"），其

---

① 可恶，指不会答应，并不是真的可恶之意。下一句是指：凤姐心中虽然如此想，但又怀疑她或许也会答应。
② 拔缝，木器拼接处裂了缝。
③ 指上房北侧的房门【O1】。按：从贾母房到王夫人房要从贾母院的后门【P1】出来，走南北宽夹道【J1】。

在贾母房【M】的东侧，故知鸳鸯的卧房当在贾母院的后院门【P1】内的东墙下，在贾母上房后门口【O1】的东北侧。

（5）"贾母院"垂花门前的宝玉外书房"绮霰斋"和宝玉的四个奶妈家

●第24回言明宝玉的外书房"绮霰斋"在贾母院的"垂花门"外：

　　　　因昨日见了宝玉，叫他到外书房【A2】等着，（蒙侧：一样叔婶，两般侍奉。）贾芸吃了饭便又进来，到贾母那边仪门【G】外"绮霰斋"书房【A2】里来。只见茗烟、锄药两个小厮下象棋，为夺"车"正拌嘴，还有引泉、扫花、（庚侧：好名色。）挑云、伴鹤四五个，又在房檐上掏小雀儿玩。（蒙侧：行云流水①，一字不空。真是空灵活跳。）

【解析】

此是贾芸因宝玉叫他到外书房【A2】见面，午饭后便来贾母院处的仪门（即"垂花门"）【G】外边的"绮霰斋"书房【A2】。可见宝玉的"外书房"在贾母院的仪门（即二门）口，名叫"绮霰斋"；则贾政的外书房【T1】、贾赦的外书房【U】皆当设在二门（即仪门，图中分别标作【S1】【P】）外。

贾芸看到茗烟、锄药、引泉、扫花、挑云、伴鹤等六七个小厮在外书房门口玩耍。这与第3回黛玉进贾府时，小厮们在二门"垂花门"前侍候相吻合，其文曰："后面的婆子们已都下了轿，赶上前来。另换了三四个衣帽周全十七八岁的小厮上来，复抬起轿子。众婆子步下围随至一垂花门【G】前落下。众小厮退出。"

贾母经常命令二门口的小厮做事，即茗烟、锄药、引泉、扫花、挑云、伴鹤这六七人是也。他们的年龄是十七八岁，要比宝玉大四五岁②。又第24回宝玉"只带着茗烟、锄药、双瑞、双寿四个小厮去了"，又可补出双瑞、双寿两个小厮来。又第52回跟宝玉赴舅舅生日宴的是"茗烟、伴鹤、锄药、扫红四个小厮"，可证此处的"扫花"又名"扫红"③。

又第9回大闹学堂时，写到陪伴宝玉上学的小厮有四个："这茗烟乃是宝玉第一个得用的，……宝玉还有三个小厮：一名锄药，一名扫红，一名墨雨。这三个岂有不淘气的？一齐乱嚷：'小妇养的！动了兵器了！'墨雨遂掇起一根门

---

① 此字原脱，据意径补。

② 笔者《红楼时间人物谜案》"第一章、第三节"考明从第18回到52回都是红楼十三年、宝玉十三岁，故十七八岁的小厮要比宝玉大四五岁。今按：《红楼时间人物谜案》"第一章、第三节"虽然考明第3回黛玉入贾府时为红楼七年、宝玉七岁而小厮为十七八岁，则他们似乎比宝玉要大十来岁，大户人家恐怕不可能让年龄相差这么大的男仆来作小主人的贴身小厮。唯一合理的解释，便是该书"第四章、三、（六）"所揭示的："作者主要是写自己十二三四岁这三年中的人物故事，同时又有意把它纳入到红楼九至十九年的时间框架中去"，难怪第3回黛玉进贾府时，书中表面写她只有6岁，但描写比她略大的迎春和略小的探春、惜春姐妹外貌时，全都是十五六岁的花季少女而非天真儿童（如描写迎春"肌肤微丰，合中身材，腮凝新荔，鼻腻鹅脂，温柔沉默，观之可亲"，描写探春"削肩细腰，长挑身材，鸭蛋脸面，俊眼修眉，顾盼神飞，文彩精华，见之忘俗"，描写惜春"身量未足，形容尚小"）。所以第3回的黛玉与宝玉其实就是十二三岁之人，故小厮比他们只大四五岁。

③ 花的颜色大都为红色，故"扫红"即"扫花"。

闩，扫红、锄药手中都是马鞭子，蜂拥而上。"又可补出一个小厮名叫"墨雨"。则宝玉的小厮共有九个：茗烟（又名"焙茗"）、锄药、引泉、扫花（又名"扫红"）、挑云、墨雨、伴鹤、双瑞、双寿。

● **第 62 回言明贾宝玉李、赵、张、王四个奶妈家在贾府大门内的二门外，而不在贾府的大门外：**

　　这日宝玉清晨起来，梳洗已毕，冠带出来。至前厅【W】院中，已有李贵等四五个人在那里设下天地香烛，宝玉炷了香。行毕礼，奠茶、焚纸后，便至宁府中宗祠【B2】、祖先堂【C2】两处行毕礼，出至月台上，又朝上遥拜过贾母、贾政王夫人等。一顺到尤氏上房【D2】，行过礼，坐了一回，方回荣府。先至薛姨妈处【E2】，薛姨妈再三拉着，然后又遇见薛蝌，让一回，方进园来【F2】【V1】。晴雯、麝月二人跟随，小丫头夹着毡子，从李氏起【G2】，一一挨着所长①的房中到过。复出二门【G】，至李、赵、张、王四个奶妈家【H2】让了一回，方进来。虽众人要行礼，也不曾受。回至房中【V1】，袭人等只都来说一声就是了。王夫人有言，不令年轻人受礼，恐折了福寿，故皆不磕头。

【解析】

此节文字详言宝玉生日时的礼数：

清晨起来，到前厅（当是"向南大厅"【W】）前的大庭院中跪拜天地，再到宁国府的"贾氏宗祠"【B2】及其后的"祖先堂"【C2】向祖先行礼，再到宗祠大殿【B2】前的台基上，朝正北方向遥拜出门在外的贾母、贾政王夫人。（按：此时贾政在外地任学政，贾母和王夫人等贾府所有家长外出参加老太妃的守灵仪式，都不在家。古人以北为尊，故朝正北方向象征性地遥拜在外的尊长；如果他们在家的话，则当一一到其面前朝北叩拜。此是古人仿"事死如生"之旨，对于不在家的人，仍视同其在家一样，面北朝拜，而不管其事实上处于天南海北的哪个方向。）

完事后，宝玉顺便到"宗祠"南的尤氏上房【D2】行过礼（位置下文"第三节、一、（二）、（3）"有考），然后再回荣府（当由西角门【D】入府）。先到薛姨妈处【E2】（位置下文"第二节、二"有考。此条记载的确能证明：薛姨妈家就寄居在荣国府内），然后再由薛姨妈家后的"东南角门"【F2】入大观园（"东南角门"的位置，下文"第二节、二、（三）"也有考），回到自己的怡红院【V1】。再由晴雯、麝月二人率小丫头跟着，从李氏的"稻香村"起【G2】（位置本书"第三章、第四节、二"有考），凡是园中比他年长的姊妹们全都一一拜过。然后又出"二门"，此"二门"当指贾母院的"垂花门"【G】，到自己李、赵、张、王四个奶妈家拜见。然后回到自己的"怡红院"【V1】房中。

其拜见四个奶妈家时只出"二门"而不出大门，则宝玉的奶妈显然就住在府内；此"二门"当即贾母院的"垂花门"【G】，则宝玉的奶妈家当在此"垂

————
① 所长，当指比他贾宝玉来得年长的人。

花门"外。

　　第 24 回言贾芸"到贾母那边仪门【G】外'绮霰斋'书房【A2】里来",仪门即大门内的二门,此处指贾母院的院门,书中称之为"垂花门"。由此第 24 回的记载可知:贾母院垂花门外有宝玉外书房"绮霰斋",其当即图中"垂花门"【G】前面的建筑【A2】。由此"绮霰斋"再往南,便是李、赵、张、王四个奶妈家。因为上文言贾母经常使唤二门口的小厮做事,则小厮们皆当守在二门口而不敢远离,今其皆在"绮霰斋"处玩耍,可证"绮霰斋"就在"垂花门"门口;出"垂花门"拜见的四个奶妈家,必定要在"绮霰斋"再往南处,这是因为"尊卑有别、疏不间亲",宝玉的"绮霰斋"当比四个奶妈家更靠近贾母院的"垂花门"【G】,因此,宝玉四个奶妈家应当就在图中绮霰斋【A2】前的【H2】处。

　　【总结】图与文完全吻合处:

　　图中贾母院垂花门【G】前正有一进建筑,当即贾宝玉的外书房"绮霰斋"【A2】,其南更有一进建筑【H2】,再往前更有未画的一片区域,未画不等于没有建筑,当是下人居所(下人的居所《江宁行宫图》中经常不绘);则"绮霰斋"前的建筑与那片下人居所,应当就是贾宝玉李、赵、张、王四个奶妈家。图与文完全密合。★

●这个"绮霰斋"书房其实是宝玉为会秦钟所建

　　第 7 回宝玉初会秦钟,听说他要上"贾氏义学",便对贾母说自己要和秦钟一同上学,贾母答应了,于是正式为他这个也应该拥有自己书房的少年宝玉,建一个专供其晚上回来读书做功课用的外书房。由于书童(男性奴仆)要出入,自然应当建在贾母院的"二门"外;因不可远离祖母,所以肯定要建在紧贴贾母院"二门(垂花门)"的门口处【A2】。

　　第 14 回凤姐主持秦可卿丧事时,有人来领料:"是为宝玉外书房完竣,支买纸料糊裱。"而第 7 回是红楼第九年①的冬底,第 14 回是红楼第十一年的春初,换句话说,在小说十九年故事中,此书房从红楼第九年的冬底造到了第十一年的初春,造了一年多。一个书房造一年多,耽误了宝玉的功课,有背于家长望子成龙心切的初衷,显然是不可能的。

　　笔者将在《红楼时间人物谜案》一书中考明:作者其实是用"小说中的十九年故事"来隐写"自己十四岁的人生"。在作者"十四岁的人生体系"中,第 7 和第 14 回都是作者九岁那同一年中发生的事情。第 5 回春初秦可卿向宝玉提到她的弟弟秦钟,并说有机会要让他俩认识一下,而秦钟经常来姐姐处玩耍,因此第 7 回宝玉、秦钟初次见面而提上学的事,距离春初肯定不会太远,应当就在春天的二三月份。第 14 回书房完工来领料装裱那天正好传来林如海"九月初三"亡故的讣闻,故知此日当是九月,则书房从宝玉初会秦钟的二三月份造

---

① 此是红楼纪元,以宝玉一岁为第一年,此为宝玉九岁时,故为红楼第九年。本书凡言"红楼第几年"者皆是红楼纪元,特此说明。此"红楼纪元"来自《红楼梦》全书叙事年表的排定,详见笔者《红楼时间人物谜案》"第一章、第三节"和"第二章、第一节"。

到九月份造了六七个月，这是合乎情理的。

造一个公子的书房自然不能马虎，而当精美、坚实，的确需要好几个月的工期，但绝对不可能要造一年多，这也可以证明《红楼梦》是作者把"自己十四岁人生"拆成"小说中的十九年故事"来写，从第7回到第14回在作者的真实人生中，才由春入秋而非隔了一年。

第15回可卿出殡时"秦鲸卿（秦钟）得趣馒头庵"，与智能儿苟合而被宝玉捉住，宝玉拉着秦钟出来说："你可还和我强（犟）？"秦钟笑道："好人，你只别嚷的众人知道，你要怎样我都依你。"宝玉笑道："这会子也不用说，等一会睡下，再细细的算账。"晚上"凤姐因怕通灵玉失落，便等宝玉睡下，命人拿来塞在自己枕边。宝玉不知与秦钟算何账目，未见真切，未曾记得，此系疑案，不敢纂创。"全书以"通灵宝玉"这块石头的视角来叙述故事，这块玉既然已经从宝玉身边拿走，所以讲述整个故事的这块"玉"（相当于今天的新闻记者），便因看不到而无法叙述两人如何算账的密事了。下一回第16回开头便写："却说宝玉见收拾了外书房，约定与秦钟读夜书。偏那秦钟的秉赋最弱，因在郊外受了些风霜，又与智能儿偷期缱绻，未免失于调养"而得病。智能儿因探望卧病在床的秦钟被秦钟父亲发现，两人的私情事彻底败露，智能儿被赶走，秦钟被父亲痛打一顿，父亲因此气死，秦钟也因被打加重病情而夭折，宝玉很是伤心。原本宝玉上学就是为了日间会秦钟而去，家里这个外书房自然也是为了夜间会秦钟所建，可惜"好事多魔"，秦钟病死，宝玉也只好死了那非分之心，上学念书的事情自然也就随之不了了之、无疾而终了。

●第23回又交代宝玉在这外书房藏有粗俗的小说

即：茗烟"因想与他开心，左思右想，皆是宝玉顽烦了的，不能开心，惟有这件，宝玉不曾看见过。（庚侧：书房伴读累累如是，余至今痛恨。）想毕，便走去到书坊内，把那古今小说，并那飞燕、合德、武则天、杨贵妃的外传，与那传奇角本，买了许多来，引宝玉看。宝玉何曾见过这些书？一看见了，便如得了珍宝。茗烟嘱咐他不可拿进园去：'若叫人知道了，我就吃不了兜着走呢！'宝玉哪里舍的不拿进园去？踟蹰再三，单把那文理细密的拣了几套进去，放在床顶上，无人时自己密看。那粗俗过露的，都藏在外面书房里。那一日正当三月中浣，早饭后，宝玉携了一套《会真记》，走到沁芳闸桥边桃花底下一块石上坐着，展开《会真记》，从头细玩。"可见《西厢记》是入了园中"怡红院"的床顶，而那文字粗俗过露的，则全都藏在了外书房"绮霰斋"【A2】中。

（6）"贾母院"宝玉所住的"绛芸轩"及大观园"怡红院"内的"绛芸轩"

"绮霰斋"是宝玉外书房，在贾母院"二门"（垂花门）外，不是宝玉所住的内室；而宝玉所住的内室是"绛芸轩"，在贾母院"二门"（垂花门）内，脂批又将其写成"紫芸轩"，当是原型的名称，作者写入小说时有意改成了"绛芸轩"。

脂批写成"紫芸轩"，见第一回"楔子"僧道携顽石下凡时说："然后好携你到那昌明隆盛之邦，（甲侧：伏长安大都。）诗礼簪缨之族，（甲侧：伏荣国府。）花柳繁华地，（甲侧：伏大观园。）温柔富贵乡甲侧：（伏紫芸轩。）去安身乐业。（甲侧：何不再添一句云'择个绝世情痴作主人'？）"此回甄士隐唱《好了歌解》："蛛丝儿结满雕梁，（甲侧：潇湘馆、紫芸轩等处。）"

书中第17回游蘅芜苑时，众人不识香草，宝玉道："这一种是玉蕗藤，红的自然是紫芸，绿的定是青芷。"可证"紫芸"也是异草，而且色红，即"绛"紫①色。所以作者便把自己生活原型的居室"紫芸轩"写入书中时，写成了"绛芸轩"。

"绛芸轩"的"芸"字诸本常会写作"云"。由于此轩是由脂批提到的"紫芸轩"这一原型演化而来，而"紫芸"又是异草，故知作"芸"为是。抄手容易抄成省去偏傍的简体字"云"，正如"嶽（岳）神庙"抄成了"狱（狱）神庙"那般。

今按第8回回目作"贾宝玉大醉绛芸轩"，写："一时黛玉来了，宝玉笑道：'好妹妹，你别撒谎，你看这三个字那一个好？'黛玉仰头看里间门斗上，新贴了三个字，写着'绛芸轩'。（甲侧：出题妙。原来是这三字。）（蒙侧：照应绛珠。）黛玉笑道：'个个都好。怎么写的这么好了？明儿也与我写一个匾。'（甲侧：滑贼。）宝玉嘻嘻的笑道：'又哄我呢。'说着又问：'袭人姐姐呢？'晴雯向里间炕上努嘴。（甲侧：画。）宝玉一看，只见袭人和衣睡着在那里。宝玉笑道：'好，太渥早了些。'（甲侧：绛云轩中事。）""渥"有深厚意，如"优渥"；"太渥"即太厚、太过之意，"太渥早"也即睡得也太过于早了。

脂批点明此"绛芸轩"之名"照应绛珠"。"芸"乃草，则"绛芸"便是绛紫色之草，当即第一回所说的黛玉前身"绛珠草"。由于"绛"与紫色相近（即俗所谓的"绛紫色"），"绛芸"当即"紫芸"草，所以黛玉前身的"绛珠草"应当就是"紫芸"这种异香扑鼻的香草、异草。"照应绛珠草"之批，也说明此轩的名称应当写成意为草的"芸"字，而不可以写成不是草的"云"字。

"照应绛珠草"的脂批，似乎在说此轩实为黛玉之轩。黛玉又说："明儿也与我写一个匾"，又像在点明"绛芸轩"乃我之轩；宝玉又笑嘻嘻地说："又哄我呢"，又好像在透露："作者所说的'此乃宝玉之轩'是哄骗读者"。其实这都是误会。上引《好了歌解》脂批，"潇湘馆"与"紫芸轩"相提并论，则"绛芸轩"显非黛玉之轩。而且宝玉有"绛洞花王"之号，见第37回结诗社时李纨说："你还是你的旧号'绛洞花王'就好。""绛花"与"绛芸"其意相通（"花、草"意通），所以宝玉之轩名作"绛芸轩"当是确定无疑的事实，"绛芸轩"肯定不是黛玉之轩。"照应绛珠"之批当是在点明："作者幻设黛玉原型为绛珠草，乃是从自己自小所居的室名中化来"。即作者室名"紫芸轩"以香草命名，"紫芸"即"绛芸"，于是便幻设出"绛珠草"来作为女主人公黛玉下凡前的前世之身。

所以，脂批"照应绛珠"点明的是：作者现实世界所住的轩名"紫芸轩"，是作品中黛玉前身"绛珠草"的由来。而黛玉叫宝玉明天写个匾，是写"潇湘

_____

① 绛紫，即"酱紫"，暗紫中略带红色。

馆"之类的自己的室名；宝玉说"又哄我呢"，是针对黛玉说他字写得好而说的，都不意味着黛玉之轩名叫"绛芸轩"。

第 5 回宝玉说"不知'淫'字为何物"，甲戌本眉批："绛云轩中诸事情景由此而生。"第 19 回宝玉新年到袭人家作客，袭人"一把拉着问：'你怎么来了？'"其后有庚辰本眉批："自'一把拉住'至此诸形景动作，袭卿有意微露绛芸轩中隐事也。"这都是"贾母院"中的绛芸轩。

而第 23 回搬入"怡红院"后，宝玉作即景抒情诗："《秋夜即事》：绛云轩里绝喧哗，桂魄流光浸茜纱。"第 36 回宝钗在"怡红院"为宝玉绣兜肚而宝玉作梦，回目作"绣鸳鸯梦兆绛芸轩"，己卯本回前批："'绛云轩梦兆'是金针暗渡法。"第 44 回宝玉喜出望外为平儿理妆，庚辰本有夹批："忽使平儿在绛云轩中梳妆，非世人想不到，宝玉亦想不到者也。……因左想右想须得一个又甚亲、又甚疏、又可唐突、又不可唐突、又和袭人等极亲、又和袭人等不大常处、又得袭人辈之美、又不得袭人辈之修饰一人来①，方可发端。故思及平儿一人方如此②，故放手细写'绛芸'闺中之什物也。"第 59 回写平儿来"怡红院"处置在宝玉面前追打春燕的婆子，回目拟作"绛芸轩里召将飞符"。以上都是大观园"怡红院"中的绛芸轩。

显然宝玉搬入"怡红院"后，仍以旧时的轩名来命名其"怡红院"的内室。正如某人以某为号，到哪儿都会以这个号来命名他所新到的堂，这个堂号便成了他的外号。宝玉也是如此，无论搬到那儿，他都会以"绛芸轩"为号来命名他的书斋；曹雪芹亦然，无论搬到那儿，都会以"紫芸轩"为号来命名他的书斋。

古人都以书斋作为自己的外号，"紫芸轩"便是贾宝玉及其原型曹雪芹的外号。第 27 回小红与芸二爷以帕传情，便是第 34 回宝玉与黛玉以帕传情的影子。作者有意让小红名为与林黛玉相似的"林红玉"，又让贾芸用自己的书斋名、也即自己的别号来命名为"贾芸"，而且两人又同为二爷（一个是"宝二爷"，一个是"芸二爷"）。作者这么做，并不是说贾芸是宝玉的影子，小红是黛玉的影子，而是为了强调"小红、贾芸传帕"其实就是"宝玉、黛玉传帕"的引子。其事详见笔者《后四十回完璧归曹》"第二章、第三节、三"之"●附：宝玉、黛玉定情信物的引子——贾芸与小红以帕传情"。

（7）"贾母院"南临街有门
●第 52 回：

> 麝月又捧过一小碟法制紫姜来，宝玉嚼了一块。又嘱咐了晴雯一回，便往贾母处【M】来。贾母犹未起来，知道宝玉出门，便开了房门【M】，

---

① 指找到一个既有袭人之美，但又不大用袭人的化妆品化妆的这样的人来。
② 最后想到只有平儿这个人方才符合以上条件，所以借她来写袭人等宝玉房中女子如何在宝玉房"紫芸轩"中化妆之事。

命宝玉进去。宝玉见贾母身后宝琴面向里，也睡未醒。贾母见宝玉身上穿着荔色哆罗呢的天马箭袖，大红猩猩毡盘金彩绣、石青妆缎沿边的排穗褂子。贾母道："下雪呢么？"宝玉道："天阴着，还没下呢！"贾母便命鸳鸯来："把昨儿那一件乌云豹的氅衣给他罢。"鸳鸯答应了，走去果取了一件来。

宝玉看时，金翠辉煌，碧彩闪灼，又不似宝琴所披之凫靥裘。只听贾母笑道："这叫作'雀金呢'，这是哦啰斯国拿孔雀毛拈了线织的。前儿把那一件野鸭子的给了你小妹妹，（庚夹：'小'字更妙！盖王夫人之末女也。①）这件给你罢。"宝玉磕了一个头，便披在身上。贾母笑道："你先给你娘瞧瞧去再去②。"宝玉答应了，便出来，只见鸳鸯站在地下揉眼睛。因自那日鸳鸯发誓决绝之后，她总不和宝玉讲话。宝玉正自日夜不安，此时见她又要回避，宝玉便上来笑道："好姐姐，你瞧瞧，我穿着这个好不好。"鸳鸯一摔手，便进贾母房中来了。

宝玉只得到了王夫人房中【F1】，与王夫人看了，然后又回至园中【V1】，与晴雯、麝月看过后，至贾母房中【M】回说："太太看了，只说可惜了的，叫我仔细穿，别遭踏了它。"贾母道："就剩下了这一件，你遭踏了也再没了。这会子特给你做这个也是没有的事。"说着又嘱咐他："不许多吃酒，早些回来。"宝玉应了几个"是"。

老嬷嬷跟至厅【K】上，只见宝玉的奶兄李贵和王荣、张若锦、赵亦华，钱启、周瑞六个人③，带着茗烟、伴鹤、锄药、扫红四个小厮，背着衣包，抱着坐褥，笼着一匹雕鞍彩辔的白马，早已伺候多时了。老嬷嬷又吩咐了他六人些话，六个人忙答应了几个"是"，忙捧鞭、坠镫。宝玉慢慢的上了马，李贵和王荣笼着嚼环，钱启、周瑞二人在前引导，张若锦、赵亦华在两边紧贴宝玉后身。

宝玉在马上笑道："周哥、钱哥，咱们打这角门【I2】走罢，省得到了老爷的书房门口【T1】又下来。"周瑞侧身笑道："老爷不在家，书房天天锁着的，爷可以不用下来罢了。"宝玉笑道："虽锁着，也要下来的。"钱启、李贵等都笑道："爷说的是。便托懒不下来，倘或遇见赖大爷、林二爷，虽不好说爷，也劝两句。有的不是，都派在我们身上，又说我们不教爷礼了。"

---

① 指薛宝琴拜王夫人为干娘事，见第49回"果然王夫人已认了宝琴作干女儿"。宝琴当比惜春还年幼，故贾母称之为"小妹妹"。

② 给王夫人看了再走。

③ 今按上引第62回"至李、赵、张、王四个奶妈家让了一回"，可证"李贵和王荣、张若锦、赵亦华"四个人便是宝玉的奶兄。而周瑞是管家，第6回又写："刘姥姥陪笑道：'我找太太的陪房周大爷的'"，既然他是王夫人陪房的丈夫，便不可能再成为宝玉的奶兄。又第60回："内中有一小伙名唤钱槐者，乃系赵姨娘之内侄。他父母现在库上管账，他本身又派跟贾环上学。"第8回："还有几个管事的头目，共有七个人，从帐房里出来，一见了宝玉，赶来都一齐垂手站住。独有一个买办名唤钱华，（甲夹：亦钱开花之意。随事生情，因情得文）"，不出意外的话，此处跟宝玉出门的"钱启"当即钱华，乃钱槐之父，其是赵姨娘内侄，自然也就不可能是宝玉的奶兄。只是赵姨娘的内侄当姓赵而不姓钱，亦可怪矣。（疑是赵姨娘的母亲改嫁钱姓之故。）

周瑞、钱启便一直出角门【I2】来。

正说话时，顶头果见赖大进来。宝玉忙笼住马，意欲下来。赖大忙上来抱住腿。宝玉便在镫上站起来，笑携他的手，说了几句话。接着又见一个小厮带着二三十个拿扫帚簸箕的人进来，见了宝玉，都顺墙垂手立住，独那为首的小厮打千儿，请了一个安。宝玉不识名姓，只微笑点了点头儿。马已过去，（庚夹：总为后文伏线。①）那人方带人去了。

于是出了角门【I2】，门外又有李贵等六人的小厮并几个马夫，早预备下十来匹马专候。一出了角门【I2】，李贵等都各上了马，前引、傍围的一阵烟去了，不在话下。

【解析】

这是冬天贾宝玉赴舅舅王子胜的生日宴，一大早由怡红院【V1】先到贾母处【M】请安，贾母命人开了上房的房门【M】让宝玉进来，知道天要下大雪，所以把一件"雀金呢"大衣给他穿上。

宝玉出了贾母房先让鸳鸯看，鸳鸯因第46回"鸳鸯女誓绝鸳鸯偶"发誓不嫁男人，遂不理他而径直进了贾母房。宝玉于是来王夫人房中【F1】给王夫人看，再走王夫人院后的东角门【X1】入大观园，回怡红院【V1】给晴雯、麝月看，再回贾母房中【M】听候贾母吩咐。

宝玉从贾母上房【M】出来，女佣等"跟至厅上"。此"厅"当非中路的"向南大厅【W】"，因为路太远；当是贾母院那"小小的三间厅"【K】上。此时宝玉的"张王李赵"四个奶兄和钱启、周瑞共六个人，带着茗烟、伴鹤、锄药、扫红四个小厮在厅前的庭院中伺候其上马，出了垂花门【G】。

宝玉在马上指着正前方的路说："我们从这角门走罢，省得到老爷的书房门口又要下来。"由于贾政的外书房【T1】在大门【C】内，从大门处的西角门【D】走肯定要经过贾政的"外书房"门口，因此宝玉口中的"角门"当非大门旁的西角门【D】，而当是图中所绘的"贾母院"处的临街大门【I2】。此门与"贾赦院"临街的黑油大门【O】正相对称，当也是黑油大门的形制。从此门出去，便可以不走大门【C】与大门处的角门【D】，连过街门【J2】都不用走，自然也就不用经过贾政的"外书房"【T1】门前而下马了。

正往这角门【I2】走时，正好赖大也引人从这门【I2】进来，碰了个面对面。宝玉出此角门【I2】后，门外又有李贵等的奴仆、马夫在等候，这便是后四十回中的第106回，家人对贾政解释花名册上仆人名单时，"众人回道：'……老爷打量册上没有名字的就只有这个人？不知一个人手下亲戚们也有好几个，②奴才还有奴才呢。'贾政道：'这还了得！'"这也可以称得上是"千里伏线"，故疑庚辰本"总为后文伏线"批的是下文"李贵等六人的小厮并几个马夫"这段情节，抄书时误把这一批语作为夹批抄在了"独那为首的小厮打千儿"的情节

---

① 不知所伏何事。作者善于一事分在若干处写，如五色丝线编织成图案，有露有伏，露于表面者便组成图案，伏于底下者也不可或缺。
② 此据程甲本。程乙本妄改此句为："老爷只打量着册子上有这个名字就只有这一个人呢，不知道一个人手底下亲戚们也有好几个。"

后面。

（三）"荣禧堂"后宝玉成婚处、"南北宽夹道"、凤姐院

荣禧堂【Z】后的那进院落【K2】是宝玉与宝钗成婚处，其与北侧的"凤姐院"【M1】隔一个"南北宽夹道"【J1】。此"南北宽夹道"南北方向上比较宽，相当于是"凤姐院"门口【M1】的一个小广场。

（1）后四十回中宝玉与宝钗成婚处在"荣禧堂"北的庭院处

●第96回：

> 贾母……想定主意，便说道："……若说服里娶亲，当真使不得；况且宝玉病着，也不可教他成亲：不过是冲冲喜。我们两家愿意，孩子们又有'金玉'的道理，婚是不用合的了，即挑了好日子，按着咱们家分儿过了礼。赶着挑个娶亲日子，一概鼓乐不用，倒按宫里的样子，用十二对提灯，一乘八人轿子抬了来，照南边规矩拜了堂，一样坐床撒帐，可不是算娶了亲了么？……这会子只要立刻收拾屋子，铺排起来，<u>这屋子是要你派的</u>。……"贾政答应出来，心中好不自在。因赴任事多，部里领凭，亲友们荐人，种种应酬不绝，竟把宝玉的事听凭贾母交与王夫人、凤姐儿了。<u>惟将荣禧堂【Z】后身王夫人内屋【F1】旁边一大跨所【K2】二十余间房屋指与宝玉</u>，余者一概不管。贾母定了主意，叫人告诉他去，贾政只说"很好"。

【解析】图与文完全吻合。

宝玉要成亲，贾政："惟将荣禧堂【Z】后身^①王夫人内屋【F1】旁边一大跨所【K2】二十余间房屋指与宝玉，余者一概不管。"这与图中所绘完全吻合。

图中"荣禧堂"【Z】北面（即"后身"、身后、背后）有一大庭院，庭院正北有一大型的正房【K2】，其北侧便当是前面所提到的"南北宽夹道"南侧的"倒座^②三间小小的抱厦厅"【K1】。

贾政说此院子是"荣禧堂【Z】后身王夫人内屋【F1】旁边一大跨所"，既指明此院子在"荣禧堂"北，又指明是在"王夫人院"的旁边，而此"旁边"两字更暗示出这座院子当不从"荣禧堂"【Z】出入，而当从"王夫人院"侧边的院墙出入。

图中"荣禧堂"【Z】两侧有一道围墙。一种可能是此墙建在荣禧堂背后，等于把"荣禧堂"后路全部阻断。古代府第建筑追求中路上的"一路畅通"，故这种可能性当可完全排除。第二种可能是此墙建在"荣禧堂"两肩而不是建在此堂背后；此墙便无法隔断荣禧堂与后院的联系，从而保证古代府第建筑中路上的畅通；同时"荣禧堂"的北门当同第53回所提到的"贾氏宗祠"前的"内

---

① 后身，即身后，也即背后、北面。
② 倒座，与正房朝向相反的房子。如"正房"坐北朝南，则对面坐南朝北的房子便称为"倒座"。

塞门"一样，用的是"塞门"形制。所谓"塞门"，就是大殿后背的格扇门，平时不开，唯有重大庆典才开①。由于此门平时都要关好，故称"塞门"，"塞"即务必关闭的意思。（参见本章"第三节、（二）、（1）"有论。）

这样一来，荣禧堂【Z】后身庭院的二十几间房便都要从其东侧的"王夫人院"开门出入，它们也就相当于是王夫人院的西跨院，故称"王夫人内屋【F1】旁边一大跨所"。

后四十回说"荣禧堂"背后有一进院落，而图中真绘有这进院落★★。如果后四十回不是曹雪芹所著，而前八十回中又从来没有提到过"荣禧堂"背后有一进院落，任何人又都不知道作者是按照他们家的"江宁织造府图"来创作全书的故事，谁敢如此断言"荣禧堂"背后有一进院落？由后四十回胆敢如此写，也就证明后四十回在空间上，与"江宁织造府图"、也即与前八十回是一个完整的整体②，应该就是曹雪芹本人所写。

又第113回住在这"荣禧堂"背后的宝玉宝钗成婚处【K2】的紫鹃，"只听东院里吵嚷起来"。这是凤姐病危之事由东院传了过来。宝玉婚房之北就是"凤姐院"【M1】，但两者之间应当不可通行，要从"东院"即王夫人院走，故称"东院里吵嚷起来"，这也是后四十回与"江宁织造府图"、也即与前八十回空间上相合之证。★★

图中【K2】是宝玉婚房，其背后当有一向北倒座的抱厦，即第3回黛玉所见到的"凤姐院"门口"南北宽夹道"南边那座"三间小小的抱厦厅【K1】"。【K2】、【K1】虽有门相通，但其门当同"荣禧堂"【Z】背后一样，是"塞门"形制，平时一直关闭，仅重大节庆方开。故平时"凤姐院"【M1】往南是走不通的，需要从"王夫人院"【F1】出其院门【E1】，才能往西过开在院墙上的【D1】之门、走到"荣禧堂"【Z】前的中路。

（2）"南北宽夹道"相当于一个门前广场

● 第28回：

> 正说着，只见贾母房里【M】的丫头找宝玉林黛玉去吃饭。林黛玉也不叫宝玉，便起身拉了那丫头就走。……宝玉道："我今儿还跟着太太吃罢。"王夫人道："罢，罢，我今儿吃斋，你正经吃你的去罢。"宝玉道："我也跟着吃斋。"……一时吃过饭，宝玉一则怕贾母记挂，二则也记挂着林黛玉，忙忙的要茶漱口。……宝玉吃了茶，便出来，一直往西院【M】来。可巧走到凤姐儿院门前【M1】，只见凤姐蹲着门槛子拿耳挖子剔牙，（庚侧：也才吃了饭。）看着十来个小厮们挪花盆呢。（庚侧：是阿凤身段。）

---

① 也可以是平时仅开其最两边的两扇"格扇"供穿行，有大事方才打开中间的"塞门"。而"荣禧堂"的北门应当平时全都不让通行，即其最两边的格扇门平时也都关闭，"荣禧堂"的北门唯有重大庆典才开。

② 因为前八十回与"江宁织造府图"相合，今后四十回与"江宁织造府图"也吻合，便可证明今本后四十回与前八十回在空间上是一个完整的艺术整体。

【解析】

此是宝玉在王夫人处【F1】吃完饭后，出西角门【I1】，走"南北宽夹道"【J1】，往"西院"即西边的贾母院【M】来，经过凤姐院门口【M1】，看到凤姐刚吃过饭，在门口一边剔牙，一边指挥十几个小厮挪花盆。此花盆需要几个小厮才能挪得动，可见其大。如此大型的花盆显然要用在比较宽的过道或广场上，不可能摆在一般宽度的夹道上，因为一般宽度的夹道全都比较窄，放大花盆会阻塞交通；由此便可想见这条"南北宽夹道"比较宽广，具有广场般的效果。王熙凤在此指挥，正反映出这条"南北宽夹道"是女主人发号施令用的"广场式"空间。

（3）后四十回言"凤姐院"在贾府正堂（荣禧堂）的"东跨所"非误

●**第16回来旺儿家的媳妇在贾琏在家时交利息钱，被平儿支走：**

这里凤姐乃问平儿："方才姨妈有什么事，巴巴的打发了香菱来？"平儿笑道："哪里来的香菱？①我借她暂撒个谎。奶奶说说，旺儿嫂子越发连个承算也没了。"说着，又走至凤姐身边，悄悄说道："奶奶的那利钱银子，迟不送来，早不送来，这会子二爷在家，她且送这个来了。幸亏我在堂屋里撞见，不然时，走了来回奶奶，二爷倘或问奶奶是什么利钱，奶奶自然不肯瞒二爷的，少不得照实告诉二爷。我们二爷那脾气，油锅里的钱还要找出来花呢，听见奶奶有了这个梯己，他还不放心的花了呢？所以我赶着接了过来，叫我说了她两句。谁知奶奶偏听见了问，我就撒谎说香菱了。"凤姐听了笑道："我说呢，姨妈知道你二爷来了，忽喇八的反打发个房里人来了？原来你这蹄子俺鬼。"

【解析】

本节下文"二、（1）"我们将引"刘姥姥一进荣国府"之文，交代"凤姐院"的堂屋内有东、西两个耳房，东耳房是巧姐住的，西耳房是王熙凤和贾琏的卧房。凤姐在外放高利贷，有违国家禁令，所以只能私底下做，而且又不想让贾琏插手。由此记载便可知：贾琏一直要到抄家，方才知道王熙凤把自己的私房钱"七、八万两银子"（下引第106回语）用来放高利贷。

●**后四十回之第105回言此放高利贷的证据被抄走：**

话说贾政正在那里设宴请酒，忽见赖大急忙走上"荣禧堂"【Z】来，回贾政道："有锦衣府堂官赵老爷带领好几位司官，说来拜望。"……

赵堂官即叫他的家人："传齐司员，带同番役，分头按房，抄查登账。"这一言不打紧，唬得贾政上下人等面面相看；喜得番役、家人摩拳擦掌，就要往各处动手。

西平王道："闻得赦老与政老同房各爨的，理应遵旨查看贾赦的家资。其余且按房封锁，我们覆旨去，再候定夺。"赵堂官站起来说："回王爷：

---

① 指香菱根本就没来过。

贾赦、贾政并未分家。闻得他侄儿贾琏现在承总①管家，不能不尽行查抄。"西平王听了，也不言语。赵堂官便说："贾琏【T2】、贾赦【S】两处须得奴才带领去查抄才好。"……

正说着，只见锦衣司官跪禀说："在内查出御用衣裙并多少禁用之物，不敢擅动，回来请示王爷。"一回儿，又有一起人来拦住王爷，就回说："东跨所【T2】抄出两箱房地契，又一箱借票，却都是违例取利的。"老赵便说："好个重利盘剥，很该全抄！请王爷就此坐下，叫奴才去全抄来，再候定夺罢。"……

且说贾母那边女眷也摆家宴。王夫人正在那边说："宝玉不到外头，恐他老子生气。"凤姐带病哼哼唧唧的说："我看宝玉也不是怕人，他见前头陪客的人也不少了，所以在这里照应也是有的。倘或老爷想起里头少个人在那里照应，太太便把宝兄弟献出去，可不是好？"贾母笑道："凤丫头病到这地位，这张嘴还是那么尖巧。"

正说到高兴，只听见邢夫人那边的人一直声的嚷进来说："老太太，太太！不、不好了！多多少少的穿靴戴帽的强、强盗来了！翻箱倒笼的来拿东西！"贾母等听着发呆。又见平儿披头散发，拉着巧姐，哭哭啼啼的来说："不好了！我正与姐儿吃饭，只见来旺被人拴着进来说：'姑娘快快传进去请太太们回避，外面王爷就进来查抄家产！'我听了着忙，正要进房拿要紧的东西，被一伙人浑推浑赶出来的。咱们这里该穿该带的，快快的收拾。"王、邢二夫人等听得，俱魂飞天外，不知怎样才好。独见凤姐先前圆睁两眼听着，后来便一仰身栽倒地下死②了。……

贾琏在旁窃听，只不见报他的东西，心里正在疑惑。只闻两家王爷问贾政道："所抄家资，内有借券，实系盘剥，究是谁行的？政据实才好。"贾政听了，跪在地下碰头，说："实在犯官不理家务，这些事全不知道，问犯官侄儿贾琏才知。"

贾琏连忙走上，跪下禀说："这一箱文书既在奴才屋里【T2】抄出来的，敢说不知道么？只求王爷开恩。奴才叔叔并不知道的。"两王道："你父已经获罪，只可并案办理。你今认了，也是正理。如此，叫人将贾琏看守，余俱散收宅内。政老，你须小心候旨，我们进内覆旨去了。这里有官役看守。"说着，上轿出门。贾政等就在二门【S1】跪送。北静王把手一伸，说："请放心。"觉得脸上天大有不忍之色。

●后四十回之第106回"王熙凤致祸抱羞惭"：

可怜贾琏屋内【T2】东西，除将按例放出的文书发给外，其余虽未尽入官的，早被查抄的人尽行抢去，所存者只有家伙、物件。贾琏始则惧罪，后蒙释放，已是大幸，及想起历年积聚的东西并凤姐的体己，不下七八万金，一朝而尽，怎得不痛？

【解析】

---

① 承总，总揽。
② 指昏死过去，非是真死。

锦衣卫赵全率人查抄贾府，人站在"荣禧堂"上【Z】，说是从"东跨所【T2】抄出两箱子房地契，又一箱借票，都是违例取利的"，可见王熙凤放高利贷时，都让借款人拿房契和地契来作抵押。

"跨所"即"跨院"，是大宅院中附在主要院落旁边的附属院落。今《红楼梦》前八十回无论是脂本还是程本，都没出现过"跨所"或"跨院"一词，唯独后四十回出现过两次"跨所"，此为其中之一，另一例便是上文所引的宝玉成亲处。

贾琏供称："这一箱文书既在奴才屋里【T2】抄出来的，敢说不知道么？"可证其所住院落【T2】在东跨所。虽然这是王熙凤瞒着他放高利贷，他的确一无所知（见上引第16回的情节），但既然从他房中抄出，所以他也就不得不承认这是自己放的高利贷。而王熙凤听到平儿报告说自己房被抄，便已知道这"七八万金"的高利贷连本带利都将全部没收，所以心疼得当场晕死过去。第106回回目作"王熙凤致祸抱羞惭"，"致祸"两字表明她放高利贷之事已经成为贾府抄家所抄出来的一大罪行。

从字面上看，此处"东跨所"显然是指"荣禧堂"【Z】庭院的东侧庭院。经过上文"（一）第3回所交代的荣国府主要建筑"的分析，无论是《红楼梦》的文字、还是"江宁行宫图"，我们都可以得出结论：贾琏王熙凤院【M1】【T2】是在"荣禧堂"【Z】的北侧而非东侧，贾政王夫人院【F1】是在荣禧堂【Z】的东北，贾母院【M】在荣禧堂【Z】的西北，王熙凤院【M1】【T2】在王夫人院【F1】与贾母院【M】正中间的北侧。因此荣禧堂的"东跨所"当指"王夫人院"为是，现在却成了"凤姐院"，这似乎是后四十回中唯一一处与前八十回文字和"江宁行宫图"不相吻合处，其实正相吻合★★。又第3回王夫人带黛玉从西角门【I1】到"凤姐院"【M1】【T2】，可证"凤姐院"在王夫人正房【F1】之西而非东，此处称凤姐院为"东跨所"其实也不矛盾。这是因为：

"凤姐院"【M1】【T2】虽在"荣禧堂"【Z】正北的"倒厅【K1】"之北，但一般不可以直接向南走"倒厅"到"荣禧堂"。因为宝玉成亲的院子【K2】就在"荣禧堂"【Z】的后院，尚且不能从"荣禧堂"背后走，而要从"荣禧堂"东侧（即东跨所）的王夫人院出入①，而凤姐院与"荣禧堂"隔了宝玉成亲的院子，自然更不能从"荣禧堂"往北走到。

上已言"荣禧堂"的北门当同第53回所言的宗祠前的"内塞门"一样，平时不开，唯有重大庆典才开。故抄家时进入"凤姐院"，当同第3回"林黛玉进贾府"时交代的那样，要由"荣禧堂"【Z】往东先到"荣禧堂"东侧的王夫人院的正房【F1】，再由此院西北角的西角门【I1】走"南北宽夹道"【J1】到凤姐院【M1】【T2】。

由于贾府太大，抄家人肯定一进入这座潭府②，早已分不清"东西南北"四

---

① 见上文"（1）"的证明。
② 潭府，深邃的府第，常用于尊称对方的住宅。第33回忠顺王府长史上门来说："下官此来，并非擅造潭府。"

个方向，只知道从正堂"荣禧堂"【Z】的东院"王夫人院"【F1】出入凤姐院【M1】【T2】。而后四十回把"东院"两字说成"东跨所"，于是抄家人便说成是从"东跨所抄出"凤姐放贷罪证的，这反倒非常符合抄家人分不清深宅大院"东西南北"方向的府外人的身份。正如书中的焦大醉了，作者便要用醉人的口吻来写，让他说出"红刀子进去白刀子出来"的颠倒话①。作者写谁像谁，此处也是模仿前来抄家的外人口吻，把自家人不会误说的"北院"故意误说成东院也即"东跨所"。

由于倪二等人向官府告发凤姐放高利贷时，肯定会一并告知凤姐院落的方位，抄家的赵全肯定早已做足调查摸底的功课②，所以对"凤姐院"这一目标早已明确锁定。尽管有西平王保护贾政及内眷，赵全不敢抄西路的"贾母院"，但凤姐因是贾赦媳妇，所以可以抄，于是便由荣禧堂"东跨所"的王夫人院直奔抄家目标"凤姐院"。由于凤姐院是从荣禧堂的"东跨所"出入，整个府第规模很大，抄家人也不知道凤姐院那儿其实就是"荣禧堂"正北的后院，于是径直用"东跨所"三字来称呼凤姐院，这也完全在情理之中。

由于凤姐放高利贷事仅在第 16 回提过一次，而且还提得非常隐晦，所以一般人看过后都不大会注意并记住这一情节，第 105 回居然能重拾这一情节，其间相隔整整 89 回，可谓"伏线千里"，而且还浓浓地加上两笔，写得更为具体，即："两箱房地契，一箱借票，都是违例取利"、"不下七八万金"，这第 16 回与第 105 回两者一前一后相隔 89 回居然完全照应、妙合无垠，后者显然只可能是原作者曹雪芹的手笔，而不可能是他人所作的续书★★★。因为第 16 回的情节过于隐微，他人来续书时不一定能注意到这一情节，即便注意到第 16 回的情节，从字面上也看不出是重利盘剥③，更不可能联想到第 16 回的情节居然就是在为远隔 89 回的第 105 回的抄家作伏笔。既然后四十回抄家情节可以确定是原作者的手笔（见《后四十回完璧归曹》"第二章、第五节、一"有论），则后四十回以"东跨所"来称呼王夫人院和凤姐院，应当也就是曹雪芹的原稿。

（四）荣禧堂与王夫人院连通处及荣国府下人居所的考证
（1）后四十回中提及荣禧堂与王夫人院连通处有个"穿廊月洞门"，其前有"影屏"
●第 84 回：

至宝玉放了学，刚要过来【F1】请安，只见李贵道："二爷先不用过去。老爷吩咐了，今日叫二爷吃了饭再过去。听见还有话问二爷呢。"宝玉听了这话，又是一个闷雷，只得见过贾母【M】，便回园【V1】吃饭。三口两口吃完，忙漱了口，便往贾政这边【F1】来。贾政此时在内书房【M2】坐着。……

---

① 见第 7 回喝醉的焦大说："咱们红刀子进去白刀子出来！"甲戌本有夹批："是醉人口中文法。"
② 指赵全会向前来告发的倪二及贾府家人，摸清通往贾赦与贾琏住所的一进进房子的走法。
③ 平儿只说"利钱银子"，看不出就是高利贷。

贾政道："既如此，你还到老太太处【M】去罢。"宝玉答应了个"是"，只得拿捏着慢慢的退出。刚过穿廊月洞门【D1】的影屏【M2】，便一溜烟跑到老太太院门口【G】。急得焙茗在后头赶着叫："看跌倒了！老爷来了。"宝玉哪里听的见？刚进得门来，便听见王夫人、凤姐、探春等笑语之声。

【解析】

宝玉放了学，入了大门【C】，正想去王夫人的上房【F1】给贾政、王夫人请安，李贵通知他说："老爷（贾政）让你（宝玉）赶快先吃了晚饭再过去。"宝玉一听便知道要查问自己的功课，于是先到贾母院【M】给贾母请了安，然后回大观园"怡红院"【V1】吃完晚饭，前往王夫人的上房【F1】来见贾政。贾政此时在王夫人院门【E1】口西侧的"内书房"（即小书房"梦坡斋"）【L2】等他（位置下文有考）。

问完功课后，贾政让他去贾母那儿【M】，宝玉便假装沉稳地慢慢退出小书房，沿此房身后院墙处的穿廊（穿廊即"檐廊"，有屋檐的沿墙走廊），往西过月洞门【D1】，绕到影屏【M2】后，估计贾政即便走出书房也会被影屏挡住视线而看不到，于是迫不急待地一溜烟跑过荣禧堂【Z】及堂前的"内仪门"【X】，又往西过"东西穿堂"【V】，跑到贾母院垂花门【G】门口。

这一阵快跑急得焙茗在后头追赶，生怕他跌倒，故意喊出吓他的话来："老爷出月洞门来了！"因为被老爷看到乱跑是要挨骂的。可惜宝玉急着想要见到贾母处的薛宝钗，哪里听得进焙茗说的话！宝玉入院后刚到贾母上房【M】门口，便听见王夫人、凤姐、探春等人的欢声笑语。

第三回林黛玉进贾府时，提到王夫人起居的东廊三间小正房【F1】内炕桌上"磊着书籍茶具"，但这是起居室，而且有王夫人的位子①，是王夫人与贾政两人起居用的正堂大屋，自然也会放着书和文房四宝。这儿既然是起居室，那就肯定不会是书房了，"内书房"当不在此。而王夫人院门口【E1】西侧有贾政的小书房"梦坡斋"【L2】（位置详下文"三、（1）"有考），其与大门口的外书房【T1】有别，故称"内书房"或"里书房"。外书房大，此小，故又称"小书房"，外书房则称"大书房"。

后四十回的第93回，贾芹"水月庵"的风流事被人揭发，贾琏说："只叫芹儿在内书房等着我。"可见贾琏也可以在"内书房"办公，益证内书房当在王夫人院门口，不是王夫人内院三间小正房【F1】处的摆有书的起居室。（因为如果在王夫人内院，贾芹这种外人是到不了的。）

从图上来看，此王夫人院门【E1】后侧正有"穿廊"，其穿过西侧院墙而入"荣禧堂"【Z】庭院的门【D1】当是"月洞门"形制，即此处所称的"穿廊月洞门"。其形状可以是滚圆形，也可以是花瓶状，此处当以滚圆形（即满月状）

---

① 我们上文已说过：书房相当于男主人办公用的办公室，外书房可以接待外人，而内书房只接待府内的办事人员，其办公接触的自然全都是男性，书房内肯定不会设有夫人的位置。今此房内设有王夫人的座位，所以只可能是王夫人与贾政共同的起居室，而不可能是男主人对内办公用的内书房。

的可能性为大。为了挡住内院，所以在门前面又竖起一座影壁①【M2】。

"荣禧堂"【Z】往东进入"王夫人院"门口【E1】的"南北宽夹道"【N2】的门【D1】是何种形制？据此可知：先是一道影壁【M2】，影壁后有一座月洞门【D1】，月洞门后是穿廊（即图中所绘的王夫人院门"宫门"【E1】与内书房【L2】后侧的走廊），走此"穿廊"通向王夫人院的院门【E1】。

这都是前八十回所不曾提及过的，而后四十回居然将此门的形制交代得如此清晰。如果说这是他人续写，这人未免大胆，他完全可以不用提这座门，只说"到贾政看不见处便一溜烟跑到贾母院门口"；由这座门写得如此详细来看，这段文字应当也只有原作者曹雪芹本人才写得出。

（2）王夫人庭院的东半当封闭为独立的庭院"东小院"。其东更有"东大院"下人居所

●第 25 回：

> 那马道婆又坐了一回，便又往各院各房问安，闲逛了一回。一时来至赵姨娘房内【O2】，（甲侧：有"各院各房"，接此方不觉突然。）二人见过，赵姨娘命小丫头倒了茶来与她吃。

【解析】

马道婆到各院内的各房给各位太太们请安，然后来到"贾政院"内的赵姨娘房。赵姨娘是贾政的姨娘，自然应当住在"贾政王夫人院"。而第 30 回王夫人房里的丫环金钏儿对宝玉说："你往东小院子【O2】里拿环哥儿同彩云去。"而贾环同其母亲赵姨娘生活在一起，可证赵姨娘生活在王夫人院内的"东小院"【O2】。

贾政还有一位姨娘是周姨娘，如果不出意外，当生活在王夫人院内的"西小院"。当然也有可能和赵姨娘一同生活在"东小院"内。

由此可见，王夫人上房前的庭院内，甬道东侧是一个封闭的小院子"东小院"【O2】，可以从王夫人上房【F1】身后的后廊【P2】向东再往南拐而进入此小院。

王夫人院再往东便是东大院【Q2】，见第 16 回造大观园时："先令匠役拆宁府会芳园墙垣楼阁，直接入荣府东大院中。荣府东边所有下人一带群房尽已拆去。当日宁、荣二宅，虽有一小巷界断不通，然这小巷亦系私地，并非官道，故可以连属。"

宁、荣二府当在【Y1】处的"界巷"分界：东为宁府，西为荣府。故"荣府东大院中"当理解为"荣府"东侧的"大院"之中，而此大院便是"荣府东边所有下人一带群房"，即：荣府"界巷"以东的"大院"内全都是下人群房，后来全部拆除，建为"大观园"的一部分。

---

① 影壁，是置于门内或门外的与门相对，作为屏幛，用来区隔内外，操纵观感视线的一座短墙。北方称之为"影壁"，南方称之为"照壁、照墙"。影壁有以砖、石、琉璃砌筑的，也有木制的。

（3）"贾母院"身后的府西北角也是下人居所，但贾芸住在府外

● 第24回：

贾芸忙要躲身，早被那醉汉一把抓住，对面一看，不是别人，却是紧邻①倪二。……倪二道："不妨、不妨，有什么不平的事，告诉我，替你出气。这三街、六巷，凭他是谁，有人得罪了我'醉金刚'倪二的街坊，管叫他'人离、家散'！"

● 后四十回之第104回"醉金刚小鳅生大浪，痴公子余痛触前情"：

不料贾芸自从那日给凤姐送礼不收，不好意思进来，也不常到荣府。那荣府的门上原看着主子的行事，叫谁走动，才有些体面，一时来了，他便进去通报。若主子不大理了，不论本家、亲戚，他一概不回，支了去就完事。那日贾芸到府上说："给琏二爷请安。"门上的说："二爷不在家，等回来我们替回罢。"贾芸欲要说"请二奶奶的安"，生恐门上厌烦，只得回家。……岂知贾芸近日大门【C】竟不得进去，绕到后头，要进园内找宝玉，不料园门【U1】锁着，只得垂头丧气的回来。

【解析】

以上两条便可证明贾芸住在府外，与倪二为近邻。

● 第23回：

贾琏笑道："西廊下五嫂子的儿子芸儿来求了我两三遭。"

● 第24回：

贾琏笑道："你怎么发呆，连他也不认得？他是后廊上住的五嫂子的儿子芸儿。"……

茗烟道："等了这一日，也没个人儿过来。这就是宝二爷房里的。好姑娘，（庚侧：口气极像。）你进去带个信儿，就说廊上的二爷来了。"那丫头听说，方知是本家的爷们，便不似先前那等回避，（庚侧：一句，礼当②。）下死眼把贾芸钉了两眼。（庚侧：这句是情孽上生。）（蒙侧：五百年风流孽冤。）听那贾芸说道："什么是廊上、廊下的？你只说是芸儿就是了。"……那婆子道："说什么后廊上的芸哥儿。"

【解析】

图中府西北"贾母院"【M】后未画建筑的地方【R2】，当是下人居所。"刘姥姥一进荣国府"时，言周瑞家住在后门【S2】口，当即住在此贾母院后的府西北角【R2】（详本节下文"二、（1）"）。上文又已证明：贾芸并非像周瑞家那样住在府内的西北角【R2】。

古代府第、衙署、寺庙一类的大建筑群的四周有回廊环绕，回廊外侧的街巷便称"廊下"，此处当指"宁荣二府"两侧的小巷。贾芸是"西廊下五嫂子的儿子"，又可以说是"后廊上住的五嫂子的儿子"，古人以北为后，则其当在贾

---

① 紧邻，近邻。
② 有了这句话，方才可以和陌生男子说话而不违礼节，因为这陌生男子是本家的男子。

府西北的小巷内居住为宜，故称"西廊下"或"后廊下"。

贾琏当着贾芸面称其住在"廊上"，不当其面便称其住在"廊下"。贾芸乃贾府的"本家爷们"，故下人尊称其为"二爷"，称其居所时也由"廊下"改说成"廊上"。贾芸厌倦这种客套，叫人不要分什么"廊上、廊下的"，直接叫"贾芸"就可以了。

上引第104回写贾芸失势后，不能进贾府的前门，所以绕到贾府大观园的后门【U1】，想入园来找宝玉。其实，此时宝玉因失玉而痴傻，早已不住在园内，大观园后门也早已关锁。

（五）贾府的二门、三门，以及大门东侧的"马棚"
（1）贾府的"二门"与"三门"
●第24回：

　　宝玉……因问："林妹妹在哪里？"贾母道："里头屋里呢。"……宝玉方欲说话，只见有人进来回说"外头有人请"。……宝玉出来，到外面，只见茗烟说道："冯大爷家请。"宝玉听了，知道是昨日的话，便说："要衣裳去。"自己便往书房【A2】里来。茗烟一直到了二门【G】前等人①，（甲侧：此门请出玉兄来，故信步又至书房，文人弄墨，虚点缀也。）只见一个老婆子出来了，茗烟上去说道："宝二爷在书房里等出门的衣裳，你老人家进去带个信儿。"那婆子说："你妈的屄（庚侧：活现活跳。）倒好！宝二爷如今在园子里住着，（甲侧：与夜间叫人对看。②）跟他的人都在园子里，你又跑了这里来带信儿！"茗烟听了，笑道："骂的是，我也糊涂了。"说着一径往东边二门【E1】前来。可巧门上小厮在甬路底下踢球，茗烟将原故说了。小厮跑了进去，半日抱了一个包袱出来，递与茗烟。回到书房里，宝玉换了，命人备马，只带着茗烟、锄药、双瑞、双寿四个小厮去了。

【解析】

宝玉在贾母上房内【M】的黛玉房内，听到外面有人叫自己，于是出了贾母院的"垂花门"【G】来一看，原来是冯紫英派人请他赴宴，于是便叫茗烟去取赴宴用的衣服，而宝玉自己则到"垂花门"【G】前自己的外书房"绮霰斋"【A2】里坐着等。茗烟则反倒又要在"垂花门"口（即所谓的"二门"前）【G】，等有女佣出来时，再叫这女佣往里面去传信拿衣服。

甲戌本侧批说："茗烟从垂花门请出宝玉来，又要在这垂花门前等，真是太费事了。"言下意，宝玉自往里叫女佣岂非直接？由此可见：男仆是不可以随便进二门的。茗烟终于等到一个女佣出二门"垂花门"来了，茗烟忙上前说：

---

① 指径直（一直线）来到贾母院的二门（垂花门）前等待女仆出来，可以向里面传信。因为"二门"是男女有别、内外有别的分界处，男仆不得进入二门，内眷不得迈出二门，只有低等的女性下人（老妈子）可以出入二门。

② 指与第71回尤氏夜间叫人为大观园"关门、息灯"事相对看。这是普通的老妈子骂宝玉的小厮茗烟而不买茗烟的账，而第71回是婆子骂尤氏的小丫环而不买尤氏的账，所骂的话皆生动而"活现活跳"。

"您出来倒正好，宝二爷正在书房里等出门穿的衣裳，请您往里面传个信可好？"

这时女佣告诉他："'倒正好'个屁！宝二爷现在住在大观园的'怡红院'【V1】，跟他的人都在'怡红院'当差，这儿没有一个人，谁有空走那么远去送信？"原来，宝玉不入垂花门叫女佣往大观园中捎信，其原因便在于此。

茗烟想明白了，笑着说："骂得好！我的确糊涂了。"于是往东边的"二门"，应当就是王夫人院的院门【E1】找人带信。正好看门的小厮在门槛外、庭院正中的甬路上踢球①，茗烟请他带信。

因为有急事要传，所以小厮便有理由跑了进去（指跑进王夫人上房【F1】所在的院落），叫王夫人上房【F1】处的女佣入大观园的腰门【X1】，到"怡红院"【V1】去传信；过了半天，这小厮才抱出一个包袱来，茗烟拿到外书房的"绮霰斋"【A2】给宝玉换上，然后备马出门而去。

此处提到两个"二门"，一个是入贾母院的"垂花门"【G】，一个是入王夫人院的"东边二门"【E1】，则贾母院的垂花门便可称作"西边二门"；而中路的"外仪门"【S1】、"内仪门"【X】便都可称作"中路的二门"。又由上述记载可知：男仆一般不可以随便进入"二门"，需要等女佣出来才能往里面传信。

● 第 24 回：

因昨日见了宝玉，叫他到外书房【A2】等着，贾芸吃了饭便又进来，到贾母那边仪门【G】外"绮霰斋"书房【A2】里来。只见茗烟、锄药两个小厮下象棋，为夺"车"正拌嘴，还有引泉、扫花、挑云、伴鹤四五个，又在房檐上掏小雀儿玩。

【解析】

"绮霰斋"书房【A2】在贾母院的"垂花门"外，所以这条记载明确点明"贾母那边仪门"（也即西边仪门②）就是贾母院的"垂花门"【G】。

● 第 48 回薛姨妈送薛蟠远行：

至十三日，薛蟠先去辞了他舅舅，然后过来辞了贾宅诸人。贾珍等未免又有饯行之说，也不必细述。至十四日一早，薛姨妈、宝钗等直同薛蟠出了仪门，母女两个四只泪眼看他去了，方回来。

● 后四十回之第 97 回贾政上任：

贾政叫人扶他回去了，自己回到王夫人房中，又切实的叫王夫人管教儿子："断不可如前骄纵。明年乡试，务必叫他下场。"王夫人一一的听了，也没提起别的，即忙命人扶了宝钗过来，行了新妇送行之礼，也不出房。其余内眷俱送至二门【S1】而回。贾珍等也受了一番训饬。大家举酒送行，一班子弟及晚辈亲友直送至十里长亭而别。

---

① 踢的是中国古代的足球。
② 贾母院在西边，"贾母那边仪门"就是"西边仪门"的意思。

【解析】

"仪门"即"二门",也即垂花门。由这两条记载可知:男女有别,女眷不可以出二门,送客只能送到二门,而男性则可以送客送出大门。

前一条的仪门自然是薛家的"外仪门",其位置下文"第二节、二"有考;而第二条的仪门,自然就是贾府中路上的"外仪门"【S1】,女眷只能送到这儿,府中男子则送出大门,且送出城门到郊外的十里长亭才告别。

● **第 52 回:**

> 嫂子原也不得在老太太、太太跟前当些体统差事,成年家只在三门外头混,怪不得不知我们里头的规矩。

【解析】

此是"怡红院"内的女佣,教育"怡红院"外不明事理的女佣,所言"三门"即"怡红院"【V1】的大门。其为二门(仪门)以内的内院之门,故名"三门"。此言明:"三门"连下等女佣也不可进。

● **后四十回之第 117 回:**

> 袭人心里又着急起来,仍要拉他,只碍着王夫人和宝钗的面前,又不好太露轻薄,恰好宝玉一撒手就走了。袭人忙叫小丫头在三门口传了茗烟①等:"告诉外头照应着二爷,他有些疯了。"小丫头答应了出去。

● **后四十回之第 119 回:**

> 只见三门外头茗烟乱嚷说:"我们二爷中了举人,是丢不了的了。"众人问道:"怎见得呢?"茗烟道:"'一举成名天下闻,如今二爷走到哪里,哪里就知道的。谁敢不送来?"里头的众人都说:"这小子虽是没规矩,这句话是不错的。"

【解析】

这两条中的"三门"显然是指"王夫人院"的大门【E1】。其在二门(外仪门)【S1】内,故可称"三门"。

● **后四十回之第 111 回:**

> 只是荣府规例:一交二更,三门掩上,男人便进不去了,里头只有女人们查夜。

● **后四十回之第 112 回:**

> 林之孝哀告道:"请二爷息怒。那些上夜的人,派了她们,还敢偷懒?只是爷府上的规矩:三门里一个男人不敢进去的,就是奴才们,里头不叫也不敢进去。奴才在外同芸哥儿刻刻查点,见三门关的严严的,外头的门一重没有开,那贼是从后夹道子来的。"

【解析】

---

① 后四十回程甲本皆作"茗烟",程乙本全部改作"焙茗",甚无谓(指其实无所谓)。

由上述记载可知，大门内是"二门"，二门内是"三门"。三门就是内眷所住院落的院门，不光男仆不得进入，连下等女佣也不可进。像贾母院的"垂花门"【G】、王夫人院的院门【E1】、怡红院【V1】的院门都可以称作"三门"。因为"外仪门"【S1】是二门，而内仪门【X】、贾母院垂花门【G】、王夫人院的院门【E1】等都在其内，故可称"三门"。

而贾母院垂花门、王夫人院的院门又可称作"二门"，可见"二门"、"三门"两词有时可以混用，因为"二门"男仆不可以随便进，"三门"亦然，故从男仆不可进入的角度而言，亦可称"三门"为"二门"。

而且"三门"连下等女佣也不可进，而贾母院垂花门、王夫人院的院门下等女佣可以出入，故其还称不上是"三门"，而只可以称作"二门"；只不过贾母院垂花门、王夫人院的院门在"二门（外仪门）"内，从这个意义上称之为"三门"罢了。

（2）贾府大门东侧的"马棚"

● 第 39 回：

> 　　说着，同周瑞家的引了刘姥姥往贾母这边来。二门口该班的小厮们见了平儿出来，都站起来了，又有两个跑上来，赶着平儿叫"姑娘"。……平儿等来至贾母房中，彼时大观园中姊妹们都在贾母前承奉。……

> 　　刚说到这里，忽听外面人吵嚷起来，又说："不相干的，别唬着老太太。"贾母等听了，忙问："怎么了？"丫鬟回说："南院马棚【S2】里走了水，不相干，已经救下去了。"贾母最胆小的，听了这个话，忙起身扶了人出至廊上来瞧，只见东南上火光犹亮。贾母唬的口内念佛，忙命人去火神跟前烧香。王夫人等也忙都过来请安，又回说"已经下去了，老太太请进房去罢。"贾母足的看着火光息了方领众人进来。……

> 　　宝玉信以为真，回至房中，盘算了一夜。次日一早，便出来【A2】给了茗烟几百钱，按着刘姥姥说的方向地名，着茗烟去先踏看明白，回来再做主意。那茗烟去后，宝玉左等也不来，右等也不来，急的热锅上的蚂蚁一般。好容易等到日落，方见茗烟兴兴头头的回来。……正说着，只见二门【G】上的小厮来说："老太太房里的姑娘们站在二门口【G】找二爷呢。"

【解析】

平儿和周瑞家的引刘姥姥从凤姐院【M1】往贾母院【M】来。"二门口该班的小厮们"当指贾母院处的"垂花门"【G】门口的"绮霰斋"【A2】处宝玉的跟班小厮。

从"凤姐院"入"贾母院"，可以走穿堂【N1】、贾母院后门【P1】；如今为何要走穿堂【N1】、沿"贾母院"东墙根、走前门"垂花门"【G】进来？当是刘姥姥不是熟人，故得从正门引进，不可以从后门引入，以示对待客人的尊重。

平儿带刘姥姥到了贾母上房【M】，才刚开头说到抽柴仙女的故事，忽听得外面嚷了起来，原来是南院的马棚①失了火。贾母生平最为谨慎胆小，连忙起身到廊檐下的走廊上，往东南方向张望，只见火光犹亮，可见马棚是在荣府的东南角。今图中"贾赦院"南侧正有一排房屋【S2】紧贴门墙，当是马棚所在。其与府东南角的那口大水井邻近，棚在墙内而井在墙外，救火时只隔一道墙，汲水、传水还是比较方便的。

其马棚设在一入大门东侧的"贾赦院"院墙内，如此布局的好处便是一入大门中路的门庭，便看不到这座不雅观的马棚，整个中路门庭也就显得庄重肃穆起来。

此马棚虽然圈入"贾赦院"内，但肯定会有开在院墙上的、通往中路的大门。为何"贾赦院"的邢夫人不从马棚处的门出入荣国府呢？显然是因为马棚的北侧与西侧有高墙砌死，与"贾赦院"不通，以免马圈的脏臭气味熏坏了"贾赦院"。当然贾赦也要骑马坐车，所以马棚东侧或北侧的墙上还是会开门供贾赦调用马匹，但平时都会紧闭，以免透出不好的气味来。

火救下去后，刘姥姥又胡说了另外一个信佛得孙的故事。宝玉私下里又央求刘姥姥把才开了头而未讲完的抽柴仙女的故事给说完，然后信以为真，回到房中，当是回到其怡红院【V1】的卧室"绛云轩"，盘算了一夜如何纪念这位仙女。

宝玉第二天出来，当是从垂花门【G】出来，到垂花门门口自己的外书房"绮霰斋"【A2】，命令茗烟拿几百文钱去寻找刘姥姥口中说的那座仙女庙。既然能命茗烟去找，而茗烟是入不了"垂花门"的，由此可见宝玉肯定是在"垂花门"门口那属于自己的外书房"绮霰斋"【A2】命令他。

茗烟去后，宝玉左等右等，急的像热锅上的蚂蚁团团转，其等的地方肯定也就是命令茗烟的地方"绮霰斋"【A2】。晚上，二门口（即贾母院"垂花门"口【G】）的小厮来说："姑娘们都在'垂花门'口【G】等着您宝玉商量事情"，宝玉于是进入院门【G】，来到贾母房中【M】。

① 马棚，马厩、马圈，是拴马的房子，马房。

二、"图三"中所考荣国府建筑

"图三"中所绘的路线是第七回"刘姥姥一进大观园"与"周瑞送宫花"。

（1）第七回"刘姥姥一进大观园"、"周瑞送宫花"描述了凤姐院、梨香院、李纨惜春院等处：

于是刘姥姥带他进城，找至宁荣街。（甲夹：街名。本地风光，妙！①）来至荣府大门【A】石狮子前，只见簇簇轿马，刘姥姥便不敢过去，且掸了掸衣服，又教了板儿几句话，然后蹭（甲侧："蹭"字神理。）到角门【B】前。只见几个挺胸叠肚、指手画脚的人，坐在大板凳上，说东谈西呢。（甲夹：不知如何想来，又为侯门三等豪奴②写照。）（蒙侧：世家奴仆个个皆然③，形容逼真。）刘姥姥只得蹭上来问："太爷们纳福。"

众人打量了她一会，便问："哪里来的？"刘姥姥陪笑道："我找太太的陪房周大爷的，烦那位太爷替我请他老出来。"那些人听了，都不瞅睬，半日方说道："你远远的在那墙角下等着，一会子他们家有人就出来的④。"内中有一老年人说道："不要误她的事，何苦耍她？"因向刘姥姥道："那周大爷已往南边去了。他在后一带住着，他娘子却在家。你要找时，从这边绕到后街上后门【C】上去问就是了。"

刘姥姥听了谢过，遂携了板儿，绕到后门【C】上。只见门前歇着些生意担子，也有卖吃的，也有卖顽耍物件的，闹吵吵三二十个小孩子在那里厮闹。（甲夹：如何想来？合眼如见。）刘姥姥便拉住一个道："我问哥儿一声，有个周大娘可在家么？"孩子们道："哪个周大娘？我们这里周大娘有三个呢，还有两个周奶奶，不知是哪一行当的？"刘姥姥道："是太太的陪房周瑞。"孩子道："这个容易，你跟我来。"说着，跳跳蹿蹿的引着刘姥姥进了后门【C】，（甲侧：因女春，又是后门，故容易引入。）至一院墙【D】边，指与刘姥姥道："这就是她家。"又叫道："周大娘，有个老奶奶来找你呢，我带了来了。"……便叫小丫头到倒厅【G】上悄悄的打听打听，老太太屋里摆了饭了没有。……

说着一齐下了炕，打扫打扫衣服，又教了板儿几句话，随着周瑞家的，逶迤往贾琏的住处来。先到了倒厅【G】，周瑞家的将刘姥姥安插在那里略等一等。自己先过了影壁【H】，进了院门【I】，……

周瑞家的听了，方出去引她两个进入院来。上了正房【J】台矶，小丫头打起猩红毡帘，（甲夹：是冬日。）才入堂屋，只闻一阵香扑了脸来，（甲

---

① "本地风光"指用本地地物（宁国府、荣国府）、本地地名来命名，体现出本地特色。
② 三等，即下等。豪奴，豪门的奴才。
③ 个个都是这种样子。
④ 就有人会出来的。

夹：是刘姥姥鼻中。）竟不辨是何气味，身子如在云端里一般。（甲夹：是刘姥姥身子。）满屋中之物都耀眼争光的，使人头悬目眩。（甲夹：是刘姥姥头目。①）（蒙侧：是写府第奢华，还是写刘姥姥粗夯？大抵村舍人家见此等气象，未有不破胆惊心、迷魄醉魂者。）刘姥姥此时惟点头咂嘴念佛而已。（甲夹：六字尽矣，如何想来。）（蒙侧：刘姥姥犹能念佛，已自出人头地矣。）

于是来至东边这间屋【K】内，乃是贾琏的女儿大姐儿睡觉之所。（甲夹：记清。）（蒙侧：不知不觉先到大姐寝室，岂非有缘？②）平儿站在炕沿边，打量了刘姥姥两眼，……于是让刘姥姥和板儿上了炕，平儿和周瑞家的对面坐在炕沿上，小丫头子斟了茶来吃茶。

刘姥姥只听见"咯当"、"咯当"的响声，大有似乎打箩柜筛面的一般，（甲夹：从刘姥姥心中意中幻拟出奇怪文字。③）不免东瞧西望的。忽见堂屋中柱子上挂着一个匣子，底下又坠着一个秤砣般一物，却不住的乱幌。（甲夹：从刘姥姥心中目中设譬拟想，真是镜花水月。）刘姥姥心中想着："这是什么爱物儿？有甚用呢？"

正呆时，（甲夹：三字有劲。）只听得"当"的一声，又若金钟、铜磬一般，不防倒唬的一展眼④。接着又是一连八九下。（甲侧：写得出。）（甲夹：细！是巳时。）……刘姥姥会意，于是带了板儿下炕，至堂屋中，周瑞家的又和她"唧咕"了一会，方过这边屋里来。

只见门外篆铜钩上悬着大红撒花软帘，（甲侧：从门外写来。）南窗下是炕，炕上大红毡条，靠东边板壁立着一个锁子锦靠背与一个引枕，铺着金心绿闪缎大坐褥，旁边有雕漆痰盒。……刘姥姥感谢不尽，仍从后门【C】去了。

话说周瑞家的送了刘姥姥去后，便上来回王夫人话。谁知王夫人不在上房【M】，问丫鬟们时，方知往薛姨妈那边闲话去了。周瑞家的听说，便转出东角门【N】出至东院【O】，往梨香院【S】来。……周瑞家的轻轻掀帘进去，只见王夫人和薛姨妈长篇大套的说些家务人情等语。周瑞家的不敢惊动，遂进里间来。……宝钗道："……如今从南带至北，现就埋在梨花树【T】底下呢。"（甲侧："梨香"二字有着落，并未白白虚设。）……

一时周瑞家的携花至王夫人正房【M】后来。原来近日贾母说孙女儿们太多了，一处挤着倒不便，只留宝玉、黛玉二人在这边解闷，却将迎、探、惜三人移到王夫人这边房【M】后三间小抱厦【U】内居住，令李纨陪伴照管。如今周瑞家的故顺路先往这里来，只见几个小丫头子都在抱厦

① 指作者写谁便像谁，写刘姥姥便要"设身处地"地用刘姥姥的"眼耳鼻舌身意"来立言。
② 这不一定指小说中要把板儿和大姐两人写成夫妻，也不是说生活原型中两人是夫妻。而是说刘姥姥与大姐儿有缘。后四十回写刘姥姥搭救大姐儿，岂非有缘？
③ 指作者代作品中人物构思、立言时，能"设身处地"地符合作品人物的阅历和想法。
④ 一展眼，即一眨眼。此指吓了一跳，被吓的过程只有一眨眼那么短暂，一眨眼后便又回过神来而恢复正常。

【U】内听呼唤、默坐①。迎春的丫头司棋与探春的丫鬟待书二人正掀帘出来，手里都捧着茶盘、茶盅，周瑞家的便知她姊妹在一处坐着，遂进入内房，只见迎春、探春二人正在窗下围棋。周瑞家的将花送上，说明原故。她二人忙住了棋，都欠身道谢，命丫鬟们收了。

周瑞家的答应了，因说："四姑娘不在房里？只怕在老太太那边呢。"丫鬟们道："在这屋里不是？"周瑞家的听了，便往这边屋里来。只见惜春正同"水月庵"（列夹：即"馒头庵"。）的小姑子智能儿，两个一处顽笑，……那周瑞家的又和智能儿唠叨了一回，便往凤姐处来。穿夹道【V】从李纨后窗【W】下过，越西花墙【X】，出西角门【L】，进入凤姐院中【I】。走至堂屋【J】，……

周瑞家的这才往贾母这边来。穿过了穿堂【E】，顶头忽见她女儿打扮着才从她婆家来【Y】。周瑞家的忙问："你这会子跑来作什么？"……说着，便到黛玉房中【Z】去了。谁知此时黛玉不在自己房中，却在宝玉房中大家解九连环作戏。（甲侧：妙极！又一花样。此时二玉已隔房矣。）

【解析】

刘姥姥来到"宁荣街"的荣府大门【A】石狮子前，其街即以此地的府第"宁国府、荣国府"来命名，批语称之为"本地风光"，其原型就是南京江宁织造府门前的"铜井巷—科巷"。（大致来说，宁府前是铜井巷，荣府前是科巷。）

刘姥姥厚着脸皮来到角门【B】前，问看门的家人，脂批言其为"三等豪奴"，第三回黛玉进贾府时，脂批也称贾府中的丫环为"三等使婢"，所谓"三等"，就是上中下三等中此为第三等，也即下等之意②，管看门的男人和供主子使唤的丫环自然就是最下等的奴仆了。

刘姥姥问知周瑞家的娘子住在后街上的后门【C】处。"后街"就是江宁织造府北侧之街，清代称之为"督院前街"，也就是今天民国总统府门前的"长江路"。刘姥姥当是就近从西侧的巷子绕过去，江宁织造府东侧③的巷子今天称为"利济巷"。府之后门图上虽然没画，当与大门【A】对开在一直线上（从而体现出古代府第建筑中路上当一路畅通的特点来），位置当在正门【A】正北处的、图上"照房"后的后墙上【C】，乾隆朝改造行宫时当废去，故"江宁行宫图"不画。

入此后门，沿后墙根下有一条东西向的夹道。小孩引刘姥姥进入后门【C】后，沿此夹道往西，来到一所院墙【D】下，便是周大娘家，具体位置不详，今暂定在后院西北角处的【D】。

【凤姐院】：周瑞家的（即周瑞老婆）叫小丫头到倒厅【G】处打听凤姐的行踪。倒厅当即第3回黛玉进贾府时所提到的凤姐院门口"南北宽夹道"南侧倒坐的抱厦厅。小丫头回来报告凤姐行踪，周瑞家的便带刘姥姥过贾母房东北

---

① 安静地坐等呼唤。
② 第三等即是"下等"之意，而第二等为中等，第一等为上等。
③ 本图是镜像，其西侧之巷在现实世界中是在江宁织造府的东侧。

的"东西穿堂"【E】,入"南北宽夹道"【F】,来到凤姐院门口的倒厅【G】处,让刘姥姥先等在那儿,自己则过了影壁【H】,进入凤姐院门【I】,征得平儿同意后,引刘姥姥和板儿入凤姐院来。上了正房【J】的台矶,小丫头打帘请姥姥进了正屋,再走里边东侧墙上的内门来到东边耳房内【K】,这是贾琏女儿大姐儿睡觉的地方,刘姥姥坐在这儿等凤姐。凤姐到堂屋【J】后,入里边西侧墙上的内门往西边耳房去了,周瑞家的便带刘姥姥和板儿来见。可见贾琏与凤姐的主卧室在西耳房。

【梨香院】:周瑞家的从后门【C】送走刘姥姥后,走西角门【L】到王夫人上房【M】处,想向王夫人汇报接待刘姥姥之事,见王夫人不在,问知是在薛姨妈住的"梨香院",于是出东角门【N】。此角门当同西角门一样,在王夫人上房后廊穿院墙处。出了东角门【N】,便来到东院【O】,此即赵姨娘住的"东小院",其当亦有角门【P】穿东界墙。

即:王人人上房【M】后东侧有两道角门,一个是入东小院的东角门【N】,一个是入夹道和大观园的东角门【P】;同理,其西侧当亦有两道角门,一个入西小院,一个是入南北宽夹道而至凤姐院、贾母院的西角门【L】。王夫人庭前东侧既然名为"东小院",则王夫人庭院西侧或当有"西小院"与之对称为是。

出了那东角门【P】,便是一条南北向的夹道【Q】,此夹道当即"宁、荣二府"间的界墙所夹之道,上有屋顶而风雨无阻。走此夹道往北,便来到"梨香院"西南角的角门【R】。周瑞家的由此门进入梨香院【S】,见王夫人和薛姨妈正在说话,不敢惊动,于是悄悄往里间来见薛宝钗,薛宝钗告诉她"冷香丸"的故事,并说这丸药就埋在院中梨花树【T】底下。

【惜春院】:薛姨妈见周瑞家的来了,便命她送宫花给诸位小姐。于是周瑞家的按原路返回,先往东角门【P】处、王夫人正房【M】后的惜春三姐妹住所来。惜春三姐妹原和贾母住在一处,贾母因第3回添了黛玉,便嫌三个孙女住在她那儿太挤,只留宝玉、黛玉两人在身边住(此写出贾母对黛玉和宝玉的偏爱),将迎春、探春、惜春三人移到王夫人上房【M】后面的"三间小抱厦"【U】内居住,命李纨陪伴照管,所以周瑞家的顺路先到这儿来。

抱厦,即房屋的正面、背面或山面突出来的有独立屋顶的建筑。抱厦的开间数量和进深尺度都比所依附的房屋要小,如果二者相同便要称为"两卷房"而不再称"抱厦"了。如果抱厦用作居住功能以外的接待之用,比如用作客厅、花厅、议事厅等厅房之用,便称作"抱厦厅"。

王夫人房后当为李纨之房,图中王夫人上房【M】后正有一长条比之矮小的房屋,当即李纨所住之房。其当向北突出形成抱厦,用作迎春、探春、惜春的居所。

李纨房北侧当是围墙,围墙与房之间形成一条夹道,今图中王夫人上房【M】后那排矮小的房屋后正有一堵高墙,与之亦相吻合。

迎春、探春、惜春的抱厦当突出于此北墙之外的庭院中,但无门与此北侧的庭院相通。抱厦当是在自己的山墙上开门出入，所开之门在北墙内而不在北墙外，门外为北墙所挡，所以走不到北侧庭院中去。周瑞家的当由抱厦东山墙之门入，再从西山墙之门出，走北墙下的夹道【V】，从李纨房北侧的窗户【W】下走过，这时从窗户中看到李纨，可证李纨住在王夫人房后那排矮小房屋的西首。

然后周瑞家的走过西花墙【X】（"花墙"指砖砌的透空之墙），出西角门【L】，由"南北宽夹道"【F】进入凤姐院【I】中，上了堂屋【J】。

周瑞家的送花给凤姐后，又往贾母院来找林黛玉。当她过穿堂【E】时，看到自己女儿迎面跑来，两人相遇处当在贾母后院的门口【Y】，尚未进入贾母院。然后周瑞家的入了贾母院的后门【A1】，到贾母正房处的黛玉房【Z】中来，得知黛玉在宝玉房中解"九连环"玩耍。此时甲戌本有侧批点明："此时宝玉与黛玉已经分开来住了。"可见：从这第七回起，因宝玉逐渐长大，男女要有分别，贾母便借口孙女太多，挤着不方便，命迎、探、惜三姐妹搬走，腾出空间给黛玉，使黛玉与宝玉分房居住，旨在防范两人，以免发生不可言说的丑事。

又第24回："宝玉……因问：'林妹妹在哪里？'贾母道：'里头屋里呢。'"可见林黛玉住在贾母上房的北套间内。

【总结】图与文完全吻合处：

一、凤姐院：图与文完全没有矛盾处。

二、梨香院：从王夫人东北角的角门【P】、经"南北向夹道"【Q】、至梨香院【S】，图与文也无矛盾。

三、惜春院：图中王夫人上房【M】后正好有一排矮小的房屋，其后又有一堵高墙，这与《红楼梦》言"李纨房在王夫人上房后，而且李纨房后有与北墙相夹而成的夹道"完全吻合。★

（2）惜春、李纨何时由大观园迁回府内？

第23回贾政对贾母说："二月二十二，日子好，哥儿、姐儿们好搬进去的。"可见是红楼十三年①二月廿二众人搬入大观园。

后四十回之第99回"红楼十八年"春夏之交："所以园内的只有李纨、探春、惜春了。贾母还要将李纨等挪进来，为着元妃薨后家中事情接二连三，也无暇及此。现今天气一天热似一天，园里尚可住得，等到秋天再挪。此是后话，暂且不提。"此年第102回秋天探春远嫁后，"园中人少，况兼天气寒冷，李纨姊妹、探春、惜春等俱挪回旧所。"大观园因无人居住而日渐荒废。

后四十回之第105回"贾赦院"被抄后，邢夫人投靠贾母，"众人劝慰，李纨等令人收拾房屋，请邢夫人暂住，王夫人拨人服侍。"上引第7回言：王夫人"令李纨陪伴照管"住在王夫人上房【M】身后抱厦内【U】的三春姐妹，此

---

① 笔者《红楼时间人物谜案》详考此回为红楼十三年、宝玉十三岁。本书所标的红楼纪元皆出自该书的考证。

时迎春出嫁、探春远嫁，仅惜春从大观园迁回抱厦【U】来居住，故李纨当是收拾迎春或探春原来所住的地方给邢夫人住，则邢夫人当住在惜春隔壁为宜。

后四十回之第108回"宁国府"抄家后，"这里贾母命人将车接了尤氏婆媳等过来。可怜赫赫宁府，只剩得她们婆媳两个并佩凤、偕鸾二人，连一个下人没有。贾母指出房子一所居住，就在惜春所住的间壁【U】，又派了婆子四人、丫头两个伏侍。一应饮食起居在大厨房内分送，衣裙什物又是贾母送去，零星需用亦在账房内开销，俱照荣府每人月例之数。"尤氏是贾珍妻，惜春是贾珍的胞妹，两者是一家人，画线部分也言明尤氏就住在惜春的隔壁，其旁才是邢夫人所居。

后四十回之第108回宝玉说："何不趁她们喝酒，咱们两个到珍大奶奶那里逛逛去。"这是作者为了引出尤氏与惜春房【U】旁边的那扇能够进入大观园腰门【C1】的东角门【P】，从而能让宝玉由此门【P】进入大观园凭吊黛玉而写的"醉翁之意不在酒"的引子。即：宝玉"一面走，一面说。走到尤氏那边【U】，又一个小门儿【B1】半开半掩，宝玉也不进去。只见看园门的两个婆子坐在门槛【P】上说话儿。宝玉问道：'这小门【C1】开着么？'婆子道：'天天是不开的。今儿有人出来说，今日预备老太太要用园里的果子，故开着门【C1】等着。'宝玉便慢慢的走到那边，果见腰门【C1】半开。宝玉便走了进去，袭人忙拉住道：'不用去。园里不干净，常没有人去，不要撞见什么。'"袭人拗不过他，还是让宝玉进了园。此处便点明：尤氏所住的惜春住所【U】，就在大观园腰门【C1】旁。今按：上引第7回周瑞老婆"便转出东角门【N】出至东院【O】，往梨香院【S】来"，其中省略了与腰门【C1】隔夹道相对而开的东角门【P】。此东角门【P】与入大观园的腰门【C1】隔夹道【Q】而开，一在夹道西，一在夹道东，即上引文字中：宝玉"只见看园门的两个婆子坐在门槛【P】上说话儿。……宝玉便慢慢地走到那边，果见腰门【C1】半开"，画线部分宝玉慢慢地走到那边，便是宝玉从东角门【P】走过夹道【Q】、来到腰门【C1】而入了大观园。具体情况，本书"第三章、第五节、七、（5）、●后四十回之第108回"对此还有更详细的讨论。

后四十回之第109回贾母病重，妙玉前来探望，走时对贾母旁的惜春说："你如今住在哪一所？"惜春道："就是你才进来的那个门【P】东边的屋子【U】，你要来很近。"妙玉道："我高兴的时候来瞧你。"回前王希廉评："妙玉探望贾母，却是闲文，要紧处在问知惜春住房，为异日遇盗埋根。"即作者写妙玉探望生病的贾母也是引子，旨在让妙玉问得惜春的住所，从而引出第111回强盗打劫时，妙玉正好在惜春房内而被群盗窥见、引动贼心，为她最终被群盗劫走埋下伏笔。此处点明惜春屋子【U】就在进出大观园的腰门（"你才进来的那个门"）【P】【C1】旁边，与"江宁织造府"行宫图完全吻合，这是曹雪芹以外的人不可能知道的，高鹗非其家人，更加不可能得知，由这一空间细节的吻合，也可证明后四十回是曹雪芹本人所写。★★

总之，王夫人三间小抱厦内【U】住着惜春三位姐妹，而惜春的居所最靠近大观园的腰门【P】【C1】。大观园在府东，惜春居所又最靠近大观园（"就是你才进来的那个门【P】东边的屋子【U】，你要来很近"），所以惜春当住在"三间小抱厦"中最东的一间。三姐妹按年龄大小来排，迎春居长，探春其次，惜春最小，故知迎春当住最西一间，探春住中间一间。抄家后，尤氏安排在惜春隔壁，住的自然是探春之房，则邢夫人当住迎春住的最西一间。事实上，惜春是尤氏丈夫贾珍的亲妹妹，惜春是宁国府中人，所以让宁国府的尤氏与惜春紧邻，比安排邢夫人与惜春为邻更合适。而且迎春是贾赦之女，邢夫人是贾赦之妻，虽然迎春不是邢夫人亲生，但迎春与邢夫人是一家人，所以邢夫人住西边的迎春房也甚为合宜。

更当指出的是，大观园在惜春院所在的荣国府之东，故惜春房当在大观园西，而第109回惜春称她住的地方就在妙玉出入大观园的腰门【P】【C1】东边（"你才进来的那个门东边"），这就反了。这似乎是作者的一大笔误。其实我们已经弄明白：作品中的"宁荣二府大观园"就是现实世界中的"江宁织造府"改东为西、改西为东而来的"东西相反"的镜像，作者偶然也会有失改的地方，这便是其中一例。另一例见第30回宝玉"从贾母这里【Z】出来，往西走过了穿堂【F】，便是凤姐的院落【I】"，而事实上贾母院【Z】在西，凤姐院【I】在东，宝玉应当"往东走过了穿堂【F】"。正因为曹雪芹前八十回的原稿也有过"东西相反"的例子，所以我们不能因为第109回"东西相反"而怀疑后四十回不是曹雪芹的原稿，我们认为：第109回的"东西相反"应当是曹雪芹原稿中的笔误。

或者，惜春所说的"就是你才进来的那个门【P】东边的屋子【U】"是指：腰门【P】【C1】内最东边的那个房间便是我的房间。而惜春的房间的确就在腰门【P】【C1】内那排房子（"三间小抱厦"）的东头。

又：中国的居住风俗，长辈居东，晚辈居西，迎、探、惜三春姐妹迎春为长当居东，探春居中当居中，惜春最小当居西，可是上文考明惜春居东、探春居中、迎春居东，这显然也是"镜像"的原故。因此这一例子也能证明：《红楼梦》全书的空间，就是曹雪芹把自己老家"江宁织造府"作东西相反的镜像处理而来。

俏東君與鸎花作主

三、"图四"中所考荣国府建筑

"图四"中绘制的路线是第八回贾宝玉到梨香院探望生了小病的薛宝钗。

（1）第8回贾宝玉到梨香院探望生了小病的薛宝钗

　　却说宝玉因送贾母回来，待贾母歇了中觉，意欲还去看戏取乐，又恐扰的秦氏等人不便，因想起近日薛宝钗在家养病，未去亲候，意欲去望她一望。若从上房【S】后角门【A】过去，又恐遇见别事缠绕，再或可巧遇见他父亲，（甲侧：本意。正传。实是曩时苦恼，叹叹！）更为不妥，（甲侧：细甚。）宁可绕远路罢了。当下众嬷嬷、丫鬟伺候他换衣服，见他不换，仍出二门【B】去了。

　　众嬷嬷、丫鬟只得跟随出来，还只当他去那府中看戏。谁知到穿堂【C】，便向东、向北绕厅【D】后而去。偏顶头遇见了门下清客相公詹光、（甲侧：妙！盖"沾光"之意。）单聘仁（甲侧：更妙！盖"善于骗人"之意。①）二人走来，一见了宝玉，便都笑着赶上来，一个抱住腰，一个携着手，都道："我的菩萨哥儿，（甲侧：没理、没伦②，口气毕肖。）我说作了好梦呢，好容易得遇见了你。"说着，请了安，又问好，劳叨了半日，方才走开。（甲眉：一路用"淡三色烘染、行云流水"之法，写出贵公子家常不即不离气致。经历过者则喜其写真，未经者恐不免嫌繁。）

　　老嬷嬷叫住，因问："你二位爷是从老爷跟前来的不是？"（甲侧：为玉兄一人，却人人俱有心事，细致。）二人点头（甲侧：使人起避思。）道："老爷在'梦坡斋'（甲侧：妙！梦遇坡仙之处也。）小书房【E】里歇中觉呢，不妨事的。"（甲侧：玉兄知己。一笑。）一面说，一面走了。说的宝玉也笑了。

　　于是转弯向北奔"梨香院"来。（蒙侧：吃"冷香丸"，往"梨香院"，有趣。）可巧银库房的总领名唤吴新登（甲侧：妙！盖云"无星戥"也③。）与仓上的头目名戴良，（甲侧：妙！盖云"大量"也。④）还有几个管事的头目，共有七个人，从账房【F】里出来，一见了宝玉，赶来都一齐垂手站住。独有一个买办名唤钱华，（甲夹：亦"钱开花"之意。随事生情，因情得文。⑤）因他多日未见宝玉，忙上来打千儿请安，宝玉忙含笑携他起来。

　　众人都笑说："前儿在一处看见二爷写的斗方儿，字法越发好了，多早晚儿赏我们几张贴贴。"（甲眉：余亦受过此骗，今阅至此，赧然一笑。此

---

① 点明曹公的"谐音取名法"颇为诙谐。
② 指俗人口中说的"菩萨哥儿"这种话在情理上不通，但俗人就是这么说的。可见作者描写俗人口吻很是逼真，写什么样的人就像什么样人的口吻。
③ 意为没有秤星的秤。银库要用秤，其秤无星，自然混账。
④ 仓库要用量器。"大斗进、小斗出"可以从中贪污，故名"大量"。
⑤ 再度点明曹公取名法的特色。

时有三十年前向余作此语之人在侧，观其形已皓首驼腰矣，乃使彼亦细听此数语，彼则潸然泣下，余亦为之败兴。）宝玉笑道："在哪里看见了？"众人道："好几处都有，都称赞的了不得，还和我们寻呢。"（蒙侧：侍奉上人者无此等见识、无此等迎奉者，难乎免于厌弃。呜呼，哀哉！）宝玉笑道："不值什么，你们说与我的小幺儿们就是了。"一面说，一面前走。众人待他过去，方都各自散了。（甲夹：未入"梨香院"，先故作若许波澜曲折。瞧他无意中又写出宝玉写字来，固是愚弄公子闲文，然亦是暗逗宝玉历来文课事。不然，后文岂不太突？）

闲言少述，（甲夹：此处用此句最当。）且说宝玉来至"梨香院"【P】中，先入薛姨妈室中来，正见薛姨妈打点针黹与丫鬟们呢。宝玉忙请了安，薛姨妈忙一把拉了他，抱入怀内，笑说："这么冷天，我的儿，难为你想着来，快上炕来坐着罢。"……

宝玉听说，忙下了炕来至里间门前，只见吊着半旧的红绸软帘。（甲侧：从门外看起，有层次。）宝玉掀帘一迈步进去，先就看见薛宝钗坐在炕上作针线，……

一语未了，（蒙侧：每善用此等转换法。）忽听外面人说："林姑娘来了。"……

薛姨妈忙道："跟你们的妈妈都还没来呢，且略等等不是。"宝玉道："我们倒去等她们？有丫头们跟着也够了。"（蒙侧：伏笔。）薛姨妈不放心，到底命两个妇女跟随他兄妹方罢。他二人道了扰，一径回至贾母房【K】中。

【解析】

宝玉想去探望生了小病的薛宝钗。如果从"上房"【S】的"后角门"【A】去，怕被王夫人或贾政叫住。此"上房"当指王夫人住的上房【S】，其后角门当即王夫人上房后的东角门【A】。王夫人在上房睡觉，贾政也可能会在此午睡，走这儿的话，说不定就会被王夫人或贾政撞见。（今按：走上房后角门的路线即下文宝玉、黛玉两人回程时所走的路线。）

于是宝玉打算绕远路，其目的就是不想经过贾政与王夫人居住的上房【S】，从贾政、王夫人院【T】外绕过去。于是他出了贾母院的"二门"即"垂花门"【B】，众女佣还以为他要出大门【U】到"宁国府"看戏。哪知他往北从"东西穿堂"【C】（即贾母正房东南的穿堂）往东走，然后不往南过"向南大厅"【D】出大门【U】，而是绕到"向南大厅"【D】背后，往北入了"内仪门"【G】。

此"向南大厅"是长方形，北绕此厅自然要由"东西穿堂"【C】先往东走、接近此大厅，然后再沿着这座厅的后背往北、往东绕过此厅而去，即书中所谓的："谁知到穿堂【C】便向东、向北绕厅【D】后而去"；这句话也可以证明贾母正房东南的穿堂当在贴近"向南大厅"【D】东西向中轴线的【C】处，而不在【C】这一位置往北移的、"向南大厅"【D】北界延长线之北。

此"向南大厅"后为荣禧堂【H】，堂前有"内仪门"【G】，第三回黛玉进贾府时："向南大厅之后，仪门内大院落，上面五间大正房"所说的"五间大正房"便是"荣禧堂"【H】，所说的"仪门内"便是内仪门【G】。宝玉当无它路可走，当同黛玉一样，进"内仪门"【G】（此仪门当是常开的）而入"荣禧堂"【H】前的庭院，然后走此庭院东北角的角门【I】（据本章上文"一、（四）、（1）"所引的第84回的"穿廊月洞门"，知其为角门"穿廊月洞门"形制而非穿堂形制），进入"贾政王夫人院"门前的"南北宽夹道"【J】。

　　今按："贾政王夫人院"门前当和"凤姐院"门前一样，是一个"南北宽夹道"式的广场。但据下文考明，此广场西半南侧设有厨房，仅北侧十来米可以通行，见本书"第三章、第六节、九、（四）"；此广场东半剖则设有薛姨妈住所而全部被建筑占据，没有通道可以东行，全靠院门【T】身后贴王夫人院院墙的后廊往东行，见本章"第二节、二、（一）"。由此可见王夫人院门前的这个广场其实被建筑占满，东半部被薛姨妈家全部占领，西半部被厨房占据了一大半，仅西半部的北侧有条十来米宽的夹道可以通行，所以书中便不再以"南北宽夹道"称之了。

　　又：此广场正中的院门【T】前则无建筑占据，是一条正中的大甬道，通往"贾赦院"上房【V】的身后，保证府第建筑这一路中路上的通畅性，即第24回"茗烟……说着一径往东边二门【T】前来。可巧门上小厮在甬路底下踢球"所提到的：贾母院东边王夫人院院门【T】前的正中甬路。只不过"贾赦院"上房【V】的后门永远关闭，故这条正中甬路设而不用。

　　宝玉当是在"向南大厅"【D】往北的内仪门【G】门口"顶头"遇到贾政门客詹光和单聘仁两位，告诉他老爷在"梦坡斋"的小书房【E】内睡午觉。宝玉于是"转弯向北"过内仪门【G】，前往目的地"梨香院"。可巧出了角门（即第84回所谓的"穿廊月洞门"）【I】正好碰上吴新登、戴良等从账房【F】里出来。

　　由于门客能活动到的地方肯定要在正房院落的院门（即"二门"）之外，此门客又知道贾政的行踪是在书房，则此书房必然要设在正房院落的二门之外。本节下文"四"引第33回贾政痛打宝玉的"里边书房"便是此内书房，众门客和小厮都能在此书房中出现（即第33回：王夫人"忙忙赶往书房【E】中来，慌的众门客、小厮等避之不及"），证明此书房肯定设在王夫人院门【T】外。

　　但"小书房"又不会离正房院落太远，最合适的位置莫过于设在正房院落的门房旁，即图中标寝宫"宫门"两字的建筑【T】两侧所绘的辅房【E】【F】。此处又设有账房（"共有七个人从账房里出来"），则账房、书房当各自建在院门【T】的两侧。古人以西方为金、东方为木。书房读书，为文；账房管钱，为金。金宜在西，金又为武；读书为文，与"金"之武相对，故读书之文宜在东。此图为镜像，东西相反，故知图中院门东侧当为账房【F】，西侧当为"小书房"【E】，小书房又名"梦坡斋"。

　　宝玉怕走王夫人上房【S】，所以他不会入院门【T】而走"图三"周瑞老婆从王夫人上房【S】到薛姨妈家【P】所走的路线。宝玉当是向东从院门【T】前走过，进入供下人和薛姨妈家所走的宁荣二府间的"夹道"【M】往北（其夹道有屋顶而可以风雨无阻），则贾政院门口的"南北宽夹道"【J】东尽头处必定有扇门【L】通夹道【M】而走到薛姨妈住的"梨香院"【P】。

宝玉探完病后，与林黛玉一同沿周瑞老婆所走的路线，经"王夫人院"东北角的东角门【A】、"王夫人院"西北角的西角门【N】、"南北宽夹道"【Q】、"东西穿堂"【R】回到了贾母院【K】。

又第 23 回："银库上按数发出三个月的供给来"，第 24 回："贾芸喜不自禁，来至'绮霰斋'打听宝玉，谁知宝玉一早便往北静王府里去了。贾芸便呆呆的坐到晌午，打听凤姐回来，便写个领票来领对牌。至院外，命人通报了，彩明走了出来，单要了领票进去，批了银数年月，一并连对牌交与了贾芸。贾芸接了，看那批上银数批了二百两，心中喜不自禁，翻身走到银库上，交与收牌票的，领了银子。回家告诉母亲，自是母子俱各欢喜。""银库"与"账房"疑当设在一处，即【F】，否则出纳不方便。

（2）两府界巷"夹道"的中段，当有"隔断"以屏蔽内眷行踪

第 16 回：

> 当日宁荣二宅，虽有一小巷【M】界断不通，（甲侧：补明，使观者如身临足到。）然这小巷亦系私地，并非官道，故可以连属。

【解析】

此小巷【M】显然南通"宁荣前街"，后通"宁荣后街"，分隔开"宁、荣二府"。

我们都知道：所有府第的府南部分是外人与男性仆人出入之地，而府北是内眷起居处；相应的，此"界巷"【M】南段可以供外人和男性仆人行走，而其北段必定是内眷行走的地方，不宜让外人和男性仆人进入，因此界巷北口必定要用墙筑死，不让外人进入，成为"私巷"（"这小巷亦系私地，并非官道"言明其为私巷而可筑死其北端出口、不让外人进入）。至于南段，则可供外人与男性仆人走到，而其中段必定也要用墙筑死，以屏蔽北段的内眷行踪、不让从南而来的外人走到。这一"隔断"设在何处？其位置需要考证。

图中所标的黄色"夹道"何以北段偏东、南段偏西而全程不直？这是根据"彩图"而来（请参见彩图）。而且从"彩图"可以看出，偏西的南段只是露天通道，上面没有屋脊，而偏东的北段则上面有屋脊，这便是古代大宅院中可以风雨无阻、365 天全天候通行的最标准的"夹道"。（又：典图有屋顶的夹道只到本图中标"隔断"处为止，其南未画屋顶，而彩图则北段夹道全部建有屋顶，愚以为当从典图为是，详见"第一章、第四节、七"的"●再往东一路，即《红楼梦》中所言的'贾氏宗祠'"的讨论。）

此夹道便是第 4 回所提到的薛姨妈家住的"梨香院"连通"王夫人院"的

夹道（梨香院【P】"西南有一角门，通一夹道【M】，出夹道便是王夫人正房【S】的东边【A】了"）。王夫人院东北角门【A】便是薛姨妈由夹道入王夫人院处。此门对面就是"大观园"的腰门，是内眷们出入"大观园"的唯一之门。这对"角门、腰门"的南侧必定要有堵墙隔断住这条通往府南大街的"界巷"，以免外面人从南而来。那么，这道隔断之墙究竟筑在何处？

今按：此处宝玉不从王夫人院东北角门【A】前往梨香院，则贾政院门口的"南北宽夹道"【J】东尽头处必定有扇门【L】通此夹道【M】，从而能走到薛姨妈家的梨香院【P】。则这界巷【M】中用来隔断内外的那堵墙，显然就应当筑在此门【L】的南侧。

又此门【L】正对"大观园"的东南角门【O】，此东南角门是专供后来的薛姨妈家出入大观园而开（详本章第二节），也需要内外有别，正好借助此南侧隔断之墙使从南而来的外人无法走到；同时，其北侧也必定要筑墙隔断，使贾府内眷又走不到，从而使此东南角门【O】专供宝钗家出入。

总之，界巷中的隔断之墙应当筑在【L】【O】这一对角门的南侧，"宁荣前街"上由"界巷"南口入此"界巷"的人，便全都被隔断在这堵墙外了。后来，即第 18 回薛姨妈家搬到图中【L】处居住后，又必定要在【L】【O】这对角门的北侧筑墙隔断，使贾府内眷走不到，从而在【L】【O】这对角门南北两侧所筑的两道隔断墙之间，形成一条专供宝钗由薛家（在【L】处）出入大观园的夹道来。但这是后话，在第 18 回薛家未搬到【L】处之前，只有南侧那道隔断墙，而没有北侧那道隔断墙。

四、"图五"中所考荣国府建筑

（1）图五详考"宝玉挨打"的有关场景

图中共绘有五条路线：

①宝玉与金钏儿说笑后，入大观园。

②宝玉得知金钏儿死后，上"向南大厅"而撞见父亲贾政。

③贾政送走忠顺王府长史后，怒回"里书房"。

④王夫人、李纨、王熙凤、贾母先后赶往"里书房"解救挨打的宝玉。

⑤宝玉挨打后，被抬往贾母房和怡红院。

●第30回：

谁知目今盛暑之时，又当早饭已过，各处主仆人等多半都因日长神倦之时，宝玉背着手，到一处，一处鸦雀无闻。从贾母这里【A】出来，往西走过了穿堂【B】，便是凤姐的院落【C】。到他们院门前，只见院门掩着。知道凤姐素日的规矩，每到天热，午间要歇一个时辰的，进去不便，遂进角门【D】，来到王夫人上房【E】内。只见几个丫头子手里拿着针线，却打盹儿呢。王夫人在里间凉榻上睡着，金钏儿坐在旁边捶腿，也乜斜着眼乱恍。

宝玉轻轻的走到跟前，把她耳上带的坠子一摘，金钏儿睁开眼，见是宝玉。宝玉悄悄的笑道："就困的这么着？"金钏抿嘴一笑，摆手令他出去，仍合上眼。宝玉见了她，就有些恋恋不舍的，悄悄的探头瞧瞧王夫人合着眼，便自己向身边荷包里带的"香雪润津丹"掏了出来，便向金钏儿口里一送。金钏儿并不睁眼，只管嘬了。宝玉上来便拉着手，悄悄的笑道："我明日和太太讨你，咱们在一处罢。"

金钏儿不答。宝玉又道："不然，等太太醒了我就讨。"金钏儿睁开眼，将宝玉一推，笑道："你忙什么！'金簪子掉在井里头，有你的只是有你的'，连这句话语难道也不明白？我倒告诉你个巧宗儿，你往东小院子【F】里拿环哥儿同彩云去。"宝玉笑道："凭她怎么去罢①，我只守着你。"只见王夫人翻身起来，照金钏儿脸上就打了个嘴巴子，指着骂道："下作小娼妇，好好的爷们都叫你教坏了。"宝玉见王夫人起来，早一溜烟去了。

这里金钏儿半边脸火热，一声不敢言语。登时众丫头听见王夫人醒了，都忙进来。王夫人便叫玉钏儿："把你妈叫来，带出你姐姐去。"金钏儿听说，忙跪下哭道："我再不敢了。太太要打骂，只管发落，别叫我出去就是天恩了。我跟了太太十来年，这会子撵出去，我还见人不见人呢？"王夫人固然是个宽仁慈厚的人，从来不曾打过丫头们一下，今忽见金钏儿行此

---

① 罢，今写作"吧"。宝玉是说："不管别人怎么样，我只守着你一个。"此话无耻。

无耻之事^①，此乃平生最恨者，故气忿不过，打了一下，骂了几句。虽金钏儿苦求，亦不肯收留，到底唤了金钏儿之母白老媳妇来领了下去。那金钏儿含羞忍辱的出去，不在话下。

且说那宝玉见王夫人醒来，自己没趣，忙进大观园【G】来。

●第32回：

一句话未了，忽见一个老婆子忙忙走来，说道："这是哪里说起？金钏儿姑娘好好的投井死了！"袭人唬了一跳，忙问："哪个金钏儿？"那老婆子道："哪里还有两个金钏儿呢？就是太太屋里的。前儿不知为什么撵她出去，在家里哭天哭地的，也都不理会她，谁知找她不见了。刚才打水的人在那东南角上井里打水【H】，见一个尸首，赶着叫人打捞起来，谁知是她。她们家里还只管乱着要救活，哪里中用了？"宝钗道："这也奇了。"袭人听说，点头赞叹，想素日同气之情，不觉流下泪来。（蒙侧：又一哭法。）宝钗听见这话，忙向王夫人处来道安慰。这里袭人回去不提。

●第33回：

原来宝玉会过雨村回来听见了，便知金钏儿含羞赌气自尽，心中早又五内摧伤，进来被王夫人数落教训，也无可回说。见宝钗进来，方得便出来【E】，茫然不知何往，背着手，低头一面感叹，一面慢慢的走着，信步来至厅上【K】。刚转过屏门【L】，不想对面来了一人正往里走，可巧儿撞了个满怀。只听那人喝了一声"站住！"宝玉唬了一跳，抬头一看，不是别人，却是他父亲，不觉的倒抽了一口气，只得垂手一旁站了。

贾政道："好端端的，你垂头丧气'嗐'些什么？方才雨村来了要见你。叫你，那半天你才出来；既出来了，全无一点慷慨挥洒谈吐，仍是葳葳蕤蕤。我看你脸上一团思欲愁闷气色，这会子又咳声叹气。你哪些还不足，还不自在？无故这样，却是为何？"宝玉素日虽是口角伶俐，只是此时一心总为金钏儿感伤，恨不得此时也身亡命殒，（蒙侧：真有此情，真有此理。）跟了金钏儿去。如今见了他父亲说这些话，究竟不曾听见，只是怔呵呵的站着。

贾政见他惶悚，应对不似往日，原本无气的，这一来倒生了三分气。方欲说话，忽有回事人来回："忠顺亲王府里有人来，要见老爷。"贾政听了，心下疑惑，暗暗思忖道："素日并不和忠顺府来往，为什么今日打发人来？"一面想，一面令"快请"，急走出来看时，却是忠顺府长史官，忙接进厅上【K】坐了献茶。未及叙谈，那长史官先就说道："下官此来，并非擅造潭府，皆因奉王命而来，有一件事相求。看王爷面上，敢烦老大人作主，不但王爷知情，且连下官辈亦感谢不尽。"贾政听了这话，抓不住头脑，

---

① 指情窦初开的少男少女相互调笑打趣事。作者曹雪芹怀第116回所揭明的"福善祸淫"之旨，故对这种事也深恶而痛绝之。

忙陪笑起身问道："大人既奉王命而来，不知有何见谕，望大人宣明，学生好遵谕承办。"

那长史官便冷笑道："也不必承办，只用大人一句话就完了。我们府里有一个做小旦的琪官，一向好好在府里，如今竟三五日不见回去，各处去找，又摸不着他的道路，因此各处访察。这一城内，十停人倒有八停人都说他近日和衔玉的那位令郎相与甚厚①。下官辈等听了，尊府不比别家可以擅入索取，因此启明王爷。王爷亦云：'若是别的戏子呢，一百个也罢了；只是这琪官随机应答，谨慎老诚，甚合我老人家的心，竟断断少不得此人。'故此求老大人转谕令郎，请将琪官放回，一则可慰王爷谆谆奉恳，二则下官辈也可免操劳求觅之苦。"说毕，忙打一躬。

贾政听了这话，又惊又气，即命唤宝玉来。宝玉也不知是何原故，忙赶来时，贾政便问："该死的奴才！你在家不读书也罢了，怎么又做出这些无法无天的事来！那琪官现是忠顺王爷驾前承奉的人，你是何等草芥，无故引逗他出来，如今祸及于我！"宝玉听了唬了一跳，忙回道："实在不知此事。究竟连'琪官'两个字不知为何物，岂更又加'引逗'二字！"说着便哭了。

贾政未及开言，只见那长史官冷笑道："公子也不必掩饰。或隐藏在家，或知其下落，早说了出来，我们也少受些辛苦，岂不念公子之德？"宝玉连说"不知"，"恐是讹传，也未见得。"那长史官冷笑道："现有据证，何必还赖？必定当着老大人说了出来，公子岂不吃亏？既云不知此人，那红汗巾子怎么到了公子腰里？"宝玉听了这话，不觉轰去魂魄，目瞪口呆，心下自思："这话他如何得知？他既连这样机密事都知道了，大约别的瞒他不过，不如打发他去了，免的再说出别的事来。"

因说道："大人既知他的底细，如何连他置买房舍这样大事倒不晓得了？听得说：他如今在东郊离城二十里，有个什么'紫檀堡'②，他在那里置了几亩田地、几间房舍。想是在那里也未可知。"那长史官听了，笑道："这样说，一定是在那里。我且去找一回，若有了便罢，若没有，还要来请教。"（蒙侧：宝玉其人，爱之有余，岂可挞者？用此等文章逼之，能不使人肝胆愤烈以成下文之严酷耶？）说着，便忙忙的走了。

贾政此时气的目瞪口歪，一面送那长史官，一面回头命宝玉"不许动！回来有话问你！"一直送那官员去了。才回身，忽见贾环带着几个小厮一阵乱跑。贾政喝令小厮"快打，快打！"贾环见了他父亲，唬的骨软筋酥，忙低头站住。贾政便问："你跑什么？带着你的那些人都不管你，不知往哪里逛去，由你野马一般！"喝令叫跟上学的人来。

---

① 此写出宝玉的原型曹雪芹年少时是南京城第一公子的身份地位和影响力来，一举一动，满城皆知。这是因为他们曹家任"江宁织造"，是皇帝派在南京的钦差和眼线，是南京城的无冕之王。

② 此是联想起名法：蒋玉菡谐"玉含"之音，故联想到要用紫檀盒来装玉（即"含玉"），从而称其住在"紫檀堡"。

　　贾环见他父亲盛怒，便乘机说道："方才原不曾跑，只因从那井边【H】一过，那井里淹死了一个丫头，我看见人头这样大，身子这样粗，泡的实在可怕，所以才赶着跑了过来。"贾政听了惊疑，问道："好端端的，谁去跳井？我家从无这样事情，自祖宗以来，皆是宽柔以待下人。——大约我近年于家务疏懒，自然执事人操克夺之权，致使生出这暴殄轻生的祸患。若外人知道，祖宗颜面何在！"喝令快叫贾琏、赖大、来兴。

　　小厮们答应了一声，方欲叫去，贾环忙上前拉住贾政的袍襟，贴膝跪下道："父亲不用生气。此事除太太房里的人，别人一点也不知道。我听见我母亲说……"说到这里，便回头四顾一看。（蒙侧：如画。）贾政知意，将眼一看众小厮，小厮们明白，都往两边、后面退去①。贾环便悄悄说道："我母亲告诉我说，宝玉哥哥前日在太太屋里，拉着太太的丫头金钏儿强奸不遂，（蒙侧：再逼下文，有不得不尽情苦打之势。）打了一顿②。那金钏儿便赌气投井死了。"

　　话未说完，把个贾政气的面如金纸，大喝："快拿宝玉来！"一面说，一面便往里边书房【O】里去，喝令："今日再有人劝我，我把这冠带、家私，一应交与他与宝玉过去！我免不得做个罪人，把这几根烦恼鬖毛剃去，寻个干净去处自了，也免得上辱先人、下生逆子之罪。（蒙侧：一激再激，实文实事。）"众门客仆从见贾政这个形景，便知又是为宝玉了，一个个都是咬指咬舌，连忙退出。那贾政喘吁吁直挺挺坐在椅子上，满面泪痕，（蒙侧：为天下父母一哭。）一叠声"拿宝玉！拿大棍！拿索子捆上！把各门都关上！有人传信往里头去，立刻打死！"众小厮们只得齐声答应，有几个来找宝玉。

　　那宝玉听见贾政吩咐他"不许动"，早知多凶少吉，哪里承望贾环又添了许多的话。正在厅上【K】干转，怎得个人来往里头去捎信，偏生没个人，连茗烟也不知在哪里。正盼望时，只见一个老姆姆出来。宝玉如得了珍宝，便赶上来拉她，说道："快进去告诉：'老爷要打我呢！'快去，快去！要紧，要紧！"宝玉一则急了，说话不明白；二则老婆子偏生又聋，竟不曾听见是什么话，把"要紧"二字只听作"跳井"二字，便笑道："跳井让她跳去，二爷怕什么？"宝玉见是个聋子，便着急道："你出去叫我的小厮来罢。"那婆子道："有什么不了的事？老早的完了。太太又赏了衣服，又赏了银子，怎么不了事的？"（蒙侧：写老婆子爱说无要紧的话，真如见其人，如闻其声。）

　　宝玉急的跺脚，正没抓寻处，只见贾政的小厮走来，逼着他出去了。贾政一见，眼都红紫了，也不暇问他在外流荡优伶、表赠私物、在家荒疏学业、淫辱母婢等语，（蒙侧：了结得灵活。）只喝令："堵起嘴来，着实打死！"小厮们不敢违拗，只得将宝玉按在凳上，举起大板打了十来下。贾政犹嫌打轻了，一脚踢开掌板的，自己夺过来，咬着牙，狠命盖了三四十下。

---

① 指两边的人往两边退，面前的人往后面退。
② 指打金钏儿一顿。

众门客见打的不祥了，忙上前夺劝。贾政哪里肯听，说道："你们问问他干的勾当可饶、不可饶？素日皆是你们这些人把他酿坏了，到这步田地还来解劝。明日酿到他弑君、杀父，你们才不劝不成？"

众人听这话不好听，知道气急了，忙又退出，只得觅人进去给信。王夫人不敢先回贾母，只得忙穿衣出来，也不顾有人没人，忙忙赶往书房【O】中来，（蒙侧：为天下慈母一哭。）慌的众门客、小厮等避之不及。王夫人一进房来，贾政更如火上浇油一般，那板子越发下去的又狠又快。按宝玉的两个小厮忙松了手走开，宝玉早已动弹不得了。

贾政还欲打时，早被王夫人抱住板子。贾政道："罢了，罢了！今日必定要气死我才罢？"王夫人哭道："宝玉虽然该打，老爷也要自重。况且炎天、暑日的，老太太身上也不大好，打死宝玉事小，倘或老太太一时不自在了，岂不事大？（蒙侧：父母之心，昊天罔极。贾政、王夫人易地则皆然。）"

贾政冷笑道："倒休提这话。我养了这不肖的孽障，已经不孝；教训他一番，又有众人护持；不如趁今日一发勒死了，以绝将来之患！"说着，便要绳索来勒死。

王夫人连忙抱住哭道："老爷虽然应当管教儿子，也要看夫妻分上。我如今已将五十岁的人，只有这个孽障，必定苦苦的以他为法，我也不敢深劝。今日越发要他死，岂不是有意绝我？既要勒死他，快拿绳子来先勒死我，再勒死他。我们娘儿们不敢含怨，到底在阴司里得个依靠。（己夹：未丧母者来细玩，既丧母者来痛哭。）（蒙侧：使人读之，声哽咽而泪如雨下。）"说毕，爬在宝玉身上大哭起来。

贾政听了此话，不觉长叹一声，向椅上坐了，泪如雨下。王夫人抱着宝玉，只见他面白、气弱，底下穿着一条绿纱小衣皆是血渍。禁不住解下汗巾看，由臀至胫，或青或紫，或整或破，竟无一点好处，不觉失声大哭起来，"苦命的儿吓[①]！"因哭出"苦命儿"来，忽又想起贾珠来，便叫着贾珠哭道："若有你活着，便死一百个我也不管了。"此时里面的人闻得王夫人出来，那李宫裁、王熙凤与迎春姊妹早已出来了。王夫人哭着"贾珠"的名字，（蒙侧：慈母如画。）别人还可，惟有宫裁禁不住也放声哭了。贾政听了，那泪珠更似滚瓜一般滚了下来。

正没开交处，忽听丫鬟来说："老太太来了。"一句话未了，只听窗外颤巍巍的声气说道：（蒙侧：老人家神影活现。）"先打死我，再打死他，岂不干净了！"贾政见他母亲来了，又急又痛，连忙迎接出来，只见贾母扶着丫头，喘吁吁的走来。贾政上前躬身陪笑道："大暑热天，母亲有何生气亲自走来？有话只该叫了儿子进去吩咐。"贾母听说，便止住步、喘息一回，（蒙侧：大家规模，一丝不乱。）厉声说道："你原来是和我说话！我倒有话吩咐，只是可怜我一生没养个好儿子，却教我和谁说去？"[②]

---

① 吓，呀。

② 这倒不一定是说贾政原型曹頫是贾母原型曹寅妻子李氏的继子，而是说自己未生一个听

贾政听这话不像，忙跪下含泪说道："为儿的教训儿子，也为的是光宗耀祖。①母亲这话，我做儿的如何禁得起？"贾母听说，便啐了一口，说道："我说一句话，你就禁不起，你那样下死手的板子，难道宝玉就禁得起了？（蒙侧：偏有是理。）你说教训儿子是光宗耀祖，当初你父亲怎么教训你来！（蒙侧：如此碍犯文字，随景生情，毫无牵滞。）"说着，不觉就滚下泪来。

贾政又陪笑道："母亲也不必伤感，皆是作儿的一时性起，从此以后再不打他了。"贾母便冷笑道："你也不必和我使性子赌气的。你的儿子，我也不该管你打不打。我猜着你也厌烦我们娘儿们。不如我们赶早儿离了你，大家干净！"说着便令人去看轿马，"我和你太太宝玉立刻回南京去！"家下人只得干答应着。

贾母又叫王夫人道："你也不必哭了。如今宝玉年纪小，你疼他，他将来长大成人，为官作宰的，也未必想着你是他母亲了。你如今倒不要疼他，只怕将来还少生一口气呢！"贾政听说，忙叩头哭道："母亲如此说，贾政无立足之地。"贾母冷笑道："你分明使我无立足之地，你反说起你来！只是我们回去了，你心里干净，看有谁来许你打。"一面说，一面只令快打点行李车轿回去。贾政苦苦叩求认罪。

贾母一面说话，一面又记挂宝玉，忙进来看时，只见今日这顿打不比往日②，又是心疼，又是生气，也抱着哭个不了。王夫人与凤姐等解劝了一会，方渐渐的止住。早有丫鬟媳妇等上来，要搀宝玉，凤姐便骂道：（蒙侧：能事者自不凡。）"糊涂东西，也不睁开眼瞧瞧！打的这么个样儿，还要搀着走？还不快进去把那藤屉子春凳抬出来呢。"众人听说连忙进去，果然抬出春凳来，将宝玉抬放凳上，随着贾母王夫人等进去，送至贾母房【A】中。

彼时贾政见贾母气未全消，不敢自便，也跟了进去。看看宝玉，果然打重了。再看看王夫人，"儿"一声，"肉"一声，"你替珠儿早死了，留着珠儿③，免你父亲生气，我也不白操这半世的心了。这会子你倘或有个好歹，丢下我，叫我靠哪一个？"数落一场，又哭"不争气的儿"。贾政听了，也就灰心，（蒙侧：天下作父兄者，教子弟时亦当留意。）自悔不该下毒手打到如此地步。先劝贾母，贾母含泪说道："你不出去，还在这里做什么？难道于心不足，还要眼看着他死了才去不成？（蒙侧：遣之有法。）"贾政听说，方退了出来。

此时薛姨妈同宝钗、香菱、袭人、史湘云也都在这里。袭人满心委屈，只不好十分使出来，见众人围着，灌水的灌水，打扇的打扇，自己插不下手去，便越性走出来到二门【U】前，令小厮们找了茗烟来细问：（蒙侧：

话的儿子，即讽刺贾政不听母亲的话。
① 依然嘴硬，故下来贾母要气得朝他脸上吐唾沫。
② 可见宝玉挨打已非一次。
③ 此点明贾珠死之前王夫人已生下贾宝玉。此是王夫人在说："当初为何不是年幼的宝玉死，偏偏是年长的哥哥贾珠死？"

各自有各自一番作用。）"方才好端端的，为什么打起来？你也不早来透个信儿！"茗烟急的说："偏生我没在跟前，打到半中间我才听见了。忙打听原故，却是为琪官、金钏姐姐的事。"袭人道："老爷怎么得知道的？"茗烟道："那琪官的事，多半是薛大爷素日吃醋，没法儿出气，不知在外头唆挑了谁来，在老爷跟前下的火。那金钏儿的事是三爷说的，我也是听见老爷的人说的。"袭人听了这两件事都对景，心中也就信了八九分。然后回来，只见众人都替宝玉疗治。调停完备，贾母令："好生抬到他房内去。"众人答应，七手八脚，忙把宝玉送入怡红院【V】内自己床上卧好。又乱了半日，众人渐渐散去，袭人方进前来经心服侍，问他端的。且听下回分解。

【解析】

此处作者言宝玉"从贾母这里【A】出来，往西走过了穿堂【B】，便是凤姐的院落【C】"，上文第三回林黛玉进贾府时，王夫人带她由自己上房【I】往西过"凤姐院"【C】再到"贾母院"【A】，贾府的整个格局便是贾母院在西，王夫人院在东，而凤姐院在两者中间的北侧，故宝玉从"贾母院"中的自己房内（绛芸轩）前往"凤姐院"门口，当是往"东"过穿堂。此处作者误将"东"字写成了"西"字，实属笔误。就像我们写文章时，偶尔也会把"东、西"搞混一般，整部《红楼梦》前八十回把"东西"方向搞混仅此一处，情有可原。〖这或许也正透露出作者创作时空间上的"镜像"旨趣。即：作者把真实的"江宁织造府"行宫作为"东西相反"的镜像写成书中的"宁荣二府大观园"时，应当改"东"为"西"、改"西"为"东"，此是忘改的孑遗。〗

作者用"梦幻主义"的创作手法，把一个人的事分成两个人来写，甄宝玉（真宝玉）就是贾宝玉（假宝玉），因此全书早在开卷第二回便写到了"宝玉挨打"，其为"甄宝玉挨打（即真宝玉挨打）"，见此回"冷子兴演说荣国府"时，贾雨村说："去岁我在金陵，也曾有人荐我到甄府处馆。我进去看其光景，谁知他家那等显贵，却是个富而好礼之家，倒是个难得之馆。但这一个学生，虽是启蒙，却比一个举业的还劳神。说起来更可笑，他说：'必得两个女儿伴着我读书，我方能认得字，心里也明白，不然我自己心里糊涂。'（甲侧：甄家之宝玉乃上半部不写者，故此处极力表明，以遥照贾家之宝玉，凡写贾家之宝玉，则正为真宝玉传影。）（蒙侧：灵玉却只一块，而宝玉有两个，情性如一，亦如六耳、悟空之意耶？）……其暴虐浮躁，顽劣憨痴，种种异常；只一放了学，进去见了那些女儿们，其温厚和平，聪敏文雅，竟又变了一个。因此，他令尊也曾下死笞楚过几次，无奈竟不能改。每打的吃疼不过时，他便'姐姐''妹妹'乱叫起来。……也因祖母溺爱不明，每因孙辱师、责子，因此我就辞了馆出来。如今在这巡盐御史林家做馆了。"画直线部分说明作者写甄宝玉就是为了写贾宝玉。画浪线部分便是甄宝玉挨打的情景，与本回贾宝玉挨打正可相互参看。

本回第 33 回所描写的，不过是宝玉所挨过的无数次打的一个艺术典型、艺术综合。何以见得宝玉在本回之前早已挨过多次打？本回言："只见今日这顿打不比往日。"下一回第34回宝玉挨打后，薛蟠骂众人："谁这样赃派我？我把那囚攘的牙敲了才罢！分明为①打了宝玉，没的献勤儿，拿我来作幌子。难道宝玉是天王？他父亲打他一顿，一家子定要闹几天。那一回为②他不好，姨爹打了他两下子，过后老太太不知怎么知道了，说是珍大哥哥治的，好好的叫了去骂了一顿。今儿越发拉上我了！既拉上，我也不怕，越性进去把宝玉打死了，我替他偿了命，大家干净！"

此次贾宝玉挨打的起因便是：盛夏某日午后，宝玉从"贾母院"内自己住的地方"绛芸轩"【A】出来，往东（书中误"西"）穿过"东西穿堂"【B】，经过凤姐院【C】的门口，从王夫人上房后的西角门【D】入了王夫人院，来到王夫人上房处【E】，看到王夫人正在午睡。贴身丫环金钏儿一边给王夫人捶腿，一边在打瞌睡，宝玉悄悄在她耳边说："你这么困啊！"金钏儿抿嘴一笑，这一妩媚之笑勾魂摄魄，宝玉见她长得越发标致了，于是笑着对她说："等太太醒了，我就讨你到我房里做丫环。"金钏儿一时也忘了情，忘记王夫人就在身边，自己可谓是"伴君如伴虎"；于是说道："金簪子掉在井里头，总归是井的了"，言下意：我是你妈房里的人，我这根金钏儿早晚都是归你的。又说："你不如把东小院子【F】赵姨娘房里本该归她儿子贾环的彩云给要过来，那才是不归你的归了你。"宝玉笑道："凭她再好，我也只要你这一个。"

王夫人听到金钏儿挑唆宝玉去讨赵姨娘的丫环，便翻起身来打了金钏儿一个嘴巴，骂道："好下作的小娼妇，好好的爷们都叫你教坏了！"宝玉虽然看到王夫人发怒，但认为自己和金钏儿说的都是戏言，不会出什么大事，于是一溜烟跑回大观园中自己住的"怡红院"【V】去了。

可是王夫人认为这件事情很严重，于是叫金钏儿妹妹玉钏儿过来说："叫你妈把你姐带走。"金钏儿恳求王夫人宽容，收留下自己这个贱婢不要撵走。王夫人因她刚才和宝玉涉嫌调戏，而自己又最忌讳男女调笑这种没羞没耻的事，执意不肯。金钏儿含羞忍辱出了贾府，到家后整天哭泣，家里人也不知道为何原故撵她出来③，想来哭几天就会好，也就没加理会。谁知她后来不见了，打水的人在府东南角的井【H】里打水时，发现了她的尸体，原来她跳井自杀了，这也正应了她自己对宝玉说过的不祥之兆："金簪子掉在了井里头。"

今图中大门【M】外正有一口大井【H】，其处正在荣国府的东南角，与《红楼梦》的描述完全密合。下文贾环是在府中"仪门"【N】外的外庭中乱跑，当是从府大门【M】外跑入府内，证明他看到的井肯定是在府外而非府内。而且金钏儿既然是被撵出去的，自然也就没有资格再到府里来跳井，她只可能到府门口来跳井以示自己的怨恨和清白。由于井在东西两个"过街门"【A1】【Z】

① 为，因为。
② 为，因为。
③ 王夫人为保全儿子声誉，故意不向外界透露自己撵金钏儿的原因，同时又命令自己房内之人，包括玉钏儿在内，不许外传，所以金钏儿家的人也不知情。赵姨娘之所以知道，那是因为她在王夫人房中收买了某个小丫头作为自己的眼线。

之外，所以贾政把忠顺王府的长史送出大门【M】时看不到。而贾环从一里外的贾氏义塾回来（第六回："原来这贾家义学离此也不甚远，不过一里之遥"），贾氏义学当在府东，贾环放学回来时自然会经过东街门【Z】，从而看到东街门【Z】外的井【H】里打捞上来一个死人，并且还会看到有人在抢救。想到自己身边这么漂亮的女孩子，死后的样子这么悲惨可怖，受到惊吓而乱窜，这也在情理之中。（贾氏义学若在府西，则贾环放学回来经过的便是西街门【A1】，从而看不到东街门【Z】外井口处【H】的围观之事。）

这边宝玉也得知金钏儿含羞、赌气而自尽，心如刀割，神情恍惚。王夫人叫他到房里【E】数落、教训了一番，宝玉早已惭愧得无言以对。正好薛宝钗又因金钏儿事，拿着给金钏送葬用的衣物前来安慰王夫人，王夫人在宝钗面前当然"家丑不可外扬"，于是命令宝玉快快出去。

此前王夫人早已用别的理由敷衍过宝钗，说自己是因为金钏儿打坏了自己心爱的某件东西而撵她走，她一时想不开而跳了井，绝口不提宝玉调戏金钏儿导致她跳井的事。由于此事涉及宝玉名誉，王夫人肯定要对外严密封锁，所以金钏儿的家人，以及贾府上下，全都不知道金钏儿为何被撵、因何跳井。但王夫人房中有赵姨娘的耳目，所以赵姨娘肯定会在第一时间得知王夫人撵金钏儿是因为宝玉调戏，于是一大早便把这件事情说给儿子贾环听，让他有机会一定要在父亲贾政面前揭发一下！

王夫人叫宝玉离开后，宝玉一路上神情恍惚，原本应当往西从西角门【D】走"南北宽夹道"【W】、"东西穿堂"【B】进入贾母房【A】，或者往东走东角门【G】进入大观园、回到怡红院【V】，结果居然"鬼使神差"般地从王夫人院前的前门【I】出去了（这也生动地描绘出他此时早已失魂落魄、六神无主）。他往西走过"荣禧堂"【Q】东旁的角门【J】，出了"荣禧堂"的院门（即"内仪门"）【P】，来到"向南大厅"【K】背后。他又走上了"向南大厅"【K】，绕过了它的屏门【L】。所谓"屏门"，就是"向南大厅"背面的格扇门，平时不开，作为屏障，仅在婚丧大事时才开启，而由其最东侧、最西侧这两侧的格扇门通行，此"屏门"就相当于前面说过的"塞门"。

他绕过屏门，便来到大厅【K】的中部，这时正好他父亲贾政从外面走上大厅，往"荣禧堂"面前的那个庭院走来，应当也是要从"荣禧堂"处的角门【J】入王夫人院门口【I】旁的"里书房"（即小书房"梦坡斋"）【O】。宝玉低着头往前走，两人正好撞了个满怀。宝玉一见是贾政，吓得目瞪口呆，这才意识到自己不该往府外走，应当回府后的自己房间（【A】或【V】）才对。

贾政原本没有气，看到宝玉今天不像往日灵活，好像犯了什么过错似的[①]，一副心怀鬼胎的模样，于是来了气，正要审问他这是什么原因，外面忽然有人传话说："忠顺王府的长史求见。"贾政急忙出"向南大厅"【K】，出"外仪门"

[①] 这其实是淫欲的报应。凡淫欲之后皆会使人痴呆而精神萎靡不振，福德大损。

【N】和大门【M】，前去迎接长史到"向南大厅"【K】入坐、献茶。长史说："忠顺王宠爱的男伶琪官（即蒋玉菡）私奔了，外界都传说他和您儿子贾宝玉关系密切，所以忠顺王特派我上门来找您儿子贾宝玉要人。"贾政听了又惊又气，一是怕忠顺王爷的势力，二是气宝玉居然如此荒唐！于是把已经回房【A】或【V】）的宝玉再度叫到"向南大厅"【K】来质问。

宝玉起初抵赖说自己不认识琪官，长史冷笑道："他的红汗巾怎么会佩戴到公子您的腰里？还请公子早点放人，或告知他的下落！"宝玉一听这话，不觉轰去了魂魄，目瞪口呆，心想："这话他如何得知？他既然连这样机密的事情都知道，别的肯定瞒不过他。[①]（其实第28回蒋玉菡的红汗巾系到宝玉腰里的事只有薛蟠一个人看到，所以这事肯定是薛蟠在外散播而被忠顺王府的人打听到了。）宝玉于是如实招供说："他在东郊离城二十里的'紫檀堡'买了房子，想必在那儿。"长史听了满意地笑道："如果我们没找到，再来向您请教！"

贾政这时听说戏子的汗巾被宝玉佩在腰里，又听到连耳目如此众多的忠顺王府都打听不出的戏子私密事（置买宅院）宝玉却知道，早已猜到两人的关系密切得非同寻常！顿时气得目瞪口歪，一面送长史，一面回头对宝玉说："不许动，回来有话问你！"于是宝玉只好站在大厅上等着。

贾政送长史出大门【M】后，刚转身向"外仪门"【N】走来（宝玉在外仪门内的"向南大厅"【K】，看不到这儿），忽然看到贾环和跟他班的小厮在自己面前乱跑。贾政命令身边的小厮快把贾环拿下，贾环吓得骨软筋酥，连忙低着头停下脚步站住了。贾政问他："你为何乱跑？跟你的那些人都不管你，不知道到哪儿逛去了，任凭你像匹野马般乱跑！"于是命令把带他上学的人叫过来训话。这说明贾环是刚从府外上学回来，从而证明下文他所说的金钏儿跳的那口井，肯定在府外而不在府内。

贾环知道父亲盛怒之下再怎么解释也都免不了要挨顿打，唯有把这股祸水给引到贾宝玉身上，或许自己可以免掉这场打。于是趁机把母亲说的宝玉调戏金钏儿的事给捅了出来："我本来是好好走着的，并没有跑。只因为从府东南角的井【H】边经过时，看到那井里淹死了一个丫头，被井水泡得头那么大、身子那么粗，实在是可怕，所以受了惊吓，才急着赶紧跑回家的。"

现在是下午，故知贾环是放学回家途中经过井【H】边，由此可证：这府东南角的井（"那东南角上井里"）必定是在府墙外的东南角、而非府内的东南角。这也可证明：贾氏义塾是在府东一里、而非府西一里，因为图中的井在东街门【Z】外，如果义学在府西，贾环回来时只会走西街门【A1】，便看不到东街门【Z】外的事了。又这口井如果在府墙内，则贾环此时放学回来，才刚刚从大门【M】入府，尚未到达府内的其他地方，自然不会看到；如果这口井就在府墙内的大门口而贾环看得到，则贾政送客时也当能够看到；现在贾政送客到大门口时并未看到井边发生的事，说明这口井肯定不在府墙内的大门口，更不可能在贾环尚未到过的、门庭（即大门内庭院）以外的府内其它地方。今由

---

① 看来宝玉和蒋玉菡真还有别的事情。

贾环放学回来时看到井边尸体而乱跑，贾政又未能看到，也可证明这口井只可能如图所绘，在府门外的"东街门"【Z】外；唯有在此，贾政送客到大门【M】外时，才会看不到这口井【H】和井中打捞上来的尸体。

　　一般人都不会追究金钏儿在府内还是府外跳井的事。事实上，这事也的确难以考证推究。今天居然靠"江宁行宫图"得到考证，也真可谓是红学研究中的一段意外巧事。

　　至于金钏儿被撵后不得再入"二门"之内，可参见第 61 回五儿被抓后，凤姐说："将她娘打四十板子，撵出去，永不许进二门。"可见撵出去的人是永远不许再进二门的。又上文本节"一、（四）、（3）"引后四十回之第 104 回："那荣府的门上原看着主子的行事，叫谁走动，才有些体面，一时来了，他便进去通报。若主子不大理了，不论本家、亲戚，他一概不回，支回去就完事。"可见贾府的门房非常势利，连贾芸这种失势的本家爷们都可以不通报；撵出去的人，门房肯定不会再让其进大门。所以金钏儿也就剥夺了入大门向主子们申诉自己清白的资格，只好在大门外跳井，以此来向大众们表示自己的清白无玷（即未受玷污的童贞）。

　　贾政听说家里有人跳了井，第一反应便是管家虐待下人所致，于是忙叫管家来质问。这时贾环连忙上前拉住贾政跪下说："这事只有太太房里的人知道，外面人一概不知（即让贾政不要传唤管家）。我听见我母亲说……"，说到这儿时，特地回头向四周看了看，意思这话不宜公开讲（这倒不是为了照顾宝玉面子、"家丑不可外扬"，而是不想让更多人知道是他揭发宝玉的）。贾政明白他的意思，用眼色叫小厮们后退几步，于是贾环便趁机添油加醋，把那调戏都算不上的事说成了"强奸未遂"，把打了一巴掌说成暴打一顿，气得贾政面如金纸，大叫一声："快拿宝玉来！"一面说，一面便往里边书房（即王夫人院门口的小书房【O】）走。

　　贾政前往里书房【O】时，肯定要经过宝玉站立的"向南大厅"【L】而进入"荣禧堂"【Q】面前的院子；书中所写显然没有进入"向南大厅"【L】，贾政应当是走这"向南大厅"旁边的门【X】，此门图中未画，据理当有为是。（因为没有这门的话，下人从中路走时岂非都要上"向南大厅"？而"向南大厅"显然不是随便什么人都能走的，所以我们怀疑"向南大厅"东西两肩的墙上应当开有小门供通行。至于下文耳聋的老妈子也能走上"向南大厅"，疑是作者为了情节需要而故意这么写的。）

　　贾政到"里书房"【O】后下命令："今天如果再有人阻拦我教训儿子，我便出家当和尚去！① "众门客、家人看到贾政气成这副模样，谁还敢劝？贾政此时早已气得直挺挺地坐在椅子上，急得连气都快喘不过来了，满面泪光，连声叫道："拿宝玉！拿大棍！拿索子捆上！把各门都关上！谁敢往里面传信，立刻打死！"所关之门当是王夫人的院门【I】以免传信给王夫人，还有便是"荣禧

---

① 贾政也要当和尚，反衬出宝玉发誓"黛玉死了他便要去做和尚"更像是句"口头禅"式的戏言。其实，宝玉之誓倒是真心实意的真心话，事关全书的大结局。

堂"东侧的角门【J】以免传信给贾母，家人们齐声答应，有几个小厮受命前来押解宝玉。

宝玉这时在"向南大厅"上【K】急得团团转，想找个人往里面给贾母传信，只见上来了一个老太婆，宝玉如同看到救命稻草般如获至宝，高声说："快进去告诉老太太：老爷要打我呢！快去，快去！要紧，要紧！"老太婆偏生耳聋，误听成"跳井"，笑道："跳井让她（指金钏儿）跳去吧，二爷怕什么？"宝玉见她是个聋子，便发急道："你出去叫我的小厮来吧！"老太婆又把"小厮"误听成"了事"，说道："有什么不了的事？（金钏儿跳井的事）老早就处理完了。太太赏了衣服（即上文所写的薛宝钗拿来的衣服），又赏了银子，怎么会不了事呢？"（老太婆对于有人跳井、太太善后这种闲事却耳聪目明，对于正经大事便充耳不闻，堪可笑话！）宝玉急得直跺脚，正没抓寻处，便被贾政的小厮们逼了过去，当是走出"向南大厅"【K】，入大厅后的"内仪门"【P】，过"荣禧堂"【Q】前东侧的角门【J】，入王夫人院门前的"南北宽夹道"【R】，来到"里书房"【O】。

贾政一看到他，眼睛便充血（俗所谓"仇人相见，分外眼红"），根本就不用审问他在外流荡优伶、表赠私物，在家荒疏学业、淫辱母婢这两件事，因为他早已确信刚才听到的一切都不会错，所以也就不用再问什么青红皂白了。于是大声喝令："堵起嘴来，着实打死！"

小厮们哪敢违拗？只得把宝玉按在长凳上，举起大板来轻轻打了十几下，十有八九还都是打板凳的边沿而不是打屁股。贾政嫌其轻打、假打，一脚踢开掌板的，自己夺过板子来，咬着牙、一口气狠命地盖了三四十下！

众门客看这种打法再这么打下去必死无疑，于是有人上前来夺板子，有人上前来扯住贾政手臂苦劝。贾政哪里肯听，说道："现在不管，将来他便会杀父杀君！"众人一看劝不住，只好敲院门，透过关闭的王夫人的院门【I】，从门缝里叫里面的丫头快把口信传进去。

于是王夫人第一时间得到消息，来不及回报贾母，便穿上衣服冲出正房【E】，不顾外面有没有外人（指门客）、下人（指男仆），叫开院门【I】，往门西侧的"小书房"【O】冲来，慌得书房中的众门客和小厮们全都来不及躲闪。由此可知，此书房当在王夫人院门外，因为：外人与小厮只可以走到院门口，而不可以进王夫人院；此书房内既然有外人和小厮，便可知道这"里书房"应当就设在王夫人院的院门外，而不应当设在院门内。（按：王夫人上房【E】内有书，但非"内书房"，内书房即此"里书房"，也即第8回所说的："老爷在梦坡斋小书房里歇中觉呢"的"小书房、梦坡斋【O】"。）

王夫人一进房来，贾政看到众人串通一气地和他作对，更是来气，板子打得越加又狠又快。王夫人抱住板子，哭着说："宝玉该打，但老爷也该自重。天气炎热，贾母身子欠佳，打死宝玉事小，气坏老太太岂非事大？"贾政此时为了拯救家族而对贾母起了"不孝"之念，冷笑着说道："我养了这不肖的孽障早已不孝了，今天索性不孝到底，老母的生死我不得不置之度外了，我今天一定要弄死他！既然板子被你抱住，我便用绳子来勒死他！"

王夫人见孝道劝不住他，便用自己的杀手锏"夫妻情分"来镇住他。于是抱住贾政手臂哭道："老爷虽然应当管教儿子，但也要看夫妻情分。我如今已是将近五十岁的人了，只有这一个孽障，如果他死了，我也去死。你有意弄死他，便是有意要弄死我；那好，你先勒死我，再去勒死他，我们娘儿两个也可以在阴间做个伴。"言下意：你是不是宠爱别的姨娘和姨娘的儿子，想弄死我和我的儿子，把那赵姨娘扶正？说毕，便趴在宝玉身上大哭起来。贾政一听王夫人把话已经说到这个份上了，只好长叹一声，往椅子上重重地坐了下去，泪如雨下，再也无法管下去了。

今按：王夫人说自己快五十了，只有宝玉这一个孽障，笔者在《红楼时间人物谜案》"第一章、第三节、第34回"详排全书时间，考明贾珠生前王夫人已生宝玉，故下文王夫人在贾母房里哭那挨重打的宝玉说："你替珠儿早死了，留着珠儿，免你父亲生气"，点明贾珠死时已有贾宝玉，恨为何不是年幼的宝玉死，偏是成年人贾珠亡？由于贾珠死后，王夫人仅存宝玉一子，所以贾母和王夫人特别溺爱，贾政想管教也难管了。

这时众女眷听说王夫人出来解救宝玉，也都争先恐后地一同赶来救助。李纨、迎春、探春、惜春住在王夫人房后【S】，最近；王熙凤稍远【C】；贾母最远【A】，所以来得最晚。王熙凤和贾母都是从王夫人院西北角的角门处【D】来的，然后同李纨等人一样，走王夫人院门【I】，往"小书房"【O】跑来。李纨到时，正好听到王夫人在哭喊她丈夫"贾珠"的名字："贾珠若活着，我根本就不用疼宝玉你这个孽障了；正因为你宝玉是晚年得子，所以我倍加娇纵，所以才会有你今天这种下场！"李纨听到王夫人哭出自己丈夫的名字，禁不住放声大哭。贾政耳中听到的是自己死去的好儿子"贾珠"的名字，眼前却只有这个不成器的儿子宝玉，自然也分外伤心，豆大的泪珠就像滚瓜般滚了下来。

这时最远的贾母也赶到了，未见其人先闻其声，只听得书房窗外一个颤巍巍口气的声音说道："先打死我，再打死他，岂不干净！"贾政忙上前鞠躬、赔着笑说："天太热，母亲不必亲自过来，叫儿子到房里吩咐一声'不准打'，儿子便不打了。"贾母听说，止步喘息了一回，一是这一路真是赶得急了，现在贾政既然已被王夫人劝住不打了，自己可以休息一下了；二是头脑也需要冷静思考一下。在这平静一下的短暂时间里，贾母的脑子正在高速运转，思考如何应对贾政说的这句话，从而可以把他驳得哑口无言。不愧是贾母，她马上就想到了，于是厉声说道："你原来和我说话？！"这句话一下子把贾政给说懵了："明明我是和您在说话，您怎么装糊涂啊？"贾政听贾母把话说下去，方才明白过来这话是什么意思。

贾母接下去说道："我倒是有话要吩咐，只可惜我一生没养个好儿子，你让我和谁去说？"言下意：你还有资格叫我"母亲"吗？你打儿子时，心中可有我这个妈？既然你眼中早已没我这个娘，我也就不认你这个儿了。所以你刚才叫我"母亲"，我只当你是和别人说话，没和我说话，我早已不把你当儿子了！

贾政一听这话，便知母亲是在说自己不孝，不认自己这个儿子了，于是连忙"扑通"一声跪下，含着泪说道："为儿的教训儿子，也是为了光宗耀祖啊。母亲这话，叫我这个做儿子的如何受得了？"

贾母一听，原来是怪我母亲不该拦阻儿子教育孙子，那话岂非在说"我"贾政有理而"你"贾母没道理吗？于是气得向贾政脸上吐了口唾沫骂道："我说你一句，你就受不了啦？你那样下死手的板子，难道宝玉就受得住？"贾政教育儿子，本来蛮有理的，经贾母这么句话一说，反倒令人觉得没了理而贾母有了理，所以蒙王府本侧批："偏有是理。"（偏有贾母说的那种道理。）

贾母又说："你说教训儿子是为了光宗耀祖，当初你父亲怎么教训你来的？"似乎在说：贾政父亲从未打骂过贾政，贾政你不也光宗耀祖了吗？似乎又在说：贾政父亲打骂过你贾政，你现在也没光宗耀祖吗，即"棍棒教育"又有何用？

由于提到了自己的丈夫，贾母自然要伤心落泪，蒙王府本侧批："提起自己死去的丈夫，这种话是很忌讳的，作者居然随景生情，写得毫无牵滞。"而第45回赖嬷嬷教训宝玉时，"因又指宝玉道：不怕你嫌我，如今老爷不过这么管你一管，老太太护在头里。当日老爷小时挨你爷爷的打，谁没看见的？老爷小时，何曾像你这么天不怕、地不怕的了？还有那大老爷，虽然淘气，也没像你这扎窝子的样儿，也是天天打。还有东府里你珍哥儿的爷爷，那才是火上浇油的性子，说声恼了，什么儿子，竟是审贼！如今我眼里看着，耳朵里听着，那珍大爷管儿子倒也像当日老祖宗的规矩，只是管的'到三不着两'的。他自己也不管一管自己，这些兄弟侄儿怎么怨的不怕他？[1]你心里明白，喜欢我说；不明白，嘴里不好意思，心里不知怎么骂我呢！"补出当年贾政父亲死命打贾政的情形来。

这时贾政又赔着笑说道："母亲也不必伤感，都是做儿子的一时性起，以后再也不敢打他了。"贾母知道这说的又是气话而非真心话，于是冷笑道："你也不要和我赌什么气。这个儿子是你的儿子，想打还是不想打可不该我来管。我还是趁早离开了你，这样也就没人来管你该打不该打了，这么一来，大家也都清静些！"于是叫人准备车马，要带王夫人、宝玉回老家。（所谓的"老家"，便是真实世界中的南京；而贾母说话的地方其实也是南京，即小说虚构空间中的"南京"，也即真实世界的镜像——镜像中的南京。）

家人假装答应，贾母又趁机对王夫人说："你也不必哭。如今宝玉年纪小，你疼他，他将来长大成了人、为了官、做了宰，却未必想着你是他母亲了。你如今倒是不要疼他，只怕将来还少生一口气呢！"贾政听了，分明是在"指桑骂槐"说自己，连忙叩头哭道："母亲如此说，我贾政便没立足之地了。"贾母冷笑道："你分明让我没有立足之地（指不把我贾母放在眼里，等于让我贾母在贾府没有地位，等于是在赶我走、气我走，即把我贾母气回老家去）。你居然还好意思反过来说是我让你没有立足之地？还是让我们快快离开你，这样你就可以'为所欲为'了！"一面说，一面命令赶快打点行装回老家，贾政苦苦叩头认错，

---

[1] 怎么能怨这些兄弟侄儿不怕他呢？意为：也就别抱怨他的平辈和晚辈不怕他了。

加以挽留。

　　贾母见好就收，凤姐让人用躺椅抬宝玉到贾母房中，自然是往西走荣禧堂东侧的角门【J】，再走"荣禧堂"【Q】前，过"内仪门"【P】，再过"穿堂"【T】，进入贾母房【A】。

　　贾政也跟了过来，一看果然打重了，又看到王夫人异常悲伤，"儿"一声、"肉"一声地哭道："不争气的儿！你早一点替珠儿死掉，让珠儿活下来（此言明贾珠死时宝玉已经出生），免你父亲生气，我也不白操这半世的心了。这会子如果你又有个三长两短，丢下了我，叫我去依靠谁？"贾政听了也分外灰心。蒙王府本侧批："天下做父兄的教育儿子或弟弟时，也当留意下手的轻重。"这时贾政后悔下手太毒，想劝老婆，但得从母亲劝起才对，于是先来劝贾母。贾母一见他就来气，含泪说道："你还不快走！难道于心不足，要亲眼看到你儿子死了才走吗？"贾政方才敢退了出来。

　　袭人看到自己帮不上忙，于是走到"二门"前，这应当是西路"贾母院"的垂花门【U】前，不是中路的二门"外仪门"【N】前，叫人找来茗烟细问（茗烟总是守在贾母院"垂花门"前的"绮霰斋"处），得知是为琪官和金钏儿的事挨打。茗烟还告诉她："琪官的事多半是薛大爷吃醋，在外散播开的。金钏儿的事，是贾环在老爷面前告的密。"

　　这时贾母命令把宝玉抬到他自己的房里去，大家于是七手八脚，把宝玉送入"怡红院"【V】，当是走贾母上房【A】后的穿堂【B】，由"南北宽夹道"【W】，过王熙凤院【C】门口，入王夫人院的西角门【D】，再入大观园的腰门【G】，走沁芳池北侧之路，经潇湘馆门口，过"沁芳亭桥"【Y】而入"怡红院"【V】。

　　【总结】图与文完全吻合处为金钏儿跳的井。

　　今图中东半为宁国府，西半为荣国府，荣国府的东南角处【H】正好绘有全图唯一绘出的一口井，显然是口大井，这与《红楼梦》说金钏儿跳的是荣国府"东南角上井里"完全密合。

　　图中井边围墙向府内曲折，表明它原本是府内东南角的井，为了便于府外民众取水，所以用围墙把它隔在府外。

　　贾政送忠顺王府长史出大门【M】后，回身看到贾环乱跑，应当是在大门内的庭院中看到贾环乱跑，于是"喝令：'叫跟上学的人来'"，可见贾环是在放学回家刚入大门时，便被贾政撞见他乱跑；则贾环所看到的金钏儿跳的井，必定在府外而非府内。因为此井如果在府内，贾环刚入大门时便当看不到；如果此井一入府门便能被贾环看到，则贾政当也能看到。

　　既然此井在府外，何以贾政送长史出大门时没有看到？那是因为这口井在过街门【Z】外，所以贾政把长史送出大门时，视线被这过街门【Z】遮挡，自然看不到过街门外众人聚观此井的情形，需要贾环来汇报。

　　而且从常理上判断，金钏儿是被撵出去的，自然不可能再到府内来跳井，因为贾府的门房很势利，见到主人撵出去的人，绝对不会再让其进府，因此金钏儿只可能到府外的府门口来跳井以示清白。

　　总之，图中所绘的大井不仅在府外东南角，更在东侧的过街门【Z】外，这便与《红楼梦》中的描述完全吻合，这是证明"《红楼梦》所描述的'宁荣二府'，就是曹雪芹所居住的'江宁行宫'东西相反的镜像"的最有力证据。★

焙茗

第二节 "梨香院"与"薛姨妈家"文图详考

第 4 回薛姨妈家入住贾府时，住在"梨香院"。第 18 回大观园建成后，薛家迁到另一处居住。这两处"薛姨妈家"在图中何处，需要详考。

一、"图六"中所考"梨香院"建筑

"图六"中共绘三条路线：
①林黛玉至梨香院墙下听昆曲《牡丹亭》。〖此路线乃作者虚构，论见"（五）"。〗
②贾琏扶尤二姐灵柩至梨香院停放。
③王熙凤偷至梨香院墙下窃听。

梨香院【A】在荣国府东北角，大观园建成后，圈为大观园的西北角，但院门不朝大观园开。

《红楼梦》第 4 回言薛姨妈家寄居在荣国府东北角的"梨香院"，有房十多间，前有厅，后有舍，自成院落，院内有棵梨花树，院门开在西南角【B】，有夹道【C】可通王夫人正房【H】。院北又有大门【D】直通府外的北大街。《红楼梦》第 4 回又言：此处乃当年荣国公暮年静养之所；荣国公当年养有一班"梨园"子弟，在此排演昆曲小戏，由于戏班雅称"梨院"，所以院中特植梨花树【E】以应景，取名"梨香院"。

第 18 回兴建大观园时，薛家迁出，此处恢复旧日的排戏功能，由买来的 12 名小戏子居住并搭建戏班，聘请教习传授昆曲，并把此园围入大观园作为其西北角，元春归省时，特地题额"梨花春雨"。为防范戏子起见：梨香院原通府外北大街的北门【D】堵死，使之不与外界相通；同时，在出入大观园的问题上，为了不让戏子混迹园中、有伤风化，此院不向大观园开门，即其朝向大观园的南墙和东墙不开门，仍走原来的西南角的院门【B】，经过"夹道"【C】，由大观园西界墙上开的供女眷由府入园的"腰门"【L】进出大观园。

第 23 回林黛玉在大观园内路过"梨香院"东墙或南墙下（即大观园西北角的墙下），听到戏班正在排演昆曲《牡丹亭》，为之动情。第 36 回贾蔷买雀儿逗龄官亦在此院。

第 56 回后，女伶遣散，"梨香院"再次空关，派人守夜，以免院中家俱、什物被盗。第 69 回尤二姐自尽后在此停灵，贾琏为出入方便，又恢复北墙上旧有的通府外大街之门【D】。

今对照"江宁行宫图",详考"梨香院"建筑如下:

（一）第 4 回薛家入住的记载

薛家前来拜访贾府,贾政留他们住在荣国府东北角的"梨香院"。薛蟠因怕姨夫贾政管束,原本不愿入住贾府,打算另外租房,后来因为和贾府诸人"臭味相投",而且梨香院又有单独的大门【D】通府外的北大街,独门独户,反倒觉得入住贾府为好,于是"既来之则安之",欣然入住,详见第 4 回:

薛蟠已拜见过贾政,贾琏又引着拜见了贾赦,贾珍等。贾政便使人上来对王夫人说:"姨太太已有了春秋,外甥年轻不知世路,在外住着恐有人生事。咱们东北角上梨香院【A】(甲侧:好香色。)一所十来间房,白空闲着,打扫了,请姨太太和姐儿哥儿住了甚好。"王夫人未及留,贾母也就遣人来说"请姨太太就在这里住下,大家亲密些"等语。

薛姨妈正要同居一处,方可拘紧些儿子,若另住在外,又恐他纵性惹祸,(蒙侧:父母为子弟处处每每如此。)遂忙道谢应允。又私与王夫人说明:"一应日费供给一概免却,(甲侧:作者题清,犹恐看官误认今之靠亲投友者一例。)方是处常之法。"(蒙侧:补足。真是一丝不漏。)王夫人知她家不难于此,遂亦从其愿。从此后,薛家母子就在梨香院住了。

原来这梨香院即当日荣公暮年养静之所,小小巧巧,约有十余间房屋,前厅后舍俱全。另有一门【D】通街,薛蟠家人就走此门出入。西南有一角门【B】,通一夹道【C】,出夹道便是王夫人正房【H】的东边了。每日或饭后,或晚间,薛姨妈便过来,或与贾母闲谈,或与王夫人相叙。宝钗日与黛玉、迎春姊妹等一处,或看书下棋,或作针黹,倒也十分乐业。

只是薛蟠起初之心,原不欲在贾宅居住者,但恐姨父管约拘禁,料必不自在的,无奈母亲执意在此,且宅中又十分殷勤苦留,只得暂且住下,一面使人打扫出自己的房屋,再移居过去的。谁知自从在此住了不上一月的光景,贾宅族中凡有的子侄,俱已认熟了一半,凡是那些纨绔气习者,莫不喜与他来往,今日会酒,明日观花,甚至聚赌、嫖娼,渐渐无所不至,引诱的薛蟠比当日更坏了十倍。(甲侧:虽说为纨绔设鉴,其意原只罪贾宅,故用此等句法写来。)(蒙侧:膏粱子弟每习成的风化。处处皆然,诚为可叹!)

虽说贾政训子有方,治家有法,(甲侧:八字特洗出政老来,又是作者隐意。)一则族大人多,照管不到这些;二则现任族长乃是贾珍,彼乃宁府长孙,又现袭职,凡族中事,自有他掌管;三则公私冗杂,且素性潇洒,不以俗务为要,每公暇之时,不过看书着棋而已,余事多不介意。况且这梨香院相隔两层房舍,又有街门另开,任意可以出入,(蒙侧:既为作姨父的开一条生路。若无此段,则姨父非木偶、即不仁,则不成为姨父矣。)所以这些子弟们竟可以放意畅怀的,因此,薛蟠遂将移居之念,渐渐打灭了。

【解析】

　　以上文字表明："梨香院"【A】是当年荣国公晚年养老处。荣国公爱好戏文，院内种有梨花树【E】，而戏子居处称为"梨园"，所以称此院为"梨香院"。后来贾府建造大观园时，买来12个小戏子（皆是女性），仍以此"梨香院"作为小戏子学戏与居住之所，薛家另迁他处。荣国公时的老戏子此时仍然健在，便请她们一同教习，这便又补绘出一笔当初荣国公暮年静养听戏的事情来，详下文"（三）"所引的第54回的文字。

　　此"梨香院"规模虽然不大（"小小巧巧"），约有十来间房屋，前有厅，后有房舍，另有一门（当是后门）【D】通街，薛家之人便可以从此门出入，而不必走荣国府大门，所以此院是"独门独户"。第18回"梨香院"入住戏子后，其通街后门自当堵死，故贾琏于此停放尤二姐棺材时，为出殡而重开此门。

　　此梨香院的西南角有一小角门【B】，所谓"角门"即角落开门；而"腰门"便是腰上开门，也即院子的侧边正中开门；"大门"则是南边正中开门；"后门"便是北边正中开门；如果是在北墙的角落处开门，不管是东北角还是西北角，宜称"后角门"为是，但也常因表达不严密而称作"后门"。此西南角门当是西侧院墙的最南端所开之门。

　　出此角门，通"夹道"，可以入王夫人正房【H】东边的角门【L】，从而进入王夫人的内院。此夹道是贾府内院区域的夹道【C】，供女眷行走，从位置来看，相当于第16回大观园建造时所提到的"宁、荣两府"间的私道、界巷（"宁、荣二宅……有一小巷界断不通"），其南北两端虽然分别通府南界墙【F′】与府北界墙【F】，但因通内院的缘故，所以肯定不会在府的北界墙上开门；但会在南界墙上开门，而中段会有墙隔断，使南侧之人不得由此夹道走到北侧的内院。因此，这一"宁、荣二府"间的"夹道"南端虽然通街但中段有墙隔断，北端虽通界墙但不通街（指夹道通到北界墙为止，北界墙上并未开门），其"夹道"北段专供内眷行走而不可出府。

　　此界道东侧为下人居所，即所谓的"东大院"【G】，梨香院【A】在其最西北角落。后来，下人所住的"东大院"建为大观园，此"梨香院"也被圈入大观园，即元妃省亲时所题的"梨花春雨"匾悬挂于此。但据书中描述，此"梨香院"虽然圈为大观园的西北角，其门却向园外另开而不直通大观园，以免戏子误入大观园而有秽乱之行，大户人家这种防范是必不可少的。

　　每天午饭后或晚饭后，薛姨妈便由此府内夹道【C】来王夫人处【H】闲谈，也可以再往西走，过凤姐院【I】门前而入贾母院【J】与贾母闲谈，迎春、探春、惜春三姐妹住在王夫人上房背后的抱厦厅【K】内，宝玉、黛玉住在贾母上房处【J】，故薛宝钗也会由此夹道来看望黛玉与迎春姐妹等。

　　薛蟠入住此梨香院后，原本想重新在外租房，可以不受姨父贾政的管束，后来因为贾府中的子弟和他"臭味相投"，比在外更为"有趣"，即引文所言的"引诱的薛蟠比当日更坏了十倍"。

　　何以姨父贾政对薛蟠丝毫不加管束？作者曹雪芹作为贾政原型（曹頫）的

后人，自然要为贾政开脱一笔，所以在文中写下"虽说贾政<u>训子有方，治家有</u><u>法</u>"语，甲戌本侧批言：作者以此"八字特洗出政老来，又是作者隐意"，"洗"即今人所谓的"洗白"，下来作者便用大段文字来为贾政开脱、洗白，即：族大人多，照管不到梨香院这里；贾政不是族长，又信任族长贾珍的管理，以为贾珍会管到；贾政公务繁忙，业余看书、下棋，不理家事；而且"梨香院"【A】又与贾政的居室（即王夫人院的上房）【H】，在东西向上隔了一条夹道，在南北向上隔了一进院落（指图中王夫人院后面、迎春探春惜春三姐妹所住抱厦【K】北侧的院落），"梨香院"【A】与贾政所住上房【H】正好处在对角线上，故可视作隔了两三层房屋，所以也就无法"风闻"到薛蟠的胡作非为而加以管束了。蒙王府本侧批特言这段话是"为作姨父的开一条生路。若无此段，则姨父非木偶、即不仁，则不成为姨父矣"。正因为此"梨香院"独门独户而姨父又过问不到，所以薛蟠也就不打算移居府外了。

（二）第 7、8 两回薛家住于"梨香院"的具体描述

● 第 7 回：

　　话说周瑞家的送了刘姥姥去后，便上来回王夫人话。谁知王夫人不在上房，问丫鬟们时，方知往薛姨妈那边闲话去了。周瑞家的听说，便转出东角门出至东院，往梨香院【A】来。刚至院门【B】前，只见王夫人的丫鬟名金钏儿，和一个才留了头的小女孩儿（甲侧：莲卿别来无恙否？）站立台阶上顽。见周瑞家的来了，便知有话回，因向内努嘴儿。周瑞家的轻轻掀帘进去，只见王夫人和薛姨妈长篇大套的说些家务人情等语。周瑞家的不敢惊动，遂进里间来。只见薛宝钗（甲侧：自入梨香院，至此方写。）穿着家常衣服，头上只散挽着纂儿，坐在炕里边，伏在小炕几上，同丫鬟莺儿正描花样子呢。……

　　周瑞家的听了，笑道："阿弥陀佛，真巧死了人！等十年未必都这样巧的呢。"宝钗道："竟好①，自他说了去后，一二年间，可巧都得了，好容易配成一料。如今从南带至北，<u>现就埋在梨花树【E】底下呢。</u>"（甲侧："梨香"二字有着落，并未白白虚设。）周瑞家的又问道："这药可有名字没有呢？"宝钗道："有。这也是癞和尚说下的，叫作'冷香丸'。"……周瑞家的还欲说话时，忽听王夫人问："是谁在里头？"周瑞家的忙出去答应了，趁便回了刘姥姥之事。

● 第 8 回：

　　闲言少述，且说宝玉来至梨香院【A】中，先入薛姨妈室中来，正见薛姨妈打点针黹与丫鬟们呢②。宝玉忙请了安，薛姨妈忙一把拉了他，抱入怀内，笑说："这么冷天，我的儿，难为你想着来，快上炕来坐着罢。"命人倒滚滚的茶来。宝玉因问："哥哥不在家？"薛姨妈叹道："他是没笼头

---

① 竟然还好。
② 指给丫鬟们分派针黹任务。

的马,天天逛不了,哪里肯在家一日?"宝玉道:"姐姐可大安了?"薛姨妈道:"可是呢。①你前儿又想着打发人来瞧她。她在里间不是,你去瞧她,里间比这里暖和,那里坐着,我收拾收拾就进去和你说话儿。"

宝玉听说,忙下了炕来至里间门前,只见吊着半旧的红绸软帘。(甲侧:从门外看起,有层次。)宝玉掀帘一迈步进去,先就看见薛宝钗坐在炕上作针线,头上挽着漆黑油光的纂儿,蜜合色棉袄,玫瑰紫二色金银鼠比肩褂,葱黄绫棉裙,一色半新不旧,看去不觉奢华。唇不点而红,眉不画而翠,脸若银盆,眼如水杏。罕言寡语,人谓藏愚;安分随时,自云守拙。

【解析】

上引"现就埋在梨花树底下呢",写出"梨香院"中有棵梨花树【E】,所以上引第4回甲戌本侧批称赞此梨香院"好香色"。"香"指梨花之香,而"色"指梨花之白,故此院圈入大观园后,元妃赐匾额"梨花春雨",见第18回:"元妃乃命传笔砚伺候,亲搦湘管,择其几处最喜者赐名。……又有四字的匾额十数个,诸如'梨花春雨'、'桐剪秋风'、'荻芦夜雪'等名,此时悉难全记。"

大观园面积不大,除竹子外,其余树种只可能每样种上一两棵,所以整个园子有梨花树者不会太多。此是一处,还有一处便是第17回潇湘馆:"出去则是后院,有大株梨花兼着芭蕉。"第18回言明元妃:"'有凤来仪',赐名曰'潇湘馆'。……又有四字的匾额十数个,诸如'梨花春雨'……又命旧有匾联者,俱不必摘去。"可见"潇湘馆"已有了新的三字匾额"潇湘馆"和旧有的四字匾额"有凤来仪",元妃显然不会再赐它一个四字匾额"梨花春雨"。据此便可推知元妃省亲时所题的"梨花春雨"匾,当是为大观园西北角处的园景"梨香院"所题;元妃是为看得见的园景梨花树所题,并不意味着大观园内有门可以直接走到这"梨香院"。

此是大观园中春天赏梨花的所在。至于这梨树是在"梨香院"的前院还是后院则未详。由于前院阳光充足,以在前院的可能性为大。此院无门直通大观园,而元妃能赏见此梨树,也可证明此树当在最靠近大观园的前院为是。

(三)第18回以后,梨香院改为小戏子所居,薛家迁出
●文见第18回:

此时王夫人那边热闹非常。原来贾蔷已从姑苏采买了十二个女孩子,并聘了教习,以及行头等事来了。那时薛姨妈另迁于东北上一所幽静房舍居住,将梨香院早已腾挪出来,另行修理了,就令教习在此教演女戏。又另派家中旧有曾演学过歌唱的众女人们,如今皆已皤然老妪了,(己夹:又补出当日宁、荣在世之事,所谓此是末世之时也。)着她们带领管理。就令贾蔷总理其日用出入银钱等事,以及诸凡大小所需之物料、账目。

【解析】

宁国公、荣国公在世时如何排演昆曲之事,书中虽未写,但滴水不漏的作

---

① 即今人口中的"可不是呢"的意思,也即"是的"的意思,表示肯定。

者曹雪芹，还是通过贾母的嘴给补了一句，即第 54 回贾母"指湘云道：'我像她这么大的时节，她爷爷有一班小戏，偏有一个弹琴的凑了来[1]，即如《西厢记》的《听琴》，《玉簪记》的《琴挑》，《续琵琶》的《胡笳十八拍》，竟成了真的了，比这个更如何？'众人都道：'这更难得了。'"虽说这是史家之事，但与贾府显然可以参照。现存《续琵琶》戏文是"国家图书馆"所藏残抄本，此剧叙述东汉末年董卓弄权，蔡邕被害，蔡文姬被掳往匈奴多年，曹操赎回文姬，让其编修其父蔡邕散失掉的《汉史》书稿。此戏有人说是曹寅创作，笔者认为曹寅祖上便有此戏，论见《后四十回完璧归曹》"第三章、八、（五）"。总之，贾母所言名义上是史家之事，其实就是作者曹雪芹自家之事。

（四）梨香院无门直通大观园
● 第 36 回言明梨香院无门直通大观园：

> 一日，宝玉因各处游的烦腻，便想起《牡丹亭》曲来，自己看了两遍，犹不惬怀，因闻得梨香院的十二个女孩子中有小旦龄官最是唱的好，<u>因着意出角门【L】来找时，</u>只见宝官、玉官都在院内，……宝玉见了这般景况，不觉痴了，这才领会了划"蔷"深意。自己站不住，也抽身走了。贾蔷一心都在龄官身上，也不顾送，倒是别的女孩子送了出来。那宝玉一心栽夺盘算，痴痴的回至怡红院中，

【解析】

这第 36 回画线部分的交代非常重要。其所提到的"角门"书中一再提及，就是内眷们由荣国府入大观园、或从大观园入荣国府所走的"角门"【L】。

宝玉是从大观园内的"怡红院"来"梨香院"。按理"梨香院"在大观园中（上引元妃赐大观园诸景之匾有"梨花春雨"，可证梨香院被划入大观园），入梨香院不必出大观园才对。今宝玉仍出"角门"【L】，即出大观园来找"梨香院"中的龄官，足以证明"梨香院"虽然划入大观园，但却在园外开门。

此"角门"【L】就是王夫人院东北角的"东角门"。此门在王夫人院的东北角落上，故称"角门"。此门从府的角度来看，称之为"角门"（或"东角门"），如果从大观园的角度来说，此门开在大观园西侧院墙的正中，故称"腰门"（按：南墙正中开门为"前门"，后墙正中开门为"后门"，东西两侧墙正中开门为"腰门"），所以后四十回全都称之为"腰门"，而不称之为"角门"。

后四十回中的"腰门"当是曹雪芹最初稿的称呼，今天我们所读到的前八十回是他增删五次后的定稿，已统一改为"角门"。"腰门"与"角门"这两者都是从不同角度来对这由府入园之门所作的命名：从府的角度来看，它是"角门"，因为从王夫人院的角度来看，那儿是东北角落；从大观园的角度来看，它是"腰门"，因为它在大观园西园墙的正中。

而且，这两个门之间还夹着一个"夹道"而为两个门、而非一个门：夹道

---

[1] 指加入了戏班子，于是便能把有弹琴的戏给演得很是逼真。

西面是入府的东角门①，夹道东面是入园的腰门②，所以这两个门有两个称呼反倒非常合理。由于这两个门是由府入园或由园入府时必须同时穿过，举一即可，所以在后四十回中全举"腰门"之名而不说"角门"，而前八十回的第五次定稿中则全举"角门"之名而不说"腰门"。

"梨香院"虽然在大观园西北角，其实无门直通大观园，其当同薛姨妈家住这儿时一样，走院西南角的角门【B】入夹道【C】，再从王夫人院东北的角门所正对的园门【L】入园。正因为此，下文第 69 回王熙凤可以到大观园后墙下听"梨香院"内的壁角（"听壁角"即窃听隔墙之言）；如果梨香院南墙有门通大观园，凤姐出现在此，万一被贾琏推门出来看到，岂非尴尬？

正因为此梨香院不通大观园，贾琏才会在这儿操办尤二姐的丧事；此梨香院如果有门直通"大观园"，在此办丧事岂非大煞风景？因此梨香院当无门直通大观园，第 18 回元妃题"梨花春雨"当是望见此院梨树而题匾，并不意味着此院有门直通大观园。

● 第 54 回：

　　　因有媳妇回说开戏，贾母笑道："我们娘儿们正说的兴头，又要吵起来。况且那孩子们熬夜怪冷的，也罢，叫她们且歇歇，把咱们的女孩子们叫了来，就在这台上唱两出给她们瞧瞧。"媳妇听了，答应了出来，忙的一面着人往大观园去传人，一面二门【W】口去传小厮们伺候。小厮们忙至戏房将班中所有的大人一概带出，只留下小孩子们。一时，梨香院的教习带了文官等十二个人，从游廊角门【Y】出来。婆子们抱着几个软包，因不及抬箱，估料着贾母爱听的三五出戏的彩衣包了来。婆子们带了文官等进去见过，只垂手站着。

【解析】

此写贾母听外面戏班唱戏后，叫人把自家戏班也带出来，让外面的戏子们听听自家的戏班唱得可好？于是下人们连忙奔向大观园传人，原文用了"忙的一面着人往大观园去传人"，似乎"梨香院"的门开在大观园内，传唤梨香院的人应当入大观园的腰门【L】去叫。

其实上文已经证明：梨香院的门【B】开在大观园外，所谓"忙的一面着人往大观园去传人"是指奔向大观园的方向（即东边）去传唤；因为梨香院的门【B】在大观园腰门【L】之北，往梨香院正要奔向大观园的腰门。因此"往大观园去传人"，并不指奔向大观园后，由大观园入梨香院去叫戏子。

---

① 其门扇向府内开，门闩闩在府内一侧，朝向夹道【C】即朝向大观园腰门的那一侧有门环可以叩门和上锁。
② 其门实为一穿堂，穿堂东西两头均有门，两门之间是过道，过道旁有看门的门房。其西门面朝夹道【C】，门扇向穿堂内开，门闩闩在穿堂内，朝夹道那一面有门环可以叩门和上锁。其东门朝大观园开，门扇向穿堂内开，门闩闩在穿堂内，朝大观园的那一面有门环可以叩门和上锁。

至于此处的"二门"当指贾母院的院门"垂花门"【W】。小厮受命把外面戏班中的大人带到外面去休息，只留下小戏子们来听本府戏子的戏。

不一会儿，"梨香院"的教师带了十二个小戏子从"游廊角门"出来。她们当是从与大观园腰门隔"夹道"对开的王夫人院东北角的角门【L】入府。王夫人上房后有后廊【M】，其后廊东西两端穿东西院墙处便是东西两个角门【L】【N】。贾母是在新盖的"大花厅"【X】上听戏，其庭院内有"游廊"，此游廊穿过"大花厅"东院墙上的"角门"【Y】通向贾母院外，戏子便由这扇"游廊角门"【Y】进来。详见本章"第一节、一、（二）、（3）"所附《"大花厅"与"东西穿堂"交通图》。

从梨香院【A】到王夫人院东北角门【L】当走薛姨妈所走的夹道【C】，可证建大观园时，大观园西墙外原有的夹道【C】仍予以保留。

●第 40 回贾母带刘姥姥游大观园时，在秋爽斋听到梨香院演戏声，便命带戏子们入园来表演，也清楚表明"梨香院"与"大观园"无门直通，要从"腰门"带进园来：

> 正说话，忽一阵风过，隐隐听得鼓乐之声。贾母问："是谁家娶亲呢？这里临街倒近。"王夫人等笑回道："街上的哪里听的见？这是咱们的那十几个女孩子们演习吹打呢。"贾母便笑道："既是她们演，何不叫她们进来演习。她们也逛一逛，咱们可又乐了。"凤姐听说，忙命人出去叫来，又一面吩咐摆下条桌，铺上红毡子。

【解析】

这儿贾母说的是："何不叫她们进来演习。她们也逛一逛，咱们可又乐了。"说明梨香院与大观园无门直通，要请她们进园来她们才能进来，平时是不能随便入园来逛的，今天可以请她们进来逛一逛，欣赏一下园景。如果梨香院有门开在大观园内，天天都可以出入大观园，贾母岂会有"叫她们进来演习，她们也逛一逛"这种话说出来？

第 30 回"龄官划蔷痴及局外"亦言："原来明日是端阳节，那文官等十二个女子都放了学，进园来各处顽耍。"结合上面的考证，便知这十二个戏子不是放学后（指学完戏后）每天都可以入园来玩耍的；由于明天是端午节，所以破例让她们入园来玩。这也说明：梨香院入大观园得从外面的腰门【L】走。

其中的用意，无非为了防范戏子。若戏子所居的"梨香院"在园内开门，难免会被外人谣传为"帷幕不修、秽乱内宅"，这是大家族最忌讳的事。

（五）黛玉听曲走不到梨香院的空间处理

第 23 回黛玉葬花于"花冢"（当在大观园东侧园墙中部略偏北的【O】处，本书"第三章、第六节、八"有详考），准备回潇湘馆（在图中【P】处，本书"第三章、第四节、一"有论），途中为"梨香院"【A】的唱戏声所吸引，于是绕远走到"梨香院"院墙下听昆曲《牡丹亭》，其文曰：

> 这里【O】林黛玉见宝玉去了，又听见众姊妹也不在房，自己闷闷的。

正欲回房【P】，刚走到梨香院【A】墙角上，只听墙内笛韵悠扬，歌声婉转。林黛玉便知是那十二个女孩子演习戏文呢。只是林黛玉素习不大喜看戏文，便不留心，只管往前走。偶然两句吹到耳内，明明白白，一字不落，唱道是："原来姹紫嫣红开遍，似这般都付与断井颓垣。"林黛玉听了，倒也十分感慨缠绵，便止住步侧耳细听，又听唱道："良辰美景奈何天，赏心乐事谁家院。"听了这两句，不觉点头自叹，心下自思道："原来戏上也有好文章。可惜世人只知看戏，未必能领略这其中的趣味。"想毕，又后悔不该胡想，耽误了听曲子。又侧耳时，只听唱道："则为你如花美眷，似水流年……"林黛玉听了这两句，不觉心动神摇。又听道："你在幽闺自怜"等句，亦发如醉如痴，站立不住，便一蹲身坐在一块山子石上，细嚼"如花美眷，似水流年"八个字的滋味。忽又想起前日见古人诗中有"水流花谢两无情"之句，再又有词中有"流水落花春去也，天上人间"之句，又兼方才所见《西厢记》中"花落水流红，闲愁万种"之句，都一时想起来，凑聚在一处。仔细忖度，不觉心痛神痴，眼中落泪。

【解析】

其虽未明言梨香院有门还是无门通大观园，但上已考明，其无门直通大观园，黛玉当是走过其围墙下听戏。

又黛玉由花冢【O】回潇湘馆【P】，肯定不会绕远经过梨香院【A】。因为她葬花的"葬花冢"【O】在园东侧的沁芳闸处（本书"第三章、第六节、八"有详考），潇湘馆【P】在园北部的正中，梨香院【A】在园的西北部，潇湘馆位于葬花冢、梨香院之间，由葬花冢回潇湘馆肯定到不了梨香院。因此上文描述黛玉"正欲回房，刚走到梨香院墙角上"，便是《红楼梦》中的一大矛盾破绽。黛玉葬花回家（回潇湘馆）根本就不用经过梨香院。

除非有一种可能，即花冢【O】和沁芳闸都在山后，必须要远绕至梨香院【O】、稻香村【U】，才能绕到山前而回自己的潇湘馆【P】。而后面我们"第三章、第一节"考证"大观园"时，知道大观园的山不高，而且大观园中小路、捷径很多，从花冢回潇湘馆肯定不可能只有这么一条极远的路。

另一种可能便是黛玉当时心情烦闷而有意多走一段路回潇湘馆，这恐怕也太牵强。

其实最大的可能便是：作者出于情节安排的需要，也就不管真实的空间如何。正如本书"第三章、第七节、五"考证第74回"惑奸谗抄检大观园"路线时指出：迎春处离潇湘馆最近，本当一抄完潇湘馆后便查抄迎春处，然后再抄李纨处、惜春处、探春处。但作者为了让"王善保老婆抄出外孙女司棋的赃而自己掌嘴"这一高潮出现在最后，所以也就不顾空间的真实格局，硬把探春处"王善保老婆被探春掌嘴"的小高潮和迎春处"王善保老婆自己掌嘴"的大高潮这两者给对调了一下位置。又正如第120回贾政由南京回北京不用经过常州，而作者为了强调常州有作者佛学方面的良师益友、常州横山有作者祖先曹横之坟而为宝玉的出处兼归宿地——青埂峰①，于是也就不顾真实的空间，起特笔写到常州。又如薛姨妈生日原本在正月中，而第 57 回把她的生日改到吃西瓜的炎炎夏日中来提一笔，同样也是为了情节需要②。

《牡丹亭》"原来姹紫嫣红开遍，似这般都付与断井颓垣"句正与黛玉葬花意境相合，此处作者同样是出于情节需要，为了能让黛玉听清楚这句戏文，也就不管真实的空间如何，故意写黛玉葬花回家时路过了梨香院。

因此本图中所绘的第一条路线"①林黛玉至梨香院墙下听昆曲《牡丹亭》"其实是虚构不实的，并不意味着林黛玉真是这么走的，具体怎么走的，不详。

总之，小说不是流水账，小说需要对源于生活的情节进行艺术的加工和处理，与真实的生活已有一定的差异，这是艺术创作的需要。

作者有意要把"读《西厢记》"与"听《牡丹亭》"这两个原本不是一天内发生的生活场景，艺术化地集中到一天来写，一时又疏忽了"黛玉从读《西厢记》处回家时，并不经过听《牡丹亭》处的梨香院"这一空间事实，遂在《红楼梦》空间描写中留下这一破绽。

一旦我们理解清楚：作者的创作主旨就是要让黛玉在同一天内，一连两次接受《西厢记》《牡丹亭》这两部经典爱情戏曲的洗礼，让黛玉心灵在葬花后接受与其葬花心境最为贴切的名句"原来姹紫嫣红开遍，似这般都付与断井颓垣"的震撼，我们自然也就不会苛求作者空间描述上的这一瑕疵了。

事实上，作者空间上的这一瑕疵，也正体现出全书书名"梦"字所标榜的"梦幻主义"风格，体现出作者豪放不羁的创作风格来。

上引第 40 回贾母在探春"秋爽斋"处听到西北风送来的唱戏声，而"秋爽斋"当在图中【Z】处（本书"第三章、第五节、一"有详考），花冢【O】至梨香院【A】的距离只比"秋爽斋"至"梨香院"的距离稍远，所以"梨香院"的唱戏声也会随西风飘送到花冢【O】而被黛玉听见。

很可能黛玉在此第 23 回"《西厢记》妙词通戏语、《牡丹亭》艳曲警芳心"中，先读过贾宝玉手中的《西厢记》，对戏文起了浓厚的兴趣，这时又正好听到"梨香院"随风飘送而来的昆曲声，一时因无处可去（"众姊妹也不在房，自己闷闷的"），便有意寻声而来"梨香院"墙下欣赏戏文，这也是比较符合情理的解释。至于林黛玉从花冢到梨香院再回潇湘馆的具体路线是怎么走的，不详；本图所绘只是虚构的示意路线，并不代表林黛玉就是这么走的，读者不可不知。

（六）第 58 回梨香院成为空院

●第 58 回梨香院戏子遣散，梨香院物件上交，成为空院，派人守夜：

谁知上回所表的那位老太妃已薨，凡诰命等皆入朝随班按爵守制。敕谕天下：凡有爵之家，一年内不得筵宴音乐，庶民皆三月不得婚嫁。贾母、

---

① 详笔者《后四十回完璧归曹》第三章。
② 详笔者《红楼时间人物谜案》"第四章、三、（三）"。

邢、王、尤、许婆媳祖孙等皆每日入朝随祭，至未正以后方回。……宁府贾珍夫妻二人，也少不得是要去的。两府无人，因此大家计议，家中无主，便报了尤氏产育，将她腾挪出来，协理荣宁两处事体。……又见各官官家，凡养优伶男女者，一概蠲免遣发，尤氏等便议定，待王夫人回家回明，也欲遣发十二个女孩子，又说："这些人原是买的，如今虽不学唱，尽可留着使唤，令其教习们自去也罢了。"

王夫人因说："这学戏的倒比不得使唤的，她们也是好人家的儿女，因无能，卖了做这事，装丑弄鬼的几年。如今有这机会，不如给她们几两银子盘缠，各自去罢。当日祖宗手里都是有这例的。咱们如今损阴坏德，而且还小器。如今虽有几个老的还在，那是她们各有原故，不肯回去的，所以才留下使唤，大了配了咱们家的小厮们了。"尤氏道："如今我们也去问她十二个，有愿意回的，就带了信儿，叫上父母来，亲自来领回去，给她们几两银子盘缠方妥。若不叫上她父母、亲人来，只怕有混账人顶名冒领出去又转卖了，岂不辜负了这恩典？若有不愿意回去的，就留下。"王夫人笑道："这话妥当。"

尤氏等又遣人告诉了凤姐儿。一面说与总理房中，每教习给银八两，令其自便。凡梨香院一应物件，查清注册收明，派人上夜。将十二个女孩子叫来面问，倒有一多半不愿意回家的：也有说父母虽有，他只以卖我们为事，这一去还被他卖了；也有父母已亡，或被叔伯兄弟所卖的；也有说无人可投的；也有说恋恩不舍的。所愿去者止四五人。王夫人听了，只得留下。将去者四五人皆令其干娘领回家去，单等她亲父母来领；将不愿去者分散在园中使唤。

贾母便留下文官自使，将正旦芳官指与宝玉，将小旦蕊官送了宝钗，将小生藕官指与了黛玉，将大花面葵官送了湘云，将小花面豆官送了宝琴，将老外艾官送了探春，尤氏便讨了老旦茄官去。当下各得其所，就如倦鸟出笼，每日园中游戏。众人皆知她们不能针黹，不惯使用，皆不大责备。其中或有一二个知事的，愁将来无应时之技，亦将本技丢开，便学起针黹纺绩女工诸务。

这 12 个戏子不肯回家的归大观园诸艳使用，其中：文官给了贾母（文官不知行当，但却是戏班的领头人，可见有领导才能），正旦芳官给了宝玉，小旦蕊官给了宝钗，小生藕官给了黛玉，大花面葵官给了湘云，小花面豆官给了宝琴，老外艾官给了探春，老旦茄官给了尤氏，总计八人。此回下文又交代小旦菂官已经逝世，则回家的便是"小旦龄官"（其为小旦见第 36 回）、"小生宝官、正旦玉官"（其为小生和正旦见第 30 回）三人，此处言"所愿去者止四五人"差了一两个人，这是作者笔下又一小小的失误。

（七）第 69 回贾琏以梨香院作为尤二姐停棺所

●第 69 回尤二姐在凤姐院东厢房【Q】吞金自尽后，贾琏便以此"梨香院"空院作为停棺所：

丫鬟听了,急推房门【Q】进来看时,却穿戴的齐齐整整,死在炕上。……贾琏进来,搂尸大哭不止。凤姐也假意哭:"狠心的妹妹!你怎么丢下我去了,辜负了我的心!"尤氏、贾蓉等也来哭了一场,劝住贾琏。贾琏便回了王夫人,讨了梨香院停放五日,挪到铁槛寺去,王夫人依允。贾琏忙命人去开了梨香院【A】的门【B】,收拾出正房来停灵。贾琏嫌后门【R】出灵不像,便对着梨香院的正墙上通街现开了一个大门【D】。两边搭棚,安坛场,做佛事。用软榻铺了锦缎衾褥,将二姐抬上榻去,用衾单盖了。八个小厮和几个媳妇围随,从内子墙【S】一带抬往梨香院来。

那里已请下天文生预备,揭起衾单一看,只见这尤二姐面色如生,比活着还美貌。贾琏又搂着大哭,只叫:"奶奶,你死的不明,都是我坑了你!"贾蓉忙上来劝:"叔叔解着些儿,我这个姨娘自己没福。"说着,又向南指大观园的界墙【T】,贾琏会意,只悄悄跌脚说:"我忽略了,终久对出来,我替你报仇。"

天文生回说:"奶奶卒于今日正卯时,五日出不得,或是三日,或是七日方可。明日寅时入殓大吉。"贾琏道:"三日断乎使不得,竟是七日。因家叔、家兄皆在外,小丧不敢多停,等到外头①,还放'五七',做大道场才掩灵。明年往南去下葬。"天文生应诺,写了殃榜而去。

宝玉已早过来陪哭一场。众族中人也都来了。贾琏忙进去找凤姐,要银子治办棺椁丧礼。凤姐见抬了出去,推有病,回:"老太太、太太说我病着,忌三房②,不许我去。"因此也不出来穿孝,且往大观园中来。绕过群山,至北界墙根下往外听,隐隐绰绰听了一言半语,回来又回贾母说如此这般。③

贾母道:"信他胡说,谁家痨病死的孩子不烧了一撒?也认真的开丧破土起来。既是二房一场,也是夫妻之分,停五、七日抬出来,或一烧、或乱葬地上埋了完事。"④凤姐笑道:"可是这话。我又不敢劝他。"正说着,丫鬟来请凤姐,说:"二爷等着奶奶拿银子呢。"凤姐只得来了,便问他:"什么银子?家里近来艰难,你还不知道?咱们的月例,一月赶不上一月,鸡儿吃了过年粮。昨儿我把两个金项圈当了三百银子,你还做梦呢。这里还有二三十两银子,你要就拿去。"说着,命平儿拿了出来,递与贾琏,指着贾母有话,又去了⑤。恨的贾琏没话可说,只得开了尤氏箱柜,去拿自己的梯己。及开了箱柜,一滴无存,只有些折簪烂花并几件半新不旧的绸绢衣裳,都是尤二姐素习所穿的,不禁又伤心哭了起来。自己用个包袱一齐包了,也不命小丫鬟来拿,便自己提着来烧。

① 指出殡至铁槛寺后,在寺中做"五七"的大道场。
② 旧俗:病人忌进新房、产房和灵房,称"忌三房"。
③ 凤姐对贾母说的话当是两点:一是贾琏对王夫人说五天后要移到铁槛寺。二是她在梨香院墙角下听到的贾琏对天文生说:要在铁槛寺做"五七"这个大道场,还要运灵柩回南方祖坟安葬。
④ 此写出贾母对失节女子的鄙视,并不因其为自家媳妇而有所姑息。
⑤ 指着贾母有事要找我的理由,于是走了。

【解析】

尤二姐原本指望为贾琏生下后代，可惜胡庸医用了"虎狼药"打下她唯一的生存支柱——胎儿。作者早在第51回"胡庸医乱用虎狼药"便为此情节做了对峙式的铺垫，即："正说时，人回大夫来了。宝玉便走过来，避在书架之后。只见两三个后门口的老嬷嬷带了一个大夫进来。"其未言姓，据回目，知其姓"胡"。这位胡姓庸医把晴雯当男人来诊治，开的药对女孩全都不宜，幸亏宝玉验药方时细心且通医理，命人"只快叫茗烟再请王大夫去就是了"，可见王大夫是良医。第68回贾琏亦请医生来为尤二姐看病，"谁知王太医亦谋干了军前效力，回来好讨荫封的。小厮们走去，便请了个姓胡的太医，名叫君荣"，即良医王大夫不在，小厮请来上回给晴雯乱用狼药的胡庸医，结果一剂下去便把尤二姐腹中的胎儿给打了下来，摧灭了尤二姐生存的希望。这也反映出贾琏的不学无术，如果他能像宝玉那样明通医理，便可避免这一悲剧。

尤二姐死后停灵于梨香院。梨香院是西南角开门【B】，正南是院墙【T】，当无门；其南墙与东墙便是大观园西北角的围墙。贾琏停灵于梨香院正房（当即"正厅"），厅面前的院墙便是大观园的北墙【T】。

由梨香院西南角的角门出去【B】，经夹道【C】往北走几步再拐弯一直向西，便是荣国府北围墙【F】下的夹道，其夹道南侧便是内子墙【S】。所谓"内子墙"，就是围墙内用以分隔出内部宅院空间的短墙，此处当指"凤姐院"【I】的北墙，其比府北的外墙要矮小，故称"子墙"；因此墙在府内，所以又称"内墙"，合称"内子墙"【S】。

第68回"苦尤娘赚入大观园"言："谁知凤姐心下早已算定，只待贾琏前脚走了，回来便传各色匠役，收拾东厢房三间，照依自己正室一样装饰陈设。"可见尤二姐死在凤姐院的东厢房【Q】内。其尸体从凤姐院门抬出后，当是往西走"贾母院"【J】后，绕到后门口【R】，再往东，沿"凤姐院"的北院墙"内子墙"【S】与府外墙（即府的北界墙【F】）之间的夹道，抬入"梨香院"正堂【A】。贾琏嫌从本府后门【R】出灵不像样子（当是下人死后才不走前门而走后门），于是在"梨香院"的北墙上，重新凿开那朝北开的大门【D】，此门当即薛家来住时的旧有之门，后因改"梨香院"为戏子居所，怕戏子逃逸而堵死，现在重新开出。

贾蓉因怕凤姐到院墙外的大观园北墙下偷听这边说话，于是指了一下南院墙【T】，贾琏会意，所以改成低声说话。由贾蓉指南院墙怕人窃听，而凤姐又偷偷来此墙下偷听，也说明此"梨香院"的南墙与东墙并未开有通往大观园的门。此"梨香院"仅北墙有后门通府北大街，又其西墙南侧开有西南角门【B】入夹道【C】往南，然后或是由腰门【L】东入"大观园"，或是由东角门【L】西入"王夫人院"。

凤姐见贾琏抬走尤二姐尸体，立即由自己院【I】的院门往东，走王夫人院东北角的角门【L】入大观园，一入园门便往北走过"稻香村"【U】身后的"群山"【V】，来到山后的"梨香院"【A】墙下【T】。

此处位于大观园的西北角，其言"群山"未免夸张，当是"稻香村"北侧的山坡是大主山的余脉，因其连着大主山的两座主峰，此山坡余脉也起了几个小峰峦，一峰接着一峰，故可以称作"群山"。此大主山余脉挡在"梨香院"与"稻香村"之间，需要绕过去而多走一段回头路，故称"绕过群山"。

二、"图七"中所考第18回后的"薛姨妈家"

"图七"中共绘三条路线：
①宝玉赴薛蟠家宴。
②王熙凤命人入大观园走薛家后门行聘。
③宝钗出嫁。

第18回以后，梨香院改为小戏子居住，薛家迁出，即第18回言："那时薛姨妈另迁于<u>东北上</u>一所幽静房舍【A】居住，将梨香院早已腾挪出来，另行修理了，就令教习在此教演女戏。"此后，薛姨妈家住在"荣国府"何处，需要做一番认真的考索。

"东北上"，即东北向，在东北方向上。这一方位比较笼统。古代前厅、后院，家眷所住皆在北，故"北"字含有"内院"而非"前厅"意。所谓的"东"，只是告诉我们：所安排的房子不在贾母处的府西院【B】，也不在凤姐处的府北院【C】，而是在王夫人处的府东院【D】附近。因此"东北上（东北向）"这三个字是在说：王夫人在东路的自己宅院附近，安排其嫡亲姐妹薛姨妈家的住所。"幽静"一词是说此地一般人走不到。

薛姨妈的新家又有角门【E】通大观园，《红楼梦》称之为"东角门"①或"东南角门"②。而大观园在府东，从图上来看，大观园"东南角"的园外部分早已不属贾府（既不属于荣国府，也不属于宁国府）。薛姨妈家如果真的住在大观园"东南角"的府外，便只能通过这个大观园"东南角"上的角门进入"大观园"后方才能到达贾府。于是，薛姨妈每次来贾府时，便都要穿过整个"大观园"方才能到达"荣国府"，《红楼梦》书中好像从来没有过这种交代，因此薛姨妈家应当仍然住在大观园西侧的"荣国府"内，而不在大观园的东南方。

上文已言明大观园的"腰门"【F】是由园往府看时所作的命名。即由园往府看时，此门在大观园西园墙的"腰"上（即在西园墙的正中部位），所以后四十回的书中称之为"腰门"。而从府往园的方向来看，此门位于王夫人院的东北角，所以前八十回的书中称之为"角门"，意为这是"王夫人院"东北角的门。由于从大观园来看，这门是西园墙正中的腰门，不是西园墙角落上的角门，所以前八十回称此腰门【F】为"角门"，便是指此门乃"王夫人院"东北角的角门。

则此处所言的"东南角门"当与之类似，也是从府往园来看，此门当在"王

---

① 引文见下"（二）"引第48回："先出园东角门【E】"，又见"（三）"引第59回："东边通薛姨妈的角门【E】"。
② 引文见下"（三）"引第78回："东南上小角门子【E】"。

夫人院"的东南角。即此门应当开在大观园腰门【F】这一实为"王夫人院"东北角门的南侧。开门一般都会相距远一些而讲究对称,如果正中的腰部开了门(即"腰门"),则另一门便当尽量远一些而开在两端,不可能再开一门与之相去不远而仍在半腰中;如果相去不远,也就没有再开的必要。今"腰门"开在大观园西园墙的正中,则此"东南角门"便应当开在其再往南的西园墙最南端处为宜。

此处的确也是大观园的角落,此处所开之门从大观园来看也可以称作"角门"。但此处位于大观园的西南角,所以从大观园的角度来看的话,这门应当称作"西南角门"为是;现在称作"东南角门",显然不是从大观园的角度来看,当是从府往园的角度来看,即从"王夫人院"的角度来看。而大观园腰门【F】这一前八十回所称的"角门"其实就在"王夫人院"的东北角,则此"东南角门"就在"王夫人院"的东南角当可无疑。

所以我们定此"东南角门"当在"王夫人院"院门【L1】正东方的图中【E】处,其正在王夫人上房【D】的东南方向上、在整个王夫人院的东南角上,故命名其为"东南角门";薛姨妈家由此角门入大观园,相应地,我们便把薛姨妈院定在"王夫人院"院门【L1】东南方的图中【A】处,正与"东南角门"【E】隔夹道【J】相对。

此【A】位于东路,故称"东";在贾赦院【G】后,亦属于后院,故称"北"。其处虽有账房【T′】(详本章"第一节、三、(1)"),别无其他机构,一般人是不允许到"王夫人院"门口来的,能来账房的人也不多(得相当于是贾府的中层干部才有资格走到账房来),故称"幽静"。其亦当独门独院,其院门【I】当然是在全院的东南角上、朝东面的夹道而开,然后往南走此"宁、荣二府"间的"夹道"(图中黄色部分【J】)通向府外的南大街"宁荣街"。图中"隔断"【I1】往南的那一小段夹道,彩图是有屋顶的,而典图无屋顶,作者曹雪芹作书时的原貌当从典图为是(详见"第一章、第四节、七"的"●再往东一路,即《红楼梦》中所言的'贾氏宗祠'"的讨论),这一小段再往南的偏西的南半段则无屋顶(典图、彩图皆无屋顶,是曹雪芹作书时的原貌)。

此薛姨妈家【A】通往大观园的"东南角门"【E】,是专为薛宝钗由自己薛家出入大观园而新开,是专供她一人出入大观园之用,其南侧当有墙隔断外人。因为夹道【J】(图中黄色部分)可以直通府外的南大街,内外当有别,所以一定要用墙隔断,其即本章"第一节、三、(2)"所讨论的腰门南侧的"隔断",也即本图中的【I1】处。

其处原本是为腰门处【F】内眷和王夫人院门【L1】前走廊东尽头处【K1】家人行走而隔断内外之用,现在由于专为宝钗新开的大观园东南角门【E】开在了【E】这儿,从此这个隔断【I1】便变成了薛家隔断内外之用。

又由于薛家和贾家又当有所分别(两者毕竟是两家),所以"东南角门"【E】北侧当再筑起一道墙【J1】来隔断,遂使薛家后门口【R】的这条路(指【J1】与【I1】之间的夹道)、这扇门(入大观园的东南角门【E】)专供薛家内眷薛宝钗一人出入。宝钗因薛家与贾府内外有别，怕自家有人随便进入贾府的大观园，所以每次进出东南角门【E】时都会把它关锁好，以免自己的家人混入贾府大观园。

又此【A】处实为王夫人院南门口的"南北宽夹道"【Q1】的东端。此王夫人院南门口的"南北宽夹道"【Q1】，与凤姐院门口的"南北宽夹道"【K】功用相同，皆是门前广场。作为广场，王夫人院门前广场最东部的这小半个广场【A】可以盖造屋舍吗？我们认为是可以的。因为此处不像"凤姐院"【C】那样位居中路，其门口的广场【K】务必要具有并保持其"东西通行"的功能，所以不可以盖造屋舍；此王夫人院门口的"南北宽夹道"广场【Q1】位于东路，其西半部分务必具有并保持其通行功用，而其东半部分已在府东墙下，是条死路，不再需要具备并保持其"东西通行"的功能，故可以像王夫人庭院东侧的东小院【U】那样盖造房舍，成为王夫人院门口的一个"东小院"，所造的房舍后来便用作薛姨妈的新家【A】。

而且我们已然证明：小说中的贾府就在南京，而薛家原本就家住金陵，所以薛家根本就用不着寄居贾家，两家应当很近，可以时常往来。但作者现在既然撒谎说贾府在"长安"，而且还刻意营造此"长安"就是天子脚下的首都北京、而非南京的感觉来（本书"第一章、第一节、九"有论）。有了这第一个谎，作者便要用一连串的谎言来圆谎，于是薛家便成了"背井离乡"之人而要寄居在贾府。其实薛家根本就没住在贾府过，贾府也容不下薛家这一大家子人，于是作者便凭空把王夫人院门口、原本没有房子占据的东半个广场"虚构"成有房子的薛姨妈家【A】。这样既不破坏贾府原型"江宁织造府"原来的居住格局，又可以让薛家和贾府"常来常往"而无空间隔阂。其实，真实的原型应当是薛家原本就住在贾府近旁（第26回薛蟠为宝玉做寿的寿宴不在贾府而在薛蟠自己家中举行，表明两家很近），薛家只有薛宝钗一人住在大观园中，贾府府第中没有她的闺房（即大观园"蘅芜院"中有她的闺房，而荣国府中却没有她的闺房，因为【A】处的薛家其实不存在，那儿只是没有任何建筑的门前空旷的广场），正因为此，薛宝琴来荣府后要寄住在"贾母房"内。

作者撒这种谎早有前科，在时间上，他能把自己人生十四岁中的第九岁拆为四年，即把自己九岁那年一年四季之事，在每一季后加上点"过冬、换年"的话，便把此年凭空拆分成四年，其由四季分四年并没花费什么工夫，可谓"四两拨千斤"，名义上写了四年，其实仍是一年。[①]在人物上，他又把贾赦原型拆为贾赦、贾敬两人，把贾赦的原型由一家拆成两家，然后让贾敬沉迷修道、不住家中、不理家事，对他这个人只需一笔带过，虽然分作两人，其实等于未分，真可谓"虽写而实不用写"。[②]此处在空间上让薛家住在空旷无房的广场上，也是凭空添加出来的"拆分广场为居所"的幻笔。由于原本就是广场，所以丝毫不会改变原型的空间格局，再度收到"虽添而实未添"的绝妙效果。作者曹雪

① 见笔者《红楼时间人物谜案》第二章。
② 见笔者《红楼时间人物谜案》第三章、第三节、三。

芹构思之狡狯，令人叹为观止、拍案叫绝。

从与作者凭空"拆年、拆人"的手法完全相通来看，"王夫人院门口本无一间房的广场用来安排薛家定居"的判断，应当完全符合曹雪芹"假语存"的"假话、胡诌"的创作风格。

作者既然写了假话，我们便要按假话去分析，指出此薛家当有西侧的"腰门"或"角门"（暂定为是角门【H】）通府而常关，仅第26回薛蟠请宝玉赴宴时开过唯一一次；东南有大门【I】朝东开，通过"夹道"往南可通街；东北又有后门【R】朝东开，通大观园的"东南角门"【E】而入园，大门【I】与后门【R】间的夹道又有墙【J1】筑断以隔内外，腰门【F】与后门【R】间的夹道又有墙【I1】筑断以隔贾府与薛家。正因为有大门【I】走"夹道"【J】通府南大街，所以薛家名义上寄居府内，实则独门独户，与贾府便是两户人家而非一户人家。

今详考这一"薛姨妈家"如下：

（一）第26回表明薛蟠家在王夫人院门口：

（宝玉和黛玉在潇湘馆）正说着，只见袭人走来说道："快回去穿衣服，老爷叫你呢。"宝玉听了，不觉打了个焦雷的一般，也顾不得别的，疾忙回来【M】穿衣服。出园【F】来，只见茗烟在二门【O1】前等着，宝玉便问道："是作什么？"茗烟道："爷快出来罢，横竖是见去的，到那里就知道了。"一面说，一面催着宝玉转过大厅【P】，宝玉心里还自狐疑，只听墙角【Q】边一阵"呵呵"大笑，回头看时，见是薛蟠拍着手跳了出来，笑道："要不说姨夫叫你，你哪里出来的这么快！"茗烟也笑着跪下了。宝玉怔了半天，方解过来了，是薛蟠哄他出来。

薛蟠连忙打恭作揖陪不是，又求："不要难为了小子，都是我逼他去的。"宝玉也无法了，只好笑问道："你哄我也罢了，怎么说我父亲呢？我告诉姨娘去，评评这个理，可使得么？"薛蟠忙道："好兄弟，我原为求你快些出来，就忘了忌讳这句话。改日你也哄我，说我的父亲就完了。"宝玉道："嗳，嗳，越发该死了。"又向茗烟道："反叛爷的，还跪着作什么！"茗烟连忙叩头起来。……

一面说，一面来至他书房【A】里。只见詹光、程日兴、胡斯来、单聘仁①等并唱曲儿的都在这里，见他进来，请安的，问好的，都彼此见过了。吃了茶，薛蟠即命人摆酒来。

【解析】此条引文的价值在于证明薛家在"大厅"东。

此是薛蟠在自己书房内请客，叫茗烟找女仆告诉宝玉："贾政正在找他。"茗烟只会在宝玉书斋"绮霰斋"【P1】处的贾母院"二门"即垂花门【O1】叫女仆往内去找。茗烟不敢在"贾政王夫人院"二门【L1】处等，因为他是宝玉

---

① 四人谐音：沾光、真热心、无事来、善骗人。"无事来"就是没有事也来，也就是来混吃混喝的意思，也即"沾光"之意。这种人当然要一副热心面孔（"真热心"）才能骗到人（"善骗人"）。曹公笔底起的名字可谓诙谐幽默。

的人，不是贾政的人，不可以越岗。

宝玉于是回"怡红院"【M】换衣服。由怡红院出园来。他应当是由"沁芳亭桥"【H1】穿过大观园的中心湖"沁芳池"，走上湖北侧的大路，由"腰门"【F】至王夫人上房【D】背后的后廊，由东向西穿过"南北宽夹道"【K】，走"东西穿堂"【D1】，穿贾母院【B】来到该院的"二门"口【O1】，看到茗烟正在门前，于是过了"绮霰斋"【P1】，走贾母院东南侧的角门【Q1】（即第 3 回黛玉入贾母院时轿夫在"将转弯时便歇下退出去了"的"将转弯"处），来到中路的"二门"即"外仪门"口【O】。

宝玉当是认为贾政当在"外仪门"【O】门外的"外书房"【S】，所以先走到外仪门【O】处。这时茗烟引宝玉过此"外仪门"【O】，催他转过大厅（即"向南大厅"）【P】，可见贾政当在"小书房"【T】而非"外书房"【S】，因为外书房在"二门（外仪门）"【O】外的【S】，不必走上"向南大厅"【P】。

宝玉是自南向北而来，所谓"转过大厅"，当是往北走上台阶、登上大厅，不敢走大厅正中央，从厅内偏西一侧转着走过大厅，然后走下大厅台阶，前往贾政"梦坡斋"的小书房【T】。这时墙角处发出一阵"呵呵（即'哈哈'①）"大笑声，当是薛蟠躲在大厅外侧的东北墙角【Q】的东边，此时见宝玉过来，于是跳了出来。宝玉问明情况，和他一面说，一面来到薛家的书房【A】。

由此可知两点：一是薛蟠家（即薛姨妈家）的院子当在"向南大厅"【P】的东边（因为薛蟠躲在大厅的东北角【Q】②），二是薛蟠家（即薛姨妈家）的院子当在王夫人院南的广场上（因为"向南大厅"东为"贾赦院"和"贾政王夫人院"，贾赦院与荣国府不通，故"向南大厅"往东只能通往"王夫人院"院门口的广场）。从"向南大厅"【P】至"王夫人院"门前【L1】，走的是"荣禧堂"【F1】与"内仪门"【V】之间的那个庭院东北角的门【R1】。

我们之所以不把薛姨妈家安排在王夫人院门【L1】内，那是因为王夫人院子内的东部是"东小院"【U】，早已住下赵姨娘；从对称的角度来看，其西部很可能是"西小院"而由周姨娘居住，我们因此估计王夫人院子内安排不下薛姨妈家了。当然，周姨娘也可能和赵姨娘一同住在"东小院"，似乎薛家可以住在"西小院"。但王夫人院门【L1】内是贾府的内眷所住，不宜让外姓男子薛蟠居住，所以薛家当在王夫人院用来分隔内外的二门【L1】之外。

而且薛蟠的客人詹光、程日兴、胡斯来、单聘仁都是贾政门客，这些外人一般不允许进入内眷所住的"王夫人院"。由薛蟠请的这些客人来看，薛蟠家也应当安排在"王夫人院"的院门【L1】外为宜。这些人因为是贾政门客，自然可以从贾府大门【L】和"外仪门"【O】，由薛家通府之门【H】到薛家来赴宴；更有可能是从"宁、荣两府"间的"夹道"（图中黄色部分的【J】），从薛家大

---

① 古人"阿弥陀佛"既可念"阿"，又可念"阿房宫"的"阿"。故"呵"可以音"哈"。
② 原文作"墙角"，当是东北角，论证如下：大厅东西两肩有墙，宝玉从南来，大厅东西两肩之墙南侧的大厅东南角或西南角全都藏不住人，故知薛蟠躲的地方只可能是大厅东西两肩之墙北侧的大厅西北角或东北角。至于是西北角还是东北角？由于宝玉往贾政的小书房【T】要往东北方向走，所以薛蟠在他走的方向上迎着宝玉面笑出声、截住他的可能性为大，故知躲在东北角；当然躲在西北角，在宝玉脑后笑出声、截住他也是有可能的。

门【I】进来。即薛家通府之门【H】仅在宝玉寿日那天，为宝玉这个人开过唯一的一次；客人们由夹道【J】入薛家大门的可能性，远比他们由薛家通府之门【H】入薛家的可性来得更大。

如果薛蟠的新家设在府外，则其应当躲在大厅的西南角【W】或"外仪门"【O】处等宝玉为是，因为实在没有必要等宝玉绕到大厅之北才截住他。现在薛蟠是在宝玉转过大厅的大厅北侧等候宝玉，也说明往他家去的路得往东转过"大厅"。由于"向南大厅"的东西两肩有墙挡住，所以宝玉由大厅南侧步入大厅时，看不到薛蟠躲在大厅的东北角【Q】。

（二）薛家在贾府内的证据

●第48回证明薛家有自己的"仪门"，薛家出入大观园均要走"东南角门"而不走"腰门"（因为腰门与东南角门之间有墙隔断）：

　　　至次日，薛姨妈命人请了张德辉来，在书房中命薛蟠款待酒饭，自己在后廊下，隔着窗子，向里千言万语嘱托张德辉照管薛蟠。张德辉满口应承，吃过饭告辞，又回说："十四日是上好出行日期，大世兄即刻打点行李，雇下骡子，十四一早就长行了。"薛蟠喜之不尽，将此话告诉了薛姨妈。薛姨妈便和宝钗、香菱、并两个老年的嬷嬷，连日打点行装，派下薛蟠之乳父老苍头一名，当年谙事旧仆二名，外有薛蟠随身常使小厮二人，主仆一共六人，雇了三辆大车，单拉行李、使物，又雇了四个长行骡子。薛蟠自骑一匹家内养的铁青大走骡，外备一匹坐马。诸事完毕，薛姨妈、宝钗等连夜劝戒之言自不必备说。

　　　至十三日，薛蟠先去辞了他舅舅，然后过来辞了贾宅诸人。贾珍等未免又有饯行之说，也不必细述。至十四日一早，薛姨妈、宝钗等直同薛蟠出了仪门，母女两个，四只泪眼看他去了，方回来。

　　　薛姨妈上京带来的家人不过四五房，并两三个老嬷嬷小丫头，今跟了薛蟠一去，外面只剩了一两个男子。因此薛姨妈即日到书房【A】，将一应陈设玩器并帘慢等物尽行搬了进来收贮，命那两个跟去的男子之妻一并也进来睡觉。又命香菱将她屋里也收拾严紧："将门锁了，晚间和我去睡。"宝钗道："妈既有这些人作伴，不如叫菱姐姐和我作伴去。我们园里又空，夜长了，我每夜作活，越多一个人岂不越好？"

　　　薛姨妈听了，笑道："正是我忘了，原该叫她同你去才是。我前日还同你哥哥说，文杏又小，道三不着两，莺儿一个人不够伏侍的，还要买一个丫头来你使。"宝钗道："买的不知底里，倘或走了眼，花了钱小事，没的淘气。倒是慢慢的打听着，有知道来历的，买个还罢了。"一面说，一面命香菱收拾了衾褥妆奁，命一个老嬷嬷并臻儿送至蘅芜苑【X】去，然后宝钗和香菱才同回园中来。

　　　香菱道："我原要和奶奶说的，大爷去了，我和姑娘作伴儿去。又恐怕奶奶多心，说我贪着园里来顽；谁知你竟说了。"宝钗笑道："我知道你心里美慕这园子不是一日两日了，只是没个空儿。就每日来一趟，慌慌张张的，也没趣儿。所以趁着机会，越性住上一年，我也多个作伴的，你也遂了心。"香菱笑道："好姑娘，你趁着这个功夫，教给我作诗罢。"宝钗笑道："我说你'得陇望蜀'呢。我劝你今儿头一日进来，先出园东角门【E】，从老太太起【B】，各处各人你都瞧瞧，问候一声儿，也不必特意告诉她们说搬进园来。若有提起因由，你只带口说我带了你进来作伴儿就完了。回来进了园【F】，再到各姑娘房里走走。"

【解析】

上引文字中的第一小节"薛姨妈命人请了张德辉来，在书房中命薛蟠款待酒饭，自己在后廊下，隔着窗子，向里千言万语嘱托张德辉照管薛蟠"，之所以要隔着后窗交代，便是因为"男女授受不亲、男女有别"，这写出了大家族的礼节规范：女主内，男主外，所以女主人要在后窗下隔着窗户交代事务给男性外人。

上引文字中第二小节的画线部分："薛姨妈、宝钗等直同薛蟠出了仪门"，这不是贾府的"外仪门"【O】，因为薛家由夹道【J】往南通街，其家虽小，从图上来看，也有25米宽、30米深那么大，自成院落，其东南角当有朝"宁、荣二府"间小巷【J】开的大门【I】，大门内当设有仪门。

第26回薛蟠请的客人应当都从此大门【I】出入，而他请宝玉则是特地开西院墙上的通府之门【H】来迎接宝玉这位贵客。由于薛家与贾府是两家人而当避嫌，所以这扇门【H】平时出于避嫌，从来都不开启，书中只在第26回为宝玉寿日开过唯一一次（薛蟠请客其实是为宝玉祝寿，详见笔者《红楼时间人物谜案》第三章、第三节"一、宝玉生日及曹雪芹八字考"之"（三）"），此次薛蟠请宝玉赴宴不从府外走是全书唯一一次特例。（全书惯例是从薛家大门【I】入薛蟠家。）

何以见得薛家有通往贾府府内的内门【H】？那便是因为薛家原本就是贾府府内的一部分，焉能无路通府内？只不过划归薛家寄居后，薛家和贾家是两户人家，所以这门平时全都应当关锁以避嫌。

第74回抄捡大观园时，凤姐对王善保家的说："要抄检只抄检咱们家的人，薛大姑娘屋里断乎检抄不得的。"王善保家的笑道："这个自然。岂有抄起亲戚家来？"薛宝钗就住在贾府内的大观园"蘅芜苑"【X】，众人仍以两家看待而不敢混为一谈，可证薛姨妈家【A】虽然寄居在贾府内，仍当视为两家而各有大门出入，两家相通的内门【H】平时都当关锁以避嫌。

香菱随薛宝钗入了大观园。由于贾府为薛家后院开了专供宝钗出入"大观园"的角门【E】，所以薛家的人都不再从贾府诸姊妹所走的腰门【F】出入大观园了。而且此东南角门【E】本就专供薛家内眷行走，正如上文所说的贾薛两家当避嫌，所以此门与腰门【F】之间的此门北侧反倒也要用墙【J1】隔断，使得贾府之人走不到，于是这扇东南角门【E】便成了专供薛家内眷出入"大观园"之用。（所谓的薛家内眷，其实也就宝钗和香菱两人，薛姨妈一般也不大从这儿走。）

所以薛宝钗命香菱入园时，便命令她先从这"东南角门"【E】离开薛家【A】而入大观园（即离家入园），然后再走腰门【F】进入贾府（即由园入府——荣国府）给贾母【B】、王夫人【D】、凤姐【C】请安，然后再从腰门【F】入大观园，给园内的诸姐妹请安。

《红楼梦》前八十回称"腰门"【F】为"角门"，从来都不称"东角门"，可知此处薛宝钗叫香菱出入的"东角门"是自家后院出入大观园的"东南角门"【E】，而非"腰门"【F】。此门在薛家东北角落上，故名"东角门"；其在大观园的西南角落，在王夫人院东南角落上，又在王夫人院入"大观园"的东角门（腰门）之南（据图右上角所标的方向标来看，实为东南、而非西南），故名"东南角门"，所谓的"东"都是从府向园而言。

之所以香菱给府内贾母、王夫人、凤姐请安要走东南角门【E】入园再入府，而不由薛家大门【I】和贾府大门【L】出入，原因便在于香菱是女眷，不能抛头露面。换句话说，女眷从两家大门【I】【L】出入要坐车，过于麻烦。

第18回薛家住在梨香院【M1】时，有内眷走的夹道【J】通王夫人院【D】而可以入府，香菱还能时常到贾府来走动。而第18回后薛家搬到现在的【A】处后，进府这么麻烦，可以想见，香菱应当不大会到府内来走动了。

而走东角门【E】入园后再入府的路线，比走大门【I】【L】短了很多，而且又不用走到大门【I】【L】外来抛头露面，的确是条好路径。但上文宝钗对香菱说："我知道你心里羡慕这园子不是一日两日了，只是没个空儿。就每日来一趟，慌慌张张的，也没趣儿。"可见香菱比较识趣，每天来大观园时，也就到宝钗的蘅芜苑【X】请一次安，便忙着回薛家干活侍候薛姨妈了。虽然每天都能入大观园，但实际上每次都因家中有事而不可能游玩，更加不可能由园入府，时常从大观园腰门【F】到荣国府来给贾母【B】、王夫人【D】、凤姐【C】请安了。

（三）薛家通大观园的"东南角门"考

●第59回贾府将大观园诸门封锁，只留"内院"王夫人院处的"角门"（即"腰门"）与薛姨妈家那儿的"东角门"这两处角门不封锁，证明薛姨妈家是在府中的"内院"而非府中的"外庭"，更非府外：

临日，贾母带着蓉妻坐一乘驮轿，王夫人在后亦坐一乘驮轿，贾珍骑马率了众家丁护卫。又有几辆大车与婆子丫鬟等坐，并放些随换的衣包等件。是日薛姨妈、尤氏率领诸人，直送至大门【L】外方回。贾琏恐路上不便，一面打发了他父母起身，赶上贾母、王夫人驮轿，自己也随后带领家丁押后跟来。

荣府内赖大添派人丁上夜，将两处厅院都关了，一应出入人等，皆走西边小角门【Y】。日落时，便命关了仪门【O】，不放人出入。园中前【N】、后【Z】、东【A1】、西角门【B1】亦皆关锁，只留王夫人大房【D】之后常系他姊妹出入之门【F】，<u>东边通薛姨妈的角门【E】</u>，这两门因在内院，

<u>不必关锁</u>。里面鸳鸯和玉钏儿，也各将上房【B】【D】关了，自领丫鬟婆子下房去安歇。每日林之孝之妻进来，带领十来个婆子上夜，穿堂【C1】【D1】内又添了许多小厮们坐更打梆子，已安插得十分妥当。

【解析】

贾母、王夫人等一干家长为了给老太妃送灵、守灵，而要离开贾府很长一段时间，所以管家赖大便加派人手巡夜，把西路"贾母院"【B】和东路"王夫人院"【D】两处主子不在的院落的大门、小门全都给关闭，不得通行。所有人出入贾府都要走正门旁的西角门【Y】出入；太阳一落山，便把中路的"外仪门"（即所谓的"二门"）【O】关好。

大观园共有六个门，其中四个通外庭的门都要关闭，其为：

①前门【N】，即正南大门，出此门往西，从西角门"聚锦门"【B1】门前往南走到【S1】处、拐弯向西到【T1】，通荣府的"外仪门"【O】；出此大观园南大门【N】往东，可以从"东角门"【A1】对面"宁国府"墙上后来加开的便门入宁国府内院的"天香楼"下。

②后门【Z】，实为"后角门"。既然是角门，便不在正中，当在西北角，本书"第三章、第六节、九、（三）"有详考。其通府北的大街。

③东角门【A1】，当即大观园南大门【N】东侧的角门。其对面"宁国府"墙上后来增开小门进入宁国府，此小门便是第71回贾母"八十大寿"时专为宁国府所开，本书"第三章、第六节、九、（五）"有详考。

④西角门【B1】，即"聚锦门"，当即大观园南大门【N】西侧的角门，往南到【S1】处拐弯，然后一直向西到【T1】，通荣府的外仪门【O】。

另外两个角门因通内院、不通外庭，所以可以开着（即书中所谓的"这两门因在内院，不必关锁"），这两个角门一是⑤王夫人上房【D】后、供贾宝玉及其姊妹出入的"腰门"，也即王夫人院东北角通大观园的"角门"【F】。二是⑥薛姨妈家【A】后院通大观园的角门【E】。这两道门【F】【E】深处内院，其南的夹道又分别有两堵墙【I1】【J1】来分别和薛家、和府外的大街"宁荣街"相隔绝，所以不必关锁。

由此也可证明：薛姨妈家处于贾府内院。其院实在"王夫人院"门口广场的东半，虽有门【I】通过"宁、荣二府"间的夹道【J】通府南大街（宁荣街），但薛家在此设有看门人，肯定不会让外人进入，大门【I】内又设有"二门"隔绝内外，在"二门"以内的薛家出入大观园的东南角门【E】，便更加可以称作"内院"了。

此节文字又交代贾母房中的鸳鸯、王夫人房中的玉钏儿都各自将贾母与王夫人住的上房【B】【D】关锁，领着丫鬟和婆子们住在院中的下房。府内每天派十几个老妈妈巡夜，贾母上房南北两侧的两个"东西穿堂"【C1】【D1】内，又比以前加派了多名小厮坐更、打梆子，早已安排得十分妥当。

● 第 62 回言明 "东南角门" 并非薛家一家可走，证明薛家实在贾府内：

  谁知薛蝌又送了巾、扇、香、帕四色寿礼与宝玉，宝玉于是过去陪他吃面。两家皆治了寿酒，互相酬送，彼此同领。至午间，宝玉又陪薛蝌吃了两杯酒。宝钗带了宝琴过来与薛蝌行礼，把盏毕，宝钗因嘱薛蝌："家里的酒也不用送过那边去，这虚套竟可收了。你只请伙计们吃罢。我们和宝兄弟进去还要待人①去呢，也不能陪你了。" 薛蝌忙说："姐姐、兄弟只管请，只怕伙计们也就好来了。" 宝玉忙又告过罪，方同他姊妹回来。

  <u>一进角门</u>【E】，宝钗便命婆子将门锁上，把钥匙要了自己拿着。宝玉忙说："这一道门何必关？<u>又没多的人走</u>。况且姨娘、姐姐、妹妹都在里头，倘或家去取什么，岂不费事？" 宝钗笑道："小心没过逾的。你瞧你们那边，这几日七事八事，竟没有我们这边的人，可知是这门关的有功效了。若是开着，<u>保不住那起人</u>②图顺脚，抄近路从这里走，拦谁的是？不如锁了，连妈和我也禁着些，大家别走。纵有了事，就赖不着这边的人了。"

  宝玉笑道："原来姐姐也知道我们那边近日丢了东西？" 宝钗笑道："你只知道玫瑰露和茯苓霜两件，乃因人而及物；若非因人，你连这两件还不知道呢。殊不知，还有几件比这两件大的呢：若以后叨登不出来，是大家的造化；若叨登出来，不知里头连累多少人呢。你也是不管事的人，我才告诉你。平儿是个明白人，我前儿也告诉了她，皆因她奶奶不在外头，所以使她明白了。若不出来，大家乐得丢开手；若犯出来，她心里已有稿子，自有头绪，就冤屈不着平人了。你只听我说，以后留神小心就是了，这话也不可对第二个人讲。"

  说着，来到沁芳亭【H1】边，只见袭人、香菱、待书、素云、晴雯、麝月、芳官、蕊官、藕官等十来个人都在那里看鱼作耍。

【解析】

  其言贾宝玉向薛蝌告辞，与薛宝钗、薛宝琴一同离开薛家【A】入了大观园，走的自然就是薛家通大观园的 "东南角门"【E】。一进角门，宝钗便命人把门锁上，又把钥匙拿过来亲自看管。宝玉说："这道门何必关？又没有什么人走。（上文已言其为内院，无外人出入。）况且薛姨妈、宝钗姐姐、宝琴妹妹你们在园中万一要回家来拿东西，开了关、关了开，岂非麻烦？"

  请注意宝玉用的是 "又没多的人走"，而非 "又没人走"，"多的" 两字意为 "更多的"，可见这门还是有薛家以外的贾府中人能走到。故下文宝钗也说："保不住那起人图顺脚"，她说的是 "那起人" 而非 "自家人"，更可印证宝玉口中所说的 "此门薛家以外的贾府中人也会走到"。

  宝钗说："保不住那起人图顺脚，抄近路从这里走，拦谁的是？" 若是自己薛家人，完全有理由禁住、拦住不让走；而贾府的人由此走，薛家焉能拦住不让他们走？毕竟这儿是贾府之地，贾府人走贾府之地乃天经地义。由 "拦谁的

---

① 待人，招待好友。
② 当指薛家以外的贾府中人会走到，因为下有 "拦谁的是" ——薛家人显然拦得住薛家人，拦不住的自然就是薛家以外的贾府中人了。

是",也可证明走这儿的"那起人"肯定不是薛家之人,应当是贾府中人也可以走到此门。下引第78回的画线部分更加证明了这一点。

这就说明:①薛家绝对住在贾府内而非贾府外,即:薛家并非住在贾府外、而此角门仅供薛家一家人出入,薛家应当就住在贾府诸人当中。②此角门不光通薛家后院,同时又通贾府的某些地方,即:此角门绝对没有封闭在薛家院内,而是有路可以通往贾府的其他地方。从图上来看,此门所开的"大观园"西墙与"薛家院"东墙之间有条夹道【J】,此门、此夹道当有路通往贾府的其它地方。

第8回宝玉探望"梨香院"生病的宝钗时,特意不走腰门【F】入院("若从上房【D】后角门【F】过去,又恐遇见别事缠绕,再或可巧遇见他父亲"),宝玉走的正是王夫人院门【L1】前走廊东尽头那扇通往"宁、荣两府间小巷【J】"的门【K1】,然后入此小巷夹道【J】前往"梨香院"。薛家现在所住之处【A】乃旧有之屋而不是新造出来之屋(即第8回宝玉走时,【A】处的庭院便已存在),则此走廊东尽头的门【K1】此时当仍然存在。此门【K1】正对着"东南角门"【E】,所以贾府之人通过【K1】仍能走到"东南角门"【E】,因此宝钗要加以防范。

而且宝钗也无法保证自家就肯定没有那种"不怀好意"的人走此门入园。所以宝钗"若是开着,保不住那起人图顺脚,抄近路从这里走,拦谁的是",说的便是贾府之人从【K1】之门走此门【E】入园;而"不如锁了,连妈和我也禁着些,大家别走。纵有了事,就赖不着这边的人了",则是说薛家之人也不可以随便由此门【E】入园了;而"你瞧你们那边,这几日七事八事,竟没有我们这边的人,可知是这门关的有功效了",则是说此门严加禁闭后,薛家即便有人心怀不轨,也不可能得逞了。

又上引这番宝钗对宝玉说的话,估计两三分钟便可说完。据图来看,从东南角门【E】到沁芳亭(即湖心之亭)【H1】很近,不过百来米路,的确是这样"说着"便可到达。

●第78回王夫人询问:"薛宝钗为何由大观园搬回薛姨妈处住?"宝钗说:"东南角门会有他人出入,趁现在搬出园子,正可永远关闭":

> 王夫人听了这话不错,自己遂低头想了一想,便命人请了宝钗来分晰前日的事以解她疑心①,又仍命她进来照旧居住。宝钗陪笑道:"我原要早出去的,只是姨娘有许多的大事,所以不便来说。可巧前日妈又不好了,家里两个靠得的女人也病着,我所以趁便出去了。姨娘今日既已知道了,我正好明讲出情理来,就从今日辞了好搬东西的。"王夫人、凤姐都笑着:"你太固执了。正经再搬进来为是,休为没要紧的事反疏远了亲戚。"
>
> 宝钗笑道:"这话说的太不解了,并没为什么事我出去。我为的是妈近

---

① 指第74回查抄大观园时,因宝钗是客而有意不查抄,宝钗便知趣地离开大观园。

来神思比先大减，而且夜间晚上没有得靠的人，通共只我一个。二则如今我哥哥眼看要娶嫂子，多少针线活计并家里一切动用的器皿，尚有未齐备的，我也须得帮着妈去料理料理。姨妈和凤姐姐都知道我们家的事，不是我撒谎。三则自我在园里，东南上小角门子【E】就常开着，原是为我走的，保不住出入的人就图省路也从那里走，又没人盘查，设若从那里生出一件事来，岂不两碍脸面？而且我进园里来住，原不是什么大事，因前几年年纪皆小，且家里没事，有在外头的，不如进来姊妹相共，或作针线，或顽笑，皆比在外头闷坐着好；如今彼此都大了，也彼此皆有事。况姨娘这边历年皆遇不遂心的事故，那园子也太大，一时照顾不到，皆有关系；惟有少几个人，就可以少操些心。所以今日不但我致意辞去之外，还要劝姨娘如今该减些的就减些，也不为失了大家的体统。据我看，园里这一项费用也竟可以免的，说不得当日的话。姨娘深知我家的，难道我们当日也是这样冷落不成？"

　　凤姐听了这篇话，便向王夫人笑道："这话竟是。不必强了。"王夫人点头道："我也无可回答，只好随你便罢了。"

【解析】

薛宝钗称自己薛家通大观园的角门为"东南上小角门子"【E】，即东南方向上的小角门，显然是从府内的王夫人上房处来看，此门在王夫人上房【D】的东南方向上。这显然不是从大观园来看的，因为从大观园来看的话，此门是园子西南角的门。

上引画线部分则言明，除了薛家人可以走外，贾府之人也会从此门【E】入园。

● **后四十回之第 91 回宝玉向黛玉解释自己为何没去看望生病的宝钗，是因为"东南角门"关了，从前面走会惹人闲话：**

　　宝玉道："当真的，老太太不叫我去，太太也不叫去，老爷又不叫去，我如何敢去？若是像从前这扇小门【E】走得通的时候，要我一天瞧她十趟也不难，如今把门堵了，要打前头过去，自然不便了。"黛玉道："她哪里知道这个原故？"

【解析】

所说的那堵了的"小门儿"显然就是上文第 78 回宝钗主动要求关闭的"东南上小角门子"【E】。所以这段文字宝玉是说："到薛家去，如果不走'东南角门'【E】的话，就得从前面（指薛家大门【I】）走。"

薛家是从贾府划出一块来住的，肯定有通贾府的内门【H】，但全书仅第 26 回薛蟠为宝玉生日开过唯一一次，可证此门平时都关锁住，这是因为薛家与贾家是应当避嫌的两家人的缘故，宝玉断然没有人家不主动开门而去叫门的道理。所以宝玉上薛家得走贾府大门【L】之外，从"宁、荣二府"间的小巷【J】入薛家大门【I】，这肯定要骑马、上车，非常麻烦。而且宝玉是公众人物，进出大门【L】【I】人多眼杂，薛宝钗家又没个男人在家（指其哥哥薛蟠不在家），所以宝玉不便前去打扰。

而走腰门【F】南侧的夹道【J】，则有墙【J1】隔断而不通。从王夫人院门【L1】东侧走廊东尽头的【K1】走固然可以，但王夫人院门外一般人也都能走到，又有贾政的"里书房"【T】和"账房"【T′】在，同样人多眼杂。薛宝钗家又没什么男人在家，所以宝玉走【K1】入"夹道"，由薛家后门【R】进出薛家，被人看到更为不雅，显然会有"私通"的嫌疑。

此是宝玉向黛玉解释自己为何不去探望生了病的宝钗，其原因便是"东南角门"【E】关了，从前面走会惹人闲话。这就与第 78 回宝钗建议自己搬出大观园后，将"东南角门"【E】封闭完全吻合，这是后四十回在不为人注意的细节方面居然和前八十回完全吻合的一个例子，证明后四十回是曹雪芹原稿。★★★

●后四十回之第 97 回给宝钗下聘时，为了骗宝玉是给大观园中的黛玉下聘，所以要特意入大观园，走"东南角门"到薛家后门下聘：

　　次日，贾琏过来见了薛姨妈，请了安，便说："明日就是上好的日子。今日过来回姨太太，就是明日过礼罢。只求姨太太不要挑饬就是了。"说着，捧过通书①来。薛姨妈也谦逊了几句，点头应允。贾琏赶着回去，回明贾政。贾政便道："你回老太太说：既不叫亲友们知道，诸事宁可简便些。若是东西上，请老太太瞧了就是了，不必告诉我。"贾琏答应，进内将话回明贾母。

　　这里王夫人叫了凤姐，命人将过礼②的物件都送与贾母过目，并叫袭人告诉宝玉。那宝玉又嘻嘻的笑道："<u>这里送到园里，回来园里又送到这里，咱们的人送，咱们的人收，何苦来呢？</u>"贾母、王夫人听了，都喜欢道："说他糊涂，他今日怎么这么明白呢？"鸳鸯等忍不住好笑，只得上来一件一件的点明给贾母瞧，说："这是金项圈，这是金珠首饰，共八十件。这是妆蟒四十四。这是各色绸缎一百二十匹。这是四季的衣服，共一百二十件。外面也没有预备羊酒，这是折羊酒的银子。"贾母看了都说好，轻轻的与凤姐说道："你去告诉姨太太说：不是虚礼，求姨太太等蟠儿出来，慢慢的叫人给他妹妹做来就是了。那好日子的被褥，还是咱们这里代办了罢。"

　　凤姐答应了出来，叫贾琏先过去③。又叫周瑞、旺儿等，吩咐他们："<u>不必走大门【L】，只从园里从前开的便门【E】内送去。</u>我也就过去。这门离潇湘馆【E1】还远，倘别处的人见了，嘱咐她们不用在潇湘馆里提起。"众人答应着，送礼而去。

　　宝玉认以为真，心里大乐，精神便觉的好些，只是语言总有些疯傻。那过礼的回来，都不提名说姓，因此上下人等虽都知道，只因凤姐吩咐，都不敢走漏风声。

---

① 通书，用来通知女方结婚确切日期的文书。
② 过礼，即送彩礼。
③ 这是叫贾琏从贾府大门【L】走薛家大门【I】。

【解析】

后四十回的第 96 回王熙凤想到了"掉包计"，即对外宣称宝玉娶的是宝钗，只在宝玉一个人面前说是娶林黛玉，最后成亲时实际上仍让他娶薛宝钗，这时"贾母笑道：'这么着也好，可就只忒苦了宝丫头了。倘或吵嚷出来，林丫头又怎么样呢？'凤姐道：'这个话，原只说给宝玉听，外头一概不许提起，有谁知道呢？'"

薛宝钗与林黛玉虽然都是投靠贾府，其实有别，因为作者在第 4 回薛宝钗投靠贾府时，便让薛姨妈对王夫人说清楚了："一应日费供给一概免却①，方是处常之法。"甲戌本有侧批："作者题清，犹恐看官误认今之靠亲投友者一例。"写明薛家不算投靠亲友，其自有一大家子人，属于暂居贾府，不算贾府中人。而黛玉只身一人投靠贾府，一切开销全都由贾府供应，所以属于贾府中人。

正因为此，上文"（二）"引第 74 回"抄捡大观园"时，凤姐对王善保家的说："要抄检只抄检咱们家的人，薛大姑娘屋里断乎检抄不得的。"王善保家的笑道："这个自然。岂有抄起亲戚家来？"而下来便是抄林黛玉的"潇湘馆"，可证薛家不属于贾府中人，而黛玉属于贾府中人。

宝玉说："这里送到园里，回来园里又送到这里，咱们的人送，咱们的人收，何苦来呢？"这便是在说：宝玉早已在心目中认定自己娶的是本府中人林黛玉，而不是贾府以外的薛宝钗。所以下文贾母、王夫人都要称赞宝玉："说他糊涂，他今日怎么这么明白呢？"而鸳鸯等人知道宝玉上当受骗、蒙在鼓里，所以她们的反应是"鸳鸯等忍不住好笑"。

王熙凤为了不让宝玉疑心，所以得按宝玉说的，送到园子里去（"这里送到园里"），于是嘱托送聘礼的人千万不要走大门【L】，而由宁荣二府间的小巷【J】处的腰门【F】入大观园，走大观园的东南角门【E】入薛家后门【R】。她说："不必走大门【L】，只从园里从前开的便门【E】内送去"，所谓的"便门"，便是薛家后门口【R】开的通往大观园的"东南上小角门子【E】"（上引第 78 回宝钗语）。凤姐是在命令送聘礼的人不要走贾府大门【L】入薛家大门【I】，而要走薛家后门【R】，为的是不让更多的人知道他们向薛家下聘礼，只有王夫人房、贾母房这些最亲近的人知晓便可，以免人多口杂，把消息传到宝玉或黛玉耳中。而且从园中下聘，也给宝玉制造出"向住在园中的林黛玉下聘"的错觉来。所以宝玉看到王熙凤真的叫人往园里送彩礼，便真以为是在为他娶园子里的林黛玉，所以"认以为真，心里大乐，精神便觉的好些"。

当然，从大观园内走，便有可能让黛玉看到或听到，所以王熙凤又说："这门离潇湘馆【E1】还远"，言下意：即便黛玉或黛玉房中的丫环正好在门外眺望，也未必看得见；所以这批送彩礼的人进入大观园"腰门"【F】后，应当不走湖北的大路从"潇湘馆"【E1】门前经过，而当是沿着大观园的西围墙一直往南走，因为大观园中有四通八达的小路，下聘当走此捷径以避开潇湘馆。

王熙凤又说："倘或园内的其他人看到了，告诉她们不要和潇湘馆【E1】

---

① 即所有的日常开销和供应全都自己来，只是住一下贾府的房子而已。

里的人说。"总之，不走薛家前门【I】是为了不让更多的下人知道内情，以免传入宝玉耳中；但走大观园【F】，又会让大观园中的人知道而传入黛玉耳中。好在黛玉房【E1】离得远，看不到；至于黛玉房以外的人看到，便嘱咐她们瞒着黛玉房中的人就是了。因此，即便从园内走，也完全可以做到让黛玉房中的人不知情；而且还能让宝玉误会是真的入园向林黛玉下聘。因为宝玉曾经说过：黛玉就在我们家的园子里，"这里送到园里，回来园里又送到这里，咱们的人送，咱们的人收，何苦来呢？"意思是不要行虚礼了，直接成亲就行，因为他早已知道黛玉心中不要这份虚礼，只要我娶她就行。为了不让宝玉疑心，所以下聘时一定要到园子里走一走，为的就是要给他制造出"娶园中林黛玉"的假象来。

当然出于礼貌和吉利的需要，下聘仍是要从大门入的。所以凤姐便事先"叫贾琏先过去"，这便是叫贾琏从贾府大门【L】入薛家大门【I】。即由贾琏一个人从薛家大门入薛家，以此来代表整个下聘是从大门下的，从而取个吉兆。其实下聘的东西却是从薛家后门【R】送到，然后从后门走到厅上，这时贾琏已经站在薛家大厅上了，然后由贾琏把送来的东西一一放在薛姨妈面前，表示下聘仍然是从大门入的。

第78回贾府按宝钗建议，在她搬出大观园后，便把大观园的"东南角门"封锁关闭了。本回"从前开的便门"这六个字，居然与这个一般人都不大会注意的细节相吻合，这也是后四十回与前八十回乃同一个人所作的例证。★★★

不从薛家大门下聘，从其家后门下聘，似乎可以从夹道【J】走到薛家后门【R】或大门【I】，而不用进入大观园的腰门【F】。但我们已明确指出此夹道当有墙【J1】【I1】隔断，所以走不通，必须要从大观园中绕到薛家后门【R】（而且还是只能走到薛家后门【R】而非前门【I】）。

第98回宝玉在"荣禧堂"后身的房子【G1】内成亲后，便住在这新房（指新婚之房，其实房子是旧的）中，"回九"时宝钗建议："我看宝玉竟是魂不守舍，起动是不怕的。用两乘小轿，叫人扶着，从园里过去，应了'回九'的吉期。"这也是因为宝玉疯傻，如果从大门【L】出入，会让外人知道，对自己和宝玉的影响都不好，所以还是从园子里，走薛家后门【R】出入为宜。（即从荣府由腰门【F】进入大观园，再由东南角门【E】出大观园而入薛家后门【R】。）

宝钗婚事的"下聘"与"回九"皆从后门出入，皆非吉兆，伏其婚姻之凶。

（四）薛家有大门直通贾府外，宝钗出嫁走大门出入
● 后四十回之第97回宝钗出嫁时，当从薛家大门入贾府大门：

> 这里宝玉便叫袭人快快给他装新[①]，坐在王夫人屋里。看见凤姐、尤氏忙忙碌碌，再盼不到吉时，只管问袭人道："林妹妹打园里来，为什么这么费事，还不来？"袭人忍着笑道："等好时辰就来！"又听见凤姐和王夫人说道："虽然有服，外头不用鼓乐，咱们南边规矩要拜堂的，冷清清使不的。我传了家内学过音乐、管过戏子的那些女人来吹打，热闹些。"王夫人点头

---

① 装新，穿戴结婚时的礼服和饰物。此指宝玉迫不及待地要与黛玉成亲。

说:"使得。"

一时,大轿从大门【L】进来,家里细乐迎出去,十二对宫灯排着进来,倒也新鲜雅致。傧相请了新人出轿,宝玉见新人幪着盖头。喜娘披着红,扶着。下首扶新人的你道是谁?原来就是雪雁!宝玉看见雪雁,犹想:"因何紫鹃不来,倒是她呢?"又想道:"是了,雪雁原是她南边家里带来的,紫鹃仍是我们家的,自然不必带来。"因此,见了雪雁竟如见了黛玉的一般欢喜。傧相赞礼,拜了天地。请出贾母受了四拜,后请贾政夫妇登堂,行礼毕,送入洞房。还有坐床撒帐等事,俱是按金陵旧例。贾政原为贾母作主,不敢违拗,不信"冲喜"之说;哪知今日宝玉居然像个好人一般,贾政见了,倒也喜欢。

【解析】

此是薛宝钗出嫁时的情景,她应当是从贾府大门【L】抬入,到"荣禧堂"【F1】后的庭院【G1】成亲,见第96回:贾政"惟将荣禧堂【F1】后身王夫人内屋【D】旁边一大跨所【G1】二十余间房屋指与宝玉,余者一概不管。"

宝钗当是从自己家【A】的大门【I】,由"宁、荣二府"间的小巷【J】出来,走上府南大街"宁荣街",进入贾府大门【L】。薛家有门通贾府外面的大街而独门独户。

● **后四十回之第85回贾政升官宴上,薛家人来报薛蟠犯人命案被抓,其价值在于言明薛姨妈出入贾府当坐车:**

众人正在高兴时,忽见薛家的人满头汗闯进来,向薛蝌说道:"二爷快回去!并里头回明太太也请速回去!家中有要事。"薛蝌道:"什么事?"家人道:"家去说罢。"薛蝌也不及告辞就走了。薛姨妈见里头丫头传进话去,更骇得面如土色,即忙起身,带着宝琴,别了一声,即刻上车回去了,弄得内外愕然。贾母道:"咱们这里打发人跟过去听听,到底是什么事,大家都关切的①。"众人答应了个"是"。……宝钗在帘内说道:"妈妈,使不得。这些事越给钱越闹的凶,倒是刚才小厮说的话是。"……

正闹着,只见贾府中王夫人早打发大丫头过来打听来了。宝钗虽心知自己是贾府的人了,一则尚未提明,二则事急之时,只得向那大丫头道:"此时事情头尾尚未明白,就只听见说我哥哥在外头打死了人,被县里拿了去了,也不知怎么定罪呢。刚才二爷才去打听去了。一半日得了准信,赶着就给那边太太送信去。你先回去道谢太太惦记着,底下我们还有多少仰仗那边爷们的地方呢。"那丫头答应着去了。

【解析】

所言"宝钗虽心知自己是贾府的人了"是指:由于宝钗是贾府之人了,所以下面那番家丑其实可以暗中向王夫人汇报,但宝钗仍选择公事公办,就像外面亲戚有了不好事情要由下人往上禀告那样,宝钗也不想通过自己本人来私下

---

① 指大家都在关心薛家的事,所以叫人跟过去打听一下。

里向贾府透露此事，于是宝钗选择向贾府的大丫环公开，由她上禀贾母和王夫人。

由上述记载的画线部分可知，薛家出入贾府当坐车从前门【L】【I】走。正如第 3 回邢夫人带黛玉回"贾赦院"【G】见贾赦需要坐车，第 24 回宝玉往"贾赦院"【G】探望生病的贾赦需要骑马，第 75 回尤氏往来宁、荣二府之间时需要坐车，薛家位于"贾赦院"与"宁国府"之间，其出入自然也当坐车；倒不是因为远，一是因为要走大门外的脏地，所以要用车马来代步；二是因为走上了府外的大街，作为内眷，应当坐在车中，以免被外人窥视到。

在没看到"江宁行宫图"之前，脂批以后的批者便很难搞清楚薛家究竟是在贾府内还是在贾府外的空间关系，所以这回回末陈其泰批："薛姨妈与宝钗、宝琴日至贾府，从无坐车来往之时。此回忽若隔如两宅，必须坐车，是何时堵断门户，并不叙明，殊欠周匝。〇堵断门户，须要说出个缘故来，否则殊无情理。〇既堵断门户矣，何以小丫头、大丫头又来往自如耶？岂有丫头可出大门行走之理？"①今对其驳难作答如下：

薛家虽然寄居在贾府之内，但却有路通府外大街而独门独户。

薛家从贾府回自己家时，如果从自己家前门【I】走的话，必须得由贾府大门【L】出入。而从贾府大门出入时，内眷便应当坐车以避嫌疑，以免被外人偷窥。

薛家后门口【R】又有通大观园的"东南角门"【E】，供宝钗、香菱等薛家内眷出入大观园之用。这就意味着：薛姨妈、薛宝琴等内眷从贾府回自己家时，如果从自己家后门走的话，便可以不出贾府的大门，走府内的内院入大观园的腰门【F】，沿大观园西墙根之路，出大观园的东南角门【E】而到自己家的后门口【R】。

但上文已言：早在第 78 回时，宝钗便已主动搬出大观园，在她的竭力主张下，大观园通往薛家的东南角门【E】早已关闭，所以此次薛姨妈、薛宝琴便不可能再走上述府内入园之路回自己家的后门【R】了，而只能从贾府大门走自己家的前门【I】回了，这时便要坐车来往。至于贾母派丫头来询问，肯定也同薛姨妈、薛宝琴一样，是坐车从贾府与薛家大门【L】【I】出入；丫头坐在车上便能不让外人窥见，从而可以出贾府大门到薛家来走动。陈其泰怀疑大小丫头一定不可以出贾府大门行走，这是没有道理的。

因此，上引后四十回的一系列描写，丝毫没有违背《红楼梦》前八十回的空间，也丝毫不违背曹雪芹的原意，更没有违背我们找到的曹雪芹家"江宁织造府"图的镜像。后四十回胆敢如此写，让所有人都感到意外（陈其泰之批便可为证），却与《红楼梦》的空间图——"江宁织造府"镜像图——相合，证明这绝对不是曹家以外的人所能写出，当即作者本人曹雪芹所写。★★

陈其泰又批："宝琴为老太太认作干孙女儿，故住在老太太房内。前文不曾

_____

① 《桐花凤阁评〈红楼梦〉辑录》第 252 页。

说何时搬回去，此回忽云薛姨妈带了宝琴上车回去，亦不合。"①此不足疑，因为薛家寄居在贾府的家是个大宅院【A】，自然有房舍可供宝琴居住，宝琴随时可以从贾母房【B】回薛家【A】来居住；这不是大情节而是小细节，作者不加交代算不上什么过错。

第105回抄家时薛蝌前来报信："只见薛蝌气嘘嘘的跑进来说：'好容易进来了！姨父在哪里？'贾政道：'来的好，但是外头怎么放进来的？'薛蝌道：'我再三央说，又许他们钱，所以我才能够出入的。'"薛家虽然寄居贾府，似乎当在贾府之内，不当置身于贾府之外；而此第105回之文，薛家似乎置身在贾府之外，而与薛家寄居在贾府之内相矛盾。

其实上已言明：薛家有路通府外，而且与府相通的内门【H】一直封闭，所以薛家与贾府其实是分开来的"独门独院"的两家人；正因为此，薛蝌要买通抄家者才能入府。一般人都知道薛家就寄居在贾府内，肯定不会在后四十回中写出"薛家反能置身在贾府之外而不为抄家所波及，薛家之人入贾府时还得买通抄家人"的话出来；今本后四十回胆敢说出这种话来的，也只有原作者曹雪芹本人才写得出！ ★★

第26回薛蟠请宝玉吃酒，"一面说，一面来至他（薛蟠）书房"，显然两人并未上车，也未出大门，而就在贾府之内，而且还是在"向南大厅"【P】附近。这就表明薛蟠家在"王夫人院"门口【L1】，薛家与贾府原本就有相通的内门【H】可以开启，但全书仅开过这唯一的一次。正因为此门【H】永远不开，所以薛家与贾府便可视作两家，而抄家时未予波及。

● 后四十回之第103回夏金桂想毒死香菱，结果鬼使神差，反倒是自己喝了那碗毒汤死了，其母前来奔丧，由"宁荣街"直入薛家大门：

> 金桂的母亲听见了，更哭喊起来，说："好端端的女孩儿在他家，为什么服了毒呢！"哭着、喊着的，带了儿子，也等不得雇车，便要走来。那夏家本是买卖人家，如今没了钱，哪顾什么脸面？儿子头里走，她跟了一个破老婆子出了门，在街上啼啼哭哭的雇了一辆破车，便跑到薛家【A】。进门【I】也不搭话，就"儿"一声、"肉"一声的要讨人命。

【解析】

薛家有大门【I】通府外，可以"自立门户"，所以夏金桂的母亲当由"宁荣街"，经"宁、荣二府"间小巷【J】来薛家大门【I】。

后四十回的第91回写夏金桂的过继兄弟夏三来看她，"从此夏三往来不绝。虽有个年老的门上人，知是舅爷，也不常回。从此生出无限风波，这是后话，不表。"可见薛家大门【I】还设有看门之人。

后四十回的第103回还提到夏三与夏金桂两人相互勾搭但尚未成奸、遂愿："无奈她这一干兄弟又是个蠢货，虽也有些知觉，只是尚未入港，所以金桂时

---

① 《桐花凤阁评〈红楼梦〉辑录》第252页。

常回去，也帮贴他些银钱。"

（五）薛家与贾府一墙之隔而由大门出入

薛家虽然"独门独户"，但却与贾府仅有一墙之隔而"貌似一家"；同时，两家虽然靠近，但却又要通过大门"常来常往"，而不走后门"亲同一家"。

后四十回的第 83 回夏金桂在家哭闹时，薛家"母女同至金桂房门口，听见里头正还嚷哭不止。薛姨妈道：'你们是怎么着，又这样家翻宅乱起来？这还像个人家儿吗？矮墙浅屋的，难道都不怕亲戚们听见笑话了么？'"可证薛家寄居在贾府内，一墙之隔便能让贾府听到这边的动静。这与图中所绘正相吻合。

全书薛家人中唯有宝钗、香菱可以由薛家后门【R】处的东南角门【E】出入大观园，其余人（包括薛姨妈）基本上都由前门【I】和贾府大门【L】出入贾府。

第 28 回宝玉对王夫人说："宝姐姐先在家里住着，那薛大哥哥的事，她也不知道，何况如今在里头住着呢，自然是越发不知道了。"此是言宝钗住在大观园中的蘅芜苑【X】很少回家，所以家中【A】的事大多不了解。其实大观园与薛家有"东南角门"【E】相通，"蘅芜苑"【X】与薛家【A】不过一两百米路，可以常来常往，宝钗对于家中事焉能不知？第 34 回宝玉挨打后，黛玉见宝钗从面前经过，以为是去看望宝玉，便"问她哪里去。薛宝钗因说'家去'"，这便是宝钗由"大观园"东南角门【E】从后门【R】回自己家【A】的显例。

第 91 回薛姨妈为救薛蟠，"自己来求王夫人，并述了一会子宝钗的病。薛姨妈去后，王夫人又求贾政。……到了明日，……到了饭后，王夫人陪着来到贾母房中，大家让了坐。贾母道：'姨太太才过来？'薛姨妈道：'还是昨儿过来的，因为晚了，没得过来给老太太请安。'"正因为近，所以薛姨妈常来贾府。

又第 97 回凤姐建议请薛姨妈到王夫人处议婚："竟是老太太、太太到姑妈那边，我也跟了去商量商量。就只一件：姑妈家里有宝妹妹在那里，难以说话，不如索性请姑妈晚上过来，咱们一夜都说结了，就好办了。"贾母、王夫人都说："你说的是。今日晚了，明日饭后咱们娘儿们就过去。"次日"大家到了薛姨妈那里，……薛姨妈才要人告诉宝钗①，凤姐连忙拦住，说：'姑妈不必告诉宝妹妹。'又向薛姨妈陪笑说道：'老太太此来，一则为瞧姑妈，二则也有句要紧的话，特请姑妈到那边商议。'薛姨妈听了，点点头儿说：'是了。'于是大家又说些闲话，便回来了。当晚薛姨妈果然过来，见过了贾母，到王夫人屋里来"，大家正式向薛姨妈提宝玉和宝钗两人的亲事。"次日，薛姨妈回家，将这边的话细细的告诉了宝钗，还说：'我已经应承了。'"以上贾母等人来薛家，薛姨妈来王夫人处，都是从前门【I】坐车出入贾府的大门【L】，而没有从自家后门【R】走大观园东南角门【E】、腰门【F】出入贾府。因为上文已言，第 78 回以后，

---

① 才要让人告诉宝钗。

东南角门便已锁闭。

贾府与薛姨妈两家很近，只有百步之邻，故可由两家大门"常来常往"，而不必走内院的后门出入而混为一家。

（六）薛家的建筑格局当是"田"字格

后四十回的第100回："一日，宝蟾走来，笑嘻嘻的向金桂道：'……刚才我见他到太太那屋里去，那脸上红扑扑儿的一脸酒气。奶奶不信，回来只在咱们院门口等他。他打那边过来时，奶奶叫住他问问，看他说什么。'"于是夏金桂拦住薛蝌加以调戏："正闹着，忽听背后一个人叫道：'奶奶！香菱来了。'把金桂唬了一跳。回头瞧时，却是宝蟾掀着帘子看他二人的光景，一抬头见香菱从那边来了，赶忙知会金桂。金桂这一惊不小，手已松了。薛蝌得便脱身跑了。那香菱正走着，原不理会，忽听宝蟾一嚷，才瞧见金桂在那里拉住薛蝌，往里死拽。香菱却唬的心头乱跳，自己连忙转身回去。这里金桂早已连吓带气，呆呆的瞅着薛蝌去了，怔了半天，恨了一声，自己扫兴归房，从此把香菱恨入骨髓。那香菱本是要到宝琴那里，刚走出<u>腰门</u>，看见这般，吓回去了。"这就点明薛宝琴已住回薛家了。

【解析】

从图上来看，薛家这一院子【A】是在"王夫人院"门前的东广场上，其建筑当然是南北朝向，其门却应当是朝东、朝西而开。其院【A】南北两侧应当皆是围墙而无门。其院当在东南角上开大门【I】，走宁荣两府间的"界巷"【J】，通大街"宁荣街"而可出入贾府大门【L】。其院又在东北角上开后门【R】，通大观园的"东南角门"【E】而入大观园，进而再由其腰门【F】入贾府内院。

其院西墙当开门【H】通府内，要么是在此西墙的西北角或西南角而开作角门，要么是在西墙正中而开作腰门，今暂定是在西南角开的角门。因为宅院南为庭，北为内宅，一般不大会在内宅旁开有通向外面的大门，故知其门肯定不会开在西北角。由于开在西墙正中离内宅仍近，故知开作腰门亦非。因此，其门当开在外庭处的西南角为宜。正如第4回介绍薛家原来所住的梨香院【M1】通向外部的南大门便开在西南角（"西南有一角门"），此第18回后薛家新搬之家【A】的形状格局与之正同，故知薛家此西墙通府之门应当开在西南角为是。这道门原来常可开启，后因贾府与薛家为两户人家而当避嫌，所以薛家入住后，此门便特地关锁，仅第28回薛蟠为宝玉办祝寿宴时，为方便宝玉的出入而开启过唯一的一次。

薛家的建筑当是"田"字格分为四大块，每块正中有上房，分别为薛姨妈与宝钗住、夏金桂和薛蟠住、薛蝌住、薛宝琴住。主人居北，则北侧当安排薛姨妈、薛蟠。薛蟠为男，薛姨妈处有宝钗而当养在深闺，且男主外、女主内，由此可知薛姨妈当在西北而深处腹里，薛蟠当在靠近门口的东北，上引第83回金桂在家哭闹时，薛姨妈说："矮墙浅屋的，难道都不怕亲戚们听见"，薛蟠夏金桂夫妇房当在最北处，贴近贾府而仅一墙之隔，所以容易被贾府之人听到。

上文"那香菱本是要到宝琴那里，刚走出<u>腰门</u>"，香菱肯定是从薛姨妈院出来，在夏金桂院内看到她拉扯薛蝌，可见薛姨妈院与夏金桂院是在院墙正中开"腰门"相连。

由此记载可知：①薛姨妈房的香菱去见薛宝琴要经过夏金桂房（即薛蟠房）。②薛蝌由薛姨妈房回自己房也要经过夏金桂房。③薛姨妈院与夏金桂院以腰门相连，香菱、薛蝌都是从此腰门而由薛姨妈处来夏金桂处。④薛蝌与薛宝琴是亲兄妹，可以安排在同一院落中。

综上可知：薛蝌与薛宝琴两人当住在"田"字格的西南角那一块，但与西北角的薛姨妈房有墙隔断而不通，所以要从夏金桂院出入薛姨妈院。

剩下的"田"字格东南角的那一块当为大门、二门，以及薛蟠请宝玉喝酒的外书房。

其示意图绘制如下：

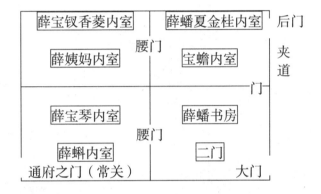

（七）贾府抄家后经济困难，故薛家于第 117 回搬出贾府

后四十回的第 117 回贾琏向王夫人说："姨太太住的房子【A】，薛二爷已搬到自己的房子内住了。"指作者写到这一回时，薛蝌与邢岫烟结婚并置买了房产，把薛姨妈接过去住了。想是贾府被抄，薛家也不好意思再麻烦贾府而搬走。

后四十回的第 119 回宝玉走失后，"于是薛姨妈、薛蝌、史湘云、宝琴、李婶等，连二连三的过来请安问信。"此时薛家已搬出贾府，故要前来慰问。

后四十回的第 120 回薛姨妈赎出薛蟠："薛姨妈得了赦罪的信，便命薛蝌去各处借贷，并自己凑齐了赎罪银两。刑部准了，收兑了银子，一角①文书将薛蟠放出，他们母子、姊妹弟兄见面，不必细述，自然是悲喜交集了。"这时薛姨妈提议把香菱扶正为正妻，宝钗等也说："很该这样。"可见宝钗也回娘家来迎接哥哥。这时书中又写："薛蟠便要去拜谢贾家。薛姨妈、宝钗也都过来"，即宝钗回娘家迎接哥哥后，此时又陪母亲与哥哥一同回婆家贾府来答谢。

这时贾政书信正好送到，贾兰念到贾政在常州"毗陵驿"见到宝玉那段，"众人听了，都痛哭起来，王夫人，宝钗，袭人等更甚。……宝钗哭得人事不知。……那日薛姨妈并未回家，因恐宝钗痛哭，所以在宝钗房中解劝。"可见此

---

① 一角，一封、一份、一包、一函。

晚只有薛蟠回了自己的薛家，宝钗此晚住丈夫家贾府乃天经地义，肯定不会回娘家薛家居住，而薛姨妈则因为要留下来劝她，也暂住贾府一晚。清人徐凤仪《红楼梦偶得》："一百十七回已写薛家搬出，一百二十回薛蟠回家，诣荣府拜谢，写薛姨妈、宝钗也过来了，似仍住贾府房屋之词。"薛家从第117回搬出贾府后，不再居住贾府，宝钗是宝玉的妻子，天经地义地当住在贾府，第120回薛姨妈是因为劝解宝钗而暂住贾府一夜，住的自然是宝钗之房（即荣禧堂【F1】身后的宝玉成亲处【G1】），这并不代表薛家仍然寄居在贾府，徐凤仪所论非是。

第三节 "宁国府"文图详考

本节之图见"图八、图九"。

"宁国府"是宁国公贾演的府第，简称"宁府"。因与荣国府比邻，位居其东侧，故又称"东府"，而荣国府则相应地简称为"荣府"和"西府"。

据书中的描述并结合"江宁行宫"图来看，宁府建筑当分"东、西"两路：

（1）其"西路"内外有别，前有男主人接待男宾的"大厅"。后有女主人接待女宾的内厅，书中又称之为"上房"；前厅、后房，此"上房"当比在前的"大厅"更为高档，故以"上"字来命名，其内当设有供客人居住的卧房。再往后便是"贾氏宗祠"。

（2）其"东路"南部为贾珍、贾蓉两人的宅院，北部为"会芳园"。

贾敬在城外道观"玄真观"修炼，家中自然会为其留有不住之院，以防其有时回家来住。但笔者《红楼时间人物谜案》"第三章、第三节、三"考明贾赦与贾敬原型实为同一人，贾敬因修道连生日也不回来过，书中也没读到他有自己专门的上房，故知作者有意把他写成"似有实无"的影子，不会为他在"宁国府"中安排宅院，所以第53回除夕贾敬回来祭祖时，也只写他住于"静室"而敷衍过去，并未为这个贾赦的影子安排专门的院落和建筑，由此可知贾敬在"宁国府"中实无建筑可言。

东路的"贾珍、贾蓉院"前为二门（仪门【F】）、三门（内仪门【V1】），后为两重上房，贾珍居前【W1】，贾蓉居后【X1】。贾蓉房后便是后花园"会芳园"的园门，园门上的第二层楼当为"天香楼"【J】。

会芳园内有"丛绿堂"【M】等建筑，其后又有"凝曦轩、逗蜂轩、登仙阁"等建筑，以及王熙凤所看到的"东南依山之榭、西北临水之轩"，还有贾瑞遇见王熙凤处的"假山石、山坡"等。

此会芳园东侧临街（此为镜像，所临实乃现实世界中的"江宁织造府"府西之街"碑亭巷"），有门【Z1】可以出入，秦可卿即从此门出殡。

建大观园时，"会芳园"的大部分并入大观园，仅存园门上的"天香楼"【J】，以及紧邻贾氏宗祠的"丛绿堂"【M】这两大建筑未并入。又"会芳园"原来临街而开的大门（即秦可卿出殡之门）【Z1】，在改建为大观园后便封死而撤除。

《红楼梦》全书除第53回"宁国府除夕祭宗祠"对宁国府的建筑有过详细描述外，其余都未对该府作正面描述，这或许透露出"宁国府"的规模形制要比"荣国府"简单明了得多。今特据"江宁行宫图"对照《红楼梦》的描述作尽可能详细的考证。

书中第 3 回描写"宁国府"的府门规制与"荣国府"基本一致，则透露出该府建筑的层次、格局当与荣国府相仿的信息来。事实上，从府主的身份与地位来看，两府的规模、制式也应当相仿。据此，我们将"江宁行宫"图中未绘出的"宁国府"大门【B】据"荣国府"大门【A】补绘。

又"宁国府"西路"宗祠"前的三进建筑与荣国府"贾赦院"的三进建筑相似，其东路未绘建筑的空白区域（即贾珍、贾蓉两人的宅院），疑当与之相似，故可参照"宗祠"前的三进建筑或"贾赦院"的三进建筑补绘，今暂定是据"宗祠"前的三进建筑补绘此东路宅院。

经过上述两道补绘工序，遂将无"大门"、无"贾珍贾蓉宅院"的"图八"补绘成有"大门"、有"贾珍贾蓉宅院"的"图九"来。

此补绘区域再往东的【T″】则不属于行宫范围。

● "图八""图九"中所考宁国府建筑

两图的说明："图九"是在"图八"基础上，按照"宁国府"西路建筑补绘其空白的东路建筑，又按照"荣国府"的大门补绘宁国府的大门而来；补绘时又加添位于【W1】、【X1】这两进建筑之间的、将这两进建筑分隔开来的分院之墙（其墙是据【X1】背后的墙补绘）。除此以外，两图皆同。

一、宁府西路大门、厅堂、宗祠考

（一）第 75 回关于宁国府大门、宗祠、会芳园建筑格局的描述：

到起更的时候，贾母说："黑了，过去罢。"尤氏方告辞出来。走至大门【A】前上了车，银蝶坐在车沿上。众媳妇放下帘子来，便带着小丫头们先直走过那边大门口【B】等着去了。因二府之门相隔没有一箭之路，每日家常来往不必定要周备，况天黑夜晚之间，回来的遭数更多，所以老嬷嬷带着小丫头，只几步便走了过来。两边大门上的人都到东西街口【C1】【D1】【C2】【D2】，早把行人断住。尤氏大车上也不用牲口，只用七八个小厮挽环拽轮，轻轻的便推拽过这边阶矶上来【B】。

于是众小厮退过狮子【E2】【F2】以外，众嬷嬷打起帘子，银蝶先下来，然后搀下尤氏来。大小七八个灯笼照的十分真切。尤氏因见两边狮子下放着四五辆大车，便知系来赴赌之人所乘，遂向银蝶众人道："你看，坐车的是这样，骑马的还不知有几个呢？马自然在圈里【G】拴着，咱们看不见。①也不知道他娘老子挣下多少钱与他们，这么开心儿。"

一面说，一面已到了厅上【H】。贾蓉之妻带领家下媳妇丫头们，也都秉烛接了出来。尤氏笑道："成日家我要偷着瞧瞧他们，也没得便。今儿倒巧，就顺便打他们窗户跟前走过去。"众媳妇答应着，提灯引路，又有一个

---

① 由此可见马厩没有设在大门处，当在大门旁的另一路中，故入门时视线看不到。

先去悄悄的知会伏侍的小厮们不要失惊打怪。于是尤氏一行人悄悄的来至窗下【I】，只听里面称三赞四，耍笑之音虽多；（庚夹：妙！先画赢家。）又兼有恨五骂六，忿怨之声亦不少。（庚夹：妙！又画输家。）

原来贾珍近因居丧，每不得游顽旷朗，又不得观优、闻乐作遣。无聊之极，便生了个破闷之法。日间以习射为由，请了各世家弟兄、及诸富贵亲友来较射。因说："白白的只管乱射，终无裨益，不但不能长进，而且坏了式样，必须立个罚约，赌个利物，大家才有勉力之心。"因此在天香楼【J】下箭道【K】内立了鹄子，皆约定每日早饭后来射鹄子。贾珍不肯出名，便命贾蓉作局家。

这些来的皆系世袭公子，人人家道丰富，且都在少年，正是斗鸡走狗，问柳评花的一干游荡纨裤。因此大家议定，每日轮流作晚饭之主：每日来射，不便独扰贾蓉一人之意。于是天天宰猪割羊，屠鹅戮鸭，好似临潼斗宝一般，都要卖弄自己家的好厨役、好烹炮。不到半月工夫，贾赦、贾政听见这般，不知就里，反说这才是正理：文既误矣，武事当亦该习，况在武荫之属；两处遂也命贾环、贾琮、宝玉、贾兰等四人：于饭后过来，跟着贾珍习射一回，方许回去。

贾珍之志不在此，再过一二日便渐次以歇臂养力为由，晚间或抹抹骨牌，赌个酒东而已，至后渐次至钱。如今三四月的光景，竟一日一日赌胜于射了，公然斗叶、掷骰、放头、开局，夜赌起来。家下人借此各有些进益，巴不得的如此，所以竟成了势了。外人皆不知一字①。近日邢夫人之胞弟邢德全也酷好如此，故也在其中。又有薛蟠，头一个惯喜送钱与人的②，见此岂不快乐？……

尤氏在外面悄悄的啐了一口，……一面说，一面便进去卸妆安歇。至四更时，贾珍方散，往配凤房里去了。

次日起来，就有人回西瓜、月饼都全了，只待分派送人。贾珍吩咐配凤道："你请你奶奶看着送罢，我还有别的事呢。"配凤答应去了，回了尤氏，尤氏只得一一分派遣人送去。

一时配凤又来说："爷问奶奶，今儿出门不出？说咱们是孝家，明儿十五过不得节，今儿晚上倒好，可以大家应个景儿，吃些瓜饼酒。"尤氏道："我倒不愿出门呢。那边珠大奶奶又病了，凤丫头又睡倒了，我再不过去，越发没个人了。况且又不得闲，应什么景儿？"配凤道："爷说了，今儿已辞了众人，直等十六才来呢③，好歹定要请奶奶吃酒的。"尤氏笑道："请我，我没的还席。"配凤笑着去了，一时又来笑道："爷说，连晚饭也请奶奶吃，好歹早些回来，叫我跟了奶奶去呢。"尤氏道："这样，早饭吃什么？快些

---

① 可见贾珍聚赌的保密工作做得好，这也可以证明聚赌之事不可公开宣扬，属于国家明文禁止之列，故可以成为抄家罪状之一，即第105回薛蝌来报告贾政："风闻得珍大爷引诱世家子弟赌博，这款还轻。"
② 指薛蟠善输。
③ 指八月十四、十五歇两天赌，因为各家都要在家团圆庆中秋。

吃了，我好走。"配凤道："爷说早饭在外头吃，请奶奶自己吃罢。"尤氏问道："今日外头有谁？"配凤道："听见说外头有两个南京新来的，倒不知是谁。"说话之间，贾蓉之妻也梳妆了来见过。少时摆上饭，尤氏在上，贾蓉之妻在下相陪，婆媳二人吃毕饭。尤氏便换了衣服，仍过荣府【A】来，至晚方回去【B】。

　　果然贾珍煮了一口猪，烧了一腔羊，余者桌菜及果品之类，不可胜记，就在会芳园【L】丛绿堂【M】中，屏开孔雀，褥设芙蓉，带领妻子、姬妾，先饭、后酒，开怀赏月、作乐。将一更时分，真是风清月朗，上下如银。贾珍因要行令，尤氏便叫配凤等四个人也都入席，下面一溜坐下，猜枚、划拳，饮了一回。贾珍有了几分酒，益发高兴，便命取了一竿紫竹箫来，命配凤吹箫，文妁①唱曲，喉清、嗓嫩，真令人魂醉魂飞。唱罢复又行令。

　　那天将有三更时分，贾珍酒已八分。大家正添衣饮茶，换盏更酌之际，忽听那边墙下有人长叹之声。大家明明听见，都悚然疑畏起来。（庚夹：余亦悚然疑畏。）贾珍忙厉声叱咤，问："谁在那里？"连问几声，没有人答应。尤氏道："必是墙外边家里人也未可知。"贾珍道："胡说。这墙四面皆无下人的房子，况且那边又紧靠着祠堂【N】，（庚夹：奇绝神想，余更为之悚惧矣。）焉得有人？"

　　一语未了，只听得一阵风声，竟过墙去了。恍惚闻得祠堂内槅扇开阖之声。只觉得风气森森，比先更觉凉飒起来；月色惨淡，也不似先明朗。众人都觉毛发倒竖。贾珍酒已醒了一半，只比别人撑持得住些，心下也十分疑畏，便大没兴头起来。勉强又坐了一会子，就归房安歇去了。

　　次日一早起来，乃是十五日，带领众子侄开祠堂【N】行朔望之礼，细查祠内，都仍是照旧好好的，并无怪异之迹。贾珍自为②醉后自怪，也不提此事。礼毕，仍闭上门，看着锁禁起来。（庚夹：<u>未写荣府庆中秋，却先写宁府开夜宴；未写荣府数尽，先写宁府异道③。盖宁乃家宅，凡有关于吉凶者，故必先示之。且列祖祠在此，岂无得而警乎？凡人先人虽远，然气运相关，必有之理也；非宁府之祖独有感应也。</u>）

【解析】

（1）宁、荣名为二府，实为一府的两大功能分区：宁府是"家宅"、荣府是"官衙"

　　第2回贾雨村言："那日进了石头城，从他老宅门前经过。街东是宁国府，街西是荣国府，二宅相连，竟将大半条街占了。"本书"第一章、第一节、九、（四）"已言明此节文字名义上讲贾府"江宁老宅（在江宁的老家）"的情景，其实讲的就是小说中"贾府（假家）"的现实原型"江宁织造府"的情景（即：老家=真家）。

---

① 妁，原误"化"，当是形近而误。其字即"鸳"字的省傍简写。
② 自为，自以为。
③ 道，事理。异道，异事。

而"江宁织造府"仅为一府，何以分作两府？其实脂批早已暗示过我们：两者名为"两府"，实乃"一府的两大功能分区"，即上引第75回最后庚辰本夹批所说的"盖宁乃家宅"（见画线部分）。宁国府乃"家宅"部分，言下意便是"荣国府不是家宅"。

在不知道"宁、荣二府"的原型就是"江宁织造府"前，这句话便很费解。因为根据《红楼梦》的描述来看，"宁国府"固然是家宅，而"荣国府"难道不也是家宅吗？两府既然都是家宅，为何会有"宁府是家宅而荣府反而不是家宅"的说法来？因此这句批语无谓得就像说了句没有任何实质意义的废话。

一旦我们知晓"宁荣二府的原型就是江宁织造府"，这句看似"无谓"的脂批便顿时让我们豁然开朗地明白起来：宁国府是家宅，这便意味着荣国府不是"家宅"。在古代，"家宅"往往对应"府衙"而说，于是荣国府便应当是"府衙"所在。而镜像图中，荣国府所处的位置（图中的西半部分）应当就是"江宁织造府"的府衙所在，因为那儿的建筑在图中规模最为宏大。此府衙除正中的大殿【H1】【I1】是办公场所而不可住人外，其余的西路【K1】、东路【M1】【Q1】、北路【U2】皆可住人，所住的自然就是府中最尊贵的家长（本书简称为"尊长"，也就是作品中的贾母、贾赦邢夫人、贾政王夫人、王熙凤等在现实世界中的原型），其稍次的主人（即作品中的贾珍贾蓉等在现实世界中的原型），则住在其东的"江宁织造府"的家宅部分。

为何一府要开两个门而分作两府？便是因为内眷与仆人走办公用的府衙大门出入显然不方便。而且此府东西向上阔远，只开西南一门则东部之人出入不便。于是开作两门：一为内宅之门，一为府衙之门，一公、一私，泾渭分明；而且东部走东门，西部走西门，距离适中而得当。

由此可见：现实中的"江宁织造府"当有两个门。后来因为乾隆朝一度不设"江宁织造"之职（见下文"（二）、（5）宁府大门被撤原因考"），而且后来再设"江宁织造"之职时，皇帝又把此处的"江宁织造府"彻底搬走，让此处彻底成为单纯的接驾行宫，于是只需保留西部行宫这一个门，而把东边家宅之门永远封死。由于此府东西向上非常宽阔（有五六路建筑之宽），东南之门既然封死，也就意味着越东越没有人会走到、住到，所以最东路的建筑便任由其荒废殆尽，沦为射箭用的靶场，于是形成"江宁行宫乾隆朝古图"所绘的东边无门且最东一路没有建筑的局面。

康熙皇帝南巡入住此行宫时住在"西府"，即"江宁织造府"曹家把府中最尊贵的"府衙"部分作为行宫（其即图中标"中殿"【I1】、"便殿"【H1】、"寝宫"【M1】等字样者）。原先居住在"府衙"西、东、北三路的曹家尊长及其眷属、奴仆，全都暂时蜗居到"家宅"部分（即图中东半部分"行宫后花园"以南的、书中所描写的"宁国府"部分）。

皇帝一般只会住上几天便离开，这时尊长们便又返回"府衙"西、东、北三路办公和居住。因此"宁荣二府"名义上是两府，实为"一府"江宁织造府的两个部分：荣国府相当于是江宁织造府的"府衙"部分，既是办公场所，又是尊长们起居、寝息的所在；而宁国府就相当于江宁织造府的"家宅"部分，即稍次等的主子及其家眷们的居所。因此，小说所描述的"宁荣二府"有两府，与其现实原型"江宁织造府"仅为一府并不矛盾。

这座"江宁行宫"皇帝来时归皇帝住，皇帝走后便由"江宁织造"曹寅办公和家眷居住。行宫中的"大观园"亦然，皇帝来了皇帝住，皇帝不来，蒙皇上恩准，可以由自己子女住。换句话说，贾宝玉的原型曹雪芹，在幼年时住的便是供皇帝驻跸用的皇家殿堂、皇家园林，用的便是专供皇帝御用的东西（可参见第 17 回详述"怡红院"陈设后，己卯本有夹批："皆系人意想不到，目所未见之文，若云拟编虚想出来，焉能如此？一段极清、极细。①后文鸳鸯瓶、紫玛瑙碟、西洋酒令、自行船等文，不必细表"），堪称享受的是天子级别的待遇！

由此可见，"盖宁乃家宅"的脂批实乃"宁、荣二府的原型就是江宁织造府"的不打自招，完全能够证明"宁、荣二府"的原型就是"江宁织造府"。

正因为东府是家宅而西府是官衙，所以祖先祠堂【N】才会设在东府（家宅）的西路（注：此是镜像，原型便是东路；而中国的居住风俗便是东路为尊，故安排祠堂在原型的东路、镜像的西路）。

正因为东府是家宅而西府是官衙，书中才会写到：抄家时只抄没"东府"及西府的"贾赦院"。因为从图上来看：贾母院、中路"荣禧堂"、贾政王夫人院当是"府衙"的中心区；而"贾赦院"有山石花木，应当是"花园"，东府又是"家宅"，相当于是内眷居住区。而抄家抄的是家宅，官衙不必抄；抄家抄没封存的是"家宅"的房产，"衙署"的房产不必抄没封存。

也正因为"东府"是家宅，相对于"西府"的衙署功能，其地位要低很多；所以抄家后，任其最东一路【T】荒废而不加葺治，最后全部拆除，种上竹林（见彩图中所绘的竹林【T】），成为"箭亭"前的射箭场所。

后四十回的第116回贾政和贾琏商议扶贾母柩南归时说："我想这一项银子，只好在哪里挪借几千也就够了。"这时贾琏提议："只好拿房地文书出去押去。"贾政道："②住的房子是官盖的，哪里动得？"此时"贾赦院"与贾珍的"宁国府"，即上面所说的"家宅"部分，已经全部抄没，要到第 119 回皇帝才将"所抄家产，全行赏还"，则贾政口中所说的"住的房子是官盖的"肯定就是指荣国府。这就证明出"荣国府除'贾赦院'外，其余都是官府所盖的'衙署'"的概念来。

后四十回居然知道"荣国府是官盖的'衙署'，而宁国府是可以抄没的'家宅'"这一事实；而作者又从未在书中任何地方透露过这一点。上引第 75 回的脂批固然有所暗示，但也是我们在得知作者描写的"宁、荣二府"原型为"江宁织造府"镜像这一事实后，才能理解到脂批所蕴含（而非写明）的"此府分'府衙'与'家宅'这两部分"的暗示。所有读过这条脂批的人几乎都看不出

---

① 指这一段文字描写得极为清楚仔细。

② 此处程乙本有"现在"两字。

宁荣二府"一为家宅、一为府衙"的真相来。所以，能写出第116回贾政"住的房子是官盖的"的人，只可能是作者曹雪芹本人，高鹗及其他无名氏都不可能知晓这一点而写出这样话的来，这是证明"后四十回与前八十回在空间上吻合，后四十回是曹雪芹原著"的又一佐证。

（2）宁府当开门于西路

宁国府共有东西两路，其府门开在东路还是西路？值得细考。

上引文字最开头提到"二府之门相隔没有一箭之路"，这对于考定宁国府形制至关重要。

这句话表明两府大门相距甚近。古代一箭所能达到的距离约为120步至150步，换句话说，从"荣国府"大门只要走上一百多步便能到达"宁国府"的大门。

古时五尺为步，清代一尺25.7厘米，故一步约1.285米；古人一步其实走了今人所说的两步。而从古至今，人的步幅都不会有太大差异，也就1.2米左右。因此，一箭之地基本上是154米至193米。不到一箭之地，便是百来步，短的话约100米，长的话约150米。

今据"百度地图"测量图中地块的基址长度，得知其南界长度（含【T″】在内）为453米。荣府大门开在西半正中，其宁府大门若开在东半正中的话，则两府之门相距为南界长度453米的一半也即226.5米[①]，而今言"不足一射之地"，证明宁府大门必定不开在东半之正中，而当开在东半之西偏，即图中祠堂【N】那一路的正前方，其距荣府大门的距离约为南界距离的三分之一[②]，即151米，与"不足一射之地"语正相吻合★。故知宁府大门并非开在图中府第东半部分的正中，而当开在其东半部分的西侧一路。

而图中东南角【T″】不属于"江宁织造府"，与《红楼梦》中宁府不在东半部分的正中开门正相吻合。如果图中东南角【T″】属于江宁织造府，即宁府有"东、中、西"三路，则宁府必定要在东半部分的正中（即中路）开门。正因为图中东南角【T″】不属于"江宁织造府"，而宁府只有"东、西"两路：其门若开在东路便显得偏于一隅，出行甚为不便、无有是处；唯有开在西路，则靠近宁荣两府的中心线，这才是最适宜出入的开门位置。

东南角【T″】不属于"江宁织造府"导致宁国府需要在其西路开门，这是"江宁行宫图"与《红楼梦》文字描述密合的一个重要例证。★

（3）第2回证明图中东南角不属于江宁织造府

《红楼梦》第2回文字同样能证明图中东南角【T″】不属于江宁织造府：

> 雨村道："去岁我到金陵地界，因欲游览六朝遗迹，那日进了石头城，（甲侧：点睛神妙。）从他老宅门前经过。街东是宁国府【B】，街西是荣

---

① "西半部"正中到"东半部"正中的距离为"西半部"与"东半部"相加之和的一半。
② 今将"西半部"分作三份，"东半部"也分作三份。"东半部"最西一份的正中，至"西半部"正中的距离为二份，占"东半部"与"西半部"之和（六份）的三分之一。

国府【A】，二宅相连，竟将大半条街占了。大门前虽冷落无人，（甲侧：好！写出空宅。）隔着围墙一望，里面厅殿楼阁也还都峥嵘轩峻，就是后（甲侧：'后'字何不直用'西'字？）（甲侧：恐先生堕泪，故不敢用'西'字。）①一带花园子里面树木山石，也还都有蓊蔚泅润之气，哪里像个衰败之家？"

其所说的"大半条街"当即书中所称的"宁荣街"，见第6回："于是刘姥姥带他进城，找至宁荣街。（甲夹：街名。本地风光，妙！）……因向刘姥姥道：'那周大爷已往南边去了。他在后一带住着，他娘子却在家。你要找时，从这边绕到后街上后门【C】上去问就是了。'刘姥姥听了谢过，遂携了板儿，绕到后门上。"又后四十回的第119回："刘姥姥惦记着贾府，叫板儿进城打听，那日恰好到'宁荣街'，只见有好些车轿在那里。板儿便在邻近打听，说是：'宁荣两府复了官，赏还抄的家产，如今府里又要起来了。只是他们的宝玉中了官，不知走到哪里去了。'"

第64回贾琏偷娶尤二姐："已于'宁荣街'后二里远近'小花枝巷'内买定一所房子，共二十余间。"古人以北为"后"，所言"'宁荣街'后"当非指"'宁荣前街'之后。因为"宁荣前街"北侧只有"宁、荣二府"和"二郎庙"【T″】，今言花枝巷在街北，则此街断然不会指"宁荣前街"，而当指"宁荣后街"。即贾府门前称"宁荣街"，府后门之街称"（宁荣）后街"，也即上引第6回刘姥姥所到的"后街"，荣府在此开有"后门"【C】。第23回："且说那个玉皇庙并达摩庵两处，一班的十二个小沙弥并十二个小道士，如今挪出大观园【P】来，贾政正想发到各庙去分住。不想后街上住的贾芹之母周氏，正盘算着也要到贾政这边谋一个大小事务与儿子管管，也好弄些银钱使用，可巧听见这件事出来，便坐轿子来求凤姐。"可见贾芹当住在"后街"的后门门口【C】附近。"花枝巷"当在此"后街"北的二里处；之所以要找离开"后街"二里远的房子，是怕近了会让王熙凤听到消息，所以要舍近求远。

此处贾雨村所说的"宁荣二府占了大半条街"，显然说的是第6回刘姥姥找到的"宁荣街"，也即宁荣前街，而不可能是宁荣后街，因为贾雨村说的是："那日进了石头城，从他老宅门前经过。街东是宁国府，街西是荣国府，二宅相连，竟将大半条街占了。"而"宁荣街"显然是因为宁、荣二府设在此地而得名，即第6回所批的："本地风光。"此批意为这一街名体现出本地风光来，也即这一地名看得出此地的两大地标性建筑"宁国府"和"荣国府"。由此可知：此街北侧应当只有这两座府第。如果"宁荣二府"不缺东南地块【T″】，则两府便当占据整条街、而非仅占大半条街。今言"占了大半条街"，说明"宁荣街"北侧并未被宁荣二府占全。"江宁行宫图"中"宁荣二府"东南缺了一块【T″】，这

---

① 此是脂砚斋先批："为什么不用真实原型的'西'字？"有人作答："怕先生您流眼泪。"因为脂砚斋曹頫的先人曹寅号"西堂扫花行者"，"西堂"是其书斋号。又古人常以自家园林为号，曹寅家"江宁行宫"的后花园在西北角，故号"西园"；所以曹寅死后，曹家人避讳提起"西堂"、"西园"等"西"字。

便与上引《红楼梦》中的话（即贾雨村之言）完全吻合，这是证明"江宁织造府乃《红楼梦》宁荣二府及大观园原型"的有力铁证。★

又：此不属于贾府的地块【T″】，当即现实原型中的"江宁织造府"西南角的"二郎庙"所在，详本书"第一章、第四节"三幅清代古图中第一幅古图的讨论。

总之：

①东府只占"宁荣街"北侧"东半部分"的三分之二，故其大门当开在"东半部分"宁国府（东府）的西"三分之一"的正中，距离"宁荣街"北侧"西半部分"正中的荣国府大门约为 150 米。

②现实世界中的"江宁织造府"不是矩形，而是《江宁行宫图》中所绘的西南角缺了一块；本图是其镜像，所以变成了东南角【T″】有缺。所缺部分即晚清地图中所绘的"二郎庙"。

③宁荣二府占了"宁荣后街"的整条街，而其前街则只占了大半，更精确地说是占了约六分之五，即 83%，与"大半（即三分之二、67%）"的概念相去不远，所以贾雨村可将其说成是"大半"。

【总结】图与文完全吻合处有：

一、贾雨村言南京的"宁荣二府"占了前街的大半，与图中所绘完全吻合。

二、由于东南一角不属于"宁荣二府"，所以东府开门必定要开在西偏【B】，而不会开在远离"宁荣二府"中心线（即"贾赦院"【Q1】）的东偏【T】，这与《红楼梦》写宁荣二府大门相去"不足一箭之地"（即相去约百步、150 米）的描写正相吻合。

（4）宁府大门的情状

上引第 75 回之文说到尤氏回荣府时，二府之门相距不足一箭之地，即仅百来步，所以也就不用马拉车，以免来荣府时要把马拉入马圈拴住，走时又要套马于车，驾毕又当卸车、拴马入宁府马圈这一系列麻烦，所以作者说："每日家常来往不必定要周备。"（邢夫人每日往来贾母处更是如此。）又比如老嬷嬷、小丫头都是内眷，按理都要坐车，以回避男子和陌生人的视线；今因两府靠得近，况且天色已晚，光线昏暗，无人能见（即便见到，在昏暗的光线中也看不清楚），所以也就不再坐车回府，而是"只几步便走了过来"。当然，为了怕陌生人撞见，行走时肯定要让管"宁荣二府"大门的人，到东、西两个街口的"过街门"处拦住行人。西府当然是拦西街口【C1】，东府当然是拦东街口【D2】。今图中只画了西府的东、西两个过街门，其东府因有内眷出入，所以也应当有东、西两个过街门。东府的西街门【C2】当同西府的西街门【C1】一样，由东府府门所在那一路的西墙略向西移，当在图中井【W2】东侧的那堵墙处；为与西街门对称起见，其东街门【D2】也当由东府门所在那一路的东墙向东移相应的距离，"图九"绘有此恢复后的大门。

第 3 回林黛玉来贾府时所看到的宁国府的大门情状是：

行了半日，忽见街北蹲着两个大石狮子【E2】【F2】，三间兽头大门【B】，门前列坐着十来个华冠丽服之人。正门却不开，只有东西两角门【R】有人出入。正门之上有一匾，匾上大书"敕造宁国府"五个大字。（甲侧：先写宁府，这是由东向西而来。）黛玉想道："这必是外祖之长房了。"想着，又往西行，不多远，照样也是三间大门【A】，方是荣国府了。却不进正门【A】，只进了西边角门【R″】。

由此记述可知：宁、荣二府大门的规制完全相同。两府府主的身份与地位相当，则从府门到门内的全府建筑格局当有相同之处，荣国府门口也当有两个石狮子【E1】【F1】。由此记载又可推知：宁府门前当同荣府一样，有东、西两个过街门，即第 10 回所言的宁府的 "车门"（通车之门）【C2】【D2】：贾璜妻金氏 "到了宁府，进了车门，到了东边小角门前下了车，进去见了贾珍之妻尤氏。"

（5）宁府大门口处的马圈

上引尤氏大车未用马拉，只用七八个小厮轻轻地前拉、后推，便来到了东府两个大石狮子【E2】【F2】处，把车靠向东府大门【B】的台阶，于是众小厮往后退到石狮子【E2】【F2】以外（即退到石狮子旁边而尽可能远），女佣们打起车帘，尤氏贴身丫环银蝶先下车，然后搀扶尤氏下车。石狮子外侧已停有四五辆大车，尤氏一看便知道是前来聚赌者的车马，显然还有骑马而来的人，其马当拴在马圈【G】里。

东府马圈的位置当同西府一样，不可以一入大门便看到，即尤氏口中说的："马自然在圈里拴着，咱们看不见。"西府马圈是在入门后的东院 "贾赦院" 门墙下的【D】处，东府入大门后只有东侧之院，并无西侧之院，所以东府的马圈也当设在入门后东院的门墙下【G】。马圈有气味，而贾赦、邢夫人都不由马圈处进入自己的宅院，可知马圈当有围墙围起，不与东院相通，东府也当在马圈北侧、东侧砌围墙，使马圈与东院完全隔开。

尤氏 "一面说，一面已到了厅上"，此 "厅上" 当是入 "仪门" 后的大厅【H】，其当经过厅前的 "仪门"【S】，作者叙述时跳了过去而未表述此 "仪门"。此时贾蓉妻子也带领女佣们打着灯笼来接。尤氏说："平时我想偷瞧他们聚赌的情形也没空，今天正好路过，就去看看。"

（6）宁府会芳园处的天香楼下设有箭道

上引第 75 回之文交代清楚：贾珍因守丧时不可以听戏、歌舞，所以借练习射箭为名，邀请亲朋好友们前来比赛射箭，并用赌博的形式赋予其激励机制，于是在 "天香楼"【J】下的箭道内设了靶心。这段话说明大观园建成后，"天香楼" 仍保留在宁国府中。

今图中所绘的 "箭亭"【E】并非天香楼所在，其当是行宫（即大观园）南大门对面供太监休息用的 "辅仁谕德殿"（详本书 "第三章、第三节、一、（2）"），所以 "天香楼" 的位置当在其更南处，不属于大观园的范围，而属于宁国府的

"家宅"部分。在乾隆朝改造行宫时，此楼当与东路所有"家宅"一同撤毁，但因知道此处曾设有"箭道"，所以反把本来供太监们休息用的"辅仁谕德殿"给改造成了"箭亭"（即典图用"箭亭"两字所标的建筑【E】），将其前荒废的"家宅"全部拆除为射箭场。骑射是清代旗人的必修课，营房与官学内设有习射场地，一些王公府第也设有小型的习射场地，占地狭长，如同道路之状，有别于箭场和校场，故称"箭道"。

"天香楼"【J】楼北和楼西，分别是"大观园"园门前通往荣国府的"夹道"南侧和东侧的围墙【T2】。这道围墙【T2】与天香楼【J】这一园门所在的园墙围合成一个小庭院。这个小庭院就是宁国府的后花园"会芳园"没有被并入大观园的剩余部分。此庭院在图上估测宽达 64 米，进深 35 米。由于东西方向上宽于南北方向，所立的箭道【K】肯定也是东西走向，估计有 60 米左右的长度；其为游艺而设，所以不必做足一射之地（即不必做到 150 米长）。

图八中"箭亭"【E】以南全都是空地，当是此处原本是江宁织造府的"内宅"，乾隆朝曾有一段时期未设"江宁织造"，后来重设时又把"江宁织造府"改迁到"淮清桥"，此处只作为南巡接驾用的行宫，所以此处供"江宁织造府"官员家属居住用的"内宅"部分便因无须使用而全部拆除，种上竹林（见彩图中标【T】的区域）。之所以建"箭亭"于此，并将废弃不用的原"江宁织造府"内宅部分拆除改造成习射练武用的靶场，显然是因为知道此前这儿曾设有"箭道"【K】的原故。

贾赦、贾政听到贾珍在习射，不知道他其实是借此赌博，想到自己家原本就是"武荫"出身，即祖上靠的是消灭明朝的军功起家，于是也就命令贾环、贾琮、宝玉、贾兰四位后辈吃过午饭后，也到宁国府来跟着贾珍习射一回才准回去。第 14 回卫若兰来为秦可卿送葬，可见他和贾珍关系交好，所以也会来这儿较量射艺，于是便会有第 26 回脂批所提到的"'卫若兰射圃'文字"那一回。此回在八十回之后，但脂砚斋作批时已经佚失，程伟元、高鹗所找到的今本后四十回也未能寻访到这一回。其情节应当是：宝玉把经过史湘云之手的雄金麒麟作为锦标，最后被卫若兰凭借其射艺斩获，伏下卫若兰与史湘云的婚事，详见笔者《后四十回完璧归曹》"第一章、第三节、四"。

（7）宗祠在西路最后两进，会芳园在东路最后一进，会芳园中的"丛绿堂"在宗祠东墙下

贾珍因为有父亲贾敬的孝服在身，所以决定提前一天过中秋节。于是在八月十四那天一大早，派人告诉尤氏晚上要办家宴。尤氏白天协理荣国府，一入夜便回宁府来赴宴。贾珍在"会芳园"【L】的"丛绿堂"【M】先吃饭、再饮酒，然后赏月、寻欢作乐。

一更时分，贾珍命配凤吹起箫来，由文鸳唱曲。三更时分，因寒意上身而添衣御寒，继续饮茶、谈笑，忽然听到隔了一道围墙的墙那边有人长叹一声。大家顿时感到万分惊恐。贾珍厉声问道："谁在那里？"竟然没有人回答。尤氏

说："或许是墙外有下人走过也未可知。"贾珍说："胡说。这墙四面都没有房子供家人住，况且那边又紧靠着祠堂【N】，哪里会有什么人？"才说完，只见一阵阴风从东向西刮过墙去，恍然听到那边祠堂内的槅扇门有开和关的声音，风气寒凉，月色惨淡，众人都感到毛发直竖，贾珍心中也感到又疑又怕，于是散席，归屋休息。

次日正好是月半十五日，需要到宗祠内行"朔望"祭奠之礼。于是贾珍一大早起来，领了子侄们打开祠堂门【U】，仔细查看祠堂内，发现全都原封未动，槅扇门也没有开和关的痕迹①。贾珍认为昨晚不过是喝醉酒后的自惊自吓，也就不再放在心上。祭祀完毕，仍旧关锁好祠堂大门【U】。

今按：那声长叹应当就是贾府的祖宗前来叹惜贾珍的不孝。因为笔者《红楼时间人物谜案》"第一章、第三节、第75回"考明，在作者真实的十四岁人生中，此时贾珍还在父亲贾敬（实即贾赦）的三年丧服中。在丧服中歌舞宴乐那是大不孝的表现。而且一天后的八月十六的凌晨，贾珍又与秦可卿在"天香楼"上行淫，更属不孝至极（在父丧中行淫是更大的不孝）；而两人行淫时又被尤氏撞破，秦可卿因此自缢于天香楼（见《红楼时间人物谜案》"第三章、第一节、一、（三）"）。祖宗既是来叹息贾珍的不孝，同时也是来预报秦可卿即将淫丧的凶信。

会芳园【L】原本很大，建"大观园"后，绝大部分圈入"大观园"中，剩余部分成为宁府最后一进院落，"天香楼、丛绿堂"便是此剩余部分的两大建筑。宗祠在"西路"，则"天香楼【J】、丛绿堂【M】"皆当在其东的"东路"。

建大观园前，"会芳园"【L】就在祠堂【N】【U】墙下；建大观园后，大观园园门【N1】口建成通往荣国府的夹道，（详本书"第三章、第一节、五、（五）、（1）"），所以"会芳园"和"祠堂"之间便隔出一条比较宽的可供第18回元妃省亲车驾行走的辇道式的"夹道"。由于贾珍八月十四寻欢作乐的会芳园与宗祠仅隔这条夹道，所以贾珍仍称两者"紧靠"在一起——"况且那边（丛绿堂西边）又紧靠着祠堂【N】"。具体而言："丛绿堂"【M】在此夹道的东边，而"宗祠"【N】【U】在此夹道的西边，此夹道向北再往东拐可以走到"大观园"正门【N1】前，此夹道向南再往西拐可以走到"荣国府"的贾赦院【V2】【Q1】和外仪门【S1】。一路上，此夹道两侧的确没有下人居所，但或许会有人路过这一夹道，所以尤氏称："必是墙外边家里人走过也未可知。"然而大观园园门口处的这条辇道式的宽阔夹道一般都关闭而不让通行，所以贾珍称墙外的夹道上"焉得有人"？

本书第三章第七节"二、第18回庆元宵元妃省亲路线考"考明：此夹道横穿贾赦院、宁国府内院，相当于内宅中一条东西向的大通道。内外有别，仅第17回造园那年供运材料之用而开放，大观园建成后，又仅第18回"元妃省亲"、第71回"贾母八旬大寿"、第75回八月中秋节开过，与八月中秋相对应的另一

---

① 这就是显灵的表现：昨天明明听到槅扇门开和关的"吱哑"声，今天却发现纹丝未动，可证是祖宗显灵。

重大年节第 54 回的元宵节也会开。除此重大节庆外，平时此夹道一路上供通行用的角门全都关锁而无法通行。贾珍赏月是在八月十四，其在中秋节前一天，其时应当还不会开，要到次日晚上正式庆中秋时才会开放此夹道。

古人事死如生，生前有堂、有室，堂用来给祖宗起居，室用来供祖宗安寝，则祠堂当如图中所绘而有前堂【N】、后寝【V】两进建筑为是。由于"会芳园"是宁府东路位居最后的后花园，其中的"丛绿堂"又与"祠堂"肩并肩地紧邻而靠在一起（中间仅相隔一夹道），则祠堂这两进院落必定在图中所绘的宁府西路的最后两进建筑【N】【V】处。

至于西路"祠堂"之前的宁国府厅堂又有什么建筑？今详考如下：

（二）第 53 回"宁国府除夕祭宗祠、荣国府元宵开夜宴"对于考证宁国府西路建筑至关重要：

且说贾珍那边，开了宗祠，着人打扫，收拾供器，请神主，又打扫上房【N】[①]，以备悬供遗真影像。此时荣宁二府内外上下，皆是忙忙碌碌。这日宁府中尤氏正起来同贾蓉之妻打点送贾母这边针线礼物，正值丫头捧了一茶盘押岁锞子进来，……

一时贾珍进来吃饭，贾蓉之妻回避了。贾珍因问尤氏："咱们春祭的恩赏可领了不曾？"尤氏道："今儿我打发蓉儿关[②]去了。"……二人正说着，只见人回："哥儿来了。"贾珍便命叫他进来。只见贾蓉捧了一个小黄布口袋进来。……一面说，一面瞧那黄布口袋，上有印，就是"皇恩永锡"四个大字，那一边又有"礼部祠祭司"的印记，又写着一行小字，道是"宁国公贾演、荣国公贾源，恩赐永远'春祭赏'共二分，净折银若干两，某年月日龙禁尉候补侍卫贾蓉当堂领讫，值年寺丞某人"，下面一个朱笔花押。

贾珍吃过饭，盥漱毕，换了靴帽，命贾蓉捧着银子跟了来，回过贾母、王夫人，又至这边回过贾赦、邢夫人，方回家去，取出银子，命将口袋向宗祠大炉内焚了。……因在厅上看着小厮们抬围屏，擦抹几案、金银供器。只见小厮手里拿着个禀帖并一篇账目，回说："黑山村的乌庄头来了。"……

这里贾珍吩咐将方才各物，留出供祖的来，将各样取了些，命贾蓉送过荣府里。然后自己留了家中所用的，余者派出等例来，一分[③]一分的堆在月台下，命人将族中的子侄唤来与他们。接着荣国府也送了许多供祖之物及与贾珍之物。贾珍看着收拾完备供器，靸着鞋，披着猞猁狲大裘，命人在厅柱下、石矶上、太阳中、铺了一个大狼皮褥子，负暄闲看各子弟们来领取年物。……这里贾珍看着领完东西，回房与尤氏吃毕晚饭，一宿无话。至次日，更比往日忙，都不必细说。

已到了腊月二十九日了，各色齐备，两府中都换了门神、联对、挂牌，

---

① 此是宗祠内的上房。

② 关，领取。

③ 一分，一份。

新油了桃符，焕然一新。宁国府从大门【B】、仪门【S】，大厅【H】、暖阁【I】，内厅【W】、内三门【X】，内仪门【U】并内塞门【Y】，直到正堂【N】，一路正门大开，两边阶下一色朱红大高照，点的两条金龙一般。

次日，由贾母有诰封者，皆按品级着朝服，先坐八人大轿，带领着众人进宫朝贺，行礼领宴毕回来，便到宁国府暖阁【I】下轿。诸子弟有未随入朝者，皆在宁府门前排班伺候，然后引入宗祠。

且说宝琴是初次，一面细细留神打量这宗祠，原来：宁府西边另一个院子①，黑油栅栏【Z】内五间大门【U】，上悬一块匾，写着是"贾氏宗祠"四个字，旁书"衍圣公孔继宗书"。两旁有一副长联，写道是："肝脑涂地，兆姓赖保育之恩；功名贯天，百代仰蒸尝之盛。"（庚眉：此联宜掉转。）亦衍圣公所书。

进入院中【A1】，白石甬路【B1】两边皆是苍松翠柏。月台上设着青绿古铜鼎彝等器。抱厦【G1】前上面悬一九龙金匾，写道是："星辉辅弼"。乃先皇御笔②。两边一副对联，写道是："勋业有光昭日月，功名无间及儿孙。"亦是御笔。

五间正殿【N】前悬一闹龙填青匾，写道是："慎终追远"。旁边一副对联，写道是："已后儿孙承福德，至今黎庶念荣宁。"俱是御笔。里边香烛辉煌，锦帐绣幕，虽列着神主，却看不真切。

只见贾府人分昭穆排班立定：贾敬主祭，贾赦陪祭，贾珍献爵，贾琏、贾琮献帛，宝玉捧香，贾菖、贾菱展拜毯，守焚池。青衣乐奏，三献爵，拜兴毕，焚帛、奠酒。礼毕，乐止，退出。

众人围随贾母至正堂【N】上，影前锦幔高挂，彩屏张护，香烛辉煌。上面正居中悬着宁荣二祖遗像，皆是披蟒腰玉；两边还有几轴列祖遗影。贾菥、贾芷等从内仪门【U】挨次列站，直到正堂【G1】【N】廊下。槛外方是贾敬、贾赦，槛内是各女眷。众家人小厮皆在仪门【U】之外。每一道菜至，传至仪门【U】，贾菥、贾芷等便接了，按次传至阶上贾敬手中。贾蓉系长房长孙，独他随女眷在槛内，每贾敬捧菜至，传于贾蓉，贾蓉便传于他妻子，又传于凤姐、尤氏诸人，直传至供桌前，方传于王夫人。王夫人传于贾母，贾母方捧放在桌上。邢夫人在供桌之西，东向立，同贾母供放。直至将菜、饭、汤、点、酒、茶传完，贾蓉方退出下阶，归入贾芹阶位之首。

凡从"文"旁之名者，贾敬为首；下则从"玉"者，贾珍为首；再下从"草"头者，贾蓉为首；左昭、右穆，男东、女西；俟贾母拈香下拜，众人方一齐跪下，将五间大厅【N】，三间抱厦【G1】，内外廊檐，阶上阶下、两丹墀内，花团锦簇，塞的无一隙空地。鸦雀无闻，只听"铿锵、叮

---

① 另一个院子，据庚辰本、梦稿本、程甲本、程乙本。列藏本、蒙王府本作"另有一个院子"。甲辰本、戚序本作"另一个院宇"。

② 作者作书于乾隆朝，雍正是先皇，而康熙也是先皇，此处的"先皇御笔"当是康熙御笔，因为雍正与曹家交恶，不会为曹家题词。

当"金铃、玉佩微微摇曳之声，并起跪靴履飒沓之响。一时礼毕，贾敬、贾赦等便忙退出，至荣府专候与贾母行礼。

尤氏上房【W】早已袭地铺满红毡，当地放着象鼻三足鳅沿鎏金珐琅大火盆，正面炕上铺新猩红毡，设着大红彩绣云龙捧寿的靠背、引枕，外另有黑狐皮的袄子搭在上面，大白狐皮坐褥，请贾母上去坐了。两边又铺皮褥，让贾母一辈的两三个妯娌坐了。这边横头排插之后小炕上，也铺了皮褥，让邢夫人等坐了。地下两面相对十二张雕漆椅上，都是一色灰鼠椅搭小褥，每一张椅下一个大铜脚炉，让宝琴等姊妹坐了。尤氏用茶盘亲捧茶与贾母，蓉妻捧与众老祖母，然后尤氏又捧与邢夫人等，蓉妻又捧与众姊妹。凤姐李纨等只在地下伺候。茶毕，邢夫人等便先起身来侍贾母。

贾母吃茶，与老妯娌闲话了两三句，便命看轿，凤姐儿忙上去挽起来。尤氏笑回说："已经预备下老太太的晚饭。每年都不肯赏些体面用过晚饭过去，果然我们就不及凤丫头不成？"凤姐儿挽着贾母笑道："老祖宗快走，咱们家去吃去，别理她。"贾母笑道："你这里供着祖宗，忙的什么似的，哪里还搁得住闹？况且每年我不吃，你们也要送去的。不如还送了来，我吃不了留着明儿再吃，岂不多吃些？"说的众人都笑了。又吩咐她："好生派妥当人夜里看香火，不是大意得的。"尤氏答应了。一面走出来至暖阁【I】前上了轿。尤氏等闪过屏风，小厮们才领轿夫，①请了轿出大门【B】。尤氏亦随邢夫人等同至荣府。

这里轿出大门【B】，这一条街上，东一边合面②设列着宁国公的仪仗、执事、乐器，西一边合面设列着荣国公的仪仗、执事、乐器，③来往行人皆屏退不从此过。一时来至荣府，也是大门【A】正厅【H1】【I1】直开到底。如今便不在暖阁【J1】下轿了，过了大厅【H1】，便转弯向西，至贾母这边正厅【A2】上下轿。众人围随，同至贾母正室【K1】之中，亦是锦裀绣屏，焕然一新。当地火盆内焚着松柏香、百合草。贾母归了座，老嬷嬷来回："老太太们来行礼。"贾母忙又起身要迎，只见两三个老妯娌已进来了。大家挽手，笑了一回，让了一回。吃茶去后，贾母只送至内仪门【L1】便回来，归正坐。

贾敬、贾赦等领诸子弟进来。贾母笑道："一年价难为你们，不行礼罢。"一面说着，一面男一起，女一起，一起一起俱行过了礼。左右两旁设下交椅，然后又按长幼，挨次归坐受礼。两府男妇、小厮、丫鬟，亦按差役上、中、下④，行礼毕，散押岁钱、荷包、金银锞，摆上合欢宴来。男东女西归坐，献屠苏酒、合欢汤、吉祥果、如意糕毕，贾母起身进内间更衣，众人方各散出。那晚各处佛堂、灶王前焚香上供，王夫人正房院【M1】内设着

---

① 此足以证明大户人家男女有别的情状。
② 合面，整个一面。此处指整个东面。
③ 由此句亦可证明宁国府同荣国府在"宁荣街"上的情形当完全对称，则宁国当同荣国府一样有东西两"过街门"【D2】【C2】。
④ 按照所从事职务的上等、中等、下等来行拜见之礼。

天地纸马香供，大观园正门上【N1】也挑着大明角灯，两溜高照，各处皆
有路灯。上下人等，皆打扮的花团锦簇，一夜人声嘈杂，语笑喧阗，爆竹
起火①，络绎不绝。

　　至次日五鼓，贾母等又按品大妆，摆全副执事进宫朝贺，兼祝元春千
秋。领宴回来，又至宁府祭过列祖【N】，方回来受礼毕，便换衣歇息。所
有贺节来的亲友②一概不会，只和薛姨妈、李婶二人说话取便，或者同宝玉、
宝琴、钗、玉等姊妹赶围棋抹牌作戏。王夫人与凤姐是天天忙着请人吃年
酒，那边厅上、院内，皆是戏酒，亲友络绎不绝，一连忙了七八日才完了。
早又元宵将近，宁荣二府皆张灯结彩。十一日是贾赦请贾母等，次日贾珍
又请，贾母皆去随便领了半日。王夫人和凤姐儿连日被人请去吃年酒，不
能胜记。

●此回前，戚蓼生序本有批：

　　"除夕祭宗祠"一题极博大，"元宵开夜宴"一题极富丽，拟此二题于
一回中，早令人惊心动魄，不知措手处。乃作者，偏就宝琴眼中，款款叙
来：首叙院宇、匾对，次叙抱厦、匾对，后叙正堂、匾对，字字古艳。槛
以外，槛以内，是男女分界处；仪门以外、仪门以内，是主仆分界处。献
帛、献爵择其人，应昭、应穆从其讳：是一篇绝大典制文字。最高妙是"神
主看不真切"一句，最苦心是用贾蓉为槛边传蔬人、用贾芷为仪门传蔬
人，体贴入细。噫！文心至此，脉绝、血枯矣，谁是知音者？

●又第54回言：正月"十七日一早，又过宁府行礼，伺候掩了宗祠【U】，
收过影像，方回来。此日便是薛姨妈家请吃年酒。"

　　【解析】今对上述祭祖文字作一极为详细的研究。

（1）祭祖时九门洞开，皆在西路

由于宗祠在宁国府，所以荣国府要把很多供祖之物送到宁国府来。

贾珍当是命人把年货放在大厅【H】门口的月台下，自己坐在月台上监督
族人领年货。

上引文字言："且说贾珍那边，开了宗祠，着人打扫，收拾供器，请神主，
又打扫上房【N】，以备悬供遗真影像。"而下文："五间正殿【N】前悬一闹龙
填青匾，……里边香烛辉煌，锦帐绣幕，虽列着神主，却看不真切。……众人
围随贾母至正堂【N】上，影前锦幔高挂，彩屏张护，香烛辉煌。上面正居中
悬着宁荣二祖遗像，皆是披蟒腰玉；两边还有几轴列祖遗影。"

第一段文字的画线部分写明挂祖宗"遗真影像"（即画像）的是宗祠中的"上
房"。第二段文字的画线部分写明"五间正殿……贾母至正堂（即正殿的正堂）"
而堂上高挂祖宗的画像"影"也即"遗像"（"影前锦幔高挂"、"悬着宁荣二祖
遗像"）。把这两段文字结合起来，第一段的"上房……悬供遗真影像"就等于
第二段"五间正殿……正堂……影前锦幔高挂……悬着宁荣二祖遗像"，由此可

---

① 起火，当指放烟火。
② 来贺节的亲友。

知"上房"就是"正殿",其大厅称为"正堂"。

总之,上引文字中所说的"正堂【N】"、"五间正殿【N】"、"上房【N】"乃一回事而均指宗祠大殿,其形制为五间,当即图中所绘的"便殿"【N】(图中所绘正为五间★),所以我们均将其标作相同的字母序号【N】。

此上房大殿的正堂大厅内供有神主(即祖宗牌位),挂有祖先遗像。薛宝琴非贾氏家族之人,不能入殿堂祭祀,所以只能在殿堂外遥视而看不清祖宗牌位上的名字;而贾母等贾府之人亲自来到堂上祭祖,所以能看清祖先遗像乃"披蟒腰玉"。

作者此回以不能上堂的宝琴视角来写,而不用能够上堂的"通灵宝玉"的视角来写,不过是为了写出"虽列着神主,却看不真切"这句看不清祖宗牌位的话来罢了。狡猾的作者是借此来"讳知者",同时又可借此来搪塞读者,让读者无法怪罪他不把神主牌位上的字给写清楚。(如果他以能够上堂的"通灵宝玉"的视角来写,放置于整个祭典场面正中央的祖宗牌位,便会被清楚地写明,从而泄露《红楼梦》全书描写的是谁家的天机。而这一天机显然不可泄露,否则会惹来文字狱而有杀身之祸,所以作者不得不用不能上堂的宝琴视角来写。)

作者为何要这般煞费苦心地经营,有意用不能上堂者的视角,不把祠堂正中央的祖宗牌位写清楚?不就是想表明这一章"祭宗祠"是实录,所有的牌位、匾额、对联都是真实的写照,所以不敢用"通灵宝玉"的视角来写,而需要用那不能上堂、看不清神主者的视角来写。他在描写时,又特别遵循全书府内的空间要作"镜像处理"的创作原则,把宗祠对联的上下联全都对调成"镜像"之联,参见本书"第一章、第三节、三"之论。

其言祭祖时"宁国府从大门【B】、仪门【S】,大厅【H】、暖阁【I】,内厅【W】、内三门【X】,内仪门【U】并内塞门【Y】,直到正堂【N】,一路正门大开,两边阶下一色朱红大高照,点的两条金龙一般",可见"祠堂"是宁府最后一进建筑。古人前堂、后寝,故此正堂之后还当有一进,这最后一进便是祖先的寝室【V】。由于祭祖只在祠堂正殿举行,其后的内堂——当即贾宝玉生日时所拜的"祖先堂"【V】——未有描述。

前已论明"又打扫上房【N】以备悬供遗真影像"的"上房"就是宗祠内的上房大殿【N】。正如图中王夫人院上房【M1】后还有一进建筑,故此宗祠上房【N】后必定还有一进建筑【V】供祖先寝息,当即第62回贾宝玉生日祭祖时所提到的"祖先堂":"至宁府中宗祠【N】、祖先堂【V】两处行毕礼。"其所言的"宗祠"当即宗祠上房【N】,其所言的"祖先堂"当即宗祠上房后供祖先寝息用的寝室【V】,"祖先堂"后便是大观园的园墙,也即宁国府最北的府墙。

上房后为何还要有一进建筑?那便是因为上房最为尊贵。既然尊贵,便不能放在最后的府围墙下,而要在其后再建一进建筑作为衬垫后,方才可以到达府的最后一道围墙;又由于最尊贵,上房又当放在府的最深处:两相结合,所以上房一般都会建造在倒数第二进建筑处,此处宗祠亦然。

上房背后靠在府第北围墙下的最后一进建筑称为"照房"。"典图"荣国府"中路"凤姐院【U2】后、"西路"王夫人上房【M1】后的最后一进建筑全都标作"照房"便是其例证。照，就是"盖"的意思①，最北的房子相当于人的天灵盖，正房后要有这最后一进建筑来作为自己的照应和保护。这最后一进建筑充当保护正房这一全府首脑的天灵盖，故名为"照房"，又写作"罩房"。

上引文字言明："宁国府从大门【B】、仪门【S】，大厅【H】、暖阁【I】，内厅【W】、内三门【X】，内仪门【U】并内塞门【Y】，直到正堂【N】，一路正门大开，两边阶下一色朱红大高照，点的两条金龙一般。"我们已经考明，其中的"正堂【N】"就是宗祠大殿，也即上文所说的"五间正殿【N】"、"上房【N】"，其后当有祖宗的寝室"祖先堂【V】"。

下来作者曹雪芹专门借薛宝琴之眼来描述这一宗祠："且说宝琴是初次，一面细细留神打量这宗祠，原来宁府西边另一个院子，黑油栅栏【Z】内五间大门【U】，上悬一块匾，写着是'贾氏宗祠'四个字"云云。"西边另一个院子"这八个字似乎在说：上文所述的"大门【B】"至内塞门【Y】、正堂【N】"全都在中路，而宗祠在其西路。也即不把"正堂【N】"理解为宗祠的"正堂"，而把宗祠大门、正堂、后寝这两进院落视为宁国府中路"西边（的）另一个院子"。

其实，从文字上看："贾母有诰封者，皆按品级着朝服，先坐八人大轿，带领着众人进宫朝贺，行礼领宴毕回来，便到宁国府暖阁【I】下轿。""暖阁"即大厅两边有地炕的套房（其亦有门通外②）。"诸子弟有未随入朝者，皆在宁府门前排班伺候，然后引入宗祠。……众人围随贾母至正堂上，影前锦幔高挂，彩屏张护，香烛辉煌。"贾母所至的"正堂"挂有祖先的画像（"影前锦幔高挂"之"影"即指祖先影像），故知是祠堂的正堂，而非一般迎客用的大厅。因此，"内仪门并内塞门，直到正堂"的"正堂"当即此祠堂的正堂【N】，而非迎客用的大厅【H】或内厅【W】。

下文言："一时来至荣府，也是大门【A】、正厅【H1】【I1】直开到底"，其用"也"字，证明上文所言的宁府"从大门【B】……直到正堂【N】，一路正门大开"也是"直开到底"，即一直线开到底。东府若是大门开在东侧，而祠堂位居西路，则其所开诸门必呈"┗┛"状，便不能称作一直线开到底的"直开到底"。这也证明宁府所有大门、大厅等，均与祠堂在一直线上。所以宁府西路的建筑格局便应当是："大门【B】、仪门【S】，大厅【H】、暖阁【I】，内厅【W】、内三门【X】，内仪门【U】并内塞门【Y】，直到（宗祠）正堂【N】。"并不存在上文所猜测的"大门【B】"至内塞门【Y】"全都在中路，而代表宗祠的"正堂【N】"在其西路而呈两截、"┗┛"状拐弯格局的说法。

其中，入大门【B】为第一道仪门【S】，是入大厅庭院的院门。其大厅【H】

---

① 照住，即罩住，也即盖住。照房，又写作"罩房"。
② 此套房不光是正房的套间。即：此套房不光侧旁有门通正中的大厅，同时又有门朝南开而通仪门【S】。

两边的套房设有地炕，故称"暖阁"。贾母至暖阁下轿，至于是东暖阁【I】还是西暖阁【B2】？因图上仪门偏于东，故入"仪门"后所到的暖阁肯定就是正对仪门的东暖阁【I】。之所以不在大厅处下轿，便是因为一入仪门便是东暖阁的原故。如果仪门设在正中，则一入仪门必在正对仪门的大厅【H】处下轿，今在暖阁处下轿，也可证明其仪门并不设在正中的"大厅"前，而当设在偏居一侧的"暖阁"前。今图中正把"仪门"偏东而画，此是"江宁行宫图"与《红楼梦》文字描述相合的又一例证。★

由于仪门【S】开在了东暖阁【I】前，故知下轿处必为东暖阁。关于东府"仪门"设在东偏，图上所绘除了得到"贾母不在正厅下轿而在暖阁下轿"这条证据的印证外，我们还能找到第10回的一条佐证，即：贾璜妻金氏"到了宁府，进了车门，到了东边小角门前下了车，进去见了贾珍之妻尤氏。"其先入车门，再入府门，证明车门在府门之外。"车门"即通车之门，不是入府之门，应当就是府外的过街门，也即可以通车而行的东街门【D1】或西街门【C1】。

第3回林黛玉来贾府时便坐轿，而行李则由车拉着①跟在轿子后面，经过了宁、荣二府门口，她走的便是车门（即过街门），黛玉还看到宁、荣二府的这两座大门形制完全相同，即黛玉"又行了半日，忽见街北蹲着两个大石狮子【E2】【F2】，三间兽头大门【B】，……正门之上有一匾，匾上大书'敕造宁国府'五个大字【B】。……又往西行，不多远，照样也是三间大门【A】，方是荣国府了"，"照样也是"这四个字便写出"宁国府"大门与"荣国府"大门格局相同。而"荣国府"大门据图所绘，其有东西两个"过街门"【C1】【D1】，可证"宁国府"大门也当与"荣国府"大门形制相同，其大门两侧应当也拥有荣府所具有的"过街门"【C2】【D2】。因为此"东、西街门"的功用，便是在府中内眷出来时可以用来遮挡行人；而"荣国府"有内眷出来，"宁国府"也会有，所以宁国府肯定也当设有东西街门。

第10回的记载言"到了宁府，进了车门"，足证所进的车门是属于宁府的车门，这就充分表明：宁府与荣府都有各自的车门（即过街门），即两府一共有四座过街门，而不是两府共用两个过街门。这与图中"西府两个过街门只画在西府大门前、而未画到东府处"的画法也完全吻合★。至于东府的过街门何以图中未画，其原因显然就是宁府大门被撤，而大门前的过街门一同被撤，详见下文"（5）宁府大门被撤原因考"。

第3回邢夫人带黛玉看望贾赦时，言贾赦院是在荣国府大门之东另开"黑油大门"（因称其为"大门"，故知是两扇而非一扇，图中正画有两扇门★），其未言是开在荣国府"东车门"之外还是之内，据此处分析，便可知当在"东车门"之外，故其距离虽然很近，只有几十步路，而邢夫人与黛玉仍要坐上车，以免外人偷窥②，因为：途中有一小段路是在"车门"外的公共街道上（指图中【D1】与【C2】之间的那段路），所以这路哪怕再近也要坐车以避嫌。如果其

---

① 见第3回："便有荣国府打发了轿子并拉行李的车辆久候了。"
② 上文言尤氏回府时，其丫环直接走在这"车门"外的公共街道上而未坐车，那是因为晚上光线昏暗，即便有人，也看不清丫环的容貌，白天则不可如此。

院门设在车门内，便可以把行人拦在车门外，再催促两车门内的行人快快走出车门而莫停留，这样的话，邢夫人由府回院时，只需在大门内稍等一两分钟，便可省去坐车回院的麻烦，并可以节约时间。

此处贾璜妻同黛玉一样，坐车入"车门"而来到府门前下车。其自东边小角门【R】下车，而宁府仪门【S】正偏于东，贾璜妻从东角门【R】入门乃正对仪门【S】而近。只有贵客才能由正门入府，其余人当走角门，今根据其不由西角门入府，而由东角门入府，也就暗示出宁府的仪门【S】当在大门内的东偏。因此，图中绘仪门【S】偏于东侧，与《红楼梦》的描述（即贾母不在正厅下轿而在其侧的暖阁下轿的描述，贾璜妻不由西角门入府而由东角门入府的描述）完全吻合。★

由仪门入暖阁【I】与大厅【H】，由大厅可入其后的内厅【W】，内厅后有"内三门"【X】。仪门是"二门"①，此便是第三道门（即排位第三之门），因在内，故称"内三门"。其后又有内仪门【U】，当是祠堂的大门，门前有黑油栅栏【Z】相拦阻。即薛宝琴眼中："细细留神打量这宗祠，原来宁府西边另一个院子，黑油栅栏【Z】内五间大门【U】，上悬一块匾，写着是'贾氏宗祠'四个字。"图中绘此"内仪门"【U】与其后的宗祠"五间正殿【N】"开间数正为相同，皆是五间，其又位于宁国府的西路，独自成为一个院落；图中所绘与书中借薛宝琴眼睛所作的描绘完全吻合，无有不合。★

内三门【X】与内仪门【U】之间形成一条东西向的夹道【O1】。大观园建造前，此夹道东端通宁府东路之院，而西端是宁府与荣府分界的界墙所在。而两府界墙又形成一条南北向的分割两府之用的夹道【P1】，此乃私道（见第 16 回："当日宁荣二宅，虽有一小巷界断不通，然这小巷亦系私地，并非官道，故可以连属"）。

内三门【X】与内仪门【U】之间的这条东西向的夹道【O1】，在兴建大观园后，便进一步往西通"贾赦院"三层仪门【Q1】后的夹道【R1】。在兴建大观园前，此贾赦院的第三层仪门【Q1】与贾赦院内院【V2】南院墙之间的这条东西向的夹道【R1】，仅供贾赦行走，东不通宁府，西不通荣府中路。后来因为兴建大观园，从荣府中路的"外仪门"【S1】往东打通"贾赦院"的这条夹道【R1】，然后再往东打通到宁府"宗祠"前的夹道【O1】，然后再往东沿宁府后花园的围墙【T2】走到大观园的正门【N1】。"大观园"正门【N1】在宁府后花园"会芳园"【L】的"丛绿堂【M】"、"天香楼【J】"后的围墙【T2】之后。

宗祠大门（即"内仪门"）【U】往里又有"内塞门"【Y】。据图，此"内仪门"【U】正中的大门顶上建有一座戏台【U1】（即内仪门正中间是座两层楼的形制，大门为一楼，戏台为二楼）。当然，据图来看，似乎也可以理解为是仪门【U】后面建有一座戏台【U1】。但仪门后面如果建有戏台，上引《红楼梦》文

---

① 二门与大门相对，其为第二道门，故称"二门"，是男女分界线，男仆不得入内，内眷不得跨出，此即古人所谓的：妇道人家"大门不出，二门不迈。"

字叙述宗祠庭院时，肯定不能跳过去而当加以交代，今不交代，说明此戏台并不是位于仪门背后的落地的单体建筑，而应当是仪门的第二层楼，所以作者在交代"内仪门"时等于已经交代过这座戏台了（作者之所以不交代仪门顶上有戏台，便是因为戏台不是独立于仪门之外的单体建筑）。从图上来看，此戏台【U1】与内仪门【U】之间有纵向的屋脊相连（纵向屋脊便构成一个"穿堂"形制），则此戏台当是"内仪门"往北凸出的二层抱厦，上层演戏而为戏台，下层走人而为门洞。

人所共知，看戏时庭园宜深，戏台宜高，故戏台建在仪门的第二层最为合宜：一是高，二是其已达到离堂最远的地步。如果戏台作为落地的单体建筑建在庭院内，一是只有一层，不及前者来得高；二是其身后仍有建筑"内仪门"，不如前者远；三是阻挡视线，破坏了庭院的空旷性和方正格局。

戏台建于堂前是为了娱乐神明和祖先，其所演的戏必定是"忠孝节义、喜庆祥和"者，肯定不宜演出"风花雪月"的爱情故事。而常人都喜欢看"花前月下"的风情故事，这样的戏不适合在祠堂开演，所以贾府的戏酒再多，也不会在祠堂上演、布置；因此《红楼梦》全书没有一处提到这座祠堂中的戏台，也就不足为怪了。

倒是第 19 回元妃"正月十五"元宵节省亲后，"东府珍大爷来请过去看戏、放花灯"，"谁想贾珍这边唱的是《丁郎认父》、《黄伯央大摆阴魂阵》，更有《孙行者大闹天宫》、《姜子牙斩将封神》等类的戏文。倏尔神鬼乱出，忽又妖魔毕露，甚至于扬幡过会，号佛行香，锣鼓、喊叫之声闻于巷外。满街之人个个都赞：'好热闹戏，别人家断不能有的！'"其演的是娱神用的"神鬼戏"，不出意外的话，应当在这宗祠的戏台上演出。

宗祠西侧正是宁、荣二府间的小巷【P1】，要往北走到其中段处才有墙隔断内外；此"隔断墙"以南的南半段巷子，"宁荣街"上的人都可以走到，正好就在宗祠西侧，而且其上当如"典图"所绘没有屋顶（"彩图"绘有屋顶，当是后来改建，非是《红楼梦》所描述的康熙、雍正朝的旧貌），能让人爬上墙头，爬到戏台庭院西侧廊庑的屋脊上，来观看戏台上演的戏，所以书中写到："锣鼓、喊叫之声闻于巷外。满街之人个个都赞"云云。

其戏楼的形制可以参考本书书首"图 B-13"所附的"聊城山陕会馆戏楼"图。此图取自《山东运河风俗》，济南：济南出版社 2006 年版。

内仪门【U】往里有"内塞门"【Y】，所谓"塞门"即"屏门"，是仪门背部的格扇门，不是脱离于"仪门"的单体建筑。"仪门"这一建筑正面为仪门，背面便是塞门。这背面的塞门做成格扇门的样子，平时不开，从其两边走，有大事则开中间的"塞门"。此门由于平时都要塞好（即关闭好），所以称为"塞门"；因其在内仪门之背，故称"内塞门"。总之，内塞门不过是内仪门的后背罢了，它不是一座独立的单体建筑。此内塞门顶上（即"内仪门"的二楼），便是娱神、娱祖用的演神鬼戏、节义戏的戏台。

入内仪门便是祠堂的正堂【N】。贾母等长辈们当是直接到宁府大厅的暖阁【I】后，走上述正中间那大开的一系列的门，直奔祠堂的"正堂"而来。上文言祭祖时这一系列大门全都一直线洞开，显然是为了供大批人行走之用。宝琴及贾府其他子弟、内眷们，应当就跟在长辈后面，按着次序排好队，在司仪指挥下"引入"，由大门及上述那一系列门进入祠堂大门【U】内的庭院。

无论是贾母等长辈，还是其他晚辈，由上述一系列大门入宗祠大门【U】时，都没出现过"西拐"之类的字样，倒是从文字上看，其言"宁国府从大门【B】……直到正堂【N】，一路正门大开，两边阶下一色朱红大高照，点的两条金龙一般"，即甬道两侧大红灯笼高挂，如同两条金龙一般，所说的应当也是直龙，而非那种拐弯的"凵"状。所以宝琴说的"打量这宗祠，原来宁府西边另一个院子"这句话其实不能证明"大门"至"内三门"在中路，而"祠堂"在其西路；也即不能证明"宁府有东、中、西三路"。

事实上，上文已经清楚考明东府只有"东、西两路"，其最东部一块【T″】不属于东府（因为《红楼梦》第2回言明东西两府只占"宁荣街"的大半而不占其全部，与图中东南角缺掉一块【T″】正相吻合）。上文又已考明：东府的大门开在西路，而不开在东路（因为《红楼梦》第75回言明东府大门与西府大门"没有一箭之路"即不足一射之地。东府大门若开在东路，则距西府大门有200多米，超过了一射之地）。因此无论从图上来看，还是从《红楼梦》描述来看，宁府只有东、西两路：大门、大厅、内厅、祠堂皆在西路一直线上而可以一开到底，祠堂位居其最后；东路当是贾珍、贾蓉二人所住的内院，其最后与祠堂相并齐者便是"会芳园"中的"丛绿堂"【M】和"会芳园"园门上的二楼"天香楼"【J】。

（2）宗祠祭祖的庄严场面

宁府西路，"大门"【B】在此西路的正中，"正厅"【H】等在"宗祠"【U】【N】【V】前，其间有"黑油栅栏"【Z】阻断，这道栅栏是世俗的"待客所"与祖先的"肃穆地"相闸断的标志。栅栏，就是用木条或铁条做成的、透空形式的隔离结构，用来分隔内外，阻断通行。中国传统礼制是以黑色为高贵之色，见《太平御览》卷187"柱"："《穀梁传》曰：'丹桓公楹。'《礼》：天子丹，诸侯黝，大夫苍，士黈。""贾氏宗祠"的大门外设有黑油栅栏，显示出"贾氏宗族"相当于诸侯级别的高贵地位。

栅栏背后便是宗祠的五开间大门，即所谓的"内仪门"【U】，上悬匾额"贾氏宗祠"，乃圣裔（即孔子后人）"衍圣公孔继宗书"[①]。门联是："肝脑涂地，

---

① 明末崇祯二年（1629），65世衍圣公孔胤植奏请皇帝恩准，又赐66世至75世的名派"兴毓传继广，昭宪庆繁祥"，并诏告天下。清初所封衍圣公有66世孔兴燮（顺治五年袭）、67世孔毓圻（康熙六年袭）、68代孔传铎（雍正元年袭）、69代孔继濩（早卒，雍正十三年追赠）、70代孔广棨（雍正九年袭），71代孔昭焕（乾隆九年袭），72代孔宪培（乾隆四十七年袭）。据本书考证，作者以《红楼梦》写其家世，开笔于乾隆九年清朝立国百年祭时。由于作品写的是家事，其家祖上曹玺在"江宁织造府"中营建曹氏宗祠当在康熙朝（按《江南通志》卷105"江宁织造"题名："曹玺，……康熙二年任。桑格，……康熙二十三年任。

兆姓赖保育之恩；功名贯天，百代仰蒸尝之盛。"庚辰本后人有批："此联宜掉转"，甚有见地，正说明此处写的是实际情形的镜像。因为古有"天地"一词，当先言"天"、再言"地"为宜。而且此联中的"天"指皇帝，"功名贯天"言曹家的功名从皇帝手中赐下；其联再言地，地即百姓，皇帝比百姓尊贵，故当先言"功名贯天"，再言"兆姓赖保育"。下文提及的另两幅宗祠对联亦当相反，这就一连有三条证据证明此处所写的宗祠乃实际宗祠的镜像。

作者让我们跟随薛宝琴的脚步和视野进入此宗祠的大庭院中。据图，其庭院很深，南侧仪门上建有戏台【U1】娱神、娱祖。宝琴因一直往前走，没意识到要回头望一望这仪门背后的"内塞门"上可有戏台（一般人走过建筑时，都不会有意识地回头望一下建筑的背面，所以也就没有意识到脑后的"内塞门"上居然还有一座戏台）。因此之故，书中并没有交代这座戏台。换句话说，这是作者忘写了，不等于祠堂的正堂面前没有设戏台①；也就不能证明"图中绘有戏台"与《红楼梦》书中没写到宗祠中有戏台"相矛盾。

入内仪门【U】后，庭院正中是条白石甬道【B1】，两边都是苍松和翠柏。"正堂"建在高高的台基上，此台基称为"月台"，当是汉白玉所建的拜月之台，也即所谓的"丹墀"（"丹墀"意为石砌台基，而未必全要漆成红色）。台上设有香炉（"青绿古铜鼎彝等器"），香炉后面是正殿前面的面朝正南的"三间抱厦"【G1】，正中高高地悬挂着一块九龙金匾"星辉辅弼"，乃是先皇（当即康熙皇帝）的御笔，其下有对联："勋业有光昭日月，功名无间及儿孙"，应当也是先皇康熙的御笔。此联也应当左右调换后，方才事理通顺。因为古有"功勋"一词，当先言"功"、再言"勋"为是。

由抱厦往里走，便是五间正殿【N】，前方悬挂一块闹龙填青匾，上有"慎终追远"四字，其下对联："已后儿孙承福德，至今黎庶念荣宁"，也是先皇康熙的御笔，其也应当左右对调，事理方能更为通顺。因为从时间先后上说，当先言目今的"至今"，再言将来的"已后"，这样方能更加符合时间上的先后关系和逻辑上的因果关系。即：正因为百姓念"荣宁二府"的恩德，才会有将来"宁荣二府"儿孙的福德，其因果关系不可能倒过来。

"里边香烛辉煌，锦帐绣幕，虽列着神主，却看不真切。"这儿用"里边"两字，说明甬路、抱厦、正殿三者都不是薛宝琴两只脚所能走到，都是她站在庭园南侧所望见，故殿内神主看不清楚。其实这是作者为了避讳，不敢写明；因为一旦写明，知道他家内情之人便一眼就能看破这是记载作者曹家家事之书，从而有可能会惹来非议，所以作者特地用宝琴看不清为借口，以此来"虚晃一枪"地一笔带过、不加描写，可谓"狡猾之甚"。〖正赖作者这类处理，所以乾

曹寅，……康熙三十一年任"），故题联之人当是衍圣公孔毓圻为是。作者当然不敢据实明写而要用化名。作者知"继"字辈无人担任衍圣公，故意将题联的衍圣公由"孔毓圻"化名为"继"字辈的"孔继宗"，以免世人对号入座，给自己扣上"影射时事"的"文字狱"帽子。

① 而且这也可以不看作是作者忘写了。因为任何人走路时都是一直往前走，走过某一建筑时一般不会回头去看，而作者此次对宗祠的描写是借薛宝琴的视角来写，薛宝琴入宗祠时既然不会回头，作者自然也就写不到抛在她脑后的戏台了。

隆皇帝读完全书后，误认为书中"真事隐"隐写的是宰相明珠的家事，见清末常州籍文士赵烈文所著《能静居笔记》："曹雪芹《红楼梦》，高庙[1]末年，和珅以呈上，然不知所指。高庙阅而然之，曰：'此盖为明珠家作也。'后遂以此书为珠遗事。"[2]即以书中宝玉影射的是康熙朝宰相纳兰明珠之子纳兰性德。】

正因为出于避嫌起见，神主是不可以写清楚的，所以也就需要借某一个走不到宗祠正殿上的外人视角来写，作者便找到了不属于贾家人的薛宝琴。有人会问：宝琴只不过是贾门的外姓亲戚，不是贾府中人，怎么能够入祠参与祭祀呢？当是第49回"果然王夫人已认了宝琴作干女儿"，所以给她旁观的待遇。作者写王夫人认她作干女儿，便是在为本回借她眼睛来写宗祠埋伏笔，由此可见作者笔底没有一句闲文。

下来便是宝琴眼中的贾府祭祀的整个仪式过程：贾府男子按"左昭右穆"分两班排好，长房（宁国府）长子贾敬主祭，次房（荣国府）长子贾赦陪祭，长房长孙贾珍献爵，次房长孙贾琏、贾琮献帛，宝玉捧香；贾菖、贾菱展拜毯、守焚池。青衣奏乐，三次献爵（即进酒），拜、兴毕[3]，焚帛、奠酒。礼毕，乐止，众男子退出。

由宝琴得见祭祀并能进入宗祠庭院，可见女人也是可以入祠参与祭祀的，只不过"男女有别"而不可以共处，所以要先让男主人跪拜后退出殿外，然后再由女主人入殿主祭。之所以要让女主人主祭，那是因为所有家庭都是女性负责烹饪，而"主祭"就是端菜、上饭，而上菜、供饭之事便是女主人的天职。

于是众女眷随贾母来到正堂【N】之上，影前锦幔高挂，彩屏张护，香烛辉煌。上面正中悬挂着宁荣二祖的遗像，都披蟒、腰玉；两边还有几轴列祖的画像。贾荇、贾芷等从"内仪门"（即祠堂门口）【U】开始依次站列，一直向里排到祠堂的正堂【G1】【N】廊下。祠堂正堂的门槛外（即门扇外）是贾敬、贾赦为首的男子，门槛内（即殿堂中）是各位女眷，这体现出"男女有别，男主外、女主内"的道理。家人、小厮全都站在"内仪门"【U】即祠堂门外，没有资格进入祠堂，这体现出"主仆有别，外姓之人不可入祠祭祀"的道理。每上一道菜，都由下人传到"内仪门"即祠堂门口【U】，由贾荇、贾芷接过来，按次序传到台阶上的贾赦手中，贾赦再传给贾敬。（按：此时贾政在外任学政，没有能够回家过年来参加祭祀。）

贾蓉是长房长孙（其为重孙辈中的嫡长孙），唯独他能够很特殊地从队列中出来，站到众女眷之尾的门槛边。每当贾敬捧来菜时，贾蓉便接过来传给他妻子，再传给凤姐、尤氏诸人，最后传到供桌前，由王夫人传给贾母，贾母便捧着放到供桌上。邢夫人站在供桌的西边朝东而立，协助贾母摆放。菜饭、汤点、酒茶传完后，贾蓉便退出殿堂，走下台阶，排入队伍中贾芹前面那原本属于自己的位置。

---

① 高庙，乾隆皇帝。
② 见一粟编《红楼梦资料汇编》第378页，末注出处："蒋瑞藻《小说考证拾遗》引。"
③ "拜"指下跪，"兴"指起立。"拜、兴毕"即下跪后起立而跪拜之礼完毕。

于是，男子们再度入殿，凡"文"字偏旁者以贾敬为首，下来便是"玉"字偏旁者以贾珍为首，再下来便是带"草"字头者以贾蓉为首，左昭、右穆，男的分成两排，女的也分成两排，男的全在东侧、女的全在西侧，见贾母拈香下拜，众人便一同跪下，将五间大厅、三间抱厦【N】【G1】的内外廊檐、阶上阶下，以及正堂【N】与仪门【U】两座台基（即丹墀）间^①的庭院内，如同花团锦簇般，塞的没有一处空地。整个过程鸦雀无声，只听得"铿锵、叮当"的金铃、玉佩的微微摇曳之声，以及跪下、起立时鞋履的踩地声。一时行礼完毕，贾敬、贾赦等便急忙退出，到荣国府等候贾母回府后向贾母行礼。

古代没有今天的摄像机，古人如何祭祖的场面，如果没有曹雪芹上述文字记载，便留不到今天。因为古往今来，谁能像曹雪芹这般生动详细地记载祭祖场面的每个细节，保留下化石般珍贵历史史料？难怪戚序本回前总批称此回的文字"是一篇绝大典制文字。……文心至此，脉绝血枯矣。谁是知音者？"总之，小说在保存史实方面可以补正史之不逮，而描写家事的小说更能记录古代社会的生活细节，《红楼梦》便是其中最最杰出的代表，其作者曹雪芹也凭此成为记录华夏文明的绝伟之人。

（3）宗祠前宁府西路的厅堂

上引之文言"尤氏上房早已袭地铺满红毡"，似乎写的是尤氏生活起居之用的上房，其实不然。尤氏生活起居之用的厅房当在东路的上房【W1】，今贾母下轿于西路的东暖阁【I】，故知此处的"上房"当即西路的大厅。

下文"二、（5）"专门考证此处所言的"上房"就是"内厅"【W】，与大厅【H】有别。正如第3回林黛玉进贾府时写贾母院："小小的三间厅，厅后就是后面的正房大院，正面五间上房"，可见一般的建筑格局都是前厅后房，此处亦然，大厅【H】和上房【W】实为有别。

古人"内外有别、男女有别"：大厅【H】在外，便是男主人接待男宾之用；上房【W】在内，相当于是"内厅"，便是女主人接待女宾之用。前者专属于男主人贾珍，故称其为"贾珍大厅"亦不会错；而后者专属于女主人尤氏，故书中称之为"尤氏上房【W】"。正如上文考得"上房"即"正殿"的别称（见上文"（二）、（1）"宗祠的"上房"就是宗祠的"五间正殿"），正殿就相当于全府的正堂和大厅，所以第53回祭祖时便又称此"尤氏上房"为"内厅【W】^②"，但这一"内厅"绝对不是东路尤氏宅院内的上房（即这一"内厅"绝对不会是贾珍与尤氏卧室处的上房【W1】）。

尤氏在内厅【W】地上铺满红地毯，厅正中放着大火盆，厅正面的炕上铺着新的猩红毡，放着大红彩绣的靠背、引枕，另有黑狐皮的袱子搭在上面，坐位处铺着大白狐皮坐褥，尤氏请贾母坐了上去。两边又铺着皮褥，让贾母同辈份的两三个姐娌坐了。这边横头排插后的小炕上也铺了皮褥，让邢夫人等坐了。

---

① 此可证"仪门"也建在台基上。
② 原文作："大门【B】、仪门【S】，大厅【H】、暖阁【I】，内厅【W】"云云。

地下两面对排的十二张雕漆椅上，都是一色灰鼠椅搭、小褥，每张椅子下面的正前方放着一只大铜脚炉，供坐的人踩着暖脚，尤氏让宝琴等姊妹坐了上去。尤氏用茶盘亲自捧茶给贾母，蓉妻捧给与贾母同辈份的众位老祖母；然后尤氏又捧茶给邢夫人等，蓉妻便又捧茶给与尤氏同辈分的众姊妹。凤姐、李纨等还只够资格站在地下伺候。

茶毕，邢夫人等人便先站起身来侍候贾母。贾母吃茶，与同辈分的老姐妹（老妯娌）闲话了两三句，便命令："看轿。"凤姐儿忙上前搀扶。尤氏笑着说："已经预备下老太太的晚饭了。每年都不肯赏些体面在我们东府用了晚饭再过去，果然我们就比不上凤丫头吗？"凤姐儿搀着贾母笑道："老祖宗快走，到咱们家去吃，别理她。"贾母笑道："你这里供着祖宗。"这句话再次点明"宗祠"设在东府这一"全府的家宅部分"内，相应地，西府便是"全府的府衙部分"。贾母说："你这里供着祖宗，太忙了，哪里还ըく得起我们闹？况且每年我不吃，你们也要送过去的。不如还是送了来，我吃不了可以留着明儿再吃，岂不多吃些？"众人都被贾母说得笑了起来。贾母又吩咐尤氏："好生派遣可靠的人守夜、防火，不得大意。"尤氏忙答应了。

贾母等人一面说一面走到"前厅"【H】东厢的"暖阁"【I】前上了轿。等尤氏诸人躲在内屏风后，小厮们才敢领轿夫进来把轿子抬出仪门【S】和大门【B】，这也充分体现出大家族的"男女有别"。尤氏也跟随邢夫人等，一同来荣府侍候贾母。

（4）贾母祭祖后返回荣府的路线

贾母之轿出了宁府大门【B】，门口"宁荣街"上东边排列着宁国公的仪仗队，西边排列着荣国公的仪仗队，来往行人都被挡在东西街门【C1】【D2】外不得通行①。约百来步，贾母一行人便到了"荣国府"，也是从大门【A】到正厅（即向南大厅【H1】和荣禧堂【I1】）把门一直线大开到底。

平时本当在"向南大厅"的西暖阁【J1】下轿。因为"贾母院"在西路，故知不在东暖阁【O】下轿，而当在靠近贾母院的西暖阁【J1】下轿。往常"向南大厅"的正门是不开的，所以要穿大厅正门中间偏西的门扇，靠大厅内的西侧走，所以要在"西暖阁"处【J1】下轿。

今天"向南大厅"【H1】既然已把正中大门大开，故知轿子可以从正中抬着穿越大厅，然后再转弯向西，走贾母正房南边的"东西穿堂"【D2】，进垂花门【T1】而入贾母院，到贾母处的正厅（当即第3回黛玉入贾府时所提到的贾母院那"小小的三间厅"）【A2】下轿。

众人围拢在一起，跟随在贾母轿后，一同来到贾母的正室【K1】中，同样是地上铺锦裀，堂内树绣屏，焕然一新。堂中火盆内焚着松柏香、百合草。贾母落座后，有贾母同辈份的老太太向她行完礼后，落座吃了两口茶，然后贾母送她们到"向南大厅"【H1】后、荣禧堂【I1】前的"内仪门"【L1】门口便回

---

① 虽然有四个街门【D1】【C1】【D2】【C2】，但此处挡在街门外当是最东的【D2】和最西的【C1】，两者之间不能有外人。

来了（即贾母没有把她们送出"向南大厅"【H1】和"向南大厅"前的外仪门【S1】）。

于是贾敬、贾赦等率领贾府的子弟们进来，分男女、按辈分，一批批向贾母行礼，然后两旁设下交椅，按照长幼次序落座。接着便是两府下人，分男女、按奴仆等级，分上、中、下三等①行礼。然后发"押岁钱"②，摆"合欢宴"。最后男东、女西归座，献"屠苏酒""合欢汤""吉祥果""如意糕"，贾母起身进内间更衣（指上厕所），众人方才散去。

这除夕晚上，府内各处佛堂、灶王前焚香上供，王夫人正房院【M1】内设有天地纸马香供，大观园正门上【N1】高挂红灯笼，各处有路灯。所有男女都打扮得花团锦簇，整夜人声嘈杂、欢声笑语、爆竹声不断。

此回前戚蓼生序本有批："除夕祭宗祠、元宵开夜宴"是《红楼梦》着力描写的曹家的两大场面，一般人无法驾驭而写不好，现在居然放在同一回中来写，作者才力真令人震惊！此批又说"祭宗祠"这一题目，作者主要借薛宝琴的眼中款款叙来：首先叙述庭院大门【U】的建筑与匾额、对联，再叙述抱厦厅【G1】及其匾额、对联，最后叙述正堂【N】及其匾额、对联，每一个字都是那么古雅喜人。殿堂门槛以外、以内，是男性与女性的分界处，即：门槛内的殿堂【N】上全是女眷，男的都要站在门槛外的殿堂台阶上和庭院中，由女主人在殿内主祭，男子只是在殿外传菜而已。这就像家中吃饭时，夫人主持中馈③，所以要由夫人站在父母跟前伺候父母茶饭，两者的道理是相同的④。内仪门（即宗祠大门）【U】以外、以内，是主人和仆人的分界处，即：内仪门以内的宗祠内是主人，内仪门以外的宗祠外是仆人，外姓的仆人是不可以进入宗祠的。献帛、献爵都要选家中的尊长；昭、穆的顺序都是按照名字的辈分来排列。所以，本回堪称是叙述家庭典礼的极了不起的大文章。最意想不到的是，作者让宝琴看不清神主而避免交代木主上题写的是谁这一实情，从而刻意隐去该隐瞒的真相（即隐去木主上题写的"曹"姓和祖先名讳），透露出作者的慧心和用意。作者又让贾蓉作槛【G1】内外分界处、也即男众与女眷交接处的传菜人，让贾芷等作为内仪门【U】分界处、也即主人与仆人交接处的传菜人，这样的描写已到了何等仔细入微、一丝不漏的地步。最后批者说：能写到格局这么宏大而细节又如此细腻的境界，作者真是费尽了心血，不知看书的人有没有体会到这一点而成为作者曹雪芹的知音？

【总结】图与文完全吻合处：宁府宗祠前九道门，图与文完全吻合！

书中第 53 回祭祖时"宗祠"那一路（即宁府西路）大门直开到底的描写——"宁国府从大门【B】、仪门【S】，大厅【H】、暖阁【I】，内厅【W】、内三门【X】，内仪门【U】并内塞门【Y】，直到正堂【N】，一路正门大开，两边

---

① 一等即上等，书中的三等奴才即下等奴才。

② 今写作"压岁钱"。可证过年时的压岁钱不光是长辈给晚辈发，还有上级给下级发。

③ 中馈，指家中供膳诸事，由妻子主持。所以古人又用"中馈"一词来作为妻室的代称。

④ 指宗祠中的祭祀与家中吃饭这两者都要由女主人来主持的道理是相同的。

阶下一色朱红大高照，点的两条金龙一般。……五间正殿【N】前悬一闹龙填青匾，写道是：'慎终追远'。……众人围随贾母至正堂【N】上，影前锦幔高挂，彩屏张护，香烛辉煌"——与图中宗祠前一连七道大门的画法完全吻合，其中大厅【H】、暖阁【I】为同一建筑的两个部分，而内仪门【U】、内塞门【Y】也是同一建筑，所以文字描述表面看上去有九道建筑，其实就是图中所绘的七层建筑，这是《红楼梦》所述"贾府"就是现实世界中的"江宁织造府"的又一铁证。★

此节文字写明"贾母至正堂"而堂上高挂祖宗影像（即画像），而挂祖宗画像的只可能是宗祠大殿，故知此处所言的"正堂"与"五间正殿"乃一回事，均指宗祠大殿①，其形制为五间，当即图中所绘的"便殿"【N】。此贾氏宗祠的大门即上引之"内仪门【U】并内塞门【Y】"，据薛宝琴所见，乃"黑油栅栏【Z】内五间大门【U】"，图中绘此"内仪门"【U】与其后的宗祠"五间正殿（即图中'便殿'【N】）"的开间数正为相同，皆是五间。此宗祠又位于宁国府的西路，独自形成一个院落，与薛宝琴所见的"这宗祠原来（是）宁府西边（的）另一个院子"也相吻合。总之，图中所绘与书中所写的宗祠正殿、正门的开间大小以及宗祠在宁府全府中的位置完全吻合，无有不合。★

从宁府大门到此宗祠正殿共有九道门（一为大门，二为仪门，三为大厅门，四为暖阁门，五为内厅门，六为内三门，七为内仪门，八为内塞门，九为正堂也即宗祠大殿之门），极易使人认为：从大门到宗祠正殿共有九进建筑，其实这是误会，应当像图中所绘那样只有七进建筑。因为"暖阁"【I】当是"大厅"【H】的东侧房，而"内塞门"【Y】当是"内仪门"【U】的后门，详论如下：

三间或五开间的房子，当中的明间称为"厅"，两边的次间称为"暖阁"，因为其中常设有暖炕取暖，故名"暖阁"。所以"暖阁"并非是一座独体建筑，而应当是大厅的侧房。从本图来看，"大厅"【H】前有"仪门"【S】，"仪门"在"大厅"东侧；故正对"仪门"的大厅东侧房，应当就是此处所说的"暖阁"【I】。此暖阁当有门朝向此"外仪门"【S】，然后此暖阁内部西墙上又有房门通"大厅"，所以按照入门顺序当说成"从大门、仪门、暖阁、大厅、内厅"云云。此处当因大厅是主、暖阁为辅，故标举时不按入门顺序，而按照主次格局，即按照先大后小、先主后从的习惯说成是："从大门、仪门、大厅、暖阁、内厅"云云，故其标点宜作"从大门、仪门，大厅、暖阁，内厅"。

至于"内塞门"【Y】，学建筑的人都知道："内塞门"也不是独体建筑，它就相当于内仪门【U】背后的一排格扇门，平时不开，走其两侧最边上的格扇，有重大庆典活动，便将此内塞门中间的格扇取下以供通行。故其标点宜作"内厅、内三门，内仪门并内塞门，直到正堂"云云。

由此可见，《红楼梦》的对宗祠正殿及其前九道门的描述，图中除大门【B】被撤外，其余均与之完全吻合。★

---

① 故上述引文中，两者标以相同的字母位置【N】。

（5）宁府大门被撤原因考

至于"宁府大门"，也即康熙朝的"江宁织造府"家宅部分的大门【B】，为何在乾隆朝撤毁而拆除门屋，改成砌墙封死？其原因便是此处乃家宅，而此家宅部分的功能日渐废弃，所以此家宅部分的大门便被撤而彻底筑墙封死。今详考如下：

乾隆皇帝仿其祖父康熙皇帝也六巡江南，分别在乾隆十六年（1751）、二十二年（1757）、二十七年（1762）、三十年（1765）、四十五年（1780）、四十九年（1784），见《同治上江两县志》卷一"记、圣泽记"："十六年恭奉皇太后銮舆南巡，三月驻跸江宁。……二十二年恭奉皇太后銮舆南巡，二月驻跸江宁。……二十七年三月，驻跸江宁。……三十年三月恭奉皇太后銮舆南巡，驻跸江宁。……四十五年恭逢七旬万寿，普免漕粮一次，自庚子年为始；三月南巡，驻跸江宁。……四十九年南巡，截留冬漕如上例，加振[①]上元等县灾民两月，三月驻跸江宁。"[②]所谓"驻跸江宁"当皆指驻跸"江宁行宫"，乾隆皇帝六次南巡到南京均住在"江宁行宫"。

《嘉庆新修江宁府志》卷12"建置"："江宁行宫，在江宁府治利济巷大街，向为织造廨署，圣祖南巡时即驻跸于此。乾隆十六年，大吏改建行殿，有绿静榭、听瀑轩、判春室、镜中亭、塔影楼、彩虹桥、钓鱼台诸胜，内贮历年奉颁法物，谨列于左"云云[③]。又该类："江宁织造署，旧在府城东北督院署前。乾隆十六年，以改建行宫，时藩司兼管织造，故无署。乾隆三十三年，织造舒，买淮清桥东北民房，改建织造衙署。"[④]画线部分，本书"第一章、第四节、六"引《南巡盛典》"乾隆十六年，……大吏改建行殿数重"时，已做过讨论，即：乾隆十六年仅把行宫中路的几重行殿加以改建，其余当仍康熙朝之旧。此时是藩司（即"江宁承宣布政使司"）代管织造，"江宁织造"并未设官，故"江宁织造署"也就无人居住。而乾隆三十三年重设"江宁织造"这一官职并任命舒姓官员出任时，也不容许他进驻"江宁织造府"，因为这儿十多年或二十多年来早已成为专供皇帝居住的"江宁行宫"，所以舒姓织造只好到"淮清桥"处建一座新的"江宁织造府"。

康熙朝"江宁行宫"设在"江宁织造府"内，本为"江宁织造"曹玺、曹寅、曹颙、曹頫世代所居。雍正皇帝任命隋赫德继任"江宁织造"，前来查抄曹家，此江宁行宫的家宅部分因遭遇过抄家，后来又因为相当长的一段时间（指乾隆十六年之前的某年，一直到乾隆三十三年，至少有十七年）不设"江宁织造"而无人居住，于是完全荒废。最后，乾隆三十三年（1768）再设江宁织造时，乾隆皇帝又把"织造府"功能从行宫剥离，命令其迁建到"淮清桥"处，此处只保留行宫功能，专供皇帝巡幸南京时居住之用。因此，从乾隆十六年

---

① 振，通"赈"。

② 清莫祥芝等纂修《同治上江两县志》卷一/4b 至 6b，"中国地方志集成"本第36至37页。

③ 清吕燕诏等纂修《嘉庆新修江宁府志》卷12/6b，续修四库全书第695册第149页。

④ 同上卷12/21a，第156页。

（1751）之前的某年不设江宁织造起，或从乾隆三十三年复设江宁织造而不再设于此处起，此处的家宅功能便从"江宁行宫"彻底剥离而封门。

康熙、雍正两朝"江宁行宫"（即"江宁织造府"）原有两座大门，一座是供织造府办公出入的府衙大门【A】，一座是供其家眷出入的家宅大门【B】，到乾隆三十三年时，便因"织造府"功能彻底剥离而只存留行宫功能，于是家宅部分便因不会再有织造府官员入住而封门，只留下府衙大门作为行宫大门，这也就是图中东府（宁府）大门【B】被撤的原因所在。

今又按：本书"第一章、第四节、六"考明典图当作于乾隆三十年或稍后，"第一章、第四节、三"考明彩图作于乾隆四十五年或稍后，封门当在两者之前，故两图皆未画此东府大门。由此可见：东府大门被撤实当在乾隆三十年之前，当是从乾隆十六年之前的某年不设江宁织造起，江宁织造府的家宅部分便因没人入住而封门，此门的被封并非是乾隆三十三年新设江宁织造府于淮清桥后的结果。

由于大门【B】被撤，则大门【B】前的两个过街门【C2】【D2】也就一同被撤毁了，这便是"江宁行宫"图不绘家宅大门【B】及其前两个过街门【C2】【D2】，而只绘府衙大门【A】及其前两个过街门【C1】【D1】的原因所在。

（6）书中其他祭宗祠的场景

书中除第53回"宁国府除夕祭宗祠"所写的一年一度的除夕祭祖外，每月朔望之日，贾府都要到祠堂行礼，见第75回写"八月十五"开祠行朔望之礼："次日一早起来，乃是十五日，带领众子侄开祠堂【N】行朔望之礼。"

其余时间，宗祠一般都关闭，仅家主生日、升职、远行赴任、远道回家等大事才开宗祠祭告祖先，其事例分别见：

①第37回写贾政赴任之前要先向宗祠内的祖先告别："这年贾政又点了学差，择于八月二十日起身。是日拜过宗祠及贾母起身，宝玉诸子弟等送至洒泪亭。"

②第62回写宝玉生日那天祭祖：

> 这日宝玉清晨起来，梳洗已毕，冠带出来。至前厅【H1】院中，已有李贵等四五个人在那里设下天地香烛，宝玉炷了香。行毕礼，奠茶、焚纸后，便至宁府中宗祠【N】、祖先堂【V】两处行毕礼，出至月台上，又朝上遥拜过贾母、贾政、王夫人等。一顺到尤氏上房【W】，行过礼，坐了一回，方回荣府。先至薛姨妈处，薛姨妈再三拉着；然后又遇见薛蝌，让一回，方进园来。晴雯、麝月二人跟随，小丫头夹着毡子，从李氏起，一一挨着所长的房中到过；复出二门，至李、赵、张、王四个奶妈家让了一回，方进来：虽众人要行礼，也不曾受。回至房中，袭人等只都来说一声就是了；王夫人有言，不令年轻人受礼，恐折了福寿，故皆不磕头。

其提到"宗祠、祖先堂"两处，疑"宗祠"即宗祠大厅【N】，"祖先堂"即宗祠大厅后的祖先寝宫【V】，详见本节"一、（一）、（7）"的结尾，及本处上文"（1）"的讨论。

其言"一一挨着所长的房中到过"，是指一一拜访比自己年长者。（所长，即比自己年长之意。)

③第69回贾珍远行前祭祖:"那日已是腊月十二日,贾珍起身,先拜了宗祠【N】,然后过来辞拜贾母等人。和族中人直送到洒泪亭方回,独贾琏、贾蓉二人送出三日三夜方回。一路上贾珍命他好生收心治家等语,二人口内答应,也说些大礼套话,不必烦叙。"此趟远行据笔者《红楼时间人物谜案》"第一章、第三节、第69回"考,当是贾珍扶父亲贾敬灵柩返乡归葬。

④后四十回之第85回贾政升官告祭祖宗:"宝玉听了,才知道是贾政升了郎中了,人来报喜的,心中自是甚喜。……饭后,那贾政谢恩回来,给宗祠【N】里磕了头,便来给贾母磕头。站着说了几句话,便出去拜客去了。这里接连着亲戚族中的人来来去去,闹闹攘攘,车马填门,貂蝉满坐。"

⑤后四十回之第97回贾政赴任别祖:"次早,贾政辞了宗祠【N】,过来拜别贾母,禀称:'不孝远离,惟愿老太太顺时颐养。儿子一到任所,即修禀请安,不必挂念。宝玉的事,已经依了老太太完结,只求老太太训诲。'"

⑥后四十回之第104回贾政任满到家后,祭告祖宗以谢一路保佑:

贾政然后回家。众子侄等都迎接上来。贾政迎着请贾母的安,然后众子侄俱请了贾政的安,一同进府。王夫人等已到了荣禧堂【I1】迎接。贾政先到了贾母那里【K1】拜见了,陈述些违别的话。……然后弟兄相见,众子侄拜见,定了明日清晨拜祠堂。……王夫人家筵接风,子孙敬酒。凤姐虽是侄媳,现办家事,也随了宝钗等递酒。贾政便叫:"递了一巡酒,都歇息去罢。"命众家人不必伺候,待明早拜过宗祠,然后进见。分派已定,贾政与王夫人说些别后的话,余者王夫人都不敢言。……次日一早,至宗祠【N】行礼,众子侄都随往。贾政便在祠旁厢房【G2】坐下,叫了贾珍、贾琏过来,问起家中事务。贾珍拣可说的说了。贾政又道:"我初回家,也不便来细细查问,只是听见外头说起你家里更不比往前,诸事要谨慎才好。你年纪也不小了,孩子们该管教管教,别叫他们在外头得罪人。琏儿也该听听。不是才回家便说你们,因我有所闻,所以才说的。你们更该小心些。"贾珍等脸涨通红的,也只答应个"是"字,不敢说什么。贾政也就罢了。回归西府,众家人磕头毕,仍复进内,众女仆行礼,不必多赘。

二、宁府东路内宅考

此下所论皆宜取"图九"而莫用"图八"来看,因为"图九"中补绘了"图八"所没有的东路内宅。

● 第5回:

因东边宁府中花园【L】内梅花盛开,贾珍之妻尤氏乃治酒请贾母、邢夫人、王夫人等赏花。是日,先携了贾蓉之妻二人来面请。贾母等于早饭后过来,就在会芳园【L】(甲侧:随笔带出,妙!字义可思。)游玩。

先茶、后酒①，不过皆是宁荣二府女眷家宴小集，并无别样新文趣事可记。

一时宝玉倦怠，欲睡中觉，贾母命人好生哄着，歇息一回再来。贾蓉之妻秦氏便忙笑回道："我们这里有给宝叔收拾下的屋子，老祖宗放心，只管交与我就是了。"又向宝玉的奶娘、丫鬟等道："嬷嬷、姐姐们，请宝叔随我这里来。"贾母素知秦氏是个极妥当的人，生的袅娜纤巧，行事又温柔和平，乃重孙媳中第一个得意之人，见她去安置宝玉，自是安稳的。

当下秦氏引了一簇人来至上房【H】内间。宝玉抬头看见一幅画贴在上面，画的人物固好，其故事乃是《燃藜②图》，也不看系何人所画，心中便有些不快。又有一幅对联，写的是："世事洞明皆学问，人情练达即文章。"及看了这两句，纵然室宇精美，铺陈华丽，亦断断不肯在这里了，忙说："快出去！快出去！"秦氏听了笑道："这里还不好，可往哪里去呢？不然往我屋里【X1】去吧。"宝玉点头微笑。

有一个嬷嬷说道："哪里有个叔叔往侄儿的房里睡觉的理？"秦氏笑道："嗳哟哟！不怕她恼。他能多大了，就忌讳这些个？上月你没看见我那个兄弟来了，虽然与宝叔同年，两个人若站在一处，只怕那一个还高些呢。"宝玉道："我怎么没见过？你带他来我瞧瞧。"众人笑道："隔着二三十里，往哪里带去？见的日子有呢。"

说着，大家来至秦氏房【X1】中。刚至房门，便有一股细细的甜香（甲侧：此香名"引梦香"。）袭了人来。宝玉便愈觉得眼饧骨软，连说："好香！"入房向壁上看时，有唐伯虎画的《海棠春睡图》，两边有宋学士秦太虚写的一副对联，其联云："嫩寒锁梦因春冷，芳气笼人是酒香。"

案上设着武则天当日镜室中设的宝镜，（甲侧：设譬调侃耳，若真以为然，则又被作者瞒过。）一边摆着飞燕立着舞过的金盘，盘内盛着安禄山掷过③、伤了太真乳的木瓜。上面设着寿阳公主于含章殿下卧的榻，悬的是同昌公主制的联珠帐。宝玉含笑连说："这里好！"（辰夹：摆设就合着他的意。）秦氏笑道："我这屋子大约神仙也可以住得了。"说着，亲自展开了西子浣过的纱衾，移了红娘抱过的鸳枕，（甲侧：一路设譬之文，迥非《石头记》大笔所屑，别有他属，余所不知。④）于是众奶母伏侍宝玉卧好，款款散了，只留下袭人、媚人、晴雯、麝月四个丫鬟为伴。秦氏便分咐小丫鬟们，好生在廊檐下看着猫儿、狗儿打架。

---

① 可证中午之前先在自己府内吃过早饭（即九、十点钟吃的午饭），然后到宁府，先是喝茶，喝完茶后，中午时分入酒席喝酒、吃菜。
② 燃藜，语出晋王嘉《拾遗记·后汉》："刘向于成帝之末，校书天禄阁，专精覃思。夜，有老人着黄衣，植青藜杖，登阁而进，见向暗中独坐诵书。老父乃吹杖端，烟然（通'燃'），因以见向，说开辟已前。向因受《洪范五行》之文，恐辞说繁广忘之，乃裂裳及绅，以记其言。"后因以"燃藜"指夜读或勤学。此厅画此，足证是男主人的厅房【H】，不是女主人的内厅【W】。
③ 指安禄山扔过的伤了杨贵妃乳房的木瓜。
④ 指其中含有不便言说的深意。即其中含有性爱与淫乱方面的暗示，批者难以启齿揭明。其中所含的淫乱方面的暗示不指可卿与宝玉，乃指可卿与贾珍。

【解析】

宁府花园名"会芳园",脂批叫人思其字义。其字义便是"荟萃群芳"的意思,正与"大观园乃诸艳会聚之园"的含意相合,从名字上便可看出"会芳园"是大观园的前身。书中正写大观园就是割"会芳园"的北部、再往北扩建而来,即会芳园是大观园的前身。

所割"会芳园"的部分,当是大观园的正门【N1】、怡红院【Y1】、秋爽斋【L2】、及其往东一直到临街之门【Z1】的那一块,图中标作【L】。

【附疑:由于作者生前大观园便已存在,故疑所谓的"会芳园"其实就是大观园。但作者在书中写明大观园是由"会芳园"拓展而来,所以我们不敢主张"会芳园"就是"大观园",改为主张"会芳园"的北部在作者生前便已作为"大观园"的一部分建成了"大观园"。】

由于"内外有别、男女有别",故秦氏接待女宾的大厅、上房应当是内厅【W】而非其南部的大厅【H】。宝玉要睡午觉,秦氏便把他从花园【L】引到上房内间,疑是内厅【W】处的内间。但据房中对联的男性化语言风格,则当是接待男宾的大厅【H】处的上房;而且宝玉是男性,男女有别,故知十有八九当是大厅【H】而非内厅【W】处的上房。其走的具体路线当是:从园门"天香楼"【J】前,经宗祠门口黑油栅栏【Z】前的夹道,走"内三门"【X】,穿内厅【W】而到外厅【H】。

但下文"(5)"据第64回称内厅为"上房",考明宁府"上房"当是内厅【W】而非外厅【H】。今何以定宝玉睡在外厅?外厅可以称作"上房"吗?

今按:第53回祭祖时称此上房为"内厅"("宁国府从大门、仪门、大厅、暖阁、内厅【W】、内三门"),而第64回称此内厅为"上房"("一路围随至厅上【H】。……于是走至上房【W】"),可证"上房"与"厅"并无本质区别,用作会客便是"厅",其内设有卧房便可称作"房";其建筑规制属于最上等,便可尊称为"上房"。内厅设有房又设有厅(因其称作"上房",故知有房;因其称作"内厅",故知有厅);图中外厅【H】与此内厅【W】在体量、形制上完全相同,故外厅【H】亦当设有房和厅。内厅当因其尊贵而称"上房",与之形制一模一样的外厅,亦当可以因其尊贵而称作"上房",故知外厅称作"上房"也没什么不妥。故今定宝玉睡在大厅【H】处的房间内,而不定其睡在内厅【W】处的房间内,这主要是根据该房所挂图画、对联的男性格调来确定。

当然,宝玉历来和女眷待在一起,比如第11回"庆寿辰宁府排家宴":"次后邢夫人、王夫人、凤姐儿、宝玉都来了,贾珍并尤氏接了进去。尤氏的母亲已先在这里呢",画线部分便是接到"内厅"(即"尤氏上房")处【W】,因为这儿全是女眷,自然要待(dāi)在女主人待(dài)客用的"内厅";而且下文外头人回:"大老爷、二老爷,并一家子的爷们都来了,在厅上【H】呢",可证男人都在外厅【H】集合,益证两点:一是上文诸女眷待的是内厅而非有男子的外厅,二是宝玉不和男人们相处在一起,爱和女眷们待在一起。故书中第17回"大观园试才题对额"己卯本回前批:"宝玉系诸艳之冠,故大观园对额必得玉兄题跋",视宝玉为红楼诸艳的领袖,其原因正在于此。这条批语倒并不是在说宝玉的性别是女性或其心理有女性化的倾向[1],而是说他这位"神瑛侍者"下凡时,红楼诸女子都追随他才下了凡,所以他便是红楼诸艳的领袖和魁首。从其总和内眷待在一处且可视为内眷之一的角度来看,宝玉睡在"内厅"【W】的上房,似乎也没什么不可以。所以宝玉睡在外厅【H】或内厅【W】房间的可能性都是存在的,我们此处主要是根据房内图画与对联的男性格调来判定他睡的是接待男性的外厅。

为什么我们敢如此确定,还因为本节"一、(二)、(3)"言明"尤氏上房早已袭地铺满红毡"的"尤氏上房"并非东路宅院内的"贾政与尤氏的上房"【W1】,而应当是西路内厅【W】处的上房。其既然称"尤氏上房",便意味着还有"贾珍上房",当即外厅【H】是也。因为东路宅院内的"贾政与尤氏的上房"不属于尤氏或贾珍一人所有,而是两人所共有,不可以称作"尤氏上房"或"贾珍上房"。由作者称内厅为"尤氏上房"【W】,而上已论明:图中"外厅"【H】与"内厅"【W】形制一模一样,全都既有房又有厅;内厅属于女主人接待女宾之用,外厅属于男主人接待男宾之用:女主人有女宾需要午睡(或过夜)而设有上房内室,故称"尤氏上房";男主人同样也会有男宾需要午睡(或过夜),也当设有上房内室,故可称作"贾珍上房"。此处宝玉午睡的"上房内间"里的对联和图画显然是男性格调,古人最讲究格调与主题的统一,此处若是女宾的上房内间,断然不会用这种男性格调的对联和图画,即便之前曾经用作男宾上房,此图、此联乃旧时所挂,也会在后来使用中,根据现在是女宾上房的用途而加以撤换。所以我们便可以根据此房对联与图画的男性格调,来判定宝玉所睡的"上房内间"应当就是"贾珍上房"的内间,也即外厅【H】的上房内间。

宝玉因厌恶此厅上房内间所挂对联、图画的格调,秦氏便引他到自己的卧房睡觉。其从上房【H】内间到可卿卧室【X1】不过三言两语的工夫,可证秦氏内室【X1】离上房【H】不远。由于上房大厅【H】后有内厅【W】,故知秦氏居所不在大厅【H】后,当在内厅【W】肩并肩的东侧那进院落中。又由于"内、外有别",即"西路"的内宅与"东部"会客用的大厅当隔开为宜,故秦可卿领宝玉由上房【H】到其卧室【X1】当从前院走。

他们似乎可以从图中大厅【H】、内仪门【V1】两者身后的夹道,走到"图九"中【R2】、【Q2】两个小院门,过"贾珍尤氏房【W1】"之院而来到"贾蓉秦氏房"【X1】。但据下文"(4)"的考证:尤氏偷看贾珍聚赌那回(第75回),尤氏是从正中的大厅【H】打算回内宅时,经过"东暖阁"【I】窗下一窥其中聚赌的情形。可知从大厅【H】到东路的内宅当走大厅【H】前,而不走大厅【H】后的夹道。由此可见,大厅【H】身后的西路夹道,与内仪门【V1】身后的东路夹道之间的角门似乎关闭而不通。故从大厅【H】到东路内宅,仍要向南出大厅【H】,然后往东走大厅【H】与宁府东路内仪门【V1】面前、宁府西路外

---

[1] 今按:古代皇宫与富豪之家"内外有别",其家的公子大多生长在内帏之中,接触的几乎全都是女性,所以心理上偏于阴柔而趋向女性。

仪门【S】与宁府东路外仪门【F】身后的、宁府"东""西"两路分界处的院墙上所开的角门走，然后再走东侧【S2】、【R2】、【Q2】这一连串小院门，进入贾蓉秦氏房【X1】。

由于"内外有别、男女有别"，作者故意用老妈妈与秦氏的一问一答，交代清楚作者让宝玉睡侄媳妇房的道理，以免落把柄给读者而启读者之疑。

可卿卧房内的陈设，作者皆用典故来描写。宋武帝女儿"寿阳公主"与唐懿宗女儿"同昌公主"出嫁时都有奢华的陪嫁，作者借此来写可卿卧室的奢华（切记：这可并不意味着秦可卿有公主的身份）。而武则天、赵飞燕皆有男宠供自己淫乐，杨贵妃与公公唐明皇乱伦，又同养子安禄山私通，作者借以上三个典故来充分暗示：此卧室上演过一幕幕可卿与贾珍、贾蔷乱伦通奸的场景。作者又用第7回焦大骂"爬灰的爬灰（指贾珍与可卿）、养小叔子的养小叔子（指可卿与小叔贾蔷）"来坐实这一点。下来作者又用西施纱、红娘枕（按：《西厢记》中莺莺主动入张生房求欢时，红娘抱来莺莺之枕），也是暗示风月之意。故脂批要称作者"别有他属，余所不知"，即作者这番用典有其含义，批者不愿加以点明，其实内中全都是批者所羞于启齿的、不可言说的"中冓之言"，因为"家丑不可外扬"。

春秋卫宣公荒淫，为子娶齐僖公之女，得知其貌美，于是霸占为自己之妻，史称"宣姜"。宣姜后来又和卫宣公小老婆生的儿子卫昭伯公然生活在一起，生了好几个儿女，故卫国人作《墙有茨》之歌，收入《诗经·鄘风》，其歌词唱道："墙有茨，不可扫也；中冓之言，不可道也；所可道也，言之丑也。墙有茨，不可襄也；中冓之言，不可详也；所可详也，言之长也。墙有茨，不可束也；中冓之言，不可读也；所可读也，言之辱也。"其唱的是：宫中男女主人公的丑事不可以对外面人说起啊，如果真要把我们国家这家丑张扬出去啊，让人听了会很害臊啊。这一性丑闻被卫国老百姓编成歌谣后广为传诵，成为千古笑柄。后世直至今日，社会上这种例子也不少，贾珍与可卿便是其中一例，都未能逃出古人的笑话。

●第7回：

　　次日凤姐儿梳洗了，先回王夫人毕，方来辞贾母。宝玉听了，也要逛去。凤姐只得答应着，立等换了衣服，姐儿两个坐了车，一时进入宁府【B】。早有贾珍之妻尤氏与贾蓉之妻秦氏，婆媳两个引了多少姬妾丫鬟媳妇等接出仪门【S】。那尤氏一见了凤姐，必先笑嘲一阵，一手携了宝玉，入上房【W】来归坐。……

　　秦氏笑道："今日巧，上回宝叔立刻要见见我兄弟，他今儿也在这里，想在书房里，宝叔何不去瞧一瞧？"……凤姐儿道："既这么着，何不请进这秦小爷来，我也瞧瞧。难道我就见不得他不成？"……贾蓉笑嘻嘻的说："我不敢强，就带他来。"说着，果然出去带进一个小后生来，……

　　凤姐亦起身告辞，和宝玉携手同行。尤氏等送至大厅【H】，只见灯烛辉煌，众小厮都在丹墀侍立。

那焦大又恃贾珍不在家——即在家亦不好怎样——更可以恣意的洒落洒落。因趁着酒兴，先骂大总管赖二，……正骂的兴头上，贾蓉送凤姐的车出去，众人喝他不听，贾蓉忍不得，便骂了他两句，使人："捆起来！等明日酒醒了，问他还寻死不寻死了！"那焦大哪里把贾蓉放在眼里，反大叫起来，赶着贾蓉叫：……

众小厮见他太撒野不堪了，只得上来几个，揪翻捆倒，拖往马圈【G】里去。焦大益发连贾珍（甲侧：来了。①）都说出来，乱嚷乱叫："我要往祠堂【N】里哭太爷去。哪里承望到如今生下这些畜牲来！每日家偷狗、戏鸡，爬灰的爬灰，养小叔子的养小叔子，我什么不知道？咱们'胳膊折了往袖子里藏'！"（甲眉："不如意事常八九，可与人言无二三"，以二句批是段，聊慰石兄！②）（蒙侧：放笔痛骂一回，富贵之家，每罹此祸！）众小厮听他说出这些没天日的话来，唬的魂飞魄散，也不顾别的了，便把他捆起来，用土和马粪满满的填了他一嘴。

【解析】

其言凤姐带宝玉入了宁府大门【B】，而尤、秦婆媳"接出仪门"，即出仪门【S】来迎接，当是接入女主人待女宾用的内厅上房【W】来落座。秦氏说她弟弟秦钟正在上房附近的书房，请宝玉自己去瞧，当也是"男女有别"的原故，不敢带男孩到内厅来看女眷，则秦钟必定在外厅【H】处的书房【I2】。而王熙凤也想见到漂亮的秦钟，于是命令贾蓉带秦钟到这内厅的上房【W】来看。（因为女眷不宜抛头露面、跟宝玉到外厅【H】旁的书房【I2】中去。）

正如荣府的外书房【H2】设在大门口【A】西侧的厢房内，此宁府的外书房【I2】也必定设在大门口【B】，故知其当设在"内厅"前的"大厅"【H】旁的"西暖阁"处【I2】（因为东暖阁用来聚赌，详下文"（4）"，聚赌乃喝酒处，肯定不能在书房这种室内格局的空间中进行，故知东暖阁处肯定不是书房，因此"外书房"应当设在"西暖阁"为宜）。于是贾蓉到前厅【H】的书房处【I2】，把秦钟带了过来。

王熙凤与宝玉告辞回府，尤氏等送到前面的大厅【H】，只见灯烛辉煌，众小厮都站在台阶上侍立，这时焦大酒后发狂，骂起主人贾珍"爬灰"玷污儿媳秦可卿之事（"爬灰"则污膝，谐"污媳"之音），又骂贾蓉妻秦可卿养小叔子贾蔷，被拖往马圈【G】用马粪堵了一嘴。

---

① 指作者要让焦大说的关键话快出来了。
② 作者曹雪芹笔名为"石头"，故批者称其为"石兄"。此是批者安慰作者曹雪芹：家丑不可外扬，但作者你还是写了出来，批者我很理解你。又：脂砚斋是曹雪芹叔父，似乎不当称作者曹雪芹为兄。今按：朋友间相互尊称时，便会以"兄"字来称呼对方，而不管对方是否比自己年长。此是脂砚斋尊重此书作者，故在批书时称其为"兄"，因其笔名为"石头"，故尊称其为"石兄"。这一称呼与自己是他叔父的身份无关，这个"兄"字体现出的是对作品作者的尊重，体现出的是批者与作书者的平等关系，这种平等关系是不管现实世界中的长幼关系的。而且作者比批书者显然更为重要，所以叔叔作为批者时，尊称作书的侄儿为"兄"无有不妥。

（1）焦大口中贾珍污媳事

焦大口中贾珍污媳事《红楼梦》虽未详写，但也在书中一再透露。

●**第8回：**

> 这秦业现任"营缮郎"，（甲夹：官职更妙，设云因情孽而缮此一书之意。①）年近七十，夫人早亡。因当年无儿女，便向"养生堂"抱了一个儿子并一个女儿。谁知儿子又死了，（甲侧：一顿。）只剩女儿，小名唤"可儿"，（甲夹：出名②。秦氏究竟不知系出何氏，所谓"寓褒贬、别善恶"是也。秉刀斧之笔、具菩萨之心，亦甚难矣；如此写出可儿来历，亦甚苦矣。又知作者是欲天下人共来哭此"情"字。）（甲眉：写可儿出身自"养生堂"，是"褒中贬"；后死封龙禁尉，是"贬中褒"：灵巧一至于此。）长大时，生的形容袅娜，性格风流。（甲侧：四字便有隐意。《春秋》字法。）因素与贾家有些瓜葛，故结了亲，许与贾蓉为妻。那秦业至五旬之上方得了秦钟。

【解析】

脂批点明秦业是作者幻设的人物，寓"情孽"两字。同理，秦钟也是作者幻设的人物，寓"情之所钟"意，即宝玉所钟情的男孩③。

此秦钟是秦业亲生，而秦可卿则是秦业抱养，不知父母是谁，其实作者想表达的意思就是：秦可卿因孽情所生，是私生女，私生女常常一生下来就被遗弃，所以不知道亲生父母是谁；反正她是孽情所生，作者就让秦业来抱养她（即作者就让她的养父名为秦业），从而让她成为"孽情④的不知亲生父母的女儿"。私生女乃男女相悦所生，其亲生父母必定秀气，难怪秦可卿貌美绝伦（基因使然）。

---

① 此点名作者因"情业"（风月的恶果）而编纂这本《红楼梦》，故书名又起作"风月宝鉴"，点明全书"祸淫、戒淫"的主旨。

② 指作者只写出她的名字，而未写出她姓什么。虽然她姓"秦"，但这是抱养人"秦业（情孽）"的姓，表明她是"情孽（即孽情）"所生。凡是孽情所生之人，经常是一生下来便被遗弃，无法察知其亲生父母为何姓，而只知道他是孽情所生，所以便让他的父亲名为"秦业"，特意又说是抱养而非亲生，其更想表达的意思便是："只知道这位貌美的私生子女是孽情所生，其亲生父母是谁则无从知晓。"作者是借秦可卿这位貌美如花的薄命女，来写盖天下所有貌美的私生女，欲让天下人一同来哭这"情"字造孽无边。

③ 男性同性恋的成因，同样可以归结为佛家所说的"无明"。上天（天帝、造物主、大自然）造出性爱本为生殖而设，为使世人乐行此事，故造物时，特地造出一种极乐的机制来诱使人种完成这一使命。上天造设性爱的初衷，便相当于是性爱的说明书，也即有关性爱的天理。有的人一生下来便生而知之，有的人则学而知之，有的人则要困而知之。绝大都数人都不明白性爱原本是为生殖而设，所以需要宗教来教化人类走正道而形成正知、正见。在某人不知道性爱为生殖而设的目的性时，便会认为性爱是为快乐而设。于是便不把婚姻当作神圣之举，婚后许多男子会另有新欢，许多女子会与他人通奸，而青少年男女也会有婚前性行为出现，适龄男女也会只享受性爱而不愿意结婚或生育。此外，美色又不因性别而有差异，性爱的发泄也不止异性这一途，于是好色贪淫之人更会因快乐之旨而堕入不走正道的邪淫之道，这一切都源于"无明"。试想，父母十数年涵养出的宝贝儿女，随随便便与他人上床，被人淫污，今生的父母与历代祖先有多么痛心，堪称是神、人共愤！故古今中外皆注重贞操，以失贞、失节为奇耻大辱，以守贞、守节而甘愿牺牲性命为惊天地、泣鬼神的能成为天地间烈士（即神）的壮举。

④ 秦业=孽情。

问题是贾珍之家何等富贵，贾蓉又是长房长孙，怎么会想到要娶这种没有名分的私生女为妻呢？所以脂批要在"生的形容袅娜，性格风流"后点明："四字便有隐意。《春秋》字法。"这"门不当、户不对"的亲事，贾珍肯定还是花重金娶过来，第13回还提到秦可卿死后贾珍"哭的泪人一般"，甲戌本有侧批："可笑，如丧考妣，此作者刺心笔也"，把儿媳哭得像死了父母那般（"如丧考妣"），已属反常至极。今借焦大痛快一骂，大家必已想见：贾珍名义上为贾蓉娶妻，其实是供自己享用，即下引第64回所写的贾珍、贾蓉父子"聚麀"，故脂批言作者有《春秋》笔法在内（所谓"春秋笔法"，就是寓褒贬于文字字面之下而不直接说破）。

关于贾珍与秦可卿在"天香楼"淫乱而被尤氏撞破，然后秦可卿在此天香楼行淫现场含羞上吊自杀，本节下文"三、（2）"天香楼考，以及笔者《红楼时间人物谜案》"第三章、第一节、一、（三）"将作详细的讨论。

绝的是，后四十回补出贾珍给贾蓉续娶的妻子家风也不好，即第92回：

贾赦道："我们家里也比不得从前了，这回儿也不过是个空门面。"冯紫英又问："东府珍大爷可好么？我前儿见他，说起家常话儿来，提到他令郎续娶的媳妇远不及头里那位秦氏奶奶了。如今后娶的到底是哪一家的？我也没有问起。"贾政道："我们这个侄孙媳妇儿也是这里大家，从前做过'京畿道'的胡老爷的女孩儿。"冯紫英道："胡道长我是知道的。但是他家教上也不怎么样。也罢了，只要姑娘好就好。"

作者借冯紫英之口，在不经意中随便插了句话，补明贾珍为贾蓉续娶的妻子家风不好。古人所说的女子的"家教"（家风）常指贞洁，要命的是冯紫英还添了一句"只要姑娘好就好"。其已言明家风不好，则冯紫英口中所言的"姑娘好"，便不是品德好而是容貌好了。说了半天，了解内情的冯紫英想说的居然是：贾珍为贾蓉又娶了位貌美而不贞洁的女子，这种《春秋》笔法，完全和此处交代秦可卿来历的《春秋》笔法相合，如果不是曹雪芹所写，而是他人所续，如何能如此"神似"般地前后照应？★★★

而且一般的续书人来续后四十回时，谁会想到要在上述与贾珍毫无瓜葛的场景中，突然插一句话来污秽贾珍？由此一端，便可想见这后四十回的文字应当是曹雪芹的手笔。唯有曹雪芹才会写出这种出人意料，而又前后照应、含而不露的话来。

更绝的是《红楼梦》全书从未提到过尤氏的家境，当也是很一般的小户人家，因为第64回："却说张华之祖，原当皇粮庄头，后来死去。至张华父亲时，仍充此役，因与尤老娘前夫相好，所以将张华与尤二姐指腹为婚。后来不料遭了官司，败落了家产，弄得衣食不周，哪里还娶得起媳妇呢？尤老娘又自那家嫁了出来，两家有十数年音信不通。"这段话写明尤老娘是尤氏的继母，两者并无血缘关系；尤二姐、尤三姐是尤老娘前夫的女儿，与尤氏也没有血缘关系[①]。

---

① 尤氏排行老大，当是其母逝世后，父亲与有两个女儿的尤老娘结婚。尤老娘当比尤氏亲

古代婚姻主张"门当户对",由尤二姐和皇粮庄头联姻,可知尤家与皇粮庄头的地位相当。而贾府显然要比皇粮庄头高出好几个档次,所以说贾珍娶尤氏肯定也是"门不当、户不对",而是贪图尤氏的美艳。尤氏之艳,书中虽未明写,但第63回尤氏处理服金丹而死的公公贾敬丧事时,回目拟作"死金丹独艳理亲丧",用了个"艳"字,而贾珍又可以忽略其门第而娶她为正妻,更可证明她的美艳当非同寻常。再加上尤氏又有两个绝色妹子可以在长大成人后染指,更是贾珍娶尤氏的又一层不可告人的秘密。

又贾蓉也非尤氏亲生,见第68回因贾琏娶尤二姐而王熙凤大闹宁国府:"凤姐儿一面又骂贾蓉:'……你死了的娘阴灵也不容你,祖宗也不容,还敢来劝我!'"可见贾蓉是贾珍前妻所生。

贾珍前妻亡故后,贪图美色,娶了家境很一般而十分美艳的尤氏,但仍不满足,又为贾蓉物色更为年轻貌美的秦氏供自己享用。唐明皇娶儿媳杨玉环时,还要经过命令杨玉环与寿王李瑁离婚这一环,也就等于向天下人公开了自己和儿媳成亲这一不雅事;卫宣公霸占宣姜,那是在宣姜尚未与儿子成婚前。卫宣公和唐明皇都向天下公开了自己的丑闻,今贾珍所为显然比他俩更为隐晦和无耻。

即便如此,贾珍还不满足,又勾搭上尤氏的两个日渐长成的妹妹,并与贾蓉四人一同"聚麀",见第63回贾敬丧事发生后:

> 贾珍……又问家中如何料理。贾璜等便将如何拿了道士,如何挪至家庙,怕家内无人接了亲家母和两个姨娘在上房住着。贾蓉当下也下了马,听见两个姨娘来了,便和贾珍一笑。贾珍忙说了几声"妥当",<u>加鞭便走,店也不投,连夜换马飞驰。</u>①

> 一日到了都门,先奔入铁槛寺。那天已是四更天气,坐更的闻知,忙喝起众人来。贾珍下了马,和贾蓉放声大哭,从大门外便跪爬进来,至棺前稽颡泣血,<u>直哭到天亮,喉咙都哑了方住。</u>②

> 尤氏等都一齐见过。贾珍父子忙按礼换了凶服,在棺前俯伏,无奈自要理事,竟不能目不视物、耳不闻声,少不得减些悲戚,好指挥众人。因将恩旨备述与众亲友听了。一面先打发贾蓉家中料理停灵之事。

> <u>贾蓉巴不得</u>③一声儿,<u>先骑马飞来至家</u>,忙命前厅收桌椅,下槅扇,挂孝幔子,门前起鼓手棚、牌楼等事。又忙着进来看外祖母两个姨娘。原来尤老安人年高喜睡,常歪着,他二姨娘、三姨娘都和丫头们作活计,他来了都道烦恼。贾蓉且嘻嘻的望他二姨娘笑说:"<u>二姨娘,你又来了,我们父亲正想你呢。</u>"尤二姐便红了脸,骂道:"蓉小子,我过两日不骂你几句,你就过不得了。越发连个体统都没了。还亏你是大家公子哥儿,每日念书

母年龄要小些,故两个女儿比尤氏要小。

① 这么快奔丧,于其说是孝心,还不如说是急着想见姨娘,即下文贾蓉一见尤二姐面,开口便说的那句话:"二姨娘,你又来了,我们父亲正想你呢!"口说父亲想,其实也在说自己心中也想。

② 贾珍、贾蓉父子场面上真会演戏。

③ "巴不得"三字写出贾蓉心中想见姨娘的饥渴。

学礼的，越发连那小家子瓢坎的也跟不上。"说着顺手拿起一个熨斗来，搂头就打，吓的贾蓉抱着头滚到怀里告饶。

尤三姐便上来撕嘴，又说："等姐姐①来家，咱们告诉她。"贾蓉忙笑着跪在炕上求饶，她两个又笑了。贾蓉又和二姨抢砂仁吃，尤二姐嚼了一嘴渣子，吐了他一脸。贾蓉用舌头都舔着吃了。众丫头看不过，都笑说："热孝在身上，老娘才睡了觉，她两个虽小，到底是姨娘家，你太眼里没有奶奶了。回来告诉爷，你吃不了兜着走。"

贾蓉撇下他姨娘，便抱着丫头们亲嘴："我的心肝，你说的是，咱们饶她两个。"丫头们忙推他，恨的骂："短命鬼儿，你一般有老婆、丫头，只和我们闹。知道的说是'顽'；（己夹：妙极之'顽'，天下有是之顽亦有趣甚，此语余亦亲闻者，非编有也。）不知道的人，再遇见那脏心烂肺的、爱多管闲事嚼舌头的人，吵嚷的那府里②谁不知道？谁不背地里嚼舌说咱们这边乱账？"

贾蓉笑道："各门另户，谁管谁的事。都够使的了。从古至今，连汉朝和唐朝，人还说'脏唐、臭汉'，何况咱们这宗人家？谁家没风流事？别讨我说出来。连那边大老爷这么利害，琏叔还和那小姨娘不干净呢③；凤姑娘那样刚强，瑞叔还想她的账：哪一件瞒了我？"

第64回又写道："贾珍、贾蓉此时为礼法所拘，不免在灵旁藉草枕块，恨苦居丧。人散后，<u>仍乘空寻他小姨子们厮混</u>。……贾琏素日既闻尤氏姐妹之名，恨无缘得见。近因贾敬停灵在家，每日与二姐、三姐相识已熟，不禁动了垂涎之意。况知与贾珍、贾蓉等素有'聚麀'之诮，因而乘机百般撩拨，眉目传情。"

《礼记·曲礼上》："夫唯禽兽无礼，故父子聚麀。""麀"即牝鹿、母鹿，泛指母兽。"聚"指共。"聚麀"是指兽类父子共用一个母兽。可见贾珍与贾蓉这对父子行的是"禽兽行"。

这便是第45回赖嬷嬷训宝玉时所说的："还有东府里你珍哥儿的爷爷，那才是火上浇油的性子，说声恼了，什么儿子，竟是审贼！如今我眼里看着，耳朵里听着，那珍大爷管儿子倒也像当日老祖宗的规矩，只是管的'到三不着两'的。他自己也不管一管自己，这些兄弟侄儿怎么怨的不怕他？④"说的便是贾珍"上梁不正下梁歪"，所以他也就别抱怨贾府诸人不怕他了。这也就很客气地点

---

① 指贾珍妻尤氏。
② 那府里，指西府"荣国府"。
③ 此是不实之言。今按书中第69回写贾赦因贾琏到平安州出差所办之事办得很好，便把自己的某个小妾送给了贾琏："况素习以来因贾赦姬妾丫鬟最多，贾琏每怀不轨之心，<u>只未敢下手</u>。如这秋桐辈等人，皆是恨老爷年迈昏愦，贪多嚼不烂，没的留下这些人作什么，因此除了几个知礼有耻的，余者或有与二门上小幺儿们嘲戏的。甚至于与贾琏眉来眼去相偷期的，<u>只惧贾赦之威，未曾下手</u>。<u>这秋桐便和贾琏有旧，从未来过一次</u>。今日天缘凑巧，竟赏了他，真是一对烈火干柴，如胶投漆，燕尔新婚，连日哪里拆的开？那贾琏在二姐身上之心也渐渐淡了，只有秋桐一人是命。"可证贾琏是"有贼心而没贼胆"，贾蓉说"琏叔还和那小姨娘不干净呢"，此语不实。
④ 指贾珍他怎么能抱怨侄儿们不怕他呢？

明"宁国府"的淫乱情形。

《红楼梦》第5回咏秦可卿的"第十三支《好事终》"曲:"擅风情,秉月貌,便是败家的根本。箕裘颓堕皆从敬,(甲侧:深意他人不解。)家事消亡首罪宁。宿孽总因情。(甲夹:是作者具菩萨之心,秉刀斧之笔①,撰成此书,一字不可更,一语不可少。)"点明贾珍的胡作非为,便是"宁国府"家长贾敬一心修道、不理家政、疏于管教的结果。即第2回冷子兴所说的:"因他父亲(贾敬)一心想作神仙,把官倒让他袭了。他父亲又不肯回原籍来,只在都中城外和道士们胡羼。……如今敬老爹一概不管。这珍爷哪里肯读书,只一味高乐不了,把宁国府竟翻了过来,也没有人敢来管他。"

贾敬的不管,导致子孙淫乱及其它恶行。而"万恶淫为首",淫是恶行中最大者,所以贾府家业的败亡,便是以"邪淫"为首的一切恶行所致。笔者《红楼时间人物谜案》"第三章、第三节、三"更证明贾赦与贾敬原型实为同一人,所以"箕裘颓堕皆从敬"其实是指贾赦的"荒淫、贪财"导致贾府抄家。

因此《红楼梦》第5回秦可卿判词称:"情天情海幻情身,情既相逢必主淫。漫言不肖皆荣出,造衅开端实在宁。""不肖"是指荣国府出了个贾宝玉无法继承祖业,但犯罪导致抄家的却是宁国府的贾赦(贾敬)和贾珍。(按:"漫言"是指莫言。)

后四十回写贾府因贾珍、贾赦而抄家,与之完全吻合★★★。由此诗,也就可以明白:《红楼梦》后四十回之第116回"太虚幻境"宫门上写的"福善祸淫"这四个字,的确就是作者曹雪芹所秉持的创作主旨②。★★★

●附:作者让尤氏姓"尤",源自其为"尤物"

作者取姓名都是"随事立名"。所以有人说:作者以"尤"姓赋予尤氏这一人物,当是取自贾珍贾蓉与尤二尤三姐有"聚麀"丑事。若然,则贾珍贾蓉与尤氏岂非也有乱伦"聚麀"之事?但我们从书中丝毫看不出这一点来。

第42回贾母提议凑份子给凤姐过生日,由尤氏主持,尤氏把赵、周二姨娘的份子钱暗中归还她俩,两人千恩万谢,这时脂砚斋批道:"尤氏亦可谓有才矣。论有德,比阿凤高十倍,惜乎不能谏夫治家;所谓'人各有当'也,此方是至

---

① 点明作者曹雪芹创作《红楼梦》全书的大旨便是"代佛说法、代圣立言"。

② 按"福善祸淫"语出《尚书·汤诰》:"天道福善祸淫,降灾于夏,以彰厥罪。"此淫不限于淫乱,而指邪恶,"福善祸淫"即行善的得福,作恶的受祸。佛道两教亦主张"福善祸淫",见水陆法事张挂画像中"下堂第一席右轴"的题词:"神升上界,职列天曹。俯察人间,善恶难逃。过淫福善,不爽纤毫。亲承法施,出世为高。"过,即降过错、责备惩罚。"过淫"即"祸淫"之意。可见"福善祸淫"是儒释道三教共同的伦理纲领,也就是人间的天理。作者用此词入书时,其"淫"字由一切邪恶专指淫荡、淫乱(即第5回警幻仙子对宝玉说:"好色即淫,知情更淫。"又第120回甄士隐对贾雨村说:"那'淫'字固不可犯,只这'情'字也是沾染不得的"),"福善祸淫"于是指:淫乱者得祸,行善者得福;故本书《红楼梦》的另一个书名起作《风月宝鉴》,是为风月淫情作训诫之书,也即俄国人卡缅斯基,在他所购置的程高本《红楼梦》上,"用十八世纪旧式笔法写的题词:'道德批判小说'"(引文详见"列藏本"书首李福清、孟列夫《列宁格勒藏抄本〈石头记〉的发现及其意义》第2页)。

理至情。最恨近之野史中：恶则无往不恶，美则无一不美，何不近情理之如是耶？"可证作者所塑造的尤氏乃"有才有德"的典型，只是秉性懦弱，正如黛玉所谓的"但凡家庭之事，不是东风压了西风，就是西风压了东风"（后四十回之第82回语），像凤姐就为人凶狠，故能盖过贾琏而使贾琏在性爱上少为非；而贾珍为人凶暴，故尤氏只能隐忍而不敢言，故贾珍纵欲无度。

作者既然要把尤氏塑造成"有才有德"的典型，自然也就不会用淫行丑事来玷污她的形象。由此可知作者命名其"尤"姓，当非源自"聚麀"之"麀"。况且贾珍贾蓉与秦可卿也有"聚麀"之行，其姓何不用"尤"？

故知尤氏之"尤"当是得自其长相漂亮，乃"尤物"之意；秦可卿之"秦"得之于"情既相逢便主淫"的淫情。第66回宝玉对柳湘莲说尤三姐："她是珍大嫂子的继母带来的两位小姨。我在那里和她们混了一个月，怎么不知？真真一对尤物，（己夹：可巧。）她又姓'尤'。"己卯本夹批"可巧"两字，便点明作者让她们姐妹三人姓"尤"是取那"尤物"之意，毫无贬损三人有"聚麀"丑行之意在内。

又《百家姓》"朱秦尤许"，"秦"、"尤"两姓相联。故作者让尤氏、秦氏这对婆媳取"尤秦"之姓，可能也和《百家姓》有关。

（2）焦大口中的养小叔子事

焦大口中的养小叔子事，可见第9回：

> 原来这一个名唤贾蔷，亦系宁府中之正派玄孙，父母早亡，从小儿跟贾珍过活，如今长了十六岁，比贾蓉生的还风流俊俏。他兄弟二人最相亲厚，常相共处。宁府人多口杂，那些不得志的奴仆们，专能造言诽谤主人，因此不知又有了什么小人诟谇谣诼之辞。贾珍想亦风闻得些，口声不大好，自己也要避些嫌疑，如今竟分与房舍，命贾蔷搬出宁府，自去立门户过活去了。这贾蔷外相既美，内性又聪明，虽然应名来上学，亦不过虚掩眼目而已。仍是斗鸡走狗，赏花玩柳。总恃上有贾珍溺爱，（戚夹：贬贾珍最重。）下有贾蓉匡助，（戚夹：贬贾蓉次之。）因此族中人谁敢来触逆于他？他既和贾蓉最好，今见有人欺负秦钟，如何肯依？

画线部分便点明贾蔷与贾蓉最为亲昵，同时又是贾珍的娈宠。而第5回秦可卿的判词："情天情海幻情身，情既相逢必主淫"，即秦可卿人见人爱，故碰到风月之人极易成淫。此处焦大又言"养小叔子"，而"小叔子"一般都是站在女方立场上说的话，贾蔷又正好是秦可卿的小叔子，由此可知：贾蔷与秦可卿当有很深的暧昧关系，难怪他要出头来为可卿弟弟秦钟出气。

而且贾蔷是贾蓉贾珍父子共用的娈宠，秦可卿与贾蓉是夫妻，与公公贾珍又乱伦，怎么可能置身于这一淫局之外？所以，作者的笔法真可谓"不着一字，尽得风流"，从头到尾没有用一个粗鄙的淫词，便追魂摄魄地写出了宁国府的淫乱。

（3）宁府东路内宅最南当是马圈

上引第 7 回贾蓉送凤姐出大门时正逢焦大骂人，贾蓉命人把他捆了，于是小厮们便把焦大"揪翻捆倒，拖往马圈【G】里去。"似乎表明马圈【G】就在大门口【B】，即在大厅【H】前。其位置实当在东路【G】，本节上文"一、（一）、（5）"已有考。

（4）宁府东路内宅详考

由上考可知：宁府西路一入兽头大门【B】便有马圈【G】。这马圈其实设在入门后的东跨院内（即在"东路"内），但有墙与东路仪门【F】隔开，以免气味熏蒸，使这座位于东路的马圈反倒与东路的建筑不相通，而与西路的大门口【B】却相通起来。

西路入大门【B】后的第一进建筑是仪门【S】，过仪门是丹墀上的大厅【H】。大厅后有上房即内厅【W】，大厅与上房皆有内间供宾客住宿用。书房当在仪门内的大厅【H】西侧。上房（即内厅）【W】后为内三门【X】和宗祠【N】，宗祠东侧为后花园"会芳园"的南部，有"天香楼【J】、丛绿堂【M】"等建筑。

"后花园"之前的东路建筑，其最南端便是上面所说的马圈【G】，其有墙与北侧的东路"仪门"【F】隔开，使此位于东路的马圈实通西路而不通东路。从马圈往北的东路建筑当同西路一样，先是"仪门"【F】，在马圈【G】的墙北。"仪门"【F】之北是三层房屋，最南一层是东路的第二道仪门"内仪门"【V1】，中间一层是贾珍房【W1】，最后一层是贾蓉房【X1】，此三层房屋东北的院墙上都有门【S2】【R2】【Q2】【P2】【J2】相通，从而直通后花园。

又本节最开头所引的第 75 回尤氏在窗户中观看贾珍聚赌那一段，聚赌者除贾珍贾蓉两人外，全都是府外之人，不宜引入府内太深，所以只会在入门后的大厅【H】处聚赌，不会在内厅【W】处聚赌。由尤氏回来时入大厅【H】，可见大厅无人聚赌，则必定是在大厅两旁的"暖阁"内聚赌。[①]宁府宅院在东，尤氏由大厅回宅院而经过聚赌者窗下，可知聚赌必定是在大厅东侧的"东暖阁"【I】内，也即正对仪门的"暖阁"。祭宗祠时，贾母入仪门后便歇轿于此，则尤氏本也可以直入此暖阁，因为此东暖阁直对仪门，一入仪门便是此暖阁的原故。尤氏本当直入此暖阁，现在却先入了大厅，这也表明此暖阁为聚赌人占据，尤氏是内眷，不能被外人看见，所以只好先到大厅。尤氏知道"东暖阁"在聚赌，所以打算向东回内宅再度经过其窗下时，一窥其聚赌的情形。（按：尤氏由仪门【S】至大厅【H】时经过了东暖阁【I】，但当时没有心思去窥探，现在向东回内院时才起了一窥究竟的念头。）由尤氏回宅院时不穿大厅【H】至其后的内厅【W】走，可知内厅【W】处无路向东通往东侧的宅院。

[①] 大厅内若有外人在聚赌，尤氏作为内眷是不能被外人看到的，所以尤氏便不会进入此大厅；今尤氏回来时入此大厅，足证大厅内无人聚赌，聚赌者当在大厅两旁的"暖阁"内。

贾敬在城外道观修炼，家中自然会为其留有不住的空院，以防其有时会回来居住，但笔者《红楼时间人物谜案》"第三章、第三节、三"考明贾赦与贾敬原型为同一人，贾敬又因沉迷于修道，连自己生日也不回来过，见第12回贾敬生日时贾珍去请，贾敬说："我是清净惯了的，我不愿意往你那是非场中去闹去"，根本就没有回来居住过。第53回祭祖，贾敬不得不回来，但作者又写："贾敬素不茹酒，也不去请他，于后十七日，祖祀已完①，他便仍出城去修养。便这几日在家内，亦是静室默处，一概无听无闻，不在话下。"其从除夕回来祭祖，到正月十七离开，长达近二十天，书中根本就没提到他在"宁国府"的专门居所，只以"静室"两字便敷衍了过去，而且还写他"一概无听无闻"，简直就是个似有而实无的"活死人"。作者把他塑造成不管世事的修道者的原因，便在于他原本就是作者分贾赦一人为两人所写的贾赦"影子"，作者不愿让他有任何情节出现，为的也是想让有心人通过这一反常的角色，探索其背后隐藏的真相。即索解出"贾赦与贾敬原本是同一人"的真相，以此来符合作者曹家只有两位家长而无三位家长的事实，从而明白作者写的就是其曹家的家事。

既然作者有意要把贾敬写成"似有实无"的影子，自然也就不会为他在宁国府中安排宅院，所以全书看不到属于贾敬居住的上房，由此可知贾敬在宁国府中其实并没有属于他的院落和房屋。

"贾珍院"肯定要有"仪门"作为二门，即图中【F】，其后又有一道"三门"内仪门，即图中【V1】，整个格局就相当于"贾赦院"的三重仪门的格局（当然，"贾赦院"是三重，而贾珍院仅有两重【F】【V1】）。

由"内仪门"【V1】入内便是贾珍与尤氏的上房【W1】，其后是贾蓉与秦可卿的上房【X1】。【W1】与【X1】之间当有围墙隔断，以此来避公公与儿媳之间应避的嫌疑。

走"贾蓉、可卿上房"【X1】东北角的小门【P2】出去，便是"会芳园"的大门【J】，其二楼疑即天香楼【J】。这一园门当与宗祠的"内仪门-塞门-戏台【U-Y-U1】"这一建筑相并列（即肩并肩）。

前已详论宗祠这一建筑应当是两层楼（见本节"一、（二）、（1）"），此"会芳园"大门也应当是与之形制相同的两层楼，一楼为园门，二楼便是"天香楼"【J】。这两组建筑形制当相同，只有一点不同，即：宗祠该建筑的戏楼是往北凸出的抱厦形制，而"天香楼"当即建在园门顶上的最普通的二层楼形制，不是那种往北凸出的抱厦形制。所以这"天香楼"不是演戏用的戏台，而是北眺"会芳园"全园的观景楼。故园中演戏时，要在天香楼【J】北的空旷处搭建戏台，供"天香楼"上之人观赏。因此"天香楼"上看戏是坐南朝北观看戏剧表演。

之所以其戏不在天香楼西并肩的宗祠戏台【U1】上演出（按：此建筑典图标有"戏台"两字，可证其是戏台，《南巡临幸胜迹图》不光标此建筑为"戏台"，更标其北侧的正厅即宗祠大殿【N】为"看戏厅"），原因便是宗祠只宜演忠孝节义和神鬼戏，凡是供人娱乐的风花雪月的戏不敢在宗祠戏台上演，所以特地

① 指"正月十五"上元节祭祖后，又在家住了一天，正月十七便离开了。

要在会芳园中搭戏台来演。至于会芳园中的园门二层楼天香楼，为什么不像宗祠那样建成戏台？便是因为其西并肩已有了戏台【U1】，显然不可能再在后花园"会芳园"中造起第二座与之肩并肩的戏台，因为一府有两座相并列的戏台，这未免显得太奢侈了。所以风花雪月的戏，只能在"天香楼"这个观景楼楼下的北面花园中的空地上，露天搭建戏台了。

后花园大门天香楼【J】前的夹道，正如图中所绘，西通设在"祠堂"门口【U】的黑油栅栏【Z】处的夹道。

祠堂门口设黑油栅栏阻拦，说明此处有路相通而会有人走到。未建大观园前，此祠堂门前的黑油栅栏向南可以通"内三门"【X】而至宁府西路的"内厅"【W】、"外厅"【H】出宁府大门【B】；此黑油栅栏面前的夹道向东则通"会芳园"大门"天香楼"【J】前的夹道，而由"天香楼"之门【J】入这座后花园"会芳园"【L】；向西则通"宁、荣二府"间的界巷【P1】而南出"宁荣街"。

建成大观园后，此黑油栅栏面前的夹道向西到达界巷【P1】后，更能再往西一直连通到"贾赦院"的第三层仪门【Q1】背后的夹道【R1】，进而再一路往西连通到荣府的"外仪门"【S1】内侧。

但建成大观园后，当因筑起【T2】这道院墙，导致黑油栅栏面前夹道原来往东通"会芳园"大门"天香楼"【J】的路给筑死不通[①]，改为沿着【T2】这道院墙往北、再往东而通往大观园的南大门【N1】。

又贾珍院内仪门【V1】、贾珍尤氏房【W1】、贾蓉秦氏房【X1】、后花园大门（其二楼疑即"天香楼"）【J】四者之间皆当有墙相隔，故于"图九"中补绘贾珍房【W1】、贾蓉房【X1】之间的分院之墙。为何要有墙分隔？便是因为公公、儿媳当分院而居以避嫌的原故。这四重建筑以墙相隔后，其相通之路应当就是图中所绘的宁府东侧围墙下那一连串小门【S2】【R2】【Q2】【P2】【J2】。

（5）第64回证明"上房"即"内厅"

贾琏进入宁府【B】，早有家人头儿率领家人等请安，一路围随至厅上【H】。贾琏一一的问了些话，不过塞责而已，便命家人散去，独自往里面走来。原来贾琏、贾珍素日亲密，又是弟兄，本无可避忌之人，自来是不等通报的。于是走至上房【W】，早有廊下伺候的老婆子打起帘子，让贾琏进去。贾琏进入房中一看，只见南边炕上只有尤二姐带着两个丫鬟一处做活，却不见尤老娘与三姐。贾琏忙上前问好相见。尤二姐亦含笑让坐，贾琏便靠东边板壁坐了，仍将上首让与二姐，寒温毕。……

次日，命人请了贾琏到寺中来，贾珍当面告诉了他尤老娘应允之事。贾琏自是喜出望外，又感谢贾珍、贾蓉父子不尽。于是三人商议着，使人看房子、

[①] 即本小节"一、（一）、（7）"据第75回贾珍在会芳园"丛绿堂"寻欢作乐时："忽听那边墙下有人长叹之声。……贾珍忙厉声叱咤，问：'谁在那里？'连问几声，没有人答应。尤氏道：'必是墙外边家里人也未可知。'贾珍道：'胡说。这墙四面皆无下人的房子，况且那边又紧靠着祠堂【N】，焉得有人？'"可证：会芳园西侧已用墙封死而不通宗祠了。

打首饰，给二姐置买妆奁及新房中应用床帐等物。不过几日，早将诸事办妥。已于"宁荣街"后二里远近、"小花枝巷"内买定一所房子，共二十余间。

此节文字的意义便在于清楚点明：东府的"厅上"（即大厅）【H】与"上房"【W】有别。贾琏由大厅【H】走至上房【W】，可证"上房"即大厅后的内厅【W】。之所以称内厅为"上房"，正如"王夫人院"的上房【M1】处于其所在的东路的倒数第二进，一路建筑以后为尊，最尊之房称"上房"，上房后又得有一进院落作为靠背，即图中"王夫人院"上房【M1】背后标"照房"的那进建筑，故"上房"一般都安排在该区域一系列建筑的倒数第二进。

此处的宁府西路亦然，其分南北两大区域，南区为厅堂区，北区为祠堂区。

其北区"祠堂区"，从内仪门【U】这祠堂的五间大门一直到最后的大观园的南园墙。其上房——宗祠正殿【N】（即第53回"打扫上房【N】，以备悬供遗真影像"之"上房"）——正好就在倒数第二进，最后一进建筑便是大观园南园墙下的"祖先堂"这一宗祠寝室【V】。

其前的南区"厅堂区"从宁府大门【B】一直到内三门【X】，而上房【W】正处于倒数第二进，其最后一进便是内三门【X】。

由此可知，大厅【H】在前，其后位居此区域倒数第二进的内厅【W】才是"上房"，故"厅上"与"上房"有别，前为"厅（大厅）"，后为"房（上房）"。

此节文字还交代清楚贾琏偷娶尤二姐后居住的"小花枝巷"在"宁、荣二府"府后二里处。

● **附、第68回王熙凤把尤二姐从花枝巷的居所骗入贾府的大观园，走"宁荣二府"后街上的大观园后门：**

> 凤姐……又悄悄的告诉她："……我们有一个花园子极大，姊妹住着，容易没人去的。你这一去且在园里住两天，等我设个法子回明白了，那时再见方妥。"尤二姐道："任凭姐姐裁处。"那些跟车的小厮们皆是预先说明的，如今不去大门【A】，只奔后门【C】而来。下了车，赶散众人。凤姐便带尤氏进了大观园的后门【Y2】，来到李纨处相见了。彼时大观园中十停人已有九停人知道了，今忽见凤姐带了进来，引动多人来看问。

前已言尤二姐住在"宁荣二府"身后的"小花枝巷"，故凤姐命令不往荣府大门【A】而往荣府后门【C】来，其实也不进荣府后门【C】，而是直奔其旁的大观园的后门【Y2】。

三、宁府"会芳园"考

（1）第11回"庆寿辰宁府排家宴"：

> 话说是日贾敬的寿辰，贾珍先将上等可吃的东西、稀奇些的果品，装了十六大捧盒，着贾蓉带领家下人等与贾敬送去，向贾蓉说道："你留神看太爷喜欢不喜欢，你就行了礼来。你说：'我父亲遵太爷的话未敢来，在家

里率领合家都朝上行了礼了①。'"贾蓉听罢，即率领家人去了。

　　这里渐渐的就有人来了。先是贾琏、贾蔷到来，先看了各处的座位，并问："有什么顽意儿没有？"家人答道："我们爷原算计请太爷今日来家来，所以未敢预备顽意儿。前日听见太爷又不来了，现叫奴才们找了一班小戏儿并一档子打十番的，都在园子里戏台上预备着呢。"

　　次后邢夫人、王夫人、凤姐儿、宝玉都来了，贾珍并尤氏接了进去【W】。尤氏的母亲已先在这里呢。……王夫人道："前日听见你大妹妹说，蓉哥儿媳妇儿身上有些不大好，到底是怎么样？"……正说着，外头人回道："大老爷、二老爷②，并一家子的爷们都来了，在厅上【H】呢。"贾珍连忙出去了。……

　　正说话间，贾蓉进来，给邢夫人、王夫人、凤姐儿前都请了安，方回尤氏道："方才我去给太爷送吃食去，并回说我父亲在家中伺候老爷们，款待一家子的爷们，遵太爷的话未敢来。太爷听了甚喜欢，说：'这才是。'叫告诉父亲、母亲：好生伺候太爷、太太们，叫我好生伺候叔叔、婶子们并哥哥们。还说那《阴骘文》叫急急的刻出来，印一万张散人。我将此话都回了我父亲了。我这会子得快出去打发太爷们并合家爷们吃饭。"凤姐儿说："蓉哥儿，你且站住。你媳妇今日到底是怎么着？"贾蓉皱皱眉说道："不好么！婶子回来瞧瞧去就知道了。"于是贾蓉出去了。

　　这里尤氏向邢夫人、王夫人道："太太们在这里吃饭阿，还是在园子里吃去好？小戏儿现预备在园子里呢。"王夫人向邢夫人道："我们索性吃了饭再过去罢，也省好些事。"邢夫人道："很好。"于是尤氏就吩咐媳妇婆子们："快送饭来。"门外一齐答应了一声，都各人端各人的去了。不多一时，摆上了饭。……

　　于是，尤氏的母亲并邢夫人、王夫人、凤姐儿都吃毕饭，漱了口，净了手，才说要往园子里去，贾蓉进来向尤氏说道："老爷们并众位叔叔、哥哥、兄弟们也都吃了饭。大老爷说家里有事，二老爷是不爱听戏又怕人闹的慌，都才去了。别的一家子爷们都被琏二叔并蔷兄弟让过去听戏去了。方才南安郡王、东平郡王、西宁郡王、北静郡王四家王爷，并镇国公、牛府等六家，忠靖侯、史府等八家，都差人持了名帖送寿礼来，俱回了我父亲，先收在账房里了，礼单都上上档子了。老爷的领谢的名帖都交给各来人了，各来人也都照旧例赏了，众来人都让吃了饭才去了。母亲该请二位太太、老娘、婶子都过园子里坐着去罢。"尤氏道："也是才吃完了饭，就要过去了。"

　　凤姐儿说："我回太太，我先瞧瞧蓉哥儿媳妇，我再过去。"王夫人道："很是，我们都要去瞧瞧她，倒怕她嫌闹的慌，说我们问她好罢。"尤氏道：

---

① 朝上行礼，即向北行礼，而不管贾敬所在的道观在贾府"东南西北"的何处，一律向上（朝北）叩头。因为贾敬若在府，便是坐北朝南，众人面朝北叩拜；今不在，便对着该他坐的空座位朝北叩拜就是了。

② 大老爷是贾赦，二老爷是贾政。一家子爷们是贾琏、贾蔷等。

"好妹妹，媳妇听你的话，你去开导开导她，我也放心。你就快些过园子里来。"宝玉也要跟了凤姐儿去瞧秦氏去，王夫人道："你看看就过去罢，那是侄儿媳妇。①"于是尤氏请了邢夫人、王夫人并她母亲都过会芳园【L】去了。凤姐儿、宝玉方和贾蓉到秦氏这边【X1】来。

进了房门，悄悄的走到里间房门口，秦氏见了，就要站起来，凤姐儿说："快别起来，看起猛了头晕。"……凤姐儿道："宝兄弟，太太叫你快过去呢。你别在这里只管这么着，倒招的媳妇也心里不好。太太那里又惦着你。"因向贾蓉说道："你先同你宝叔叔过去罢，我还略坐一坐儿。"贾蓉听说，即同宝玉过会芳园【L】来了。……

于是凤姐儿带领跟来的婆子丫头并宁府的媳妇婆子们，从里头绕进园子的便门【J2】来。但只见：黄花满地，白柳横坡。小桥通若耶之溪，曲径接天台之路。石中清流激湍，篱落飘香；树头红叶翩翩，疏林如画。西风乍紧，初罢莺啼；暖日当暄，又添蛩语。遥望东南，建几处依山之榭【K2】，纵观西北，结三间临水之轩【L2】。笙簧盈耳，别有幽情；罗绮穿林，倍添韵致。

凤姐儿正自看园中景致，一步步行来赞赏。猛然从假山石【M2】后走过一个人来，向前对凤姐儿说道："请嫂子安。"凤姐儿猛然见了，将身子望后一退，说道："这是瑞大爷不是？"贾瑞说道："嫂子连我也不认得了？不是我是谁！"……

凤姐儿假意笑道："一家子骨肉，说什么年轻不年轻的话。"贾瑞听了这话，再不想到今日得这个奇遇，那神情光景亦发不堪、难看②了。凤姐儿说道："你快入席去罢，仔细他们拿住罚你酒。"贾瑞听了，身上已木了半边，慢慢的一面走着，一面回过头来看。凤姐儿故意的把脚步放迟了些儿，见他去远了，心里暗忖道："这才是'知人知面不知心'③呢，哪里有这样禽兽的人呢！他如果如此，几时叫他死在我的手里，他才知道我的手段！"

于是凤姐儿方移步前来。将转过了一重山坡【N2】，见两三个婆子慌慌张张的走来，见了凤姐儿，笑说道："我们奶奶见二奶奶只是不来，急的了不得，叫奴才们又来请奶奶来了。"凤姐儿说道："你们奶奶就是这么急脚鬼似的。"凤姐儿慢慢的走着，问："戏唱了几出了？"那婆子回道："有八九出了。"说话之间，已来到了天香楼【J】的后门，见宝玉和一群丫头们在那里玩呢。凤姐儿说道："宝兄弟，别忒淘气了。"有一个丫头说道："太太们都在楼上坐着呢，请奶奶就从这边上去罢。"

凤姐儿听了，款步提衣上了楼，见尤氏已在楼梯口等着呢。尤氏笑说道："你们娘儿两个忒好了，见了面总舍不得来了。你明日搬来和她住着罢。你坐下，我先敬你一钟。"于是凤姐儿在邢、王二夫人前告了坐，又在尤氏的母亲前周旋了一遍，仍同尤氏坐在一桌上吃酒听戏。……

---

① 指男女有别，暗中衬托出第5回宝玉睡秦可卿房的失礼之处。
② "不堪"即难看之意。
③ 此是凤姐鄙薄有淫心的贾瑞"有人样而无人心"，乃现世的禽兽畜生！

凤姐儿立起身来望楼下一看，说："爷们都往哪里去了？"旁边一个婆子道："爷们才到凝曦轩【L2】，带了打十番的那里吃酒去了。"凤姐儿说道："在这里不便宜，背地里又不知干什么去了！"（蒙侧：偏是爱吃酸醋。）尤氏笑道："哪里都像你这么正经人呢？"

【解析】

此是贾敬寿辰之筵，原本打算请贾敬回家来过生日，由于贾敬好清静，所以不敢安排演戏。后来听贾敬说要专心修炼，不愿回家，于是贾珍便请了一个小戏班和一个"打十番"的，在"会芳园"的戏台上预备着。坐在天香楼上能看戏，则其戏台当是临时搭建在天香楼对面（北面）的园中平地上。据上文"二、（4）"考：天香楼是园门上的第二层楼，是朝北观赏"会芳园"花园美景的观景楼，所以在"天香楼"上看戏是坐南朝北看戏。

后来，贾珍率男宾让"打十番"的到"凝曦轩"表演，而"凝曦轩"【L2】当即下文王熙凤"纵观西北"（即远望西北）时所看到过的"会芳园"西北的"三间临水之轩"。【其疑即大观园中的"秋爽斋"前身，详本书"第三章、第五节、一"。其为三间，虽然高居山上，但其下为"荇叶渚"，正是居高临下俯瞰园中心大湖"沁芳池"的模样，故可以称为"三间临水之轩"。】

众人用过午饭后，尤氏请邢夫人、王夫人和他后母尤姥姥到"会芳园"【L】的"天香楼"【J】上听戏。凤姐、宝玉先随贾蓉去探望生病的秦可卿【X1】，然后凤姐让贾蓉带宝玉入天香楼，而自己则从便门【J2】绕进"会芳园"逛一圈散散步、消消食，然后再到天香楼【J】落座。

天香楼【J】当在秦可卿卧房【X1】之北，贾蓉当是直接带宝玉走天香楼南门而入，其间不过几步路的距离而已。而王熙凤则想先逛花园，为的是多走几步路，这显是出于"饭后百步走有益健康"的考虑，所以她有意要从秦氏房东北角通"会芳园"的便门【J2】到园中【L】先逛上一圈（注意：此在大观园建造之前，【T2】这条粗黑色的新造的会芳园园墙尚不存在），然后再回便门【J2】西侧不远处的天香楼【J】落座。

她想绕远多散几步路，则入了便门【J2】后自然会尽量往东然后再往北走为宜，一路上看到此"会芳园"的东南角有依山之榭【K2】（说明："遥望东南建几处依山之榭"之"东南"也未必就指东南角，而可以指园东与园南。这几处依山之榭中有一处便是下文所提到的"登仙阁"【O2】），这些山榭再往东便是通向"府外东街"的临街之门【Z1】。然后凤姐又回头往西北望去，看到了三间临水之轩，当即"凝曦轩"【L2】。

凤姐入了便门【J2】后，当是往东朝"依山之榭"【K2】（即登仙阁【O2】）处走来，忽然从面前的假山石【M2】背后走出个贾瑞来。贾瑞也是饭后在此散步，不愿直接到"凝曦轩"【L2】看"打十番"，碰巧遇上同样为了有益健康而在饭后散步的王熙凤。王熙凤听了贾瑞几句调戏的话，便让他赶快入席。贾瑞自然是向西、往西北方向的三间临水之轩"凝曦轩"【L2】走去，王熙凤则在他身后故意放慢脚步、拉开距离，自然也是往西、但却是朝西南方向的"天香楼"【J】走去。

等转过一座山坡【N2】，凤姐便看到有女佣前来催她入席，三两句话的工夫，两人便"已来到了天香楼【J】的后门"。由后门入而不由前门入，可证天香楼应当在"会芳园"的最南边，当即图中所绘的"会芳园"南大门【J】的二楼，则戏台应当设在楼北侧的园中平地上。第75回的"箭道"（详本节上文"一、（一）、（6）"）也当设在楼北侧的园中。

此天香楼【J】就在秦氏房子【X1】的身后，王熙凤是有意不直接由秦氏房【X1】走天香楼的前门，故意先由便门【J2】入园子绕一大圈散完步后，再入天香楼【J】的后门。

又：凤姐转过一座山坡【N2】，便看到有女佣前来催她入席，书中是这样描写的："凤姐儿方移步前来。将转过了一重山坡【N2】，见两三个婆子慌慌张张的走来，见了凤姐儿，笑说道：'我们奶奶见二奶奶只是不来，急的了不得，叫奴才们又来请奶奶来了。'凤姐儿说道：'你们奶奶就是这么急脚鬼似的。'凤姐儿慢慢的走着，问：'戏唱了几出了？'那婆子回道：'有八九出了。'说话之间，已来到了天香楼【J】的后门。"

此山坡疑即第17回贾政带宝玉视察刚建造好的大观园时，最后从怡红院【Y1】后院往大观园南大门【N1】走时所碰到的大山，即：贾政一行人"说着，忽见大山阻路【N2】。众人都道：'迷了路了。'贾珍笑道：'随我来。'仍在前导引，众人随他，直由山脚边忽一转，便是平坦宽阔大路，豁然大门【N1】前见。"

或有人问："此山坡既然是旧有，贾政岂会连走惯的'会芳园'中的道路都不认识起来呢？"言下意，第18回贾政迷路的大山，绝非此第11回王熙凤所走过的"会芳园"中旧有之山。

我们认为：大观园总设计师山子野先生，肯定会充分利用旧"会芳园"内的山体而作重新布置，同样能收到"耳目一新"的效果，令人身处庐山而不识其真面目。

第17回贾政在接近大观园门口处迷路的那座大山，就是贾政一行人刚入园门时迎面而来的那座障景用的"翠嶂"之峰【N2】。脂批正揭示清楚：曹雪芹对这座"翠嶂"之峰的描述，可以表明这座挡在大观园大门【N1】内的大山，就是山子野先生借用"会芳园"旧有的石山。具体来说，第17回曹雪芹描写此峰的原文是："白石破嶙，或如鬼怪，或如猛兽，纵横拱立，上面苔藓成斑，藤萝掩映。"而己卯本在这段文字下有夹批："曾用两处旧有之园所改，故如此写方可，细极。"意指：大观园内的这座白石假山如果没有沿用旧有的话，则此白石假山必定是新造，从而也就不可能有"苔藓成斑，藤萝掩映"的景象出来了。这条批语便一针见血地点明：大观园园门内障景用的大型假山"翠嶂"，便是沿用"会芳园"旧有的假山。

而王熙凤所转过的山坡，只要说上几句话的工夫，便能来到天香楼【J】下，可证其离"天香楼"不远。而图中大观园的园门【N1】正在王熙凤遇贾瑞的假山石【M2】与天香楼【J】两者之间，而王熙凤所转过的山坡【N2】也在假山石【M2】与天香楼【J】两者之间，而假山石【M2】与天香楼【J】两者之间又仅有五六十米的距离，不可能分布两座山系，因此王熙凤所转过的山坡，肯定就与大观园园门【N1】内的旧有的"翠嶂"大山【N2】连为一体而为同一山系。换句话说：王熙凤所转过的山坡，应当就是大观园门【N1】内的"翠嶂"大山【N2】。

山子野先生妙于旧园翻造、精于旧山翻新，连熟惯其路的贾政都再也不识得此山的旧面目和原路，足证山子野先生造园艺术的高超非凡。这便是第 18 回贾政入大观园南门，看到门口"翠嶂"【N2】之峰处上引"苔藓成斑，藤萝掩映"八字后的"其中微露羊肠小径"句的己卯本夹批所批的："好景界，山子野精于此技!"其画线部分便点明山子野精于布置假山，又善于在假山中布置山道。

图中这一山坡【N2】到天香楼【J】的距离不过四五十米，的确只要说上几句话便能走完，这与上引的文字描写也相吻合。

（2）由第13、14回秦可卿丧事的描写，再来探讨宁府"天香楼"、"会芳园"

●第 13 回：

凤姐还欲问时，只听二门上传事云板连叩四下，将凤姐惊醒。人回："东府蓉大奶奶没了。"凤姐闻听，吓了一身冷汗，出了一回神，只得忙忙的穿衣，往王夫人处来。

彼时合家皆知，无不纳罕，都有些疑心。（甲眉：九个字写尽天香楼【J】事，是不写之写。）那长一辈的想她素日孝顺；平一辈的，想她平日和睦亲密，下一辈的想她素日慈爱，以及家中仆从老小想她素日怜贫惜贱、慈老爱幼之恩，莫不悲嚎痛哭者。……

一直到了宁国府前，只见府门【B】洞开，两边灯笼照如白昼，乱烘烘人来人往，里面哭声摇山振岳。（甲侧：写大族之丧，如此起绪。……）这四十九日，单请一百单八众禅僧在大厅【H】上拜大悲忏，超度前亡后化诸魂，以免亡者之罪；另设一坛于天香楼【J】上，（甲侧：删，却是未删之笔。①）是九十九位全真道士，打四十九日解冤洗业醮。然后停灵于"会芳园"【L】中，灵前另有五十众高僧、五十众高道，对坛按七作好事。……

因忽又听得秦氏之丫鬟名唤瑞珠者，见秦氏死了，她也触柱而亡。（甲侧：补天香楼未删之文。）此事可罕，合族中人也都称赞。贾珍遂以孙女之礼殡殓，一并停灵于"会芳园"【L】中之"登仙阁"【O2】。……

早有大明宫掌宫内相戴权，（甲侧：妙! 大权也。②）先备了祭礼遣人

---

① 作者删"秦可卿淫丧天香楼"情节时，故意留几句与该情节有关的话而未删净，这句话便是作者当删而未删之语。

② 戴权谐"大权"之音，则贾代儒便谐"假大儒"之音，其为教书先生，故以"大儒"称之，这都是作者"随事立名"之法。作者并不是在讽刺贾代儒是假大儒，因为作者是孝子而非忤逆子，焉能讽刺自己的老师与尊长? 况且书中也的确找不到讽刺贾代儒的地方。何况以

来，次后坐了大轿，打伞、鸣锣，亲来上祭。贾珍忙接着，让至"逗蜂轩"（甲侧：轩名可思。）【X2】献茶。……

贾珍听说，忙吩咐："快命书房【I2】里人恭敬写了大爷的履历来。"小厮不敢怠慢，去了一刻，便拿了一张红纸来与贾珍。贾珍看了，忙送与戴权。看时，上面写道："江南江宁府江宁县监生贾蓉，年二十岁。曾祖，原任'京营节度使、世袭一等神威将军'贾代化；祖，乙卯科进士贾敬；父，世袭三品爵、威烈将军贾珍。"……

接着，便又听喝道之声，原来是忠靖侯史鼎的夫人来了。（甲侧：史小姐湘云消息也。）王夫人、邢夫人、凤姐等刚迎入上房【W】，又见锦乡侯、川宁侯、寿山伯三家祭礼摆在灵前。少时，三人下轿，贾政等忙接上大厅【H】。如此，亲朋你来我去，也不能胜数。只这四十九日，（庚侧：就简去繁。）宁国府街【C2】【D2】上一条白漫漫人来人往，（甲侧：是有服亲朋并家下人丁之盛。）花簇簇官去官来。（甲侧：是来往祭吊之盛。）

贾珍命贾蓉次日换了吉服，领凭回来。灵前供用执事等物，俱按五品职例。灵牌疏上皆写"天朝诰授贾门秦氏恭人之灵位"。会芳园【L】临街大门【Z1】洞开，现在两边起了鼓乐厅，两班青衣按时奏乐，一对对执事摆的刀斩斧齐。更有两面朱红销金大字牌对竖在门外，上面大书："防护内廷紫禁道、御前侍卫龙禁尉"。对面高起着宣坛，僧道对坛榜文，榜上大书："世袭宁国公冢孙妇、防护内廷御前侍卫龙禁尉、贾门秦氏恭人之丧。（庚眉：贾珍是乱费，可卿却实如此。）四大部州'至中之地'，奉天承运太平之国，（庚眉：奇文。若明指一州名，似若《西游》之套，故曰'至中之地'，不待言可知是光天化日、仁风德雨之下矣。不云国名更妙，可知是尧街舜巷、衣冠礼义之乡矣。直与第一回呼应相接[①]。）总理'虚无寂静'教门[②]、'僧录司'正堂万虚、总理'元始、三一'教门[③]、'道录司'正堂叶生等，敬谨修斋，朝天叩佛"，以及"恭请诸伽蓝、揭谛、功曹等神圣恩普锡、神威远镇，四十九日消灾洗业平安水陆道场"等语，亦不消繁记。……

这里凤姐儿来至三间一所抱厦【Q】内坐了。

"贾"寓"假"乃是注定而无法更改的事，作者在"贾代儒"这个起名上只用"代儒"的"大儒"（即教师）之意，而未用"贾"谐音"假"之意。

① 指与第一回之前的书首"凡例"第二条："盖天子之邦，亦当以中为尊，特避其'东、南、西、北'四字样也。"又第一回一僧一道对思凡的顽石说："然后好携你到那昌明隆盛之邦，（甲侧：伏长安大都。）"又空空道人审查石头身上的故事"石头记"时，说其中全是歌颂太平之语："因见上面虽有些指奸责佞、贬恶诛邪之语，（甲侧：亦断不可少。）亦非伤时骂世之旨，（甲侧：要紧句。）及至君仁臣良、父慈子孝，凡伦常所关之处，皆是称功颂德、眷眷无穷，实非别书之可比。"

② 佛教主张虚无寂静，故此教门当是佛教。

③ "元始"即道教主神元始天尊，故此教门当是道教。"三一"当指"三教合一"，所指当为明嘉靖朝福建莆田人林兆恩创立的"三一教"，其主张"宗孔归儒"、三教合一，明末清初达到全盛，波及南京，生活在南京的曹雪芹当信奉其学说，故把书中的道教法门称作"元始、三一教门"。作者在此特地借"三一教门"四个字，来标明自己的宗教信仰与"佛教、道教、儒家"三教既有联系，同时又有自己的核心主见在内。

●第 14 回:

　　众人连忙让坐倒茶,一面命人按数取纸来,抱着同来旺媳妇一路行来,至仪门口【S】,方交与来旺媳妇自己抱进去了【Q】。……

　　贾珍也另外吩咐每日送上等菜到抱厦【Q】内,单与凤姐吃。(庚眉:写凤之珍贵。)那凤姐不畏勤劳,(戚夹:不畏勤劳者,一则任专而易办,一则技痒而莫遏。"士为知己者死",不过勤劳,有何可畏?①)天天于卯正二刻就过来点卯理事,(庚眉:写凤之英勇。)独在抱厦【Q】内起坐,不与众姑娌合群,便有堂客②来往也不迎会。(庚眉:写凤之骄大。)……

　　及收拾完备,更衣盥手,吃了两口奶子糖粳粥,漱口已毕,已是卯正二刻了。来旺媳妇率领诸人伺候已久。凤姐出至厅【H1】前,上了车③,前面打了一对明角灯,大书"荣国府"三个大字,款款来至宁府。大门【B】上门灯朗挂,两边一色戳灯,照如白昼,白茫茫穿孝仆从两边侍立。请车至正门【B】上,小厮等退去,众媳妇上来揭起车帘。凤姐下了车,一手扶着丰儿,两个媳妇执着手把灯罩④,簇拥着凤姐进来。宁府诸媳妇迎来请安、接待⑤。凤姐缓缓走入"会芳园"【L】中"登仙阁"【O2】灵前,一见了棺材,那眼泪恰似断线珍珠滚将下来。院中许多小厮垂手伺候烧纸。凤姐吩咐得一声:"供茶⑥,烧纸。"只听得一棒锣鸣,诸乐齐奏,(庚侧:谁家行事?宁不堕泪?⑦)早有人端过一张大圈椅来,放在灵前,凤姐坐了,放声大哭。于是里外男女上下,见凤姐出声,都忙接声嚎哭。一时贾珍、尤氏遣人来劝,凤姐方才止住。来旺媳妇献茶漱口毕,凤姐方起身别过族中诸人,自入抱厦【Q】内来,按名查点各项人数,都已到齐,只有迎送客上的一人未到。

●第 13 回末有脂砚斋批语:

　　甲戌本:"秦可卿淫丧天香楼",作者用史笔也。老朽因有魂托凤姐贾家后事二件,的是"安富尊荣"坐享人⑧不能想得到处。其事虽未行,其言其意则令人悲切感服,姑赦之,因命芹溪删去。

　　庚辰本:通回将可卿如何死故隐去,是大发慈悲心也,叹叹!壬午春。

---

① 指连死都愿意,何况这又不用去死,只不过劳累一下罢了。
② 堂客,女客人、堂上客人,也可以用来泛指妇女。
③ 当是出至"向南大厅"【H1】之前,而非出至"荣禧堂"【I1】之前,亦非出至"外仪门"【S1】之前。又由此语可知"向南大厅"【H1】前的"外仪门"【S1】当像大门两侧的角门【R'】【R''】那般,可以把门槛撤下后让车通行,则"外仪门"两侧必如彩图所绘有两角门,详见本书"第一章、第四节、七、[21]"的讨论。
④ 有手把的灯罩。
⑤ 迎上来请安并加以接待。
⑥ 指上供早茶和就茶吃的点心。早茶,即"早膳",也即今人所谓的"早餐"。
⑦ 指这就是我家的真事啊,批者脂砚斋我能不为此掉眼泪吗?
⑧ 指坐享富贵的"安富尊荣"之人。

【解析】

上引第 13 回："便又听喝道之声，原来是忠靖侯史鼎的夫人来了。王夫人、邢夫人、凤姐等刚迎入上房"，其"上房"两字程高本作"正房"。今按"上房"就是"正房"，两词意同。男女有别，其当是内厅【W】的正房，不是大厅【H】的正房，下文另有："又见锦乡侯、川宁侯、寿山伯三家祭礼摆在灵前。少时，三人下轿，贾政等忙接上大厅【H】"，可见男女有别，凡是男宾则由男主人迎入前面的大厅【H】中的上房，凡是女宾，则由女主人引入其后的内厅【W】中的上房，上文"二、（5）"引第 64 回之文证明书中称"内厅【W】"为上房。

批语"秦可卿淫丧天香楼"，是言秦可卿与贾珍在天香楼淫乱为尤氏撞破。第 13 回："但里面尤氏又犯了旧疾，不能料理事务"，即尤氏不愿为儿媳秦可卿主持丧事，便透露出贾珍与可卿淫乱为尤氏撞破的信息来；而贾珍则"哭的泪人一般"，甲戌本有侧批："可笑，如丧考妣，此作者刺心笔也"，点明他和秦氏那种非同寻常的亲密关系。因为在古代，公公在公开场合哭儿媳那是大忌，场面看上去极度尴尬、极不雅观。

秦可卿当是上吊自杀而非病死，见第 5 回："后面又画着高楼大厦，有一美人悬梁自缢。其判云：情天情海幻情身，情既相逢必主淫；漫言不肖皆荣出，造衅开端实在宁。"同一回《红楼梦曲》："第十三支 '好事终'：画梁春尽落香尘。（甲侧：六朝妙句。）擅风情，秉月貌，便是败家的根本。箕裘颓堕皆从敬，（甲侧：深意他人不解。）家事消亡首罪宁。宿孽总因情。（甲夹：是作者具菩萨之心，秉刀斧之笔，撰成此书，一字不可更，一语不可少。）"前者是预示秦可卿命运的图册，其画的是美人悬梁自缢于高楼大厦的画面；后者是预示秦可卿命运的曲子，其唱的又是"画梁春尽落香尘"，这两者都是秦可卿"淫丧天香楼"的真实写照，证明其是上吊自杀而非病死。

其判词"情天情海幻情身"隐秦可卿之姓"秦"（情）。"漫言不肖皆荣出"是言荣国府出了无法继承祖业的无能之徒贾宝玉（第 3 回黛玉初见宝玉时，作者称宝玉为"天下无能第一，古今不肖无双"）。"造衅开端实在宁"是言家族败落便是因为"宁国府"的贾珍触犯了王法而招致抄家。其曲"箕裘颓堕皆从敬"是指贾敬沉迷于修炼，不问家事，使贾珍得以胡作非为，导致"宁国府"败亡并牵扯到"荣国府"，故下来便说"家事消亡首罪宁"，"宁"即宁国府的贾珍。

而"宿孽总因情"的"情"便指恣情纵欲，此句是写：贾府这一家族的败亡与淫乱有密切关系，即世俗所谓的"万恶淫为首"是也；同时这"情"字又点"秦可卿"的"秦"字，指书中与贾宝玉发生性关系的第一位女性便是秦可卿，第一位男性便是其弟弟秦钟，宝玉（当也指作者本人）因这对"秦"姓姐妹（实为美色与情欲的象征，故以"情"字的谐音"秦"字来作为他们的姓氏）而开始了自己一生淫欲方面的孽报。

又笔者《红楼时间人物谜案》"第三章、第三节、三"证明贾敬与贾赦乃同一人，故"箕裘颓堕皆从敬"实则是在指明：贾府抄家的罪魁祸首便是那淫色、贪财、好货（指贪求"石呆子"古扇）的贾赦。

由于秦可卿淫丧于天香楼，所以贾珍要"另设一坛于天香楼【J】上，是九十九位全真道士，打四十九日解冤洗业醮。然后停灵于会芳园【L】中，灵前另有五十众高僧、五十众高道，对坛按七作好事。"由此可知：秦可卿停灵于"会芳园"中，而不在"天香楼"上。（按：笔者考明天香楼就是会芳园的园门，此是言秦可卿停灵于园中而不在此园门处。）

第15回："凤姐缓缓走入会芳园【L】中登仙阁【O2】灵前，一见了棺材，那眼泪恰似断线珍珠滚将下来。"可见秦可卿停灵在"会芳园"中的"登仙阁"，其阁在园中的位置不详。作者"随事立名"，故把停灵处称为"登仙阁"。

秦可卿的贴身丫鬟瑞珠，显然会在秦可卿与贾珍淫乱过程中充当望风的角色，肯定就是"天香楼"事件的在场者，她自感自己难逃将来尤氏对自己的惩罚，所以触柱身亡，甲戌本作侧批："补天香楼未删之文"所言即此。上文言："贾珍遂以孙女之礼殡殓，一并停灵于会芳园【L】中之登仙阁【O2】"，即停瑞珠之灵于秦可卿灵旁。"一并"两字也证明此"登仙阁"已停有可卿之灵。

会芳园临街大门洞开，当是朝东开的大门，因为其园只有东部临街。其西为宗祠及"荣国府"，其南为"宁国府"的东西两路厅堂、宅院（西为厅堂，东为内宅），其北为"东大院"下人聚居区，都不临街。

第16回规划省亲别墅（即大观园）时言："从东边一带，借着东府里的花园起，转至北边。"东府里的花园即"会芳园"，规划时要由此会芳园再往北，可知北边不属于"会芳园"。其北边在大观园未建时，当是下人的居住区，换句话说："会芳园"北部肯定不临街。由此可知，会芳园临街大门当临的是府东之街【Z1】，也即现实原型中的"碑亭巷"。

此会芳园的大部分区域划入大观园，只剩下南部靠近府第的"天香楼、丛绿堂"未划入，而保留在宁国府中作为其残存的"会芳园"。会芳园划入大观园的那一部分便是后来"大观园"的南半部，包括大观园的正门【N1】、怡红院【Y1】、秋爽斋【L2】，以及其一直往东到临街大门【Z1】处的这一大块。其处有假山、山坡，东南有山房，西北有水榭，临街朝东开门。而"天香楼"【J】当在典图中的"箭亭"【E】南边，"丛绿堂"【M】当在"天香楼"【J】西侧（由于我们定天香楼是"会芳园"的南大门，所以我们便可知道"丛绿堂"当在天香楼的西北而非西南），此"丛绿堂"原来紧靠"宗祠"的东墙，建成大观园后，"丛绿堂"与"宗祠"东墙间空出一条南北向的夹道来，此夹道向北、然后再拐向东而通往大观园的南大门【N1】与箭亭【E】。

（3）会芳园建为大观园的南部

大观园建筑工程的建成不过四个月（本书第三章"大观园"部分的"第一节、七、（一）"有详考），贾琏也说唯有不大动干戈、充分利用旧园才能快速完工，即第16回贾蓉说大观园打算"借着东府里的花园（即会芳园）起"，贾琏立即加以赞成："正经是这个主意才省事，盖的也容易；若采置别处地方去[①]，

---

① 指在府外另找地方建则费事。

那更费事，且倒不成体统。你回去说，这样很好，若老爷们再要改时，全仗大爷①谏阻，万不可另寻地方。明日一早我给大爷请安去，再议细话。"若用"会芳园"来造大观园，相当于全园的三分之一已有了，此亦证明上文"（1）"所证明的：大观园南大门内"翠嶂"之山，就是"会芳园"中旧有的、王熙凤所转过的山坡【N2】。故整个大观园仅需四个月便能建成其主体建筑。今针对上文"（1）"所证明的观点再详析如下：

贾政带宝玉验收大观园主体工程时，园门不远处的山石上有苔藓，脂批言是利用旧园之石而来，见第17回："说着，往前一望，见白石𥔲嶒，或如鬼怪，或如猛兽，纵横拱立，上面苔藓成斑，藤萝掩映"，己卯本夹批："曾用两处旧有之园所改，故如此写方可②，细极。"

两处旧有之园就是"贾赦院"内的旧花园【V2】，及此处的"会芳园"【L】。由于"贾赦院"的位置不在大观园中，其山石都要搬来，而"会芳园"处建为大观园，其山石显然可以原地保留而不动。山石移动时，苔藓必然坏死或被刮擦坏。由书中写大观园山石上长有苔藓，故知此处的山石都是"会芳园"旧有的山石。则大观园南部，也即图中绿线框框起的部分，当是借"会芳园"原有的山水格局而来。

今对照上引第11回凤姐所见之文："遥望东、南，建几处依山之榭③；纵观西、北，结三间临水之轩④"，则会芳园的西部与北部为湖，东部与南部为山，而图中绿线所框部分的格局与之基本相同：西与北正是水面，而东与南正为山水相依的格局，所以说："大观园"南部这三分之一区域应当是充分利用旧有的"会芳园"而来。然后再往北把下人居住的"东大院"挖废成湖，形成大观园中部这三分之一的湖泊区域；然后再将挖出的土堆成北部的大主山，即大观园北部这三分之一的山麓区域。

（4）宁府厅堂"逗蜂轩"、"抱厦厅"考

上引第13回言："早有大明宫掌宫内相戴权，（甲侧：妙！大权也。）先备了祭礼遣人来，次后坐了大轿，打伞鸣锣，亲来上祭。贾珍忙接着，让至'逗蜂轩'（甲侧：轩名可思。）【X2】献茶。"

前来祭奠之人都由大门【B】入大厅【H】，戴权当也不例外，则"逗蜂轩"当在大厅【H】边，不可能在"会芳园"内。其名"逗蜂轩"，甲戌本侧批让人思其含义。大某山民眉批："轩名淫色。"指其当为"招蜂惹蝶"意。今按："逗蜂"谐"兜风"，谓无事闲逛，或乘车船、骑马在外兜圈游逛。此处似指贾珍为

---

① 大爷指贾珍，二爷指贾琏。大老爷指贾赦，二老爷指贾政。

② 指如果不借用旧园，是不可以写新园子内有苔藓的。大观园是新建，其石上原本不会有苔藓，由于造园时，移了"贾赦院"处【V2】的荣国府旧西花园（在镜像中为东花园）中的山石，又原地保留了贾珍贾蓉院后的宁国府旧后花园"会芳园"【L】中的山石，正因为借用了两处旧园，所以大观园中的山石才会有苔藓，作者上文那么写，方才与事理不相矛盾。否则，新建之园写其山石上有苔藓，便是自相矛盾。

③ 疑即"登仙阁"，也即第17回提到的大观园中的"方厦【O2】"。

④ 疑即大观园中的"秋爽斋【L2】"。

贾蓉捐钱买了个官职，有招摇过市、买个空名来欺哄世人的感觉。由于大厅西侧已有书房，而东侧的东暖阁【I】为第75回贾珍聚赌处（见上文"二、（4）"有考），正是"招蜂惹蝶"的所在（"蜂蝶"在此指轻狂的世家子弟），故疑"逗蜂轩"当是东暖阁处【I】的一个轩，暂定在图中【X2】处，疑是作者"随事立名"，根据贾珍在此聚赌而取此名加以讽刺，似与淫色无关。

上引第14回之文："凤姐方起身别过族中诸人，自入抱厦【Q】内来，按名查点各项人数，都已到齐。"这是说：王熙凤帮贾珍料理秦可卿丧事而治理宁国府的议事厅是座"抱厦"厅。又据上引第14回之文：众下人媳妇"一面命人按数取纸来，抱着同来旺媳妇一路行来，至仪门口【S】，方交与来旺媳妇自己抱进去了。"来旺媳妇所去之处，显然就是凤姐在宁府的办公之处"抱厦"【Q】。

来旺媳妇是过了仪门【S】再至抱厦【Q】，可证此抱厦当在仪门内。其称"抱厦"，则必与主要建筑相连，其处又是分派家人职事所在（众人"都已到齐"），所以肯定要在大厅【H】前，因为下人不宜走到女眷所在的内厅【W】，故此"抱厦"肯定是仪门院落内的、大厅【H】前的抱厦。由于仪门在大厅前的东侧，此抱厦若在大厅东侧未免拥挤，故知当在大厅西侧西暖阁【B2】前的【Q】处为宜。

又由众媳妇拍凤姐跟前的红人来旺老婆的马屁，能帮来旺老婆多抱一点路便会多抱一点，现在到了仪门口便让来旺家的自己抱进"抱厦"去，可证抱厦离仪门很近了，这更加证明"抱厦"当在图中离"仪门【S】"不远的【Q】处。

（5）靖本"西帆楼"造伪之嫌

第13回"另设一坛于天香楼上"，靖藏本"天香楼"作"西帆楼"，其有眉批："何必定用'西'字？读之令人酸[笔][鼻]."这一批语当是言曹家避讳"西"字，这应当和曹寅死后在"西花园"停灵有关，故批者脂砚斋作为曹寅的后人，读到时会感到"令人酸鼻"。

然而靖藏本历来有伪造的嫌疑。而且其所说的信息又有出处，即书中第2回贾雨村描写"江宁织造府"抄家后的空宅光景①："就是后一带花园子里面树木山石，也还都有蓊蔚洇润之气"，甲戌本侧批："'后'字何不直用'西'字？"甲戌本又有侧批作答："恐先生堕泪，故不敢用'西'字。"此当是脂砚斋问作者："为什么不写'西一带花园子里面'？"而作者或其他批者在他的批语后面作一回答："怕您掉眼泪。"原来曹雪芹祖父曹寅自称"西堂扫花行者"②，书斋名为"西堂"③，曹寅对"西"字情有独钟，花园称"西园"①，家里还有"西

---

① "江宁织造府"在曹雪芹家被抄家后，下来又曾有十几年不设"江宁织造"；乾隆朝再设"江宁织造"时，又把"江宁织造府"迁到淮清桥，原来的"江宁织造府"这儿专门用作皇帝的行宫，而乾隆皇帝难得南巡一次，所以这儿便一直空关着成了空宅。

② 《雪桥诗话续集》卷三/56"曹荔轩为完翁司空国玺子"条："荔轩自称'西堂扫花行者'。"按：曹寅，号荔轩。

③ 第28回，宝玉在冯紫英家宴会上喝酒时说："我先喝一大海，发一新令，有不遵者，连罚十大海，逐出席外，与人斟酒。"庚辰本在第一句"我先喝一大海"下有眉批："大海饮酒，

轩②、西亭③、西池④、西廊⑤",故作者要避开"西"字。靖本造伪者涉此而杜撰出"西帆楼"来,也不足为奇。

今按:"贾赦院"【V2】原为"江宁织造府"官衙部分"东中西"三路中"西路"部分的花园,《红楼梦》中描写的是镜像,所以"贾赦院"便成了东路,西花园变成了东花园。

又大观园的原型为"江宁织造府"行宫的后花园,其在行宫的西北区,故也可以称作"西花园",《红楼梦》书中描写的是其镜像,故书中的"大观园"由西边写到了东边而成了"东花园"。

总之,江宁织造府的两个花园⑥都在西,从上文"后一带花园子里"来看,批者所言的"西花园"当是"大观园",而非贾赦院【V2】所在的西花园。(因为大观园在府西北区,北为"后";而贾赦院在府的西南区,南为"前",故"后一带花园子里"只可能指大观园、而非贾赦院。)

至于"西池",显然就是书中所写的大观园中的"沁芳池";"西亭",显然就是大观园中的"沁芳亭";"西轩",很可能就是大观园中的"蓼风轩",当然也有可能是"藕香榭"或"秋爽斋"。"西廊",很可能就是本书"第三章、第一节、五、(三)"所提到的"秋爽斋"往南那条充当辇道的走廊。这条走廊"江宁行宫图"中有绘,何以见得此廊就是曹寅笔下的"西廊"呢?

因为《红楼梦》书中此廊靠近"秋爽斋"。斋名"秋爽",书中第40回固然借贾母之口,交代其原因是:"后廊檐下的梧桐也好了,就只细些。"第18回元妃题有"桐剪秋风"匾,己卯本其下有夹批:作者"故意留下秋爽斋……等处

'西堂'产九台灵芝日也,批书至此,宁不悲乎?壬午重阳日。"末一句"逐出席外与人斟酒"处,甲戌本有侧批:"谁曾经过?叹叹!'西堂'故事!"又本书"第一章、第二节、四"引施瑮惋惜曹家被抄的《病中杂赋》诗有"廿年树倒西堂闭"句。西堂是曹寅家中的书斋名,曹寅《楝亭诗钞》中有大量作于西堂之诗,如卷一《西堂饮归》,见《楝亭集笺注》第61页。

① 曹寅《楝亭诗钞》卷二有《西园种柳述感》:"把书堪过日,学射自为郎。手植今生柳,乌啼半夜霜",卷三有《射堂柳已成行,命儿辈习射,作三捷句寄子猷》诗:"前年风雪尚蓬头,几日纤条竟绿稠",分别见《楝亭集笺注》第86、116页。 清人尤侗《艮斋倦稿》卷四/5"庚午"年诗《八月十九日,曹荔轩司农同余淡心、梅公燮、叶桐初,过"揖青亭"小饮,拈"青""池"二韵二首》之二:"老圃原于野性宜,西园公子肯来迟?"(转引自周汝昌《红楼梦新证》第七章"史事稽年"第256页。)"西园公子"即指曹寅。

② 曹寅家中有轩名"西轩",并以之名集。见清人张云章《朴村诗集》卷十/8《题曹银台荔轩集后》有"宫中重振《云门》奏,定向《西轩》获赏心"句,自注:"公以'西轩'名《集》。"

③ 曹寅家中有"西亭"。清人高士奇《归田集》卷五/2"庚午九月"之诗《楝亭诗,曹荔轩户部索赋》之二有"西亭能继迹,未许问梨楂"句。

④ 曹寅家中有西池,《楝亭诗钞》卷二有《松茨四兄远过西池,用少陵"可惜欢娱地,都非少壮时"十字为韵,感今悲昔,成诗十首》,首句为:"西池历二纪",诗见《楝亭集笺注》第101页。

⑤ 曹寅《楝亭诗钞》卷三有《看西廊秋叶》诗:"石觅经秋艳,婆娑叶一厅",《楝亭诗别集》卷三有《七月十二夜,西廊看月即事》:"杨柳风多敛露烟,中天月色到窗前",分别见《楝亭集笺注》第139、466页。

⑥ 贾赦院处的荣府旧花园、江宁行宫的后花园。

为后文另换眼目之地步",足证"桐剪秋风"匾应当就挂在"秋爽斋"内,此斋一到秋天,就能感受到梧桐树带来的"秋高气爽"之感,故名为"秋爽斋"。其实,从"秋爽斋"的命名旨趣上来看,此院旨在营造秋天的气氛,而造园者要充分营造出秋意,那就肯定不止"桐剪秋风"这一个方面,像苋菜秋天就会变红。曹寅《楝亭诗钞》卷三《看西廊秋叶》诗:"石苋经秋艳,婆娑叶一厅",可见"西廊"处当有秋天叶子会变红的石苋来营造秋意,因此曹寅诗中提到的有红苋叶的"西廊",很可能就在力求营造秋意的"秋爽斋"附近,故知曹寅笔下的西廊很可能就是"秋爽斋"往南那条充当辇道的走廊。

大观园的原型是在府西北,故其中的池、亭、轩皆以"西"字来命名,这也可以证明"西园"当是大观园,而非贾赦院处的旧花园。〖今按:第16回称贾赦院为"荣府旧园",此园虽然在荣国府"东中西"三路中的东路而在原型中是西路,可以称作"西园"。但从整个"江宁织造府"来看,其在中轴线宁、荣二府间的界巷【P1】以西而原型在东,而大观园在界巷以东而原型在西;故从整个"江宁织造府"来看,"西园"当是大观园,而非中轴线东侧的荣府旧园贾赦院。〗

《红楼梦》这部小说本着"真事隐、假语存"的创作主旨,虽然借秦可卿之葬来影写姑姑平郡王妃之葬,但也不排除用秦可卿停棺之事来影写曹寅停棺事。书中写秦可卿停灵于"登仙阁",则曹寅很可能也会像秦可卿那样停灵于图中的"方厦"登仙阁【O2】处,详本书"第三章、第二节、一、(一)"有考。

(6)第19回言宁国府有后门,当即"会芳园"东侧临街之门:

    宝玉见一个人没有,因想"这里素日有个小书房,名……,内曾挂着一轴美人,极画的得神。……茗烟听说,拉了马,二人从后门就走了。

由此记载可知"宁国府"也有后门。今据图考之,其北全为后花园"会芳园",东侧为【T″】地块"二郎庙",不属于宁国府,故其东不临街,其西为宁、荣二府间的界巷【P1】,此界巷南口虽然通"宁荣街",但宁府西侧的这条界巷是私巷,故不能算临街。今宁国府所在区域四周能临街的部分,除大门那一侧(即南侧)和界巷【P1】(即西侧)外,只有两处可以临街:一是后园"会芳园"的东侧临街【Z1】,后门当在此处;二是未造大观园前,"会芳园"之北为"东大院"的下人群房,则"会芳园"的后门走下人群房出去的可能性虽然有,但这种可能性其实也不大,因为从图上来看,会芳园北侧为湖面,无路可到,当无后门。总之,宁国府后面全是花园"会芳园",且以湖面为主而无路可通,所谓"后门"当是"会芳园"东侧的临街之门,即秦可卿出殡处【Z1】,其在宁府的东北角,古人以南为前、以北为后,故可以称作"后门"。

(7)第63、64回贾敬出殡事,可与秦可卿丧事参看

●第63回:

    贾蓉得不得一声儿,先骑马飞来至家,忙命前厅收桌椅,下槅扇,挂孝幔子，门前起鼓手棚牌楼等事。又忙着进来看外祖母两个姨娘。

●第64回：

（戚序本总评：此一回紧接贾敬灵柩进城，原当铺叙宁府丧仪之盛，但上回秦氏病故，凤姐理丧，已描写殆尽，若仍极力写去，不过加倍热闹而已。故书中于迎灵送殡极忙乱处，却只闲闲数笔带过。忽插入"钗、玉评诗"、"琏、尤赠佩"一段闲雅文字来，正所谓"急脉缓受"也。）

话说贾蓉见家中诸事已妥，连忙赶至寺中，回明贾珍。于是连夜分派各项执事人役，并预备一切应用幡杠等物。择于初四日卯时请灵柩进城，一面使人知会诸位亲友。是日，丧仪焜耀，宾客如云，自铁槛寺至宁府，夹道而观者，何啻数万也。也有美慕的，也有嗟叹的。又有一等"半瓶醋"的读书人，说是"丧礼与其奢易，莫若俭戚"的，一路纷纷议论不一。至未申时方到，将灵柩停放在正堂之内。供奠举哀已毕，亲友渐次散回，只剩族中人分理迎宾、送客等事。近亲只有邢大舅相伴未去。贾珍、贾蓉此时为礼法所拘，不免在灵旁藉草枕块，恨苦居丧。人散后，仍乘空寻他小姨子们厮混。宝玉亦每日在宁府穿孝，至晚人散，方回园里。凤姐身体未愈，虽不能时常在此，或遇开坛诵经，亲友打祭之日，亦扎挣过来，相帮尤氏料理。

画线部分表明：曹雪芹的笔法一般不会重复，凡是有可能犯重者，作者要么合并在一处写掉，以收"合二为一"的浓墨重彩的效果，以免分在两处写的"二败俱伤"局面；要么就一者为详而另一者一笔带过，旨在不犯重。

（8）贾赦院被称作"北院"，图与之相合

第75回写宁国府聚赌时说："邢夫人之胞弟邢德全也酷好如此"，邢大舅向贾珍抱怨说："老贤甥，你不知我邢家底里。我母亲去世时我尚小，世事不知。她姊妹三个人，只有你令伯母年长出阁，一分家私都是她把持带来。如今二家姐虽也出阁，她家也甚艰窘，三家姐尚在家里，一应用度都是这里陪房王善保家的掌管。我便来要钱，也非要的是你贾府的，我邢家家私也就够我花了。无奈竟不得到手，所以有冤无处诉。"贾珍见他酒后唠叨，怕府外的客人听见不雅，连忙用话解劝。这时"外面尤氏听得十分真切，乃悄向银蝶笑道：'你听见了？这是北院里大太太的兄弟抱怨她呢。'"

"大太太"显然指的是贾赦夫人邢氏，其住在"北院里"，而从图上来看：贾赦所住上房【V2】与宗祠【N】相并齐而位居宗祠西侧；贾珍会客聚赌的大厅【H】在宗祠之南，所住之内宅【W1】在大厅【H】与内厅【W】之东，"贾珍院"的西东两路建筑都在宗祠【N】的正南和东南，而"贾赦院"【V2】的建筑在宗祠【N】的正西，所以"贾珍院"【H】、【W1】在"贾赦院"【V2】的东南，故尤氏称贾赦院为"北院"，与图正相吻合。★

第49回提到："邢夫人之兄嫂带了女儿岫烟进京来投邢夫人的。……贾母便和邢夫人说：'你侄女儿也不必家去了，园里住几天，逛逛再去。'邢夫人兄

嫂家中原艰难，这一上京，原仗的是邢夫人与他们治房舍、帮盘缠，听如此说，岂不愿意？邢夫人便将岫烟交与凤姐儿。凤姐儿筹算得园中姊妹多，性情不一，且又不便另设一处，莫若送到迎春一处去，倘日后邢岫烟有些不遂意的事，纵然邢夫人知道了，与自己无干。从此后，若邢岫烟家去住的日期不算，若在大观园住到一个月上，凤姐儿亦照迎春的分例送一分与岫烟。凤姐儿冷眼戡掇岫烟心性、为人，竟不像邢夫人及她的父母一样，却是温厚可疼的人。因此凤姐儿又怜她家贫、命苦，比别的姊妹多疼她些，邢夫人倒不大理论了。①"

　　第57回：薛姨妈请贾母向邢夫人为邢岫烟和薛蝌说媒，"邢夫人即刻命人去告诉邢忠夫妇。他夫妇原是此来投靠邢夫人的，如何不依？早极口的说：'妙极！'"则邢岫烟的父亲是邢忠，邢忠应当是邢夫人的堂兄。因为根据上引第75回之文可知：邢大舅当是邢夫人唯一的亲弟弟，邢夫人有两个妹妹，年龄都比邢大舅要大，由于邢夫人能把家产带走，证明其出嫁时邢大舅尚小，其上不可能更有一个哥哥，因为邢大舅若有哥哥，则众人当称其为"邢二舅"，而不可能称其为"邢大舅"。而且，邢大舅若有一个哥哥，第75回邢大舅自报家门情况时，便不可能不提到。再者，邢大舅若有哥哥，则其哥哥便不可能很幼小，则邢家的家产便不可能由邢夫人出嫁时带走。综上所述，邢大舅当是邢夫人唯一的亲弟弟，邢忠当是邢夫人和邢大舅的堂兄。由邢大舅称其三姐尚未出嫁，可证邢大舅当仅二十左右而甚为年轻。

----

① 指贾府只有凤姐一人疼惜邢岫烟，而邢夫人不管岫烟的事。此也写出凤姐为人善良的一面来。

第四节　本章总结

上一章第三节"《红楼梦》所写乃江宁行宫镜像考",从理论上证明了:作者用老家"江宁织造府"的镜像来作为全书小说空间的奇特不凡的创作构思。其论证思路便是:"甄士隐、贾雨村"(真事隐、假语存)的命名,表明《红楼梦》是有真实原型的小说;"甄家(真家)在金陵"的话语,暗示贾府的原型便是金陵南京的"江宁织造府"曹家;"黄金万斗大观摊"的脂批,点明《红楼梦》的空间原型就是"江宁织造府行宫";宗祠对联宜掉转等六条内证,证明《红楼梦》的空间原型就是"江宁织造府行宫"东西相反的镜像。

本章"《红楼梦》府第空间全破译",便根据幸存于乾隆朝《南巡盛典》的"江宁织造府"行宫图,将其作镜像处理后,与《红楼梦》有关"宁荣二府"的空间描述作对照;除最东一路的宁府家宅被毁无考,次东一路的宁府大门被撤毁封死,西府中路"荣禧堂"前的"内仪门"被拆除外,我们发现两者完全吻合:从而有力地证实了上章第三节《红楼梦》'宁荣二府大观园'乃'江宁织造府行宫'镜像"的结论。

本书下一章"《红楼梦》大观园空间全破译",通过《江南省行宫座落并各名胜图》中的另一幅乾隆朝的"江宁行宫"的镜像图,与《红楼梦》对"大观园"景致描述的两相对照,发现两者的吻合也极为突出。特别是该章最后的第八节,根据乾隆皇帝咏"江宁行宫"八景诗的这八首诗的诗题下的小序,与《红楼梦》中描绘的大观园景致完全对应,从而使下一章旨在证明的结论"《红楼梦》大观园描写的就是'江宁行宫'的园林部分",最终得以完美定案。

本章与下一章的两相结合,便能得出《红楼梦》描绘的空间,就是南京曹雪芹老家'江宁织造府'镜像"的结论。本研究在《红楼梦》空间解读与复原重建方面具有重大突破。

"《红楼梦》的空间原型就是曹雪芹老家'江宁织造府'",虽然早就有人提出,但学术界一直无法证实,便是因为作者曹雪芹作了巧妙的镜像处理。唯有明瞭"书中所写实乃原型镜像"这一点,取本文所附的"江宁织造府行宫"的镜像图,方能和《红楼梦》的空间描述完全吻合,这是笔者红学研究中最重大的创新发现所在。

笔者的这一研究考证,对于《红楼梦》空间的识读和复原意义重大。此前学术界对《红楼梦》空间的研究可谓"盲人摸象,人言人殊"。一旦考明其空间原型就是南京的"大行宫",借助《南巡盛典》、《江南省行宫座落并各名胜图》、

　　《南巡临幸胜迹图》中的三幅乾隆朝"江宁行宫"传世古图的镜像，便可以把《红楼梦》中的空间真切实在地展现在世人面前，从而深化人们对《红楼梦》的阅读理解和对作者创作手法、创作艺术的认识。

　　此研究所得出的结论"《红楼梦》的空间原型就是'江宁织造府'"，无疑也极有力地证实了《红楼梦》的作者只可能是曹雪芹，而不可能是"江宁织造府"曹家以外的任何人，所有关于《红楼梦》作者不是曹雪芹的新说统统可以证伪、作古而罢休。

　　本研究也有趣地揭示出作者曹雪芹如何化原型为小说的天才般的艺术构思，有助于人们更好地认识曹雪芹的创作思想与艺术手法。

第三章 《红楼梦》大观园空间全破译

第一节 大观园总论

本节从整体上把握大观园造园的总体情况。

本节之图见"图十",文中称此图的上半图为"彩图",称此图的下半图为"典图"。前者因为其图乃彩色之故,后者因其图出自《南巡盛典》之故。

一、大观园总体规划者山子野

第 16 回:"全亏一个老明公号山子野(甲侧:妙号,随事生名。)者,一一筹画起造。""随事生名"四字好像在说"山子野"是作者虚构的人物。但大观园既然有原型,则造园者便是生活原型中"江宁行宫"御花园部分的规划者,必定实有其人,作者当然不敢将其真名写入,于是用其惯用的给小说人物起名的"随事生名"法来命名。总之,"随事生名"四字说的是其人的名字乃虚构,并不是这个人乃虚构;即:作者在这儿虚构的只是造园者"山子野"这个人的名字,造园者"山子野"本人并非虚构、而是实有其原型。

下文:"凡堆山凿池、起楼竖阁、种竹栽花,一应点景等事,又有山子野制度。"则"山子野"老先生负责指挥整个"大观园"园林的设计与建造。

第 18 回:"其中微露羊肠小径,(己夹:好景界,山子野精于此技。)"点明山子野精于布置假山,又善于在假山中布置山道。细读画线部分,便可知"山子野"必有其人,而且精于此道,则其作品必多。

"山子"即用假山石堆砌而的假山。书中屡见此词,如第 25 回"贾芸正坐在那山子石上",第 27 回宝钗说:"一定是又钻在山子洞里去了。遇见蛇,咬一口也罢了。"而下文红玉"因见司棋从山洞里出来,又便一蹲身坐在一块山子石上","山子洞、山洞"便是假山堆砌成的山洞,"山子石"便是假山石。作者"随事生名",把造园师命名为"山子",便是取其所擅长的堆假山的技艺来命名。

北京"圆明园"等园林建筑都由内务府经办,由号称"样式雷"的雷姓世家负责总体规划和建筑设计(即画图纸、制烫样①),由号称"山子张"的张姓世家来负责园内假山的设计施工。如果大观园真是"山子张"的作品,则取山

---

① 烫样,就是中国古建筑所特有的立体模型,旨在给皇上御览而制造。因需要熨烫,所以称烫样。

子张的其他园林作品，便可作为复原"大观园"时的参考借鉴。

"山子张"的创始人是松江府华亭县人张涟，是生活在明末清初的造园艺术家，擅长叠山，雅号"南垣"，因其迁居嘉兴，又被称为嘉兴人。张涟年轻时学过画，善绘人像，兼工山水，所以能用"山水画意"来造园叠山。其子张然、张熊，也精于叠石造园这门艺术，成为著名的叠山世家，人称"山子张"。张然在清康熙初年，参加了皇家园林——西苑"瀛台"（在今中南海内）、"玉泉山"行宫、"畅春园"（在圆明园南）等的叠山和规划事宜。

大观园的原型"江宁织造府行宫"，很可能就是"山子张"的作品，其考证的线索便在于：清华大学建筑学院段智钧、王贵祥先生撰写的《江宁行宫建筑与基址规模略考》一文①中附有"图1样式雷作《江宁行宫图》"，文中说："林徽因先生曾交吴良镛先生收藏一张样式雷作《江宁行宫图》，该图经历'十年浩劫'而保存至今。"并有注："吴良镛先生为本文提供了核心资料——样式雷作《江宁行宫图》，谨致衷心的感谢。"其图如下：

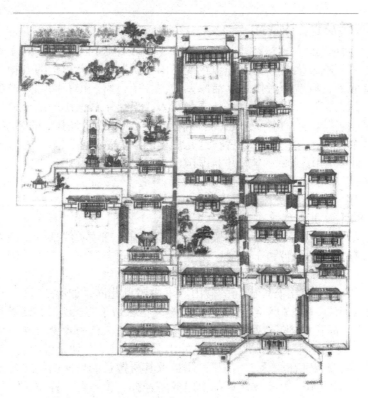

样式雷作《江宁行宫图》

① 文载王贵祥主编《中国建筑史论汇刊》第三辑，北京：清华大学出版社2010年版，第347至368页。

此图对照本书第一章第四节的三幅江宁行宫图——"三、《江南省行宫座落并各名胜图》中的'江宁行宫'图","四、《南巡临幸胜迹图》中的'江宁行宫'图","六、《南巡盛典》中的'江宁行宫'图",发现两者大致相同,但差异还是挺大。

由于这是"样式(即规划模型)",不能代表实际建成的效果,而前面三幅江宁行宫图显然是根据实际建成的样子来绘制,所以实际的"江宁行宫"当以前三图为准,此图只是规划图。由此图由宫廷的"样式雷"来制作,则可知规划设计这座行宫园林的人,必定也是皇家宫庭的园林设计师,即"山子张"世家。

二、大观园的总体规划及建造格局

(一)大观园的总体规划及建造格局见第 16 回:

贾蓉先回说:"我父亲打发我来回叔叔:老爷们①已经议定了,(庚侧:简净之至!)从东边一带,借着东府里的花园起,转至北边,一共丈量准了,三里半大,可以盖造省亲别院了。(庚侧:园基乃一部之主,必当如此写清。)已经传人画图样去了,(庚侧:后一图②伏线。大观园系玉兄与十二钗之太虚幻境,岂可草率?)明日就得。……"

贾琏笑着说道:"……正经是这个主意才省事,盖的也容易;若采置别处地方去,那更费事,且倒不成体统。你回去说,这样很好,若老爷们再要改时,全仗大爷谏阻,万不可另寻地方。明日一早我给大爷请安去,再议细话。"贾蓉忙应几个"是"。(庚侧:园已定矣。)③……

次日早贾琏起来,见过贾赦、贾政,便往宁府中来,合同老管事人等,并几位世交门下清客、相公,审察两府地方,缮画省亲殿宇,一面参度办理人丁。自此后,各行④匠役齐集,金银铜锡以及土木砖瓦之物,搬运移送不歇。(蒙侧:一总。)先令匠役拆宁府"会芳园"墙垣楼阁,直接入荣府"东大院"【T】中。荣府东边所有下人一带群房【U】尽已拆去⑤。

当日宁、荣二宅,虽有一小巷【Y】界断不通,(甲侧:补明,使观者如身临足到。)然这小巷亦系私地,并非官道,故可以连属。"会芳园"本是从北角墙下引来一股活水【J1】,今亦无烦再引。(甲侧:园中诸景,最要紧是水,亦必写明方妙。余最鄙近之修造园亭者,徒以顽石、土堆为佳,不知引泉一道。甚至丹青,唯知乱作山石树木,不知画泉之法,亦是恨事!

---

① 老爷指贾赦、贾政。大爷指贾珍、贾珠,二爷指贾琏、贾宝玉。相应地,邢、王二氏称夫人,尤氏与李纨称大奶奶,凤姐与宝钗称琏二奶奶、宝二奶奶。
② 这是在为第 42 回所提到的匠人画的"大观园"细致图样埋下伏笔。即第 42 回宝钗教惜春绘《大观园图》时说:"原先盖这园子,就有一张细致图样,虽是匠人描的"云云。
③ 此言明大观园不用大造,沿用"会芳园"则一小半便已现成。
④ 指各种行当的工匠。
⑤ "东大院"在"会芳园"北,属于荣府,当是荣府东边大院内的下人群房(即聚居区、贫民窟),此时全部拆除后建入大观园。

脂砚斋。)

其山石、树木虽不敷用,贾赦住的乃是荣府旧园,其中竹树山石以及亭榭栏杆等物,皆可挪就前来①。如此两处②又甚近,凑来一处,省得许多财力;纵亦不敷,所添亦有限。全亏一个老明公号"山子野"(甲侧:妙号,随事生名。)者,一一筹画起造。

贾政不惯于俗务,(庚侧:这也少不得的一节文字,省下笔来好作别样。③)只凭贾赦、贾珍、贾琏、赖大、来升、林之孝、吴新登、詹光、程日兴等几人安插摆布。凡堆山、凿池,起楼、竖阁,种竹、栽花,一应点景等事,又有山子野制度。下朝闲暇,不过各处看望看望,最要紧处和贾赦等商议商议便罢了。贾赦只在家高卧,有芥豆之事,贾珍等或自去回明,或写略节;或有话说,便传呼贾琏、赖大等来领命。贾蓉单管打造金银器皿。(蒙侧:好差。)贾蔷已起身往姑苏去了。贾珍、赖大等又点人丁,开册籍④,监工等事,一笔不能写到⑤,不过是喧阗热闹非常而已。暂且无话。

【解析】

其言大观园的基址是由荣府向东,借着东府后花园"会芳园"转到北边,这句话很重要,说明"会芳园"北边还有基址,即"会芳园"北边还有不属于会芳园的地。据下文,当是荣府的"东大院"【T】,以及再往东的供下人居住的"群房"【U】。所以"会芳园"只可能占据大观园的南部,大观园的北部是拆除荣府的"东大院"(据图当在"贾氏宗祠"【B】背后),以及更往东的下人聚居区【U】。所谓"群房",即下人的聚居区,也即今人所谓的"贫民窟";从中国人的居住风俗来看:东为主、西为次;南为主、北为次,所以下人群房便聚居在府的西北角。此是东西相反的镜像,故在府的东北角。

换句话说:"会芳园"的北侧并无园林,应当全是下人群房【T】【U】;大观园的南部由"会芳园"的山水园林划过来而只要翻新一下,用不着大改大建,其北部则是拆除下人群房【T】【U】彻底重新建造而来。荣国府东边的下人房"东大院【T】"及其再往东的"下人群房【U】",仅西北角的"梨香院"【V】因有梨花树而保留;拆除时,把大观园中部那一带全部挖成湖泊"沁芳池",把挖出来的泥土堆成北一带的大土山脉,而南一带则沿用"会芳园"原有的湖面和湖岸上的假山。

其言"一共丈量准了,三里半大,可以盖造省亲别院了",据本书"第一章、第四节、二"的考证,这说的并非是"大观园"的大小,而是整个织造府"江

---

① 非是"贾赦院"改造成大观园,而是移其山石花木等景物入大观园中来。
② 指贾赦院和会芳园离大观园皆近。
③ 即批者点明:作者借此一句,好让贾政不参与建园而从事别的事情。正因为此,第17回才要写他验收大观园;如果贾政参与建园,则他早已一一了若指掌,何必验收?作者也可以借口贾政不喜欢造园这种俗务,从而可以在书中不用去写造园,省下篇幅来给全书的主线情节"宝黛爱情"去写。
④ 用册子开列各项清单。
⑤ 指以上诸事不是一笔所能写到,故只能在此总括一笔便作罢。

宁行宫"有三里半大;"大观园"这一"江宁行宫"的御花园部分,周长仅为上面所说的"三里半大"的一半,即1.8里长。

何以见得"一共丈量准了,三里半大,可以盖造省亲别院了"是指整个行宫,而非仅指行宫的花园部分?

这是因为"别院"即别业、别墅,原本就不光指花园,而当包括花园外的行宫府第建筑在内;因此"省亲别院"一词肯定要把"江宁行宫"的府第和园林给全部包括在内。所谓的"别院"其实就是"别墅、偏院",对于皇家而言便是"行宫",因此"别院、别墅、行宫"这三个词其实是一回事。

书中的描写也证明了这一点,即第18回写元妃省亲入园后,见"石牌坊上明显'天仙宝境'四字,贾妃忙命换'省亲别墅'四字。于是进入行宫。但见庭燎烧空,香屑布地"云云。从"庭燎烧空,香屑布地"的描写,及其在"石牌坊"后的位置来看,元妃所进入的"行宫"当指大观园的正殿"大观楼"【L】。古人常会以主体代称全部,因此称主体建筑"大观楼"为行宫,或者说以主体建筑"大观楼"来代指"江宁行宫"整个府第园林,这都是可以的。所以上面这句话也就表明"省亲别墅"、"行宫(江宁行宫)"以及上文所说的"省亲别院"这三个名词其实都是一回事。

因此,"三里半大,可以盖造省亲别院"这句话说的便是整个"省亲别院、省亲别墅、江宁行宫(府第加园林)"有三里半大,也即整个"宁荣二府大观园"有三里半大,而绝对不是指"宁荣二府"府第以外的园林部分"大观园"有三里半大。

因此书中这句"三里半大,可以盖造省亲别院",便与我们据"百度"测距测得的"江宁行宫整体为三里半大"正相吻合,这是证明《红楼梦》中"宁荣二府大观园"原型就是"江宁织造府行宫"的有力证据。★

此大观园建造时,要拆宁国府的后花园"会芳园"的墙垣及楼阁。其实"会芳园"只是割出其在北的绝大部分,宁国府仍然保留其南部的极小一部分作为自己的后花园(即【W】【X】处)。因为大观园建成后,《红楼梦》还提到宁国府有"天香楼"【W】、"丛绿堂"【X】,这应当就是"会芳园"未划入大观园的残存部分。

宁、荣两府间原有一条夹道【Y】加以界断,即"江宁织造府"的府衙和家宅这两部分之间有条路隔断。其为私路而非官路,故"宁、荣二府"虽为二块,其实分界线是私路,故仍可以联起来而视为一府的两大功能分区。

此夹道当在"祠堂"西墙外。"梨香院"【V】通王夫人院【M】的那条夹道,便是这条夹道的北段部分。上文言"这小巷亦系私地,并非官道,故可以连属",非指将此夹道废除而使荣国府与大观园连为一体,其实这夹道仍然保留,作为大观园与荣府之间的分界之道,其所言的"可以连属",是指此夹道属于私道,故东边的"宁国府、大观园",与西边的"荣国府",虽然有此界道存在却仍然连系在一起。同时,此夹道两侧又开有沟通荣府和大观园的门【D】,这也是"可以连属"的表现。由于此夹道是私道，故当在其中段【Z】处用墙隔断，以屏蔽北段内眷的行踪，其墙南面则可以让外人走到。由于薛家由此"私道"出入，故其南端当开口通大街（宁荣街）。此夹道北段是内宅，故其北端当不开门，也不设门禁，直接用墙封死，不让外人进入。

（二）造园时充分利用旧有的宁国府"会芳园"

大观园建造时，是拆除"会芳园"的北围墙，将会芳园与荣府的"东大院"【T】相联，又将"东大院"再东边的下人"群房"【U】全部拆去而与会芳园相联，由此三者（会芳园绝大部分的北区、东大院【T】、东群房【U】）构成大观园的园址（即"图十"中绿框线部分）。

如果把"宁、荣二府"视为"田字格"，则"大观园"便位居此"田字格"东北角的那一格，位于荣国府后院的东侧、宁国府的北部，是充分利用荣国府的"东大院【T】、东群房【U】"和宁国府的"会芳园北部（占会芳园的绝大部分）"合并而成。

大观园这一选址与建造的构思，也十分巧妙和成功。计成《园冶》卷一"一、相地"中写道："旧园妙于翻造，自然古木、繁花。"大观园的建造便是充分利用自己已有的园林院落进行的一项改造工程，这么做的妙处便在于既省时又省力，而且还可以充分利用现状条件来因地制宜地巧妙构思，保留下旧园最值得珍惜的宝贵资产——有年代的花木山石和园林建筑。

（三）造园时还充分利用"荣府旧花园"的山石亭榭

大观园造园时，又充分利用荣府的旧花园"贾赦院"【A1】中的山石、树木、亭榭、栏杆等物①，故第3回写林黛玉在入"贾赦院"时，"度其房屋院宇，必是荣府中花园隔断过来的。进入三层仪门，果见正房、厢庑、游廊，悉皆小巧别致，不似方才那边轩峻壮丽，且院中随处之树木山石皆有。（甲侧：为大观园伏脉。试思荣府园今在西，后之大观园偏写在东，何不畏难之若此？）"脂批所言的"为大观园伏脉"，其照应处便是上引第16回："其山石、树木虽不敷用，贾赦住的乃是荣府旧园，其中竹树山石以及亭榭栏杆等物，皆可挪就前来。"

贾赦院这一"旧花园"【A1】，与大观园这一"新花园"，都在府的西侧②。由于曹寅以"西园"为号，逝世后又停灵于西花园（西园），作者曹雪芹作为其后人，便要避讳这个"西"字。同时，作者又怕直接按照"江宁织造府"的格局描写会惹来非议，所以特地在小说中按照"江宁织造府"的镜像来写，于是其园林便由"西园"变成了"东园"（即把贾赦院和大观园都由原型中的在西写成了书中的在东），于是也就不用再提"西园"的"西"字了。而且用镜像来写，

---

① 这是用代指手法，说的便是移来旧园林中的小品景致、树木竹子、园林建筑、建筑构件，而绝不仅限于移来正文所提到的"山石、树木（竹树）、亭榭、栏杆"这四样事物。

② 其中贾赦院是在荣府中路西侧的西路之南（即在府西南角），而大观园则在荣府西路再往西的府西北角。这都是从原型上来看，写入书中时，作了镜像处理而东西相反，"贾赦院"成了中路东侧的东园，大观园成了府东北角的后花园。

只需要把原型之图反过身来,透着光描一张从背后看过去的图便是镜像,不需要花太多的工夫,写作时也因为有图参照而不会发生因为"东西"互换所致的矛盾混乱。所以上引画线部分的批语言:"何不畏难之若此",其实并不难,只需"东、西"两字互换即可,简便易行而不需要作大的改动。

我们知道,"江宁织造府"的官衙部分就是书中的"荣国府"部分,其分东中西三路。上引脂批的价值在于点明:贾赦院这一"荣府旧园"的真实原型便是"江宁织造府"官衙东中西三路中"西路"南半段处的"织造府旧花园"。

黛玉言贾赦院"必是荣府中花园隔断过来的",这不是说:把这花园【A1】作为一个单独的整体,从荣国府中隔断划分出来;而是指在这个旧花园【A1】中砌墙、造房,分隔出一个个小的庭院空间,来供贾赦这一大家子人居住。

事实上,这儿原本就是"江宁织造府"的旧花园(西花园),后来要把"江宁织造府"改建成"江宁行宫",需要另建一个大花园(即大观园),这座旧花园便改造成供人居住的庭院,即由原来的花园改造成了"花厅"格局。

这一隔断院落的改造工程必定在曹寅活着时便已完成。因为《红楼梦》书中言明"造大观园时,从此荣府旧花园中移来山石、亭榭、栏杆等",而"江宁行宫"是曹寅在世时所建,故知这荣府旧花园的改造当在曹寅活着时便已完成。同理,"会芳园"改造成"大观园",也是在曹寅在世时便已完成。

此贾赦住处原是有花木、亭榭的旧花园,后来在园中砌墙隔断成一个个适合居住的庭院空间。现在又因建造大观园,把山石、亭榭等占据大量地方的木石之物(即俗所谓的"死物")全都移入大观园。这一过程中当然也会移走花木,但我们认为移走的花木应当不会太多,因为黛玉进贾府时,便看到贾赦院内"随处之树木山石皆有",可见有不少花木保留下来而未移走。这主要是因为花木不值钱,可以购置,而且贾赦院本身也需要保留花木来点缀成"花厅"格局,不宜全部移走。而山石亭榭等花园中的景观建筑本来就适合于花园,现在废花园为住居,这些景观建筑反倒成了累赘,移走后正可以把供人居住的空间变得更大。

今图上贾赦院【A1】中有山石花木,与《红楼梦》第 16 回言其处原本为"荣府旧园"正相吻合。而且正如上文所言,兴建大观园时,其花木并未全部移走,即第 3 回描写黛玉眼中的贾赦院景致是:"不似方才那边轩峻壮丽,且院中随处之树木山石皆有",图中所绘也与之正相吻合。①

至于贾赦院仍有山石,当是花木扎根所在,故不宜移动;而且也的确需要

① 需要说明的是:由于大行宫的"御花园"(即大观园)肯定建造在曹寅活着的时候,也即造在宝玉、黛玉两人出生前(曹寅死在宝玉即曹雪芹出生的康熙五十四年(1715)前,黛玉比宝玉小一岁)。书中写黛玉到荣国府后,才移"贾赦院"花木树石入大观园,这其实是作者欺读者看不出大观园其实建造在宝玉出生前这一书中全未提及的内情而说的假话。真相恰好相反,早在黛玉来贾府之前,这些花木树石便已移走去建大观园了。所以黛玉看到的是大观园建成后"贾赦院"仍然遗存花木树石的情景,而不是大观园建成前"贾赦院"未移花木树石的情景。甚盼读者能理解并认识到上面这一点,从而能用自己的"火眼金睛"识破曹雪芹这一欺瞒读者不知内情的欺人之谈。

保留部分假山来点缀庭院，使之成为"花厅"格局，故不宜全部移走。况且《红楼梦》第16回虽言贾赦院的景物"皆可挪就前来"，但也并未真的说死，即没说一定要把贾赦院中所有山石亭树全部移走。所以贾赦院中保留部分山石，其实也和《红楼梦》第16回的说法不相违背。

又由上引第16回的描述，我们可以看出大观园的建造是拆了宁国府"会芳园"北侧界墙，将其与荣国府的"东大院"【T】和东大院再往东的下人"群房"【U】合并而成，并没有说到要拆贾赦所居的荣府旧园【A1】的院墙。书中又写大观园建成后，贾赦仍居住在荣府旧花园中，并没有迁走。由此可知：大观园建造时，只可能挪用"贾赦院"【A1】中部分竹树山石、亭榭栏杆等物，并没有把"贾赦院"全部合并到大观园中去。图中"贾赦院"和"大观园"并不连属，与之也正相吻合。

（四）大观园基址的形状

大观园基址的形状并不是一个完整的矩形，而是在矩形的基础上向西、向南各多出一块来，其形状请见"图十"中绿线框。

我们也可以把这一形状看成是在矩形的基础上，缺掉西南角的那一小块，将其划入宗祠来作为祖宗的寝室【C】。

关于大观园基址的形状，下一节"一、（三）"将有专论。

三、大观园是个"中心有湖、四围有山"的"山水园"

大观园有山有水，中心有大池，四围有土山，是个山水相依的园林。

书中屡屡提及"池"和"溪"字，说明"池"与"溪"是二非一，即园中心有大池塘（景观湖）"沁芳池"，然后又由此景观湖向四周分出多条水道来，像人体血脉般贯穿全园，所分出来的水道全都名为"沁芳溪"。

"沁芳池"进水处与旧时"会芳园"的引水处当相同。据全书来看，其水从东北而来，故知是从东墙而非西墙引水。又由本章"第六节、八"的"花冢"考，可知其引水处并不在园子的最东北角，而应当在园子东北角沿东园墙往南走三分之一处的【J1】处（其处即会芳园的"北角墙"），全园便从此东北方向上引来一股活水。（今按：全园的正东是在东园墙的二分之一处，此引水处【J1】在三分之一处，在其北侧，故可以称作东北方向。）

（一）大观园山脉考

大观园的山共分两类：一类是"土山"，一类是假山石堆砌成的"假山"，其中：土山为本、为基，石山为精华、为点缀。

上引第16回言造园时"堆山、凿池，起楼、竖阁，种竹、栽花"，可见造园时"挖地成池"，即在整个园子中心挖出景观大湖"沁芳池"，然后将挖出来的泥土堆在正北形成"大主山"，然后又将泥土沿东西两侧的院墙往南延伸，堆成大主山的余脉。整个园林便以"口"字形的大主山脉为骨架：北侧陆地最多而山最厚，故以"大主山"命名，东、西、南三侧陆地少，堆成余脉，山峦细长。其南侧之山，虽不及北侧的"大主山"厚实，但却是原来"会芳园"所在处，有很多旧有的太湖石，显得更为灵珑剔透、精彩怡人。经过这凿池堆山后，整个园林便呈现出"四围有山、中心有湖"的格局："大主山"如同人的头与双肩，沿东西两侧院墙往南延伸其余脉，就像两只臂膀，把整座园林与景观湖环抱在怀中。

书中"大主山"之名见于第 17 回描写蘅芜苑时："那大主山所分之脉，皆穿墙而过"，己卯本在前半句下有夹批："两见'大主山'，稻香村又云'怀中'，不写主山，而主山处处映带、连络不断可知矣。"可见此"大主山"又可以称作"主山"。批中所言的"两见'大主山'"中的另一处，便是此回宝玉入园门处山口而题"曲径通幽处"五字时说的："况此处并非主山正景，原无可题之处，不过是探景一进步[①]耳。"

此"大主山"实即后四十回所说的"大土山"，见第 101 回跟凤姐的狗"一气跑上大土山上"。这便可证明后四十回当是曹雪芹初稿，而今本前八十回乃定稿，定稿时嫌"大土山"之名太俗气，作者便改为嘉称"大主山"。如果后四十回是他人所续，断然只会写作"土山"（泛指某个小土坡），或根据前八十回的写法写作"大主山"，断然不会写作"大土山"，今其写成前八十回中从未出现过的"大土山"，有此胆量者唯有原作者曹雪芹自己。

又第 24 回老嬷嬷进来传凤姐的话："明日有人带花儿匠来种树，叫你们严禁些，衣服、裙子别混晒混晾的。那土山上一溜都都拦着帷幕呢，可别混跑。"这条引文的意义便在于：它是前八十回中第一次也是唯一一次点明"主山"就是"土山"，但很不显眼，而且又没有"大"字，人们读过后不可能有"大主山=大土山"的观感。如果说后四十回是他人来续书，其第 101 回便是根据这第 24 回的"土山"两字而知"大主山"就是"大土山"，这显然不大可能；所以唯一合理的解释还是：后四十回中的"大土山"应当就是曹雪芹原笔。

以上言明大观园中的第一类山"土山"，下来便详论大观园中的第二类山"石山"。大观园中以山石叠砌的石山，就是人们通常所说的"假山"，最著名的有两组：

第一组假山是园南"正门"口【J】障景用的"翠嶂"，是白石堆起的大假山，其作用如同四合院一进门处设立的影壁，挡住进入者的视线，增加入口处的空间层次感，不让人一览无余。在园林中树一座常见的"影壁"未免显得太没创意、大煞风景，所以造大观园的山子野先生，便把这座入门的影壁设计成为一座高大的石假山（其实是沿用会芳园旧有之山）。过了这"翠嶂"，便是又一个假山垒就的石洞，洞中虽然有瀑布（第 17 回："一带清流，从花木深处曲折泻于石隙之下"），但却是"旱山洞"，瀑布只是旱山洞中的一景罢了。（这其

---

① 指此处是引人进一步探景之处。

实也当是沿用会芳园旧有之山。）

第二组假山便是位于大观园西北的"萝港石洞"【G1】，也即第 27 回所言的"山子洞、山洞"，是由怪石堆起来的大型假山石洞。与上一组"旱山洞"风格迥然不同的是，这一组假山石洞是"水洞"。第 17 回加以描述说："沁芳溪"穿洞而过，洞中可以行船，洞口"忽闻水声潺湲，泻出石洞，上则萝薜倒垂，下则落花浮荡"，可见此洞"洞口"与洞中"水道"两侧长满藤萝植物，故名"萝港"，因其有花流出而又名为"蓼汀花溆"。

第 102 回有人向贾赦汇报："亲眼看见一个黄脸红须、绿衣青裳一个妖怪走到树林子后头山窟窿里去了。"敢以"山窟窿"称此设计精妙的水洞，如此大胆，也只有原作者曹雪芹才敢这么写，一般的续书人哪敢用如此俗气的名词，来称呼前八十回中冠以"花溆"、"萝港"这种芬芳清美之名的水洞？

园中一共提到这两组假山洞，一旱、一水，一通旱路，一通水路，绝不犯重，体现出造园者的巧妙构思。全园名为"大观园"，也就旨在荟萃人间诸景，即第 18 回元妃所题之诗："衔山抱水建来精，多少工夫筑始成。天上人间诸景备，芳园应锡'大观'名。"所以其造园主旨便是要囊括各种园林景致，比如水，要有湖和溪；比如山，要有土山和石山；比如洞，要有旱洞和水洞；比如桥，要有竹桥、折板桥、拱桥，乃至蜂腰形制的异形桥；园中甚至还有城楼式的门，各种植物也要尽收园内。

此外，第 17 回贾政由园东侧往怡红院"一路行来"时，提到"长廊、曲洞"，这应当是园东侧又一处供行走用的旱山洞，有可能是"长廊"中有一小段用旱山洞相连。

"大主山"是全园的骨架，其山形脉络也同溪流那般贯通全园，见第 17 回写蘅芜苑【B1】："便见一所清凉瓦舍，一色水磨砖墙，清瓦花堵【B1】。那大主山【C1】所分之脉，（己夹：两见'大主山'，稻香村又云'怀中'，不写主山，而主山处处映带、连络不断可知矣。）皆穿墙而过。（己夹：好想。）"

又第 17 回贾政在大观园入口处"命贾珍在前引导，自己扶了宝玉，逶迤进入山口【I1】。抬头忽见山上有镜面白石一块，正是迎面留题处"，宝玉说："况此处并非主山正景，原无可题之处，不过是探景一进步耳。莫如直书'曲径通幽处'这旧句旧诗在上，倒还大方气派。"可见：①园南门处登山的"山口"，当是"大主山"沿东园墙和西园墙而来的两支余脉在此会聚而成；②大主山的"主景"（即主脉）当在园北，不在此南侧的园门口处。这便可证明"大主山"脉络从北往南贯通全园。

今"彩图"所绘的"大主山"形状甚为重要，其主峰偏于西，而且是两峰，中间有个山坳，这就是贾珍论水脉时所说的"从东北山坳【G1】里引到那村庄【D1】里"的"山坳"。贾珍说是"东北山坳"，其实当作"西北山坳"，之所以说成"东"，有两种可能：

一是本图为镜像，而原型与本图"东西相反"而为"东北山坳"，作者写入书中时本当作"东西相反"的镜像处理而改成"西北山坳",但因一时疏忽而忘记改"东"为"西"。正如第30回宝玉由"贾母院"至"凤姐院"当是往东走过穿堂,书中却写成了"往西走过了穿堂"。

二是此园在府第的东北角,故"东北山坳"是从府第的角度而言。正如大观园通往薛家的"东南角门"【A】其实在大观园的西南角,但从府第来看,是东侧且在"腰门"【D】之南的角门,其又在王夫人院的东南角,所以书中便称之为"东南角门"。(即"东南"是从"王夫人院"的角度而言;或把"东南"拆为两字,"东"是从府第而言,"南"是据其在"腰门"之南而言。)

贾珍所说的"从东北山坳里引到那村庄【D1】里",便是说园中心的湖泊"沁芳池"流入此山坳后形成一条"沁芳溪","凹晶溪馆"【E1】便在此山坳口,其前有"芦雪庵"【F1】,山坳口的溪水往西流到"大主山"西峰的西麓,便是村庄"稻香村"【D1】及其田畦所在。

此大主山的山坳其实就是上文所说的那个"山子洞、山洞、萝港石洞"【G1】。沁芳池(中心湖)分出的"沁芳溪"水从此石洞中穿山坳流过,成为"萝港、蓼汀花溆",船从洞中走到山那边的内岸,便可以到"大观楼"【L】的背后。此"沁芳溪"在不入洞的洞口门前分一支继续往西流,便可以流到村庄"稻香村"【D1】。

(二)大观园水脉考

大观园整个园林"四围有山,中心有湖,山水相依"。正如上文所言,全园到处有山脉贯通,相应地,全园也到处都有水脉贯穿于山林之中。

(1)沁芳池与沁芳溪的水脉源头"沁芳闸"

《红楼梦》全书处处言及"池"。"池"即"池塘"意,可以是狭长的河,也可以是方形或圆形的湖。今图中正绘有一中心湖沼,此即书中一再言及的"沁芳池"。由此湖分出南北两支小河,贯通园北与园东南,称为"沁芳溪"。

第16回:"会芳园本是从北角墙下引来一股活水,今亦无烦再引。(甲侧:园中诸景,最要紧是水,亦必写明方妙。余最鄙近之修造园亭者,徒以顽石、土堆为佳,不知引泉一道。甚至丹青,唯知乱作山石、树木,不知画泉之法,亦是恨事。脂砚斋。)"上已言大观园的水系发源于园东墙正中偏北的"三分之一"处的【J1】。

第17回贾政春游大观园时:"说着,引众客行来,至一大桥前,水如晶帘一般奔入。原来这桥便是通外河之闸、引泉而入者【J1】。(己夹:写出水源,要紧之极!近之画家着意于山,若不讲水。又造园圃者,唯知弄'荼憨顽石、壅笨冢'辄谓之景,皆不知水为先着。此园大概一描,处处未尝离水,盖又未写明水之从来,今终补出,精细之至!)贾政因问:'此闸何名?'宝玉道:'此乃沁芳泉之正源,就名"沁芳闸【J1】"。'(己夹:究竟只一脉,赖人力引导之功。①园不易造，景非泛写。)"

指明从"会芳园"北角墙处【J1】引来水源后，建有"沁芳闸"。园中水少时，开闸引水；外面水少时，又可闭闸保持园中水位。闸上有桥，由于此引水河必定是东西走向，则跨河而建的闸与桥肯定是南北走向。宝玉和黛玉葬花的"埋香冢"【K1】就在"沁芳闸"附近的山坡下，此处地方偏僻，第23回贾宝玉在此处的"桃花底下坐着"偷看《会真记》②，满身满书都是桃花，他兜了花瓣抖入池内，恰好黛玉肩荷花锄、花囊前来，两人一起品读《西厢记》，借曲文表达爱慕之情，还一同埋葬落花。第27回宝玉"登山渡水，过树穿花"来到这座"花冢"【K1】时，听见林黛玉在这儿如泣如诉地哭诵《葬花吟》，当听到"侬今葬花人笑痴，他年葬侬知是谁"、"一朝春尽红颜老，花落人亡两不知"时，宝玉也恸倒在山坡上，两人再次互通真情。

（2）全园"一湖三溪"的水系格局

第17回贾政验收大观园时："于是要进港洞【G1】时，又想起有船无船。贾珍道：'采莲船共四只，座船一只，如今尚未造成。'贾政笑道：'可惜不得入了。'贾珍道：'从山上盘道亦可进去。'说毕，在前导引，大家攀藤抚树过去。只见水上落花愈多，其水愈清，溶溶荡荡，曲折萦迂。池边两行垂柳，杂着桃杏，遮天蔽日，真无一些尘土。"画线部分可见园中全是曲折之河而无笔直之河。

第17回贾政验收大观园时，写到"怡红院"后院有一带清溪令人称奇，问水从何来，于是贾珍便补叙全园水脉，即：大家"说着，又转了两层纱厨锦隔，果得一门出去，院中满架蔷薇、宝相。转过花障【L1】，则见清溪前阻【M1】。（己夹：又写水。）众人咤异：'这股水又是从何而来？'贾珍遥指道：'原从那闸【J1】起，流至那洞口【G1】，从东北山坳【N1】里引到那村庄【D1】里；又开一道岔口【R1】，引到西南【I1】上，共总流到这里【M1】，仍旧合在一处，（庚侧：于'怡红院'总一园之水，是书中大立意。）从那墙下出去【Q1】。'众人听了，都道：'神妙之极！'"

其从水源处讲起，我们一路听下来，好像在说全园之中只有一条溪流而无湖泊。但从图上"大观园"中心是个大湖来看，园中如果再有小溪环绕全园岂非多事？所以贾珍口中所说的应当不是一条溪的来龙去脉，而当是说整座园林中湖与溪的水脉，即：

全园水脉当从会芳园的北角墙处【J1】引水，经过"沁芳闸、沁芳闸桥"入"沁芳池"这一园中心的景观湖。然后由此中心大湖往北分一枝"蓼汀花溆"，往东北穿过"山子洞"（即"萝港石洞"）【G1】，再穿行于大主山东西两峰间的山坳【N1】；此山坳在全园西北，但在府第东北，所以贾珍称之为"东北山坳"。此溪穿过山洞、山坳后，一直往东流到"大主山"西峰前、东峰后，通大观楼【L】的后背。

---

① 指出大观园中的河流与湖泊都是人工引来，并非天然就有。
② 《会真记》即《西厢记》的古名、雅名。

此"蓼汀花溆"又在石洞【G1】前①（即在石洞南口之前，而非石洞北口之后）分一枝，沿西峰之麓（当是南麓而非北麓），往西流到其西麓的稻香村【D1】。

园中的景观湖"沁芳池"西南（具体位置当在荇叶渚【O1】之东、怡红院【I】之西），在怡红院【I】西院墙外又开出一岔口【R1】，引湖水到园西南的"怡红院"身后，从"大观园"的东南角【Q1】流出园去。今按：怡红院背后在全园的正南，不当称为全园的"西南上"，由于全园的西南角划入宗祠作为其最后一进建筑【C】，等于全园的西南角没有了，所以也就把宗祠东墙外的怡红院背后的全园正南称为全园的西南角，因为怡红院东侧【H】是全园的东南角，此处与之对峙而在其西，自然可以称为全园的西南角。

综上所述，全园水系是"一湖两溪"，由湖分出之溪全都称为"沁芳溪"，湖北的沁芳溪"北支"流过山洞。其在入洞前的洞南口处分为东、西两支，东枝继续穿洞绕至大观楼后，西枝则沿西峰南麓流到西麓的稻香村前。而湖南的沁芳溪"南支"则绕"怡红院"院后，往全园的东南角落流泄出园。全湖之水从"东北角"入（本章"第六节、八"有考），又从"东南角"出，其乃从东而入又从东而出，正合黛玉《葬花吟》所唱的"质本洁来还洁去"之旨，这便是全书"源头即归宿"之意，脂批称之为"归源"（见第27回回前庚辰本总批："《葬花吟》是大观园诸艳之归源小引"）。

在没有看到本图之前，人们都会把"又开一道岔口"理解为是"稻香村"【D1】处分出一支流到"怡红院"，即全园只有"一湖一溪"："沁芳池之湖"与从石洞流至稻香村再流至怡红院的"沁芳溪"。

今据图可知，当是湖水在湖西南角又开一道岔口，从"怡红院"旁【R1】流入"怡红院"后，全园实为"一湖两溪"："沁芳池之湖"与从石洞口流到稻香村之溪、湖西南流到怡红院身后之溪。加上流过石洞的那一支则为"三溪"。

又：沁芳池（园中心的景观湖）其实并不宽，设计者为了让湖面显得宽阔，特地斜截湖面，建成一道长约百米的"沁芳亭桥"，其形制与西湖的"苏堤"、"白堤"相似。正因为湖面不宽，即便有长桥相截，由于长桥有七个桥孔，所以把这"沁芳池湖"视为七八条小河相并而成的大河亦可，从这个意义上说，书中有时也会把"沁芳池"称为"沁芳溪"，即把此湖视为一条几十米宽的大河。

（3）书中与水脉有关的两次舟游

舟游路线对于考证大观园水脉至关重要，书中共有两处舟游描写，一是第18回记录的元妃舟游路线：

> 且说贾妃在轿内看此园内外如此豪华，因默默叹息奢华过费。忽又见执拂太监跪请登舟【P1】。贾妃乃下舆。只见：清流一带，势若游龙，两边石栏上，皆系水晶玻璃各色风灯，点的如银光雪浪。上面②柳杏诸树虽无

---

① 今暂定为前而不定其为后。

② 指岸上面。

花叶，然皆用通草、绸绫、纸绢依势作成，粘于枝上的[①]；每一株悬灯数盏。更兼池中荷荇凫鹭之属，亦皆系螺蚌羽毛之类作就的。诸灯上下争辉，真系玻璃世界、珠宝乾坤。船上亦系各种精致盆景诸灯，珠帘绣幕，桂楫兰桡，自不必说。已而入一石港【G1】，港上一面匾灯，明现着"蓼汀花溆"四字。

元妃在园门处的内室更衣完毕后出来（"更衣"当是上厕所的委婉语），坐八抬大轿入园。园门内的辇路当很短，即轿子抬到彩图中园门【J】内甬道往东北走去的北端、也即怡红院【I】背后的清溪边【P1】便终止了，这时执拂太监跪请元妃登舟。

元妃于是下轿登船。所坐之船当为座船，比较高大，彩图中"怡红院"西侧【R1】有一小河通湖，元妃的座船当由此入湖。

由于沁芳亭桥【K】贴水而建，换句话说"沁芳亭"长桥把沁芳池分割成东西两部分（即东半湖与西半湖）。而座船肯定要走通全湖，这就意味着"沁芳亭"长桥处当有能让座船通行的较高的桥板。不出意外的话，此桥南垅当傍"秋爽斋"【E】下面的山坡而建，其桥板当顺坡势从高处往下倾斜，建成为下坡的格局，座船当从此最南部的桥板下面穿行，使东西两个半湖在座船航行时仍能畅通无阻。详见本章"第二节、二、（三）"此"沁芳亭桥"的示意图。

元妃从"怡红院"西侧【R1】进入"沁芳池"的东半湖后，当是按照"逆时针"的方向，傍南侧、东侧、北侧湖岸行至"沁芳亭"桥北垅，然后再沿此桥行至"沁芳亭"桥的最南垅，从此桥最南的桥板下面穿桥而过，进入"秋爽斋"所俯瞰的西半湖的"荇叶渚"【O1】，然后再渡湖至湖对岸（即北岸）的"蓼汀花溆"【G1】。

湖岸在图上看起来是圆滑的，但每一细部都会做成弯曲状，故一路上感觉"势若游龙"。沿湖岸的玉石栏杆上全都挂有水晶灯，岸上的柳、杏诸树虽然正月中尚无花叶，但都用彩绢做成花叶粘在枝头，每一株树还挂着几盏灯。池面上还点缀有假的水禽。

第二处舟游路线便是第40回贾母秋游大观园，大家从探春的"秋爽斋"【E】出来后，舟游大观园。书中写："说着，众人都笑了，一齐出来。走不多远，已到了'荇叶渚'【O1】。姑苏选来的几个驾娘早把两只棠木舫撑来，众人扶着贾母、王夫人、薛姨妈、刘姥姥、鸳鸯、玉钏儿上了这一只，落后李纨也跟上去。"这个"荇叶渚"【O1】便是入湖的码头。从"秋爽斋"这一山楼【E】到湖岸有一段距离，需要先走一段不远的路再上船。

第17回是春游大观园，由于采莲船尚未准备好，贾政只能全靠陆路来游园。第18回元妃"元宵节"省亲是冬游大观园，此时船已置办好，所以写的是水路游园；第40回贾母带刘姥姥是秋游大观园，也走了很长一段水路。我们将在本章第七节"二"与"四"中专门讨论元妃、贾母游园路线，到时再来详细解说园中这两次行船的水路。

---

① 全都是用各种材料做成粘在枝头上的假叶子。

（4）大观园是以水为主的"水景园"而非山景园

大观园平面布局"山水相依"，山为骨，水为魂，两者似乎并重，这在第18回诸人咏诗中可见端倪，即元妃《大观楼》诗："衔山抱水建来精"，李纨《文采风流》诗："秀水明山抱复回"。

但正如上引脂批所一再点明，水其实比山更为重要，即："园中诸景，最要紧是水，……余最鄙近之修造园亭者，徒以顽石土堆为佳，不知引泉一道。""写出水源，要紧之极！近之画家着意于山，若不讲水。又造园圃者，唯知弄'莽憨顽石、壅笨冢'辄谓之景，皆不知水为先着。此园大概一描，处处未尝离水。"

这两处脂批便点明：全园虽然"山水相依"，其实更是"以水为主"，主要理由有二：一是水居于全园的中心，而且占据全园的大半，而陆地面积扣除平地后，山的面积远比湖面要小。

二是沁芳池四围的建筑全都面湖而造。大观园中湖畔建筑的朝向，全都没有违背"面湖"这一点，即：北侧的面南，如大观楼【L】；西侧的面东，如蓼风轩（其建在入园的腰门【D】上）；南侧的面北，如怡红院【I】；东侧面西，如方厦【G】。总之，大观园中的湖畔建筑凡是朝向不明者，皆可按照"面朝湖"这一原则来确定其朝向。

正因为有以上两点理由，虽然全园山水相依，主山余脉、沁芳溪流一同遍布全园，但由园中水面占据大部，山峦只是映衬；建筑皆面朝湖而建，以湖为宗，便可看出水比山更为重要，所以全园是"水景园"而非山景园。

四、大观园是个四季常翠的植物园

（一）充分利用各种植物造景

大观园不仅是个山石与池溪相映成趣的山水园林，而且还能充分利用各种植物来造景，是座名符其实的绿意盎然的植物园，堪称是座巧夺天工的大型绿色盆景。

全书第一回即言"通灵宝玉"下凡的贾府是"诗礼簪缨之族，（甲侧：伏荣国府。）花柳繁华地，（甲侧：伏大观园。）温柔富贵乡（甲侧：伏紫芸轩。）"

作为"花柳繁华地"，大观园广泛种植各种花卉树木，常见的树种都会栽种一两棵，而且北侧山体厚实，广植翠竹而成竹海，又点缀青松、翠柏[①]，"栊翠庵"山头更有红梅花树，这样一来，冬天松、竹、梅这"岁寒三友"皆备，使得全园不光四季苍翠不枯，更能在冬日里做到红艳夺目而梅香四溢、松柏长青而分外精神。

园中植物，下几节引文中特地标以◆，共计有松、柏、桑、榆、槿、柘、绿柳、红枫等乔木，碧桃花树、桃花树、杏花树、桂花树、梨花树、海棠花树、石榴花树、红梅花树等灌木。园中还建有葡萄架、荼蘼架、木香棚、牡丹亭、芍药栏（红香圃）、蔷薇院、芭蕉坞、竹篱花障（蔷薇花障、宝相花障）、万竿

---

① 见第23回凤姐说："园子东北角子上，娘娘说了，还叫多多的种松柏树，楼底下还叫种些花草。"

修竹、清瓦花堵等植物造景。"蓼汀花溆"处又有水上落花及藤萝，即所谓的"萝薜倒垂、落花浮荡"。蘅芜苑处又有"许多异草"，沁芳池遍植荷叶、芙蓉、蓼花、芦苇、紫菱、绿荇等。

此外还有两处比较重要但地点不详的植物场景，一是第 58 回"杏子阴假凤泣虚凰"提到的大杏树：宝玉"从沁芳桥一带堤上走来，只见柳垂金线，桃吐丹霞，山石之后，一株大杏树，花已全落，叶稠阴翠，上面已结了豆子大小的许多小杏。……正胡思间，忽见一股火光从山石那边发出，将雀儿惊飞。"二是第 46 回提到的枫树，即：平儿"拉她（鸳鸯）到枫树底下，坐在一块石上"，于是鸳鸯便在这枫树底下，向平儿诉说贾赦想强娶她的事。

（二）园内多树木山石

整个"江宁织造府"从南侧大门处的宁荣街往北望去，但见其宫殿式建筑器宇轩昂、看不到园林翠意，但从北围墙南望，则见其花园内有很多树木山石，气象温润，这便是第 2 回贾雨村言：

　　去岁我到金陵地界，因欲游览六朝遗迹，那日进了石头城，（甲侧：点睛神妙。）从他老宅门前经过。街东是宁国府，街西是荣国府，二宅相连，竟将大半条街占了。大门虽冷落无人，（甲侧：好！写出空宅。）隔着围墙一望，里面厅殿楼阁，也还都峥嵘轩峻，就是后（甲侧："后"字何不直用"西"字？甲侧：恐先生堕泪，故不敢用"西"字。）一带花园子里面树木山石，也还都有蓊蔚洇润之气，哪里像个衰败之家？"

"金陵"与"石头城"都是南京的古称，上引画浪线部分的文字便点明：小说中艺术虚构的"宁荣二府"其实有其原型，其真实原型就在南京（金陵、石头城），即"江宁织造府"。

从故事情节来看，贾雨村此时尚未结识贾府，换句话说，大观园此时尚未建造，则其所看到的"后一带花园子"当非大观园。孰不知：此书名为"红楼梦"，是用梦的手法来编织情节，梦中时序可以颠倒错乱，不同时间的事可以在梦中同时呈现，后来的事可以在梦中提前出现。而其文言："大门前虽冷落无人"，甲戌本侧批特地点明："写出空宅"，其实就是在告诉大家：这节文字是写抄家回北京后的曹雪芹，在某年某月某日重回江南的故乡南京时，所看到的自己老家被空关的景象。"贾雨村"不过是作者的又一笔名，"写出空宅"这四字批语便点明这是写抄家后的景象。此处所言的"厅殿楼阁峥嵘轩峻，树木山石蓊蔚洇润"描写的就是大观园的景象，这与三幅乾隆朝"江宁行宫"古图从南望去满是建筑，而从北南望则一派秀丽温润的景象完全吻合。★

乾隆朝曾一度未设"江宁织造"，后来重设时，又命新任江宁织造迁到淮清桥去建造新的"江宁织造府"，作者南京的旧家（即旧的"江宁织造府"）便成了专供皇帝南巡时居住的行宫，皇帝不来便一直空关，所以批语称之为"空宅"。

五、大观园的路网

（一）"沁芳亭桥"是全园唯——一条主干之路

第 17 回贾政验收大观园时，入园门旁的山口"曲径探幽"处【I1】，便可走到上湖之桥"沁芳亭桥"，并写此桥是："白石为栏，环抱池沼；石桥三港，兽面衔吐。桥上有亭【K】。（己夹：前已写山、写石，今则写池、写楼，各景皆遍。）贾政与诸人上了亭子，倚栏坐了，（己夹：此亭大抵四通八达，为诸小径之咽喉要路。）"这描写的是贾政从山上走下来（书中省略未写他从山上走下来的过程之文），入了湖上的桥亭【K】。脂批"此亭大抵四通八达，为诸小径之咽喉要路"，这就言明：园中所有小路全都收束在这座桥亭。

为何全园之路都收束在这座桥亭？便是因为：全园纵向只有三条大路，一是西园墙下的山路①，一条是东园墙下的山路②，还有一条便是此穿湖之路。由于大观园的中心为一大湖，所以园中除最东、最西两侧的两条纵向之路外，园内所有横向、纵向交织之路，便都要汇集到这中路的"桥亭"方能过湖而使湖北岸与南岸得以交通。因此，这"桥亭"之路便成为收束全园所有路网的"主干大道"。

按照图右上角所标的南北方向来看，此桥路的方位正好就在"正北正南"走向上，所以此"桥亭"之路便是全园"方向上最正北、方位上最中央"的至尊之路，应当就是书中所称的皇家"辇道"中的一段。不过由于其设计太巧妙的缘故，所有人睹其面而不识其就是辇道的真面目来，足证造园者"山子野"先生构思奇巧、妙绝天下。

（二）园中小路成网

园中到处有小路，如第 40 回秋游大观园："凤姐听说，便回身同了探春、李纨、鸳鸯、琥珀带着端饭的人等，抄着近路到了秋爽斋【E】。"可证园中有近路、小路。

又第 17 回贾政验收时，园门口的入山之口【I1】巨石旁列："或如鬼怪，或如猛兽，纵横拱立，上面苔藓成斑，藤萝掩映，其中微露羊肠小径【I1】"，己卯本夹批："好景界，山子野精于此技。此是小径，非行车辇道，今贾政原欲览其景，故将此等处写之。想其通路大道，自是堂堂冠冕气象，无庸细写者也。后于省亲之时已得知矣。"可见造园的山子野精于道路布置。这时贾政说："我们就从此小径游去，回来由那一边出去，方可遍览。"可见那一边（即那一侧、也即东一侧）便是大道（辇路），而这一边（西一侧）之路乃小径③，这便是园

---

① 本书"第二章、第二节、二、（三）"提到后四十回中第 97 回，王熙凤命令给薛家下彩礼时，从大观园腰门【D】入大观园，再从东南角门【A】出大观园送入薛家后门【F】，便走此路。又第 40 回贾母命令王熙凤从湖北岸抄近路到秋爽斋【E】摆饭，也走此路，下文"（二）"有引。

② 第 41 回刘姥姥从大观楼【L】入怡红院【I】便走此路。

③ 按：贾政当是走园门内西侧的山路，则"那一边"当是园门内的东侧，其处有大道（当即可以走元妃车驾的"辇道、辇路"）连通全园的南大门【J】和正房"怡红院"的后院【I】。

中有小路遍及全园的例证。

（三）园中的大路——"辇道"

由上引脂批提到园中有通车的辇路，即："想其通路大道，自是堂堂冠冕气象，无庸细写者也。后于省亲之时已得知矣。"

今按第 18 回元妃省亲时提到元妃从大观楼"退入侧殿更衣，方备省亲车驾出园。……元妃等起身，命宝玉导引，遂同诸人步至园门前。早见灯光火树之中，诸般罗列非常。进园来先从'有凤来仪'、'红香绿玉'、'杏帘在望'、'蘅芜清芬'等处，登楼步阁，涉水缘山，百般眺览徘徊。"画线部分便是元妃坐马拉的"省亲车驾"由大观楼【L】至大观园正南门【J】出园的记载。这走的肯定就是"辇道"，当即全园中轴线上的"沁芳亭长桥"。此"沁芳亭长桥"为正南正北走向，详图右上角所标的方向标便可明白这一点；其路宽达五米，全图中找不到比它更宽的路了，这么宽的路肯定就是大观园中的"辇道"。

元妃"省亲车驾"由此长桥之辇道走到长桥南堍后，再沿图中"秋爽斋"【E】南侧的"走廊"之路【D2】（其北段典图"日本国会图书馆本"残去，当据典图"早稻田大学本"有而与彩图相同，请见书首"图 B-12"中的"E"。其南段则彩图与典图均有绘），走到图中标【I1】的西南角处再拐向东，沿往东的"走廊"（彩图与典图均有绘）走到园门【J】，这应当也是辇道。

又园门【J】至怡红院【I】南侧的后院①之间也有大路，即第 17 回贾政从怡红院的后院往园门行去时："忽见大山阻路，众人都道：'迷了路了。'贾珍笑道：'随我来。'仍在前导引，众人随他，直由山脚边忽一转，便是平坦宽阔大路，豁然大门【J】前见。"所谓的"山脚"便是园门口处的"翠嶂"假山，绕过这"翠嶂"便是"怡红院"通往园门的大路，当在园门的东侧，即上引第 17 回贾政口中所说的"回来由那一边出去"的"那一边"是也。

这一段由园门口往北通"怡红院"南侧后院的大道当仅十来米长。事实上，大观园很小②，根本就不可能设有"通车大道"，但因为它是皇家园林的格局③，肯定要为皇帝临幸开有大道，并置备大型车驾与大型座船，因为路再短，也不可能让皇帝一直步行或坐轿子，当提供车马作为皇帝的代步之用。但全园中简单地造设宽阔的大马路岂非大煞风景？于是，规划设计全园的造园大师山子野，便"匠心独具"地把湖中长堤式的"沁芳亭长桥"作为辇道，让所有人身临其境地看到全园、或看到全园图后，都不知道那条自然曲折的石板桥，居然就是

请参见本章"第三节、二、（三）、（1）"引第 17 回贾政游"大观园"南大门北侧"怡红院"那段文字最末尾的画线部分。

① 注：怡红院大门开在北，怡红院的后院在其南侧。因为上文"三、（二）、（4）"已经说过，大观园中的建筑全都面朝中心湖"沁芳池"，怡红院在"沁芳池"南，所以怡红院是以北为前门，以南为后院。

② 200 米见方，仅 60 亩地。

③ 此园在"江宁行宫"内，是皇帝御用的园林，故为皇家园林，而且是江南园林式的皇家行宫园林。

为皇帝临幸而准备的行车用的辇道。然后，山子野又把秋爽斋往南的走廊【D2】做成了辇道。由于有屋檐遮挡，更加不会让这条宽阔的大马路破坏全园的园林风貌。其构思之巧妙，堪称出所有人意想之外。〖按：小园林中造大路，难免会有煞风景之感；但加了屋顶变成长廊、游廊，也就极富园林情趣了。这一段长廊疑即上文"第二章、第三节、三、（5）"所言的曹寅诗中提到的"西廊"。〗

沁芳亭桥是园中涉水渡湖用的"通路大道"（上引第17回脂批语），而园中另一处"通路大道"便是爬山登顶之用。园中这两条大路一山、一水，正相对应，也体现出造园者"对仗构思、对峙立局"的慧心设计。

其爬山的"通路大道"便是第75回中秋赏月时，从嘉荫堂到"那山脊上的大厅（即凸碧山庄）"的那条路。王夫人说："恐石上苔滑，还是坐竹椅上去。"而贾母说："天天有人打扫，况且极平稳的宽路，何必不疏散疏散筋骨？"可证此登山之路乃"通路大道"，虽然不可以通车马类的"辇驾"，但可以通人力之辇"竹椅"，也相当于是园中的一条大"辇道"。

《大观园》一书收有曾保全先生《寻得桃源好绘图——大观园布局的初步探索》一文，其第63页曾详论在"大观园"这一园林中布置辇道的困难：

从以上几条路线（陆路、水路），我们可以看出，大观园的路径多是曲径通幽、阡陌纵横的。即或是平坦宽阔的大路，也是"弯环如许"、"画栏曲径宛秋蛇"（摘辛弃疾、周美成词），而没有什么直贯中央的大路。葛真同志所绘的大观园总图，却有一条由正园门直通正殿，贯穿整座园子中央的平坦宽阔的大路，似乎是园子的一条中轴线（为此，连进园门后的一带翠嶂也挪到路边，不再挡在面前了）。这是值得商榷的。

因为：一、从修建大观园时起，书中没有一处提到这样一条由正门直通正殿的大路。二、从贾政、宝玉游园起，书中没有写到任何人走过这条路。大观园完工后，贾政巡视，根本没有提到这样一条由园门直通正殿的大路，如有此大路，贾政决不会不察看一番的。三、元妃两次游幸大观园，第一次是到正殿行进见之礼，理应走此大路，如有，元妃为何不走？而偏偏坐船；第二次更没有走。两次出来也只说上舆去了，根本没提这条路。四、有人可能认为大观园是元妃省亲别墅，按应制之体，应有这样一条路。其实并非绝对如此，即以皇家园林颐和园来说，也没有一条由园门直通排云殿的笔直大路。何况大观园并不能完全算做是皇家园林呢。五、从曹雪芹对大观园的艺术构思来看，他是不会设计这么一条路的。这条路实际上把园子的整个艺术结构给破坏了，真有点大煞风景。

因此，我认为大观园中没有这么一条路。当然，园中是有大路的，那或许是十七回贾政、宝玉等人所走的园子西、东的两条路。

上引画浪线部分其实不正确，因为前引第18回元妃从大观楼"退入侧殿更衣，方备省亲车驾出园"，证明从园门到大观园的正殿"大观楼"，的确有一条可以走马车的辇道，葛真同志所绘当是据此而来。

但葛真同志把这条辇道设计为一直线，丝毫不加遮挡，直白而无趣，比起大观园的设计者"山子野"先生先化直线辇道为曲折自然之线，再把不能化为曲折线的直线辇道化为走廊（观景游廊），从而让人丝毫看不出那是皇家辇道，山子野先生的造园艺境显非葛真等常人所能比拟。

就常人那种不动脑筋的辇道设计而言（以葛真同志为代表），上引画直线部分所作的评价是极为恰当的。同时，也正是这一评价，更能反衬出《红楼梦》大观园所达到的高超的园林造诣。即：造园者造了"辇路"却未破坏全园的风景，没有把"园子的整个艺术结构给破坏"，从中便可看出"山子野"这位造园大师，在园林布局艺术方面达到了令人肃然起敬的非凡造诣。

据笔者看来：园中辇道（大路）有两条：一条就是图中"沁芳亭"长桥【K】之路，以及其往南延伸到"秋爽斋"【E】南侧而直通园门【J】的檐廊；还有一条便是园门【J】至"怡红院"【I】东南角清溪码头【P1】的砖砌甬道。后者很短，估计只有十几米，而前者很长，估计有两百米。此外全都是小路。如果有第三条辇道（大路）的话，便是嘉荫堂至凸碧山庄的那条登"大主山"【C1】的登山大路。

（四）园中之路皆曲折

除少量大路"辇道"外，书中描写到的"大观园"中的道路全都逶迤曲折，见第17回贾政验收时："一面引人出来，转过山坡，穿花、度柳，抚石、依泉，过了荼蘼架，再入木香棚，越牡丹亭，度芍药圃，入蔷薇院，出芭蕉坞，盘旋曲折。"可证园北"稻香村"【D1】往东至"蘅芜苑"【B1】的山路全都盘旋曲折。

又第26回："红玉不觉脸红了，扭身往蘅芜苑【B1】去了。不在话下。这里贾芸随着坠儿，逶迤来至怡红院【I】中。"而从"蘅芜苑"【B1】到"怡红院"【I】的道路也算是园中一条经常走的"常路"了，却也逶迤曲折。

又第27回大观园祭花神，宝钗来到山子洞①口处【G1】的滴翠亭："宝钗回身指道：'她们都在那里呢，你们找她们去罢。我叫林姑娘去就来。'说着便逶迤往潇湘馆来。"从"滴翠亭"【G1】到"潇湘馆"【S1】的路也算是园中沁芳池大湖北岸的一条"大道"了，也是逶迤曲折。

由此三例便可想见：除了上面所讨论的通车大路"辇道"外，园中并没有一条道路是笔直的。

后四十回的第87回也写出园中"循环往复"会令人迷路的复杂路网来：

妙玉笑道："久已不来，这里弯弯曲曲的，回去的路头都要迷住了。"宝玉道："这倒要我来指引指引，何如？"妙玉道："不敢，二爷前请。"于是二人别了惜春，离了蓼风轩，弯弯曲曲，走近潇湘馆，忽听得"叮咚"之声。妙玉道："哪里的琴声？"宝玉道："想必是林妹妹那里抚琴呢。"

---

① 山子，即假山。山子洞，即假山石洞，也即"萝港石洞"，其又名"蓼汀花溆"【G1】。

可证从惜春的"蓼风轩"【D】回"栊翠庵"【T1】要经过"潇湘馆"【S1】，而且一路上弯弯曲曲，岔道多到令人迷路的地步。

由此一端便可想见：大观园由于空间不大，其道路皆作迂回曲折之状，罕有笔直之路，这样可以最大程度地延长空间距离，使全园路径形成纵横交错、四通八达的"迷宫"格局，容易使人迷路，这都为我们后人复原再现"大观园"路网指明了设计方向。

（五）大观园园外之路
（1）园南门外的大路

大观园园外之路，首先便是造园时运送材料的道路。如果是从后边运来，便走后门（书中又称之为"后角门"，即大观园的西北角门）【A2】。

如果是从前边运来，便是走第 18 回"元妃省亲"入园的辇路。后来第 71 回贾母寿宴时，应当也是走这条辇路请诸位贵宾入园。这是园南的大道，书中仅为元妃省亲与贾母八旬大寿，以及中秋、元宵两大节日开过，平时很可能全都关闭，只有大事才开。

又第 3 回黛玉初入荣国府时，贾府尚未建"大观园"，故"贾赦院"【A1】独立在外。而造大观园时，为了入荣府"外仪门"【U1】后，能走到"大观园"，必定会把"贾赦院"从东西向上打通。所打通的这条路平时不通，元妃来时方为之开通，其走的是"贾赦院"内院【A1】与"三重仪门"间的东西向夹道【V1】，再走"宗祠"门前的夹道【W1】，再往北走到"大观园"正南门【J】与"箭亭"【Q】之间的夹道【X1】。说黛玉在大观园建成前来贾府，那是作者编的假话，其实黛玉入贾府之前，大观园便已建好，所以"贾赦院"原本就与"荣国府"的外仪门【U1】相通；只不过"贾赦院"要独门独院，故虽有此路，仍关闭不行，而从大门外的黑油大门【Y1】出入。

又第 51 回请胡庸医为晴雯看病时是："悄悄的从后门来瞧瞧就是了。"看完病后，"彼时，李纨已遣人知会过后门【A2】上的人及各处丫鬟回避，那大夫只见了园中的景致，并不曾见一女子。一时出了园门【J】，就在守园门的小厮们的班房内坐了，开了药方。老嬷嬷道：'你老爷且别去，我们小爷罗唆，恐怕还有话说。'"下来未言胡大夫从何处出去。既然到了"园门"【J】，自然便是从"园门"【J】出去。上文言"后门"【A2】引进，此言"园门"而不言"后门"，故知此"园门"肯定不是后门（不同地方交代时会把后门说成"后园门"乃至"园门"，但同一处上下文之间不可能有这种引起歧义的混乱说法，故知此处所言的"园门"与"后门"两者肯定不同）。而且怡红院【I】在南门【J】，离后门【A2】极远，老嬷嬷叫大夫等着宝玉验完药方才可以走（"你老爷且别去，我们小爷罗唆，恐怕还有话说"），若是在后门开药方，老嬷嬷便得（děi）横穿全园，来往费事，所以肯定是在怡红院南侧的正园门【J】内的"班房"开药方。

此医生告辞离开，从怡红院南侧的大观园正南门【J】出去后，当是走宗祠东侧的夹道【X1】、宗祠门前的夹道【W1】，再由宁荣二府间界巷【Y】出宁荣二府的前街"宁荣街"而去。此路中【W1】段西首通界巷【Y】的角门平时当然不会开，但现在临时有事，叫人拿钥匙打开也是办得到的。

（2）园西侧前往府内深处的通行之路

除了上述由大观园南大门【J】通往荣国府南侧外仪门【U1】出府、或从界巷【Y】出府的园南大路外，还有一条通往荣国府北侧深宅内院的西侧之路，即通过王夫人上房【M】所在的"王夫人院"东北角的腰门【D】，来沟通荣国府内的深宅内院和大观园，此腰门离贾母院【R】最远。

第17回写贾政入园门口【J】的"旱山洞"【I1】时写道："说着，进入石洞【I1】来，只见佳木笼葱，奇花烻灼，一带清流，从花木深处曲折泻于石隙之下。（己夹：这水是人力引来做的。）再进数步，渐向北边。"此时己卯本有夹批："细极。后文所以云进贾母卧房【R】后之角门【D】，是诸钗日相来往之境也。后文又云，诸钗所居之处，只在西北一带，最近贾母卧室【R】之后，皆从此'北'字而来。"点明宝玉及红楼诸艳皆由贾母卧房【R】后的"东西穿堂"【Z1】，过"南北宽夹道"【O】，入王夫人院的西角门【N】，再出王夫人院的东角门，由大观园的腰门【D】进入大观园，这便是大观园西通府内之路。"进贾母卧房后之角门"便是大观园的腰门【D】。

上引文字"后文所以云进贾母卧房后之角门是诸钗日相来往之境也"，是指大观园有角门（即腰门）【D】西通王夫人院【M】、贾母后院【R】，并非是说大观园有角门开在贾母院【R】的背后。因为从图中来看，贾母院【R】在府西路，大观园在府东部，其间隔了宁国府中路、东路两路建筑，大观园不可能有门开在"贾母院"【R】身后。

"诸钗所居之处，只在西北一带，最近贾母卧室之后"这句话是指：园中安排人员居住时，宝玉居住在东南部的园门处【I】（在全园正南方而略偏东），而黛玉【S1】、宝钗【B1】、李纨【D1】与"三春"的居所【E2】【E】【D】全都安排在大观园的北部和西部（即在园子的西、北一带），离贾母、王夫人居所，比宝玉离贾母、王夫人居所要近；所以这句话并不是说大观园离贾母院近。

上引文字中"后文所以云"、"后文又云"之"后文"，便指第17回"贾政道：这是正殿了"句己卯本夹批："想来此殿在园之正中。按：园不是殿方之基，西北一带通贾母卧室后，可知西北一带是多宽出一带来的，诸钗始便于行也。"许多研究者泥于"西北一带通贾母卧室后"，便将"大观园"围墙一直设到贾母房后。其实，这儿所说的"通"是指有路相通，而不是紧贴之意①。

因为第51回入"大观园"后的第一个冬天，作者写"大观园"诸人出园到"贾母房"【R】吃饭很不方便，这便可证明：从"贾母房"【R】到"大观园"腰门【D】有一段不小的距离（约200米）；于是贾母和凤姐商议为大观园诸人另在大观园后园门口【A2】设"小厨房"（这样可以省去从腰门到贾母房的

---

① 关于这一点，详见本章"第二节、一、（三）"。

路,也即少走 200 米),其处靠近李纨的稻香村【D1】,当由李纨负责照料,故书中言:"不如以后大嫂子带着姑娘们在园子里吃饭一样。"

关于大观园腰门【D】离"贾母院"【R】很远,还有一处力证,即第 34回宝玉挨打后,贾母、王夫人等人到"怡红院"看毕宝玉后,"忽有人来请吃饭,贾母方立起身来,命宝玉好生养着,又把丫头们嘱咐了一回,方扶着凤姐儿,让着薛姨妈,大家出房去了。……大家说着,往前迈步正走,……少顷至园外,王夫人恐贾母乏了,便欲让至上房内坐。贾母也觉腿酸,便点头依允。王夫人便令丫头忙先去铺设坐位。……王夫人方向一张小杌子上坐下,便吩咐凤姐儿道:'老太太的饭在这里放,添了东西来。'凤姐儿答应出去,便令人去贾母那边告诉,那边的婆娘忙往外传了,丫头们忙都赶过来"。

结合本书"第二章、第一节、一"所考的荣国府建筑,"王夫人院"【M】位于"贾母院"【R】与"大观园"中间,大观园腰门【D】若紧贴在贾母院后,其"少顷至园外"便已到"贾母院"上房的卧室后(即脂批"最近贾母卧室之后"),没有理由先到"王夫人院"、再到"贾母院"。今贾母先到"王夫人院"便走不动了,可证"王夫人院"正在"贾母院"与"大观园"之间,与"江宁行宫图"正相吻合★。既然从大观园到"贾母院"【R】应当先到王夫人的上房【M】,则"诸钗所居之处,只在西北一带,最近贾母卧室之后",便不当理解为大观园腰门【D】紧贴在"贾母院"背后,而当理解为:大观园西北一带李纨、惜春、迎春三钗居所,是大观园中最靠近"贾母院"的所在。

又第 54 回元宵节,宝玉在"怡红院"后的大观园园门【J】附近解手("宝玉便走过山石之后去站着撩衣解手"),"两个小丫头子知是小解,忙先出去茶房预备去了",即预备洗手用的热水。宝玉解手后便立即前往"贾母院"【R】后唱戏用的大花厅,"来至花厅后廊上,只见那两个小丫头一个捧着小沐盆,一个搭着手巾,又拿着沤子壶在那里久等。秋纹先忙伸手向盆内试了一试,说道:'你越大越粗心了,哪里弄的这冷水?'小丫头笑道:'姑娘瞧瞧这个天,我怕水冷,巴巴的倒的是滚水,这还冷了。'"滚水都等得凉了,也足证"大观园"正园门【J】到贾母处【R】不近。

府内往大观园的通道主要就这两条,一条是平时不开的园南"辇道",这是一条可以通车驾的大路,即本段开头所说的:大观园南大门【J】通往荣国府南侧外仪门【U1】出府、或从界巷【Y】出府的园南大路;二是通过腰门(角门)【D】而与"王夫人院、贾母院"相连的、供内眷出入府第与大观园的园西之路,这是专供内眷走动的府内小路。

至于"大观园"园内主要的游园路线,也即园内主要路网,详见本章"第七节"对第 17 回贾政验收大观园、第 18 回元妃元宵省亲、第 40 回贾母带刘姥姥秋游大观园这三条路线所作的详细讨论。

六、大观园的造园艺术

（一）大观园规模不大，小中见大

上文已经考明"江宁行宫"的御花园仅 200 米见方，60 亩地左右，这是座非常小巧精致的江南园林，因供皇帝南巡居住之用，所以在典型的江南园林的基础上，又带有一些皇家园林的特点。

此园不大，在《红楼梦》书中也得到印证，即第 76 回：

> 说着，二人便同下了山坡。只一转弯，就是池沿，沿上一带竹栏相接，直通着那边藕香榭的路径。（庚夹：点明，妙！不然此园竟有多大地亩了。）因这几间就在此山怀抱之中，乃凸碧山庄之退居，因洼而近水，故颜其额曰"凹晶溪馆"。因此处房宇不多，且又矮小，故只有两个老婆子上夜。

"凸碧山庄"建在大主山最高峰处，故名"凸碧"，山高约 20 米。山庄下面的山坳为一个假山石洞，有大溪引水穿洞，流入"沁芳池"（景观湖），此溪两岸低洼多水，有几间矮小的馆舍，故称"凹晶溪馆"，溪馆之前又有"竹栏杆桥"通向筑在湖水中的"藕香榭"；区区一隅竟然布置有三大建筑"凸碧山庄、凹晶溪馆、藕香榭"，足证大观园诚如上引画线部分的脂批所点明的："此园并没有多么大的地亩。"

又第 17 回宝玉见大观园中正殿"大观楼"前的玉石牌坊，就像之前他在"太虚幻境"见到过的牌坊而开始发呆，忘了回答贾政问话，此时：

> 贾政心中也怕贾母不放心，遂冷笑道："你这畜生，也竟有不能之时了！也罢，限你一日，明日若再不能，我定不饶。这是要紧之处，更要好生作来！"（庚眉：一路顺顺递递，已成千邱万壑之景，若不有此一段大江截住，直成一盆景矣。作者从何落笔着想！）说着，引人出来，再一观望，原来自进门起，所行至此，才游了十之五六。

贾政与宝玉短短几个小时便游了全园的一半（"十之五六"），故作者有意要借贾政一骂，来就此打住而不往下写了，以免让人感到这座园林可以在半天内一游到底、尽览无余。上引画线部分的脂批便把"大观园"比作一个精致的盆景，虽有"千邱万壑之景"，其实都只在"方寸"之中，也即下文"（二）"引第 17 回脂批语所说的"究竟只在一隅"，从而透露出真实的"大观园"其实很小的意味来。

这对于我们恢复大观园也提供了有益的启示，即：我们可以先请中国一流的盆景大师，按照《红楼梦》对大观园的描述，做一个精致的盆景，然后再将此盆景放大为"1 : 1"原大的大观园。换句话说："山子野"先生布置大观园时，肯定会事先造出一个精致的"大观园"盆景来，这是确保大观园造景水准的重要一环。

又第 70 回从园心的"沁芳亭"【K】出发，一路上宝玉只读了一篇《桃花行》，然后说上了两句话，便已来到园西北角的"稻香村"【D1】，这再度印证大观园不大。其文曰：

正说着，只见湘云又打发了翠缕来（怡红院【I】）说："请二爷快出去瞧好诗。"宝玉听了，忙问："哪里的好诗？"翠缕笑道："姑娘们都在沁芳亭【K】上，你去了便知。"……众人都又说："咱们此时就访'稻香老农'去，大家议定好起的。"说着，一齐起来，都往稻香村【D1】来。宝玉一壁走，一壁看那纸上写着《桃花行》一篇，曰：……

宝玉看了并不称赞，却滚下泪来。便知出自黛玉，因此落下泪来，又怕众人看见，又忙自己擦了。因问："你们怎么得来？"宝琴笑道："你猜是谁做的？"宝玉笑道："自然是潇湘子稿。"宝琴笑道："现是我作的呢！"宝玉笑道："我不信。这声调、口气，迥乎不像蘅芜之体，所以不信。"

宝钗笑道："所以你不通。难道杜工部首首只作'丛菊两开他日泪'之句不成？一般的也有'红绽雨肥梅'、'水荇牵风翠带长'之媚语！"宝玉笑道："固然如此说。但我知道：姐姐断不许妹妹有此伤悼语句；妹妹虽有此才，是断不肯作的。比不得林妹妹曾经离丧，作此哀音。"众人听说，都笑了。

已至稻香村【D1】中，将诗与李纨看了，自不必说称赏不已。说起诗社，大家议定：明日乃三月初二日，就起社，便改"海棠社"为"桃花社"，林黛玉就为社主。明日饭后，齐集潇湘馆【S1】。因又大家拟题。

又第40回："贾母道：就铺排在藕香榭【B2】的水亭子上，借着水音更好听。回来咱们就在缀锦阁【C2】底下吃酒，又宽阔，又听的近。"从图上来看，藕香榭【B2】在缀锦阁【C2】正西略偏南处，两者的距离约占全园东西向宽度的三分之一强，约为70余米，故贾母称之为"近"。由贾母称园宽的三分之一为"近"，也可知全园规模不大。

（二）大观园的精致构思

此园正因为不大，所以更加需要精心设计，从而达到盆景般"尺幅千里"的艺术效果。如第17回："一面走，一面说，倏尔青山斜阻"，己卯本夹批："'斜'字细，不必拘定方向。诸钗所居之处，若稻香村【D1】、潇湘馆【S1】、怡红院【I】、秋爽斋【E】、蘅芜苑【B1】等，都相隔不远，究竟只在一隅。然处置得巧妙，使人见其千邱万壑，恍然不知所穷，所谓会心处不在乎远。大抵一山一水，一木一石，全在人之穿插布置耳。"

这写的是众人离了潇湘馆往稻香村走来，忽然有道青山斜挡在面前；至于斜的方向，批者叫人莫要去追究。此批语是说：大观园诸钗所住的稻香村【D1】、潇湘馆【S1】、怡红院【I】、秋爽斋【E】、蘅芜苑【B1】等，其实全都离得很近，因为大观园不过是贾府的东北一隅，不可能占有多么大的地亩。在这么小的空间中，主要是通过山体或植物等的障景，在方寸之地巧妙布置出千岩万壑，又通过道路的曲折迂回、动线的立体交织，使人顿感步移景换、景致无穷。

总之，其园不大，在未障景前，景点间的直践距离很近；造园者"山子野"先生通过立体交通的巧妙布局，便能在方寸中营构出"博古架"般"既相互区隔而又巧妙拼合"的众多空间出来，让比邻两景营造出"竟然不知就在隔壁"的出人意料的效果来。这就是脂批所谓的："会心处不在乎远。大抵一山一水，一木一石，全在人之穿插布置耳。"

第17回贾政验收全园时："一面引人出来，转过山坡，穿花、度柳，抚石、依泉，过了荼蘼架，再入木香棚，越牡丹亭，度芍药圃，入蔷薇院，出芭蕉坞，盘旋曲折。忽闻水声潺湲，泻出石洞【G1】，上则萝薜倒垂，下则落花浮荡。"己卯本夹批："仍是沁芳溪矣，究竟基址不大，全是曲折掩映之巧可知。"再度点明：其园精致袖珍而不大，全在布置巧妙，方能收到"咫尺千里"的艺术效果。全园仅一"沁芳池"湖，主要通过湖的多条分支"沁芳溪"流经全园，如同神经网络般遍布全身、浑然一体。作者这种造水、借水之法充满奇思妙想，能让众人处处感到新异。

中国的园林"麻雀虽小，五脏俱全"，通过障景手法，在有限的空间中进行巧妙的艺术构思。正如同我们伟大的汉字，在一厘米见方的那么小的空间中，通过线条的来去变化，便能创造出十余万不同面目的字形，来记录宇宙间的万事万物。中华园林与汉字字形的造字旨趣相通，变化莫测，这也正是先哲所谓的"壶中有天地"。①

（三）大观园的奇思妙构

大观园中最不可思议处，便是我们定"潇湘馆"【S1】在园北而不在园门口，这看上去"似乎"和《红楼梦》书中的描述极不吻合。其实正相吻合！

何以见得极不吻合，这是因为："潇湘馆"是第17回贾政游园与第18回元妃游园所到的第一处，即第17回宝玉为"潇湘馆"命名时说："这是第一处行幸之处"，一般人都会把它放在园门口【J】附近，即放在园门口的"怡红院"【I】近旁、而与"怡红院"相并列。理由便是：入园后的第一处景致，怎么可能不在园门口而在园门的湖对岸呢？而且宝玉与黛玉作为书中的两大主角，自然应当平起平坐，所以在人们的印象中，两人的居所总应当并列在一起，怎么可能隔湖相望、分庭抗礼呢？

其实男女有大防，贾政、王夫人这两大封建卫道者在安排居所时，肯定要考虑到"男女大防"这一点，所以作者曹雪芹只能让两人"对峙立局、隔湖相望"，因此潇湘馆在园北而不在园门口，这反倒是符合封建家长制的布局。

而且"怡红院"其实可以视为"大观园正园门的庭院建筑"，园门不过是"怡红院"的院门罢了，怡红院不过是大观园正园门这进院落处的主建筑而已，所以没有必要把"怡红院"视为大观园一入园门后的第一景；行宫内进入园门后

---

① 无论是汉字字形的造字手法，还是中国园林的造园手法，其实都是对人体的一种仿生学。人的肚子只有一尺见方，即周长约4尺，而其中的肠子却有六七米长，一米为3尺，则相当于肚子周长的四五倍。这是大自然在有限空间内通过线路的回环往复来尽量延长空间的经典事例。

的真正的第一处景观便是"潇湘馆"。所以第 74 回抄检大观园时，抄完园门处的宝玉"怡红院"后，便接着去抄园内素来被认为是第一处景观的黛玉"潇湘馆"。

至于园门在南，而入园之路所通的第一处景观反倒在北，这恰是造园者"山子野"老先生"匠心独运"处。即：此园的规划者通过巧妙的"障景"设置、"动线"布局，让人一入园门却不能到达园门口处的庭院"怡红院"，反倒先到达了园北的湖对岸。这有点像太极图那般，从黑鱼眼（即园门【J】）进入，一下子便到了对面的白鱼眼（即第一处景观"潇湘馆"【S1】），从而给人以意想不到的奇妙效果。

而且第 17 回贾政过"沁芳亭桥"前往潇湘馆来时，书中写道："于是出亭、过池，一山、一石、一花、一木，莫不着意观览。"此时已卯本有夹批："浑写两句，已见经行处愈远，更至北一路矣。"这便点明：潇湘馆【S1】已在园之北、而非园之南。因此把"潇湘馆"与"怡红院"并列设在大观园南大门处的布局（《大观园》一书中诸家如曾保泉、杨乃济、徐恭时先生所绘的"大观园"构想图，全都这么布局），据此批看来，便都错了！而我们把"潇湘馆"【S1】安排在"沁芳亭桥"【K】以北的"沁芳池"北的湖岸上，完全符合这条脂批所提示出的曹雪芹家的实情。

总之，我们定"潇湘馆"【S1】在园北而不在园门口，有三大合：一是与第 17 回的正文与脂批合，即文本内证相合。二是与封建家长制的布局原则"男女大防"相合，即伦理道德相合。三是与造园大师"山子野"模仿太极图阴阳鱼眼所作的出人意料的造园设计理念相合。

七、大观园的建造时间与造价

（一）大观园造了四个月或半年乃是彻头彻尾的"假话"

关于大观园的建造时间，当是十一月底动工，次年杏花大开的三月份造好，历时四个月。

按第 14 回：

> 昭儿道："二爷打发回来的。林姑老爷是九月初三日巳时没的。二爷带了林姑娘同送林姑老爷的灵到苏州，<u>大约赶年底就回来了。</u>"

第 16 回：

> 且喜贾琏与黛玉回来，先遣人来报信，明日就可到家，宝玉听了，方略有些喜意。细问原由，方知贾雨村也进京陛见，皆由王子腾累上保本，此来后①补京缺，与贾琏是同宗弟兄②，又与黛玉有师徒之谊，故同路作伴

---

① 后，当作"候"为是。

② 此言明贾雨村与贾府连了宗。"连宗"即同姓但没有宗族关系的人认作本家。第 2 回雨村承认自己与贾府只是"五百年前是一家"："寒族人丁却不少，自东汉贾复以来，支派繁盛，各省皆有，谁逐细考查得来？若论荣国一支，却是同谱。但他那等荣耀，我们不便去攀扯，至今故越发生疏难认了。"此时尚未连宗。而第 3 回贾雨村却"拿着宗侄的名帖"来贾府求

而来。林如海已葬入祖坟了，诸事停妥，贾琏方进京的。**本该出月到家**，因闻得元春喜信，遂昼夜兼程而进，一路俱各平安。宝玉只闻得黛玉"平安"二字，余者也就不在意了。

好容易盼至明日午错①，果报："琏二爷和林姑娘进府了。"……且说贾琏自回家参见过众人，回至房中。……一语未了，二门上小厮传报："老爷在大书房等二爷呢。"贾琏听了，忙忙整衣出去。……说话时贾琏已进来，……贾琏此时没好意思，只是讪笑吃酒，说"胡说"二字，"快盛饭来，吃碗子②，还要往珍大爷那边去商议事呢。"凤姐道："可是。别误了正事。才刚老爷叫你说什么？"贾琏道："就为省亲。"……

又有二门上小厮们回："东府里蓉、蔷二位哥儿来了。"贾琏才漱了口，平儿捧着盆盥手，见他二人来了，便问："什么话？快说。"凤姐且止步稍候，听他二人回些什么。贾蓉先回说："我父亲打发我来回叔叔：老爷们③已经议定了，从东边一带，借着东府里的花园起，转至北边，一共丈量准了，三里半大，可以盖造省亲别院了。已经传人画图样去了，明日就得。叔叔才回家，未免劳乏，不用过我们那边去，有话明日一早再请过去面议。"贾琏笑着说道："多谢大爷④费心体谅，我就从命不过去了。正经是这个主意才省事，盖的也容易；若采置别处地方去，那更费事，且倒不成体统。你回去说，这样很好，若老爷们再要改时，全仗大爷谏阻，万不可另寻地方。明日一早我给大爷请安去，再议细话。"贾蓉忙应几个"是"。（庚侧：园已定矣。）……

次日早贾琏起来，见过贾赦、贾政，便往宁府中来，合同老管事人等，并几位世交门下清客相公，审察两府地方，缮画省亲殿宇，一面参度办理人丁。自此后，各行匠役齐集，金银铜锡以及土木砖瓦之物，搬运移送不歇。先令匠役拆宁府会芳园墙垣楼阁，直接入荣府东大院中。荣府东边所有下人一带群房尽已拆去。当日宁荣二宅，虽有一小巷界断不通，然这小巷亦系私地，并非官道，故可以连属。会芳园本是从北角墙下引来一股活水，今亦无烦再引。其山石树木虽不敷用，贾赦住的乃是荣府旧园，其中竹树山石以及亭榭栏杆等物，皆可挪就前来。如此两处又甚近，凑来一处，省得许多财力，纵亦不敷，所添亦有限。全亏一个老明公号"山子野"者，一一筹画起造。

贾琏得知元妃喜讯，知道家中有省亲要事急着和自己商量（其中也难免会有不愿大权旁落而可大捞油水的想法在内），于是日夜兼程地赶回。原本是出了月的十二月初到家，结果提前了几天，在十一月底便到了家。到家当晚，贾琏便和贾蓉等人商定建园方案，次日便动工，可见大观园动工于十一月底。

见贾政，这时甲戌本有侧批："此帖妙极，可知雨村的品行矣。"此时便是贾雨村谋求连宗，到上引第16回时早已连宗成功。

① 午错，刚过午、午后。
② 指吃一碗儿饭。
③ 老爷们，指大老爷贾赦和二老爷贾政。
④ 大爷是贾珍，二爷是贾琏。

第 17 回：

又不知历过几日何时，（庚侧：惯用此等章法。己夹：年表如此写，亦妙！）这日贾珍等来回贾政："园内工程俱已告竣，大老爷已瞧过了，只等老爷瞧了，或有不妥之处，再行改造，好题匾额、对联的。"

作者可谓一笔带过，有意回避建园的起始月份和建成月份，其用意不过是叫人不要细究。因为建园的时间对于全书情节的理解没有大碍，故可以一笔带过而不加交代（之所以不愿交代，其真实原因便是下面所说的：此大观园早在宝玉出生前就有，宝玉出生后根本就不用造此大观园，所以作者曹雪芹便要刻意隐瞒造园的年月）。

但不交代大观园建园的起始月份和建成月份所导致的后果，便是制作《红楼梦》年表时，碰到建园这件事情便难以书写了。

好在此回写贾政视察大观园工程时，提到了春天的景物："贾政道：'此论极是。且喜今日天气和暖，大家去逛逛。'……有几百株杏花，如喷火蒸霞一般。"杏花开于阳历 3 月至 5 月，相当于是阴历的二月至四月，贾政又说天气今日方才和暖起来，则当非春寒料峭的早春二月，而四月份时天气又已热起来并且杏花将谢，所以综合来看，大观园竣工于三月份的可能性为大，整个工期仅为四个月。

这应当是主体建筑完工，而配套设施尚未就绪，即第 17 回贾政从"潇湘馆"视察出来时，特地交代：全园各处院落房屋内的几案桌椅，陈设玩器和古董等，全都要像"潇湘馆"那样，一处一个样式地加以配备，千万不可千篇一律，其文曰：

方欲走时，忽又想起一事来，（己侧：不板。）因问贾珍道："这些院落房宇并几案桌椅都算有了，（庚侧：此一顿少不得。）还有那些帐幔帘子并陈设玩器古董，可也都是一处一处合式配就的？"（己夹：大篇长文不如此顿，则成何话说？）贾珍回道："那陈设的东西早已添了许多，自然临期合式陈设。帐幔帘子，昨日听见琏兄弟说，还不全。那原是一起工程之时就画了各处的图样，量准尺寸，就打发人办去的。想必昨日得了一半。"（己夹：补出近日忙冗、千头万绪景况。）贾政听了，便知此事不是贾珍的首尾，便令人去唤贾琏。

一时贾琏赶来。（己夹：写出忙冗景况。）贾政问他共有几种，现今得了几种，尚欠几种。贾琏见问，忙向靴桶取靴披内装的一个纸折略节来，（己夹：细极！从头至尾，誓不作一笔逸安苟且之笔。）看了一看，回道："妆、（己夹：一字一句。）蟒、绣、堆，刻丝、弹墨，（己夹：二字一句。）并各色绸绫大小慢子一百二十架，昨日得了八十架，下欠四十架。帘子二百挂，昨日俱得了。外有猩猩毡帘二百挂，金丝藤红漆竹帘二百挂，墨漆竹帘二百挂，五彩线络盘花帘二百挂，每样得了一半，也不过秋天都全了。

椅搭、桌围、床裙、桌套，每分①一千二百件，也有了。"

然后贾政来到"萝港石洞"（即"蓼汀花溆"）：

> 于是要进港洞时，又想起有船无船。贾珍道："采莲船共四只，座船一只，如今尚未造成。"贾政笑道："可惜不得入了。"

而第 18 回则交代清楚：陈设全部完工而大观园完全就绪的日期是在十月底，整个工期为十一个月而将近一年：

> 王夫人等日日忙乱，直到十月将尽，幸皆全备：各处监管都交清账目；各处古董、文玩，皆已陈设齐备；采办鸟雀的，自仙鹤、孔雀，以及鹿、兔、鸡、鹅等类②，悉已买全，交于园中各处像景③饲养；贾蔷那边也演出二十出杂戏来；小尼姑、道姑也都学会了念几卷经咒。贾政方略心意宽畅，（己夹：好极！可见智者居心无一时弛怠！）又请贾母等进园，色色斟酌，点缀妥当，再无一些遗漏不当之处了。于是贾政方择日题本。（己夹：至此方完大观园工程公案，观者则为大观园费尽精神，余则为若许笔墨却只因一个葬花冢。）本上之日，奉朱批准奏：次年正月十五日上元之日，恩准贵妃省亲。贾府领了此恩旨，益发昼夜不闲，年也不曾好生过的。（己夹：一语带过。是以"岁首祭宗祀、元宵开夜宴"一回留在后文细写。）

至于造园的时间跨度，还在全书其它地方的字里行间略有透露。第 40 回："次日清早起来，可喜这日天气清朗。李纨侵晨先起，看着老婆子丫头们扫那些落叶，（己夹：是八月尽。）"刘姥姥在赏景时建议画一张大观园图，"贾母听说，便指着惜春笑道：'你瞧我这个小孙女儿，她就会画。等明儿叫她画一张如何？'"第 42 回贾母吩咐惜春作画后的第二天，贾母和大姐儿因游园受凉生了病，刘姥姥提醒：莫不是撞见了神明？"一语提醒了凤姐儿，便叫平儿拿出《玉匣记》着彩明来念。彩明翻了一回念道：'八月二十五日，病者在东南方得遇花神。用五色纸钱四十张，向东南方四十步送之，大吉。'凤姐儿笑道：'果然不错，园子里头可不是花神！只怕老太太也是遇见了。'"可见游园而吩咐惜春作画的昨天是八月廿五。

刘姥姥走后，诗社诸人商议给惜春画图批准她多长时间的事假："李纨道：'我请你们大家商议，给她多少日子的假？我给了她一个月她嫌少，你们怎么说？'黛玉道：'论理一年也不多。这园子盖才盖了一年，如今要画自然得二年工夫呢。'"宝钗说公道话："如今一年的假也太多，一月的假也太少，竟给她半年的假，再派了宝兄弟帮着她。"第 43 回提到"展眼已是九月初二日"凤姐生日。第 50 回贾母说："你四妹妹（指惜春）那里暖和，我们到那里瞧瞧她的画儿，赶年可有了？"众人笑道："哪里能年下就有了？只怕明年端阳有了。"贾母道："这还了得？她竟比盖这园子还费工夫了！"

今据上引第 40 回己卯本的夹批，知是八月底（"八月尽"）贾母命惜春画大

---

① 每分，即每份、每种。
② 可见大观园还是个小型的动物园，这对于我们布置大观园园景也有其指导意义。
③ 像景，即根据景致的需要来决定饲养什么样的禽鸟。

观园图；又据第 42 回的交代，其日当为"八月二十五日"。第 43 回言九月初二王熙凤生日事，更加证明贾母是在八月底的八月廿五命令惜春开始作画。

第 50 回贾母问："过年时的十二月底、正月初这画可能画好？"即画三四个月可以画好了吗？大家回答说："恐怕要到五月初五端阳"，即得画八个多月。这时贾母说道："难道画比造还费工夫吗？"由此可知，贾母认定画画的时间不可能超过造园子的时间，当与之相等或比之短些。

今据上文考证，我们已经知道：大观园造建筑历时四个月，故惜春画到年底即三四个月，与造园时间不相上下，贾母认为这是合理的；而其画到端午，即画八九个月，则比造园子的时间还要长，令贾母感到有些不可思议而难以接受。

贾母原本打算过年会好，在其心目中，造园子的时间便当等于或超过画画的时间，故知造园子的时间当大于或等于三四个月。众人告诉她得八个多月，贾母认为超过了造园子的月数，有点不可思议，所以造园子的时间必定要短于八个月。由此可知：造园子的时间应当在四到七个月间。

我们根据第 17 回"贾政说天才和暖"与"杏花大开"这两点来判断：大观园竣工于三月份而造了整整四个月，是符合上面那个区间段的。由于有此双重证据，我们便可知道：作者有意把大观园写成四个月就造好了。

而第 42 回林黛玉言造园子是一年时间，其所言看似与贾母之言矛盾，其实各自的统计口径不同。贾母说的是主体建筑完工的时间少于八个月，而林黛玉说的是从造房子到各项人事物配置到位的整个造园过程要一年。

然而，大观园其实早在作者出生前就已造好。因为大观园的原型是用来接康熙皇帝驾用的，康熙六次南巡都在作者出生前，所以大观园根本就不用在作者出生后建造，作者写大观园在其人生的九岁、《红楼梦》故事的第十二年造（笔者《红楼时间人物谜案》"第一章、第三节、第 17 回"有考），本身就是句欺哄世人不知实情的"假话"。

换句话说：在作者的人生中，大观园原本就是不造即有，要造也不在作品所写的那个时候造，要造也肯定不止作品所写的四个月便能造好。作者在书中有意写成这园子造于作者人生的九岁而《红楼梦》故事的第十二年，而且只造了四个月，这其实全都是彻头彻尾的"假话"。

故第 17 回言大观园造了"不知历过几日何时"，便是在向读者自首两点：一是造园之事乃子虚乌有；二是第 17 回写的不过是篇《大观园游记》，即第 17 回末贾政一行人游完大观园，"于是大家出来"，这时庚辰本有眉批："以上可当《大观园记》。"由于第 17 回中贾政说天气和暖，又逢杏花开放，可证这还是篇大观园的《春游记》。

而第 40 回刘姥姥秋游大观园，便是篇大观园的《秋游记》。作者擅长"对峙立局"，笔底从不重复，由第 40 回为《秋游记》，也可证明第 17 回确为《春游记》，所以回中要特意提到杏花大开；而之所以要提到杏花大开，乃是为了写出稻香村那番"杏花村"风光①的原故，并不是因为此园真的只造了四个月而在春三月造好。

因此，大观园造了多久，其实不一定是书中所暗示出来的四个月。但由于作者第17回写的是《春游记》，其中又有杏花大开的描写，这便造成大观园从冬至春四个月便造好的错觉来；其实这都是"假话"，不必当真。大观园这一恭迎康熙皇帝入住并诚邀康熙皇帝御览鉴赏的皇家园林，其主体建筑的建造至少也要一两年吧，作者说它的主体建筑四个月便造好，不过是把第17回写成大观园《春游记》后衍生出来的错觉罢了。

（二）大观园的造价

造大观园花了多少银子？书中没有明写，字里行间略有透露，如第53回：

> 乌进孝笑道："那府里如今虽添了事，有去有来，娘娘和万岁爷岂不赏的？"贾珍听了，笑向贾蓉等道："你们听，他这话可笑不可笑？"贾蓉等忙笑道："你们山坳、海沿子上的人，哪里知道这道理？娘娘难道把皇上的库给了我们不成？她②心里纵有这心，他③也不能作主。岂有不赏之理？按时到节不过是些彩缎、古董顽意儿。纵赏银子，不过一百两金子，才值了一千两银子，够一年的什么？这二年哪一年不多赔出几千银子来？头一年省亲连盖花园子，你算算那一注共花了多少就知道了。再两年再一回省亲，只怕就精穷了。"贾珍笑道："所以他们庄家老实人，外明不知里暗的事。黄柏木作磬槌子——外头体面里头苦。"（庚夹：新鲜趣语。）贾蓉又笑向贾珍道："果真那府里穷了。前儿我听见凤姑娘（庚夹：此亦南北互用之文，前注不谬。）和鸳鸯悄悄商议，要偷出老太太的东西去当银子呢。"

乌进孝是来送贡物、进孝心的，故作者"随事立名"，为其取名"乌进孝"。根据笔者《红楼时间人物谜案》"第一章、第三节"的考证，第18回元宵节元妃省亲，与此第53回年底乌进孝到贾府来送贡品，都是同一年中的事情。而大观园于去年的第17回造园，距此说话时正好为两年，所以画线部分说成是"这二年"。由画线部分便可知：大观园建成后的维护成本每年要几千两银子。至于造价，贾蓉只是说："头一年省亲连盖花园子，你算算那一注共花了多少就知道了"，并未言明。

又第16回：

> 赵嬷嬷道："……还有如今现在江南的甄家，（甲侧：甄家正是大关键、大节目，勿作泛泛口头语看。）嗳哟哟，（庚侧：口气如闻。）好势派！独他家接驾四次。（庚侧：点正题正文。）若不是我们亲眼看见，告诉谁谁也不

---

① 按：稻香村原名"杏花村"，宝玉将其改为"稻香村"，见第17回门客见此村有杏花而建议："莫若直书'杏花村'妙极。"贾政说："'杏花村'固佳，只是犯了正名。"宝玉于是建议："何不就用'稻香村'的妙？"
② 她，指元妃。
③ 他，指皇帝。

信的。别讲银子成了土泥，（庚侧：极力一写，非夸也，可想而知。）凭是世上所有的，没有不是堆山塞海的，'罪过可惜'四个字，竟顾不得了。"（庚侧：真有是事，经过、见过。）凤姐道："我常听见我们太爷们也这样说，岂有不信的？（庚侧：对证。）只纳罕他家怎么就这么富贵呢？"赵嬷嬷道："告诉奶奶一句话，也不过是拿着皇帝家的银子往皇帝身上使罢了！（甲侧：是不忘本之言。）谁家有那些钱买这个虚热闹去？"（甲侧：最要紧语。人苦不自知。能作是语者，吾未尝见①。）

此回前甲戌本有脂砚斋批语："大观园用省亲事出题，是大关键处，方见大手笔行文之立意。"其下又批："借省亲事写南巡，出脱心中多少忆昔感今。"这倒不是说作者本着"真事隐、假语存"的创作主旨，借元妃省亲来写康熙南巡。因为这句批语批在第16回，此回赵嬷嬷问起省亲，而凤姐扯上南巡，于是借赵嬷嬷之口评点江南甄家（实即作者的江南真家——"江宁织造府"曹家）四加一共五次接驾的盛况，出脱作者与批者标榜自家五次接驾的"昔盛而今衰"的多少兴亡之感。如果作者真借"元妃省亲"来写"康熙南巡"，则此条"借省亲事写南巡"之批，便当批在两回后的第18回元春省亲时。

尽管"元妃省亲"未影写"康熙南巡"，"大观园"在书中又说成是为元妃省亲而造，但大观园的原型"江宁行宫"其实就是为康熙南巡所造，故大观园的造价便可用"江宁织造府"改建"江宁行宫"的造价来说明。

书中的"贾家"便是虚构于小说空间中的"假"家；书中所谓的"江南甄家"，便是生活在真实原型中的作者曹雪芹"江南的真家"——曹家。康熙南巡至江宁，江宁行宫就设在"江宁织造府"，康熙"六下江南"六次到达江宁，有四次住在"江宁织造府"曹家。所花费的金银达到了数不清的天文数字般的地步，用赵嬷嬷的话便是："若不是我们亲眼看见，告诉谁谁也不信的。别讲银子成了土泥，凭是世上所有的，没有不是堆山塞海的，'罪过可惜'四个字竟顾不得了。"

王熙凤问她："可是动用自家的银钱？"赵嬷嬷告诉她："都是用公家（皇帝）的钱往公家（皇帝）身上使罢了"，说的便是曹家动用"江宁织造府"公款来接驾，造成"江宁织造府"账面上的巨额亏空。雍正朝便以曹家亏欠"江宁织造府"公款为由，将其抄家，等于宣告其家破产，不用再为这笔烂账负责。所以说，曹家的败落便是因为建造行宫来接驾的原故。

正因为此，第17回末戚序本有总评："好将富贵回头看，总有文章如意难。零落机缘君记去，黄金万斗大观摊。"即我们曹家的富贵，借助作者的生花妙笔，令人满意地流传在人间而不朽于世；但我们曹家如何败落的原因便与此有关，还是让批者"我"来告诉大家，给大家作一个"前车之鉴"——即：我们曹家把一万斗黄金（或数以万斗计的黄金）投入到大观园的建设中去，导致"江宁织造府"公款的巨额亏空而被抄家破产。

这句回末批有力地点明大观园是导致我们"真家"（曹家）败落的直接原因，

---

① 指能说出这般有见识的话来的人堪称凤毛麟角，"我"脂砚斋一生中还没碰上过，倒让作者曹雪芹给听到了。

而曹家败落又因"江宁行宫"而起，这就足以证明"大观园"就是"江宁行宫"，从而"宁荣二府"就是"江宁织造府"。具体来说："江宁织造府"的衙门部分就是"荣府"，其家宅部分就是"宁府"，其后花园部分就是"大观园"。

其言造大观园动用了一万斗黄金（或数以万斗计的黄金），显然都是虚指，并未点明其实际用款数目。俗话说：富豪之家"日进斗金"，这万斗黄金便相当于富豪27.4年的收入。造一个200米见方的园子不可能花费如此多的金钱，因此其所言的"黄金万斗大观摊"一者可能是夸张，二者也可能是以"大观园"来代指整个接驾、乃至四次接驾过程中发生的所有开销（这用的是以部分来代指整体的"借代"修辞手法），即四次接驾一共花了一万斗黄金（或数以万斗计的黄金）。

八、大观园运营模式的改革

大观园不仅建造耗费巨资，其运营成本也很高。上引第53回贾蓉"这二年哪一年不多赔出几千银子来"，便是大观园建成后每年的维护成本。贾府为此而渐渐支撑不起，即第78回薛宝钗执意要搬出大观园回薛姨妈家住时，对王夫人说的："况姨娘这边历年皆遇不遂心的事故，那园子也太大，一时照顾不到，皆有关系；惟有少几个人，就可以少操些心。所以今日不但我致意辞去之外，还要劝姨娘如今该减些的就减些，也不为失了大家的体统①。据我看，园里这一项费用也竟可以免的，说不得当日的话。姨娘深知我家的，难道我们当日也是这样冷落不成？"

于是便有了探春对大观园运营模式的改革和探索，即第56回：

平儿进入厅中，她姊妹三人正议论些家务，说的便是年内赖大家请吃酒他家花园中事故②。见她来了，探春便命她脚踏上坐了，因说道：……第二件，年里往赖大家去，你也去的，你看他那小园子比咱们这个如何？"平儿笑道："还没有咱们这一半大，树木花草也少多了。"探春道："我因和他家女儿说闲话儿，谁知那么个园子，除他们带的花、吃的笋菜鱼虾③之外，一年还有人包了去，年终足有二百两银子剩。从那日我才知道，一个破荷叶，一根枯草根子，都是值钱的。"……

三人只是取笑之谈，说了笑了一回，便仍谈正事。（己夹：作者又用"金蝉脱壳"之法。）探春因又接说道："咱们这园子只算比他们的多一半，加一倍算，一年就有四百银子的利息。若此时也出脱生发银子④，自然小器，不是咱们这样人家的事。若派出两个一定的人来，既有许多值钱之物，一味任人作践，也似乎暴珍天物。不如在园子里所有的老妈妈中，拣出几个本分老诚、能知园圃的事，派准她们收拾料理，也不必要她们交租纳税，

---

① 宝钗是劝王夫人千万不要认为节约便有失大家族的颜面和体统。即：大家族不可因颜面和体统而浪费。
② 指赖大家请贾府之人吃酒时，贾府之人所看到的赖大家花园中的事情。
③ 园中居然可以种蔬菜、水果，还能养鱼虾，真是好想法。带的花，即头戴的花。
④ 出脱，出手，商品卖出。生发，孳生。此处指承包给外面人，让本府获利。

只问她们一年可以孝敬些什么。一则园子有专定之人修理，花木自有一年好似一年的，也不用临时忙乱；二则也不至作践、白辜负了东西；三则老妈妈们也可借此小补，不枉年日在园中辛苦；四则亦可以省了这些花儿匠、山子匠、打扫人等的工费①。将此有余以补不足，未为不可。"

宝钗正在地下看壁上的字画，听如此说一则，便点一回头，说完，便笑道："善哉，三年之内无饥馑矣！"李纨笑道："好主意。这果一行，太太必喜欢。②省钱事小，第一有人打扫，专司其职，又许她们去卖钱。使之以权，动之以利，再无不尽职的了。"

平儿道："这件事须得姑娘说出来。我们奶奶虽有此心，也未必好出口。此刻姑娘们在园里住着，不能多弄些玩意儿去陪衬，反叫人去监管修理，图省钱，这话断不好出口。"

宝钗忙走过来，摸着她的脸笑道："你张开嘴，我瞧瞧你的牙齿舌头是什么作的。从早起来到这会子，你说这些话，一套一个样子，也不奉承三姑娘，也没见你说奶奶才短想不到，也并没有三姑娘说一句，你就说一句是；横竖三姑娘一套话出，你就有一套话进去；总是三姑娘想的到的，你奶奶也想到了，只是必有个不可办的原故。这会子又是因姑娘住的园子，不好因省钱令人去监管。你们想想这话，若果真交与人弄钱去的，那人自然是一枝花也不许掐，一个果子也不许动了，姑娘们分③中自然不敢，天天与小姑娘们就吵不清。她这远愁近虑，不亢不卑。她奶奶便不是和咱们好，听她这一番话，也必要自愧的变好了，不和也变和了。"……

探春听了，便和李纨命人将园中所有婆子的名单要来，大家参度，大概定了几个。又将她们一齐传来，李纨大概告诉与她们。众人听了，无不愿意，也有说："那一片竹子单交给我，一年工夫，明年又是一片。除了家里吃的笋，一年还可交些钱粮。"这一个说："那一片稻地交给我，一年这些顽的大小雀鸟的粮食不必动官中钱粮，我还可以交钱粮。"探春才要说话，人回："大夫来了，进园瞧姑娘。"众婆子只得去接大夫。平儿忙说："单你们，有一百个也不成个体统，难道没有两个管事的头脑带进大夫来？"回事的那人说："有，吴大娘和单大娘她两个在西南角上聚锦门等着呢。"平儿听说，方罢了。

众婆子去后，探春问宝钗如何。宝钗笑答道："幸于始者怠于终，缮其辞者嗜其利。"探春听了点头称赞，便向册上指出几人来与她三人看。平儿忙去取笔砚来。她三人说道："这一个老祝妈是个妥当的，况她老头子和她儿子代代都是管打扫竹子，如今竟把这所有的竹子交与她。这一个老田妈本是种庄稼的，稻香村一带凡有菜蔬稻稗之类，虽是顽意儿，不必认真大治大耕，也须得她去；再一，按时加些培植，岂不更好？"探春又笑道：

---

① 此与第75回贾母所说的从嘉荫堂上"大主山"顶"凸碧山庄"的那条路"天天有人打扫"，正相照应。

② 指大观园改革的掌权者仍是王夫人。

③ 分，份。

"可惜，蘅芜苑和怡红院这两处大地方竟没有出利息之物。"

李纨忙笑道："蘅芜苑更利害。如今香料铺并大市大庙卖的各处香料、香草儿，都不是这些东西？①算起来比别的利息更大。怡红院别说别的，单只说春夏天一季玫瑰花②，共下多少花？还有一带篱笆上蔷薇、月季、宝相、金银藤，单这没要紧的草花干了，卖到茶叶铺、药铺去，也值几个钱。"

探春笑道："原来如此。只是弄香草的没有在行的人。"平儿忙笑道："跟宝姑娘的莺儿她妈，就是会弄这个的。上回，她还采了些晒干了，编成花篮、葫芦给我顽的，姑娘倒忘了不成？"宝钗笑道："我才赞你，你到来捉弄我了。"三人都诧异，都问："这是为何？"宝钗道："断断使不得！你们这里多少得用的人，一个一个闲着没事办，这会子我又弄个人来，叫那起人连我也看小了。我倒替你们想出一个人来：怡红院有个老叶妈，她就是茗烟的娘。那是个诚实老人家，她又和我们莺儿的娘极好，不如把这事交与叶妈。她有不知的，不必咱们说，她就找莺儿的娘去商议了。哪怕叶妈全不管，竟交与那一个，那是她们私情儿，有人说闲话，也就怨不到咱们身上了。如此一行，你们办的又至公，于事又甚妥。"李纨、平儿都道："是极。"（己夹：宝钗此等，非与凤姐一样：此是随时俯仰，彼则逸才逾蹈也。③）探春笑道："虽如此，只怕她们见利忘义。"（己夹：这是探春敏智过人处，此讽亦不可少。）平儿笑道："不相干，前儿莺儿还认了叶妈做干娘，请吃饭吃酒，两家和厚的好的很呢。"（己夹：夹写大观园中多少儿女家常闲景，此亦补前文之不足也。④）探春听了，方罢了。又共同斟酌出几人来，俱是她四人素昔冷眼取中的，用笔圈出。

一时婆子们来回大夫已去，将药方送上去。三人看了，一面遣人送出去取药，监派调服⑤，一面探春与李纨明示诸人：某人管某处，按四季⑥，除家中定例用多少外，余者任凭你们采取了去取利，年终算账。探春笑道："我又想起一件事：若年终算账归钱时，自然归到账房，仍是上头又添一层管主，还在他们手心里，又剥一层皮。这如今我们兴出这事来派了你们，已是跨过他们的头去了，心里有气，只说不出来；你们年终去归账，他还不捉弄你们等什么？再者，这一年间，管什么的，主子有一全分，他们就得半分。这是家里的旧例，人所共知的，别的偷着的在外⑦。如今这园子里是我的新创，竟别入他们手；每年归账，竟归到里头来才好。"宝钗笑道："依我说，里头也不用归账。这个多了、那个少了，倒多了事。不如问她

---

① 指市面上卖的全都是"蘅芜苑"所拥有的香草品种。
② 玫瑰与蔷薇同科，此当指怡红院门口的蔷薇花架。胭脂、口红等都可以用玫瑰花做。
③ 宝钗是皇商之女，故而通达经济之道。宝钗此类行为与凤姐不同，宝钗善于辅助性的补救，而凤姐善于创意性的规划。
④ 此文此批，便是在交代宝玉的小厮茗烟与宝钗的大丫环是一对，是宝玉、宝钗两人"金玉良缘"的引子。
⑤ 可证贾府设有药房，相当于今天企业中设立的"卫生所"。
⑥ 指分四个季度提交所需之物。但据下文，有很多日用品都是天天提供，并非按四季提交。
⑦ 偷着的在外，意指众人所不知的灰色收入还不算在内。

们谁领这一分的，她就揽一宗事去。不过是园里的人的动用。我替你们算出来了，有限的几宗事：不过是头油、胭粉、香、纸，每一位姑娘几个丫头，都是有定例的；再者，各处笤帚、撮簸①、掸子，并大小禽鸟、鹿、兔吃的粮食。不过这几样，都是她们包了去，不用账房去领钱。你算算，就省下多少来？"平儿笑道："这几宗虽小，一年通共算了，也省的下四百两银子。"宝钗笑道："却又来，一年四百，二年八百两，取租的房子也能看得了几间，薄地也可添几亩。虽然还有敷余的，但她们既辛苦闹一年，也要叫她们剩些，粘补粘补自家。虽是'兴利、节用'为纲，然亦不可太啬。纵再省上二三百银子，失了大体统也不像。所以如此一行，外头账房里一年少出四五百银子，也不觉得很艰啬了，她们里头却也得些小补。这些没营生的妈妈们也宽裕了，园子里花木，也可以每年滋长蕃盛，你们也得了可使之物：这庶几不失大体。若一味要省时，哪里不搜寻出几个钱来？凡有些余利的，一概入了官中，那时，里外怨声载道，岂不失了你们这样人家的大体？如今这园里几十个老妈妈们，若只给了这个，那剩的也必抱怨不公。我才说的，她们只供给这个几样，也未免太宽裕了。一年竟除这个之外，她每人不论有余、无余，只叫她拿出若干贯钱来，大家凑齐，单散与园中这些妈妈们。她们虽不料理这些，却日夜也是在园中照看、当差之人，关门、闭户，起早、睡晚，大雨、大雪，姑娘们出入，抬轿子、撑船、拉冰床，一应粗糙活计，都是她们的差使。一年在园里辛苦到头，这园内既有出息，也是分内该沾带些的。还有一句至小的话，越发说破了：你们只管了自己宽裕，不分与她们些，她们虽不敢明怨，心里却都不服，只用'假公济私'的多摘你们几个果子，多掐几枝花儿，你们有冤还没处诉。她们也沾带了些利息，你们有照顾不到，她们就替你照顾了。"

众婆子听了这个议论，又去了账房受辖制②，又不与凤姐儿去算账，一年不过多拿出若干贯钱来，各各欢喜异常，都齐说："愿意。强如出去被他③揉搓着，还得拿出钱来呢。"那不得管地的，听了每年终又无故得分钱，也都喜欢起来，口内说："她们辛苦收拾，是该剩些钱粘补的，我们怎么好'稳坐吃三注'的？"宝钗笑道："妈妈们也别推辞了，这原是分内应当的。你们只要日夜辛苦些，别躲懒、纵放人吃酒赌钱就是了。不然，我也不该管这事；你们一般听见，姨娘亲口嘱托我三五回，说大奶奶④如今又不得闲儿，别的姑娘又小，托我照看照看。我若不依，分明是叫姨娘操心。你们奶奶⑤又多病多痛，家务也忙。我原是个闲人，便是个街坊邻居，也要帮着

---

① 撮簸，簸箕。"撮"就是把聚拢的东西用簸箕等物铲起来，"撮簸"就是专门用于铲垃圾的簸箕。"簸箕"是北方话，南京话是"撮簸"，这是《红楼梦》语言中南京"血统"的体现，是可以用来证明此书乃南京人所写、书中写的是南京之事的佐证。
② 又去除了受账房辖制之苦。
③ 指账房和凤姐。
④ "大奶奶"是贾政这边的大奶奶李纨，"二奶奶"是宝玉之妻，此时尚未娶，宝钗便是未来的二奶奶。
⑤ 指"琏二奶奶"凤姐。

些，何况是亲姨娘托我。我免不得去小就大，讲不起众人嫌我。倘或我只顾了小分①，沽名钓誉，那时酒醉、赌博生出事来，我怎么见姨娘？你们那时后悔也迟了，就连你们素日的老脸也都丢了。这些姑娘、小姐们，这么一所大花园子，都是你们照看，皆因看得你们是三四代的老妈妈，最是循规遵矩的，原该大家齐心，顾些体统。你们反纵放别人任意吃酒、赌博，姨娘听见了，教训一场犹可，倘或被那几个管家娘子听见了，她们也不用回姨娘，竟教导你们一番。你们这年老的反受了年小的教训，虽是她们是管家，管的着你们，何如自己存些体统，她们如何得来作践？所以我如今替你们想出这个额外的进益来，也为大家齐心，把这园里周全的谨谨慎慎，使那些有权执事的看见这般严肃谨慎，且不用她们操心，她们心里岂不敬伏？也不枉替你们筹画进益。既能夺她们之权，生你们之利；岂不能行无为之治，分她们之忧？你们去细想想这话。"家人都欢声鼎沸说："姑娘说的很是。从此姑娘、奶奶只管放心，姑娘、奶奶这样疼顾我们，我们再要不体上情，天地也不容了。"

这一回专写探春与宝钗的经世致用之才，故其回目题作"敏探春兴利除宿弊、时宝钗小惠全大体"。"时宝钗"费解，故程高本改作"贤宝钗"。其实，"识"指"识时务"，"时务"指按时当办、顺时当为之事，也即当世的大事；"识时务"就是能解燃眉之急、能应变、能经世致用的意思。凡懂经济之道、有经世致用才能的人，便可以称作"时"；宝钗便是这种人，所以称其为"时宝钗"，这肯定是曹雪芹的原文，不当以其貌似不通而臆改为"贤"。

此节文字是探春学习赖大家花园的管理经验，对大观园运营与维护模式进行大胆的革新。②她在不改变大观园"所有权"权属的前提下，通过"特许经营"的方式，把具体经营权下放给贾府有专业才能的下人，收到"开源、节流、增效"的积极作用。其具体做法是：

一、通过经营，让贾府得到生活用品的实物供给，不用再到外面采购，杜绝了库房与账房的盘剥（即雁过拔毛、层层加价），节省了贾府开支，调动了全园人员的生产积极性，使大观园比此前更为整洁有序、供应充足，而且还不花贾府一分钱，受到园内园外、上上下下的一致好评。

二、将经营效果与经营者利益挂钩，调动了经营者的生产积极性，提高了经营效率。

三、按照人才的专业特长进行人力资源配置，实行专业化经营。

大观园主要有四大处，即"潇湘馆、稻香村、蘅芜苑、怡红院"，其经济作物主要有三大类：①竹林，在潇湘馆和园北部的"大主山"上，交给老祝妈照管。②稻香村的菜田、稻田，交由老田妈经营。③蘅芜苑的香草可以制香料，

---

① 为了得到怜惜下人的小名声（小分、小名分），误了照管全园的大事务（大分、大职份、大责任）。

② 此下部分参考张旭东《探春的大观园模式》，见
http://www.mof.gov.cn/zhuantihuigu/czwx09/sw9/201501/t20150106_1176666.html。

怡红院的花卉可以制草药和花茶，本来打算给莺儿妈打理，但莺儿妈是薛宝钗家里的仆人，为避嫌的原故，薛宝钗推荐与莺儿妈关系密切的茗烟娘老叶妈来打理。脂批还透露出宝钗丫环莺儿和宝玉小厮茗烟是一对未婚恋人的信息来，等于为宝玉、宝钗这对"金玉良缘"的成功达成，预埋了伏笔和引子。以上"祝（竹）、田、叶妈"的姓都是"随事（随其差事）立名"。

四、绕开贾府账房，减少了管理层次和结算环节，防止中间盘剥与贪污舞弊，杜绝了管理层的以权谋私，保护了生产经营者利益。

五、充分考虑大观园作为公共设施的公益属性，让经营者"盈利但不暴利"，每年拿出一定利润分给园中劳作的员工，因为全园的正常运转离不开全体员工的共同参与。这样，不仅做大了"蛋糕"，而且还分好了"蛋糕"，使各方利益均沾。

这一改革带来的最大的弊端，便是一草一木都成了有经济价值的生财之道，特许经营者连一根草、一朵花也不许别人动，这就与大观园的其他成员发生严重的利益冲突。从此以后，每个人眼中多了金钱利益，少了温情礼让，引起人际关系的分外紧张，这在书中有生动的描绘，如第59回"柳叶渚边嗔莺咤燕"，写莺儿采了花和柳条编织花篮，春燕说："这一带地上的东西都是我姑娘管着，一得了这地方，比得了永远基业①还利害，每日早起晚睡，自己辛苦了还不算，每日逼着我们来照看，生恐有人糟踏。又怕误了我的差使，如今进来了老姑嫂两个②，照看得谨谨慎慎，一根草也不许人动。你还掐这些花儿，又折她的嫩树，她们即刻就来，仔细她们抱怨。"

莺儿道："别人乱折乱掐使不得，独我使得。自从分了地基之后，每日里各房皆有分例，吃的不用算，单管花草顽意儿。谁管什么，每日谁就把各房里姑娘丫头戴的，必要各色送些折枝的去，还有插瓶的。惟有我们说了：'一概不用送，等要什么再和你们要。'究竟没有要过一次。我今便掐些，她们也不好意思说的。"

这时书中写："一语未了，她姑娘果然拄了拐走来。莺儿、春燕等忙让坐。那婆子见采了许多嫩柳，又见藕官等都采了许多鲜花，心内便不受用；看着莺儿编，又不好说什么"，于是指桑骂槐地打骂起春燕来，最后"莺儿便赌气将花柳皆掷于河中，自回房去。这里把个婆子心疼的只念佛，又骂：'促狭小蹄子！糟踏了花儿，雷也是要打的。'自己且掐花与各房送去不提。"

又如第61回，柳嫂叫大观园后门开门时，看门的小厮请她摘点小果子吃，这时柳嫂说："发了昏的，今年不比往年，把这些东西都分给了众奶奶了。一个个的不像抓破了脸的，人打树底下一过，两眼就像那馋鸡似的，还动她的果子？昨儿我从李子树下一走，偏有一个蜜蜂儿往脸上一过，我一招手儿，偏你那好舅母就看见了。她离的远，看不真，只当我摘李子呢，就尿声浪嗓喊起来，说

---

① 指属于私家的"永业田"，可以代代相传。
② 指春燕有怡红院的差事，不可以帮助料理，所以请两个姑嫂进大观园来帮忙。

又是'还没供佛呢'，又是'老太太、太太不在家还没进鲜呢，等进了上头，嫂子们都有分的'，倒像谁害了馋痨，等李子出汗呢。叫我也没好话说，抢白了她一顿。可是你舅母、姨娘两三个亲戚都管着，怎不和她们要的，倒和我来要？这可是'仓老鼠和老鸹去借粮——守着的没有，飞着的有'。"画线部分指明：连亲戚都不让随便采果子，更不用说别人了。

以上两回文字都细致入微地刻画出：利益驱使下，人们心态的变异。

总之，大观园运营新模式的得失成败，从正反两方面为后人建设、维护、运营"大观园"这类园林提供了有益借鉴。

九、大观园生活的开始、繁荣、关停结束与凄凉下场

（一）开始：第23回贾政对贾母说："二月二十二，日子好，哥儿、姐儿们好搬进去的。"按笔者《红楼时间人物谜案》"第二章、第二节、一"考，此乃红楼十三年（作者真实人生的十岁）二月廿二，众人搬入大观园。

（二）鼎盛：第49回有人来大观园通报，"只见几个小丫头并老婆子忙忙的走来，都笑道：'来了好些姑娘、奶奶们，我们都不认得，奶奶、姑娘们快认亲去。'……原来邢夫人之兄嫂带了女儿岫烟进京来投邢夫人的，可巧凤姐之兄王仁也正进京，两亲家一处打帮来了。走至半路泊船时，正遇见李纨之寡婶带着两个女儿，大名李纹，次名李绮，也上京。大家叙起来又是亲戚，因此三家一路同行。后有薛蟠之从弟薛蝌，因当年父亲在京时已将胞妹薛宝琴许配都中梅翰林之子为婚，正欲进京发嫁，闻得王仁进京，他也带了妹子随后赶来。所以今日会齐了来访，投各人亲戚。……只见探春也笑着进来找宝玉，因说道：'咱们的诗社可兴旺了。'"据笔者《红楼时间人物谜案》"第二章、第二节、一"考，此为红楼十三年（作者真实人生的十岁）十月，李绮、邢岫烟、薛宝琴等人来到，大观园进入人数最多、最为兴旺的阶段。

（三）关停：书中第74回"惑奸谗抄检大观园"，凤姐受邢夫人、王夫人之命查抄大观园，拉开了大观园走向衰亡的序幕。第77回"俏丫鬟抱屈夭风流"，王夫人亲自来大观园怡红院撵走晴雯等人后说："这才干净，省得旁人口舌。"因又吩咐袭人、麝月等："你们小心！往后再有一点份外之事，我一概不饶。因叫人查看了，今年不宜迁挪，暂且挨过今年，明年一并给我仍旧搬出去心净。"庚辰本有夹批："一段神奇鬼讦之文，不知从何想来！王夫人从来未理家务，岂不一木偶哉？且前文隐隐约约已有无限口舌浸润之谮，原非一日矣。若无此一番更变，不独终无散场之局，且亦大不近乎情理。况此亦是余旧日目睹亲闻、作者身历之现成文字，非捏造而成者，故迥不与小说之离合悲欢窠臼相对①。想遭零落之大族儿子见此，虽事有各殊，然其情理似亦有默契于心者焉。此一段

---

① 指一般小说写某段生活如何结束虽然离奇得出人意料，但其实都是编造的。与之不同，作者写大观园生活因抄家而终结源于真实之事，所以写得非常合情入理。

不独批此，直从'抄检大观园'及贾母对月兴尽生悲，皆可附者也。①"批语中画单线的部分指出这是作者故意写这幕查抄、撵人的情节，来结束宝玉大观园中的美好生活。据笔者《红楼时间人物谜案》"第二章、第二节、一"考，此第77回乃红楼十六年秋八月，其为作者真实人生的十二岁。

下来第79回迎春出嫁，宝玉"天天到紫菱洲一带地方徘徊瞻顾，见其轩窗寂寞，屏帐翛然，不过有几个该班上夜的老妪。再看那岸上的蓼花、苇叶，池内的翠荇、香菱，也都觉摇摇落落，似有追忆故人之态，迥非素常逞妍斗色之可比。既领略得如此寥落凄惨之景，是以情不自禁，乃信口吟成一歌"云云。第97回"林黛玉焚稿断痴情、薛宝钗出闺成大礼"，第98回"苦绛珠魂归离恨天、病神瑛泪洒相思地"，写宝玉在"荣禧堂"背后的庭院内成亲后，便不再回大观园的"怡红院"居住。大观园趋于关停。

（四）**荒废**：第99回春夏之交："所以园内的只有李纨、探春、惜春了。贾母还要将李纨等挪进来，为着元妃薨后家中事情接二连三，也无暇及此。现今天气一天热似一天，园里尚可住得，等到秋天再挪。此是后话，暂且不提。"第101回"大观园月夜警幽魂"写秦可卿在大观园中向王熙凤显灵，下半回回目"散花寺神签占②异兆"特地用"散花"两字隐写秦可卿第13回临终托梦时，对王熙凤说的"三春去后诸芳尽，各自须寻各自门"之旨，预告贾府即将抄家而家亡人散。下来，同年第102回秋天探春远嫁后，"先前众姊妹们都住在大观园中，后来贾妃薨后，也不修葺。到了宝玉娶亲、林黛玉一死、史湘云回去、宝琴在家③住着，园中人少，况兼天气寒冷，李纨姊妹、探春、惜春等俱挪回旧所。到了花朝月夕，依旧相约玩耍。如今探春一去，宝玉病后不出屋门④，益发没有高兴的人了。所以园中寂寞，只有几家看园的人住着。"于是此第102回"宁国府骨肉病灾祲、大观园符水驱妖孽"便写尤氏送探春远嫁后，为走近路回"宁国府"，于是从大观园中穿行，撞了邪魔，园中人更"将花妖树怪编派起来，各要搬出，将园门封固，再无人敢到园中，以致崇楼高阁、琼馆瑶台皆为禽兽所栖"，于是大观园中开始"兴妖作怪"，不得不请法师做法事来平息，从此以后，大观园更形荒废。

据笔者《红楼时间人物谜案》"第二章、第二节、一"考，以上都是红楼十八年事，而在作者真实人生中则为十三岁。上引第77回画双线部分王夫人说"次年搬出去"，其年是红楼十六年，在作者人生中是十二岁。可见：第102回众人搬出大观园，与王夫人所说的"次年搬出去"，在作者的真实人生体系（而非红楼梦故事中的年份体系）中完全相合。王夫人原本打算在第99回的春夏之交就让众人搬出园，后来因故改在秋天搬出。

后四十回与前八十回的这一吻合，是一连能够证明两大结论——①"后四

---

① 指作者写大观园生活的结束，其实是从王熙凤查抄大观园的第74回"惑奸谗抄检大观园"，贾母赏月的第75回"赏中秋新词得佳谶"、第76回"凸碧堂品笛感凄清、凹晶馆联诗悲寂寞"开始，一直写到此回，都可用此批来批。

② 占，程乙本改作"惊"。

③ 指在薛姨妈家住着。

④ 其时宝玉早已住在"荣禧堂"背后成亲的新房中，不再到大观园中来游玩。

十回与前八十回在时间上是一个完整整体、后四十回乃曹雪芹所写"，②"作者用全书十九年故事来隐写自己十四岁人生"——的又一绝佳实例。★

十、"大观园"图文考的思路

"大观园"园内诸景的考证要比府第困难得多。因为府第全都呈网格状排列布局，而园林诸景的排列布局则灵动而非线性，作者描述得再详细，也难以全息传递园林布局的信息，更何况《红楼梦》这本书又是小说而非园林设计的说明书，即便是园林设计的说明书，也需要借助图纸方能一目了然，单凭文字很难表述清楚。

好在本书"第二章"证明了《红楼梦》书中的府第与"江宁织造府行宫"的镜像图完全吻合，则书中的"大观园"与"江宁行宫图"中的花园亦当吻合。换句话说，"江宁行宫图"中的花园部分，便是一张简明扼要的"大观园"的形象图。当然，此图绘制于乾隆朝，与康熙南巡时曹家的"大行宫"是否存在大的变动？在此需要作一辨析：

一般来说，皇家园林耗资巨大，建造后一般不会大事更改，其中原因：一是因为劳民伤财；二是因为皇家园林有档案保存，维护和重建时有档可查；三是皇家有皇家的制度和规范，不像私家园林可以随意改作，也不像官府建筑可以任凭长官意志随意更改，皇家园林得有皇帝旨意才可更改，而天下行宫甚多，皇帝一般不会特别下令改造某处行宫，所以行宫维修时就得按照原来的规划图纸，不得私自更改。

因此，乾隆朝的行宫花园与康熙朝应当不会有太大变化，唯一重大的变化便是本书"第一章、第四节、六"所讨论的加入了一周长廊，这就需要我们把图中大部分的长廊及长廊下路去掉后，才是康熙朝行宫的旧貌。而且从府第来看，"彩图、典图"中所绘的乾隆朝行宫，与《红楼梦》书中所描述的康熙朝行宫建筑相合，说明其府第部分未作大事改动，则"彩图、典图"中的花园部分也不当会有太大的变动。至于"彩图"、"典图"两者自身的相异处，何者代表康熙朝旧貌、何者是乾隆朝更改，则本书"第一章、第四节、七"已作了详细例举和分析。通过以上分析研究，我们便可明白：用乾隆朝的"江宁行宫图"中的花园来考证《红楼梦》书中的"大观园"，是完全可行而合理的。

通过本书"第二章"的研究，我们发现"江宁行宫"图中所绘府第部分的建筑，对应《红楼梦》书中的描述皆可指实。既然图中所绘府第部分与《红楼梦》如此密合，则图中所绘的园林部分，对应书中的描述也当可以指实。有了"江宁行宫图"所提供的"大观园"这张简图，对照《红楼梦》对大观园的描述，便有可能把曹雪芹笔下的"大观园"再现出来。

当然绘制"江宁行宫图"时会有所取舍。比如被山遮挡的事物会舍弃不绘，过于琐碎细小的景观不会入画。图中也未见道路、河流、小山脉的描绘，可见线状的道路、河流、小山脉全都被省略，于是与道路、河流有关的桥梁也就一同省略。因为这毕竟不是一幅地图，而只是一幅园林的绘画图、示意图。作为绘画图、示意图，有些大的建筑，也常会因为图幅所限而作选择性的省略。

因此对照《红楼梦》的文字描述，首先要做的事，便是把图上所绘的园林景观建筑，与《红楼梦》的文字描述做一个"对号入座"；然后再在对号入座所确定的"已知点"基础上，根据《红楼梦》的文字描述，合理地来定位图中未绘景观、未绘建筑的位置，并将其标注在这一行宫图上，我们称之为"合理定位"；然后再在这两大工作的基础上，从宏观上把握图中根本就没有绘制到的、但又肯定实际存在的三个脉络网：山系、河流、路网。

因此，我们拟把大观园的空间研究分为如下几块：一是"大格局"与"三大（大山、大池、大桥）"的把握，二是"三正处（正门、正院、正殿）"的把握，三是"三大处（潇湘馆、蘅芜苑、稻香村）"的把握，四是"七中处"的把握，五是"诸小处"的把握，六是"三次游园（试才游园、省亲游园、刘姥姥游园）"的把握，共分六节加以详考，考证时皆先言图文相合处，然后再根据图文，对此景观建筑的形制格局、建筑细节进行解析。

最后将乾隆皇帝所咏的"江宁行宫"八景诗，与《红楼梦》对大观园的文字描述做一对照研究，证明《红楼梦》所描写的"大观园"就是乾隆皇帝笔下的"江宁行宫"，从而使本章的研究结论——《红楼梦》"大观园"的原型就是"江宁行宫"——得以最终定案。

第二节　"大观园"大格局及"三大"（大山、大池、大桥）的图文相合考

　　我们先从大格局上证明"江宁行宫图"与《红楼梦》"大观园"的图文相合，然后再从园中"三大（大山、大池、大桥）"来进一步证明这一图文相合的结论。

　　本节之图亦见"图十"，文中称此图的上半图为"彩图"，称此图的下半图为"典图"。前者取其图彩色之故，后者取其图出自《南巡盛典》之意。

一、大格局图文相合的三个例子

（一）西南角无人与图相合

　　后四十回之第87回：

　　　　宝玉只得回来。无处可去，忽然想起惜春有好几天没见，便信步走到蓼风轩【H1】来。刚到窗下，只见静悄悄一无人声，……轻轻的掀帘进去。看时不是别人，却是那栊翠庵【T1】的槛外人妙玉。这宝玉见是妙玉，不敢惊动。……

　　　　宝玉在旁情不自禁，哈哈一笑，把两个人都唬了一大跳。惜春道："你这是怎么说？进来也不言语。这么使促狭唬人！你多早晚进来的？"宝玉道："我头里就进来了，看着你们两个争这个畸角儿。"说着，一面与妙玉施礼，一面又笑问道："妙公轻易不出禅关，今日何缘下凡一走？"妙玉听了，忽然把脸一红，也不答言，低了头自看那棋。

　　　　宝玉自觉造次，连忙陪笑道："倒是出家人比不得我们在家的俗人。头一件，心是静的。静则灵，灵则慧。"宝玉尚未说完，只见妙玉微微的把眼一抬，看了宝玉一眼，复又低下头去，那脸上的颜色渐渐的红晕起来。宝玉见她不理，只得讪讪的旁边坐了。惜春还要下子，妙玉半日说道："再下罢。"便起身理理衣裳，重新坐下，痴痴的问着宝玉道："你从何处来？"宝玉巴不得这一声，好解释前头的话①，忽又想道："或是妙玉的机锋？"转红了脸，答应不出来。妙玉微微一笑，自合惜春说话。

　　　　惜春也笑道："二哥哥，这什么难答的？你没的听见人家常说的，'从来处来'么？这也值得把脸红了，见了生人的似的。"妙玉听了这话，想起自家心上一动、脸上一热必然也是红的②，倒觉不好意思起来。因站起来说

---

① 指为自己刚才冲撞妙玉的话作辩解。

② "想起自家心上一动"指想起自己刚才也动过心、红过脸，此点明上文"妙玉听了忽然把

道："我来得久了，要回庵里去了。"惜春知妙玉为人，也不深留，送出门口。妙玉笑道："久已不来，这里弯弯曲曲的，回去的路头都要迷住了。"宝玉道："这倒要我来指引指引，何如？"妙玉道："不敢，二爷前请。"

于是二人别了惜春，离了蓼风轩【H1】，弯弯曲曲，走近潇湘馆【S1】，忽听得"叮咚"之声。妙玉道："哪里的琴声？"宝玉道："想必是林妹妹那里抚琴呢。"妙玉道："原来她也会这个，怎么素日不听见提起？"宝玉悉把黛玉的事述了一遍，因说："咱们去看她。"妙玉道："从古只有听琴，再没有看琴的。"宝玉笑道："我原说我是个俗人。"说着，二人走至潇湘馆【S1】外，在山子石上坐着静听，甚觉音调清切。只听得低吟道：……

妙玉听了，"呀"然失色道："如何忽作变徵之声？音韵可裂金石矣！只是太过。"宝玉道："太过便怎么？"妙玉道："恐不能持久。"正议论时，听得君弦"蹦"的一声断了。妙玉站起来，连忙就走。宝玉道："怎么样？"妙玉道："日后自知，你也不必多说。"竟自走了。弄得宝玉满肚疑团，没精打采的，归至怡红院【I】中，不表。

单说妙玉归去，早有道婆接着，掩了庵【T1】门，坐了一回，把《禅门日诵》念了一遍。吃了晚饭，点上香，拜了菩萨，命道婆自去歇着。自己的禅床靠背俱已整齐，屏息垂帘，跏趺坐下，断除妄想，趋向真如。坐到三更以后，听得房上"嘈碌碌"一片瓦响，妙玉恐有贼来，下了禅床，出到前轩，但见云影横空，月华如水。那时天气尚不很凉，独自一个凭栏站了一回，忽听房上两个猫儿一递一声厮叫。

那妙玉忽想起日间宝玉之言，不觉一阵心跳耳热，自己连忙收摄心神，走进禅房，仍到禅床上坐了。怎奈神不守舍，一时如万马奔驰，觉得禅床便恍荡起来，身子已不在庵中。便有许多王孙公子要来娶她，又有些媒婆扯扯拽拽，扶她上车，自己不肯去。一回儿，又有盗贼劫她，持刀执棍的逼勒，只得哭喊求救。早惊醒了庵中女尼、道婆等众，都拿火来照看。只见妙玉两手撒开，口中流沫。急叫醒时，只见眼睛直竖，两颧鲜红，骂道："我是有菩萨保佑，你们这些强徒敢要怎么样？"众人都唬的没了主意，都说道："我们在这里呢，快醒转来罢！"妙玉道："我要回家去！你们有什么好人？送我回去罢！"①道婆道："这里就是你住的房子。"

说着，又叫别的女尼忙向观音前祷告。求了签，翻开签书看时，<u>是触犯了西南角上的阴人</u>。就有一个说："是了，<u>大观园中西南角上本来没有人住，阴气是有的</u>。"一面弄汤弄水的在那里忙乱。

【解析】

此节文字讲妙玉与宝玉相见，妙玉心动三次，脸红三次（详上引画线部分），最后还要宝玉相送。她说自己不认识路，那她又是如何到惜春处来的？可见她

脸一红"乃心动之意。此时妙玉想起刚才心动脸红而不好意思起来，人不好意思起来脸也会红，所以这是第三次脸红。

① 此不是说妙玉要回老家，而是说她仍把眼前之人当成强盗，她是在对强盗说："快把我放回栊翠庵。"故下来道婆说："这儿就是你的栊翠庵"，提醒妙玉她在做恶梦。

是有意要宝玉相送。

晚上，妙玉在栊翠庵打坐，三更后因听到猫儿叫春，勾起她对宝玉的念想而走火入魔。众人加以抢救，在观音大士面前求签，得知是"触犯了西南角上的阴人"。

"阴人"一词若指活人便是女人，如第 25 回：和尚把通灵宝玉"递与贾政道：'此物已灵，不可亵渎，悬于卧室上槛，将他二人安在一室之内，除亲身妻母外，不可使阴人冲犯。'"即女人中只有妻子和母亲可以前来，其他任何阴人（女人）都不可以近他俩的身。又第 69 回："偏算命的回来又说：'系属兔的阴人冲犯。'大家算将起来，只有秋桐一人属兔，说她冲的。"

"阴人"一词如果不指活人，便是指死去的亡魂。而下文言："是了，大观园中西南角上本来没有人住，阴气是有的。"可见这儿说的"阴人"便是指亡魂而非女人。

其言西南角无人居住，与图正合。图上西南角即【A】处正无任何建筑。其东不远处为探春的"秋爽斋"【E】，其北不远处为惜春的"蓼风轩"【H1】，而【A】处则无建筑，只有通向薛姨妈家【F】的东南角门【A】。

后四十回中第 101 回王熙凤在【E】处的探春"秋爽斋"门口遇到了秦可卿亡魂，而第 13 回写秦可卿死后停灵于"会芳园"中的"登仙阁"，而"会芳园"的绝大部分都并入了大观园，故秦可卿的阴魂在园中出没是合理的，所以西南角的阴人很有可能是指秦可卿的阴魂。

更值得注意的是，西南角是宁府内的"贾氏宗祠"，【B】处为其正堂，而【C】处当是宗祠内"前堂、后寝"的祖先寝室。第 75 回贾珍在宗祠东墙外的"丛绿堂"【X】中夜宴时，便听到宗祠内祖宗显灵时的叹息声，所以"阴人"更当指宗祠内的祖宗。因为妙玉身为尼姑，居然对自己的子孙宝玉动心，令贾氏祖宗极为震怒，所以让她走火入魔；所谓的"触犯"当指此事，因此"阴人"当指贾氏祖宗而非秦可卿之魂。

今天，我们如果看不到这张图，通过《红楼梦》的描述，根本就不可能知道西南角无人，也不可能知道西南角有"贾氏宗祠"存在。后四十回如果不是曹雪芹所写，而是高鹗或其他无名氏所续，他又是如何知晓西南角无人，而且还是阴人（亡灵）的居所——宗祠？由此一端，便可想见后四十回当是曹雪芹所写的书稿；唯有如此，其所描述的大观园，才会与其原型"江宁行宫图"的镜像如此完全吻合。（指后四十回的作者居然知晓：大观园的西南角划在宗祠内成为祖先寝堂【C】。）★★

正因为大观园西南角有"宗祠"存在，所以不宜在此设立任何游观的景点，以免惊扰祖先之灵；也不宜在此设立任何住人的居所，以免秽亵祖先之居。因此，大观园西南角空旷而无人居住，不设任何建筑、景点，便是因为此处紧邻"宗祠"的缘故。

（二）东南角有景而不描述的揣测

第17回贾政一行人：

> 于是一路行来，或清堂茅舍，或堆石为垣，或编花为牖，或山下得幽尼佛寺，或林中藏女道丹房，或长廊、曲洞，或方厦【G】、圆亭【H】，贾政皆不及进去。因说："半日腿酸，未尝歇息"，忽又见前面又露出一所院落【I】来，贾政笑道："到此可要进去歇息歇息了。"……从后院出去，……直由山脚边忽一转，便是平坦宽阔大路，豁然大门【J】前见。

【解析】

贾政一行所到的院落便是怡红院【I】，在其院后一转便是园门【J】；由此可见：方厦、圆亭当在园门附近。今图中【G】处正是方形房屋（典图可以看得出是正方形；而彩图则画成了矩形，当是绘制时略有失真的缘故），其下有高高的台基（典图画得很清楚，台基很高；彩图也有台基，但画得不如其高，亦当是略有失真或有所改建的缘故，详"第一章、第四节、七"最末部分的讨论）。

所谓"厦"就是高大的房屋，"方厦"就是基址正方的高大房屋。今【G】处正是高基上的方形房屋，与"方厦"之名正相吻合。而图中【H】处又有圆亭，此【G】与【H】处都在怡红院【I】近旁，与《红楼梦》书中第17回贾政过了"方厦、圆亭"方才来到"怡红院"的描述也完全吻合，这是证明此图乃大观园原型的力证。★

本书"第一章、第四节、四"所论的、本书书首"图B-8"之《南巡临幸胜迹图》中的"江宁行宫"图画明：此"方厦"底部，以及此"方厦"连通"圆亭"的走廊底部，全都用柱子凌空跨在湖面上，便于两边湖水的流通。即此方厦与走廊建在"沁芳池"的湖面上，是凌湖而造，"圆亭"则造在陆地上。由于彩图、典图皆未画其基部是立柱这一细节，两图似乎可以根据此《南巡临幸胜迹图》图来把其基部的台基修正为立柱。

其处又考明：《南巡临幸胜迹图》"方厦"北侧的走廊也是凌架在湖面上，等于"方厦"建造在湖心而非岸上，此湖心之"方厦"通过南侧的走廊连通湖岸上的"圆亭"，又通过北侧的走廊连通北侧的湖岸，其南北两侧的走廊两侧都有湖水，所以其基部要用立柱形式来流通湖水，如果用台基便会使走廊外侧的小湖成为死水，无法与另一侧的大湖活水周流。

但本书"第一章、第四节、七"末尾又对上述两点认识加以修正，认为大观园原貌当如典图："方厦"东侧为陆地，"方厦"建造在山上，其基底当是典图所绘的高高台基，而非《南巡临幸胜迹图》所绘的低矮的湖面立柱；"方厦"北部的走廊建造在湖岸上，其基部当是台基；只有"方厦"与"圆亭"之间的走廊是跨湖而建，其基部为流通活水的立柱。其理由有二：

理由一是《南巡临幸胜迹图》把"方厦"东侧的湖岸山地挖废成湖，将"方厦"降低，变成湖心建筑，其北侧的走廊也改成跨湖而建，这样一来的话，贾政从北部来"怡红院"时，便只能走"方厦"与"圆亭"，这便与上述"方厦【G】、圆亭【H】，贾政皆不及进去"的描写不相吻合。据此可知：大观园当如典图所绘，"方厦"东侧是湖岸山地而非湖面，故贾政可以绕行此湖岸山地到达"怡红院"，从而没有走上跨湖的走廊到达"圆亭"。

　　理由二便是圆亭和圆亭西侧走廊两面临湖，完全也可以和《南巡临幸胜迹图》中所绘的"圆亭"东侧的游廊那般，以活水周流的立柱形式跨湖而建；今圆亭与其西侧走廊全都建造在湖岸上，其基底无论是《南巡临幸胜迹图》还是典图、彩图全都是台基而非畅通湖水的立柱。由此可知：方厦与方厦北侧的走廊，当同圆亭与圆亭西侧的走廊一样建造在湖岸上，其基部都是台基而非流通湖水的立柱；只有方厦与圆亭之间的走廊是跨湖而建，其基部是能流通湖水的一排排立柱。

　　彩图建造在《南巡临幸胜迹图》之后，其又按照原有档案恢复了典图的原貌，即方厦东侧重新填实为湖岸山地，方厦和方厦北侧的走廊全都造在此新填实的湖岸山地上，方厦北侧走廊的基部因无湖水，若仍用立柱形式埋入土中自然要腐烂而无法支撑走廊，自然要拆除后重新改建成台基；唯有方厦则仍沿用《南巡临幸胜迹图》的形制，没有像典图那样拆除后建造在高高的台基上，以此来符合"方厦"这一高大之名。

　　由于"江宁行宫"的原貌当如典图所绘，其方厦和方厦北侧的走廊全都建造在填实的湖岸山地上。贾政一行人前来时，当走沿园墙的方厦东侧的填实的湖岸山路，走到圆亭的西南角，再往北入怡红院东侧的篱笆花障，来到怡红院的北院门；贾政一行人并未走上临湖而建的方厦，更未走跨湖的游廊走到圆亭，这便与上述"方厦【G】、圆亭【H】，贾政皆不及进去"的描写相合。

　　奇怪的是，《红楼梦》中对这"方厦"和"圆亭"两座建筑只是一笔带过，未加展开，其原因很可能与秦可卿停灵于"会芳园"登仙阁有关。而会芳园的绝大部分后来并入大观园，第17回言大观园门内翠嶂"白石破嶒，或如鬼怪，或如猛兽，纵横拱立，上面苔藓成斑，藤萝掩映"，其处己卯本有夹批："曾用两处旧有之园所改，故如此写方可，细极。"言明这翠嶂是"会芳园"旧有的假山，故疑"方厦"处应当就是秦可卿停灵的"登仙阁"。其原本建在假山上，是第11回王熙凤游"会芳园"时所看到的"遥望东、南，建几处依山之榭"中的一榭；后来建造大观园时，其山下凿为池，此方厦显得更为高峻。只可惜图中未绘其处之山，当是有山而未绘的原故，因为上引文字"方厦"之前有"曲洞"，这曲洞肯定是座假山石洞，故知此方厦当建造在池边山石之巅。（在《南巡临幸胜迹图》时，又挖废其东侧的山地，使之成为湖心建筑，为使湖水流通而基底改为立柱。比《南巡临幸胜迹图》稍后的彩图，又恢复了典图方厦东侧为山地的江宁行宫原有的格局，但方厦基址下面的湖面也未像典图也即江宁行宫原有格局那样筑成实地，即方厦仍在湖畔的湖面上，所以其基底仍旧沿用《南巡临幸胜迹图》的立柱格局，并没有像典图那样改为高高的台基而彻底恢复江宁行宫的原有格局。）

　　《红楼梦》是借秦可卿之葬来影写姑姑平郡王妃之葬，但平郡王妃不可能停灵于"大观园",故秦可卿停灵于"大观园"当是秦可卿原型的实录。第 13 回"秦可卿死封龙禁尉"甲戌本回末总批:"'秦可卿淫丧天香楼',作者用史笔也。老朽因有魂托凤姐贾家后事二件,的是'安富尊荣'坐享人不能想得到处。其事虽未行,其言其意则令人悲切感服,姑赦之,因命芹溪删去。"可证"秦可卿淫丧天香楼"乃作者实录的家事,必有原型,而且此原型生前确为五品官衔的诰命夫人。作者为了写其为五品诰命夫人,故意让贾蓉捐官,由无品捐成五品(即第 13 回"起一张五品龙禁尉的票"),故第 13 回秦可卿"灵牌疏上皆写'天朝诰授贾门秦氏恭人之灵位'。……榜上大书:'世袭宁国公家孙妇、防护内廷御前侍卫龙禁尉贾门秦氏恭人之丧'",其句庚辰本有眉批:"贾珍是乱费,可卿却实如此。"即:书中明里是写贾珍乱费银钱,在秦可卿逝世后为她买来五品夫人的诰命;其实秦可卿的真实原型在其活着时,便已是五品宜人,而不用死后花银钱来买。又:丧事中为风光起见,故意提高一级而将死者五品宜人的诰命改成"四品恭人"。

由于一个家族会有其固定的行事习惯,故知作者祖父曹寅死时,也会停灵在这座"方厦"中。正因为此,作者对于园东南部的建筑全都不忍心游玩和写到;连带其旁的"圆亭"也不忍游及。"方厦"【G】北不远处又建有尼庵"栊翠庵"【T1】,恐怕也正与此处曾经停放过作者祖父等家族成员的灵柩有关,所以要在这停灵处"方厦"【G】的附近建立尼庵,使得停灵于此的诸位亡灵得以安息和超度。超度灵魂便是"登仙",所以作者在第 13 回中便"随事立名"地把秦可卿等亡人停灵处命名为"登仙阁"。

(三)园基非殿方、西北多出一块,图与之相合

第 17 回"贾政道:这是正殿了"句,己卯本有夹批:"想来此殿在园之正中。按:园不是殿方之基,西北一带通贾母卧室后,可知西北一带是多宽出一带来的,诸钗始便于行也。"

其言正殿"大观楼"位居全园正中;但批者用的是"想来"两字,可见这是批者的主观揣测之词,并不足为据。今据图中来看,如果以全园为矩形(即图中绿线框起部分),则"湖心亭【K】"便是矩形两对角线(粉线与蓝线)的交会中心,而大殿【L】正在蓝线中点"湖心亭【K】"与右上角顶点的一半处,相当于是蓝线的"黄金分割点"处,从这一点上来说,此"大观楼"的确是全园的核心、中心,但非正中。

根据"图十"右上角所标的"方向标"来看,其园乃坐西北而朝东南,所以"湖心亭"桥栏板所在的蓝线大致是沿"正南正北"走向,即大殿【L】居于全园正北,"湖心亭"【K】居于全园正中,"宗祠"祖先堂【C】居于全园正南。脂批说:"此殿在园之正中",其实是在园正北的首脑处,但不在全园的正中心处,全园的正中心是"沁芳亭"。正殿在园北的首脑处,这与大殿当位于全园格局中的核心地位是正相吻合的。

此批言明:"园不是殿方之基,西北一带通贾母卧室后,可知西北一带是多

宽出一带来的，诸钗始便于行也。"殿方，即像大殿地基那样的矩形（长方形）。今从图上来看，图中画绿线框者便是园址，其左下角缺掉一块，就像"田"字缺掉了左下角，其所缺处便是宗祠正堂【B】身后的后院【C】那一块，也即上文"（一）"所说的阴人——宁荣二府祖宗英灵——所在的"祖先寝堂"。因此全园的基址的确不再是矩形，而是矩形缺掉了西南一块，其西北倒的确是多出来一块。即："田"字缺掉左下角后，把"田"字的左半视为矩形，则"田"字的左上角（也即西北角）便是此矩形多出来的一块。

这西北多出来的这一块，通过【D】处的腰门（前八十回称其为"角门"；其对大观园而言是"腰门"，对王夫人房【M】便是其"东北角门"），可以进入王夫人上房【M】的背后（其处有"三春"住所【S】），然后走其房【M】背后西侧的西角门【N】入"南北宽夹道"【O】而通"凤姐院"【P】，再由"东西穿堂"【Z1】通往更西的贾母院后院【R】。此是府内"内仪门"之内专供女眷行走之路。而诸钗中的"三春"姊妹住在王夫人院【M】后的三间小抱厦【S】中，黛玉、宝玉住在贾母院的上房【R】，王熙凤住在"凤姐院"【P】，全都靠这条路来连通大观园，故称"诸钗始便于行也"。

所以，图中所绘与此批语"园不是殿方之基，西北一带通贾母卧室后，可知西北一带是多宽出一带来的，诸钗始便于行也"完全吻合，这是此"江宁行宫"的镜像图乃《红楼梦》"大观园"原型的又一有力证据。★

许多研究者泥于"西北一带通贾母卧室后"，便将"大观园"围墙向西一直延伸而设到贾母房【R】背后。其实，这儿所说的"通"是有路相通意，并不是紧贴意。因为第51回入"大观园"后的第一个冬天，作者写大观园诸人出园到贾母房【R】吃饭不方便，这便可证明：从贾母房【R】到大观园园门【D】有一段不小的距离，于是贾母和凤姐商议为大观园诸人在大观园的"后园门"门口【A2】另设一个"小厨房"，其靠近李纨处，当是派李纨负责照料，故书中言："不如以后大嫂子带着姑娘们在园子里吃饭一样。"

又本章上一节"五、（五）、（2）"引第34回宝玉挨打后，贾母、王夫人到"怡红院"看毕宝玉，贾母回自己院【R】时，因劳累而在中途的王夫人院【M】休息了一下，证明贾母院【R】并不紧贴大观园，其中隔着王夫人院【M】。

又第54回元宵节宝玉在"怡红院"【I】背后①的"大观园"园门【J】附近解手，两个小丫头忙到茶房预备洗手用的热水，端到"贾母院"上房【R】身后看戏用的"大花厅"等宝玉前来；宝玉一解完手便往此大花厅走来，到达时，盆中滚水已凉，小丫头解释说："姑娘瞧瞧这个天，我怕水冷，巴巴的倒的是滚水，这还冷了。"滚水都等凉了，足证大观园园门【J】到贾母处【R】肯定不近。

---

① 大观园园门在怡红院南，但怡红院的大门朝北开，故以南院为后院，以南侧的大观园门为怡红院背后之门。

二、"三大"（大山、大池、大桥）的图文相合

书中所写的园中"三大"——"大山、大池、大桥"，图中都有反映且相吻合。

（一）大山——大主山

上节"三、（一）"考明：书中提到的"大主山"在园北，是挖园中心"沁芳池"时，把挖出来的泥土堆积成山，其原来的名称必定是"土山"或"大土山"，颇为不雅，于是作者便把它的名字改成音近的"主山"、"大主山"。"彩图"中，园西北正画有土山，而且是东西两峰，两峰之间形成一条由西南走向东北的山坳，两峰往东延伸处虽然没有画山，但"彩图"所绘的树林与这西北角的土山相连，应当也是山上之树；而且"典图"把正殿标署为"山楼"，说明此楼建在山上，或是靠山而建在平地上。（据图来看，当是靠山而建在平地上。）

"典图"北部虽然没有画山，但这不是没有，而是因为怕遮挡山后的景物，故而未画。由此可见，图中经常会把山省略不画，所以图中湖东、湖南、湖西三侧也应当环绕有土山，南侧园门处还保留了"会芳园"旧有的假山，而这些土山与假山，图中很少有绘。

从"彩图"西北绘有土山来看，"江宁行宫的镜像图"与《红楼梦》之文也正相吻合。★

（二）大池——沁芳池

书中到处提到"池"，今图中全园正中央为大池，可证书中到处提到的"池"其实是同一个池塘，即"沁芳池"，也即图中所绘的中心湖，这也是图文相吻合的又一证据。★

由图还可知：园中建筑有一大特点，即濒湖建筑全都"向湖"而立：凡是园北部的建筑皆朝南，凡是园南部的建筑皆朝北，而园东墙处的建筑全朝西，园西墙处的建筑全朝东，总之，园内建筑面朝"中心湖"而建。凡是图中没画到的建筑，全都可以照此原则来确定其朝向。

有人说后四十回中除了第81回"占旺相四美钓游鱼"提到"沁芳池"，其他地方都不再提到"沁芳池"，以此来证明后四十回不是曹雪芹所著。其实今本后四十回是曹雪芹增删五稿中的第一稿（笔者《后四十回完璧归曹》"第二章、第八节"有论），而今本前八十回是第五稿。作为第一稿，肯定是重在情节而无暇顾及细节，自然无法细致到园林等细节的描绘；而作为第五稿，历经五稿下来，越改越精工，描摹日益细化，园林等细节增添得更为丰满。况且第97回宝玉成亲后便搬离大观园，第102回又写李纨、探春、惜春全都搬出大观园，书中自然不大会有什么大观园景致的描写了。因此，后四十回中大观园描写比起前八十回明显减少、乃至绝迹没有，不足以证明其非曹雪芹原稿。

（三）大桥——沁芳亭桥

（上图的彩图见书首"图 B-19"）

第 17 回言及湖中心的有亭之桥（"亭桥"）：

再进数步，渐向北边，平坦宽豁。两边飞楼插空，雕甍绣槛，皆隐于山坳树杪之间。俯而视之，则清溪泻雪、石磴穿云，白石为栏，环抱池沼，石桥三港、兽面衔吐。<u>桥上有亭。</u>（己夹：前已写山、写石，今则写池、写楼，各景皆遍。）贾政与诸人上了亭子，倚栏坐了，（己夹：此亭大抵四通八达，为诸小径之咽喉要路。）……于是出亭、过池，一山、一石、一花、一木，莫不着意观览。（己夹：浑写两句，已见经行处愈远，更至北一路矣。）

而今图中正有桥，桥上有亭①，而且其桥三曲，桥洞正好三个，与"石桥三港"即石桥每一侧都分"中心湖"为三股的说法正相吻合。其"港"字即"港洞"之"港"，读音同"起哄"的"哄"，见《汉语大字典》第 1669 页，意为"相通貌"，此处当指"桥洞"意，因为桥洞正是相通用的孔道。〖今按：诸本作"石桥三港"者有程高本、甲辰本、舒序本、蒙王府本。其"三"字原作"三"而改作"跨"字者有庚辰本、己卯本，其"三"字作"跨"字者则有戚序本，作"之"者则有梦稿本和列藏本，这后三类情形，全都是后人不解"三"字之意而妄改作"跨"或"之"。〗

典图"亭（实为台榭）"北侧无桥，但有假山石为路，当是走山石垒砌的堤路到达对岸。《红楼梦》中从未有过这种描写，这恐怕是后人改造。而彩图"亭"之北侧仍是三曲三港之桥，便于行走，当是根据原有档案来拆除典图的改造而恢复原状。

而且典图中的湖心建筑不是亭子，而是台榭，其下为台基；故整个建筑不似桥，而似建在水中的台榭，以桥为径而通南岸，又以山石为堤而通北岸。此

---

① 彩图作亭，下为立柱，凌架于湖面之上；而典图作台榭，下为台基，筑于湖面之上。彩图符合《红楼梦》的描述，而为康熙、雍正朝江宁行宫的旧貌。典图乃后来改造，而典图之后的彩图又据原有档案恢复了旧有格局，故与《红楼梦》相吻合。

种建筑形制，人们便不会称之为"湖心亭"，而当称之为"湖心榭"。

而彩图的湖心完全是亭子的形制，亭下为立在水中的桥柱，的确就是建在桥上的亭子，故可以称作"桥上有亭"。显然，典图篡改了康熙朝行宫的形制，而彩图时又据旧有档案恢复了过来。

因此，彩图中所绘的桥与亭的形制，与《红楼梦》中的描写完全吻合，这是"江宁行宫"镜像图乃《红楼梦》"大观园"原型的一大力证。★

又上引文字中"白石为栏，环抱池沼"，是写"沁芳池"这一中心湖的湖畔全都用汉白玉做成玉石栏杆，而"石桥三港，兽面衔吐，桥上有亭"才是写"沁芳桥"。此桥是入园后的第一座桥，建在"沁芳池"湖心，南北两翼各有三个石板桥洞，故称"石桥三港"。所谓"石桥三港"，就是亭子两翼都通过这石板桥，把湖面分成三股河。这表明：整个"沁芳池"池塘，其实可以视为七条平行的小河相并而成的大河。据彩图，桥上有亭，亭下也是可以供船行走的港道，亭子两翼每翼各有三港，共为七港（含亭下一港在内）；而典图则亭下筑成台基，北翼是山石而非石板桥的形制，当是后来更改，非是曹家旧貌。

此桥石梁两侧刻有兽面，或衔环，或吐水，故称"兽面衔吐"。

此桥四通八达，是收束"大观园"中诸小径的咽喉要道，是出入园中诸处时必经的总路。《红楼梦》中写到书中人物经过"沁芳亭桥"约有18处之多，其重要者，如：宝玉成立诗社时，赴探春之约，在此接贾芸信（第37回）；赏雪时，从芦雪庵回怡红院，在此看到探春从秋爽斋走来（第49回）；庆自己生日时，同宝钗、宝琴自薛蟠处回，在此遇见袭人、香菱等看鱼（第62回）；访妙玉时，遇岫烟于此，商议如何回答妙玉之帖（第63回）；访黛玉时，在此见到雪雁领婆子送菱藕（第64回）；受紫鹃气时，在桥北塊山石后面发呆（第57回）。又如：小红往潇湘馆借喷壶，在此桥附近的翠烟桥上，望见贾芸坐在山子石上（第25回）；往蘅芜苑问莺儿取笔，在此碰到李妈送完给贾芸的口信后，回怡红院而来（第26回）。又如：林黛玉来找宝玉，于此看各色水禽（第26回）；在桥北塊山石背后遇见傻大姐，告知黛玉"宝玉即将娶宝钗"事（第96回）。又如：香菱送咏月诗给黛玉看，于此遇见李纨（第48回末）；贾母游园时，率众人在此桥小坐，与刘姥姥商议惜春画园子事（第40回），等等。

而上文第一节"五"之（一）、（三）更考明此长桥就是大观园中"正南—正北"走向的"辇路"，第18回元妃省亲时，坐省亲车驾（马拉之车）走此桥穿湖而过。由于要通元妃的座船，而座船起码要三米来高，所以此桥南塊的桥面当高四米。沁芳亭下面当也可以通行采莲小船，所以此亭处的桥面当距水面高两米，其北塊则因连接湖岸而渐与水面相平、不可通舟。又从图上量得，其桥长约百米，故其桥形制当如下：

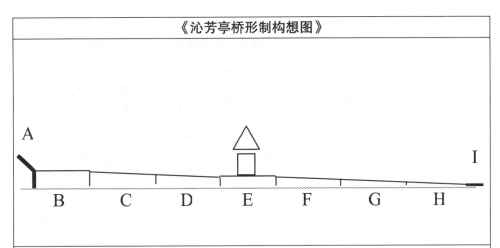

《沁芳亭桥形制构想图》

A 桥南垛的山坡。

B 桥南段"石桥三港"中的第一港，宽约 15 米，高 4 米，供座船穿行之用。

C、D 桥南段"石桥三港"中的第二、第三港，宽皆约 15 米，高由 4 米降为 2 米，可穿行采莲船，不可穿行座船。

E "七折石桥"的中心之港，为"沁芳亭"所在，其桥港宽约 15 米，高为 2 米，亦可穿行采莲船，不可穿行座船。

F、G、H 为桥北段"石桥三港"中的三港，宽皆约 15 米，高由 2 米降为 0 而接岸，其 F、G 当可穿行采莲船，不可穿行座船。H 则不可穿行采莲船。

I 桥北垛之岸。

又《大观园》一书戴志昂先生《谈红楼梦大观园花园》第 126 页："沁芳桥是'石桥三港，兽面衔吐，桥上有亭'。桥下有三个石拱桥洞，桥上建亭的开间应与三港呼应。亭的形式，不会是四柱落地的桥亭，应是颐和园的荇桥形式相似。"

（上图为颐和园之"荇桥"，其彩图又见书首"图 B-14"）

　　此系未见"江宁织造府行宫图"所作的臆测。其实，桥下为一方孔石拱桥洞，而两侧桥堍各有三港，即各有三个方孔石板桥洞。由于此亭建在一孔桥洞之上，所以其正为戴先生所否定的"四柱落地的桥亭"形制，与颐和园的"荇桥"大为不同。

第三节 大观园"三正处"的图文相合与建筑格局考

本章从此节开始，图都参见"图十一"。本章引《红楼梦》文字中，凡是涉及山石处标以"▲"，涉及水脉处标以"●"，涉及花木处标以"◆"。

"江宁织造府行宫"的御花园作为皇帝下榻用的"行宫"，就像一户人家那样，三大建筑必不可少。这三大建筑便是：①相当于大门的园门，其即书中所谓的大观园"正门"【B】，②相当于大厅的大殿，其即书中所谓的"大观楼"【Z】，③相当于主卧室的大院，其即书中所谓的"怡红院"【N1】。这三大建筑图中都有所反映，而且图与文完全吻合，这是证明"江宁行宫"就是"宁荣二府大观园"的重要依据。★

说明：凡本节所附小图中的字母以"▶ ◀"标注，而"【 】"中标注的是"图十一"中的字母。

一、正门"体仁沐德殿"图文相合考

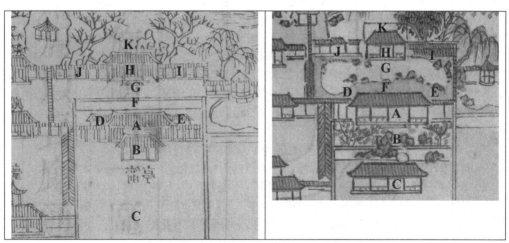

（上图的彩图见书首"图B-20"）

（一）先将典图与彩图的异同作一对照分析：

●两图相同之处为：

▶A◀位置处的正门两者相同，当是《红楼梦》所言的大观园正门所在。

　▼H▼处的房屋两者也相同，当是《红楼梦》所言的"怡红院"正房所在（下文"二"有详细考证）。

●**两图不同处在于：**

　▼F▼处典图是围墙，而彩图是池塘。对照《红楼梦》言怡红院背后有池，则彩图符合《红楼梦》描述，当是据原有档案恢复了旧有格局。

　▼D▼、▼E▼处典图有房屋，即正门▼A▼后有一排建筑，▼D▼、▼E▼当是此排建筑的两个檐角，也可能是两座独立的建筑（即▼D▼、▼E▼两者并不连在一起）。据下面讨论的主楼"大观楼"后亦有两楼，可知此处乃两座独立建筑的可能性更大。其后有▼F▼处的围墙将▼D▼、▼E▼围合成一进院落。

　而彩图▼D▼、▼E▼处无建筑。对照《红楼梦》描述，一入园门即为翠嶂，并无独立的一进庭园，故彩图在这一点上也符合《红楼梦》的描述，当是据原有档案恢复了旧有格局。

　彩图中虽然看不出有假山，但画有山石点缀。而且作为展示全景的直观示意图，很难绘山，因为一旦绘了山，便容易把山后的池塘、房屋等景物挡住而描绘不全，所以出于不遮挡后面景物的考虑，常常是有山而不绘。正如大观园中全是山地，彩图中仅绘其北部的大主山，但这一绘制便把山后的庭院给遮挡住了；彩图中除北部大主山以外的其余东西南三面，都怕有遮挡而不再画大主山的余脉。由此可见，未画山处很可能也是山脉。因此，彩图▼D▼、▼E▼、▼F▼处很可能有假山；若其处真有《红楼梦》书中所说的假山，则彩图当是据原有档案恢复了旧有格局。

　▼B▼处典图为一座箭亭，三开间大小，而彩图则拆建成为正门前的庭园，庭园内有花木山石，其前还有围墙，墙上开有"月洞门"，墙前有假山，假山穿其墙而过①。这一月洞门所在之墙典图未绘，其处当为平地，《红楼梦》书中也未描写到这一"月洞门"所在之墙、以及穿墙而过的假山，因此康熙朝行宫当如典图为是，其处为"箭亭"。这一箭亭当即《红楼梦》中所描述的三间大小的"辅仁谕德厅"。典图"箭亭"的位置及其开间数，与《红楼梦》的描述完全吻合。★

　▼C▼处典图为平地，彩图则为厅堂建筑，似将典图的"箭亭"移建于此，而且开间数扩大成和大观园正门▼A▼的开间数相等；然后把原来典图的"箭亭"▼B▼处改造成由"月洞门之墙"所围起的山石花木庭园。这应当是彩图时新改，不是《红楼梦》书中描绘的格局。彩图时把"箭亭"移前，表明之前这一带原本就设过"箭亭"②，这就证明典图▼B▼处的"箭亭"当是旧有而非典图时新增，彩图将它移前了。

---

① 彩图与《南巡临幸胜迹图》均绘假山穿墙而过，即此"月洞门墙"把这座假山的一半封入园门的庭园内，一半留在门墙之外。
② 如果之前未设有"箭亭"，箭亭是典图时新增，则彩图时将其拆除即可，不必移前重建，由于移前重建，故可知典图的"箭亭"乃旧有。

本书"第一章、第四节、七"指明：江宁行宫的"府第部分"，典图比彩图更贴合《红楼梦》的描述，彩图当是乾隆第四次南巡后有大的改建；而"花园部分"，彩图比典图更贴合《红楼梦》的描述，典图反映的是乾隆朝曾经对行宫"后花园"部分做过较大的改建，而彩图则表明乾隆第四次南巡后，又根据康熙朝行宫的始建档案图，恢复了康熙朝行宫花园的始建形制。

此处亦然，园门▼A◣以内的"花园部分"典图大有改动，而彩图则把典图改动处，依照原有档案恢复出了旧有格局；而园门▼A◣以外，包括园门门口处的▼B◣、▼C◣这一"府第部分"，则是典图保留了原有形制，而彩图则在乾隆第四次南巡后有大的改动。

（二）再将图与《红楼梦》文字作对照分析：

● 图与《红楼梦》的描述对照，相合者有：

▼A◣处为园门，而且图中绘作五开间，开间数与《红楼梦》的描述亦相吻合。何以见得图中所绘为五开间？因为典图这大观园正门前绘有三开间大小的"箭亭"，所绘大观园正门比这"箭亭"要大两开间，故知是五开间；彩图虽然绘作四开间，但古人开间数以单数居多[①]，故知其当是绘制不精确，实为五开间。

▼H◣处为"怡红院"。

▼B◣处为"辅仁谕德厅"。

《红楼梦》书中对大观园大门的所有描述，除▼D◣、▼F◣、▼E◣处"翠嶂"为门所挡而图中未画外（上文已论其未画实乃情有可原），其余均能在图中得到印证，如第17回：

> 贾政先秉正[②]看门。只见正门【B】▼A◣五间，上面桶瓦泥鳅脊；那门栏、窗隔，皆是细雕新鲜花样，并无朱粉涂饰；一色水磨群墙，（己夹：门雅、墙雅，不落俗套。）下面白石台矶，凿成西番草花样。左右一望，皆雪白粉墙，下面虎皮石，随势砌去，果然不落富丽俗套，自是欢喜。遂命开门，只见迎门一带"翠嶂"【C】▼DFE◣挡在前面。（己夹：掩映的好。）众清客都道："好山，好山！"贾政道："非此一山，一进来，园中所有之景悉入目中，则有何趣？"众人道："极是！非胸中大有邱壑，焉想及此？"说着，往前一望，见白石㠂嶒，（己夹：想入其中，一时难辨方向。用"前""后""这边""那边"等字，正是不辨东西。）或如鬼怪，或如猛兽，纵横拱立，上面苔藓成斑，藤萝掩映，（己夹：曾用两处旧有之园所改，故如此写方可，细极。）其中微露羊肠小径【D】，（己夹：好景界，山子野精于此技。此是小径，非行车辇道，今贾政原欲览其景，故将此等处写之。想其通路大道，自是堂堂冠冕气象，无庸细写者也。后于省亲之时已得知矣。）

[①] 中国古建筑的开间数大多为奇数，很少有偶数。因为古代建筑讲究左右对称，正中又要有一个开间，所以一定是奇数开间。而且奇数为阳，比阴（偶数）吉利，从趋吉避凶的角度而言，也不会造偶数开间的房子给人住，更不可能给皇帝御用。

[②] 秉正，持心公正，此处指站在最正中的立场上（即中轴线上）来看园门。

贾政道："我们就从此小径游去，回来由那一边出去，方可遍览。"

【解析】

"正门五间"，即典图中所绘的五开间大小的▼A◣。迎门一带"翠嶂"，即彩图中▼D◣、▼F◣、▼E◣处，彩图中虽然没画假山，但很可能有假山存在，只不过因为怕遮挡住后面的建筑物而未画。

窗台或墙体"腰线石"以下的部分称为"群墙"，今人写作"裙墙"。此"群墙"若用最考究的"磨砖、对缝"的做法砌筑，墙砌好后，还用细磨石沾水磨光，便称作"水磨群墙"。

凡是用不规则块石砌筑的墙体，表面再用灰浆钩缝，因块石色彩各异，外观斑斓，如同虎皮，故称"虎皮石"。上文所言的"雪白粉墙，下面虎皮石，随势砌去"，正是清初康熙、乾隆年间皇家苑囿通行的围墙做法。

（三）今再详引《红楼梦》原文，对照上图及"图十一"解析大观园大门的建筑形制如下：

（1）第18回言明园门名为"体仁沐德"：

> 那版舆抬进大门【B2】、入仪门【C2】往东去，到一所院落门前【B】▼A◣，有执拂太监跪请下舆更衣。于是抬舆入门，太监等散去，只有昭容、彩嫔等引领元春下舆。只见院内各色花灯炳灼，（庚侧：元春目中。）皆系纱绫扎成，精致非常。上面有一匾灯，写着"体仁沐德"四字【B】▼A◣。元春入室更衣①毕，复出，上舆进园。……元妃乃命传笔砚伺候，亲搦湘管，择其几处最喜者赐名。按其书云：……"大观园"园之名【B】▼A◣。

【解析】

元春入室更衣（即上厕所）毕复出，上舆进园，则所入之院落便是第17回所言的"正门五间"。作为皇家行宫的园林正门，必定建为宫殿样式。此门门前挂有"体仁沐德"四字的匾状灯笼，故知此宫殿式园门的名字当是"体仁沐德殿"。元妃又亲笔为园门题写"大观园"三字重加命名，故此宫殿式园门后来当挂有两块匾，一块居上，是"体仁沐德"，尊皇上也；一块居下，是"大观园"，贵妃所题也。

（2）园门对面有"辅仁谕德厅"，省亲后作为园门口处的上夜房

●第55回探春与李纨两人一同主管大观园事务时，提及园门对面有"辅仁谕德厅"，省亲后改为园门口处的上夜房：

> 故二人议定：每日早晨皆到园门【B】▼A◣口南边的三间小花厅【X3】▼B◣上去会齐办事，吃过早饭，于午错方回房。这三间厅原系预备省亲之时众执事太监起坐之处，故省亲之后也用不着了，每日只有婆子们上夜。如今天已和暖；不用十分修饰，只不过略略的铺陈了，便可她二人起坐。

---

① 更衣，即上厕所的委婉说法。

这厅上也有一匾，题着"辅仁谕德"四字，家下俗呼皆只叫"议事厅"儿。如今她二人每日卯正至此，午正方散。凡一应执事媳妇等来往回话者，络绎不绝。

【解析】

园门口南边有三间小花厅，即典图中所绘的"箭亭"▼B▼，其间数也吻合。彩图扩大间数且向南移建在宁国府"天香楼"位置附近，原"箭亭"处改成大观园园门前的"假山、花木"庭园，使园门成为一座花厅式院落。①

此"箭亭"▼B▼是行宫接驾时执事太监休息之用，乾隆朝南巡仍有执事太监到场，所以这一功能仍要沿用。典图保留的是康熙朝原貌，而彩图虽然改作，但仍保持其相同功能并将其南移且扩大，这显然是因为该建筑供太监休息的功能决定了该建筑不可废弃而且还当加强的缘故。

接现实原型中的康熙皇帝驾完毕后（也包括书中所写的以曹佳氏省亲为原型的接"元妃省亲"之驾完毕后），该建筑便作为守夜女人上夜时歇脚用的"上夜房"（大观园内每一处建筑都要值夜，此是园门口处的值夜房），白天又可以作为大观园管理者的办公场所，供探春、李纨在此接见女性家人，处理家务之用。其门题有"辅仁谕德"四字，所以这座议事厅便可以称作"辅仁谕德厅"。

执事太监为皇帝服务，故此建筑显然应当面朝园门，故其匾额应当挂在北侧才是，与园门上的"体仁沐德"四字匾额正相呼应。其既然是园门的附属建筑，故其开间肯定要小于园门，彩图将其扩展为园门一样大小，当又赋予此建筑一些其他的新增功能。

典图将其称之为"箭亭"，显然是皇帝曾经在此演射、习武，故其南皆为空地，彩图在此空地的最南端绘有茂盛竹林，这两者都不影响其"射箭场"的功用。此建筑南侧为射箭的空地，则此建筑必定也有门朝南而开，即其建筑形制为南北皆有门的穿堂形制，"辅仁谕德"匾当挂于北侧而与园门之匾"体仁沐德"正相照应，难怪其名有两字相同——"仁、德"。

箭亭前的空地原为"宁府"也即江宁织造府家宅部分"东、西两路"中的"东路"，当是乾隆朝"江宁织造府"迁至淮清桥，此处只作为单纯的行宫，故将此东路原有的家宅全部拆除。

而其西侧一路的房子，即书中所写的"宁国府"的厅堂（也即原型中"江宁织造府"家宅部分"西路"处的厅堂），相对于西部"府衙部分"的公堂而言，乃是私人厅堂，但由于它是厅堂而非内宅，所以行宫中仍予保留作为接待之用。

---

① 今按本书第二章、第三节"宁国府考"中的"三"，判定宁国府"天香楼"就在会芳园园门的第二层楼。今彩图中的▼C▼位于"宗祠"大门的东北。而我们定宁国府"会芳园"的大门（也即"天香楼"）在图上"宗祠"大门的正东。因此彩图中的▼C▼与"天香楼"两者的位置略为不齐。或是"图八、图九"所定会芳园大门（其上为"天香楼"）【J】，当据彩图略北移至▼C▼处；或是会芳园另有园门而天香楼在其略北，即天香楼与园门是两座建筑；或是彩图中的▼C▼处非由天香楼改来：以上三者都有可能，因影响不大，此处不加讨论也不会有什么大碍。笔者原则上赞成天香楼就是会芳园大门的二楼、而彩图中的▼C▼处并非由天香楼改来。

我们根据典图标其为"茶膳房",可知其被用作南巡随从人员一日四顿"早膳、早饭、下午茶、晚饭"的用膳之地。

（3）第54回言园门内有茶房：

且说宝玉一径来至园中，众婆子见他回房，便不跟去，只坐在园门【B】里茶房里烤火，和管茶的女人偷空饮酒、斗牌。

（4）第56回言园门乃正门，其西侧另有西角门"聚锦门"：

探春才要说话，人回："大夫来了，进园瞧姑娘。"众婆子只得去接大夫。平儿忙说："单你们，有一百个也不成个体统，难道没有两个管事的头脑带进大夫来？"回事的那人说："有，吴大娘和单大娘①她两个在西南角上聚锦门【Y3】等着呢。"

（5）第51回言园门外有小厮班房：

至次日起来，晴雯果觉有些鼻塞声重，懒怠动弹。宝玉道："快不要声张！太太知道，又叫你搬了家去养息②。家去虽好，到底冷些，不如在这里。你就在里间屋里躺着，我叫人请了大夫，悄悄的从后门【J3】来瞧瞧就是了。"晴雯道："虽如此说，你到底要告诉大奶奶③一声儿，不然一时大夫来了，人问起来，怎么说呢？"宝玉听了有理，便唤一个老嬷嬷吩咐道："你回大奶奶去，就说晴雯白冷着了些，不是什么大病。袭人又不在家，她若家去养病，这里更没有人了。传一个大夫，悄悄的从后门【J3】进来瞧瞧，别回太太罢了。"

老嬷嬷去了半日，来回说："大奶奶知道了，说两剂药吃好了便罢，若不好时，还是出去为是。如今时气不好，恐沾带了别人事小，姑娘们的身子要紧的。"晴雯睡在暖阁里，只管咳嗽，听了这话，气的喊道："我哪里就害瘟病了，只怕过了人？我离了这里！看你们这一辈子都别头疼脑热的。"说着，便真要起来。宝玉忙按她，笑道："别生气，这原是她的责任，唯恐太太知道了说她不是，白说一句。你素习好生气，如今肝火自然盛了。"

正说时，人回大夫来了。宝玉便走过来，避在书架之后。只见两三个后门口【J3】的老嬷嬷带了一个大夫进来。这里的丫鬟都回避了，有三四个老嬷嬷放下暖阁上的大红绣幔，晴雯从幔中单伸出手去。那大夫见这只手上有两根指甲，足有三寸长，尚有金凤花染的通红的痕迹，便忙回过头来。有一个老嬷嬷忙拿了一块手帕掩了。那大夫方诊了一回脉，起身到外间，向嬷嬷们说道："小姐的症是外感内滞，近日时气不好，竟算是个小伤寒。幸亏是小姐素日饮食有限，风寒也不大，不过是血气原弱，偶然沾带了些，吃两剂药疏散疏散就好了。"说着，便又随婆子们出去。

彼时，李纨已遣人知会过后门【J3】上的人及各处丫鬟回避，那大夫

---

① 第54回过年时管家请客："二十一日便是单大良家，二十二日便是吴新登家。"吴大娘便是吴新登妻，单大娘便是单大良妻，都是管家娘子。
② 指王夫人一旦知道，会赶你回家去休养。
③ 指李纨，其为大观园中辈份最长之人，故有照管大观园的责任在身。

只见了园中的景致，并不曾见一女子。一时出了园门【B】，就在守园门的小厮们的班房【V3】内坐了，开了药方。老嬷嬷道："你老爷且别去，我们小爷罗唆，恐怕还有话说。"

【解析】

以上这两段记载表明：大夫若是光明正大地请，当从园门口处的西角门"聚锦门"【Y3】进园。由于这次是宝玉私下叫人请大夫来，所以是悄悄地从后门【J3】进园，穿园子来到怡红院，然后再出"怡红院"身后不远处的大观园园门【B】，在园门口处的小厮们歇脚的班房【V3】内开了药方。

大观园园门都用小厮看门，关于这一点，可见第61回柳嫂从后角门入园时，与看门小厮说话，即："刚到了角门【J3】前，只见一个小么儿笑道：'你老人家哪里去了？'"看门人的班房必定设在门旁而被称为"门房"。

又医生从"怡红院"南侧的园南门出去，当是走宗祠前夹道【A】，再由"宁、荣二府"间的界巷【F5】出"宁荣街"而去。（按：此界巷【F5】南口通宁荣二府的前街"宁荣街"。）

有研究者定大夫开药方的班房是大观园"后门"处的班房，这就大误了。因为"怡红院"在南门，离后门极远，老嬷嬷叫大夫等着宝玉验了药方再走（"你老爷且别去，我们小爷罗唆，恐怕还有话说"），若是在后门开药方，老嬷嬷便要横穿全园，来往费事，所以肯定是领医生到"怡红院"近旁的大观园南园门【B】内的班房【V3】开药方，然后再让医生从这正园门【B】走夹道【A】、界巷【F5】出去。

（6）第71回言明晚上由女人上夜而非小厮：

这几日，尤氏晚间也不回那府里去，白日间待客，晚间陪贾母玩笑，又帮着凤姐料理出入大小器皿，以及收放赏礼事务，晚间在园内李氏房中【J】歇宿。……且说尤氏一径来至园中【B】，只见园中正门【B】与各处角门（庚夹：伏下文。）仍未关，犹吊着各色彩灯，因回头命小丫头叫该班的女人。那丫鬟走入班房中【V3】，竟没一个人影，回来回了尤氏。尤氏便命传管家的女人。这丫头应了便出去，到二门【B】外鹿顶内，乃是管事的女人议事取齐之所【X3】。

【解析】

此条意义在于指明诸门的门口都设有班房，而且晚上值班的是女人而非日间的小厮。

第77回宝玉傍晚探望被逐出大观园的晴雯，回去时"无奈天黑，出来了半日，恐里面人找他不见，又恐生事，遂且进园来了，明日再作计较。因乃至后角门【J3】，小厮正抱铺盖，里边嬷嬷们正查人，若再迟一步也就关了"，这应当就是晚上守门人要由男性小厮改换成女性守夜人的记载。由于有这一规定，所以小厮便要抱铺盖走人，因为男女不能混用床上用品。

贾府有规矩："三门"以内，入夜后没有一个男人，全都用女人守夜，见第

112回贾府管家林之孝说："只是爷府上的规矩：<u>三门里一个男人不敢进去的，就是奴才们，里头不叫，也不敢进去</u>。""三门"便是内眷宅院之门，而大观园内住的是宝玉和金陵十二钗，自然也是内眷宅院所在，其前门、后门等诸门自然也都是"三门"，晚上要用女人替换成男人看守。这是后四十回记载（第112回）与前八十回描写（第77回）相合的例证。★★

由于女性胆小，所以晚上守门时，任凭外面发生再大的事情、任凭门敲得震天响，也是不敢开门的。〖当然，第61回守后门【J3】的小厮对内厨房的柳嫂说："日后半夜三更打酒、买油的，我不给你老人家开门，也不答应你，随你干叫去。"似乎夜里仍是男性在守大观园的后门。其实谁也不可能三更半夜去买酒、买油，那话全是小厮开玩笑说的，当不了真，所以这话也就不能用来证明大观园后门要用男子守夜。〗

上引第71回这条记载又表明：园门口的"议事厅"（即典图中所绘的"箭亭"）【X3】①是鹿顶式建筑。鹿顶，正字当写成"盝顶"，原指"四角椎"削去尖顶后的中间平而四边有坡的"四角椎台"。

二、正房"怡红院"图文相合考

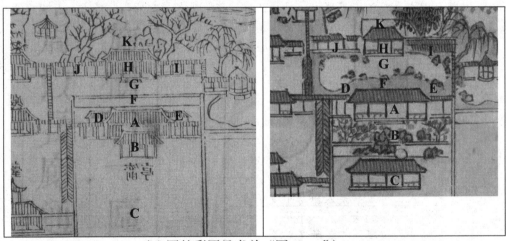

（上图的彩图见书首"图B-20"）

大观园作为行宫中的花园，应当为南巡驻跸的皇帝提供园内会客用的"大殿"（相当于普通居所中的"客厅"），以及住宿用的"行殿"（相当于普通居所中的"卧室"）。其"大殿"就是"大观楼"，详见下论。而园中堪作皇帝驻跸时住宿用的"行殿"，应当就是《红楼梦》书中所写的、大观园中唯一一位准成年

---

① 而彩图则把典图中的这座盝顶式"箭亭"拆除后，在其南侧另建与园门大小相仿而形制一样的官殿式建筑。

男性①的居所——贾宝玉的"怡红院"②，其对应的就是图中▼H▼处的房屋。

从书中的描写来看，此院在大观园诸庭院中最为尊崇，规制也最为富丽新颖，装修也极其复杂新奇，这都体现出此处是皇帝行宫园林中供皇帝起居生活之用的寝殿所在。由于此院的主人是全书的男主角贾宝玉，书中对此院的描述自然也就最多。其为全园最核心的建筑，所以安置在一入园门后的第一进庭院内。这一建筑就相当于园中的一座寝宫，而大观园的园门便相当于它的院门。

从彩图来看，此寝宫的南向庭院设计成一个"大池塘"▼G▼，此寝宫北侧还有一个后院▼K▼。典图东西两侧有廊▼I▼和▼J▼，而彩图西廊▼J▼实为一排房屋而非长廊，东廊▼I▼处实为篱笆，与书中描述的"花障"也完全吻合，因此图中▼H▼处的房屋的确就是《红楼梦》中的"怡红院"所在。〖关于▼I▼和▼J▼处典图作长廊当是其妄改，而彩图所作当是后来恢复了康熙朝行宫的旧有形制，下文"（一）"有详论。〗

此正房"怡红院"设计时与众不同的"匠心独运"处，便在于三个"一反常态"：

①一入园门后的第一进庭院一般都会设计成会客用的客厅，现在却设计成寝宫，而客厅则远远地移到与之隔湖相望的北岸"大观楼"处，这便是"反其道而行之"。

②"大观楼"作为会客厅，"怡红院"作为寝宫，常理是会客厅在前而寝宫居后，现在又一反常态，寝宫在前而大殿居后，这是为了让大殿而非寝宫位居全园最尊崇处，故把大殿"大观楼"安置在园北的"黄金分割点"处。（按：全园的"正南—正北"走向是沿全园矩形的对角线，大观楼正在此"正南—正北"走向对角线北侧的黄金分割点处。）

③怡红院虽然在园门内的第一进，但"怡红院"的院门却又不由"大观园"的园南门▼A▼入，而由其北侧的后院▼K▼处的北门进入。即"怡红院"不是朝南开门，而是朝北开门，其北为院门。换句话说：怡红院北侧院落是其前院，而南侧院落反倒成为其后院。由于一般的房舍布局都是南侧为前院、北侧为后院，所以这又是"一反常态"。

今对怡红院作详尽分析：

（一）先将典图与彩图的异同作一对照分析：

　●**其相同之处：**

　▼H▼处的房屋相同，当即《红楼梦》所言的"怡红院"所在。

　●**其不同之处在于：**

　▼I▼、▼J▼处典图均为长廊。而彩图▼I▼处为篱笆，▼J▼处为一排沿河

---

① 宝玉虽是未成年人，但也十几岁了，相当于准成年人。其原型曹雪芹是14岁及14岁之前住在此御花园中，也是准成年人。

② 大观园中除宝玉外，还有另一位男性，即贾兰，但可视为未成年人，准成年的男性只有贾宝玉一人。

的房舍，均非走廊。从对称布局的角度来看，似乎▼I▼、▼J▼处均为长廊的典图为是，其实不然。因为本书"第一章、第四节、六"我们引典图的"图说"称全园已经过一番改造："即旧池重浚，周以长廊"，可见图中所绘长廊均有后来加盖之嫌。而且典图▼J▼处未绘花障而绘长廊，彩图绘作篱笆（即花障）而不绘长廊，与《红楼梦》描写"怡红院"门口有蔷薇、宝相花障相吻合，更加证明典图长廊有后来加盖之嫌，彩图所作当是根据原有档案恢复过来的行宫旧有格局。由彩图东侧▼J▼处花障为旧有，又可推知彩图西侧▼I▼处沿河房舍肯定也是旧有，只是《红楼梦》书中未曾描写到它们罢了；因此"怡红院"西侧的▼J▼处当是彩图所绘的房舍，而非典图所绘的长廊。

▼G▼处典图是围墙，而彩图是池塘。对照《红楼梦》言"怡红院"背后有池，则彩图符合《红楼梦》的描述，也当是根据原有档案恢复了旧有格局。

又▼D▼、▼E▼、▼C▼三处的不同，请见上文"一、（一）"。

（二）再将图与《红楼梦》文字作对照分析：

●图与《红楼梦》描述相对照，其相合者有：

彩图▼H▼处房屋南有池塘▼G▼，北有院墙▼K▼，东边▼I▼处有花障，都与《红楼梦》对"怡红院"的描述完全吻合★。典图全都未画，当是改造时撤除；年代在其后的彩图有之，当是根据原有档案重新恢复的原故。

（三）再详引《红楼梦》原文，对照上图及"图十一"解析"大院"怡红院的建筑形制如下：

（1）第17回由内到外首次详细描述了"怡红院"诸多细节：

> 或长廊【J1】、曲洞【K1】，或方厦【L1】、圆亭【M1】，贾政皆不及进去。（己夹：伏下栊翠庵、芦雪广、凸碧山庄、凹晶溪馆、暖香坞等诸处，于后文一段一段补之，方得云龙作雨之势。）因说："半日腿酸，未尝歇息"，忽又见前面又露出一所院落【N1】来，（庚眉：问卿："此居，比大荒山若何？"①）贾政笑道："到此可要进去歇息歇息了。"说着，一径引人绕着碧桃花◆，（己夹：怡红院【N1】▼H▼如此写来，用无意之笔，却是极精细文字。②）穿过一层竹篱花障◆【O1】▼I▼编就的月洞门【Q3】，（己夹：未写其居，先写其境。）俄见粉墙环护，绿柳◆周垂。（己夹：与"万竿修竹◆"遥映③。）

> 贾政与众人进去，一入门，两边都是游廊相接。院中点衬几块山石▲，一边种着数本芭蕉◆；那一边乃是一颗西府海棠◆，其势若伞，绿垂碧缕，葩吐丹砂。众人赞道："好花，好花！从来也见过许多海棠，哪里有这样妙

---

① 此批点明：这儿就是贾宝玉及其所携带的石头"通灵宝玉"的居所"怡红院"。

② 指作者惯于出人意料。此处看似作者是在不经意中随手写来，下文肯定不会对其加以详写，但下文作者恰是非常精细地对其详加描摹。

③ 指湖对岸潇湘馆与大观楼背后那片横亘全园北部的茂密竹林，图与文正完全吻合。★

的。"贾政道："这叫作'女儿棠'，（己夹：妙名。）乃是外国之种。俗传系出'女儿国'中，（庚辰旁批：出自政老口中，奇特之至！）云彼此种最盛，亦荒唐不经之说罢了。"（庚侧：政老应如此语。①）众人笑道："然虽不经，如何此名传久了？"宝玉道："大约骚人、咏士，以花之色：红晕若施脂，轻弱似扶病，（己夹：体贴的切，故形容的妙。）（庚眉：十字若海棠有知，必深深谢之。）大近乎闺阁风度，所以以'女儿'命名。想因被世间俗恶听了，他便以野史纂入为证，以俗传俗，以讹传讹，都认真了。"（己夹：不独此花，近之谬传者不少，不能悉道，只借此花数语驳尽。）众人都摇身赞妙。

一面说话，一面都在廊外抱厦下打就的榻上坐了。（己夹：至阶、又至檐，不肯轻易写过②。）贾政因问："想几个什么新鲜字来题此？"一客道："'蕉鹤'二字最妙。"又一个道："'崇光泛彩'方妙。"贾政与众人都道："好个'崇光泛彩'！"宝玉也道："妙极。"又叹："只是可惜了。"众人问："如何可惜？"宝玉道："此处蕉、棠两植，其意暗蓄'红''绿'二字在内。若只说蕉，则棠无着落；若只说棠，蕉亦无着落。固有蕉无棠不可，有棠无蕉更不可。"贾政道："依你如何？"宝玉道："依我，题'红香绿玉'四字，方两全其妙。"贾政摇头道："不好，不好！"

说着，引人进入房内。只见这几间房内收拾的与别处不同，竟分不出间隔来的，（庚侧：特为青埂峰下凄凉与别处不同耳。③）（己夹：新奇希见之式。）原来四面皆是雕空玲珑木板，或"流云百蝠"，或"岁寒三友"，或山水、人物，或翎毛、花卉，或集锦，或博古，（己夹：花样周全之极！然必用下文者，正是作者无聊④，撰出新异笔墨，使观者眼目一新。所谓集小说之大成，游戏笔墨、雕虫之技，无所不备，可谓善戏者矣。又供诸人同学一戏，洵为妙极。）或万福、万寿，（己夹：前金玉篆文⑤是可考正篆，今则从俗花样，真是醒睡魔。其中诗词、雅谜，以及各种风俗字文，一概不必究，只据此等处便是一绝。⑥）各种花样，皆是名手雕镂，五彩、销金、嵌宝的。（己夹：至此方见一朱彩之处，亦必如此式方可。可笑近之园庭，行动⑦便以粉油从事。）一榻一榻，或有贮书处，或有设鼎处，或安置笔砚

---

① 批语是说：按政老的个性，应当是像这样说：自己并不相信自己口中说的这个传说。

② 指作者要精细地描绘怡红院，故由台阶写到檐下的抱厦厅。

③ 指贾宝玉及其所携带的石头"通灵宝玉"前世的居所，乃是人间最凄凉的荒野，故此处要用人间最富贵的居所来报答补偿。（按：此处是康熙、乾隆皇帝行宫中的寝宫，自然是皇家格局，是人间最富贵的处所。）

④ 指作者恐用寻常事物让大家感到无聊，所以要写自己家中所有外人不能得见的新鲜趣物。

⑤ 指第8回"比通灵金莺微露意"，宝钗先玩赏了宝玉的通灵宝玉，而宝玉又玩赏了宝钗的金锁，书中绘有这两样注定两人"金玉良缘"的爱情信物正反两面的体式和篆文。

⑥ 指本书中的描写，连家具、陈设都已详细到千古未有的地步，至于其他诗文、谜语等，自然更不用说。此是《红楼梦》一书的伟大之处，即像摄像机般记录自家生活的每一个细节，为他那个时代的中华文化留下了宝贵记录，这也是《红楼梦》被誉为"中国最伟大的现实主义长篇小说、中国文化的百科全书"的原因所在。

⑦ 行动，动不动。

处，或供花设瓶、安放盆景处，其隔①各式各样，或天圆、地方，或葵花、蕉叶，或连环、半壁②。真是花团锦簇、剔透玲珑。倏尔五色纱糊就，竟系小窗；倏尔彩绫轻覆，竟系幽户。（己夹：精工之极！）且满墙满壁，皆系随依古董玩器之形抠成的槽子。诸如琴、剑、悬瓶、（己夹：悬于壁上之瓶也。）桌屏之类，虽悬于壁，却都是与壁相平的。（己夹：皆系人意想不到、目所未见之文，若云拟编虚想出来，焉能如此一段极清极细？后文"鸳鸯瓶、紫玛瑙碟、西洋酒令、自行船"等文，不必细表。）众人都道："好精致想头！难为怎么想来？"（己夹：谁不如此赞？）

原来贾政等走了进来，未进两层，便都迷了旧路，左瞧也有门可通，右瞧又有窗暂隔，及到了跟前，又被一架书挡住。回头再走，又有窗纱明透、门径可行；及至门前，忽见迎面也进来了一群人，都与自己形相一样，却是一架玻璃大镜相照。及转过镜去，（庚侧：石兄迷否？）益发见门子多了。（庚侧：所谓"投投是道"是也。）

贾珍笑道："老爷随我来。从这门出去，便是后院，从后院出去，倒比先近了。"说着，又转了两层纱厨锦槅，果得一门出去，（庚侧：此"方便门"也。）

院中满架蔷薇、宝相。转过花障◆【O1】，则见清溪●前阻【P1】。（己夹：又写水。）众人咤异："这股水又是从何而来？"贾珍遥指道："原从那闸【C1】起流至那洞口【S】，从东北山坳【T1】里引到那村庄【J】里；又开一道岔口【U1】，引到西南【V1】上，共总流到这里【P1】，仍旧合在一处，（庚侧：于'怡红院'总一园之水，是书中大立意。③）从那墙下出去【W1】。"

众人听了，都道："神妙之极！"说着，忽见大山阻路【C】。众人都道："迷了路了。"贾珍笑道："随我来。"仍在前导引，众人随他，<u>直由山脚边忽一转，便是平坦宽阔大路【Q1】</u>，（庚侧：<u>众善归缘④，自然有平坦大道。</u>）<u>豁然大门【B】前见</u>。（己夹：可见前进来是小路径，此云忽一转，便是平坦宽阔之正甬路【Q1】也，细极！）众人都道："有趣，有趣，真搜神夺巧之至也！"于是大家出来。（庚眉：以上可当《大观园记》。）

【解析】

此节文字由内到外地首次详细描述了"怡红院"的诸多细节。

据其描述可知，"怡红院"▼H◣【N1】在大观园园门▼A◣【B】内而很贴近，图与此正相吻合。★

怡红院入门处有碧桃花掩映下的一道竹篱笆编成的花障，中间有个小小的

---

① 隔，当通"槅"。
② 壁，当通"璧"。
③ 书中把女儿比作水，全书之水收于宝玉住所"怡红院"，便是全书人物最后要以"宝玉出家"作为结束的象征。
④ 缘，当作"源"，即第27回甲戌本回末总批："埋香冢葬花，乃诸艳归源"，"归源"即"归葬于源头"之意。此处指从正南的园门入、又从此园门出，是"归宿于源头"之意。

"月洞门"①，入月洞门可以看到雪白的院墙，墙外都是绿柳，己卯本夹批称这"碧桃、绿柳"正好与对岸潇湘馆处、大主山上的"万竿修竹"隔湖遥映，可见其院墙是朝北开门。而彩图中◤H◣处房屋北侧正有院墙◤K◣，东有篱笆花障◤I◣，花障北侧正绘有绿柳成荫，与之完全相合★，唯花障上未画月洞门，当是月洞门在花障北侧的绿柳荫下，由于有花障和柳荫遮挡，所以画不出。而湖对岸，图中正绘有横亘整个园北界的茂密竹海，与之也完全相合。★

贾政当是从怡红院北侧的院门入此院墙◤K◣，入的是怡红院的"后门"（古人以北为后，后门即北门），但怡红院恰巧面湖而建，以北为前，故实当视此北门为"前门"、而非"后门"。

入院门后，两边都有游廊相接，庭院中点缀着几块山石。庭院两边一侧种着几棵绿色的芭蕉；一侧种着一棵硕大的"西府海棠花"树，形状如伞，叶绿、花红，人称"女儿棠"，当是从云南等母系氏族地区传入。宝玉特为其正名：当是形似闺中女子而得名；愚以为此说恐亦未必。

其正房◤H◣的北侧当是一座朝北的抱厦厅，抱厦内有一张打好的卧榻。有一门客看到芭蕉下有仙鹤，详下文"（3）"、"（5）"，所以建议题作"蕉鹤"；另一门客见有海棠红花，于是题作"崇光泛彩"，宝玉兼顾两者而题作"红香绿玉"。

由抱厦厅入房内，显然是由北往南进入正房◤H◣，可以看到整个屋子全都用镂雕的玲珑剔透的木板即博古架，分隔出一个个室内空间来，形成"迷宫"般的格局，既分隔了空间，又保证了隔出来的空间的通透性。板上有各种纹样，全都请名手镂刻，用五彩装饰，或用金玉珠宝镶嵌，的确是富丽精工的皇家格局，外界连想都想象不到。

这些如镂空墙般分隔室内空间用的博古架式的板格内，陈列着书、古鼎、笔砚、花瓶、盆景，其样式花团锦簇而玲珑剔透。有的糊以五色彩纱，便成了室内的小窗；有的用彩绫遮挂，便成了进套间的房门。就是屋子四周的墙壁上，也都根据所挂古董玩物的形状抠出凹槽，悬挂有琴、剑、悬瓶（挂于壁上的装饰用的瓶），以及只可以摆放在桌上玩赏的"小屏风"等玩物。所有挂在墙上的器物，其背面都与屋壁相平。看过的人都感叹说："这种装饰真是太精致了，亏那设计者想得到！"

贾政等一进入这座迷宫，才走了两层博古架便迷了路。虽然有门窗，但走近一看，前面又被一架书给挡住，于是掉头再寻找其它门路，这时又看到自己正迎面走来，原来面前是一架穿衣用的玻璃大镜。转过镜去，里面的门径越发众多，可谓"投投是道"，令人无所适从。

贾珍是监工者，自然知道正确的门径，于是率领大家转过两层纱橱锦格（指

---

① 关于花障月洞门的形制，可见"第一章、第四节、五、（二）"提到的《江南省行宫座落并各名胜图》《南巡临幸胜迹图》两书登载的两幅"汉府行宫"图（图见书首"标准图四·附B、附C"）大门前的竹篱笆月洞门。

糊纱的橱和用锦布笼罩的架子），果然找到此上房的那扇后门，说："从这后院出去，离大观园的园门，反倒比我们从之前进院的那扇院门出去要近。"

大家在贾珍带领下，出了正房的后房门来到后院。此后院其实就在正房的南侧，"怡红院"大门开在北，是由北院入正房，所以南院反而成了正房的后院，这就是前面所提到的其构思上的第三个"一反常态"。

后人不明此旨，便会认为"怡红院"同一般的房子一样，是从南院入、从后院（即北院）出，于是只会把"怡红院"安排在园门的东南角，使之"南入、北出"的同时，可以让北院比南院更贴近园门，从而照应贾珍所说的"从后院出去倒比先近了"之语。

唯有看到本图，我们方才明白：怡红院就在园门北（而非众人所布局的东南方），其院是从北院入、南院出（而非众人所认定的从南院入、北院出），后门（即南门）比前门（北门）更靠近大观园的园门①。这一反常的设计远非常人所能想到，而图与文正相吻合（指图中的后门比前门更靠近大观园的园门），这是证明"江宁行宫"就是大观园的重要力证。★

贾珍带大家进入后院，走下文"（2）"所引第 41 回提到的刘姥姥走过的"白石"之梁过了溪，看到后院中开满篱笆架的蔷薇花、宝相花，这便是图中所绘的篱笆花障，前面提到的进入"怡红院"院门的"月洞门"处的竹篱笆编织的花障，当在这后院所见到的蔷薇花、宝相花障的背后（即北侧）。可证怡红院东侧的蔷薇花障有好多层，从而形成"植物迷宫"般的格局，与怡红院上房内的"博古架迷宫"旨趣相通。

转过花障【O1】▶I◥，便真的出了院子，只见一条清溪横亘在面前【P1】，与彩图中的大池塘▶G◥占据了怡红院南侧的整个庭院正相吻合。大家都问："这水是如何流到这里来的？"于是贾珍遥指大观园的东北方向说：这水是从刚才我们在东北角所看到的那个水闸处【C1】入园，流淌到刚才我们走到的"武陵桃花源"般的山洞口【S】，流入大主山两峰夹峙环抱的园东北部的山坳【T1】（其实是在大观园的西北部，但从府第立场上来看则为东北），流到那种稻的村庄【J】里；其湖面又分出一支【U1】往这"怡红院"的西南角【V1】流来，让全湖之水全都汇流到这怡红院的后院【P1】，从这"怡红院"院墙外的大观园的东南角【W1】流出园去。

众人听了，都称赞说："太神妙了！"正说笑着，忽然看到前面又有一座大山挡住了去路【C】（刚才是清溪阻路，现在是青山阻路，这也体现出造园者的匠心设计），众人都说应该没路可走了（可见造园的山子野先生善于障景，路口设计巧妙，一般人还真找不到），贾珍便带他们由山脚边不知怎么一拐，便又是园门内的甬道正路【Q1】，再一转，大门【B】便突然显现在面前，可见这挡路的大山便是之前入园门时所看到的"翠嶂"之山。大家都称赞这设计真是大为神妙有趣，于是一行人出了大观园。

---

① 即从后门（即南门）一出去便是大观园的园门，而从前门（即北门）出去，要从院外绕过怡红院的院墙，来到怡红院的后院，方才能出大观园的园门。

　　一般院落都由南门进，然后由南往北进入正房。大家都没料到的是：此"怡红院"以大观园的正园门作为自己的南门。由于"怡红院"正房南侧为池，"怡红院"与大观园正园门之间有池塘相阻隔，即怡红院与大观园正园门之间的怡红院的南庭院全部被池塘所占据，无路可走，已无法在怡红院的南侧开院门，所以怡红院的院门便只能开在怡红院的北侧，北院反倒成了怡红院的前院，而南院——也即园门内"清溪前阻"处【P1】——反倒成了怡红院的后院。图中所绘与《红楼梦》的描述完全吻合。★

　　若是按照一般人的做法，院门开在南墙，北墙为后院，由于怡红院的后门要比南门更接近全园的南大门，所以"怡红院"便要布局在园门的东南侧，于是人们根据《红楼梦》文字描述来绘制"大观园图"时，几乎所有人都会在大观园这一矩形基址的园门东南方多出一块来，就像手枪的枪把那般孤伶伶地突在园门东南角——这成何模样？这对于"怡红院"这一行宫花园中的皇帝寝宫的安全保卫工作也极为不利，这种复原思路肯定是错误的。

　　因此，"怡红院"后院比前院离全园南大门要近的最合理的布局，便是如《江宁行宫图》所绘：从北侧入院，以北院为前院，以南院为后院，这也体现出大观园设计时的一大理念——以中心湖为核心，湖四面的建筑全都应当面朝中心湖：东边建筑朝西面湖，南边建筑朝北面湖，西边建筑朝东面湖，北边建筑朝南面湖。

　　一般人不明就理，以为"怡红院"同一般建筑庭院那样坐北朝南，进怡红院门的院子当在南；不知"怡红院"恰好要面湖而坐南朝北，客厅要面湖而门朝北开，进门的院子在正房北侧而非正房南侧。今彩图"行宫图"与《红楼梦》的文字描述完全吻合，连北侧的院墙、东墙外的花障、花障处的柳荫三者全都绘在图上，这是证明"江宁行宫"乃大观园原型的最有力铁证。★

　　上引"诸如琴、剑、悬瓶、桌屏之类，虽悬于壁，却都是与壁相平的"句，己卯本有夹批："皆系人意想不到、目所未见之文，若云拟编虚想出来，焉能如此一段极清、极细？"画线部分可见"怡红院"是有其真实原型的。其真实原型便是彩图所绘的"江宁行宫"花园内的【N1】▶H◀。

　　其下又批："后文'鸳鸯瓶、紫玛瑙碟、西洋酒令、自行船'等文，不必细表。"补出一系列此处未曾交代到的"怡红院"内的器物，这些器物都是西洋宝货，的确就是帝皇行宫中才会具备的宝物，透露出此院、此园、此行宫不凡的皇家气度来。

　　可以想见：此屋作为帝皇行宫，皇帝来时皇帝住，皇帝不来便由"怡红公子"贾宝玉也即作者曹雪芹住。屋内陈设的一切，皇帝来时供皇帝使用，皇帝不来时便由贾宝玉也即曹雪芹使用。所以说，宝玉原型——作者曹雪芹——年少时过的便是帝皇般的生活。

（2）第41回又借刘姥姥醉人眼中，把"怡红院"后院及卧室详详细细地描述了第三遍①：

　　那刘姥姥因喝了些酒，她脾气不与黄酒相宜，且吃了许多油腻饮食，发渴多喝了几碗茶，不免通泻起来，蹲了半日方完。及出厕来，酒被风禁，且年迈之人，蹲了半天，忽一起身，只觉得眼花头眩，辨不出路径。四顾一望，皆是树木、山石，楼台、房舍，却不知哪一处是往哪里去的了，只得认着一条石子路慢慢的走来。及至到了房舍跟前，又找不着门，再找了半日，忽见一带竹篱，刘姥姥心中自忖道："这里也有扁豆架子？"一面想，一面顺着花障【O1】走了来，得了一个月洞门【Q3】进去。只见迎面忽有一带水池【P1】，只有七八尺宽，石头砌岸，里边碧滢清水流往那边去了，（蒙侧：借刘姥姥醉中，写境中景。）上面有一块白石【R3】横架在上面。刘姥姥便度石过去，顺着石子甬路走去，转了两个弯子，只见有一房门。于是进了房门【N1】，只见迎面一个女孩儿，满面含笑迎了出来。刘姥姥忙笑道："姑娘们把我丢下来了，要我碰头碰到这里来。"说了，只觉那女孩儿不答。刘姥姥便赶来拉她的手，"咕咚"一声，便撞到板壁上，把头碰的生疼。细瞧了一瞧，原来是一幅画儿。刘姥姥自忖道："原来画儿有这样活凸出来的。"一面想，一面看，一面又用手摸去，却是一色平的，点头叹了两声。

　　一转身方得了一个小门，门上挂着葱绿撒花软帘。刘姥姥掀帘进去，抬头一看，只见四面墙壁玲珑剔透，琴、剑、瓶、炉皆贴在墙上，锦笼、纱罩，金彩、珠光，连地下踩的砖，皆是碧绿凿花，竟越发把眼花了；找门出去，哪里有门？左一架书，右一架屏。刚从屏后得了一门转去，只见她亲家母也从外面迎了进来。刘姥姥诧异，忙问道："你想是见我这几日没家去，亏你找我来。哪一位姑娘带你进来的？"她亲家只是笑，不还言。刘姥姥笑道："你好没见世面，见这园里的花好，你就没死活戴了一头。"②她亲家也不答。便心下忽然想起："常听大富贵人家有一种穿衣镜，这别是我在镜子里头呢罢？"说毕伸手一摸，再细一看，可不是：四面雕空紫檀板壁将镜子嵌在中间。因说："这已经拦住，如何走出去呢？"一面说，一面只管用手摸。这镜子原是西洋机括，可以开合。不意刘姥姥乱摸之间，其力巧合，便撞开消息，掩过镜子，露出门来。刘姥姥又惊又喜，迈步出来，忽见有一副最精致的床帐。她此时又带了七八分醉，又走乏了，便一屁股坐在床上，只说歇歇，不承望身不由己，前仰后合的，朦胧着两眼，一歪身就睡熟在床上。

　　且说众人等她不见，板儿见没了她姥姥，急的哭了。众人都笑道："别是掉在茅厕【P3】里了？快叫人去瞧瞧。"因命两个婆子去找，回来说没有。众人各处搜寻不见。袭人战惙其道路："是她醉了迷了路，顺着这一条路往我们后院子里去了。若进了花障子到后房门进去，虽然碰头，还有小

────────────

① 第二遍是下引第26回贾芸入怡红院。
② 自己骂自己如此写来，千古奇文。

丫头们知道；**若不进花障子【O1】再往西南上去，若绕出去还好，若绕不出去①，可够她绕回子好的②。**我且瞧瞧去。"一面想，一面回来，进了怡红院【N1】便叫人，谁知那几个房子里小丫头已偷空顽去了。

袭人一直进了房门，转过集锦槅子，就听的鼾齁如雷。忙进来，只闻见酒屁臭气满屋。一瞧，只见刘姥姥扎手舞脚的仰卧在床上。袭人这一惊不小，慌忙赶上来将她没死活的推醒。那刘姥姥惊醒，睁眼见了袭人，连忙爬起来道："姑娘，我失错了！并没弄脏了床帐。"一面说，一面用手去掸。袭人恐惊动了人，被宝玉知道了，只向她摇手，不叫她说话。忙将鼎内贮了三四把百合香，仍用罩子罩上。些须收拾收拾，所喜不曾呕吐，忙悄悄的笑道："不相干，有我呢。你随我出来。"（蒙侧：这方是袭人的平素。笔至此不得不屈，再增支派则累矣。③）刘姥姥跟了袭人，出至小丫头们房中，命她坐了，向她说道："你就说醉倒在山子石上打了个盹儿。"刘姥姥答应："知道。"（蒙侧：总是恰好便住。）又与她两碗茶吃，方觉酒醒了，因问道："这是那个小姐的绣房，这样精致？我就像到了天宫里的一样。"袭人微微笑道："这个么，是宝二爷的卧室。"那刘姥姥吓的不敢作声。袭人带她从前面出去，见了众人，只说她在草地下睡着了，带了她来的。众人都不理会，也就罢了。

【解析】

刘姥姥出了厕所【P3】，因喝了酒，又吹了凉风，一时头晕眼花，认不得来时之路，只见四周都是树木、山石、楼台、房舍，分不清要往何处走，正好看到脚下有条石子路，便走了上去，结果一路是往南而去，书中用"慢慢的走来"，可见这一路还比较长，最后这条路引她来到一所房子跟前，但她没找到院门。

今按：怡红院【N1】 ◤H◥的院门朝北开，一般院子的院门都开在南边，刘姥姥当然是按照常人的思维，到南边去寻找院门，自然找不到。又据下文，刘姥姥此时还不是在找院门，而是在寻找如何接近这座"怡红院"的路径。因为下文说清楚：怡红院东侧有道河，河东岸上又有一大片篱笆花障，刘姥姥当被河这边的篱笆花障等绿化植物，挡在了离怡红院还有相当距离的外围而往南去寻找，而非走到院墙跟前去寻找，自然更加找不到院门；刘姥姥此时如果已能走到院墙跟前去寻找，她自东往南再往西往北绕了一大圈子后，还是能够找到开在院北墙上的院门的，不可能找了半天还没找到院门。因此刘姥姥此时寻找的应当还不是院门，她应当是在寻找那如何穿过篱笆、渡过河去接近那院墙的路径，结果找了半天也没找到。可证怡红院东侧的蔷薇花障真的就像"植物迷宫"一般。

刘姥姥找了半天，终于看到东南角上有一带竹篱笆似乎可以通行。刘姥姥把这竹篱笆看成是农村的扁豆架子，其实是"怡红院"正房东南侧的蔷薇、宝

---

① 指绕到"翠嶂"处【C】入山之口那名为"曲径通幽处"【E】的地方。
② 指够她绕好一回子。
③ 指作者文笔写到这一地步时，不得不委屈一下而不再写下去，否则就嫌过于芜累了。

相花花障【O1】◤Ⅰ◣。篱笆深处有个月洞门【Q3】，进入这月洞门后，只见面前是条清溪（即小河、小池塘），只有七八尺来宽（即两三米宽）。今图中怡红院后的清溪【P1】有五六米宽，则这条七八尺宽的小河，应当是图中的清溪【P1】往北侧分出来的、流淌在怡红院正房东侧的一条支流；由于是条小支河，所以图中并未画出。

刘姥姥看到怡红院处的这条七八尺宽的小河是用假山石头砌成池岸（图中"怡红院"身后的清溪【P1】正有石砌池岸，则图中未画的北侧枝河亦当如是，图与文正相吻合），里边是碧清的活水流通到"怡红院"南侧的清溪【P1】后，再向东边流往大观园东南角的出水口【W1】出园而去。此河（即清溪【P1】的北侧支河）与清溪【P1】交会处的此河的南口上面架着一块白石【R3】，刘姥姥便从这七八尺长的石梁上走了过去，顺着石子甬路再往下走（当是往西走），还要再拐两个弯方才来到"怡红院"正房的后房门。

图中"怡红院"东边便是花障，而月洞门当在花障的西北角，由于被花障挡住，所以图中未画。其花障当有好几排篱笆花障组成，"怡红院"正房在花障西，花障之路往西过了月洞门，便又引到清溪池塘【P1】的北侧支河上，要过"白石"才能过此池塘支河，过此支河后，还得再转两个弯才是正房后门。怡红院这后院的布置与路径安排"匠心独具"，具体如何设计仍是未解之谜，有待研究，今试画如下：

《怡红院构想图》

参见书首"图A1"。

刘姥姥从正房的后房门入了上房【N1】，见迎面有个女孩含笑前来迎接，刘姥姥醉醺醺地一头撞了上去，碰疼了头方才知道原来那是幅有立体感的油画，刘姥姥为其逼真而叹了两口气。

刘姥姥一转身又看到一个小门，于是掀帘进去，便是大客厅，四面墙壁玲珑剔透，琴、剑、瓶、炉全都贴在墙面上，里面又有锦布笼起或纱罗罩住的橱柜，五彩缤纷、珠光宝气，连地下踩的地砖也都是碧绿色的，上面凿有花纹，看得刘姥姥眼花缭乱。

刘姥姥想找门出去却又找不到，只见眼前左边有架书，右边有架屏风，转过屏风后终于找到一扇门转了出去，又看到一个和她一样村妇打扮的人迎面走来，头上插满了花，伸手一摸，是四面镂空的紫檀板壁中镶嵌的一面穿衣大镜，刘姥姥碰巧触到了机关，镜子便翻转过去，露出了卧室门，里面有张极精致的床，刘姥姥便倒在床上呼呼大睡。

那边众人等她而不见她来，到茅厕【P3】一看，没有她的踪影，于是各处去找。袭人估计厕所门前的那条石子路通往"怡红院"的后院，刘姥姥很可能走上了这条路。如果她由这条路走进花障【O1】而绕到后房门进了怡红院【N1】，便会碰上小丫头而问题不大；如果她没能进入花障【O1】而再往"西南"方向上去（可见此路是从东北方向而来），便会绕过假山（翠嶂）【C】而出大观园门【B】，如果不知道这条绕出大观园门【B】的路从而没能绕出园去的话，则有可能沿着翠嶂这座假山【C】的后背，转入第17回贾政、宝玉入园的山口"曲径通幽"处【E】，这便够她在假山中转好一会儿了。于是袭人便来"怡红院"附近寻找她。一入怡红院【N1】便叫人，谁知小丫头们全都偷空溜出去玩了。

袭人一直往房门里走，转过集锦槅子，听到里面鼾声如雷，闻到满屋子全是酒臭味，看到刘姥姥正仰面躺在宝玉睡的大床上。袭人连忙摇醒她，用香薰了屋子，放好床罩，收拾干净屋子，带刘姥姥到小丫头们坐的房中坐下，吩咐她："就说醉倒在假山石上打了个盹。"

刘姥姥以为这怡红院是小姐的绣房，可证宝玉房的格调的确有严重的女性化倾向。关于这一点，又可见第51回为晴雯看病的胡庸医说："方才不是小姐，是位爷不成？那屋子竟是绣房一样，又是放下幔子来的，如何是位爷呢？"他丝毫不敢相信那屋子怎么可能是位爷们住的呢？老嬷嬷悄悄笑着对他说："我的老爷，怪道小厮们才说今儿请了一位新大夫来了，真不知我们家的事。那屋子是我们小哥儿的，那人是他屋里的丫头，倒是个'大姐'，哪里的'小姐'？若是小姐的绣房，小姐病了，你那么容易就进去了？"

（3）第26回又借贾芸的视角第二次详细描绘了一下"怡红院"：

这里贾芸随着坠儿，逶迤来至怡红院【N1】中。坠儿先进去回明了，然后方领贾芸进去。

贾芸看时，只见院内略略有几点山石，种着芭蕉◆，那边有两只仙鹤在松树◆下剔翎。一溜回廊上吊着各色笼子，各色仙禽异鸟。上面小小五间抱厦，一色雕镂新鲜花样隔扇，上面悬着一个匾额，四个大字，题道是"怡红快绿"。贾芸想道："怪道叫'怡红院'，原来匾上是恁样四个字。"（甲夹：伤哉，转眼便"红稀绿瘦"①矣。叹叹！）正想着，只听里面隔着纱窗子笑说道：（甲侧：此文若张僧繇点睛之龙破壁飞矣，焉得不拍案叫绝！）"快进来罢。我怎么就忘了你两三个月！"

贾芸听得是宝玉的声音，连忙进入房内。抬头一看，只见金碧辉煌，（甲侧：器皿叠叠。）（庚侧：不能细览之文。）文章闪灼，（甲侧：陈设垒垒。）（庚侧：不得细玩之文。②）却看不见宝玉在哪里。（甲侧：武夷九曲之文。）一回头，只见左边立着一架大穿衣镜，从镜后转出两个一般大的十五六岁的丫头③来说："请二爷里头屋里坐。"贾芸连正眼也不敢看，连忙答

---

① 指院内有海棠的红花、芭蕉的绿叶，所以名叫"怡红快绿"，意为主人爱这红、爱这绿；可是大观园衰败后，海棠枯萎、芭蕉零落，所以批者便言：转眼之间"红稀绿瘦"。
② 指贾芸是有事来见宝玉，所以不能够细细观看屋中的陈设；其实作者是以此为借口，只用八个字便一笔带过，可以不用细细描写怡红院中的陈设了。这也是"避难法"的体现，展示出作者笔法的狡猾。
③ 一个是真人，一个是镜像。

应了。

又进一道碧纱厨，只见小小一张填漆床上，悬着大红销金撒花帐子。宝玉穿着家常衣服，靸着鞋，倚在床上拿着本书，（甲侧：这是等芸哥看，故作款式。若果真看书，在隔纱窗子说话时已经放下了。玉兄若见此批，必云："老货他①处处不放松我，可恨可恨！"回思将余比作钗、颦等，乃一知己，余何幸也！一笑。②）看见他进来，将书掷下，早堆着笑立起身来。（庚侧：小叔身段。）贾芸忙上前请了安。宝玉让坐，便在下面一张椅子上坐了。宝玉笑道："只从那个月见了你，我叫你往书房【M4】里来，谁知接接连连许多事情，就把你忘了。"

【解析】

此处借贾芸之眼，补明院内山石边有松树，松下有两只仙鹤，好一幅"松鹤延年"的图景。庭院内有"一溜"（即一圈）回廊，此回廊肯定与庭南"抱厦厅"的后檐廊相连，故此怡红院北边庭院内东南西北一圈都是回廊，回廊上吊着各色各样的鸟笼子，都是珍禽异鸟。

关于北院一圈全是回廊，还有两处证据：一是第30回袭人为宝玉开院门时，"便顺着游廊到门前"，可见北院的游廊环抱整个庭院而通到北墙的院门处。又第34回："这里薛姨妈和宝钗进园来瞧宝玉，到了怡红院中，只见抱厦里、外回廊上，许多丫鬟、老婆站着，便知贾母等在这里。"可见抱厦前后都有回廊③，北院一圈全是游廊。

北院迎门是小小的五间"抱厦厅"，由于怡红院是从北门入院，故五间抱厦当是南侧"正房"朝北而开的倒厅。当"怡红院"院门打开时，便可坐在这倒厅上，往北欣赏到湖水及湖对岸"潇湘馆"处的万竿修竹。

其抱厦厅正面的隔扇门上，都是一模一样的新奇花纹。厅楣上悬挂着"怡红快绿"的四字匾额。格扇门内是"碧纱橱"隔开的套间，宝玉正在碧纱橱的纱窗后请贾芸进来。贾芸于是进入正房，可见正房与抱厦厅之间是用"碧纱橱"样式的格扇门分隔开。

贾芸进入正房内，看到各种金碧辉煌、纹案动人的器物，却看不到宝玉在什么地方。因为正房是座博古架分隔出来的迷宫，主人在屋内透过镂空的博古架能看到他，外面人却找不到门道、看不到镂空板架后面的主人。这时贾芸循声找去，一回头，看到左边立着一架高大的穿衣镜。由于他是自北而入，面朝南，所以左侧为东；但他回了头，我们认为他回头时，身子应当一同跟着回过来，这时的左侧便是西边，所以这面大镜子应当在他身后靠门处的西侧。

---

① 指作者曹雪芹骂脂砚斋"老货他这个人"。可证脂砚斋比曹雪芹年长。
② 指作者曹雪芹曾对作批的脂砚斋说过："宝钗、黛玉是宝玉的知己，你就像是我曹雪芹的知己。"
③ 当指抱厦与正房之间有檐廊相隔，此为"里回廊"。北庭院西、北、东三侧的回廊通此抱厦后的"里回廊"而为"外回廊"，其在抱厦前的庭院内，故称"抱厦外回廊"。以上四者构成一圈完整的回廊体系。"抱厦里、外回廊"并不意味着抱厦西北东三侧檐下有一圈外回廊。

这时从镜子后面转出两个一般大小、一模一样的十五六岁的小丫头（一个是真人，一个是镜像），请他进去。于是贾芸进了镜子处的那道"碧纱橱"门，这才看到一张小小的填漆床上，宝玉正坐在那儿假装读书。

宝玉这间卧室已借上文"（2）"所引第41回刘姥姥之眼写过，镜子处的那道"碧纱橱"门，应当就是下文"（5）"所引第36回宝钗"转过十锦①橱子，来至宝玉的房内"的"十锦橱子"，其又名"镜壁"，见第54回宝玉"蹑足潜踪的进了镜壁一看，只见袭人和一人二人对面②都歪在地炕上，……宝玉只当她两个睡着了，才要进去，忽听鸳鸯叹了一声说道"，可见那镜子之门所在处是一道什锦橱子式的"碧纱橱"，宝玉是先从镂空处望里瞧，尚未打开镜门的机关。

"怡红院"是宝玉所居，是入园门后的第一进建筑，在园门正北，相当于园门处的上房大院，又相当于是行宫花园内的"寝宫"所在，是按照皇家规格打造。建造时，为了追求"与众不同"的效果，有意设计成"迷宫"式的格局。内有大衣镜，通过大镜的映照，使空间更加深邃空灵。这座庭院，皇帝来时皇帝住，皇帝不来便是宝玉也即作者曹雪芹住。宝玉也即作者曹雪芹住的是贵为天子的居所，享受的是贵为天子的生活。

通过原著的描述，我们可以知晓"怡红院"正房是五间上房。按照典型的四合院"上房"进行室内布局的话：正中一间是"明间"，左右依次为"次间"和"梢间"③。"明间"一般用作客厅，次间和梢间用作休息和读书场所。此五间正房前又凸出一座三间体量、但做成五间样式的"抱厦"。其中有依据房间格局打造好的床榻（木炕）供人坐卧，夜间又可以作为值班嬷嬷的睡觉处。正房内各个房间的分隔并非用墙封死，而是利用镂空的玲珑木板做成各种花罩④、槅扇、博古架来分隔，使得空间上互相贯穿流通，从而能在有限的室内空间中，创造出"迷宫"般的空间效果，难怪第17回贾政等"未进两层，便都迷了旧路"。

（4）怡红院北边庭院考

●第30回详细描写了怡红院北边庭院的情形：

> 原来明日是端阳节，那文官等十二个女子都放了学，进园来各处顽耍。可巧小生宝官、正旦玉官两个女孩子，正在怡红院【N1】和袭人玩笑，被大雨阻住。大家把沟堵了，水积在院内，把些绿头鸭、花鸂鶒、彩鸳鸯，捉的捉，赶的赶，缝了翅膀，放在院内顽耍，将院门关了。袭人等都在游廊上嘻笑。
>
> 宝玉见关着门，便以手扣门，里面诸人只顾笑，哪里听见？叫了半日，

---

① 十锦，即"什锦"。

② 袭人和另一个人，她们两个人面对面歪在床上。

③ 按：古建筑正中为"明间"，两端最边上为"梢间"，两者之间的诸间称为"次间"。

④ 花罩，一种富有装饰性的室内隔断件，形如门框，门楣上端与门框两侧都有大幅透雕的纹案。

拍的门山响,里面方听见了,估谅着宝玉这会子再不回来的。袭人笑道:"谁这会子叫门?没人开去。"宝玉道:"是我。"麝月道:"是宝姑娘的声音。"晴雯道:"胡说!宝姑娘这会子做什么来?"袭人道:"让我隔着门缝儿瞧瞧,可开就开,要不可开,叫她淋着去。"说着,便顺着游廊到门前,往外一瞧,只见宝玉淋的雨打鸡一般。袭人见了又是着忙、又是可笑,忙开了门,笑的弯着腰、拍手道:"这么大雨地里跑什么?哪里知道爷回来了!"

宝玉一肚子没好气,满心里要把开门的踢几脚,及开了门,并不看真是谁,还只当是那些小丫头子们,便抬腿踢在肋上。袭人"嗳哟"了一声。宝玉还骂道:"下流东西们!我素日担待你们得了意,一点儿也不怕,越发拿我取笑儿了。"口里说着,一低头见是袭人哭了,方知踢错了,忙笑道:"嗳哟,是你来了!踢在哪里了?"袭人从来不曾受过大话的,今儿忽见宝玉生气踢她一下,又当着许多人,又是羞,又是气,又是疼,真一时置身无地。[1]

【解析】

那天端阳节下大雨,众人把"怡红院"北边庭院的排水沟堵住,让院内形成池沼。由于屋前是湖【B3】,屋后是溪【P1】,而且据我们上文所绘的"怡红院构想图",怡红院院墙四周,除东北角的"月洞门"处供人走路处,其余可能都有小溪环绕,所以可以把水禽引进院内。

于是众人便把屋子周围湖、溪中的水禽捉进或赶进院门来玩耍,用绳和线把它们的翅膀扎起来不让它们飞走(将来复建大观园时也可照此办理,使水禽不能飞走),然后把院门关好,丫环们全都在北院游廊上嬉笑。

宝玉叩门,里面人只顾玩笑,声音太大,听不到外面的叫门声。宝玉叫了半天,把门拍得如雷震般响,里面的人方才听到,袭人顺着游廊来到大门前,从门缝往外一瞧,看到宝玉淋得像只落汤鸡,连忙开门而被宝玉一脚踹倒。袭人是顺着游廊走到大门后,可见这游廊环抱整个庭院,通到北墙处的院门口。

●第25回:

谁知宝玉昨儿见了红玉,也就留了心。若要直点名唤她来使用,一则怕袭人等寒心;(甲侧:是宝玉心中想,不是袭人拈酸。[2])二则又不知红玉是何等行为,若好还罢了,(甲侧:不知"好"字是如何讲?答曰:在"何等行为"四字上看便知,玉儿每"情不情",况有情者乎?)若不好起来,那时倒不好退送的。因此心下闷闷的,早起来也不梳洗,只坐着出神。

一时下了窗子,隔着纱屉子,向外看的真切,只见好几个丫头在那里扫地,都擦胭抹粉,簪花插柳的,(甲侧:八字写尽蠢囊,是为衬红玉,亦如用豪贵人家浓妆艳饰、插金戴银的衬宝钗、黛玉也。)独不见昨儿那一个。宝玉便趿了鞋晃出了房门,只装着看花儿,这里瞧瞧,那里望望,(庚侧:文字有层次。)一抬头只见西南角上游廊底下、栏杆上似有一个人倚在那

---

[1] 这便是第6回她和宝玉偷试云雨情的报应,真可谓:"不是不报,时候未到;时候一到,一切都报!"

[2] 然袭人即便不拈酸,其他人如晴雯、碧痕也会吃醋。

里，却恨面前有一株海棠花遮着，看不真切。（甲夹：余所谓此书之妙皆从诗词句中翻出者，皆系此等笔墨也。试问观者，此非"隔花人远天涯近"乎？可知上几回非余妄拟也。）只得又转了一步，仔细一看，可不是昨儿那个丫头在那里出神。待要迎上去，又不好去的。正想着，忽见碧痕来催他洗脸，只得进去了。不在话下。

【解析】

宝玉出了房门，显然是到了北边的庭院。因其未言出"后房门"，故知宝玉所出乃是北边的房门（按：怡红院的房门朝北开，南边反是后房门而需要加上"后"字作特殊的称呼）。

宝玉看到庭院西南角游廊下，有一人被海棠花遮住。而海棠花树正在北边庭院中。其庭院中一边是海棠花，一边是芭蕉，据此可知西为海棠，东为芭蕉，其海棠与芭蕉体量当不小，占据了整个庭院，故西南角的游廊被花遮住。宝玉当是出了北房门，装作看花，按顺时针方向，沿回廊走到庭院北侧、而往西南望海棠花。

又上引第 17 回之文言明："一入门，两边都是游廊相接。院中点衬几块山石▲，一边种着数本芭蕉◆；那一边乃是一颗西府海棠◆，其势若伞，绿垂碧缕，葩吐丹砂。"则西边只有一棵海棠。但据本章末尾"第八节、二、（三）"之考，乾隆四十九年（1784）乾隆皇帝所作之诗，却提到此庭院中有四棵海棠。显然是康熙、雍正朝的海棠树难免会枯死，到乾隆朝据旧有档案恢复原貌时，一时找不到如此大体量的海棠树，于是补植四棵新的海棠树来应景。

（5）怡红院南边庭院（即后边庭院）考

●第 36 回再次补明"怡红院"正房后有池塘、花障，与图完全吻合，又言明北侧庭院游廊旁有厢房供丫环居住：

却说王夫人等这里吃毕西瓜，又说了一回闲话，各自方散去。宝钗与黛玉等回至园中，宝钗因约黛玉往藕香榭【K2】去，黛玉回说立刻要洗澡，便各自散了。宝钗独自行来，顺路进了怡红院【N1】，意欲寻宝玉谈讲以解午倦。不想一入院来，鸦雀无闻，一并连两只仙鹤在芭蕉下都睡了。宝钗便顺着游廊来至房中，只见外间床上横三竖四，都是丫头们睡觉。

转过十锦槅子，来至宝玉的房内。宝玉在床上睡着了，袭人坐在身旁，手里做针线，旁边放着一柄白犀麈。宝钗走近前来，悄悄的笑道："你也过于小心了，这个屋里哪里还有苍蝇蚊子，还拿蝇帚子赶什么？"袭人不防，猛抬头见是宝钗，忙放下针线，起身悄悄笑道："姑娘来了，我倒也不防，唬了一跳。（蒙侧：闲情闲景，随便拈来便是佳文佳语。）姑娘不知道，虽然没有苍蝇、蚊子，谁知有一种小虫子，从这纱眼里钻进来，人也看不见，只睡着了，咬一口，就像蚂蚁夹的。"宝钗道："怨不得。这屋子后头又近水【P1】，又都是香花儿【O1】，这屋子里头又香。……"

不想林黛玉因遇见史湘云约她来与袭人道喜，二人来至院中，见静悄悄的，湘云便转身先到厢房里去找袭人。林黛玉却来至窗外，隔着纱窗往里一看，只见宝玉穿着银红纱衫子，随便睡着在床上，宝钗坐在身旁做针线，旁边放着蝇帚子，林黛玉见了这个景儿，连忙把身子一藏，手握着嘴不敢笑出来，招手儿叫湘云。湘云一见她这般景况，只当有什么新闻，忙也来一看，也要笑时，忽然想起宝钗素日待她厚道，便忙掩住口。知道林黛玉不让人，怕她言语之中取笑，便忙拉过她来道："走罢。我想起袭人来，她说午间要到池子【P1】里去洗衣裳，想必去了，咱们那里找她去。"林黛玉心下明白，冷笑了两声，只得随她走了。（蒙侧：触眼偏生碍，多心偏是痴。万魔随事起，何日是完时？）

【解析】

宝钗与黛玉从王夫人处回园，走的是王夫人院的东角门【Z4】【C4】入园。两人原本打算去藕香榭【K2】，黛玉说要洗澡，宝钗一个人也不想去藕香榭玩了，于是走过藕香榭，继续往前走，来到了怡红院【N1】。（其言："宝钗独自行来，顺路进了怡红院"，非指先到怡红院、再到藕香榭。即不指"前往藕香榭要先到怡红院"、"藕香榭要比怡红院远"；而是指：宝钗自己一个人也不想去藕香榭了，改去怡红院找宝玉。事实上，藕香榭离园门口极近，入园后先到藕香榭，再到潇湘馆，再到怡红院。）

宝钗入了怡红院，只见鸦雀无声，连两只仙鹤也在芭蕉下睡着了，补明第17回"蕉鹤"之文（即第17回贾政游怡红院时，请人命名此院，有清客说："'蕉鹤'二字最妙"）。

宝钗于是顺着游廊来到"里回廊"后的正房中，只见正房的外间床上躺着丫环①。宝钗转过"什锦槅子"进入宝玉房内（按：分隔抱厦与正房的是里回廊南侧的格扇门，正房内进入宝玉套间的卧房门是一面穿衣镜，其两旁当做成"什锦槅子"的样式），宝玉正在睡梦中。

宝钗看到床上有驱赶蚊虫的拂子，便问袭人："这屋里没有苍蝇、蚊子，用它来赶什么？"袭人悄声说："这儿会有咬人的小虫子从纱窗眼中钻进来。"宝钗说："怪不得要用到这拂子。这屋子后头有水【P1】，旁边（当指东侧的篱笆花障）又都是香花儿【O1】，这屋子里头又香，难怪会有虫子钻进来。"这与图中"怡红院"【N1】后院有池【P1】，屋旁（东侧）有篱笆花障【O1】正相吻合。

这时黛玉遇到史湘云，湘云约她一同来看望袭人，悄悄进了"怡红院"，湘云便往厢房去找袭人，可见北院游廊的东西两侧有厢房，厢房房前的檐廊就是北院的游廊，这厢房是丫环们居住的地方。

黛玉自己一个人来到抱厦与正房之间的过道内，根据上引第34回的文字"抱厦里、外回廊上"，当是抱厦身后的回廊（即抱厦与上房之间的内走廊，也

---

① 按：前已言明一入门的西侧是宝玉的卧房套间，则其对面的东侧、也即正房的东北角，便是外间的床。即：宝玉的卧床有套间门与大门隔开，而外间的床则无套间门与大门隔开，故称"外间（的）床"。按照中国古代的居住风俗，主人当居于东间，下人当居于西间，现在主人宝玉的卧房安排在西，而外间丫环可以睡的床安排在东，与此风俗正好相反；这便是"书中空间乃现实原型东西相反的镜像"的又一例证。

即"抱厦里、外回廊"中的"里回廊"①），其在厢房的"后肩"上（即在厢房南山墙的旁边），黛玉隔着纱窗往里望，这就证明宝玉的卧房在朝北的窗户内②。又据上文"（3）"引第26回贾芸入"怡红院"之文交代，穿衣镜背后有床的宝玉卧室当在上房的西侧套间。两相结合，便可知晓宝玉的卧室应当设在上房的西北角。

黛玉看到宝玉睡着了，而宝钗在宝玉的身旁做针线③，正想刻薄地取笑宝钗一下，这时湘云忙来拉她快走。因为她到袭人房没找到袭人，估计袭人当在门口或屋后的池塘里【P1】洗衣裳，所以还是到院外去找袭人吧。

● 第52回言明怡红院正房后（南）即院外：

宝玉因记挂着晴雯、袭人等事，便先回园里来。到房中【N1】，药香满屋，一人不见，只见晴雯独卧于炕上，脸面烧的飞红，又摸了一摸，只觉烫手。忙又向炉上将手烘暖，伸进被去摸了一摸身上，也是火烧。因说道："别人去了也罢，麝月、秋纹也这样无情，各自去了？"晴雯道："秋纹是我撺了她去吃饭的，麝月是方才平儿来找她出去了。两人鬼鬼祟祟的，不知说什么。必是说我病了不出去！"宝玉道："平儿不是那样人。况且她并不知你病特来瞧你④，想来一定是找麝月来说话，偶然见你病了，随口说特瞧你的病，这也是人情乖觉取和的常事。便不出去，有不是，与她何干？⑤你们素日又好，断不肯为这无干的事伤和气。"晴雯道："这话也是，只是疑她为什么忽然间瞒起我来。"宝玉笑道："让我从后门出去，到那窗根下听听说些什么，来告诉你。"说着，果然从后门出去，至窗下潜听。

【解析】

所言"后门"当即第17回贾珍带贾政出"怡红院"正房所走的后房门。由于正房大而像迷宫，所以宝玉轻手轻脚地从后房门走出正房时，麝月、平儿都没察觉到。宝玉出院后，绕到她俩说话的后墙窗台下偷听。而图中怡红院正房【N1】之外即是后院，与图正合。这也暗示后门绝对不可能开在后墙的正中，而当开在屋东侧或西侧墙的后部，书首A1"怡红院构想图"把这门绘制在此屋西侧墙的后部（即绘于上房的西南角）。

---

① 抱厦面前庭院西北东三侧的檐廊是"外走廊"，而抱厦身后、上房之前的走廊是"内走廊"。
② 即宝玉的卧房设在上房的北侧而非南侧，这与普通建筑的卧室全都设在房子最深自然也就最私密的北侧的做法是相同的。不同的是，普通房屋全都由南侧进门，此北侧便显得最为私密；而怡红院上房由北侧进门，其上房北侧反而是一入门就能看到，最不私密，两者的区别正在于此。
③ 好一幅有夫妻相的画面。
④ 指平儿此次前来并非是知道你生病而来看望你的，她原本就是来找麝月说话的。
⑤ 指你生了病，不出去养病，出了事也与她没有关系。这也就证明：晴雯会挑与己无关之人的毛病，而平儿绝对不会；由此可见平儿大度，晴雯刻薄，所以才会疑心平儿是来挑她毛病的。

●第54回又照应第17回贾政所行之路，交代怡红院后有假山通园门：

且说宝玉一径来至园中，众婆子见他回房，便不跟去，只坐在园门【B】里茶房里①烤火，和管的女人偷空饮酒、斗牌。宝玉至院中【N1】，虽是灯光灿烂，却无人声。麝月道："她们都睡了不成？咱们悄悄的进去唬她们一跳。"于是大家蹑足潜踪的进了镜壁②一看，只见袭人和一人二人对面都歪在地炕上，那一头有两三个老嬷嬷打盹。

宝玉只当她两个睡着了，才要进去，忽听鸳鸯叹了一声，说道："可知天下事难定。论理，你单身在这里，父母在外头，每年他们东去西来，没个定准，想来你是不能送终的了，偏生今年就死在这里，你倒出去送了终。"袭人道："正是。我也想不到能够看父母回首③。太太又赏了四十两银子，这倒也算养我一场，我也不敢妄想了。④"宝玉听了，忙转身悄向麝月等道："谁知她也来了。我这一进去，她又赌气走了，⑤不如咱们回去罢，让她两个清清静静的说一回。袭人正一个闷着，她幸而来的好。"说着，仍悄悄的出来。

宝玉便走过山石之后去站着撩衣，麝月、秋纹皆站住背过脸去，口内笑说："蹲下再解小衣，仔细风吹了肚子。"后面两个小丫头子知是小解，忙先出去茶房预备去了。这里宝玉刚转过来，只见两个媳妇子迎面来了，问是谁，秋纹道："宝玉在这里，你大呼小叫，仔细唬着罢。"那媳妇们忙笑道："我们不知道，大节下来⑥惹祸了。姑娘们可连日辛苦了！"说着，已到了跟前。

麝月等问："手里拿的是什么？"媳妇们道："是老太太赏金、花二位姑娘吃的。"秋纹笑道："外头唱的是《八义》，没唱《混元盒》，哪里又跑出'金花娘娘'来了。"宝玉笑命："揭起来我瞧瞧。"秋纹、麝月忙上去将两个盒子揭开。两个媳妇忙蹲下身子，（庚夹：细腻之极！一部大观园之文，皆若食肥蟹，至此一句，则又三月于镇江江上唼出网之鲜鲥矣⑦。）宝玉看了两盒内都是席上所有的上等果品、菜馔，点了一点头，迈步就走。麝月二人忙胡乱掷了盒盖，跟上来。宝玉笑道："这两个女人倒和气，会说话，她们天天乏了，倒说你们连日辛苦，倒不是那矜功自伐的。"麝月道："这好的也很好，那不知礼的也太不知礼。"宝玉笑道："你们是明白人，耽待她们是粗笨可怜的人就完了。"一面说，一面来至园门【B】。

那几个婆子虽吃酒斗牌，却不住出来打探，见宝玉来了，也都跟上了。来至花厅【E2】后廊上，只见那两个小丫头一个捧着小沐盆⑧，一个搭着

---

① 此指园门内的茶房里，并不是指大观园园门内的茶房名叫"里茶房"。
② 此可证宝玉卧室之门称为"镜壁"。
③ 回首，谓死亡。《儒林外史》第48回："直到临回首的时候，还念着老伯不曾得见一面。"
④ 指太太既然把我当成女儿来养，我也就不想出去的事，死命为贾府这个家着想了。
⑤ 指明鸳鸯贞洁，不愿和宝玉共处、说话。
⑥ 来，前来。此句指：想不到自己大节下的便前来惹祸了。
⑦ 指全书描写得极有味道。
⑧ 沐盆，即盥洗盆，今写作"面盆"。

手巾，又拿着沤子壶在那里久等。秋纹先忙伸手向盆内试了一试，说道："你越大越粗心了，哪里弄的这冷水？"小丫头笑道："姑娘瞧瞧这个天，我怕水冷，巴巴的倒的是滚水，这还冷了。"

【解析】

此是正月元宵节，众人在贾母院后新盖的大花厅【E2】上看戏。宝玉由大观园园门【B】回"怡红院"【N1】。贾府奴仆分上中下三等，下等的婆子不能跟他入房，见第52回晴雯撵坠儿，坠儿母亲来怡红院领人时论理，麝月讽刺她："'嫂子原也不得在老太太、太太跟前当些体统差事，成年家只在三门外头混，怪不得不知我们里头的规矩。这里不是嫂子久站的，再一会，不用我们说话，就有人来问你了。有什么分证话，且带了她去，你回了林大娘，叫她来找二爷说话。家里上千的人，你也跑来，我也跑来，我们认人、问姓还认不清呢！①'说着，便叫小丫头子：'拿了擦地的布来擦地！'"画线部分便可以证明下等女仆不可以入三门内院，其中画双线部分更指明管家娘子严禁下等女仆到三门内院里来，因为下等女仆出入于大门外的脏地，如果允许她们到三门来，便会站脏内院之地，使内外无别。②因此，跟随宝玉的下等婆子便坐在园门【B】里的"茶房"内等宝玉出来，可见园门内设有"茶房"。下等婆子便在这"茶房"内，和那管茶女人说说笑笑。

宝玉进入怡红院，见没人在，便轻手轻脚来到第17回贾政到过的"镜壁"往里瞧（按："镜壁"就是宝玉卧室入门处的穿衣镜，做在什锦格子形式的博古架上，可以往里瞧），只见袭人和鸳鸯斜靠在地炕上说话，可见"怡红院"宝玉卧室内设有地炕。而且宝玉还看到："那一头有两三个老嬷嬷打盹"，可证地炕很大，至少可以容下五六个人。这就表明两点：一是宝玉的卧房其实很大，二是宝玉睡觉时，有老妈子在床前守夜。

后四十回第109回"宝玉见袭人等进来，便将坐更的两个婆子支到外头。他轻轻的坐起来，暗暗的祝了几句，便睡下了。"陈其泰《桐花凤阁评〈红楼梦〉》有批："支更婆子在宝玉卧榻之侧，岂非笑话？不应在房中。"③或有人据此怀疑后四十回非曹雪芹手笔。但此处第54回的文字写明宝玉卧室中有老妈子守夜，前八十回就是这么写的，后四十回这么写一点都没错，不足以据此来怀疑后四十回与前八十回是两人所写。

宝玉不想打扰袭人、鸳鸯她俩，打算回贾母处，为的是让她俩可以清清静静地多说一回话。宝玉于是悄悄出来，走过第17回贾政等绕过而出园大门的假山，在山石背后站着撩衣要小便，麝月、秋纹全都背过脸去，叫他蹲下，以免冷风吹了肚子。可见大观园中小便都是找僻静处随地解决，而大便则要入茅厕

① 指认人脸也认不清是谁（指从未见过面），问人姓也认不清是谁（指从未听闻其名字）。
② 这也就是《红楼梦》书中描写男女主人都要从"二门"处坐车或骑马出大门，以免走上大门外的脏地。如第3回邢夫人带黛玉出大门入"贾赦院"只有几步路也要坐车，第24回宝玉出大门入"贾赦院"探望生病的贾赦只有几步路也要骑马，第75回尤氏往来宁、荣二府之间不到一箭之地也要坐车。"三门"为内，务必洁净；"大门"为外，其地肮脏；"二门"相当于内外交融、交界之地。
③ 《桐花凤阁评〈红楼梦〉辑录》第329页。

【P3】。身后的两个小丫环便去"茶房"预备那小解后洗手上席①用的水。

此路正通园门【B】，宝玉刚解完手转过身来，就有两个使女入园门【B】来送点心给袭人、鸳鸯。秋纹、麝月把盒子打开，让宝玉看过后便迈步出园，麝月二人忙把盒盖丢给那两个人，由她们送入。秋纹、麝月紧紧跟上宝玉，一面说，一面来到园门【B】。下等婆子见状也跟上，一同来到贾母正房【K4】后那座新盖的看戏用的"花厅"【E2】的后廊上（此后廊本书"第二章、第一节、一、（二）、（3）"有考）。这时那两个小丫头捧着小沐盆和手巾在那儿久等，水都等凉了，小丫头说："我们倒的是滚水，天太冷了。""久等"两字及"滚水变凉"，说明从园门口【B】的茶房到贾母房【K4】路途很远，图与之相合★。由"第一章、第一节、一、（二）、（3）"中所附《"大花厅"与"东西穿堂"交通图》的讨论可知，由于"大花厅"供看戏之用，故正厅前廊不大可以走人，所以贾宝玉从游廊角门穿大花厅"前庭"东侧的院墙进入到大花厅的"前庭"，下来应当是沿着庭院东侧紧贴东院墙的游廊，绕到正厅（即看戏用的"大花厅"）的后廊走后门进入此正厅。

上引文字也表明：元宵节时，大观园的南大门【B】会打开。关于这一点，需要作特别的解释。从贾母院后的大花厅【E2】回怡红院【N1】，一般都是走大观园的腰门【C4】，而不会走大观园的前门【B】。但上述引文中提到园门处有假山，此当即第17回回首提到的、贾政入园时看到的园门口处的"翠嶂"【C】，也即该回回末贾政离开"怡红院"后正要出园时，为假山所挡的假山："忽见大山阻路【C】。众人都道：'迷了路了。'贾珍笑道：'随我来。'仍在前导引，众人随他，直由山脚边忽一转，便是平坦宽阔大路【Q1】，豁然大门【B】前见。"大观园南大门处有大型假山而腰门【C4】处没有假山，故知宝玉此次出入的园门应当是大观园的正门【B】，而非大观园的腰门【C4】。

又由上述引文说下等婆子"坐在园门【B】里"等着，并能"不住出来打探，见宝玉来了，也都跟上了"，可证园门离"怡红院"很近。而大观园正门【B】正在"怡红院"【N1】近旁，腰门【C4】却离"怡红院"最远，根本难以哨探宝玉的行踪，由此可知：宝玉此次由大花厅回园，应当走的是园正门【B】而非腰门【C4】。

我们都知道：大观园正门仅在第17回贾政带宝玉视察大观园、第18回元妃省亲、第71回贾母八旬大寿时开过。还有就是第75回八月中秋赏月时，"当下园之正门【B】俱已大开"，这便是八月中秋节开正园门的记载。则与中秋节并重的元宵佳节，应当也会打开大观园的正门【B】。本回大观园正门大开便是因为元宵佳节的缘故。

因此，书中大观园建成后正门【B】大开而通荣国府共有四次，三次皆为明写，暗写的便是此次。此次大观园正门【B】大开，宝玉由大花厅回园中"怡红院"，遂可走贾母院的前门【P4】、绮霰斋【M4】，来到外仪门【C2】前入此外仪门，从贾赦院夹道【V4】、贾氏宗祠前夹道【A】，进大观园南门【B】，从

① 指洗完手后坐上酒席。

而来到此园门口处的"怡红院"【N1】。其路线比走"腰门"到"怡红院"来得短而直，而且都是大路，比较好走。

从图上来看，从"腰门"【C4】到"怡红院"【N1】，得沿着"沁芳池"的湖北岸来到沁芳亭桥【F】的北塊，然后上桥至南塊，再到"怡红院"【N1】，这条过桥至"怡红院"的路线呈"Z"状，多走了很长一段路，比起走南门【B】处的大路要长四分之一。由于平时这条大路都不开，所以才会走"腰门"这条曲折迂回之路。

走腰门之路之所以比较迂回曲折，便是因为园中道路除"沁芳亭桥"那段比较直外，其余全都迂回曲折；而"沁芳亭桥"那段虽然比较直，但从腰门至怡红院又呈"Z"状的迂回格局，所以走腰门之路回怡红院便显得既迂回又曲折。

（6）怡红院东侧花障考

●第31回再度照应第17回贾政入院门前所经过的花障有蔷薇架：

贾母【K4】向湘云道："吃了茶歇一歇，瞧瞧你的嫂子们去。园里也凉快，同你姐姐们去逛逛。"湘云答应了，将三个戒指儿包上，歇了一歇，便起身要瞧凤姐等人去。众奶娘、丫头跟着，到了凤姐那里【O4】，说笑了一回，出来便往大观园【C4】来，见过了李宫裁【J】，少坐片时，便往怡红院【N1】来找袭人。因回头说道："你们不必跟着，只管瞧你们的朋友、亲戚去，留下翠缕伏侍就是了。"众人听了，自去寻姑、觅嫂，早剩下湘云、翠缕两个人。

翠缕道："这荷花怎么还不开？"史湘云道："时候没到。"翠缕道："这也和咱们家池子里的一样，也是楼子花？"湘云道："他们这个还不如咱们的。"翠缕道："他们那边有棵石榴◆，接连四五枝，真是楼子上起楼子，这也难为它长。"史湘云道："花草也是同人一样，气脉充足，长的就好。"……

一面说，一面走，刚到蔷薇架【O1】下，湘云道："你瞧那是谁掉的首饰，金晃晃在那里。"翠缕听了，忙赶上拾在手里攥着，笑道："可分出阴阳来了。"说着，先拿史湘云的麒麟瞧。湘云要她拣的瞧，翠缕只管不放手，笑道："是件宝贝，姑娘瞧不得。这是从哪里来的？好奇怪！我从来在这里没见有人有这个。"湘云笑道："拿来我看。"翠缕将手一撒，笑道："请看。"

湘云举目一验，却是文彩辉煌的一个金麒麟，比自己佩的又大又有文彩。湘云伸手擎在掌上，只是默默不语，正自出神，忽见宝玉从那边来了，笑问道："你两个在这日头底下作什么呢？怎么不找袭人去？"湘云连忙将那麒麟藏起道："正要去呢。咱们一处走。"说着，大家进入怡红院【N1】来。

　　袭人正在阶下倚槛追风①，忽见湘云来了，连忙迎下来，携手笑说一向久别情况。一时进来归坐，宝玉因笑道："你该早来，我得了一件好东西，专等你呢。"说着，一面在身上摸掏，掏了半天，"呵呀"了一声，便问袭人"那个东西你收起来了么？"袭人道："什么东西？"宝玉道："前儿得的麒麟。"袭人道："你天天带在身上的，怎么问我？"宝玉听了，将手一拍说道："这可丢了，往哪里找去！"就要起身自己寻去。

　　湘云听了，方知是他遗落的，便笑问道："你几时又有了麒麟了？"宝玉道："前儿好容易得的呢，不知多早晚丢了，我也糊涂了。"湘云笑道："幸而是顽的东西，还是这么慌张。"说着，将手一撒，"你瞧瞧，是这个不是？"宝玉一见由不得欢喜非常，因说道：……不知是如何，且听下回分解。（己：后数十回若兰在射圃所佩之麒麟，正此麒麟也。提纲伏于此回中，所谓"草蛇灰线，在千里之外"。）

【解析】

　　贾母在自己上房处【K4】让史湘云到大观园中逛逛，史湘云便先去了凤姐院【O4】，再往大观园来，自然是走王夫人房后的东角门【Z4】入腰门【C4】进了大观园，先拜见稻香村【J】的李纨，可证稻香村当靠在腰门口，再往"怡红院"【N1】来找袭人。入院之前先到"蔷薇架"【O1】，当与第17回贾政、第41回刘姥姥一样，入"怡红院"得先到图中花障【O1】之北的"月洞门"【Q3】，然后再入院门。

　　湘云自西往东来，贾政、刘姥姥自东往西来，两者都先到院东的花障，可证即便是自西往东来，也不是先到怡红院的西墙或北墙，仍是先到院东墙，这样的构思比较奇妙。

　　第一种可能便是"怡红院"门口处的道路呈立体交通的形式。但如果是路高于门，则可窥视园内，这是不合适的；如果果门高于路，则第30回便无法把水禽引入院中，其既然能引水禽入园中，可证门与水面当在同一个层面上。所以"立交桥"式的交通布局当可排除。

　　于是只有另一种可能，即"怡红院"身后（即南侧）的清溪在其西墙外引一条支流，沿西墙绕至北墙外，使整个"怡红院"的北西南三侧全都被清溪环抱，与外界无路可通，自西而东的外界来路当在北墙外的溪流北岸，路北才是沁芳池的南岸；即这条自西而东的外界来路的形制就如同一道湖堤，堤南是怡红院北的清溪，堤北是沁芳池大湖。此自西而东的外界来路的东尽头便来到怡红院东侧"花障"的东部，然后入此花障往西来到其花障西北的篱笆"月洞门"，入此月洞门后路分两支：一支往北入北院墙上所开的院门；一支往南可以通全园的南大门，或走上文"（2）"引第41回刘姥姥所走的"白石"石梁而来到怡红院上房的后房门。

　　第17回贾政有负责造园的贾珍引导，故知道过了"月洞门"后，要往北墙上找院门而入了怡红院的北庭院；而第41回刘姥姥根据常理来判断，误以为房屋当在南墙上开门，于是绕到了怡红院上房西南角的后房门而入了怡红院的上

---

① 追风，迎风、随风，即乘风凉、迎风而坐的意思。追，求、追求。

房。

院北门外的小溪自然不会遮挡院北侧的湖面景致，当然其北侧湖堤（即自西向东往"怡红院"而来的那条外界来路）上，会有柳荫遮住部分远景，但这也可以视为给怡红院门前增添了一道柳荫新景，所以怡红院开门既可眺望到门外的湖光山影，又可近揽门前的杨柳依依。详细格局，请见上文所说的书首 A1"怡红院构想图"。

湘云来到院东墙外的花障，看到了宝玉掉落的金麒麟，宝玉这时也正好要入院，于是两人一同入了"怡红院"【N1】。袭人正在阶下靠着栏杆乘风凉。

从李纨的稻香村【J】到怡红院【N1】，不用经过园西北的"蔷薇院"【Q】，故知此处的"蔷薇架"当是宝玉"怡红院"【N1】进门口处的花障【O1】。下引第 30 回宝玉回来时，正好把随身之物遗失在自家门口【O1】也属合理。这也证明：此处史湘云捡到宝玉失物的"蔷薇架"乃宝玉怡红院门口的花障，并非园西北的"蔷薇院"，详见下论：

●第 30 回"龄官划蔷痴及局外"不在稻香村西侧"大主山"上的"蔷薇院"，而当是怡红院处的"蔷薇架"。

且说那宝玉见王夫人【N4】醒来，自己没趣，忙进大观园来【C4】。只见赤日当空，树阴合地，满耳蝉声，静无人语。刚到了蔷薇花架【O1】，只听有人哽噎之声。宝玉心中疑惑，便站住细听，果然架下那边有人。如今五月之际，那蔷薇正是花叶茂盛之际，宝玉便悄悄的隔着篱笆洞儿一看，只见一个女孩子蹲在花下，手里拿着根绾头的簪子在地下抠土，一面悄悄的流泪。宝玉心中想道："难道这也是个痴丫头，又像颦儿来葬花不成？"因又自叹道："若真也葬花，可谓'东施效颦'，不但不为新特，且更可厌了。"……只得一气跑回怡红院【N1】去了，心里却还记挂着那女孩子没处避雨。原来明日是端阳节，那文官等十二个女子都放了学，进园来各处顽耍。

【解析】

宝玉"怡红院"【N1】东侧有"蔷薇花架"【O1】。而大观园园区东北角也有"蔷薇院"【Q】，见第 17 回：贾政从园西北角的稻香村【J】前往园正北的蘅芜苑【X】，一路上"度芍药圃【P】，入蔷薇院【Q】，出芭蕉坞【R】，盘旋曲折"云云。但宝玉观戏子画"蔷"的"蔷薇花架"【O1】当是"怡红院"【N1】旁者。因为宝玉回"怡红院"【N1】不可能走到园区的西北角【Q】。

而且上引第 31 回史湘云在此"怡红院"【N1】处的蔷薇架【O1】拾得宝玉遗失的"金麒麟"，可证两点：一是宝玉当是观"蔷"淋雨、匆忙奔回家时遗失此物；二是观"蔷"淋雨的"蔷薇花架"应当就是湘云拾得宝玉遗失"金麒麟"处的、怡红院旁的"蔷薇花架"【O1】。故清人王希廉评第 31 回言："蔷薇架下金麒麟，必是宝玉遇雨时遗失。可想见'昨日淋雨，仓惶走来，误踢袭人，一夜心慌意乱，不暇检寻'光景，是暗暗补写法。"

刘姥姥醉酒后，自东往西来"怡红院"【N1】时，也先到此"蔷薇花架"【O1】，即第 41 回刘姥姥心中想"'这里也有扁豆架子。'一面想，一面顺着花障【O1】走了来，得了一个月洞门【Q3】进去"而走到了"怡红院"近旁。第 32 回史湘云自西往东来怡红院，也先到此"蔷薇花架"而拾得金麒麟。由此可知：造大观园者"匠心独运"，让人们无论自西往东、还是自东往西来"怡红院"时，都不是先到怡红院北侧的大门，而是通过植物"障景"来布置迷宫之路，让人们全都先绕到院东侧的蔷薇花架东部入此绿植迷宫，往西北方向穿行到蔷薇花架西北角的篱笆"月洞门"，过此月洞门后继续北行，然后再往西拐，从而来到"怡红院"北侧的大门；其间的距离，宝玉得"一口气跑过去"，足证至少要有一二十米的路。

后人易据宝玉"只得一气跑回怡红院去了"，定"龄官划蔷"之事不在"怡红院"处的蔷薇花架，当是院西北"稻香村"与"蘅芜院"之间的"蔷薇院"【Q】，正在唱戏的龄官所住的"梨香院"【N2】墙外；并认为：蔷薇花架若在宝玉家门口，宝玉也就不用"一气跑回"了。

今按：一口气最多只能跑上几十米，从"蔷薇院"【Q】至"怡红院"【N1】几乎要横穿全园，远非"一气"（一口气）可以跑回；而且如此长的路，宝玉肯定会找地方躲躲雨，一般不会冒雨跑回，故知此说当非。

又第 17 回贾政一行人出怡红院【N1】的后房门，然后来到蔷薇花架【O1】处，而第 30 回宝玉、第 31 回湘云、第 41 回刘姥姥入"怡红院"【N1】又先到蔷薇花架【O1】处，可证：入"怡红院"前门之前、与出"怡红院"后门之后，皆有蔷薇花架【O1】，则此"蔷薇花架"区域的南北宽度，当与"怡红院"的南北宽度大致相当，即怡红院东墙外全是篱笆花障，彩图中所绘正相吻合。★

（7）怡红院抱厦内，面朝庭院和院外大湖设有观景用的卧榻

●第 56 回写宝玉梦中的"怡红院"，照应上文所言的朝北的抱厦厅内设有卧榻。

这里贾母喜的逢人便告诉，也有一个宝玉，也却一般行景。……宝玉心中便又疑惑起来：若说必无，然亦似有；若说必有，又并无目睹。心中闷了，回至房中榻上默默盘算，不觉就忽忽的睡去，不觉竟到了一座花园之内。宝玉诧异道："除了我们大观园，竟又有这一个园子？"（己夹：写园可知。）正疑惑间，从那边来了几个女儿，都是丫鬟。宝玉又诧异道："除了鸳鸯、袭人、平儿之外，也竟还有这一干人？"（己夹：写人可知。妙在并不说"更强"二字。）

只见那些丫鬟笑道："宝玉怎么跑到这里来了？"宝玉只当是说他，自己忙来陪笑说道："因我偶步到此，不知是哪位世交的花园，好姐姐们，带我逛逛。"众丫鬟都笑道："原来不是咱家的宝玉。他生的倒也还干净，（己夹：妙。在玉卿身上只落了这两个字，亦不奇了？）嘴儿也倒乖觉。"宝玉

听了，忙道："姐姐们，这里也更还有个宝玉？"丫鬟们忙道："'宝玉'二字，我们是奉老太太、太太之命，为保佑他延寿消灾的。我叫他，他听见喜欢。你是哪里远方来的臭小厮，也乱叫起他来？仔细你的臭肉，打不烂你的！"又一个丫鬟笑道："咱们快走罢，别叫宝玉看见，又说同这臭小厮说了话，把咱熏臭了。"说着一径去了。

宝玉纳闷道："从来没有人如此涂毒我，她们如何更这样？真亦有我这样一个人不成？"一面想，一面顺步早到了一所院内。宝玉又诧异道："除了怡红院【N1】，也更还有这么一个院落？"忽上了台矶，进入屋内，只见榻上有一个人卧着，那边有几个女孩儿做针线，也有嘻笑顽耍的。只见榻上那个少年叹了一声。一个丫鬟笑问道："宝玉，你不睡又叹什么？想必为你妹妹①病了，你又胡愁乱恨呢。"宝玉听说，心下也便吃惊。

只见榻上少年说道："我听见老太太说，长安都中也有个宝玉，和我一样的性情，我只不信。我才作了一个梦，竟梦中到了都中一个花园子里头，遇见几个姐姐，都叫我臭小厮，不理我。好容易找到他房里头，偏他睡觉，空有皮囊，真性不知哪去了？"宝玉听说，忙说道："我因找宝玉来到这里。原来你就是宝玉！"榻上的忙下来拉住："原来你就是宝玉！这可不是梦里了。"宝玉道："这如何是梦？真且又真了！②"一语未了，只见人来说："老爷叫宝玉。"唬得二人皆慌了。一个宝玉就走，一个宝玉便忙叫："宝玉快回来，快回来！"

袭人在旁听他梦中自唤，忙推醒他，笑问道："宝玉在哪里？"此时宝玉虽醒，神意尚恍惚，因向门外指说："才出去了。"袭人笑道："那是你梦迷了。你揉眼细瞧，是镜子里照的你影儿。"宝玉向前瞧了一瞧，原是那嵌的大镜对面相照，自己也笑了。早有人捧过漱盂、茶卤③来，漱了口。

麝月道："怪道老太太常嘱咐说小人屋里不可多有镜子。小人魂不全，有镜子照多了，睡觉惊恐作胡梦。如今倒在大镜子那里安了一张床。有时放下镜套还好；往前去，天热困倦不定④，哪里想的到放它？比如方才就忘了。自然是先躺下照着影儿顽的，一时合上眼，自然是胡梦颠倒；不然如何得看着自己叫着自己的名字？不如明儿挪进床来⑤是正经。"一语未了，只见王夫人遣人来叫宝玉，不知有何话说？（己夹：此下紧接"慧紫鹃试忙玉"。）

【解析】

宝玉得知：江南甄家（即真实世界中的南京曹家）有一个和自己一模一样的宝玉（这说明贾宝玉的原型"真宝玉"就是生活在南京的《红楼梦》的作者曹雪芹），于是梦到江南甄家的花园，果然和自己家的大观园一样。碰到的女子

---

① 可见甄宝玉家也有个林妹妹。他的所有情况真的和贾宝玉一模一样。
② 这句话大透全书的创作主旨，即书名为"梦"，实则书中全都是"真且又真"的真事！
③ 茶卤，茶的浓汁，漱口用。
④ 指：再往下去，天更炎热，经常要午睡。
⑤ 把床再往屋里挪进来一点。

也和自己家一模一样，而且还把他误认为是甄宝玉。〖由此可见：甄宝玉就是贾宝玉的原型，真的宝玉与真的家就在江宁南京；而假的宝玉、假的家（即贾宝玉、贾家），其实就是现实世界中的真宝玉、真家（曹雪芹、曹家）写入小说后的镜像。贾宝玉（假宝玉、也即写入小说中的宝玉）就是甄宝玉（真宝玉、也即生活中的原型曹雪芹）的镜像，贾府（假的府、也即写入小说中的府）就是甄府（真府、也即生活中的原型江宁织造府曹家）的镜像。〗

宝玉于是来到园中一所宅院内，发现与"怡红院"一模一样——此又点明：小说中是假家（贾家），而真家（甄家）就在江宁南京！

宝玉上了台基，进入屋内（进入的当是朝北的抱厦厅），看到榻上（其亦当同贾宝玉住的"怡红院"的抱厦厅一样，是木榻）有一个人躺着，说：自己因为听说长安都中有个宝玉而做了个梦，梦见那个长安都中的宝玉果然和自己一模一样，而且也有一个和自己这花园一模一样的花园，也有一批和自己这些侍女一模一样的侍女，到他房里，却看见他的身子在卧榻上睡着，而灵魂却因作梦而不知道飞到哪里去了。

这时贾宝玉开口说："我就是你要找的那个长安的宝玉！"那个江宁南京的宝玉惊喜万分，一见如故，以为是梦；而贾宝玉说这梦就是真的——这就点明：全书表面是梦，其实写的全都是真事！

这时有人来传话："老爷叫宝玉。"把两个人都吓慌了。甄宝玉要走，贾宝玉便叫："宝玉快回来！"袭人听到他在梦中自己喊自己的名字，连忙把他推醒，告诉他："这是因为他正对着镜子睡，见到了镜子里自己的镜像，所以才会做这种梦见自己的梦。"第26回言贾芸所见的穿衣镜朝向客厅，此又言其镜朝向卧室，当是"双面镜"、即两面都有镜子的缘故。上文"（3）"引第26回、"（5）"引第36回考明宝玉卧室在此上房西北角的套间内，其卧床迎门而放，自然是由西往东摆放（即睡在床上之人是头西而脚东）。宝玉这才明白：这梦是因为大镜迎面相照的缘故。这时麝月说："难怪老太太说小孩的屋里不可以放太多的镜子，会作糊涂梦。套上镜套又太麻烦，还是改天把床往里面挪挪，不正对着门口的镜子放为宜。

这段描写大透作者创作主旨上的玄机，即：书中的"贾府"乃江南（即江宁南京）的甄家（真家、也即生活原型"江宁织造府"曹家）的镜像，书中的贾宝玉乃甄宝玉（真宝玉、也即生活原型作者曹雪芹）的镜像；全书名为"梦"，其实就是"真事"的艺术再现（"这如何是梦？真且又真了"）。

●后四十回之第94回再次提到抱厦内宝玉日常所卧的木榻可以欣赏北庭中的海棠花：

> 紫鹃也心里暗笑，出来倒茶。只听见园里一叠声乱嚷，不知何故。一面倒茶，一面叫人去打听。回来说道："怡红院【N1】里的海棠本来萎了几棵，也没人去浇灌它。昨日宝玉走去瞧，见枝头上好像有了菁朵儿似的。人都不信，没有理他。忽然今日开的很好的海棠花，众人诧异，都争着去看，连老太太、太太都哄动了，来瞧花儿呢。所以大奶奶叫人收拾园里败

叶枯枝，这些人在那里传唤。"黛玉也听见了，知道老太太来，便更了衣，叫雪雁去打听："若是老太太来了，即来告诉我。"雪雁去不多时，便跑来说："老太太、太太好些人都来了，请姑娘就去罢。"黛玉略自照了一照镜子，掠了一掠鬓发，便扶着紫鹃到怡红院【N1】来，已见老太太坐在宝玉常卧的榻上。黛玉便说道："请老太太安。"

【解析】

由于第 17 回言明怡红院内仅为一棵西府海棠（"那一边乃是一棵西府海棠"），此处明言是"几棵"，似乎矛盾。愚以为：怡红院内的海棠当为灌木，分枝较多，每一枝可以称为一棵。

黛玉听说："怡红院【N1】北庭中的海棠枯死几棵后，居然在仲冬时节（十一月份）复活开花。大家都争着去看，连贾母、王夫人也都去了"，所以也就打扮一下，扶着紫鹃来怡红院【N1】请安，看到老太太坐在宝玉常躺的卧榻上。其厅朝北开，故知是面北赏花。

三、正殿"大观楼"图文相合考

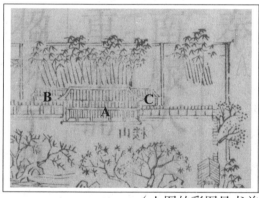

（上图的彩图见书首"图 B–21"）

（一）先将典图与彩图的异同作一对照分析：

●两图相同处为：

◤A◢两图相同，且同为二层建筑，并且都建在台基上，当是《红楼梦》所言的正殿"大观楼"所在。典图命名其为"山楼"，可见是依山而建之楼，故背后绘有茂盛的竹林。楼背后两图虽然都没有画上山，但由典图"山楼"之名，便可想见其背后当为大土山的山脉（《红楼梦》称此大土山为"大主山"）。

●两图不同处在于：

◤B◢、◤C◢两处典图有楼，即《红楼梦》所言的西为飞楼"缀锦阁"，东为斜楼"含芳阁"（《红楼梦》原文东西相反，纠正见下）。彩图无此两座楼，当是漏画，或是拆除，以漏画的可能性为大。

（二）再将图与《红楼梦》文字作对照分析：

●图与《红楼梦》的描述对照，相合者有：

▼A◥处主楼"大观楼"为两层楼，建于台基上。其西▼B◥处为西飞楼"缀锦阁"，其东▼C◥处为东斜楼"含芳阁"，皆为两层楼，建于台基上。三者的布局、规制，与《红楼梦》描述都完全吻合。★

又：两图均只画主要建筑，下文所提到的殿前附属的"牌坊"，一是可能小而不画，或是附属建筑而不画；二是怕画了以后会遮挡主体建筑，故不画。其实这两种可能性都很小，因为据下文描述此玉石牌坊来看，牌坊建筑的规制等级很高，其又是大殿门前中轴线上的建筑，所以不宜视其为附属建筑而省略不绘；此牌坊如果小便不会遮挡后面的建筑而当画上，其如果大，则绘画时可以画小一点而不遮挡主体建筑。今图中未画牌坊，其更为合理的解释便是：此牌坊在大观园原型的"江宁行宫"后花园中根本就不存在，详本书"第一章、第四节、五"有论。

（三）再详引《红楼梦》原文，对照上图及"图十一"解析"大殿"大观楼建筑形制如下：

●第17回：

说着，大家出来。行不多远，则见崇阁巍峨，层楼高起；面面琳宫合抱，迢迢复道萦纡；青松拂檐，玉兰绕砌；金辉兽面，彩焕螭头。贾政道："这是正殿【Z】了。（己夹：想来此殿在园之正中。按：园不是殿方之基，西北一带通贾母卧室后，可知西北一带是多宽出一带来的，诸钗始便于行也。）只是太富丽了些。"众人都道："要如此方是。虽然贵妃崇尚节俭，天性恶繁、悦朴，（庚侧：写出贵妃身分、天性。）然今日之尊，礼仪如此，不为过也。"一面说，一面走，只见正面（己夹：正面，细。）现出一座玉石牌坊来【A1】，上面龙蟠、螭护，玲珑凿就。贾政道："此处书以何文？"众人道："必是'蓬莱仙境'方妙。"贾政摇头不语。……说着，引人出来。

●第18回：

一时，舟临内岸【G2】，复弃舟上舆，便见琳宫绰约，桂殿巍峨。石牌坊上明显"天仙宝境"四字【A1】，（己夹：不得不用俗。）贾妃忙命换"省亲别墅"四字。（己夹：妙！是特留此四字与彼自命。）于是进入行宫【Z】。但见庭燎烧空，（己夹：庭燎最俗。）香屑布地；火树琪花，金窗玉槛。说不尽帘卷虾须，毯铺鱼獭；鼎飘麝脑之香，屏列雉尾之扇。真是："金门玉户神仙府，桂殿兰宫妃子家。"贾妃乃问："此殿何无匾额？"随侍太监跪启曰："此系正殿【Z】，外臣未敢擅拟。"贾妃点头不语。礼仪太监跪请升座受礼，两陛乐起。礼仪太监二人引贾赦、贾政等于月台下排班，殿上昭容传谕曰："免。"太监引贾赦等退出。又有太监引荣国太君①及女眷

---

① 指荣国府荣国公的配偶史太君，此是全书第40回回目"史太君两宴大观园"、第54回回目"史太君破陈腐旧套"称贾母为"史太君"的由来。"太君"是封建时代官员母亲的封号。

等，自东阶升月台上排班，（己夹：一丝不乱，精致大方，有如欧阳公"九九"①。）昭容再谕曰："免。"于是引退。茶已三献，贾妃降座，乐止。退入侧殿【Z】更衣，方备省亲车驾出园。……

尤氏、凤姐等上来启道："筵宴齐备，请贵妃游幸。"元妃等起身，命宝玉导引，遂同诸人步至园门【B】前。早见灯光火树之中，诸般罗列非常。进园来先从"有凤来仪"【H】、"红香绿玉"【N1】、"杏帘在望"【J】、"蘅芷清芬"【X】等处，登楼、步阁，涉水、缘山，百般眺览、徘徊。一处处铺陈不一，一桩桩点缀新奇。贾妃极加奖赞，又劝："以后不可太奢，此皆过分之极。"已而至正殿【Z】，谕免礼、归座，大开筵宴。贾母等在下相陪，尤氏、李纨、凤姐等亲捧羹、把盏。元妃乃命传笔砚伺候，亲搦湘管，择其几处最喜者赐名。按其书云：

"顾恩思义"匾额。

天地启宏慈，赤子苍头同感戴；

古今垂旷典，九州万国被恩荣。

此一匾一联书于正殿【Z】。（己夹：是贵妃口气。）……正楼曰"大观楼"【Z】，东面飞楼曰"缀锦阁"【H2】，西面斜楼曰"含芳阁"【I2】。……

那时贾蔷带领十二个女戏，在楼下【Z】正等的不耐烦，只见一太监飞来说："作完了诗，快拿戏目来！"贾蔷急将锦册呈上，并十二个花名单子。少时，太监出来，只点了四出戏。

【解析】

"崇阁巍峨，层楼高起"语，可见正殿【Z】建造在台基之上，为两层楼，东西两面都有建筑，通过底层的过道和上层的空中过道相连，即此连廊也是上下两层楼的形制，这就是所谓的"迢迢复道萦纡"中提到的"复道"，而"迢迢"两字可见这座两层楼的连廊亦非笔直、而当曲折。

元妃命名正楼为"大观楼"，悬"顾恩思义"匾，东面为飞楼，命名为"缀锦阁"，西面为斜楼，命名为"含芳阁"。正殿前还有一座"玉石牌坊"【A1】，元妃命名为"省亲别墅"。楼下月台可以演戏。

据本书研究，大观楼的东飞楼当名"含芳阁"，西斜楼当名"缀锦阁"，因为古人起名当合五行方位，西为金，东为木，故"含芳"之木当在东，"缀锦"之金当在西。而且大观园正门的西角门是"聚锦门"（第56回："西南角上聚锦门等着呢"），益证"缀锦阁"当在西。此外还有两点证明：

一是下引第40回贾母道："就铺排在藕香榭的水亭子上，借着水音更好听。回来咱们就在缀锦阁底下吃酒，又宽阔，又听的近。"藕香榭在湖西，其与大观

唐制：四品官之妻为郡君，五品为县君，其母邑号后皆加"太君"两字。宋代群臣之母封号有"国太夫人、郡太夫人、郡太君、县太君"等称。

① 指人员站位时九纵九横，形同"九九八十一宫"。所言"欧阳公九九"当指唐代大书法家欧阳询，在学习书法的过程中，根据汉字的字形特点，研制出"九宫格"这一界格形式，是初学书法者临帖写仿的一种常用界格。元代书法家陈绎《翰林要诀》，在欧阳询的基础上改横竖三宫为横竖九宫，成"九九八十一宫"，这样便于更精确的临摹。

楼的西楼隔湖相望，听戏宜在西楼，不当在东楼。若在东楼，其与藕香榭处的湖面为正楼大观楼阻隔，无法看戏，变成了听戏；而且从水面传来的戏曲声，也会被正楼大观楼的建筑给遮挡住，听戏的效果也不佳。这就强烈暗示出"缀锦阁"当是大观楼的西飞楼而非东斜楼。

二是迎春的紫菱洲的主要建筑"缀锦楼"，其在大观楼之西，与大观楼的西飞楼隔湖相望，故皆以"缀锦"命名，就好比是两者间的湖面名为"缀锦湖"，故知"缀锦阁"当在西而不在东。

三是大观园南大门西侧有西角门可以通车①，名为"聚锦门"，见第 56 回："吴大娘和单大娘她两个在西南角上聚锦门等着呢。"西方之门带"锦"字，是因为西方属金；东方属木，故大观楼西楼宜带"金"字偏傍而命名为"缀锦阁"，大观楼东楼宜名木质属性的"含芳阁"（"芳"指开花的树木或草，故为木性）。由五行的方位及大观园西角门名为带"金"字偏傍的"聚锦门"来看，亦可知"缀锦阁"当在西、而"含芳阁"宜在东。

因此我们认为，作者言："东面飞楼曰'缀锦阁'【H2】，西面斜楼曰'含芳阁'【I2】"，当修正为"西面飞楼曰'缀锦阁'【H2】，东面斜楼曰'含芳阁'【I2】"②。故我在彩图与典图中，把大观楼的西楼【H2】标为"缀锦阁"，东楼【I2】标为"含芳阁"。本书考证时，均把大观楼的西楼称为缀锦阁，把大观楼的东楼称为含芳阁；本书行文中凡称"缀锦阁"者，皆指大观楼的西楼，凡称"含芳阁"者，皆指大观楼的东楼，特此说明。

作者将东、西两楼搞反，可能也是因为他写的"宁荣二府大观园"是现实世界中"江宁行宫"东西相反的镜像的缘故。在原型中，大观楼的西楼是含芳阁，东楼是缀锦阁而与其东的紫菱洲"缀锦楼"隔湖相望。写入小说的是镜像，作者一时忘了要改"西"为"东"、改"东"为"西"、而将其改成"西楼缀锦阁、东楼含芳阁"，所以仍作"东楼缀锦阁、西楼含芳阁"。

● 第 40 回：

次日清早起来，可喜这日天气清朗。……丰儿拿了几把大小钥匙，说道："我们奶奶说了，外头的高几恐不够使，不如开了楼把那收着的拿下来使一天罢。奶奶原该亲自来的，因和太太说话呢，请大奶奶开了，带着人搬罢。"李氏便令素云接了钥匙，又令婆子出去把二门【P4】上的小厮叫几个来。李氏站在大观楼【Z】下往上看，令人上去开了缀锦阁【H2】，一张一张往下抬。……

贾母道："就铺排在藕香榭【K2】的水亭子上，借着水音更好听。回来咱们就在缀锦阁【H2】底下吃酒，又宽阔，又听的近。"众人都说那里

---

① 正中的大门有台阶，不可以通车，故在其两侧的平地上开"角门"，方便女眷车子进出，没台阶，有门槛，但门槛是活的，可以拿下来供车通行。

② 或修正为"西面斜楼曰'缀锦阁'【H2】，东面飞楼曰'含芳阁'【I2】"。"飞楼"指高楼，典图中两者皆为高楼。"斜楼"指位不正，典图中两楼皆正，看不出斜，故难以确定两者何者为斜楼。

好。贾母向薛姨妈笑道："咱们走罢。他们姊妹们都不大喜欢人来坐着，怕脏了屋子。咱们别没眼色，正经坐一回子船喝酒去。"说着大家起身便走。……说着，坐了一回方出来，一径来至缀锦阁【H2】下。文官等上来请过安，因问："演习何曲？"贾母道："只拣你们生的演习几套罢。"文官等下来，往藕香榭【K2】去不提。

【解析】

可见大观楼西飞楼"缀锦阁"是两层建筑（则大观楼、含芳阁当亦然），底下可以摆放宴席。李纨叫贾母院二门即"垂花门"【P4】处的跟班小厮入大观园，从"缀锦阁"上搬桌子下来布置宴席，可见"缀锦阁"在大观园中专供摆设宴会用。

●第 71 回：

　　因今岁八月初三日乃贾母八旬之庆，又因亲友全来，恐筵宴排设不开，便早同贾赦及贾珍、贾琏等商议，议定于七月二十八日起至八月初五日止，荣、宁两处齐开筵宴，宁国府中单请官客，荣国府中单请堂客，<u>大观园中收拾出"缀锦阁"【H2】并"嘉荫堂"【I4】等几处大地方来作退居</u>。……

　　至二十八日，两府中俱悬灯结彩，屏开鸾凤，褥设芙蓉，笙箫鼓乐之音，通衢、越巷。宁府中本日只有北静王、南安郡王、永昌驸马、乐善郡王，并几个世交公侯应袭；荣府中南安王太妃、北静王妃，并几位世交公侯诰命。<u>贾母等皆是按品大妆迎接。大家厮见，先请入大观园内"嘉荫堂"【I4】，茶毕、更衣，方出至"荣庆堂"【K4】上</u>，拜寿、入席。……

　　吃了茶，园中略逛了一逛，贾母等因又让入席【I4】。南安太妃便告辞，……余者也有终席的，也有不终席的。

【解析】

大观园中"缀锦阁"与"嘉荫堂"应当同为宽敞而可摆放宴席的处所，贾母八旬大寿时，将这两处作为宾客入园休息的地方（见上引画浪线部分）。

由于男女有别，当分男宾和女宾，故宁国府中单请"官客"即男宾，荣国府贾母院的正堂"荣庆堂"【K4】中单请"堂客"即女宾，则其供宾客临时休息的退居之所也当分男女。

由上引画直线部分是女宾入"嘉荫堂"看茶，故知：男宾当在"缀锦阁"，女宾当在"嘉荫堂"。由于男、女有别，故知"嘉荫堂"与"缀锦阁"当有一定距离，即"嘉荫堂"应当不在正殿"大观楼"中。（而且书中言：大观楼有正面的正楼及两侧的缀锦阁、含芳阁，没提到嘉荫堂，也可知嘉荫堂不在大观楼中。）关于"嘉荫堂"的位置，本章"第五节、六、（1）"有考。

又后四十回之第 92 回冯紫英向贾府推销宝物时说："大观园中正厅上却可用的着"，其所言的"大观园中正厅"当指"大观楼"一楼正中的大厅。

又本章"第八节、二、（一）"考明《嘉庆新修江宁府志》中提到的"内贮历年奉颂法物"处，就是此大观园中的正殿"大观楼"【Z】，因为大观园中最尊贵处便是正殿"大观楼"，唯有此楼才有资格恭奉与皇帝有关的事物，故上引第18回要将此殿命名为"顾恩思义"殿。

第四节 "大观园"三大处考

第18回元妃省亲时说:"此中'潇湘馆'、'蘅芜院'二处,我所极爱;次之'怡红院'、'浣葛山庄',此四大处,必得别有章句题咏方妙。"此回中:元妃"又指'杏帘'一首为前三首之冠。遂将'浣葛山庄'改为'稻香村'。"

第56回探春改革大观园经营体制时,决定派世代"管打扫竹子"的老祝妈,"本是种庄稼"的老田妈,以及宝玉僮仆焙茗之娘老叶妈,分别管理"潇湘馆"的竹林、"稻香村"的田垅、"怡红院"和"蘅芜院"处的奇花异草,也以这"四大处"并重。

由此可知:怡红院、潇湘馆、蘅芜苑、稻香村是全园最凝聚设计者匠心的地方,总称"四大处"("大处"即大型建筑区)。怡红院相当于是为巡幸园林的皇帝准备的下榻用的卧房,潇湘馆相当于是为皇帝准备的书房,蘅芜苑相当于是为皇帝准备的琴房,稻香村相当于是为皇帝准备的享受田园隐居生活的农庄。而下一节所要介绍的蓼风轩就相当于是为皇帝准备的画室,秋爽斋相当于是为皇帝准备的书法工作室,栊翠庵相当于供皇帝息心礼佛的处所兼茶室,大观楼相当于是皇帝处理政务的办公楼,而园大门相当于是皇帝入住行宫时接见地方官员的会客厅,藕香轩相当于是演戏用的水上大舞台,皇帝可以坐在船中看戏,紫菱洲相当于是水边纳凉用的水榭(避暑处),此外还有赏雪和垂钓用的芦雪庵、钓鱼台、赏月用的嘉荫堂、凸碧山庄、凹晶溪馆等。

上述四大处中,上一节讨论"三正处"时已经讨论过"怡红院",另外三大处便在本节中加以讨论。

此三大处,图中只绘"蘅芜苑"一处【X】(按:典图有绘,彩图为大主山茂密竹海所挡,仍未绘)。"潇湘馆"虽然没绘,但彩图中绘有茂密的竹林,潇湘馆或为竹林所隐蔽,乃不绘之绘;至于在竹林何处,则当"合理定位"。而"稻香村"可能因为是茅舍,绘图者以其鄙陋而省略不绘,亦需"合理定位"。

一、潇湘馆

定位说明:书中写明"潇湘馆"在竹林中,今图中正绘有竹林。彩图在竹林南边的【H】处有"游廊"往北内凹,当系原有院落处,故乾隆朝加添走廊[1]时才会有意绕开。因其背靠茂密竹海,故今暂定其处就是"潇湘馆"。

---

[1] 即《南巡盛典》卷101"江宁行宫"之"图说":"乾隆十六年(1751),……即旧池重浚,周以长廊。"

值得注意的是：此【H】与"怡红院"【N1】正隔湖相望，中间隔一"沁芳亭"【F】，三者【H】【F】【N1】在一直线上，"沁芳亭"正好位于两者正中间，这显然是造园者的特意布局。

因为此"江宁行宫"作为供皇帝南巡时所住的皇家园林，肯定要像所有皇家园林一样，安排皇帝与皇后的居所。上一节考证"三正处"时，已言明怡红院【N1】实为皇帝寝宫。而下引第 17 回又言明：潇湘馆实为入园后的"第一处行幸之处……（其名）莫若'有凤来仪'四字。"宝玉命名其为"有凤来仪"，实已清楚点明：如果皇后与皇帝一同来南巡的话，这儿便是皇后的居所。"江宁行宫"这一皇家园林的设计规划者，并没有随意地布局皇后居所，而是让皇后居所与皇帝居所，像"太极图"的阴阳两个鱼眼般对称布局，充分体现出该行宫作为皇家园林所必须具有的皇家严肃性、布局严整性。其妙就妙在，设计这一园林的大师"山子野"先生，能把这种必需的严肃性、严整性，巧妙地融入追求自然活泼的江南园林中，让人一点都感受不出来，但事实上又存在在那儿而不是没有；这就是道家所谓的"无为而治"、"无为而无不为"，道融于万物而不为人察觉。

书中宝玉在大观园中的地位便相当于皇帝，黛玉在大观园中的地位便相当于皇后，两人是全书的两大主角，所以两人的居所要以全园对角线交会处的全园正中心——"沁芳亭"【F】——作最标准的中心对称布局。这反过来也就能证明：图中【H】处肯定就是能和"皇帝寝宫"宝玉居所【N1】分庭抗礼的"皇后寝宫"黛玉居所。宝玉与黛玉的姻缘是"木石前盟"，怡红院中有"通灵宝玉"之"石"，黛玉院中有潇湘翠竹之"木"，作者特意又让两人在大观园中的居所呈中心对称的两相照映格局，充分显示出两人是天造的一对、地设的一双。

当然，书中最终是宝玉与宝钗成了夫妻，作者既然在地利上让黛玉与宝玉成了遥遥相照的一对，便不可能再在地理格局上安排宝钗、宝玉两人的居所形成某种对照格局。那作者又是如何在两人的居所中暗示两人是夫妻的呢？大家可能没想到，作者是用两人的居所都有花来暗示两人是夫妻。

为什么两人的居所都有花，便能暗示两人是真夫妻呢？这实在是因为书中第 63 回写宝钗抽到牡丹签，上题"艳冠群芳"四字，可见她是百花仙子之首的牡丹仙子这一"艳冠群芳"的"女花王"下凡，来和外号为"绛洞花王"①的"男花王"宝玉相配。既然宝钗是女花王，宝玉是男花王，所以两者的居所都要有花，即：怡红院门口有大体量的蔷薇花障【O1】，簇拥出男主人的花王身份；而蘅芜苑【X】内又有各种奇花异草，显示出女主人是百花魁首。作者不但让这两处皆有花，第 56 回还特地安排宝玉僮仆焙茗之娘老叶妈，和宝钗侍儿金莺的娘共同来管理这两处的花。而且还特地通过平儿的嘴交代："前儿莺儿还认了叶妈做干娘，请吃饭吃酒，两家和厚的好的很呢。"己卯本有夹批："夹写大观园中多少儿女家常闲景，此亦补前文之不足也。"这便是在交代宝玉的小厮茗烟和宝钗的大丫环金莺是天造地设的一对，以此来为他俩主人宝玉、宝钗的"金玉良缘"做引子。作者文心如此巧慧，笔底全都直奔主题，没有一丝闲文。

---

① 见第 37 回李纨称宝玉："你还是你的旧号'绛洞花王'就好。"

●第17回贾政一行前来视察潇湘馆：

于是出亭【F】、过池，一山、一石，一花、一木【G】，莫不着意观览。忽抬头看见前面一带粉垣，里面数楹修舍，有千百竿翠竹遮映。众人都道："好个所在！"（庚侧：此方可为颦儿之居【H】。）于是大家进入，只见入门便是曲折游廊，（己夹：不犯超手游廊。）阶下石子漫成甬路。上面小小两三间房舍，一明两暗，里面都是合着地步打就的床几、椅案。从里间房内又得一小门，出去则是后院，有大株梨花◆兼着芭蕉◆。又有两间小小退步。后院墙下忽开一隙，得泉●一派，开沟仅尺许，灌入墙内，绕阶缘屋至前院，盘旋竹下而出。

贾政笑道："这一处还罢了。（己侧：一处。）若能月夜坐此窗下读书，不枉虚生一世。"说毕，看着宝玉，唬的宝玉忙垂了头。（己夹：点一笔。）众客忙用话开释，（己夹：客不可不有。）又说道："此处的匾该题四个字。"贾政笑问："哪四字？"一个道是"淇水遗风。"贾政道："俗。"（己夹：余亦如此。）又一个是"睢园雅迹"。贾政道："也俗。"贾珍笑道："还是宝兄弟拟一个来。"（庚眉：又换一章法。壬午春。）贾政道："他未曾作，先要议论人家的好歹，可见就是个轻薄人。"（庚侧：知子者莫如父。）众客道："议论的极是，其奈他何。"贾政道："休如此纵了他。"因命他道："今日任你狂为乱道，先设议论来，然后方许你作。（己夹：又一格式；不然①，不独死板，且亦大失严父素体。）（庚眉：于作诗文时，虽政老亦有如此令旨，可知严父亦无可奈何也。不学纨绔来看。畸笏。）方才众人说的，可有使得的？"宝玉见问，答道："都似不妥。"（己夹：明知是故意要他搬驳议论，落得肆行施展。）贾政冷笑道："怎么不妥？"宝玉道："这是第一处行幸之处，必须颂圣方可。若用四字的匾，又有古人现成的，何必再作？"贾政道："难道'淇水'、'睢园'不是古人的？"宝玉道："这太板腐了。莫若'有凤来仪'四字。"（己夹：果然，妙在双关暗合。）众人都哄然叫妙。贾政点头道："畜生，畜生，可谓'管窥蠡测'矣。"因命："再题一联来。"宝玉便念道："宝鼎茶闲烟尚绿，（己夹：'尚'字妙极！不必说竹，然恰恰是竹中精舍。）幽窗棋罢指犹凉。（己夹：'犹'字妙！'尚绿'、'犹凉'四字，便如置身于森森万竿之中。）"贾政摇头说道："也未见长。"说毕，引众人出来。

【解析】

贾政过了沁芳亭桥【F】，经过一段有很多花木、竹石、假山的园中径路，忽然看到前面有一带粉墙，粉墙内有几间瘦削的屋舍，有千百竿翠竹将此院落围绕，这描写的正是彩图中所绘的"大主山"头【Y】翠竹如海的风光，此是本图与《红楼梦》文字"文图相合"的力证。★

众人都为此竹海叫好。今图中虽然没有画此潇湘馆，但上文已经考明其应当就在彩图所绘的竹林茂密的"大主山"【Y】东南侧【H】处。其处近在"大

---

① 不然，否则。

观楼"【H】西侧而两不相见，当是两者之间有山坡障景的缘故。

入此院门便是曲折游廊，可见庭院不是矩形，而是曲尺形，有石子铺就的甬道通往正房台阶，其房为小小的"两三开间"大小的居舍，一间有门，另两间是其套间（由此可证上文所谓的"两三开间"中的"两"字是虚陪之语，其实就是"三开间"）。那另外两个套间的门全都开在内墙上，外墙上没有门，但开有窗。这三间房屋内，全都是按照房屋大小、房屋形状而特制的床几桌椅。最里间（即最北一间）的房内又开一扇后门，出去便是后院，有大棵的梨花树和芭蕉，与翠竹相映，呈现出一片清绿色调。其后又有两间小小的附房供下人居住（文中称之为"退步"，即退居之所，是不显眼位置处的附属建筑）。后院墙下开有一个小洞，引来泉水一脉。此溪沟仅宽一尺多，流入墙内后，绕房屋的台阶流到前院，从庭院的竹林中盘旋出院而去。此泉流小溪仅一尺来宽，所以用不着造桥，溪上点缀石块便可走过。

贾政笑称此处不错，若能月夜坐此窗下读书，不枉人生。宝玉称此处是入园山路走来的第一站行幸处，所以得用"有凤来仪"四个字，点明这儿是迎接贵妃而建的省亲别墅。

今按：大观园园门【B】在大观园的最南侧，入此园门后的动线采用立体构思，把沁芳亭长桥【F】做成下山坡道的一部分（见上文第二节末尾的《沁芳亭桥形制构想图》），引南门入园之人第一站已到达园北"大主山"【Y】下，足见造园者构思奇妙。

● 第40回贾母带刘姥姥游大观园，来到潇湘馆：

贾母少歇一回，自然领着刘姥姥都见识见识。先到了潇湘馆【H】。一进门，只见两边翠竹夹路，土地下苍苔布满，中间羊肠一条石子漫的路。刘姥姥让出路来与贾母众人走，自己却趔①土地。琥珀拉着她说道："姥姥，你上来走，仔细苍苔滑了。"刘姥姥道："不相干的，我们走熟了的，姑娘们只管走罢。可惜你们的那绣鞋，别沾脏了。"她只顾上头和人说话，不防底下果踬②滑了，"咕咚"一跤跌倒。众人拍手都"哈哈"的笑起来。贾母笑骂道："小蹄子们，还不搀起来，只站着笑。"说话时，刘姥姥已爬了起来，自己也笑了，说道："才说嘴就打了嘴。"贾母问她："可扭了腰了不曾？叫丫头们捶一捶。"刘姥姥道："哪里说的我这么娇嫩了。哪一天不跌两下子？都要捶起来，还了得呢。"

紫鹃早打起湘帘，贾母等进来坐下。林黛玉亲自用小茶盘捧了一盖碗茶来奉与贾母。王夫人道："我们不吃茶，姑娘不用倒了。"林黛玉听说，便命丫头把自己窗下常坐的一张椅子挪到下首，请王夫人坐了。

刘姥姥因见窗下案上设着笔砚，又见书架上磊着满满的书，刘姥姥道："这必定是哪位哥儿的书房了。"贾母笑指黛玉道："这是我这外孙女儿的

① 此字音"qìn"，艰难而小心地行走。此指刘姥姥把好路让给大家，自己小心谨慎地走上泥地，每一步都要留神脚下，以免滑倒。
② 此字音义同"踩"。

屋子。"刘姥姥留神打量了黛玉一番,方笑道:"这哪像个小姐的绣房,竟比那上等的书房还好。"

贾母因问:"宝玉怎么不见?"众丫头们答说:"在池子里舡上呢。"贾母道:"谁又预备下舡了?"李纨忙回说:"才开楼拿几,我恐怕老太太高兴,就预备下了。"贾母听了方欲说话时,有人回说:"姨太太来了。"贾母等刚站起来,只见薛姨妈早进来了,一面归坐,笑道:"今儿老太太高兴,这早晚就来了。"贾母笑道:"我才说来迟了的要罚她,不想姨太太就来迟了。"

说笑一会,贾母因见窗上纱的颜色旧了,便和王夫人说道:"这个纱新糊上好看,过了后来就不翠了。这个院子里头又没有个桃、杏树,这竹子已是绿的,再拿这绿纱糊上反不配。我记得咱们先有四五样颜色糊窗的纱呢,明儿给她把这窗上的换了。"凤姐儿忙道:"昨儿我开库房,看见大板箱里还有好些匹'银红蝉翼纱',也有各样折枝花样的,也有'流云万福'花样的,也有'百蝶穿花'花样的,颜色又鲜,纱又轻软,我竟没见过这样的。拿了两匹出来,作两床绵纱被,想来一定是好的。"

贾母听了笑道:"呸,人人都说你没有不经过、不见过,连这个纱还不认得呢,明儿还说嘴?"薛姨妈等都笑说:"凭她怎么经过、见过,如何敢比老太太呢?老太太何不教导了她,我们也听听。"凤姐儿也笑说:"好祖宗,教给我罢。"

贾母笑向薛姨妈众人道:"那个纱,比你们的年纪还大呢。怪不得她认作'蝉翼纱',原也有些像,不知道的,都认作'蝉翼纱'。正经名字叫作'软烟罗'。"凤姐儿道:"这个名儿也好听。只是我这么大了,纱罗也见过几百样,从没听见过这个名色。"

贾母笑道:"你能够活了多大?见过几样没处放的东西,就说嘴来了。那个软烟罗只有四样颜色:一样'雨过天晴',一样'秋香色',一样松绿的,一样就是银红的。若是做了帐子,糊了窗屉,远远的看着,就似烟雾一样,所以叫作'软烟罗',那银红的又叫作'霞影纱'。如今上用的府纱也没有这样软厚轻密的了。"

薛姨妈笑道:"别说凤丫头没见,连我也没听见过。"凤姐儿一面说,早命人取了一匹来。贾母说:"可不是这个!先时原不过是糊窗屉,后来我们拿这个作被作帐子,试试也竟好。明儿就找出几匹来,拿银红的替她糊窗子。"凤姐答应着。众人都看了,称赞不已。……

贾母起身笑道:"这屋里窄,再往别处逛去。"刘姥姥念佛道:"人人都说大家子住大房。昨儿见了老太太正房【K4】,配上大箱、大柜、大桌子、大床,果然威武。那柜子比我们那一间房子还大还高。怪道后院子里有个梯子。我想:并不上房晒东西,预备个梯子作什么?后来我想起来,定是为开顶柜收放东西,非离了那梯子,怎么得上去呢?如今又见了这小屋子,更比大的越发齐整了。满屋里的东西都只好看,都不知叫什么,我越看越舍不得离了这里。"凤姐道:"还有好的呢,我都带你去瞧瞧。"说着,一径离了潇湘馆，远远望见池【B3】中一群人在那里撑舡。

【解析】

众人一进潇湘馆的庭院，只见两边是翠竹，地上长满苍苔，中间有条石子漫的羊肠小道，刘姥姥故意走苔藓泥地滑了一跤，引来大家一片笑声。

紫鹃打起湘竹帘，贾母等入屋坐下。窗下的几案上放着笔砚，书架上堆满书，刘姥姥称赞此处比上等的书房还要好，可见此处原本就是行宫中为皇帝准备的书房。

贾母见绿窗纱褪了色而不再翠绿，又见院中满是翠意，没有开红花的桃、杏等树，于是建议用五彩的窗纱糊窗，这就顺带说起"软烟罗"的名目共有四类，分别是"雨过天晴色"、"秋香色（即黄色加绿色而成的黄偏绿色）"、"松绿色"、"银红色"，用它们糊了窗屉后，远远望去就像笼了层烟雾，故名"软烟罗"。而银红色最夺目，又叫"霞影纱"，贾母命凤姐用银红色的给黛玉糊窗。

第 79 回黛玉笑道："咱们如今都系霞影纱糊的窗槅，何不说'茜纱窗下，公子多情'呢？"可见全园不少地方都用此"软烟罗"糊窗。第 79 回宝玉《芙蓉女儿诔》吟出"茜纱窗下"来指代黛玉，以示此《诔》名义上是为晴雯作，其实就是为悼念黛玉而作，本回的"软烟罗"情节，便是为第 79 回情节所作的预伏之笔。

又贾母说这屋里窄，可见潇湘馆非常精致而不大。刘姥姥称赞道："别人都说大家子住大房，如今见了大家子里的小屋子，更比大的还要齐整。"

● 第 35 回：

这里林黛玉还自立于花阴之下，远远的却向怡红院【N1】内望着。……一句话提醒了黛玉，方觉得有点腿酸，呆了半日，方慢慢的扶着紫鹃，回潇湘馆【H】来。一进院门，只见满地下竹影参差，苔痕浓淡，不觉又想起《西厢记》中所云"幽僻处可有人行，点苍苔白露泠泠"二句来，因暗暗的叹道："双文，双文，诚为命薄人矣。然你虽命薄，尚有孀母、弱弟；今日林黛玉之命薄，一并连孀母、弱弟俱无。古人云'佳人命薄'，然我又非佳人，何命薄胜于双文哉！"

一面想，一面只管走，不防廊上的鹦哥见林黛玉来了，"嘎"的一声扑了下来，倒吓了一跳，因说道："作死的，又扇了我一头灰。"那鹦哥仍飞上架去，便叫："雪雁，快掀帘子，姑娘来了。"黛玉便止住步，以手扣架道："添了食水不曾？"那鹦哥便长叹一声，竟大似林黛玉素日吁嗟音韵，接着念道："侬今葬花人笑痴，他年葬侬知是谁？试看春尽花渐落，便是红颜老死时。一朝春尽红颜老，花落人亡两不知！"（蒙侧：哭成的句子，到今日听了，竟做一场笑话。）

黛玉、紫鹃听了都笑起来。紫鹃笑道："这都是素日姑娘念的，难为它怎么记了。^①"黛玉便令将架摘下来，另挂在月洞窗外的钩上，于是进了屋子，在月洞窗内坐了。吃毕药，只见窗外竹影映入纱来，满屋内阴阴翠润，几、簟生凉。黛玉无可释闷，便隔着纱窗调逗鹦哥作戏，又将素日所喜的诗词也教与它念。这且不在话下。

【解析】

上引画线部分表明潇湘馆【H】与怡红院【N1】遥遥相对，即第 1 回《好了歌解》"蛛丝儿结满雕梁"句甲戌本侧批："潇湘馆、紫芸轩等处"，将潇湘馆与怡红院对举。按：紫芸轩就是怡红院，见"第二章、第一节、一、（二）、（6）"。第 17 回贾政入怡红院【N1】时，"俄见粉墙环护，绿柳周垂"句，己卯本有夹批："与'万竿修竹'【H】遥映"，也点明潇湘馆【H】与怡红院【N1】隔湖相望。

此节文字的意义在于描写到潇湘馆的廊上有鹦鹉，并点明黛玉天天哭着念诵《葬花吟》等哀诗，连鹦鹉都记住了。人所共知：心情郁闷会致病。黛玉天天念哀诗，则其情绪肯定抑郁不佳，作者写鹦鹉念诗，其实就是在写黛玉病根日益深重。

●潇湘馆的匠心独运

上文讲到"怡红院"【N1】的不可思议处，便在于其在北院开门，一反常规，令一般人想都不敢想；从而误把"怡红院"放到园门南侧，使"大观园"像手枪的枪把般，孤伶伶地往东南凸出一块来不成体统^②。此"潇湘馆"同样也有其不可思议处，即其作为进入"大观园"南大门后的第一处，居然不在湖之南，而在与"南大门"【B】隔湖相望的湖之北【H】。

潇湘馆作为第一站巡幸处，所有人都会认为它在大观园南大门【B】的"怡红院"【N1】近旁。因为入园的第一处怎么可能在园门的湖对岸呢？所以几乎所有人都会认为我们把"潇湘馆"安排在距园门非常远的湖对岸【H】处肯定有误。

一般人都会把"潇湘馆"与"怡红院"【N1】并列放在园南大门【B】处。因为第 17 回宝玉为潇湘馆命名时说过："这是第一处行幸之处"。而"怡红院"实可视为园门处的庭院建筑，园门不过是"怡红院"的院门而已。除园门庭院内的上房"怡红院"外，行宫内真正的第一处景观便应当是"潇湘馆"，难怪第 74 回抄完园门处的宝玉"怡红院"后，下来便抄素来认为是园内第一处的黛玉"潇湘馆"。既然怡红院【N1】在园门【B】口，潇湘馆又是入园后的第一处景观，于是一般人都会认为两者非常贴近。况且宝玉与黛玉又总给人以"平起平坐"、联在一起的感觉，这似乎也就更加能够证明：两者的居所应当贴近在一起并排。

本章下文"第七节、三"专门讨论"第 23 回大观园的入住安排"，指出其安排时充分体现"男女大防"之旨，因此我们安排宝玉"怡红院"【N1】与黛

---

① 指：难为它怎么记得这么清楚。

② 不成体统，即不像样子。

玉"潇湘馆"【H】隔湖相望，反倒比众人所主张的"贴近、并排"要更为合理。我们这么一安排，便会让进入园南门【B】的道路所通往的园内第一处【H】反倒在了园北。这不是我们安排错了，这恰是造园者远非常人所能理解和设计出的、与众不同的匠心所在。即：他能让你一入园，便以穿越隧道般的立体交通方式，一下子来到大观园的另一面；正如"太极图"那般，让你从黑鱼眼处的园南门【B】，一下子就来到了对面白鱼眼处的园中第一处潇湘馆【H】，给人以完全意想不到的惊奇效果。

入园后至潇湘馆的路线见上引第17回：贾政入大观园南大门【B】，走"翠嶂"【C】处山口"曲径通幽处"【E】的山路"再进数步，渐向北边，平坦宽豁，两边飞楼插空①，雕甍绣槛，皆隐于山坳树杪之间。俯而视之，则清溪泻雪，石磴穿云②；白石为栏，环抱池沼；石桥【F】三港，兽面衔吐，桥上有亭。"这说的是由园门翠嶂山口一直往北走山路爬至高处后，再"高屋建瓴"般一直往北下山，走上了自高往下有一定坡度的长桥"沁芳亭桥"【F】。在这"自古华山一条路"般的长桥之路引领下，便来到了湖北岸的"潇湘馆"【H】。"沁芳亭"长桥有一定的坡度，就相当于往湖对岸延伸的下山坡道，详见本章"第二节、二、（三）"末尾的《沁芳亭桥形制构想图》。

沁芳亭桥南塪必定会有沿湖之路东达"怡红院"【N1】，西达园西南诸景（如"秋爽斋"【Q2】）。由于大家顺着山势往北直下而径直走上"下坡"般的长桥【F】，便不大会注意桥南塪东西两侧通往怡红院或园西南诸景（如秋爽斋）的岔路。而这沿湖往东或往西拐弯所枝分出来的路口也必定会掩饰巧妙，使下山者更加不容易看出这两条枝分之路的存在。于是下山之人便只看到"过湖之桥"这条往北的辇路大道，从而被这条下坡大路直接引到入园后的第一处潇湘馆【H】。这就能保证入园南大门【B】山路行来的第一站不在湖之南，而是湖之北的"潇湘馆"【H】。造园者的这一手法，便是通过营造立体交通来加以动线引导，屏蔽东西分枝岔路，让入园者走一直往北的下山坡道直抵湖北的"潇湘馆"。

"秋爽斋"【Q2】就在山路边，本应该作为入园的第一处。为何走此山路时没能走到其西侧很近处的"秋爽斋"，反倒是极远处的"潇湘馆"【H】成了第一站？这当是因为"秋爽斋"高踞山巅，四围有山石障景，往北而行的山路在"秋爽斋"下的半山腰，平视看不见此斋，唯有仰望方能见其檐角（"飞楼插空"），但又不知何路可通。所以第17回贾政走园南门"翠嶂"【C】的"曲径通幽处"【E】山路所到的第一站，既不是园门处的"怡红院"【N1】，也不是山路西侧山巅的"秋爽斋"【Q2】，而是在下山坡道一直往北引导下的、过了"沁芳亭长桥"后的、远在湖对岸的"潇湘馆"【H】。

---

① "两边飞楼插空"当指西侧山巅的秋爽斋【Q2】，东北侧湖对岸高耸的大观楼【Z】。

② 可见所走的山路恰好就在半山腰，往下俯视可以看到石阶通往下方，又可以看到"中心湖"由怡红院西侧豁口【U1】流入怡红院后院的湍湍清溪【P1】。

二、稻香村

定位说明：书中对稻香村仅有一处详细的描写，所以难以定位，暂定于图中"大主山"西麓的【J】处。

●第17回：

一面走，一面说，（己夹：是极！）倏尔青山斜阻。【I】（己夹："斜"字细，不必拘定方向。诸钗所居之处，若稻香村、潇湘馆、怡红院、秋爽斋、蘅芜苑等，都相隔不远，究竟只在一隅。然处置得巧妙，使人见其千邱万壑，恍然不知所穷，所谓会心处不在乎远。大抵一山一水，一木一石，全在人之穿插布置耳。）转过山，怀中隐隐露出一带黄泥筑就墙，墙头上皆稻茎掩护。（己夹：配的好！）有几百株杏花◆，如喷火蒸霞一般。里面数楹茅屋【J】。外面却是桑◆、榆◆、槿◆、柘◆，各色树稚①、新条，随其曲折，编就两溜青篱。篱外山坡之下，有一土井，旁有桔槔、辘轳之属。下面分畦列亩【K】，佳蔬、菜花，漫然无际。（己夹：阅至此，又笑别部小说中，一万个花园中，皆是牡丹亭、芍药圃，雕栏画栋、琼榭朱楼，略不差别。）

贾政笑道："倒是此处有些道理。固然系人力穿凿，此时一见，未免勾引起我归农之意。（己夹：极热中偏以冷笔点之，所以为妙。）我们且进去歇息歇息。"说毕，方欲进篱门去，忽见路旁有一石碣，亦为留题之备。（庚侧：真妙、真新。）（己夹：更恰当。若有悬额之处，或再用镜面石，岂复成文哉？忽想到"石碣"二字，又托出许多郊野气色来，一肚皮千邱万壑，只在这石碣上。）众人笑道："更妙，更妙！此处若悬匾待题，则田舍家风一洗尽矣。立此一碣，又觉生色许多，非范石湖田家之咏不足以尽其妙。"（庚侧：赞得是，这个蓑翁有些意思。）（己夹：客不可不养。）贾政道："诸公请题。"众人道："方才世兄有云，'编新不如述旧'，此处古人已道尽矣，莫若直书'杏花村'妙极。"贾政听了，笑向贾珍道："正亏提醒了我。此处都妙极，只是还少一个酒幌，明日竟作一个，不必华丽，就依外面村庄的式样作来，用竹竿挑在树梢。"贾珍答应了，又回道："此处竟还不可养别的雀鸟，只是买些鹅鸭鸡类，才都相称了。"贾政与众人都道："更妙。"

贾政又向众人道："'杏花村'固佳，只是犯了正名，村名直待请名方可。"众客都道："是呀。如今虚的，便是什么字样好？"大家想着，宝玉却等不得了，（己夹：又换一格方不板。）也不等贾政的命，（己夹：忘情有理。）便说道："旧诗云：'红杏梢头挂酒旗。'如今莫若'杏帘在望'（己夹：妙在一'在'字。）四字。"众人都道："好个'在望'！又暗合'杏花村'意。"宝玉冷笑道：（己夹：忘情最妙。）"村名若用'杏花'二字，则俗陋不堪了。又有古人诗云：'柴门临水稻花香。'何不就用'稻香村'【J】的妙？"众人听了，亦发哄声拍手道："妙！"

贾政一声喝断："无知的业障！（庚眉：爱之至，喜之至，故作此语。

---

① 树稚，幼树。

作者至此，宁不笑杀！①壬午春。)你能知道几个古人？能记得几首熟诗？也敢在老先生前卖弄！你方才那些胡说的，不过是试你的清浊，取笑而已，你就认真了！"说着，引众人步入茆堂，里面纸窗、木榻，富贵气象一洗皆尽。贾政心中自是喜欢，却瞅宝玉道："此处如何？"众人见问，都忙悄悄的推宝玉，教他说"好"。宝玉不听人言，便应声道："不及'有凤来仪'多矣。"(己夹：公然自定名，妙！)贾政听了道："无知的蠢物！你只知朱楼画栋，恶赖②富丽为佳，哪里知道这清幽气象？终是不读书之过！"宝玉忙答道："老爷教训的固是，但古人常云'天然'二字，不知何意？"

众人见宝玉牛心，都怪他呆痴不改。今见问"天然"二字，众人忙道："别的都明白，为何连'天然'不知？'天然'者，天之自然而有，非人力之所成也。"宝玉道："却又来！此处置一田庄，分明见得人力穿凿、扭捏而成。远无邻村，近不负郭，背山山无脉▲，临水水无源●，高无隐寺之塔，下无通市之桥，峭然孤出，似非大观。争似先处有自然之理，得自然之气，虽种竹引泉，亦不伤于穿凿。古人云'天然图画'四字，正畏非其地而强为其地，非其山而强为其山，虽百般精巧③，终不相宜……"未及说完，贾政气的喝命："又出去！"刚出去，又喝命："回来！"命再题一联："若不通，一并打嘴！"(庚眉：所谓奈何他不得也，呵呵！畸笏。)宝玉只得念道："新涨绿添浣葛处，(庚夹：采《诗》颂圣最恰当。)好云香护采芹人。(庚夹：采《风》、采《雅》都恰当。然冠冕中又不失香奁格调。)"贾政听了，摇头说："更不好。"

【解析】

贾政等一行人从"潇湘馆"出来后，一面走，一面说，忽然一道青山斜挡在面前。脂批言大观园诸钗所居之处，如稻香村【J】、潇湘馆【H】、蘅芜苑【X】、蓼风轩【J2】、缀锦楼【U2】等，全都相隔不远而聚在大观园的一角。造园者通过山体的障景，使道路曲折迂回，便能布置巧妙，使人能在方寸之中看到千丘万壑；又通过路网的立体交织，循环往复，令人顿感景致无穷。此"青山斜阻【I】"，便是稻香村【J】与潇湘馆【H】之间的障景之山。

贾政等人转过此山，见山怀抱中隐隐露出一道黄泥巴墙，墙顶都用稻秆做成。墙外有几百株杏花④，现在正是早春二月或三月，开得像"喷火蒸霞"般艳丽。墙内有几间茅草屋，正与茅草墙头相配。院外有桑树、榆树、槿树、柘树等树种，不少都是刚种下的幼树，早春时节都长出了嫩绿的新枝。

由于全园只有此处提到榆树，所以第63回所说的"榆荫堂"当在此处，其曰："因饭后平儿还席，说红香圃【P】太热，便在榆荫堂【G4】中摆了几席新酒佳肴。(列藏：'榆荫'中者，余荫也。兹既感灵，今故怀亲，所谓不失忠孝

---

① 指作者看到作批的脂砚斋"我"这么夸他，一定会高兴死。
② 恶赖，恶劣，此处当指粗俗的富丽。
③ 巧，庚辰本、己卯本、蒙王府本原误作"而"，今据程甲本、程乙本、梦稿本、甲辰本、舒序本、列藏本改。此可证程高本底本亦甚佳。
④ 这未免夸张，当是几百枝。假设一株杏树有几十个大枝杈，当为十来株杏树。

之大纲也。)"而红香圃【P】与稻香村【J】不远①,皆在后角门"内厨房"【W3】附近,出于摆饭方便考虑,榆荫堂【G4】也当靠近稻香村【J】为宜。

黄泥巴墙外顺着地势的自然曲折,编了两道青篱笆。篱笆外的山坡下有一口土井,井上有桔槔、辘轳等打水、灌田用的工具。井旁分出菜畦和水稻田来,种了一大片蔬菜和油菜花。贾政笑道:"这儿有意思,勾起了我归田隐居的意志来。"可见此处便是行宫中供皇上隐居息心,感受陶渊明那种田园生活的地方。

贾政正欲进篱门,看到路边有块石碣,因为此处有杏花,所以有人建议题上"杏花村"三个字,贾政便让贾珍树个酒幌,以应杜牧《清明》诗"牧童遥指杏花村"句,宝玉于是建议题作"杏帘在望"、"稻香村",贾政心中爱煞,但表面上故意不露出来,而且还大声喝斥:"无知业障,莫要卖弄!"这才率领众人步入茅堂,里面全都是纸糊的窗,木制的床榻家具,一扫富贵气象。

宝玉嫌其不天然,即:背靠"大主山"乃无脉之山,面前所临的河流又是无源之水,全都靠人力穿凿而成。

今按:此"稻香村"在大观园的腰门【C4】略北,当面朝湖而坐北朝南(古人喜欢朝南,此房不大可能朝西)。宝玉又言其"背山",即背靠"大主山",其东侧又有"青山斜阻",故其当在"大主山"西侧"⌐"形的山怀抱中,有"沁芳溪"分出一支从东流来,流经村门口而南折入湖,即第17回贾珍在"怡红院"处描述大观园水脉时所称的:"原从那闸【C1】起流至那洞口【S】,从东北山坳【T1】里引到那村庄【J】里;又开一道岔口【U1】,引到西南【V1】上。"稻香村门口的溪流当是从"东北山坳里"【T1】自东北流来,经过村庄门前而入湖【B3】。此溪东侧又有"蓼汀花溆"之溪【T】,两溪相夹处向湖中突起,当即紫菱洲【L2】的所在。其详细格局可以参见本章"第五节、五"所提到的书首"图A3"《蓼汀花溆构想图》。又上述引文中"又开一道岔口"不是从"稻香村"【J】分枝,而是沁芳池之湖【B3】从"怡红院"西墙处的豁口【U1】往南分出一支溪流【P1】流到怡红院【N1】的后院。

贾政引大家从"稻香村"出来,转过其背靠的山坡,一路穿花度柳、抚石依泉往前走去。

此稻香村当靠近由府入园的角门【C4】,今定其在图中园内最冷落的西北角,这与"稻香村"作为皇帝隐居息心地的设计宗旨相合。而且李纨、贾兰这对孤儿寡母,从身份上说,也适宜安排在这种冷清寂寞的角落之地居住。稻香村北侧又有"梨香院"【N2】,其在全园最西北角,但不向园内开门,故"稻香村"【J】、"梨香院"【N2】两者之间无路可通。

---

① 见第17回贾政等人从"稻香村"【J】到"蘅芜苑"【X】,一路上"过了荼蘼架,再入木香棚,越牡丹亭,度芍药圃,入蔷薇院,出芭蕉坞,盘旋曲折","芍药圃"就是"红香圃"。而"稻香村"【J】靠近后门处的内厨房【W3】,故"红香圃"【P】也靠近内厨房。

三、蘅芜院

定位说明：典图【X】处绘有此院落。

●第 17 回贾政一行人离了稻香村后：

于是要进港洞【S】时，又想起有船无船。贾珍道："采莲船共四只，座船一只①，如今尚未造成。"贾政笑道："可惜不得入了。"贾珍道："从山上盘道【U】亦可进去。"说毕，在前导引，大家攀藤抚树过去。只见水上落花愈多◆，其水愈清，溶溶荡荡，曲折萦迂●。池边两行垂柳◆，杂着桃◆杏◆，遮天蔽日，真无一些尘土。【V】

忽见柳阴中又露出一个折带朱栏板桥【W】来，（己夹：此处才见一"朱、粉"字样，绿柳、红桥，此等点缀亦不可少。后文写芦雪广则曰"蜂腰板桥"【Y2】，都施之得宜，非一幅死稿也。）度过桥去，诸路可通，（己夹：补四字，细极！不然，后文宝钗来往，则将日日爬山越岭矣。记清此处，则知后文宝玉所行常径非此处也？）便见一所清凉瓦舍，一色水磨砖墙，清瓦花堵◆【X】。那大主山【Y】所分之脉，（己夹：两见"大主山"。稻香村又云"怀中"，不写"主山"，而"主山"处处映带、连络不断可知矣。）皆穿墙而过。（己夹：好想。）

贾政道："此处这所房子，无味的很。"（己夹：先故顿此一笔，使后文愈觉生色，'未扬先抑'之法。盖钗、颦对峙，②有甚难写者。）因而步入门时，忽迎面突出插天的大玲珑山石▲来，四面群绕各式石块，竟把里面所有房屋悉皆遮住，而且一株花木也无，（己夹：更奇妙！）只见许多异草◆：或有牵藤的，或有引蔓的；或垂山巅，或穿石隙；甚至垂檐绕柱，萦砌盘阶；（己夹：更妙！）或如翠带飘摇，或如金绳盘屈；或实若丹砂，或花如金桂；味芬、气馥，非花香之可比。（己夹：前三处皆还在人意之中③，此一处则今古书中未见之工程也。④连用几"或"字，是从昌黎《南山诗》中学得。）贾政不禁笑道："有趣！（己夹：前有'无味'二字，及云'有趣'二字，更觉生色，更觉重大。）只是不大认识。"

有的说："是薜荔、藤萝。"贾政道："薜荔、藤萝不得如此异香。"宝玉道："果然不是。这些之中也有藤萝、薜荔，那香的是杜若、蘅芜，那一种大约是茝兰，这一种大约是清葛，那一种是金簦草，这一种是玉蕗藤，红的自然是紫芸，绿的定是青芷。（己夹：金簦草，见《字汇》。玉蕗，见《楚辞》"蕙蕗杂于麋蒸"。茝、葛、芸、芷，皆不必注，见者太多。此书中异物太多，有人生之未闻未见者，然实系所有之物，或名差理同者亦有之。）想来《离骚》、《文选》等书上所有的那些异草，也有叫作什么藿菻、

---

① 此当即第 38 回己卯本脂批提到的"矮舫舫"。
② 即宝钗与黛玉是全书二号与头号女主角，两相对峙。
③ 指第 17 回前此所描述的园门【B】、潇湘馆【H】、稻香村【J】三处。园门【B】处疑当含"怡红院"【N1】在内，故"前三处"实指第 18 回元妃口中所言的全园"四大处"中的"怡红院"【N1】、潇湘馆【H】、稻香村【J】这三大处，与此蘅芜苑正好就是全园"四大处"。
④ 指明蘅芜苑的设计乃大观园造园时的独创。

姜彙①的，也有叫什么纶组、紫绛的，还有石帆、水松、扶留等样，（己夹：左太冲《吴都赋》。）又有叫作什么绿荑的，还有什么丹椒、蘼芜、风连。（己夹：以上《蜀都赋》。）如今年深岁改，人不能识，故皆象形夺名，渐渐的唤差了，也是有的。"（己夹：自实注一笔，妙！）未及说完，贾政喝道："谁问你来！"（己夹：又一样止法。）唬的宝玉倒退，不敢再说。

贾政因见两边俱是超手游廊，便顺着游廊步入。只见上面五间清厦连着卷棚，四面出廊，绿窗油壁，更比前几处清雅不同。贾政叹道："此轩中煮茶操琴，亦不必再焚香矣。（己夹：前二处，一曰'月下读书'，一曰'勾引起归农之意'，此则'操琴煮茶'，断语皆妙。）此造②已出意外，诸公必有佳作新题以颜其额，方不负此。"众人笑道："再莫若'兰风蕙露'贴切了。"贾政道："也只好用这四字。其联若何？"一人道："我倒想了一对，大家批削改正。"念道是："麝兰芳霭斜阳院，杜若香飘明月洲。"

众人道："妙则妙矣，只是'斜阳'二字不妥。"那人道："古人诗云：'蘼芜满手泣斜晖'。"众人道："颓丧，颓丧。"又一人道："我也有一联，诸公评阅评阅。"因念道："三径香风飘玉蕙，一庭明月照金兰。"（己夹：此二联皆不过为钓宝玉之饵，不必认真批评。）

贾政拈髯沉吟，意欲也题一联。忽抬头见宝玉在旁不敢则声，因喝道："怎么你应说话时又不说了？还要等人请教你不成！"宝玉听说，便回道："此处并没有什么'兰麝'、'明月'、'洲渚'之类，若要这样着迹说来，就题二百联也不能完。"贾政道："谁按着你的头，叫你必定说这些字样呢？"宝玉道："如此说，匾上则莫若'蘅芷清芬'【X】四字。对联则是：'吟成豆蔻才犹艳，睡足荼蘼梦亦香。'"（己夹：实佳。）贾政笑道："这是套的'书成蕉叶文犹绿'，不足为奇。"众客道："李太白《凤凰台》之作，全套《黄鹤楼》，（庚侧：这一位蔑翁更有意思。）只要套得妙。如今细评起来，方才这一联，竟比'书成蕉叶'尤觉幽娴活泼。视'书成'之句，竟似套此而来。"贾政笑说："岂有此理？"

【解析】

贾政由"稻香村"【J】往东的山路到达"山子洞"【S】南口后，由爬山之路【U】攀上洞顶而来。

据下引第 40 回之文，贾政所走之路需要有船穿越假山洞【S】，方才不用爬山。此第 17 回贾政因假山叠成的"水洞"（港洞）【S】无船，便由山上盘道【U】，走到此"山子洞"【S】顶上，等于登上了"大主山"的山坡往前走。贾政从山坡上往下望去，只见山子洞中流出的"沁芳溪"之水【T】【Z2】落花甚多，清溪溶溶，曲折萦迁，溪边有两行垂柳，杂着桃树、杏树，浓荫既可蔽日，又可挡尘【V】。

---

① 彙，即"汇"的繁体字，此据程甲本、甲辰本。庚辰本、己卯本、戚序本误"荨"，当是"彙"字误"寻"后，抄者再加草字头而误。语出《文选》卷五左思《吴都赋》："草则藿蒳、豆蔻，姜彙非一。"

② 造，所到的境界。

贾政等人忽见柳荫中【V】又露出一个曲曲折折的、有桥栏板的红色平板桥【W】来，在绿柳荫中分外夺目。己卯本夹批告诉大家：宝玉来"蘅芜院"当走此桥。桥对岸有路东通正殿"大观楼"【Z】，又有路南通"潇湘馆"【H】，然后再由"潇湘馆"，东至"沁芳亭"桥【F】或西至稻香村【J】。此红色平板桥【W】桥下之河往南流出"山子洞"【S】后，当再经过芦雪庵【P2】附近的"蜂腰桥"【Y2】下，最后流入沁芳大池【B3】。

贾政这一行人走到这"折带朱栏板桥"的桥块【W】而未过桥，见桥这边是座清凉瓦房【X】，其院墙是清一色的水磨砖墙，上有花窗，墙头盖着清瓦。其墙砌在大主山【Y】起伏的山脉上，故其围墙看上去就像龙背那般随山势起伏，而其正房则必定建在山势高处。由于园北建筑皆当朝南，则其必在"大主山"西峰的朝南山坡上，而不可能建造在"大主山"东峰的山坡背后（即不可能造在东峰的北坡）。

贾政最初觉得这座房舍很乏味（即没有趣味）。但一入院门，便看到一座高大而玲珑剔透的太湖石耸立在庭院中，周围环绕着各式假山石，把里面的房屋全给遮挡住，如同进入了一座巨石阵，庭院内一株花木也没有，所以从外面远望此处，只见山上有石，而看不见其处有房。这便是造园者"匠心独具"地利用山石来挡景，以免暴露建筑、破坏园区的自然风光。

更妙的是，石上攀援有很多异草，牵藤、引蔓，或垂山巅，或穿石缝，甚至像"爬山虎"般垂檐绕柱，萦绕台基、台阶；绿色的就像翠带飘空，黄色的如同金绳盘旋；有的还结着红果，有的则开出芳香之花，贾政顿感有趣起来。

绕过山石，其后的庭院两边是超手游廊（即"抄手游廊"），贾政一行人便顺着游廊走入，上面有五间清厦，后面也是五间清厦，这前后两排的五间房用"卷棚式"的屋顶紧紧连在一起，四面环以走廊。其窗漆成绿色，墙壁则刷得极为光滑，更显清雅。

贾政说："此轩可以煮茶、弹琴，而且不必焚香，因为满院已有兰蕙之香。"宝玉见众人题诗中有"兰麝""明月""洲渚"等字样，想到此处在山上而不临水，浓荫蔽日而不见月，只有花草清香而无兰麝等浓郁之气，于是建议题"蘅芷清芬"四字。

说着，大家出来，当走过上文所提到的那座"折带朱栏板桥"【W】。过桥后走了没多远，便是正殿"大观楼"。今图中【X】处正在正殿"大观楼"【Z】近旁，当即"蘅芜院"所在。

● 第40回贾母带刘姥姥游大观园时至蘅芜院：

说着已到了"花溆"的"萝港"之下，觉得阴森透骨，两滩【T3】上衰草、残菱，更助秋情。贾母因见岸上的清厦【X】旷朗，便问"这是你薛姑娘的屋子不是？"众人道："是。"贾母忙命拢岸，顺着"云步石梯"【U】上去，一同进了蘅芜苑【X】，只觉异香扑鼻。那些奇草仙藤愈冷愈苍翠，都结了实，似珊瑚豆子一般，累垂可爱。

及进了房屋，雪洞一般，一色玩器全无，案上只有一个土定瓶①，中供着数枝菊花；并两部书、茶奁、茶杯而已。床上只吊着青纱帐幔，衾褥也十分朴素。贾母叹道："这孩子太老实了。你没有陈设，何妨和你姨娘要些。我也不理论，也没想到，你们的东西自然在家里没带了来。"说着，命鸳鸯去取些古董来，又嗔着凤姐儿："不送些玩器来与你妹妹，这样小器。"

王夫人、凤姐儿等都笑回说："她自己不要的。我们原送了来，她都退回去了。"薛姨妈也笑说："她在家里也不大弄这些东西的。"贾母摇头道："使不得。虽然她省事，倘或来一个亲戚，看着不像；二则年轻的姑娘们，房里这样素净，也忌讳②。我们这老婆子，越发该住马圈去了。你们听那些书上、戏上说的小姐们的绣房，精致的还了得呢？她们姊妹们虽不敢比那些小姐们，也不要很离了格儿。有现成的东西，为什么不摆？若很爱素净，少几样倒使得。我最会收拾屋子的，如今老了，没有这些闲心了。她们姊妹们也还学着收拾的好，只怕俗气，有好东西也摆坏了。我看她们还不俗。如今让我替你收拾，包管又大方、又素净。我的梯己两件，收到如今，没给宝玉看见过，若经了他的眼，也没了。"

说着叫过鸳鸯来，亲吩咐道："你把那石头盆景儿和那架纱桌屏，还有个墨烟冻石鼎，这三样摆在这案上就够了。再把那水墨字画白绫帐子拿来，把这帐子也换了。"鸳鸯答应着，笑道："这些东西都搁在东楼上的不知哪个箱子里，还得慢慢找去，明儿再拿去也罢了。"贾母道："明日、后日都使得，只别忘了。"说着，坐了一回方出来，一径来至"缀锦阁"【H2】下。文官等上来请过安，因问"演习何曲"。贾母道："只拣你们生的演习几套罢。"文官等下来，往藕香榭【K2】去不提。

【解析】

第17回贾政无船，所以走陆路"盘山道"【U】爬山而来。今贾母坐船而来，正补第17回无法坐船游"蘅芜院"的缺文。

贾母坐船穿"石洞"而至"萝港"【S】，这河便是贾政从山上往山下看到的落花满溪、溶溶流淌的清溪【T】【Z2】。这时贾母一抬头，望见溪岸高处有一座令人心旷神清的高房子【X】，便知道是宝钗的居所，忙命靠岸。贾母一行人顺着岸上的"云步石梯"【U】爬上坡去，进入"蘅芜苑"【X】；由此可见，"蘅芜院"造在半山坡上。贾母所爬的"云步石梯"【U】，当即贾政上回所走的"山上盘道"【U】，只不过贾政上回走的在洞南口，此在洞北口，两者有此区别。

一入门，大家便觉得异香扑鼻。那些奇草、仙藤，因秋风干冷而越发苍翠，都结了一串串果实，像珊瑚豆子般可爱。

进了房屋，四壁雪白，如同"雪洞"般，一点古玩器皿都未陈设，桌上只有个定窑烧制的瓷瓶，插着几枝菊花，还有两部书、一套茶具而已。床上只吊着青纱帐幔，衾褥也十分朴素。

---

① 土定瓶，宋代定窑（在今河北曲阳）烧制的一种瓶子。
② "忌讳"两字便点明：宝钗婚后因宝玉出家而守寡。后四十回与之正相吻合。

　　贾母忙命鸳鸯有空的话，把自己珍藏的三样古玩——石头盆景、纱桌屏、墨烟冻石鼎——摆到宝钗桌案上来作为点缀，再把帐子换成水墨字画的白绫帐。鸳鸯说搁在贾母院的东楼放着，明天送来。

　　此处离正殿"大观楼"【Z】不远了，贾母坐了一回，便出院下坡，当仍坐船到正殿大观楼背后上岸，走到其西飞楼"缀锦阁"【H2】下。

第五节 "大观园"七中处详考

上两节述毕园中"三正处"与"四大处",此一节述考比之稍小的建筑,可称作"中处",即:"三春"居所中的迎春"紫菱洲"、探春"秋爽斋"、惜春"暖香坞",此外还有妙玉的"栊翠庵",赏雪的"芦雪广(庵)",赏月的"嘉荫堂-凸碧山庄-凹晶溪馆"景区,赏桂临湖的"藕香榭",共计"七中处"。

至于"滴翠亭"、六个植物造景的小品景区"荼蘼架-木香棚-牡丹亭-芍药圃-蔷薇院-芭蕉坞"、"清堂、茅舍,方亭、圆厦,玉皇庙、达摩庵",以及大观园正园门以外的其它几个园门等诸多小处,则留待下一节探讨。

以上诸处除"秋爽斋【Q2】、暖香坞【T2】、栊翠庵【O3】、方亭【L1】、圆厦【M1】"图中有绘而可以对号入座外,其余均未绘出,需要合理定位。又典图中有一"八角亭【P2】",当即"芦雪广(庵)"而非"凹晶溪馆"。

第17回"渐向北边"句脂批:"诸钗所居之处,只在西北一带",说明大观园中诸钗主要聚居在大观园的西北一角,故大观园西北角的景点与建筑异常密集。典图与彩图只画惜春的"暖香坞"【T2】和临水赏桂的"藕香榭"【K2】,其余均未画,当是园西北一带景观过于密集的原故。至于"稻香村"这一大处也未画,还可能是因为稻香村既有茅舍、又有田垅,比较复杂;正如宝玉所言,只画其中一样便失去环境,未免显得人力穿凿而不自然,故图中索性茅舍与田垅两者全都未画。

又西北角的"梨香院"【N2】典图中有绘,从形制上看也是中处,宜当在此论述,因为已经在上文"第二章、第二节、一"中讨论过,此处便不再重复。

一、探春的"秋爽斋"

定位说明:书中表明,大观园南路的建筑除"怡红院"外,只有探春的"秋爽斋",其当即图中园南部所绘的【Q2】。今详考如下:

●**第 49 回表明"秋爽斋"与"怡红院"同在中心湖"沁芳池"之南:**

> 宝玉来至芦雪广【P2】,……众丫鬟、婆子见他披蓑戴笠而来,却笑道:"我们才说正少一个渔翁,如今都全了。姑娘们吃了饭才来呢,你也太性急了。"宝玉听了,只得回来。刚至沁芳亭【F】,见探春正从秋爽斋【Q2】来,围着大红猩猩毡斗篷,戴着观音兜,扶着小丫头,后面一个妇人打着青绸油伞。宝玉知她往贾母处【K4】去,便立在亭边,等她来到,二人一同出园前去。宝琴正在里间房内梳洗更衣。

【解析】

此是宝玉由"怡红院"【N1】过"沁芳亭"桥【F】，到湖北的"芦雪广"【P2】。得知姑娘们午饭后才来，于是又原路返回"怡红院"，刚走到"沁芳亭"上，便看到探春从"秋爽斋"【Q2】往"沁芳亭"这儿来，宝玉知道她要到贾母处去，于是立在亭边，等她到达后，两人一同出园【C4】前往贾母处【K4】。

这条记载很重要。贾母处【K4】与"芦雪广"【P2】都在"沁芳亭"【F】之北，宝玉从"芦雪广"回"怡红院"是往南过"沁芳亭"桥。探春住处若在"沁芳亭"北，则其往贾母处便不会走上"沁芳亭"桥，宝玉便不会立在亭边等她；她唯有住在"沁芳亭"南，往贾母处才要过"沁芳亭"桥，宝玉才会立在亭边等她到后，一起去贾母处。

这条记载是证明探春与宝玉一同住在"沁芳亭"桥之南，也即住在中心湖"沁芳池"南的力证。

● 第37回证明"秋爽斋"在"怡红院"、"沁芳亭桥"南塊的西边：

宝玉看了，不觉喜的拍手笑道："倒是三妹妹的高雅，我如今就去商议。"一面说，一面就走，翠墨跟在后面。刚到了沁芳亭【F】，只见园中后门上值日的婆子手里拿着一个字帖走来，见了宝玉，便迎上去，口内说道："芸哥儿请安，在后门【J3】只等着，叫我送来的。"……宝玉看了，笑道："独他来了，还有什么人？"婆子道："还有两盆花儿。"宝玉道："你出去说，我知道了，难为他想着。你便把花儿送到我屋里去就是了。"一面说，一面同翠墨往秋爽斋【Q2】来，只见宝钗、黛玉、迎春、惜春已都在那里了。（己夹：却因芸之一字①工夫，已将诸艳请来，省却多少闲文。不然必云如何请、如何来，则必至有犯宝玉，终成重复之文矣。）

【解析】

上已证明"怡红院"【N1】与"秋爽斋"【Q2】都在"沁芳亭"桥【F】南，也即湖【B3】之南。则宝玉至"秋爽斋"不必过"沁芳亭"桥，故上引画线部分所言的"刚到了沁芳亭"，只可理解为宝玉走到了沁芳亭桥的南塊而未走上桥，更未走到桥中间的"沁芳亭"【F】上。

今宝玉由"怡红院"至"秋爽斋"要往西经过"沁芳亭"桥南塊，故知"秋爽斋"当在"怡红院"与"沁芳亭桥南塊"之西。

今图中"怡红院"西正绘有唯一的一座建筑【Q2】，此应当就是"秋爽斋"。这是我们定位"秋爽斋"在此的依据所在。

● 第52回宝玉探望黛玉后，黛玉送其出"潇湘馆"，赵姨娘来探望黛玉，也印证探春住于"沁芳亭"桥之南：

只见赵姨娘走了进来瞧黛玉，问："姑娘这两天好？"黛玉便知她是从探春处【Q2】来，从门前过，顺路的人情。黛玉忙陪笑让坐，说："难得

---

① 指作者故意写宝玉读贾芸帖子上的文字以打发时光，这样便可以免去写请人的事了。

姨娘想着，怪冷的，亲自走来。"又忙命倒茶，一面又使眼色与宝玉。宝玉会意，便走了出来。

【解析】

"潇湘馆"【H】在园中"沁芳亭"桥【F】北塊的西北，赵姨娘从园西的"腰门"【C4】入园，今由探春处【Q2】回去，显是向西走而顺路来到"潇湘馆"【H】，则"秋爽斋"要么在"潇湘馆"之东，要么在"沁芳亭"桥南。再据上引第37回文字，可以确定后说为是，前说当非。

●第67回：

袭人说："素日琏二奶奶待我很好，你是知道的。她自从病了一场之后，如今又好了。我早就想着要到那里看看去，只因琏二爷在家不方便，始终没有去，闻说琏二爷不在家，你今日又不往哪里去，而且初秋天气，不冷不热，一则看二奶奶，尽个礼，省得日后见了，受她的数落；二则藉此逛一逛。你同她们看着家，我去去就来。"……言毕，袭人递到自己房里，换了两件新鲜衣服，拿着把镜儿照着，抿了抿头，匀了匀脸上脂粉，步出下房。复又嘱咐了晴雯、麝月几句话，便出了怡红院【N1】来。

至沁芳桥【F】上立住，往四下里观看那园中景致。时值秋令，秋蝉鸣于树，草虫鸣于野；见这石榴花◆也开败了，荷叶◆也将残上来了，倒是芙蓉◆近着河边，都发了红铺铺的咕嘟子，衬着碧绿的叶儿，倒令人可爱。一壁里瞧着，一壁里下了桥。走了不远，迎见李纨房里使唤的丫头素云，跟着个老婆子，手里捧着个洋漆盒儿走来。袭人便问："往哪里去？送的是什么东西？"素云说："这是我们奶奶给三姑娘【Q2】送去的菱角、鸡头。"袭人说："这个东西，还是咱们园子里河内采的，还是外头买来的呢？"素云说："这是我们房里使唤的刘妈妈，她告假瞧亲戚去，带来孝敬奶奶的。因三姑娘在我们那里坐着看见了，我们奶奶叫人剥了让她吃。她说：'才喝了热茶了，不吃，一会子再吃罢。'故此给三姑娘送了家去。"言毕，各自分路走了。

【解析】

此是袭人出"怡红院"【N1】去见凤姐【O4】，要过"沁芳亭"桥【F】到湖对岸去，其下桥走了不远，迎面碰上李纨派人来给探春送菱角，亦可印证探春住在"沁芳亭"桥南。

注意：通过袭人与素云的问答，便可知所送的菱角、鸡头不是李纨稻香村【J】附近的"紫菱洲"【L2】出产。但袭人既然问这东西是否大观园河内所产，而且"紫菱洲"之名又带"菱"字，便可证明"紫菱洲"一带必然出产菱角、鸡头。

●第40回贾母带刘姥姥游大观园到了"秋爽斋"，对其有详尽的描写：

说着，一径离了潇湘馆【H】，远远望见池【B3】中一群人在那里撑篙。贾母道："她们既预备下船，咱们就坐。"一面说着，便向紫菱洲【L2】、蓼溆【T】一带走来。未至池前，只见几个婆子手里都捧着一色捏丝戗金五彩大盒子走来。凤姐忙问王夫人："早饭在哪里摆？"王夫人道："问老太太在哪里，就在哪里罢了。"贾母听说，便回头说："你三妹妹那里就好。你就带了人摆去，我们从这里坐了舡去。"

凤姐听说，便回身同了探春、李纨、鸳鸯、琥珀，带着端饭的人等，抄着近路到了秋爽斋【Q2】，就在"晓翠堂"上调开桌案。……

一时吃毕，贾母等都往探春卧室中去说闲话。这里收拾过残桌，又放了一桌。刘姥姥看着李纨与凤姐儿对坐着吃饭，叹道："别的罢了，我只爱你们家这行事。怪道说'礼出大家'。"凤姐儿忙笑道："你可别多心，才刚不过大家取笑儿。"……

凤姐儿等来至探春房中，只见她娘儿们正说笑。探春素喜阔朗，这三间屋子并不曾隔断。当地放着一张花梨大理石大案，案上磊着各种名人法帖，并数十方宝砚，各色笔筒，笔海内插的笔如树林一般。那一边设着斗大的一个汝窑花囊，插着满满的一囊水晶球儿的白菊。西墙上当中挂着一大幅米襄阳《烟雨图》，左右挂着一副对联，乃是颜鲁公墨迹，其词云："烟霞闲骨格，泉石野生涯。"

案上设着大鼎。左边紫檀架上放着一个大观窑的大盘，盘内盛着数十个娇黄玲珑大佛手。右边洋漆架上悬着一个白玉比目磬，旁边挂着小锤。

那板儿略熟了些，便要摘那锤子要击，丫鬟们忙拦住他。他又要佛手吃，探春拣了一个与他说："顽罢，吃不得的。"东边便设着卧榻，拔步床上悬着葱绿双绣花卉草虫的纱帐。板儿又跑过来看，说："这是蝈蝈，这是蚂蚱。"刘姥姥忙打了他一巴掌，骂道："下作黄子，没干没净的乱闹。倒叫你进来瞧瞧，就上脸了。"打的板儿哭起来，众人忙劝解方罢。

贾母因隔着纱窗往后院内看了一回，说道："后廊檐下的梧桐也好了，就只细些。"①

正说话，忽一阵风过，隐隐听得鼓乐之声。贾母问"是谁家娶亲呢？这里临街倒近。"王夫人等笑回道："街上的哪里听的见？这是咱们的那十几个女孩子们演习吹打呢。"贾母便笑道："既是她们演，何不叫她们进来演习？她们也逛一逛，咱们可又乐了！"凤姐听说，忙命人出去叫来，又一面吩咐摆下条桌，铺上红毡子。

贾母道："就铺排在藕香榭【K2】的水亭子上，借着水音更好听。回来咱们就在缀锦阁【H2】底下吃酒，又宽阔，又听的近。"众人都说那里好。贾母向薛姨妈笑道："咱们走罢。他们姊妹们都不大喜欢人来坐着，怕脏了屋子。咱们别没眼色，正经坐一回子船喝酒去。"说着大家起身便走。探春笑道："这是哪里的话，求着老太太、姨太太来坐坐还不能呢。"贾母笑道："我的这三丫头却好，只有两个玉儿可恶。回来吃醉了，咱们偏往他们屋里闹去。"说着，众人都笑了，一齐出来。走不多远，已到了荇叶渚【M2】。

【解析】

---

① 大观园是新造的，故树不粗。

　　贾母离了"潇湘馆"【H】，打算坐船，于是向"紫菱洲"【L2】、"蓼汀花溆"【T】一带的湖岸边走来。还未走到"沁芳池"【B3】岸边，送饭的人来了，贾母便命凤姐带人到探春处摆放，她则同大家坐船到湖对岸的探春处。由此可知探春所住的"秋爽斋"【Q2】的确就在湖对岸，即与"怡红院"【N1】同在湖之南。又由贾母向"紫菱洲"、"蓼汀花溆"一带走来，可知"紫菱洲"、"蓼汀花溆"两者当靠得很近，而且都在"沁芳池"湖岸边。

　　凤姐于是带人抄近路赶往秋爽斋。由此可见，园中到处有路，既有平坦的大道，也有狭小崎岖的山路作为捷径，凤姐不可能再回"沁芳亭"桥【F】走大路过湖来探春处，只可能沿着湖岸先往西再往南的山路①，跑到秋爽斋【Q2】，在"晓翠堂"【Q2】上摆好饭。等大家吃完后，她才和李纨吃。

　　这时贾母等人都坐到探春的卧室里面说话，可见"秋爽斋"房舍不大，只有前堂、后室两进建筑，除前面那个"晓翠堂"外，便是后面的卧室（引文称之为"探春房"）。其卧室仅三间，并不隔断，前面放着一张大理石为台面的、花梨木做成的大案，这便是探春练字用的书桌。由此可见，秋爽斋其实是这座行宫花园中，供园主人（即皇上）练字用的书斋。

　　贾母隔着纱窗往后院看了一会，称赞后廊檐下的梧桐不错，可惜还没长粗大，可见第 18 回元妃所题匾额"桐剪秋风"便在此地，这也是此处得名"秋爽斋"的由来，即此处是全园中最能感受到梧桐所带来的"秋高气爽"感觉的地方。②

　　我们知道：大观园中的建筑面湖而建，探春这秋爽斋与宝玉的怡红院都建造在湖南岸，所以要以北为前，以南为后，大门当开在北。因此秋爽斋分"前堂、后房"两部分：前堂在北，用作会客室，当即"晓翠堂"；后房在南，用作探春卧房，因有书桌而知其处又为书斋而当以"斋"字来命名，其后院（即南院）又有梧桐，挂有"桐剪秋风"匾，是感受梧桐所带来的"秋高气爽"之感的佳处，故知此后房（即探春卧房）当名为"秋爽斋"。

　　文中写明探春卧房为三间。今图中"怡红院"旁正绘有一楼阁式建筑【Q2】，与典图中园门【B】前三间大小的"箭亭"【X3】差不多开间大小，比其还略小些，当即"秋爽斋"中的主体建筑"晓翠堂"的写照。书中写探春卧室在晓翠堂的后半部分，仅三间，则晓翠堂作为其前半部分，自然也是三间大小，图与文正相吻合。★

　　这时忽然有一阵北风吹过，传来北边的鼓乐声。贾母以为是街上娶亲的声音，所以说："此处倒是临街。"今从图上来看，这儿紧靠园子西南角，距园东侧的街、园北侧的街都有百十米，贾母以为听到的是街上娶亲的鼓乐声，所以才会误认为近，其实一点也不近。这时王夫人说："街上的声音这儿哪能听得到？"这便纠正了贾母的误会，指出刚才的声音不是街上的声音。其若真的靠

---

① 其是按照逆时针方向，沿着湖岸先由东往西、再由北往南。

② 此"秋爽斋"秋意的营造，除了听风吹梧桐叶的秋声之外，还当有秋天叶子变红的石苋等植物的点缀，详见本书"第二章、第三节、三、（5）"有论。

在街边，街上的鼓乐声岂能听不见？所以王夫人口中说的"哪能听得到"这句话，正可说明此处不但不临街，而且离街还很远，根本就听不到街上的市井声，这与图中所绘正相吻合。★

王夫人又告诉贾母："这是园子西北角临街的'梨香院'内，咱们家那十几个女伶在演习戏文呢。"贾母笑道："正好叫她们进大观园来演习给我们看，为何不叫她们进园子来演习呢？一则她们可以逛逛园子，二则咱们又可寻寻开心。"贾母这话也说明"梨香院"【N2】无门通大观园。

贾母又说："音乐经过水面的共振反射，会更加悠扬动听"，于是叫戏子们来此"秋爽斋"北侧湖中"藕香榭"处的水亭子【K2】里表演，而贾母则到"藕香榭"对岸的正殿西飞楼"缀锦阁"【H2】楼下边吃边听。于是贾母命令大家快随自己坐船到对岸喝酒、听戏去。大家于是出了探春处【Q2】，走不多远，便已来到码头"荇叶渚"【M2】而上了船，往湖北岸的"蓼汀花溆"【T】划去。

●后四十回之第101回：

却说凤姐回至房中，见贾琏尚未回来，便分派那管办探春行李①妆奁事的一干人。那天已有黄昏以后，因忽然想起探春来，要瞧瞧她去，便叫丰儿与两个丫头跟着，头里一个丫头打着灯笼。走出门来，见月光已上，照耀如水，凤姐便命打灯笼的回去罢。因而走至茶房【F2】窗下，听见里面有人"喊喊喳喳"的，又似哭，又似笑，又似议论什么的。凤姐知道不过是家下婆子们又不知搬什么是非，心内大不受用，便命小红进去，装做无心的样子，细细打听着，用话套出原委来。小红答应着去了。

凤姐只带着丰儿来至园门【C4】前，门尚未关，只虚虚的掩着。于是主仆二人方推门进去。只见园中月色比着外面更觉明朗，满地下重重树影，杳无人声，甚是凄凉寂静。刚欲往秋爽斋【Q2】这条路来，只听"唿"的一声风过，吹的那树枝上落叶，满园中"唰喇喇"的作响，枝梢上"吱娄娄"发哨，将那些寒鸦宿鸟都惊飞起来。凤姐吃了酒，被风一吹，只觉身上发噤。那丰儿②把头一缩，说："好冷！"凤姐也掌不住，便叫丰儿："快回去把那件银鼠坎肩儿拿来，我在三姑娘那里等着。"丰儿巴不得一声，也要回去穿衣裳来，③答应一声，回头就跑了。

凤姐刚举步走了不远，只觉身后"唏唏哧哧"似有闻嗅之声，不觉头发森然竖了起来。由不得回头一看，只见黑油油一个东西在后面伸着鼻子闻她呢，那两只眼睛恰似灯光一般。凤姐吓的魂不附体，不觉失声的"咳④"了一声，却是一只大狗。那狗抽头回身，拖着一个扫帚尾巴，一气跑上大土山【Y】上，方站住了，回身犹向凤姐供爪儿。凤姐此时心跳神移，急急的向秋爽斋【Q2】来。

---

① 李，程甲本原误脱，据程乙本补。
② 此处程乙本增加"后面也"三字。
③ 此处程乙本增加"连忙"二字。
④ 咳，程乙本改"嗐"。

已将来至门口，方转过山子，只见迎面有一个人影儿一恍。凤姐心中疑惑，心里想着必是哪一房里的丫头，便问："是谁？"问了两声，并没有人出来，已经吓得神魂飘荡。恍恍忽忽的似乎背后有人说道："婶娘连我也不认得了？"凤姐忙回头一看，只见这人形容俊俏，衣履风流，十分眼熟，只是想不起是哪房哪屋里的媳妇来。

只听那人又说道："婶娘只管享荣华、受富贵的心盛，把我那年说的'立万年永远之基'，都付于东洋大海了！"凤姐听说，低头寻思，总想不起。那人冷笑道："婶娘那时怎样疼我了，如今就忘在九霄云外了？"凤姐听了，此时方想起来是贾蓉的先妻秦氏，便说道："嗳呀！你是死了的人哪，怎么跑到这里来了呢？"啐了一口，方转回身，脚下不防一块石头绊了一跤，犹如梦醒一般，浑身汗如雨下。虽然毛发悚然，心中却也明白，只见小红、丰儿影影绰绰的来了。凤姐恐怕落人的褒贬，连忙爬起来，说道："你们做什么呢，去了这半天？快拿来我穿上罢。"一面丰儿走至跟前，伏侍穿上，小红过来搀扶①，凤姐道："我才到那里，她们都睡了，咱们回去罢。"一面说，一面带了两个丫头，急急忙忙回到家中【O4】。贾琏已回来了，只是见她脸上神色更变，不似往常，待要问她，又知她素日性格，不敢突然相问，只得睡了。

【解析】

此言凤姐入大观园看望即将远嫁的探春，因见月色明亮，便让打灯笼的回去了。凤姐走到府内的茶房【F2】处，又命小红进去打探。凤姐是先到茶房，然后再入腰门【C4】，故知此茶房是府内的茶房，在府内入园的东角门【Z4】门内，其大概的位置应当设在王夫人上房后的惜春住宅【X1】与入大观园的东角门【Z4】之间，应当贴近东角门【Z4】。凤姐只带丰儿一人入了大观园腰门【C4】，因为天冷，又命丰儿回家去取衣服来穿。这么凄清孤冷的夜晚，凤姐居然敢把身边人全都打发走，作者这么写，似乎不合情理，其实作者这么写，便把凤姐那种"天不怕、地不怕"的女强人个性给充分表现了出来。

凤姐往探春处当走湖北之路，一只狗跟着凤姐，凤姐叫了一声，狗便跑上了大土山，疑即园北的"大主山"【Y】。凤姐受了惊吓，急忙向"秋爽斋"【Q2】走来。其往"秋爽斋"来时，必定要经过沁芳亭桥【F】，作者当是省略文字而未加交代，并非凤姐至"秋爽斋"不用过"沁芳亭"桥。

凤姐转过一个"山子"（即假山），方才是探春门口，可见大观园每一处都善于运用假山石来障景，到处都"曲径通幽"而无笔直之路。此时秦可卿的亡魂向其显灵，凤姐大受惊吓。幸好丰儿、小红赶来送衣服，凤姐便说："探春等已睡下，我们不进去了"，便回了自己家中【O4】。

本章"第三节、二、（5）"引第54回"且说宝玉一径来至园中，众婆子见他回房，便不跟去，只坐在园门【B】里'茶房'里烤火"，考明此有茶房的园门当是大观园正门【B】而非腰门【C4】。此处又提到"茶房"，极易使人认为

---

① 此处程乙本增加"着要往前走"。

此次凤姐也是从大观园正门【B】而非腰门【C4】入园。今按：

①大观园正门【B】外的通道一般不开，第54回是元宵佳节的原故而开，此回不是节庆，故不当开，凤姐无法从大观园正门【B】入园。

②凤姐房在府后部，她从自己的上房【O4】出发，只可能就近往东走腰门【C4】入园，而不可能绕远到府前部、走大观园正门【B】门口的通道入园。

③园门口全都应当设有茶房，大观园正门【B】如此，腰门【C4】处亦当如此。只不过大观园正门【B】的茶房应当设在园门处的园门内而非园门外，而此腰门【C4】处的茶房【F2】却没有设在腰门【C4】处，而是设在腰门【C4】外的府内，即设在与腰门【C4】对开的、由府入园的东角门【Z4】门内，在王夫人上房背后的惜春居所【X1】近旁。总之，我们不可以断言只有大观园正门有茶房，然后根据"茶房"来判断凤姐此次走的是大观园的正门【B】。

④上述引文提到凤姐入园后经过"大土山"【Y】，而大土山在园北，当从腰门【C4】入园才能经过此山；如果从大观园南边的正门【B】入园，走不到"大土山"，因为大观园南门处只有"翠嶂"【C】等用山石垒成的假山，即使有土山也不会大，"大土山"只存在于园北。况且凤姐院入园也只可能走就近的腰门【C4】，而不可能走绕远的正园门【B】。

二、迎春的"紫菱洲"

定位说明：《红楼梦》中对迎春的"紫菱洲"未作详细描写，只知其在"蓼汀花溆"【T】附近，当是"蓼汀花溆"这一溪流与"稻香村"处溪流相夹的、突向湖中的半岛形洲渚【L2】。

又第17回贾珍在"怡红院"述说大观园全园水脉时称此水脉"原从那闸【C1】起，流至那洞口【S】，从东北山坳【T1】里引到那村庄【J】里；又开一道岔口【U1】，引到西南【V1】上"，"又开一道岔口"不是从稻香村【J】分支。

稻香村门口的溪流是从"东北山坳"里由东北流来，经过稻香村门前往南流入沁芳池大湖。古人有"二水中分白鹭洲"之句①，可见"洲"可以指两河相夹处的伸向湖中的半岛。故此"紫菱洲"当东有"蓼汀花溆"之溪【T】，西有稻香村处溪，然后向湖中突出，当即彩图中【L2】处。

第37回宝钗说：迎春"她住的是紫菱洲，就叫她'菱洲'；四丫头在藕香榭，就叫她'藕榭'就完了。"第23回言："贾迎春住了缀锦楼【U2】。"今按第18回交代大观园"正楼曰'大观楼'，东面飞楼曰'缀锦阁'，西面斜楼曰'含芳阁'"，则迎春住紫菱洲上的"缀锦楼"，与大观楼的东飞楼"缀锦阁"同名（实当作西飞楼缀锦阁，见本章"第三节、三"），但一为"楼"，一为"阁"，名称仍不相同。其皆以"缀锦"为名，不是两者邻近的原故，当是两者隔湖相望的原故。"紫菱洲"即长有紫菱的洲渚，乃突向湖中的半岛，其旁的湖湾中种菱，对岸有"荇叶渚"【M2】种荇。

---

① 见李白《登金陵凤凰台》诗。

●第40回:

　　　　说着,一径离了潇湘馆【H】,远远望见池【B3】中一群人在那里撑舡。贾母道:"她们既预备下船,咱们就坐。"一面说着,便向紫菱洲【L2】、蓼溆【T】一带走来。未至池前,只见几个婆子手里都捧着一色捏丝戗金五彩大盒子走来。凤姐忙问王夫人:"早饭在哪里摆?"王夫人道:"问老太太在哪里,就在哪里罢了。"贾母听说,便回头说:"你三妹妹那里【Q2】就好。你就带了人摆去,我们从这里坐了舡去。"

【解析】

　　贾母离了"潇湘馆"【H】,打算坐船,于是向"紫菱洲"【L2】、"蓼汀花溆"【T】一带走来。还未走到"沁芳池"岸边,见送早饭①的来了,贾母便命凤姐带人到探春处【Q2】摆放,而她则同大家到"沁芳池"【B3】湖边坐船,到湖对岸的探春处【Q2】用饭。由贾母向"紫菱洲"【L2】、"蓼汀花溆"【T】一带走来,便可知两者应当靠得很近,而且都在"沁芳池"【B3】岸边。

●第79回迎春出嫁后,宝玉来看她的住所紫菱洲:

　　　　因此天天到紫菱洲【L2】一带地方徘徊瞻顾,见其轩窗寂寞,屏帐翛然,不过有几个该班上夜的老姬。(庚夹:先为"对(竟)[境]悼颦儿"作引。)再看那岸上的蓼花、苇叶【T】,池内的翠荇【M2】、香菱,也都觉摇摇落落,似有追忆故人之态,迥非素常逞妍斗色之可比。既领略得如此寥落凄惨之景,是以情不自禁,乃信口吟成一歌曰:……

【解析】

　　"蓼花、苇叶"点明"紫菱洲"在"蓼汀花溆"【T】这条溪流旁(当在西岸),"翠荇、香菱"点明此"紫菱洲"既可以看到近旁湖中所种的紫菱,又可看到对岸"荇叶渚"【M2】水面上种植的绿荇。

●后四十回的第81回:

　　　　宝玉……一时走到沁芳亭【F】,但见萧疏景象,人去房空。又来至蘅芜苑【X】,更是香草依然,门窗掩闭。转过藕香榭【K2】来,远远的只见几个人,在"蓼溆"【T】一带栏干上靠着,有几个小丫头蹲在地下找东西。宝玉轻轻的走在假山背后听着。

　　　　只听一个说道:"看它洑上来不洑上来。"好似李纹的语音。一个笑道:"好,下去了。我知道它不上来的。"这个却是探春的声音。一个又道:"是了。姐姐你别动,只管等着,它横竖上来。"一个又说:"上来了。"这两个是李绮、邢岫烟的声儿。

　　　　宝玉忍不住,拾了一块小砖头儿,往那水里一摆,"咕咚"一声。四个人都吓了一跳,惊讶道:"这是谁这么促狭?唬了我们一跳!"宝玉笑着从山子后直跳出来,笑道:"你们好乐啊!怎么不叫我一声儿?"

---

① 早饭,实即上午吃的午饭。

探春道："我就知道再不是别人，必是二哥哥这样淘气。没什么说的，你好好儿的赔我们的鱼罢。刚才一个鱼上来，刚刚儿的要钓着，叫你唬跑了。"宝玉笑道："你们在这里玩，竟不找我，我还要罚你们呢。"大家笑了一回。

【解析】

此第 81 回宝玉站在沁芳亭【F】上，但见人去房空的萧疏景象，显然是指上两回（第 79 回）刚出嫁的迎春所住的紫菱洲【L2】。宝玉然后由沁芳亭往北来到"蘅芜苑"【X】，见其处也人去房空，香草依然而门窗掩闭。于是沿"大主山"【Y】山坳中的溪流【V】，走"凹晶溪馆"【S2】处的竹桥【L3】上了"藕香榭"【K2】，然后转过"藕香榭"，远远看见几个人在"蓼汀花溆"【T】一带的栏杆上靠着。宝玉见有几个小丫头蹲在地上找蚯蚓，宝玉轻手轻脚地走到假山背后，听到她们是在钓鱼。

"蓼汀花溆"【T】当在紫菱洲【L2】的东岸。二水中分处形成"洲"，紫菱洲当在"蓼溆（即蓼汀花溆）"【T】与"沁芳池"【B3】交会处，洲西侧又分出一支溪流通往稻香村【J】，从而形成突向湖中的一个半岛形状的洲渚"紫菱洲"【L2】。

● 后四十回的第 90 回：

从此，凤姐常到园中照料。一日，刚走进大观园【C4】，到了紫菱洲【L2】畔，只听见一个老婆子在那里嚷。

【解析】

可见入腰门【C4】往东不远便是"紫菱洲"【L2】，图与之相合。

三、惜春的"暖香坞"

惜春的"暖香坞"【T2】就是"蓼风轩"【J2】。第 23 回安排大观园中诸钗住所时："惜春住了蓼风轩"。后四十回中的第 87 回，写宝玉到蓼风轩中看到惜春和妙玉下棋；宝玉与妙玉一同回去时，在潇湘馆【H】旁听到了黛玉弹琴。

由"暖香坞"主人惜春善画，且房中陈列画具来看，这个暖香坞应当是此行宫花园中，为园主人（也即皇上）绘画而设的画斋。

暖香坞【T2】与蓼风轩【J2】的关系，当像探春住所秋爽斋【Q2】与晓翠堂的关系一样。具体来说，"轩"是以敞朗为特点的建筑物，"蓼风轩"自然就是惜春上房中讲究通畅的会客厅；"坞"是四面高而中央低的处所①，讲究私密，而暖香坞自然就是讲究私密的惜春卧房兼画斋了。而晓翠堂便是探春上房中的会客厅，秋爽斋便是探春的卧房兼书斋。

定位说明：惜春的"暖香坞"（也即"蓼风轩"），据书中交代，最为靠近"腰门"，今图中所绘的腰门【C4】处房舍【T2】【J2】便是。今详考如下：

① 又"坞"指船坞，停泊船只的港湾，暖香坞以"坞"来命名，还在于其下的湖岸处设有大观园中船只停船的船库（船坞）。

●**第 50 回贾母率大家由"芦雪庵"来"暖香坞"：**

　　说着，仍坐了竹轿，大家围随，过了藕香榭【K2】，穿入一条夹道【U3】，东西两边皆有过街门，门楼上里外皆嵌着石头匾，如今进的是西门，向外的匾上凿着"穿云"二字，向里的凿着"度月"两字【U3】。来至当中①，进了向南的正门，贾母下了轿，惜春已接了出来。从里边游廊过去，便是惜春卧房，门斗上有"暖香坞"【T2】三个字。（庚夹：看他又写出一处。从起至末，一笔一部之文也有，千万笔成一部之文也有，一二笔成一部之文也有。如"试才"一回起若都说完②，以后则索然无味，故留此几处以为后文之点染也，此方活泼不板、耳目屡新。）早有几个人打起猩红毡帘，已觉温香拂脸。（庚夹：各处皆如此，非独因"暖香"二字方有此景。戏注于此，以博一笑耳。）大家进入房中，贾母并不归坐，只问："画在哪里？"惜春因笑回："天气寒冷了，胶性皆凝涩不润，画了恐不好看，故此收起来。"贾母笑道："我年下就要的。你别托懒儿，快拿出来给我快画。"

　　一语未了，忽见凤姐儿披着紫羯裘，笑嘻嘻的来了，口内说道："老祖宗今儿也不告诉人，私自就来了，要我好找。"贾母见她来了，心中自是喜悦，便道："我怕你们冷着了，所以不许人告诉你们去。你真是个鬼灵精儿，到底找了我来。以理，孝敬也不在这上头。"凤姐儿笑道："我哪里是孝敬的心找了来？我因为到了老祖宗那里，鸦没雀静的，问小丫头子们，她又不肯说，叫我找到园里来。我正疑惑，忽然来了两三个姑子，我心里才明白。我想姑子必是来送年疏，或要年例香例银子，老祖宗年下的事也多，一定是躲债了。我赶忙问了那姑子，果然不错。我连忙把年例给了她们去了。如今来回老祖宗：债主已去，不用躲着了。已预备下希嫩的野鸡，请用晚饭去，再迟一回就老了。"她一行说，众人一行笑。

　　凤姐儿也不等贾母说话，便命人抬过轿子③来。贾母笑着，挽了凤姐的手，仍旧上轿，带着众人，说笑出了夹道东门【U3】。一看四面粉妆银砌，忽见宝琴披着凫靥裘站在山坡上遥等，身后一个丫鬟抱着一瓶红梅。众人都笑道："少了两个人，她却在这里等着，也弄梅花去了。"贾母喜的忙笑道："你们瞧，这山坡上配上她的这个人品，又是这件衣裳，后头又是这梅花，像个什么？"众人都笑道："就像老太太屋里挂的仇十洲画的《双艳图》。"贾母摇头笑道："那画的哪里有这件衣裳？人也不能这样好！"一语未了，只见宝琴背后转出一个披大红猩毡的人来。贾母道："那又是哪个女孩儿？"众人笑道："我们都在这里，那是宝玉。"贾母笑道："我的眼越发花了。"说话之间，来至跟前，可不是宝玉和宝琴。宝玉笑向宝钗、黛玉等道："我

---

① 指在暖香坞南院墙正中的院门处。
② 起，开始、开头。此句指：如果在第 17 回"大观园试才题对额"一开始（一开头）便全都说完。
③ 此轿子即引文开头所说的"坐了竹轿"的竹轿。其形制当是竹椅，即第 41 回："且说贾母因觉身上乏倦，便命王夫人和迎春姊妹陪了薛姨妈去吃酒，自己便往稻香村来歇息。凤姐忙命人将小竹椅抬来，贾母坐上，两个婆子抬起，凤姐李纨和众丫鬟婆子围随去了，不在话下。"

才又到了栊翠庵【O3】。妙玉每人送你们一枝梅花，我已经打发人送去了。"
众人都笑说："多谢你费心。"

说话之间，已出了园门【C4】【Z4】，来至贾母房中【K4】。吃毕饭大
家又说笑了一回。忽见薛姨妈也来了，……

【解析】

贾母坐着竹轿，带领大家从"芦雪广"【P2】出发，过了"藕香榭"【K2】，
穿一条南北向的夹道【U3】，夹道尽头处朝东、朝西各有一座过街门，今由西
门往上登，迎面（即东面）石匾上凿着"穿云"两字，背面（即西面）石匾上
凿着"度月"两字【U3】——由此"穿云度月"四字便可知：由此西门往西当
是往上爬坡。今图中【T2】处东西向极窄，证明此处东西方向上只宜往上登高。

"来至当中"即爬到当中，而非指爬到山坡的一半，而当指爬到山顶"惜春
院"朝南院墙正当中的、该院朝南开的正门处，惜春已经在院门口的平台上迎
接贾母。贾母下竹轿后，并不到中庭内站立，而是直接从庭院两侧中通向里边
那一侧的游廊（据下考当是西侧），直接往里边（据下考当是西边）的惜春卧房
走去。惜春卧房门斗①上有"暖香坞"【T2】三个字，掀起门帘，便觉屋内的温
香扑面而来。一入房，贾母便问："所绘的《大观园图》在哪里？"原来贾母是
迫不急待地来查绘图工程的进度来了。惜春院当很小，其客厅与卧室当左右（东
西）并排，贾母未入客厅，直奔惜春的闺房。（今按：贾母之所以可以直入惜春
闺房，这当是惜春年龄尚幼的缘故。）

这时凤姐来接贾母吃晚饭，于是贾母出了院门，在门口上了竹轿，穿过与
夹道相交处西街门，再穿过东街门【U3】。前已言夹道的西街门往西是向上登
攀，则此处夹道的东街门往东便当是往山下走去。这时贾母看见宝琴在半坡的
路上等着，于是众人随贾母一起下坡来到宝琴跟前。宝琴说是到"栊翠庵"【O3】
领妙玉送给大家的梅花去了，众人都笑着说"感谢"。就一两句话的工夫，大家
便已出了园门【C4】，可见园门就在惜春院子的山坡底下。

园门"腰门"【C4】在王夫人东角门【Z4】处，今图中腰门【C4】处正画
有一小小的楼阁式建筑【T2】，当即"暖香坞"，这是本图与《红楼梦》文字相
合的又一力证！★

【T2】处建筑在图中最小，而《红楼梦》第58回开头正言："惜春处房屋
狭小"，这是【T2】处乃暖香坞、本图与《红楼梦》文字相合的又一铁证！★

之所以安排全园最小的居所给惜春，便与惜春年龄最小有关。正因为惜春
年龄最小，所以贾母可以直闯其卧室。

惜春院当仅一进正房，分为东、西两半。东半有窗面朝景观湖"沁芳池"
【B3】，当是"蓼风轩"【J2】，相当于是惜春院的会客室；西半当是惜春院的
卧房，房门上挂有匾额"暖香坞"三字【T2】，内有画具供绘画之用，故知其
处是画斋兼卧房。

我们之所以敢断言惜春房东半是"蓼风轩"、西半是"暖香坞"，而非反之，

---

① 门斗，门楣的上方。

原因有二：

原因一，惜春房推开东墙上的窗户，窗下便是全园景观大湖"沁芳池"【B3】，再往前望（即往东望），便是"沁芳池"湖北岸那条往北流淌的溪流"蓼汀花溆"【T】。由此可见：惜春房的东半部分推开东墙之窗，便能感受到湖面之风吹送而来的、"蓼汀花溆"那湖水溪流处生长的"蓼"等水生植物的气息，故名"蓼风轩"。由这一名字，便可断言惜春房面朝"蓼汀花溆"处的东半应当是"蓼风轩"，则惜春房的另一半（即西半）便当是"暖香坞"。

原因二，我们都知道大观园中的建筑面湖而建。惜春院在湖西岸，自然是朝东而建，以东为前，以西为后。由于腰门【C4】处东西方向上极为狭窄，而南北方向上比较纵深，因此在腰门上建造惜春院时，东西向上只能容下一座朝东建的上房，容不下庭院，由于其南北方向上比较进深，可以放置庭院，所以惜春院上房外的庭院不可能设在上房的东侧或西侧，只可能设在上房的北侧或南侧。今由贾母入惜春院时是"进了向南的正门"，故知惜春院的庭院应当设在惜春上房的南侧而非北侧。惜春院的院门当开在南院墙的正中央（"来至当中，进了向南的正门"），入此院门后，便是环抱整个庭院的游廊。我们已经知道，惜春院的庭院面湖而建，以朝东的东侧为前边、外边，以朝西的西侧为后边、里边。上引文字言：贾母"从里边游廊过去，便是惜春卧房，门斗上有'暖香坞'【T2】三个字。"可见惜春卧室"暖香坞"在"里边"也即西边的那一侧，因此挂着"暖香坞"匾额的惜春卧房便当在惜春上房的西半部分，则东半部分便当是惜春上房内部与卧房相对应的前堂"蓼风轩"。

具体来说，入惜春院南大门后，从院门左手边（即西侧、后边、里边）的游廊往里走，入的是上房西半部的房间，据上引文字"是惜春卧房，门斗上有'暖香坞'【T2】三个字"，故知此上房的西半房是惜春卧房"暖香坞"。而入惜春院南大门后，从院门右手边（即东侧、前边、外边）的游廊往前边走，入的便是上房东半部的客厅"蓼风轩"。

由此可见，惜春房分"前堂、后房"两部分：前堂在东，用作会客室，因其推窗能见"蓼汀花溆"，能感受湖面之风吹送来的"蓼"等水生植物的气息，故名为"蓼风轩"；后房在西，用作惜春卧房，因有画具而知其处又为大观园内供园主人（即南巡入住的皇帝）绘画用的画斋，门上挂有匾额"暖香坞"。

大观园建筑全都面湖而建，此暖香坞居于大观园西，显然应当面湖朝东而建。今图上大观园腰门【C4】上正绘有朝东的屋宇。又据上引文字来看，此惜春院的院门当开在南院墙上的正中央。此朝南开的院门口平台西侧是大观园的西围墙，无路可通；其东侧则有面朝湖泊而一直往下的条石砌成石阶的下山之路。由于东西方向上比较狭窄，可知这条一直往下的下山之路坡度非常陡直。此下山之路的一半处，与南北而来的"夹道"【U3】呈"十"字相交，相交处建有东西两个过街门：由西街门往上（即往西）攀登上山之路便是惜春院，故其门东西两侧署作"穿云"和"度月"，以显其陡直高耸；由东街门往下，便通园门"腰门"【C4】。

从图上来看，惜春院【T2】正对王夫人上房后廊的东角门【Z4】，而园门【C4】与东角门【Z4】隔宁荣二府间的小巷【F5】相望，惜春院【T2】当建在园门【C4】的顶上。惜春院【T2】作为园门【C4】顶上的建筑，其与园门构成的建筑格局便像一座高耸的城门，惜春院便是园门这座城门之上的朝东而建的城门楼，但惜春院的院门却朝南开、而非朝东开。

惜春院正房（西半为卧室兼画斋暖香坞、东半为会客厅蓼风轩）前（指南侧）有一朝南庭院，院门当开在南院墙的正当中。院门口便是面朝景观湖、往东拾阶而下的石阶山道，此山道到达平地后，往西钻惜春院下的园门【C4】出园，整个过程就像从城门楼下行到平地后、钻城门出城。

此园门【C4】东侧是湖【B3】，无路可通，沿湖之路当即上文所提到的"南北向的夹道【U3】"。此夹道【U3】与上文所说的惜春院的下行台阶（山道）交会处，便是东西两座过街门。西街门的东西两面分别刻有"穿云"、"度月"【U3】。入园时，便由园门走"山道"往上登至东街门后，不走"穿云、度月"之西街门，而走西街门门前的南北向夹道【U3】：由此夹道往北，便可通"藕香榭"【K2】、及园北部景观湖"沁芳池"【B3】北岸上的大道；往南，便可以走到景观湖"沁芳池"【B3】的南岸。

若不走南北向夹道【U3】而走"穿云、度月"的西街门，便是上"惜春院"。换句话说，大观园入腰门处，并非平地上的直路，而是立交桥式的立体交通。具体来说：一入园门【C4】便是湖【B3】而无路可走，要登那上"惜春院"的山坡，到此山坡半坡处"穿云、度月"山门门前，然后往北转，方才有园中大路；若是在"穿云、度月"山门门前往南转，则通往园南的崎岖小路。之所以要把园门设计成城门楼式的建筑，同样是为了障景，让人一入园门不能把全湖"一马平川"式地尽收眼底，故意通过这种城门楼式的阻障来扭曲动线，制造出"咽喉要道"般曲折含蓄的景致效果。

又此入园之门的"腰门"【C4】不同于开在一堵墙上的墙门，而是相当于有进深的"穿堂"或"城门"形制。其进深当即"惜春正房"的进深再略大些。惜春院坐西朝东、面湖而建，是在此院南侧山墙上开大门进入此庭院。

上引情节中薛宝琴应当站在"东街门"下山的半坡中遥等，也就相距几米路，所谓"遥等"不是指空间距离远，而当指时间上等了很久，即薛宝琴站在此处等贾母从惜春处出来等了好久。

为何薛宝琴不入"惜春院"发大家一人一枝红梅呢？不就是因为惜春院位置太高，而手中的梅花又多，爬坡上山未免吃力，而且众人每人手拿一枝梅花下山，也未免不方便，莫如站在山下等着，反正惜春也要恭送贾母到山下然后再返回，到时把属于她的那枝红梅交到她手里让她带走便可。

薛宝琴所站的山坡，再往下（即东）走几步便是园门【C4】。往西出了园门【C4】【Z4】来到贾母房中【K4】，据图来看，有200米路，不过两三分钟路程，可以说上几句话，故上述引文称"说话之间，已出了园门【C4】【Z4】，来至贾母房中【K4】",这并不意谓着贾母房【K4】紧挨着园门【C4】【Z4】。

●第71回印证"惜春院"与"腰门"构成一组"城门楼建筑"的合理性：

鸳鸯早已听见琥珀说凤姐哭之事，又和平儿前打听得原故。……先到稻香村【J】中，李纨与尤氏都不在这里。问丫鬟们，说"都在三姑娘那里呢。"鸳鸯回身又来至晓翠堂【Q2】，果见那园中人都在那里说笑。……

且说鸳鸯一径回来，刚至园门前，只见角门【C4】虚掩，犹未上闩。此时园内无人来往，只有该班的房内灯光掩映，微月半天。（庚夹：是月初旬起更时也。）鸳鸯又不曾有个作伴的，也不曾提灯笼，独自一个，脚步又轻，所以该班的人皆不理会。偏生又要小解，因下了甬路，寻微草处，行至一湖山石后大桂树◆【E5】阴下来。（庚夹：是八月，随笔点景。）刚转过石后，只听一阵衣衫响，吓了一惊不小。定睛一看，只见是两个人在那里，见她来了，便想往石后树丛藏躲。鸳鸯眼尖，趁月色见准一个穿红裙子、梳鬅头、高大丰壮身材，（庚夹：是月下所见之像，故不写至容貌也。）的是迎春房里的司棋。……

因定了一会，忙悄问："那个是谁？"司棋复跪下道："是我姑舅兄弟。"鸳鸯啐了一口，道："要死，要死。"（庚夹：如见其面，如闻其声。）司棋又回头悄道："你不用藏着，姐姐已看见了，快出来磕头。"那小厮听了，只得也从树后爬出来，磕头如捣蒜。鸳鸯忙要回身，司棋拉住苦求，哭道："我们的性命，都在姐姐身上，只求姐姐超生要紧！"鸳鸯道："你放心，我横竖不告诉一个人就是了。"

一语未了，只听角门上有人说道："金姑娘已出去了，角门【C4】上锁罢。"鸳鸯正被司棋拉住，不得脱身，听见如此说，便接声道："我在这里有事，且略住手，我出来了。"司棋听了，只得松手让她去了。

【解析】

鸳鸯入园为贾母传令，肯定是从那离贾母院【K4】近的腰门【C4】（而非大观园南大门【B】）出入。鸳鸯回来至腰门【C4】时①，见门仍虚掩而未上闩，守门的班房内亮着灯。因鸳鸯是独自一人，脚步又轻，守门人居然没听到她走过来。

鸳鸯正要出园，因要小解，便下了出腰门的甬道（此可证腰门内有砖砌的甬道），寻找有草处②，来到一块太湖石后的大桂树的树荫底下，此桂树就是下

---

① 此"腰门"在上引文字中作"角门"，两者其实是一回事。或是因为：从大观园而言，此门在西院墙正中，故名"腰门"；对于王夫人院，此门在王夫人院的东北角，故名"角门"。或是因为：此角门（即腰门【C4】）隔夹道【F5】相望的那扇王夫人院东北角的门【Z4】也叫"角门"。由于此角门【Z4】和腰门【C4】隔夹道对望，走时要一同穿过，举一便是举二，因此举一即可：前八十回皆举"角门"称之，后四十回皆举"腰门"称之。前八十回是作者第五次定稿，而后四十回据笔者《后四十回完璧归曹》"第二章、第八节"考，是第一稿；即：作者曹雪芹在第一稿中，称由府入大观园之门为"腰门"，第五稿中统一改为"角门"，两者其实是一回事。

② 本章上文"第三节、二、（5）"引第54回宝玉小解之事，论明大观园中小便都是找僻静

文"四"引第 38 回文字所提到的："藕香榭"【K2】往南所欣赏到的、山坡【K3】底下的桂树①【E5】。所谓"山坡【K3】",其实也就指明"惜春院"所造的城门楼般的高处其实是座山,而腰门口【C4】其实就像是个钻山之洞,"惜春院"就建造在这座小山的山顶上,此山山下的腰门口(在腰门东侧)有一棵或几棵桂花树。

鸳鸯来此桂花树下小解时,撞见司棋与姑舅兄弟潘又安的私情。这时角门(即腰门【C4】)上有人说:"金姑娘已出去了,角门上锁罢。"鸳鸯喝道:"我在这里还有点事,且稍微等我一下,我马上出来。"于是出了角门【C4】。

今按:鸳鸯走到园门【C4】前,看门人一般都会看到,即便没抬起头来看,也能听到脚步声。正因为此腰门是有很大进深的"穿堂"或"城门"形制,看门人肯定会在靠近府内的最西侧,鸳鸯走到门前时便是在门的最东侧,两者之间相隔有一进院落的宽度(即有"惜春院"从东到西那么宽)。正因为有如此大的进深,所以看门人才会既没看到鸳鸯其人,又未听到鸳鸯其声。而且鸳鸯看到园门门房内"灯光掩映",显然也是远望而非近瞧。

鸳鸯本当直接出园门为是,因要小解,便不往园门【C4】内走,而是走出通往园门的砖砌甬道。我们上文考得:鸳鸯所走的园北部的大路是沿惜春院所在那座小山东坡的半山腰自北向南而来。其路即上引第 50 回贾母率大家"过了藕香榭【K2】,穿入一条夹道【U3】,东西两边皆有过街门"的那条南北向的"夹道"。既然名为"夹道",则此大路两侧当有高墙砌死。此南北向的夹道,又与东西向的拾级而上②"惜春院"的山路呈"十"字相交而形成"东西两边皆有过街门【U3】"的形制。在此"十"字相交处,走夹道西墙"穿云、度月"的"西过街门"拾级而上,便是上山到惜春院的路;如果走夹道东墙上的"东过街门"【U3】拾级而下走到平地,便是园门口【C4】,这下坡之路便是此处所言的砖砌甬道("甬路"),由此甬道走到园门口便可往西出园门【C4】而去。

下坡的砖砌甬道之路在园门东口的南侧,园门东口的北侧因在半山腰自北南来的"夹道"【U3】下面,而夹道【U3】的东西两侧又砌有高墙;因此园门东口的东北侧其实无路可走,是块死角落(其西有夹道东墙这堵高墙挡死而不通,北侧与东侧又是湖面而不通陆路,只有南侧通园门东口)。

在这块死角落上种有桂花树【E5】,供湖对岸临水的"藕香榭"【K2】欣赏("藕香榭"【K2】在其东北方向上隔湖相望)。鸳鸯要小解,肯定不可能去园门东口南侧的有路处,以免人来人往,看见不雅,肯定会往北侧无路也即无人会走到的、被"夹道"高墙围死的桂花树底下的草丛中解手,不幸发现了在这死角落处偷情的司棋和潘又安。司棋和潘又安原本估计这儿是死角落,无人会走到。

事实上,此地靠近腰门【C4】,是人来人往的交通要道,一般情况下,谁

有草丛处随地解决,而大便则要入茅厕【P3】。
① 详下文"四、赏桂临水的'藕香榭'"引第 38 回之文。
② 拾级而上,即"拾阶而上",指逐级登阶,一个台阶一个台阶地向上攀登。

也不会在这儿偷情。司棋之所以敢选择在这腰门口桂花树【E5】底下的太湖石后面偷情①，便是因为此处无路走到。下文"四"引第 38 回之文，言藕香榭【K2】与湖对岸的桂花树【E5】相靠近，从而可以欣赏到这湖对岸的桂花树【E5】；这就可以证明：此腰门口的桂花树，就在离"藕香榭"较近的腰门东口的北侧，而非再远一点的腰门东口的南侧。一般园门两侧都会有路通行，谁也不敢在人来人往的园门口处偷情，今司棋敢在园门口处的桂花树【E5】下偷情，而桂花树当在园门东口的北侧而非南侧；这便可证明：此园门东口处只有南侧这一侧有路，其北侧那一侧当无路。这便与我们所绘制的"腰门形制图"正相吻合，即下文所提到的书首"图 A2"中，我们把腰门口【C4】处的路只绘在腰门口的南侧，而未绘在桂花树所在的腰门口的北侧。

又《大观园》一书中，戴志伟《谈红楼梦大观园花园》一文的第 122 页指出："惜春住在蓼风轩。第五十回说贾母从芦雪亭到惜春那里去，要先经过藕香榭。'过了藕香榭，穿入一条夹道，东西两边都是过街楼，门楼上里外嵌着石头匾'。穿过西门，'来至中堂②，进了向南的正门'，从里面游廊过去，便是惜春卧房，房檐下挂着暖香坞的匾。可见蓼风轩院落内房屋不多，正门进去，两边就是游廊直接到正房，即惜春卧室。院墙外是山地形成的夹道，东西两头各有门楼一座。因门楼上里外都嵌有石匾，故门楼下层不得不是砖石砌成，上面再造楼亭。这种建筑形式和颐和园的'赤城霞起'建筑有些相似，是园林山地夹道中点景建筑的传统处理。"其言惜春院内只有一进房屋作为惜春正房是正确的。其言"惜春院"形制就好似"赤城霞起"，而"赤城霞起"正是一座城门楼，亦甚有见地！书首"图 B–15"附有颐和园中的"赤城霞起"图。

《大观园通府内的"腰门"及其上"惜春院"形制构想图》
参见书首"图 A2"。

四、赏桂临水的"藕香榭"

定位说明：彩图中有绘，即【K2】处。今详考如下：

●第 48 回：

只见香菱兴兴头头的又往黛玉那边去了。探春笑道："咱们跟了去，看她有些意思没有。"说着，一齐都往潇湘馆【H】来。只见黛玉正拿着诗和她讲究。众人因问黛玉："作的如何？"黛玉道："自然算难为她了，只是还不好。这一首过于穿凿了，还得另作。"……黛玉笑道："圣人说：'诲人不倦。'她又来问我，我岂有不说之理？"李纨笑道："咱们拉了她往四姑娘房里去，引她瞧瞧画儿，叫她醒一醒才好。"

说着，真个出来拉了她过藕香榭【K2】，至暖香坞【T2】中。惜春正

---

① 按司棋谐音"私期"，即密约，也即今人所谓的自由恋爱，古人称之为"偷情"。
② 中堂，程高本作"堂中"，当据庚辰本作"当中"。

乏倦，在床上歪着睡午觉，画缯立在壁间，用纱罩着。众人唤醒了惜春，揭纱看时，十停方有了三停。香菱见画上有几个美人，因指着笑道："这一个是我们姑娘，那一个是林姑娘。"探春笑道："凡会作诗的都画在上头，快学罢。"说着，顽笑了一回。

【解析】

上文"暖香坞"引第50回亦言：过"藕香榭"【K2】，经过一条夹道（当是爬坡而上的夹道）【U3】而至"暖香坞"【T2】。此处亦言：过了"藕香榭"【K2】才是"暖香坞"【T2】。可证大观园从北往南到"暖香坞"必须经过"藕香榭"。

今图中"暖香坞"紧靠大观园的西墙，西为墙，东邻湖，唯有自南或自北而来的这条直路，此直路当即上引第50回所言的南北向的夹道【U3】。而暖香坞【T2】北边确有一座建筑，典图未画而彩图画之，当是典图失绘；或是典图时已拆毁，彩图时又根据旧时档案加以恢复。这一建筑是由北往南入"暖香坞"【T2】的必经之地，其又在湖中，四围皆水，正是《红楼梦》中所言的"藕香榭"【K2】。这是证明本图与《红楼梦》文字相合的又一力证。★

此建筑应当四面临水，图中绘其正面，故只能绘出"三面临水"的感觉来，其实北面也当临水。

● **第38回详细介绍了藕香榭的形制：**

湘云次日便请贾母等赏桂花。贾母等都说道："是她有兴头，须要扰她这雅兴。"至午，果然贾母带了王夫人、凤姐，兼请薛姨妈等，进园来。贾母因问："哪一处好？"王夫人道："凭老太太爱在哪一处，就在哪一处。"凤姐道："藕香榭【K2】已经摆下了，那山坡【K3】下两颗桂花◆【E5】开的又好，河里的水又碧清，坐在河当中亭子上岂不敞亮？看着水，眼也清亮！"贾母听了，说："这话很是。"说着，就引了众人往藕香榭来。

原来这藕香榭盖在池【B3】中，四面有窗，左右有曲廊可通，亦是跨水接岸，后面又有曲折竹桥【L3】暗接。众人上了竹桥，凤姐忙上来搀着贾母，口里说："老祖宗只管迈大步走，不相干的，这竹子桥规矩是'咯吱、咯喳'的。"（己夹：如见其势，如临其上，非走过者形容不到。）

一时进入榭中，只见栏杆外另放着两张竹案，一个上面设着杯箸、酒具，一个上头设着茶筅、茶盂各色茶具。那边有两三个丫头煽风炉煮茶，这一边另外几个丫头也煽风炉烫酒呢。贾母喜的忙问："这茶想的到①，且是地方②，东西都干净。"湘云笑道："这是宝姐姐帮着我预备的。"贾母道："我说这个孩子细致，凡事想的妥当！"一面说，一面又看见柱上挂的黑漆、嵌蚌③的对子，命人念。湘云念道：

---

① 指：能想到要布置茶，真不简单。作者借此写出宝钗深得贾母欢心。
② 而且还选对了地方。
③ 嵌蚌，又名"螺钿"，利用蚌壳里有光彩的部分加以雕琢，拼成图案，嵌入木器或漆器家具，作为装饰。

"芙蓉影破归兰桨，菱藕香深写竹桥。（己夹：妙极！此处忽又补出一处不入贾政'试才'一回，皆错综其事，不作一直笔也。）"

贾母听了，又抬头看匾，因回头向薛姨妈道："我先小时，家里也有这么一个亭子，叫做什么'枕霞阁'。"……

贾母一时不吃了，大家方散，都洗了手，也有看花的，也有弄水看鱼的，游玩了一回。王夫人因回贾母说："这里风大，才又吃了螃蟹，老太太还是回房去歇歇罢了。若高兴，明日再来逛逛。"贾母听了，笑道："正是呢。我怕你们高兴，我走了又怕扫了你们的兴。既这么说，咱们就都去吧。"回头又嘱咐湘云："别让你宝哥哥、林姐姐多吃了。"湘云答应着。又嘱咐湘云、宝钗二人说："你两个也别多吃。那东西虽好吃，不是什么好的，吃多了肚子疼。"二人忙应着送出园外，仍旧回来，令将残席收拾了另摆。宝玉道："也不用摆，咱们且作诗。把那大团圆桌就放在当中，酒菜都放着。也不必拘定坐位，有爱吃的大家去吃，散坐岂不便宜？"宝钗道："这话极是。"湘云道："虽如此说，还有别人。"因又命另摆一桌，拣了热螃蟹来，请袭人、紫鹃、司棋、待书、入画、莺儿、翠墨等一处共坐。山坡【K3】桂树◆【E5】底下铺下两条花毡，命答应的婆子并小丫头等也都坐了，只管随意吃喝，等使唤再来。

湘云便取了诗题，用针绾在墙上。众人看了，都说："新奇固新奇，只怕作不出来。"湘云又把不限韵的原故说了一番。宝玉道："这才是正理，我也最不喜限韵。"林黛玉因不大吃酒，又不吃螃蟹，自令人掇了一个绣墩倚栏杆坐着，拿着钓竿钓鱼。宝钗手里拿着一枝桂花玩了一回，俯在窗槛上掐了桂蕊掷向水面，引的游鱼浮上来唼喋。湘云出一回神，又让一回袭人等，又招呼山坡【K3】下的众人①只管放量吃。探春和李纨、惜春立在垂柳阴中看鸥鹭。迎春又独在花阴下拿着花针穿茉莉花。（己夹：看她各人各式，亦如画家有孤峰独出，则有攒三聚五、疏疏密密，直是一幅《百美图》。）宝玉又看了一回黛玉钓鱼，一回又俯在宝钗旁边说笑两句，一回又看袭人等吃螃蟹，自己也陪她饮两口酒。袭人又剥一壳肉给他吃。黛玉放下钓竿，走至座间，拿起那乌银梅花自斟壶来，（己夹：写壶非写壶，正写黛玉。）拣了一个小小的海棠冻石蕉叶杯。（己夹：妙杯！非写杯，正写黛玉。'拣'字有神理，盖黛玉不善饮，此任性也②。）丫鬟看见，知她要饮酒，忙着走上来斟。黛玉道："你们只管吃去，让我自斟，这才有趣儿。"

●第40回：

贾母道："就铺排在藕香榭【K2】的水亭子上，借着水音更好听。回来咱们就在缀锦阁【H2】底下吃酒，又宽阔，又听的近。"众人都说那里好。

---

① 按：小姐（即主人们）在"藕香榭"的正席上吃，姑娘（即上等丫头们）在"藕香榭"的副席上吃，下等的丫头、老妈妈则在榭外的桂花树底下的毯子上吃。

② 指：此次是黛玉为景色而忘情、陶醉，故也情不自禁地饮起酒来。

【解析】

第38回写史湘云请贾母等内眷赏桂花。贾母问："摆在什么地方好？"凤姐说史湘云（实为薛宝钗）已摆席在"藕香榭"【K2】，因为那儿的山坡【K3】下有两棵桂花树【E5】丹桂飘香，河里的水又碧清。贾母称赞这安排得很得她的欢心（"这话很是"），一登上藕香榭，贾母惊喜地称赞三点（"贾母喜的忙问"）：一是茶安排得好，二是选的地方好，三是器具非常洁净素雅，史湘云忙补明："这是宝姐姐帮着我预备的。"这时贾母称赞宝钗道："我说这个孩子细致，凡事想的妥当！"这都是在不经意中写宝钗以细节赢得贾母欢心，成为贾母心中"宝二奶奶"的最合适人选。

今按：凤姐说"藕香榭"【K2】那儿的山坡【K3】下有两棵桂花树【E5】。然而"藕香榭"建在湖中（"藕香榭盖在池【B3】中"），四围皆水；从图中来看，榭东为湖，榭西为房舍。则长有桂花树的山坡当在榭的湖对岸，即："藕香榭……那山坡下两颗桂花开的又好"，并不意味着"藕香榭"此榭建在长有桂花树的山坡下面。所谓的"山坡"，上文"三"引第71回文字时已经考明：应当就是建造"惜春院"【T2】【J2】的那个城门楼式的高耸之山。

第40回的引文是说藕香榭本身就是个水亭子，并不意味着"藕香榭"那儿另外还有一个水亭子。第38回王熙凤也误称藕香榭为"河当中亭子"。今据图来看，"藕香榭"【K2】实为湖中的楼阁式建筑，第38回王熙凤、第40回贾母均误称其为"河当中亭子"、"水亭子"，属于表达不严密。

四面镂空为亭，上引第38回之文言此"藕香榭"盖在池中，四面有窗，可见四面不空，其名称又作"榭"，益证其形制非亭乃榭，王熙凤与贾母称之为"亭子"，是表达欠精确。又王熙凤言其在河中（"河当中亭子"），亦属于口语表达不精确，因为上引之文特地言明其"盖在池中"，所谓的"池"就是"沁芳池"【B3】，乃湖非河，故其当为四面有水的湖中台榭式建筑而非湖心亭，彩图所绘与《红楼梦》的描述完全吻合。★

此榭盖在池【B3】中，四面有窗，左右有曲廊跨越湖面、接通湖岸（"跨水、接岸"），背后（即北侧）又有曲折竹桥【L3】暗接北岸（"暗接"指从正面的南面看不出，要绕到其背面的北边才看得到）。众人当从北而来，故要由"藕香榭"北侧的竹桥走上此榭。此桥踩上去时虽然"咯吱咯吱"作响，其实很牢靠。

入园门【C4】后，何以不走此榭【K2】西侧的曲廊入榭，而要从北边竹桥进入？当如上文"三"所考明的书首"A2图"中所绘的"腰门形制图"：自西往东一入园门【C4】后便是湖岸，没有往东、往北通行的陆路，只有往南的陆路。即由园门（即腰门【C4】）入大观园后，只能走腰门东口处往南的砖砌甬道拾级而上、走至半山腰的东街门，进入一条"南北向的夹道"【U3】往北行，然后再往正东行，于是也就绕到藕香榭【K2】背后，而要从其北侧的"竹桥"【L3】走上藕香榭了。（即：入园门后的路沿东街门处的夹道墙【U3】往北延伸时，早已过了此"藕香榭"西侧的曲廊路口，故不能从西侧的曲廊入"藕香榭"了。)

　　贾母一行人进入榭【K2】中，只见栏杆外另放着两张竹制的桌子，一张放
酒具，一张放茶具。岸上山坡【K3】桂花树【E5】底下铺了两条花毡，众人可
以坐在上面抬头赏桂花。此"藕香榭"当是园中特意为八月中秋赏桂花而建的
观景水榭。

　　上述引文中"宝钗手里拿着一枝桂花玩了一回，俯在窗槛上掐了桂蕊掷向
水面"，似乎桂花树【E5】就在榭【K2】旁，触手可及。又"山坡【K3】桂树
底下铺下两条花毡"，似乎山坡【K3】与桂花树【E5】都在榭【K2】旁。其实
这都是误解。

　　上文"惜春院"考明：桂花树【E5】当在此"藕香榭"【K2】的湖对岸的
大观园腰门【C4】东口北侧，不在藕香榭旁。今从图上距离来看，两者相距很
近而不远，约二三十米。众人当是从榭中走到对岸的桂花树下赏桂（具体走法
是沿"藕香榭"【K2】西侧曲廊走上园北大路，来到夹道与上"惜春院"的路
相交而成的东街门【U3】，下到腰门东口处【C4】，再往北走到腰门东口处北侧
的桂花树【E5】底下）；宝钗其实也是命人采来桂花枝，在榭中掐了花蕊喂鱼，
而不是自己在"藕香榭"【K2】中伸手便可采到桂花。湘云"又招呼山坡【K3】
下的众人只管放量吃"，也透露出山坡【K3】下的桂花树【E5】并非紧贴此榭
【K3】而需要"招呼"。"招"即因距离远而要用手招，"呼"即因距离远而要
大声呼，"招呼"两字便表明藕香榭与桂花树这两者之间当有一定的距离。

五、赏雪垂钓的"芦雪庵"

　　定位说明：典图中所绘【P2】处的"八角亭"便是；其与《红楼梦》文字
相合。彩图似乎绘有此亭后三面之墙而似六角形，但典图写明是"八角亭"，故
知当是八角亭而非六角亭。今详考如下：

●定位依据见第49回：

　　　宝玉来至芦雪广【P2】，只见丫鬟婆子正在那里扫雪开径。原来这芦
　　雪广盖在傍山临水河滩【T3】之上，一带几间，茅檐、土壁，槿篱、竹牖，
　　推窗便可垂钓，四面都是芦苇【T3】掩覆，一条去径逶迤穿芦度苇过去，
　　便是藕香榭【K2】的竹桥【L3】了。

　　【解析】

　　上引第38回言"藕香榭【K2】……后面又有曲折竹桥【L3】暗接"，说明
竹桥在"藕香榭"背后。此处言芦雪广"四面都是芦苇"，"盖在傍山临水河滩
之上"，证明芦雪广所在之处，便是"大主山"这座土山脚下濒湖的芦苇滩【T3】；
这片芦苇滩上有一条路穿过，这条路便是"藕香榭"背后的竹桥【L3】。则"芦
雪广"【P2】当在藕香榭【K2】的背后，两者之间隔有一定的距离，其相隔处
便是那一大片芦苇滩【T3】，两者靠竹桥【L3】渡过这片芦苇滩而连系在一起。

今典图中"藕香榭"东北正有一座"八角亭",彩图虽然未画,但其处走廊曲折,正似此处有毁后未建的亭子,其八角的亭基尚在,长廊便绕其亭基而建,故成曲折之状。此当即所谓的"芦雪广",这是"江宁行宫"彩图、典图与《红楼梦》文字相吻合的又一力证★。此亭【P2】与藕香榭【K2】之间的陆地便是那片芦苇滩涂【T3】,此滩涂之上当有一条曲折之路相通,此曲折之路当做成竹桥的形制,其即通往"藕香榭"的竹桥【L3】。

由于第76回写明林黛玉、史湘云"二人便同下了山坡。只一转弯,就是池沿【Z2】,沿上一带竹栏【J4】相接,直通着那边藕香榭【K2】的路径。"可证从"大主山"山坡下开始,就有竹栏杆形制的路径通往藕香榭。故上引"一条去径逶迤穿芦度苇过去,便是藕香榭的竹桥【L3】",并不意味着先有一条地上的路通往竹桥,而当是此路就是竹桥。而且芦苇滩【T3】相当于是泥泞的沼泽,不适合脚走,所以当以架高的竹桥为径。换句话说:竹栏【J4】与竹桥【L3】连为一体,竹栏【J4】便是去往竹桥【L3】之径,竹桥便是此竹栏之径通往藕香榭的最末一段——因为藕香榭在湖中,故竹栏之径连通藕香榭的最末一段便是跨水而建的竹桥形制。

此芦雪广当即第18回元妃所命名的"荻芦夜雪",是园中特地为赏雪而建的景点。

此"芦雪广"之"广"字,一音"掩",意为倚山而建的房屋,当如陕北的窑洞相似,今对照《红楼梦》书中的描述,知道这种理解并不吻合;其字又音"庵",意为茅草屋,特别是指那种圆顶的草屋,这个含义倒是符合《红楼梦》的描述。因为此"芦雪广"诸本有作"芦雪庵"者,更加可以证明"芦雪广"的"广"字当取"庵"字的音和义。则此"芦雪广"显然就是用长有雪白芦花的芦苇茎秆盖造的茅草屋。今据典图的形制来看,可知其虽然不是正圆形,但却是近乎圆顶的"八角亭"形制,难怪有本又将其名字写作"芦雪亭"。但要注意的是,此处原本就设计成冬日赏雪的避寒处,则肯定要有屋壁,故其虽取亭子的形制,但四面当如《红楼梦》所述而有壁、有门,内中更当有地炕供人赏雪时取暖为宜,与一般镂空而透风、取其赏景与纳凉的亭子旨趣大为不同。

从典图所绘来看,其与"秋爽斋"【Q2】一般大小,比图中所绘的三间"箭亭"【X3】略小些。

此建筑后四十回未有提及,仅见于前八十回,其名称程高本不作"芦雪广"而作"芦雪庭"。程高本第49回共有七处作"芦雪庭",第50回回目中程甲本作"芦雪亭"而程乙本改作"芦雪庭"。程甲本唯一一处"芦雪亭"(第50回回目)当是"芦雪庭"之讹,因为梦稿本全作"芦雪庭",故可知程甲本第50回回目处亦当如程乙本所改而作"芦雪庭"。

甲辰本全同程甲本。庚辰本全作"芦雪广",蒙府本、戚序本皆作"芦雪庵",列藏本皆作"芦雪庐"。

今按:"广"字为象形字,象依山崖建造的房屋之形,即陕北的"窑洞",

因岩而成室，故音"岩"字的上声（即音"掩"）。其字又同"庵"而读作"庵"，故又可写作"庵"，意为草屋，特别是圆顶的草屋①，与此处"八角亭"的形制正相符合。

笔者原以为后人因不识其字，误把"广"字认作"庐"字或"庭"字的残缺、而径改其字为"庐"或"庭"；其所改的"庭"字后来又误作"亭"字。此说当非，因为第49、50回八处出现此字，字形不可能处处有残缺，所以当可排除由"广"到"庭"再到"亭"的讹变轨迹。

今据典图所绘，其正为典图所题的"八角亭"形制，故程高本作"庭"恐怕正透露出该建筑原本就是有屋壁的亭子形制，相当于是亭子状的厅堂，故作者曹雪芹最初把它命名为"芦雪庭"，其实是由"芦雪亭"之音演变而来（即此建筑为有屋壁的亭子，故不宜写作无屋壁的"亭"，而有意改写成同音字"庭"）。故程高本作"芦雪庭"，未尝不是作者最初原稿就写作如此，后来才改成"广（庵）"。

由于"庭"指庭院，一般建筑不会以庭院之"庭"来命名，程高本即便不识"广"字，但也绝对不会想当然地认为它是"庭"字的省略、而改"广"为"庭"，程伟元与高鹗必定会翻查字典而知"广"音"庵"而写作"庵"。今其不改"庵"、而作"庭"，只有一种可能，即其所得到的曹雪芹原稿便作"庭"字。这应当是曹雪芹知其处虽为亭，但与亭有增加屋壁之异，故以同音的"庭"字来加以命名；定稿时又因为"庭"字意为庭院，用于屋舍之名不妥，故又改作"广（庵）"。故程高本所得到的作"庭"之稿，当是曹雪芹最初的草稿。

第27回写滴翠亭有板壁而可称"亭"，即："原来这亭子四面俱是游廊曲桥，盖造在池中水上，四面雕镂槅子糊着纸。"所以这"芦雪庭"，作者因其有屋壁，而在最初草稿中写作"芦雪亭"的可能性也是很大的。当然，滴翠亭之壁是木格扇，打开后，与"亭"子透风、赏景的旨趣相同，故可用"亭"字来命名。而芦雪亭是冬日赏雪处，得有实实在在的泥壁方能御寒，里面还设有地炕而当防风，与"亭"子透风的旨趣大异，故不宜再用"亭"字来命名，于是作者便改成同音的"庭"字。又因为庭不是屋，所以又取此建筑以茅草为顶，乃一"八角亭"式的茅庵、茅庐，故而改"庭"为"广（庵）"或"庐"。又因"芦雪庐"首末两字音同而拗口，故最后定其为"芦雪广（庵）"，取"广（庵）"为圆顶茅草屋之意。

● **详引第49回对"芦雪广"的描写：**

正说着，只见他屋里的小丫头子送了猩猩毡斗篷来，又说："大奶奶才打发人来说，下了雪，要商议明日请人作诗呢。"一语未了，只见李纨的丫头走来请黛玉。宝玉便邀着黛玉同往稻香村【J】来。……

李纨道："我这里虽好，又不如芦雪广【P2】好。我已经打发人笼地

---

① 《释名·释宫室》："草圆屋曰'蒲'，又谓之'庵'。"《广韵·覃韵》："庵，小草舍也。"《集韵·覃韵》："庵，圆屋曰'庵'。"

炕去了，咱们大家拥炉作诗。老太太想来未必高兴①，况且咱们小顽意儿，单给凤丫头个信儿就是了②。……

到了次日一早，宝玉因心里记挂着这事，一夜没好生得睡，天亮了就爬起来。掀开帐子一看，虽门窗尚掩，只见窗上光辉夺目，心内早踌躇起来，埋怨定是晴了，日光已出。一面忙起来揭起窗屉，从玻璃窗内往外一看，原来不是日光，竟是一夜大雪，下将有一尺多厚③，天上仍是搓绵扯絮一般。宝玉此时欢喜非常，忙唤人起来，盥漱已毕，只穿一件茄色哆罗呢狐皮袄子，罩一件海龙皮小小鹰膀褂，束了腰，披了玉针蓑，戴上金藤笠，登上沙棠屐，忙忙的往芦雪广【P2】来。

出了院门【N1】，四顾一望，并无二色，远远的是青松◆、翠竹◆，自己却如装在玻璃盒内一般。于是走至山坡【S3】之下，顺着山脚刚转过去，已闻得一股寒香拂鼻。回头一看，恰是妙玉门前"栊翠庵"【O3】中有十数株红梅◆，如胭脂一般，映着雪色，分外显得精神，好不有趣！宝玉便立住，细细的赏玩一回方走。

只见蜂腰板桥【Y2】上一个人打着伞走来，是李纨打发了请凤姐儿去的人。宝玉来至芦雪广【P2】，只见丫鬟婆子正在那里扫雪开径。原来这芦雪广盖在傍山临水河滩【T3】之上，一带几间，茅檐土壁，槿篱竹牖，推窗便可垂钓，四面都是芦苇【T3】掩覆，一条去径逶迤穿芦度苇过去，便是藕香榭【K2】的竹桥【L3】了。

众丫鬟、婆子见他披蓑戴笠而来，却笑道："我们才说正少一个渔翁，如今都全了。姑娘们吃了饭才来呢，你也太性急了。"宝玉听了，只得回来。刚至沁芳亭【F】，见探春正从秋爽斋【Q2】来，围着大红猩猩毡斗篷，戴着观音兜，扶着小丫头，后面一个妇人打着青绸油伞。宝玉知她往贾母处去，便立在亭边，等她来到，二人一同出园前去。宝琴正在里间房内梳洗更衣。……

史湘云便悄和宝玉计较道："有新鲜鹿肉，不如咱们要一块，自己拿了园里弄着，又顽、又吃。"宝玉听了，巴不得一声儿，便真和凤姐要了一块，命婆子送入园去。一时大家散后，进园齐往芦雪广【P2】来，听李纨出题限韵，独不见湘云、宝玉二人。黛玉道："他两个再到不了一处④；若到一处，生出多少故事来。这会子一定算计那块鹿肉去了。"（庚夹：联诗极雅之事，偏于雅前写出小儿"啖膻、茹血"极腌臜的事来，为"锦心绣口"作配。）正说着，只见李婶也走来看热闹，因问李纨道："怎么一个带玉的哥儿和那一个挂金麒麟的姐儿，那样干净清秀，又不少吃的，他两个在那里商议着要吃生肉呢，说的有来有去的。我只不信肉也生吃得的。"众人听了，都笑道："了不得，快拿了他两个来。"黛玉笑道："这可是云丫头闹的，

---

① 指贾母未必高兴（即愿意）来赏雪。
② 即：只需请凤姐而不必请贾母。
③ 下了将近有一尺来厚。
④ 指：再不能让二人到一处，因为两人一碰到一起，便会生出很多事情来。

我的卦再不错①。"

李纨等忙出来找着他两个说道："你们两个要吃生的，我送你们到老太太那里吃去。哪怕吃一只生鹿，撑病了不与我相干。这么大雪，怪冷的，替我作祸呢。"宝玉笑道："没有的事，我们烧着吃呢。"李纨道："这还罢了。"只见老婆们了拿了铁炉、铁叉、铁丝蒙来，李纨道："仔细割了手，不许哭！"说着，同探春进去了。

凤姐打发了平儿来回复不能来，为发放年例正忙。湘云见了平儿，哪里肯放。平儿也是个好顽的，素日跟着凤姐儿无所不至，见如此有趣，乐得顽笑，因而褪去手上的镯子，三个围着火炉儿，便要先烧三块吃。那边宝钗、黛玉平素看惯了，不以为异，宝琴等及李婶深为罕事。

探春与李纨等已议定了题韵。探春笑道："你闻闻，香气这里都闻见了，我也吃去。"说着，也找了他们来。李纨也随来说："客已齐了，你们还吃不够？"湘云一面吃，一面说道："我吃这个方爱吃酒，吃了酒才有诗。若不是这鹿肉，今儿断不能作诗。"说着，只见宝琴披着凫靥裘站在那里笑。湘云笑道："傻子，过来尝尝。"宝琴笑说："怪脏的。"宝钗道："你尝尝去，好吃的。你林姐姐弱，吃了不消化，不然她也爱吃。"宝琴听了，便过去吃了一块，果然好吃，便也吃起来。一时，凤姐儿打发小丫头来叫平儿，平儿说："史姑娘拉着我呢，你先走罢。"小丫头去了。一时只见凤姐也披了斗篷走来，笑道："吃这样好东西，也不告诉我！"说着也凑着一处吃起来。

黛玉笑道："哪里找这一群花子去！罢了，罢了，今日芦雪广遭劫，生生被云丫头作践了。我为芦雪广一大哭！"（庚夹：大约此话不独黛玉，观书者亦如此。）湘云冷笑道："你知道什么！'是真名士自风流'②，你们都是假清高，最可厌的。我们这会子腥膻大吃大嚼，回来却是锦心绣口。"宝钗笑道："你回来若作的不好了，把那肉掏了出来，就把这雪压的芦苇子搵③上些，以完此劫。"

……说着，一齐来至地炕屋内，只见杯盘果菜俱已摆齐，墙上已贴出诗题、韵脚、格式来了。宝玉、湘云二人忙看时，只见题目是"即景联句，五言排律一首，限'二萧'韵"。

【解析】

此节文字是写宝玉一大早从怡红院【N1】出来，急忙向芦雪广【P2】处走来，四顾一望，一片雪白，远处是青松、翠竹。前者是湖对岸"大观楼"处【Z】贾芸补植的青松（即第23回凤姐说："园子东北角子上，娘娘说了，还叫多多的种松柏树"），后者便是湖对岸"大主山"山上、及山下"潇湘馆"处的竹海。

岁寒三友，尚缺一梅。宝玉走到山坡【S3】下，这应当是"沁芳亭"桥北塊那座挡住大观楼【Z】的障景用的山坡。往西到"芦雪广"，需要先往东北绕过这山的山脚，然后再转往西边去。宝玉往东北绕过此山山脚时，忽然闻到一

---

① 指：黛玉猜这肯定是史湘云出的主意。
② 语出明洪应明《菜根谭》："唯大英雄能本色，是真名士自风流。"
③ 搵，音义同"塞"。

股梅花香，回头往山上一看，是妙玉"栊翠庵"【O3】门前和庵内的十几株红梅，如胭脂般映衬着白雪盛开。

宝玉要往西走，他"回头一看"自然是往东或东南方向看去，这与图中"栊翠庵"【O3】在沁芳亭桥【F】北块的东南方完全吻合，这又是图文吻合的力证！此庵高居山上，其山【S3】应当正好挡住大观楼【Z】，是大观楼的障景之山。

宝玉细细赏玩了一回红梅，方才往西边的"芦雪广"【P2】走来。未到芦雪广，看到芦雪广前的蜂腰板桥【Y2】上有人打着伞走来，可见宝玉走到了"芦雪广"前"蜂腰板桥"的东侧，这肯定是李纨在"芦雪广"内派人去请凤姐前来"芦雪广"。

宝玉过"蜂腰板桥"来到芦雪广【P2】门口，只见丫环在扫雪开路。原来这芦雪广盖在傍山临水的河滩上（芦苇滩）【T3】上，仅孤伶伶一座、两三间大小。典图所绘"八角亭（即芦雪广）"正与三间大小的"箭亭"【X3】差不多大，这是文图相合的又一例证。

此芦雪广用茅草与芦苇作屋檐，用泥土作墙壁，用灌木做成篱笆墙，用竹子编成窗户，推开窗户便可垂钓。可见这座名为"广（庵）"的"圆草庐"旁边有河（当即"沁芳溪"也即"蓼汀花溆"【T】）流过，"广（庵）"的四面都是丛生芦苇的滩涂【T3】包围，一条小路曲曲折折地穿过芦苇，此路便是藕香榭【K2】背后的竹栏杆之径【J4】和竹桥【L3】。

众丫环告诉他：九、十点钟早饭（即上午吃的午饭）过后才来赏雪，所以宝玉只得再回怡红院【N1】，刚上了沁芳亭桥【F】，见探春正从秋爽斋【Q2】上桥来（可知秋爽斋【Q2】与怡红院【N1】同在沁芳亭桥的南边），宝玉猜她是要去贾母处【K4】，便立在亭【F】边，等她到后，两人一同出腰门【C4】，来到贾母房【K4】。薛宝琴住在贾母处，正在里间房内梳洗更衣。不一会儿，众姊妹到齐，吃好早饭，便由腰门【C4】进园，向东往芦雪广【P2】来，入了其中有地炕的那间屋内，作即景联句诗。

全园中心大湖"沁芳池"【B3】向北分出一支，接纳大主山东西两峰间的山溪水，名为"蓼汀花溆"【T】，其上必定要架座桥，其桥必定是"蜂腰板桥"【Y2】。蜂腰便是"8"字形。由于"蓼汀花溆"通"石港"这一假山石洞中的暗河[1]港，第 18 回此港通座船，则其河口必宽[2]。而"芦雪庵[3]"【P2】往"凤姐院"【O4】要过此桥，"凤姐院"【O4】在西，则"芦雪庵"【P2】在河【T】东便可知矣。宝玉由"芦雪庵"东的"沁芳亭桥"往芦雪庵走来，前往通知凤姐前来的人应当背对宝玉为是，今却是："只见蜂腰板桥【Y2】上一个人打着伞走来"，是面朝宝玉走来，岂非方向相反？

考虑到其桥为蜂腰"8"字形，很可能是座造型别致的几何形大桥，当呈"S"

---

① 暗河，溶洞和地下通道中，具有河流特征的水流。此处指不露天的河流段。
② 因为座船供皇帝乘坐，故当有四五米宽。
③ 因"广""庵"两字相同，而"广"字今天用作"广东"之"广"，所以本书常将"芦雪广"写作"芦雪庵"。

状，因形似蜂腰状的"8"字，故名"蜂腰板桥"。河流【T】南北走向，此"S"形之桥东西走向而呈"∽"状跨在河【T】上。从河东往河西，上了桥得先从西北弯向东南，再由东南弯向西而走到桥西那段上去。宝玉看到那人时，那人正好走在从西北往东南的那一段，下来便要从东南往西走到桥西那段上去了。

● **第 76 回暗示"芦雪庵"为亭子形制，且上夜婆子可以住在里面，证明其有墙壁：**

说着，二人①便同下了山坡。只一转弯，就是池沿【Z2】，沿上一带竹栏【J4】相接，直通着那边藕香榭【K2】的路径。（庚夹：点明，妙！不然此园竟有多大地亩了。）因这几间就在此山怀抱之中，乃凸碧山庄【R2】之退居，因洼而近水，故颜其额曰"凹晶溪馆"【S2】。因此处房宇不多，且又矮小，故只有两个老婆子上夜。今日打听得凸碧山庄【R2】的人应差，与她们无干，这两个老婆子关②了月饼、果品，并犒赏的酒食来，二人吃得既醉且饱，早已息灯睡了。

黛玉、湘云见了灯，湘云笑道："倒是她们睡了好。咱们就在这卷棚底下赏这水月③如何？"二人遂在两个湘妃竹墩上坐下。只见天上一轮皓月，池中【Z2】一轮水月，上下争辉，如置身于晶宫、鲛室之内。微风一过，粼粼然池面皱碧铺纹，真令人神清气净。……

湘云方欲联时，黛玉指池中黑影与湘云看道："你看，那河里怎么像个人在黑影里去了，敢是个鬼罢？"湘云笑道："可是又见鬼了。我是不怕鬼的，等我打它一下。"因弯腰拾了一块小石片向那池中打去，只听打得水响，一个大圆圈将月影荡散复聚者几次。（庚夹：写得出。试思若非亲历其境者，如何摹写得如此？）只听那黑影里"嘎"然一声，却飞起一个大白鹤来，（庚夹：写得出。）直往藕香榭【K2】去了。……

三人遂一同来至栊翠庵【O3】中。只见龛焰犹青，炉香未烬。几个老嬷嬷也都睡了，只有小丫鬟在蒲团上垂头打盹。妙玉唤她起来，现去烹茶。

忽听叩门之声，小丫鬟忙去开门看时，却是紫鹃、翠缕，与几个老嬷嬷，来找她姊妹两个。进来见她们正吃茶，因都笑道："要我们好找，一个园里走遍了，连姨太太④那里都找到了。才到了那山坡底下小亭【P2】里找时，可巧那上夜的正睡醒了。我们问她们，她们说，方才亭外头棚下两个人说话，后来又添了一个，听见说'大家往庵里去'，我们就知是这里了。"

【解析】

凹晶溪馆【S2】与芦雪庵【P2】，通过竹栏【J4】连通曲折竹桥【L3】，从

---

① 二人，指黛玉与湘云。
② 关，领。
③ 水月，水中月。
④ 指跑到了薛姨妈家。请参见本书"第二章、第二节、二"开头有关隔断墙与薛家后门、大观园东南角门三者关系的总论，可知是从大观园的东南角门走到薛姨妈家的后门去敲薛姨妈家的后门。

而通到藕香榭【K2】。竹栏【J4】、凹晶溪馆【S2】与芦雪庵【P2】都在"蓼汀花溆"【T】之东，而藕香榭【K2】及接引此榭通往岸上的曲折竹桥【L3】在"蓼汀花溆"之西，故竹栏【J4】与曲折竹桥【L3】被"蓼汀花溆"之河【T】分隔，需要有桥相互沟通。

元妃省亲时，此"蓼汀花溆"之河可以通行元妃所坐的两三米高的座船，如果用竹栏与曲折竹桥这种竹制之桥高架在沁芳溪（即"蓼汀花溆"）上，显然比较危险；所以更为合理的安排，当是通过上引第49回所提到的"蜂腰板桥"【Y2】过河。此板桥因名为"板桥"，故知不是竹桥，当是以木板作为桥梁，以木板而非竹子作为桥栏杆。此板桥桥面因铺板，比竹桥来得更加安全可靠，故可以高架到比座船要高的四米来高。

其实上文"●定位依据见第49回"考明：竹栏【J4】与曲折竹桥【L3】连为一体，竹栏【J4】便是去往竹桥【L3】之径，竹桥便是此竹栏之径通往藕香榭的最末一段——因为藕香榭在湖中，故竹栏之径连通藕香榭的最末一段便是跨水而建的竹桥形制。

这就意味着竹栏【J4】并不全在"蓼汀花溆"之河【T】的东岸，其通过"蜂腰板桥"过河后的西岸仍有竹栏【J4】架在芦苇滩上，直通跨湖而走上藕香榭的曲折竹桥【L3】。这也就意味着"蓼汀花溆"之河【T】的西岸并不全是曲折竹桥【L3】，其西岸是架在芦苇滩上的竹栏【J4】连通架在湖水上的曲折竹桥【L3】。

此言黛玉与湘云下了"凸碧山庄"【R2】的山坡，来到山坳中的"凹晶溪馆"【S2】。其为池塘边、山怀抱中的几间矮小房舍，池边有竹栏杆式的栈道之廊【J4】引大家走到房舍前，往南边则是通往"藕香榭"【K2】后背的竹栏【J4】、竹桥【L3】形制的路径。

在此房舍内上夜的婆子早已关上房门睡觉，于是两人便在房前竹栏边的卷棚底下，坐在湘妃竹做成的墩子上，欣赏着水中月。黛玉问："池中黑影为何物？"湘云便扔了一块石子打过去，惊起一只大白鹤，直往藕香榭【K2】飞去了。

两人后来又随妙玉去了"栊翠庵"【O3】。两人的丫环紫鹃、翠缕找来，说："到凸碧山庄【R2】山坡底下小亭里找时，正好那里的上夜人睡醒了，说：'刚才亭外边的卷棚底下有两个人在说话，后来又添了一个，说是往栊翠庵【O3】去了'，我们才知道在这里。"

紫鹃、翠缕口中的"山坡底下小亭"极易使人认为是"凹晶溪馆"。但上文对"凹晶溪馆"的形制交代得很明确，其为房子，不是亭子，可见紫鹃、翠缕口中的"小亭"当非"凹晶溪馆"。

由于"凹晶溪馆"通"藕香榭"后背（即北侧）的竹桥，而"芦雪庵"也通"藕香榭"后背（即北侧）的竹桥，可见三者相邻。第49回："原来这芦雪广盖在傍山临水河滩【T3】之上"，可见"芦雪庵"【P2】是建在那种很远便能望见的平坦的河滩上，而且应当就建在湖北岸的大路边。而"凹晶溪馆"在远处则看不见，即第76回湘云论山顶"凸碧山庄"与山坳"凹晶溪馆"时说："可知这两处一上一下，一明一暗，一高一矮，一山一水"，可证"凹晶溪馆"深处于山坳之中而在暗处，外面看不见。则三者的关系当是"藕香榭"最南，"芦雪庵"居中，"凹晶馆"在最北的山坳中。

紫鹃、翠缕一路找来，找到了路边的"亭子"，而且这"亭子"又与"凹晶溪馆"距离相近（下详），故知此亭子必是邻近"凹晶溪馆"的"芦雪庵"。正因为"凹晶溪馆"深藏不露，一般看不见，而紫鹃、翠缕三更半夜找人肯定走在湖北岸的大路上，不可能走曲折小路，因此紫鹃、翠缕问的应当是大路边就能看到的亭子（芦雪庵）里的人。

而且此时为中秋之夜，天气寒凉，其亭若无墙壁，谁敢睡在那儿？况且"芦雪庵"如果只是一个亭子，四面镂空而无器物在内，又何必派人上夜？上夜是防人偷盗房内之物，像"沁芳亭"这样的空亭子便不用派人上夜，因为没东西可偷。因此，"芦雪庵"之亭如果是镂空亭子，又何必怕人偷盗而派人上夜，岂非浪费人手？现在这座亭子需要派人上夜，可证其乃形状似亭而实为房子，房内必有物件而需要派人上夜。因其为房屋，可以挡风蔽寒，所以上夜者可以在里面睡觉。因此紫鹃、翠缕口中所说的"亭"（"那山坡底下小亭里找"）必是芦雪庵【P2】。

湘云、黛玉明明是在"凹晶溪馆"外的卷棚底下说话，何以"芦雪庵"亭子中的守夜人说是"亭外头棚下两个人说话"？当是"芦雪庵"与"凹晶溪馆"邻近，夜深人静时，"凹晶溪馆"外卷棚底下有人说话，"芦雪庵"处的守夜人也能听到，于是便说成了"亭外头棚下"。这不是在说"芦雪庵"亭子外的棚子底下，因为"芦雪庵"是亭子，有檐而无卷棚之顶；而是在说："芦雪庵"亭子外头的、"凹晶溪馆"外的棚子底下有人在说话。

此"芦雪庵"【P2】前临河"蓼汀花溆"【T】，有"蜂腰板桥"【Y2】沟通对岸。

此"芦雪庵"【P2】可通"蘅芜苑"【X】，其走法有两种：

第一种是先到"萝港石洞"【T】南口处的"凹晶溪馆"【S2】，登洞南口东侧的"山上盘道"【U】，爬上"萝港石洞"洞顶的东侧。由于洞顶东半侧无法通行（本章"第六节、五"引第59回之文有论），所以一上南口处的洞顶后，便当沿着洞顶的南边沿，走到洞顶南沿的西半侧，然后从洞顶的西半侧由南往北地穿过洞顶，来到洞北口顶上的西侧，走"蓼汀花溆"西岸的柳堤"翠樾埭"【V】（即西堤），到达"蘅芜苑"【X】。

这一走法的前提是石洞南口的洞顶南沿可以走人。但是，石洞洞顶南沿可以走人的话，第17回贾政从石洞南口西侧的"山上盘道【U】"登上洞顶后，便可由洞顶南沿来到石洞东侧下到平地，从而渡过"蓼汀花溆"之河【T】【Z2】；第17回也就不必写贾政从石洞南口西侧的"山上盘道"【U】登上洞顶后，仍然在石洞的西侧而到不了东侧，贾政一行人要走到蘅芜苑【X】门前，过其门口的"折带朱栏板桥"【W】，方能渡过这条"蓼汀花溆"之河【T】【Z2】。因此"萝港石洞"洞顶南沿不可以走人的可能性极大，这就意味着上一走法其实极可能走不通。如果走不通的话，当走下面第二种走法的路线为是。

第二种走法，便是先过"蜂腰板桥"【Y2】，来到"蓼汀花溆"【T】的西岸，再沿此溪流的西岸，往北走到"萝港石洞"【T】的南口，像第17回贾政那样，登洞南口西侧的"山上盘道"【U】，爬上"萝港石洞"洞顶的西侧，然后从洞顶的西半侧由南往北地穿过洞顶，来到洞北口顶上的西侧，走"蓼汀花溆"西岸的柳堤"翠樾埭"【V】（其为西堤），到达"蘅芜苑"【X】。

到达"蘅芜苑"【X】后，便可以过"蘅芜苑"【X】门前的"折带朱栏板桥"【W】，来到"翠樾埭"【V】的东岸之堤。到达"折带朱栏板桥"【W】的东堍后，可以分两条路走，一是沿此堤往东北，可以到达大观楼【W】，二是沿此堤往西南，可以退到"萝港石洞"北口的洞顶东侧，因洞顶的东半侧全部被山石阻挡，于是折向东南，走此"大主山"东峰的下坡之路，便可来到潇湘馆【H】。

《"蓼汀花溆"构想图》

参见书首"图A3"。

六、赏月的"嘉荫堂-凸碧山庄-凹晶溪馆"景区

（1）第71回提到大观园中的"缀锦阁""嘉荫堂"

●第71回提到大观园中的"缀锦阁""嘉荫堂"是入园宾客的休息处：

> 因今岁八月初三日乃贾母八旬之庆，又因亲友全来，恐筵宴排设不开，便早同贾赦及贾珍、贾琏等商议，议定于七月二十八日起，至八月初五日止，荣、宁两处齐开筵宴：宁国府中单请官客，荣国府中单请堂客，大观园中收拾出"缀锦阁"【H2】并"嘉荫堂"【I4】等几处大地方来作退居。……堂屋【K4】内设下大桌案，铺了红毡，将凡所有精细之物都摆上，请贾母过目。贾母先一二日还高兴过来瞧瞧，后来烦了，也不过目，只说："叫凤丫头收了，改日闷了再瞧。"
>
> 至二十八日，两府中俱悬灯结彩，屏开鸾凤，褥设芙蓉，笙箫鼓乐之音，通衢、越巷。宁府中本日只有北静王、南安郡王、永昌驸马、乐善郡王，并几个世交公侯应袭；荣府中南安王太妃、北静王妃，并几位世交公侯诰命。贾母等，皆是按品大妆迎接。大家厮见，先请入大观园内"嘉荫堂"【I4】，茶毕更衣，方出至"荣庆堂"【K4】上，拜寿入席。大家谦逊半日，方才入席。
>
> 上面两席是南、北王妃，下面依叙①便是众公侯诰命。左边下手一席，陪客是锦乡侯诰命与临昌伯诰命，右边下手一席，方是贾母主位。邢夫人、王夫人带领尤氏、凤姐，并族中几个媳妇，两溜雁翅站在贾母身后侍立。林之孝、赖大家的，带领众媳妇都在竹帘外面侍候上菜、上酒；周瑞家的，带领几个丫鬟，在围屏后侍候呼唤。……
>
> 南安太妃因问宝玉，贾母笑道："今日几处庙里念'保安延寿经'，他

---

① 叙，同"序"，顺序。

跪经①去了。"又问众小姐们，贾母笑道："她们姊妹们病的病，弱的弱，见人腼腆，所以叫她们给我看屋子去了。有的是小戏子②，传了一班在那边厅上，陪着她姨娘家姊妹们③也看戏呢。"南安太妃笑道："既这样，叫人请来。"……

吃了茶，园中略逛了一逛，贾母等因又让入席【I4】。南安太妃便告辞，说："身上不快。今日若不来，实在使不得，因此恕我竟先要告别了。"贾母等听说，也不便强留，大家又让了一回，送至园门【B】，坐轿而去。接着北静王妃略坐一坐，也就告辞了。余者也有终席的，也有不终席的。

【解析】

八月初三是贾母八十大寿，宁、荣两府齐开寿宴，宁国府中单请"官客"即男宾，荣国府中单请"堂客"即女宾。④大观园中收拾出饭前、饭后供男宾与女宾休息游玩用的"缀锦阁"【H2】和"嘉荫堂"【I4】等几处大地方来作为退居。所谓"退居"，就是供宾客临时休息、驻足的地方。此处用"大地方"来称呼"缀锦阁"和"嘉荫堂"，而"缀锦阁"是正殿大观楼西侧的飞楼，则"嘉荫堂"当与之规模相当。

由于大观楼东侧为斜楼"含芳阁"【I2】，故疑此"嘉荫堂"不是东侧的含芳阁，而当是正殿后面、建在山麓处的堂。下文提及"嘉荫堂"有月台，贾母赏月于此，而正殿"大观楼、缀锦阁、含芳阁"皆建在月台上，可证此嘉荫堂当是与正殿一体规划的宫殿式建筑。

又宁府入仪门【N3】为接待男客的大厅【F3】，此正厅后便是接待女宾用的内厅【A5】，男、女有别。此处大观园当亦然，前一进大观楼处的西侧有接待男宾的"缀锦阁"【H2】，则接待女宾的"嘉荫堂"【I4】当在大观楼的后一进为是⑤；绘图时由于被前一进大观楼遮挡，故图中未绘，不等于大观楼后没有建筑。

二十八日，女宾到后，当走"外仪门"【C2】内元妃省亲时走的路线入大观园正门【B】（其路线便是进入图中【C2】处的外仪门后，走【V4】到【A】再到园门【B】的夹道），来到供女宾休息用的"嘉荫堂"【I4】喝茶、更衣（即上厕所），然后再由原路返回"贾母院"的正堂"荣庆堂"【K4】入席。

南安太妃问起贾宝玉与诸位小姐，贾母说宝玉为她跪经去了，而小姐们在那边厅上（当是王夫人院中的上房【N4】），陪着她姨娘薛姨姑家的姊妹（指薛

---

① 跪经，做佛事或举行祭祀典礼时，施主跟着跪拜，以表虔诚。
② 指请的戏班很多。
③ 指薛姨妈与薛宝钗、宝琴。
④ 按理男居东，女居西，《红楼梦》中的空间当是原型东西相反的镜像，则男宾当在西府即荣国府接待，女宾当在东府宁国府接待。今反之，当是因为贾母住在原型中的东府、也即小说中的西府荣国府的缘故，所以女宾要由贾母所在的西府荣国府接待；相应地，男宾也就改成是在东府宁国府接待。
⑤ 据此便可考明："缀锦阁"【H2】是接待男宾用，"嘉荫堂"【I4】是接待女宾用。男为阳，当居东；女为阴，当居西。今接待男宾的"缀锦阁"【H2】居西，而接待女宾用的"嘉荫堂"【I4】居东，与之正为相反，这也透露出曹雪芹笔下的《红楼梦》"宁荣二府大观园"空间，是其原型南京"江宁织造府"东西相反的镜像。

宝钗、宝琴）在看戏。此可证诸女宾由大观园入贾母正堂【K4】时，没有走大观园的腰门【C4】【Z4】。因为腰门【C4】【Z4】在王夫人厅（即上房）【N4】的东北角，从那儿走的话，必定会走到王夫人厅（即上房）【N4】前，从而看到诸姐妹在那儿看戏。因此，女宾们当是按来时之路，出正园门【B】而来到贾母堂【K4】上；而且腰门【C4】【Z4】太小，只适宜家内女眷走动，不适宜大批人行走，更不宜让尊贵的女宾们行走。

饭后，女宾们又到大观园中逛了逛，相当于"饭后百步走"，以利于消化；这当然也是走元妃省亲时的路线入正园门【B】。贾母想让她们再入席坐坐，所入之席肯定就是接待女宾的"嘉荫堂"【I4】上的座席。这时南安太妃告辞，贾母便送至园门【B】，王妃坐轿而去。可见官轿可以入大门【B2】、外仪门【C2】一直抬到园门【B】；则其由园门【B】入贾母堂【K4】，由贾母堂【K4】再入园门【B】，亦当坐轿往返。

（2）第75回言明"凸碧山庄-凹晶溪馆"是一套建筑
●第75回有"嘉荫堂"的描写；并言明"凸碧山庄-凹晶溪馆"是一套建筑，一在"大主山"主峰上，一在主峰下：

> 贾珍夫妻至晚饭后方过荣府【B2】来。只见贾赦、贾政都在贾母房内【K4】坐着说闲话，与贾母取笑。贾琏、宝玉、贾环、贾兰皆在地下侍立。……贾母笑道："此时月已上了，咱们且去上香。"说着，便起身扶着宝玉的肩，带领众人齐往园中来。
>
> 当下园之正门【B】俱已大开，吊着羊角大灯。嘉荫堂【I4】前月台上，焚着斗香，秉着风烛，陈献着瓜饼及各色果品。邢夫人等一干女客皆在里面久候。真是月明灯彩，人气、香烟，晶艳、氤氲，不可形状。地下铺着拜毯、锦褥。贾母盥手上香拜毕，于是大家皆拜过。贾母便说："赏月在山上最好。"因命在那山脊上的大厅【R2】上去。众人听说，就忙着在那里去铺设。贾母且在嘉荫堂【I4】中吃茶少歇，说些闲话。
>
> 一时，人回："都齐备了。"贾母方扶着人上山来。王夫人等因说："恐石上苔滑，还是坐竹椅①上去。"贾母道："天天有人打扫，况且极平稳的宽路，何必不疏散疏散筋骨？"于是贾赦、贾政等在前导引，又是两个老婆子秉着两把羊角手罩②，鸳鸯、琥珀、尤氏等贴身搀扶，邢夫人等在后围随，从下逶迤而上，不过百余步，至山【Y】之峰脊上，便是这座敞厅。因在山之高脊，故名曰"凸碧山庄"【R2】。
>
> 于厅前平台上列下桌椅，又用一架大围屏隔作两间。凡桌椅形式皆是圆的，特取"团圆"之意。上面居中贾母坐下，左垂首贾赦、贾珍、贾琏、贾蓉，右垂首贾政、宝玉、贾环、贾兰，团团围坐。只坐了半壁，下面还有半壁余空。贾母笑道："常日倒还不觉人少，今日看来，还是咱们的人也

---

① 竹椅，即"山轿"，用竹椅穿上杠子抬着走。其具体的描写见第41回："凤姐忙命人将小竹椅抬来，贾母坐上，两个婆子抬起，凤姐、李纨和众丫鬟婆子围随去了，不在话下。"
② 手罩，手持的风灯。

甚少，算不得甚么。（庚夹：未饮先感人丁，总是将散之兆。）想当年过的日子①，到今夜男女三四十个，何等热闹。今日就这样，太少了。待要再叫几个来，他们都是有父母的，家里去应景，不好来的。如今叫女孩们来坐那边罢。"于是令人向围屏后邢夫人等席上将迎春，探春，惜春三个请出来。贾琏、宝玉等一齐出坐，先尽他姊妹坐了，然后在下方依次坐定。贾母便命折一枝桂花来，命一媳妇在屏后击鼓传花。若花到谁手中，饮酒一杯，罚说笑话一个。

【解析】

"当下园之正门【B】俱已大开"，此是八月中秋开正园门的记载，则与中秋节并重的元宵佳节，也当大开园之正门。贾母带大家由正门【B】入园赏月，应当走的是元妃省亲与八十大寿时诸女宾所走的路线。至于腰门【C4】，则专供"二门"、"三门"内女眷出入，此次赏月因有贾珍等男子，故不宜从那专供女子走的腰门出入。

大家来到"嘉荫堂"【I4】前的月台上，贾母建议大家登上那"山脊背"上的大厅"凸碧山庄"【R2】赏月则更佳，可证"嘉荫堂"建在山麓处（即山脚处）。

于是大家忙去"凸碧山庄"铺陈摆设，贾母命令其他人暂且到"嘉荫堂"【I4】上吃茶等候。不一会儿，下人回报："已经准备好。"于是众人搀扶贾母上山。王夫人怕路滑，请贾母坐竹椅上山，贾母说：此地虽是山路，但天天有人打扫（可见园中的维护需要一定的人工，即第56回探春改革大观园运营模式时亲口所说的"打扫人等的工费"），不会有什么苔藓；况且这山路的条石极为宽阔、平稳（可见此处乃登山大路，相当于是大观园中的又一条"辇路"），何不趁此机会疏散疏散筋骨呢？

于是贾母等人从山下逶迤而上，由此可知嘉荫堂【I4】建在正殿"大观楼"背后那"大主峰"下的山麓处，其基底的海拔要比大观楼略高些；由于图中未画，可见这一"一层楼"建筑的屋顶，高不过"两层楼"的大观楼而被其遮挡，则嘉荫堂肯定没有建在半山腰上，而当建在大主山的山趾处。此嘉荫堂当即第17回贾政离开正殿后所看到的"清堂"。由于此堂建在大观楼的背阴中，旁边又有青松翠柏之荫，故名"嘉荫堂"②。而"逶迤"两字则又交代清楚：此登山辇路并非笔直的一直线，而有很多曲折灵动之处，足见造园者"山子野"先生布置山路时的灵活多变而不死板。

贾母等人走了不过一百多步，便到了大主山【Y】的峰脊之上。由此可知，此"凸碧山庄"不光建在"山脊背"上，更建在山脊最顶端的"大主山"峰巅之上。此句原文作"从下逶迤而上，不过百余步，至山【Y】之峰脊上，便是这座敞厅"，而程高本作："从下逶迤，不过百余步，到了主山【Y】峰脊上，便是这座敞厅"。程高本节了"而上"两字而补"到了"两字，删两字而补两字，这绝不是一般的巧合，而应当是有意删改，故知"到了"两字是校改而非原文，

---

① 想当年经过的岁月。

② 即"嘉荫堂"的"荫"字既指其在大观楼的背阴中，又指其两旁的松柏之荫。

程高本的原文当作："从下逶迤而上，不过百余步，主山【Y】峰脊上，便是这座敞厅。"因此，脂本作"至山【Y】之峰脊上便是这座敞厅"，而程高本作"主山【Y】峰脊上便是这座敞厅"，故知脂本所作的"至"字，当据程高本作"主"为是。曹雪芹原稿最初必作"主"字，"主山峰脊上"意指"大主山的峰脊上"；后来传抄时，抄者笔误或认为其不通而臆改成"至"字，于是又在"山"字后面加一个"之"字出来。

今按："至"与"主"草书字形相近。无独有偶，第54回"只提琴至、管箫合"之"至"，亦当是"主"字之误，详"第二章、第一节、一、（二）、（3）"引第54回该文的校注，其意为：以提琴为主，以管箫相配合。

"主"字的草书	"至"字的草书
主	至

到了这"大主山"的峰脊上，便是一座朝南的敞厅；因建在这座"大主山"的最高之巅，故名为"凸碧山庄"【R2】，这是书中第三次出现"主山（大主山）"之名①。大主山在园之北，图中所画也正在北，益证此"凸碧山庄"当在园北的中心略偏西处，据图，当在彩图所绘两山中东边那座山的峰顶上【R2】。

从大观楼【Z】后嘉荫堂【I4】的大主山下，到大主山峰巅【R2】的"凸碧山庄"为一百余步，以一步高16厘米计，则"大主峰"最高处为十六七米高，相当于六层楼高（以层高2.8米计）。一步为一阶，一阶宽29厘米，则百余步为三四十米左右，是全园200米的五分之一，此当是往西爬。今图中大主山东峰至大观楼背后的距离大致就是全园东西向长度的五分之一，更可证明"凸碧山庄"当在图中东峰之巅【R2】而非再西的西峰之巅，图与文亦相吻合。

此"凸碧山庄"【R2】下的山坳中有"凹晶溪馆"【S2】，凹晶溪馆前有小亭子"芦雪庵"【P2】，再往前为"藕香榭"【K2】，三者皆有曲折竹栏【J4】、曲折竹桥【L3】相通。

第17回贾政离正殿后的首站便是"清堂"【D1】，当即正殿后山麓处的"嘉荫堂"【I4】。清堂，即高大敞亮的堂屋。此堂因在正殿大观楼【Z】背后，且当为一层楼的殿堂式建筑，其高度再高，也低于大观楼这座两层楼的建筑，从而被大观楼遮挡，处在大观楼的背阴中；其四周当有青松竹海相围，浓荫蔽日，显得分外清幽，故名"清堂"、"嘉荫堂"。（按第23回凤姐说："园子东北角子上，娘娘说了，还叫多多的种松柏树"，而大观楼正在园子东北角，其处有嘉荫

---

① 前两次是第17回园门处写："况此处并非主山正景"，蘅芜苑处写："那大主山所分之脉"，后者己卯本有夹批："两见'大主山'，稻香村又云'怀中'，不写'主山'而主山处处映带、连络不断可知矣。"此处写凸碧山庄在"主山峰脊上"，是第三次写到。

堂，当即四围种有浓密喜人的青松之荫，故名"嘉荫"。）

　　此"凸碧山庄"厅前亦有平台，上面已经摆下赏月的桌椅，用一架大围屏分隔成内外两间，当是男女有别，贾母与男子坐一间，而女子坐围屏后的另一间。由于男子这桌坐不满，贾母又命令同姓的迎春、探春、惜春三个姊妹从里间移来（同姓男女是自家人，故可以并坐一桌而无忌讳）。林黛玉、史湘云为异姓骨肉，不能坐在贾母这一桌，便是因为有贾姓男子在的缘故。后来，林黛玉、史湘云两人因嫌山顶人多，遂自便①而去了"凹晶溪馆"【S2】欣赏水中之月。

　　下引第76回之文"这'凸''凹'二字，……只是这两个字俗念作'洼''拱'二音"，可证"凸碧山庄"或当念作"拱碧山庄"为是。"碧"当指蓝天，"拱"指向上顶，高耸。"拱碧山庄"当指此山庄高耸于蓝天之上的意思。一般人都会把"碧"误以为是"青山碧水"之"碧"，几乎没人知道此"碧"字实当指蓝天。

（3）第76回具体描写了大主峰下"凹晶溪馆"的形制：

　　　　黛玉见她这般劝慰，不肯负她的豪兴，因笑道："你看这里这等人声嘈杂，有何诗兴？"湘云笑道："这山上赏月虽好，终不及近水赏月更妙。你知道这山坡底下就是池沿【Z2】，山坳里近水一个所在就是'凹晶馆'【S2】。可知当日盖这园子时就有学问：这山之高处就叫'凸碧'【R2】，山之低洼近水处就叫作'凹晶'。这'凸''凹'二字，历来用的人最少。如今直用作轩馆之名，更觉新鲜，不落窠臼。可知这两处一上一下，一明一暗，一高一矮，一山一水，竟是特因玩月而设此处。有爱那山高月小的，便往这里来；有爱那皓月清波的，便往那里去。只是这两个字俗念作'洼''拱'二音，便说俗了，不大见用，只陆放翁用了一个'凹'字，说'古砚微凹聚墨多'，还有人批他俗，岂不可笑？"林黛玉道："也不只放翁才用，古人中用者太多。如江淹《青苔赋》②，东方朔《神异经》③，以至《画记》上云张僧繇画'一乘寺'的故事④，不可胜举。只是今人不知，误作俗字用了。实和你说罢，这两个字还是我拟的呢。因那年试宝玉，因他拟了几处，也有存的，也有删改的，也有尚未拟的。这是后来我们大家把这没有名色的也都拟出来了，注了出处，写了这房屋的坐落，一并带进去与大姐姐瞧了。她又带出来⑤，命给舅舅瞧过。谁知舅舅倒喜欢起来，又说：'早知这样，那日该就叫她姊妹一并拟了，岂不有趣？'所以凡我拟的，一字不改都用了。如今就往'凹晶馆'去看看。"

---

① 自便，按自己的方便来行事，即自由行动
② 《青苔赋》："悲凹险兮，唯流水而驰骛。"
③ 《神异经》："北方荒中有石湖，……其湖无凸凹，平满无高下。"
④ 《建康实录》卷17："置一乘寺，……寺门遍画凹凸花，代称张僧繇手迹。其花乃天竺遗法，朱及青绿所成，远望眼晕如凹凸，就视即平，世咸异之，乃名'凹凸寺'。"
⑤ 指：元妃又叫人带出来。

说着，二人便同下了山坡。只一转弯，就是池沿【Z2】，沿上一带竹栏【J4】相接，直通着那边藕香榭【K2】的路径。（庚夹：点明，妙！不然此园竟有多大地亩了。）因这几间就在此山怀抱之中，乃"凸碧山庄"【R2】之退居①，因洼而近水，故颜其额曰"凹晶溪馆"【S2】。因此处房宇不多，且又矮小，故只有两个老婆子上夜。今日打听得凸碧山庄【R2】的人应差，与她们无干，这两个老婆子关②了月饼、果品，并犒赏的酒食来，二人吃得既醉且饱，早已息灯睡了。

黛玉、湘云见息了灯，湘云笑道："倒是她们睡了好。咱们就在这卷棚底下赏这水月如何？"二人遂在两个湘妃竹墩上坐下。只见天上一轮皓月，池中【Z2】一轮水月，上下争辉，如置身于晶宫、鲛室之内。微风一过，粼粼然池面皱碧铺纹，真令人神清气净。湘云笑道："怎得这会子坐上船吃酒倒好。这要是我家里这样，我就立刻坐船了。"黛玉笑道："正是古人常说的好：'事若求全何所乐？'据我说，这也罢了③，偏要坐船起来。"湘云笑道："得陇望蜀，人之常情。可知那些老人家说的不错，说：贫穷之家自为④富贵之家事事趁心，告诉他说：'竟不能遂心'，他们不肯信的，必得亲历其境，他方知觉了。就如咱们两个，虽父母不在，然却也忝在富贵之乡，只你我竟有许多不遂心的事。"黛玉笑道："不但你我不能趁心，就连老太太、太太，以至宝玉、探丫头等人，无论事大事小，有理无理，其不能各遂其心者，同一理也，何况你我旅居客寄之人哉！"湘云听说，恐怕黛玉又伤感起来，忙道："休说这些闲话，咱们且联诗。"

正说间，只听笛韵悠扬起来。黛玉笑道："今日老太太、太太高兴了，这笛子吹的有趣，到是助咱们的兴趣了。（庚夹：妙！正是吹笛之时。勿认作又一处之笛也。）咱两个都爱五言，就还是五言排律罢。"湘云道："限何韵？"黛玉笑道："咱们数这个栏杆的直棍，这头到那头为止。它是第几根就用第几韵。若十六根，便是'一先'起。这可新鲜？"湘云笑道："这倒别致。"于是二人起身，便从头数至尽头，止得十三根。湘云道："偏又是'十三元'了。这韵少，作排律只怕牵强不能押韵呢。少不得你先起一句罢了。"黛玉笑道："倒要试试咱们谁强谁弱，只是没有纸笔记。"湘云道："不妨，明儿再写。只怕这一点聪明还有。"黛玉道："我先起一句现成的俗语罢。"因念道：……

湘云方欲联时，黛玉指池中黑影与湘云看道："你看，那河里怎么像个人在黑影里去了，敢是个鬼罢？"湘云笑道："可是又见鬼了。我是不怕鬼的，等我打它一下。"因弯腰拾了一块小石片向那池中打去，只听打得水响，一个大圆圈将月影荡散复聚者几次。（庚夹：写得出。试思若非亲历其境者，如何摹写得如此？）只听那黑影里"嘎"然一声，却飞起一个大白鹤来，

---

① 退居，即"退步"，供临时休息的房屋，又指退到次要地位的房屋，即附属建筑。
② 关，领。
③ 指：这样的景色，不坐船也不错。
④ 自为，自以为。

（庚夹：写得出。）直往藕香榭【K2】去了。黛玉笑道："原来是它，猛然想不到，反吓了一跳。"湘云笑道："这个鹤有趣，倒助了我了。"因联道："窗灯焰已昏。**寒塘渡鹤影，**"林黛玉听了，又叫好，又跺足，说："了不得，这鹤真是助她的了！……"黛玉只看天，不理他，半日，猛然笑道："你不必说嘴，我也有了，你听听。"因对道："冷月葬花①魂。"……

一语未了，只见栏【J4】外山石后转出一个人来，笑道："好诗，好诗，果然太悲凉了。不必再往下联，若底下只这样去，反不显这两句了，倒觉得堆砌牵强。"二人不防，倒唬了一跳。细看时，不是别人，却是妙玉。二人皆诧异，（庚夹：原可诧异，余亦诧异。）因问："你如何到了这里？"妙玉笑道："我听见你们大家赏月，又吹的好笛，我也出来玩赏这清池皓月。顺脚走到这里，忽听见你两个联诗，更觉清雅异常，故此听住了。只是方才我听见这一首中，有几句虽好，只是过于颓败凄楚；此亦关人之气数而有，所以我出来止住②。如今老太太都已早散了，满园的人想俱已睡熟了，你两个的丫头还不知在哪里找你们呢。你们也不怕冷了？快同我来，到我那里去吃杯茶，只怕就天亮了。"黛玉笑道："谁知道就这个时侯了③。"

三人遂一同来至栊翠庵【O3】中。只见龛焰犹青，炉香未烬。几个老嬷嬷也都睡了，只有小丫鬟在蒲团上垂头打盹。妙玉唤她起来，现去烹茶。忽听叩门之声，小丫鬟忙去开门看时，却是紫鹃、翠缕，与几个老嬷嬷，来找她姊妹两个。进来见她们正吃茶，因都笑道："要我们好找，一个园里走遍了，连姨太太那里都找到了。才到了那山坡底下小亭【P2】里找时，可巧那里上夜的正睡醒了。我们问她们，她们说，方才亭外头棚下【S2】两个人说话，后来又添了一个，听见说大家往庵【O3】里去。我们就知是这里了。"妙玉忙命小丫鬟引她们到那边去坐着歇息吃茶。自取了笔砚纸墨出来，将方才的诗命她二人念着，遂从头写出来。……只见她续道：……钟鸣栊翠寺【O3】，鸡唱稻香村【J】。……后书：《右中秋夜大观园即景联句三十五韵》。

黛玉、湘云二人皆赞赏不已，说："可见我们天天是舍近而求远。现有这样诗仙在此，却天天去纸上谈兵。"妙玉笑道："明日再润色。此时想也快天亮了，到底要歇息歇息才是。"林史二人听说，便起身告辞，带领丫鬟出来。妙玉送至门外，看她们去远，方掩门进来。不在话下。

---

① 花，据戚序本、蒙王府本、梦稿本。庚辰本误作形近而误之字"死"，有人点改为"诗"。甲辰本、列藏本、程甲本、程乙本作"诗"。今按"花魂"对"鹤影"，属于工整的对偶，且都写景；而"诗魂"与"鹤影"不对偶，且"诗魂"不知所云。当是"花魂"之"花"误作"死"，而抄书者臆改为同音之字"诗"。

② 上引史湘云所言"寒塘渡鹤影"指明湘云早寡，而黛玉所言"冷月葬花魂"指明黛玉早卒，后四十回与之正相吻合。作者故意写妙玉出来止住，用"不必再往下联，若底下只这样去，反不显这两句了"语，评点出全诗之这两句写得最好。作者再让妙玉说出"有几句虽好，只是过于颓败凄楚；此亦关人之气数而有，所以我出来止住"，所谓"有几句虽好"即是上文所说的那两句写得最好，这便是作者曹雪芹借妙玉之口，点明这两句诗其实暗伏八十回以后湘云早寡、黛玉早卒的结局。

③ 指：谁知道现在就已经到这个时候了。

这里翠缕向湘云道:"大奶奶那里还有人等着咱们睡去呢,如今还是那里去好。"湘云笑道:"你顺路告诉她们,叫她们睡罢。我这一去未免惊动病人,不如闹林姑娘半夜去罢。"说着,大家走至潇湘馆【H】中,有一半人已睡去。二人进去,方才卸妆宽衣,盥漱已毕,方上床安歇。

【解析】

史湘云对黛玉说:山上赏月固然是好,终究不及近水赏月为妙。这"凸(拱)碧山庄"南面山坡底下便是通"沁芳池"【B3】的"沁芳溪"【T】【Z2】的溪岸,而此山坡旁的山坳里,即"凸碧山庄"下面的、大主山东峰与西峰间山坳的南口附近,有一个近水的处所"凹(洼)晶溪馆"【S2】。

从这"凸(拱)碧山庄"、"凹(洼)晶溪馆"的命名上,便能看出当日盖造这园子的人很有学问。这大主山的最高处命名为"凸(拱)碧"【R2】,而这大主山的低洼近水处便命名为"凹(洼)晶"。"凸(拱)"、"凹(洼)"二字很俗,历来没人敢用,如今胆敢用来作为轩馆的名称,反倒异常新鲜别致、不落窠臼,正说明这两处地方是造园大师"山子野"先生,有意一上一下、一明一暗、一高一矮、一山一水,特别为赏月而设计的、富有对立统一之美的一对景观建筑。那爱山高月小的,便往"凸碧山庄"赏月;那爱皓月清波的,便往"凹晶溪馆"赏月。

由"一明一矮"句,可知凸碧山庄在明处的山巅,众人皆可望见,而凹晶溪馆则藏于山坳,外面看不到。由此亦可知:"凹晶溪馆"不在图中东峰前,而当在东西两峰之间的山坳南口,从正面看过去,其为东峰山址所挡而看不见。由于其邻近溪边芦苇滩【T3】上的"芦雪庵"【P2】(见上文"五"引第76回之文证明"凹晶溪馆"与"芦雪庵"邻近),故知"芦雪庵"离山坳口亦不远。

黛玉告诉不知建园内情的史湘云:这"凸碧、凹晶"两个名字都是自己所拟。那年春天贾政命令宝玉为大观园诸景题名,宝玉拟了几处,也有用的,也有改的,也有他当时没游到而未拟的,后来我们大家把那些没命名的全都拟了出来,并且注明诗文出处,写明房屋坐落,一并带进宫去给元妃看,她批阅后再命舅舅(贾政)看,谁知舅舅一看倒喜欢起来,说:"早知这样,那日就该叫她们姊妹一起来拟名字,岂不有趣?"凡是我拟的名字,一个字都没改就用了。

这段话便补明第18回之文:"那日虽未曾题完,后来亦曾补拟。"己卯本夹批:"一句补前文之不暇,启后文之苗裔。至后文'凹晶馆'黛玉口中又一补,所谓'一击空谷,八方皆应'。"又第38回史湘云读藕香榭联:"芙蓉影破归兰桨,菱藕香深写竹桥",己卯本有夹批:"妙极!此处忽又补出一处不入贾政'试才'一回,皆错综其事,不作一直笔也。"可证"凹晶溪馆、凸碧山庄、藕香榭"的名称与对联,当是第17回贾政、宝玉这批人未能走到,后来由黛玉等人补拟。

于是黛玉、湘云便从"凸碧山庄"【R2】走下山坡,到了山下后再一转弯,便是通"沁芳池"【B3】的北枝"沁芳溪"【T】的河沿(由于这条溪流通向湖池,故可径直把溪水称为池水,称其岸为"池沿"即池岸)。

沿河的河滩【T3】上有一带竹栏【J4】连接，供人行走（因为河岸为泥泞的滩涂湿地，不宜踏行，故用架高的竹栏栈道供人行走①），直通那边前往"藕香榭"【K2】的路径。此即第38回所言的藕香榭"后面又有曲折竹桥【L3】暗接。众人上了竹桥，凤姐忙上来挽着贾母，口里说：老祖宗只管迈大步走，不相干的，这竹子桥规矩是'咯吱、咯喳'的。"可见"凹晶溪馆"的竹栏（相当于竹制的栈道）与"藕香榭"身后的竹桥（即竹栏杆桥，也即竹制的水上栈道）相连，故此处庚辰本有夹批："点明凹晶溪馆、藕香榭这两处相通，说明此园不大，以免大家误会此园很大。"

从竹栏往山坳里走，便是山坳怀抱中的几间房，其为"凸碧山庄"【R2】的退居（附属建筑）②，因低窪近水，故命名为"凹（洼）晶溪馆"【S2】。由"退居"两字，可证山顶的"凸碧山庄"与此山下的"凹晶溪馆"当有山路相通。（今按：上文言黛玉、湘云从"凸碧山庄"【R2】走下山坡，当是朝西下山，走到上文"五"最后提到的"蘅芜苑"【X】对岸的"翠樾埭"【V】的东堤，沿堤往西南方向来到"萝港石洞"【S】北口洞顶东侧，由于有山石阻挡洞顶东侧，只有折向东南方向的一条下山之路，便由此路来到"凸碧山庄"所在的东峰下面的平地，然后再往西转过这东峰山趾处的小山坡，来到"萝港石洞"【S】南口东岸上的"凹晶溪馆"门前的溪流【T】【Z2】，逆流北上便到了"萝港石洞"【S】南口东岸上的"凹晶溪馆"【S2】，此"凹晶溪馆"因位于东峰山趾处的小山坡背后，所以从正面看不到这"凹晶溪馆"。具体情形可参见书首"图A3"。）

"凹晶溪馆"门前是南通"沁芳池"【B3】的"沁芳溪"【T】【Z2】。"凹晶溪馆"这几间房数量不多，而且矮小，所以只派两个老婆子上夜。由此可见，整个大观园每处建筑，不管有人住还是没人住，都要有人上夜，故开销的工资比较大。这两个婆子打听到：今晚"凸碧山庄"【R2】的人有服侍贾母赏月的差事，与自己无关，所以早早地领来过节必需赏赐的月饼和果品，以及贾府因为庆中秋而特意犒赏家人的酒食，吃得醉饱，息灯睡下了。

卷棚，即"卷棚顶"，又名"元宝顶"，指屋顶两侧的坡檐，在正脊相交处，采用凸起弧面相连接的做法，即屋脊不做成脊背的样式，而用弧线把前后两个坡檐联为一体，屋脊截面呈圆弧状，饱满圆润而不起背脊。

据"卷棚"两字，便可知此"凹晶溪馆"不可能是茅舍，而当是砖瓦房。湘云和黛玉在卷棚底下，实即在卷棚式的屋檐底下，坐在两个湘妃竹墩上（即用竹子编成的圆墩状椅子），欣赏水中月。

她们面对的应当是"沁芳溪——蓼汀花溆"【T】【Z2】，而非"沁芳池"【B3】。湘云说："可惜没能在船上赏月。"这时，山顶贾母赏月处的"凸碧山庄"传来悠扬的笛声，助了两人的诗兴，于是开始联句。联到最后，黛玉指着池中黑影问是何物，湘云拾起一块小石片扔过去，只听得击水之声响起，一个大圆圈（涟

---

① 此栈道上面也有可能有屋顶而做成竹制走廊的形式，也有可能没有屋顶；从其称"竹栏"而不称"竹廊"来看，没屋顶的可能性为大。
② 所谓"退居"即"退步"，指不显眼位置上的附属建筑。

漪）把月影荡散、复聚了几次，惊起一只大白鹤，直往"藕香榭"【K2】那边飞去了。

其所见的月影荡散、复聚，可证她们是在"沁芳溪"【T】而非"沁芳池"【B3】畔。她们如果在"池"（即大湖）边，则波纹扩散开来后便有散无聚；唯有在小河或小池塘中，水碰岸返回，才会有涟漪散而复聚的现象出现。由此可见她们联句处有可能是"沁芳溪"，更有可能是沁芳溪旁边的一个小小的圆形池塘；因为小河河岸直，涟漪返回时不大会聚拢，唯有圆形的池塘，涟漪撞岸返回时，才会散而复聚几次。这个小小的圆池塘，就是下文"第六节、四"所言的"滴翠亭"【D3】处的小池塘【C3】。

上引"这'凸''凹'二字，……只是这两个字俗念作'洼''拱'二音"，可证"凹晶溪馆"或当念作"洼晶溪馆"为是。"洼晶"即当指"滴翠亭"【D3】处的那汪（即那洼）形圆如镜（谐音为"晶"）的小池塘【C3】。此馆在这洼"形圆如镜（晶）"的小池塘旁，此圆镜般的小池塘又在"蓼汀花溆"【T】这条沁芳溪【Z2】畔，所以这一建筑（馆）因前者而名"洼晶"，因后者而名"溪"，合称"洼晶溪馆"。上引"因洼而近水，故颜其额曰'凹晶溪馆'"，又言明其在"萝港石洞"【S】洞口那紧邻"溪水【T】、镜池【C3】"的浅湿低洼之地。

史湘云得此白鹤的灵感，吟出了佳句，黛玉也灵感突现，对出了绝妙之句。这时竹栏（即竹制栈道）外的山石背后转出妙玉来。原来妙玉也为笛声吸引，来"凹晶溪馆"【S2】欣赏清池皓月。

妙玉请她俩到栊翠庵【O3】品茶。于是三人沿"沁芳池"【B3】北侧的湖岸，上了"栊翠庵"处的小山【S3】来到庵中。不久紫鹃、翠缕找来说："两位姑娘叫我们好找，整个园子都走遍了（由此可见大观园园子小，走一遍不过一两个小时的工夫），连薛姨妈处都找过了。才到那山坡（即'凸碧山庄'所在的东峰）【R2】底下的小亭子找时（上文'五'已考明此小亭子当是'芦雪庵'【P2】），可巧那里上夜的人睡醒了，她们说：'方才亭外头的"凹晶溪馆"卷棚底下【S2】有两个人在说话，后来又添了一个，叫她们到庵【O3】里去'，我们才知道是这儿。"

妙玉叫黛玉和湘云把刚才的诗背出来写在纸上，并往下续，其中有："钟鸣栊翠寺，鸡唱稻香村"一句，诗尾题作《右中秋夜大观园即景联句三十五韵》。此时天已快亮，黛玉与湘云方回。

七、妙玉的栊翠庵

大观园东路，书中只重点描绘了妙玉的"栊翠庵"，其余均一笔带过。图中【O3】处所绘的建筑当是"栊翠庵"，今详考如下：

（1）第49回宝玉从"怡红院"出来，证明"栊翠庵"在沁芳亭桥北堍之东：

> 忙忙的往芦雪广【P2】来。出了院门【N1】，四顾一望，并无二色，远远的是青松、翠竹，自己却如装在玻璃盒内一般。于是走至山坡【S3】之下，顺着山脚刚转过去，已闻得一股寒香拂鼻。回头一看，恰是妙玉门

前"栊翠庵"【O3】中有十数株红梅，如胭脂一般，映着雪色，分外显得精神，好不有趣！宝玉便立住，细细的赏玩一回方走。

【解析】

此节文字是言宝玉一大早从怡红院【N1】出来，急忙向芦雪广【P2】处走来，四顾一望，一片雪白，远处是青松、翠竹。前者显然就是对岸"大观楼"处贾芸补种的青松，见第23回凤姐说："园子东北角子上，娘娘说了，还叫多多的种松柏树"，而大观楼正在园子东北角，楼后有"嘉荫堂"，当即四围有青松翠柏之荫的缘故；而后者便是湖对岸"大主山"山上，以及山下"潇湘馆"【H】处的竹海。

岁寒三友，尚缺一梅。宝玉走到山坡【S3】下，此山坡当是"沁芳亭"桥北块作为障景用的山坡（旨在挡住大观楼【Z】，只让其露出檐角来）。在此山坡的阻障、引导下，往西到"芦雪广"的路，得先往东北绕过此山山脚，然后再转向西去。在往东北绕过此山山脚时，宝玉忽然闻到有股梅花香扑鼻而来，回头一看，是妙玉"栊翠庵"【O3】门前与庵中的十几株红梅，如同胭脂般，映衬着雪色盛开，显得分外红艳和精神。宝玉此时应当往西走去，回头一看，自然是往东或东南方向，这与图中"栊翠庵"【O3】在沁芳亭桥北块的东南方正相吻合，这也是图文吻合的力证！

此庵高居山上，其山【S3】当正好挡住大观楼，是"大观楼"正前方的障景之山，只让人看到大观楼西侧的一角飞楼，即第17回贾政一行在大观楼湖对岸的、大观园南部假山上所看到的"两边飞楼插空，雕甍绣槛，皆隐于山坳树杪之间"。所谓的"两边飞楼"，西边的飞楼当指贾政所在假山山顶上的秋爽斋【Q2】，东边飞楼当指大观楼侧旁两层高而能"插空"的"东面飞楼曰'缀锦阁'、西面斜楼曰'含芳阁'"（第18回语）中的"西飞楼缀锦阁【H2】"（缀锦阁当在大观楼西，详本章"第三节、三"有论）。

● **第 49、63 回证明"栊翠庵"在沁芳亭桥北块之东：**

第49回："邢夫人便将岫烟交与凤姐儿。凤姐儿筹算得园中姊妹多，性情不一，且又不便另设一处，莫若送到迎春一处【L2】去，倘日后邢岫烟有些不遂意的事，纵然邢夫人知道了，与自己无干。"可见邢岫烟住在迎春的"紫菱洲"。

而第63回宝玉过沁芳亭桥，见邢岫烟正要去拜访妙玉，亦透露出"栊翠庵"在沁芳亭桥北块之东：

> （宝玉）想罢，袖了帖儿，【N1】径来寻黛玉。刚过了沁芳亭【F】，忽见岫烟颤颤巍巍的迎面走来。宝玉忙问："姐姐哪里去？"岫烟笑道："我找妙玉说话。"……岫烟听了，便自往"栊翠庵"【O3】来。宝玉回房【N1】写了帖子，上面只写"槛内人宝玉熏沐谨拜"几字，亲自拿了到"栊翠庵"【O3】，只隔门缝儿投进去便回来了。①

邢岫烟住在"沁芳桥"亭【F】北、迎春所住的"紫菱洲"【L2】，在"沁

---

① 指：只敢塞在门缝里而不敢敲妙玉的庵门。

芳桥"北堍的西面。宝玉过了"沁芳亭"桥【F】,当是站在北堍处,见邢岫烟迎面往"栊翠庵"【O3】来找妙玉,可证"栊翠庵"在沁芳亭桥的北堍再往东。

（2）第41回贾母带刘姥姥游大观园之"栊翠庵",对其有详细的描写:

当下贾母等吃过茶,又带了刘姥姥至"栊翠庵"【O3】来。妙玉忙接了进去。至院中,见花木繁盛,贾母笑道:"到底是她们修行的人,没事常常修理,比别处越发好看。"一面说,一面便往"东禅堂"来。妙玉笑往里让,贾母道:"我们才都吃了酒肉,你这里头有菩萨,冲了罪过。我们这里坐坐,把你的好茶拿来,我们吃一杯就去了。"妙玉听了,忙去烹了茶来。

宝玉留神看她是怎么行事。只见妙玉亲自捧了一个海棠花式"雕漆填金云龙献寿"的小茶盘,里面放一个成窑五彩小盖钟,捧与贾母。贾母道:"我不吃'六安茶'。"妙玉笑说:"知道。这是'老君眉'。"贾母接了,又问是什么水。妙玉笑回:"是旧年蠲①的雨水。"贾母便吃了半盏,便笑着递与刘姥姥说:"你尝尝这个茶。"刘姥姥便一口吃尽,笑道:"好是好,就是淡些,再熬浓些更好了。"贾母众人都笑起来。然后众人都是一色官窑脱胎填白盖碗。

那妙玉便把宝钗和黛玉的衣襟一拉,二人随她出去,宝玉悄悄的随后跟了来。只见妙玉让她二人在耳房内,宝钗坐在榻上,黛玉便坐在妙玉的蒲团上。妙玉自向风炉上扇滚了水,另泡一壶茶。宝玉便走了进来,笑道:"偏你们吃梯己茶呢。"二人都笑道:"你又赶了来饕②茶吃。这里并没你的。"妙玉刚要去取杯,只见道婆收了上面的茶盏来。妙玉忙命:"将那成窑的茶杯别收了,搁在外头去罢。"宝玉会意,知为刘姥姥吃了,她嫌脏不要了。又见妙玉另拿出两只杯来。一个旁边有一耳,杯上镌着"瓟斝"三个隶字,后有一行小真字是"晋王恺珍玩",又有"宋元丰五年四月眉山苏轼见于秘府"一行小字。妙玉便斟了一斝,递与宝钗。那一只形似钵而小,也有三个垂珠篆字,镌着"杏③犀盉"。妙玉斟了一盉与黛玉。仍将前番自己常日吃茶的那只绿玉斗来斟与宝玉。

宝玉笑道:"常言'世法平等',她两个就用那样古玩奇珍,我就是个俗器了。"妙玉道:"这是俗器?不是我说狂话,只怕你家里未必找的出这么一个俗器来呢。"宝玉笑道:"俗说'随乡入乡',到了你这里,自然把那金玉珠宝一概贬为俗器了。"妙玉听如此说,十分欢喜,遂又寻出一只"九曲十环一百二十节蟠虬整雕竹根"的一个大盏出来,笑道:"就剩了这一个,你可吃的了这一海?"宝玉喜的忙道:"吃的了。"妙玉笑道:"你虽吃的了,也没这些茶糟蹋。④（庚夹:茶下'糟蹋'二字,成窑杯已不屑再要,妙玉

---

① 蠲,洁,洁净,此处指使清洁。旧年蠲的雨水,指旧年采雨水,将其弄干净后,储藏到今年。
② 饕,音"瓷",指饱饮。
③ 杏,脂本同。程高本改作"点"。
④ 指:没那么多茶水注满这么大的盆子。

真清洁高雅，然亦怪谲孤僻甚矣。实有此等人物，但罕耳。）岂不闻'一杯为品，二杯即是解渴的蠢物，三杯便是饮牛饮骡了'，你吃这一海便成什么？"说的宝钗、黛玉、宝玉都笑了。

妙玉执壶，只向海内斟了约有一杯。宝玉细细吃了，果觉轻浮无比，赏赞不绝。妙玉正色道："你这遭吃的茶是托她两个福，独你来了，我是不给你吃的。"宝玉笑道："我深知道的，我也不领你的情，只谢她二人便是了。"妙玉听了，方说："这话明白。"

黛玉因问："这也是旧年的雨水？"妙玉冷笑道："你这么个人，竟是大俗人，连水也尝不出来。这是五年前我在'玄墓'①蟠香寺住着，收的梅花上的雪，共得了那一'鬼脸青'的花瓮一瓮，总舍不得吃，埋在地下，（蒙侧：妙手。层层迭起，竟能以他人所画之天王作众神矣。②）今年夏天才开了。我只吃过一回，这是第二回了。你怎么尝不出来？隔年蠲的雨水那有这样轻浮，如何吃得？"黛玉知她天性怪僻，不好多话，亦不好多坐，吃过茶，便约着宝钗走了出来。

宝玉和妙玉陪笑道："那茶杯虽然脏了，白撂了岂不可惜？依我说，不如就给那贫婆子罢，她卖了也可以度日。你道可使得？③"妙玉听了，想了一想，点头说道："这也罢了。幸而那杯子是我没吃过的，若我使过，我就砸碎了也不能给她。（蒙侧：更奇！世上我也见过此等人。）你要给她，我也不管你，只交给你，快拿了去罢。"宝玉道："自然如此，你哪里和她说话、授受去？越发连你也脏了！（蒙侧：人若达形④，最喜此等言语。）只交与我就是了。"妙玉便命人拿来递与宝玉。宝玉接了，又道："等我们出去了，我叫几个小幺儿来河⑤里打几桶水来洗地如何？"妙玉笑道："这更好了，只是你嘱咐他们，抬了水只搁在山门外头墙根下，别进门来。"（蒙侧：偏于无可写处，深入一层。）宝玉道："这是自然的。"说着，便袖着那杯，递与贾母房中小丫头拿着，说："明日刘姥姥家去，给她带去罢。"交代明白，贾母已经出来要回去。妙玉亦不甚留，送出山门，回身便将门闭了。不在话下。

（3）第50回"芦雪庵争联即景诗"也提及"栊翠庵"：

李纨笑道："逐句评去都还一气，只是宝玉又落了第了。"宝玉笑道：

---

① 玄墓山，在苏州光福镇西南，又名光福山，是邓尉山的南峰，山上的梅花负有盛名，赏梅处人称"香雪海"，故妙玉特地取此山梅花上的积雪来作为茶水。"蟠香寺"让人联想到玄墓山上的"圣恩寺"。康熙二十八年（1689），康熙皇帝第二次南巡来此寺进香，上山观梅，御书"松风水月"四字，夜宿圣恩寺"四宜堂"。"蟠"指蟠龙，"蟠香"两字当隐射康熙皇帝南巡时在此寺进香蟠居（夜宿）事。

② 指妙玉居然高傲地把黛玉贬成了大俗人，就像把天王画成了普通神仙。

③ 你说可行否？

④ 达形，被人说中了自己的形状，即说到了点子上。

⑤ 按：栊翠庵下是湖，非河，可证宝玉也会把"沁芳池"这个不大的湖视为大河、说成大河。

"我原不会联句，只好担待我罢。"李纨笑道："也没有社社担待你的。又说韵险了，又整误了，又不会联句了，今日必罚你。我才看见栊翠庵【O3】的红梅有趣，我要折一枝来插瓶。可厌妙玉为人，我不理她，如今罚你去取一枝来。"众人都道这罚的又雅、又有趣。宝玉也乐为，答应着就要走。湘云、黛玉一齐说道："外头冷得很，你且吃杯热酒再去。"湘云早执起壶来，黛玉递了一个大杯，满斟了一杯。湘云笑道："你吃了我们的酒，你要取不来，加倍罚你。"宝玉忙吃一杯，冒雪而去。李纨命人好好跟着。黛玉忙拦说："不必，有了人反不得了①。"李纨点头说："是。"一面命丫鬟将一个美女耸肩瓶拿来，贮了水准备插梅，因又笑道："回来该咏红梅了。"湘云忙道："我先作一首。"宝钗忙道："今日断乎不容你再作了。你都抢了去，别人都闲着，也没趣。回来还罚宝玉，他说不会联句，如今就叫他自己作去。"（庚夹：想此刻宝玉已到庵中矣。）

黛玉笑道："这话很是。我还有个主意，方才联句不够，莫若拣着联的少的人作红梅。"宝钗笑道："这话是极。方才邢、李三位屈才，且又是客。琴儿和颦儿、云儿三个人也抢了许多，我们一概都别作，只让她三个作才是。"李纨因说："绮儿也不大会作，还是让琴妹妹作罢。"宝钗只得依允，（庚夹：想此刻二玉已会，不知肯见赐否？）又道："就用'红梅花'三个字作韵，每人一首七律。邢大妹妹作'红'字，你们李大妹妹作'梅'字，琴儿作'花'字。"李纨道："饶过宝玉去，我不服。"湘云忙道："有个好题目命他作。"众人问何题目？湘云道："命他就作'访妙玉乞红梅'，岂不有趣？"众人听了，都说有趣。

一语未了，只见宝玉笑欣欣掮了一枝红梅进来。众丫鬟忙已接过，插入瓶内。众人都笑称谢。宝玉笑道："你们如今赏罢，也不知费了我多少精神呢。"说着，探春早又递过一钟暖酒来，众丫鬟走上来接了蓑笠掸雪。各人房中丫鬟都添送衣服来，（庚夹：冬日午后景况。）袭人也遣人送了半旧的狐腋褂来。

【解析】

众人才说一两句话，庚辰本夹批便说："想来此刻宝玉已到庵中矣。"下文众人又说了两句话，庚辰本又批："想此刻二玉已会，不知肯见赐否。"然后众人没说上两句话，宝玉便已笑嘻嘻、欣欣然地掮了一枝红梅进来，足证"芦雪广"至"栊翠庵"不远。今照图上来算，芦雪广【P2】在西北角，栊翠庵【O3】在东墙中部，相当于走了大半个园宽，两者直线距离约180米，一个来回是360米，考虑登高的斜坡而算作450米，人一分钟步行75米，全程不过六分钟而已，这也说明大观园的园子不大。

（4）后四十回之第87回宝玉送妙玉由惜春处回栊翠庵：

惜春知妙玉为人，也不深留，送出门口。妙玉笑道："久已不来，这里

---

① 有人跟着反而得不到那梅花了。

弯弯曲曲的，回去的路头都要迷住了。"宝玉道："这倒要我来指引指引，何如？"妙玉道："不敢，二爷前请。"于是二人别了惜春，离了蓼风轩【J2】，弯弯曲曲，走近潇湘馆【H】，忽听得"叮咚"之声。妙玉道："哪里的琴声？"宝玉道："想必是林妹妹那里抚琴呢。"妙玉道："原来她也会这个？怎么素日不听见提起？"宝玉悉把黛玉的事述了一遍，因说："咱们去看她。"妙玉道："从古只有听琴，再没有看琴的。"宝玉笑道："我原说我是个俗人。"说着，二人走至潇湘馆【H】外，在山子石上坐着静听，甚觉音调清切。……弄得宝玉满肚疑团，没精打采的，归至怡红院【N1】中，不表。

【解析】

可见大观园中的路全都弯弯曲曲而没有笔直者。又可知：由园西的惜春居所蓼风轩【J2】、暖香坞【T2】回栊翠庵【O3】时，应当经过潇湘馆【H】；图与之完全相合。

（5）大观园最后的故事便与栊翠庵有关

大观园诸人后来全都迁出大观园，所以后四十回不大提到大观园中的景物；由于最后只有妙玉还留在大观园中，所以大观园最后的故事便与栊翠庵有关。

●后四十回之第106回：

此时宁国府第入官，所有财产、房地等项，并家奴等，俱已造册收尽。这里贾母命人将车接了尤氏婆媳过来。可怜赫赫宁府，只剩得她们婆媳两个，并佩凤、偕鸳二人，连一个下人没有。贾母指出房子一所居住，就在惜春所住的间壁【X1】，又派了婆子四人、丫头两个伏侍。一应饮食起居在大厨房内分送，衣裙什物又是贾母送去，零星需用亦在账房内开销，俱照荣府每人月例之数。

【解析】

王夫人上房【N4】后的抱厦【X1】内，原本住有迎春、探春、惜春三人，此时迎春、探春已经出嫁，只有惜春从大观园中的蓼风轩【J2】、暖香坞【T2】移回这原来的住所【X1】。那边宁国府全部抄没，尤氏及贾蓉妻，以及贾珍妾佩凤、偕鸳，一共四个人，便寄住在惜春隔壁【X1】迎春或探春原来所住之屋（据下考，当是探春之屋）。

●又后四十回之第105回贾赦院抄家后：

独邢夫人回至自己那边，见门总封锁，丫头、婆子亦锁在几间屋内。邢夫人无处可走，放声大哭起来。……仍走到贾母那边。见眼前俱是贾政的人，自己夫、子被拘，媳妇病危，女儿受苦，现在身无所归，哪里禁得住①？众人劝慰，李纨等令人收拾房屋，请邢夫人暂住，王夫人拨人服侍。

【解析】

上已言王夫人上房【N4】后的抱厦【X1】内原本住有迎春、探春、惜春三

---

① 此处程乙本增"悲痛"两字。

人，此时迎春、探春早已出嫁，仅惜春从大观园移回原来住所。尤氏寄住在惜春隔壁【X1】，当是寄住迎春或探春原来所住之屋。而李纨住在迎春、探春、惜春三人所住抱厦的西侧①，则邢夫人应当也住在李纨房【X1】附近，不出意外的话，也应当住在迎春或探春原来所住之屋【X1】而与尤氏相邻，至于邢夫人与尤氏哪个住迎春房，哪个住探春屋，今详考如下：

由于迎春是邢夫人女儿，故知邢夫人当住在迎春处，则尤氏当住在探春处。尤氏住在探春处，前八十回有过暗示，即第75回贾母吃完后，命尤氏来吃，探春、宝琴正好吃完告辞，尤氏说："剩我一个人，大排桌的吃不惯。"贾母于是叫鸳鸯、琥珀、银蝶一同来吃。贾母"见伺候添饭的人手内捧着一碗下人的米饭，尤氏吃的仍是白粳米饭②，贾母问道：'你怎么昏了，盛这个饭来给你奶奶？'"那人回说："老太太的饭吃完了。今日添了一位姑娘，所以短了些。"鸳鸯道："如今都是可着头做帽子了，要一点儿富余也不能的。"王夫人忙回答说："这一二年旱涝不定，田上的米都不能按数交的。这几样细米更艰难了，所以都可着吃的多少关③去，生恐一时短了，买的不顺口。"（这说明贾府的财力已经开始拮据。）鸳鸯说："既这然，就去把三姑娘的饭拿来添也是一样，就这样笨。"尤氏笑道："我这个就够了，也不用取去。"鸳鸯道："你够了，我不会吃的。"地下的媳妇们听说，方忙着取去了。这时庚辰本有夹批："总伏下文。"这说的应当是：把探春的饭拿来给尤氏吃，正影射此处尤氏抄家后要住探春房、吃探春饭、用探春的钱——即：探春远嫁后，其房空着，其月例钱也不用出了，此时均给尤氏用，而厨房送探春的那份饭菜也给尤氏吃。这是后四十回情节与脂批吻合的又一绝佳实例。★★★

尤氏既然住在探春房，则邢夫人只可能住在迎春房。即：迎春出嫁后，其房空着，其月例钱也不用出了，此时全给邢夫人用，而厨房送迎春的那份饭菜也给邢夫人吃。由于迎、探、惜是按年龄大小排位的，现在惜春最靠近大观园，位居抱厦【X1】东间，则探春当住在抱厦中间，迎春当住在抱厦西间而与李纨紧邻，故尤氏当住在中间的探春房，而邢夫人当住在西间的迎春房，正与李纨紧邻，故书中写："李纨等令人收拾房屋请邢夫人暂住。"而惜春与贾珍是亲兄妹，尤氏是贾珍老婆，惜春与尤氏便是亲姑嫂，两人相邻正为合宜。而迎春是贾赦女儿，邢夫人是贾赦正妻，母亲住女儿④房也正为合宜。

又按照中国人的居住风俗，长者居东，晚辈居西，则"三春"中排行在前的迎春当住东屋，排行居中的探春当住中屋，排行居末的惜春当住西屋；今反之，恰可证明：曹雪芹笔底的《红楼梦》空间，是现实原型曹雪芹家"江宁织造府"东西相反的镜像。

---

① 见"图三"中"W"，其在三春居所"U"的西侧。
② 一个"仍"字可证尤氏吃的"白粳米饭"就是"伺候添饭的人手内捧着"的"下人的米饭"。
③ 关，领。
④ 按迎春不是邢夫人亲生，而是贾赦妾所生的庶出女儿。

●后四十回之第 107 回：

　　贾政此时正怕风波，听见家人回禀，便一时生气，叫进包勇①骂了几句，②便派去看园，不许他在外行走。那包勇本是直爽的脾气，投了主子，他便赤心护主，岂知贾政反倒责③骂他。他也不敢再辩，只得收拾行李，往园中看守、浇灌去了。

【解析】

　　此是贾政怕包勇在外惹事，故命其看管大观园通往内宅的腰门【C4】，一并负责园子的浇水工作。下面将证明：腰门【C4】就在惜春所住院落旁。

●后四十回之第 108 回：

　　且说宝玉一时伤心，走了出来，正无主意。只见袭人赶来，问是怎么了。宝玉道："不怎么，只是心里烦得慌。何不趁她们喝酒，咱们两个到珍大奶奶那里逛逛去。"袭人道："珍大奶奶在这里，去找谁？"宝玉道："不找谁，瞧瞧她现在这里，住的房屋怎么样。④"袭人只得跟着，一面走，一面说。走到尤氏那边，又一个小门儿半开半掩，宝玉也不进去。只见看园门【C4】【Z4】的两个婆子坐在门槛上说话儿。宝玉问道："这小门【C4】开着么？"婆子道："天天是不开的。今儿有人出来说，今日预备老太太要用园里的果子，故开着门等着。"宝玉便慢慢的走到那边，果见腰门【C4】半开。宝玉便走了进去，袭人忙拉住道："不用去。园里不干净，常没有人去，不要撞见什么。"宝玉仗着酒气，说："我不怕那些。"袭人苦苦的拉住，不容他去。婆子们上来说道："如今这园子安静的了。自从那日道士拿了妖去，我们摘花儿、打果子，一个人常走的。二爷要去，咱们都跟着，有这些人，怕什么？"宝玉喜欢。袭人也不便相强，只得跟着。

　　宝玉进得园来，只见满目凄凉。那些花木枯萎，更有几处亭馆，彩色久经剥落。远远望见一丛翠竹，倒还茂盛。宝玉一想，说："我自病时出园，住在后边，一连几个月不准我到这里，瞬息荒凉。你看独有那几竿翠竹菁葱，这不是'潇湘馆'【H】么？"袭人道："你几个月没来，连方向都忘了。咱们只管说话，不觉将'怡红院'【N1】走过了。"回过头来用手指着道："这才是'潇湘馆'【H】呢。"宝玉顺着袭人的手一瞧，道："可不是过了吗？咱们回去瞧瞧。"袭人道："天晚了，老太太必是等着吃饭，该回去了。"宝玉不言，找着旧路，竟往前走。

　　你道宝玉虽离了大观园将及一载，岂遂忘了路径？只因袭人怕他见了"潇湘馆"【H】，想起黛玉，又要伤心，所以用言混过。岂知宝玉只望里

①　此处程乙本增"来数"两字。
②　此处程乙本增"也不好深沉责罚他"。
③　责，程乙本改"听了别人的话"。
④　指尤氏现在住我们家，我想去看看她住的房子怎么样。即尤氏的人虽然在酒席上而不用看望，但她住的房子我宝玉倒是想去看一下，这就点明宝玉"醉翁之意"不在人而在房，其意实在要进入尤氏房旁边的大观园。

走，天又晚，恐招了邪气，故宝玉问，她只说已走过了，欲宝玉不去。不料宝玉的心惟在潇湘馆【H】内。袭人见他往前急走，只得赶上。①见宝玉站着，似有所见，如有所闻，便道："你听什么？"宝玉道："潇湘馆【H】倒有人住着么？"袭人道："大约没有人罢。"宝玉道："我明明听见有人在内啼哭，怎么没有人？"袭人道："你是疑心。素常你到这里，常听见林姑娘伤心，所以如今还是那样。"宝玉不信，还要听去。婆子们赶上说道："二爷快回去罢，天已晚了。别处我们还敢走走；只是这里路又隐僻，又听得人说，这里林姑娘死后，常听见有哭声，所以人都不敢走的。"宝玉、袭人听说，都吃了一惊。

宝玉道："可不是！"说着，便滴下泪来，说："林妹妹，林妹妹！好好儿的，是我害了你了！你别怨我，只是父母作主，并不是我负心！"愈说愈痛，便大哭起来。袭人正在没法，只见秋纹带着些人赶来，对袭人道："你好大胆！怎么领了二爷到这里来？老太太、太太她们打发人各处都找到了。刚才腰门【C4】上有人说是你同二爷到这里来了，唬的老太太、太太们了不得，骂着我叫我带人赶来。还不快回去么！"宝玉犹自痛哭，袭人也不顾他哭，两个人拉着就走，一面替他拭眼泪，告诉他老太太着急。宝玉没法，只得回来。

【解析】

这是宝玉借探视贾珍妻尤氏住所为名，志在入园；因为袭人对他说过："尤氏不正在筵席上吗？"宝玉说："不用看她人，只想看看她住的地方就行"，可证他看尤氏房屋是个幌子，其真实目的便是想入尤氏房旁紧邻的大观园。于是二人往惜春处的尤氏居所走来。

关于这段情节，本书"第二章、第一节、二、（2）"已作过初步讨论，此处再作详细的分析，请参见其处讨论时所依据的"图三"。其"图三"中的"王夫人上房"后的后廊西端有西角门▸L◂②，东端有东角门▸P◂。宝玉肯定是从"凤姐院"门口的"南北宽夹道"▸F◂【Y4】走西角门▸L◂入王夫人上房后的后廊，往东走到"图三"中东角门▸P◂西侧那个通往惜春房的小开口处▸B1◂，即此处所言的"走到尤氏那边，又一个小门儿半开半掩"的那扇小门。

此时宝玉并未进入此小门，即他原本就以看尤氏为幌子，所以也就过其门▸B1◂而不入，志在此后廊东尽头的东角门▸P◂【Z4】。这时正好看到府内守园门的两个婆子坐在门槛上说话，应当是坐在东角门▸P◂【Z4】处的门槛上。宝玉此前天天都从园门进出，认识这两个婆子，于是问："这小门开着么？"由于面前通尤氏处的小门▸B1◂半开半掩，所问的肯定不是那扇小门；又由于面前的东角门▸P◂【Z4】是开是闭就在面前而不用问，况且此门通夹道而至梨香院【N2】等处，而夹道处有人要通行，所以东角门▸P◂【Z4】肯定不能关，

---

① "故宝玉问"至此，程乙本妄改作："所以哄着他，只说已经走过了。哪里知道宝玉的心全在潇湘馆上。此时宝玉往前急走，袭人只得赶上。"

② 本节"解析"中"图三"的地名均用"▸◂"标记，以与"【 】"标记的"图十一"中的地名相区别。

所以宝玉问的应当是他所看不到的、隔了一条夹道的入大观园的腰门▼C1◣【C4】。这两位婆子虽然坐在东角门▼P◣【Z4】处，其实守的是那扇通大观园的腰门▼C1◣【C4】。

这时婆子回答道："这门▼C1◣【C4】天天不开。今天是因为老太太办筵席，要用园子里的果子，所以正好开着在等吩咐。"由"这门天天不开"，也可知宝玉问而婆子答的那扇门绝对不可能是东角门▼P◣【Z4】，而是入大观园的腰门▼C1◣【C4】。因为：东角门▼P◣【Z4】通夹道▼Q◣【F5】，不可能天天关；腰门▼C1◣【C4】在夹道的另一侧，只通大观园，大观园因李纨、惜春等人移出后便无主子住在里面，所以可以天天关闭。而且下引第109回写妙玉出腰门来探望贾母时，书中写明是"看园内腰门▼C1◣【C4】的老婆子进来"通报妙玉来了，足证两个婆子人虽然坐在东角门▼P◣【Z4】处，而看的却是此东角门夹道对面的能够进入大观园的腰门▼C1◣【C4】。

于是宝玉便慢慢走了过去，出了东角门▼P◣【Z4】，果见夹道对面的大观园腰门▼C1◣【C4】半开着。上述引文中的画线部分证明：入"三春"住所中最东端的、也即最靠近大观园腰门的惜春处（其即尤氏所住探春房的东隔壁）【U】的小院门▼B1◣那儿，是看不到园门▼C1◣【C4】的（因为隔了东角门▼P◣【Z4】和夹道▼Q◣【F5】），要走过去才能看到。"图十一"中王夫人上房后的"惜春房"【X1】正在大观园腰门【C4】近旁，但其间隔了东角门【Z4】和夹道【F5】，图与文（即上述《红楼梦》的文字描写）完全符合。★

今图中大观园腰门【C4】与那小门【Z4】隔了条夹道【F5】，薛姨妈住在"梨香院"【N2】时，便走此夹道【F5】与那小门【Z4】到王夫人处。"梨香院"的女伶也是走这条夹道【F5】，由大观园腰门【C4】入大观园，或由东角门【Z4】入荣国府。由于东角门【Z4】与园门【C4】隔开了一条夹道，而且还可能位置有所错开，故从王夫人院【N4】或惜春院落【X1】是看不到夹道对面那园门【C4】的，所以宝玉要走过去才看到（"宝玉便慢慢的走到那边，果见腰门【C4】半开"）。

这段描写的重要意义，在于点明大观园的腰门【C4】就在尤氏所居住的惜春院【X1】的近旁，当即正对王夫人房后的东角门【Z4】而开（位置也可能会有所错开，但来去不会太大；因为出于方便内眷出入的考虑，以正对着开为最宜）；同时，这段描写的重要意义又在于点明惜春是贾府中最靠近大观园腰门的人[①]，故下文贼伙从房顶把偷到的赃物扔给大观园中接引者，然后再来王夫人上房【N4】处偷窃时，第一眼便看到惜春房【X1】中的妙玉，原因即在于此。

宝玉想进大观园，袭人怕园内阴气重（指有林黛玉、秦可卿亡魂在），不让进。婆子们上来说："自从前些日子请法师除妖后，园子里安静多了，我们也经常进去摘花、摘果，二爷想进去的话，我们一起跟着，不会怕的。"袭人无法，只得答应。（今按：此日是宝钗生日前一天的正月中，无花亦无果。两婆子说这

① 上引文字已能证明尤氏房紧邻大观园腰门，而惜春房又在其东侧，自然是惜春房离大观园腰门最近。

时"老太太要用园里的果子，故开着门等着"，这是作者时间上的一大破绽，表明作者最初稿这段情节不在正月，作者有意把它改成正月宝钗生日时，其中必有深意在内，只是我们今天已无从索解、得知罢了。)

宝玉进入园中，只见满目凄凉，花木枯萎，亭馆油漆的彩色剥落。他一心想去潇湘馆，而潇湘馆有竹子，所以便往竹子多的地方走去。而大观园园北全是竹子，况且我们一再指明大观园中的道路不是笔直的，而是曲折迂回如同迷宫一般，正常的人也会迷路，对于久病神昏之人而言，更加会搞不清方向。袭人知道宝玉的心思，怕他见了潇湘馆【H】想起黛玉又要伤心，当是走到前往潇湘馆的岔路口时，故意引宝玉往别处走去，早已错过了去潇湘馆的路口，走过了湖北岸正对湖南岸"怡红院"的那个地方，即往"大观楼"【Z】那儿来了。

宝玉看到前头翠竹还很茂盛，便问那儿可是潇湘馆【H】吗？袭人见宝玉不到"潇湘馆"便誓不罢休，还在一直望前走，深怕他再往阴气重的深处走去会招惹邪气，所以不如指明："你几个月没来，连方向都忘了。咱们只顾说话，不觉将湖对岸的怡红院【N1】都走过了。"于是回过头来，用手指着潇湘馆【H】说："这才是潇湘馆。"宝玉顺着袭人手指的方向一看，说："可不是走过了吗？咱们快回去看看。"这时袭人说："我们走了这么长时间，老太太应当等我们吃晚饭了①，快回去吧。"宝玉不听，找到自己认识的旧路，一门心思直往潇湘馆【H】奔来，袭人只好赶上来。

这时宝玉忽然站住，好像在听什么，说："潇湘馆【H】里难道还有人住么？"袭人说："不会有人了吧。"宝玉说："明明听见有人在哭，怎么会没人？"袭人说："那是你幻听了吧。因为你之前来这儿时，总能听到林姑娘在伤心地哭，如今习惯成自然，故地重游，勾起了旧时的回忆。"宝玉不信。这时婆子们赶上来说："天晚了，二爷快回吧。别处我们还敢走，唯有这儿道路僻静，常听人说：自从林姑娘死后，此地常听见哭声，所以大家都不敢走。"由此可见黛玉临终时深恨宝玉，正因为恨，才会活着时偿还一辈子眼泪还不够，死后还在为他流泪。

宝玉、袭人听了都大吃一惊。宝玉说："难怪我听到她在哭（说明她恨我一辈子啊）。"禁不住流下眼泪说："林妹妹，是我害死你的，你别怨我，这都是父母作主，并非我负心啊！"到此，第98回黛玉临终时打的哑谜"猛听黛玉直声叫道：'宝玉！宝玉！你好——'说到'好'字，便浑身冷汗，不作声了"，终于得以揭晓。黛玉临终时想说的便是："宝玉你好负心！"此处便是宝玉来为自己作辩解，说自己一心想娶她，从未负心过。事实上，直到挑开宝钗红盖头的那一刻，宝玉还以为他娶的就是林黛玉，这一切全是贾母、王夫人、王熙凤三人移花接木的"掉包计"，导致宝玉、黛玉、宝钗三人的不幸，即第96回袭人听到贾母决定让宝玉娶宝钗时说的："那不是一害三个人了么？"

宝玉越说越痛，放声大哭起来。袭人也无法劝阻，正好秋纹带人赶来催宝玉回去吃饭，骂袭人道："你好大胆子！怎么和二爷到这儿来了？老太太、太太急的打发人到处都找不到。刚才腰门【C4】上有人说你和二爷到这里来了，吓得老太太、太太半死，骂着叫我带人赶来。还不快回！"宝玉仍在那儿痛哭，袭

---

① 据笔者《红楼时间人物谜案》"第一章、第二节"考证，贾府在下午五点左右吃晚饭。

人也不顾他哭，与秋纹拉着他就走，一面替他擦眼泪，告诉他："老太太着急。"宝玉没办法，只得回来了。

1976 年 4 月 5 日，毛主席夜读黛玉临终那回时，自言自语地问道："黛玉说：'宝玉，你好……' 好什么呢？这真是千古之谜。你好狠心？你好好待宝钗？你好不理事？"又继续地猜："你好好睡觉？你好苦……你好苦？啊，对了，是这句：你好苦哇……"[①]我们不得不赞叹毛主席的睿智与设身处地的慧心之见。虽然黛玉心中想的便是你好狠心、你好负心，但毛主席仍以其特有的人格境界，升华了主人公林黛玉的内心境界，"你好苦"三个字便包含着她对所爱之人的无比理解和同情。

又宝玉一人园便说"你看独有那几竿翠竹菁葱，这不是潇湘馆【H】么？"可证入园往东便可望见潇湘馆。袭人说："咱们只管说话，不觉将怡红院【N1】走过了。"回头用手指着说："这才是潇湘馆【H】呢。"可证从腰门入园后先是潇湘馆，再是怡红院。下文"故宝玉问，她（袭人）只说已走过了"，可证宝玉最初判断处（"远远望见一丛翠竹倒还茂盛"）的确是潇湘馆，而袭人哄他绕远走到了怡红院的湖对岸，以"走过"为名，想打消他去潇湘馆的念头。

怡红院与潇湘馆隔湖相望，上述文字并未写到宝玉上桥、过湖，可证他仍在湖北岸，所谓的"怡红院"乃指其身所处的、湖北岸上那正对湖南岸"怡红院"的地方，并不意味着"怡红院"与"潇湘馆"都在湖的同一侧（即同在湖的北侧）。今从图上来看，湖对岸的"怡红院"是要比潇湘馆略偏东一些，袭人口中所言的"走过"便是此意。

〖读者若不明白此旨，便会根据此文来判断出"怡红院"与"潇湘馆"在"沁芳池"大湖的同一侧，从而证明后四十回与前八十回在空间上有矛盾。但即便有矛盾，也仅此一处，而且未尝不可以理解为：作者有意为了写走过"怡红院"，而忽略了两者不在湖同侧而要过"沁芳亭"桥的事实。即：这是作者有意犯的小错误，欺的就是读者看不到空间原图，发现不了上述情节中潇湘馆与怡红院不在湖同一侧的空间矛盾。正如"第二章、第二节、一、（五）"指出：黛玉由"埋花冢"回"潇湘馆"走不到"梨香院"，但为了让她在"埋花冢"读到《西厢记》后，又让她听到《牡丹亭》曲，所以也就硬写她回家（潇湘馆）时走到了"梨香院"。又如本章下文"第七节、五"讨论查抄大观园路线时指出：查抄完黛玉处后，应当紧接着查抄就近的迎春处，而作者有意让王善保老婆在迎春处自己掌嘴的高潮最后出现，便故意绕远先抄探春。况且，此处也可以解释成宝玉、袭人两人上桥过湖而至"怡红院"书中未曾写及，或是两人已从湖北岸沿湖东岸来到湖南岸的"怡红院"处；当然，后者的可能性因路太远而不大可能，前者的可能性却不可排除。总之，不可据此来断言后四十回与前八十回空间不符。〗

---

① 见《刘亚洲：天安门广场的见证》，http://m.kdnet.net/share-615785.html。

●**后四十回之第 109 回写妙玉出腰门来探望贾母：**

　　且说贾母病时，合宅女眷无日不来请安。一日，众人都在那里，只见看园内腰门【C4】的老婆子进来回说："园里的栊翠庵【O3】的妙师父知道老太太病了，特来请安。"众人道："她不常过来，今儿特地来，你们快请进来。"凤姐走到床前回贾母。岫烟是妙玉的旧相识，先走出去接她。只见妙玉头带妙常髻，身上穿一件月白素绸袄儿，外罩一件水田青缎镶边长背心，拴着秋香色的丝绦，腰下系一条淡墨画的白绫裙，手执麈尾、念珠，跟着一个侍儿，飘飘拽拽的走来。

　　岫烟见了问好，说是："在园内住的日子，可以常常来瞧瞧你；近来因为园内人少，一个人轻易难出来。况且咱们这里的腰门【C4】常关着，所以这些日子不得见你。今儿幸会。"妙玉道："头里你们是热闹场中，你们虽在外园里住，我也不便常来亲近。如今知道这里的事情也不大好，又听说是老太太病着，又惦记你，并要瞧瞧宝姑娘。我哪管你们关不关？我要来就来，我不来，你们要我来也不能啊。"岫烟笑道："你还是那种脾气。"一面说着，已到贾母房【K4】中。众人见了，都问了好。妙玉走到贾母床前问候，说了几句套话。

●**后四十回之第 111 回：**

　　且说包勇自被贾政吆喝，派去看园，贾母的事出来，也忙了，不曾派他差使。他也不理会，总是自做自吃，闷来睡一觉，醒时便在园里耍刀弄棍，倒也无拘无束。那日贾母一早出殡，他虽知道，因没有派他差事，他任意闲游。只见一个女尼带了一个道婆，来到园内腰门【C4】那里扣门。包勇走来，说道："女师父哪里去？"道婆道："今日听得老太太的事完了，不见四姑娘送殡，想必是在家看家。想她寂寞，我们师父来瞧她一瞧。"包勇道："主子都不在家，园门是我看的，请你们回去罢。要来呢，等主子们回来了再来。"婆子道："你是哪里来的个黑炭头，也要管起我们的走动来了？"包勇道："我嫌你们这些人！我不叫你们来，你们有什么法儿？"婆子生了气，嚷道："这都是反了天的事了，连老太太在日还不能拦我们的来往走动呢[1]。你是哪里的这么个横强盗[2]，这样没法没天的？我偏要打这里走！"说着，便把手在门环上狠狠的打了几下。妙玉已气的不言语，正要回身便走，不料里头看二门的婆子听见有人拌嘴似的，开门一看，见是妙玉，已经回身走去，明知必是包勇得罪了走了。近日婆子们都知道上头太太们、四姑娘都亲近得很，恐她日后说出门上不放她进来，那时如何耽得住？赶忙走来说："不知师父来，我们开门迟了。我们四姑娘在家里，还正想师父呢，快请回来。看园子的小子[3]是个新来的，他不知咱们的事；回来回了太太，打他一顿，撵出去就完了。"妙玉虽是听见，总不理她。哪经得看腰门

---

① 正应了上引第 109 回妙玉所说之语："我哪管你们关不关？我要来就来！"故下文妙玉会甚为气愤——"妙玉已气的不言语，正要回身便走"。

② 这便是在为贾府发"强盗即将来抢"的不祥之兆。

③ 此句话证明包勇非常年轻，大概只有二十出头。

【C4】的婆子赶上，再四央求，后来才说出"怕自己担不是"，几乎急的跪下。妙玉无奈，只得随了那婆子过来。包勇见这般光景，自然不好再拦，气得瞪眼、叹气而回。

这里妙玉带了道婆走到惜春那里【X1】，道了恼，叙些闲话。……那时已是初更时候，彩屏放下棋枰，两人对弈。惜春连输两盘，妙玉又让了四个子儿，惜春方赢了半子。这时已到四更，天空地阔，万籁无声。妙玉道："我到五更须得打坐一回，我自有人伏侍，你自去歇息。"惜春犹是不舍，见妙玉要自己养神，不便扭她。

正要歇去，猛听得东边上屋【N4】内上夜的人一片声喊起。惜春那里【X1】的老婆子们也接着声嚷道："了不得了！有了人了！"唬得惜春、彩屏等心胆俱裂，听见外头上夜的男人便声喊起来。妙玉道："不好了，必是这里有了贼了。"正说着，这里不敢开门①，便掩了灯光，在窗户眼内往外一瞧，只是几个男人站在院内【O5】，唬得不敢作声，回身摆着手，轻轻的爬下来说："了不得！外头有几个大汉站着。"说犹未了，又听得房上响声不绝，便有外头上夜的人进来吆喝拿贼。一个人说道："上屋【K4】里的东西都丢了，并不见人。东边有人去了，咱们到西边去。"惜春的老婆子听见有自己的人，便在外间屋里说道："这里有好些人上了房了。"上夜的都道："你瞧，这可不是吗！"大家一齐嚷起来。只听房上飞下好些瓦来，众人都不敢上前。

正在没法，只听园门②腰门【C4】一声大响，打进门来。见一个梢长大汉，手执木棍，众人唬得藏躲不及。听得那人喊说道："不要跑了他们一个！你们都跟我来！"这些家人听了这话，越发唬得骨软筋酥，连跑也跑不动了。只见这人站在当地，只管乱喊。家人中有一个眼尖些的看出来了，你道是谁，正是甄家荐来的包勇。这些家人不觉胆壮起来，便颤巍巍的说道："有一个走了，有的在房上呢。"包勇便向地下一扑，耸身上房，追赶那贼。

这些贼人明知贾家无人，先在院内偷看惜春房内，见有个绝色女尼，便顿起淫心。又欺上屋俱是女人③，且又畏惧，正要踹进去，因听外面有人进来追赶，所以贼众上房。见人不多，还想抵挡，猛见一人上房赶来，那些贼见是一人，越发不理论了，便用短兵抵住。哪经得包勇用力一棍打

---

① 六字程乙本妄改"赶忙的关上屋门"，晚上不应开门，故知所改必非。

② 门，程乙本妄改作"里"，其作"只听园里腰门一声大响"，而腰门不在园内，在园门处，作"园里腰门"欠妥。程甲本点明园门为腰门，园门与腰门不是两个门而是一个门（即"园门"与"腰门"两者是同位语），甚是。今按：腰门处实为两个门，一个是入园的腰门，即"园门"【C4】；一个是入府的角门【Z4】，其在王夫人院的东北角，故名"角门"，不称"腰门"，因为从府的角度来看，其在角落而非腰部，此门又可称作"二门"（即上引"不料里头看二门的婆子"）。因此，角门实在园外，不能称"园门"，而当称"府门"（入府之门）；而腰门在园墙上，故可称"园门"而作"园门腰门"。

③ 上屋，即上房，即贾母院的上房【K4】与王夫人院的上房【N4】。此处指：上房处晚上不用小厮看门，改用守夜女人看门，因为内宅是女眷住所，男女有别，故不可以用男性小厮看门。

去，将贼打下房来。那些贼飞奔而逃，从园墙过去。包勇也在房上追捕。岂知园内早藏下了几个在那里接赃，已经接过好些。见贼伙跑回，大家举械保护。见追的只有一人，明欺寡不敌众，反倒迎上来。包勇一见生气，道："这些毛贼，敢来和我斗斗！"那伙贼便说："我们有一个伙计被他们打倒了，不知死活，咱们索性抢了他出来。"

这里包勇闻声即打。那伙贼便轮起器械，四五个人围住包勇，乱打起来。外头上夜的人也都仗着胆子只顾赶了来。众贼见斗他不过，只得跑了。包勇还要赶时，被一个箱子一绊，立定看时，心想东西未丢，众贼远逃，也不追赶，便叫众人将灯照看。地下只有几个空箱，叫人收拾，他便欲跑回上房。因路径不熟，走到凤姐那边【O4】，见里面灯烛辉煌，便问："这里有贼没有？"里头的平儿战兢兢的说道："这里也没开门，只听上屋【N4】叫喊说'有贼'呢，你到那里去罢。"包勇正摸不着路头，遥见上夜的人过来，才跟着一齐寻到上屋【K4】。见是门开、户启，那些上夜的在那里啼哭。……

上夜的男人领着走到尤氏那边【X1】①，门儿关紧。有几个接音说："唬死我们了！"林之孝问道："这里没有丢东西？"里头的人方开了门，道："这里没丢东西。"林之孝带着人走到惜春院内【X1】②，只听得里面说道："了不得了，唬死了姑娘。醒醒儿罢！"林之孝便叫人开门，问是怎样了。里头婆子开门，说："贼在这里打仗，把姑娘都唬坏了。亏得妙师父和彩屏才将姑娘救醒。东西是没失。"林之孝道："贼人怎么打仗？"上夜的男人说："幸亏包大爷上了房把贼打跑了去了，还听见打倒了一个人呢。"包勇道："在园门【C4】那里呢。③"

贾芸等走到那边，果见一人躺在地下死了，细细一瞧，好像周瑞的干儿子。众人见了诧异，派一个人看守着，又派了两个人照看前【B2】、后门【Y1】。④俱仍旧关锁着。林之孝便叫人开了门【B2】【Y1】，报了营官，立刻到来查勘。踏察贼踪，是从后夹道【Z1】上屋的，到了西院房上【K4】，见那瓦破碎不堪，一直过了后园去了。众上夜的齐声说道："这不是贼，是强盗。"营官着急道："并非明火执仗，怎算是强盗？"上夜的道："我们赶贼，他在房上掷瓦，我们不能近前，幸亏我们家的姓包的上房打退。赶到园里，还有好几个贼竟与姓包的打仗，打不过姓包的，才都跑了。"营官道："可又来⑤，若是强盗，倒打不过你们的人么？不用说了，你们快查清了东西，递了失单，我们报就是了。"

贾芸等又到上屋，已见凤姐扶病过来，惜春也来。贾芸请了凤姐的安，问了惜春的好，大家查看失物。因鸳鸯已死，琥珀等又送灵去了，那些东

---

① 按：尤氏住在惜春的西隔壁。
② 惜春院在尤氏住处的东端。
③ 此处程乙本增加："你们快瞧去罢。"
④ 此处程乙本增加："走到门前看时，那门"。
⑤ 可又来了，指不信之意。

西都是老太太的，并没见数，只用封锁，如今打从哪里查起？众人都说："箱柜东西不少①，如今一空，偷的时候自然不少②，那些上夜的人管什么的？况且打死的贼是周瑞的干儿子，必是他们通同一气的。"凤姐听了，气的眼睛直瞪瞪的，便说："把那些上夜的女人都拴起来，交给营里审问！"众人叫苦连天，跪地哀求。

【解析】

第 111 回写包勇在大观园内看守腰门【C4】，门外又有几个婆子看这园门【C4】。上文"三"论证惜春住的"蓼风轩"建在腰门上时，引第 50 回考明此园门【C4】其实是一个"穿堂"（或"钻山洞"）形制。面朝大观园的东园门当是由大观园向穿堂内开，面朝夹道的西园门当是由夹道向穿堂内开，两扇门均在穿堂内用门闩闩住，看门的婆子当住在穿堂西端、面朝夹道的"门房"内。因为上文"三"论证惜春住的"蓼风轩"建在腰门上时，引第 71 回鸳鸯出腰门之文，证明此腰门看门人的"门房"肯定位于靠近府内的门道最西侧。

妙玉要出园入府，包勇不许，府内看门的婆子不敢得罪妙玉，主动开门（指在穿堂内拉开东园门的门闩）请她进府。其言"里头看二门的婆子"，可证园门外尚有一道通内院的门【Z4】，与图正相吻合。"二门"即内院门，也就是腰门【C4】隔夹道所对的那道入府之门【Z4】，也就是王夫人上房【N4】"后廊"通往夹道的东角门【Z4】。婆子当是连腰门【C4】和东角门【Z4】一起看守。

妙玉去了王夫人上房【N4】后部"抱厦"【X1】内的惜春住处。上引第 108 回宝玉借口看惜春房旁边的尤氏房为名而入了大观园的腰门【C4】，证明惜春住所就在腰门【C4】处的"二门"【Z4】旁（详情请参见"图三"）。

妙玉和惜春两人下完棋刚要休息。忽听到东边上房内上夜的人喊道："有贼！"此"东边上房"不是说在惜春房【X1】的东边，而当与"西边上房"对起来称呼：西边上房即贾母院处的上房【K4】，在府西；东边上房即王夫人院处的上房【N4】，在府东。王夫人院处的上房【N4】在惜春房【X1】正南，不在其东边。

此当是西边贾母院上房【K4】处守夜人失了窃尚且不知，反倒是东边王夫人上房【N4】处的守夜人，看到有盗贼来自己上房【N4】屋上行窃而叫喊起来。惜春这边【X1】不敢开屋门，灭了灯。妙玉从窗户中看到几个大汉从屋檐上跳下来，站在惜春房处的庭院内（当是惜春房北侧的那个大庭院内【O5】）。据下文，这伙贼人是有意要进屋内劫走漂亮的妙玉。

这时，屋【X1】外有人进院【O5】来吆喝拿贼。其中一个人说："上房（据下文交代当是西边的贾母院上房【K4】）的东西都丢了，贼已不见，东边（即此处王夫人院的上房【N4】）已经有人过去了，咱们还是到西边【K4】去吧。"惜春房内的老婆子听到有自己人来了，连忙向外喊道："这里有强盗上房了。"

---

① 指装东西的箱柜不少。如今房子里没什么箱柜了。

② 指偷的时间不会短。此句程乙本妄改作："偷的时候儿自然不小了"，当指偷的时候声音肯定不小。

可见：已经下到庭院【O5】中的贼人一听见有人来了，此时又翻上房顶想逃跑。上夜的人于是一起大声喊叫起来，贼在房上扔下好多瓦片，大家都不敢上屋去捉。这时只听得包勇用力撞开腰门那扇园门【C4】，从园子里冲进惜春院子来。可见腰门那穿堂东侧入大观园的"东园门"是在穿堂内上门闩，这时被包勇撞破，包勇入腰门的穿堂后，打开通往夹道的那扇"西园门"的门闩入了夹道，还得再撞开"二门"即东角门【Z4】方才得以入府（东角门当是从园往府内开门，其门闩上在府那一侧，此时也被包勇撞开）。包勇撞开东角门【Z4】后，因听到惜春院【X1】有自家人和贼人在对峙，便冲入惜春院，跳上房顶，追赶那伙贼人。

原来这伙贼人知道贾府要为贾母出殡，家中没有多少人，于是在贾母上房【K4】的屋顶上打了个洞，把房内的箱柜搬到屋顶上洗劫一空，然后往东边上房【N4】来，想做同样的事。由于东边上房后便是惜春房【X1】，他们从屋顶上走过时，看到对面惜春房内亮着灯，有个绝色尼姑在打坐，顿时起了淫心。又欺贾府有规矩："三门"以内，入夜后没有男人，都是女人在守夜（详下引第112 回）。于是便跳入惜春房北侧的院子【O5】，正想踹门进去抢人，由于上夜的人赶来而被迫再度翻上房顶。一看来人不多，还想打退上夜人后再去抢人，不料包勇从园中打了出来。

众贼看到只有包勇一个人，势单力孤，于是再度上前来围攻。哪料包勇会棍法，一棍打去，便把一名贼人打下房来，当场摔死，此人便是何三。众贼看到有人被打死，便往东飞奔，逃到大观园园墙上，跳入园中，而园中早已藏有接赃的贼，已接过去很多赃物了。众贼看到只有包勇一人来追，于是又回来围攻，因斗不过包勇而逃跑，包勇未能追上他们。

众人查看荣国府的前门【B2】、后门【Y1】，全都封锁完好。查验贼人的踪迹，是从后墙的夹道【Z1】翻上房顶（所言当是后门处的夹道，也即第69、第70 回贾琏为尤二姐出殡所走之路），然后从屋顶上走到"西院"即贾母院上房【K4】的屋顶上。此"上房"屋顶之上瓦片破碎，贼人当是从屋顶上掀开屋瓦，入房洗劫。然后又从房顶一路往东流窜到后园"大观园"中去，因为大观园中有接引之人埋伏在那儿，所以他们要往东撤离。按照居住风俗，东尊西卑，打劫之人肯定先劫东屋，再由东往西打劫；本书描写的空间是原型的镜像，故西尊东卑，而打劫之人由西往东打劫，先劫西部的贾母上房，再劫其东的王夫人上房。

又书中写众人查看时，先来到惜春西隔壁的尤氏那儿，再到惜春院内，似乎尤氏（即原探春居所）与惜春院不在一起。但第7 回写明："却将迎、探、惜三人移到王夫人这边房后三间小抱厦内【X1】居住"，可见迎春、探春、惜春三人住在同一个"小抱厦"内，当如"图三"所示，三人同住在"图三"的▼U◣①这一朝北的抱厦中。

---

① 本节"解析"中"图三"地名均用"▼ ◣"标记，以与"【 】"所标记的"图十一"的

其抱厦▶U◀虽然突在其北的庭院【O5】中，但无门与此庭院相通，其门开在东西山墙的南端。 即抱厦▶U◀的南部是条内走廊，众人靠此出入抱厦▶U◀。

众人查看时，当是先到西山墙处敲开西门，问住在西侧迎春住所的邢夫人处和住在中间探春住所的尤氏处的留守之人。为什么书中写成"上夜的男人领着走到尤氏那边"，即只问尤氏处的人，而不问邢夫人处的人？

首先，邢氏、尤氏都随贾母出殡去了，见第111回贾母出殡时："一面商量定了看家的，仍是凤姐、惜春，余者都遣去伴灵。"第112回贾母出殡回来后："贾政、邢夫人等先后到家，……凤姐那日发晕了几次，竟不能出接；只有惜春见了，觉得满面羞惭。邢夫人也不理她，王夫人仍是照常，李纨、宝钗拉着手说了几句话。独有尤氏说道：'姑娘，你操心了，倒照应了好几天。'惜春一言不答，只紫涨了脸。宝钗将尤氏一拉，使了个眼色。尤氏等各自归房去了。"如果只有邢夫人出殡，尤氏在家，只问尤氏不问邢夫人是合适的，现在邢夫人与尤氏都在外，上夜的人为何只问尤氏，这便可奇怪了。

其原因当是笔者《红楼时间人物谜案》"第三章、第三节、三"所考明的：贾赦与贾敬实为同一人，尤氏便是邢夫人的长媳，所以问尤氏处的人，便等于也把她婆婆邢夫人处的情况给询问在内了。换句话说：惜春其实就是邢夫人之女，邢夫人住西，长媳尤氏住中，其幼女惜春住西，这三个人其实是一家人。①

又由于男女有别，所以诸男子不可以穿此抱厦▶U◀南部的内走廊，来到东侧的惜春住所来问惜春。他们当是走王夫人上房▶M◀【N4】与这小抱厦▶U◀【X1】之间的、王夫人上房后的后廊，来到小抱厦的东侧，叩开抱厦▶U◀东山墙上的东门，来问惜春处的情况。书中把抱厦▶U◀东山墙东门处的那个小天井说成是"惜春院内"（"林之孝带着人走到惜春院内"）。而众贼人跳入惜春院内想打劫妙玉，所跳的"院内"（"只是几个男人站在院内【O5】"）应当不是跳入这个小天井来，想踢开小天井西尽头的、抱厦▶U◀东山墙上的东门入室抢人；而应当是跳入抱厦▶U◀北侧的庭院【O5】，想一脚踢开此抱厦北侧的格扇门来入室抢人（下有详论）。

作者善于运用"金蝉脱壳"的笔法。第109回妙玉探望贾母是幌子，妙玉问得惜春住所才是作者写此情节的目的所在；而问得惜春住所，则又是为第111回妙玉来惜春处下棋留宿被盗贼窥见而写的伏笔；而被盗贼窥见，又是在为第

---

① 此是镜像，其空间原型恰是家长邢夫人居东，长媳尤氏居中，女儿惜春居西。同理，"第二章、第一节、二"引第7回"刘姥姥一进大观园"之文，考明"凤姐院"中凤姐与贾琏卧室居西，其女儿大姐儿居东，其原型也是家长凤姐居东，女儿居西。同理，"宁荣二府大观园"贾母最尊而居西，府衙的办公大堂居中，其子贾政王夫人院、贾赦王夫人院居东，宗祠及内宅的大堂再居其东，贾敬（即贾赦）子贾珍、孙贾蓉院再居东；在原型中也是家长贾母居东，其子政、赦居西，赦子孙珍、蓉再居西。因为自古相传东为大、西为小，父母长辈住东，儿孙小辈住西，这是历来的风俗，这也是证明《红楼梦》书中所写的小说空间"宁荣二府大观园"，就是其生活原型空间曹雪芹自己家"江宁织造府"东西相反的镜像的重要佐证。

112 回劫走妙玉作伏笔：作者环环相扣，笔笔不虚，这便是第 111 回王希廉所作的回前总评："妙玉是夜忽在惜春处住宿，以致被盗窥见，为明日被劫之由。数固有定，文亦有意。"

其又批："此时包勇进来、盗不踹门，专为保全惜春而说。"即作者为了保全惜春使之不受辱，故意写包勇打入院内而让盗贼未能入室，否则尽可于此晚就写妙玉被劫，而不用写强盗第二次来劫。作者为了保证惜春不被劫走，所以将劫妙玉事改成次日强盗专程来劫妙玉。

第 111 回作者故意让道婆说："今日听得老太太的事完了，不见四姑娘送殡，想必是在家看家。想她寂寞，我们师父来瞧她一瞧。"大某山民有眉批："四姑娘在家，故妙玉来访。"这是起因。而看大观园园门的包勇不让妙玉入府，这其实是在救她，让她免去为盗所劫的机缘。而道婆不识好人心，反把包勇说成"强盗"，书中写："婆子生了气，嚷道：'这都是反了天的事了！连老太太在日还不能拦我们的来往走动呢，你是哪里的这么个横强盗？这样没法没天的。我偏要打这里走！'"画线部分其实是为下文真有强盗来劫贾府埋伏笔、发预兆。

曹雪芹最擅长这种笔法，如宝玉挨打之前，便已借宝钗口说到要挨打，即第 32 回："宝钗听了，忙道：'嗳哟！这么黄天暑热的，叫他做什么？别是想起什么来生了气，叫出去教训一场？'袭人笑道：'不是这个，想是有客要会。'"画线部分蒙王府本有侧批："偏是近。"即偏被宝钗说得与真相不远；下来的真相便是：宝玉被叫去后，因忠顺王府长史索人、贾环告密，而被贾政严酷地教训了一场（即第 33 回"手足耽耽小动唇舌、不肖种种大承笞挞"的宝玉挨打情节）。又如第 30 回金钏儿与宝玉调笑说："金簪子掉在井里头"，结果第 32 回"含耻辱情烈死金钏"，金钏儿便真的跳了井。又如第 47 回贾琏挨父亲贾赦打的前夕，邢夫人就提醒过他："我把你①没孝心、雷打②的下流种子！人家还替老子死呢，白说了几句，你就抱怨了。你还不好好的呢，这几日生气，仔细他捶你。"而下来的第 48 回便借平儿之口，交代贾琏被贾赦暴打之事："老爷听了就生了气，说二爷拿话堵老爷，因此这是第一件大的。这几日还有几件小的，我也记不清，所以都凑在一处，就打起来了。也没拉倒用板子、棍子，就站着，不知拿什么混打一顿，脸上打破了两处。"画线部分是指没像"宝玉挨打"那样趴在凳上用板子打屁股。

此处后四十回在强盗来之前，借婆子之口说起"横强盗"而晚上真的来了"横强盗"。又下引第 112 回画线部分，借包勇之口说"可不是那姑子（妙玉）引进来的贼么？"包勇固然是在胡说，但那天晚上倒真的是贼人为劫持妙玉而重来抢人，恰正是妙玉引贼而来。又再下一节所引第 112 回画线部分，包勇在妙玉被劫后又说："你们师父（妙玉）引了贼来偷我们，已经偷到手了，她跟了

---

① "我把你"是古代汉语中骂人的一种固定句式，元明清杂剧、小说中多见，如《金瓶梅词话》第 69 回："我把你这起光棍"，《西游记》第 20 回："我把你这个尊畜"，《红楼梦》第 19 回黛玉骂宝玉："我把你烂了嘴的。""把"当指打对方一巴掌的意思。
② 指对方没孝心而要遭天打雷劈。

贼去受用去了。"包勇固然也是在胡说，但却道出两大实情：一是贼因妙玉而昨夜再来抢人，二是妙玉被贼劫走后跟贼受用去了（其实妙玉是被贼掠走，不是包勇所误以为的那种心甘情愿地跟着走）。由于妙玉秉性孤高贞烈，醒来后定然不从而被杀，因为第112回贼人来抢被"迷魂香"迷倒的妙玉时，书中写道："此时妙玉心中却是明白，只不能动，想是（贼人）要杀自己，索性横了心，倒也不怕。"可证妙玉不怕死。所以包勇说她与贼一起生活、受用，那肯定是出于误会的信口胡说。以上三例的预言与伏笔手法，与前八十回如出一辙，这是证明后四十回与前八十回艺术手法相一致的成系列的绝佳实例。★★★

由于道婆一嚷，那边看门的婆子肯定已听到，只是弄不清楚到底是怎么回事，也不便开门。由于门闩是门那边闩的，所以道婆一边说一边"便把手在门环上狠狠的打了几下"，这便让那一边管开门闩的婆子听到了叩门声，知道是在叫门。

上文"三"论明惜春住的"蓼风轩"就建在腰门之上，腰门【C4】其实是一个城门楼式的建筑，"腰门"就是其城门，有惜春所住的"蓼风轩"东西方向上的院宽那么进深，所以腰门的东西两侧都要有门：入园的"东门"是东侧有门环，过夹道而入府东角门的"西门"是西侧有门环，此道婆扣的肯定是东门的门环。看门人应当是把入夹道的西门开着，人坐在东角门【Z4】附近，一下子便可以看住两个门，而东门则用门闩闩着。这时，坐在东角门【Z4】附近的看门婆子听到道婆在扣东门的门环，便打开门闩开了东门。如果是晚上的话，看门的婆子便住在大观园腰门内西门口处的门房内，腰门的"西门"和"东门"全都关闭，在里侧用门闩闩上。

这时书中又写："妙玉已气的不言语"，大某山民侧批："不必发气，要下海了。"劝妙玉不要生气，听从包勇劝阻快快返回，便可免去被劫入海的厄运；现在因为一生气，借道婆这一嚷、一叩门，便引出看门婆子开门跪求她入府的事情来，反倒引出妙玉被劫下海的极惨结局。

上引妙玉"哪经得看腰门的婆子赶上再四央求"句，东观阁有侧批："婆子不坚求，妙玉不进来，则强盗亦无由见其头色[1]，婆子乃妙玉之祸根也。"大某山民眉批："谁知婆子此想，后来竟为小失大。"陈其泰于回末有总评："此回为了结妙玉、及惜春出家起案也。盗劫仓皇，叙来妙极清澈[2]。"赞扬作者伏笔、叙事极其到位而有条理。又大某山民此回总评："妙玉回身走去，婆子若不坚求，则妙玉必不进去；不进去则贼不见，不见则不劫，不劫则不死；飞来横祸，皆由婆子。可知凡有坚求者，必当坚却之。"

●后四十回之第112回：

二人正说着，只听见外头院子里有人大嚷的说道："我说那三姑六婆是

---

① 头色，指脸部的美色。
② 指作者叙述强盗前来抢劫贾府，妙在叙述得极为清晰。此批见《桐花凤阁评〈红楼梦〉辑录》第338页。

再要不得的，我们甄府里从来是一概不许上门的。不想这府里倒不讲究这个呢。昨儿老太太的殡才出去，那个什么庵里的尼姑死要到咱们这里来。我吆喝着不准她进来，腰门【C4】上的老婆子倒骂我，死央及叫放那姑子进来。那腰门【C4】子一会儿开着，一会儿关着，不知做什么。我不放心，没敢睡，听到四更，这里就嚷起来。我来叫门倒不开了。我听见声儿紧了，打开了门，见西边院子里有人站着，我便赶走打死了。我今儿才知道这是四姑奶奶的屋子，那个姑子就在里头。今儿天没亮溜出去了，可不是那姑子引进来的贼么？"……

且说那伙贼原是何三等邀的，偷抢了好些金银财宝接运出去，见人追赶，知道都是那些不中用的人，要往西边屋内偷去。在窗外看见里面灯光底下两个美人：一个姑娘，一个姑子。那些贼哪顾性命，顿起不良，就要端进来，因见包勇来赶，才获赃而逃，只不见了何三。大家且躲入窝家，到第二天打听动静，知是何三被他们打死，已经报了文武衙门，这里是躲不住的。便商量趁早归入海洋大盗一处去，若迟了，通缉文书一行，关津上就过不去了。内中一个人胆子极大，便说："咱们走是走，我就只舍不得那个姑子，长的实在好看。不知是哪个庵里的雏儿呢？"一个人道："啊呀，我想起来了，必就是贾府园里的什么'栊翠庵'【O3】里的姑子。不是前年外头说她和他们家什么'宝二爷'有原故，后来不知怎么又害起相思病来了，请大夫吃药的，就是她。"那一个人听了，说："咱们今日躲一天，叫咱们大哥拿钱置办些买卖行头。明儿亮钟时候，陆续出关。你们在关外二十里坡等我。"众贼议定，分赃俵散①不提。

【解析】

包勇说："我听见有人大喊，便用力撞开了门【C4】【Z4】，见门内西边院子里【O5】有人站着。（包勇当是撞破腰门【C4】、东角门【Z4】而入惜春所住的抱厦东侧的小天井，然后再入抱厦北侧的大庭院【O5】，小天井的东北侧当有门通抱厦北侧的庭院，其格局详见'图三'。包勇当是看到抱厦北侧的大庭院内【O5】有人站着。）我便赶上去打死了一个贼人。我今儿才知道这是四姑奶奶（惜春）的房子【X1】。"可证惜春房正在大观园腰门【C4】【Z4】的西侧，与图正相吻合★★★。这一点如果不是作者，何人能知晓？②这是证明后四十回乃曹雪芹原稿的力证。★★★

第59回："园中前、后、东、西角门亦皆关锁，只留王夫人大房【N4】之后常系他姊妹出入之门【C4】，东边通薛姨妈的角门【D4】，这两门因在内院，不必关锁。"唯有作者知晓"王夫人大房之后常系他姊妹出入之门【C4】"在惜春院【X1】门口，其他人不见此图便无法知晓，后四十回如果是他人续写，他人又何从知晓？可知后四十回乃曹雪芹原稿，断非高鹗或其他无名氏所能续出。因为他们无从知晓此腰门【C4】在王夫人上房【N4】后的惜春院【X1】门口，

---

① 俵，俵散，分给、散发。
② 因为作者写小说用的空间图不可能流传给他人，他人无从知晓这一点，只有作者本人才会知晓这一点。

唯有此图方可证明，但他们又不可能看到此图。

原来这伙贼人是何三作为内应引来的。这伙贼人从贾母上房处【K4】偷抢到很多金银财宝，送到大观园中，让埋伏在那儿的人接运出去，虽然被王夫人上房【N4】处的守夜人看到而叫喊起来，并且还有上夜的人前来追赶，他们都知道这全都是些不中用的人，于是还打算到大观园西侧"王夫人院"上房【N4】去强抢东西。他们上了园墙，从屋顶上往王夫人上房【N4】来，必然经过王夫人上房北边的院子【O5】，于是看到"凸"在庭院中的"小抱厦"【X1】①内的惜春和一位绝色尼姑，顿时起了淫心，不顾性命地跳入院中【O5】，正要踹开"小抱厦"【X1】的门进来抢人，因包勇撞开园门【C4】【Z4】入院【O5】追打，这才拿起赃物逃走。

"惜春院"详情请见"图三"，其所住的"小抱厦"虽然凸在北院【O5】中，但两肩当有墙拦死，抱厦面朝"北院"【O5】而开的格扇门当永久关闭，但盗贼可以踹开。包勇从"抱厦"东南角之门入惜春房【X1】东侧的小天井，其处与北院之间有"抱厦"两肩之墙隔断，当是此墙东端有门可通北院【O5】，故包勇仍可入北院【O5】与盗贼相斗。

这伙强盗打算下海加入海盗团伙。因舍不得那尼姑，猜知是"栊翠庵"【O3】中的妙玉，于是打算劫妙玉一同入海为盗。上引画线部分包勇所说的话"可不是那姑子引进来的贼么"，虽说是毫无根据的臆测和胡说，但却是作者在为下引第112回当晚，强盗因妙玉色美而再度前来劫她埋下伏笔。

●后四十回之第112回：

　　林之孝哀告道："请二爷息怒。那些上夜的人，派了她们，还敢偷懒？只是爷府上的规矩：三门里一个男人不敢进去的，就是奴才们，里头不叫，也不敢进去。奴才在外同芸哥儿刻刻查点，见三门关的严严的，外头的门一层没有开，那贼是从后夹道子【Z1】来的。"……

　　天已二更。不言这里贼去关门，众人更加小心，谁敢睡觉？且说伙贼一心想着妙玉，知是孤庵女众，不难欺负。到了三更夜静，便拿了短兵器，带了些闷香，跳上高墙。远远瞧见栊翠庵【O3】内灯光犹亮，便潜身溜下，藏在房头僻处。等到四更，见里头只有一盏海灯，妙玉一人在蒲团上打坐。……正要叫人，只听见窗外一响，想起昨晚的事，更加害怕，不免叫人。岂知那些婆子都不答应②。自己坐着，觉得一股香气透入囱门，便手足麻木，不能动弹，口里也说不出话来，心中更自着急。只见一个人拿着明晃晃的刀进来。此时妙玉心中却是明白，只不能动，想是要杀自己，索性横了心，倒也不怕。哪知那个人把刀插在背后，腾出手来，将妙玉轻轻的抱起，轻薄了一会子，便拖起背在身上。此时妙玉心中只是如醉如痴。可

---

① 第7回："却将迎、探、惜三人移到王夫人这边房后三间小抱厦内居住，令李纨陪伴照管。"
② 外面的人已被闷香迷倒，故无人答应。

怜一个极洁极净的女儿，被这强盗的闷香熏住，由着他掇弄了去了。

却说这贼背了妙玉，来到园后墙边，搭了软梯，爬上墙，跳出去了，外边早有伙计弄了车辆在园外等着。那人将妙玉放倒在车上，反打起官衔灯笼，叫开栅栏[1]，急急行到城门，正是开门之时。门官只知是有公干出城的，也不及查诘。赶出城去[2]，那伙贼加鞭，赶到二十里坡，和众强徒打了照面，各自分头奔南海而去。不知妙玉被劫，或是甘受污辱，还是不屈而死，不知下落，也难妄拟。

只言栊翠庵【O3】一个跟妙玉的女尼，她本住在静室后面，睡到五更，听见前面有人声响，只道妙玉打坐不安。后来听见有男人脚步，门窗响动，欲要起来瞧看，只是身子发软，懒怠开口，又不听见妙玉言语，只睁着两眼听着，到了天亮，终觉得心里清楚。披衣起来，叫了道婆预备妙玉茶水，她便往前面来看妙玉。岂知妙玉的踪迹全无，门窗大开。心里诧异昨晚响动，甚是疑心，说："这样早，她到哪里去了？"

走出院门一看，有一个软梯靠墙立着，地下还有一把刀鞘，一条搭膊，便道："不好了，昨晚是贼烧了闷香了！"急叫人起来查看，庵门仍是紧闭。那些婆子、侍女们都说："昨夜煤气熏着了，今早都起不起来。这么早，叫我们做什么？"那女尼道："师父不知哪里去了！"众人道："在观音堂打坐呢。"女尼道："你们还做梦呢，你来瞧瞧！"众人不知，也都着忙，开了庵门，满园里都找到了，想来或是到四姑娘那里去了。众人来叩腰门【C4】，又被包勇骂了一顿。

众人说道："我们妙师父昨晚不知去向，所以来找。求你老人家叫开腰门【C4】，问一问来了没来就是了。"包勇道："你们师父引了贼来偷我们，已经偷到手了，她跟了贼去受用去了。"众人道："阿弥陀佛，说这些话的，防着下割舌地狱。"包勇生气道："胡说，你们再闹，我就要打了！"众人陪笑央告道："求爷叫开门，我们瞧瞧；若没有，再不敢惊动你太爷了。"包勇道："你不信，你去找；若没有，回来问你们！"包勇说着，叫开腰门【C4】。众人且找到惜春那里【X1】。……

里面惜春听见，急忙问道："哪里去了？"道婆将昨夜听见的响动，被煤气熏着，今早不见有妙玉，庵内软梯、刀鞘的话说了一遍。惜春惊疑不定，想起昨日包勇的话来，必是那些强盗看见了她，昨晚抢去了，也未可知。但是她素来孤洁的很，岂肯惜命？[3]"怎么你们都没听见么？"众人道："怎么不听见？只是我们这些人都是睁着眼，连一句话也说不出。必是那贼子烧了闷香。妙姑一人，想也被贼闷住，不能言语。况且贼人必多，拿刀、弄杖威逼着她，还敢声喊么？"

正说着，包勇又在腰门【C4】那里嚷说："里头快把这些混账的婆子赶了出来罢！快关上腰门【C4】！"彩屏听见恐耽不是，只得叫婆子出去，

① 指街口作为门禁之用的栅栏。
② 指众贼赶紧出了城。
③ 此处程乙本补"便问道"三字。

叫人关了腰门【C4】。惜春于是更加苦楚。无奈彩屏等再三以礼相劝,仍旧将一半青丝笼起。大家商议:"不必声张。就是妙玉被抢,也当作不知,且等老爷、太太回来再说。"惜春心里的[①]死定一个出家的念头,暂且不提。

【解析】

贾府的规矩:"三门"里一个男人都不敢进,就是男性管家,里头不叫也不敢进。(所谓"三门"当指王夫人院的院门【H5】、贾母院的院门"垂花门"【P4】等。)出事后,管家林之孝等查看府内,见"三门"关得严严的,外头的门一层都没开过,那伙盗贼是从北墙处的后夹道【Z1】上来的。

府内因失过盗,二更时,上夜的人倍加小心。那伙盗贼一心想着妙玉,知道"栊翠庵"在无人的大观园中,容易得手。三更时分,贼人拿了短兵器,带好闷香,跳上高墙,当然是从后街上的大观园后围墙东段正对"栊翠庵"处翻入园中,远远望见栊翠庵【O3】中仍有灯光,知道尚未睡下,为了不惊动庵内的其他人,便偷偷来到庵边埋伏下来,静等众人睡着。到四更时分,看到庵里只亮一盏海灯,妙玉在蒲团上打坐,据下文知是在"观音堂"后部的静室中打坐[②]。强盗先用闷香把众人迷倒(即上引众人说"怎么不听见?只是我们这些人都是睁着眼,连一句话也说不出。必是那贼子烧了闷香",故妙玉唤人而无人答应),然后将妙玉迷倒,驮在背上,来到园后翻墙进来的北墙边,搭了软梯,爬上墙,跳了出去,园外早已有同伙的车辆等候,于是坐车出了城门,入海而去,下落不明。

栊翠庵【O3】中跟妙玉的女尼[③],就住在妙玉打坐的"观音堂"后面静室的再后面[④],天亮时找不到妙玉,出了自己庭院的院门,看院墙上有绳梯、刀鞘、搭膊,意识到妙玉被人劫走,于是叫醒众人,众人还以为妙玉在"观音堂"打坐。大家急忙开了栊翠庵的庵门,找遍整个大观园都没找到,哀求包勇叫府那边打开腰门【C4】,问一问可去了惜春那儿【X1】,结果也没有。

第111回妙玉探望惜春,住在惜春那儿,作者如此写,就是为了让贼人窥见妙玉,为此处第112回劫走妙玉作引子,从而可以草草写完妙玉的结局。妙玉之所以被劫,只怪贾府太粗心,即:遭劫后的贾府只保护了府第,未想到要保护大观园;更未想到如果不能保护大观园的话,便应当把妙玉转移到其他安全的地方。

而且第111回林之孝报官后,众人都对前来查看案情的军官说:"这不是贼,

---

① 的,程乙本改作"从此"。
② 按上引:"一个跟妙玉的女尼,她本住在静室后面,……只道妙玉打坐不安",可证妙玉在静室打坐。上引:"众人道:在观音堂打坐呢",可证妙玉又在观音堂打坐。两相结合,便可知晓:"观音堂"前面一大半供奉观音,后面一小半是妙玉打坐用的静室。
③ 第18回言妙玉带发修行,故知她是尼姑。第109回写"只见妙玉头带妙常髻"(程乙本改末字为"冠"),而带发修行的尼姑也常戴这种"妙常髻(即妙常冠)",并不能据此冠来断言妙玉是道姑,所以跟妙玉的人既有道婆(道姑)、也有女尼。
④ 从图上来看,栊翠庵是东西朝向;又根据大观园中建筑皆当面湖而建的原则来看,栊翠庵应当"坐东朝西"而以西为前、以东为后。

是强盗。"营官怕给自己多事，于是着急地说："并非明火执仗，怎算是强盗？"上夜的人说："我们赶贼，他在房上掷瓦，我们不能近前，幸亏我们家的姓包的上房打退。赶到园里，还有好几个贼竟与姓包的打仗，打不过姓包的，才都跑了。"营官说："可又来，若是强盗，倒打不过你们的人么？不用说了，你们快查清了东西，递了失单，我们报就是了。"可见官府接到报案后，只作普通窃案处理，并未以强盗视之，所以也就没有加强贾府周边的治安防范，这才导致妙玉被劫走。

妙玉原本可以不被劫走，偏被看二门的老妈妈叩着头叫了回来，入了惜春院，被贼人打劫时窥见；而贾府在遭劫后，又未想到要保护或转移妙玉；官府也未想到要加强贾府周围的道路管控：正因为有这三重因素凑在一起，才有了妙玉被劫下海的悲惨结局。

上引画线部分包勇所说之话"你们师父引了贼来偷我们，已经偷到手了，她跟了贼去受用去了"，虽是在胡说，但其实正总结了妙玉因美色招引来寇盗，同时也预言妙玉被劫后被迫与盗贼为伍的不幸结局。又据下引第117回画线部分的文字可知：妙玉醒来后，应当立即不屈而死，并未受辱。

● **妙玉最后的结局见第117回：**

> 两人道："别的事没有，只听见海疆的贼寇拿住了好些，也解到法司衙门里审问。还审出好些贼寇，也有藏在城里的，打听消息，抽空儿就劫抢人家。如今知道朝里那些老爷们都是能文能武，出力报效，所到之处，早就消灭了。"
>
> 众人道："你听见有在城里的，不知审出咱们家失盗了一案来没有？"两人道："倒没有听见。恍惚有人说是有个内地里的人，城里犯了事，抢了一个女人下海去了。那女人不依，被这贼寇杀了。那贼寇正要跳出关去，被官兵拿住了，就在拿获的地方正了法了。"
>
> 众人道："咱们栊翠庵的什么妙玉，不是叫人抢去，不要就是她罢？"贾环道："必是她！"众人道："你怎么知道？"贾环道："妙玉这个东西是最讨人嫌的。她一日家①捏酸，见了宝玉就眉开眼笑了。我若见了她，她从不拿正眼瞧我一瞧。真要是她，我才趁愿呢！"
>
> 众人道："抢的人也不少，哪里就是她？"贾芸道："有点信儿。前日有个人说她庵里的道婆做梦，说看见是妙玉叫人杀了。"众人笑道："梦话算不得。"邢大舅道："管她梦不梦，咱们快吃饭罢。今夜做个大输赢。"众人愿意，便吃毕了饭，大赌起来。

● **附第18回言妙玉的出处：**

> 又有林之孝家的来回："采访聘买的十个小尼姑、小道姑都有了，连新作的二十分道袍也有了。外有一个带发修行的，本是苏州人氏，祖上也是读书仕宦之家。因生了这位姑娘自小多病，买了许多替身儿皆不中用，足

---

① 一日家，整日里。

的这位姑娘亲自入了空门，方才好了，所以带发修行，今年才十八岁，法名妙玉。如今父母俱已亡故，身边只有两个老嬷嬷，一个小丫头伏侍。文墨也极通，经文也不用学了，模样儿又极好。因听见长安都中有观音遗迹并贝叶遗文，去岁随了师父上来，（己夹：因此方使妙卿入都。）现在西门外'牟尼院'住着。她师父极精演先天神数，于去冬圆寂了。妙玉本欲扶灵回乡的，她师父临寂遗言，说她'衣食起居不宜回乡，在此静居，后来自有你的结果'。所以她竟未回乡。"

王夫人不等回完，便说："既这样，我们何不接了她来？"林之孝家的回道："请她，她说：'侯门公府，必以贵势压人，我再不去的。'"（己夹：补出妙卿身世不凡，心性高洁。）王夫人道："她既是官宦小姐，自然骄傲些，就下个帖子请她何妨？"林之孝家的答应了出去，命书启相公写请帖去请妙玉。次日遣人备车轿去接等后话，暂且搁过，此时不能表白。

（6）栊翠庵的权属

●第 115 回惜春说：

况且我又不出门，就是栊翠庵【O3】原是咱们家的基址，我就在那里修行。我有什么，你们也照应得着。现在妙玉的当家的在那里。你们依我呢，我就算得了命了；若不依我呢，我也没法，只有死就完了！

●第 113 回：

且说栊翠庵【O3】原是贾府的地址，因盖省亲园子，将那庵圈在里头，向来食用、香火，并不动贾府的钱粮。今日[1]妙玉被劫，那女尼呈报到官，一则候官府缉盗的下落，二则是妙玉基业，不便离散，依旧住下，不过回明了贾府。

【解析】

"栊翠庵"【O3】原是贾府的基址，因盖"省亲园子"（即省亲别墅，原型便是曹家在"江宁织造府"基础上改造而来的、接康熙皇帝大驾用的"江宁行宫"、也即今天的南京大行宫），便将此庵圈入大观园中。衣食用度和香火钱，向来都由妙玉自己承担，并不占用贾府的钱粮。如今妙玉被劫走，其带来的女尼已向官府呈报案情，由于要等官府的消息，所以不能把妙玉的人遣走；二者妙玉带来的人自己负担生活费用，不花费贾府一分钱，所以也就可以允许她们依旧住下。

上引文字所说的"妙玉的基业"，是指此庵的一切用度都是妙玉用自己的钱来开销。即妙玉带来一大笔钱，足够她本人和随从生活开销好多年。因此，上引文字说"栊翠庵原是贾府的地址"、"二则是妙玉基业"，这两句话并不矛盾。即贾府出地和房子，妙玉出钱来维持此庙的运转。换句话说：地基和屋宇是贾府的，而这庵则归妙玉修行之用；贾府拥有其产权，而使用权则归妙玉，故妙

---

[1] 今日，程乙本改"如今"。其当是以"今日"指今天，而妙玉不是今天被劫，故改。不知"今日"可泛指如今。可见程乙本所作的改动很多都是高鹗所作的编辑工作，凡是他认为曹雪芹"欠妥"的文字全都给"自作聪明"地擅加修改。

玉带来的人还可以继续住下去，不便撵她们走。后四十回这么说合情入理，一点也不矛盾，所以不可以据此认定上面画线部分的那两句话"自相矛盾"，进而再判定后四十回不是曹雪芹原著。

问题是"栊翠庵"建在山上，此山是造园时堆土而来。换句话说，原来的"栊翠庵"肯定已经拆了重造，其基址当在大观园中，但肯定不会在现在的"栊翠庵"这儿【O3】。

总之，栊翠庵"是咱们家的基址"，其基址是原来的，而建筑肯定是重造的。既然建筑要重造，则基址在不在原地便不重要了，只要基址在园内即可。换句话说，大观园中有一块地是原来"栊翠庵"的基址，至于这基址究竟在园内何处则不详；如今的"栊翠庵"则是重新规划建造而很可能挪了挪地方。

如此深厚的背景知识，如此复杂的产权关系，一般续书人连躲避都来不及，谁还敢涉足而"信口开合"？所以上引那两段第115、第113回的引文，如果说是他人来续写，真有点不可思议，应当就是曹雪芹的原稿。

又第120回贾政回家后，贾珍说："宁国府第，收拾齐全，回明了要搬过去。'栊翠庵'圈在园内，给四妹妹静养"，了结了"十二金钗"中惜春的结局。这句话不是说"栊翠庵"本在园外，如今才圈在园内，而是在说"栊翠庵"原本就圈在大观园内，正可以作为惜春的出家之地，这样惜春便可以不用离家而在家修行了。

第六节 "大观园"诸小处考

除上述三节所讨论的大观园诸"正处、大处、中处"外，其余小品景致便可视作"小处"，如：六个植物造景的小品景区"荼蘼架–木香棚–牡丹亭–芍药圃–蔷薇院–芭蕉坞"，"榆荫堂"、"葡萄架"、"滴翠亭"、"柳堤–翠樾埭–柳叶渚"、"翠烟桥"、"折带朱栏板桥"、"蜂腰桥"、"沁芳闸"、"埋花冢"等，以及大观园正园门以外的其他五个园门。此外还有第17回贾政带宝玉走过的"清堂"（疑即上文所讨论过的"嘉荫堂"）、"茅舍"，"方厦、圆亭"，"玉皇庙、达摩庵"等。

以上诸处除"方厦【L1】、圆亭【M1】"图中有绘而可对号入座外，其余均未有绘，需要合理定位。又"清堂"至"达摩庵"等小处，留到下节讨论第17回贾政游园路线时再作考证。

一、从稻香村到蘅芜苑，沿路六个植物造景的小品景区

大观园西北路，从稻香村【J】到蘅芜苑【X】，沿路有六个植物造景的小品景区"荼蘼架、木香棚、牡丹亭、芍药圃、蔷薇院、芭蕉坞"，书中仅"红香圃"有过描述。又第30回宝玉观龄官画"蔷"处，不在此处所言的"蔷薇院"【Q】，而当在宝玉所住"怡红院"门口的"蔷薇花架"【O1】处。

●第17回贾政等：

一面引人出来，转过山坡【L】：穿花、度柳，抚石、依泉●；过了荼蘼架◆【M】，再入木香棚◆【N】；越牡丹亭◆【O】，度芍药圃◆【P】；入蔷薇院◆【Q】，出芭蕉坞◆【R】，盘旋曲折。（己夹：略用套语一束，与前顿①破格、不板②。）忽闻水声潺湲●，泻出石洞【S】：上则萝薜倒垂◆，下则落花浮荡◆。（己夹：仍是"沁芳溪"●【Z2】矣，究竟基址不大，全是曲折掩映之巧可知。）众人都道："好景，好景!"贾政道："诸公题以何名？"众人道："再不必拟了，恰恰乎是'武陵源'三个字。"贾政笑道："又落实了，而且陈旧。"众人笑道："不然就用'秦人旧舍'四字也罢了。"宝玉道："这越发过露了。'秦人旧舍'说避乱之意，如何使得？莫若'蓼汀花溆'四字。"【T】贾政听了，更批胡说。

---

① 顿，顿时。
② 破格，与常格不同；不板，不呆板。破格、不板，与常格不同而不呆板。

●第 62 回有"红香圃"的描述：

　　说着，来到沁芳亭【F】边，只见袭人、香菱、待书、素云、晴雯、麝月、芳官、蕊官、藕官等十来个人都在那里看鱼作耍。见他们来了，都说："芍药栏里预备下了，快去上席罢。"宝钗等随①携了她们同到了芍药栏中"红香圃"三间小敞厅内【P】。……刚进了园【C4】，就有几个丫鬟来找她，一同到了红香圃【P】中。只见筵开玳瑁，褥设芙蓉。众人都笑："寿星全了。"上面四座定要让他四个人坐，四人皆不肯。薛姨妈说："我老天拔地②，又不合你们的群儿，我倒觉拘的慌，不如我到厅上随便躺躺去倒好。我又吃不下什么去，又不大吃酒，这里让他们倒便宜。"尤氏等执意不从。宝钗道："这也罢了，倒是让妈在厅上歪着自如些，有爱吃的送些过去，倒自在了。且前头没人在那里，又可照看了。"探春等笑道："既这样，恭敬不如从命。"因大家送了她到议事厅上【X3】，眼看着命丫头们铺了一个锦褥并靠背引枕之类，又嘱咐："好生给姨妈捶腿，要茶、要水，别推三扯四的。回来送了东西来，姨妈吃了就赏你们吃。只别离了这里出去。"小丫头们都答应了。

　　探春等方回来。终久让宝琴、岫烟二人在上，平儿面西坐，宝玉面东坐。探春又接了鸳鸯来，二人并肩对面相陪。西边一桌，宝钗、黛玉、湘云、迎春、惜春，一面又拉了香菱、玉钏儿二人打横。三桌上，尤氏、李纨又拉了袭人、彩云陪坐。四桌上便是紫鹃、莺儿、晴雯、小螺、司棋等人围坐。当下探春等还要把盏，宝琴等四人都说："这一闹，一日都坐不成了。"方才罢了。两个女先儿要弹词上寿，众人都说："我们没人要听那些野话，你厅上去说给姨太太解闷儿去罢。"一面又将各色吃食拣了，命人送与薛姨妈去。……

　　正说着，只见一个小丫头笑嘻嘻的走来："姑娘们快瞧云姑娘去，吃醉了图凉快，在山子后头一块青板石凳上睡着了。"众人听说，都笑道："快别吵嚷。"说着，都走来看时，果见湘云卧于山石僻处一个石凳子上，业经香梦沉酣，四面芍药花飞了一身，满头脸、衣襟上，皆是红香散乱，手中的扇子在地下，也半被落花埋了，一群蜂蝶闹穰穰的围着她，又用鲛帕包了一包芍药花瓣枕着。众人看了，又是爱，又是笑，忙上来推唤、挽扶。湘云口内犹作睡语说酒令，唧唧嘟嘟说："泉香而酒冽，玉盏盛来琥珀光，直饮到梅梢月上，醉扶归，却为宜会亲友③。"

　　众人笑推她，说道："快醒醒儿吃饭去，这潮凳上还睡出病来呢。"湘云慢启秋波，见了众人，低头看了一看自己，方知是醉了。原是来纳凉避静的，不觉的因多罚了两杯酒，娇娜不胜，便睡着了，心中反觉自愧。连忙起身扎挣着同人来至红香圃中，用过水，又吃了两盏酽茶。探春忙命将

---

① 随，随即。
② 老天拔地，老态龙钟，形容老年人动作不灵活。又形容年老体衰者付出了艰苦劳动，做了很多事。此处指前者。
③ 宜会亲友，指此日适合举办宴会来招待亲友。

"醒酒石"拿来给她衔在口内，一时又命她喝了一些酸汤，方才觉得好了些。……

宝玉因问："这半日没见芳官，她在哪里呢？"袭人四顾一瞧说："才在这里几个人斗草的，这会子不见了。"宝玉听说，便忙回至房中，果见芳官面向里睡在床上。……

宝玉便出来，仍往红香圃【P】寻众姐妹，芳官在后拿着巾扇。刚出了院门，只见袭人、晴雯二人携手回来。宝玉问："你们做什么？"袭人道："摆下饭了，等你吃饭呢。"……大家说着，来至厅上。薛姨妈也来了。大家依序坐下吃饭。宝玉只用茶泡了半碗饭，应景而已。一时吃毕，大家吃茶闲话，又随便顽笑。

【解析】

上引第62回"憨湘云醉眠芍药裀"中，史湘云醉卧芍药榻时"四面芍药花飞了一身，满头脸、衣襟上，皆是红香散乱"，"红香"二字便点明："红香圃"的命名由来便来源于此处"芍药栏"中的芍药花。故第62回所言的"芍药栏"、"红香圃"，就是第17回的"芍药圃"。

这是薛宝琴、邢岫烟、平儿、宝玉四人同一天生日的寿宴，摆在芍药栏中的"红香圃"三间小敞厅内【P】。芍药花红而香，故其花圃名作"红香圃"。

薛姨妈不愿打扰年青人的雅兴①，于是探春便送薛姨妈到园门口的议事厅上【X3】休息，然后自己再回来，这也说明整个园子不大，只一会儿工夫便到，并不耽误大家吃寿酒的时间。

湘云喝醉了图凉快，在"芍药栏"中假山石后边偏僻处的一个"青石板"凳子上睡了起来，香梦沉酣，四面芍药花落了一身，满头满脸满衣襟都是散落的红而香的花瓣，手中的扇子也掉在地上，被落花埋了一半，一群蜂蝶闹穰穰地围着她。她还用手帕包了一包芍药花瓣作枕头。众人看了又是爱、又好笑，忙上前推醒她，以免潮凳上睡出病来。作者借此海棠花落满其身而蜂蝶绕其飞舞的情节，再加上第63回抽花名签让她抽到海棠花签，点明她是海棠花神下凡。

史湘云之所以会如此"香梦沉酣"（第63回史湘云所抽到的海棠花签语），原来是她因为天热，想找个僻静处纳凉，没料到多喝了两杯酒，娇弱不胜，不知不觉便睡着了。史湘云被大家摇醒后反觉自愧，忙起身挣扎着同大家来"红香圃"敞厅内，用过水（当指解手后盥洗），又吃了两盏可以解酒的浓茶②，又喝了酸汤醒了酒。

宝玉回怡红院【N1】看望芳官，见芳官向里睡在床上，于是摇醒她，一同

---

① 第58回贾母等人因离府去为老太妃守灵，托薛姨妈照管园内姊妹、丫环，薛姨妈便搬入干女儿林黛玉的潇湘馆居住。故此第62回薛姨妈要到场以负看管之责，但又不愿扰了年青人的兴头，所以主动提出避开。

② 民间相传如此，其实适得其反，因为浓茶不仅没有解酒功效，而且还会火上浇油，对人体造成严重伤害。因为酒精对心脑血管系统有损伤作用，加重心脏负担。而浓茶同样有兴奋心脏的作用，酒后饮用浓茶势必进一步兴奋而加重心脏负担。同时，茶叶中的各种碱性物质具有强烈的利尿作用。如果酒后饮用浓茶，酒精转化成的乙醛还来不及分解，就会随茶水进入肾脏，而乙醛具有较大的毒性，会对肾脏产生损害。

来"红香圃"敞厅内【P】寻众姐妹。怡红院【N1】与上面所说的议事厅【X3】相靠近,回怡红院与回议事厅,其来回的时间基本相等。

又据乾隆诗序,此"芍药栏"内当点缀有古梅,见本章末尾"第八节、二、(六)"有论。

二、"榆荫堂"当在稻香村处

● 第 63 回:

因饭后平儿还席,说红香圃【P】太热,便在榆荫堂【G4】中摆了几席新酒佳肴。(列藏:榆荫中者,余荫也。兹既感灵,今故怀亲,所谓不失忠孝之大纲也。)……

闲言少述,且说当下众人都在榆荫堂【G4】中以酒为名,大家顽笑,命女先儿击鼓。平儿采了一枝芍药,大家约二十来人传花为令,热闹了一回。因人回说:"甄家有两个女人送东西来了。"探春和李纨、尤氏三人出去议事厅【X3】相见,这里众人且出来散一散。

佩凤、偕鸳两个去打秋千顽耍,(己夹:大家千金不令作此戏,故写不及探春等人也。)宝玉便说:"你两个上去,让我送。"慌的佩凤说:"罢了,别替我们闹乱子,倒是叫'野驴子'来送送使得。"宝玉忙笑说:"好姐姐们别顽了,没的叫人跟着你们学着骂她。"偕鸳又说:"笑软了,怎么打呢。掉下来栽出你的黄子来。"佩凤便赶着她打。

【解析】

今按第 17 回言稻香村:"外面却是桑、榆、槿、柘,各色树稚、新条,随其曲折,编就两溜青篱。"有榆树才会有榆荫,故疑"榆荫堂"【G4】当在稻香村【J】处。红香圃【P】与稻香村相去不远①,又皆在后角门处的"内厨房"【J3】附近,故在红香圃【P】、榆荫堂【G4】两处设宴的话,便于上菜、摆宴席。又此大榆树下设有秋千,可作秋千之戏。

三、园西北有"葡萄架"

● 第 67 回园西北的葡萄架当在园门口附近:

袭人说:"素日琏二奶奶待我很好,你是知道的。她自从病了一场之后,如今又好了。我早就想着要到那里【O4】看看去,只因琏二爷在家不方便,始终没有去,闻说琏二爷不在家,你今日又不往哪里去,而且初秋天气,不冷不热,一则看二奶奶,尽个礼,省得日后见了,受她的数落;二则藉此逛一逛。你同她们看着家,我去去就来。"……言毕,袭人遂到自己房里,换了两件新鲜衣服,拿着把镜儿照着,抿了抿头,匀了匀脸上脂粉,步出下房。复又嘱咐了晴雯、麝月几句话,便出了怡红院【N1】来。

至沁芳桥【F】上立住,往四下里观看那园中景致。时值秋令,秋蝉

---

① 由第 17 回贾政从稻香村至蘅芜苑时途经红香圃,而知稻香村与红香圃相去不远。

鸣于树，草虫鸣于野；见这石榴花◆也开败了，荷叶◆也将残上来了；倒是芙蓉◆，近着河边，都发了红铺铺的咕嘟子，衬着碧绿的叶儿，倒令人可爱。一壁里瞧着，一壁里下了桥。走了不远，迎见李纨房里使唤的丫头素云，跟着个老婆子，手里捧着个洋漆盒儿走来。袭人便问："往哪里去？送的是什么东西？"素云说："这是我们奶奶给三姑娘【Q2】送去的菱角、鸡头。"袭人说："这个东西，还是咱们园子里河内采的，还是外头买来的呢？"素云说："这是我们房里使唤的刘妈妈，她告假瞧亲戚去，带来孝敬奶奶的。因三姑娘在我们那里坐着看见了，我们奶奶叫人剥了让她吃。她说：'才喝了热茶了，不吃，一会子再吃罢。'故此给三姑娘送了家去。"言毕，各自分路走了。

袭人远远的看见那边葡萄架◆【H4】底下，有一个人拿着掸子在那里动手动脚的，因迎着日光，看不真切。至离得不远，那祝老婆子见了袭人，……凤姐便问："宝兄弟在家做什么呢？"袭人笑道："我只求他同晴雯她们看家，……"说着，便立起身来告辞，回怡红院【N1】来了。这且不提。

【解析】

袭人往凤姐院【O4】而要走"至沁芳桥【F】上立住，往四下里观看那园中景致"，可证由怡红院【N1】往凤姐处【O4】当穿过"沁芳池"之湖【B3】而走北路。李纨命令素云送菱角、鸡头到探春的"秋爽斋"【Q2】，可证秋爽斋与"怡红院"同在湖之南，当过"沁芳亭"桥。

此节文字之前的情节是薛蟠请客，当是午宴，书中写："不过随便喝了几杯酒，吃了些饭食，就都大家散了"，这便证明袭人当是下午来看望凤姐。她从沁芳亭桥【F】出园门【C4】是往西走，则她"远远的看见那边葡萄架【H4】"肯定是在西边。此时又是下午夕阳西下时，故书中言"因迎着日光，看不真切"。总之，葡萄架是在下了"沁芳亭"桥后、往西朝园门【C4】走去的路上，今暂定为偏西的【H4】处。

由此节文字可以证明，虽然"宁荣二府大观园"的原型是西南朝向，而书中所写已作"东西相反"的镜像处理，变成了东南朝向；但书中只是将府第及府第所在的南京城的建筑格局作"东西相反"的镜像处理，"天地日月"的东西方向并未作相反的镜像处理，即作品中未让太阳"朝西升、夕东落"。所以我们复建"宁荣二府大观园"时，不应当按其原型复建，而应当按其"东西相反"的镜像来复建，这样才能与书中的描写完全吻合。

四、"石洞"口的"滴翠亭"

●第27回"滴翠亭杨妃戏彩蝶"言明滴翠亭的形制与位置，当在"萝港石洞"口沁芳溪"蓼汀花溆"旁的圆形小池塘中：

至次日乃是四月二十六日，原来这日未时交芒种节。尚古风俗：凡交芒种节的这日，都要设摆各色礼物，祭饯花神，言："芒种一过，便是夏日了，众花皆卸，花神退位，（庚侧：无论事之有无，看去有理。）须要饯行。"然闺中更兴这件风俗，所以大观园中之人都早起来了。那些女孩子，或用花瓣、柳枝编成轿马的，或用绫锦纱罗叠成干旄、旌幢的，都用彩线系了。每一颗树上，每一枝花上，都系了这些物事。满园里绣带飘飖，花枝招展，（甲侧：<u>数句大观园景倍胜省亲一回；在一园人俱得闲闲寻乐上看，彼时只有元春一人闲耳。</u>）（庚侧：数句抵省亲一回文字，反觉闲闲有趣有味的领略。）更兼这些人打扮得桃羞杏让，燕妒莺惭，（甲侧：桃、杏、燕、莺是这样用法。）一时也道不尽。

且说宝钗、迎春、探春、惜春、李纨、凤姐等并巧姐、大姐、香菱与众丫鬟们在园内玩耍，独不见林黛玉。迎春因说道："林妹妹怎么不见？好个懒丫头，这会子还睡觉不成？"宝钗道："你们等着，我去闹了她来。"说着便丢下了众人，一直往潇湘馆【H】来。正走着，只见文官等十二个女孩子也来了①，上来问了好，说了一回闲话。宝钗回身指道："她们都在那里呢，你们找她们去罢，我叫林姑娘去就来。"<u>说着便逶迤往潇湘馆【H】来。</u>忽然抬头见宝玉进去了，宝钗便站住，低头想了想：宝玉和林黛玉是从小儿一处长大，他兄妹间多有不避嫌疑之处，嘲笑、喜怒无常；况且林黛玉素习猜忌，好弄小性儿的。此刻自己也跟了进去，一则宝玉不便，二则黛玉嫌疑。罢了，倒是回来的妙。想毕抽身回来。

刚要寻别的姊妹去，忽见前面一双玉色蝴蝶，大如团扇，一上一下迎风翩跹，十分有趣。宝钗意欲扑了来玩耍，遂向袖中取出扇子来，向草地下来扑。只见那一双蝴蝶忽起忽落，来来往往，穿花、度柳，将欲过河去了。倒引的宝钗蹑手蹑脚的，一直跟到池【C3】中"滴翠亭"【D3】上，香汗淋漓，娇喘细细。宝钗也无心扑了，（庚侧：原是无可、无不可②。）刚欲回来，只听滴翠亭里边"嘁嘁喳喳"有人说话。（甲侧：无闲纸闲笔之文如此。）原来这亭子四面俱是游廊曲桥，盖造在池中水上，四面雕镂槅子糊着纸。……

只听"咯吱"一声，宝钗便故意放重了脚步，笑着叫道："颦儿，我看你往哪里藏！"一面说，一面故意往前赶。那亭内的红玉、坠儿刚一推窗，只听宝钗如此说着往前赶，两个人都唬怔了。宝钗反向她二人笑道："你们把林姑娘藏在哪里了？"坠儿道："何曾见林姑娘了？"宝钗道："我才在

---

① 此是因为此日乃普天同庆的花神之节（也即"大观园"的专属节日，其实就是大观园主，也即下凡诸花仙子们的领袖"绛洞花王"贾宝玉的生日），所以"十二个小戏子"也可以入园来游玩。作者其实是借让她们入"大观园"的形式，为此"十二个小戏子"履行加入"十二金钗"行列中来的手续，从而点明"十二金钗"中最后一批的"四副钗"便是这"十二个小戏子"。作者曹雪芹以入"大观园"游玩的形式来让诸女子（如配凤、偕鸾、喜鸾、四姐儿等）加入"金陵十二钗"阵营中来的手法，详见笔者《后四十回完璧归曹》"第一章、第三节、九、（二）、1、（2）"有论。

② 此指扑蝴蝶这一情节只不过是作者曹雪芹笔下的幌子，可写可不写，作者关键是要引出下面"滴翠亭"上窃窃私语的小红与贾芸的私情公案，所以作者便借这蝴蝶来作个引子，等宝钗一到亭上，便将蝴蝶扔到一边不去写了。

河那边看着林姑娘在这里蹲着弄水儿的。我要悄悄的唬她一跳，还没有走到跟前，她倒看见我了，朝东一绕就不见。别是藏在这里头了。"一面说，一面故意进去寻了一寻，抽身就走，口内说道："一定是又钻在山子洞【S】里去了。遇见蛇，咬一口也罢了。"一面说一面走，心中又好笑：这件事算遮过去了，不知她二人是怎样。……

二人正说着，只见文官、香菱、司棋、待书等上亭子来了。二人只得掩住这话，且和她们顽笑。只见凤姐儿站在山坡【E3】上招手叫，红玉连忙弃了众人，跑至凤姐前，笑问："奶奶使唤作什么？"……红玉听说撒身去了，回来只见凤姐不在这山坡子上了。因见司棋从山洞【S】里出来，站着系裙子，（庚侧：小点缀。一笑。）便赶上来问道："姐姐，不知道二奶奶往哪里去了？"司棋道："没理论。"红玉听了，抽身又往四下里一看，只见那边探春、宝钗在池【T】边看鱼。红玉上来陪笑问道："姑娘们可知道二奶奶哪去了？"探春道："往你大奶奶院里找去。"红玉听了，才往稻香村【J】来。

【解析】

此言大观园中送花神，比年初的"元妃省亲"更为热闹。上引画线部分的脂批告诉我们，作者之所以要这么写，就是因为第18回所叙的元妃省亲是以元妃一人之乐为主，说不到全体园内人的游园之乐，所以要借作者所杜撰的"芒种节送花神"的风俗，来把全体园内人都总写一笔，这就是《孟子·梁惠王下》所说的"独乐乐不如众乐乐"的旨趣。

再联系笔者《红楼时间人物谜案》"第三章、第三节、一"，考明此日四月廿六为宝玉生日。原来，这天的节日名义上是天上花神退位，其实就是书首第一回"楔子"所言的众仙女随其领袖"神瑛侍者"下凡；再结合第63回宝玉生日夜宴上众芳抽花签，点明红楼诸艳就是天上百花仙子们下凡：两相结合，便可知"神瑛侍者"便是李纨口中所说的"花王"下凡（按第37回李纨提到宝玉的外号为"绛洞花王"）。

总之，作者上面那番"假语存"——"四月二十六日，原来这日未时交芒种节。尚古风俗：凡交芒种节的这日，都要设摆各色礼物，祭饯花神，言：'芒种一过，便是夏日了，众花皆卸，花神退位，须要饯行'"——名义上说"人间花神退位而饯行"，其实说的"真事隐"便是"天上花王退位下凡为人间'绛洞花王'宝玉的降生，于是人间要为其举办生日之宴"。这才是真正的、作者曹雪芹所独家发明的"假语存、真事隐"笔法和话语体系；远非民国以来"索隐派"们臆想书中影射历史事件的"假语存、真事隐"，所能同日而语。

因此，这个节日作者名义上赋给"芒种节"，但又特意借脂批写明："无论事之有无，看去有理"，点明上述过节的描写其实不是"芒种节"的风俗，这节日其实和"芒种节"一点关系都没有，这节日其实只和"四月廿六日"这五个字有关，这节日其实就是一年一度的宝玉生日，也即大观园唯一的男主人（"大观园主"）的生日，这也就意味着这一天是专属于"大观园"这一个园子的节日（而非普天之下的节日），所以作者要特别写明是<u>大观园中之人</u>这么做，即：

"所以**大观园中之人都早起来了**。那些女孩子，或用花瓣、柳枝编成轿马的，或用绫锦纱罗叠成干旄、旌幢的，都用彩线系了。每一颗树上，每一枝花上，都系了这些物事。满园里绣带飘飖，花枝招展。"这其实写的就是大观园中所有女子们，在一年一度的四月廿六日那一天，一大早起来，"众星拱月"般地，用上述"扬旗、结彩"的方式，来为自己心爱的男主人贾宝玉（实即曹雪芹）过生日时的大场面！

同样，作者"假语存"——"至次日乃是四月二十六日，原来这日未时交芒种节……花神退位"，其想说的"真事隐"便是：宝玉生日那天"四月二十六日……这日未时"，天上花王退位下凡、而人间花王降世诞生，所以这个"未时"便是贾宝玉也即曹雪芹的出生时辰，笔者《红楼时间人物谜案》"第三章、第三节、一、（一）、（5）"有详考。

奇怪的是，黛玉没来参加这一盛会，宝钗于是由逶迤之路前往潇湘馆【H】探望黛玉，可见园中路径没有一条笔直（除少量直的"辇道"外）。这时远远望见宝玉进了潇湘馆【H】，宝钗便往回走而不愿到潇湘馆去了。宝钗忽然看到一双大蝴蝶，便想扑来玩耍。这双蝴蝶引宝钗上了池塘【C3】中的滴翠亭【D3】，听到了亭子中红玉与坠儿说的悄悄话。

宝玉从怡红院【N1】往潇湘馆【H】，必须要经过沁芳亭桥【F】，是自南往北而来；宝钗前往潇湘馆【H】，自然是在湖北岸自西往东行走。宝钗因见宝玉入了潇湘馆而决定返回，自然是由东往西行走。这时她被一双蝴蝶引到池中的"滴翠亭"上【D3】。批语"原是无可无不可"是说：蝴蝶这一情节，不过是作者曹雪芹为了引宝钗走上"滴翠亭"偷听到小红与贾芸风流公案而写的引子罢了。这一情节貌似闲文，其实作者笔下没有一笔闲文，都有其用意在内，其用意便是以芸二爷与林红玉私赠手帕，来作为宝二爷与林黛玉私赠手帕的引子（笔者《后四十回完璧归曹》"第二章、第三节、三"有论）。

书中写蝴蝶"将欲过河去了，倒引的宝钗蹑手蹑脚的，一直跟到池中滴翠亭上"，"过河"两字可证所谓的"池中"显然不指"沁芳池"之湖【B3】，而当指"沁芳溪"之河【Z2】。"池"指"池塘"，既可指河，也可指湖，此处是指河；而且据下文所考，此亭更当在河旁的小池塘【C3】中，唯有这样，方能不妨碍元妃省亲时座船的通航①。

此节文字交代清楚此亭子的形制是四面都有"游廊曲桥"连通河岸。可证此亭子有四面，当呈"◇"状（即呈菱形模样，既有可能是平行四边形的菱形，也有可能就是正方形沿对角线方向竖起来的四方菱形），位于小池塘【C3】中央，四面引出曲桥，桥上有走廊，属于"廊桥"形制，曲曲折折地连到小池塘的岸边，共有四条廊桥。由于其廊贴近水面，不便行舟，而元妃省亲时，座船从此"蓼汀花溆"之河【T】【Z2】入萝港石洞【S】，故此亭肯定不能造在河中

---

① 因为此亭四面有廊桥接岸，其桥肯定不高，其若建在"蓼汀花溆"这条沁芳溪【T】【Z2】中，元妃座船便通不过了。

央，而当造在"蓼汀花溆"河【T】【Z2】旁边的某个小池塘【C3】中。

此亭四面是纸糊的格子扇，可以关闭，比较私密，故红玉与坠儿要在这儿说那见不得人的话，说毕还要推窗看看是否有人偷听。这时，宝钗故意装作与黛玉玩"捉迷藏"时刚好走上亭来的模样，以此来表明自己并未听到两人刚才所说的话。宝钗当着她们的面说："黛玉一定去钻那假山洞【S】了"，说着便往前去找。

宝钗对红玉说她原本在河西岸（"河那边"），看到黛玉在岸边。由于园中之路皆蜿蜒曲折，则园中之河亦当蜿蜒曲折，黛玉当是沿此蜿蜒之河"朝东一绕"而消失。宝钗说她如果没在这亭上，一定是往假山洞（即"萝港石洞"【S】）中去了，可证"滴翠亭"就在"假山石洞"的南口处，洞中流出"沁芳溪"【Z2】（即"蓼汀花溆"【T】）。亭子建在溪边离洞口不远处的一个小池塘【C3】中央）。这个小池塘应当就是本章"第五节、六、（3）"所讨论的、第76回黛玉、湘云联句时所见到的池塘【C3】，其旁有"凹（洼）晶溪馆"【S2】。

按第76回："黛玉指池中黑影与湘云看，……湘云……因弯腰拾了一块小石片向那池中打去，只听打得水响，一个大圆圈将月影荡散复聚者几次"，若是"池"（即大湖"沁芳池"【B3】），则波纹扩散开后便有散无聚，唯有在小河与小池塘中，波浪碰岸返回，才会有散而复聚的现象，由此可见：她们联句处的"池"肯定是"沁芳溪"这条河【Z2】，而非"沁芳池"这座湖【B3】；而且更有可能是"沁芳溪"畔的小池塘【C3】，因为小河河岸直，涟漪返回时不大会聚拢，唯有圆池塘，涟漪撞岸返回时才会散而复聚几次。

这时文官、香菱、司棋、待书等人也上了亭子，红玉便和她们说笑。红玉正好看到凤姐站在山坡【E3】上招手叫她，于是前去听候凤姐差遣。回来时，看到凤姐不在那山坡上，而司棋正好从假山洞【S】中出来，站着系裙子，庚辰本侧批："小点缀。一笑。"司棋当是在假山洞中刚解完手（即小便）。从《红楼梦》的描述来看，凡小解皆可随地，如第71回鸳鸯走到园门前："偏生又要小解，因下了甬路，寻微草处，行至一湖山石后、大桂树阴下来。"而大解需要入茅厕【P3】，见第41回："刘姥姥觉得腹内一阵乱响，忙的拉着一个小丫头，要了两张纸就解衣。众人又是笑，又忙喝她：'这里使不得！'忙命一个婆子带了东北上去了。那婆子指与地方，便乐得走开去歇息。"

红玉忙上前问司棋："琏二奶奶（即凤姐）去哪儿了？"司棋说："没理论"，即没理会，没注意。红玉看到不远处探春、宝钗在池【Z2】边看鱼。上文已言，此处所言的"池"是河非湖，乃"蓼汀花溆"【T】之沁芳溪【Z2】。红玉于是问池边看鱼的探春，探春回答说："在大奶奶李纨处。"于是红玉便往稻香村【J】来。而第17回贾政由稻香村【J】往蘅芜苑【X】来，是走山路到此假山石洞【S】，然后登上假山石洞南口西侧的"山上盘道"【U】来到洞顶而至"蘅芜苑"【X】；上文探春又说凤姐在"大奶奶（李纨）院里"，故知凤姐站在山坡【E3】上，当是从东部的"潇湘馆"【H】等处前往西部"稻香村"【J】的途中，其所站的"山坡"当即假山石洞【S】南口东侧的山坡【E3】。凤姐因看到洞口"滴翠亭"【D3】上的红玉，便招呼她为自己办件差事。

〖我们之所以定凤姐站在石洞口东侧的山坡，而不是贾政上洞顶的洞口西侧的山坡，主要是因为我们前文已经考明："凹晶溪馆"在"蓼汀花溆"【T】【Z2】的东侧而非西侧，滴翠亭【D3】所在的圆形如镜的小池塘【C3】在"凹晶溪馆"门前。凤姐如果是在洞口西侧的山坡，便叫不到洞口东南侧"滴翠亭"上的小红了。凤姐所站的山坡，当即第76回黛玉和湘云"二人便同下了山坡。只一转弯"的"山坡"。按：第76回言黛玉与湘云二人走下"凸碧山庄"【R2】下面的这个山坡，只一转弯，便是"蓼汀花溆"【T】【Z2】，然后沿溪往北，来到此山坡山坳中的"凹晶溪馆"【S2】联诗。而"凹晶溪馆"在"蓼汀花溆"【T】【Z2】的东岸，这便可证明此山坡【E3】在"蓼汀花溆"【T】【Z2】的东岸。由凤姐要到洞西侧的稻香村而站在这洞东侧的山坡【E3】上，可证此山坡可以从石洞东侧的"山上盘道"【U】登上石洞顶，再由石洞顶的东侧走石洞顶南沿走到西侧，再走第17回贾政所走的石洞西侧的"山上盘道"【U】下到石洞西侧的平地上，等于把石洞当作一座桥梁而走过了"蓼汀花溆"【T】【Z2】这条河。然后再走第17回贾政从"稻香村"到"蘅芜苑"所经过的六个植物小品景区之路，来到稻香村。由于下文"第六节、五"末尾引第76回，已论定"蓼港石洞"洞顶南沿其实不可以走人，因此这种走法其实是走不通的，所以凤姐往稻香村的正确走法，应当是由此山坡【E3】下到平地上，走"凹晶溪馆"【S2】、滴翠亭【D3】旁的"蓼汀花溆"【T】【Z2】东岸往南，走"蜂腰桥"【Y2】渡过"蓼汀花溆"【T】【Z2】之河，然后再前往稻香村。〗

上引文字中宝钗口中所说的"山子洞（即假山洞）"、司棋解手的"山洞"，当即"蓼港石洞"【S】。洞中所流之河为"沁芳溪"【Z2】，因落花满溪而得名"蓼汀花溆"【T】。此溪穿大主山山坳中的"蓼港石洞"【S】流到山背后。石洞南口的东西两侧正有山坡【E3】，西侧山坡即第17回贾政登洞顶的"山上盘道"【U】，而东侧山坡即此处凤姐所站立者【E3】。从这石洞南口流出的"蓼汀花溆"【T】【Z2】旁（在东旁），有一个小池塘（据上考，很可能是正圆形）【C3】，池中央便是"滴翠亭"【D3】。

由此可知，"滴翠亭"【D3】当在"蓼港石洞"【S】南口那"蓼汀花溆"【T】将要入洞处东侧的一个圆形小池塘【C3】中。

又本章末尾的"第八节、二、（七）"据乾隆诗序考明：此"滴翠亭"四面的游廊曲桥，在乾隆四十九年（1784）时，只剩下南北两面，东西两面已毁失不存。又据其处之"（八）"据乾隆诗序考明：这剩下的南北两面各有一座桥，其桥是红色木制的虹桥形制。则毁失不存的东西两面的桥也当如此。其桥通过曲折游廊一边与岸相连，一边与亭相连。之所以要在曲折游廊处建起四座虹桥，当是供小型采莲船进入这圆形池塘中游玩时穿行之用，而元妃省亲时所坐的大型座船则不可以进入此圆形池塘中，因为虹桥的拱高不足以通行大型座船。

五、从蘅芜苑到潇湘馆要经过"柳堤、翠樾埭、柳叶渚"

●第 59 回：

一日清晓，宝钗春困已醒，……因命莺儿去取些来。莺儿应了才去时，蕊官便说："我同你去，顺便瞧瞧藕官。"说着，一径同莺儿出了蘅芜苑【X】。

二人你言我语，一面行走，一面说笑，不觉到了柳叶渚【E4】，顺着柳堤【F4】走来。因见柳叶才吐浅碧，丝若垂金，莺儿便笑道："你会拿着柳条儿编东西不会？"蕊官笑道："编什么东西？"莺儿道："什么编不得？顽的、使的都可。等我摘些下来，带着这叶子编个花篮儿，采了各色花放在里头，才是好顽呢。"说着，且不去取硝，且伸手挽翠、披金，采了许多的嫩条，命蕊官拿着。她却一行走、一行编花篮，随路见花便采一二枝，编出一个玲珑过梁的篮子。枝上自有本来翠叶满布①，将花放上，却也别致有趣。喜的蕊官笑道："姐姐，给了我罢。"莺儿道："这一个咱们送林姑娘，回来咱们再多采些，编几个大家顽。"说着，来至潇湘馆【H】中。

黛玉也正晨妆，见了篮子，便笑说："这个新鲜花篮是谁编的？"莺儿笑说："我编了送姑娘顽的。"黛玉接了笑道："怪道人赞你的手巧，这顽意儿却也别致。"一面瞧了，一面便命紫鹃挂在那里。莺儿又问候了薛姨妈，方和黛玉要硝。黛玉忙命紫鹃包了一包，递与莺儿。黛玉又道："我好了，今日要出去逛逛。你回去说与姐姐，不用过来问候妈了，也不敢劳她来瞧我，梳了头同妈都往你那里去②，连饭也端了那里去吃，大家热闹些。"

莺儿答应了出来，便到紫鹃房中找蕊官。只见藕官与蕊官二人正说得高兴，不能相舍，因说："姑娘也去呢，藕官先同我们去等着岂不好？"紫鹃听如此说，便也说道："这话倒是，她这里淘气的也可厌。"一面说，一面便将黛玉的匙、箸③用一块洋巾包了，交与藕官道："你先带了这个去，也算一趟差了。"

藕官接了，笑嘻嘻同她二人出来，一径顺着柳堤【F4】走来。莺儿便又采些柳条，越性坐在山石上编起来，又命蕊官④先送了硝去再来。她二人只顾爱看她编，哪里舍得去。莺儿只顾催说："你们再不去，我也不编了。"藕官便说："我同你去了，再快回来。"二人方去了。

这里莺儿正编，只见何婆的女儿春燕走来，笑问："姐姐编什么呢？"正说着，蕊、藕二人也到了。……一语未了，她姑娘果然拄了拐走来。莺儿、春燕等忙让坐。那婆子见采了许多嫩柳，又见藕官等都采了许多鲜花，心内便不受用；看着莺儿编，又不好说什么，……

---

① 意指：枝上本来就长满原有的绿叶。

② 按第 57 回黛玉认薛姨妈为妈："我明日就认姨妈做娘，姨妈若是弃嫌不认，便是假意疼我了。"第 58 回贾母等家长为老太妃守灵，"托了薛姨妈在园内照管她姊妹丫鬟。薛姨妈只得也挪进园来。……便挪至潇湘馆来和黛玉同房"，即薛姨妈住在潇湘馆。

③ 指吃饭用的筷（箸）与勺子（匙）。

④ 蕊官去，藕官自然是一同去的，故下文言"她二人"、"二人方去了"、"蕊、藕二人也到了"。

【解析】

宝钗命金莺儿去潇湘馆【H】，蕊官同行。两人出了蘅芜苑【X】，来到柳叶渚【E4】，顺着柳堤【F4】走来。可见：蘅芜苑到潇湘馆之间有柳堤，当即第78回所言的"翠樾埭"【V】，其处有池塘名为"柳叶渚"【E4】（而"荇叶渚"【M2】则在藕香榭【K2】东南、秋爽斋【Q2】山崖正下方的"沁芳池"【B3】畔，两者截然不同）。

由上文画直线的部分可知：金莺由蘅芜苑【X】出来后，采了柳条，然后一路上编花篮，到潇湘馆【H】时方才编好，说明柳叶渚与柳堤当在蘅芜苑门口。其若在蘅芜苑与潇湘馆的中段，或在潇湘馆的门口，则肯定不可能边走边编好。（因为全园不大，从蘅芜苑走到潇湘馆的时间只够做一个花篮。）

又由上文画浪线的部分可知：金莺从潇湘馆【H】回来时，在柳堤【F4】又采了柳条，不是边走边编，而是"越性坐在山石上编起来"，暗示快到家门口【X】了，若是边走边编，便来不及在到家之前编好，索性停在路上编好后再回家，以免编织时掉下的枝叶弄脏家里的地。由于怕宝钗、湘云等得着急，金莺便逼蕊官、藕官先回去送了硝再来。

下来金莺与春燕只说了几句话，蕊官、藕官二人便回来了，这也说明柳叶渚【E4】与柳堤【F4】就在蘅芜苑门口【X】。这也都说明：蘅芜苑门口的柳堤便是"翠樾埭"【V】。又由此记载可知：从蘅芜苑【X】沿堤【F4】往西南走到石洞【S】北口的顶上，然后再往东南，走"大主山"东峰的下山之路，来到潇湘馆【H】的整个路程不算很近，可以编只花篮；而采柳条的柳堤【F4】、柳叶渚【E4】、翠樾埭【V】则离蘅芜苑【X】不远。

"沁芳池"大湖向西北分出一枝沁芳溪"蓼汀花溆"【T】。由于流入大主山山坳，两岸多石，故名"石港"【S】。其穿大主山山坳时，形成一个"桃花源"似的"假山水洞"，全由假山石叠成，洞口倒垂薜萝，故称"萝港石洞"。过了洞的溪岸称为"内岸"①，通正殿"大观楼"【Z】之侧（当是大观楼的后侧）。由于有此河溪【T】存在，故由沁芳池【B3】，可以坐船穿"假山水洞"【S】而直达"大观楼"身后【Z】。

坐船自南往北穿过石洞【S】稍往前走，岸西侧有"蘅芜苑"【X】。蘅芜苑与外界之路便是过"折带朱栏板桥"【W】到溪流【Z2】【T】东岸，然后再沿此"沁芳溪"【Z2】【T】东岸的堤路，若是往东北走，便是正殿【Z】；若是沿此"沁芳溪"【Z2】【T】东岸的堤路往西南走，便是石洞北口顶上的东侧，然后再走东南方向的下坡之路通往潇湘馆【H】。

"沁芳溪"【Z2】【T】为大主山【Y】东西两峰所夹，两岸全是树林，以垂柳为主，辅以桃、杏，春天时便有桃、杏的红花来点缀绿荫。"沁芳溪"两岸相当于两道绿柳之堤，这便是第78回所说的"翠樾埭"【V】。樾，音"越"，意为树荫，又指树间隙地；埭，音"代"，意为堤坝，是堵水用的土坝。翠樾，即

---

① 则石洞以南的沁芳池大湖能看到的"蓼汀花溆"便是"外岸"，而石洞以北、被大主山遮挡住的"蓼汀花溆"便称为"内岸"。

"绿荫"，此处指绿柳之荫。"翠樾埭"，顾名思义就是一条树荫浓密的堤堰，当即上文所说的"柳堤"（绿柳之堤）【F4】，因长满绿柳，故河岸那土坡和河岸边的洲渚便称为"柳叶渚"【E4】。金莺采编织用的柳条的地方，是在东埭处的"柳叶渚"、"柳堤"，有路可以通往潇湘馆【H】。即走到石洞【S】北口顶上东侧那不可再往西通行处（下详），便折往东下山，而来"潇湘馆"处【H】。

第78回：宝玉"又见门外的一条翠樾埭【V】上也半日无人来往，不似当日各处房中丫鬟不约而来者络绎不绝"，沁芳溪【Z2】【T】两岸应当都称为"翠樾埭"【V】（即"柳堤"【F4】，下引文字的画线部分便证明了这一点），各房之人当走其东堤而非西堤。

第17回贾政来蘅芜苑时，原本在"萝港石洞"【S】的西侧，由于无船过洞，只得由山上盘道【U】爬至洞顶，"大家攀藤抚树过去。只见水上落花愈多，其水愈清，溶溶荡荡，曲折萦迂。池①【Z2】【T】边两行垂柳【V】【F4】，杂着桃杏，遮天蔽日，真无一些尘土。忽见柳阴【V】中又露出一个折带朱栏板桥【W】来，度过桥去，诸路可通，便见一所清凉瓦舍"，这所"清凉瓦舍"便是蘅芜苑【X】。己卯本在"度过桥去，诸路可通"下夹批："补四字②，细极！不然，后文宝钗来往，则将日日爬山越岭矣。记清此处，则知后文宝玉所行常径，非此处也？"

此"度过桥去，诸路可通"八字，便证明贾政此时尚在桥的西边，要过桥到了东堤方才诸路可通——即：东北通大观楼【Z】，东南通潇湘馆【H】与沁芳亭桥【F】——正是上文所言的"蘅芜苑可通各房而丫环往来不绝"的景象（"门外的一条翠樾埭【V】……当日各处房中丫鬟不约而来者络绎不绝"）。

由贾政从石洞顶的南口走到石洞顶的北口而仍然在石洞顶的"沁芳溪"的西堤，可证贾政上了洞顶后，洞顶东半当耸有山石，故贾政仍然不能由洞顶走到溪东侧，所以他仍然在沁芳溪的西侧；贾政要走到蘅芜苑门口【X】过那"折带朱栏板桥"【W】，方能走到沁芳溪【Z2】【T】的对岸（即东岸）。

而贾政在溪西岸时，得从石洞【S】南口处的山坡走"盘山道"【U】爬上来，可证宝钗如果不过那"折带朱栏板桥"【W】至沁芳溪东岸，则每天便要爬坡【U】出入，即批语所言的"后文宝钗来往，则将日日爬山越岭矣"。所以作者特地交代"蘅芜苑"门口【X】有座"折带朱栏板桥"【W】通到河东岸，然后沿着河东的堤岸往东北便是正殿【Z】，沿着河东的堤岸往西南至石洞北口处再往东南下山，便可至潇湘馆【H】与沁芳亭桥【F】。

蘅芜苑门口【X】有沁芳溪（萝港、蓼汀花溆）【Z2】【T】，其溪两岸的"翠樾埭"【V】是两道绿柳浓荫之堤【F4】（见上引第17回文字的画线部分），走东堤则可以通向平路，故诸人皆从东堤走；走西堤则通向山路，即贾政走"盘山道"【U】上来之路。第27回凤姐要到稻香村【J】，站的不是贾政爬山上来的洞口西侧的"盘山道"处的山坡，而是洞口东侧处的山坡【E3】，她在这儿

----

① 正如上文所讨论，此处所谓的"池"是指"沁芳溪"之河而非"沁芳池"之湖。
② 指作者特意补明"诸路可通"这四字。

招呼小红为其办事后，当往南下坡至平地，沿沁芳溪【Z2】【T】南行，走蜂腰桥【Y2】过沁芳溪【Z2】【T】，从平地上来到稻香村【J】，并未走第17回贾政来时所走的山路。

又：石洞【S】顶东半侧有山石阻拦而不可通行，石洞北口的东半侧往上便是大主山【Y】的东峰，其上有"凸碧山庄"【R2】，此东峰下面的石洞南口处的平地上，便是"凸碧山庄"的退步"凹晶溪馆"【S2】。①

● **第78回宝玉出后角门到晴雯家想祭晴雯而扑空，于是来"蘅芜苑"：**

　　宝玉……想毕忙至房中，又另穿戴了，只说去看黛玉，遂一人出园来，往前次之处去，意为停柩在内。谁知她哥嫂见她一咽气便回了进去，希图早些得几两发送例银。王夫人闻知，便命赏了十两烧埋银子。又命："即刻送到外头焚化了罢。女儿痨死的，断不可留！"她哥嫂听了这话，一面得银，一面就雇了人来入殓，抬往城外"化人场"②上去了。剩的衣履、簪环，约有三四百金之数，她兄嫂自收了为后日之计。二人将门锁上，一同送殡去未回。宝玉走来，扑了个空。

　　宝玉自立了半天，别无法儿，只得复身进入园中。待回至房中，甚觉无味，因乃顺路来找黛玉【H】。偏黛玉不在房中，问其何往，丫鬟们回说："往宝姑娘那里去了。"宝玉又至蘅芜苑【X】中，只见寂静无人，房内搬的空空落落的，不觉吃一大惊。

　　忽见个老婆子走来，宝玉忙问这是什么原故。老婆子道："宝姑娘出去了。这里交我们看着，还没有搬清楚。我们帮着送了些东西去，这也就完了。你老人家请出去罢，让我们扫扫灰尘也好，从此你老人家省跑这一处的腿子了。"宝玉听了，怔了半天，因看着那院中的香藤、异蔓，仍是翠翠青青，忽比昨日好似改作③凄凉了一般，更又添了伤感。

　　默默出来，又见门外的一条翠樾埭【V】上也半日无人来往，不似当日各处房中丫鬟不约而来者络绎不绝。又俯身看那埭【V】下之水●【Z2】【T】，仍是溶溶脉脉的流将过去。心下因想："天地间竟有这样无情的事！"悲感一番。

　　忽又想到去了司棋、入画、芳官等五个；死了晴雯；今又去了宝钗等一处；迎春虽尚未去，然连日也不见回来，且接连有媒人来求亲④：大约园中之人不久都要散的了。纵生烦恼，也无济于事。不如还是找黛玉去相伴一日，回来还是和袭人厮混，只这两三个人，只怕还是同死同归的。⑤想毕，

---

① 石洞北口往北有"折带朱栏板桥"，石洞南口往南有"蜂腰桥"；石洞北口的西岸为"蘅芜苑"，东岸下山可通"潇湘馆"；石洞南口东岸的平地上是"凹晶溪馆"；石洞南口与北口的洞顶东半侧为山峦挡住而不通行，其西半侧则可通行。

② 化人场，古代的火葬场。

③ 改作，变得。

④ 指迎春住在贾赦处，等候媒人来求亲。

⑤ 其实宝玉没料到的是：黛玉与己无缘，而袭人又命中是蒋玉菡之妻，而自己又出家，可见人间之事都难预料，这便是第5回王熙凤命运之曲《聪明累》所唱的："叹人世，终难定。"

仍往潇湘馆【H】来,偏黛玉尚未回来。宝玉想亦当出去候送才是,无奈不忍悲感①,还是不去的是,遂又垂头丧气的回来【N1】。

【解析】

宝玉去探望晴雯必定要走大观园的后门【J3】。大观园的后门【J3】在园西北角,宝玉前往此后门【J3】而借口说是去看黛玉,可证从"怡红院"【N1】到黛玉处【H】和到后门【J3】一样,都要经过"沁芳亭桥"【F】。

宝玉出大观园后门【J3】探望晴雯扑了个空,来潇湘馆【H】探望黛玉而黛玉又不在,于是来到蘅芜苑【X】,看到宝钗又人去房空,倍增伤感。又见院门外那条翠樾埭【V】,往昔各房丫环往来不绝,如今半天也没个人影走过。此路便是第17回所言的"忽见柳阴中【V】【F4】【E4】又露出一个折带朱栏板桥【W】来,度过桥去,诸路可通"者是也,其句己卯本夹批言:"补""诸路可通""四字,细极!否则宝钗来往,将日日爬山越岭。"由此可知,此"翠樾埭"【V】的东堤(而非西堤)便是宝钗日常出入的要道。也即上引第59回从"蘅芜苑"【X】到"潇湘馆"【H】所要经过的"柳堤【F4】、柳叶渚【E4】"是也。

具体而言:

①此埭东侧之堤沿"蓼汀花溆"【T】这条沁芳溪【Z2】往西南走到石洞北口处的顶上,便要折往东南而通潇湘馆【H】,进而可到"沁芳池"【B3】北的湖岸,此时沿湖岸再往西,便可到稻香村【J】、腰门【C4】而可出园;或沿湖岸往东而至正殿大观楼【Z】面前;或往南走上穿湖而过的沁芳亭桥【F】,到达湖南岸的"怡红院"【N1】或"秋爽斋"【Q2】。

②此埭东侧之堤沿"蓼汀花溆"【T】这条沁芳溪【Z2】往东北走,可通正殿"大观楼"【Z】的背后;再往南,出大观楼门前,转过一小坡(即枕翠庵下障景用的山坡【S3】),便又可到"沁芳亭桥"【F】而达湖之南。

③此埭西侧之堤,则可由盘山石道【U】登上"大主山"西峰,或登上"大主山"东、西两峰间的"萝港石洞"【S】,沿洞顶西侧而向南,走过石洞顶,来到石洞南口处(由于石洞顶东侧有山石相阻,故只可走西侧),再由盘山石道【U】走下石洞南口的西侧山崖而来到平地,再往南走到沁芳池【B3】湖岸,这便是脂砚斋所谓的"否则宝钗来往将日日爬山越岭"之路。即:如果没有"折带朱栏板桥"【W】自西往东跨过沁芳溪之河【Z2】【T】而来到东埭【V】(东堤【F4】)的话,则宝钗的"蘅芜苑"【X】由于是在桥西的西埭【V】(西堤【F4】),宝钗便要天天爬山越洞。这可以证明两点:一是"蘅芜苑"【X】真的是在西埭而非东埭。因为:其若在东埭,则过桥至西埭皆是山路,无平地可到;唯有在西埭,其过桥至东埭而可通平地。二是出"蘅芜苑"【X】,当过此"折带朱栏板桥"【W】至东埭,方可到潇湘馆【H】处的平地;众人从大路来"蘅芜苑"【X】,亦当走东埭【V】过"折带朱栏板桥"【W】而至"蘅芜苑"【X】。

又:宝玉去蘅芜苑【X】而得知宝钗才搬走,即打扫的老婆子说"还没有搬清楚",则黛玉去蘅芜苑【X】当是送宝钗搬家。宝玉来到蘅芜苑【X】并未

---

① 估计自己受不了那种悲伤,故未去薛姨妈家送宝钗。

碰到送行的黛玉,则黛玉当是见宝钗不在蘅芜苑【X】,而特意前往薛姨妈家【R4】追送宝钗。

六、贾芸种松处在园东北部的大主山上,从怡红院往潇湘馆要经过"翠烟桥"

●第23回:

　　贾琏笑道:"西廊下五嫂子的儿子芸儿来求了我两三遭,(蒙侧:发人一笑。)要个事情管管。我依了,叫他等着。好容易出来这件事,你又夺了去。"凤姐儿笑道:"你放心。园子东北角子上,娘娘说了,还叫多多的种松◆、柏◆树,楼【Z】底下还叫种些花草。等这件事出来,我管保叫芸儿管这件工程。"

【解析】

凤姐说大观园的东北角落处,元妃吩咐还要多种些松柏树,大观楼【Z】底下还要种上些花草。大观园的东北角便是正殿大观楼【Z】,可见:贾芸种松柏的地方,便是在大观楼周围的平地上、以及大观楼背后的"大主山"山脉上;而贾芸种花草的地方,则是在大观楼周围的平地上。

●第24回:

　　二人你一句、我一句,正闹着,只见有个老嬷嬷进来传凤姐的话说:"明日有人带花儿匠来种树,叫你们严禁些,衣服裙子别混晒混晾的。那土山上一溜都拦着帏幕呢,可别混跑。"秋纹便问:(庚侧:用秋纹问,是暗透之法。)"明儿不知是谁带进匠人来监工?"那婆子道:"说什么后廊上的芸哥儿。"

【解析】

老嬷嬷传凤姐的话:"明日贾芸带花匠来种树,衣服和裙子别乱晒,那土山(当指'大主山')上一溜都拦着帏幕。"由于上引第23回凤姐说是在园子东北角种树、种花草,显然是指正殿大观楼【Z】周围及其背后的土山余脉。

　　这条记载的意义,还在于点明"(大)主山"就是"(大)土山"【Y】。

●第25回红玉从怡红院往潇湘馆,证明"翠烟桥"当在怡红院门口:

　　袭人笑道:"你到林姑娘那里去,把她们的喷壶借来使使,我们的还没有收拾了来呢。"红玉答应了,便走出【N1】来往潇湘馆【H】去。正走上翠烟桥【W2】,抬头一望,只见山坡【X2】上高处都是拦着帏幕,方想起今儿有匠役在里头种树。因转身一望,只见那边远远一簇人在那里掘土,贾芸正坐在那山子石上。红玉待要过去,又不敢过去,只得闷闷的向潇湘馆【H】取了喷壶回来,无精打彩自向房内倒着。

【解析】

袭人命令红玉到潇湘馆【H】取喷壶(浇花用的洒水壶),红玉便出了怡红院【N1】往潇湘馆【H】去，正走上翠烟桥【W2】，抬头望见山坡【X2】上的高处都拦着帏幕，转身一望，只见那边远远一簇人在掘土，贾芸正坐在山子石（即假山石，"山子"即"假山"）上。红玉想过去又不敢，只得闷闷不乐地到潇湘馆【H】取了喷壶回来，无精打采地独自一人在房内躺着。（此写出小女子情窦初开而相思之状。）

从怡红院【N1】到潇湘馆【H】经过"翠烟桥"【W2】，此翠烟桥究竟是在怡红院附近，还是在潇湘馆附近？即：此翠烟桥是在沁芳亭【F】桥南，还是桥北？

今按第 17 回贾政至潇湘馆，见："后院墙下忽开一隙，得泉一派，开沟仅尺许，灌入墙内，绕阶缘屋至前院，盘旋竹下而出。"其处之沟仅宽尺许，用不着架桥便能跨过，放上一块大石便可供女子们行走。

而第 17 回贾政游怡红院【N1】，见后院有一带清溪【P1】，问水从何来时，贾珍道："原从那闸【B1】起流至那洞口【S】，从东北山坳里引到那村庄【J】里；又开一道岔口【U1】，引到西南上，共总流到这里，仍旧合在一处，（庚侧：于怡红院【N1】总一园之水，是书中大立意。）从那墙下【W1】出去。"其虽从源头【B1】讲起，但图中"大观园"中心是个大湖【B3】，全园如果再有小溪环绕岂非多事？此当是指：源头"沁芳闸"处【B1】之水汇成中心大湖【B3】，再由此中心大湖【B3】往北分出一枝"蓼汀花溆"【T】【Z2】，入"萝港石洞"【S】后一直流到东北山坳里，也即流到正殿大观楼【Z】的背后；同时又从"萝港石洞"【S】南口分出一枝流到稻香村【J】。

然后，此大湖【B3】的正南岸又开出一岔【U1】，引入怡红院【N1】的西南角（即怡红院的后院），然后从大观园的东南角【W1】的园墙下流出大观园。总之，怡红院【N1】背后（即南侧）的"清溪一带"【P1】，当从中心大湖【B3】分出。第 18 回元妃省亲时，当由此怡红院背后（即南侧）的清溪【P1】入湖【B3】，其言："忽又见执拂太监跪请登身。贾妃乃下舆。只见清流一带【P1】，势若游龙，……已而入一石港【S】，港上一面匾灯，明现着'蓼汀花溆'四字【T】【Z2】"，而蓼汀花溆【T】【Z2】这一石港【S】已在湖对岸，可见元妃是由怡红院【N1】后的"清溪"【P1】入了大湖【B3】而至湖对岸，则此清溪当从怡红院【N1】旁【U1】往北流。〖由元妃此趟行船，便可知晓"怡红院"背后的清溪肯定要有通道连通园中心的大湖"沁芳池"，这便证实本书"第一章、第四节、四"所讨论的：彩图之"[7]"处的房屋山墙与怡红院院墙之间当有条水路【U1】的合理性。因为从彩图上看，怡红院【N1】两侧都连成片，没有缝隙，唯独此【U1】也即"[7]"处有个豁口可以通水道。〗

由于第 31 回史湘云自西往东入怡红院【N1】，居然没有先到北门，而是先到东侧的蔷薇花架【O1】，可证：怡红院北墙、西墙、南墙三面环水，只有东墙的蔷薇花架【O1】北侧连通一堤，由此堤连至沁芳桥【F】。具体格局详本章"第三节、二、（2）"的《怡红院构想图》（见书首"图 A1"）。

元妃座船入"沁芳池"【B3】当从"怡红院"西墙外【U1】走,"怡红院"西侧之河通"沁芳池"大湖【B3】处,必定建有高耸的石拱桥:若无此桥,则怡红院与沁芳亭桥之间,便被此河隔开而无法出行;此桥若不高,则元妃的座船又无法通行。这座高桥应当就是"翠烟桥"【W2】。

顾名思义,这座"翠烟桥"当建在绿柳荫("翠烟")中。红玉是在春天贾芸种树之际一路行来。春天,堤上柳树抽枝长叶,因有柳荫遮挡,便看不到对岸之山,唯有上了这座高桥,方能没有柳荫遮挡,从而能够抬头望见对岸的大主山【Y】【X2】。(按:其桥为石拱桥,上了桥顶,必定高过柳荫。)

怡红院的院门开在北院墙上。"怡红院"北的大门打开时,当也只能望见门外绕院而行的"翠堤"上的柳荫与湖对岸的"大土山"之巅,看不见山腰所遮的帷幕。上引第24回"那土山上一溜都都拦着帷幕呢",显非山顶而是山腰和山麓围着帷幕。

如果这翠烟桥【W2】在湖的北岸,则红玉上"沁芳亭桥"【F】时,便当看见土山【Y】【X2】上有帷幕遮住。今在翠烟桥【W2】处便能看到帷幕,可证翠烟桥必在上"沁芳亭桥"【F】之前,也即此桥在湖的南岸,此桥是"怡红院"走上"沁芳亭桥"所必经的一座高背石拱桥,可通行元妃三四米高的座船。

所以说,翠烟桥【W2】当在怡红院门口【N1】、而非潇湘馆门口【H】。红玉"待要过去,又不敢过去",并不是指山【Y】在桥的面前(即:并不是指翠烟桥在潇湘馆的门口),而是红玉心中打算要过了"沁芳亭桥"【F】往大观楼【Z】处贾芸种松的"山子石"(假山石)处【X2】走,但又不敢。

七、从"怡红院"到"蘅芜苑"要经过"折带朱栏板桥"而非"蜂腰桥"

(1)第17回脂批提及"蜂腰板桥"不在"蘅芜苑"门口而在"芦雪广"处:

> 忽见柳阴中又露出一个"折带朱栏板桥"【W】来,(己夹:此处才见一"朱"、"粉"字样;绿柳、红桥,此等点缀亦不可少。后文写芦雪广【P2】则曰"蜂腰板桥"【Y2】,都施之得宜,非一幅死稿也。)度过桥去,诸路可通,便见一所清凉瓦舍,一色水磨砖墙,清瓦花堵【X】,那大主山【Y】所分之脉,皆穿墙而过。

【解析】

贾政这批人看到的"清凉瓦舍"就是蘅芜苑【X】,则蘅芜苑门口实为"折带朱栏板桥"【W】,而不是"蜂腰桥"【Y2】。己卯本夹批:"后文写芦雪广【P2】则曰'蜂腰板桥'",可见"蜂腰桥"【Y2】不在蘅芜苑【X】处,而在芦雪庵【P2】[①]附近。此脂批点明"蜂腰桥"同"折带朱栏板桥"一样,是板桥,只不过后者是呈"折带状(即曲尺状)"的板桥,而前者是呈"蜂腰状"的板桥。

---

① 按:"芦雪广"即"芦雪庵",两者皆可,本书讨论时常混写不分。

（2）第49回言明"蜂腰板桥"在"芦雪广"处：

> 到了次日一早，宝玉因心里记挂着这事，一夜没好生得睡，天亮了就爬起来。……忙的往芦雪广【P2】来。出了院门，四顾一望，并无二色，远远的是青松、翠竹【Y】【X2】，自己却如装在玻璃盒内一般。于是走至山坡【S3】之下，顺着山脚刚转过去，已闻得一股寒香拂鼻。回头一看，恰是妙玉门前"栊翠庵"【O3】中有十数株红梅，如胭脂一般，映着雪色，分外显得精神，好不有趣！宝玉便立住，细细的赏玩一回方走。只见"蜂腰板桥"【Y2】上一个人打着伞走来，是李纨打发了请凤姐儿去的人。宝玉来至芦雪广【P2】，只见丫鬟婆子正在那里扫雪开径。原来这芦雪广盖在傍山临水河滩【T3】之上。

【解析】

此虽未明言"蜂腰板桥"【Y2】就在芦雪庵【P2】处，但当在"芦雪庵"附近。"蘅芜苑"【X】在大主山【Y】西峰的南麓，"芦雪庵"【P2】建在河滩【T3】上，两者相去颇远，故知当如上引第17回己卯本夹批所言——蜂腰板桥在芦雪庵处而不在蘅芜苑——蘅芜苑处的桥是折带朱栏板桥【W】而不是蜂腰桥。

此蜂腰桥【Y2】呈"8"字状（按：蜂腰状即"8"字状），而折带朱栏板桥是曲尺状，这都是大观园中用几何形状构思的、造型别致的板桥式样的桥梁。

此是宝玉一大早从"怡红院"【N1】过了"沁芳亭桥"【F】北塊，在"栊翠庵"【O3】的山下【S3】往西眺望，看到"蜂腰板桥"【Y2】上有人迎面走来，是李纨叫人去"凤姐院"【O4】请凤姐。

此人是从芦雪庵【P2】出来，可证李纨正在芦雪庵指挥下人扫雪开路，然后又派人去叫凤姐"到时候一定要前来参加"！此"蜂腰板桥"上的人绝对不可能是叫过凤姐后回来回报李纨的，而当是正前往凤姐处，因为上文写明她"是李纨打发了请凤姐儿去的人"。宝玉到芦雪庵没看到李纨，当是宝玉到芦雪庵时，李纨前脚刚回稻香村【J】去了。而李纨回去时也应经过"蜂腰板桥"，之所以没被宝玉看到，疑是大观园遮景做得好，宝玉正好走在看不到"蜂腰板桥"的路上。

当然，宝玉到芦雪庵没看到李纨，也有可能是李纨吩咐大家扫雪并通知凤姐前来后马上就走了，受命通知凤姐的人，是在李纨走后乃至扫完雪后，方才去通知。

"凤姐院"【O4】在"芦雪庵"【P2】西，宝玉站在"沁芳亭桥"【F】北塊遥望，是在"芦雪庵"东，则李纨派去请凤姐的人，怎么可能面朝宝玉迎面走来？宝玉看到的应当是其背影才对。唯一合理的解释便是"蜂腰桥"往西走时，会有一小段路要往东走，正好被宝玉看到，作者借此透露出"蜂腰板桥"的特殊形制来。

今按：芦雪庵【P2】所在的"傍山临水"的河滩【T3】当即"蓼汀花溆"【T】的河岸。而"蓼汀花溆"是可以通座船的大河港，其河直通"萝港石洞"【S】，等于阻隔了园西北的交通，河上必定要建桥：一座便是石洞【S】北、蘅芜苑【X】门口（当为东侧）的"折带朱栏板桥"【W】，另一座便是石洞【S】南、芦雪庵【P2】旁（当为西侧）的"蜂腰板桥"【Y2】。

有人会问：下一节言"沁芳亭桥"【F】北段的桥板贴近水面，只可通行采莲船，不可通行元妃的座船，何以"蘅芜苑"门口【X】的这座小小的"折带朱栏板桥"【W】能通行大型座船？（按：第18回载明：元妃座船过此桥而至大观楼【Z】背后下船。）因为蘅芜苑【X】建在半山【Y】上，所以这座"折带朱栏板桥"【W】便是架在半山坡上的桥，高出水面很多，所以能通行座船。

而石洞南、芦雪庵处的"蜂腰板桥"【Y2】，元妃座船由"蓼汀花溆"【T】入石洞【S】时，肯定要从此桥【Y2】下通过，则此桥距水面也当很高。虽然这儿写芦雪庵【P2】"傍山临水"好像建在半坡之上，但它肯定建在河滩【T3】上，并未建在半坡上，只不过背后不远处有坡罢了，所以这座"蜂腰板桥"当是平地建起的高架桥，完全靠人为来抬高。

芦雪庵【P2】当在"蓼汀花溆"【T】这条沁芳溪【Z2】的东岸、而不可能是西岸；若在西岸，则由芦雪庵【P2】至凤姐院【O4】便不用过桥了。

而芦雪庵往西过桥居然要往东迂回一下，一种可能便是"蓼汀花溆"【T】【Z2】呈⌣状自北向南入湖，"芦雪庵"位于左半圆圆心处，桥东西向建在⌣状的正中央，从芦雪庵至对岸是由西往东过河，到对岸后，再向西出园门【C4】前往凤姐院【O4】。但芦雪庵临近"蓼汀花溆"这条河【T】【Z2】的入湖【B3】口，湖口大河的河形不可能如此曲折迂回，而且这样的桥也不用设计成"8"字形，做成普通的"直板桥"即可。

所以更有可能是下面这种情况，即："蓼汀花溆"这条河【T】【Z2】仍然像普通河那样自北往南直线入湖【B3】，而此"蜂腰板桥"【Y2】呈"∽"状，芦雪庵在其东，上桥后得先顺时针向东走、然后再往西行；那前往"凤姐院"送信之人往东走时，正好被宝玉看到。

为什么要把桥造成这种"∽"状的几何形状呢？便是因为：这座桥为了通行座船必须往高里造，上桥的引桥势必会很长，为了节约园内有限的空间，于是便造成旋转楼梯的模样，这便形成了"蜂腰"状的"8"字格局。详见本章"第五节、五"的《"蓼汀花溆"构想图》。

●第 26 回：

　　且说近日宝玉病的时节，贾芸带着家下小厮坐更看守，昼夜在这里，那红玉同众丫鬟也在这里守着宝玉，彼此相见多日，都渐渐混熟了。那红玉见贾芸手里拿的手帕子，倒像是自己从前掉的，待要问他，又不好问的。不料那和尚、道士来过，用不着一切男人，贾芸仍种树去了。……

　　红玉便赌气把那样子掷在一边，向抽屉内找笔，找了半天都是秃了的，因说道："前儿一枝新笔，放在哪里了？怎么一时想不起来？"一面说着，一面出神，想了一会方笑道："是了，前儿晚上莺儿拿了去了。"便向佳蕙道："你替我取了来。"佳蕙道："花大姐姐还等着我替她抬箱子呢，你自己取去罢。"红玉道："她等着你，你还坐着闲打牙儿？我不叫你取去，她也不等着你了。坏透了的小蹄子！"说着，自己便出房来，出了怡红院【N1】，一径往宝钗院【X】内来。（庚侧：曲折再四，方逼出正文来。）

　　刚至沁芳亭畔【F】，只见宝玉的奶娘李嬷嬷从那边走来。（甲侧：奇文，真令人不得机关。）红玉立住笑问道："李奶奶，你老人家哪去了？怎打这里来？"李嬷嬷站住，将手一拍道："你说说，好好的又看上了（甲侧：囵囵不解语。）那个种树的什么云哥儿、雨哥儿的，（甲侧：奇文、神文。）这会子逼着我叫了他来。明儿叫上房①【N4】里听见，可又是不好。"（甲侧：更不解。）红玉笑道："你老人家当真的就依了他去叫了？"（甲侧：是遂心语。）李嬷嬷道："可怎么样呢？"（甲侧：妙！的是老妪口气。）红玉笑道："那一个要是知道好歹，（甲侧：更不解。）就回'不进来'才是。"（甲夹：是私心语，神妙！）李嬷嬷道："他又不痴，为什么不进来？"红玉道："既是进来，你老人家该同他一齐来，回来叫他一个人乱碰，可是不好呢。"（甲夹：总是私心语，要直问又不敢，只用这等语慢慢的套出。有神理。）李嬷嬷道："我有那样工夫和他走？②不过告诉了他，回来打发个小丫头子或是老婆子，带进他来就完了。"说着，挂着拐杖一径去了。红玉听说，便站着出神，且不去取笔。（甲夹：总是不言神情，另出花样。）

　　一时，只见一个小丫头子跑来，见红玉站在那里，便问道："林姐姐，你在这里作什么呢？"红玉抬头见是小丫头子坠儿。（甲夹：坠儿者，赘也。人生天地间已是赘疣，况又生许多冤情孽债。叹叹！）红玉道："哪去？"坠儿道："叫我带进芸二爷来。"（庚侧：等的是这句话。）说着一径跑了。这里红玉刚走至蜂腰桥【Y2】门前，只见那边坠儿引着贾芸来了。（甲夹：妙！不说红玉不走，亦不说走，只说"刚走到"三字，可知红玉有私心矣。若说出必定不走、必定走，则文字死板，且亦棱角过露，非写女儿之笔也。）贾芸一面走，一面拿眼把红玉一溜；那红玉只装着和坠儿说话，也把眼去一溜贾芸：四目恰相对时，红玉不觉脸红了，（甲夹：看官至此，须掩卷细想上三十回中篇篇句句点"红"字处，可与此处想如何？）扭身往蘅芜苑【X】去了。不在话下。

　　这里贾芸随着坠儿，逶迤来至怡红院【N1】中。……出了怡红院【N1】，贾芸见四顾无人，便把脚慢慢停着些走，口里一长一短和坠儿说话，先问她"几岁了？名字叫什么？你父母在那一行上？在宝叔房内几年了？（甲

---

① 指王夫人上房【N4】，可证王夫人耳目甚多，时时都在监控"怡红院"中的宝玉，即第77回王夫人亲自来"怡红院"撵晴雯、四儿、芳官时，冷笑着对四儿（当即佳蕙）说："这也是个不怕臊的。她背地里说的：'同日生日就是夫妻'，这可是你说的？打量我隔的远，都不知道呢。可知道：我身子虽不大来，我的心耳神意时时都在这里！难道我通共一个宝玉，就白放心凭你们勾引坏了不成？"

② 指贾芸手里还有活要忙，一时还走不开，李嬷嬷没工夫等他，所以先回去，叫别人来引路。

侧：渐渐入港。）一个月多少钱？共总宝叔房内有几个女孩子？"那坠儿见
问，便一桩桩的都告诉她了。贾芸又道："才刚那个与你说话的，她可是叫
小红？"坠儿笑道："她倒叫小红。你问她作什么？"贾芸道："方才她问
你什么手帕子，我倒拣了一块。"坠儿听了笑道："她问了我好几遍：'可有
看见她的帕子？'我有那么大工夫管这些事？今儿她又问我，她说我替她
找着了，她还谢我呢。（庚侧：'传'字正文，此处方露。）才在蘅芜苑门口
【X】说的，二爷也听见了，不是我撒谎。好二爷，你既拣了，给我罢。
我看她拿什么谢我。"

【解析】

这是作者笔下所描写的、小女子红玉想与心中暗恋的对象贾芸搭上关系的
极生动的情节。

红玉出了怡红院【N1】，往宝钗的蘅芜苑【X】来找金莺要笔。刚到湖心的
"沁芳亭"畔【F】，便看到宝玉的奶妈李嬷嬷，从桥北的大土山（大主山）【Y】
【X2】那边赶过来。红玉笑着问她："您这是往哪里去的？怎么会从桥北那'大
土山'上下来？"李嬷嬷说："宝玉看上了种树的贾芸，逼我去把他叫来。要是
王夫人听到，又要怪我了。"红玉怕她不愿意叫，或者没去叫，故意笑着问道：
"您当真就去叫了吗？"李嬷嬷说："只好去叫，有什么办法呢？"

红玉听了心头大喜，又怕贾芸现在不来，所以又笑着套李嬷嬷的话，看贾
芸会不会马上来，为何现在没跟来？于是故意说："那个贾芸要是知好歹的话，
便回答'不愿进来'才对。"因为贾芸在园内种树，人虽在园内，但用帐幕围住，
所谓"进来"，是指走出帐幕，到帐幕外的大观园中来。由于大观园是内眷所住，
除宝玉外，没有一个男人（贾兰视作儿童而可例外），所以贾芸带花匠种树要用
帐幕隔离开，现在他这个男人要走出隔离带，进入女眷所住的大观园，自然要
由老嬷嬷带进来方可，否则便是违规而当重重处罚。

李嬷嬷说："他又不痴，为何不来'怡红院'？"红玉大喜，只是奇怪他为
何没跟李妈妈一起来？于是又套李妈妈的话说："既然是要来怡红院，您就应该
同他一起来，万一他一个人在园中冲撞了女眷便不好了。"李嬷嬷说："我哪有
工夫和他一起走？不过通知了他，回来再叫小丫头或老妈子带他进园子便完
了。"说着，挂着拐杖往怡红院去叫小丫头或老妈子来做这趟差事。红玉便站在
"沁芳亭"上等着，其目的就是想和贾芸打个照面（如果现在就去蘅芜苑【X】，
便打不上照面了）。

不一会儿，只见坠儿从怡红院【N1】跑来，红玉早已猜到了八九分，于是
问她："哪儿去？"坠儿道："有人命我带芸二爷进来。"红玉等的就是这句话。
坠儿在前跑，红玉便尾随其后，慢吞吞地往蘅芜苑【X】走来。红玉算好时间，
不紧不慢，走到"蜂腰桥门前"（即桥门口、桥前面的意思）【W】，正好看到坠
儿引着贾芸走过来。

红玉故意装作只和坠儿一个人说话："你可看见我丢的手帕没有？如果找到
了，我重重谢你。"（原文只写红玉装作和坠儿说话，未写说的内容，但下文贾
芸问坠儿时补明了红玉此时所说的话。）红玉说这话时，禁不住偷偷望了贾芸一

眼,贾芸此时也正好在偷看她,两人四目相对,羞得红玉脸都红了,扭身就往蘅芜苑【X】去了。

贾芸随着坠儿,逶迤来到怡红院【N1】中,可见从蘅芜苑【X】到怡红院【N1】的道路曲折迂回,这也说明大观园中没什么直路、大道。

贾芸见完宝玉、走出怡红院【N1】后,便开始套坠儿口中的话。先问坠儿:今年几岁了?再问:叫什么名字?父母在府内何处上班?你在宝玉房内几年了?一个月工资有多少?宝玉房内共有几个女孩子?坠儿全都一一回答了。贾芸这才由"有几个女孩"问起:"刚才那个和你说话的可叫小红?"坠儿笑着说:"是的。"并问:"你问她做什么?"贾芸说:"刚才她问你什么手帕,我倒是捡到了一块。"坠儿高兴地说:"她问过我好几遍了,她问我:可看见过她丢的手帕?我哪有工夫管这事?刚才在蘅芜苑门口【X】她还问我这件事的,并说我要是帮她找到的话,她便要谢我,您刚才也听到的。您既然捡了,给我罢。我想看看她拿什么好东西来谢我。"

原文是言"蜂腰桥【Y2】门前……扭身往蘅芜苑【X】去了……才在蘅芜苑门口【X】说的",据此则蘅芜苑门前是"蜂腰桥"。而据第 17 回言:"忽见柳阴中又露出一个折带朱栏板桥【W】来,(己夹:……后文写芦雪广则曰'蜂腰板桥'。)度过桥去,诸路可通,便见一所清凉瓦舍,一色水磨砖墙,清瓦花堵◆【X】。那大主山【Y】所分之脉,皆穿墙而过。"所见"清凉瓦舍"即蘅芜苑,"大主山"所分之脉穿墙而过,即言其院建在"大主山"西峰的南麓。

坠儿去叫正殿"大观楼"背后"大主山"上种树的贾芸,便由此"蘅芜苑"【X】桥【W】对面的东埭【V】往东,走上贾芸种树的"大观楼"背后的"大主山"东侧余脉【X2】。坠儿叫到贾芸后,也是带他从原路下山,走上"蘅芜苑"【X】对面的东埭【V】。据第 17 回所言,蘅芜苑门口实为"折带朱栏板桥",不是"蜂腰桥",其己卯本夹批又言"后文写芦雪广,则曰'蜂腰板桥'",可见蜂腰桥【Y2】不在蘅芜苑处【X】,而在芦雪庵处【P2】。

本回回目也作"蜂腰桥设言传蜜意",可见作者在正文与回目中,都已把蘅芜苑门口的"折带朱栏板桥"【W】改成了"蜂腰桥"。当是"蜂腰"之音让人联想到"邀蜂惹蝶"之意,所以便把红玉主动联络并勾引贾芸的那座桥的名字起作"蜂腰桥"(谐"蜂邀"之音。正如宁国府中的"逗蜂轩")。总之,蘅芜苑门口的"沁芳溪"【Z2】上是不可能有两座造型迥异之桥的,而且蘅芜苑【X】与芦雪庵【P2】肯定也不会靠在一起,峰腰桥在芦雪庵,不在蘅芜苑,蘅芜苑门口的桥是"折带朱栏板桥"。

小红到蘅芜苑【X】,绝对不可能绕远走石洞【S】南"蓼汀花溆"【T】上的蜂腰板桥【Y2】,而且"蜂腰板桥"也不在蘅芜苑门口。小红只可能走到潇湘馆【H】后,再走翠樾埭【V】东堤,来到蘅芜苑门口"折带朱栏板桥"【W】的东埭。而第 17 回贾政由蘅芜苑过"折带朱栏板桥"【W】至东埭后,沿"沁芳溪"【Z2】走翠樾埭【V】的东堤,来到正殿"大观楼"【Z】的身后。贾芸是在"大观楼"【Z】身后的"大土山"【Y】东侧余脉【X2】上种树,则坠儿带贾芸到怡红院【N1】来，当由"大土山"【Y】东侧余脉【X2】下到正殿"大观楼"【Z】背后，再走上蘅芜苑【X】的翠樾埭【V】东堤，来到蘅芜苑【X】折带朱栏板桥【W】的东塊，然后再由潇湘馆【H】走上沁芳亭桥【F】而来到怡红院【N1】。

小红算好时间，从"沁芳亭"走到"折带朱栏板桥"东塊时，正好碰上贾芸也走到，两人是在"红玉刚走至蜂腰桥【Y2】门前"相遇，"门前"即"门口"也即"面前"之意，可证两人是在蘅芜苑处桥的东塊相遇。作者为了突出"蜂邀"的招惹意（指红玉这朵鲜花在主动招蜂惹蝶，所招惹的蜂蝶便指贾芸），故意在正文中把这座桥的名称由"折带朱栏板桥"改成了"蜂腰桥"，回目亦然。

第17回言"度过桥去，诸路可通，便见一所清凉瓦舍"，而贾政是从桥西往桥东来，似乎过桥后的桥东才是"蘅芜苑"。其实不是的，蘅芜苑在桥西！又此处"这里红玉刚走至蜂腰桥【Y2】门前，……扭身往蘅芜苑【X】去了。""门前"即迎面而来、站在桥门口而面朝东之意，证明她在桥东塊而正要往西过桥，因见贾芸正从东堤走过来，所以又扭身、面朝东与之说话，说完后再扭身、面朝西而过桥入了蘅芜苑。

可惜第17回作者言完"过桥后诸路可通"后再说入蘅芜苑【X】，似乎蘅芜苑在桥之东；此回作者言红玉在桥东入蘅芜苑而不交代其过桥，似乎蘅芜苑也在桥东，其实这都是作者表达时失于交代。第17回贾政在河西，所以是未过桥【W】即入蘅芜苑【X】；此回红玉当在河东，正要过桥【W】入蘅芜苑【X】：总之，蘅芜苑当在"折带朱栏板桥"西。

从典图来看，蘅芜苑【X】也当在彩图两峰的西峰南麓，肯定不在东峰北麓，故蘅芜苑在折带朱栏板桥【W】的西塊乃千真万确的事。由于东埭【V】通山下平路，故出入蘅芜苑【X】皆要过此桥而至东埭；小红也是从东埭而来，所以小红是站在桥东说话，说完后，过此桥【W】而入蘅芜院【X】。

《大观园》一书葛真《大观园平面图的研究》第39页谈到"蜂腰桥"时说："从桥名推想，河流在桥的附近蜿蜒成蜂腰状，宛如北京的什刹前、后海洋"，"什刹海"形似葫芦，也即形似"8"字状、蜂腰状，故葛真先生认为"蜂腰板桥"得名于此桥架在蜂腰状小池塘上的缘故。

但"折带朱栏板桥"之"折带"是言桥的形状，则"蜂腰板桥"的"蜂腰"两字也当言桥的形状，而不应当言河的形状。况且其未言"蜂腰河桥"或"蜂腰河板桥"，足证"蜂腰"两字不当是河的形状，而当是板桥的形状。

其文第39页又言："关于这桥，在原著上有一处异文。第26回先说红玉在蜂腰桥门前假装和坠儿说话，却和贾芸眉目传情，然后一扭身去蘅芜苑了。地点是在蜂腰桥门前。但是同一回稍后，坠儿转告贾芸说：'她说我替她找着了她还谢我呢，才在蘅芜苑门口说的，二爷也听见了。'设言传心事的地点改成'蘅芜苑门口'，有矛盾。欲解决此矛盾，可把桥设在苑附近，然而蘅芜苑附近已有了折带朱栏板桥了，布置上有困难。或者，可设想文字有误。杨继振本第26回的回目为'蘅芜苑设言传蜜语'，文中红玉传心事的地点，也是'刚走至蘅芜苑门前'，就与蜂腰桥无涉了。"

今按此回甲戌本回目作"蜂腰桥设言传蜜意"，舒序本回目作"蜂腰桥目送传蜜语"，庚辰本、戚序本、蒙王府本、甲辰本、程甲乙本回目作"蜂腰桥设言传心事"，以上诸本内文皆作"这里红玉刚走至蜂腰桥【Y2】门前"。而梦稿本即杨继振本回目作"蘅芜苑设言传蜜语"，列藏本回目作"蘅芜苑设言传密语"，内文皆作："这里红玉刚走至蘅芜苑【X】门前"。

首先我们可以确定，蜂腰桥肯定不在蘅芜苑门前，而且从怡红院【N1】到蘅芜苑【X】也不用走到蜂腰桥；蘅芜院门口是折带朱栏板桥【W】，从怡红院到蘅芜苑得过蘅芜苑门前的"折带朱栏板桥"。

其次我们又当明白，曹雪芹为了点明红玉"招蜂惹蝶"意（红玉是朵鲜花，蜂蝶是贾芸），故意把她和贾芸眉目传情（"目送"）、用语言加以勾引（"设言传蜜意"）的桥改成了"蜂腰"之名（谐"蜂邀"之音而有邀蜂惹蝶意）。因为小红说话中有甜蜜意（即甜言蜜语），可以勾来蜂蝶（贾芸），故桥名改成有"蜂"字的"蜂腰"非常应景。之所以这么乱改，便因为读者完全搞不清楚这两座桥的关系，况且其书书名标榜"梦"字，梦中的时间可以颠倒错乱，人物与事件可以张冠李戴[1]，其空间自然也就可以移位错置而不足为怪，桥名自然也就可以张冠李戴。可惜，还是有读者明白两桥不同，而改"蜂腰桥【Y2】门前"为"蘅芜苑【X】门前"，并将回目更改，但这绝对不是曹雪芹所改。

最后在此小结一下：我们怀疑曹雪芹原定此回回目为"蜂腰桥目送传密语"，指秘密之语、暗号。后来改成"甜言蜜语"之"蜜语"而作"蜂腰桥目送传蜜语"。后来又为了扣"蜂"字而改"蜜意"，因蜜意必需用嘴来说、而非用眼来送，所以又改成"蜂腰桥设言传蜜意"。所说之话下文坠儿口中有交代，并无蜜意在内，故又改成"蜂腰桥设言传心事"，以上当皆是作者所改。后人又因此语是在折带朱栏板桥所说，并非是在蜂腰桥所说，于是又在"蜂腰桥设言传蜜意"阶段的本子上改为"蘅芜苑设言传蜜语（密语）"。

总之，经过这番讨论，我们便可明白一点："蜂腰桥"肯定不在蘅芜苑门前，蘅芜院门口只有"折带朱栏板桥"这一座桥。作者第 26 回正文与回目，改蘅芜院门口的"折带朱栏板桥"为"蜂腰桥"，取意于小红在此目送秋波，口宣包含浓情蜜意的秘密之语，旨在邀蜂惹蝶（即勾引贾芸），所以作者也就凑趣而应景地把小红做这件事的那座桥，像梦境般"张冠李戴"地称作"蜂腰桥"。作者如此乱改，表面看上去有"罔顾事实、欺读者看不到空间原型图"之嫌，其实正体现出全书的"梦幻"旨趣。即：其书书名标榜"梦"字，梦中的人物、桥梁等名称皆可以"张冠李戴"，不足为怪。

正如第 15 回王熙凤明明是在"水月庵（馒头庵）"受贿干涉张金哥婚事，而作者拟回目时，为了不与下半回回目"秦鲸卿得趣馒头庵"的"馒头庵"三字重复，硬是把上半回回目拟成了"王熙凤弄权铁槛寺"。即把"王熙凤弄权水月庵"硬给张冠李戴成了"铁槛寺"，与此"折带朱栏板桥"张冠李戴为"蜂腰桥"堪称是一对绝配。

---

[1] 即：此人之事可以给彼人，彼人之事可以给另外之人。

八、"沁芳闸"处"埋花冢"

沁芳闸是全园引水口，研究者历来都据第16回规划大观园时贾琏所说的："会芳园本是从北角墙下引来一股活水，今亦无烦再引"，定"沁芳闸"当在大观园的东北角，这其实是个大误会。

因为本章第三节"宁国府"已经考明："会芳园"位于大观园南部，其北为下人群房，后来被改建成大观园的北部，则会芳园的北角墙应当建在大观园中段的略偏北处，肯定到不了大观园的北园墙处，所以沁芳闸的引水口肯定不在大观园的东北角，而当在东北角往南处。

我们倒有十万分的把握断言："沁芳闸"当在大观园东墙正中略偏北的【B1】处。因为宝玉是在"沁芳亭桥"后的桃花【Z3】底下读《西厢记》，然后葬花于附近的花冢【V2】，而花冢正在大观园水源处，故知大观园水源处的"沁芳闸"不在大观园的东北角，而在东北角往南的、东墙中部略偏北处的【B1】。

●第57回：

这日宝玉因见湘云渐愈，然后去看黛玉【H】。正值黛玉才歇午觉，宝玉不敢惊动，因紫鹃正在回廊上手里做针黹，……宝玉见了这般景况，心中忽浇了一盆冷水一般，只瞅着竹子，发了一回呆。因祝妈正来挖笋修竿，便怔怔的走出来，一时魂魄失守，心无所知，随便坐在一块山石上出神，不觉滴下泪来。直呆了五六顿饭工夫，千思万想，总不知如何是可。偶值雪雁从王夫人房中取了人参来，从此经过，忽扭项看见桃花树下石上【Z3】一人手托着腮颊出神，不是别人，却是宝玉。……黛玉未醒，将人参交与紫鹃。……雪雁道："姑娘还没醒呢，是谁给了宝玉气受，坐在那里哭呢。"紫鹃听了，忙问在哪里。雪雁道："在沁芳亭【F】后头桃花【Z3】底下呢。"紫鹃听说，忙放下针线，又嘱咐雪雁好生听叫："若问我，答应我就来。"说着，便出了潇湘馆，一径来寻宝玉，走至宝玉跟前，含笑说道：……宝玉听了，便如头顶上响了一个焦雷一般。紫鹃看他怎样回答，只不作声。忽见晴雯找来说："老太太叫你呢，谁知道在这里。"紫鹃笑道："他这里问姑娘的病症。我告诉了他半日，他只不信。你倒拉他去罢。"说着，自己便走回房去了。晴雯见他呆呆的，一头热汗，满脸紫胀，忙拉他的手，一直到怡红院【N1】中。

【解析】

宝玉因紫鹃提醒他大家都长大了，男女当有分别，心中如同浇了盆冷水透心凉般难过，先是瞅着潇湘馆【H】里的竹子发呆。因祝妈前来挖笋、修竿，便六神无主地走出潇湘馆的庭院【H】，心无所知，任意走去，随便坐在一块山石上出神。据雪雁交代，是坐在"沁芳亭"【F】后头桃花树【Z3】底下的山石上。

宝玉坐在石上不觉掉下眼泪，呆了足足五六顿饭的工夫，千思万想，不知如何是好。这时雪雁从王夫人房中取人参回来，从此经过。从图上来看，潇湘馆【H】在沁芳亭桥北塊的西北，在园门与沁芳亭桥北塊之间，从园门回潇湘馆原本不必经过沁芳亭桥北块，今一定要经过沁芳亭桥北块，可见从大观园园门【C4】到潇湘馆【H】的路不是笔直的，当是因为有山坡障景的原故，所以一路上迂回曲折，需要沿湖过了"沁芳亭桥"【F】的北块（雪雁并未上桥，只是经过桥的北口而已），绕过障景用的"栊翠庵"山【S3】的西端，再折往西北，方能来到潇湘馆【H】。（参见书首"图A3"及下文所提到的书首"图A4"。）

　　雪雁绕过"栊翠庵"山【S3】西端后，忽然回头看到山背后（指北侧）桃花树底下的石头上【Z3】坐着宝玉，他正托着腮帮发呆出神。雪雁原以为是黛玉气坏了宝玉，可是回到潇湘馆【H】一看，黛玉尚未睡醒，便纳闷地问紫鹃："姑娘还没醒呢，是谁给宝玉气受，坐在那里哭呢？"紫鹃听了，忙问何处。雪雁说是在"沁芳亭"【F】后头桃花树底下【Z3】。紫鹃连忙出了潇湘馆【H】，一路来找宝玉说话。两人说了一番话后，晴雯来找宝玉，把宝玉拉回了怡红院【N1】。

　　今按：潇湘馆【H】门前的东南方为"沁芳亭"【F】长桥的北块，潇湘馆【H】东侧有阻隔其与大观楼【Z】的山，潇湘馆东南方、沁芳亭长桥北块又有上"栊翠庵"的山【S3】来从正面阻障大观楼之景。转过"栊翠庵"山【S3】西端的山坡下（在山坡北侧），有一棵桃花树，桃花树与"沁芳亭"桥之间隔着"栊翠庵"之山【S3】（树在山西端之东、之北，桥在山西端之西、之南），故雪雁称之为"沁芳亭"（实为"沁芳亭桥"）后头的桃花树底下【Z3】，"后头"是指山的北侧。

　　此言宝玉坐"在沁芳亭后头桃花底下【Z3】呢"，而第23回言宝玉"走到沁芳闸桥【C1】边桃花底下一块石上【Z3】坐着，展开《会真记》，从头细玩"，两者所言当是同一处地点。

《沁芳闸与葬花冢构想图》

参见书首"图A4"。

●后四十回之第96回：

　　一日，黛玉早饭后，带着紫鹃到贾母这边来【K4】，一则请安，二则也为自己散散闷。出了潇湘馆【H】，走了几步，忽然想起忘了手绢子来，因叫紫鹃回去取来，自己却慢慢的走着等她。刚走到沁芳桥那边山石【Z3】背后当日同宝玉葬花之处【V2】，忽听一个人"呜呜咽咽"在那里哭。……

　　那丫头道："为什么呢，就是为我们宝二爷娶宝姑娘的事情。"黛玉听了这一句，如同一个疾雷，心头乱跳，略定了定神，便叫了这丫头："你跟了我这里来。"那丫头跟着黛玉到那畸角儿上葬桃花的去处【V2】，那里背静，黛玉因问道："宝二爷娶宝姑娘，她为什么打你呢？"傻大姐道："我们老太太和太太、二奶奶商量了，因为我们老爷要起身，说：就赶着往姨太太商量，把宝姑娘娶过来罢。头一宗，给宝二爷冲什么喜；第二宗，——"说到这里，又瞅着黛玉笑了一笑，才说道："赶着办了，还要给林姑娘说婆婆家呢。"黛玉已经听呆了。这丫头只管说道："我又不知道她们怎么商量的，不叫人吵嚷，怕宝姑娘听见害臊。我白和宝二爷屋里的袭人姐姐说了一句：'咱们明儿更热闹了，又是宝姑娘，又是宝二奶奶，这可怎么叫呢？'林姑娘，你说我这话害着珍珠姐姐什么了吗？她走过来就打了我一个嘴巴，说我混说，不遵上头的话，要撵出我去。——我知道上头为什么不叫言语呢？你们又没告诉我，就打我。"说着，又哭起来。

那黛玉此时心里，竟是油儿、酱儿、糖儿、醋儿倒在一处的一般，甜、苦、酸、咸，竟说不上什么味儿来了。停了一会儿，颤巍巍的说道："你别混说了。你再混说，叫人听见，又要打你了。你去罢。"说着，自己移身要回潇湘馆【H】去。那身子竟有千百斤重的，两只脚却像踩着棉花一般，早已软了。只得一步一步慢慢的走将来。走了半天，还没到沁芳桥【F】畔。原来脚下软了，走的慢，且又迷迷痴痴，信着脚从那边绕过来，更添了两箭地的路。这时刚到沁芳桥【F】畔，却又不知不觉的顺着堤往回里走起来。

紫鹃取了绢子来，却不见黛玉。正在那里看时，只见黛玉颜色雪白，身子恍恍荡荡的，眼睛也直直的，在那里东转西转。又见一个丫头往前头走了，离的远，也看不出是哪一个来，心中惊疑不定，只得赶过来，轻轻的问道："姑娘，怎么又回去？是要往哪里去？"黛玉也只模糊听见，随口应道："我问问宝玉去。"紫鹃听了，摸不着头脑，只得搀着她到贾母这边【K4】来。……

黛玉出了贾母院门【G3】，只管一直走去，紫鹃连忙搀住，叫道："姑娘，往这么来。"黛玉仍是笑着，随了往潇湘馆【H】来。离门口不远，紫鹃道："阿弥陀佛，可到了家了。"只这一句话没说完，只见黛玉身子往前一栽，"哇"的一声，一口血直吐出来。未知性命如何，且听下回分解。

● **后四十回之第 97 回：**

话说黛玉到潇湘馆【H】门口，紫鹃说了一句话，更动了心，一时吐出血来，几乎晕倒，亏了①还同着秋纹，两个人搀扶着黛玉到屋里来。

【解析】

一天，黛玉早饭后，带着紫鹃到贾母这边来【K4】，一则请安，二则也让自己散散闷。两人出了潇湘馆【H】，走了几步，黛玉忽然想起忘了带手帕，于是叫紫鹃回去拿，自己则慢慢往前走着等她来。黛玉刚走到沁芳桥（当即沁芳亭长桥）【F】那边山石【Z3】背后当日同宝玉葬花【V2】的山坡【S3】处，忽然听到有人在哭。

上已言明：园内道路曲折迂回，并不笔直。雪雁由王夫人处【N4】来潇湘馆【H】，也要经过"沁芳亭"桥【F】北块的"栊翠庵"山坡【S3】的西端，而能看到宝玉坐的"沁芳亭后头桃花底下"【Z3】；黛玉前往贾母处【K4】，与之路径相同，只不过方向相反，肯定也要经过"沁芳亭"桥【F】北块的"栊翠庵"山坡【S3】的西端，从而路过（实为接近而能看到）"沁芳桥那边山石

---

① 此处程乙本高鹗补"紫鹃"两字。

【Z3】背后当日同宝玉葬花之处【V2】"。

园内由潇湘馆【H】前往贾母【K4】与往王夫人处【N4】的路线是一样的，所以雪雁从王夫人处来潇湘馆要经过"沁芳亭"桥北块，而黛玉由潇湘馆前往贾母处也要经过"沁芳亭"桥北块。上引第57回雪雁由沁芳亭桥北块至潇湘馆时，需要"扭项看见桃花树下石上【Z3】"；此是黛玉由潇湘馆来沁芳亭桥北块，自然是迎面便能看到"桃花树下石上【Z3】"及其更往东的葬花处【V2】。

黛玉于是上前问那哭泣之人，这个丫头告诉她：宝玉要娶宝钗了。黛玉听后大吃一惊，便带这丫头来那僻静的畸角处的花冢【V2】细细盘问。黛玉知道了个中详情，心中又苦又涩，命她离开，然后转身要回潇湘馆【H】。因气得脚都发软了，步伐迈不开，只能一小步、一小步往前挪，半天也没挪到沁芳桥【F】畔。又因为心智痴迷，路也不认识了，信着脚儿绕了远路，更添了两箭地的路（一箭地当是一百步①）。这时刚到"沁芳亭"桥【F】北块的"栊翠庵"山坡【S3】的西端，却又不知不觉地顺着堤（当是由沁芳闸流入沁芳池大湖的"引水河"南岸之堤）又往回走了回去。

今按：黛玉来时便是顺着此堤走到花冢【V2】，回去时当走来时的原路，即走逆时针方向、沿河堤返回为近。因黛玉此时心智已经痴迷，反而顺时针继续往前，走了绕圈子的远路回到了起点（沁芳亭桥北块附近），从而比走逆时针方向的原路返回多走了两箭地路（此有夸张）；黛玉回到起点后，仍因神志痴迷，又顺着此堤走到花冢，从而又多走了一圈。

具体详情可见书首的"图A4"：黛玉来时是从沁芳亭桥北块处登上跨溪的土坡▶B1◀②（详见下引第27、第28回文字后有论），来到桃花树底下▶S◀，再沿沁芳闸的"引水河"沁芳溪▶A1◀的南岸之堤，过沁芳闸桥▶T◀，来到东园墙下畸角处的"花冢"▶U◀。其返回时，本当沿原路返回为近，即走逆时针方向的"▶U◀-▶T◀-▶S◀-▶B1◀"。由于黛玉神志已不清，傻大姐走这条路回去，而黛玉却背对傻大姐，沿着顺时针方向，即由"花冢"▶U◀沿着东园墙往南，再沿着"栊翠庵"▶X◀下的山坡往西，回到桃花树底下▶S◀，比傻大姐走的路绕了远。

黛玉到了桃花树底下▶S◀后，相当于回到了沁芳亭桥北块附近，只要再走上跨溪土坡▶B1◀，往南翻过此土坡便是沁芳亭桥的北块，可是黛玉已经神志不清，想不到要登上这座土坡▶B1◀，下意识地只敢在平地上走，于是又沿着"引水河"沁芳溪▶A1◀的南岸之堤往东走，等于把刚才的那圈路又走了一圈，幸亏此时紫鹃赶到，否则黛玉便要一直在那儿转圈子而出不来。

上引文字说黛玉"信着脚从那边绕过来，更添了两箭地的路。这时刚到沁芳桥畔，却又不知不觉的顺着堤往回里走起来"，似乎沁芳亭桥畔与桃花树很近，

---

① 此有夸张。大观园横向仅200多米，也即两箭地左右，因此从沁芳亭桥北块至花冢再怎么绕行也不可能有两箭地。从图上来看，也就五六十米（即四五十步）的距离。

② 本小节与下一小节中凡是"图A4"中的地名用"▶ ◀"标注。凡是"图十一"中的地名与"【 】"标注。

平地可以走到，其实上面已说清楚了：沁芳亭桥北塊与桃花树隔了一座山坡▼B1◥。而上述引文中没有提到黛玉登上或走下这座山坡▼B1◥，可见：作者笔下写她已经"信着脚"走到了沁芳亭桥的北塊，事实上还隔着一座不高的跨溪山坡▼B1◥而未走到，即黛玉只是走到了沁芳亭桥北塊附近、但还未走到芳亭桥北塊，这也就是上述引文中所说的"沁芳桥畔"的"畔（附近）"的意思，并不意味着黛玉信步一走便已走到了沁芳桥北塊那儿了。

紫鹃这时正好取了手帕来，不见黛玉，正在寻找，看到黛玉面色惨白，身子恍恍悠悠，眼睛也是直的，在那边（即东边）东转西转。又往园门方向（即西边的腰门）看去，看到远处有个丫头正往园门（即腰门）【C4】走去，也看不出是哪一个，赶紧跑到黛玉身边，轻轻问黛玉："怎么又绕回去了？您是要往哪里走？"黛玉心智已昏，随口答应道："让我去问问宝玉。"紫鹃不知所问何事，于是挽着她来到宝玉所住的贾母这边【K4】来。

作者笔下黛玉问宝玉的情景，其实是两人用禅宗"参话头"的形式，作人间最后一场参禅式的诀别。

黛玉问毕宝玉，出了贾母院的后院门【G3】，只管一直往东走去，紫鹃知是要回潇湘馆，连忙挽扶她往潇湘馆【H】来。离门口不远时，紫鹃说："终于到家了。"这句话触动了黛玉的伤心处（因为黛玉寄人篱下而无家，若说有家，便是死后归天，回"太虚幻境"的老家），黛玉因此而心痛得往前一栽，"哇"地吐了口血，几乎晕死过去。紫鹃连忙挽扶她进屋。

这与第 57 回一样，都把花冢放在了"沁芳亭"桥【F】旁的山石【Z3】背后，可证这是曹雪芹的原稿。此第 97 回与第 57 回相同，而与第 23 回言花冢【V2】在"沁芳闸桥【C1】边桃花底下【Z3】"有异；其实两者应当是一回事，即：花冢【V2】和桃花树【Z3】两者邻近，都在沁芳亭桥【F】北塊与沁芳闸桥【C1】附近。

●第 23 回写明埋花冢在沁芳闸处：

那一日正当三月中浣，早饭后，宝玉携了一套《会真记》，走到沁芳闸桥【C1】边桃花◆底下一块石上坐着【Z3】，展开《会真记》，从头细玩。正看到"落红成阵"，只见一阵风过，把树头上桃花吹下一大半来，（庚侧：好一阵凑趣风。）落的满身满书满地皆是。宝玉要抖将下来，恐怕脚步践踏了，（庚夹：情不情。）只得兜了那花瓣，来至池【I5】边，抖在池内。那花瓣浮在水面，飘飘荡荡，竟流出沁芳闸【C1】【B1】去了。

回来只见地下还有许多，宝玉正踌蹰间，只听背后有人说道："你在这里作什么？"宝玉一回头，却是林黛玉来了，肩上担着花锄，锄上挂着花囊，手内拿着花帚。（辰夹：写出扫花仙女。）（庚侧：一幅采芝图，非葬花图也。）（庚眉：此图欲画之心久矣，誓不过①仙笔不写，恐亵我颦卿故也。

---

① 过，访问。过仙笔，指寻访到绘画能通神之人。

己卯冬。 丁亥春间，偶识一浙省新发，其白描美人，真神品物，甚合余意。奈彼因宦缘所缠无暇，且不能久留都下，未几南行矣。余至今耿耿、怅然之至。恨与阿颦结一笔墨缘之难若此！叹叹！丁亥夏。畸笏叟。）（蒙侧：真是韵人韵事！）

宝玉笑道："好，好，来把这个花扫起来，（庚侧：如见如闻。）撂在那水里。我才撂了好些在那里呢。"林黛玉道："撂在水里不好。你看这里的水干净，只一流出去，有人家的地方脏的、臭的混倒，仍旧把花遭塌了。那畸角上我有一个花冢【V2】，（庚侧：好名色！新奇！葬花亭里埋花人。）如今把它扫了，装在这绢袋里，拿土埋上，日久不过随土化了，（庚侧：宁使香魂随土化。）岂不干净？"（庚夹：写黛玉又胜宝玉十倍痴情。①）

宝玉听了喜不自禁，笑道："待我放下书，帮你来收拾。"（庚侧：顾了这头，忘却那头。）黛玉道："什么书？"宝玉见问，慌的藏之不迭，便说道："不过是《中庸》、《大学》。"黛玉笑道："你又在我跟前弄鬼。趁早儿给我瞧，好多着呢。"宝玉道："好妹妹，若论你，我是不怕的。你看了，好歹别告诉别人去。真真这是好书！你要看了，连饭也不想吃呢。"一面说，一面递了过去。林黛玉把花具且都放下，接书来瞧，从头看去，越看越爱看，不到一顿饭工夫，将十六出俱已看完，自觉词藻警人，余香满口。虽看完了书，却只管出神，心内还默默记诵。……

这里林黛玉见宝玉去了，又听见众姊妹也不在房，自己闷闷的。（庚夹：有原故。）正欲回房【H】，刚走到梨香院【N2】墙角上，只听墙内笛韵悠扬，歌声婉转。（庚侧：入正文方不牵强。）……

●第24回：

话说林黛玉正自情思萦逗，缠绵固结之时，忽有人从背后击了一掌，说道："你作什么一个人在这里？"林黛玉倒唬了一跳，回头看时，不是别人，却是香菱。林黛玉道："你这个傻（庚侧：此'傻'字加于香菱，则有多少丰神跳于纸上，其娇憨之态可想而知。）丫头，唬我这么一跳，好的②。你这会子打哪里来？"香菱嘻嘻的笑道："我来寻我们的姑娘的，找她总找不着。你们紫鹃也找你呢，（庚侧：一丝不漏。）说琏二奶奶送了什么茶叶来给你的。走罢，回家去坐着。"（庚侧："回家去坐着"之言，是恐石上冷意。）一面说着，一面拉着黛玉的手回潇湘馆【H】来了。

【解析】

宝玉携《会真记》到沁芳闸桥【C1】边桃花树◆底下一块石上坐着读，正读到"落红成阵"，正好一阵风把头上的桃花吹下一大半来。宝玉恐践踏了桃花，便兜了身上的花瓣，来到池【I5】边，抖在池内。所谓"池"，非是大湖"沁芳池"【B3】，因为下文言那花瓣浮在水面上，飘飘荡荡，流出沁芳闸【C1】、沁芳闸的引水口【B1】而去，可证他扔花瓣之"池"乃是河流，即引水入沁芳池【B3】的"沁芳溪"【I5】。民间会把河流称为"池塘"，故河流也可简称"池"。

① 此即黛玉评"情情"的正解。古人用叠字表示复数，"情情"指用情至深。
② 好的，指好你个香菱，是怪罪对方的语气。

那花瓣浮在水面，飘飘荡荡，竟流出沁芳闸【C1】【B1】去了，说明此时园内水位高于园外，故园水由园内往园外流。也可能是园外之水由南往北流，即园外南侧的水位高于北侧的水位，故园内之水由东南角入园后，从东北偏南的引水口【B1】再流出去。下引第17回言沁芳闸水源是："至一大桥前，水如晶帘一般奔入。原来这桥便是通外河之闸，引泉而入者"，又第17回贾珍在园南门处的"怡红院"南边述说沁芳池之水："共总流到这里，仍旧合在一处，从那墙下【W1】出去"，可证：在正常情况下，北侧水位当高于南方，即从东北偏南的引水口【B1】入园，再从园东南角【W1】出园；此不详何故，水在东北偏南的引水口处【B1】由园内往外流，当是作者因为情节需要而不顾实情的又一空间上的虚构之写①。

宝玉回来时又看到地下落了很多花瓣，正不知如何处理才好，黛玉从背后走来，说："扫花后装入绢袋，埋在土里，随土化了方好，岂不干净？那畸角（指角落、偏僻处）我有个花冢【V2】。"今按："畸角"不一定指全园的东北墙角处。凡是矩形区域的角落，其两边被河流或高墙阻挡而无路可通、另两边有路相通，这样的角落状僻静处便可称作"畸角"。此花冢当在沁芳闸引水河【I5】与东园墙交会处【V2】，其北侧有引水河【I5】，东侧是园墙，仅西侧、南侧有路可通，故称"畸角"。

上引第23、24回写黛玉葬花后"正欲回房【H】，刚走到梨香院【N2】墙角上，只听墙内笛韵悠扬，歌声婉转"云云。今据下引第17回考明，"沁芳闸"当在园东北侧【C1】。而潇湘馆【H】在沁芳亭桥【F】的西北、大观楼【Z】的西侧，在园北部的正中央②，"梨香院"【N2】在园西北角，从沁芳闸【C1】回潇湘馆【H】根本就不用走到梨香院【N2】。作者当是因为情节需要，有意让黛玉走到梨香院【N2】来听戏，详本书"第二章、第二节、一、（五）"，这是作者因为情节需要而不顾实情的又一空间上的虚构之写。

●第17回贾政从正殿离开后：

一面说，一面走，只见正面现出一座玉石牌坊【A1】来，上面龙蟠螭护，玲珑凿就。……说着，引人出来，再一观望：原来自进门起，所行至此，才游了十之五六。（己夹：总住，妙！伏下后文所补等处。若都入此回写完，不独太繁，使后文冷落，亦且非《石头记》之笔。）又值人来回："有雨村处遣人来回话。"（己夹：又一紧，故不能终局也。此处渐渐写雨村亲切，正为后文地步。伏脉千里③、横云断岭法。）

① 另两个便是上文"七"末尾提到的"折带朱栏板桥"故意说成"蜂腰桥"，"水月庵"故意说成"铁槛寺"。
② 按：潇湘馆在大观园北部的正中央，怡红院在大观园南部的正中央，沁芳亭在大观园中部大湖的正中央，三者在一条线上隔湖相对。
③ 所谓伏脉，即为后面情节作铺垫，不致突兀。此是为贾雨村与贾府关系日益亲密所作的铺垫。

贾政笑道："此数处不能游了。虽如此，到底从哪一边出去，纵不能细观，也可稍览。"说着，引众客行来，至一大桥【C1】前，水如晶帘一般奔入。原来这桥便是通外河之闸、引泉而入者①●【C1】。（己夹：写出水源，要紧之极！近之画家着意于山，若不讲水。又造园圃者，唯知弄"莽憨顽石瓮笨冢"辄谓之景，皆不知水为先着。此园大概一描，处处未尝离水，盖又未写明水之从来，今终补出，精细之至！）贾政因问："此闸何名？"宝玉道："此乃沁芳泉●【I5】【Z2】【T】【B3】【P1】之正源，就名'沁芳闸'【C1】。"（己夹：究竟只一脉，赖人力引导之功，园不易造，景非泛写。）贾政道："胡说！偏不用'沁芳'二字。"（己夹：此以下皆系文终之余波，收的方不突。）

●**第17回贾珍领贾政出了怡红院后门：**

院中满架蔷薇、宝相。转过花障◆【O1】，则见清溪●前阻【P1】。（己夹：又写水。）众人咤异："这股水又是从何而来？"贾珍遥指道："原从那闸【C1】起流至那洞口【S】，从东北山坳【T1】里引到那村庄【J】里；又开一道岔口【U1】，引到西南【V1】上，共总流到这里【P1】，仍旧合在一处，（庚侧：于怡红院总一园之水，是书中大立意。）从那墙下出去【W1】。"众人听了，都道："神妙之极！"

【解析】

宝玉因此闸为沁芳泉的源头，故命名其为"沁芳闸"【C1】。此"沁芳闸"图中未有画，今据第27回甲戌本回末总批有："埋香冢【V2】葬花，乃诸艳归源；《葬花吟》，又系诸艳一偈也。"归源，即"归葬于源头"之意；也指"还原"——回到原点、回到原来的状态——之意，也即第120回末空空道人称石头"返本还原"是也。

由"归葬于源头"的"归源"两字，可见葬花的"花冢"【V2】就在沁芳溪水【I5】【Z2】【T】【B3】【P1】源头的"沁芳闸"处【C1】。闸上有桥，故又名"沁芳闸桥"，亦简称"沁芳桥"【C1】，实非"沁芳亭桥"【F】；但此沁芳闸桥【C1】与沁芳亭桥【F】应当只隔一座山【S3】，相去亦不远。

此"沁芳闸"【C1】当在"沁芳亭"桥【F】北埠附近。由潇湘馆【H】前往王夫人【N4】、贾母处【K4】，其径曲折而当迂回至沁芳亭桥【F】北埠，从而可以望见此闸桥【C1】和闸桥再往东的畸角处的埋花冢【V2】。此闸桥【C1】当在"沁芳亭"桥【F】北埠那座可以爬上"栊翠庵"的山坡【S3】的背后。此闸【C1】引水入大池【B3】，其源头当即"会芳园"的北墙角【B1】，而会芳园的北墙当在大观园中部略偏北处，故此引水河的源头不在大观园的东北角，而在"栊翠庵"山【S3】背后的、东园墙中部略偏北处的【B1】。其水是从原"会芳园"的引水口处【B1】引入，至"沁芳亭"桥【F】北埠东侧的【C1】处筑成一道大坝，开闸放水形成引水河【I5】泄入大池【B3】，同时此闸坝【C1】又可节制大池【B3】之水以免其泄走。此闸上有路可以通行，故称"大桥"（见

———————————

① 指此桥是引外河之水入园成为"沁芳泉"的水闸所在，其为"闸、桥"合一的形制。

上引第17回"至一大桥前，水如晶帘一般奔入"），此闸应当比较大。过桥【C1】，其旁有山石和大的桃花树【Z3】。此闸桥当在正殿【Z】及正殿"玉石牌坊"【A1】前，但正殿【Z】前有障景，此闸桥隐在障景的山坡后（即在障景用的山坡的南侧，详见书首的"图A4"），故站在大观楼上【Z】是看不见这座闸桥【C1】的。

闸水【I5】流入"沁芳池"【B3】后，便由此大池（即中心湖）【B3】分为两支：第一支从北湖岸略偏西处往北流淌为"蓼汀花溆"【T】【Z2】，穿大主山的山洞"萝港石洞"【S】，通正殿【Z】的后背（即正殿北侧或西北侧）。在入石洞【S】口之前的大主山两峰间的山坳中，又往西引流至稻香村【J】（此山坳贾珍说成是"东北山坳"，其在全园西北而非东北，贾珍当是口误，因为"西、东"易搞混而写作时常会误写）。第二支由湖南岸正中央的怡红院西墙豁口【U1】处分岔，从怡红院【N1】西院墙外，引至"怡红院"身后（即怡红院的南侧），这条枝河就是第17回贾政游园时，在怡红院后院所看到的"清溪前阻"【P1】，此清溪继续东流到全园东南角【W1】出园。

大主山山坳中的"沁芳溪"（蓼汀花溆）【T】【Z2】是引山上溪水流入沁芳池【B3】，可见设计者"山子野"先生造园时，已充分考虑到下大雨时山上活水的引流、疏泄。

第17回言其河【T】【Z2】自东北山坳流至稻香村【J】，不是说全园之水来自全园的东北角。全园之水其实是从园东墙中段略偏北处的【B1】流入，汇成大湖【B3】，再由"蓼汀花溆"【T】【Z2】涨入石洞【S】而流至石洞的另一端（即大观楼【Z】的背后），贾珍把那儿说成是"东北山坳"，其实是大观园西北的山坳。此"蓼汀花溆"【T】【Z2】在入石洞【S】口处分流：直脉穿石洞【S】至大观楼【Z】背后，支脉由洞口前的山坳往西流至稻香村【J】再折往南而入湖【B3】。

"蓼汀花溆"【T】【Z2】尚未流入石洞【S】之前，有一座"蜂腰板桥"【Y2】沟通两岸。其流过石洞【S】的正脉（即流向大观楼【Z】背后的沁芳溪），则以蘅芜苑【X】门口的"折带朱栏板桥"【W】沟通两岸。其流往稻香村【J】的西枝，其上亦当有桥沟通两岸，书中未曾提及；当是此河绕山趾而行，可穿山坡而过，其穿山坡而过处，便相当于一个跨河的山洞，人从山洞上走，等于以跨河的山洞为桥（即书首"图A3"中的"J1"）。

至于湖南岸分岔【U1】后，沿怡红院【N1】西院墙引至怡红院背后的那一枝"清溪"【P1】，则当以上文"六"所讨论的"翠烟桥"【W2】沟通两岸。

而沁芳闸的引水河【I5】入沁芳池【B3】处，当在沁芳亭桥【F】北块的西侧，这意味着：此河西岸的潇湘馆【H】与东岸的花冢【V2】之间也存在一个建桥沟通的问题，由于书中同样也没提到过有这样的桥存在，则当和稻香村处的跨河山洞那样，此处也是一个跨河山洞（即书首"图A4"中的"B1"）。上引第23回宝玉与黛玉、第57回宝玉与雪雁、第96回的傻大姐和黛玉，下引第27回宝玉与黛玉，皆由此山洞之顶（即书首"图A4"中的"B1"），来到这"沁芳亭"长桥北块山坡【S3】后的"桃花树底下"【Z3】和"葬花冢"【V2】。

●第 27 回：

　　红玉听说，撒身去了，回来只见凤姐不在这山坡子上了。因见司棋从山洞【S】里出来，站着系裙子，便赶上来问道："姐姐，不知道二奶奶往哪里去了？"司棋道："没理论。"红玉听了，抽身又往四下里一看，只见那边探春、宝钗在池边看鱼。……只见宝钗、探春正在那边看仙鹤，见黛玉来了，三个一同站着说话儿。又见宝玉来了，探春便笑道：……

　　宝玉因不见了林黛玉，便知她躲了别处去了，想了一想，越性迟两日，等她的气消一消再去也罢了。因低头看见许多凤仙、石榴等各色落花，锦重重的落了一地，（庚眉：不因见落花，宝玉如何突至埋香冢【V2】？不至埋香冢，如何写《葬花吟》？《石头记》无闲文闲字正此。丁亥夏。畸笏叟。）因叹道："这是她心里生了气，也不收拾这花儿来了。待我送了去，明儿再问着她。"（甲侧：至埋香冢方不牵强，好情理。）说着，只见宝钗约着她们往外头去。（甲侧：收拾的干净。）宝玉道："我就来。"说毕，等她二人去远了，（甲侧：怕人笑说。）便把那花兜了起来，登山、渡水、过树、穿花，一直奔了那日同林黛玉葬桃花的去处来。将已到了花冢【V2】，（庚侧：新鲜。）犹未转过山坡【H3】，只听山坡那边有呜咽之声，一行数落①着，哭的好不伤感。……听她哭道："……质本洁来还洁去，强于污淖陷渠沟。……一朝春尽红颜老，花落人亡两不知！"宝玉听了，不觉痴倒。

　　（庚辰本回前批：《葬花吟》是大观园诸艳之归源小引，故用在饯花日诸艳毕集之期。饯花日不论其典与不典，只取其韵耳。）

　　（甲戌本回末批：埋香冢葬花乃诸艳归源，《葬花吟》又系诸艳一偈也）。

●第 28 回：

　　那林黛玉正自伤感，忽听山坡上也有悲声，心下想道："人人都笑我有些痴病，难道还有一个痴子不成？"（甲侧：岂敢、岂敢。）想着，抬头一看，见是宝玉。林黛玉看见，便道："啐！我道是谁，原来是这个狠心短命的……"刚说到"短命"二字，又把口掩住，（甲侧：'情情'，不忍道出'的'字来。）长叹一声，（庚侧：不忍也。）自己抽身便走了。

　　这里宝玉悲恸了一回，忽然抬头不见了黛玉，便知黛玉看见她躲开了，自己也觉无味，抖抖土起来，下山寻归旧路，（甲侧：折得好，誓不写开门见山文字。）往怡红院【N1】来。可巧（庚侧：哄人字眼。）看见林黛玉在前头走，连忙赶上去，说道："你且站住。我知你不理我，我只说一句话，从今以后撂开手。"

【解析】

这儿所言的"山洞"【S】即"萝港石洞"，在"蓼汀花溆"【T】【Z2】穿大主山【Y】处，则宝钗、探春当在"蓼汀花溆"【T】【Z2】入湖【B3】处的池边看鱼和仙鹤。宝玉于此处看到落花而想到要葬花，故一路上"登山、渡水、过树、穿花"，来到"埋花冢"（庚辰本眉批称之为"埋香冢"）。将要到达花冢

——————————
① 一行，一面。数落，不住地述說。此处指一边哭，一边述说着诗句。

【V2】时，尚未转过那山坡（此山坡当即"栊翠庵"之山【S3】的西末端，在"沁芳亭"桥的北塊，由此可见：园中每处景致都有山坡障景），只听得山坡后有呜咽之声，一边哭一边还述说着什么，哭得很是伤感，仔细一听，原来是黛玉哭着吟诵《葬花吟》。林黛玉正自伤感，忽听得山坡上也有人在哭，抬头一看是宝玉，便躲开了。

庚辰本此回之前有总批："《葬花吟》是大观园诸艳之归源小引。"作者把花冢设在"沁芳闸"【C1】这一"沁芳溪"水【I5】【Z2】【T】【B3】【P1】的源头【B1】处，便是"归源"之意。"归"即归葬，"源"即源头，归葬于全园的水源处，故名"归源"。"万艳同悲、千红一哭"，薄命红颜（以鲜艳的花朵来象征）老死之后，便收葬在源头，也即归葬在黛玉歌中所唱的"质本洁来还洁去、强于污淖陷渠沟"的本源之处。

甲戌本回末更有总批："埋香冢葬花乃诸艳归源，《葬花吟》又系诸艳一偈也。""偈"即发人深省的语句。《葬花吟》之诗便以葬花来象征"红颜薄命"。

九、大观园诸门考

（一）大观园共有六门

大观园共有六门，正园门已见本章第三节"三正处"考，另五门见于第59回贾母等外出为老太妃守灵而贾府诸门关闭这件事中：

> 荣府内赖大添派人丁上夜，将两处厅院【K4】【N4】都关了，一应出入人等，皆走西边小角门【L4】。日落时，便命关了仪门【C2】，不放人出入。园中前【B】、后【J3】、东【B4】、西角门【Y3】亦皆关锁、只留王夫人大房【N4】之后常系他姐妹出入之门【C4】，东边通薛姨妈的角门【D4】，这两门因在内院，不必关锁。里面鸳鸯和玉钏儿也各将上房【K4】【N4】关了，自领丫鬟婆子下房去安歇。每日林之孝之妻进来，带领十来个婆子上夜，穿堂内又添了许多小厮们坐更打梆子，已安插得十分妥当。

【解析】

贾母、王夫人等一干家长远行为太妃送灵、守灵，要离府很长一段时间，所以管家赖大加派人手巡夜，把西路贾母处【K4】与东路王夫人处【N4】这两处院落的大门、小门全部关闭，不得通行。贾府大门也不开，所有人出入贾府都要走正门西侧的西角门【L4】；太阳一落山，便要把中路的"外仪门"（即所谓的"二门"）【C2】关闭。大观园共有六个门，其中四个通往外面的门都要关闭，另有两个通内院的角门则开着，供内眷出入大观园之用。

四个通往外面的门是：

①前门【B】，即正南大门。其门往西，则走西角门"聚锦门"【Y3】的门前向南拐，然后再在【A】处拐弯向西，走上宗祠前的夹道，再走上贾赦院的夹道【V4】，通到荣府的"外仪门"【C2】内，过此"外仪门"而出府。由此大观园南大门往东的话，则由"东角门"【B4】的门前往南，通宁国府"天香楼"东北角后来加开的便门【C5】而入宁国府。

②后门【J3】，书中又称之为"后角门"；既然是角门，便不在正中，当在

西北角（下详），通府北的大街。

③东角门【B4】，当即"前门"【B】东侧的角门，从对称角度而言，当是造大观园时与西角门一同设立；因为大门建造在丹墀之上，有台阶而不能通车，为了便于女眷出入，大门两旁的平地上一般都会开有角门，其门槛可以移除而方便内眷坐车出入。

此东角门原本不通宁府，第71回贾母"八十大寿"，此门作为宁国府接待的男宾出入大观园之用，专门在其对面（即大观园南大门前的夹道南面）的宁国府的围墙上，也就是在宁国府"天香楼"东北角的宁国府围墙上加开一个便门【C5】，此"东角门【B4】"遂可通过"天香楼"下的这一便门而出入宁国府。

④西角门【Y3】，即"聚锦门"，当即"前门"【B】西侧的角门。此门往南至【A】处拐弯向西，通荣府的"外仪门"【C2】而出府。

两个通往内院的角门是：

⑤王夫人上房【N4】后面、供贾宝玉及其姊妹出入大观园与荣国府之用的"腰门"【C4】，其紧联王夫人院东北角通大观园的"角门"【Z4】，两门隔夹道相望。

⑥大观园腰门【C4】东南侧，有大观园通往薛姨妈家【R4】的角门【D4】。此门在腰门的南侧①，而且又在府内视角的东南方（指在王夫人院上房【N4】的东南方），故又称"东南角门"。

这两个门因在内院，通往贾府内眷的住所、薛家内眷的住所，万无一失，故不必关锁。

此节文字还交代贾母房中的鸳鸯、王夫人房中的玉钏儿，各自将贾母与王夫人住的上房【K4】【N4】关锁，带领丫环与婆子们住在院中的下房。又提到：管家娘子林之孝之妻每天率领十几个老妈妈巡夜；贾母上房南北两侧的两个"东西穿堂"【X4】【D5】内，又加添了尽可能多的小厮坐更、打梆，一切已经全都安排得十分妥当。

（二）大观园诸门皆有门房

大观园诸门的门内便是门房，亦称"班房"，内有看门之人。

●第71回：

这几日，尤氏晚间也不回那府里去，白日间待客，晚间陪贾母玩笑，又帮着凤姐料理出入大小器皿，以及收放赏礼事务，晚间在园内李氏房中【J】歇宿。……

且说尤氏一径来至园中【B】，只见园中正门【B】与各处角门【J3】【B4】【Y3】【C4】（庚夹：伏下文。②）仍未关，犹吊着各色彩灯，因回头命小

---

① 今按：贾府是"坐西北、朝东南"走向，不是"正北、正南"朝向，参见图右上角所标的方向标，所以这个角门【D4】在腰门【C4】的东南方。
② 指：伏本回下文潘又安混入园中与司棋野合。

丫头叫该班的女人。那丫鬟走入班房中【V3】，竟没一个人影，回来回了尤氏。尤氏便命传管家的女人。这丫头应了便出去，到二门【B】外鹿顶内，乃是管事的女人议事取齐之所【X3】。……

尤氏已早入园来，因遇见了袭人、宝琴、湘云三人同着"地藏庵"的两个姑子正说故事顽笑，尤氏因说饿了，先到怡红院【N1】，袭人装了几样荤素点心出来与尤氏吃。……尤氏道："你不要叫人，你去就叫这两个婆子来，到那边把她们家的凤儿【O4】叫来。"……

说话之间，袭人早又遣了一个丫头去到园门【C4】外找人【O4】，可巧遇见周瑞家的，……她今日听了这话，忙的便跑入怡红院【N1】来，一面飞走，一面口内说："气坏了奶奶了，可了不得！我们家里，如今惯的太不堪了。偏生我不在跟前，若在跟前，且打给她们几个耳刮子，再等过了这几日算账。"

尤氏见了她，也便笑道："周姐姐你来，有个理你说说。这早晚，门还大开着，明灯、蜡烛，出入的人又杂，倘有不防的事，如何使得？因此叫该班的人吹灯、关门。谁知一个人芽儿也没有。"周瑞家的道："这还了得！前儿二奶奶还吩咐了她们，说这几日事多、人杂，一晚就关门、吹灯，不是园里人不许放进去。今儿就没了人①。这事过了这几日，必要打几个才好。"尤氏又说小丫头子的话。周瑞家的道："奶奶不要生气，等过了事，我告诉管事的打她个臭死。只问她们，谁叫她们说这'各家门各家户'的话！我已经叫她们吹了灯，关上正门【B】和角门子【J3】【B4】【Y3】【C4】。"正乱着，只见凤姐儿打发人来请吃饭。尤氏道："我也不饿了，才吃了几个饽饽，请你奶奶自吃罢。"……

周瑞家的听了，巴不得一声儿，素日因与这几个人不睦，出来了便命一个小厮到林之孝家传凤姐的话，立刻叫林之孝家的进来见大奶奶，一面又传人立刻捆起这两个婆子来，交到马圈【U4】里派人看守。

林之孝家的不知有什么事，此时已经点灯，忙坐车进来，先见凤姐。至二门【C2】上传进话去，丫头们出来说："奶奶才歇了。大奶奶在园里，叫大娘见了大奶奶就是了。"林之孝家的只得进园来到稻香村【J】，丫鬟们回进去，尤氏听了反过意不去，忙唤进她来，因笑向她道："我不过为找人找不着因问你，你既去了，也不是什么大事，谁又把你叫进来，倒要你白跑一遭。不大的事，已经撒开手了。"……说毕，林之孝家的出来，到了侧门前，就有方才两个婆子的女儿上来哭着求情。……

这一个小丫头果然过来告诉了她姐姐，和费婆子说了。这费婆子原是邢夫人的陪房，起先也曾兴过时，只因贾母近来不大作兴邢夫人，所以连这边的人也减了威势。凡贾政这边有些体面的人，那边各各皆虎视耽耽。这费婆子常倚老卖老，仗着邢夫人，常吃些酒，嘴里胡骂乱怨的出气。如今贾母庆寿这样大事，干看着人家逞才、卖技、办事，呼幺喝六、弄手脚，心中早已不自在，指鸡骂狗，闲言闲语的乱闹。这边的人也不和她较量。

---

① 指：才说了两天，便没人照办了，这还了得？

如今听了周瑞家的捆了她亲家，越发火上浇油，仗着酒兴，指着隔断的墙【V4】（庚夹：细致之甚。）大骂了一阵，便走上来【Q4】求邢夫人，说她亲家并没什么不是，"不过和那府里的大奶奶的小丫头白斗了两句话，周瑞家的便调唆了咱家二奶奶捆到马圈【U4】里，等过了这两日还要打。求太太——我那亲家娘也是七八十岁的老婆子——和二奶奶说声，饶她这一次罢。"……

鸳鸯早已听见琥珀说凤姐哭之事，又和平儿前打听得原故。……先到稻香村【J】中，李纨与尤氏都不在这里。问丫鬟们，说"都在三姑娘那里呢。"鸳鸯回身又来至晓翠堂【Q2】，果见那园人都在那里说笑。……

且说鸳鸯一径回来，刚至园门前，只见角门【C4】虚掩，犹未上闩。此时园内无人来往，<u>只有该班的房内灯光掩映，</u>微月半天。（庚夹：是月初旬起更时也。）鸳鸯又不曾有个作伴的，也不曾提灯笼，独自一个，脚步又轻，所以该班的人皆不理会。

偏生又要小解，因下了甬路，寻微草处，行至一湖山石后大桂树◆【E5】阴下来。（庚夹：是八月，随笔点景。）刚转过石后，只听一阵衣衫响，吓了一惊不小。定睛一看，只见是两个人在那里，见她来了，便想往石后树丛藏躲。鸳鸯眼尖，趁月色见准一个穿红裙子、梳鬅头、高大丰壮身材，（庚夹：是月下所见之像，故不写至容貌也。）的是迎春房里的司棋。……

因定了一会，忙悄问："那个是谁？"司棋复跪下道："是我姑舅兄弟。"鸳鸯啐了一口，道："要死，要死。"（庚夹：如见其面，如闻其声。）司棋又回头悄道："你不用藏着，姐姐已看见了，快出来磕头。"那小厮听了，只得也从树后爬出来，磕头如捣蒜。鸳鸯忙要回身，司棋拉住苦求，哭道："我们的性命，都在姐姐身上，只求姐姐超生要紧！"鸳鸯道："你放心，我横竖不告诉一个人就是了。"一语未了，只听角门【C4】上有人说道："金姑娘已出去了，角门【C4】上锁罢。"鸳鸯正被司棋拉住，不得脱身，听见如此说，便接声道："我在这里有事，且略住手，我出来了。"司棋听了，只得松手让她去了——

●第72回：

且说鸳鸯出了角门【C4】，脸上犹红，心内突突的，真是意外之事。因想这事非常，若说出来，奸盗相连，关系人命，还保不住带累了旁人。横竖与自己无干，且藏在心内，不说与一人知道。回房【K4】复了贾母的命，大家安息。从此凡晚间便不大往园中来。因思园中尚有这样奇事，何况别处？因此连别处也不大轻走动了。

原来那司棋因从小儿和她姑表兄弟在一处顽笑起住时，小儿戏言，便都订下将来不娶、不嫁。近年大了，彼此又出落的品貌风流，常时司棋回家时，二人眉来眼去，旧情不忘，只不能入手。又彼此生怕父母不从，<u>二人便设法，彼此里外买嘱园内老婆子们留门【J3】、看道；</u>今日趁乱，方初次入港。虽未成双，却也海誓山盟，私传表记，已有无限风情了。<u>忽被鸳鸯惊散，那小厮早穿花、度柳，从角门【J3】出去了。</u>

●第77回：

　　周瑞家的听说，会齐了那几个媳妇，先到迎春房里，回迎春道："太太们说了，司棋大了，连日她娘求了太太，太太已赏了她娘配人①，今日叫她出去，另挑好的与姑娘使。"说着，便命司棋打点走路。……一面说，一面总不住脚，直带着往后角门【J3】出去了。司棋无奈，又不敢再说，只得跟了出来。

【解析】

　　第71回文字的意义在于其指明了大观园诸门全都设有班房，有小厮看门。又指明园门内的议事厅【X3】是"鹿顶"式建筑。还指明大桂树【E5】在腰门【C4】口不远处，正对藕香榭【K2】，图与之皆相合，详见本章"第五节、三"蓼风轩处的"腰门"【C4】形制考。

　　上面所引的三回文字，说的是大观园中，继小红与贾芸私传手帕后，发生的第二桩风流公案。即：贾母"八旬大寿"期间，尤氏前来帮忙料理，住在李纨的稻香村【J】。尤氏来园中时，当从腰门【C4】走为近，但下文提到园门处的"班房"和"议事厅"【X3】，则尤氏当是走由【V4】至【A】至【B】的省亲路线入园门【B】；原因当是一路上要排查情况，所以要走这条大道来入大观园的园门【B】。

　　而且下文又说："只见园中正门【B】与各处角门仍未关"，她肯定是先看到自己所在之门，再远望到其他各处之门【J3】【B4】【Y3】【C4】，由此也可知：她应当是从园正门【B】入园。

　　怡红院【N1】在园门【B】口，稻香村【J】在腰门【C4】口，而下文尤氏入园门后不回"稻香村"，却先到"怡红院"，由此也可证明她入的是"怡红院"处的园门，而非"稻香村"处的腰门。

　　脂批言各处角门未关，伏下司棋约表弟入园私会事。又"各处角门"当指四个门，即：通往内院的腰门【C4】，以及不通内院的三个门：正园门【B】两侧的东角门【B4】和西角门【Y3】，后门（后角门）【J3】。而宝钗为人谨慎，专供其一人出入的、通往薛姨妈家内院的大观园东南角门【D4】，宝钗每次出入后都会关锁（见第62回"一进角门，宝钗便命婆子将门锁上"），故不在此列。

　　尤氏感到诸门未关，又无人把守，非常疏忽，于是命令自己的小丫头去叫当班的女人。小丫头走入园门口处的班房②【V3】，没有找到人，于是回来报告尤氏。尤氏便命人传唤管事的女管家来追究责任。这丫头于是到二门【B】外、"鹿顶"内的管事女人会集议事的所在【X3】去传唤女管家。

　　今按："二门"即"仪门"，此处当指大观园的正门【B】，其乃大门内之门，故称"二门"。二门内的门又称"三门"，有时也会把"三门"说成"二门"。反正大门内的院门，无论是"二门"还是"三门"，都可以称作"垂花门、仪门、

---

① 指退给司棋的妈，让她找个什么人家把司棋给嫁掉。
② 班房，指旧时衙门里衙役当班的地方。此处指工作人员当班的地方。

二门"。上引第 71 回画浪线部分的"议事取齐之所",当即园门南边议事用的小花厅"议事厅"【X3】;由上引第 71 回画浪线部分的文字,便可知道其形制为"鹿顶",正字当写成"盝顶",原意是指"四角椎"削去尖顶所形成的中间平、四边有坡的"四角椎台"。

尤氏估计传齐诸位管家娘子要有一段时间,便不在园门口等,早已入园来玩耍了,看到袭人、宝琴、湘云三个人在和"地藏庵"的两个尼姑谈笑,便对她们说自己感到肚子饿了,于是袭人便带她到最近的怡红院【N1】来,拿出几样荤素点心给她吃。这时小丫头回来报告尤氏说:"那鹿顶内的婆子不肯去叫女管家来。"尤氏于是叫袭人派人去通知凤姐,那自然是从腰门【C4】往凤姐院【O4】去叫凤姐;凤姐是大忙人,自然是有事而来不了,于是叫跟班的周瑞老婆前来处理。

周瑞家的听说尤氏受了气,便急忙跑来怡红院【N1】安慰尤氏。把顶撞尤氏丫头的那两个婆子捆在马圈【U4】里,派人看守,等候发落。马圈当在府东南角的贾赦院【J5】前,但与贾赦院有墙隔断而不通,以免马圈的气味熏蒸到贾赦院。由于马圈只通中路而不通贾赦院【J5】,所以邢夫人回贾赦院时仍要从贾府大门外绕行。

被捆的是邢夫人的陪房费婆子的亲家母,费婆子听说后,仗着酒兴,指着隔断的墙头大骂。她应当住在贾赦院的"三重仪门"处的【J5】,所以她应当是指着"贾赦院"三重仪门后的北墙【V4】,面朝西北方向的周瑞家和凤姐院【O4】这两个地方大骂一阵(按:周瑞家大概在"图三"中的"D"处)。第 3 回林黛玉入贾赦院时,作者曾写:"黛玉度其房屋院宇,必是荣府中花园隔断过来的",此处又提"隔断的墙",两相照应,故这"隔断的墙"四字处,庚辰本有夹批:"细致之甚。"费婆子骂完后,便到贾赦院上房【Q4】来求邢夫人出面挽救。邢夫人出面请凤姐放人,凤姐受委屈而哭了。

鸳鸯入园为贾母传令,肯定是从腰门【C4】出入。她回来快到腰门【C4】(隔夹道便是王夫人院的东北角门【Z4】)时,见门仍虚掩而未上闩,守门的班房内亮着灯。由于鸳鸯是独自一人行走,脚步又轻,守门人居然没有听到她的到来。

鸳鸯正要出此园门,因内急而想小便,于是下了出腰门的甬道(此可证通向腰门的大路是砖砌甬道),寻找有草的地方,来到一块太湖石后的大桂树的树荫底下,也即"藕香榭"【K2】往南所欣赏到的、山坡下的桂花树【E5】底下,正在腰门口。鸳鸯在这儿撞见了司棋和姑舅兄弟潘又安的私情。

这时角门上的看门人估计了一下时间,以为鸳鸯有可能趁她不注意而出了门,于是这个看门人便对另一个看门上锁的人喊了声:"金姑娘(鸳鸯姓金)已经出去了,角门上锁吧。"这时鸳鸯喊道:"我在这里有点事,暂且稍微停一停,我马上就出来。"于是出了角门【C4】。鸳鸯因怕以后再碰到园中这种奇遇(即怪事),所以再也不大敢晚上往园子里走动了。

潘又安是男人，不可能从女眷走的腰门【C4】出入，他只可能买通通向外街的后角门【J3】的守门人出入大观园。他应当就趁司棋和鸳鸯说话之际，早已"穿花度柳，从角门出去了"。由于此处离腰门【C4】很近，不用"穿花、度柳"（走砖砌甬道即可。既然是砖砌，便无花草），由其"穿花、度柳，从角门出去了"，更可证明他是走他所买通的后角门出园而去，而不是走此腰门【C4】与王夫人院的东角门【Z4】出去。

潘又安买通的应当是晚上守后门的女人①"张妈"（谐音"赃妈"，与赃物、贪赃枉法、开后门有关），见第74回查抄大观园时，抄到潘又安约司棋今晚见面的"大红双喜笺帖"："若园内可以相见，你可托张妈给一信息。若得在园内一见，倒比来家得说话。"又此回惜春说："若说传递，再无别个，<u>必是后门【J3】上的张妈</u>。她常肯和这些丫头们鬼鬼祟祟的，这些丫头们也都肯照顾她。"画线部分证明张妈守后门，这就更加证实潘又安是从后角门出了大观园。

后来抄检大观园时，司棋与潘又安事发，周瑞家的也是把司棋从后角门【J3】撵了出去，张妈肯定也要受到查办而免职。

（三）后角门

●第43回指明后门是角门：

> 原来宝玉心里有件私事，于头一日就吩咐茗烟："明日一早要出门，备下两匹马在后门口【J3】等着，不要别一个跟着。说给李贵：我往北府里去了；倘或要有人找我，叫他拦住不用找，只说北府里留下了，横竖就来的。"茗烟也摸不着头脑，只得依言说了。今儿一早，果然备了两匹马在园后门【J3】等着。天亮了，只见宝玉遍体纯素，从角门【J3】出来，一语不发跨上马，一弯腰，顺着街就颠下去了。

【解析】

宝玉住在大观园，所言"园后门"即大观园的后门。此门又称"角门"，除了上引之文外（即第72回潘又安卖通后门上的张妈而"穿花、度柳，从角门【J3】出去了"，第77回周瑞家的撵司棋："直带着往后角门【J3】出去了"），又见下引第60回管内厨房的柳家媳妇"刚到了角门【J3】前"，第77回宝玉"便独自得便出了后角门【J3】"。

正因为此门名为"角门"，可证其不在大观园北墙的正中，当在北墙的角落上：或是东北角，或是西北角。由于诸钗所住偏于西北一隅，故知此后门当开在西北角，邻近稻香村【J】。

●后门当是"稻香村"旁的西北角门：

后门既然是角门，肯定要么在东北角，要么在西北角。现在我们定其在稻香村处的西北角，理由是：

后角门处有柳嫂管的内厨房，第61回柳嫂女儿柳五儿想把茯苓霜送给芳

---

① 贾府内眷居住区，晚上的看门人由小厮换成女人，见本章"第三节、一、（6）"。

官，于是从后角门处的内厨房【W3】，"趁黄昏人稀之时，自己花遮柳隐的来找芳官。且喜无人盘问。一径到了怡红院【N1】门前，……说毕，作辞回来。正走'蓼溆'一带【T】，忽见迎头林之孝家的带着几个婆子走来，五儿藏躲不及，只得上来问好。"可证从后角门处的"内厨房"【W3】至宝玉的"怡红院"【N1】，要经过"蓼汀花溆"【T】。而"怡红院"【N1】在全园正南，"蓼汀花溆"【T】在全园西北，故知后角门【J3】必在大观园的西北角而非东北角。（若是东北角的话，前往正南的怡红院，便不会经过园西北的"蓼汀花溆"。）

又第41回贾母带刘姥姥游大观园，至"稻香村"【J】午睡："一时贾母醒了，就在稻香村【J】摆晚饭。"第62回："探春因说道：'可巧今儿'里头厨房'【W3】不预备饭，一应下面弄菜都是外头收拾。咱们就凑了钱叫柳家的来揽了去，只在咱们里头收拾倒好。'众人都说：'是极。'探春一面遣人去问李纨、宝钗、黛玉，一面遣人去传柳家的进来，吩咐她'内厨房'【W3】中快收拾两桌酒席。……说着，来到沁芳亭边【F】，只见袭人、香菱、待书、素云、晴雯、麝月、芳官、蕊官、藕官等十来个人都在那里看鱼作耍。见他们来了，都说：'芍药栏里预备下了，快去上席罢。'宝钗等随携了他们同到了芍药栏中红香圃三间小敞厅内【P】。"

又第63回："因饭后平儿还席，说红香圃【P】太热，便在榆荫堂【G4】中摆了几席新酒佳肴。"而第17回言稻香村【J】："外面却是桑、榆、槿、柘，各色树稚、新条，随其曲折，编就两溜青篱。"有榆树才会有榆荫，故疑"榆荫堂"当在稻香村【J】处。

以上三处大观园内的宴会，分别摆在稻香村【J】、芍药栏处的"红香圃"【P】、榆荫堂【G4】。而红香圃（即芍药圃）与稻香村相去不远，见第17回贾政从稻香村出来后"过了荼蘼架【M】，再入木香棚【N】，越牡丹亭【O】，度芍药圃【P】，入蔷薇院【Q】，出芭蕉坞【R】"，然后才到萝港石洞【S】、蘅芜苑【X】，可证芍药圃也在园西北角，与稻香村邻近。而榆荫堂，上文"二"已言很可能就在稻香村旁边的榆树处。

置办酒席肯定会尽量靠近内厨房【W3】，这样比较便捷，以上三处大观园中设宴的地方，全都在园子西北角的稻香村【J】及其附近的红香圃、榆荫堂，可证设有"内厨房"的后角门【J3】肯定就在大观园的西北角而非东北角。

此后角门【J3】通"宁、荣二府"的后街而不通府内。

●第51回晴雯生病请大夫从后门来，可证后门通街，详见本章"第三节、一、（5）"：

我叫人请了大夫，悄悄的从后门【J3】来瞧瞧就是了。……传一个大夫，悄悄的从后门【J3】进来瞧瞧，别回太太罢了。……彼时，李纨已遣人知会过后门【J3】上的人及各处丫鬟回避，那大夫只见了园中的景致，并不曾见一女子。一时出了园门【B】，就在守园门的小厮们的班房【V3】内坐了，开了药方。

●第68回凤姐从后角门把尤二姐骗入大观园

第64回贾琏与尤二姐成亲处在"宁荣街后二里远近小花枝巷内买定一所房子"。第68回凤姐把住在府外的尤二姐骗入大观园，即走后角门："下了车，赶散众人。凤姐便带尤氏进了大观园的后门【J3】，来到李纨处【J】相见了。"而李纨的稻香村【J】正在后门处【J3】不远。

●第77回宝玉从后角门出去探望晴雯：

宝玉听她方才的话，忙陪笑抚慰一时。晚间果密遣宋妈送去。宝玉将一切人稳住，便独自得便出了后角门【J3】，央一个老婆子带他到晴雯家去瞧瞧。……此时多浑虫外头去了，那灯姑娘吃了饭去串门子，只剩下晴雯一人，在外间房内爬着①。（庚夹：总哭晴雯。）宝玉命那婆子在院门瞭哨，她独自掀起草帘（庚夹："草帘"！）进来，一眼就看见晴雯睡在芦席土炕上，（庚夹："芦席土炕"！）幸而衾褥还是旧日铺的。……二人自是依依不舍，也少不得一别。晴雯知宝玉难行，遂用被蒙头，总不理他，宝玉方出来。意欲到芳官、四儿处去，无奈天黑，出来了半日，恐里面人找他不见，又恐生事，遂且进园来了，明日再作计较。因乃至后角门【J3】，小厮正抱铺盖，里边嬷嬷们正查人，若再迟一步也就关了。……

及至天亮时，就有王夫人房【N4】里小丫头立等叫开前角门【C4】传王夫人的话："即时叫起宝玉，快洗脸，换了衣裳快来，因今儿有人请老爷寻秋赏桂花，老爷因喜欢他前儿作得诗好，故此要带他们去。这都是太太的话，一句别错。你们快飞跑告诉他去，立刻叫他快来，老爷在上屋【N4】里还等他吃面茶②呢。环儿已来了。快跑，快跑。再着一个人去叫兰哥儿，也要这等说。"……宝玉此时亦无法，只得忙忙的前来。果然贾政在那里【N4】吃茶，十分喜悦。宝玉忙行了省晨之礼。贾环、贾兰二人也都见过宝玉。贾政命坐吃茶。

【解析】

文中写明宝玉是出了"后角门"【J3】来探望住在哥嫂家的晴雯，可见晴雯家在府外。此后角门又称"后门"，下文还提到与之相对的"前角门"。

宝玉赶回家，仍走后角门【J3】入园。天亮时，有王夫人房【N4】里的小丫头叫开"前角门"，此当是王夫人院东北角门【Z4】处的大观园腰门【C4】。其在前（南方），故称"前角门"；而后门在后（北方），故称"后角门"：因为都是角落上的门，故皆称"角门"。

其实"前角门"要从府内而言，方才是王夫人院的角落而名"角门"；如果从大观园来说的话，则其在大观园西院墙的正中，当称作"腰门"，而不应当称作"角门"。

小丫头是来传王夫人话的，说要宝玉快去见贾政。宝玉此时无法，只得赶

① 爬着，指"扒着"，俯伏之意。
② 面茶，用黍子面煮成面糊，盛在大碗中，撒上芝麻糊，淋上芝麻酱。

忙前来，见贾政正在那里吃"面茶"这种早点（即早膳）。贾政应当是在王夫人的上房【N4】内吃"面茶"。

●**第78回宝玉想出后角门到晴雯家祭晴雯：**

> 想毕忙至房中【N1】，又另穿戴了，只说去看黛玉，遂一人出园来【J3】，往前次之处去，意为停柩在内。……宝玉走来扑了个空。

> 宝玉自立了半天，别无法儿，只得复身①进入园中【J3】。待回至房【N1】中，甚觉无味，因乃顺路来找黛玉【H】。偏黛玉不在房中，问其何往，丫鬟们回说："往宝姑娘那里去了。"宝玉又至蘅芜苑【X】中，只见寂静无人，房内搬的空空落落的，不觉吃一大惊。……默默出来，又见门外的一条翠樾埭【V】上也半日无人来往，不似当日各处房中丫鬟不约而来者络绎不绝。又俯身看那埭【V】下之水●【Z2】，仍是溶溶脉脉的流将过去。……想毕，仍往潇湘馆【H】来，偏黛玉尚未回来。宝玉想亦当出去候送才是，无奈不忍悲感，还是不去的是，遂又垂头丧气的回来【N1】。

> 正在不知所以之际，忽见王夫人的丫头进来找他说："老爷回来了，找你呢，又得了好题目来了。快走，快走。"宝玉听了，只得跟了出来。到王夫人房【N4】中，他父亲已出去了。王夫人命人送宝玉至书房【W4】中。

【解析】

大观园"后门"【J3】在园西北角，宝玉借口去看黛玉【H】而往后门【J3】来，可证从"怡红院"【N1】到黛玉处【H】、到后门处【J3】都要经过"沁芳亭桥"【F】。

宝玉祭晴雯未果，便来探望黛玉【H】，得知往蘅芜苑【X】去了，于是赶来蘅芜苑，见宝钗人去房空，倍增伤感。

宝玉被人叫到王夫人房【N4】中，父亲已出去了（据下文，是到书房去了），王夫人命人送宝玉到书房【W4】。王夫人院门口有"里书房、小书房"【R1】，外仪门【C2】外有"外书房、大书房"【W4】，既然要人护送，自然是路远的"外仪门"处的大书房【W4】，而不是王夫人院门口的小书房【R1】。

（四）后角门内设有"内厨房"，"内、外两厨房"的关系及"外厨房"位置考

●**第34回：**

> 这里薛姨妈和宝钗进园来瞧宝玉，到了怡红院【N1】中，只见抱厦里、外回廊上许多丫鬟、老婆站着，便知贾母等都在这里。母女两个进来，大家见过了，只见宝玉躺在榻上。薛姨妈问他可好些。宝玉忙欲欠身，口里答应着"好些"，又说："只管惊动姨娘、姐姐，我禁不起。"薛姨娘忙扶他睡下，又问他："想什么？只管告诉我。"宝玉笑道："我想起来，自然和姨娘要去的。"王夫人又问："你想什么吃？回来好给你送来的。"宝玉笑道："也倒不想什么吃，倒是那一回做的那小荷叶儿小莲蓬儿的汤还好

---

① 复身，回身。

些。"……

忽有人来请吃饭，贾母方立起身来，命宝玉好生养着，又把丫头们嘱咐了一回，方扶着凤姐儿，让着薛姨妈，大家出房去了。……大家说着，往前迈步正走，忽见史湘云、平儿、香菱等在山石边掐凤仙花呢，见了她们走来，都迎上来了。

少顷至园外，王夫人恐贾母乏了，便欲让至上房【N4】内坐。贾母也觉腿酸，便点头依允。王夫人便令丫头忙先去铺设坐位。……王夫人方向一张小杌子上坐下，便吩咐凤姐儿道："老太太的饭在这里放，添了东西来。"凤姐儿答应出去，便令人去贾母那边【K4】告诉，那边的婆娘忙往外传了，丫头们忙都赶过来。……

少顷，荷叶汤来，贾母看过了。王夫人回头见玉钏儿在那边，便令玉钏与宝玉送去。……一直到了怡红院【N1】门内，玉钏儿方接了过来，同莺儿进入宝玉房中。

【解析】

此是贾母等在"怡红院"【N1】，问知宝玉想喝荷叶汤，于是命令厨房赶紧去做，没有言明是外厨房、还是内厨房【W3】。因有人来请吃午饭，于是贾母等人出园【C4】，原本是要在"贾母院"上房处【K4】开饭，因贾母一路上走得腿酸，故在中途的王夫人上房【N4】内开饭。这时荷叶汤端到王夫人上房【N4】来了，这便证明做荷叶汤的是园外的大厨房（其位置当在图中【G5】处，下详）。而园内的"内厨房"【W3】要到第 51 回方建，凡是第 51 回之前的"厨房"只可能是外厨房。如第 40 回："贾母听了，说'很是'，忙命传与厨房：'明日就拣我们爱吃的东西作了，按着人数，再装了盒子来。早饭也摆在园里吃。'"又第 43 回："凤姐听了，连忙答应，命人去厨房传话。"此是第 34 回，故知肯定是外厨房而不是内厨房。

● 第 51 回内厨房设在后园门内五间大房子中：

正值凤姐儿和贾母、王夫人商议说："天又短又冷，不如以后大嫂子带着姑娘们在园子里吃饭一样。等天长暖和了，再来回的跑也不妨。"王夫人笑道："这也是好主意。刮风、下雪倒便宜。吃些东西受了冷气也不好；空心走来，一肚子冷风，压上些东西也不好。不如后园门【J3】里头的五间大房子，横竖有女人们上夜的，挑两个厨子女人在那里，单给他姊妹们弄饭。新鲜菜蔬是有分例的，在'总管房'里支去，或要钱，或要东西；那些野鸡、獐、狍各样野味，分些给她们就是了。"贾母道："我也正想着呢，就怕又添一个厨房【W3】多事些。"凤姐道："并不多事。一样的分例，这里添了，那里减了。就便多费些事，小姑娘们冷风朔气的，别人还可，第一林妹妹如何禁得住？就连宝兄弟也禁不住，何况众位姑娘？"贾母道："正是这话了。上次我要说这话，我见你们的大事太多了，如今又添出这些事来，……"

● 第 58 回：

接着司内厨【W3】的婆子来问："晚饭有了，可送不送？"

●第 60 回：

翠墨笑说："我又叫谁去？你趁早儿去，我告诉你一句好话，你到后门【J3】顺路告诉你老娘防着些儿。"说着，便将艾官告她老娘话告诉了她。蝉姐听了，忙接了钱道："这个小蹄子也要捉弄人，等我告诉去。"说着，便起身出来。至后门【J3】边，只见厨房【W3】内此刻手闲之时，都坐在阶矶上说闲话呢，她老娘亦在内。……

可巧这柳家的是"梨香院"【N2】的差役，她最小意殷勤，伏侍得芳官一干人比别的干娘还好。芳官等亦待她们极好，如今便和芳官说了，央芳官去与宝玉说。宝玉虽是依允，只是近日病着，又见事多，尚未说得。

前言少述，且说当下芳官回至怡红院【N1】中，回复了宝玉。宝玉正在听见赵姨娘厮吵，心中自是不悦，说又不是，不说又不是，只得等吵完了，打听着探春劝了她去后，方从蘅芜苑【X】回来，劝了芳官一阵，方大家安妥。今见她回来，又说还要些玫瑰露与柳五儿吃去，宝玉忙道："有的，我又不大吃，你都给她去罢。"说着命袭人取了出来，见瓶中亦不多，遂连瓶与了她。芳官便自携了瓶与她去。

正值柳家的带进她女儿来散闷，在那边犄角子上一带地方逛了一回，便回到厨房【W3】内，正吃茶歇脚儿。芳官拿了一个五寸来高的小玻璃瓶来，迎亮照看，里面小半瓶胭脂一般的汁子，还道是宝玉吃的西洋葡萄酒。母女两个忙说："快拿旋子烫滚水，你且坐下。"芳官笑道："就剩了这些，连瓶子都给你们罢。"五儿听了，方知是玫瑰露，忙接了，谢了又谢。

芳官又问她："好些？"五儿道："今儿精神些，进来逛逛。这后边一带，也没什么意思，不过见些大石头、大树和房子【J】【X】后墙，正经好景致也没看见。"芳官道："你为什么不往前去？"柳家的道："我没叫她往前去。姑娘们也不认得她，倘有不对眼的人看见了，又是一番口舌。明儿托你携带她有了房头，怕没有人带着逛呢，只怕逛腻了的日子还有呢。"……

柳氏道了生受，作别回来。刚到了角门【J3】前，只见一个小幺儿笑道："你老人家哪里去了？"

●第 61 回：

柳家的听了，不顾和小厮说话，忙推门进去，笑说："不必忙，我来了。"一面来至厨房【W3】，——虽有几个同伴的人，她们都不敢自专，单等她来调停分派——一面问众人："五丫头哪去了？"众人都说："才往茶房【J3】里找她们姊妹去了。"……

柳家的忙道："阿弥陀佛！这些人眼见的。别说前儿一次，就从旧年一立厨房【W3】以来，……既这样，不如回了太太，多添些分例，也像大厨房【G5】里预备老太太的饭，把天下所有的菜蔬用水牌写了，天天转着吃，吃到一个月现算倒好。……"

柳家的打发她女儿喝了一回汤，吃了半碗粥，又将茯苓霜一节说了。

五儿听罢，便心下要分些赠芳官，遂用纸另包了一半，趁黄昏人稀之时，自己花遮柳隐的来找芳官。且喜无人盘问。一径到了怡红院【N1】门前，不好进去，只在一簇玫瑰花【O1】前站立，远远的望着。

有一盏茶时，可巧小燕出来，忙上前叫住。小燕不知是哪一个，至跟前方看真切，因问作什么。五儿笑道："你叫出芳官来，我和她说话。"小燕悄笑道："姐姐太性急了，横竖等十来日就来了，只管找她做什么？方才使了她往前头去了，你且等她一等。不然，有什么话告诉我，等我告诉她。恐怕你等不得，只怕关园门【J3】了。"五儿便将茯苓霜递与了小燕，又说这是茯苓霜，如何吃，如何补益，"我得了些送她的，转烦你递与她就是了。"说毕，作辞回来。

正走蓼溆【T】一带，忽见迎头林之孝家的带着几个婆子走来，五儿藏躲不及，只得上来问好。林之孝家的问道："我听见你病了，怎么跑到这里来？"五儿陪笑道："因这两日好些，跟我妈进来散散闷。才因我妈使我到怡红院【N1】送家伙去。"……林之孝家的听她辞钝色虚，又因近日玉钏儿说那边正房【N4】内失落了东西，……昨儿玉钏姐姐说，太太耳房【S4】里的柜子开了，少了好些零碎东西，……一面说，一面进入厨房【W3】，莲花儿带着，取出露瓶。恐还有偷的别物，又细细搜了一遍，又得了一包茯苓霜，一并拿了，带了五儿，来回李纨与探春。

那时李纨正因兰哥儿病了【J】，不理事务，只命去见探春。探春已归房【Q2】。……林之孝家的只得领出来，到凤姐儿那边【O4】，先找着了平儿，平儿进去回了凤姐。凤姐方才歇下，听见此事，便吩咐："将她娘打四十板子，撵出去，永不许进二门【C2】。"……林之孝家的不敢违拗，只得带了出来交与上夜的媳妇们看守，自便去了。……

前儿那两篓还摆在议事厅【X3】上，好好的原封没动，怎么就混赖起人来？

【解析】

柳家媳妇把她女儿柳五儿带进"大观园"内解闷，是"在那边犄角子上一带地方逛了一回，便回到厨房【W3】内"，可证是在园西北角（"犄角"）的"梨香院"【N2】与"后门内"【J3】那一带逛，离"内厨房"很近。五儿说："这后边一带，也没什么意思，不过见些大石头、大树和房子后墙，正经好景致也没看见。"这便写出大观园后门口【J3】的景致，可见北边的房屋全都坐北朝南（也即全都面朝南边的沁芳池大湖），在后门口【J3】处只能看到稻香村【J】、蘅芜苑【X】的后墙。

柳家出园后门【J3】送东西给哥哥，回来时"刚到了角门【J3】"，可见后门是角门，即全称当作"后角门"；其位置应当偏于全园的角落一隅，故名"角门"。

柳嫂问："五儿哪里去了？"众人说："往茶房去了。"此茶房当是后门【J3】处的茶房，不可能是园门【B】口处的茶房，因为五儿还没有资格横穿全园到园门【B】那儿去（下文五儿去"怡红院"【N1】便是偷偷前往，回来时还被人逮住）。而且厨房边设有茶房也甚为合理。

柳嫂说："就从旧年一立厨房【W3】以来"，据笔者《红楼时间人物谜案》"第一章、第三节"考，第 51 回立厨房在红楼十三年冬，此第 61 回为红楼十四年，正相吻合。

五儿偷偷来怡红院【N1】，因怕大观园后角门【J3】关闭出不了园，所以把"茯苓霜"递给小燕转交芳官。五儿在回去途中，被女管家林之孝的老婆逮住。有人说玉钏儿那边的王夫人上房【N4】遭了窃，林之孝老婆怀疑柳五儿是窃贼，于是把五儿带到凤姐院【O4】。凤姐说："将她娘打四十板子，撵出去，永不许进二门【C2】。""二门"即"仪门【C2】"。中路的"二门"【C2】男仆尚能通过，唯有西路贾母院的"垂花门"【P4】与东路贾政王夫人院的院门【H5】这两座"二门"相当于是"内仪门"，实为"三门"，只有女仆才能通过，男仆只能到达门前。凤姐说"永不许进二门"，便是剥夺了她们作为奴仆的名分。

平儿决定明天查清后再发落，于是林之孝老婆把五儿带出"凤姐院"【O4】，交给上夜的媳妇们看守。此当非"正园门"处【B】的上夜房，亦非"后园门"处"内厨房"【J3】的上夜房，而当是"凤姐院"门口西侧"东西穿堂"处【X4】的上夜房。

●第 62 回：

探春因说道："可巧今儿里头厨房【W3】不预备饭，一应下面、弄菜，都是外头【G5】收拾。咱们就凑了钱叫柳家的来揽了去，只在咱们里头收拾倒好。"众人都说是极。探春一面遣人去问李纨、宝钗、黛玉，一面遣人去传柳家的进来，吩咐她内厨房【W3】中快收拾两桌酒席。

【解析】

大观园内的内厨房（"里头厨房"）【W3】由柳家媳妇管，其女儿为柳五儿。此内厨房在"后门"【J3】内，靠近"稻香村"【J】。由于大观园中三次摆宴都摆在稻香村【J】附近〖上文"（三）、●后门当是'稻香村'旁的西北角门"有论〗，而"稻香村"在园西北，故知大观园"后门"当在全园的西北角。

●第 106 回：

可怜赫赫宁府，只剩得她们婆媳两个，并佩凤、偕鸾二人，连一个下人没有。贾母指出房子一所居住，就在惜春所住的间壁【X1】，又派了婆子四人、丫头两个伏侍。一应饮食起居在大厨房【G5】内分送，衣裙、什物又是贾母送去，零星需用亦在账房【K5】内开销，俱照荣府每人月例之数。

●第 109 回：

（贾母）叫鸳鸯："吩咐厨房【G5】里办一桌净素菜来，请她在^①这里

---

① 她在，程乙本改"妙师父"。按："她"指妙玉。

【K4】便饭。"

【解析】

此写明外面厨房为"大厨房",上引第62回又言明其为"外厨房"。由此可见:府内的厨房称作"大厨房、外厨房、外头厨房",而园内的厨房便可以称作"小厨房、内厨房、里头厨房"。

大观园早在第102回"宁国府骨肉病灾襖、大观园符水驱妖孽",便荒废到了要请道士前来降妖除怪的地步;到此第109回时,园子早已关闭,"内厨房"【W3】肯定也已废弃多时,第109回所言的"厨房"肯定只可能是大厨房【G5】。

●外厨房的位置考:

前八十回未有情节涉及到厨房,所以前八十回中从未提到过外厨房的位置,后四十回却有一处情节暗示到"外厨房"的位置应当就在"王夫人院"的院门口【H5】。

第84回"试文字宝玉始提亲"写:"贾政此时在内书房【R1】坐着,宝玉进来请了安",于是贾政开始查问宝玉功课,最后:"贾政背着手,也在门口站着作想。只见一个小小厮往外飞走,看见贾政,连忙侧身垂手站住。贾政便问道:'作什么?'小厮回道:'老太太那边姨太太来了,二奶奶传出话来,叫预备饭呢。'贾政听了,也没言语,那小厮自去了。"

贾政此时站在"内书房"【R1】门口,门前就是"王夫人院"院门前的广场(相当于凤姐院【O4】门口的"南北宽夹道"【Y4】)。小厮是"往外飞走",可见事情比较紧急。这个小厮显然是从内院"王夫人院"的院门【H5】往院外走。由于小厮是"往外飞走……叫预备饭呢",画线部分便可证明"大厨房"【G5】当在"王夫人院"的门口【H5】。

此王夫人院门口的广场("南北宽夹道")东半为薛姨妈家【R4】,西半当设有厨房【G5】。"君子远庖厨",这厨房设在贾政的"内书房"门口似乎不宜。但这一门前广场宽达35米,广场南侧的西南角设有厨房,与北侧的"内书房"相隔也有一二十米,可以看作比较远了,故设厨于此并无妨碍。

而且请注意:这儿是让"小小厮"(而不是"小厮")出来传信。王夫人院门是"二门",是男女分界线(男仆不可入,只有女仆可以出入),这也可证明厨房当设在二门之外。如果厨房设在二门内,便可以让丫环传信,正因为设在"二门"外,所以需要男子来传信。但男子可以出入"二门"的话必须幼小,故此次传信便要让"小小厮"这个年幼的男童来承担。

全书提及能出入内宅的男童只有"凤姐院"的"彩明"一人,而贾母吃饭时,凤姐基本上都要在场伺候,而厨房又是凤姐直管(第35回宝玉挨打后想吃"那小荷叶儿小莲蓬儿的汤",书中写:"凤姐儿笑道:'老祖宗别急,等我想一想这模子谁收着呢。'因回头吩咐个婆子去问管厨房的要去。"可证凤姐直管厨房),所以此"小小厮"不出意外的话,应当是凤姐身边的男童"彩明"。

而贾母吃饭是在"贾母院"的上房正厅【K4】处,在"贾母院"的最后一进,所以从那儿到"王夫人院"门口的厨房传信时,便由贾母院的后门【G3】,

走"凤姐院"门口的"南北宽夹道"【Y4】，入"王夫人院"【N4】出其院门【H5】，最为顺路。

当然也有人会说：此厨房也可能设在中路"荣禧堂"【T4】那一路，即传信人是从"王夫人院"门口【H5】出去后，再由"王夫人院"门口的"南北宽夹道"往西至"荣禧堂"【T4】前，厨房也可能会设在"荣禧堂"前（即南侧）的辅房中。此说若然，则传信之人完全可以从"贾母院"的二门"垂花门"【P4】往东进入"中路"来传信，而不用走"贾母院"的后门【G3】、"南北宽夹道"【Y4】这么绕远。由其走王夫人院门口【H5】向厨房传信，而不走贾母院的垂花门【P4】向厨房传信，也可知：厨房当在东路的"王夫人院"门口【H5】，而不在中路的荣禧堂【T4】附近。即传信人从"王夫人院"门口【H5】出去便是厨房【G5】，而不用再由"王夫人院"门口的"南北宽夹道"往西走到"荣禧堂"【T4】前，厨房应当就设在"王夫人院"门口【H5】前，而不设在中路的"荣禧堂"【T4】前。

关于凤姐让"小小厮"彩明传信事，书中屡有提及：第7回周瑞家的送宫花到凤姐院，平儿"先叫彩明来，吩咐他'送到那边府里，给小蓉大奶奶戴去。'"可见彩明一直在内院凤姐跟前听候差遣，其为男性，故可以让他出府与宁国府交通。

第14回凤姐在宁国府为秦可卿治丧时，"凤姐即命彩明定造簿册……便吩咐彩明念花名册，按名一个一个的唤进来看视。……凤姐命彩明念道：'……。'凤姐听了，数目相合，便命彩明登记，取荣府对牌掷下。……宝玉不信，凤姐便叫彩明查册子与宝玉看了。"可见彩明是凤姐的财务秘书（他一是识字，是凤姐的秘书；二会记账，又成了凤姐的会计）。

画线部分甲戌本有眉批："宁府如此大家，阿凤如此身份，岂有使贴身丫头与家里男人答话交事之理呢？此作者忽略之处。"庚辰本眉批特地纠正，说彩明不是女性："彩明系未冠小童，阿凤便于出入使令者。老兄并未前后看明是男是女，乱加批驳。可笑。"又有眉批："且明写阿凤不识字之故。壬午春。"此回甲戌本回前总批亦言："凤姐用彩明，因自己识字不多，且彩明系未冠之童。"

第24回贾芸："打听凤姐回来，便写个领票来领对牌。至院外，命人通报了，彩明走了出来，单要了领票进去，批了银数年月，一并连对牌交与了贾芸。"贾芸是男性，故只敢在"凤姐院"【O4】外等着，不敢入"凤姐院"院门这一"二门"，由男童彩明与之交接。

第45回周瑞老婆为儿子跪求赖嬷嬷向凤姐讨饶，凤姐说："前日我生日，里头还没吃酒，他小子先醉了。……他拿的一盒子倒失了手，撒了一院子馒头。人去了[①]，打发彩明去说他，他倒骂了彩明一顿。这样无法无天的忘八羔子，不撵了作什么！"周瑞家的儿子是男性，故凤姐让彩明出面传话质问他，与此处凤姐让小小厮到厨房传信事正为相似。

后四十回的第88回："凤姐便叫彩明将一天零碎日用账对过一遍，时已将

① 指大家离开后，即生日结束而众人离开后。

近二更。"又第110回贾母丧事中：凤姐"只得到王夫人那边找了玉钏、彩云，才拿了一分①出来，急忙叫彩明登账，发与众人收管。"这两个登账的细节也与前八十回相合。

（五）宁国府"天香楼"下通大观园的便门

●后四十回之第102回：

次日，探春将要起身，……于是探春放心辞别众人，竟上轿登程，水舟车陆②而去。

先前众姊妹们都住在大观园中，后来贾妃薨后，也不修葺。到了宝玉娶亲，林黛玉一死，史湘云回去，宝琴在家住着，园中人少，况兼天气寒冷，李纨姊妹、探春、惜春等俱挪回旧所；到了花朝月夕，依旧相约玩耍。如今探春一去，宝玉病后不出屋门，益发没有高兴的人了。所以园中寂寞，只有几家看园的人住着。

那日，尤氏过来送探春起身，因天晚，省得套车，便从前年在园里开通宁府的那个便门【B4】里走过去了。觉得凄凉满目，台榭依然，女墙一带都种作园地一般，心中怅然，如有所失。因到家中，便有些身上发热。……

外头有个毛半仙，是南方人，卦起的很灵，不如请他来占卦占卦。……贾珍听了，即刻叫人请来；坐在书房【A4】内喝了茶，便说："府上叫我，不知占什么事？"贾蓉道："家母有病，请教一卦。"……

贾蓉奉上卦金，送了出去，回禀贾珍，说是："母亲的病，是在旧宅傍晚得的，为撞着什么'伏尸白虎'。"贾珍道："你说你母亲前日从园里走回来的，可不是那里撞着的！你还记得你二婶娘到园里去，回来就病了？她虽没有见什么，后来那些丫头、老婆们都说是山子上一个毛烘烘的东西，眼睛有灯笼大，还会说话，她把二奶奶赶了回来，唬出一场病来。"贾蓉道："怎么不记得！我还听见宝二叔家的茗烟说：晴雯是做了园里芙蓉花的神了；林姑娘死了，半空里有音乐，必定她也是管什么花儿了。想这许多妖怪在园里，还了得？头里人多阳气重，常来常往不打紧；如今冷落的时候，母亲打那里走，还不知端了什么花儿呢；不然，就是撞着哪一个。那卦也还算是准的。"

贾珍道："到底说有妨碍没有呢？"贾蓉道："据他说，到了戌日就好了。——只愿早两天好，或除③两天才好。"贾珍道："这又是什么意思？"贾蓉道："那先生若是这样准，生怕老爷也有些不自在。"

正说着，里头喊说："奶奶要坐起到那边园里去，丫头们都按捺不住。"贾珍等进去安慰定了，只闻尤氏嘴里乱说："穿红的来叫我！穿绿的来赶我！"地下这些人又怕，又好笑。

---

① 一分，一份。

② 即"水陆舟车"，水路行舟，陆路行车。

③ 除，免，当指再晚两天。贾蓉意思是：希望这个"毛半仙"有点不准，如果太准的话，则下来贾珍、贾蓉便也要像"毛半仙"说的那样接连生病了。

　　贾珍便命人买些纸钱，送到园里烧化。果然那夜出了汗，便安静些。到了戌日，也就渐渐的好起来。由是，一人传十，十人传百，都说大观园中有了妖怪，唬得那些看园的人也不修花、补树、灌溉果蔬。起先晚上不敢行走，以致鸟兽逼人，①甚至日里也是约伴持械而行。

　　过了些时，果然贾珍患病，竟不请医调治，轻则到园化纸许愿，重则详星、拜斗。贾珍方好，贾蓉等相继而病。如此接连数月，闹的两府俱怕。从此②风声鹤唳，草木皆妖。园中出息，一概全蠲；各房月例，重新添起，反弄的荣府中更加拮据。那些看园的没有了想头，个个要离此处，每每造言生事，便将花妖树怪编派起来，各要搬出，将园门封固，再无人敢到园中。以致崇楼高阁，琼馆瑶台，皆为禽兽所栖。

　　却说晴雯的表兄吴贵正住在园门口【J3】。他媳妇自从晴雯死后，听见说作了花神，每日晚间便不敢出门③。这一日吴贵出门买东西，回来晚了。那媳妇子本有些感冒着了，日间吃错了药，晚上吴贵到家，已死在炕上。外面的人因那媳妇子不妥当，便都说妖怪爬过墙吸了精去④死的。于是老太太着急的了不得，替⑤另派了好些人将宝玉的住房【S1】围住，巡逻、打更。这些小丫头们还说，有的看见红脸的，有的看见很俊的女人的，吵嚷不休，唬的宝玉天天害怕⑥。亏得宝钗有把持的，听见丫头们混说，便唬吓着要打，所以那些谣言略好些。无奈各房的人都是疑人疑鬼的不安静，也添了人坐更，于是更加了好些食用。

　　独有贾赦不大很信，说："好好园子，哪里有什么鬼怪？"挑了个风清日暖的日子，带了好几个家人，手内持着器械，到园踹看动静。众人劝他不依。到了园中，果然阴气逼人。贾赦还扎挣前走，跟的人都探头缩脑。内中有个年轻的家人，心内已经害怕，只听"呼⑦"的一声，回过头来，只见五色灿烂的一件东西跳过去了，唬的"嗳哟"一声，腿子发软，便躺倒了。贾赦回身查问，那小子喘嘘嘘的回道："亲眼看见一个黄脸、红须、绿衣青裳一个妖精！走到树林子后头山窟窿【S】⑧里去了。"

　　贾赦听了，便也有些胆怯，问道："你们都看见么？"有几个推顺水船儿的回说："怎么没瞧见？因老爷在头里，不敢惊动罢了。奴才们还掌⑨得住。"说得贾赦害怕，也不敢再走。急急的回来，吩咐小子们："不要提及，只说看遍了，没有什么东西。"心里实也相信，要到"真人府"里请法官驱

---

① 此处程乙本补"近来"二字。

② 此时貌似是在贾珍、贾蓉病好之后，其实下文贾赦请道士施法后："贾珍等病愈复原，都道法师神力。"可证下面之事，其实与贾珍、贾蓉病基本好后的恢复阶段同步进行。

③ 自己家的小姑成了花神，这是好事，当要高兴才是，为何惧怕？亦可怪矣。

④ 指吸走了精魂（而死）。吸了精去，即吸去了精、吸走了精魂。

⑤ 替，介词，为。为了这事，另外加派了很多人，守着宝玉成婚后住的新房。

⑥ 可证宝玉胆小如鼠。

⑦ 呼，程乙本改"嗯"。

⑧ 此即"山子洞"，也即"萝港石洞"【S】，"蓼汀花溆"【T】从此洞中流过。

⑨ 掌，撑。

邪。

岂知那些家人无事还要生事，今见贾赦怕了，不但不瞒着，反添些穿凿，说得人人吐舌。贾赦没法，只得请道士到园作法，驱邪逐妖。择吉日，先在省亲正殿上【Z】铺排起坛场。上供三清圣像，旁设二十八宿，并马、赵、温、周四大将，下排三十六天将图像。香花、灯烛设满一堂，钟鼓、法器排列两边，插着五方旗号。"道纪司"派定四十九位道众的执事，净了一天坛。三位法官行香、取水毕，然后擂起法鼓。法师们俱戴上七星冠，披上九宫八卦的法衣，踏着登云履，手执牙笏，便拜表请圣。又念了一天的消灾、驱邪、接福的《洞玄经》，以后便出榜召将。榜上大书"太乙、混元、上清三境灵宝符箓演教大法师，行文敕令本境诸神到坛听用。"

那日，两府上下爷们仗着法师擒妖，都到园中观看，都说："好大法令！呼神遣将的闹起来，不管有多少妖怪也唬跑了。"大家都挤到坛前。只见小道士们将旗幡举起，按定五方站住，伺候法师号令。三位法师，一位手提宝剑、拿着法水，一位捧着七星皂旗，一位举着桃木"打妖鞭"，立在坛前。只听法器一停，上头令牌三下，口中念念有词①，那五方旗便团团散布。法师下坛，叫本家领着，到各处楼阁殿亭，房廊屋舍，山崖水畔，洒了法水，将剑指画了一回。回来，连击令牌，将七星旗祭起，众道士将旗幡一聚，接下"打妖鞭"望空打了三下。本家众人都道拿住妖怪，争着要看，及到跟前，并不见有什么形响。只见法师叫众道士拿取瓶罐，将妖收下，加上封条，法师朱笔书符收禁，令人带回，在本观塔下镇住，一面撒坛、谢将。贾赦恭敬叩谢了法师。

贾蓉等小弟兄背地都笑个不住，说："这样的大排场，我打量拿着妖怪给我们瞧瞧到底是些什么东西，哪里知道是这样收罗。究竟妖怪拿去了没有？"贾珍听见，骂道："糊涂东西！妖怪原是聚则成形，散则成气；如今多少神将在这里，还敢现形吗？无非把这妖气收了，便不作祟，就是法力了。"众人将信将疑，且等不见响动再说。

那些下人只知妖怪被擒，疑心去了，便不大惊小怪，往后果然没人提起了。贾珍等病愈复原，都道法师神力。独有一个小子笑说道："头里那些响动，我也不知道。就是跟着大老爷进园这一日，明明是个大公野鸡飞过去了。拴儿吓离了眼，说的活像，我们都替他圆了个谎，大老爷就认真起来。倒瞧了个很热闹的坛场。"众人虽然听见，哪里肯信，究无人②住。

【解析】

大观园由于迎春出嫁，宝玉改在成亲的"荣禧堂"后院【S1】居住，林黛玉死，史湘云回史家，宝琴回薛姨妈家住，园中只剩李纨"稻香村"【J】、探春"秋爽斋"【Q2】、惜春"暖香坞"【T2】三处有人，后来又因为天气寒冷，三人全都移回原来住的、王夫人上房【N4】后的抱厦【X1】，唯有赏花玩月的佳

---

① 四字程乙本改"念起咒来"。
② 此处程乙本补一"敢"字。

节才会入园【C4】游玩。探春远嫁后，宝玉又因病不能出房门【S1】，从此再也没人入园【C4】游玩了（即佳节也不入园了），于是大观园更加寂寞，只有几户看园子的人居住。

作者接着补叙：那天尤氏到荣国府送探春动身远嫁后，因天色已晚，走大门【B2】要套车（即走大门外的路必须要坐车，以免外人窥见内眷，以免走上大门外众人践踏过的脏地），尤氏嫌麻烦，便想从腰门【C4】入大观园，再穿过整个大观园，从前年在园内新开通的、通往宁国府的那个便门【C5】，入宁国府后院"天香楼"【L5】东侧入府。此当是宁国府墙上，正对园门【B】东侧的东角门【B4】而开的便门【C5】。

据笔者《红楼时间人物谜案》"第一章、第三节"考证，此第102回为红楼十八年，其前年为红楼十六年，即第71～80回，其时能开此便门【C5】的，只可能是第71回贾母"八旬大寿"。

今按第71回贾母"八旬大寿"时，"议定于七月二十八日起至八月初五日止，荣、宁两处齐开筵宴，宁国府中【F3】单请官客，荣国府中【K4】单请堂客，大观园中收拾出'缀锦阁'【H2】并'嘉荫堂'【I4】等几处大地方来作退居。"

旧时称男宾为"官客"，女宾为"堂客"。宁国府大厅【F3】接待男宾，为了便于男宾入园，故在"天香楼"【L5】东北角的宁国府北墙上开有便门【C5】。从大厅【F3】往东至"宁国府"的东路，走东路贾珍、贾蓉内宅东侧一连串门入园（见"图九"之"S2、R2、Q2、P2、J2、T2"），这样便可以一出便门【C5】就是对面"大观园"的东角门【B4】而入园。

男左、女右，古人坐北朝南，左为东，右为西，女宾走夹道【V4】至【A】，由西往东至园门的西角门【Y3】入园，而男宾则从东侧便门【C5】至大观园园门的东角门【B4】入园，这样便可以做到"男女有别"，使男宾、女宾的路线不会交汇而不失礼仪。① "便从前年在园里开通宁府的那个便门【B4】里走过去了"，这句话绝对不是作者曹雪芹以外的人所能写出；这是证明后四十回是曹雪芹所写的铁证！ ★★

尤氏穿园而过时，只见满目凄凉：台榭依旧，而女墙（园中的矮墙）边都种成了果园、菜地那般，心中怅然若失，回到家中便开始发热起来。贾珍请算命大师"毛半仙"在书房（当在仪门【N3】旁的、府门口的外书房【A4】）内占卜。结果被其全部算中，即：尤氏病好后贾珍又病，不用请医调治，化纸许愿、详星拜斗便会好起来；贾珍方好，而贾蓉等人相继又病。如此接连数月，

---

① 至于入园后的男女有别，当是男宾走怡红院东侧的圆亭【M1】方厦【L1】过沁芳闸大桥【C1】，从正面入大观楼的正楼【Z】，然后从正楼内的通道，入西飞楼缀锦阁【H2】。而女宾则走元妃走过的辇道之路，沿园门内的西走廊往西再往北拐至【E】处，然后再北至秋爽斋【Q2】，走上沁芳亭桥【F】，从大观楼【Z】的西侧绕过西飞楼缀锦阁【H2】，在西飞楼缀锦阁【H2】背后，来到大观楼后部的嘉荫堂【I4】。

闹得宁荣二府更为恐慌，风声鹤唳，草木皆妖。园中一切生产活动被迫取消，探春为大观园增创的经济收入也都化为乌有，又得动用府内钱粮来发放月例钱，弄得荣国府更形拮据。看园子的人因为断了经济来源，便编造出各种花妖树怪的故事，为的是尽早封园，可以免去自己看园子的责任，从而可以早日搬出大观园来另谋生计，于是导致全园的崇楼高阁、琼馆瑶台，全都成了禽兽的栖息地。

此处言晴雯表兄吴贵住在"园门口"，据第77回程高本所言，是住在大观园的"后角门"口【J3】（即第64回程甲本所言的：晴雯哥嫂"目今两口儿就在园子后角门外居住"）。其媳妇"多姑娘"因感冒吃错药而死。由于她经常和男子淫乱，所以外面便传成了园中妖怪爬墙过来吸精而死（按：精为精魂，"吸精"指精魂被吸走而死），也算应了全书"福善祸淫"而让淫人皆不得好死的主旨。由于听说园内有妖怪会吸精，贾母急得不得了，加派很多人手，把宝玉所居住的、"荣禧堂"后面那进庭院【S1】团团围住。

于是贾赦请道士入园作法，驱邪逐妖。这场法事是在省亲正殿"大观楼"上【Z】铺排坛场。众人全都相信妖怪被擒，从此不再大惊小怪；连贾珍等人的病愈康复，也被说成是法师神力。

上述引文的重大意义，在于点明宁国府有便门【C5】通大观园。可见秦可卿"淫丧天香楼"之事被撞破，便在于尤氏走了这道便门【C5】。此处当是作者删去"淫丧天香楼"情节后，有意保存下来的最初稿的面目。① 即：

---

① 笔者《后四十回完璧归曹》"第二章、第八节"论明：今本后四十回是脂砚斋作批的曹雪芹的第一稿，而此脂砚斋作批的第一稿的前八十回有"秦可卿淫丧天香楼"的情节（在第13回而非第76回，详下），作者是在后来几稿中方才删改掉这一情节，把秦可卿改写成病死。则此处似乎只可以说成是"此处当是作者删去'淫丧天香楼'情节前的最初稿的本来面目"，而不可以说成是"此处当是作者删去'淫丧天香楼'情节后，有意保存下来的最初稿的面目"。

但下文证明第102回这段情节应当是作者删去"淫丧天香楼"后的改稿，而非删改"淫丧天香楼"情节前的最初草稿，因为此处之文实在看不出下述的"秦氏淫丧天香楼"情节；即此处之文未言尤氏因秦氏阴魂致病，而说成是丧尸白虎致病。这似乎又表明：今本后四十回中除了绝大多数是曹雪芹的第一稿外，少量（如下文所述的第101回秦可卿向凤姐显灵，以及此第102回的这段情节）也会是程伟元、高鹗所收集到的曹雪芹第一稿以后的第二至第五稿。

但笔者《红楼时间人物谜案》"第三章、第一节、一、（三）、（2）"末尾指出：脂砚斋所见到的作者第一稿中的"秦可卿淫丧天香楼"情节便已由第76回移到第13回，从而为全书确立了用19年小说故事来隐写作者自己14岁人生的"双轨制"时间体系。则曹雪芹在第一稿中就把此处第102回原本是秦可卿一周年显灵致崇改成丧尸白虎致病的可能性仍然是非常巨大的。我们不能因为此处没说尤氏因秦氏阴魂致病、而说是丧尸白虎致病，便认为此处不是第一稿之文、而是后来几稿（即第二至五稿中的某一稿）之文被程高二人收集到了。

其问题的关键在于：最初草稿中秦可卿淫丧于第76回，则此第102回便是其逝世一周年，则此第102回的这段情节在最初草稿中必定是写秦可卿在自己逝世一周年时显灵致崇，报复尤氏、贾珍、贾蓉三人，使之相继得病；脂砚斋作批的第一稿中改成秦可卿淫丧于第13回，则此第102回便不是其周年祭，于是也就不一定要写秦可卿前来报复尤氏等人，改成丧尸白虎致病也是很有可能的；第一稿以后的几稿又把第一稿中的第13回"秦可卿淫丧

　　八月中秋夜的八月十六日凌晨四更时分，尤氏在园中陪贾母赏月后，抄近路，直接从这"天香楼"东侧的便门【C5】入了宁国府，而此门正在天香楼【L5】下，尤氏抬头正好看到"天香楼"上亮着灯。贾珍与秦可卿由于是幽会，自然不敢抛头露面地坐在楼头赏月。但尤氏经过楼下时看到楼上亮着灯自然会上楼来查看，而天香楼下望风的秦可卿的贴身丫环瑞珠，由于此时已是四更时分，过于疲劳而打了磕睡，未能发觉尤氏入楼来查看。尤氏一见到打瞌睡的瑞珠，心中便明白了几分。这时贾珍、秦可卿听到楼下有响动，急忙下楼离开，被尤氏撞破，秦可卿于是只好重新上楼，在楼上悬梁自尽。

　　尤氏心中因悲感大观园的荒凉而生病，这未免太牵强了。因为很少有人会因为园子荒废而难过得生起病来。更何况这个园子又不是尤氏宁国府的，是荣国府的，尤氏怎么可能为亲人家的园子伤心到致病的地步呢？所以更合理的解释便应当是：第101回"大观园月夜警幽魂"便是秦可卿死后阴魂不散而向凤姐显灵，下一回的这第102回显然就是死后阴魂不散的秦可卿前来报复尤氏、贾珍、贾蓉三人。所以真相应当是：尤氏入园时，秦可卿之魂致祟而使尤氏生病；然后又致祟让贾珍、贾蓉等人接连生病。而算命大师"毛半仙"算到的"伏尸白虎"，便是作者删改后的幌子；其未删改前的原稿，必定是毛大师算到新近亡故的秦可卿之灵前来致祟。

　　据笔者《红楼时间人物谜案》"第三章、第一节、一、（三）、（2）"的考证，秦可卿当淫丧于第76回。又据该书"第二章、第二节、一"的《红楼梦作者把自己"十四岁人生"拆成"十九年故事"简表》来看，第76回为"红楼第十六年、宝玉十六岁"，在作者的真实人生中为第十二岁，其月份为八月中秋；而本回第102回是"红楼第十八年、宝玉十八岁"，在作者的真实人生中则为第十三岁，其月份约在九月初。因此，从作者的人生体系来看，可卿此时正好死了一周年，所以要在自己逝世一周年时显灵，来提醒凤姐当行长久之计（第101回），来报复与自己死亡有密切关系的尤氏、贾珍、贾蓉三人（第102回）。

天香楼"改成秦可卿病死于第13回，则此第102回更加不能来写最初草稿中的可卿周年显灵前来报复婆婆尤氏、公公贾珍、丈夫贾蓉三人，而一定要写成丧尸白虎致病。

　　问题是：第102回由可卿一周年（或某周年）显灵致祟改成丧尸白虎致病是第一稿所为，还是第一稿以后之稿所为？笔者认为第一稿所为的可能性也是巨大的；因此，今本第102回是第一稿的可能性仍然巨大，我们不可以根据其未写可卿致祟，便认定其乃第一稿之后的二至五稿中的某一稿。

鸳
兔

第七节　"大观园"游园路线详考

此节"由点及线"，在前几节考证清楚景点的基础上，根据《红楼梦》的描述，寻求景点之间的空间联系，探索景点与景点之间的动线布局。

大观园的线网研究主要有三类：一是山脉，即全园山系的研究；二是水路，即全园水脉的研究；三是路径，即全园路网的研究。"山洞"相当于道路的延伸，"水洞"相当于水脉的延伸；"桥梁"相当于路网和水脉的交会点，道路也会有"立交处"，以上四类也当纳入研究的视野。

山系、水脉、路径这三类线网，图中根本就没有画到。尽管如此，本章第一节"大观园总论"，还是能够依据正文和脂批来证明两点：一是全园路网密布，而且还是大大小小、数十成百、曲曲折折之路，会像迷宫般让人迷路（见下引第17回己卯本批语："羊肠鸟道不止几百十条，穿东度西，临山过水"）；二是"大主山"余脉与"沁芳池"的水脉遍布全园。造园者善于通过人造山体来障景（即所谓的"青山斜阻"），利用溪水来川流（所谓的"清溪前阻"、"曲折萦迂"），用路网来交织（逶迤曲折），所造就的这个"大观园"堪称是山水园林的艺术精品。

由于图中河流未画，不知水脉如何穿行；图中"大主山"仅画两座主峰而支脉未画，不知山脉如何延伸；图中路网未画，不知路径如何交通，以上三类线网全要靠对《红楼梦》文字的细心研读来作合理揣测。下面，我们主要通过园中的四次游园路线，来对其加以探讨。

一、第17回"大观园试才题对额"路线考（见"图十一 A"）

贾珍先去园中知会众人。可巧近日宝玉因思念秦钟，忧戚不尽，贾母常命人带他到园中来戏耍。（庚侧：现成榫楔，一丝不费力。若特唤出宝玉来，则成何文字？[①]）此时亦才进去，忽见贾珍走来，向他笑道："你还不出去？老爷就来了。"宝玉听了，带着奶娘、小厮们，一溜烟就出园来。（庚侧：不肖子弟来看形容。余初看之，不觉怒焉，盖谓作者形容余幼年往事，因思彼亦自写其照[②]，何独余哉？信笔书之，供诸大众同一发笑。）

方转过弯【A】，顶头贾政引众客来了，躲之不及，只得一边站了。贾

---

① 指作者真要这么写，未免显得生硬、不自然，笔法便不再显得超卓了。
② 此批言明：作者曹雪芹以自己为模特来塑造书中贾宝玉这个人物，同时贾宝玉作为公子哥的艺术典型，又会取材于脂砚斋等人年少时的光景。

政近日因闻得塾掌①称赞宝玉专能对对联，虽不喜读书，偏倒有些歪才情似的，（蒙侧：如此顺写，笔间写来，然却是宝玉正传。②）今日偶然撞见这机会，便命他跟来。（己夹：如此"偶然"方妙，若特特唤来题额，真不成文矣。）宝玉只得随往，尚不知何意。

贾政刚至园门【B】前，只见贾珍带领许多执事人来，一旁侍立。贾政道："你且把园门都关上，我们瞧了外面再进去。"（庚侧：是行家看法。）贾珍听说，命人将门关了。贾政先秉正看门。只见正门【B】五间，上面桶瓦泥鳅脊；那门栏、窗隔，皆是细雕新鲜花样，并无朱粉涂饰；一色水磨群墙，（己夹：门雅、墙雅，不落俗套。）下面白石台矶，凿成西番草花样。左右一望，皆雪白粉墙，下面虎皮石，随势砌去，果然不落富丽俗套，自是欢喜。

遂命开门，只见迎门一带翠嶂【C】挡在前面。（己夹：掩映的好。）众清客都道："好山，好山！"贾政道："非此一山，一进来园中，所有之景悉入目中，则有何趣？"众人道："极是。非胸中大有邱壑，焉想及此？"说着，往前一望，见白石磋峨，（己夹：想入其中，一时难辨方向。用"前"、"后"、"这边"、"那边"等字，正是不辨东西。）或如鬼怪，或如猛兽，纵横拱立，上面苔藓成斑，藤萝掩映，（己夹：曾用两处旧有之园所改，故如此写方可，细极。）其中微露羊肠小径【D】，（己夹：好景界，山子野精于此技。　此是小径，非行车辇道，今贾政原欲览其景，故将此等处写之。想其通路大道，自是堂堂冠冕气象，无庸细写者也。后于省亲之时已得知矣。）贾政道："我们就从此小径游去，回来由那一边出去，方可遍览。"

说毕，命贾珍在前引导，自己扶了宝玉，逶迤进入山口。（己夹：此回乃一部之纲绪，不得不细写，尤不可不细批注。盖后文十二钗书出入来往之境，方不能错乱，③观者亦如身临足到矣。今贾政虽进的是正门，却行的是僻路，按此一大园，羊肠鸟道不止几百十条，穿东、度西，临山、过水，万勿以今日贾政所行之径考其方向、基址。故正殿反于末后写之，足见未由大道而往，乃逶迤转折而经也。）（庚夹：宝玉此刻已料定吉多凶少。）抬头忽见山上有镜面白石一块，（庚侧：新奇。）正是迎面留题处。（己夹：留题处便精，不必限定凿金镂银一色恶俗，赖及枣梨之力。）

贾政回头笑道："诸公请看，此处题以何名方妙？"众人听说，也有说该题"叠翠"二字，也有说该题"锦嶂"的，又有说"赛香炉"的，又有说"小终南"的，种种名色，不止几十个。原来众客心中早知贾政要试宝玉的功业进益何如，只将些俗套来敷衍。宝玉亦料定此意。（己夹：补明好。）

---

① 塾掌，私塾的主管者，在书中便是"贾氏义塾"的主管者贾代儒。
② 指在他人之事中顺带着夹杂一两笔，没有正面去写宝玉，但却是介绍宝玉的正文。作者曹雪芹最善于这种正事旁写、旁事正写的"瞒人"笔法。
③ 指后文书写红楼诸钗出入来往时，方能不错乱。此指：第3回借黛玉进贾府，把荣国府建筑格局交代给读者；第6回借刘姥姥进贾府内院及周瑞老婆婆送宫花，把黛玉走不到的内院及薛姨妈家交代给读者；本回便是借贾政与宝玉的行踪，把大观园交代给读者：这三回的目的便是让读者阅读全书时，对于全书的空间背景先有一个整体的观感。

　　贾政听了，便回头命宝玉拟来。

　　宝玉道："尝闻古人有云：'编新不如述旧，刻古终胜雕今。'（己夹：未闻古人说此两句，却又似有者。）况此处并非主山正景【Y】，原无可题之处，不过是探景一进步耳。（己夹：此论却是。）莫如直书'曲径通幽处'【E】这旧句旧诗在上，倒还大方气派。"众人听了，都赞道："是极！二世兄天分高、才情远，不似我们读腐了书的。"贾政笑道："不可谬奖。他年小，不过以一知充十知用，取笑罢了。再俟选拟。"

　　说着，进入石洞【E】来，只见佳木茏葱，奇花烟灼，一带清流，从花木深处曲折泻于石隙之下。（己夹：这水是人力引来做的。）

　　再进数步，渐向北边，（己夹：细极。后文所以云进贾母卧房后之角门【C4】，是诸钗日相来往之境也。后文又云，诸钗所居之处，只在西北一带，最近贾母卧室之后，皆从此"北"字而来。）平坦宽豁，两边飞楼插空，雕甍绣槛，皆隐于山坳树杪之间。俯而视之，则清溪泻雪，石磴穿云，（己夹：前已写山至宽处，此则由低至高处，各景皆遍。）白石为栏，环抱池沼①【B3】，石桥三港，兽面衔吐。桥上有亭【F】。（己夹：前已写山、写石，今则写池、写楼，各景皆遍。）贾政与诸人上了亭子，倚栏坐了，（己夹：此亭大抵四通八达，为诸小径之咽喉要路。）因问："诸公以何题此？"诸人都道："当日欧阳公《醉翁亭记》有云：'有亭翼然。'就名'翼然'。"贾政笑道："'翼然'虽佳，但此亭压水而成，还须偏于水题②方称。依我拙裁，欧阳公之'泻出于两峰之间'，竟用他这一个'泻'字。"有一客道："是极，是极。竟是'泻玉'二字妙。"贾政拈髯寻思，因抬头见宝玉侍侧，便笑命他也拟一个来。

　　宝玉听说，连忙回道："老爷方才所议已是。但是如今追究了去，似乎当日欧阳公题酿泉用一'泻'字则妥，今日此泉若亦用'泻'字，则觉不妥。况此处虽为省亲驻跸别墅，亦当入于应制之例，用此等字眼，亦觉粗陋不雅。求再拟较此蕴藉含蓄者。"贾政笑道："诸公听此论：若如方才众人编新，你又说不如述古；如今我们述古，你又说粗陋不妥。你且说你的来我听。"

　　宝玉道："有用'泻玉'二字，则莫若'沁芳'（庚侧：真新雅。）二字，（己夹：果然。）岂不新雅？"贾政拈髯点头不语。（庚眉：六字是严父大露悦容也。壬午春。）众人都忙迎合，赞宝玉才情不凡。贾政道："匾上二字容易，再作一副七言对联来。"宝玉听说，立于亭上，四顾一望，便机上心来，乃念道："绕堤柳借三篙翠，（己夹：要紧，贴切水字。）隔岸花分一脉香。（己夹：恰极，工极！绮靡、秀媚，香奁正体。）"贾政听了，点头微笑。众人先称赞不已。

　　于是出亭、过池，一山、一石、一花、一木【G】，莫不着意观览。（己夹：浑写两句，已见经行处愈远，更至北一路矣。）忽抬头看见前面一带粉

────────────

① 沼，据程甲本、戚序本，庚辰本、己卯本误"沿"。
② 题名时偏向水，方能相符。

垣，里面数楹修舍，有千百竿翠竹遮映。众人都道："好个所在！"（庚侧：此方可为颦儿之居【H】。）于是大家进入，……{此处即描写潇湘馆之文，本章"第四节、一"已有引，故节略}……

一面走，一面说，（己夹：是极！）倏尔青山斜阻。【I】（己夹："斜"字细，不必拘定方向。诸钗所居之处，若稻香村、潇湘馆、怡红院、秋爽斋、蘅芜苑等，都相隔不远，究竟只在一隔。然处置得巧妙，使人见其千邱万壑，恍然不知所穷，所谓会心处不在乎远。大抵一山、一水、一木、一石，全在人之穿插布置耳。）转过山怀中，隐隐露出一带黄泥筑就墙，墙头上皆稻茎掩护。（己夹：配的好！）有几百株杏花◆，如喷火蒸霞一般。里面数楹茅屋【J】。外面却是桑◆、榆◆、槿◆、柘◆，各色树稚、新条，随其曲折，编就两溜青篱。篱外山坡之下，有一土井，旁有桔槔、辘轳之属。下面分畦列亩【K】，佳蔬、菜花，漫然无际。（己夹：阅至此，又笑别部小说中，一万个花园中，皆是牡丹亭、芍药圃，雕栏画栋、琼榭朱楼，略不差别。）

……{此处即描写稻香村之文，本章"第四节、二"已有引，故节略}……

宝玉道："却又来！此处置一田庄，分明见得人力穿凿扭捏而成。远无邻村，近不负郭；背山山无脉▲，临水水无源●；高无隐寺之塔，下无通市之桥；峭然孤出，似非大观。"……

一面引人出来，转过山坡【L】，穿花、度柳，抚石、依泉●；过了荼蘼架◆【M】，再入木香棚◆【N】；越牡丹亭◆【O】，度芍药圃◆【P】；入蔷薇院◆【Q】，出芭蕉坞◆【R】，盘旋曲折。（己夹：略用套语一束，与前顿破格不板。）忽闻水声潺湲●，泻出石洞【S】，上则萝薜倒垂◆，下则落花浮荡◆。（己夹：仍是沁芳溪●【Z2】矣，究竟基址不大，全是曲折掩映之巧可知。）众人都道："好景，好景！"贾政道："诸公题以何名？"众人道："再不必拟了，恰恰乎是'武陵源'三个字。"贾政笑道："又落实了，而且陈旧。"众人笑道："不然就用'秦人旧舍'四字也罢了。"宝玉道："这越发过露了。'秦人旧舍'说避乱之意，如何使得？莫若'蓼汀花溆'四字。"【T】贾政听了，更批胡说。

于是要进港洞【S】时，又想起有船无船。贾珍道："采莲船共四只，座船一只，如今尚未造成。"贾政笑道："可惜不得入了。"贾珍道："从山上盘道【U】亦可进去[①]。"说毕，在前导引，大家攀藤抚树过去，只见[②]：水上落花愈多◆，其水愈清，溶溶荡荡，曲折萦迂。●池边两行垂柳◆，杂着桃◆、杏◆，遮天蔽日，真无一些尘土【V】。忽见柳阴中又露出一个"折带朱栏板桥"【W】来，（己夹：此处才见一"朱"、"粉"字样：绿柳、红桥，此等点缀亦不可少。后文写芦雪广则曰"蜂腰板桥"，都施之得宜，非一幅死稿也。）度过桥去，诸路可通。（己夹：补四字，细极！不然，后

---

① 今按，贾政一行人实未进洞（因为下文没有进洞后的描写），故知"进去"当作"过去"解，指从洞顶过此石洞，即下文所言的："大家攀藤、抚树过去"之"过去"。
② 此下乃从洞顶过了洞后所见到的情状。

文宝钗来往，则将日日爬山越岭矣。记清此处，则知后文宝玉所行常径，非此处也？①) 便见② 一所清凉瓦舍，一色水磨砖墙，清瓦花堵◆【X】。那大主山【Y】所分之脉，（己夹：两见"大主山"，稻香村又云"怀中"，不写主山，而主山处处映带连络不断可知矣。)皆穿墙而过。（己夹：好想。)……〔此处即描写蘅芜院之文，本章"第四节、三"已有引，故节略〕……

说着，大家出来。行不多远，则见崇阁巍峨，层楼高起，面面琳宫合抱，迢迢复道萦纡，青松拂檐，玉兰绕砌，金辉兽面，彩焕螭头。贾政道："这是正殿【Z】了。（己夹：想来此殿在园之正中。按：园不是殿方之基，西北一带通贾母卧室后，可知西北一带是多宽出一带来的，诸钗始便于行也。）只是太富丽了些。"众人都道："要如此方是。虽然贵妃崇尚节俭，天性恶繁悦朴，（庚侧：写出贾妃身分、天性。）然今日之尊，礼仪如此，不为过也。"一面说，一面走，只见正面（己夹：正面，细。）现出一座玉石牌坊【A1】来，上面龙蟠、螭护，玲珑凿就。贾政道："此处书以何文？"众人道："必是'蓬莱仙境'方妙。"贾政摇头不语。

宝玉见了这个所在，心中忽有所动，寻思起来，倒像在哪里曾见过的一般，却一时想不起哪年哪月日的事了。（己夹：仍归于葫芦一梦之太虚玄境③。）贾政又命他作题，宝玉只顾细思前景，全无心于此了。众人不知其意，只当他受了这半日的折磨，精神耗散，才尽辞穷了，再要考难、逼迫，着了急，或生出事来倒不便，遂忙都劝贾政："罢，罢，明日再题罢了。"贾政心中也怕贾母不放心，（己夹：一笔不漏。）遂冷笑道："你这畜生，也竟有不能之时了！也罢，限你一日，明日若再不能，我定不饶！这是要紧之处，更要好生作来。"（庚眉：一路顺顺逆逆，已成千邱万壑之景，若不有此一段大江截住，直成一盆景矣。作者从何落笔、着想？）

说着，引人出来，再一观望，原来自进门起，所行至此，才游了十之五六。（己夹：总住，妙！伏下后文所补等处。若都入此回写完，不独太繁，使后文冷落，亦且非《石头记》之笔。）又值人来回："有雨村处遣人来回话。"（己夹：又一紧，故不能终局也。此处渐渐写雨村亲切，正为后文地步。伏脉千里、横云断岭法。)④贾政笑道："此数处不能游了。虽如此，到底从那一边出去，纵不能细观，也可稍览。"说着，引众客行来，至一大桥前，水如晶帘一般奔入。原来这桥便是通外河之闸，引泉而入者●【C1】。（己夹：写出水源，要紧之极！近之画家着意于山，若不讲水。又造园圃者，唯知弄"莽憨顽石、壅笨冢"辄谓之景，皆不知水为先着。此园大概

① 难道不是这儿吗？不可标点作陈述语气，当标点作反问语气。
② 上文言过桥而去则其路通畅，并不意味着过桥往"蘅芜苑"来。此"蘅芜苑"实在桥之西边而仍未过桥。
③ 指葫芦庙旁的甄士隐，梦见"太虚幻境"中一僧一道携带"通灵宝玉"下凡事。
④ 指作者故意用贾雨村遣人来回话，所遣之人正在外面等候贾政出去，以此来让贾政赶紧结束行程，可以留下一些景点供将来再写，从而可以不把"大观园"在一回中全部游完、写完（即所谓的"不能终局"），不让人一下子看完"大观园"全貌，留点内容将来再写（即所谓的"为后文地步。伏脉千里、横云断岭法"）。

一描，处处未尝离水，盖又未写明水之从来，今终补出，精细之至！）贾政因问："此闸何名？"宝玉道："此乃沁芳泉●【Z2】之正源，就名'沁芳闸'【C1】。"（己夹：究竟只一脉，赖人力引导之功，园不易造，景非泛写。）贾政道："胡说！偏不用'沁芳'二字。"（己夹：此以下皆系文终之余波，收的方不突。）

于是一路行来，或清堂【D1】、茅舍【E1】，或堆石为垣【F1】，或编花为牖【G1】；或山下得幽尼佛寺【H1】，或林中藏女道丹房【I1】；或长廊【J1】、曲洞【K1】，或方厦【L1】、圆亭【M1】，贾政皆不及进去。（己夹：伏下栊翠庵【O3】、芦雪广【P2】、凸碧山庄【R2】、凹晶溪馆【S2】、暖香坞【T2】等诸处，于后文一段一段补之，方得云龙作雨之势①。）因说："半日腿酸，未尝歇息"，忽又见前面又露出一所院落【N1】来，（庚眉：问卿：此居，比大荒山若何？）②贾政笑道："到此可要进去歇息歇息了。"说着，一径引人绕着碧桃花◆，（己夹：怡红院【N1】如此写来，用无意之笔，却是极精细文字。③）穿过一层竹篱花障◆【O1】编就的月洞门【Q3】，（己夹：未写其居，先写其境。）俄见粉墙环护，绿柳◆周垂。（己夹：与"万竿修竹◆"遥映。）贾政与众人进去，一入门，两边都是游廊相接。院中点衬几块山石▲，一边种着数本芭蕉◆；那一边乃是一颗西府海棠◆，其势若伞，绿垂碧缕，葩吐丹砂。……此处即描写怡红院之文，本章"第三节、二"已有引，故节略……

贾珍笑道："老爷随我来。从这门出去，便是后院，从后院出去，倒比先近了。"说着，又转了两层纱厨、锦隔，果得一门出去，（庚侧：此方便门也。）院中满架蔷薇、宝相。转过花障◆【O1】，则见清溪●前阻【P1】。（己夹：又写水。）众人咤异："这股水又是从何而来？"贾珍遥指道："原从那闸【C1】起，流至那洞口【S】，从东北山坳【T1】里引到那村庄【J】里；又开一道岔口【U1】，引到西南【V1】上，共总流到这里【P1】，仍旧合在一处，（庚侧：于怡红院总一园之水，是书中大立意。）从那墙下出去【W1】。"众人听了，都道："神妙之极！"

说着，忽见大山阻路【C】。众人都道："迷了路了。"贾珍笑道："随我来。"仍在前导引，众人随他，直由山脚边忽一转，便是平坦宽阔大路【Q1】④，（庚侧：众善归缘，自然有平坦大道。）豁然大门【B】前见。（己夹：可见前进来是小路径⑤，此云忽一转，便是平坦宽阔之正甬路【Q1】也，细极！）众人都道："有趣，有趣，真搜神夺巧之至也！"于是大家出来。

---

① 指那种"神龙见首不见尾"般的形势。也指龙在云中，偶尔露出几段来，其余全都为云所遮，"云龙作雨之势"便指不让人一下子看到全貌之意，也即上批所言的"横云断岭"、"伏脉千里"。

② 点明这儿便是"通灵宝玉"（也顺带着说到"神瑛侍者"）下凡在大观园中的居所——怡红院。

③ 这同样指作者所擅长的"正事旁写"之笔。

④ 此即辇道。

⑤ 指之前进大观园而来是从小路进的，现在改由大路出大观园。

（庚眉：以上可当《大观园记》。）

那宝玉一心只记挂着里边，又不见贾政吩咐，少不得跟到书房【R1】。贾政忽想起他来，方喝道："你还不去？难道还逛不足！（庚侧：冤哉、冤哉！）也不想逛了这半日，老太太必悬挂着。快进去，疼你也白疼了。"（己夹：如此去法，大家严父风范①，无家法者不知。）宝玉听说，方退了出来。

【解析】

此第 17 回贾珍一行人是春天陆游大观园。

贾珍先到大观园通知众人："贾政要入园验收并命名景点。"贾宝玉因思念逝世的秦钟而忧伤，贾母便让人带他到园中散散心，正好碰见贾珍告诉他贾政即将入园来验收全园工程，吓得他赶快逃出园来。宝玉当是从正门【B】跑出，刚在【A】处转过弯，想走"贾氏宗祠"前夹道与"贾赦院"三门后的夹道（图中【A】至【V4】的夹道）到贾府的"外仪门"【C2】，便碰上贾政带着众门客迎面从"外仪门"【C2】内的这条夹道（【V4】至【A】）走来。宝玉只得站在一边恭候。

贾政近日因听见管家塾的先生（即贾代儒），称赞宝玉能对对联，有诗赋方面的才情，今天正好可以叫他跟着试试，于是命令他一同入园。

贾政到了园门【B】口，叫人把门关上，为的是可以细细审视这座正门。结果发现此门做得极为自然，不落富丽俗套。

贾政于是叫人把门打开，一开门便"开门见山"地看到"一带翠嶂【C】"——即一座长满绿树的大型假山石、作为挡住全园景致的屏障挡在了众人面前。己卯本有夹批："这山掩映得好。"这便是贾政所说的："全园如果没有这座假山挡一挡，一进园中，便把所有景致尽收眼底，还有什么趣味？"众人说："造此园林的大师（即山子野先生），胸中肯定大有丘壑，否则哪能想到这一点？""翠嶂"是古代园林艺术中的一个大手法，有障景、引人入胜、渐入佳境的功效。

贾政等人往"翠嶂"后面望去，但见白石磴嶒，才走几步便已难辨"东西南北"四个方向，所以作者只好用"前"、"后"、"这边"、"那边"来交代方位了。

这一路所布置的假山石，或如鬼怪，或如猛兽，奇形怪状；有的纵排，有的横放，有的拱立，有的直竖；上面有苔藓、藤萝，可见不是新移来的山石。此处乃"会芳园"旧址，此山石都是"会芳园"中原地保留下来的假山。

假山石中隐隐约约露出一条羊肠小道【D】，己卯本夹批称造园者"山子野"老明公精于布置道路，其曰："此乃小路，园中另有可以行车的辇道。"此园门【B】至怡红院【N1】后院，沿池有一小段通车的大道，便是园中可以通行皇帝车驾的"辇道"中的一小段。而且其批语说："想其通路大道，自是堂堂冠冕气象，无庸细写者也。"可证园中这段"行车辇道"还是比较气派的。下文讨论第 18 回"元妃省亲"的游园路线时，还将提到元妃车驾也即皇帝车驾所走的"辇

—————————————

① 大家族严父的风范。

道"。除此"辇道"和嘉荫堂【I4】登上大主山【Y】峰巅"凸碧山庄"【R2】的百余步条石山路①外，园中便没什么笔直大路而全都是曲折小径了。

贾政等入了山口，此山口为一石洞【E】，走出洞去，别有洞天，只见佳木笼葱（指青翠葱绿），奇花灿烂夺目，有一带清流，从花木深处曲曲折折地倾泻于石隙之下，形成一道瀑布。己卯本来批称："这水是用人力引来的。"（古人如何引水到高处？这倒的确很不简单。）

宝玉建议此山洞名为"曲径通幽处"，并言此处不是"（大）主山"的正景，此山只是大主山的余脉，大主山【Y】处才是山林风光的正景。（按：大主山处其实也有个石洞，是"桃花源"式的水洞，即下文所言的"萝港石洞"【S】，此处则是旱洞。）

由此山洞外的花木再往前（"前"当是北方）走几步，渐渐平坦宽敞起来，显然已经走到空旷的山坡上，从而能够分辨出方向是在往北。于是贾政一行人一路往北走去，只见两边有高筑空中的飞楼，殿宇的屋脊和栏杆雕饰精美，有的隐藏在山坳中，有的露出在树梢头。可见大观园所有建筑全都善于用山石、花木障景，含蓄而不直露。

此是一路往北走去，而且已经走了相当一段距离，故知早已走过"怡红院"而到了"怡红院"的北边，即面前所见到的建筑不可能是"怡红院"的建筑了。由于其为朝北行，故知其所见到的两边是东边和西边。今从图上来看：西边的"插空飞楼"当是仰望到的、高踞山巅的秋爽斋【Q2】；而东边的"插空飞楼"，显然就是平视所见的、湖对岸正殿【Z】处的西飞楼"缀锦阁"【H2】（其正楼"大观楼"及东斜楼"含芳阁"【I2】当为栊翠庵之山【S3】所遮挡）；雕栏画栋，则园中所在皆是，而且园中所有建筑无不掩映于山林花木之后。

此时已经到了该下坡的地方，俯视脚下，但见湖面清流湍湍；仰视高处，则身旁之山有石阶可以登高望远。往前望去，园中有大湖，书中称之为"池"（即池塘、湖泊）【B3】，湖岸上全都用汉白玉做成白石栏杆。有一座长石板桥斜截湖面，共有三折，其下三个平桥洞，把湖水分成三股，书中称之为"三港"；桥上饰有螭头，或衔环，或吐水。桥正中的湖心处建有一座亭子，本书称之为"沁芳亭"【F】。桥板在亭的这边有三折，在亭的那边其实也有三折，长桥横贯全湖，把湖面一共分成六股（六港），连中间"沁芳亭"下面那股共有七股（七港）。

贾政一行人顺着坡势下坡而走上了亭子，倚栏而坐。宝玉建议命名其为"沁芳亭"，故此桥称为"沁芳亭桥"，其湖称为"沁芳池"，由湖水分出来的河流水脉全都可以称为"沁芳溪"，此湖引水用的入水口【B1】则称为"沁芳闸"【C1】。

贾政一行人出亭、过桥，来到湖对岸（即北岸），只见岸上一路布置着花木、竹石、假山【G】，令人步移景换，不知不觉中愈行愈远，来到更北一路。忽然抬头望见前面一带粉墙，里面有几间瘦削高耸的房舍，有千百竿翠竹遮映，正是图中所绘的"大主山"竹林风光，这便是后来林黛玉所住的"潇湘馆"【H】，

---

① 见本书"第三章、第五节、六、（2）"。

其当位于图中"大主山"【Y】东峰的东侧,与正殿【Z】相距很近但两不相见,当是两者之间有"大主山"东峰往南分出的一道山坡作为障景的原故。此馆本章"第四节、一"已有详述,此处容略。

贾政出了潇湘馆,想起家具事,贾珍急忙叫贾琏来回话,贾政一行人继续前行。贾琏不久赶到,贾政与他一边说、一边走,忽然有一道青山斜挡在面前【I】。由于叫人去叫贾琏而贾琏赶上来需要一段时间,所以一路上走的距离不会短,据图来看,当是往西走去而已走到园子的西尽头处,由此可见:下来走到的稻香村【J】便当在大观园湖北西端的全园西尽头处为宜。

己卯本夹批说:"作者用'斜'字很仔细,这是叫我们不必管到底朝哪个方向。园中诸钗所居之处,比如稻香村【J】、潇湘馆【H】、怡红院【N1】、秋爽斋【Q2】、蘅芜苑【X】等,全都相隔不远,毕竟大观园偏居全府的东北一隅,基址不大(笔者"第一章、第四节、二"考明此园林仅200米见方、约60亩地),全靠处置得极为巧妙,才能让人在只占一隅的不大基址中,看到千丘万壑的无穷景致,正所谓'会心处不在乎远'。大抵一山、一水,一木、一石,全靠匠心独具的穿插布置,才会虽少而不嫌少。"

转过此山,只见山的怀抱中隐隐露出一带黄泥巴墙(即土墙),墙头上都用稻杆掩盖,被几百株开着火红杏花的杏林围绕,里面是几间茅草屋【J】,屋外是一大片桑树、榆树、槿树、柘树等各色树种,门口有两道绿篱笆。篱笆外的山坡下有口土井,井旁有灌溉田园用的桔槔、辘轳,井边是划分成"田"字格的一大片菜田。于是贾政推开篱门进去,这便是后来李纨所住的"稻香村"【J】,本章"第四节、二"已有详述,此处不再重复。其处坐北向南,面湖而建,背靠大主山西麓,面前有河流(格局详见书首"图A3"中的"C")。

贾政等出来后,转过稻香村背靠的山坡【L】,一路上花、柳不断,并有山石、泉流为伴,过了荼蘼架【M】,再入木香棚【N】,走过牡丹亭【O】,又经芍药圃【P】,来到蔷薇院【Q】,出了芭蕉坞【R】,一路上盘旋曲折,可见也是在方寸之地当中精巧布置,遂能安排下如此众多的一道又一道植物景观。

出了"芭蕉坞"后,贾政忽然听到"潺潺"的溪水声,一看面前是个假山垒成的石洞【S】,河流"沁芳溪"【T】从洞中流出,洞口有薜萝倒垂。水流出洞口时,水面上漂浮的全是落花。可见这座水洞便是特意仿照"桃花源"之洞而设计,可以供船穿行,贯穿大主山东西两峰之间的山坳,通向山那边大观楼【Z】背后的"内岸"。

众门客都取"桃花源"的典故称之为"武陵源"、"秦人旧舍",失之浅露,还是宝玉所拟的"蓼汀花溆"之名显得贴切自然。"溆"为溆浦,即水边之意。"蓼汀"即有蓼科植物的水边;"花溆"即落花满河的样子。

此假山石洞有河穿过,如同可以通船的河港,故名"港洞"、"石港";洞口有薜萝倒垂,故名"萝港石洞"。贾政想通过这个"港洞"【S】,于是想起:"园中可准备过河、渡湖用的船只?"贾珍回说:"共有四只小的采莲船,一只大的座船，如今尚未造好。"船造好后，船上还得配备划船的船娘。

贾政笑道："可惜这次不能坐船入洞了。"下文引第40回便是贾母带大家坐船入洞而到洞后面的内岸。

这时贾珍提醒说："可以从洞侧的登山盘道【U】爬到洞顶，从山顶上过去。"于是大家攀扯着藤、树，登上洞顶，从洞顶的西半侧过了洞顶，到了洞的另一头往下看去，发现此"沁芳溪"落花更多，其水更清，溶溶洋洋，曲折萦迂。

池塘两边的溪岸上有两行绿柳，夹杂着桃树、杏树，浓荫蔽日，干净得没有一丝尘土【V】。柳阴中忽然露出一座"折带朱栏板桥"【W】来。"折带"是说其形状呈"曲尺状"，则此桥是一座曲尺状的平板桥。"朱"是颜色，绿柳、红桥，色彩对比鲜明，这样的点缀也是园林设计中不可缺少的。

贾政是从西边的稻花村过来，在石洞南口处无法东渡那入洞之溪，他应当在洞南口西侧爬"盘山道"【U】攀登至洞顶南沿，然后从洞顶过了那洞。由于下来又要过"蘅芜苑"门前的桥【W】，可见贾政此时应当仍在溪流【T】的西岸（即贾政上了洞顶，洞顶东半侧有山峰挡住，只能从西半侧过洞顶，贾政来到洞北口时，仍在溪流的西侧）。贾政所过之桥就是"折带朱栏板桥"【W】，过了桥便是溪东，也即第40回贾母过洞后所到的内岸①，贾母当是从溪西岸登上半坡处的蘅芜苑【X】。

度过此"折带朱栏板桥"【W】往东，诸路可通。桥西边是贾政来时之路，要么坐船过石洞而至东峰的后背，要么就得爬山从石洞【S】顶来到西峰面前，总之这儿的路是山路而不顺。唯有桥【W】东边有东峰下坡之路通往平坦的湖岸之地。

过"折带朱栏板桥"【W】到桥东后，沿溪流【T】的东岸往东北走，便是正殿【Z】的背后，如果沿溪流【T】的东岸往西南略走几步到达石洞北口之顶后再折往东南，便是东峰的下坡之路，可以走到潇湘馆【H】，进而再走到"沁芳池"【B3】湖北岸的东西向大道，或走上"沁芳亭"【F】桥这一过湖的南北向大道。（格局详见书首"图A3"。）

己卯本夹批言：作者于此处特地交代"诸路可通"四个字是非常仔细和必要的；否则的话，宝钗以后出门，便得在沁芳溪【T】的西岸、也即石洞【S】西侧天天像贾政来蘅芜苑那样"攀藤抚树"（正文语）、"爬山越岭"（脂批语）了。记清了这一交代，便可知道：全书宝玉来"蘅芜院"所走的路，便是桥东之路、而非桥西之路。

贾政当仍在桥西塄而未过"折带朱栏板桥"【W】，他只是看到过了桥往东而诸路可通的景象，他并未过桥。这时贾政看到桥西塄有一所让人心境为之清凉的瓦舍，其院墙随"大主山"的山坡而起伏。此处便是后来薛宝钗所住的蘅芜院【X】，本章"第四节、三"已有详细解说，此处不再重复。

据上文描述："忽见柳阴中【V】又露出一个折带朱栏板桥【W】来，度过

---

① 其以洞之南边为"外"，以洞那一边（即北边）的溪流为内岸。

桥去，诸路可通，便见一所清凉瓦舍，一色水磨砖墙，清瓦花堵"——蘅芜院【X】。这极易使人认为"蘅芜院"在桥东边。而下文"说着，大家出来。行不多远，则见崇阁巍峨，层楼高起"而到了大观楼【Z】，也极易使人认为从"蘅芜苑"出来后，未过桥便是"大观楼"；即"蘅芜苑"与"大观楼"都在桥东边。

其实上文已言明宝钗过了桥方才"诸路可通"，可证"蘅芜苑"绝对在桥西而非桥东[①]。而且此桥在假山石洞【S】背后的内岸，"蘅芜苑"唯有在桥西边，方能在西峰南麓而面南、朝湖；若在桥东边，则在东峰北麓，无法面南、朝湖。我们已经说过：大观园中所有建筑都面湖而建，此"蘅芜苑"不可能背湖而建，这也可以证明"蘅芜苑"绝对在桥西。换句话说，"折带朱栏板桥"就是蘅芜苑门口之桥。

因此，贾政从石洞西侧登上洞顶而从顶上穿过石洞时，应当仍在石洞顶上"蘅芜苑"所在那一侧即西侧，并未能在洞顶走到洞顶的东侧。即洞顶东侧当被"大主山"东峰所占据，盘山路通往洞顶后，洞顶的山径全都在洞顶的西半侧，走不到洞顶的东半侧。

书中所言的"度过桥【W】去，诸路可通"是说：如果往东过此"折带朱栏板桥"【W】的话，便可以通很多路，并不意味着贾政等人真的已经往东过了此桥。其实他们此时仍在桥西侧而未过此桥，便看到了位于桥西的蘅芜苑【X】。

贾政诸人出"蘅芜院"【X】后往东，书中虽然没写他们过桥与否，但根据上文"度过桥【W】去"方才"诸路可通"，下文既然通至正殿【Z】，可见贾政一行人从"蘅芜院"出来后，当过"折带朱栏板桥"【W】方能往东。

贾政过桥【W】往东没走多远，便看到崇阁巍峨、层楼高起，贾政道："这是正殿【Z】了。"其走的当是正殿的西侧。由于正殿要留待第 18 回元妃省亲时再写，故作者此处便不让贾政等人入殿参观，而让他们继续往前走，来到正殿正前方的玉石牌坊【A1】面前。

此牌坊图中未画，因为此图只画主要建筑，牌坊相当于宫殿前的附属建筑，即古代宫殿前的双阙，想必会有，只不过图中未画罢了。宝玉想起本书第 1 回他降生时，僧道带他这块顽石"竟过一大石牌坊，上书四个大字，乃是'太虚幻境'"；之后的第 5 回，他又在秦可卿卧房中，梦到警幻仙子带他"至一所在，有石牌横建，上书'太虚幻境'四个大字，……转过牌坊，便是一座宫门，也横书四个大字，道是'孽海情天'"：由于有这两次经历，所以他对这座牌坊似曾相识而神情恍惚，无心回答贾政的问话。此节描写其实点明大观园正殿"大观楼"便是太虚幻境内"孽海情天宫"的影子，而"玉石牌坊"便是"太虚幻境坊"的影子。

贾政又引众人出了牌坊，一回望，才游了十分之五六，只到了三大处（潇

---

① 因为蘅芜苑西边是山路，东边是下山的通路，作者言蘅芜苑"度过桥去，诸路可通"，则蘅芜苑肯定是在桥西的山路不通之处，需要过桥其路方通；若其在桥东，原本就道路通畅，过了桥反倒是山路而不通。

湘馆、稻香村、蘅芜院）。由于此回开头贾政入园前曾经说过："我们今日且看看去，只管题了，若妥当便用；不妥时，然后将雨村请来，令他再拟。"此时贾雨村得信后派人来回："知道了。"并向贾政请教有何吩咐，出于礼貌起见，贾政自然不宜让来客久等，所以贾政这时笑着说："还有几处不能游了（因为要出去会客了）。虽然如此，还是从那边（当指大殿【Z】的东侧）出去，纵不能细观，也可浏览一下。"

于是来到一座大桥前，水像水晶帘般涌入，这桥便是通往外河的水闸，此闸引泉水入园形成"沁芳溪"，所以此桥便可称为"沁芳溪"闸桥【C1】。其当从大观楼东侧园墙的偏北处【B1】引水【I5】入园，位置详见上节"八"有考。由于下文所到的"清堂"等处皆在大观楼东侧，可证贾政只是到达"沁芳溪"闸桥【C1】的北堍而未过桥到引水河【I5】的南岸。

于是大家又一路行来（仍在"沁芳溪"闸桥【C1】也即引水河【I5】之北），见有一座"清堂"【D1】，疑是嘉荫堂【I4】，在大观楼身后的大主山麓。又见有茅舍【E1】，有人怀疑是芦雪庵【P2】，即脂砚斋批语所言的："伏下栊翠庵、芦雪广"，当非。因为贾政有客要会，不可能走这么远，当是嘉荫堂背后的退步①做成了茅舍的样子。

今按：贾政从大观楼前玉石牌坊出来后，因有客要会而时间有限，所以说："到底从那一边出去，纵不能细观，也可稍览。"所言的"那一边"，据下文是从怡红院出去，则他下来所走的路线，当是从园东北角的大观楼附近，一路往南走到园东南角的怡红院，不可能再绕道到园西北角处的芦雪庵【P2】。

贾政等人一路上又看到堆石为墙【F1】，又看到编花为牖【G1】，这两处不详所在。今按：堆石为墙似为"稻香村"，而编花为窗似为怡红院的"蔷薇花架"。但上文已言，贾政这一路行来当在园东墙处，不可能再回到刚才已走到的园西北的稻香村【J】处②，而怡红院【N1】此时又尚未走到，故据下一小节末尾考，这两处当在"嘉荫堂"与"达摩庵、玉皇庙"之间。

贾政一行人又来到位于山下的幽尼佛寺【H1】。由于"栊翠庵"【O3】在山上，此在山下，则此山下的佛寺应当是下引第23回所提到的"达摩庵"。贾政一行人又来到深藏于密林中的女道士的丹房【I1】，其当即下引第23回所提到的"玉皇庙"，其庙当建在"大主山"的竹林中。由于达摩庵与玉皇庙后来废弃不用，所以书中也就不再提及。

今按第23回："且说那个玉皇庙【I1】并达摩庵【H1】两处，一班的十二个小沙弥并十二个小道士，如今挪出大观园来，贾政正想发到各庙去分住。不想后街上住的贾芹之母周氏，正盘算着也要到贾政这边谋一个大小事务与儿子管管，也好弄些银钱使用，可巧听见这件事出来，便坐轿子来求凤姐。……银

---

① 退步，退居之所，指在不显眼位置上的附属建筑。
② 贾政说过："此数处不能游了。虽如此，到底从那一边出去，纵不能细观，也可稍览"，画线部分足证其时间宝贵，尚未走到的赶快走一下，他是不可能浪费时间再走回头路去观赏已经到过的景点的。

库【K5】上按数发出三个月的供给来，白花花二三百两。贾芹随手拈一块，撂予掌平的人，叫他们吃茶罢。于是命小厮拿回家，与母亲商议。登时雇了大叫驴，自己骑上，又雇了几辆车，至荣国府角门【L4】【L′4】，唤出二十四个人来，坐上车，一径往城外<u>铁槛寺</u>去了。当下无话。"画线部分所言似皆为男子，而非沙弥尼、小道姑。

但第18回："又有林之孝家的来回：采访聘买的十个<u>小尼姑、小道姑</u>都有了，连新作的二十分道袍也有了。"后四十回的第93回："<u>且说水月庵中小女尼、女道士</u>等，初到庵中，<u>沙弥与道士</u>原系老尼收管，日间教她些经忏。以后元妃不用，也便习学得懒惰了。那些女孩子们年纪渐渐的大了，都也有些知觉了。更兼贾芹也是风流人物，打量芳官等出家，只是小孩子性儿，便去招惹她们。哪知芳官竟是真心，不能上手，便把这心肠移到女尼、女道士身上。因那小沙弥中有个名叫'沁香'的，和女道士中有个叫做'鹤仙'的，长的都甚妖娆，贾芹便和这两个人勾搭上了，闲时便学些丝弦，唱个曲儿。"由画线部分可知：这批人名虽"沙弥"，实为沙弥尼；名虽"道士"，实为小道姑，读者不可不知。

只是第23回说是挪入"铁槛寺"，而后四十回的第93回却说成移入"水月庵"。铁槛寺是佛寺，而水月庵是尼庵。男性的佛寺是不可以居住小尼姑、小道姑的，所以作者特地要避讳从大观园中迁出来的尼姑、道姑的性别，而写成"十二个小沙弥并十二个小道士"，即作者有意要将其写成男性，这样便可以迁入铁槛寺。其实所迁出的全都是女性，故后四十回把迁入地写作"水月庵"而由老尼管辖正为合宜。

后四十回若是续书，定然会遵从第23回的说法，续作"铁槛寺"，而不会写作"水月庵"，更不会续出由老尼管辖的话来。由于铁槛寺是男僧所居，此小尼姑、小道姑肯定不可以迁入铁槛寺，程高本作迁入水月庵而由老尼管辖，便肯定是曹雪芹的原稿。★

又第18回元妃"忽见山环佛寺，忙另盥手进去焚香拜佛，又题一匾云：'苦海慈航'，又额外加恩与一班幽尼、女道。"其称"山环佛寺"，则肯定在山下而不可能在山坡上。由元妃一体赏赐，可见"达摩庵、玉皇庙"两者当相邻，皆在山下林中，唯有如此，元妃才会一体赏赐；如果分开在相隔很远的两个地方，元妃断不会见尼思道或见道思尼而一体赏赐。今典图东北角正有一区院墙（【H1】【I1】处），其处又绘有一小片竹林，绘有山的彩图此处只绘竹海而不绘山，可见是在大主山下的平地，均与第17回所言的"或山下得幽尼佛寺【H1】，或林中藏女道丹房【I1】"语相合。所以，不出意外的话，"达摩庵"与"玉皇庙"当在典图此东北角的院墙【H1】【I1】内。则"堆石为墙【F1】"与"编花为牖【G1】"便当在"嘉荫堂"（即"清堂"）【D1】【I4】与"达摩庵、玉皇庙"【H1】【I1】之间。

离开"达摩庵、玉皇庙"后，贾政一行人又来到长廊【J1】（可见园中原本也有一段长廊，即典图、彩图园中长廊及长廊下的路不全是乾隆朝所建）、曲洞【K1】、方厦【L1】、圆亭【M1】。后两者图中有绘，形制全同。则长廊、曲洞便在"达摩庵、玉皇庙"与方厦【L1】之间。

由于方厦【L1】、圆亭【M1】在"沁芳溪"闸桥【C1】的南侧，可证要到这时候，贾政方才又从"沁芳溪"闸桥【C1】走到了桥南。至于长廊【J1】、曲洞【K1】在桥南还是桥北则无法确定，今暂定为桥南。

又上文写明贾政一行人"一路行来，或清堂【D1】、茅舍【E1】，或堆石为垣【F1】，或编花为牖【G1】；或山下得幽尼佛寺【H1】，或林中藏女道丹房【I1】；或长廊【J1】、曲洞【K1】，或方厦【L1】、圆亭【M1】，贾政皆不及进去。"而清堂【D1】、茅舍【E1】，堆石为垣【F1】、编花为牖【G1】、幽尼佛寺【H1】、女道丹房【I1】、长廊【J1】、曲洞【K1】、方厦【L1】都是空间实体，贾政当是经过其门前、身旁而未入内，唯有圆亭【M1】因建在湖中，两侧通过廊桥与岸相接，贾政若是上了廊桥，便当经过此圆亭，所以贾政应当没有走上廊桥，走的是沿东园墙和南园墙的湖东南角的湖岸上的小径，来到怡红院【N1】旁。所谓的长廊【J1】、曲洞【K1】、方厦【L1】都是从门前走过而未入，而所谓的圆亭【M1】则是隔湖水望见而未入内。

从"嘉荫堂"【I4】（疑即"清堂"【D1】）至此"圆亭"【M1】的一系列景致，贾政都来不及进去，都是信脚走过。己卯本夹批："这段文字已伏下栊翠庵【O3】、芦雪广【P2】、凸碧山庄【R2】、凹晶溪馆【S2】、暖香坞【T2】等诸处，于后文一段一段补之，方得'云龙作雨'时，那种全身为云雾所遮、每次只露出一段的样子来。"

今按："达摩庵"【H1】在山下，而"栊翠庵"【O3】在山上，脂批言"幽尼佛寺"为"栊翠庵"当是臆测而不可靠；芦雪庵【P2】、凸碧山庄【R2】皆在西路，此处贾政所行皆在东路，故其言"清堂【D1】、茅舍【E1】"为"芦雪广【P2】、凸碧山庄【R2】"也属臆测而不可靠。至于以"方厦【L1】、圆亭【M1】"来对应"凹晶溪馆【S2】、暖香坞【T2】"，由于图中绘有方厦【L1】、圆亭【M1】，故知脂批这种对应也属猜测而不可靠。

又第 38 回史湘云读"藕香榭"【K2】之对联："芙蓉影破归兰桨，菱藕香深写竹桥"，己卯本有夹批："妙极！此处忽又补出一处不入贾政'试才'一回，皆错综其事，不作一直笔也。"今按第 18 回："那日虽未曾题完，后来亦曾补拟。（己夹：一句补前文之不暇，启后文之苗裔。至后文'凹晶馆'黛玉口中又一补，所谓'一击空谷，八方皆应'。）"可证"藕香榭"第 17 回贾政未曾到过或经过。

又第 76 回"凸碧堂【R2】品笛感凄清、凹晶馆【S2】联诗悲寂寞"史湘云赞："这山之高处，就叫'凸碧'【R2】；山之低洼近水处，就叫作'凹晶'【S2】。这'凸'、'凹'二字，历来用的人最少。如今直用作轩馆之名，更觉新鲜，不落窠臼。"黛玉便说："实和你说罢，这两个字还是我拟的呢。因那年试宝玉，因他拟了几处，也有存的，也有删改的，也有尚未拟的。这是后来我们大家把这没有名色的也都拟出来了，注了出处，写了这房屋的坐落，一并带进去与大姐姐瞧了。她又带出来，命给舅舅瞧过。谁知舅舅倒喜欢起来，又说：'早知这样，那日该就叫她姊妹一并拟了，岂不有趣？'所以凡我拟的，一字不改都用了。"由此可知，"凸碧山庄【R2】、凹晶溪馆【S2】"两者亦非贾政当日走到或经过。

故己卯本夹批："伏下栊翠庵、芦雪广、凸碧山庄、凹晶溪馆、暖香坞等诸处，于后文一段一段补之，方得云龙作雨之势"，言贾政到过"凸碧山庄【R2】、凹晶溪馆【S2】"乃是误批。

　　贾政走了大半个园子，因说："大家走了半天，腿早已酸疼，还没有歇息过"，这时正好看到前面露出一所院落【N1】来，贾政于是建议大家入院稍作休息，这个院子便是后来贾宝玉居住的"怡红院"，本章"第三节、二"已有详述，此处不再重复。

　　最后，贾政困在"怡红院"的正房迷宫内找不到出路，贾珍引他们从正房后门出去，转过花障【O1】，便见清溪前阻【P1】，众人惊问："这水从何而来？"贾珍便遥指着东北角"沁芳闸"【C1】的方向说："原从那闸起，穿过那萝港石洞【S】，从石洞处的山坳里【T1】（其位居园之西北，贾珍言其在'东北'，疑是口误；或从府内角度来看，其在府的东北方位），向西流至那稻香村【J】里，再往南流入园中心的大池【B3】中，然后这大池又开一道岔口【U1】往此怡红院身后的西南方【V1】流来，把全园所有的水全都引到这儿来，从东南角【W1】那墙下流出去。"众人听了，都赞叹神妙。

　　正往前走，忽有大山阻路【C】，不知路在何方，贾珍带大家从山脚边忽然一转，便有平坦宽阔的大路【Q1】露了出来，这就是上文所提到的"怡红院"背后（即南侧）通往园门（即大观园南大门）的那段很短的行车辇道。由此大道往前，大观园的南大门【B】便豁然呈现在众人面前，众人都称叹道："神奇、有趣。"

二、第18回庆元宵元妃省亲路线考（见"图十一B"）

　　至十五日五鼓，自贾母等有爵者，俱各按品服大妆。园内各处，帐舞龙蟠，帘飞彩凤；金银焕彩，珠宝争辉，（己夹：是元宵之夕，不写灯月而灯光月色满纸矣。）鼎焚百合之香，瓶插长春之蕊，（己夹：抵一篇大赋。）静悄无人咳嗽。（己夹：有此句方足。）贾赦等在西街门【A2】外，贾母等在荣府大门【B2】外。街头、巷口，俱系围幕挡严。

　　正等的不耐烦，忽一太监坐大马而来，（己夹：有是礼。）贾母忙接入，问其消息。太监道："早多着呢！未初刻用过晚膳，未正二刻还到'宝灵宫'拜佛，（己夹：暗贴王夫人，细。）酉初刻进'太明宫'领宴、看灯方请旨，只怕戌初才起身呢。"凤姐听了道：（庚侧：自然当家人先说话。）"既是这么着，老太太、太太且请回房，等是时候再来也不迟。"于是贾母等暂且自便，园中悉赖凤姐照理。又命执事人带领太监们去吃酒饭。

　　一时传人一担一担的挑进蜡烛来，各处点灯。方点完时，忽听外边马跑之声。（己夹：静极，故闻之。细极。）一时，有十来个太监，都喘吁吁跑来拍手儿。（己夹：画出内家风范。《石头记》最难之处、别书中摸不着。）这些太监会意，（庚侧：难得他写的出，是经过之人也。）都知道是"来了，来了"，各按方向站住。贾赦领合族子侄在西街门外【A2】，贾母领合族女眷在大门【B2】外迎接。

半日静悄悄的。忽见一对红衣太监，骑马缓缓的走来，（己夹：形容毕肖。）至西街门【A2】下了马，将马赶出围幕之外，便垂手面西站住。（己夹：形容毕肖。）半日又是一对，亦是如此。少时便来了十来对，方闻得隐隐细乐之声。一对对龙旌、凤翣，雉羽、夔头，又有销金提炉焚着御香；然后一把曲柄七凤金黄伞过来，便是冠袍带履。又有值事太监捧着香珠、绣帕、漱盂、拂尘等类。一队队过完，后面方是八个太监抬着一顶金顶金黄绣凤版舆，缓缓行来。

贾母等连忙路旁跪下。（庚侧：一丝不乱。）早飞跑过几个太监来，扶起贾母、邢夫人、王夫人来。那版舆抬进大门【B2】、入仪门【C2】往东去，到一所院落门前【B】，有执拂太监跪请下舆更衣。于是抬舆入门，太监等散去，只有昭容、彩嫔等引领元春下舆。

只见院内各色花灯烟灼，（庚侧：元春目中。）皆系纱绫扎成，精致非常。上面有一匾灯，写着"体仁沐德"四字【B】。元春入室，更衣毕复出，上舆进园。只见园中香烟缭绕，花彩缤纷，处处灯光相映，时时细乐声喧，说不尽这太平景象、富贵风流。此时自己回想当初在大荒山中、青埂峰下，那等凄凉寂寞；若不亏癞僧、跛道二人携来到此，又安能得见这般世面？本欲作一篇《灯月赋》、《省亲颂》，以志今日之事，但又恐入了别书的俗套。按：此时之景，即作一赋一赞，也不能形容得尽其妙；即不作赋赞，其豪华富丽，观者诸公亦可想而知矣。所以倒是省了这工夫、纸墨，且说正经的为是。（己夹：自"此时"以下，皆石头之语，真是千奇百怪之文。）（庚眉：如此繁华盛极、花团锦簇之文，忽用石兄自语截住，是何笔力！令人安得不拍案叫绝。试阅历来诸小说中，有如此章法乎？）①

且说贾妃在轿内看此园内外如此豪华，因默默叹息奢华过费。忽又见执拂太监跪请登舟【D2】。贾妃乃下舆。只见清流一带【P1】，势若游龙，两边石栏上，皆系水晶玻璃各色风灯，点的如银光雪浪；②上面柳杏诸树虽无花叶，然皆用通草、绸绫、纸绢，依势作成、粘于枝上的，每一株悬灯数盏；更兼池【B3】中荷荇、凫鹭之属，亦皆系螺蚌、羽毛之类作就的。诸灯上下争辉，真系玻璃世界、珠宝乾坤。船上亦系各种精致盆景诸灯，珠帘、绣幕，桂楫、兰桡，自不必说。

已而入一石港【T】，港上一面匾灯，明现着"蓼汀花溆"四字。按：此四字，并"有凤来仪"等处，皆系上回贾政偶然一试宝玉之课艺才情耳，

---

① 自"此时自己回想当初在大荒山中"至此的正文部分，甲辰本为夹批，文字略异。此当是作者曹雪芹写于原书中的双行夹注，脂砚斋为与自己写作双行夹注的脂批有所区别而抄作大字，己卯本、庚辰本还对其作批。
② 此已出"怡红院"西侧之河，入了"沁芳池"大湖的东半。

何今日认真用此匾联？况贾政世代诗书，来往诸客屏侍、坐陪者，悉皆才技之流，岂无一名手题撰，竟用小儿一戏之辞苟且搪塞？（庚眉：驳得好！）真似暴发新荣之家，滥使银钱，一味抹油涂朱，毕则大书"前门绿柳垂金锁，后户青山列锦屏"之类，则以为大雅可观，岂《石头记》中通部所表之宁、荣贾府所为哉？据此论之，竟大相矛盾了。诸公不知，待蠢物（己夹：石兄自谦，妙！可代答云"岂敢！"）将原委说明，大家方知。（庚眉：《石头记》惯用特犯不犯之笔，读之真令人惊心骇目。）①

当日这贾妃未入宫时，自幼亦系贾母教养。后来添了宝玉，贾妃乃长姊，宝玉为弱弟。贾妃之心，上念母年将迈，始得此弟，是以怜爱宝玉，与诸弟待之不同；且同随贾母，刻未暂离。那宝玉未入学堂之先，三四岁时，已得贾妃手引口传，教授了几本书、数千字在腹内了。（庚侧：批书人领过此教，故批至此竟放声大哭，俺先姊仙逝太早，不然余何得为废人耶？）其名分虽系姊弟，其情状有如母子。自入宫后，时时带信出来与父母说："千万好生扶养，不严不能成器，过严恐生不虞，且致父母之忧。"眷念切爱之心，刻未能忘。

前日贾政闻塾师背后赞宝玉偏才尽有，贾政未信，适巧遇园已落成，令其题撰，聊一试其情思之清浊。其所拟之匾联虽非妙句，在幼童为之，亦或可取。即另使名公大笔为之，固不费难，然想来倒不如这本家风味有趣。（庚侧：转得好。）更使贾妃见之，知系其爱弟所为，亦或不负其素日切望之意。（庚侧：有是论。）（己夹：一驳一解，跌宕摇曳，且写得父母兄弟体贴恋爱之情淋漓痛切，真是天伦至情。）因有这段原委，故此竟用了宝玉所题之联额。

那日虽未曾题完，后来亦曾补拟。（己夹：一句补前文之不暇，启后文之苗裔。至后文"凹晶馆"黛玉口中又一补，所谓"一击空谷，八方皆应"。）

闲文少叙，且说贾妃看了四字，笑道："'花溆'二字便妥，何必'蓼汀'？"侍坐太监听了，忙下小舟登岸，飞传与贾政。贾政听了，即忙移换。（己夹：每②的周到、可悦。）一时，舟临内岸【G2】，复弃舟上舆，便见琳宫绰约，桂殿巍峨。石牌坊上明显"天仙宝境"四字【A1】，（己夹：不得不用俗。）贾妃忙命换"省亲别墅"四字。（己夹：妙！是特留此四字与彼自命。）

于是进入行宫【Z】。但见庭燎烧空，（己夹：庭燎最俗。）香屑布地，火树琪花，金窗玉槛。说不尽帘卷虾须，毯铺鱼獭；鼎飘麝脑之香，屏列雉尾之扇。真是："金门玉户神仙府，桂殿兰宫妃子家。"

贾妃乃问："此殿何无匾额？"随侍太监跪启曰："此系正殿【Z】，外臣未敢擅拟。"贾妃点头不语。礼仪太监跪请升座受礼，两阶乐起。礼仪太

---

① 自"按此四字并有凤来仪等处"至此的正文部分，甲辰本为夹批，文字略异。此当是作者曹雪芹写于原书中的双行夹注，脂砚斋为与自己写作双行夹注的脂批有所区别而抄作大字，己卯本、庚辰本还对其批批。

② 每，疑当作"写"。

监二人引贾赦、贾政等于月台下排班，殿上昭容传谕曰："免。"太监引贾赦等退出。又有太监引荣国太君及女眷等，自东阶升月台上排班，（己夹：一丝不乱，精致大方。有如欧阳公"九九"。）昭容再谕曰："免。"于是引退。

茶已三献，贾妃降座，乐止。退入侧殿【Z】更衣，方备省亲车驾出园。至贾母正室【K4】，欲行家礼，贾母等俱跪止不送。贾妃满眼垂泪，方彼此上前厮见，一手挽贾母，一手挽王夫人，三个人满心里皆有许多话，只是俱说不出，只管呜咽对泪。（己夹：《石头记》得力、擅长，全是此等地方。）（庚眉：非经历过，如何写得出？壬午春。）邢夫人、李纨、王熙凤、迎、探、惜三姊妹等，俱在旁围绕，垂泪无言。半日，贾妃方忍悲强笑，安慰贾母、王夫人道："当日既送我到那不得见人的去处，好容易今日回家娘儿们一会，不说说笑笑，反倒哭起来。一会子我去了，又不知多早晚才来！"说到这句，不觉又哽咽起来。（己夹：追魂摄魄，《石头记》传神、摹①影，全在此等地方，它书中不得有此见识。②）邢夫人忙上来解劝。（己夹：说完不可，不先说不可，说之不痛不可，最难说者是此时贾妃口中之语。只如此一说，千贴万妥，一字不可更改，一字不可增减，入情入神之至！）贾母等让贾妃归座，又逐次一一见过，又不免哭泣一番。

然后东、西两府掌家、执事人丁等，在厅外行礼；及两府掌家、执事媳妇，领丫鬟等，行礼毕。贾妃因问："薛姨妈、宝钗、黛玉因何不见？"（辰夹：谅前信息皆知，故有此问。）王夫人启曰："外眷无职，未敢擅入。"（己夹：所谓诗书世家，守礼如此。偏是暴发，骄妄自大。）贾妃听了，忙命快请。（己夹：又谦之如此，真是世界好人物③。）一时薛姨妈等进来，欲行国礼，亦命免过，上前各叙阔别、寒温。又有贾妃原带进宫去的丫鬟抱琴等（己夹：前所谓贾家四钗之鬟，暗以"琴、棋、书、画"④排行，至此始全。）上来叩见，贾母等连忙扶起，命人别室款待。执事太监及彩嫔、昭容各侍从人等，宁国府及贾赦那宅两处自有人款待，只留三四个小太监答应。母女、姊妹，深叙些离别情景，（己夹："深"字妙！）及家务私情。

又有贾政至帘外问安，贾妃垂帘行参拜等事。又隔帘含泪谓其父曰："田舍之家，虽齑盐、布帛，终能聚天伦之乐；今虽富贵已极，骨肉各方，然终无意趣！"贾政亦含泪启道："臣，草莽寒门，鸠群、鸦属之中，岂意得征凤鸾之瑞。（庚侧：此语犹在耳。）今贵人上锡天恩，下昭祖德，此皆

---

① 摸，通"模"、"摹"，模仿。
② 指批者在他人书中没有见识到这种笔法。
③ 指贾府满世界都是谦逊有礼之人。
④ 指抱琴、司棋、待书（后四十回作"侍书"）、入画。由此可知：元春好琴，其丫环名"抱琴"。迎春好棋，见第7回周瑞家的送宫花时："只见迎春、探春二人正在窗下围棋"，故其丫环名"司棋"。探春爱好书法，见第40回写探春所住的秋爽斋："当地放着一张花梨大理石大案，案上磊着各种名人法帖，并数十方宝砚，各色笔筒，笔海内插的笔如树林一般"，故其丫环名"待书"。惜春善画，见第40回："贾母听说，便指着惜春笑道：你瞧我这个小孙女儿，她就会画"，故其丫环名"入画"。

山川日月之精奇、祖宗之远德钟于一人，幸及政夫妇。且今上，启天地生物之大德，垂古今未有之旷恩，虽肝脑涂地，臣子岂能得报于万一？惟朝乾、夕惕，忠于厥职外，愿我君万寿千秋，乃天下苍生之同幸也！贵妃切勿以政夫妇残年①为念，懑愤金怀；更祈自加珍爱，惟业业兢兢，勤慎恭肃以侍上，庶不负上体贴、眷爱如此之隆恩也。"贾妃亦嘱"只以国事为重，暇时保养，切勿记念"等语。

贾政又启："园中所有亭台轩馆，皆系宝玉所题；如果有一二稍可寓目者，请别赐名为幸。"元妃听了宝玉能题，便含笑说："果进益了。"贾政退出。贾妃见宝、林二人②亦发比别姊妹不同，真是姣花、软玉一般。因问："宝玉为何不进见？"（己夹：至此方出宝玉。）贾母乃启："无谕，外男不敢擅入。"元妃命快引进来。小太监出去引宝玉进来，先行国礼毕，元妃命他进前，携手拦揽于怀内，又抚其头颈，（庚侧：作书人将批书人哭坏了。）笑道："比先竟长了好些……"一语未终，泪如雨下。（己夹：只此一句便补足前面许多文字。）

尤氏、凤姐等上来启道："筵宴齐备，请贵妃游幸。"元妃等起身，命宝玉导引，遂同诸人步至园门【B】前。早见灯光、火树之中，诸般罗列非常。

进园来，先从"有凤来仪"【H】、"红香绿玉"【N1】、"杏帘在望"【J】、"蘅芷清芬"【X】等处，登楼、步阁，涉水、缘山，百般眺览、徘徊。一处处铺陈不一，一桩桩点缀新奇。贾妃极加奖赞，又劝："以后不可太奢，此皆过分之极。"

已而至正殿【Z】，谕免礼、归座，大开筵宴。贾母等在下相陪，尤氏、李纨、凤姐等亲捧羹、把盏。

元妃乃命传笔砚伺候，亲搦湘管，择其几处最喜者赐名。按其书云：

"顾恩思义"匾额。

天地启宏慈，赤子苍头同感戴；

古今垂旷典，九州万国被恩荣。此一匾、一联，书于正殿【Z】。（己夹：是贵妃口气。）

"大观园"，园之名。【B】。

"有凤来仪"，赐名曰"潇湘馆"。【H】。

"红香绿玉"，改作"怡红快绿"，即名曰"怡红院"。【N1】。

"蘅芷清芬"，赐名曰"蘅芜苑"。【X】。

"杏帘在望"，赐名曰"浣葛山庄"。【J】。

正楼曰"大观楼"【Z】，东面飞楼曰"缀锦阁"【H2】，西面斜楼曰"含芳阁"【I2】。更有"蓼风轩"【J2】、"藕香榭"【K2】、（己夹：雅而新。）"紫菱洲"【L2】、"荇叶渚"【M2】等名。又有四字的匾额十数个，诸如"梨花

---

① 年，据程甲本、甲辰本。庚辰本、己卯本等误作"犁"。因"年"可作"季"，形似"犁"而误。
② 指宝钗、黛玉。

春雨"【N2】、"桐剪秋风"【Q2】、"荻芦夜雪"【P2】等名，此时悉难全记。（己夹：故意留下秋爽斋【Q2】、凸碧山堂【R2】、凹晶溪馆【S2】、暖香坞【T2】等处，为后文另换眼目之地步。）

又命旧有匾联者，俱不必摘去。于是先题一绝云：

衔山抱水建来精，多少工夫筑始成。

天上人间诸景备，芳园应锡"大观"名。（己夹：诗却平平，盖彼不长于此也，故只如此。①）

写毕，向诸姐妹笑道："我素乏捷才，且不长于吟咏，妹辈素所深知。今夜聊以塞责，不负斯景而已。异日少暇，必补撰《大观园记》并《省亲颂》等文，以记今日之事。妹辈亦各题一匾、一诗，随才之长短，亦暂吟成，不可因我微才所缚。且喜宝玉竟知题咏，是我意外之想。此中'潇湘馆'【H】、'蘅芜院'【X】二处，我所极爱，次之'怡红院'【N1】、'浣葛山庄'【J】，此四大处，必得别有章句题咏方妙。前所题之联虽佳，如今再各赋五言律一首，使我当面试过，方不负我自幼教授之苦心。"宝玉只得答应了，下来自去构思。

迎、探、惜三人之中，要算探春又出于姐妹之上，然自忖亦难与薛林争衡，（己夹：只一语，便写出宝、黛二人，又写出探卿知己知彼，伏下后文多少地步。）只得勉强随众塞责而已。李纨也勉强凑成一律。（己夹：不表薛、林可知。）贾妃先挨次看姐妹们的，写道是：

"旷性怡情"匾额　　迎　春

园成景备特精奇，奉命羞题额"旷怡"。

谁信世间有此景，游来宁不畅神思？

"万象争辉"匾额　　探　春

名园筑出势巍巍，奉命何惭学浅微？

精妙一时言不出，果然"万"物有光"辉"。

"文章造化"匾额　　惜　春

山水横拖千里外，楼台高起五云中。

园修日月光辉里，景夺"文章造化"功。（己夹：更牵强。三首之中还算探卿略有作意，故后文写出许多意外妙文。）

"文采风流"匾额　　李　纨

秀水明山抱复回，"风流文采"胜蓬莱。（己夹：超妙！）

绿裁歌扇迷芳草，红衬湘裙舞落梅。（己夹：凑成。）

珠玉自应传盛世，神仙何幸下瑶台！

名园一自邀游赏，未许凡人到此来。（己夹：此四诗列于前，正为瀚托下韵也。）

"凝晖钟瑞"匾额（己夹：便又含蓄。）　　薛宝钗

芳园筑向帝城西，华日祥云笼罩奇。

高柳喜迁莺出谷，修篁时待凤来仪。（己夹：恰极！）

---

① 指作者为诗才平平之人便拟此等平平之诗，非作者诗才不佳也。

文风已着宸游夕，孝化应隆遍省时。

睿藻仙才盈彩笔，自惭何敢再为辞？（己夹：好诗！此不过颂圣应酬耳，未见长，以后渐知。）

　　　"世外仙园"匾额（己夹：落想便不与人同。）　　　林黛玉

名园筑何处？仙境别红尘。

借得山川秀，添来景物新。（己夹：所谓"信手拈来无不是"，阿颦自是一种心思。）

香融金谷酒，花媚玉堂人。

何幸邀恩宠，宫车过往频！（己夹：末二首是应制诗。　余谓宝、林[1]二作未见长，何也？盖后文别有惊人之句也。在宝卿有生[2]不屑为此，在黛卿实不足一为。）

贾妃看毕，称赏一番，又笑道："终是薛、林二妹之作与众不同，非愚姊妹可同列者。"原来林黛玉安心今夜大展奇才，将众人压倒，（己夹：这却何必？然尤物方如此。）不想贾妃只命一匾、一咏，倒不好违谕多作，只胡乱作一首五律应景罢了。（己夹：请看前诗，却云是胡乱应景。）

彼时宝玉尚未作完，只刚做了"潇湘馆"与"蘅芜苑"二首，正作"怡红院"一首，起草内有"绿玉春犹卷"一句。宝钗转眼瞥见，便趁众人不理论[3]，急忙回身悄推他道："她（己夹：此'她'字指贾妃。）（庚眉：这样章法，又是不曾见过的。）因不喜'红香绿玉'四字，改了'怡红快绿'；你这会子偏用'绿玉'二字，岂不是有意和她争驰了？况且蕉叶之说也颇多，再想一个改了罢。"宝玉见宝钗如此说，便拭汗说道：（己夹：想见其构思之苦方是至情。最厌近之小说中满纸"神童""天分"等语。）"我这会子总想不起什么典故出处来。"宝钗笑道："你只把'绿玉'的'玉'字改作'蜡'字就是了。"宝玉道："'绿蜡'（庚侧：好极！）可有出处？"宝钗见问，悄悄的咂嘴、点头（庚侧：媚极！韵极！）笑道："亏你今夜不过如此，将来金殿对策，你大约连'赵钱孙李'都忘了呢！（己夹：有得宝卿奚落，但就谓宝卿无情，只是较阿颦施之特正耳。）唐钱珝咏芭蕉诗头一句'冷烛无烟绿蜡干'，你都忘了不成？"（己夹：此等处，便是用硬证、实处，最是大力量，但不知是何心思，是从何落思，穿插到此玲珑锦绣地步。）（庚眉：如此穿插，安得不令人拍案叫绝！壬午季春。）（甲辰本夹批：乃翁前何多敏捷，今见乃姐何反迟钝？未免怯才、拘紧，人所必有之耳。）宝玉听了，不觉洞开心臆，笑道："该死，该死！现成眼前之物，偏倒想不起来了，真可谓'一字师'了。从此后我只叫你'师父'，再不叫'姐姐'了。"宝钗亦悄悄的笑道："还不快作上去，只管'姐姐、妹妹'的。谁是你'姐姐'？那上头穿黄袍的才是你'姐姐'，你又认我这'姐姐'来了。"一面说笑，因说笑又怕他耽延工夫，遂抽身走开了。（己夹：一段忙中闲文，已是好看

---

① 指宝钗、黛玉。

② 此字衍，当删。

③ 理论，即理会、注意。

之极，出人意外。）宝玉只得续成，共有了三首。

此时林黛玉未得展其抱负，自是不快。因见宝玉独作四律，大费神思，何不代他作两首，也省他些精神不到之处。（己夹：写黛玉之情思，待宝玉却又如此，是与前文特犯不犯之处。）（庚眉：偏又写一样，是何心意构思而得？畸笏。）想着，便也走至宝玉案旁，悄问："可都有了？"宝玉道："才有了三首，只少'杏帘在望'一首了。"黛玉道："既如此，你只抄录前三首罢。赶你写完那三首，我也替你作出这首了。"说毕，低头一想，早已吟成一律，（己夹：瞧他写阿颦只如此便妙极①。）便写在纸条上，搓成个团子，掷在他跟前。（庚眉：纸条送递，系童生秘诀，黛卿自何处学得？一笑。丁亥春。）（甲辰本夹批：姐姐做试官尚用枪手，难怪世间之代情多耳。）宝玉打开一看，只觉此首比自己所作的三首高过十倍，真是喜出望外，（己夹：这等文字亦是观书者望外之想。）遂忙恭楷呈上。贾妃看道：

"有凤来仪"　　　臣宝玉谨题。

秀玉初成实，堪宜待凤凰。（己夹：起便拿得住。）

竿竿青欲滴，个个绿生凉。

逬砌防阶水，穿帘碍鼎香。（己夹：妙句！古云："竹密何妨水过"，今偏翻案。）

莫摇清碎影，好梦昼初长。

"蘅芷清芬"

蘅芜满净苑，萝薜助芬芳。（己夹："助"字妙！通部书所以皆善炼字。）

软衬三春草，柔拖一缕香。（己夹：刻画入妙。）

轻烟迷曲径，冷翠滴回廊。（己夹：甜脆满颊。）

谁谓池塘曲？谢家幽梦长。

"怡红快绿"

深庭长日静，两两出婵娟。（己夹：双起双敲，读此首始信前云"有蕉无棠不可，有棠无蕉更不可"等批，非"泛泛妄批驳他人，到自己身上则无能为"之论也。）

绿蜡（己夹：本是"玉"字，此尊宝卿改，似较"玉"字佳。）春犹卷，（己夹：是蕉。）红妆夜未眠。（己夹：是海棠。）

凭栏垂绛袖，（己夹：是海棠之情。）倚石护青烟。（己夹：是芭蕉之神。何得如此工恰、自然？真是好诗！却是好书！）

对立东风里，（己夹：双收。）主人应解怜。（己夹：归到主人方不落空。王梅隐云："咏物体又难双承双落，一味双拿则不免牵强。"此首可谓诗题两称，极工、极切，极流利、妩媚。）

"杏帘在望"

杏帘招客饮，在望有山庄。（己夹：分题作，一气呵成，格调熟练，自是阿颦口气。）

菱荇鹅儿水，桑榆燕子梁。（己夹：阿颦之心臆、才情，原与人别，亦

---

① 指黛玉只如此低头一想，便写出一首妙极之诗来。

不是从读书中得来。）

一畦春韭熟，十里稻花香。

盛世无饥馁，何须耕织忙？（己夹：以幻入幻，顺水推舟，且不失应制，所以称阿颦。）

贾妃看毕，喜之不尽，说："果然进益了！"又指"杏帘"一首为前三首之冠。遂将"浣葛山庄"改为"稻香村"【J】。（己夹：如此服善，妙！）（庚眉：仍用玉兄前拟"稻香村"，却如此幻笔、幻体，文章之格式至矣、尽矣！壬午春。）又命探春另以彩笺誊录出方才一共十数首诗，出令太监传与外厢贾政等看了，都称颂不已。贾政又进《归省颂》。元妃又命以琼酥、金脍等物，赐与宝玉并贾兰。（己夹：百忙中点出贾兰，一人不落。）此时贾兰极幼，未达诸事，只不过随母依叔行礼，故无别传。贾环从年内染病未瘥，自有闲处调养，故亦无传。（己夹：补明，方不遗失。）

那时贾蔷带领十二个女戏，在楼下【Z】正等的不耐烦，只见一太监飞来说："作完了诗，快拿戏目来！"贾蔷急将锦册呈上，并十二个花名单子。少时，太监出来，只点了四出戏：

第一出《豪宴》；（己夹：《一捧雪》中。伏贾家之败。）

第二出《乞巧》；（己夹：《长生殿》中。伏元妃之死。）

第三出《仙缘》；（己夹：《邯郸梦》中。伏甄宝玉送玉。）

第四出《离魂》。（己夹：伏黛玉死。《牡丹亭》中。所点之戏剧伏四事，乃通部书之大过节、大关键。）

贾蔷忙张罗扮演起来。一个个歌欺裂石之音，舞有天魔之态。虽是妆演的形容，却作尽悲欢情状。（己夹：二句毕矣。）刚演完了，一太监执一金盘糕点之属进来，问："谁是龄官？"贾蔷便知是赐龄官之物，喜的忙接了，（己夹：何喜之有？伏下后面许多文字，只用一"喜"字。[1]）命龄官叩头。太监又道："贵妃有谕，说：'龄官极好，再作两出戏，不拘哪两出就是了。'"贾蔷忙答应了，因命龄官做《游园》、《惊梦》二出。龄官自为此二出原非本角之戏，执意不作，定要作《相约》、《相骂》二出。（己夹：《钗钏记》中，总隐后文不尽风月等文。[2] 按，近之俗语云："宁养千军，不养一戏。"盖甚言优伶之不可养之意也。大抵一班之中此一人技业稍出众，此一人则拿腔作势、辖众特能、种种可恶，使主人逐之不舍、责之不可，虽欲不怜而实不能不怜，虽欲不爱而实不能不爱。余历梨园弟子广矣，个个皆然，亦曾与惯养梨园诸世家兄弟谈议及此，众皆知其事而皆不能言。今阅《石头记》至"原非本角之戏，执意不作"二语，便见其特能压众、乔酸娇妒、淋漓满纸矣。复至"情悟梨香院"一回更将和盘托出，与余三十年前目睹身亲之人现形于纸上。使言《石头记》之为书，情之至极、言之至恰；然非领略过乃事、迷蹋过乃情，即观此[3]，茫然、嚼蜡，亦不知其

---

[1] 作者曹雪芹只用此一"喜"字，便透露出下文两人相好的很多信息来。

[2] 指与贾蔷先私会（"相约"）而后相骂（"相骂"），即第36回"识分定、情悟梨香院"。

[3] 即便看到这本书，也味同嚼蜡，不知所云；因为没有实际生活的经历，所以不能感同身

神妙也。）贾蔷扭她不过，（己夹：如何反扭她不过？其中隐许多文字。）只得依她作了。贾妃甚喜，命"不可难为了这女孩子，好生教习"，（己夹：可知尤物了。）额外赏了两匹宫缎、两个荷包，并金银锞子、食物之类。（己夹：又伏下一个尤物，一段新文。）

然后撤筵，将未到之处复又游顽。忽见山环佛寺【H1】，忙另盥手进去焚香拜佛，又题一匾云："苦海慈航"。（己夹：寓通部人事。一篇热文，却如此冷收。）又额外加恩与一班幽尼、女道。

少时，太监跪启："赐物俱齐，请验等例。"乃呈上略节。贾妃从头看了，俱甚妥协，即命照此遵行。太监听了，下来一一发放。原来贾母的是金、玉如意各一柄，沉香拐拄一根，伽楠念珠一串，"富贵长春"宫缎四匹，"福寿绵长"宫绸四匹，紫金"笔锭如意"锞十锭，"吉庆有鱼"银锞十锭。邢夫人、王夫人二分，只减了如意、拐、珠四样。贾敬、贾赦、贾政等，每分御制新书二部，宝墨二匣，金、银爵各二支，表礼按前。宝钗、黛玉诸姊妹等，每人新书一部，宝砚一方，新样格式金银锞二对。宝玉亦同此。（己夹：此中忽夹上宝玉，可思。）贾兰则是金银项圈二个，金银锞二对。尤氏、李纨、凤姐等，皆金银锞四锭，表礼四端。外：表礼二十四端，清钱一百串，是赐与贾母、王夫人及诸姊妹房中奶娘、众丫鬟的。贾珍、贾琏、贾环、贾蓉等，皆是表礼一分，金锞一双。其余彩缎百端，金银千两，御酒、华筵，是赐东、西两府凡园中管理工程、陈设、答应，及司戏、掌灯诸人的。外有清钱五百串，是赐厨役、优伶、百戏、杂行人丁的。

众人谢恩已毕，执事太监启道："时已丑正三刻，请驾回銮。"贾妃听了，不由的满眼又滚下泪来。却又勉强堆笑，拉住贾母、王夫人的手，紧紧的不忍释放，（己夹：使人鼻酸。）再四叮咛："不须记挂，好生自养。如今天恩浩荡，一月许进内省视一次，见面是尽有的，何必伤惨？倘明岁天恩仍许归省，万不可如此奢华靡费了。"（己夹：妙极之谶，试看别书中专能故用一不祥之语为谶？今偏不然，只有如此现成一语，便是不再①之谶；只看她用一"倘"字，便隐讳、自然之至。）贾母等已哭的哽噎难言。贾妃虽不忍别，怎奈皇家规范，违错不得，只得忍心上舆去了。这里诸人好容易将贾母、王夫人安慰解劝，挽扶出园去了。（庚眉：一回离合悲欢夹写之文，正如山阴道上令人应接不暇，尚有许多忙中闲、闲中忙小波澜，一丝不漏，一笔不苟。）

（戚总评：此回铺排，非身经历、开巨眼、伸大笔，则必有所滞墨②、牵强，岂能如此触处成趣，立后文之根③、足本文之情者？且借象说法，学我佛阐经，代天女散花，以成此奇文妙趣。惟不得与"四才子书"之作者

受也。

① 不再，不能再来。不再之谶，不能再来的不祥预言。

② 滞墨，笔墨不畅，表达艰涩。

③ 为后文即全书讲清楚大观园的整个空间格局。与第3回黛玉进贾府，一同为全书定下空间方面的根基。

同时讨论、臧否，为可恨耳。）

【解析】

此第 18 回"庆元宵贾元春归省"先是水路行船，然后坐"车驾"走那行车的辇道。

皇帝恩准元春于"元宵节"当晚回家省亲。天未亮，贾赦便率本府男子在西街门【A2】外，贾母率女眷在荣府大门【B2】外恭候。太监来告："下午一点用晚膳（即下午的茶点，也就是今人所谓的'下午茶'），二点左右到'宝灵宫'拜佛，晚上五点进'大明宫'参加宫中的晚宴（即先吃晚饭，然后喝酒看戏），并要陪同皇帝看完花灯后，方才敢向皇帝请旨回家，恐怕要到七点方能动身前来。"

晚上点上灯烛后，元妃坐八抬大轿前来，入了大门【B2】、再过仪门【C2】往东而去，来到一所院落门前【B】，有执拂太监请元妃下轿更衣（即上厕所）。于是抬轿入门【B】，在门内下轿。下轿时，众太监散去（当是各自也去上厕所），只有昭容、彩嫔等引贵妃下轿。只见此大门内张挂着各色花灯，上有一个做成横匾形状的灯，写着"体仁沐德"四个字【B】，此即园门所在，所题就是园门的匾额。其对面为执事太监休息用的"辅仁谕德"厅【X3】。

《红楼梦》书中只言过仪门【C2】往东便至大观园门【B】，并未交代其具体的路线。据图，府内"外仪门"【C2】往东当走贾赦院"三重仪门"后的夹道【V4】，然后再往东走"贾氏宗祠"前的夹道到【A】处后北拐、再东拐，便是大观园的园门【B】。

此夹道平时不开，必须是省亲等重大事件才开，《红楼梦》全书仅开过五次，第一次是第 17 回贾政验收大观园，自然要验收入此大门的夹道之路，所以贾政和宝玉这批人进入大观园与离开大观园时，全都走这条路。第二次便是此第 18 回元妃省亲，走此路出入大观园。

第四次是第 71 回贾母八十寿辰，女宾们在贾母上房"荣庆堂"【K4】接待，同元妃省亲一样，走此路出入大观园。而男宾则在宁国府大厅【F3】接待，男宾如果往北走"贾氏宗祠"前的夹道入园，则男女宾会一同走上"贾氏宗祠"前的夹道，至其东端【A】处北拐、再东拐至园门【B】入园。这么一来，男女宾便会在"贾氏宗祠"前走到一块。古代世家大族讲究"男女有别"，这么走肯定不合适。于是便在宁国府墙上正对"大观园"东角门【B4】处开了一个小角门【Z5】，让男宾由宁国府大厅往东，入"图九"中宁国府内宅东侧那一连串的角门[①]，来到新开的小角门【C5】出宁国府，再由"大观园"东角门【B4】

[①] 据本书"第二章、第三节"的"二、宁府东路内宅考"引"●第 5 回"文字后所作的【解析】考证，其路线是南出"图九"中的大厅▼H◥（即本图中的【F3】），然后往东走▼H◥、▼V1◥面前、▼S◥▼F◥背后的"宁国府东、西两路"分界处的院墙上所开的角门，再走东侧▼S2◥▼R2◥▼Q2◥▼P2◥▼J2◥这一连串小院门，走到本图中的小角门【C5】出宁国府，由大观园的东角门【B4】入园。（按："图九"中的建筑用"▼ ◥"来标记，而本图"图十一"中的建筑用"【 】"来标记。）

入园。

这样一来，女宾便可以走西角门【Y3】入园，男宾走东角门【B4】入园，两者入园的路线便不会相交，便能做到彻底的"男女有别"，从而让前来参加宴会的诸宾朋在礼仪上无可挑剔。〖又：女宾走西角门【Y3】入园，男宾走东角门【B4】入园，这就是古人所谓的"男左女右"。但现在是"男右女左"（以面朝园门【B】的方向来定左右），恰是因为书中描写的空间是原型空间"江宁织造府"东西相反的"镜像"的原故，详本书"第一章、第三节"之考。〗

第75回八月中秋节"当下园之正门【B】俱已大开"，证明与中秋节并重的第54回元宵节也当开正园门，这便是第五次、第三次走园门外大路入大观园的记载，详见本章"第三节、（二）、（5）"有考。

又此路连通"荣国府外仪门—贾赦院—贾氏宗祠—大观园"，则贾赦、邢夫人似乎可以通过此路回"贾赦院"。今按：第3回黛玉进贾府时，"大观园"尚未建造，此路尚未开通，故邢夫人带其走府外的"黑油大门"入贾赦院；大观园造好后，此路虽有，但平时都不开，故贾赦与邢夫人仍要从府外的"黑油大门"出入贾赦院。其实，在真实原型中，大观园在作者曹雪芹出生前就已存在，此路早已有了，故第3回黛玉入贾府时此路肯定也就早已存在，当是因为平时不开的原故，所以仍要从"黑油大门"出入贾赦院。

元妃入园门【B】之室更衣（当指解手盥洗）完毕，再次走出房室，坐八抬大轿正式进入大观园。其辇路（即园门北的砖砌甬道）应当很短，仅从园门通到"怡红院"背后"清溪"【P1】南岸的"座船"码头便结束了。到达此码头后，执拂太监跪请元妃登舟【D2】，八抬大轿也抬上船一同前往，以备陆行。第17回贾政是陆路游园，此第18回描写的便是"舟游大观园"的情形。

元妃在"怡红院"南侧的码头【D2】下轿上船。此座船当即脂批所言的"矮顋舫"，见第38回宝玉"便令将那合欢花浸的酒烫一壶来"，己卯本有夹批："伤哉！作者犹记'矮顋舫'前，以合欢花酿酒乎？屈指二十年矣。"本书"第一章、第二节、七"考明这条批语批的是曹家雍正六年抄家前的雍正四年之事，"矮顋舫"当为"江宁织造府"大行宫"后花园"中的景致。不出意外的话，这艘"矮顋舫"当即第17回所言的"大观园"中的座船（"采莲船共四只，座船一只"），也即本回（第18回）元妃舟游大观园时所乘坐的座船。

由于书中言明大观园中只有这一艘座船（见上引画线部分），曹雪芹这部《红楼梦》具有写实性，这便意味着大观园的原型"江宁织造府行宫"很可能有且只有一艘座船，供康熙皇帝南巡时游湖之用。今脂批提到府内有艘大船名为"矮顋舫"，而府内只可能有一艘大船，则此"矮顋舫"便当是"大观园"中供元妃游园所坐座船的原型。

此船的名称当出自宋人陆游《剑南诗稿》卷52《闲咏》之二："久入春农社，新腰老衲包。纸裁微放矮，砚斫正须顋。髻薄能为祟，方兄任绝交。吾诗无杰句，聊复当谈嘲。"画线部分是指：磨砚台时，当把砚池磨得更深些；裁纸时，当把纸横裁得更矮些（即纵向短一些）。"顋"字音"凹"，《集韵·爻韵》

言此字为"大首深目皃①";《玉篇·页部》言其意为"头凹",故其字可以泛指凹。

"矮"当指此船不高,故"沁芳亭"南塊之桥洞仅需三四米高即可。"頔"字当指其船如砚台般宽平而凹陷,即座船的船舱高度不会太高;其船头、船尾又如同一方巨砚般,宽平方正而微微高翘;其船舱则像"元宝"的中部那般,不会比船头、船尾高出多少。

宝玉"怡红院"西侧河【U1】通"沁芳池"大湖处能走座船,故其处之桥【W2】当是座高耸的石拱桥,此桥当即本章"第六节、六"所讨论的"翠烟桥"。其建在"怡红院"门前绿柳之堤上,而绿柳之堤便是此"翠烟桥"得名的由来。此绿柳之堤一路上柳荫遮掩,故看不清湖对岸的大主山,唯有登至桥顶,方能没有柳荫遮挡,而可以看到湖对岸的大主山。此桥是"怡红院"【N1】走上"沁芳亭"桥【F】必经的一座高背石拱桥,可通行元妃三四米高的座船。过此桥,便进入了"沁芳亭"桥东侧、"怡红院"处所在的"沁芳池"【B3】大湖的东半之湖。

"沁芳亭"桥【F】横截沁芳池大湖【B3】,分其为东、西两半,元妃的座船肯定不可能只航行在东半湖之中,则东半湖与西半湖之间必定要有能够通行座船的孔道。今湖中"沁芳亭"桥板全都贴近水面(第17回贾政说:"此亭压水而成,还须偏于水题方称"),不宜通行座船,唯有"秋爽斋"【Q2】下的桥南塊,其桥梁板当是从山上俯冲而下(即由山坡往沁芳亭方向倾斜),必有顺山势而高架起的方孔桥洞(即平桥洞)可以通行座船。

元妃座船必是从宝玉"怡红院"西侧之河入东半之湖,然后沿湖岸逆时针绕一圈,其湖岸当曲曲折折如同游龙一般,即上引文字所描述的:"只见清流一带,势若游龙。"然后再傍曲折的"沁芳亭"长桥的东侧,行至其桥南塊,钻南塊有三四米高的高架方孔桥洞,进入"沁芳池"西半之湖而到达"蓼汀花溆"【T】。

一路上,元妃见此"沁芳溪流"两岸与"沁芳大池"湖岸的玉石栏杆上都系着水晶灯,岸上的柳、杏等树虽然正月中没有花、叶,但全都用彩绢做成花和叶子的样子粘贴在枝头,每株树上也都悬挂着几盏明灯。池中还有人工制作的荷花、萍藻、水禽之类,栩栩如生。船上也捆扎着各种精巧的盆景灯。

元妃的座船由湖南岸"秋爽斋"【Q2】下方的"沁芳亭"桥南塊的高架桥洞进入西半湖后,不一会儿便驶到了湖北岸穿"山洞"而过的"石港"。此石港因洞口薜萝倒垂而命名为"萝港石洞"【S】,宝玉又因其春夏有落花流出,而命名此石港为"蓼汀花溆"【T】。由大湖驶入此石港,港口有一面匾额形状的明灯,上面正题写着宝玉命名的"蓼汀花溆"四个字,元妃命改"花溆"即可,贾政忙叫人更换好。

一时之间,座船沿此"蓼汀花溆"进入并穿过薜萝倒垂的石洞之港,来到

---

① 皃,即"貌"字。

了洞那边的内岸【G2】，然后弃舟、上轿而登岸，便看到不远处那珠光宝气、祥瑞喜人的高大宫殿。元妃之轿从正南面的石牌坊【A1】正中抬入，元妃见牌坊上面题着"天仙宝境"四个字，连忙命人改换成"省亲别墅"四个字。过了牌坊，便来到行宫"正殿"【Z】，其匾额留待元妃亲拟。礼仪太监跪请元妃升座、受拜。

献茶后，元妃退入侧殿更衣（"更衣"即"上厕所"的委婉说法），然后坐省亲车驾出园门。

此省亲车驾当是园内专门备好的车马，其当圈养在大观楼正殿【Z】后。此省亲车驾所行之路必为"辇路"，但图中未画辇路，疑当是走正殿前的"沁芳亭"桥【F】。而且图中所画桥面宽达五米，的确是能够通行车马的"辇道"规制；桥上又有玉石栏杆，安全也有保障，不会落水，此桥应当就是大观园内正殿前的行车辇道。而且其园坐西北、朝东南，此桥正是"坐北、朝南"走向，符合正中辇道应为"正南—正北"走向的要求。

车驾过了"沁芳亭"桥【F】到达南塅后，其东为"怡红院"【N1】，第17回贾政来游、第41回刘姥姥来游，对此"怡红院"及其周围环境都有过比较详尽的描写，全都没有提到过"怡红院"近旁有大的车道相通。所以车驾过桥到达南塅后，应当往正南上坡，走向山上的"秋爽斋"【Q2】，再走"秋爽斋"南侧的走廊【O2】，走到图中【E】西侧的走廊往南，然后再往东转弯到达园门【B】。这一段从"秋爽斋"【Q2】到"园门"【B】的辇道，是砖砌甬道上加盖屋顶的走廊形式。（请注意图中【E】西侧的那段走廊："典图"中这段南北向的走廊，只画西侧宗祠那一侧的屋顶，东侧即园内那一侧的屋顶未画；而"彩图"则宗祠与园内这两侧都画有屋顶。"典图"当非行宫旧貌，而"彩图"当是据旧有档案恢复了行宫旧貌。即：此段走廊中间有墙隔为东西两半：在宗祠内的西半，建为宗祠庭院前的东廊；在大观园内的东半，则建为走廊式的行车辇道。）

车驾出园门【B】后，走"贾氏宗祠"东墙、南墙外的夹道【A】，走到宁荣二府间的夹巷【F5】；然后过此夹巷往西，走贾赦院"三重仪门"处的夹道【V4】，到荣国府外仪门【C2】的背后；然后车驾出外仪门【C2】，当停在第3回黛玉下轿处的【B5】；然后元妃坐轿入贾母院的垂花门【P4】，至贾母正室【K4】前下轿，元妃入室与诸内眷话家常。

尤氏、凤姐代表宁、荣两府之人上前启奏道："筵宴齐备，请贵妃游幸。"元妃于是起身，命宝玉作向导，率领诸人再度步行至园门【B】前。由于人多势众，肯定不能走腰门【C4】，而当仍走来时所走的大路（【V4】至【A】）而入园门【B】。

入园门【B】后，当循第17回贾政入大观园的走法，入翠嶂【C】，进"曲径通幽处"【E】的山洞往北，过"沁芳亭"桥【F】，先游"有凤来仪"【H】，再回"沁芳亭"桥南岸的"红香绿玉"【N1】，再由湖西南之路历经"秋爽斋"【Q2】、"蓼风轩"【J2】、"藕香榭"【K2】、"紫菱洲"【L2】、"芦雪庵"【P2】等处，然后再游"杏帘在望"【J】、"蘅芷清芬"【X】等处，一路上攀登楼阁，涉历山水，处处陈设不一，桩桩点缀新奇，最后由"蘅芷清芬"【X】回到正殿【Z】入座，大开宴席。

元妃亲自题写正殿【Z】的匾额为"顾恩思义"，又题写园名"大观园"【B】。再赐"有凤来仪"名为"潇湘馆"【H】。改"红香绿玉"匾为"怡红快绿"匾，赐名"怡红院"【N1】。赐"蘅芷清芬"名为"蘅芜苑"【X】。赐"杏帘在望"名为"浣葛山庄"【J】。赐正殿第二层楼（也即全园正楼）之名为"大观楼"【Z】，赐其西面飞楼之名为"缀锦阁"【H2】，赐其东面斜楼之名为"含芳阁"【I2】（原书"东、西"颠倒，实当"东、西"互换，见本章"第三节、三"有论）。

此外还有"蓼风轩"【J2】、"藕香榭"【K2】、"紫菱洲"【L2】、"荇叶渚"【M2】等名，又有四字匾额十几个，诸如："梨花春雨"（当即"梨香院"，是春雨时赏梨花之景处）【N2】、"桐剪秋风"（当即"秋爽斋"，是秋天听风吹梧桐处）【Q2】、"荻芦夜雪"（当即"芦雪庵"，是冬天赏雪处）【P2】等名，一时难以全部记得。己卯本有夹批："故意留下'秋爽斋'【Q2】、'凸碧山堂'【R2】、'凹晶溪馆'【S2】、'暖香坞'【T2】等处供后文书写，使人有新鲜之感。"元妃又命原来题写的匾额、对联全都不用撤去，把新匾、新联和它们一同挂起。元妃又亲定全园四大处中的"潇湘馆"【H】、"蘅芜院"【X】二处为其最爱，"怡红院"【N1】、"浣葛山庄"【J】二处为其次爱，并命姊妹们为诸匾额赋诗，又特地命令宝玉一人为这四大处赋诗。元妃读毕宝玉之诗，遂将"浣葛山庄"改回宝玉原来命名的"稻香村"【J】。

宝玉作诗时，宝钗见他所作的"怡红院"那首诗的草稿中有"绿玉春犹卷"一句，便劝她："元妃不喜欢'红香绿玉'这四字之匾，改成了'怡红快绿'的匾额，你现在偏又要用旧匾额中的'绿玉'两字，岂非有意和她作对？"建议宝玉改前两字为"绿蜡"。

宝玉第四首诗"杏帘在望"实为林黛玉代作，而元妃把宝玉所定的匾额"杏帘在望"改为"浣葛山庄"，黛玉偏生仍要用"一畦春韭绿，十里稻花香"之句，有意为宝玉鸣不平而硬与元妃作对，与宝钗"识时务"不敢顶撞元妃的性格迥异。

而元春阅毕宝玉诗，指着黛玉代作的"杏帘在望"那首，说是四首中写得最好的，于是命令把"浣葛山庄"改回宝玉最初拟定的名字"稻香村"，己卯本有脂砚斋夹批："如此服善，妙！"写出元妃的宽宏大量、从善如流，不愧是贵妃的身份和涵养。庚辰本又有眉批："仍用玉兄前拟'稻香村'"，点明林黛玉为贾宝玉赢得了最后的胜利。

通过宝钗劝改，黛玉不改，既写出两人性格的迥异，也体现出作者创作《红楼梦》时，在情节编织艺术上的奇正相生、对峙立局、善于变化、出人意料，故庚辰本眉批赞叹说："却如此幻笔、幻体，文章之格式至矣、尽矣！"

元妃题名完毕，贾蔷率领十二个女伶在楼下等候元妃点戏演出，己卯本夹批指出，所点这四出戏暗伏全书四件大事，这四件大事全都是通部书的大关键，今本后四十回写到元妃死、黛玉死、贾家败、甄贾两宝玉相会的那一回中有和尚前来送还贾宝玉遗失的通灵宝玉，与之皆相吻合。这是证明后四十回是曹雪芹所著的铁证★。（笔者《后四十回完璧归曹》"第一章、第三节、六"，"第二章、第六节、一"对此将作专论。）

演毕撤筵，元妃再将未到之处重又游玩，忽见山麓环抱的平地山坳中有座佛寺【H1】；由于栊翠庵【O3】在山上，故知这座山坳平地处的佛寺当是"大主山"山麓下的"达摩庵"。元妃忙入寺礼拜，题匾"苦海慈航"，赏赐那班幽尼、女道。由此可见"达摩庵"【H1】与"玉皇庙"【I1】必当相邻，故可一体赏赐。己卯本夹批：这篇极热闹的文字最终以回向空无的"苦海慈航"四字作结，可见作者的旨趣。

故后四十回让《红楼梦》全书以贾宝玉出家于常州"毗陵驿"作结，的确是曹雪芹的原旨。所谓"落了片白茫茫大地真干净"，于其说是贾府抄得"一干二净"，还不如说是宝玉明心见性、顿悟空旨，心中"落了片白茫茫大地真干净"。因此后四十回写贾府"家道复兴、兰桂齐芳"，与第5回最后一支《红楼梦曲》言贾府最终结局"落了片白茫茫大地真干净"不相违背——即"落了片白茫茫大地真干净"是写宝玉心境，而未必指贾府的处境。

最后元妃恩赏众人，执事太监启奏："时已将近深夜两点三刻了，请贵妃起驾回銮。"元妃上轿，当走车驾所走的大观楼前的辇路出园门【B】，然后再往西走【A】至【V4】的夹道而出外仪门【C2】、府门【B2】、西街门【A2】离府而去，众人尾随其轿恭送。

三、第23回大观园的入住安排：

　　话说贾元春自那日幸大观园回宫去后，便命将那日所有的题咏，命探春依次抄录妥协①，自己编次，叙其优劣，又命在大观园勒石，为千古风流雅事。因此，贾政命人各处选拔精工名匠，在大观园磨石镌字，贾珍率领蓉、萍②等监工。因贾蔷又管理着文官等十二个女戏并行头等事，不大得便，因此贾珍又将贾菖、贾菱唤来监工。一日，汤蜡、钉朱，动起手来。这也不在话下。……

　　如今且说贾元春，因在宫中自编大观园题咏之后，忽想起那大观园中景致自己幸过之后，贾政必定敬谨封锁，不敢使人进去骚扰，岂不寥落？况家中现有几个能诗会赋的姊妹，何不命她们进去居住，也不使佳人落魄，花柳无颜。（庚侧：韵人行韵事。）却又想到宝玉自幼在姊妹丛中长大，（蒙侧：何等精细！）不比别的兄弟，若不命他进去，只怕他冷清了，一时不大畅快，未免贾母、王夫人愁虑，须得也命他进园居住方妙。（庚眉：大观园原系十二钗栖止之所，然工程浩大，故借元春之名而起，再用元春之命以

───────────

① 贾母命惜春画画，足证惜春是贾府的画家；此命探春誊录，足证探春是贾府的书法家。
② 贾蓉、贾萍。

安诸艳,不见一丝扭捏。己卯冬夜。①)想毕,遂命太监夏守忠到荣国府来下一道谕,命宝钗等只管在园中居住,不可禁约封锢,命宝玉仍随进去读书②。……

一面说,一面回至贾母跟前,回明原委。只见林黛玉正在那里,宝玉便问她:"你住哪一处好?"林黛玉正心里盘算这事,(庚侧:颦儿亦有盘算事,拣择清幽处耳,未知择邻否?一笑。)忽见宝玉问她,便笑道:"我心里想着潇湘馆好,爱那几竿竹子隐着一道曲栏,比别处更觉幽静。"宝玉听了拍手笑道:"正和我的主意一样,我也要叫你住这里呢。我就住怡红院,咱们两个又近,又都清幽。"(庚侧:择邻出于玉兄,所谓真知己。)(蒙侧:作后文无限张本。)

两人正计较,就有贾政遣人来回贾母说:"二月二十二日子好,哥儿姐儿们好搬进去的。这几日内遣人进去分派收拾。"薛宝钗住了蘅芜苑【X】,林黛玉住了潇湘馆【H】,贾迎春住了缀锦楼【U2】,探春住了秋爽斋【Q2】,惜春住了蓼风轩【J2】,李氏住了稻香村【J】,宝玉住了怡红院【N1】。每一处添两个老嬷嬷,四个丫头,除各人奶娘、亲随丫鬟不算外,另有专管收拾打扫的。至二十二日,一齐进去,登时园内花招绣带,柳拂香风,(庚夹:八字写得满园之内处处有人,无一处不到。)不似前番那等寂寞了。

闲言少叙。且说宝玉自进花园以来,心满意足,再无别项可生贪求之心。每日只和姊妹丫头们一处,或读书,(庚侧:未必。)或写字,或弹琴、下棋,作画、吟诗,以至描鸾、刺凤,(庚侧:有之。)③斗草、簪花,低吟、悄唱,拆字、猜枚,无所不至,倒也十分快乐。他曾有几首即事诗,虽不算好,却倒是真情真景,略记几首云:……

《秋夜即事》:

绛云轩里绝喧哗,桂魄流光浸茜纱。

苔锁石纹容睡鹤,井飘桐露湿栖鸦。

抱衾婢至舒金凤,倚槛人归落翠花。

静夜不眠因酒渴,沉烟重拨索烹茶。

【解析】

元妃命令把省亲时诸人所作题咏在大观园中刻碑传世。故将来复建"大观园"时,也应当把书中之诗,尽数刻在院中诸景处。

元妃又让宝玉与诸姊妹一同入大观园中居住。宝玉问黛玉想住何处,黛玉笑道:"想住潇湘馆,爱那几竿竹子掩隐下的那道曲栏,比别处更觉幽静。"宝玉听了拍手笑道:"正合我意,你住那儿,我住怡红院,咱们两个又近,又都清幽。"

其实两人不近。据图,怡红院【N1】与潇湘馆【H】隔湖相望,第17回写怡红院风光"俄见粉墙环护,绿柳周垂",己卯本有夹批:"与'万竿修竹'遥

①此批点明:大观园乃旧有,书中借口写成元春省亲而造此园,此乃"假话"而非"真事"!
②指跟着诸姐妹入大观园读书。
③此批点明宝玉会女红。

映。"所言即两人隔湖相望，一个"遥"字便写明两人居所的相隔颇远。又第35回写黛玉在潇湘馆家门口的花荫中远眺怡红院："这里林黛玉还自立于花阴之下，远远的却向怡红院【N1】内望着"，更可证两人住处是远、非近。此处宝玉口中所说的"近"，是指诸位姐妹所住之处中，唯有黛玉的潇湘馆和怡红院相近。两人虽说隔湖相望，其实仅隔一座百米长的"沁芳亭"【F】桥而已；而"蘅芜苑、稻香村、紫菱洲"等距离"怡红院"，全都要比黛玉的潇湘馆来得远，唯有探春的"秋爽斋"要比潇湘馆离怡红院近。

贾政谨遵元妃之命，让众人二月廿二日入园，分配住所如下：薛宝钗住蘅芜苑【X】，林黛玉住潇湘馆【H】，贾迎春住缀锦楼【U2】，探春住秋爽斋【Q2】，惜春住蓼风轩【J2】，李纨住稻香村【J】，宝玉住怡红院【N1】。

大观园中只安排李纨这对母子，迎探惜三姐妹，钗、黛、宝玉、妙玉四人，共9位主子。园中只有两个男的，一是宝玉，一是贾兰。贾兰尚是儿童，不必妨嫌，而宝玉即将长大成人，男女有大妨，故将其布置在全园最南一隅，与诸艳远隔。

上述诸处唯有"怡红院"居于园东南一隅（东路者虽然还有妙玉，但她住在东北隅，不在东南隅），其余姐妹全都聚居在西路或北路，即脂批所谓的"诸钗居于园之西、北"是也。（其批见第17回贾政入园门而"再进数步，渐向北边"句己卯本夹批："诸钗所居之处，只在西北一带。"）

兄弟与寡嫂李纨当远隔，宝钗、黛玉与宝玉乃异姓表亲，亦当远隔而加以防范，故三人与宝玉隔湖而居。其中：李纨作为寡嫂，与小叔子贾宝玉自然要相距最远，故安排在西北一角，离贾宝玉最为遥远。宝钗居于北墙之下，与宝玉相隔不下于李纨；黛玉则与宝玉稍近，但也隔湖遥对。

探春、惜春与宝玉是亲姐妹，故可以靠近而居湖之南，探春最近，惜春稍远而与李纨相近。迎春也是宝玉亲姐妹，因湖之南无处可居而布置于湖之北，隔于李纨与宝玉之间。而惜春最为年幼，故其房最小，并且还筑在园门（腰门）处的山坡上，最靠近府内。（全园最靠近府第的地方显然就是园门那儿。）

又妙玉住在"栊翠庵"，其为外姓女子，与宝玉更当防范，所以要安排在湖对岸。黛玉在宝玉住处"怡红院"的正北而隔湖相对；而妙玉则安排在黛玉住处的正东略偏南，在宝玉住处的东北方向，与宝玉也尽可能往远里隔开。（这是从走沁芳亭桥【F】来说，妙玉比黛玉离宝玉处还要来得远。如果走东园墙和南园墙处的路来说，妙玉似乎离怡红院【N1】较近。但不要忘了，妙玉的栊翠庵【O3】建在山【S3】上，其东侧当是悬崖绝壁，她只有往西下山到沁芳亭桥北堍这条路，所以妙玉来宝玉处，其实是不可以走那条从东园墙到南园墙的路。）

戏子们所在的"梨香院"【N2】更当防范淫乱，所以不能在大观园中开门，这十二个小戏子们进入大观园，全都要从外面的夹道【F5】绕行大观园的腰门【C4】。

由此可见，大观园的入住安排实有深意，处处体现"男女大防"之旨，这也就是我们今人所谓的"封建思想"。

　　宝玉入园后心满意足，作《秋夜即事》诗，有"绛芸轩里绝喧哗"句，可证宝玉仍沿用其外书房"绮霰斋"的旧称"绛芸轩"来命名"怡红院"的正室，即其本人以"绛芸轩"为号，无论搬到哪儿都以此来命名。又"绛芸"诸本有简写作"绛云"者，实为有误，本书"第二章、第一节、一、（二）、（6）"有论。

　　其第二句"桂魄流光浸茜纱"，交代"绛芸轩"内的窗纱是粉红色的"茜纱"。书中要到第40回贾母带刘姥姥游大观园时，方才提到用那众人都不知道的"霞影纱"来为黛玉的潇湘馆糊窗，即：众人不知此纱的名目与由来，贾母说："那银红的又叫作'霞影纱'"，并命凤姐："明儿就找出几匹来，拿银红的替她（黛玉）糊窗子"。其实给黛玉糊窗后，众人也都用此银红的"霞影纱"来糊窗，即第79回黛玉所说的："咱们如今都系霞影纱糊的窗槅，何不说'茜纱窗下，公子多情'呢？"其称"公子"宝玉的窗也是"茜纱窗"。总之，"茜纱窗"要到第40回以后才有，此为第23回，尚无"茜纱"之名，此是作者笔下一个小小的疏漏。

　　尚无"茜纱"之名而书中已提到"茜纱窗"，其实"绛云轩里绝喧哗，桂魄流光浸茜纱"这句诗所暗示出来的，便是大观园乃旧有之园，早在宝玉、黛玉出生前便已有了，而且一开始便用茜纱（霞影纱）来糊窗，故宝玉一入园便称自己"绛芸轩"的窗纱为"茜纱"。

　　由于此纱外界罕有，甚至可以说是曹家独有，故曹雪芹自号"茜纱公子"，见第21回回前批："有客题《红楼梦》一律，失其姓氏，惟见其诗意骇警，故录于斯：'自执金矛又执戈，自相戕戮自张罗。<u>茜纱公子情无限，脂砚先生恨几多</u>'"云云。"脂砚先生"即批书人曹頫的号，则"茜纱公子"显然就是作书人曹雪芹的外号了，而"茜纱公子"显然就是书中入大观园而有权使用"霞影纱"的唯一成年男性——贾宝玉[①]的外号，由此也可证明全书"贾宝玉=曹雪芹"之旨。

　　又上引第23回画线部分的脂批："大观园原系十二钗栖止之所，然工程浩大，故借元春之名而起，再用元春之命以安诸艳，不见一丝扭捻。"这句脂批似乎也在告诉我们：大观园是作者生前就有的，写入小说时故意写成"为元春省亲而造此园"，这其实是借口、假话，并非真事、实情。

四、刘姥姥秋游大观园路线考（见"图十一C"）

●第40回"史太君两宴大观园"：

　　　　次日清早起来，可喜这日天气清朗。李纨侵晨先起，看着老婆子、丫头们扫那些落叶，（己夹：是八月尽。）并擦抹桌椅，预备茶酒器皿。只见丰儿带了刘姥姥、板儿进来，说"大奶奶倒忙的紧。"李纨笑道："我说你昨儿去不成，只忙着要去。"[②]刘姥姥笑道："老太太留下我，叫我也热闹一

---

① 贾兰显然亦可用此"茜纱"，但可以把他视为未成年男性而排除在外。按：笔者《红楼时间人物谜案》第一章第三节第34回、第71回均考明宝玉比贾兰大三岁；《红楼梦》全书写少年与刚成年的宝玉故事，所以小其三岁的贾兰可以视为未成年人。

② 刘姥姥说大奶奶李纨正在忙，李纨便说：我说你昨天肯定是回不去的，但你昨天却忙着

天去。"丰儿拿了几把大小钥匙，说道："我们奶奶说了，外头的高几恐不够使，不如开了楼把那收着的拿下来使一天罢。奶奶原该亲自来的，因和太太说话呢，请大奶奶开了，带着人搬罢。"

李氏便令素云接了钥匙，又令婆子出去把二门【P4】上的小厮叫几个来。李氏站在大观楼【Z】下往上看，令人上去开了缀锦阁【H2】，一张一张往下抬。小厮、老婆子、丫头一齐动手，抬了二十多张下来。李纨道："好生着，别慌慌张张鬼赶来似的，仔细碰了牙子①。"又回头向刘姥姥笑道："姥姥，你也上去瞧瞧。"刘姥姥听说，巴不得一声儿，便拉了板儿登梯上去进里面，只见乌压压的堆着些围屏、桌椅、大小花灯之类，虽不大认得，只见五彩炫耀，各有奇妙。念了几声佛，便下来了。然后锁上门，一齐才下来。李纨道："恐怕老太太高兴，越性把舡上划子、篙桨、遮阳幔子都搬了下来预备着。"众人答应，复又开了，色色的搬了下来。令小厮传驾娘们到舡坞【M3】②里撑出两只船来。

正乱着安排，只见贾母已带了一群人进来了。李纨忙迎上去，笑道："老太太高兴，倒进来了。我只当还没梳头呢，才撷了菊花要送去。"一面说，一面碧月早捧过一个大荷叶式的翡翠盘子来，里面盛着各色的折枝菊花。贾母便拣了一朵大红的簪于鬓上。因回头看见了刘姥姥，忙笑道："过来带花儿。"一语未完，凤姐便拉过刘姥姥，笑道："让我打扮你。"说着，将一盘子花横三竖四的插了一头。贾母和众人笑的了不得。刘姥姥笑道："我这头也不知修了什么福，今儿这样体面起来。"众人笑道："你还不拔下来摔到她脸上呢，把你打扮的成了个老妖精了。"刘姥姥笑道："我虽老了，年轻时也风流，爱个花儿、粉儿的，今儿'老风流'才好。"

说笑之间，已来至沁芳亭子【F】上。丫鬟们抱了一个大锦褥子来，铺在栏杆榻板上。贾母倚柱坐下，命刘姥姥也坐在旁边，因问她："这园子好不好？"刘姥姥念佛说道："我们乡下人到了年下，都上城来买画儿贴。时常闲了，大家都说，怎么得也到画儿上去逛逛。想着那个画儿也不过是假的，哪里有这个真地方呢。谁知我今儿进这园里一瞧，竟比那画儿还强十倍。怎么得有人也照着这个园子画一张，我带了家去，给他们见见，死了也得好处。"贾母听说，便指着惜春笑道："你瞧我这个小孙女儿，她就会画。等明儿叫她画一张如何？"刘姥姥听了，喜的忙跑过来，拉着惜春说道："我的姑娘，你这么大年纪儿，又这么个好模样，还有这个能干，别是神仙托生的罢。③"

贾母少歇一回，自然领着刘姥姥都见识见识。先到了潇湘馆【H】。……

〔此处即描写潇湘馆之文，本章"第四节、一"已有引，故节略〕……

要走。

① 牙子，物体周围雕花的装饰或突出的部分。

② 其名为"坞"，疑即在"暖香坞【T2】"下。即：暖香坞的"坞"字就得名于其下有船坞。

③ 姥姥所言正是。惜春等红楼诸艳皆是天上百花仙子随神瑛侍者与绛珠仙草下凡。这也是作者曹雪芹擅长的笔法——"正事旁说"。

说着，一径离了潇湘馆，远远望见池【B3】中一群人在那里撑舡。贾母道："她们既预备下船，咱们就坐。"一面说着，便向紫菱洲【L2】、蓼溆【T】一带走来。未至池前，只见几个婆子手里都捧着一色捏丝戗金五彩大盒子走来。凤姐忙问王夫人："早饭在哪里摆？"王夫人道："问老太太在哪里，就在哪里罢了。"贾母听说，便回头说："你三妹妹那里就好。你就带了人摆去，我们从这里坐了舡去。"

凤姐听说，便回身同了探春、李纨、鸳鸯、琥珀带着端饭的人等，抄着近路到了秋爽斋【Q2】，就在"晓翠堂"上调开桌案。……正说着，只见贾母等来了，各自随便坐下。……一时吃毕，贾母等都往探春卧室中去说闲话。……〔此处即描写秋爽斋之文，本章"第五节、一"已有引，故节略〕……

正说话，忽一阵风过，隐隐听得鼓乐之声。贾母问"是谁家娶亲呢？这里临街倒近。"王夫人等笑回道："街上的哪里听的见，这是咱们的那十几个女孩子们演习吹打呢。"贾母便笑道："既是她们演，何不叫她们进来演习。她们也逛一逛，咱们可又乐了。"凤姐听说，忙命人出去叫来，又一面吩咐摆下条桌，铺上红毡子。

贾母道："就铺排在藕香榭【K2】的水亭子上，借着水音更好听。回来咱们就在缀锦阁【H2】底下吃酒，又宽阔，又听的近。"众人都说那里好。贾母向薛姨妈笑道："咱们走罢。他们姊妹们都不大喜欢人来坐着，怕脏了屋子。咱们别没眼色，正经坐一回子船喝酒去。"说着大家起身便走。探春笑道："这是哪里的话，求着老太太、姨太太来坐坐还不能呢。"贾母笑道："我的这三丫头却好，只有两个玉儿可恶。回来吃醉了，咱们偏往她们屋里闹去①。"

说着，众人都笑了，一齐出来。走不多远，已到了荇叶渚【M2】。姑苏选来的几个驾娘，早把两只棠木舫②撑来，众人扶了贾母、王夫人、薛姨妈、刘姥姥、鸳鸯、玉钏儿上了这一只，落后李纨也跟上去。凤姐儿也上去，立在舡头上，也要撑舡。贾母在舱内道："这不是顽的，虽不是河里，也有好深的。你快不给我进来。"凤姐儿笑道："怕什么！老祖宗只管放心。"说着便一篙点开。到了池【B3】当中，舡小人多，凤姐只觉乱晃，忙把篙子递与驾娘，方蹲下了。然后迎春姊妹等并宝玉上了那只，随后跟来。其余老嬷嬷、散众、丫鬟，俱沿河随行。宝玉道："这些破荷叶可恨，怎么还不叫人来拔去。"宝钗笑道："今年这几日，何曾饶了这园子闲了？天天逛，哪里还有叫人来收拾的工夫。"林黛玉道："我最不喜欢李义山的诗，只喜他这一句'留得残荷听雨声'。偏你们又不留着残荷了。"宝玉道："果然好句，以后咱们就别叫人拔去了。"说着已到了"花溆"【T】的"萝港"【S】

---

① 此又是作者曹雪芹最擅长的伏笔法，伏下文刘姥姥喝醉了睡宝玉床，酒臭屁熏了宝玉的房（"只闻见酒屁臭气满屋"）。

② 此当是第17回贾珍口中所说的"采莲船共四只"中的两只，是小船。第18回元妃是坐大型座船游湖，此回是贾母等人坐小型的采莲船游湖，两者同样是舟游，区别在此。

之下，觉得阴森透骨，两滩上衰草残菱，更助秋情。

贾母因见岸上的清厦【X】旷朗，便问"这是你薛姑娘的屋子不是？"众人道："是。"贾母忙命拢岸，顺着"云步石梯"【U】上去，一同进了"蘅芜苑"【X】，……〈此处即描写蘅芜苑之文，本章"第四节、三"已有引，故节略〉……说着，坐了一回方出来，一径来至"缀锦阁"【H2】下。文官等上来请过安，因问"演习何曲"。贾母道："只拣你们生的演习几套罢。"文官等下来，往"藕香榭"【K2】去不提。

这里凤姐儿已带着人摆设整齐，上面左右两张榻，榻上都铺着锦裀、蓉簟，每一榻前有两张雕漆几，也有海棠式的，也有梅花式的，也有荷叶式的，也有葵花式的，也有方的，也有圆的，其式不一。一个上面放着炉瓶，一分①攒盒；一个上面空设着，预备放人所喜食物。上面二榻、四几，是贾母、薛姨妈；下面一椅、两几，是王夫人的；余者都是一椅、一几。东边是刘姥姥，刘姥姥之下便是王夫人。西边便是史湘云，第二便是宝钗，第三便是黛玉，第四迎春、探春、惜春，挨次下去，宝玉在末。李纨、凤姐二人之几设于三层槛内、二层纱厨之外。攒盒式样，亦随几之式样。每人一把乌银洋錾自斟壶，一个十锦珐琅杯。

● **第 41 回 "栊翠庵茶品梅花雪、怡红院劫遇母蝗虫"：**

……只见一个婆子走来请问贾母，说："姑娘们都到了藕香榭【K2】，请示下，就演罢还是再等一会子？"贾母忙笑道："可是倒忘了她们，就叫她们演罢。"那个婆子答应去了。不一时，只听得箫管悠扬，笙笛并发。正值风清气爽之时，那乐声穿林度水而来，自然使人神怡心旷。……

须臾乐止，薛姨妈出席笑道："大家的酒想也都有了，且出去散散再坐罢。"贾母也正要散散，于是大家出席，都随着贾母游玩。贾母因要带着刘姥姥散闷，遂携了刘姥姥至山前树下盘桓了半晌，又说与她这是什么树，这是什么石，这是什么花。刘姥姥一一的领会，又向贾母道："谁知城里不但人尊贵，连雀儿也是尊贵的。偏这雀儿到了你们这里，它也变俊了，也会说话了。"众人不解，因问："什么雀儿变俊了、会讲话？"刘姥姥道："那廊下金架子上站的绿毛红嘴是鹦哥儿，我是认得的。那笼子里的黑老鸹子怎么又长出凤头来，也会说话呢？"众人听了都笑将起来。

一时只见丫鬟们来请用点心。贾母道："吃了两杯酒，倒也不饿。也罢，就拿了这里来，大家随便吃些罢。"……当下贾母等吃过茶，又带了刘姥姥至栊翠庵【O3】来。妙玉忙接了进去。……〈此处即描写栊翠庵之文，本章"第五节、七"已有引，故节略〉……妙玉亦不甚留，送出山门，回身便将门闭了。不在话下。

且说贾母因觉身上乏倦，便命王夫人和迎春姊妹陪了薛姨妈去吃酒，自己便往稻香村【J】来歇息。凤姐忙命人将小竹椅抬来，贾母坐上，两个

---

① 一分，一份。

婆子抬起，凤姐、李纨和众丫鬟婆子围随去了，不在话下。这里薛姨妈也就辞出。王夫人打发文官等出去，将攒盒散与众丫鬟们吃去，自己便也乘空歇着，随便歪在方才贾母坐的榻上，命一个小丫头放下帘子来，又命她捶着腿，吩咐她："老太太那里有信，你就叫我。"说着也歪着睡了。

宝玉、湘云等看着丫鬟们将攒盒搁在山石上，也有坐在山石上的，也有坐在草地下的，也有靠着树的，也有傍着水的，倒也十分热闹。一时又见鸳鸯来了，要带着刘姥姥各处去逛，（蒙侧：又另是一番气象。）众人也都赶着取笑。一时来至"省亲别墅"的牌坊底下【A1】，刘姥姥道："嗳呀！这里还有个大庙【Z】呢。"说着，便爬下磕头。众人笑弯了腰。刘姥姥道："笑什么？这牌楼上字我都认得。我们那里这样的庙宇最多，都是这样的牌坊，那字就是庙的名字。"众人笑道："你认得这是什么庙？"刘姥姥便抬头指那字道："这不是'玉皇宝殿'四字？"众人笑的拍手打脚，还要拿她取笑。刘姥姥觉得腹内一阵乱响，忙的拉着一个小丫头，要了两张纸就解衣。众人又是笑，又忙喝她："这里使不得！"忙命一个婆子带了东北上【P3】去了。那婆子指与地方，便乐得走开去歇息。

那刘姥姥因喝了些酒，她脾气不与黄酒相宜，且吃了许多油腻饮食，发渴多喝了几碗茶，不免通泻起来，蹲了半日方完。及出厕来，酒被风禁，且年迈之人，蹲了半天，忽一起身，只觉得眼花头眩，辨不出路径。四顾一望，皆是树木、山石、楼台、房舍，却不知那一处是往那里去的了，只得认着一条石子路慢慢的走来。及至到了房舍【N1】跟前，又找不着门，再找了半日，忽见一带竹篱，刘姥姥心中自忖道："这里也有扁豆架子。"一面想，一面顺着花障【O1】走了来，得了一个月洞门【Q3】进去。……{此处即描写怡红院之文，本章"第三节、二"已有引，故节略}……那刘姥姥吓的不敢作声。袭人带她从前面出去，见了众人，只说她在草地下睡着了，带了她来的。众人都不理会，也就罢了。

一时贾母醒了，就在稻香村【J】摆晚饭。贾母因觉懒懒的，也不吃饭，便坐了竹椅小敞轿，回至房中歇息，命凤姐儿等去吃饭。他姊妹方复进园来。要知端的——

●第42回：

话说他姊妹复进园来，吃过饭，大家散出，都无别话。

且说刘姥姥带着板儿，先来见凤姐儿，说："明日一早定要家去了。虽住了两三天，日子却不多，把古往今来没见过的，没吃过的，没听见过的，都经验了。难得老太太和姑奶奶并那些小姐们，连各房里的姑娘们，都这样怜贫惜老照看我。我这一回去后没别的报答，惟有请些高香，天天给你们念佛，保佑你们长命百岁的，就算我的心了。"

凤姐儿笑道："你别喜欢。都是为你，老太太也被风吹病了，睡着说不好过；我们大姐儿也着了凉，在那里发热呢。"刘姥姥听了，忙叹道："老太太有年纪的人，不惯十分劳之的。"凤姐儿道："从来没像昨儿高兴。往常也进园子逛去,不过到一二处坐坐就回来了。昨儿因为你在这里,要叫你逛逛,一个园子倒走了多半个。大姐儿因为找我去,太太递了一块糕给她,谁知风地里吃了,就发起热来。"

刘姥姥道:"小姐儿只怕不大进园子,生地方儿,小人儿家原不该去。比不得我们的孩子,会走了,哪个坟圈子里不跑去?一则风扑了也是有的;二则只怕她身上干净,眼睛又净,或是遇见什么神了。依我说,给她瞧瞧祟书本子,仔细撞客着了。"一语提醒了凤姐儿,便叫平儿拿出《玉匣记》着彩明来念。彩明翻了一回念道:"八月二十五日,病者在东南方得遇花神。用五色纸钱四十张,向东南方四十步送之,大吉。"凤姐儿笑道:"果然不错,园子里头可不是花神!只怕老太太也是遇见了。"一面命人请两分①纸钱来,着两个人来,一个与贾母送祟,一个与大姐儿送祟。果见大姐儿安稳睡了。

【解析】

第 40 回至 41 回是贾母带刘姥姥秋游大观园,以坐船为主,与第 17 回的春游、第 18 回的庆元宵游园,从时令上说皆不相重。作者写三次游园而三次各具特色,可见作者构思时的匠心。

八月底的一天,贾母要带刘姥姥逛大观园,李纨作为大观园的主要照管人,一大早起来,命令老婆子与丫头们打扫卫生,准备茶酒器具。叫来二门【P4】上的小厮②,随自己到大观楼【Z】西侧的缀锦阁【H2】搬桌椅。并命令驾娘们到船坞【M3】里撑两只船出来预备游湖。

今按第 17 回贾珍说园中"采莲船共四只,座船一只",此为两只,显然是"采莲船"。又图中诸处名字中仅"暖香坞"【T2】带"坞"字,船坞或设在其下,故定船坞位于图中"暖香坞"【T2】下的腰门【C4】门口的【M3】处。

据本章"第五节、三"考,惜春所住的暖香坞【T2】造在腰门【C4】上,腰门相当于城门,"暖香坞"便相当于城门楼。由府出入"大观园"的西园门(即腰门【C4】),特地设计成这种城门楼的式样,为的是通过这个城门洞,一者可以像园南大门【B】处的"翠嶂"【C】那样障景,不使全园风光泄露无遗;二者可以让园外之人由此城门洞进入园来,面前便是一片湖面而无路可通(其路其实在右拐攀登"城楼"③处,面前则无路可通),造园者在此处特设泊有"四小一大"共五艘游船的船坞【M3】,正可引诱客人在无路可通的情况下,坐船作渡湖之游。城门顶上惜春住所"暖香坞"的"坞"字,当得名于其下有此船坞的原故。

---

① 两分,两份。

② 二门,即"仪门",此当为贾母院的"垂花门"【P4】,即李纨叫的是贾母"垂花门"口跟宝玉班的小厮。

③ 加引号是指此建筑格局只是貌似城楼,其实是个小山包。

李纨正忙着安排，已见贾母带大家入了腰门【C4】，正沿着湖北的大路，向大观楼【Z】这儿走来。贾母一行人说笑之间，已来到沁芳亭【F】上；即贾母这批人中途走到沁芳亭桥北堍便南拐上了沁芳亭，决定不到沁芳亭桥北堍再往东的"大观楼"去了。丫环们在桥面上铺设锦褥，这与图中所绘的桥【F】是可以坐很多人的长桥形制完全吻合。★

贾母等倚着桥栏杆坐下，刘姥姥赞叹这园子比画儿还美，于是贾母吩咐惜春画一张。贾母在桥上稍事休息后，动身领刘姥姥见识一下全园景致。先到了潇湘馆【H】，前文已重点介绍过，此处不再重复。

大家走出潇湘馆来往南走，远远望见沁芳池【B3】西边有一群人在撑船。贾母说："我们也去坐船。"于是向紫菱洲【L2】、蓼溆【T】一带走来，可见紫菱洲就在"蓼汀花溆"【T】旁边。路上碰到婆子们送来早饭（书中称午饭为早饭），贾母便命令摆在探春的秋爽斋，并说："我们坐船过去。"凤姐连忙带那送饭之人抄近路，到秋爽斋【Q2】的晓翠堂上摆放好。

不一会儿，贾母等坐船前来。其船应当停在"秋爽斋"下名叫"荇叶渚"的港湾中【M2】。大家登上岸来，登上"秋爽斋"【Q2】（其斋在山巅，故用"登"字），随便坐下用饭。

一时吃毕，贾母等人又浏览了一下秋爽斋的景致，第18回元妃题的"桐剪秋风"匾当在此地，此"秋爽斋"前已有述，此处不再重复。

这时忽然听到戏班演习戏曲的声音，这显然是从西北角的"梨香院"【N2】传来。贾母说："音乐经过水面的共振反射，会更加悠扬动听。"于是叫她们来"秋爽斋"北面湖中那名叫"藕香榭"的水亭子里【K2】表演，贾母等人则到藕香榭东对岸的正殿西飞楼"缀锦阁"【H2】的楼下，边吃、边听（吃的是早饭后的酒宴，只喝酒吃菜、听戏，不再吃饭）。这么安排后，贾母便招呼大家："仍坐船到对岸喝酒、听戏去啰！"

于是大家出了探春处【Q2】，走不多远，已到了码头"荇叶渚"【M2】，坐船往湖北岸的"蓼汀花溆"【T】划去。由于正殿就在湖对岸，为何不直接向正殿划去？从图上来看，正殿距湖岸有一段距离，而且据考证，其楼前与湖之间实为上"栊翠庵"【O3】的小山，即：上"栊翠庵"的山实为"大观楼"楼前的障景。所以从"大观楼"门前的湖岸下船，要走一段陆路才能抵到大观楼【Z】，所以正确而不用走路的走法，应当是穿过湖面【B3】，入湖北岸那条"蓼汀花溆"【T】的"沁芳溪"【Z2】逆流而上，穿过"萝港石洞"【S】，到石洞背后的正楼"大观楼"西侧的"内岸"【G2】登岸，在平地走上几步便是正殿"大观楼"【Z】了。

贾母等一共坐了两只棠木船，驾娘是姑苏（今苏州）选拔来的，可以想见工钱不菲。凤姐兴致勃勃地站在船头撑船，只撑了几下便到了"沁芳池"【B3】当中，可见湖面不大。才又一两句话的工夫，便到了"蓼汀花溆"【T】。然后溯流而上穿过"萝港石洞"【S】，只觉得洞中阴森透骨，洞口那溪流【T】【Z2】

两岸的滩涂上满目衰草、残菱，一派秋景风光。

贾母见岸上有座疏朗的房厦【X】，便问："这可是薛宝钗的屋子？"众人回答说："是的。"于是大家靠岸，顺着"云步石梯"【U】攀登上去，入了蘅芜苑【X】，可见蘅芜院建在山的半坡之上。此院前文已有详述，此处不再重复。

此"云步石梯"当即第17回贾政来蘅芜院时所走的"山上盘道"【U】，但贾政是在"萝港石洞"【S】南口登石磴道过石洞顶，来到石洞另一头的北口才看到蘅芜院【X】。今贾母抬头便可看到"蘅芜院"，说明她已经坐船穿石洞来到了石洞另一头的北口，则此"云步石梯"便不是贾政所走的石洞南口的"山上盘道"，而应当是石洞另一头（北口）的"山上盘道"。

可见上文"说着已到了花溆【T】的萝港【S】之下"当是穿洞【S】而过，非是仍在洞口而未穿过，作者接下来所写的"觉得阴森透骨"便是穿洞【S】而过时的感觉。只可惜作者未描写洞中风光，故给人以未穿洞而过的感觉①。〖或有人认为贾母实未穿洞亦可望见蘅芜院，即：贾母此行因洞中太冷之故而未穿洞，所见仍是洞南口的风光，其同贾政一样，是登洞南口西侧的"山上盘道"【U】从顶上过石洞而入蘅芜院，这种可能性不存在。因为贾政是登上洞顶才看到"蘅芜苑"，在没入洞的石洞南口那儿是看不到蘅芜苑的。〗

贾母在蘅芜院内坐了一回便出来，一直走到正殿的西飞楼"缀锦阁"【H2】下，所走的路线显然就是第17回贾政过蘅芜苑门口的"折带朱栏板桥"【W】往东的陆行路线；但此行有船，而且贾母腿脚不便，所以更当走第18回元妃的舟行路线，在"大观楼"背后登岸，步行几步而来到大观楼西飞楼"缀锦阁"下。此西飞楼在正殿【Z】西侧，正可面朝西南方向、透过障景之山的山口观赏到湖景②，而东斜楼"含芳阁"因东面逼近大观园的东围墙，没什么景致可赏，故《红楼梦》一书中，从未提到过东斜楼"含芳阁"设宴、观赏事③。

女伶文官等上来请问曲目，便往藕香榭【K2】去表演。大家在缀锦阁中行了好长一段酒令，这时有婆子回道："姑娘们都到藕香榭了，请吩咐是开演还是再等一等？"藕香榭离缀锦阁虽然有一段路，但不至于要这么长时间，当是女伶们早就到了，因为下面通知其开演时用了"不一时"三个字，可证其间不用走多长时间；之所以等到现在，便是因为前来回话的婆子看到贾母们行酒令正行得高兴，所以不敢回话；此时行酒令暂告一段落，才敢上来请求发令。贾母忙笑道："倒忘了她们，演吧。"那个婆子便去通知开演，不一会（"不一时"），便听见悠扬的唱戏声穿林度水而来，令人心旷神怡。

---

① 当是洞中一片漆黑，无景可赏的原故，所以作者未描写穿洞的过程。

② 大观楼西侧与潇湘馆之间有障景之山，楼前东侧有栊翠庵之山【S3】，两山形成一个山口，透过山口可以欣赏湖景。换句话说，从湖上也只能透过这个山口，看到"大观楼"西侧建筑的檐角，而看不到"大观楼"的正面。

③ 由西楼有景可赏而东楼逼近东园墙无景可赏，而书中又只写在缀锦阁设宴，从未写含芳阁设宴，设宴肯定要设在有景可赏处，斯亦可证本书"第三章、第三节、三、（三）"所得出的"西楼是缀锦楼，而东楼是含芳阁"的结论。

须臾乐止，薛姨妈叫大家出筵席来走动走动，贾母便带着刘姥姥到正殿旁的山前、树下转了半天。正殿前面与背后有山、有树、有石、有花，随处点缀。正殿廊下的金架子上还有绿毛红嘴鹦哥，还有长凤头、会说话的八哥。

然后大家又上殿用过小点心，相当于是酒宴的最后一道主食。然后贾母又带刘姥姥到正殿门前那障景之山【S3】上的"栊翠庵"【O3】来。妙玉接待大家喝了茶，前面已有详述，此处不再重复。

贾母因为感到身体困倦，想到稻香村【J】午睡一下，凤姐忙命人用小竹椅将贾母抬去。鸳鸯带着刘姥姥到各处去逛，大家赶着看刘姥姥的笑话。一时来到正殿前的"省亲别墅"牌坊底下【A1】，刘姥姥把它当成"玉皇宝殿"四字给拜了几拜，等于把大观园的正殿【Z】当成了大庙，引得大家捧腹大笑。刘姥姥因吃油腻物太多，要拉肚子，想就地解手（大便），众人忙叫一个婆子带她到牌坊东北方向【P3】的茅厕去，婆子以为她会认得回来的路，便走开了。

刘姥姥出了厕所，因喝过酒，又吹了凉风，一时头晕眼花，认不清来时的路，只见四周都是树木、山石、楼台、房舍，分不清要往哪一处走，正好看到脚下有条石子路便走了上去，结果是往南走去，一路上曲曲折折比较长，终于来到一所房子跟前，却只见院墙而找不到接近的路。找了半天，忽然看到东南角有一带竹篱，刘姥姥还以为是扁豆架子，实则是"怡红院"东南角的蔷薇、宝相花花障【O1】，上面有个月洞门【Q3】，进去后，居然找到"怡红院"南侧的后房门①（据本章"第三节、二、（2）"《怡红院构想图》，此后房门当在上房的西南角），于是进入了宝玉的上房，在宝玉床上睡着，前已有详述，此处不再重复。袭人把刘姥姥找到并带走。此时贾母睡醒，众人便在稻香村【J】摆晚饭。

第二天刘姥姥带着板儿告辞，凤姐说："都因为你，昨天老太太高兴，倒走了大半个园子，着了凉，伤风感冒了。"

五、第74回"惑奸谗抄检大观园"路线考：（见"图十一D"）

至晚饭后，待贾母安寝了，宝钗等入园时，王善保家的便请了凤姐一并入园，喝命将角门皆上锁，便从上夜的婆子处【X3】抄检起，不过抄检出些多余攒下蜡烛、灯油等物。（庚夹：毕真。）王善保家的道："这也是赃，不许动，等明儿回过太太再动。"于是先就到怡红院【N1】中，喝命关门。当下宝玉正因晴雯不自在，忽见这一干人来，不知为何直扑了丫头们的房门去，因迎出凤姐来，问是何故。……

凤姐听了，笑道："既如此咱们就走，再瞧别处去。"说着，一径出来，因向王善保家的道："我有一句话，不知是不是。要抄检只抄检咱们家的人，薛大姑娘屋里【X】，断乎检抄不得的。"王善保家的笑道："这个自然。岂

---

① 刘姥姥当未往北侧去找门。因为一般院子的门都设在南边，而"怡红院"的院门却朝北开，刘姥姥也是按照通常的惯例往南边去找门，自然找到了"怡红院"南边的后房门（即"怡红院"上房的后房门）。

有抄起亲戚家来？"凤姐点头道："我也这样说呢。"（庚夹：写阿凤心灰意懒，且避祸、从时①，迥又是一个人矣。）

一头说，一头到了潇湘馆【H】内。黛玉已睡了，忽报这些人来，也不知为甚事。才要起来，只见凤姐已走进来，忙按住她不许起来，只说："睡罢，我们就走。"这边且说些闲话。那个王善保家的带了众人到丫鬟房中，也一一开箱倒笼抄检了一番。……

又到探春院【Q2】内，谁知早有人报与探春了。探春也就猜着必有原故，所以引出这等丑态来，（庚夹：实注一笔。）遂命众丫鬟秉烛开门而待。……

凤姐直待伏侍探春睡下，方带着人往对过暖香坞【T2】来。彼时李纨犹病在床上，她与惜春是紧邻，又与探春相近，故顺路先到这两处。因李纨【J】才吃了药睡着，不好惊动，只到丫鬟们房中一一的搜了一遍，也没有什么东西，遂到惜春【T2】房中来。因惜春年少，尚未识事，吓的不知当有什么事，故凤姐也少不得安慰她。……惜春道："若说传递，再无别个，必是后门【J3】上的张妈②。她常肯和这些丫头们鬼鬼祟祟的，这些丫头们也都肯照顾她。"凤姐听说，便命人记下，将东西且交给周瑞家的暂拿着，等明日对明再议。于是别了惜春，方往迎春【L2】房内来。

迎春已经睡着了，丫鬟们也才要睡，众人叩门半日才开。凤姐吩咐："不必惊动小姐。"遂往丫鬟们房里来。因司棋是王善保的外孙女儿，（庚夹：玄妙奇诡，出人意外。）凤姐倒要看看王家的可藏私不藏？遂留神看她搜检。先从别人箱子搜起，皆无别物。及到了司棋箱子中搜了一回，王善保家的说："也没有什么东西。"才要盖箱时，周瑞家的道："且住，这是什么？"说着，便伸手掣出一双男子的锦带袜并一双缎鞋来。（庚夹：险极！）又有一个小包袱，打开看时，里面有一个同心如意并一个字帖儿。一总递与凤姐。

凤姐因当家理事，每每看开帖并账目，也颇识得几个字了③。便看那帖子是大红双喜笺帖，（庚夹：纸就好。余为司棋心动。）上面写道："上月你来家后④，父母已觉察你我之意。但姑娘未出阁，尚不能完你我之心愿。若园内可以相见，你可托张妈给一信息。若得在园内一见，倒比来家得⑤说话。千万，千万。再所赐香袋二个，今已查收外，特寄香珠一串，略表我心。千万收好。表弟潘又安拜具。"（庚夹：名字便妙。）

凤姐看罢，不怒而反乐。（庚夹：恶毒之至。）别人并不识字。王家的素日并不知道她姑表姊弟有这一节风流故事，见了这鞋袜，心内已是有些毛病，又见有一红帖，凤姐又看着笑，她便说道："必是她们胡写的账目，

---

① 从时，顺从时宜、顺从时令。此处当指王熙凤暂且识时务而委曲求全。
② 此是作者曹雪芹随事立名法，"张妈"谐音"赃妈"，与赃物有关。
③ 此写出凤姐基本不识字，略微识得几个字。
④ 指回家来后。
⑤ 得，能够，可以。

不成个字，所以奶奶见笑。"凤姐笑道："正是这个账竟算不过来。你是司棋的老娘，她的表弟也该姓王，怎么又姓潘呢？"王善保家的见问的奇怪，只得勉强告道："司棋的姑妈给了潘家，所以她姑表兄弟姓潘。上次逃走了的潘又安就是她表弟。"凤姐笑道："这就是了。"因道："我念给你听听。"说着从头念了一遍，大家都唬了一跳。

这王家的一心只要拿人的错儿，不想反拿住了她外孙女儿，又气又臊。周瑞家的四人又都问着她："你老可听见了？明明白白，再没的话说了。如今据你老人家，该怎么样？"这王家的只恨没地缝儿钻进去。凤姐只瞅着她嘻嘻的笑，（庚夹：恶毒之至。）向周瑞家的笑道："这倒也好。不用你们作老娘的操一点儿心，她鸦雀不闻的给你们弄了一个好女婿来，大家倒省心。"（庚夹：刻毒之至！按凤姐虽系刻毒，然亦不应在下人前为不寻①，次等人前不得如是也。）周瑞家的也笑着凑趣儿。王家的气无处泄，便自己回手打着自己的脸，骂道："老不死的娼妇，怎么造下孽了！说嘴打嘴，现世现报在人眼里。"众人见这般，俱笑个不住，又半劝半调的。

凤姐见司棋低头不语，也并无畏惧惭愧之意，倒觉可异。料此时夜深，且不必盘问，只怕她夜间自愧去寻拙志，遂唤两个婆子监守起她来。带了人，拿了赃证回来，且自安歇，等待明日料理。

【解析】

晚饭后，贾母睡下，诸姊妹都回到园中，王善保的老婆便请凤姐一同入园，命令把大观园所有的门全都上锁，从园门【B】内上夜的婆子处【X3】开始查抄，连节省下来的蜡烛、灯油，王善保家的也都算成赃物，老妈子们对她怒目而视，但敢怒不敢言。

由于下来就查抄怡红院，故知当是从"怡红院"近旁的园门口"辅仁谕德厅"的"上夜房"【X3】开始抄起。如果从"腰门"【C4】处抄起，"怡红院"离之最远，不会下来便抄"怡红院"。至于"园门"【B】至荣府"外仪门"【C2】的夹道（【A】至【V4】）何以今日开了？当是临时有事而开。正如请医生给园内女眷看病时，走大观园的后门或走正园门，见本章"第三节、一、（5）"。其走正园门时，此夹道（指【A】至【V4】）当亦会开，这便是因事临时而开。当然两者又有区别：请医生当从两府界巷【F5】处往南走上大街"宁荣街"，只要开宗祠前夹道【A】西端的门即可，贾赦院夹道【V4】的门不用开。又王善保的老婆是邢夫人那边的人（第74回："邢夫人的陪房王善保家的"），此次查抄自然可以走邢夫人"贾赦院"的夹道【V4】过来，而从正园门【B】抄起。

上夜房在园门口"辅仁谕德厅"【X3】，见第55回："园门口南边的三间小花厅……这三间厅原系预备省亲之时众执事太监起坐之处，故省亲之后也用不着了，每日只有婆子们上夜。……这厅上也有一匾，题着'辅仁谕德'四字，家下俗呼皆只叫'议事厅'儿。"

---

① 不寻，疑当作"寻不是"。

抄了园门【B】处的上夜房【X3】后，下来便首先查抄怡红院【N1】，这也可证明怡红院在园门口，与图正相吻合。结果没查出什么。

出怡红院后，当过"沁芳亭"桥【F】往潇湘馆和蘅芜院来，凤姐怕她们抄薛宝钗家，所以用商量的口吻说："只抄咱们家吧，薛大姑娘屋里【X】断然不可以抄的。"王善保家的笑道："这个自然，怎么能抄起亲戚家来了呢？"于是奔潇湘馆【H】来。一过沁芳亭桥便是"潇湘馆"，结果也没查出什么。

于是这批人又过"沁芳亭"桥来抄探春的"秋爽斋"【Q2】，由于"怡红院"与"秋爽斋"相邻，故早有"怡红院"的人通报了探春，探春开门等待查抄，也没抄出什么，王善保家的假装上前要搜探春的身，被探春打了个耳光，丢了第一次丑。

凤姐等人离了"秋爽斋"，便往湖湾对面的暖香坞【T2】来。按：暖香坞在湖西，探春的秋爽斋在湖南，两者隔湖湾相望；所隔之湖湾，便是贾母离了秋爽斋而上船的"荇叶渚"【M2】这一港湾。书中言李纨的稻香村【J】与惜春的暖香坞【T2】紧邻，又与探春处【Q2】相近。今按图中，从探春处【Q2】到惜春处【T2】，从李纨处【J】到惜春处【T2】，两者距离皆相等；所言"又与探春相近"，是指惜春处与探春处相近，即李纨处紧邻惜春处、而惜春处又与探春处相近，故由探春处出来后便顺路先查抄这两处。据图应当是先抄近的惜春，再抄李纨处方才顺路，不知何故，居然是先抄李纨处【J】，没搜出什么，再抄惜春处【T2】，查到了一些私物。于是一行人又前往迎春处【L2】查抄。

迎春早已睡下，敲了半天才开门。司棋是王善保家的外孙女。据图，迎春处【L2】离潇湘馆【H】最近，本当抄完潇湘馆【H】后便抄迎春处【L2】，再顺路抄李纨处【J】，再顺路抄惜春处【T2】，最后才抄探春处【Q2】。王善保家的老婆抄了潇湘馆【H】后便去抄探春处【Q2】，有意要把外孙女司棋处【L2】留到最后来抄，可以草草了事，这也是其私心所在。

凤姐何等精明，她倒要看看：王善保家的老婆是否秉公查抄自己王家的人？当查到司棋箱子时，王善保家的假意搜了一回，说："没什么。"就要盖上箱子，这时周瑞家的在旁监督，便说："且住，这是什么？"于是拉出一双男袜和男鞋，还有个小包袱，里面有一封大的红双喜笺帖，写着表弟潘又安与表姐司棋相约见面的私情话（所约的"园内一见"，就是第71回鸳鸯碰到他俩在桂花树底下苟合之事）。王善保家的羞得自己掌嘴，这次出的丑，比在探春处挨探春耳光更大了，司棋则听候发落。

今按：把迎春处留到最后来查抄，这是王善保老婆的私情；实则查抄黛玉后便当查抄离潇湘馆最近的迎春处，王善保老婆故意把迎春处放到最后来查抄。

其实把迎春处留到最后来查抄，更是作者曹雪芹的有意安排。查抄黛玉后便查抄迎春，"王善保老婆抄到自家人赃物"的高潮便会在一开始就出现，下来查抄李纨处、惜春处、探春处也就不会有这么高的高潮出现了，那还有什么看头呢？

照理，秋爽斋【Q2】距怡红院【N1】最近，因此正常的写法或符合事实的查抄法应当是（A）：园门—怡红院—探春处—惜春处—李纨处—迎春处—潇湘馆。或是（B）：园门—怡红院—潇湘馆—迎春处—李纨处—探春处—惜春处。现在写的顺序却是（C）：园门—怡红院—潇湘馆—探春处—李纨处—惜春处—迎春处。

两相对照，显然（B）（C）相近，即曹雪芹符合事理的原稿查抄法当是（B）。为了把高潮放到最后，同时又可写出王善保家的私心，作者有意让探春处【Q2】的小高潮（王善保家的被探春打嘴）与迎春处【L2】的大高潮（王善保家的自己掌嘴）相对调。

查抄时之所以不选择（A）的路线，恐怕是宝玉与黛玉一直平起平坐，给人的印象两者总是联在一起。而且第17回宝玉为潇湘馆命名时说："这是第一处行幸之处"，而"怡红院"实可视为园门处的庭院建筑，即园门不过是"怡红院"的院门，行宫内真正的第一处景观便是潇湘馆，所以抄完园门处的宝玉"怡红院"后，便要来查抄园内素来认为是第一处的黛玉"潇湘馆"，所以作者便选择（B）路线来查抄。

曹雪芹又因为创作需要，把（B）路线中的迎春、探春两处给对调了一下，形成了作品中的（C）路线的查抄法。总之，作品为创作需要会改动场景路线，与实际的空间布局会有一定的出入，其原因便在于这是小说，是艺术创作，不是记实的流水账。

作者仍故意留下一个小破绽，即探春处查抄后当先抄近的惜春处、再抄远的李纨处，现在却写成先探春、再李纨、后惜春，先远（李纨处）后近（惜春处）——这同样是为了最大程度地保留由（B）改（C）后的原稿面目，让大家能看出作者由（B）改（C）的创作思路来。

而且书中也暗示出由探春处当先到近的惜春处、再到远的李纨处，即"凤姐直待伏侍探春睡下，方带着人往对过暖香坞来。彼时李纨犹病在床上，她与惜春是紧邻，又与探春相近，故顺路先到这两处。"画线部分先写到惜春处、再写到李纨处，可证惜春为近、李纨为远。而下来作者却反常地写先抄远的李纨处、再抄近的惜春处，这一反常也是作者故意留破绽给有心人，让这有心人能够根据"江宁行宫"图考出上述那番真相来，同时又可最大程度地保留由（B）改（C）后的原稿面目。

又：探春"秋爽斋"与李纨"稻香村"相去颇远，见第55回凤姐小月，由李纨、探春代为理事时："探春同李纨相住间隔，二人近日同事，不比往年，来往回话人等亦不便，故二人议定：每日早晨皆到园门【B】口南边的三间小花厅【X3】上去会齐办事。"画线部分的"间隔"两字便指明两人往处相隔颇远。因此上文中李纨"又与探春相近"，是指李纨处紧邻惜春处，而惜春处又与探春处相近，并不是指李纨处与探春处相近。

六、其他路线详考

（一）怡红院至宝钗、黛玉、李纨处皆当过沁芳亭桥

●第63回：

　　只见怡红院【N1】凡上夜的人都迎了出去，林之孝家的看了不少。林之孝家的吩咐："别耍钱、吃酒，放倒头睡到大天亮。我听见是不依的。"……晴雯、麝月、袭人三人又说："她两个去请，只怕宝、林两个不肯来，须得我们请去，死活拉她来。"于是袭人、晴雯忙又命老婆子打个灯笼，二人又去。果然宝钗说夜深了【X】，黛玉说身上不好【H】，她二人再三央求说："好歹给我们一点体面，略坐坐再来①。"探春【Q2】听了却也欢喜。因想："不请李纨，倘或被她知道了倒不好。"便命翠墨同了小燕，也再三的请了李纨和宝琴【J】二人②，会齐，先后都到了怡红院【N1】中。袭人又死活拉了香菱【X】来。炕上又并了一张桌子，方坐开了。

　　宝玉忙说："林妹妹怕冷，过这边靠板壁坐。"又拿个靠背垫着些。袭人等都端了椅子在炕沿下一陪。黛玉却离桌远远的靠着靠背，因笑向宝钗、李纨、探春等道："你们日日说人夜聚饮博，今儿我们自己也如此，以后怎么说人？"李纨笑道："这有何妨？一年之中，不过生日、节间如此，并无夜夜如此，这倒也不怕。"……

　　袭人才要揶，只听有人叫门。老婆子忙出去问时，原来是薛姨妈打发人来了，接黛玉的③。众人因问几更了，人回："二更以后了，钟打过十一下了。"宝玉犹不信，要过表来瞧了一瞧，已是子初初刻十分了。黛玉便起身说："我可撑不住了，回去还要吃药呢。"众人说："也都该散了。"袭人宝玉等还要留着众人。李纨、宝钗等都说："夜太深了不像，这已是破格了。"袭人道："既如此，每位再吃一杯再走。"说着，晴雯等已都斟满了酒，每人吃了，都命点灯。<u>袭人等直送过沁芳亭【F】河那边方回来。</u>

【解析】

　　按第58回："李纨处目今李婶母女虽去，然有时亦来住三五日不定，贾母又将宝琴送与她去照管。"故宝琴住在李纨处。

　　由最后一句可知，宝钗【X】、黛玉【H】、李纨【J】三人皆在"沁芳亭"桥那一边。而探春【Q2】其实住在"沁芳亭"桥这一边，见本章"第五节、一"秋爽斋处的考证，作者叙述时照顾不周。当是袭人送至"沁芳亭"桥【F】南堍而与探春作别，再送至"沁芳桥"北堍而与宝钗、黛玉、李纨三人作别，故统而言之称作"直送过沁芳亭河那边方回来"，其实探春并未过桥。

---

① 略坐坐再回家来。

② 按第58回贾母等全部家长要到老太妃坟上守灵，请薛姨妈入园照料："因宝钗处有湘云香菱；李纨处目今李婶母女虽去，然有时亦来住三五日不定，贾母又将宝琴送与她去照管。"可证薛宝琴随李纨住。

③ 打发来接黛玉的人来了。第58回贾母等全部家长要到老太妃坟上守灵，请薛姨妈入园照料：薛姨妈"便挪至潇湘馆来和黛玉同房，一应药饵饮食十分经心。黛玉感戴不尽，以后便亦如宝钗之呼，连宝钗前亦直以'姐姐'呼之，宝琴前直以'妹妹'呼之，俨似同胞共出，较诸人更似亲切。"

又沁芳亭处为"湖"【B3】，书中称作"河"（"河那边"），是因为沁芳亭桥斜截其湖，长约百米，可证其湖纵向不过五六十米阔，虽称作湖，其实很小，可视为大河。而且沁芳亭桥为七孔（亭下亦算一孔），书中称作"石桥三港"，一港可视作一河，故全湖可视作七条小河相并而来，故可视此"沁芳湖"为大河。此湖名为"沁芳池"，"池"为"池塘"意，其形如果近于方形、圆形便可指湖，其形状如果狭长便可指河，"池"与"河"含义原本就相通，故称"沁芳池"为河乃用词不严密，并不意味着全园只有河而没有中心大湖，也不意味着"沁芳池"非湖乃河。

（二）从腰门至怡红院当过沁芳亭桥

●第77回：

　　　　如今且说宝玉只当王夫人不过来搜检搜检，无甚大事，谁知竟这样雷嗔电怒的来了。所责之事皆系平日之语，一字不爽，料必不能挽回的。虽心下恨不能一死，但王夫人盛怒之际，自不敢多言一句、多动一步，一直跟送王夫人到沁芳亭【F】。王夫人命："回去好生念念那书，仔细明儿问你，才已发下恨了。①"

【解析】

王夫人是从腰门【C4】处入园，其到"怡红院"【N1】当过"沁芳亭"【F】桥，故宝玉送她回屋时送到"沁芳亭"【F】。可见：从腰门【C4】到怡红院【N1】，当走"沁芳池"的北路而过"沁芳亭"【F】桥。

●第34回：

　　　　宝钗满心委屈气忿，待要怎样，又怕她母亲不安，少不得含泪别了母亲，各自回来，到房里整哭了一夜。次日早起来，也无心梳洗，胡乱整理整理，便出来瞧母亲。可巧遇见林黛玉独立在花阴【I3】之下，问她："哪里去？"薛宝钗因说"家去"，口里说着，便只管走。黛玉见她无精打采的去了，又见眼上有哭泣之状，大非往日可比，便在后面笑道："姐姐也自保重些儿。就是哭出两缸眼泪来，也医不好棒疮！"（蒙侧：自己眼肿为谁？偏是以此笑人。笑人世间人多犯此症。）不知宝钗如何答对，且听下回分解。

●第35回：

　　　　话说宝钗分明听见林黛玉刻薄她，因记挂着母亲、哥哥，并不回头，一径去了。这里林黛玉还自立于花阴之下，远远的却向怡红院【N1】内望着，只见李宫裁、迎春、探春、惜春并各项人等都向怡红院内去过之后，一起一起的散尽了，只不见凤姐儿来，心里自己盘算道："如何她不来瞧宝玉？便是有事缠住了，她必定也是要来打个花胡哨，讨老太太和太太的好

---

① 指王夫人到"怡红院"撵人之举，早已和贾政作过事先的沟通。王夫人还表示贾政下来要严格管束宝玉读书之事，故后四十回一开头的第81回贾政便逼宝玉从事举业方面的学习，说出"你也不用念书了，我也不愿有你这样的儿子了"的话来，其实早已伏笔在此。★★★

儿才是。今儿这早晚不来，必有原故。"

　　一面猜疑，一面抬头再看时，只见花花簇簇一群人又向"怡红院"内来了。定睛看时，只见贾母搭着凤姐儿的手，后头邢夫人、王夫人，跟着周姨娘①、并丫鬟、媳妇等人，都进院去了。黛玉看了不觉点头，想起有父母的人的好处来，早又泪珠满面。

　　少顷，只见宝钗、薛姨妈等也进入去了。忽见紫鹃从背后走来，说道："姑娘吃药去罢，开水又冷了。"黛玉道："你到底要怎么样？只是催，我吃不吃，管你什么相干！"紫鹃笑道："咳嗽的才好了些，又不吃药了。如今虽然是五月里，（蒙侧：闺中相怜之情，令人美慕之至。）天气热，到底也该还小心些。大清早起，在这个潮地方站了半日，也该回去歇息歇息了。"一句话提醒了黛玉，方觉得有点腿酸，呆了半日，方慢慢的扶着紫鹃，回潇湘馆【H】来。

【解析】

　　此是宝钗在薛姨妈家【R4】埋怨哥哥薛蟠在外散播宝玉与蒋玉菡的密事，导致宝玉挨打。而薛蟠则反唇相讥，说宝钗心中只有宝玉（把他这个做哥哥的都忘了，胳膊肘尽往外拐），羞得宝钗满心委屈，暂时由东南角门【D4】回蘅芜苑【X】的家哭了一夜。

　　宝钗次早起来，急忙来家中【R4】看望母亲，当是由蘅芜院【X】过"沁芳亭"【F】桥，直奔大观园西南角为其薛家所开的、"王夫人院"东南角处的角门【D4】（此门相对于府中的王夫人院而言是东南角，相对于大观园则是西南角）。正好碰到林黛玉独自站立在花荫【I3】之下。此花荫当离潇湘馆【H】不远。黛玉问她："哪里去？"（黛玉猜她可能是去看望挨打的宝玉【N1】。）

　　宝钗急着要走，所以一边走、一边说："去家【R4】里看望母亲。"黛玉见她无精打采，眼上有哭泣之状，于是在宝钗身后笑道："姐姐也自保重些。就是哭出两缸眼泪，也医不好宝玉的棒疮！"②

　　蒙王府本侧批：黛玉你自己眼睛也哭肿了，是为谁？偏拿这个来取笑他人，就不怕别人拿你的眼睛来取笑你？别人还没拿这个来取笑你，你反倒去拿这个来取笑别人。可笑世人都是这种"有嘴说别人，没嘴说自己"的嘴脸。

　　宝钗听出黛玉是在取笑她，因记挂着母亲和哥哥，也就"大肚能容"地头也不回就走了。

　　黛玉在烈日中的花荫下做什么？原来她远远地望着湖对岸的怡红院【N1】，足证潇湘馆【H】离怡红院【N1】很远，图与之相合。

　　她看到李纨、迎春、探春、惜春分批到"怡红院"看望宝玉后都出来了，只不见凤姐过来，低头思量："她肯定要来看宝玉以讨好贾母和王夫人的，今天

---

① 没有赵姨娘，可证贾母和王熙凤讨厌赵姨娘，故意不叫她。更何况宝玉挨打的一大原因，便是赵姨娘叫贾环在贾政面前告发宝玉调戏金钏儿事，焉能让她去看望宝玉？
② 按：黛玉当不信她是往薛姨妈家去，仍怀疑她是去看望宝玉的。一并怀疑她眼肿是为牵挂宝玉而哭的。

晚来必定有什么原因。"正在疑惑间，一抬头，便看到又有一群花花簇簇的人向怡红院走去，由于有点远，初看还看不清楚，仔细一看，是贾母搭着凤姐的手，后头有邢夫人、王夫人，带着周姨娘，以及丫环、媳妇等人，进了"怡红院"。其实贾母等人前往"怡红院"【N1】必定会从腰门【C4】入园，走沁芳池大湖北岸的大路而在黛玉面前经过，走上"沁芳亭"【F】桥；黛玉站在花荫往湖南岸的"怡红院"望去，必定早就看到她们从自己面前经过，何以她们的行踪要走到"怡红院"门口时才看到？

要么是作者笔底不周，留此破绽；要么就是今天来看望宝玉的人实在太多了，没走腰门【C4】处入园，走的是前面"贾赦院"三重仪门【J5】处的夹道【V4】、贾氏宗祠前的夹道【A】，从大观园的正大门【B】自南而北地来"怡红院"【N1】。由于"怡红院"是在北院墙上开大门，所以黛玉此时方才看到这一行人走到北门处。显然后一种可能性为大，而且这行人中还有"贾赦院"的女主人邢夫人，则此次走"贾赦院"处的夹道【V4】过来正为合宜。

由于怡红院后院（即南侧）有清溪池塘【P1】，池塘的南侧是假山"翠嶂"【C】、西侧是假山"曲径通幽处"【E】，都无法走到池塘北侧的怡红院正房，只有东侧的路可以走到，即：第17回贾政在贾珍带领下，由怡红院上房后门出园门的那条路【Q1】。由于要走前门（即怡红院的北院门），不可以从后门（即怡红院上房后门）入，所以又得走第41回刘姥姥入"怡红院"的走法，从南往北地穿过篱笆花障式的迷宫【O1】，来到篱笆花障西北角的月洞门【Q3】。穿过此月洞门，下来便不能像刘姥姥那般往南走去，而要往北边走，来到怡红院北侧的院门前，这时便被黛玉看到了。

黛玉看到这副情景，为自己猜得不错而点头，想起有父母的人就是如此幸福，不禁泪流满面。下文紫鹃来请她回屋吃药，脂批："闺中相怜之情，令人羡慕之至"，指明：黛玉虽无父母疼爱，但有贴身侍女关心，可惜黛玉"身在福中不知福"，还要埋怨紫鹃管自己管得太多。

不一会儿，黛玉又见宝钗和薛姨妈也进去了。宝钗和薛姨妈当是从东南角门【D4】而来，不必走沁芳亭桥【F】，故来到"怡红院"【N1】北门口时才被黛玉看到。

这时紫鹃从背后来请黛玉回去吃药，劝她："天太热，一大清早起来，便在这个又热又潮的地方站了半天，也应该回去歇息歇息了。"这句话提醒了黛玉，这时才想起自己站了半天，腿都站酸了，这才不情愿地扶着紫鹃，慢慢地回了潇湘馆【H】。

紫鹃催黛玉吃药肯定已有多次，而黛玉用"只是催，我吃不吃管你什么相干"来抱怨，写明其有意要看完才回去。

黛玉之所以要远眺，连吃药都不顾，就是为了确保大家前来看望宝玉时，全都落入自己眼中，从而可以准确地把握到"大家都来看过宝玉了，再也不会有人来看宝玉"的事实，然后自己才敢去看望宝玉。这是因为：第34回宝玉挨打那天她去看望宝玉，才说两句话便有人在外传话："凤姐来了。"她于是连忙起身从后院逃走，宝玉奇怪她怎么怕起凤姐来了？黛玉指着自己两个桃子似的哭肿的眼睛说："要是被她凤姐看到，又要取笑我了。"所以她以后每次都要等大忙人凤姐去过后，才敢来看望宝玉，以免再度被凤姐碰上。

今天既然看到包括凤姐在内的所有人都来看过宝玉了，于是也就可以放心地回去休息一下，正好等她们全都看过宝玉离开后，自己再来看望宝玉。所以这一回回末写众人走后，宝玉让宝钗的丫环金莺为自己打络子时，黛玉来了，即："这里宝玉正看着打络子，忽见邢夫人那边遣了两个丫鬟送了两样果子来与他吃，问他'可走得了？若走得动，叫哥儿明儿过来散散心，太太着实记挂着呢。'宝玉忙道：'若走得了，必请太太的安去。疼的比先好些，请太太放心罢。'一面叫她两个坐下，一面又叫秋纹来，把才拿来的那果子拿一半送与林姑娘去。秋纹答应了，刚欲去时，只听黛玉在院内说话，宝玉忙叫：'快请。'要知端的，且听下回分解。"

而下回开头即写："话说贾母自王夫人处回来，见宝玉一日好似一日，心中自是欢喜。"根本就没提上回末黛玉来的事，似乎衔接不上而有缺佚。其实作者根本就无意写宝玉与黛玉两人的相互安慰，而只是借宝玉分水果来写明他对黛玉的"情好愈笃"，又写黛玉估计众人离开后，自己才来探望宝玉，为的是两人可以单独待在一起而免受别人打扰、互诉衷肠，从而写明她对宝玉的"一往情深"。作者只想写到这儿为止（即借此写明宝玉爱黛玉、黛玉爱宝玉就可以了），不想赘述两人相见时的具体情节，于是也就按下不表。所谓"要知端的，且听下回分解"，并不一定要接着上回的情节往下写，完全可以像此处这样更端另起，这也可以看出作者"不拘一格、出人意料"的文风来，又可看出其"惜墨如金、含蓄蕴藉、点到为止"的创作风格。

（三）从"潇湘馆"至"怡红院"路线
●第25回黛玉由"潇湘馆"来"怡红院"：

却说林黛玉因见宝玉近日烫了脸，总不出门，倒时常在一处说说话儿。这日饭后看了两篇书，自觉无趣，便同紫鹃雪雁做了一回针线，更觉烦闷。便倚着房门出了一回神，（甲侧：所谓"闲倚绣房吹柳絮"是也。）信步出来，看阶下新迸出的稚笋，（甲侧：妙妙！"笋根稚子无人见"，今得颦儿一见，何幸如之。）

不觉出了院门【H】。一望园中，四顾无人，（甲侧：恐冷落园亭花柳，故有是十数字也。）惟见花光柳影，鸟语溪声。（甲侧：纯用画家笔写。）林黛玉信步便往怡红院【N1】中来，只见几个丫头舀水，都在回廊上围着看画眉洗澡呢。（甲侧：闺中女儿乐事。）听见房内有笑声，林黛玉便入房中看时，原来是李宫裁、凤姐、宝钗都在这里呢，一见她进来都笑道："这不又来了一个。"

【解析】
怡红院【N1】中人都在回廊上围着看画眉鸟洗澡，而"彩图"中"怡红院"

正房北侧正画有庭院，其中必定有一圈围廊。黛玉当是自北入院（"怡红院"院门开在北院墙上），回廊之院当在怡红院正房之北。

●第 26 回：

宝玉无精打采的，只得依她。晃出了房门，在回廊上调弄了一回雀儿；出至院【N1】外，顺着沁芳溪【Z2】看了一回金鱼。只见那边山坡【A3】上两只小鹿箭也似的跑来，宝玉不解其意，（甲侧：余亦不解。）正自纳闷，只见贾兰在后面拿着一张小弓追了下来。一见宝玉在前面，便站住了，笑道："二叔叔在家里呢，我只当出门去了。"宝玉道："你又淘气了。好好的射它作什么？"贾兰笑道："这会子不念书，闲着作什么？所以演习演习骑射。"宝玉道："把牙栽了，那时才不演呢。"

说着，顺着脚一径来至一个院门前，（庚侧：像无意。）只见凤尾森森，龙吟细细。（甲夹：与后文"落叶萧萧，寒烟漠漠"一对，可伤可叹！）（庚侧：原无意。）举目望门上一看，只见匾上写着"潇湘馆"【H】三字。（甲侧：无一丝心机，反似初至者，故接有忘形忘情话来。）（庚侧：三字如此出，足见真出无意。）

宝玉信步走入，只见湘帘垂地，悄无人声。走至窗前，觉得一缕幽香从碧纱窗中暗暗透出。（甲侧：写得出，写得出。）宝玉便将脸贴在纱窗上，往里看时，耳内忽听得（甲夹：未曾看见先听见，有神理。）细细的长叹了一声道："'每日家情思睡昏昏'。"（甲侧：用情、忘情、神化之文。）（庚眉：先用"凤尾森森，龙吟细细"八字，"一缕幽香自纱窗中暗暗透出"，"细细的长叹一声"等句，方引出"每日家情思昏睡睡"仙音妙音来，非纯化功夫之笔不能，可见行文之难。）

宝玉听了，不觉心内痒将起来，再看时，只见黛玉在床上伸懒腰。（甲侧：有神理，真真画出。）宝玉在窗外笑道："为甚么'每日家情思睡昏昏'？"一面说，一面掀帘子进来了。（庚眉：二玉这回文字，作者亦在无意上写来，所谓"信手拈来无不是"也。）……

却说那林黛玉听见贾政叫了宝玉去了，一日不回来，心中也替他忧虑。至晚饭后，闻听宝玉来了，心里要找他问问是怎么样了。【H】一步步行来，见宝钗进宝玉的院【N1】内去了，（甲侧：《石头记》最好看处是此等章法。）自己也便随后走了来。刚到了沁芳桥【F】，只见各色水禽都在池【B3】中浴水，也认不出名色来，但见一个个文彩炫耀，好看异常，因而站住看了一会。（庚侧：避难法。①）再往怡红院【N1】来，只见院门关着，黛玉便以手扣门。

---

① 指作者这么一写，便不用去写宝玉与宝钗交谈些什么了，等于回避了难写之处，可以省力地一笔带过。因为作者只想写宝钗进院好一会后黛玉前来敲门，至于宝钗谈什么、黛玉如何等待，都是次要的事，所以作者便用黛玉看鱼，来一笔带过这段本该写点什么、但作者又不想写什么的时光。

【解析】

宝玉与贾兰说着话时便来到了潇湘馆【H】，可见其说话时当已过了"沁芳亭"桥。上引文字写明宝玉是顺着"沁芳溪"看一回金鱼，其时应当就是在"沁芳亭"桥上【F】一边走，一边看那"沁芳池"【B3】中的金鱼。沁芳池由沁芳溪水流来，可以看作是大而宽的"沁芳溪"。

宝玉看到那边山坡【A3】上两只小鹿箭也似的跑来，当是站在"沁芳亭"桥的北塊，看见未到"潇湘馆"处【H】的、正殿【Z】前遮景用的山坡上，有小鹿飞跑下来（此山坡【S3】上有"栊翠庵"【O3】）。

黛玉见宝钗进入宝玉的怡红院【N1】，当是在上"沁芳亭"桥【F】之前，可见她是隔湖遥望见宝钗入了怡红院的北门。（黛玉若是在沁芳亭桥上看到宝钗入院，而沁芳亭桥四面皆是湖，没有丝毫遮挡之物，她能看到宝钗，恐怕宝钗和面朝大湖开门的宝玉院中人也能看到她，今宝钗显然没有看到她，因为书中没有写到宝钗向她打招呼，故可知黛玉应当是在上桥之前便已看到宝钗入了怡红院的北门。）

●第64回：

一日，供毕早饭，因此时天气尚长，贾珍等连日劳倦，不免在灵旁假寐。宝玉见无客至，遂欲回家看视黛玉，因先回至怡红院【N1】中。进入门来，只见院中寂静无人，有几个老婆子与小丫头们在回廊下取便乘凉，也有睡卧的，也有坐着打盹的。……于是一径往潇湘馆【H】来看黛玉。

将过了沁芳桥【F】，只见雪雁领着两个老婆子，手中都拿着菱藕瓜果之类。……大约是因七月为瓜果之节，家家都上秋祭的坟，林妹妹有感于心，所以在私室自己奠祭，取《礼记》"春秋荐其时食"之意，也未可定。但我此刻走去，见林妹妹伤感，必极力劝解，又怕她烦恼郁结于心；若竟不去，又恐她过于伤感，无人劝止；两件皆足致疾。莫若先到凤姐姐处一看，在彼稍坐即回。如若见林妹妹伤感，再设法开解，既不至使其过悲，哀痛稍申，亦不至抑郁致病。想毕，遂出了园门【C4】，一径到凤姐处【O4】来。……说毕，又说了些闲话，别过凤姐，一直往园中【C4】走来。

进了潇湘馆【H】的院门看时，只见炉袅残烟，奠余玉醴。紫鹃正看着人往里搬桌子、收陈设呢。宝玉便知已经祭完了，走入屋内，只见黛玉面向里歪着，病体恹恹，大有不胜之态。紫鹃连忙说道："宝二爷来了。"黛玉方慢慢的起来，含笑让坐。……

仍欲往下说时，只见有人回道："琏二爷回来了。适才外间传说，往东府【F3】【A5】里去了好一会了，想必就回来的。"宝玉听了，连忙起身，迎至大门【B2】以内等待。恰好贾琏自外下马进来。于是宝玉先迎着贾琏跪下，口中给贾母、王夫人等请了安，又给贾琏请了安。二人携手走了进来。只见李纨、凤姐、宝钗、黛玉、迎、探、惜等早在中堂【T4】等候，一一相见已毕。

【解析】

画线部分的"沁芳桥"应当就是"沁芳亭【F】桥"的简称，因为从"怡红院【N1】"往"潇湘馆【H】"过的是"沁芳亭桥"。

此节文字写明大家族的礼数。宝玉当是荣国府中留守的最尊贵的男性家长，所以听到贾琏代表贾母回来时，要由他来率领男性奴仆们，在大门内等候并迎接贾琏，并要为了给贾母、王夫人问安而朝贾琏下跪。女眷们不可出"二门"抛头露面，所以要在中堂（当即"荣禧堂"【T4】）等候。

第八节 大观园与江宁行宫景致的对号入座

要想证明《红楼梦》描述的园林空间"大观园"就是曹雪芹南京的旧家"江宁织造府行宫",其最直接有力的证据,便是本节所要探讨的:《红楼梦》中的"大观园"景致,与《南巡盛典》《嘉庆新修江宁府志》所记载的"江宁行宫"后花园景致完全可以做到对号入座。

一、《南巡盛典》《嘉庆新修江宁府志》共记录"江宁行宫"后花园十处景致

《南巡盛典》共有两种,一种是清代两江总督高晋等人在乾隆三十六年(1771)编纂的《南巡盛典》120卷刻本,只记载乾隆头四次南巡事,本书"第一章、第四节、六"引的"江宁行宫"图及其"图说",便出自该书卷101的"名胜"类。另一种是在此基础上,补入乾隆第五、六两次南巡事,记事至乾隆四十九年(1784),名为《钦定南巡盛典》,亦为120卷,即"文渊阁四库全书"本。

乾隆三十六年本《南巡盛典》卷101"名胜"类"江宁行宫"图的"图说"仅言:"江宁行宫,地居会城①之中,向为'织造廨署'。乾隆十六年,皇上恭奉慈宁,巡行南服,大吏改建行殿数重,恭备临幸。窗槛、栋宇,丹腹不施;树石一区,以供临憩。西偏,即②旧池重浚,周以长廊,通以略彴③,俯槛临流,有合于'鱼跃鸢飞'之境。"

而记事至乾隆四十九年的四库全书本《钦定南巡盛典》卷87"名胜(江南、江宁、徐州)"记录此"江宁行宫"时,比前者增添了很多内容:

江宁府,秦之"秣陵",孙吴改称"建业"也。山川浑深,土壤平厚,六代以来,并为都邑,南国提封,此为最著矣。乾隆辛未④,皇上法祖⑤省方⑥,守臣就会城中织造廨署⑦,改建行宫,恭备临幸。窗槛、栋宇,丹腹不施。树石一区,以供宸憩。西偏,即旧池重浚,周以长廊,通以略彴,

---

① 会城,即省城、省会城市,此处指"江南省"的省会"江宁府",也即今天江苏省的省会城市南京。
② 即,意为"就",乃"依托"之意。
③ 略彴,小木桥。
④ 指乾隆十六年(1751)辛未岁第一次南巡。
⑤ 祖,乾隆的祖父康熙皇帝。法祖,效法爷爷康熙皇帝。
⑥ 省方,巡视四方。此处指康熙与乾隆两位皇帝的南巡。
⑦ 会城,即南京。织造廨署,即"江宁织造府"。

俯槛临流，有合鱼跃鸢飞之趣。辛未，御书额曰"天阙云寨"，曰"风华丽瞩"，曰"三山天外"。联曰："圣迹长留欣继武，慈颜有喜庆承欢。"①又联曰："风物江山艳阳候，人文都会太平时。"②又联曰："喜听豫游征夏《谚》③，时凭解阜④协虞弦⑤。"⑥壬午⑦，御书联曰："黄屋非尧志，薰弦学舜心。"乙酉⑧，御书联曰："诗情讵花柳？乐意在农桑。"庚子⑨，御书联曰："随缘堪静会，所遇得幽欣。"甲辰⑩，御书行宫各额曰"绿净榭"、"勤政堂"、"鉴古斋"、"塔影楼"、"镜中亭"、"判春室"、"彩虹桥"、"听瀑轩"。联曰："四壁图书鉴今古，一庭花木验农桑。"⑪又联曰："景清神谧天常泰，水趣山情静可论。"又联曰："竹秀石奇参道妙，水流云在示真常。"

画线部分指明南京"江宁行宫"中有八大景致，乃乾隆四十九年第六次也即其最后一次南巡时所题。显然，行宫中的景致早就存在，其名字也是早就拟定好的，乾隆皇帝此时不过是将题名亲笔书写一下而已，并不能证明这些景致是乾隆四十九年最后一次南巡时才有的。事实上，这些景致据下文考，当是《红楼梦》所记录的康熙朝"江宁行宫"后花园中的旧有景致。

其书卷二十三"天章（甲辰⑫、江南）、诗"录乾隆四十九年甲辰岁最后一次南巡时所作的诗歌，其中就有他为"江宁行宫"所题八景每景各作一诗的《江宁行宫八咏》，今移录如下：

《江宁行宫八咏》

《勤政堂》

前殿三楹，为咨政、觐接之所。御苑、山庄之以"勤政"题额者甚多。兹时巡莅止，亦以是颜之，于展义⑬尤协。

---

① 此当是"天阙云寨"匾的联语。
② 此当是"风华丽瞩"匾的联语。
③ 语出《孟子·梁惠王下》："夏《谚》曰：'吾王不游，吾何以休？吾王不豫，吾何以助？一游一豫，为诸侯度。'"朱熹《孟子集注》："夏《谚》，夏时之俗语也。"
④ 解阜，语出舜帝《南风歌》。《史记·乐书》："昔者舜作五弦之琴，以歌《南风》。"《孔子家语》卷八"辩乐解第三十五"："昔者舜弹五弦之琴，造《南风》之诗，其诗曰：南风之薰兮，可以解吾民之愠兮；南风之时兮，可以阜吾民之财兮。（得其时。阜，盛也。）"意为：地方官或一国之君主，要像南风那样给百姓带来幸福，具体来说，就是要为百姓排忧解难，减轻百姓负担，增加百姓收入，使百姓过上安居乐业的美好生活。
⑤ 语出《礼记·乐记》："昔者舜作五弦之琴，以歌《南风》。"后因以"虞弦"指琴。
⑥ 此当是"三山天外"匾的联语。
⑦ 指乾隆二十七年（1762）壬午岁第三次南巡。
⑧ 指乾隆三十年（1765）乙酉岁第四次南巡。
⑨ 指乾隆四十五年（1780）庚子岁第五次南巡。
⑩ 指乾隆四十九年（1784）甲辰岁第六次南巡。
⑪ 此显为"鉴古斋"匾额的对联。
⑫ 指乾隆四十九年（1784）甲辰岁第六次南巡。
⑬ 展义，宣示德义。

祖训由来勤政先，在宫、"时迈"总应然。

深居肯袛搆清咏？引见除官取众便。（昨驻跸江宁，凡江省地方文武员弁，有应行迁授、赴京引见者，即就近命行在吏兵二部带领引见，以免其长途往返之劳。）

《鉴古斋》

　　　　在"勤政堂"后。庭中海棠四本，扶疏古致，憩息之余，罩①然远念，不胜殷鉴之思焉。

事当鉴古亦其然②，即境题斋敢不覼③？

岂必六朝举往迹？近看明代此兴亡。（洪武兴于此，福王灭于此。天命无常，吁，可畏也！）

《镜中亭》

　　　　斯亭峙水中央，南北接以曲折略彴。澄光漾影，宛然在镜中行也。

绿水中亭号"镜中"，旃摩④弗藉照恒空。

妍媸自取都无我，此是人间最大公。

《彩虹桥》

　　　　"镜中亭"南北迤逦双桥，卧波、饮练，不啻太白诗中画意。

曲折双桥接水亭，朱栏倒暎绿波渟。

试思何以"彩虹"号？闪影波翻无定形。

《塔影楼》

　　　　池北有楼登眺，近远诸景在目。宋熙宁赐名"普照"寺中铁塔岿然，影落窗牖间，因以名之。

拾级登楼纳远景，巍然塔影入楼窗。

日空日色如何判？此际惟应万虑降。

《听瀑轩》

　　　　庭下瀑水潺潺，跳珠溅雪，听之俨有匡庐、天台之胜。正不妨即寓全提⑤尔。

平地亦复有高低，溅石为声韵各携。

此是八音繁会处，不齐中自有其齐。

---

① 罩然，高远貌。罩，音义通"皋"。

② 然，清乾隆《御制诗集》五集卷八作"常"。

③ 此字音"茫"，意为勉力。

④ 典出《淮南子》卷19"修务训"："明镜之始下型，蒙然未见形容。及其粉以玄锡，摩以白旃，鬓眉微毫，可得而察。"旃，通"甎"，毛织物。

⑤ 全提，禅宗术语，指完全提起宗门纲要，即作完全彻底的提示，是一种超越言句义理的、直指人心的禅机施设。相对于"全提"而言，"半提"便指非完全彻底的禅法提示。

《绿净榭》

　　园东偏，虚榭三间，周匝琅玕万个。绿阴入座，几榻生凉。渭川千亩①，斯得其概②。

密围敞榭令人远，暂坐翻因意与迟。

最爱琅玕初过雨，云栖重拂露珠垂。

《判春室③》

　　室前芍药欲开，古梅早谢，乘春"时迈"④之意，固在彼不在此也。

庭梅结子药栏开，判断⑤春风着意催。

八景往年都顿置，七言促就跸将回。

　　《嘉庆新修江宁府志》卷12"建置"录"江宁行宫"诸景："江宁行宫，在江宁府治利济巷大街，向为织造廨署，圣祖南巡时即驻跸于此。乾隆十六年，大吏改建行殿，有绿静榭、听瀑轩、判春室、镜中亭、塔影楼、彩虹桥、钓鱼台诸胜，内贮历年奉颁法物，谨列于左"云云。画浪线部分与乾隆所题的行宫八景相比，少了"勤政堂、鉴古斋"，多了"钓鱼台"，其余均同，则共有九景。再加上《嘉庆新修江宁府志》提到的"内贮历年奉颁法物"处，如此算来，"江宁行宫"至少有十大景点。

二、《南巡盛典》《嘉庆新修江宁府志》所记录的"江宁行宫"景致，与《红楼梦》书中大观园景致的对号入座

　　正如上文指出：《南巡盛典》《嘉庆新修江宁府志》中的景致貌似是乾隆四十九年最后一次南巡时命名，其实早就存在，只不过乾隆皇帝要到此时才为之题写匾额罢了。此即上引八景诗最后一首最后一句所言的："八景往年都顿置，七言促就跸将回。"即："江宁行宫"内的"八景"往年就有，可惜"我"从未作过题咏，好像把这八景安顿放置到脑后去了；在这仿"我"祖父康熙皇帝六下江南中的最后一次南巡将归之时，也即以后再也不会来的情况下，"我"仓促写成这"七言"体式的八景诗，作为一种永久的留念。

---

① 语出《史记·货殖列传》："陈、夏千亩漆；齐、鲁千亩桑麻；渭川千亩竹，……此其人皆与千户侯等。"渭川，渭水流域。

② 概，气概、景象。

③ 室，清乾隆《御制诗集》五集卷八误作"堂"，因下文诗序首字《御制诗集》亦作"室"，故知题中当作"室"字而误作"堂"。

④ 时迈，指《诗经·周颂·时迈》，是周武王克商后，巡视四方，祭祀山川的乐歌。"乘春时迈"是乾隆说自己在大好春光中南巡江南，旨在恭敬地祭祀江南的山川百神，以文治来巩固帝王之业，其意并不在于赏花览景。

⑤ 判断，欣赏。

又正如本书"第一章、第四节、七"指出，"典图"的行宫花园部分多有改动，而"彩图"部分却据康熙雍正朝行宫的原有档案恢复了行宫花园的旧貌；因此，上引十处行宫景致更当是康熙雍正朝行宫的旧有景致。

既然我们已能证明《红楼梦》描写的"大观园"就是"江宁织造府行宫"的镜像，则上引《南巡盛典》《嘉庆新修江宁府志》所记录的"江宁行宫"十处景致，便应当能在《红楼梦》描写的"大观园"诸景中找到其相对应的景致。

以上景致虽然存在于书中"大观园"的景物描写中，但作者出于"讳知者"的考虑，写入书中"大观园"时，肯定早已将景致名字全部改掉，这就需要我们通过考证，把上引行宫景致与书中大观园景致这两者的对应关系搞清楚。如果我们能把上引十处景致与书中大观园景致成功地对上号，便更加能够证明《红楼梦》中的"大观园"就是"江宁织造府行宫"镜像这一结论；如果不能"对号入座"，便会令人对此结论深表怀疑。

所以我们很有必要对这一问题做详细而审慎的考证。考证时，凡是《南巡盛典》《嘉庆新修江宁府志》所记录的"江宁行宫"十处景致，与《红楼梦》书中描述的大观园中的景致两相吻合处，我们便标以★。这是证明曹雪芹《红楼梦》描写的就是其家"江宁织造府行宫"的力证，也是证明《红楼梦》这部书就是"江宁织造府"曹家之人曹雪芹所著的铁证。

（一）"内贮历年奉颁法物"处

《嘉庆新修江宁府志》中提到的"内贮历年奉颁法物"处，肯定就是大观园中的正殿"大观楼"【Z】，因为大观园中最尊贵的处所便是正殿"大观楼"，唯有此楼才有资格供奉与皇帝有关的事物，故第18回要将此殿命名为"顾恩思义"殿。

（二）"勤政堂"

《钦定南巡盛典》提到的"勤政堂"，其特征有二：一是三间大小（"前殿三楹"），二是在此接见大小官吏，作为议事之所，故名"勤政堂"，这便是乾隆皇帝诗首小序所说的"为咨政、觐接之所"，也即乾隆皇帝诗尾之注所言的："昨驻跸江宁，凡江省地方文武员弁，有应行迁授、赴京引见者，即就近命行在吏兵二部带领引见，以免其长途往返之劳。"可证此处乃接见外来人员之用。

既然接见的是外来人员，显然就不可能在"行宫花园"内接见，而当在"行宫花园"的门口接见。今本章"第三节、一"详考大观园正门"体仁沐德殿"形制时，引第17回贾政视察时言明："只见正门【B】五间"，可证"勤政堂"肯定不会是这五间大小的正园门【B】。而其处"（2）"考明此大观园南大门对面有"辅仁谕德厅"时，引第55回探春与李纨两人一同主管大观园事务之文："故二人议定：每日早晨皆到园门【B】口南边的三间小花厅【X3】上去会齐办事，吃过早饭，于午错方回房。这三间厅原系预备省亲之时众执事太监起坐之处，故省亲之后也用不着了，……这厅上也有一匾，题着'辅仁谕德'四字，家下俗呼皆只叫'议事厅'儿。如今她二人每日卯正至此，午正方散。凡一应执事媳妇等来往回话者，络绎不绝。"画线部分便表明：园门口南边的"三间小花厅"是主人议事之用的"'议事厅'儿"。既然这儿是主人议事之用的"议事厅"，这便意味着：皇帝来时，自然也可供此时的主人皇帝陛下议事办公之用。而且这儿原本就是供皇帝的下属"众执事太监起坐之处"，则皇帝在此接见更为低级的官员也甚为合理。

古人以南为前，以北为后，"辅仁谕德厅"在"园门【B】口南边"，自然就可以视为"前殿"。因此，上引文字画线部分标明的"辅仁谕德厅"这一"园门【B】口南边的三间小花厅"的"议事厅"功用，与上引乾隆诗序所言的第一个特征"前殿三楹"完全吻合，与上引乾隆诗序所言的第二个特征——议事功用——也完全吻合★。

皇帝之所以不在五间园门【B】之殿"体仁沐德殿"接见外来官员，便是因为：园门相当于"仪门（二门）"，是内外的分界线。外来官员作为外人，还是要在园门外接见为宜，不宜到园门内接见，以免破了"内外界线"的规矩。

所以，乾隆皇帝入住此"江宁行宫"后花园时，接见各级官吏而议事办公用的三间"勤政堂"，应当就是书中所写的"大观园"南大门【B】门口的三间小议事厅"辅仁谕德厅"【X3】。

（三）"鉴古斋"

"鉴古斋"，据乾隆皇帝的诗序，可知其有三大特征：一是"在'勤政堂'后"，二是其"庭中（有）海棠四本"，三是可以鉴古（"憩息之余，翠然远念，不胜殷鉴之思焉"）。而本章"第三节、二"详考大观园正房"怡红院"时，在"（三）"中指出：此"怡红院"即以大观园的正园门作为自己的南门，而正园门又居"勤政堂"（"辅仁谕德厅"）之北，因此怡红院正在"勤政堂"之后，与第一特征吻合。★

其处考证时，详引第17回由内到外详细描述"怡红院"诸多细节之文，指出"怡红院"院门其实开在正房以北的北庭院中，即："贾政与众人进去，一入门，两边都是游廊相接。院中点衬几块山石▲，一边种着数本芭蕉◆；那一边乃是一颗西府海棠◆，其势若伞，绿垂碧缕，葩吐丹砂。"庭中正有海棠，与第二特征正相吻合★。而且据乾隆皇帝的诗序，又可知是四棵海棠。但上引第17回之文言明庭中只有一棵海棠，当是康熙、雍正朝的海棠树难免会枯死，到乾隆朝依据旧有档案恢复原貌时，一时找不到如此巨大的西府海棠花树，便只好补植四棵新的海棠树来应景。

又第17回言怡红院室内："四面皆是雕空玲珑木板，或'流云百蝠'，或'岁寒三友'，或山水、人物，或翎毛、花卉，或集锦，或博古，或万福、万寿，各种花样，皆是名手雕镂，五彩、销金、嵌宝的。一槅一槅，或有贮书处，或有设鼎处，或安置笔砚处，或供花设瓶、安放盆景处，其隔①各式各样，或天圆、

---

① 隔，当通"槅"。

地方，或葵花、蕉叶，或连环、半壁①。真是花团锦簇、剔透玲珑。倏尔五色纱糊就，竟系小窗；倏尔彩绫轻覆，竟系幽户。<u>且满墙满壁，皆系随依古董玩器之形抠成的槽子。</u>诸如琴、剑、悬瓶、桌屏之类，虽悬于壁，却都是与壁相平的。（己夹：皆系人意想不到、目所未见之文，若云拟编虚想出来，焉能如此一段极清极细？后文"鸳鸯瓶、紫玛瑙碟、西洋酒令、自行船"等文，不必细表。）众人都道：'好精致想头！难为怎么想来？'（己夹：谁不如此赞？）原来贾政等走了进来，未进两层，便都迷了旧路，左瞧也有门可通，右瞧又有窗暂隔，及到了跟前，又被一架书挡住。回头再走，又有窗纱明透、门径可行；及至门前，忽见迎面也进来了一群人，都与自己形相一样，却是一架玻璃大镜相照。及转过镜去，益发见门子多了。"

可见这一江宁行宫后花园中供皇帝居住的寝宫，是用各式纹样的博古架隔成"迷宫"之状，连墙上也都以博古架的形制，抠出槽子来安放各种古董玩器，室内更是到处都是一架架的书籍和古玩，与乾隆诗中提到此斋可以"鉴古"的旨趣完全吻合。★

由乾隆诗序提到的三大特征书中居然全部吻合，我们便可断言"鉴古斋"应当就是"怡红院"【N1】。

（四）"绿静榭"

"绿静榭"之名是据《嘉庆新修江宁府志》，乾隆皇帝的诗题则作"绿净榭"。"静、净"两字古通：作"净"，则显示其处窗明几净、绿意盎然，令人神清气爽；作"静"，则显示其处分外宁静。

乾隆皇帝的诗序称其处为："园东偏，虚榭三间，周匝琅玕万个。绿阴入座，几榻生凉。"可证其有三个特征：一是偏居于全园的东部，但未必是最东，只要偏在东半部、位居全园中轴线以东的"东偏"即可；二是其建筑仅有三间而不大；三是周围有万竿竹海环抱，使得全院笼罩在绿荫之中，一片绿意。

今按本章"第四节、一"论"潇湘馆"时，引第17回贾政一行人前来视察此馆之文曰："忽抬头看见前面一带粉垣，<u>里面数楹修舍，有千百竿翠竹遮映。</u>众人都道：'好个所在！'于是大家进入，只见入门便是曲折游廊，阶下石子漫成甬路。<u>上面小小两三间房舍，一明两暗，</u>里面都是合着地步打就的床几、椅案。从里间房内又得一小门，出去则是后院，有大株梨花◆兼着芭蕉◆。又有两间小小退步。后院墙下忽开一隙，得泉●一派，开沟仅尺许，灌入墙内，绕阶缘屋至前院，盘旋竹下而出。……（贾政）因命：'再题一联来。'宝玉便念道：'<u>宝鼎茶闲烟尚绿，</u>（己夹："尚"字妙极！不必说竹，然恰恰是竹中精舍。）<u>幽窗棋罢指犹凉。</u>（己夹："犹"字妙！"尚绿"、"犹凉"四字，便如置身于森森万竿之中。）'"画浪线部分便与乾隆诗序提出的第二个特征"虚榭三间"完全吻合②★。画直线部分便与乾隆诗序指出的身处竹海的第三个

---

① 壁，当通"璧"。

② 按：画浪线的原文虽作"两三间房舍"，似乎难以确定是两间还是三间，但下文有"一明两暗"，可证就是"三间"而非"两间"，所谓"两三间"的"两"字是虚陪之语。

氛围特征"周匝琅玕万个"完全吻合★。画双线部分与乾隆诗序提到的此处充满绿意、分外清凉的氛围"绿阴入座，几榻生凉"也完全吻合★。

其处又引第40回贾母带刘姥姥游此"潇湘馆"："先到了潇湘馆。一进门，只见两边翠竹夹路，土地下苍苔布满，中间羊肠一条石子漫的路。……贾母因见窗上纱的颜色旧了，便和王夫人说道：'这个纱新糊上好看，过了后来就不翠了。这个院子里头又没有个桃、杏树，这竹子已是绿的，再拿这绿纱糊上反不配。我记得咱们先有四五样颜色糊窗的纱呢，明儿给她把这窗上的换了。'"画线部分也可证明乾隆诗序提到的第三个氛围特征——潇湘馆完全笼罩在一片青绿色调之中。

今按本章"第一节、五、（三）"论园中的大路"辇道"时指出：根据图右上角所标的方向标，便可明白"沁芳亭【K】长桥"是全园正南正北走向的中轴线，而潇湘馆【H】在桥北垅的西北方向。本章"第二节、一、（三）"论全园园基时指出：正殿"大观楼"【Z】在"沁芳亭【K】长桥"这一全园矩形对角线、也即全园中轴线的"黄金分割点"处，是全园的首脑所在，而潇湘馆【H】位居其西侧。由于此图是原型"东西相反"的镜像图，回到现实原型中来，潇湘馆【H】便位居全园中轴线"沁芳亭【K】长桥"的东侧，位居全园中轴线"黄金分割点"处的核心首脑——正殿"大观楼"【Z】——的东侧。这便与乾隆诗序所言的第一个特征——位于园子偏东那一侧（"囿东偏"）——也相吻合。★

《嘉庆新修江宁府志》"绿静榭"之名所揭示的"绿"这一特征之外的第二个特征便是"静"。潇湘馆的"绿"已详论于上，其处的宁静，则可见第23回黛玉亲口说她想住潇湘馆的原因便是："我心里想着潇湘馆好，爱那几竿竹子隐着一道曲栏，比别处更觉幽静。"上一节"六、（三）"引第26回宝玉从怡红院来潇湘馆之文："顺着脚一径来至一个院门前，只见凤尾森森，龙吟细细。举目望门上一看，只见匾上写着'潇湘馆'三字。宝玉信步走入，只见湘帘垂地，悄无人声。走至窗前，觉得一缕幽香从碧纱窗中暗暗透出。宝玉便将脸贴在纱窗上，往里看时，耳内忽听得细细的长叹了一声道：'每日家情思睡昏昏'。"画直线部分便描摹尽潇湘馆的绿意盎然，画浪线部分便描写出潇湘馆的分外安静★。由此也可知，其名当据《嘉庆新修江宁府志》作"绿静榭"为是，乾隆之诗题作"绿净榭"，用的是"静"字的通假字"净"。

由于有此四大吻合，"江宁行宫"中的"绿静榭"就是《红楼梦》中"潇湘馆"【H】的原型当可确定无疑。

（五）"听瀑轩"

据乾隆皇帝的诗序，"听瀑轩"的特征便是此处有瀑布而能听到"庭下（有）瀑水潺潺"之声。古代由于技术条件所限，园林中的人工瀑布很难制造，只能偶一为之，"大观园"也不当例外而仅有一处，见第17回贾政视察大观园竣工时："只见迎门一带翠嶂【C】挡在前面。……其中微露羊肠小径【D】，……逶迤进入山口。……宝玉道：'……莫如直书"曲径通幽处"【E】这旧句旧诗在上，倒还大方气派。'……进入石洞【E】来，只见佳木笼葱，奇花烟灼，<u>一带清流，从花木深处曲折泻于石隙之下。</u>（己夹：这水是人力引来做的。）再进数步，渐向北边，平坦宽豁，两边飞楼插空，雕甍绣槛，皆隐于山坳树杪之间。俯而视之，则清溪泻雪，石磴穿云，白石为栏，环抱池沼【B3】，石桥三港，兽面衔吐。桥上有亭【F】。"

画线部分"一带清流……曲折泻于石隙之下"，便可证明这带清流便是书中所提到的"大观园"中唯一一处人工瀑布，而脂批还特地指明其为人工瀑布（"这水是人力引来做的"）。★

根据上引文字，此瀑布建在园门口"曲径通幽处"这个旱的假山"石洞"【E】与沁芳亭长桥【F】之间，从图上来看，两者之间的楼榭建筑者只有一个，即"秋爽斋"【Q2】。上引《红楼梦》文字言：由此瀑布"再进数步"即往北走几步，便可以看到"两边飞楼插空"，而"第七节、一"在论述上引第17回文字时，特地指出："由于其为朝北行，故知其所见到的两边是东边和西边。今从图上来看：西边的'插空飞楼'当是仰望到的、高踞山巅的秋爽斋【Q2】；而东边的'插空飞楼'，显然就是平视所见的、湖对岸正殿【Z】处的西飞楼'缀锦阁'【H2】"，这就证明"秋爽斋"高踞此瀑布的假山峰巅；既然在瀑布处可以仰视此斋，则此斋便可俯聆到此瀑布之音，故"听瀑轩"当即"秋爽斋"【Q2】。

（六）"判春室"

"判春室"，据乾隆皇帝的诗序，其特征便是"室前芍药欲开，古梅早谢"，即庭院中有一丛芍药花，有一两株古梅。

本章"第六节、一"引第17回贾政等人从"稻香村"前往"蘅芜院"，一路经过六个植物小景，其中就有芍药花所在的"芍药栏"，其又名"红香圃、芍药圃"："过了荼蘼架◆【M】，再入木香棚◆【N】；越牡丹亭◆【O】，度芍药圃◆【P】；入蔷薇院◆【Q】，出芭蕉坞◆【R】，盘旋曲折。"

第62回又借"憨湘云醉眠芍药裀"情节，具体描绘到此处种植了很多芍药花："'芍药栏里预备下了，快去上席罢。'宝钗等随[①]携了她们同到了芍药栏中'红香圃'三间小敞厅内【P】。……正说着，只见一个小丫头笑嘻嘻的走来：'姑娘们快瞧云姑娘去，吃醉了图凉快，在山子后头一块青板石凳上睡着了。'……都走来看时，果见湘云卧于山石僻处一个石凳子上，业经香梦沉酣，四面芍药花飞了一身，满头脸、衣襟上，皆是红香散乱，手中的扇子在地下，也半被落花埋了，一群蜂蝶闹穰穰的围着她，又用鲛帕包了一包芍药花瓣枕着。众人看了，又是爱，又是笑，忙上来推唤、挽扶。"

---

① 随，随即。

　　或疑"判春室"可能是"蘅芜苑"。因为"判春"的典故出自唐李商隐《李义山诗集》卷上的《判春》诗："一桃复一李，井上占年芳。笑处如临镜，窥时不隐墙。敢言西子短？谁觉宓妃长？珠玉终相类，同名作'夜光'。""判"即"判断"，也即欣赏意，例见四库全书本《说郛》卷102引唐人南卓《羯鼓录》：唐明皇"尝遇二月初诘旦，巾栉方毕，时当宿雨初晴，景物明丽，小殿内庭，柳杏将吐，睹而叹曰：'对此景物，岂得不与它判断之乎？'左右相目，将命备酒。独高力士遣取羯鼓。上旋命之临轩纵击一曲，曲名《春光好》，神思自得。及顾柳杏，皆已发拆①。上指而笑谓嫔御曰：'此一事，不唤我作天公可乎？'嫔御、侍官皆呼万岁。"后人遂称羯鼓为"催花鼓"。总之，此处的"判春"应当解释为"欣赏春天大好风光"之意。

　　又《艺文类聚》卷86引："诗古歌词曰：桃生露井上，李生桃树傍。虫来啮桃根，李树代桃僵。树木身相代，骨肉还相忘。"则李商隐《判春》诗"一桃复一李，井上占年芳"，便像是在歌咏春天路边（井周围便是道路）柳树、桃树的明丽风光。

　　而本章"第四节、三"论"蘅芜苑"时，引第17回贾政一行人至"蘅芜苑"时，看到"萝港石洞"【S】中流淌出来的"蓼汀花溆"【T】【Z2】两岸"翠樨埭"【V】、"柳堤"【F4】、"柳叶渚"【E4】的绿柳风光："只见水上落花愈多◆，其水愈清，溶溶荡荡，曲折萦迂●。池边两行垂柳◆，杂着桃◆杏◆，遮天蔽日，真无一些尘土。【V】忽见柳阴【F4】【E4】中又露出一个折带朱栏板桥【W】来，（己夹：此处才见一'朱、粉'字样，绿柳、红桥，此等点缀亦不可少。后文写芦雪广则曰'蜂腰板桥'【Y2】，都施之得宜，非一幅死稿也。）度过桥去，诸路可通，便见一所清凉瓦舍，一色水磨砖墙，清瓦花堵◆【X】。"画浪线部分便是唐代李商隐《判春》诗"一桃复一李，井上占年芳。笑处如临镜，窥时不隐墙"的意境。

　　而直线部分便点明：这一风光在"清凉瓦舍"蘅芜苑【X】旁。则所谓的赏此绿柳、红桃大好春光的"判春室"当即蘅芜苑【X】。李商隐诗中的"笑处"便桃花盛开之意②；而"隐墙"出自《文选》卷19宋玉《登徒子好色赋》："然此女登墙窥臣三年，至今未许也。"原意指宋玉貌美，邻家怀春少女趴在墙头窥视勾引他三年，宋玉至今仍未答应和她结私情。李商隐之诗"窥时不隐墙"是写：欣赏墙外春光不用依靠在墙头。（隐，即凭倚、依据；隐墙，即爬墙之意。）而蘅芜苑建造在半坡之上，庭内又有大石林立，可以坐在庭院的山石上，不用爬墙便能欣赏到院外"桃红柳绿、娇杏似火"的大好春光。

　　幸亏乾隆皇帝的诗序指明"判春室"处当有芍药花，方才不让我们误入歧途地认为"蘅芜苑"就是根据李商隐《判春》诗"一桃复一李，井上占年芳。笑处如临镜，窥时不隐墙"意境所造的景点，从而把"判春室"误判成蘅芜苑。

---

① 拆，音义同"坼"，绽开、裂开。
② 古人以"花笑"指"花开"。

总之，由于乾隆诗序指明"判春室"处当有芍药花，故知"判春室"不应当是书中所写的"蘅芜苑"，而应当就是书中所写的"芍药栏、红香圃、芍药圃"【P】。

又据乾隆诗序可知：芍药栏处点缀有古梅，早春先是梅花盛开，梅花谢去后，到了初夏，芍药花又盛开，使此处从早春到初夏皆有花可赏。芍药栏处有梅，这一点《红楼梦》书中没有描写到，但没描写到不等于原型没有，我们赖乾隆诗序，补得"有梅"这一曹雪芹在书中没有描写到的"芍药栏"处的细节。

（七）"镜中亭"

"镜中亭"，据乾隆皇帝的诗序交代，其特征便是建在如同一面圆镜般的圆形小池塘正中央的小亭子。而本章"第五节、六、（3）"考明"滴翠亭"【D3】建在圆形的小池塘【C3】中★。本章"第六节、四"又考明此"滴翠亭"【D3】形制为有四个侧面的方形或菱形的亭子，位于圆形小池塘【C3】的正中央，此亭子的四个侧面分别向岸上引出曲桥来★，桥上有走廊，属于"廊桥"形制。因此，"镜中亭"便当是"萝港石洞"【S】南口处、"凹晶溪馆"【S2】旁的圆形小池塘【C3】中的这座"滴翠亭"【D3】。

乾隆诗序谓之："斯亭峙水中央，南北接以曲折略彴。澄光漾影，宛然在镜中行也。"则此亭只有南北两侧有"游廊"通曲折板桥（"略彴"）而接岸。但《红楼梦》第27回言明："原来这亭子四面俱是游廊曲桥，盖造在池中水上，四面雕镂槅子糊着纸。"可见此亭子四面有"游廊"通桥接岸，两者唯此有异。其余像"略彴"即小木桥，"曲折略彴"即"曲桥"，也即用"折带栏板桥"的形制曲曲折折地通向岸上，乾隆诗序与《红楼梦》的描写正相吻合。

而乾隆诗序称"斯亭峙水中央……宛然在镜中行也"，也与《红楼梦》"盖造在池中水上"相合。

又《红楼梦》点明曲桥处有游廊，而乾隆诗序未提及，但未提及不等于没有。

两者唯一不合之处，便在于乾隆诗序提到此亭只有南北两侧通岸，而《红楼梦》则言亭子四面皆有游廊曲桥通岸。愚以为：《红楼梦》书中所言是康熙雍正朝格局，乾隆朝因游廊曲桥有四面而容易损坏，复建时只恢复了南北两侧，东西两侧则任由其荒废无存而未复建。

又书首"图A3"中，此"滴翠亭"圆形水池"C1"中所画的四面游廊曲桥中，两枝与"萝港石洞"平行。而据"图十一"右上角的方向标，萝港石洞与沁芳亭长桥走向平向，其乃正南正北走向，因此圆池中与"萝港石洞"平行的那两枝游廊曲桥便是南北走向，乾隆朝加以保留；另两枝便是东西走向，乾隆朝未予保留。

（八）"彩虹桥"

"彩虹桥"，据乾隆皇帝的诗序："'镜中亭'南北逦迤双桥，卧波、饮练，不啻太白诗中画意。"可证此彩虹桥就是"滴翠亭"圆形水池中南北走向的那两枝游廊曲桥中央的如虹拱桥，一在亭北，一在亭南，两桥如长虹卧波。

上文《镜中亭》乾隆诗序点明此亭南北两侧接岸之桥为"曲折略彴"，即"折带栏板桥"，其肯定贴水而建，无法行舟，所以中间要建拱形而无桥墩的木制"虹桥"①，以便通行小型的采莲舟。由乾隆诗句"朱栏倒暎绿波亭"，可知这两座虹桥是红色木桥，红色为彩色，故名"彩虹桥"。两桥位居湖中，一侧由曲折游廊（"曲折略彴"）与岸相接，一侧由曲折游廊（"曲折略彴"）与亭相接。乾隆朝毁废不存的亭东西两侧的游廊曲桥、及游廊曲桥正中的虹桥，当也是这种形制。

之所以要在南北两侧游廊曲桥的中央各造一座拱形的"虹桥"，当是供小型的"采莲船"能够进入此圆形池塘游玩穿行的原故。而元妃省亲时所坐的大型座船，显然是不可以进入这圆形池塘中的，因为池塘太小，"虹桥"的拱高恐不足以通行如此大型的座船。

又"滴翠镜池（滴翠亭所在的形如圆镜之池）"中的这四座虹桥，名义上是"曲折略彴"、"游廊曲桥"，其实供船穿行用的彩虹桥是不可能曲的，应当就是桥面笔直的虹桥，曲的是此虹桥两侧的贴水游廊做成了"曲折栏板桥"的形制，是"曲折廊桥"。此廊桥贴水而建，其下是不可以行船的，行船要走四座虹桥的桥洞。

此彩虹桥不是本章"第六节、七"所考明的几何形状的板桥"蜂腰桥"【Y2】。其桥为了通行元妃省亲的座船，必须往高里造，上桥的引桥势必要拉得很长，为了节约园内有限的空间，所以设计成了旋转楼梯的式样，形成"蜂腰"状的"8"字格局，远远望去如同一条"S"形的飘带凌空高架在"蓼汀花溆"【T】【Z2】河面之上。但其不是虹一般的桥，故知其不是乾隆诗序所谓的"彩虹桥"。

（九）"塔影楼"

"塔影楼"，乾隆皇帝的诗序称："池北有楼登眺，近远诸景在目。宋熙宁赐名'普照'寺中铁塔岿然，影落窗牖间，因以名之。"

其寺即"铁塔寺"，见乾隆朝《江南通志》卷43"舆地志、寺观一、江宁一府"："铁塔寺，在府治西北冶城后冈。刘宋泰始中建，名'延祚寺'。唐有灵智禅师，生无目，能通晓经论，时人称：'有"天眼"'，为建塔。今寺废，独塔存。"

又《嘉庆新修江宁府志》卷10"古迹下"："铁塔寺，在朝天宫后。刘宋泰始中建，名'延祚寺'。梁王僧辨讨侯景，景将宋长贵守延祚寺。唐僧灵智，生无目，时谓：'有"天眼"'，为建塔于寺；熙宁赐额曰'正觉'，改塔名曰'普照'。王荆公尝于寺西建书院；有轩，名'籍龙'。建炎三年，以法堂西偏为元懿太子攒宫。明建文时尝募修。今寺废。（唐、宋人赋咏甚多。佛殿

---

① 虹桥，宋人谓之"无脚桥"，没有桥墩，其形制可见《清明上河图》中的虹桥。

前有铁塔二座，铸云：'乾兴元年造。'古钟，唐时铸。有经幢，镌'大吴①金陵府延祚院。'又有'百丈井'，井阑有'保大年'字。见'翠微亭'。）"

由此可见：此铁塔建在南京城西南"朝天宫"冶城这个小土丘上。从"百度地图"上看，其在"江宁行宫"东南方向直线距离4里处。

乾隆诗序言明此"塔影楼"在沁芳池北："池北有楼登眺，近远诸景在目。"由于大观园北侧是大主山，本章"第五节、六"讨论"凸碧山庄"时的"（2）"考明："大主山"最高处为十六七米高。大主山南与沁芳池北的建筑哪怕是最高的"大观楼"，只要建在平地上的话，便不可能高过"大主山"而能北望到北边的景致，现在既然说"近远诸景在目"，即"江宁行宫"四面八方的景致全都能眺望到，则这座"塔影楼"便不可能建在大主山下的平地上；因为只要建在平地上，便会被北侧的大主山给挡住。所以这座楼只可能是本章"第五节、六"所讨论的"大主山"东峰之巅的"凸碧山庄"。其建在十六七米高的大主山巅，自然是鹤立鸡群，东南4里之外的铁塔也能在其窗户中看到。冶城处的小土丘肯定不会高，其上树立的铁塔也不会太高；如果是建在大观园平地上的建筑，即便是那两层楼高的"大观楼"【Z】上，恐怕也会被行宫周围的高大建筑给遮挡住视线，而无法看到这座铁塔。这就更加证明：能看到东南方向4里外的这座不算高的铁塔的建筑，只可能是"大主山"东峰上的"凸碧山庄"【R2】。

大观园中应当没有塔，因为第17回贾政游园时，宝玉评价"稻香村"处完全是人力穿凿而不天然时说："此处置一田庄，分明见得人力穿凿扭捏而成。远无邻村，近不负郭，背山山无脉，临水水无源，高无隐寺之塔，下无通市之桥，峭然孤出，似非大观。"画线部分便指明：大观园中的两座寺庙"栊翠庵、达摩庵"，虽然隐藏在花木竹树之中，但都没有建塔，致使稻香村周围感受不到那种有孤塔作为背景的野外氛围。

在没有读到乾隆诗序之前，我们单凭《嘉庆新修江宁府志》中的"塔影楼"三字之名，的确会怀疑这"塔影"是大观园湖水中的宝塔倒影。由于从书中的描写来看，"大观园"中并无宝塔，所以我们又会怀疑这座"塔影楼"是借园外某座宝塔的湖中倒影来造景的"沁芳池"的湖畔之楼。

幸亏乾隆诗序指明此"塔影楼"观的是园外之塔，而且这塔还不是映入"沁芳池"【B3】湖面后的宝塔倒影，而是窗户中眺望到的远方宝塔的身影。而要能看到乾隆诗序中所说的这座不会很高的铁塔，则"大观园"中的这一建筑的高度一定要很高。大观园中的高建筑，除了"凸碧山庄"和"大观楼"这两者外，不出意外的话，应当只剩下本章"第五节、三"所考明的那座高踞于腰门之上的城门楼式的建筑——惜春住所"蓼风轩"【J2】、暖香坞【T2】。但这座城门楼式的建筑也不过是两层楼的高度，当与大观楼【Z】差不多高，肯定没有造在十六七米处的高楼"凸碧山庄"来得高，所以"塔影楼"应当还是"凸碧山庄"【R2】，而不可能是惜春住所这一城门楼式的建筑。

---

① 此当是五代十国时杨行密所建立的杨吴政权。

（十）"钓鱼台"

"钓鱼台"在前八十回中没有任何描写，在后四十回中倒是提到了，即第81回"占旺相四美钓游鱼"："宝玉……一时走到沁芳亭【F】，但见萧疏景象，人去房空。又来至蘅芜院【X】，更是香草依然，门窗掩闭。转过藕香榭【K2】来，远远的只见几个人在蓼溆【T】【Z2】一带栏杆【J4】上靠着，有几个小丫头蹲在地下找东西。宝玉轻轻的走在假山背后听着。只听一个说道：'看它泛上来不泛上来。'"可证大观园中有露天的钓鱼台，为了防止有人落水，四周有栏杆围绕。

引文中的"蓼溆一带栏杆"，让人想起连接"芦雪庵"【P2】与"藕香榭"【K2】的"曲折竹桥【L3】"和"一带竹栏【J4】"。

"曲折竹桥【L3】"见本章"第五节、五"考证赏雪垂钓用的"芦雪庵"时，引第49回之文："宝玉来至芦雪广【P2】，只见丫鬟婆子正在那里扫雪开径。原来这芦雪广盖在傍山临水河滩【T3】之上，一带几间，茅檐、土壁，槿篱、竹牖，推窗便可垂钓，四面都是芦苇【T3】掩覆，一条去径逶迤穿芦度苇过去，便是藕香榭【K2】的竹桥【L3】了。"又见第38回言"藕香榭【K2】……后面又有曲折竹桥【L3】暗接"，这都说明"竹桥"紧接在"藕香榭"背后。

而"一带竹栏【J4】"见于第76回：林黛玉、史湘云"二人便同下了山坡。只一转弯，就是池沿【Z2】，沿上一带竹栏【J4】相接，直通着那边藕香榭【K2】的路径。"可证：从"大主山"的山坡下开始，就有竹栏杆形制的路径通往藕香榭。

因此，上引"一条去径逶迤穿芦度苇过去便是藕香榭的竹桥【L3】"，并不意味着先有一条地上的路通往竹桥，而当是此路就是"一带竹栏【J4】"。因为芦苇滩【T3】泥泞，不适合脚走，故当以架高的曲折竹桥为径。换句话说：竹栏【J4】与竹桥【L3】连为一体，竹栏【J4】便是去往竹桥【L3】之径，竹桥便是竹栏之径通往湖内藕香榭而跨水的最末一段。

今再根据第81回提到：宝玉失意地从蘅芜院【X】出来而随意游荡，散漫而行，信步走来，不知不觉已走到"藕香榭"【K2】，然后转过"藕香榭"【K2】而远远地看到"蓼汀花溆"【T】【Z2】那一带的"栏杆上"。此"栏杆"据上引文字，当是"芦雪庵"去往"藕香榭"的"竹桥【L3】"或"竹栏【J4】"；由于竹桥紧接"藕香榭"，而此处是远望见，故知当是"竹栏【J4】"而非"竹桥【L3】"。由于宝玉下来就接近"钓鱼台"，而未言其过"蓼汀花溆"【T】【Z2】上的大桥"蜂腰桥"【Y2】，则宝玉仍在"蓼汀花溆"【T】【Z2】的西岸而未到东岸，更未到那过了"蜂腰桥"的芦雪庵【P2】，则此"钓鱼台"当非上引第49回所言的"推窗便可垂钓"的芦雪庵【P2】。

综上，此钓鱼台当是芦雪庵【P2】过了"蜂腰桥"【Y2】而通往"藕香榭"【K2】背后"竹桥【L3】"的那条"竹栏【J4】"长径当中最为靠近"蓼汀花溆"【T】【Z2】的那一段，也就是在"蜂腰桥"【Y2】西埭走上"竹栏【J4】"处；其紧靠"蓼汀花溆"【T】【Z2】这条河而在此河的西河岸上。因此"钓鱼台"

当在"蜂腰桥"【Y2】西塊不远处的"蓼汀花溆"【T】西河岸边。此钓鱼台面朝"蓼汀花溆"而建，为防止台上之人落水而建有竹栏杆，此竹栏杆又可供人垂钓时倚靠、凭借之用；此竹栏杆之径东侧面朝"蓼汀花溆"，其另一侧（即西侧）则背靠假山，即上引第81回"宝玉轻轻的走在假山背后听着"她们在竹栏边钓鱼。

而上引第76回：黛玉、湘云"二人便同下了山坡。只一转弯，就是池沿【Z2】，沿上一带竹栏【J4】相接，直通着那边藕香榭【K2】的路径。因这几间就在此山怀抱之中，乃'凸碧山庄'【R2】之退居，因洼而近水，故颜其额曰'凹晶溪馆'【S2】"，黛玉、湘云二人便在此竹栏【J4】附近的"凹晶溪馆"【S2】联诗，联到最后，"一语未了，只见栏外山石后转出一个人来"，即妙玉从竹栏外侧的山石处转了出来。这与上引第81回宝玉走到竹栏背后的假山处偷听，一同证明了：竹栏面河的一侧是河，另一侧则有假山石，而且是从黛玉、湘云联诗的"凹晶溪馆"【S2】至"蜂腰桥"【Y2】，再到"藕香榭"【K2】背后的"竹桥【L3】"，这一路上的"竹栏"之径应当全都是这种形制。黛玉、湘云联诗处是在"蓼汀花溆"【T】【Z2】的东岸，而宝玉观"四美钓游鱼"处应当是在"蓼汀花溆"【T】【Z2】的西岸。

宝玉观"四美钓游鱼"处，应当就在"蓼汀花溆"【T】【Z2】河口西岸处的竹栏【J4】之径上，是此竹栏之径特意向"蓼汀花溆"【T】【Z2】溪内做出一个供水面垂钓用的大平台来，这个大平台就是《嘉庆新修江宁府志》卷12所提到的"江宁行宫"诸景中的"钓鱼台"。其具体位置在图中何处，显然也就无从考证了。今暂定是在书首"图十一"中的【M5】处、书首"图A3"中的"K1"处。

又"典图"中绘有湖心岛【N5】，似乎是钓鱼的佳处，或疑这儿就是所谓的"钓鱼台"。但《嘉庆新修江宁府志》言明是"钓鱼台"，未言其为"钓鱼岛"，可证其所言的"钓鱼台"是湖畔之台、而非湖中之岛。而且此湖心岛如果要垂钓的话，则需要划船而至，非常不方便，造园者应当没有把这湖心小假山设计为"钓鱼岛"的想法在内。因为，从典图来看，此湖心岛的形状和湖岸上所绘的假山完全相同。而我们都知道：假山是用大的太湖石垒砌，主要供观赏之用，不会供人攀爬站立，因此这湖中的假山应当不可以站人。

"典图"所绘的这座湖心岛【N5】彩图未绘，要么如本书"第一章、第四节、七、[53]"所言，乃是康熙雍正朝"江宁行宫"所无，后人增建，而彩图时又据原有档案恢复旧貌加以去除。要么就是："典图"所绘的这一湖心岛【N5】也可能是"江宁行宫"中旧有，从图上把它绘成假山形制来看，它很可能就是"沁芳池"湖中【B3】略微露出水面的一个小假山，此小假山上种有两棵树，供观景之用；而且正因为有了树，所以上面根本就没多大地方可供人站立了，况且这座假山由太湖石垒成，可远观而不可近登，原本就不可以作为站人的小岛来使用，更不用说在上面坐着钓鱼了。彩图正因为其小而不绘，典图虽然画出，但绘画时很可能有所夸张而画大了，其实应当没有图上画出来的那么大。

三、本节研究的重大意义——《红楼梦》大观园空间全破译的完美收官

通过以上"对号入座"，证明了"江宁行宫"后花园中的"内贮历年奉颁法物"处应当就是大观园中"大观楼"【Z】的原型，"勤政堂"应当就是大观园南大门【B】门口的三间小议事厅"辅仁谕德厅"【X3】的原型，"鉴古斋"应当就是"怡红院"【N1】的原型，"绿静榭"应当就是"潇湘馆"【H】的原型，"听瀑轩"应当就是"秋爽斋"【Q2】的原型；"判春室"应当就是"芍药栏、红香圃、芍药圃"【P】的原型，而不可能是蘅芜苑【X】的原型；"镜中亭"应当就是圆形小池塘【C3】中的"滴翠亭"【D3】的原型，"彩虹桥"应当就是"滴翠亭"【D3】南北两侧通向池岸的那两座红色的木制虹桥，而不是大观园中特殊的几何形状的板桥"蜂腰桥"【Y2】的原型；"塔影楼"当即"凸碧山庄"【R2】的原型，而不是"大观楼"【Z】或惜春住所"蓼风轩"【J2】、暖香坞【T2】的原型；而"钓鱼台"当在"蜂腰桥"【Y2】下"蓼汀花溆"【T】【Z2】西岸上的"竹栏【J4】"之径上（今暂定为【M5】处），而非"典图"中所绘的湖心岛【N5】。

通过以上"对号入座"的研究，更加证明我们《红楼梦》描绘的'大观园'就是南京曹雪芹家'江宁织造府行宫'镜像"的结论。从而也就能有力地证明《红楼梦》是"江宁织造府"曹家后人曹雪芹所著。

本书第二章"《红楼梦》府第空间全破译"揭示出：《红楼梦》书中描写的"宁荣二府"的府第空间，与"江宁织造府行宫"镜像图的府第部分有大量吻合之处。从而"铁证如山"般地证明《红楼梦》描绘的府第空间就是南京曹雪芹家"江宁织造府行宫"镜像的结论。

而《红楼梦》所描绘的园林部分"大观园"，本书第三章"《红楼梦》大观园空间全破译"所揭示出来的《红楼梦》书中"大观园"这一园林空间的描写，虽然和"江宁织造府行宫"镜像图的园林部分也有大量吻合之处，但由于"江宁行宫图"绘制的园林部分只是粗陈梗概、景点太少，绝大多数书中描写到的"大观园"景点在图上没有绘出①，更多要靠我们结合《红楼梦》书中的描绘来作人为的判断，来把《红楼梦》书中描写到的"大观园"景致定位在图中。这虽然具有一定的客观性，但也不可避免会带有相当大的主观性。

这就使得本书第三章"《红楼梦》大观园空间全破译"的研究，本身很难确凿无疑地证实《红楼梦》所描绘的'大观园'就是南京曹雪芹家'江宁织造府行宫'园林部分的镜像"这一结论。我们更多要靠第二章府第部分的"反哺"，根据府第部分的图文吻合，来判定园林部分应当也吻合；因为府第部分完全吻合了，也就能证明全局应该会吻合，从而间接地用来证明园林部分也应该会吻

---

① 千万记住：图中不绘不等于"江宁行宫"中没有。因为乾隆《江宁行宫八咏》诗和《嘉庆新修江宁府志》提到的"江宁行宫"图中应该反映的十大景致中，只有"历年奉颁法物"处、"勤政堂"、"鉴古斋"、"听瀑轩"这四者"江宁行宫图"中有绘（分别是图中【Z】、【X3】、【N1】、【Q2】），另外六者"绿静榭""判春室""镜中亭""塔影楼""彩虹桥""钓鱼台"图中应该有所反映而均未绘，这便可证明"江宁行宫图"中原本就有很多景致未绘入图中。

合。

我们在"第三章"中虽然也能找到很多"铁证如山"般确凿有力的证据来证明《红楼梦》中的大观园就是江宁行宫园林部分镜像"这一点，甚至从数量上看，比第二章还要多（见书首"凡例"⑥对标"★"者的统计）。但由于"江宁行宫图"中绘制景点极为有限，所以"第三章"园林部分的图文相合，没有"第二章"府第部分那样成体系，显得零星散乱而份量不足。

现在有了本节研究这支生力军，把乾隆皇帝咏"江宁织造府行宫八景"诗的诗序，与《红楼梦》所描述的"大观园"景致完全对应上，发现其中有大量铁证般的吻合（见本节上文打★者），这就使得《红楼梦》中的园林部分描写的就是"江宁行宫"这一结论最终得以完美定案，也就使得本章所力图证明的"园林部分"的"江宁行宫图"与《红楼梦》空间描写的"图文相合"最终得以完美定案，使得本章所得出来的《红楼梦》描绘的园林空间就是南京曹雪芹家"江宁织造府行宫"园林部分的这一结论实而不虚。其与"第二章"的结论一起论证清楚了《红楼梦》中"宁荣二府大观园"无论是府第部分还是园林部分，都是南京曹雪芹家"江宁织造府行宫"镜像这一重要结论。

从而也就证明了《红楼梦》书中"宁荣二府大观园"就是南京"江宁织造府行宫"（也即南京人所谓的"大行宫"）的镜像，《红楼梦》书中描写的"宁荣二府大观园"就是南京"江宁织造府行宫"（也即"大行宫"）的府第和园林。进而也就使得《红楼梦》的作者就是南京"江宁织造府"曹家后人曹雪芹这一结论得以最终定案，而且是"铁证如山翻不得"！因为这一空间方面的证据最为直观易懂、出奇制胜，笔者相信无人能够将其推翻。

而后四十回的空间描写，无论是府第部分，还是园林部分，都与此"江宁行宫"的镜像图吻合，也以铁证的形式，宣告后四十回与前八十回是同一人、即住在"江宁行宫"里的曹家之人曹雪芹所作的事实，也可谓是"铁案如山翻不得"了。本书另辟蹊径，通过空间来让《红楼梦》前八十回与后四十回"破镜重圆"，故本书可以称之为"空间《梦》圆录"。

夢不雛柳影花陰

第四章　《红楼梦》太虚幻境等府外建筑略考

一、太虚幻境（图见"图十二"）

●第1回甄士隐梦游太虚幻境：

　　　　与道人竟过一大石牌坊【A】，上书四个大字，乃是"太虚幻境"。（甲侧：四字可思。）两边又有一幅对联，道是：（戚夹：无极、太极之轮转，色空之相生，四季之随行，皆不过如此。）"假作真时真亦假，无为有处有还无。"（甲夹：叠用"真假"、"有无"字，妙！）

●第5回贾宝玉梦游太虚幻境：

　　　　竟随了仙姑，至一所在，（辰夹：士隐曾见此匾对，而僧道不能领入，留此回警幻邀宝玉后文。）有石牌①横建，上书"太虚幻境"四个大字，两边一副对联，乃是："假作真时真亦假，无为有处有还无。"（甲夹：正恐观者忘却首回，故特将甄士隐梦景重一渲染。）

　　　　转过牌坊【A】，便是一座宫门【B】，也横书四个大字，道是"孽海情天"。又有一副对联，大书云："厚地高天，堪叹古今情不尽；痴男怨女，可怜风月债难偿。"

　　　　宝玉看了，（甲眉：菩萨、天尊皆因僧道而有，以点俗人，独不许幻造"太虚幻境"以警情者乎？观者恶其荒唐，余则喜其新鲜。有修庙造塔祈福者，余今意欲起"太虚幻境"以较修七十二司更有功德。②）心下自思道："原来如此。但不知何为'古今之情'，又何为'风月之债'？从今倒要领略领略。"宝玉只顾如此一想，不料早把些邪魔招入膏肓了。（甲侧：奇极，妙文！）

　　　　当下随了仙姑进入二层门【C】内，只见两边配殿，皆有匾额、对联，一时看不尽许多，惟见有几处写的是："痴情司"【D】、"结怨司"【E】、"朝啼司"【F】、"夜哭司"【G】、"春感司"【H】、"秋悲司"【I】。（甲侧：虚陪六个。）看了，因向仙姑道："敢烦仙姑引我到那各司中游玩游玩，不知可使得？"仙姑道："此各司中皆贮的是普天之下所有的女子过去未来的簿册。尔凡眼尘躯，未便先知的。"宝玉听了，哪里肯依，复央之再四。仙姑无奈，说："也罢，就在此司内略随喜随喜罢了。"宝玉喜不自胜，抬头看这司的

---

① 指石牌坊。
② 此批点明：作者曹雪芹创作此书，便是想为人间立一以情为主旨的宗教祠庙来度化世人。后人当可秉承作者、批者这一旨趣，复建"太虚幻境"。又此批点明：太虚幻境是从"东岳庙"地狱七十二司化来，或可在东岳庙幽冥七十二司（或七十六司）基础上加添"太虚幻境"七司成为 79（或 83）司。

匾上，乃是"薄命司"【J】（甲侧：正文。）三字，两边对联写的是："春恨秋悲皆自惹，花容月貌为谁妍？"宝玉看了，便知（甲侧："便知"二字是字法，最为紧要之至。）感叹。

进入门来，只见有十数个大橱，皆用封条封着。看那封条上，皆是各省的地名。宝玉一心只拣自己的家乡封条看，遂无心看别省的了。只见那边橱上封条上大书七字云："金陵十二钗正册"。（甲侧：正文题。）宝玉问道："何为'金陵十二钗正册'？"警幻道："即贵省中十二冠首女子之册，故为'正册'。"宝玉道："常听（甲侧："常听"二字，神理极妙。）人说，金陵极大，怎么只十二个女子？如今单我们家里①，上上下下，就有几百女孩子呢。"（甲侧：贵公子口声。）警幻冷笑道："省省女子固多，不过择其紧要者录之。下边二厨则又次之。余者庸常之辈，则无册可录矣。"宝玉听说，再看下首二厨上，果然写着"金陵十二钗副册"，又一个写着"金陵十二钗又副册"。宝玉便伸手先将"又副册"橱门开了，拿出一本册来，……

[按：其下为晴雯、袭人命运之图与命运判词，容略。]……

宝玉看了不解。遂掷下这个，又去开了"副册"厨门，拿起一本册来，……

[按：其下为香菱命运之图与命运判词，容略。]……

宝玉看了仍不解。便又掷了，再去取"正册"看。……[按：其下为"金陵十二正钗"命运之图与命运判词，其为林黛玉与薛宝钗合图、合词，元春、探春、湘云、妙玉、迎春、惜春、凤姐、巧姐、李纨、秦可卿独图、独词，容略。]……

宝玉还欲看时，那仙姑知他天分高明，性情颖慧，（甲眉：通部中笔笔贬宝玉，人人嘲宝玉，语语谤宝玉，今却于警幻意中忽写出此八字来，真是意外之意。此法亦别书中所无。）恐把仙机泄漏，遂掩了卷册，笑向宝玉道："且随我去游玩奇景，（甲侧：是哄小儿语，细甚。）何必在此打这闷葫芦！"（甲侧：为前文"葫芦庙"一点。）

宝玉恍恍惚惚，不觉弃了卷册，（甲侧：是梦中景况，细极。）又随了警幻来至后面【K】②。但见珠帘绣幕，画栋雕檐，说不尽那"光摇朱户金铺地，雪照琼窗玉作宫"。更见仙花馥郁，异草芬芳，真好个所在。（甲侧：已为省亲别墅画下图式矣。）③又听警幻笑道："你们快出来迎接贵客！"一语未了，只见房中又走出几个仙子来，皆是荷袂蹁跹，羽衣飘舞，姣若春花，媚如秋月。……

说毕，携了宝玉入室。但闻一缕幽香，竟不知其所焚何物。宝玉遂不禁相问，警幻冷笑道："此香尘世中既无，尔何能知！此香乃系诸名山胜境内初生异卉之精，合各种宝林、珠树之油所制，名'群芳髓'。"（甲侧：好

---

① 此亦点明：主人公宝玉（也即作者）的家乡是金陵南京，故全书写的是"石头城"南京的往事，故书名起作《石头记》；"宁荣二府大观园"的原型当在南京，即"江宁织造府"、"江宁行官"，也即今天的"大行官"。而"太虚幻境"据本书"第一章、第四节、五"考，实为南京汉府街的"汉府行官"。

② 此当为"太虚幻境"的后花园。

③ 此可证"太虚幻境"的后花园与"宁荣二府"的大观园旨趣相通。

香！）宝玉听了，自是美慕而已。

大家入座，小丫鬟捧上茶来。宝玉自觉清香味异，纯美非常，因又问何名。警幻道："此茶出在'放春山、遣香洞'，又以仙花灵叶上所带之宿露而烹。此茶名曰'千红一窟'。"（甲侧：隐"哭"字。）宝玉听了，点头称赏。

因看房内，瑶琴、宝鼎、古画、新诗，无所不有，更喜窗下亦有唾绒①，奁间时渍粉污。（戚夹：是宝玉心事。）壁上也有一副对联，书云："幽微灵秀地；（甲夹：女儿之心，女儿之境。）无可奈何天。（甲夹：两句尽矣。撰通部大书不难，最难是此等处，可知皆从无可奈何而有。）"

宝玉看毕，无不美慕。因又请问众仙姑姓名：一名痴梦仙姑，一名钟情大士，一名引愁金女，一名度恨菩提，各各道号不一。少刻，有小鬟来调桌安椅，设摆酒馔。真是：琼浆满泛玻璃盏，玉液浓斟琥珀杯。更不用再说那肴馔之盛。宝玉因闻得此酒清香甘列，异乎寻常，又不禁相问。警幻道："此酒乃以百花之蕊，万木之汁，加以麟髓之醅，凤乳之麹酿成，因名为'万艳同杯'。"（甲侧：与"千红一窟"一对，隐"悲"字。）宝玉称赏不迭。

饮酒间，又有十二个舞女上来，请问演何词曲。警幻道："就将新制《红楼梦》十二支演上来。"舞女们答应了，便轻敲檀板，款按银筝。听她歌道是："开辟鸿蒙……"方歌了一句，警幻便说道："此曲不比尘世中所填传奇之曲，必有生旦净末之别，又有南北九宫之限。此或咏叹一人，或感怀一事，偶成一曲，即可谱入管弦。若非个中人，（甲侧：三字要紧。不知谁是个中人。宝玉即个中人乎？然则石头亦个中人乎？作者亦系个中人乎？观者亦个中人乎？）不知其中之妙。……⎡按：其下为《红楼梦》十四支曲：第一支引子，第二支让宝玉合咏黛玉与宝钗，即警幻口中所谓的"或感怀一事"，第三支以下"咏叹一人"，即黛玉②、元春、探春、湘云、妙玉、迎春、惜春、凤姐、巧姐、李纨、秦可卿，顺序与判词全同，最后第十四支"收尾·飞鸟各投林"总括贾府抄家后惨状，亦是警幻口中所谓的"或感怀一事"。以上十四支曲容略。⎦……

歌毕，还要歌副曲。（甲侧：是极！香菱、晴雯辈岂可无，亦不必再。）警幻见宝玉甚无趣味，（戚夹：自占地步。）因叹："痴儿竟尚未悟！"那宝玉忙止歌姬不必再唱③，自觉朦胧恍惚，告醉求卧。警幻便命撤去残席，送

---

① 唾绒，古代妇女刺绣，每当停针换线、咬断绣线时，口中常沾留绒线，随口吐出，俗谓"唾绒"。

② 今从俞平伯先生之说，以第三首《枉凝眉》为独咏黛玉。但据笔者解读下来，实亦可理解为是宝钗与黛玉两人的合咏，见笔者《后四十回完璧归曹》"第一章、第三节、九、（一）、1"。按：俞平伯先生之论见其《红楼梦研究》之《"寿怡红群芳开夜宴"图说》："第一支《终身误》钗黛合写；第二支《枉凝眉》独咏潇湘，在分量上黛玉是重了一点，但次序上伊并不曾先了一步。"

③ 这是作者在用"避难法"（指回避难点的那种创作手法），不想再写了，故作此"自占地步"的狡猾之笔。

宝玉至一香闺绣阁【L】之中，其间铺陈之盛，乃素所未见之物。更可骇者，早有一位女子在内，其鲜艳妩媚，有似乎宝钗，风流袅娜，则又如黛玉。（甲侧：难得双兼，妙极！）正不知何意。忽警幻道："……今既遇令祖宁荣二公剖腹深嘱，吾不忍君独为我闺阁增光，见弃于世道，是特引前来，醉以灵酒，沁以仙茗，警以妙曲，再将吾妹一人，乳名兼美（甲侧：妙！盖指薛、林而言也。）字可卿者，许配于汝。今夕良时，即可成姻。不过今汝领略此仙闺幻境之风光尚然如此，何况尘境之情景哉？而今后万万解释，改悟前情，将谨勤有用的工夫，置身于经济之道。"（戚夹：说出此二句，警幻亦腐矣，然亦不得不然耳。）说毕，便秘授以云雨之事，（戚夹：这是情之未了一着，不得不说破。）推宝玉入帐。那宝玉恍恍惚惚，依警幻所嘱之言，未免有阳台、巫峡之会。（戚夹：如此方免累赘。）数日来，柔情缱绻，软语温存，与可卿难解难分。

那日，警幻携宝玉、可卿闲游。至一个所在，但见荆榛遍地，（戚夹：略露心迹。）狼虎同群。（戚夹：凶极！试问观者：此系何处？）忽而，大河阻路，黑水淌洋，又无桥梁可通。（甲侧：若有桥梁可通，则世路人情犹不算艰难。）宝玉正自彷徨，只听警幻道："宝玉休前进，作速回头要紧！"（甲侧：机锋。点醒世人。）宝玉忙止步问道："此系何处？"警幻道："此即迷津也。深有万丈，遥亘千里，中无舟楫可通，（戚夹：可思。）只有一个木筏，乃木居士掌舵，灰侍者撑篙，不受金银之谢，但遇有缘者渡之。尔今偶游至此，设如堕落其中，则深负我从前一番以情悟道、守理衷情之言矣。"（戚夹：看他忽转笔作此语，则知此后皆是自悔。）宝玉方欲回言，只听迷津内水响如雷，竟有一夜叉般怪物窜出，直扑而来。吓得宝玉汗下如雨，一面失声喊叫："可卿救我！可卿救我！"慌得袭人、媚人等上来扶起，拉手说："宝玉别怕，我们在这里！"（戚夹：接得无痕迹。历来小说中之梦未见此一醒。）①

●后四十回之第116回宝玉再度魂游太虚幻境：

贾政正在诧异，听见里头又闹，急忙进来，见宝玉又是先前的样子，口关紧闭，脉息全无。用手在心窝中一摸，尚是温热。贾政只得急忙请医，灌药救治。哪知那宝玉的魂魄早已出了窍了。你道死了不成？却原来恍恍惚惚赶到前厅，见那送玉的和尚坐着，便施了礼。哪知和尚站起身来，拉着宝玉就走。宝玉跟了和尚，觉得身轻如叶，飘飘摇摇，也没出大门，不知从哪里走出来了。

行了一程，到了个荒野地方，远远的望见一座牌楼【A】，好像曾到过的。正要问那和尚时，只见恍恍惚惚来了一个女人。宝玉心里想道："这样旷野地方，哪得有如此的丽人？必是神仙下界了。"宝玉想着，走近前来，细细一看，竟有些认得的，只是一时想不起来。见那女人合和尚打了一个

---

① 将来复建"太虚幻境"时，除了上文的温柔乡外，当在其最后仿此设一地狱场景。

照面，就不见了。宝玉一想，竟是尤三姐的样子，越发纳闷：怎么她也在这里？"又要问时，那和尚早拉着宝玉过了牌楼。只见牌上写着"真如福地"四个大字，两边一副对联，乃是："假去真来真胜假，无原有是有非无。"

转过牌坊，便是一座宫门【B】。门上横书四个大字道："福善祸淫"。又有一副对子，大书云："过去未来，莫谓智贤能打破；前因后果，须知亲近不相逢。"

宝玉看了，心下想道："原来如此，我倒要问问因果来去的事了。"这么一想，只见鸳鸯站在那里，招手儿叫他。宝玉想道："我走了半日，原不曾出园子，怎么改了样子了呢？"赶着要合鸳鸯说话，岂知一转眼便不见了，心里不免疑惑起来。走到鸳鸯站的地方儿，乃是一溜配殿【DEFGHI】，各处都有匾额。宝玉无心去看，只向鸳鸯立的所在奔去，见那一间配殿的门半掩半开。宝玉也不敢造次进去，心里正要问那和尚一声，回过头来，和尚早已不见了。宝玉恍惚见那殿宇巍峨，绝非大观园景象，便立住脚，抬头看那匾额上写道："引觉情痴"【J】，两边写的对联道："喜笑悲哀都是假，贪求思慕总因痴。"

宝玉看了，便点头叹息。想要进去找鸳鸯，问她是什么所在。细细想来，甚是熟识，便仗着胆子推门进去。满屋一瞧，并不见鸳鸯，里头只是黑漆漆的，心下害怕。正要退出，见有十数个大橱，橱门半掩。宝玉忽然想起："我少时做梦，曾到过这样个地方；如今能够亲身到此，也是大幸。"恍惚间，把找鸳鸯的念头忘了，便仗着胆子把上首大橱开了橱门一瞧，见有好几本册子。心里更觉喜欢，想道："大凡人做梦，说是假的，岂知有这梦便有这事！我常说还要做这个梦再不能的，不料今儿被我找着了。但不知那册子是那个见过的不是。"伸手在上头取了一本，册上写着"金陵十二钗正册"。宝玉拿着一想道："我恍惚记得是那个，只恨记得不清楚。"便打开头一页看去。见上头有画，但是画迹模糊，再瞧不出来。后面有几行字迹，也不清楚，尚可摹拟，便细细的看去，见有什么玉带上头有个好像"林"字，心里想道："莫不是说林妹妹罢？"便认真看去。底下又有"金簪雪里"四字，诧异道："怎么又像她的名字呢？"复将前后四句合起来一念道："也没有什么道理，只是暗藏着她两个名字，并不为奇。独有那'怜'字、'叹'字不好，这是怎么解？"想到那里，又啐道："我是偷着看，若只管呆想起来，倘有人来，又看不成了。"遂往后看，也无暇细玩那画图，只从头看去。看到尾上有几句词，什么"虎兔相逢大梦归"一句，便恍然大悟道："是了，果然机关不爽。这必是元春姐姐了。若都是这样明白，我要抄了去细玩起来，那些姊妹们的寿夭穷通，没有不知的了。我回去自不肯泄漏，只做一个未卜先知的人，也省了多少闲想。"又向各处一瞧，并没有笔砚。又恐人来，只得忙着看去。只见图上影影有一个放风筝的人儿，也无心去看。急急的将那十二首诗词都看遍了，也有一看便知的，也有一想便得的，也有不大明白的，心下牢牢记着。一面叹息，一面又取那"金陵又副册"一看。看到"堪美优伶有福，谁知公子无缘"，先前不懂，见上面尚有花席的影子，便大惊痛哭起来。

待要往后再看，听见有人说道："你又发呆了，林妹妹请你呢。"好似鸳鸯的声气，回头却不见人。心中正自惊疑，忽鸳鸯在门外招手。宝玉一见，喜得赶出来，但见鸳鸯在前，影影绰绰的走，只是赶不上。宝玉叫道："好姐姐等等我！"那鸳鸯并不理，只顾前走。宝玉无奈，尽力赶去。忽见别有一洞天，楼阁高耸，殿角玲珑，且有好些宫女隐约其间。宝玉贪看景致，竟将鸳鸯忘了。宝玉顺步走入一座宫门【M】，内有奇花异卉，都也认不明白，惟有白石花栏围着一颗青草，叶头上略有红色，"但不知是何名草，这样矜贵？"只见微风动处，那青草已摇摆不休。虽说是一枝小草，又无花朵，其妩媚之态，不禁心动神怡，魂消魄丧。

宝玉只管呆呆的看着，只听见旁边有一人说道："你是哪里来的蠢物，在此窥探仙草！"宝玉听了，吃了一惊，回头看时，却是一位仙女，便施礼道："我找鸳鸯姐姐，误入仙境，恕我冒昧之罪。请问神仙姐姐：这里是何地方？怎么我鸳鸯姐姐到此？还说是林妹妹叫我？望乞明示。"那人道："谁知你的姐姐妹妹？我是看管仙草的，不许凡人在此逗留。"宝玉欲待要出来，又舍不得，只得央告道："神仙姐姐既是那管理仙草的，必然是花神姐姐了。但不知这草有何好处？"那仙女道："你要知道这草，说起来话长着呢。那草本在灵河岸上，名曰'绛珠草'。因那时萎败，幸得一个神瑛侍者日以甘露灌溉，得以长生。后来降凡历劫，还报了灌溉之恩，今返归真境。所以警幻仙子命我看管，不令蜂缠蝶恋。"宝玉听了不解，一心疑定必是遇见了花神了，今日断不可当面错过，便问："管这草的是神仙姐姐了。还有无数名花，必有专管的，我也不敢烦问，只有看管芙蓉花的是那位神仙？"那仙女道："我却不知，除是我主人方晓。"宝玉便问道："姐姐的主人是谁？"那仙女道："我主人是潇湘妃子。"宝玉听道："是了，你不知道，这位妃子就是我的表妹林黛玉。"那仙女道："胡说！此地乃上界神女之所，虽号为潇湘妃子，并不是娥皇、女英之辈，何得与凡人有亲？你少来混说！瞧着叫力士打你出去。"

宝玉听了发怔，只觉自形秽浊。正要退出，又听见有人赶来，说道："里面叫请神瑛侍者。"那人道："我奉命等了好些时，总不见有神瑛侍者过来，你叫我哪里请去？"那一个笑道："才退去的不是么？"那侍女慌忙赶出来，说："请神瑛侍者回来。"宝玉只道是问别人，又怕被人追赶，只得跟跄跄而逃。正走时，只见一人手提宝剑，迎面拦住，说："哪里走！"吓得宝玉惊惶无措。仗着胆抬头一看，却不是别人，就是尤三姐。宝玉见了，略定些神，央告道："姐姐，怎么你也来逼起我来了？"那人道："你们弟兄没有一个好人：败人名节，破人婚姻，今儿你到这里，是不饶你的了！"宝玉听了话头不好，正自着急，只听后面有人叫道："姐姐快快拦住，不要放他走了。"尤三姐道："我奉妃子之命，等候已久。今儿见了，必定要一剑斩断你的尘缘！"宝玉听了，益发着忙，又不懂这些话到底是什么意思，只得回头要跑。

已知身后说话的并非别人，却是晴雯，宝玉一见，悲喜交集，便说："我一个人走迷了道儿，遇见仇人，我要逃回，却不见你们一人跟着我。如今好了，晴雯姐姐，快快的带我回家去罢！"晴雯道："侍者①不必多疑。我非晴雯，我是奉妃子之命，特来请你一会，并不难为你。"宝玉满腹狐疑，只得问道："姐姐说是妃子叫我，那妃子究是何人？"晴雯道："此时不必问，到了那里自然知道。"宝玉没法，只得跟着走。细看那人背后举动，恰是晴雯，"那面目声音是不错的了，怎么她说不是？我此时心里模糊，且别管它。到了那边，见了妃子，就有不是，那时再求她。到底女人的心肠是慈悲的，必定恕我冒失。"正想着，不多时到了一个所在，只见殿宇【N】精致，彩色辉煌，庭中一丛翠丛，户外数本苍松。郎檐下立着几个侍女都是宫妆打扮，见了宝玉进来，便悄悄的说道："这就是神瑛侍者么？"引着宝玉的说道："就是，你快进去通报罢。"

有一侍女笑着招手，宝玉便跟着进去。过了几层房舍【N】【O】，见一正房【P】，珠帘高挂。那侍女说："站着候旨。"宝玉听了，也不敢则声，只好在外等着。那侍女进去不多时，出来说："请侍者参见。"又有一人卷起珠帘。只见一女子头戴花冠，身穿绣服，端坐在内。宝玉略一抬头，见是黛玉的形容，便不禁的说道："妹妹在这里，叫我好想！"那帘外的侍女悄咤道："这侍者无礼，快快出去！"说犹未了，又见一个侍儿将珠帘放下。宝玉此时欲待进去又不敢，要走又不舍，待要问明，见那些侍女并不认得，又被驱逐，无奈出来。心想要问晴雯，回头四顾，并不见有晴雯。心下狐疑，只得快快出来，又无人引着。正欲找原路而去，却又找不出旧路了。

正在为难，见凤姐站在一所房檐下招手儿。宝玉看见，喜欢道："可好了，原来回到自己家里了。怎么一时迷乱如此？"急奔前来说："姐姐在这里么？我被这些人捉弄到这个分儿，林妹妹又不肯见我，不知是何原故？"说着，走到凤姐站的地方，细看起来，并不是凤姐，原来却是贾蓉的前妻秦氏。宝玉只得立住脚，要问凤姐姐在那里。那秦氏也不答言，竟自往屋里去了。宝玉恍恍惚惚的，又不敢跟进去，只得呆呆的站着，叹道："我今儿得了什么不是，众人都不理我！"便痛哭起来。

见有几个黄巾力士执鞭赶来，说是："何处男人，敢闯入我们这天仙福地来！快走出去！"宝玉听得，不敢言语。正要寻路出来，远远望见一群女子，说笑前来。宝玉看时，又像是迎春等一干人走来，心里喜欢，叫道："我迷住在这里，你们快来救我！"正嚷着，后面力士赶来，宝玉急得往前乱跑。忽见一群女子都变作鬼怪形象，也来追扑。

宝玉正在情急，只见那送玉来的和尚，手里拿着一面镜子一照，说道："我奉元妃娘娘旨意，特来救你。"登时鬼怪全无，仍是一片荒郊。宝玉拉着和尚说道："我记得是你领我到这里，你一时又不见了。看见了好些亲人，只是都不理我，忽又变作鬼怪。到底是梦是真？望老师明白指示。"那和尚道："你到这里，曾偷看什么东西没有？"宝玉一想，道："他既能带我到

---

① 此点明宝玉为神瑛侍者。

天仙福地，自然也是神仙了，如何瞒得他？况且正要问个明白。"便道："我倒见了好些册子来着。"那和尚道："可又来①。你见了册子，还不解么？世上的情缘，都是那些魔障，②只要把历过的事情细细记着，将来我与你说明。"说着，把宝玉狠命的一推，说："回去罢。"宝玉站不住脚，一跤跌倒，口里嚷道："阿哟！"

众人正在哭泣，听见宝玉苏来，连忙叫唤。宝玉睁眼看时，仍躺在炕上，见王夫人、宝钗等哭的眼泡红肿。定神一想，心里说道："是了，我是死去过来的。"遂把神魂所历的事呆呆的细想。幸喜多还记得，便哈哈的笑道："是了，是了。"王夫人只道旧病复发，便好延医调治，即命丫头婆子快去告诉贾政，说是："宝玉回过来了。头里原是心迷住了，如今说出话来，不用备办后事了。③"贾政听了，即忙进来看视，果见宝玉苏④来，便道："没福的痴儿！你要唬死谁么？"说着，眼泪也不知不觉流下来了。又叹了几口气，仍出去叫人请医生，诊脉服药。

●后四十回之第120回甄士隐告诉贾雨村宝玉两度魂游太虚幻境：

士隐笑道："一念之间，尘凡顿易。老先生从繁华境中来，岂不知温柔富贵乡中有一宝玉乎？"雨村道："怎么不知？近闻纷纷传述，说他也遁入空门。下愚当时也曾与他往来过数次，再不想此人竟有如是之决绝。"士隐道："非也。这一段奇缘，我先知之。昔年我与先生在仁清巷旧宅门口叙话之前，我已会过他一面。"雨村惊讶道："京城离贵乡甚远，何以能见？"⑤士隐道："神交久矣。"雨村道："既然如此，现今宝玉的下落，仙长定能知之。"士隐道："宝玉，即'宝玉'也⑥。那年荣、宁查抄之前，钗、黛分离之日，此玉早已离世：一为避祸，二为撮合。从此夙缘一了，形质归一。又复稍示神灵，高魁、子贵，方显得此玉那⑦天奇地灵锻炼之宝，非凡间可比。前经茫茫大士、渺渺真人携带下凡，如今尘缘已满，仍是此二人携归本处：这便是宝玉的下落。雨村听了，虽不能全然明白，却也十知四五，

---

① 指可又来了，是怪罪语气。

② 这句话点明全书主旨：淫欲与情爱皆是人类堕落的根本。即上引第5回：宝玉"心下自思道：'……但不知何为'古今之情'，又何为'风月之债'？从今倒要领略领略。'宝玉只顾如此一想，<u>不料早把些邪魔招入膏肓了</u>。"

③ 这便是第93回包勇来告甄宝玉事，即："那一年太太进京的时候儿，哥儿大病了一场，已经死了半日，把老爷几乎急死，装裹都预备了。幸喜后来好了，嘴里说道：走到一座牌楼那里，见了一个姑娘，领着他到一座庙里，见了好些柜子，里头见了好些册子。又到屋里，见了无数女子，说是都变了鬼怪似的，也有变做骷髅儿的。他吓急了，就哭喊起来。老爷知他醒过来了，连忙调治，渐渐的好了。老爷仍叫他在姐妹们一处玩去，他竟改了脾气了：好着时候的玩意儿一概都不要了，惟有念书为事。就有什么人来引诱他，他也全不动心。如今渐渐的能够帮着老爷料理些家务了。"此处这一梦，便是补写第93回未写到的甄宝玉做梦的具体情节。

④ 苏，苏醒、复活，更生、再生。

⑤ 此是假话。甄士隐和贾府皆在南京。见本书"第一章、第一节、九、（四）、②"有论。

⑥ 指贾宝玉这人便是那块"通灵宝玉"下凡。

⑦ 那，程乙本妄改"乃"。

便点头叹道："原来如此，下愚不知。但那宝玉既有如此的来历，又何必以情迷至此，复又豁悟如此？还要请教。"士隐笑道："此事说来，先生未必尽解。太虚幻境，即是真如福地。两番阅册，原始要终之道①。历历生平②，如何不悟？仙草归真，焉有'通灵'不复原之理呢？"

●后四十回之第 120 回甄士隐再度神游太虚幻境：

这士隐自去度脱了香菱，送到太虚幻境，交那警幻仙子对册。刚过牌坊【A】，见那一僧一道缥缈而来，士隐接着说道："大士、真人，恭喜、贺喜！情缘完结，都交割清楚了么？"那僧③说："情缘尚未全结，倒是那蠢物已经回来了。还得把它送还原所，将它的后事叙明，不枉它下世一回。"士隐听了，便拱手而别。那僧道仍携了玉到青埂峰下，将"宝玉"安放在女娲炼石补天之处，各自云游而去。

【解析】

后四十回中的"真如福地"即前八十回之"太虚幻境"。石牌坊正面是"太虚幻境"匾额及对联，背面便是"真如福地"匾额及对联。第一重宫门在太虚幻境中是"孽海情天"宫，到了真如福地便是"福善祸淫"宫，其对联也都相应变过。第二重宫门内有设在配殿中的诸司，其中有一殿，太虚幻境中是"薄命司"，而到了真如福地则变成了"引觉情痴司"，对联也换过，此司的名称意为"引情痴之人走向对'佛法真如'的觉悟"（按："佛"是梵文音译，意译即"觉"，佛即觉悟者，所觉悟的世界真相便是真如，也即佛法）。整个后四十回的空间"真如福地"与前八十回的空间"太虚幻境"如镜像般完全照应，的确是同一个人的手笔。

本书"第一章、第四节、五"考明"太虚幻境"当以南京汉府街的"汉府行宫"为原型。上引的空间描述也与"图十二"中的"汉府行宫图"大体吻合。

二、悼红轩

此轩是《红楼梦》作者著书之所。取哀悼"红颜薄命"之意，也即书中第 5 回"千红一窟（哭）、万艳同杯（悲）"、第 2 回"原应叹息"的旨义。

●第 1 回：

空空道人听如此说，思忖半晌，将《石头记》再检阅一遍，……方从头至尾抄录回来，问世传奇，因空见色，由色生情，传情入色，自色悟空，遂易名为情僧，改《石头记》为《情僧录》。至吴玉峰题曰《红楼梦》。东

---

① 原始要终，《周易·系辞下》："《易》之为书也，原始要终，以为质也。""原、要"皆是推求之意，意为探求事物发展的起源和结果。此句指：上天让宝玉两次看"金陵十二钗乃薄命女子"之册，这是"旨在让他探求红颜女子何以薄命的来龙去脉"的做法。
② 指册子上所写诸女子薄命的预言，在宝玉身边都一一上演，让宝玉全都亲身经历过了，宝玉又看过册子两次，更加明白"红颜薄命"乃前世注定，从而明悟世界不变的"宿命（命定）"真相而出家。
③ 此处程乙本补一"道"字，指一僧一道中的道人。

鲁孔梅溪则题曰《风月宝鉴》。后因曹雪芹于悼红轩中披阅十载，增删五次，纂成目录，分出章回，则题曰《金陵十二钗》。并题一绝云："满纸荒唐言，一把辛酸泪！都云作者痴，谁解其中味？"

● **后四十回之第120回：**

这一日，空空道人又从青埂峰前经过，见那补天未用之石仍在那里，上面字迹依然如旧，又从头的细细看了一遍。见后面偈文后又历叙了多少收缘结果的话头，……想毕，便又抄了，仍袖至那繁华昌盛的地方。遍寻了一番，不是建功立业之人，即系饶①口谋衣之辈，哪有闲情去和石头饶舌？直寻到"急流津"、"觉迷渡"口草庵中，睡着一个人，因想他必是闲人，便要将这抄录的《石头记》给他看看。那知那人再叫不醒。空空道人复又使劲拉他，才慢慢的开眼坐起。便②草草一看，仍旧掷下道："这事我已亲见、尽知，你这抄录的尚无舛错。我只指与你一个人，托他传去，便可归结这一新鲜公案了。"空空道人忙问何人，那人道："你须待某年、某月、某时，到一个'掉红轩'中，有个曹雪芹先生。只说贾雨村言，托他如此如此。"说毕，仍旧睡下了。

那空空道人牢牢记着此言，又不知过了几世几劫，果然有个"悼红轩"，见那曹雪芹先生正在那里翻阅历来的古史。空空道人便将贾雨村言了③，方把这《石头记》示看。那雪芹先生笑道："果然是'贾雨村言'了！"空空道人便问："先生何以认得此人，便肯替他传述？"曹雪芹先生笑道："说你'空④'，原来你肚里果然空空。既是'假语村言'，但无'鲁鱼亥豕'，以及'背谬、矛盾'之处，乐得与二三同志，酒余饭饱，雨夕灯窗，同消寂寞，又不必大人先生品题传世。似你这样寻根问底，便是刻舟求剑、胶柱鼓瑟了。"那空空道人听了，仰天大笑，掷下抄本，飘然而去，一面走着，口中说道："原来是敷衍荒唐！不但作者不知，抄者不知，并阅者也不知。不过游戏笔墨、陶情适性而已！"

后人见了这本奇传，亦曾题过四句偈语，为作者缘起之言更转⑤一竿头⑥，云："说到辛酸处，荒唐愈可悲。由来同一梦，休笑世人痴！"

三、其他世俗类建筑

（1）作者笔下虚拟的皇宫，见第 16 回元春晋为贵妃时写到："在临敬殿陛见。""赖大禀道：'小的们只在临敬门外伺候，……说咱家大小姐晋封为凤藻

---

① 饶，程乙本以之不通而改"糊"。今按：饶，讨饶也，可通"讨"，"饶口"即讨口饭吃之意。
② 此处程乙本增"接来"两字。
③ 便把"贾雨村介绍我来"的话说了。
④ 此下程乙本又增一"空"字，而删下文"原来你"之"你"字，显是高鹗为增字而删字，属于编辑时的臆改。
⑤ 转，程乙本改"进"，是浅俗之改。本书并未将程乙本与程甲本的异文全部注出，而只是将有代表性者注出，以此来证明原文本来皆通而程乙本却擅加改动，所改大都是这种浅俗之改，大乖原作者曹雪芹的本意。
⑥ 头，程乙本删之。

宫尚书，加封贤德妃。……如今老爷又往东宫去了，速请老太太领着太太们去谢恩。"

（2）第47回写到赖大家花园："那花园虽不及大观园，却也十分齐整宽阔，泉石林木，楼阁亭轩，也有好几处惊人骇目的。"

（3）第9回写到府外贾家义学："原来这贾家义学离此也不甚远，不过一里之遥。"据本书"第二章、第一节、四"引第33回"宝玉挨打"文字，可以考明是在府东一里。

（4）第19回写到花袭人家，即宝玉让茗烟带路："二人从后门就走了。幸而袭人家不远，不过一半里路程，展眼已到门前。"所谓"后门"是宁国府的后门，见本书"第二章、第三节、三、（6）"有考。

（5）第64回写宁荣二府后门外有花枝巷，贾琏偷娶尤二姐于此，即："已于宁荣街后二里远近小花枝巷内买定一所房子，共二十余间。"

四、其他宗教类建筑

（1）城外有"铁槛寺"和"馒头庵"，两者相邻而不远。

●第15回"王熙凤弄权铁槛寺、秦鲸卿得趣馒头庵"：

原来这铁槛寺原是宁荣二公当日修造，现今还是有香火地亩布施，以备京中老了人口，在此便宜寄放。其中阴阳两宅俱已预备妥贴，好为送灵人口寄居。不想如今后辈人口繁盛，其中贫富不一，或性情参商，有那家业艰难安分的，便住在这里了；有那尚排场有钱势的，只说这里不方便，一定另外或村庄或尼庵寻个下处，为事毕宴退之所。即今秦氏之丧，族中诸人皆权在铁槛寺下榻，独有凤姐嫌不方便，因而早遣人来和馒头庵的姑子净虚说了，腾出两间房子来作下处。

原来这馒头庵就是水月庵，因她庙里做的馒头好，就起了这个浑号，离铁槛寺不远。（甲夹：前人诗云："纵有千年铁门限，终须一个土馒头。"是此意。故"不远"二字有文章。）

当下和尚工课已完，奠毕晚茶，贾珍便命贾蓉请凤姐歇息。凤姐见还有几个姝娌们陪着女亲，自己便辞了众人，带着宝玉、秦钟往水月庵来。

●第63回：

（妙玉）常说："古人中自汉晋五代唐宋以来皆无好诗，只有两句好，说道：'纵有千年铁门槛，终须一个土馒头。'"……宝玉听了，如醍醐灌顶，嗳哟了一声，方笑道："怪道我们家庙说是'铁槛寺'呢，原来有这一说。"

●后四十回之第93回写明水月庵离城有20来里地："水月庵离城二十来里，就赶进城也得二更天。"

（2）第43回提到城北门外有"水仙庵"，宝玉借其香炉，在其井边祭奠跳自家井成了水仙的金钏儿：

原来宝玉心里有件私事，于头一日就吩咐茗烟："明日一早要出门，备下两匹马在后门口①等着，不要别一个跟着。说给李贵，我往北府里去了。倘或要有人找我，叫他拦住不用找，只说北府②里留下了，横竖就来的。"茗烟也摸不着头脑，只得依言说了。今儿一早，果然备了两匹马在园后门等着。天亮了，只见宝玉遍体纯素，从角门③出来，一语不发跨上马，一弯腰，顺着街就颠下去了。茗烟也只得跨马加鞭赶上，在后面忙问："往哪里去？"宝玉道："这条路是往哪里去的？"茗烟道："这是出北门的大道。出去了冷清清没有可顽的。"宝玉听说，点头道："正要冷清清的地方好。"说着，越性加了鞭，那马早已转了两个弯子，出了城门。茗烟越发不得主意，只得紧紧跟着。一气跑了七八里路出来，人烟渐渐稀少，宝玉方勒住马，回头问茗烟道："这里可有卖香的？"……茗烟想了半日，笑道："我得了个主意，不知二爷心下如何？我想二爷不只用这个呢，只怕还要用别的。这也不是事。如今我们往前再走二里地，就是水仙庵了。"

（3）第71回提到"地藏庵"，当在城外："尤氏已早入园来，因遇见了袭人、宝琴、湘云三人同着地藏庵的两个姑子正说故事顽笑。"

（4）第29回提到贾母至"清虚观"修斋："将至观前，只听钟鸣鼓响，早有张法官执香披衣，带领众道士在路旁迎接。贾母的轿刚至山门以内，贾母在轿内因看见有守门大帅并千里眼、顺风耳、当方土地、本境城隍各位泥胎圣像，便命住轿。……这里贾母带着众人，一层一层的瞻拜观玩。外面小厮们见贾母等进入二层山门，忽见贾珍领了一个小道士出来，……贾珍道：'虽说这里地方大，今儿不承望来这么些人。你使的人，你就带了往你的那院里去；使不着的，打发到那院里去。把小幺儿们多挑几个在这二层门上同两边的角门上，伺候着要东西、传话。你可知道不知道，今儿小姐、奶奶们都出来，一个闲人也到不了这里。'"

（5）第80回提到城外有"天齐庙"："次日一早，梳洗穿带已毕，随了两三个老嬷嬷坐车，出西城门外天齐庙来烧香还愿。这庙里已是昨日预备停妥的。宝玉天生性怯，不敢近狰狞神鬼之像。这天齐庙本系前朝所修，极其宏壮。如今年深岁久，又极其荒凉。里面泥胎塑像皆极其凶恶，是以忙忙的焚过纸马钱粮，便退至道院歇息。"

（6）第63回提到城外有贾敬修炼的"玄真观"：尤氏"命人先到玄真观将所有的道士都锁了起来，等大爷来家审问。"

（7）后四十回之第111回"散花寺神签占异兆"提到城外有"散花寺"：凤姐"令人预备了车马，带着平儿并许多奴仆来至散花寺。"作者起此寺名，是隐含"三春去后诸芳尽"的花散（众芳飘零）之后，贾府便将抄家之旨，预告贾府即将要抄家。

---

① 这是大观园的后门口。
② 指北静王府。
③ 指大观园的后门，是角门，故又名"后角门"。可见此后门开在角落上，当开在西北角落上为是。